上园派

研究资料选 上

蒋登科／主编

西南师范大学出版社

国家一级出版社 全国百佳图书出版单位

图书在版编目（CIP）数据

上园派研究资料选 / 蒋登科主编. — 重庆：西南师
范大学出版社，2018.9

ISBN 978-7-5621-9583-2

Ⅰ.①上… Ⅱ.①蒋… Ⅲ.①诗歌研究 – 中国 – 当代
Ⅳ.①I207.22

中国版本图书馆CIP数据核字(2018)第206642号

上园派研究资料选
SHANGYUANPAI YANJIU ZILIAO XUAN

蒋登科　主编

责任编辑：张昊
责任校对：李晓瑞
装帧设计：闽江文化
排　　版：重庆大雅数码印刷有限公司·瞿勤
出版发行：西南师范大学出版社
　　　　　网　　址:www.xscbs.com
　　　　　地　　址:重庆市北碚区天生路2号
　　　　　邮　　编:400715
　　　　　电　　话:023-68254353
经　　销：全国新华书店
印　　刷：重庆荟文印务有限公司
幅面尺寸：170mm×240mm
印　　张：49.75
字　　数：866千
版　　次：2018年9月第1版
印　　次：2018年9月第1次印刷
书　　号：ISBN 978-7-5621-9583-2
定　　价：158.00元（上下册）

目 录

·第二辑·

前言

新时期诗坛上的"上园派"

□ 蒋登科

　　"新时期"这个概念里虽然有一个"新"字，但是就当下的语境来看，它已经是一个历史概念。

　　"新时期"概念和中国当代经济社会发展有着密切的关联。但在这里，我们主要是从诗歌艺术、诗学发展的角度来使用它，因此和经济社会发展意义上的"新时期"肯定存在一些差异。从经济社会发展的角度看，"真正找到适应中国国情的社会主义建设道路，是从改革开放'新时期'开始的，这就是'中国特色社会主义'道路"①。可以看出，从 1978 年底党的十一届三中全会召开到 2017 年底党的十九大召开，这段近四十年的时间被政治理论界统称为"新时期"，而在党的十九大之后，"新时期"的表述则被"新时代"所取代。

　　因此，在不同的领域和层面，"新时期"有广义和狭义两方面内涵。广义的"新时期"内涵是就政治学、社会学意义来说的，指的是 1978 年以来的近四十年时间。在诗歌、诗学领域，我们可以沿用"新时期"的广义内涵，因为在改革开放以来，中国新诗、诗学的发展出现了前所未有的变化：由关注外在世界延伸到关注内在世界，由单纯的群体意识延伸到对个人、生命的全方位关注，由单一的政治意识逐渐转向对世界的多元打量，而且，这种态

---

① 刘建军：《从"新时期"到"新时代"》，《人民日报》2017 年 10 月 20 日。

势还在不断延续着。不过，在新时期以来的诗歌、诗学发展中，还是可以划分出一些特殊的时期的，这就是我们所说的"新时期"的狭义内涵。具体说，狭义的"新时期"在诗歌和诗学领域主要指新诗和现代诗学从单一走向多元的尖锐交锋时期，而在多元形态真正形成之后，多元就成为一种常态，诗学争鸣逐渐减少，人们更多关注的是诗歌艺术自身。因此，这里所说的"新时期"使用的是它的狭义内涵，大致从 1978 年到 1986 年。

‖诗歌艺术探索：从"地下"到"地上"‖

中国当代新诗的发展经历了很多曲折。尤其是在"文化大革命"期间，由于受到严重的"左"的思想的制约，极端强调文学为政治服务，很多主题、题材、表现手法都成了"禁区"，中国的诗歌创作、诗学研究几乎处于一种停滞状态。一些在过去取得过成就的诗人、评论家被迫停止思考和探索，政治化、公式化、概念化、单调化成为那个时期诗歌、诗学的基本面貌。

1976 年 10 月初，中央宣布粉碎"四人帮"反党集团，这标志着十年"文化大革命"结束。但是，由于受到长期的思想禁锢，再加上"两个凡是"的思想在当时还占据着主流地位，诗歌的创作和研究并没有取得本质上的改观。1976 年 1 月复刊的《诗刊》是当代诗歌发展中最重要的诗歌刊物之一，《诗刊》复刊之后发表的诗歌作品、诗学观点依然和"文化大革命"时期的主流观念存在着深度关联，极端地说，其实就是"文化大革命"期间诗歌、诗学观念的延续。

不过，在探讨这个时期的诗歌创作的时候，我们不能只关注公开出现的诗歌现象。作为关注社会、记录心灵的艺术样式，除了少数民歌民谣外，诗歌都以个人创作为基本方式，其发展有时候和社会现实存在着一定程度的"断裂"，只是这类作品有时候无法公开，而是以隐蔽的方式存在。即使在"文化大革命"期间和"文化大革命"结束初期，文学、诗歌也并没有消亡。除了少数具有一定艺术特色的诗人以其独特的艺术智慧活跃在公开出版的报纸、期刊之外，很多诗人都以特殊的方式在"地下""民间"生存、聚集。这就是所谓的"地下文学"或者"潜在写作"。在诗歌领域，"文化大革命"期间，艾青、牛汉、曾卓、流沙河、食指等诗人悄悄地创作着关注现实、表达心灵的作品,只是由于特殊的外在原因,这些作品到了改革开放的"新时期"才逐渐获得了和读者见面的机会。

这股潜流的第一次爆发是在 1976 年 4 月 5 日前后的天安门诗歌运动中。1976 年 1 月 8 日,周恩来总理逝世。人们以各种方式进行悼念,却遭到了"四人帮"的阻挠和压制。这激起了人民更大的怒火,悼念活动蔓延到全国各地,4 月 5 日前后在天安门广场形成了悼念的高潮。人们云集在这里,将诗词贴在纪念碑上,挂在松柏枝叶间,并在人群中朗诵。

"天安门诗歌"大多为旧体诗词,在艺术上也没有特别突出的地方,但是,其对周恩来总理的怀念,对当时社会问题的关注,对那些颠倒黑白、是非不分的人、事的批判,对美好未来的期待,等等,在"文化大革命"时期公开发表的作品中几乎无法见到。这是诗歌干预社会、关注社会的优良传统的一次集中展现,也是人民心中聚集的愤怒和渴望的集中展现,是思想解放运动的肇始,是中国诗歌重新获得发展的前奏。但是,由于当时还处于"文化大革命"期间,人们的思想、情感还被禁锢着,所以天安门诗歌运动及其蕴含的思想解放的因子并没有在很广泛的范围内流传开去,而且此事件还被定性为"反革命事件"。

如果说"天安门诗歌"存在诸多政治方面的因素,在体式上主要是以民歌和旧体诗词为主,群体意识远远超越了个人创造的话,那么,在"文化大革命"期间逐渐形成的另外一股更加具有艺术性、探索性、创造性的诗歌潮流,就更值得关注了。一些远离政治、身处荒野的年轻诗人悄悄创作着他们认为具有价值、追求真实性的诗篇,并形成了一些各具特色的诗人群体,这些诗人群体包括后来人们认定的"北大荒诗群""白洋淀诗群"等等。这些诗人是新时期诗歌变革的预备队伍,以"暗流""地下"的方式影响着中国当代诗歌的进程。

"白洋淀诗群"是"文化大革命"中后期"地下诗歌"写作的主要力量之一,也成为后来新时期诗歌艺术探索的主要力量之一。"白洋淀诗群""开始于1969 年,形成于'文化大革命'中后期,1972—1974 年达到高潮,随着'文化大革命'结束与知青返城而在 1976 年终止"[①]。但是,它的影响却远远超

[①] 李润霞:《论"白洋淀诗群"的文化特征》,《南开学报(哲学社会科学版)》2005 年第 4 期。

过了这个时限和范围。白洋淀是"文化大革命"期间全国众多的知青下放点之一,地处离北京较近的河北。因此,在白洋淀知青点中,人员构成比较特殊,其中有相当数量的人是家庭背景优越、能够接触西方文学作品的高干子弟。他们在下放地自发地组织民间诗歌、文学活动,逐渐形成了在后来的诗歌史、文学史上具有不小影响的诗歌群落。"白洋淀诗群"的代表诗人主要有芒克(姜世伟)、多多(栗士征)、根子(岳重)、林莽(张建中)、方含、白青等。在当时,全国的许多地方如北京、河北、福建、贵州等地,都有类似的民间诗歌写作活动,有的还形成某种"群落"的性质。这些诗人在20世纪60年代末、70年代初开始写诗,当时正是"红卫兵运动"的落潮期,这使他们对"革命"感到了失望,精神上经历了深刻震荡①,于是试图以个体方式对真实感情世界和精神价值进行探求。这些作品和当时的主流诗歌(在公开出版的报刊、诗集中发表的诗歌)相比,具有更多的个人元素、自由思考、探索意识和独立的艺术品性,具有更多的诗学价值,但也是在当时的语境之下不允许出现和存在的探索。这种艰难的生长环境和过程使这些诗人及其作品在诗歌史、文学史、文化史上的价值和地位具有了先天的难以超越的特征。

有学者对这个群落在新诗现代主义思潮发展中的地位和影响做了如下评价:

如果说中国当代新诗潮在"文化大革命"初期经过先行者食指、黄翔的逃逸和突围,为新诗潮摆脱"政治专制"的诗歌包围奠定了最初的状态和流向,那么,到了"白洋淀诗群"实际上推进、扩展了新诗潮的河道,一路容纳着不断汇入的诗歌溪流,正向成熟迈进。如果说食指、黄翔是以浪漫主义为主导,融合了现代主义的某些特色,只是初步开始了现代主义诗歌的长旅;那么,"白洋淀诗群"已经使兼容浪漫主义的现代主义诗风成为主导倾向,从而为现代主义诗歌在中国当代的复归和重现做了重要的铺垫。如果说同时期的贵州诗人、上海诗人的群体性还不够显著,诗人的分布也较为零散,规模还较小的话,那么,无论在诗人的数量、诗歌的成就和对"新诗潮"形成的直接、显性影

---

① 这使我们想到了20世纪20年代一些作家的创作。随着五四运动的落潮,很多作家感到苦闷、彷徨,于是他们开始创作关注个人内心的作品,出现了小诗热潮,出现了鲁迅创作的《野草》等,这一时期成为中国现代文学发展的特殊时期,也是成果比较多元、丰富的时期。

响上，还是在群体性特征与规模上，"白洋淀诗群"都堪称新诗潮潜流期最具代表性的诗歌群体，是中国当代新诗潮发展过程中的重要阶段。①

当然，由于艺术风格、思想观念等方面存在差异性和多样性，不少学者也认为，"白洋淀诗群"只是一个诗人群体，而不是典型意义上的诗歌流派。这种看法是有道理的。这些诗人在当时只是以自己的方式写出自己的真实体验，也许对当时的艺术自觉可能产生的影响并没有多少预设和预测，但正是他们的这种艺术自觉引发了人们后来对于艺术、人生等多方面的思考，开启了中国当代诗歌、文学、文化发展的新的方向和道路。

从历史来看，"白洋淀诗群"的创作、探索活动好像在1976年就戛然而止了。但是，思想、观念的流动和影响往往不会因为某个时段、事件的结束而终止，而且在遇到新的、合适的氛围之后，还会快速地繁衍开来。这一批具有探索意识、能够独立思考的诗人在回到城市之后，仍然坚持了他们对于历史、现实和人生的关注与思考，而且不断将这种影响扩大开去，为后来新诗潮的公开出现奠定了基础。具体来讲，就是催生了民间刊物《今天》的出现。

在"文化大革命"之后，第一次将新的诗歌观念、艺术观念推向大众的是"今天"作家群，其主要原因是他们创办了当代第一家民间刊物。《今天》的主要人物如北岛、芒克、多多等，其实早就互相认识。他们在"文化大革命"之后开始筹备和创办民间刊物，宣传自己的诗歌、艺术主张。

"文化大革命"结束之后，北岛和芒克开始筹备《今天》创刊。那是1978年一个秋天的晚上，北岛、芒克和画家黄锐（也就是星星画会的发起人之一）在黄锐家喝完酒之后，北岛提出是不是可以办一份文学刊物，芒克第一个拍手赞成，黄锐也很兴奋，这事就这样定下来了。说干就干，北岛的弟弟赵振先记得，有一天他回家的时候，被眼前的一切弄得目瞪口呆。他看到他哥哥和几个人正在忙着将一册册的书装订，北岛告诉振先，他们正在办一

---

① 李润霞：《论"白洋淀诗群"的文化特征》，《南开学报（哲学社会科学版）》2005年第4期。

本文学杂志，叫《今天》，这是第一期。振先看到，封面让一些粗黑的道道竖着分隔开来，一看就是铁窗，里面就刊登了北岛那首著名的《回答》。

伴随着第一期的面世，各种矛盾也出现了，主要原因是观点不同，会议经常不欢而散，除了北岛和芒克，其他编委集体退出《今天》，直到赵一凡、徐晓、周郿英、鄂复明等人的加入，才使《今天》没有草草完结。他们成了《今天》的中坚力量，他们更多的时候在幕后工作，用默默的耕耘来换取《今天》的荣誉。北岛说："第一个阶段的《今天》一共出版了9期，从1978年12月到1980年的12月，实际上整整两年。以后我们就成立了'今天文学研究会'。又出了3期的文学资料，我们组织了两次比较大型的朗诵会，在1979年的4月8日和1979年10月21日，这两次朗诵会，我想也可以说是自1949年以后唯一的。"

《今天》以诗歌最为著名。在并不多的几期刊物上，北岛、芒克、多多、江河、顾城、舒婷、严力等一大批诗人从《今天》走了出来，他们的诗在后来被称为"朦胧诗"并且因为《诗刊》等主流刊物的转载，而被大众所熟知。[①]

可以看到，《今天》和当时的一些民间的诗歌、文学、艺术爱好者，尤其是"白洋淀诗群"中的很多诗人，是有直接联系的，其中的一些人还参与了《今天》的策划、编辑，一直是《今天》的主要成员。而且，通过北岛的联系，舒婷等人也成为《今天》的成员。可以说，《今天》集中了当时一大批具有才气，敢于在艺术上创新、突破的年轻诗人和作家，是中国当代文学意识觉醒和复苏的重要阵地。而且，这些诗人、作家大多有长达十年的创作经历，积累了很多作品，《今天》的创刊正好为这些作品找到了出路。有人认为："《今天》创办后，十年潜伏期默默积存的大量诗歌终于得以走出地下，北岛、芒克、舒婷、严力、顾城、江河、杨炼等，都在《今天》上发表诗歌，这些压抑已久的声音，一经释放，产生了巨大的能量，感染并激励了无数年轻人。"[②] 这一评价应该说是客观的、符合当时的历史事实。

《今天》是中国1949年以来第一个民间的文学刊物，是"地下文学"（或

---

① 河西：《北岛与〈今天〉30年》，《南方日报》2009年4月12日。
② 刘溜：《北岛与〈今天〉的三十年》，http://www.eeo.com.cn/2009/0120/127756.html.

者叫"潜在写作")浮出地表的体现。该刊第一期出版于 1978 年 12 月，经过两年多的坚持之后，于 1980 年 12 月停刊。在这段时间，《今天》共出版 9 期刊物和 4 种丛书。"每一期篇幅从六十页到八十页不等，内容有诗歌、小说以及评论。每一期的印量为 1000 本左右。"① 可以看出，《今天》的诗人和作家对于诗歌、文学是全身心地投入的，他们除了自己创作外，还亲自编辑、印刷刊物，同时，他们对于政治变化非常敏锐，对于上层在观念上的冲突和变化揣测得很准确。这也使他们的作品先天就打上了明显的时代、政治印记。

历史的发展有时候有很多巧合。《今天》创刊和悄悄传播的时间，正是党的十一届三中全会召开期间。正是在那次会议上，中央制定了改革开放的大政方针。在当代中国的发展中，这是一个值得大书特书的历史节点，中国政治、经济、社会、文化、文学的"新时期"也就从那时候开始了。

‖ "传统派"与"崛起派"的论争 ‖

1979 年是中国当代新诗发展中具有重要地位的年份。

对于当代诗歌的发展来说，仅仅依靠处于"地下"的《今天》是远远不够的，它最多只能在小圈子里流传和产生影响。他们让自己的作品走向公开的主要方式之一就是到处张贴刊物内容。

第二天（1978 年 12 月 23 日——引者），北岛和陆焕兴、芒克三个人骑着车四处张贴《今天》，"三个工人两个单身，无牵无挂的，从我们家出发，我拿一个桶打好糨糊——这是在'文化大革命'的时候学会的。一人拿着扫帚涂糨糊，然后另一个人贴，因为冬天很冷，必须贴得快，要不然糨糊就会冻住，还得放盐防冻"。

他们把《今天》贴到北京当时重要的场所，西单、中南海、文化部，还有《诗刊》杂志社、《人民文学》杂志社、社科院、人民文学出版社。"当时胆挺大的。"北岛说："我在人民文学出版社的门口碰到了徐晓，以前就认识她。我们正黑乎乎地往墙上贴的时候，她忽然间冲过来。徐晓就这样接上了，她也很吃惊。

---

① 刘溜：《北岛与〈今天〉的三十年》，http://www.eeo.com.cn/2009/0120/127756.html.

第二天贴到大学区，包括北大、清华、北师大、人大。"①

这种到处散发、张贴的方式确实引起了很多人的关注，其中就有《诗刊》的编辑。邵燕祥回忆说：

我是在1979年新年前后，从民间文学刊物《今天》上读到北岛的《回答》和舒婷的《致橡树》的（有一天，吴家瑾在《诗刊》社外墙上看到张贴着的《今天》，兴奋地向我推荐）。当时眼前一亮，心也为之一亮。许久没有读到这样刚健清新的"呕心"之作了。我说"呕心"，正如说歌唱家的发声不单是靠的嗓子，而是发自丹田，他们的诗是从灵魂深处汲上来的，已经在心中百转千回或说千锤百炼过了，没有毛刺，更没有渣子，完整透明，仿佛天成。北岛冷峻，舒婷温婉，同样显示了诗人的风骨。我读到《今天》以后，征得几位领导的同意，首先是严辰的支持，就把北岛和舒婷的诗在1979年《诗刊》的三、四月号发表出来。读者一下子就被他们的诗歌吸引了。②

《诗刊》的胆识在于，它敢于在合适的时候推出具有新观念、新手法的作品，在1979年的第3期、第4期先后选发了《今天》发表的北岛、舒婷的作品，引发了人们关注、思考，也可以说开启了诗歌艺术探索的新时代。邵燕祥说："这两首诗并没有排在杂志的显著位置，在每一小辑中也没有让它们打头，毋宁说是故意的安排，以减少可能遇到的阻力。然而我们的读者很敏感，他们还是在不起眼的第几十几页上发现了这两首诗，发现了陌生的诗人的名字。编辑部听到很多赞许的声音。"③可以看出，《诗刊》和一些有良心的编辑为推动诗歌观念的新变，付出了大量心血。当然，效果也是很明显的。

1979年9月，另一家著名的诗歌刊物《星星》复刊，刊发了青年诗人顾

---

① 刘溜：《北岛与〈今天〉的三十年》，http://www.eeo.com.cn/2009/0120/127756.html.
② 邵燕祥：《答〈南方都市报〉记者田志凌问》，《南磨房行走》，北方文艺出版社2011年版，第210—211页。
③ 邵燕祥：《答〈南方都市报〉记者田志凌问》，《南磨房行走》，北方文艺出版社2011年版，第216页。

城的《抒情诗 19 首》，并配发公刘的评论文章《新的课题——从顾城同志的几首诗谈起》。

通过这些方式，一些潜在的诗歌艺术探索、一些具有特色的诗歌作品走向了大众，使人们逐渐意识到诗歌可以有多种写法，诗歌艺术的探索可以是多元的。

但是，20 世纪五六十年代到"文化大革命"时期的文学观念影响着一大批人，即使在经过了拨乱反正、实践是检验真理的唯一标准的讨论、国家提出了改革开放的主张之后，那种积淀时间很长、成了很多人思想根基的观念依然很强大，这使得一部分人很难在短时间内接受和那种观念相差甚远的新的观念。于是，从 1980 年开始，中国诗歌界、诗学界出现了一场时间不短的争鸣。这场争鸣导致了新时期三个重要的诗论群落的出现。

1978 年 10 月，刚刚恢复运作的中国作家协会组织作家到大庆、鞍山采风，参与者中诗人甚少。1979 年 2 月，《诗刊》社首次组织大型诗人访问团赴海南岛、上海、青岛等地，取名为"海上行"采风团，艾青为团长，孙静轩、韦丘等诗人也参加其中。这些活动标志着诗歌界开始活跃起来。孙绍振说："诗人启动了，理论家也就顺理成章地要有所表现，于是张炯、谢冕他们，当时可能已经组织了当代文学研究会，就策划了南宁的第一届诗歌理论研讨会。"① 人们习惯上把这次会议称为"南宁会议"或者"南宁诗会"，这次会议是诗歌界关于"朦胧诗"讨论的一次重要会议。

"南宁会议"于 1980 年 4 月 7 日至 22 日在广西南宁、桂林举行。出席会议的人员中恰好有多位在后来分别被划入"传统派"和"崛起派"的代表人物，如丁力、闻山、谢冕、孙绍振等。谢冕回忆说："我是会议筹备组的，最初准备时，并没有要讨论后来的'朦胧诗'，但是那个时候很敏感的人能够感觉到这个创作现象。应该说以《今天》为代表出现的这样一个'朦胧诗'，那时候已经不是地下的处于一种被谈论的状态。有的人觉得很好，有的人觉得不好，有的人觉得很怪，有的人觉得一点都不奇怪，这是应该的，应该有的。

---

① 孙绍振：《孙绍振答程光炜问：我与"朦胧诗"的论争》，骆寒超、黄纪云主编《星河·第一辑》，人民文学出版社 2009 年版，第 222 页。这次会议其实当时叫"全国当代诗歌讨论会"。

这是截然不同的看法。"① 在这样的语境之下，只要稍有机缘，讨论的话题就可能会延伸开去。事情的起因是 1979 年 10 月的《星星》复刊号正好被带到了会议上，顾城的作品引起了一些与会人士的极大震动。有人赞赏，也有人质疑；有些作品被赞赏，有些作品被质疑，甚至被称为"古怪诗"。这些作品在参加会议的人员中引起了激烈争论，据孙绍振回忆：

> 一派主张对于"古怪诗"这样脱离群众，脱离时代的堕落的倾向要加以"引导"，而另一派以谢冕和我为代表，则为"古怪诗"辩护。当年还是中年讲师的谢冕提醒大家：每当一种新的创造产生，我们总是匆匆忙忙去引导，"采取行动"的结果，不但不是推动诗歌艺术的发展，而是设置了障碍。
>
> ……
>
> 反对派以老实巴交的丁力为代表，他不无忧虑地提出：危机不在于古怪诗，而在于古怪诗张目的"古怪诗论"。虽然双方语言已经相当的情绪化了，但是，气氛还是比较友好的。②

会议之后，一些报刊敏锐地感到诗界的争鸣势在必行，准备发表文章参与讨论。《光明日报》就约请谢冕、孙绍振撰写文章。谢冕写的是《在新的崛起面前》③，孙绍振写的是《诗与"小我"》④，文章发表出来之后，产生的影响并不是很大。对谢冕文章的直接批判，主要是丁力在那之后发表的几篇短文——引发"传统派"受到关注并最终形成一个诗学群落的短文。

谢冕的文章发表之后，以丁力为代表的诗人、评论家对其进行了尖锐批判。"古怪诗"之说来自丁力对当时诗坛现状的一种概括：

> 当前诗歌的状况，基本是三派：一是写旧体诗词的，是古风派。一派是以很朦胧到很晦涩为特征的洋风派，古怪诗是属于这一派的。以上是两个小

---

① 王尧：《"三个崛起"前后——新时期文学口述史之二》，《文艺争鸣》2009 年第 6 期。
② 孙绍振：《孙绍振答程光炜问：我与"朦胧诗"的论争》，骆寒超、黄纪云主编《星河·第一辑》，人民文学出版社 2009 年版，第 222–223 页。
③ 谢冕：《在新的崛起面前》，《光明日报》1980 年 5 月 17 日。
④ 孙绍振：《诗与"小我"》，《光明日报》1980 年 7 月 30 日。

派，是不宜提倡的，但也不要禁止。再有一个大派，就是国风派，是中国作风、中国气派的，中国人民喜闻乐见的或乐于接受的民族化、群众化倾向的诗派。①

丁力还针对谢冕的观点提出了"古怪诗论"的说法。他说："奇怪的是近来有一种古怪诗论，极力支持古怪诗，鼓吹古怪诗风。持这种古怪诗论的，可以以谢冕同志为代表。"他认为"现在的古怪诗，也是一种食洋不化的症候，'让人读不太懂'的'很朦胧'的朦胧诗和'让人不懂'的晦涩诗，都没有学到人家的长处，而是吸收其晦涩难懂的特征，拾人余唾，陈腐不堪，还美其名曰'创新'。何新之有！"丁力还引用谢冕在 20 世纪 70 年代末期发表的一些观点对谢冕诗歌观点的变化进行质疑，认为："观点是可以改、也是允许改变的"，"但是他在往错误的方面改变，而毫不联系自己，老是教训人，自居于'导师'地位，我就不得不指出他是昨是而今非了。为了一味颂扬古怪诗，一反自己的'一贯的观点'，把自己对新诗的研究成果，把革命的诗歌理论，抛到东洋大海里去了，我觉得这是十分可惜的。这样对照一下，让他看看自己过去的话，是想促使他早点回到现实主义（包括积极浪漫主义）的诗歌理论上来！"②可以看出，北岛、舒婷、顾城等人的诗首先触碰的是丁力等老一辈诗论家的诗歌观念。

如果说，"南宁会议"标志着关于新诗潮的讨论由民间走向学术界，那么，谢冕、孙绍振的这两篇文章的发表则标志着关于新诗潮的讨论又从口头讨论走向了报刊上的争鸣。由于丁力等人发表文章对谢冕和"朦胧诗"提出尖锐的批评，尤其是《诗刊》的加入，讨论逐渐成为一次全国性的诗歌事件。

事实上，当时这种以青年诗人为代表的新的诗歌思潮并没有一个统一的名称，根据喻大翔的说法："据我们所知，一九七九年底至一九八〇年上半年，'某种品类''难懂诗''晦涩诗''古怪诗''意境朦胧''朦胧感''朦胧美''新诗潮'等各种名目在诗坛相继出现。但自从《诗刊》一九八〇年八月号登出《令人气闷的'朦胧'》一文，作者把自认为'似懂非懂，半懂不懂，甚至完全不懂，百思不得一解'的诗，姑且名之为'朦胧体'，'朦胧诗'也就被接受下来，

---

① 丁力：《新诗发展管见》，《诗歌创作与欣赏》，陕西人民出版社 1983 年版，第 316 页。
② 丁力：《古怪诗论琐议》，《诗歌创作与欣赏》，陕西人民出版社 1983 年版，第 312-313 页。

叫开了。"①为了便于讨论，我们在这里直接使用"朦胧诗"这个名称。关于"朦胧诗"的讨论，最早开始于四川的《星星》，该刊 1979 年 10 月的复刊号发表了公刘的《新的课题——从顾城同志的几首诗谈起》，而大规模的讨论是在福建展开的。《福建文艺》在 1980 年推出了舒婷的作品，并从当年第 2 期开始连续发表文章展开了讨论。《福建文艺》还组织了研讨会，在会上，"支持派占了上风"②，但批判派仍然有很大的力量，甚至有人把舒婷都说哭了。孙绍振在讨论会上发表了长文《恢复新诗的根本艺术传统——舒婷的创作给我们的启示》，把舒婷当作了新诗复兴的标志。

在这种讨论逐渐展开之后，《诗刊》于 1980 年 9 月 20 日至 27 日在位于定福庄的煤炭干部管理学院招待所组织了一次全国性的"诗歌理论座谈会"，"邀请了北京和外地的部分诗歌理论工作者，以及《文艺报》《星星》《海韵》《诗探索》的代表，共 23 人。他们是丁力、丁芒、易征、孙绍振、尹在勤、任愫、严迪昌、李元洛、杨匡汉、吴超、吴思敬、宋垒、何燕平、张同吾、阿红、陈犀、罗沙、金波、钟文、郑乃臧、高洪波、黄益庸、谢

---

① 喻大翔：《朦胧诗精选·前记》，喻大翔、刘秋玲编选《朦胧诗精选》，华中师范大学出版社 1986 年版。关于这一说法，广州的《信息时报》2008 年 11 月 12 日 A24 版刊登文章《朦胧诗：一代人透视黑夜的眼睛》说："诗人钱超英撰文回忆说，很多人也许不知道，'朦胧诗'这个概念，其实就是广东的发明。最初是广东作协负责编《作品》诗歌的黄雨撰文指责当时的新诗作品'不足为法'，紧接着是经常在《羊城晚报》写评论的章明，发表了《令人气闷的'朦胧'》一文，引发轩然大波。章明评价这些作品'叫人读了几遍也得不到一个明确印象。'认为他们是受了西方现代主义诗歌的不好的影响，过分个人化的意象与词汇使诗意显得晦涩怪僻，整体意境荒诞而诡异，有时还呈现某种灰暗低沉的情绪，有趣的是，他所提出的'朦胧诗'这一本来是否定性的评价概念，后来却成为约定俗成的名词。"
② 孙绍振：《孙绍振答程光炜问：我与"朦胧诗"的论争》，骆寒超、黄纪云主编《星河·第一辑》，人民文学出版社 2009 年版，第 221 页。

冕"[1]。据邵燕祥回忆，吴家瑾负责组织那次会议，他们"找了一批谢冕这样的，还有一批如丁力这样的'反对派'"。在当时的会议上，"两边面对面争得脸红脖子粗，很激烈。但都是出于公心，研究问题，讨论得很好。不打棍子，不扯到政治上去。我们后来发表的时候也是不同意见你三篇我三篇，效果不错。像是个学术'争鸣'的样子"[2]。朱先树也是会议的驻会人员之一，而且参与撰写了会议的简记，他回忆说："会议通过自由讨论、展开学术争鸣，对诗歌创作和有关理论问题，进行了一次热烈而冷静的交锋，各种观点都得到了充分的表达，七个日日夜夜，可以说是不眠不休，争论虽然激烈，但气氛却十分友好。这次会议把之前对诗歌的各种不同意见和争论，集中起来了，这就是诗坛著名的关于朦胧诗的大讨论。"[3]座谈会讨论的内容比较广泛，但在诸多问题上都存在争议。根据会议综述的记载，争议主要体现在六个方面：一、今后新诗应遵循什么道路发展；二、关于诗与现实的关系及"诗歌现代化"问题；三、关于学习外国；四、关于诗的感情的真实性问题；五、关于自我问题；六、怎样看待青年诗人的探索。可以说，在任何一个话题上都形成了两种不同的意见，尤其是关于青年诗人的创作，根据当时的会议纪要，谢冕等人和丁力等人的观点几乎是针锋相对的：

　　（谢冕）的基本观点是，近一二年里出现的一批年轻诗人及他们的一些"新奇""古怪"的诗，是新诗史上的一种新的崛起，它"打破了诗坛的平

---

① 吴嘉、先树：《一次热烈而冷静的交锋——〈诗刊〉社举办的"诗歌理论座谈会"简记》，《诗刊》1980年第12期。谢冕、孙绍振等参加者在他们的谈话之中谈到了座谈会的一些情况，参会人数、具体人员等均有所出入。这份"简记"是当时会议组织者留下的，而且点到了每一个应邀出席会议的人员的名字，基本数字应该更可信。作者之一的先树即朱先树。2009年10月31日，朱先树应邀参加重庆丰都县委、县政府主办的"中国当代著名作家看丰都"采风活动，同行的还有著名诗人、《诗刊》前主编叶延滨。我向朱先生就这些问题进行咨询，他说，他记载的时间和具体参加人肯定是没有错的。当时，他和吴嘉作为《诗刊》的驻会工作人员一直参与会议，其间，《诗刊》的负责人邹荻帆、柯岩也先后参加会议讨论。在会上，丁力和谢冕争论非常激烈，而在一个晚上，柯岩和孙绍振的争论几乎如同吵架。
② 邵燕祥：《答〈南方都市报〉记者田志凌问》，《南磨房行走》，北方文艺出版社2011年版，第217页。
③ 朱先树：《我在〈诗刊〉当编辑二三事》，《诗刊》2006年第1期。

静"，"引起了习惯势力和惰性的惊恐与不安"。于是才有人指责这些"新"诗为"古怪"，有人要引导这些诗回到狭窄的老路。他说，正是一批年轻人"首先对束缚人的精神枷锁提出了疑问"，他们的诗"思想上反叛了现代迷信，抛弃了诗歌为政治服务的狭隘见解"，在艺术上调动了各种艺术手段，并使之得到充分的发挥。

……

丁力同志认为，对青年诗人的诗要作具体分析，不能把古怪诗和新的一代青年诗人的创作混同起来。许多青年写了大量的好诗，反映现实生活的、人们能读懂的诗。对这些诗作，我们的某些诗评家并没有表现出应有的热情，却偏偏把一些古怪的诗捧上了九天，认为是"新的崛起"，是投进黑屋子里的"几线光明"。他认为有一些青年诗人写了一些古怪诗，原不足惊讶，也并不可怕，可怕的是对他们一味吹捧，助长他们轻狂和骄傲的"古怪诗论"。[①]

孙绍振的《新的美学原则在崛起》则是在"定福庄会议"之后应《诗刊》编辑之约而写的，他说："《诗刊》的会议结束后，我乘火车回去，《诗刊》编辑吴家瑾约我写篇文章。"[②]经过几次反复之后，这篇文章发表于《诗刊》1981年第3期，同时加了编者按语。按语在简单概括了孙文的观点之后说："编辑部认为，当前正强调文学要为人民服务，为社会主义服务，以及坚持马克思主义美学原则方向时，这篇文章却提出了一些值得探讨的问题。"孙绍振的"新的美学原则"在回应谢冕的主张的同时，进行了学理的提升。其基本观点主要体现在下面这段文字中：

谢冕同志把这一股年轻人的诗潮称之为"新的崛起"，是富于历史感，表现出战略眼光的。不过把这种崛起理解为预言几个毛头小伙子和黄毛小丫头会成为诗坛的旗帜，那也是太拘泥字句了。与其说是新人的崛起，不如说是一种新的美学原则的崛起。这种新的美学原则，不能说与传统的美学观念

① 吴嘉、先树：《一次热烈而冷静的交锋——〈诗刊〉社举办的"诗歌理论座谈会"简记》，《诗刊》1980年第12期。
② 王尧：《"三个崛起"前后——新时期文学口述史之二》，《文艺争鸣》2009年第6期。

没有任何联系，但崛起的青年对我们传统的美学观念常常表现出一种不驯服的姿态。他们不屑于做时代精神的号筒，也不屑于表现自我感情世界以外的丰功伟绩。他们甚至于回避去写那些我们习惯了的人物和经历、英勇的斗争和忘我的劳动的场景。他们和我们 50 年代的颂歌传统和 60 年代的战歌传统有所不同，不是直接去赞美生活，而是追求生活溶解在心灵中的秘密。

这篇文章发表之后，《诗刊》接着就发表了程代熙的文章《评〈新的美学原则在崛起〉——与孙绍振同志商榷》，引起了一场大讨论，有认可的，也有反对的。

1980 年 7 月，当时还是吉林大学学生的徐敬亚参加了《诗刊》社组织的"青年诗作者学习会"（后来统称为"首届青春诗会"）。1981 年 1 月，他完成了专门研究 1980 年诗歌的长篇论文《崛起的诗群——评 1980 年中国诗的现代倾向》作为"大学三年级时的'学年论文'"[1]。在这篇文章中，他从六个方面探讨了 1980 年中国诗歌所体现出来的现代倾向："现代倾向的兴起及背景""新倾向的艺术主张""新倾向的内容特征""一套新的表现手法正在形成""新诗发展的必然道路""中国现代诗的前景与命运"。他是带着激情完成文章的写作的，他说：

我想告诉每一个为诗而忧虑的心灵，甚至每一个与我有着截然相反忧虑的人们：我感到一个崛起性的开始，已经降临！诗坛上一种崭新的倾向正像一位陌生而焦躁的朋友，站在每一个人的面前，等待我们给予认识，给予友谊。我是那样急切！以至于在很多计划内的阅读未完成，大量作品尚未深入研究的情况下，不得不做了超过我能力的事情，我想大声宣告，中国诗歌迎来了怎样一次全新的变革呀！[2]

---

[1] 徐敬亚为《崛起的诗群——评 1980 年中国诗的现代倾向》一文写的"自注"，见《崛起的诗群》，同济大学出版社 1989 年版，第 117 页。

[2] 徐敬亚：《崛起的诗群——评 1980 年中国诗的现代倾向》，见《崛起的诗群》，同济大学出版社 1989 年版，第 47 页。该文在《当代文艺思潮》1983 年第 1 期发表时副标题改为"评我们诗歌的现代化倾向"，篇幅也有所压缩。本书涉及该文的引文均以收入《崛起的诗群》一书的文本为准。

在文章中，徐敬亚以年轻人特有的敏锐、热情和勇气对当时的一些观点进行了批判，对以"朦胧诗"为代表的新探索给予了很高评价，认为这条道路是"新诗发展的必然之路"。

但是在 1983、1984 年，针对徐敬亚的文章所出现的讨论、批评文章铺天盖地，批判的声音远远超过了肯定和认可的声音。有些批评引向了政治性的批判，认为他的文章"背离了社会主义文艺方向"。在当代文学史上，除了政治大批判年代，也许还没有哪一个人的文章受到如此多的关注，而且反批评的声音非常微弱。从 1985 年开始，这种以诗歌、诗学观点为批判对象的讨论逐渐淡化下来。

至此，新时期诗学界的两个重要的理论群落及其争鸣的基本线索大致就清晰了。以谢冕、孙绍振、徐敬亚为代表的倡导诗歌艺术新变、提出学习西方的诗歌艺术经验、支持"朦胧诗"的诗学群落，因为他们的几篇具有代表性而且受到批判的文章题目中都有"崛起"二字，因此被人称为"崛起派"。另外一派以丁力、宋垒、闻山、程代熙、尹在勤等为代表，他们坚持传统的诗歌观念，对于来自国外的诗歌观念基本上持反对、拒绝的态度，被人们称为"传统派"。

在诗歌、诗学发展中，不同观点之间的讨论、争鸣是正常现象甚至是不可避免的，也是具有独特价值的。这种争鸣可以让诗学真理越来越明朗，可以让人们从多角度思考诗歌艺术的发展。更重要的是，这种讨论和争鸣对于提升人们的艺术判断力，推动诗歌艺术、诗学观念的新变具有重要作用。

‖"上园派"的形成及基本观点‖

就新诗和现代诗学发展的历史看，"传统派"和"崛起派"的讨论各有所持，也各有所失。

"传统派"强调传统的价值，对于延续文脉、守护中国传统根基具有价值，但是他们对于诗歌、诗学中的创新意识和新现象的反对，以及在讨论传统时所具有的传统主义的倾向，对于诗歌艺术的发展又是不利的。尤其是在中国已经开始了改革开放的时代，拒绝外来的优秀艺术经验，不利于中国文化、艺术、诗歌与外国文化、艺术、诗歌的交流，也不利于将中国的优秀传统推广到国外去。

　　"崛起派"主要强调创新，强调西方文化、艺术观念对新诗创作的影响，这对于打破长期以来新诗的封闭状态，推动新诗艺术的多元化发展，肯定是功不可没的。但是，在他们的观念中，存在着忽视传统、疏离传统的情形，这对于弘扬优秀文化传统、建立中国性的文化根据，存在着一些缺失。

　　黄子健等在《中国当代新诗发展史》中对"传统派"做过如下描述：

　　所谓传统派是相对于崛起派而言的。其代表者有臧克家、丁力、丁芒、宋垒、闻山、李元洛、尹在勤、周良沛、晓雪等。该派并非不主张新诗的创新，却又更为强调对传统的继承，主要是对现实主义诗歌传统的继承，故而多从现实政治需要评论诗歌作品的社会价值，对青年人创作中的非现实主义创作倾向持一种较为严厉的批评乃至否定态度，是传统现实主义美学在新时期诗歌理论批评中的体现。①

　　古远清对"传统派"有过这样的评价：

　　这派以丁力、闻山、尹在勤等为代表。他们恪守自己的理论信仰，坚持现实主义道路。……丁力坚持现实主义的创作道路，主张新诗应有中国作风、中国气派，反对晦涩诗，曾得到不少中、老年诗人的赞同。但他和闻山等人的价值取向和价值理论，并没有发生应有的移动和变化，像对现代派深恶痛绝，对有些青年诗人用象征法、暗示法、隐喻法、悬想法、串珠法写成的作品持怀疑、反对的态度，则不利于新诗的革新，也无利于新诗朝多元化的方向发展。②

　　古远清也对"崛起派"的观点进行过总结：

　　其代表人物是谢冕、孙绍振、徐敬亚……这一派诗论家著文不拘泥保守，

---

① 黄子健、佘德银、周晓风：《中国当代新诗发展史》，成都科技大学出版社1993年版，第287页。
② 古远清：《中国当代三大诗论群体透视》，《中外诗歌交流与研究》1989年第2、3期合刊。

立论大胆；下笔时偏重于激情的抒发，注意文体的革新。他们在"朦胧诗"遭到许多人非议的情况下，大胆支持青年诗人的探索，表现了极大的艺术勇气。但这一派的理论倾斜也是十分明显的：他们中的有些人彻底否定传统，主张新诗的发展从零开始；对"朦胧诗"评价过高，将其说成新诗未来发展的方向；"新的美学原则"把人的价值归结为"个人利益""个人精神""个人幸福"在社会上占有的地位以及个人感情悲欢在艺术上得到怎样的反映，而否认政治标准对人的价值的决定作用，这也走向了另一极端，且超出了诗歌美学研究的范畴。他们这一群体，近年来还出现了"后崛起"派产生的迹象。①

　　吕进在肯定"传统派"的诗学价值的同时，又认为："传统派表现出一定程度的传统主义倾向，他们对传统的理解是静止的。（其实，传统的生命力正在于它与变革一致。传统是过去的现代，现代是传统的延续。）因而他们有'过去派'的形象，在新诗现代化过程中影响有限，尤其在青年当中同调很少。"②对于"崛起派"，吕进肯定了它的"创新意识"和"革新锐气"，同时也指出："崛起派的'崛起'根基并不稳靠，因为在他们那里，中国新诗的现代化往往同西方现代派化同义。在与中国（包括新诗自身的）优秀诗歌传统的断裂中，他们的理论表现出偏激与局限。可以说，崛起派长于摧毁与拓荒，但并不长于中国新诗理论的正面构筑。"③这种评价正是以吕进为代表的一个新的理论群落得以生长的基础。就在"传统派""崛起派"两个诗论群落展开尖锐讨论、争鸣的时候，另一种力量正在生长。这个新的群落所做的就是对"传统派""崛起派"在诗学观念中所体现出来的问题的纠偏和完善，其目的在于建构中国现代诗学理论。

　　1984年4月8日至28日，《诗刊》社在北京举办了为期半个多月的评论作者读书写作会。参加会议的有孙克恒、袁忠岳、叶橹、竹亦青、吕进、陈良运、杨光治、余之、朱子庆，一共9人，地点在西直门外北方交通大学

① 古远清：《中国当代三大诗论群体透视》，《中外诗歌交流与研究》1989年第2、3期合刊。
② 吕进：《中国新诗研究：历史与现状》，《理论与创作》1995年第4期。
③ 吕进：《中国新诗研究：历史与现状》，《理论与创作》1995年第4期。

（今北京交通大学）旁边的上园饭店①。"这次读书写作会，主要是读马列主义文艺理论和近两三年创作的诗歌及评论，其次是研究创作问题和写作理论文章。在研究和分析作品的基础上，大家拟订了一批文章选题，并写出了一些对当前创作有针对性的、有分析的文章，有的同志还拟订了今后一段时间的研究和写作计划。"②应该说，这是一个小规模的、有指导思想、内容明确的读书写作会，与会者之间的交流机会很多。从当时的记载看，这次会议其实是有针对性的，"这些年的诗歌评论工作中，取得了不少成绩，但也出现了一些失误。所谓'崛起'理论的出现和在诗坛形成的影响就是突出的例证。因此如何进一步开展科学的、实事求是的创作评论和理论批评，在当前更为显得迫切和重要""对五六十年代的创作，和八十年代的创作，我们不能用今天去否定昨天，也不能用昨天来否定今天，一定要坚持用辩证唯物主义的观点来看待问题，只有这样才能真正分清是非，增进两代人的团结"③。换句话说，当时的《诗刊》社对"崛起派""传统派"的观点都是不完全满意的，试图通过这两个群落之外的评论家来加以纠正。

1985年12月，《诗刊》社受中国作家协会委托举办了第二届全国新诗（诗集）评奖的读书班，地点仍在上园饭店。上一次读书写作会中除孙克恒（于1988年去世）、竹亦青（于1984年去世）、余之3人外，其他人都参加了，此外阿红、蒋维扬、古远清、陈绍伟、黄邦君、刘强也参加了读书会。大家除了读诗评诗外，也交换了对诗坛争论的一些看法。正是在这次会议上，几个诗歌观念相同或相近的评论家认为，在"传统派"和"崛起派"之外，应该在诗坛上有另外一个群体，这个群体就是后来被称为"上园派"的诗论群落。

值得注意的是，这两次会议的参与者几乎没有属于"传统派"和"崛起派"核心人物的诗论家，可以看出，组织者对参与人员是进行过挑选的，参与者的诗学观念基本上一致，属于当时的"中间派"，也就是各方面（包括官方、

---

① 朱先树：《要认真重视诗歌评论工作——记〈诗刊〉举办的评论作者读书写作会》，《新时期诗歌主潮》，作家出版社2002年版，第239页。

② 朱先树：《要认真重视诗歌评论工作——记〈诗刊〉举办的评论作者读书写作会》，《新时期诗歌主潮》，作家出版社2002年版，第239页。

③ 朱先树：《要认真重视诗歌评论工作——记〈诗刊〉举办的评论作者读书写作会》，《新时期诗歌主潮》，作家出版社2002年版，第240、241页。

刊物、大多数诗人和诗歌读者）都可以接受的人员①。袁忠岳回忆说：

　　当时诗坛刚刚刮过去一阵批三个"崛起"的政治风暴，大家对这种在学术领域搞大批判的做法是不满的；但对"崛起"论中全盘西化的主张也不以为然。在半个多月相处和相互交谈中，大家对于当前诗歌的看法，渐渐有了共识。这就是后来形成"上园派"的思想基础……吕进、朱先树、阿红、杨光治、叶橹、朱子庆和我7人共同商量，认为在诗坛互相对立的"崛起"与反"崛起"之外，应该有另外一种声音，这是更能代表多数的第三种声音，即：移植要本土化，继承要现代化。②

　　这个群体的诗论家其实在20世纪70年代后期就开始活跃于诗歌批评界，研究成果很多。和"传统派""崛起派"不同的是，他们所关注的主要是诗歌的基本理论问题，吕进在1982年出版的《新诗的创作与鉴赏》便是其中的代表性成果之一，而对于诗坛上出现的各种新的诗歌思潮，他们一般不急于发表意见，而是在认真观察之后才逐渐表达他们对这些现象的看法。任何诗歌理论都有支撑其观点的诗歌作品和诗人群落。"传统派"的支撑是20世纪五六十年代的诗歌作品，"崛起派"的支撑主要是"朦胧诗"，而在"上园派"那里，他们关注最多的是以艾青为代表的"归来者"和以雷抒雁、叶延滨、叶文福、傅天琳、杨牧、李钢、骆耕野等为代表的"新来者"③，同时也不忽视"传统派""崛起派"所关注的对象。

　　"上园派"第一次在诗学界亮出旗帜是在1986年，当年的《华夏诗报》发表了一组共5篇谈论诗坛现状的短文，作者分别是袁忠岳、朱先树、杨光治、

① 朱先树是"上园派"核心成员之一，在该群体形成之时是《诗刊》的理论编辑，对"上园派"的形成发挥了重要作用。2009年10月31日，朱先树应邀参加重庆市丰都县委、县政府主办的"中国当代著名作家看丰都"采风活动，笔者曾问他：参加这两次活动的诗论家既没有"传统派"的，也没有"崛起派"的，是不是经过了选择？他说，当然是经过选择的，都是观点比较稳妥、可以为多数人接受的诗论家。
② 袁忠岳：《从上园到北碚》，《中外诗歌研究》2005年第4期。
③ "新来者"这个概念是吕进先生提出来的。他在《文艺研究》2010年第3期发表了《论新时期诗歌与"新来者"》一文，对"新来者"的人员构成、艺术特色、艺术成就等进行了较为全面的讨论。

朱子庆、孙克恒。报纸加了编者按：

　　在一九八四年四月《诗刊》社举办的诗歌评论工作者读书会和一九八五年十二月中国作协委托《诗刊》社召集的第二届全国新诗（诗集）评奖读书班上，与会的一批诗歌评论工作者就诗歌理论批评问题做了广泛的交流。由于在一些基本问题上，他们看法接近或一致，又两度聚会于北京西直门外的上园饭店，便以"上园派"自居。现本报编发了他们中五位对当前诗坛现状的笔谈，以求进一步活跃诗坛的争鸣气氛。①

　　这五位作者中，前四位都进入了"上园派"的名单。也就是在 1986 年②，吕进受托编选了一本诗论集《上园谈诗》，在 1987 年 9 月由重庆出版社出版。

　　吕进谈到了《上园谈诗》的"缘起"：

　　这本七人合集的缘起和上园饭店不无关系。1984 年春，一个读书会在上园饭店举行。这是一家新建饭店，位于北京的西北角。一年多过去了。1985 年隆冬，又一个读书会的地址凑巧又是这里。

　　从第一个读书会到第二个读书会，上园饭店给一大群诗评家提供了结识机会。他们虽然大多过去不曾谋面，然而早就熟悉彼此的名字，以文会友，上园饭店的相聚使他们一见如故。

　　两个读书会的参加者虽然不尽相同，友谊却是相同的，面对面的切磋，北往南来的鸿雁，深化了讨论，也深化了友谊。于是，一个念头应运而生：合出评论集子；于是，又一个念头不谋而合：书名一定得有"上园"二字，

---

①刊于《华夏诗报》1986年总第9期。这个期号应该是这份报纸的总期号，报纸上没有标记出具体的出版日期。古远清在《中国当代三大诗论群体透视》（刊于《中外诗歌交流与研究》1989年第2、3期合刊）一文中说："他们中的一部分人，便于1986年春在广州出版的《华夏诗报》上打出'上园诗派'的旗号。"因此，这份报纸应该是当年春天出版的。
② 朱先树为该书撰写的《关于诗的传统与现代追求问题——代卷前语》标注的写作时间是"1986.8.5-13 北京"，吕进为该书撰写的《变革，为了新诗在当代中国的繁荣——卷末语》标注的写作时间是"丙寅年正月初四于西南师大　一九八六年八月十四日改定于北戴河"。也就是说，此书至迟在 1986 年 8 月就已经完成了编选。

以纪念在这家饭店萌生的学术友谊。这个念头得到重庆出版社的热情支持。他们不但将本书立即补入选题计划，而且想方设法加快出书速度。[①]

　　其实，这也是对"上园派"形成过程的一个简单说明。该书收录的文章被分为"上园笔会""上园诗评""上园诗论""上园诗话"等几个部分，其实这也正好是"上园派"诗论家特别关注的几个诗学领域。

　　朱先树的"代卷前语"《关于诗的传统与现代追求问题》，恰好说明了"上园派"特别关注的话题之一，就是如何处理好传统与现代的关系问题，涉及对"传统派"和"崛起派"所讨论的话题的回应。吕进在"卷末语"——《变革，为了新诗在当代中国的繁荣》中，则强调了诗学研究中的求实意识、创新意识、多元意识，体现了"上园派"的诗学态度、开阔视野和包容情怀。

　　在《上园谈诗》出版的同时，古远清的一篇评价杨光治评论文章的论文也明确提出了"上园诗派"的概念，他说：

　　　　"上园诗派"，处于"崛起派"和"传统派"（姑且言之）的交叉点上，他们的诗论主张和思维方式，既不同于"崛起派"，也有别于"传统派"。如果要想了解这个诗派的主要观点，除了阅读他们即将出版的《上园谈诗》（重庆出版社）、《中国当代抒情短诗赏析》（文化艺术出版社）外，还可读读杨光治最近在《当代文坛报》连载的《新诗十年的回顾与展望》(1987年1—4期)。这组论文，系统地体现了"上园诗派"有关新诗的主张、观点及其研究方法。[②]

　　可以看出，古远清对"上园派"的形成和其所持的观点是非常关注的，《上园谈诗》还没有正式出版，他就已经知道了这本书。他在这段文字中对"上园派"的评价，抓住了"上园派"和"传统派""崛起派"之间的关系。在后来的很多研究成果中，古远清多次谈到"上园派"，并对其观点表示认同。

---

① 吕进：《变革，为了新诗在当代中国的繁荣——卷末语》，《上园谈诗》，重庆出版社1987年版。
② 古远清：《"上园诗派"主张的生动阐明——读〈新诗十年的回顾与展望〉》，《当代文坛报》1987年第9期。

　　"上园派"是在"传统派"和"崛起派"之外生长起来的又一个诗论群落，因此有人称之为"第三条道路"：

　　新时期诗歌理论批评中所谓稳健派代表了企图超越崛起派和传统派各自偏颇的"第三条道路"的努力方向。在新时期围绕朦胧诗展开的论争中，这一派稍微后起，但人数更多，实力较强，是前两派均所不及的。其中包括诸多诗人和诗论家如沙鸥、公刘、牛汉、刘湛秋、杨匡汉、陈良运、吕进、阿红、杨光治、朱先树、袁忠岳、叶橹、朱子庆等。后七人还因合作出版了《上园谈诗》，明显呈现出"一个学派的整体印象"，被称为"上园诗派"，是稳健派的中坚。该派诗歌理论批评的突出特点是力求平稳，力避片面。"求实、创新、多元"则大体反映了这一派诗论的基本风貌。①

　　对"上园派"的诗学主张，学术界讨论不少。作为"上园派"的倡导者和代表性诗论家，吕进也对此进行过概括：

　　应当说，"上园派"着力处理的是传统与发展的问题、现实与现代的问题、本土与西方的问题。"上园派"可以叫转换派。他们像传统派一样主张纵的承传，但是，这一承传是对古代的包容与发现，新诗是现代形态的中国诗歌，应当对传统实行现代化的选择与转换。他们像崛起派一样主张横的移植，但是，这一移植是中国诗歌对外国诗歌的包容与发现，新诗是中国诗歌的现代形态，应当对外国诗歌艺术经验实行本土化的选择与转换。②

　　这种主张体现在"上园派"诗论家的众多研究成果中。这些观点不偏执，既尊重历史，也尊重新诗创作出现的多种诗学现象，因此在较大范围内揭示了新诗的基本特征和规律。这种追求吸收了"传统派""崛起派"的诗学主张中的合理因素，但又加入了一些新的思考，注重用辩证的、全面的眼光和

---

① 黄子健、佘德银、周晓风：《中国当代新诗发展史》，成都科技大学出版社1993年出版，第288-289页。
② 吕进：《20世纪下半叶的中国新诗研究》，《文学评论》2002年第5期。同样的内容出现在吕进主编的《20世纪重庆新诗发展史》第四章第三节，重庆出版社2004年版。

方法看待问题。由于这种诗学主张所依据的是新诗领域中多数诗人的观点及其作品，因此，接受这种观点的诗人、评论家在人数上较多，恰如古远清所说，最终形成了三个诗论群落两头大、中间小的格局。

就最终形成的时间来看，三个理论群落的出现并不在同一个时间段。"传统派"的观点从20世纪50年代开始就一直占据着诗学界的主流，甚至在很长时期内是唯一的思潮，具有很深厚的诗学基础和历史渊源，而它再次受到关注是在和"崛起派"的激烈争论时期；"崛起派"的观点所依托的是20世纪70年代末期开始的新的诗歌思潮，其创新意识、理论锐气和20世纪40年代后期的九叶诗派有些类似。在这两个群落展开尖锐交锋的时期，"上园派"诗论家几乎没有直接介入。而"上园派"这个旗号在1986年亮出来的时候，诗歌界、诗学界的尖锐论争已经基本结束。因此，"上园派"没有和"传统派""崛起派"产生过正面的论争。这样就使"上园派"的诗论家可以在相对安静的学术环境中开展自己的诗学研究，而避开了纷繁复杂的人事、学术纠纷。

这当然不是说，"上园派"的诗论家不关注当时新诗（尤其是新诗潮）的发展，只是他们没有直接介入由这种思潮引发的学术争鸣。事实上，他们的观点不是在《上园谈诗》时期才出现的，他们从20世纪80年代初期开始的很多文章都谈到了北岛、舒婷、顾城等人的作品，《上园谈诗》收录的也主要是他们在之前发表过的文章，只是在认真观察了当时诗歌发展的大趋势，观察和分析了"传统派""崛起派"论争的基础上，将这个群体的诗学主张进一步集中化、明确化而已。

"上园派"的主要成员来自不同的领域，有的主要从事教学工作和学术研究，有的是重要刊物的编辑或者负责人，有的从事出版工作；他们的研究成果也有不同的特色，有的注重学术的严谨性，有的关注当时诗坛的最新潮流，有的则将传统的诗学主张和现代诗歌、诗学发展结合起来。因此，"上园派"本身也是一个在观点相近基础上的多元化存在，可以从不同侧面、不同领域对新诗和现代诗学的发展进行打量，为新诗和现代诗学的发展做出独特的贡献。

老子说："道生一，一生二，二生三，三生万物。"艺术也是如此。如果把这里的"道"理解为诗歌的基本特征和规律的话，那么由这个"道"衍生出来的诗歌现象越丰富，诗歌艺术探索取得成就的可能性也就越大。如果一个时代的诗坛上只有一种声音，那将是非常单调的；如果一个时代的诗坛上只有两种不同的声音，那么相互之间的争鸣必定带来各有所持，也各有所失，难以真正探及艺术的真理；如果一个时代的诗坛上有三种甚至更多的声音，那么，就可以在不同群落之间形成竞争与互补。在新时期的诗学界，"上园派"就扮演着"第三种声音"的角色，它通过对另外两个群落的打量，完善和修正诗学研究的不足，在另一个层面推进新诗和现代诗学的发展。因此，在其出现的时候，认同、追随的人很多。更重要的是，作为"'上园派'盟主"的吕进在1986年创办了第一家专门研究新诗的实体机构——西南师范大学（今西南大学）中国新诗研究所，一直延续到现在，其实也在很大程度上延续了"上园派"的诗学主张，虽然这个群落本身在"新时期"之后已经逐渐成为历史。

‖"上园派"：历史以及历史的延续‖

20世纪80年代的诗歌探索、诗学发展及其取得的成效在中国新诗和现代诗学发展史上具有重要的地位和影响，是中国新诗发展史上继抗战诗歌之后出现的又一个高峰期。但是，20世纪80年代的新诗、诗学发展不是只有一副面孔，而是存在很多丰富而复杂的现象，尤其是在1986年，随着诗歌、诗学的现代性追求、多元化观念的进一步彰显，20世纪70年代后期以来以"归来者""朦胧诗""新来者"为主体的新时期诗歌受到了严峻挑战。这是诗歌艺术发展的必然，也是社会的开放、进步、包容等观念在诗歌艺术发展中的体现。

1986年10月21日，《诗歌报》与《深圳青年报》分别刊发了"中国诗坛1986'现代诗流派大展'"的第一辑与第二辑（分别为两个整版）。当年10月24日，《深圳青年报》刊发了第三辑（三个整版）。全部"大展"三辑共7个整版，发表了64个诗歌流派、100余位诗人的作品与宣言，以及徐敬亚撰写的前言《生命：第三次体验》及《编后》。在当时，传统的纸质媒体还是文学作品发表、传播的主要方式，甚至是唯一方式。这种"大展"使很多潜在的诗歌观念、实验得以公开，中国诗坛的格局再次发生了改变，"朦胧诗"一统先锋诗潮流的局面被打破（不少人是在"pass 北岛""pass 舒婷"

的口号中提出新的主张的），很多新的、超乎人们想象和预期的诗歌思潮、诗歌现象浮出水面，虽然给当时本已争论不休的诗坛带来了一些新的"混乱"，但也为新诗发展提供了一些新的可能。新诗的艺术探索和诗学研究由此进入了一个更加复杂、多元、无序的时期。新诗史和现代诗学发展中所谓的"新时期"也由此结束。从这个角度说，无论是"传统派""崛起派"还是"上园派"，在1986年以后都已经成为历史，而对这些诗学群落的观点的批判、张扬、延续等等，要么属于诗学批评史的研究范畴，要么是另外一个层面上的延续了。

在1986年之后的发展中，几个诗论群落的处境发生了很大的变化。

随着改革开放和对外交流的拓展，也随着诗歌和诗学观念的新变，"传统派"的诗学主张逐渐体现出常识性的特点，学术性、创新性显然不足，已经难以阐释新诗发展中所体现出来的多样性、丰富性，因而逐渐式微，年轻一代的诗学研究者很少再坚持"传统派"的主张，而是将对传统的延续融合在更开阔的诗学意识之中。

另一方面，"崛起派""上园派"的诗学主张似乎越来越走向一致。吕进在1991年出版的《中国现代诗学》中，对开始于"两报大展"的"第三代"诗歌存在的问题进行了多侧面的分析和讨论，而且，几乎在"新时期"结束十年后的1997年前后的同一个时段内，吕进、谢冕、孙绍振等本来属于不同诗论群落的诗论家，对1986年之后出现的驳杂的诗歌现象进行了学术打量，从不同角度提出了批评。

1997年底，针对一份关于诗歌的调查报告，吕进对当时的诗坛现状进行了打量，从新诗与外国诗歌交流的角度分析了新诗精神的现代化问题。他认为，20世纪90年代的诗歌精神存在着严重的迷雾，要拯救诗歌，首先要做的就是重铸诗歌精神和现代化。

而关键是科学地处理诗歌中的中西关系，当下的不少诗歌作品，与其说是一种诗歌现象，不如说是一种时髦思潮，西方文化大概而言有三类。一是属于全人类的精华；一是只在西方有价值的；一是糟粕。后两种文化也夹在第一种文化中，凭借强大的物质文明做后盾，以"强势文化"的面目出现。对于中国和东方而言，这种西方文化是训人文化，如果愿意，也是殖民文化。全盘（而不是有分析地）照搬（而不是借鉴）西方，其结果必然"昨夜西方凋碧树"，什么"私人化写作"，什么"结构崇高"，对于当代中国人，无异乎是活见鬼。中国诗不见"中国"，中国人的生存状况、生活状态在诗中无迹可寻，私人体验，原欲喷射，文字游戏，语言狂欢，这样的"诗"自然只能是"无人赏，自鼓掌"了，不要"中国"，又埋怨诗在当代中国不景气，岂非逻辑混乱！诗歌精神的现代化重铸，绝不是西方化重铸——虽然应该继续对西方的可纳艺术经验有所借鉴。①

就吕进和"上园派"的诗学主张来看，他的这种尖锐评价其实是对过去观念的一种延续。

作为"崛起派"的"盟主"和代表性诗论家，谢冕发出了"有些诗正离我们远去"的感叹，他说：

有些诗正离我们远去。它不再关心这土地和土地上面的故事，它们用似是而非的深奥掩饰浅薄和贫乏。当严肃和诚实变成遥远的事实的时候，人们对这些诗冷淡便是自然而然的。对于写诗的人来说，受众的冷淡是一场灾难。遗憾的是那些沉溺于自恋的人们并未觉察到这一悲剧的事实。他们一味地写那些遥远而又空玄的诗。假设的、未能兑现的未来的承诺使他们执迷不悟，他们在孤独和寂寞中变得固执了。他们并不拷问自己，只是一味地抱怨别人。这就造成了一种循环：受众因他们的与己无关而冷淡；他们因这种冷淡而更为与世隔绝。②

曾经极力推荐"朦胧诗"等新诗潮的谢冕，在面对20世纪80年代中期以来的驳杂诗坛的时候，是失望的。

无独有偶，在全面打量了20世纪80年代中后期开始的"后新潮诗"之后，孙绍振指出："总的来说，自从所谓后新潮诗产生以来，虽然也有探索，但是，所造成的混乱，似乎比取得的成绩更为突出，新诗的水平并没有全面的提高。"他认为"后新潮诗"的本质是"虚假"，他由此断言，"没有真正意义上的使命感，光凭文字游戏和思想上和形式上的极端的放浪，会有什么本钱在我

① 吕进：《新诗怎么了？——对一份调查的漫想》，《飞天》1997年第12期。
② 谢冕：《有些诗正离我们远去》，《诗刊》1997年第1期。

们的诗坛上作出什么骄人的姿态"①。他对"后新潮诗"的批评是非常尖锐的，因为在他看来，这些所谓的"创新"已经没有了底线，尤其是失去了艺术的底线。

在20世纪80年代前期，谢冕、孙绍振作为"崛起派"的代表，极力推举以"朦胧诗"为主体的新潮诗，但在进入20世纪90年代之后，他们却对"后新潮诗"进行了尖锐的批评，这种变化并不是他们对张扬诗歌的创新意识、探索意识这一一贯坚持的原则的自我否定，而是在他们看来，20世纪80年代中期之后的诗歌在艺术追求、文化底蕴、精神取向等方面存在太多的误区。换句话说，他们过去对"朦胧诗"和诗歌艺术创新的肯定是有原则、有标准、有底线的，而不是凌乱无章、毫无规矩的。简单地说，他们的标准就是任何探索都必须是诗的，必须是新的，这样的探索才具有诗学价值。

从上面引用的这些资料看，曾经属于不同诗论群落的这三位评论家的基本观点在20世纪90年代中期几乎达成了一致，只是切入的角度有所不同。这并不是说，已经成为历史的"崛起派""上园派"在诗学观点上没有差别了，而是可以看出，即使两个群落的诗学主张在过去存在一些不同，但他们对诗歌艺术的坚持、对推动新诗艺术创新的取向是相通的，当他们的目标在无意中达成一致的时候，争鸣、分歧也就不重要了。这也再次证明，"崛起派""上园派"在20世纪80年代中期之后已经成为现代诗学发展中的历史概念了。

2004年9月，西南师范大学（今西南大学）中国新诗研究所主办了"首届华文诗学名家国际论坛"，除中国大陆的许多知名学者外，美国、澳大利亚、新西兰、日本、新加坡、泰国以及中国港澳台地区的华文诗学学者共一百多人出席了论坛。在这次论坛上，吕进发表了《三大重建：新诗，二次革命与再次复兴》、骆寒超和陈玉兰发表了《新诗二次革命论》，正式提出了"新诗二次革命"的理念。这其实是在梳理20世纪80年代中期之后诗歌界出现的驳杂现象的同时，进一步探索新诗艺术健康发展的新的路向。

吕进提出，中国现代诗学需要科学地总结近百年积累的正面和负面的艺术经验，肯定应当肯定的，发扬应当发扬的，批评应当批评的，推掉应当推掉的；向伪诗宣战，向伪诗学宣战，向商业化和"窝里捧"的诗评宣战，摆脱尴尬的边缘化处境。探讨诗歌精神重建、诗体重建和诗歌传播方式重建，

---

① 孙绍振：《后新潮诗的反思》，《诗刊》1998年第1期。

推动当下中国新诗的振衰起弊。这是现实提出的问题，时代提供的条件，诗界普遍的希望，历史赋予的使命。作为中国文化与文学在 20 世纪现代转型中的排头兵和急先锋，新诗还有待成熟与完善。呼唤新诗的二次革命，推动新诗的再次复兴，面临三大前沿问题：实现"精神大解放"以后的诗歌精神重建、实现"诗体大解放"以后的诗体重建和在现代科技条件下的诗歌传播方式重建。这三个问题，关涉新诗的兴衰，其至存亡①。

骆寒超、陈玉兰认为，回顾总结中国新诗历史，当今人们对新诗的不满似乎更多了：有说新诗坛无政府主义风行，秩序失控的；有说写新诗越来越容易，还可以用躯体语言、下半身激情来玩诗的；更有人说现在写新诗的比读新诗的还要多；等等。这种种指责当然不排除有偏激的或不负责任的因素存在，但状况确实如此，也还得承认。平心而论，当下走红的一些诗人中好多人忙于学院、民间派别之争，难以顾及诗坛应有的秩序规范和新诗的本体建设，以致诗情枯涩、诗体失范，如再这样下去，新诗将从历史的地平线上消失。为此，新诗必须"二次革命"。它包含三层意思：第一层指的是当年胡适等新诗缔造者发动对旧诗的第一次革命，如若革得不彻底的，革命还须继续；第二层指的是新诗对旧诗第一次革命中革错了的，得来一场否定之否定，在新的立足点上恢复旧诗原来的传统；第三层指的是新诗虽借鉴西方诗歌许多东西，却也有不少方面经过实践证明无法适应我们民族审美心理习惯，也得在二次革命中认真对待，予以扬弃或改造，为我所用。提出新诗必须二次革命，绝不是要革掉新诗的命，其终极指向实属整顿诗坛风气，重建新诗秩序②。

"新诗二次革命"这个理念在提出之后虽然也受到许多人的质疑：比如，诗歌、诗学发展是渐进的，使用"革命"这样的概念是否合适；比如，在新诗发展历史上，此次所谓的"革命"究竟应该是"二次革命"还是"三次革命"……但很多质疑并不涉及这个理念的核心问题，"三大重建"的倡议得到了很多诗人、评论家的认可。提出这个理念的时候，"上园派"的很多诗论家都参加了会议，也参与了讨论，但他们没有使用"上园派"这个概念。

---

① 吕进：《三大重建：新诗，二次革命与再次复兴》，《西南师范大学学报（人文社会科学版）》2005年第1期。
② 骆寒超、陈玉兰：《新诗二次革命论》，《西南师范大学学报（人文社会科学版）》2005 年第 1 期。

事实上，这个理念是历史上的"上园派"观念在新的诗歌时代的一种延续，其内在逻辑、诗学根脉是一致的，可以说是"上园派"诗学主张的新形态。

‖结语：关于这本书‖

历史需要不断地记录、总结和反思，于是我们有了编选一本《上园派研究资料选》的想法。本书正是对已经成为历史的"上园派"的研究资料的汇编。全书包括五个部分："上园派的形成与影响"收录的是"上园派"形成时期的一些资料和后来的部分研究文章；"上园学者说诗潮"收录的是"上园派"诗论家打量20世纪80年代前期诗歌思潮的部分文章；"上园学者论诗艺"收录的是"上园派"诗论家研究新诗的基本特征、基本规律、艺术手法的一些成果；"上园学者谈诗人"收录的是对20世纪80年代前期出现的一些"新来者"诗人的研究，有些作者的主要身份不是学者，但在当时都认同"上园派"的诗学主张，而且其研究对象在艺术观念、艺术追求上是"上园派"所认同的；"上园诗论家研究"是诗歌界、诗学界从不同角度对"上园派"诗论家的研究，除了评论，还有访谈、随笔等等。应该说，把这几个部分的内容合起来，我们就可以对"上园派"的形成过程、基本观点、学术影响等有一个较为全面的了解。

在谈到"上园派"的特点时，古远清说：

这一群体是以所谓"中间"观点著称，所以他们的理论主张不如"传统派""崛起派"那样旗帜鲜明，缺乏青年人的锋芒和激情的阐发，在引导创作潮流方面也不及"崛起派"自觉。他们的成员，理论主张常和上两个群体交叉、渗透，其中有个别还在某种程度上表现了靠近"传统派"或"崛起派"的倾向。但这一群体影响大，其中不少未参加过上园饭店集会的诗论家均赞同他们的主张，在广义上亦可看作他们的成员或后备军。如曾被人认为是"传统派"理论家的李元洛，近年来已明显地表现了"上园派"的理论倾向。[①]

---

① 古远清：《中国当代三大诗论群体透视》，《中外诗歌交流与研究》1989年第2、3期合刊。

吕进也说：

　　《上园谈诗》的作者只有七位，唯一原因是篇幅有限。好在七位作者的诗学见解大概是能在一定程度上代表"上园"朋友的。通过这个集子也许还能结识更多朋友呢！入集作品大多曾公开发表过，现在按照一定顺序分辑编集，希望能给读者诸君提供一个学派的整体性印象。少数作品由作者或编者作了些许更动。此外，还收入了穆仁、刘光、黄虹三同志的书简和张志民、周政保同志的论文，它们和本书的内容有关，大多也是公开刊发过的。如果这个集子能收入更多朋友的著述该有多好！但就是现在这样，本书也已超过了二十万字，好在来日方长，且把这个愿望留给明天吧！[①]

　　事实上，在"上园派"打出旗号的时候，认同其观点的诗论家确实不少，只是由于种种原因（或许包括篇幅等），一些学者的文章没有收录进《上园谈诗》一书中，这在一定程度上限定了这个群落的具体人员。在编选本书的时候，经吕进、袁忠岳等专家的反复沟通和提议，在《上园谈诗》涉及的人员的基础上，增加了张同吾、陈良运二位学者的成果，他们是吕进先生所说的"更多朋友"，这也算是对吕进先生所说的"且把这个愿望留给明天吧"的一种回应吧。

　　就我们所掌握的资料看，可以收录的与"上园派"有关的资料还很多，由于篇幅所限，很多资料无法全部收录，尤其是"上园派"学者的学术成果，根本无法在这样一本书中全部体现出来，对有些资料也只能选择其中一些具有代表性的，因此，本书不是"上园派"研究资料的"全编"，只是为诗歌界、诗学界提供一些研究线索而已。

　　感谢吕进、袁忠岳、叶橹、朱先树、朱子庆等学者的帮助和支持，感谢其他一些作者及其亲属的支持，感谢我的一些在读研究生在收集资料方面的帮助，感谢西南大学中国诗学研究中心、重庆市教育委员会将此项目列为重庆市人文社会科学重点研究基地的科研项目，有这些帮助和支持，我们才能在较短的时间内完成本书的编选。由于时间紧，资料收集不够齐全，加上编

---

① 吕进：《变革，为了新诗在当代中国的繁荣——卷末语》，《上园谈诗》，重庆出版社1987 年版，第 473 页。

者水平所限，书中肯定存在不少错漏，我们也只能像吕进先生所说的那样，把这些遗憾和完善的愿望"留给明天"了。

2018 年 6 月 1—6 日，草于重庆之北
2018 年 6 月 13—14 日修改
2018 年 6 月 22 日再改

第一辑

上园派的形成与影响

关于《新诗的创作与鉴赏》的通信

袁忠岳　吕　进

《当代文坛》编者按：吕进同志的《新诗的创作与鉴赏》是近年来出版的一本诗歌理论著作，曾获四川省哲学社会科学科研成果二等奖。现在袁忠岳同志和吕进同志，以朋友之间谈心的形式交换了对该著作的一些意见，并探讨了一些有关诗歌的理论问题。我们觉得这有利于活跃学术空气，促进百家争鸣的正常进行。因此，特把他们的通信发表出来，以飨读者。

‖ 致吕进 ‖

吕进同志：

你托重庆出版社寄来的大作《新诗的创作与鉴赏》收到了，我几乎是一口气读完的，正如你说的有一种逻辑审美的快感。

在北京，你谈起过全书的总体结构，分"本质篇""创作篇""鉴赏篇"三部分。当时我就认为你想得好，不仅新颖，而且科学。创作与鉴赏对诗的要求是共同的，而诗对创作与鉴赏的要求则是有区别的。忽视鉴赏的作用，诗歌美学即不完整，我国古代诗论中的意境、虚实、形神等美学范畴，都离不开鉴赏者参与其间。从创作到鉴赏，审美的主客体转移了，审美的要求、任务、内容、结果也均有所不同，不分开谈，许多问题就谈不清，谈不透。有些问题（如意境）过去之所以含混朦胧，其原因就在此。所担心的是：同一东西从不同角度谈，难免出现重复。看完全书，并无重复之感，疑虑也就自消了。你把"诗的内容""诗的形式"放到"本质篇"来谈，把"诗的修辞""诗的品种"放到"创作篇"来谈，安排是妥当的。遗憾的是"鉴赏篇"分量太轻，只一章，与另外两篇三足鼎立就太不匀称了。当然，为求匀称，而去重复，并无必要，不过，除了重复，就别无更多的话说了吗？这是否反映了我们对诗歌鉴赏理论研究不足？我们不能从鉴赏的角度，在诗歌领域别开一洞天，用新的内容来充实诗歌理论吗？这是值得大家共同努力的。

　　写得精彩的是第一章"什么是诗"，第五章"诗的灵感"，第八章"诗的品种"和第九章"诗的鉴赏"。如第一章"什么是诗"你先介绍了"诗如画"与"诗与音乐等质"两大主张，这在中外诗史上是有代表性和概括性的。前者以古代西方模仿说为基础，侧重于客观地再现；后者以古代东方言志说为滥觞，侧重于主观地表现（现在有些人却把它们搞颠倒了，把前者看作我国因循守旧的传统手法，而后者倒成了西方现代创新的时髦流派）。对这两种主张，你均不以为然，也不以为不然。看法是辩证的，合理的，而且用精辟的话加以表述："诗是画的'降低'"，"但它更是画的'提高'"，"诗是音乐的'降低'"，"但它更是音乐的'提高'"。既相区别，又相联系，这是有见地的。

　　然后，你才给诗下定义说："诗是歌唱生活的最高语言艺术，它通常是诗人感情的直写。"对此，我是赞同的，但也有修正。其中"歌唱"二字抓得准、抓得好。诗原是与音乐同时从劳动中诞生的，二者结合不分。诗是歌，能唱的，这"歌唱"指明了诗的本源。人只有在感情激动时才有唱歌的欲望，所谓"情动于中而形于言，言之不足故嗟叹之，嗟叹之不足故咏歌之"，而歌唱必带韵味，富有音乐美。故诗虽然后来与乐分离了，但乐的特点——抒情性和音乐性却在诗中永远地保留下来了，使诗之所以为诗。不过，"歌唱生活"，似乎不太全面，有偏向"诗如画"之嫌，而与前面不偏不倚的态度相悖。你虽用"它通常是诗人感情的直写"来弥补，但：一、感情已包含在歌唱之中，这样说似嫌重复；二、"直写"，你在阐述中却又包括"曲写""虚写"，好像也不太严密；三、与你下定义的要求——简炼不相符。倒不如干脆去掉这一句，而在"生活"后添上"心灵"，成为"诗是歌唱生活与心灵的最高语言艺术"，你以为如何？你不是引用李政道的话说："那些基本的东西，恰恰是最简单的，但却最重要。"还有什么诗所必备的特点不包括在这句话内？还有什么诗之外的艺术样式也全具备这些特点？你在后面谈道："议论也是诗歌歌唱生活的一种方式""叙事诗同样是歌唱生活的最高语言艺术""讽刺诗也是一种特殊品种的抒情诗"，是"艺术地认识现实和歌唱现实的特别形式"等等，都是从这一本质出发，用"歌唱"一以贯之，抓住了诗的"最简单的，但却最重要"的特点的。

"歌唱"的含义是丰富的。在"鉴赏篇"中，你谈到"诗味，就是诗的抒情美和音乐美"，又进一步把它分成"内容方面的情味、意味，形式方面的兴味、韵味"，这诗的四味，不均包含在"歌唱"之中吗？"歌唱"二字最简单，同时也最丰富。不足的是，这四味既是"诗味的四个方面"，对诗来说就该是不可分离、不可或缺的。每一歌唱都必蕴有这四味，应是这四味的融合才是。可你只把这四味分开来，孤立地谈了，忽略了有机综合，并进而认为："我们不应当要求每一首诗都'四味齐全'。"你的用意是想避免用一个尺度来衡量所有的诗，以免单调乏味。孰知分开来，充其量仅只四味而已；只有把四味按各种浓淡不同比例调配起来，才能出百味，一如世间缤纷万色，只源于红、蓝、黄三原色。

你原是搞外语的，有不少卓见即得力于你外语的修养。如你谈道："'诗'这个词导源于一个很古的希腊词'Poetes'，意即精致的讲话。"有力地说明了诗是"最高语言艺术"这一本质特点，"诗的语言来自生活语言，但生活语言必须经过诗的处理达到'精致'化才能得到进入诗国的签证"。又如说英语、俄语中"诗人"一词"都同有'富于高度想象力的创造家'的词汇意义"，也是很能说明问题的，一语中的，道出了诗人的本质。更突出的是指出："英语和俄语的'灵感'一词的词根都是'吸入'的意思。离开客观世界的'吸入'，无所谓灵感。"从词义入手，一举破除了对灵感的唯心主义的解释，简要而有说服力。

从全书可以看出，你是极力避俗、避同，追求新意，不人云亦云的；但又不是故弄玄虚，追逐时髦，用一些艰涩难懂的辞藻来炫人眼目。既不迎合有些人的框框，也不迎合另一些人的狂妄。你只实事求是地又是独立地进行思考，尽自己努力，默默地探求着诗歌创作与鉴赏的规律，而不管别人是目之为保守呢，还是视之为异端。我想，我们研究探讨问题正应如此，书中精彩之处也正在此。

如对灵感，你指出："对于一首诗来说，灵感是因，对于客观世界来讲，灵感是果。"没有客观世界，不会有灵感，没有灵感，不会有诗。因此，灵感正是客观世界地壳变动、应力超限引起的"心灵的地震"。说得多么好啊！正因此，它虽源于客观，却具有某种不可预知性和难以捉摸性，它是突发的、易逝的、强烈的、不重复的，而又常常在抒情性与音乐性伴和之下降生，以某一佳句的跳出为其特征，有的竟会至于从梦中觅得佳句。这样分析才不是教条的，而是切合创作实际的。

又如对于叙事诗，你在指出它"叙事时往往惜墨如金，抒情时又往往用墨如泼"，"一方面字字必争，一方面又'走弯路'——走抒情的'弯路'，说抒情的'废话'"之后，已是可以了。而你又加一条："生动的细节描写"，加得好，正如你说："细节描写可以让跳跃的情节具象化，让简洁的故事饱满化"，有针砭闭门造车，医治空洞浮泛之效。

再如，对讽刺诗中的夸张与真实关系你这样说："讽刺的生命在于真实。形象的夸张，并不是为了夸张真理，而是为了在更显明和更富表现力的形式中显示真理。"对散文诗指出："'小处落墨'与象征，是散文诗左右二翅，使散文诗从生活的具体景物出发，经过诗人独特的抒情逻辑，达到对生活作哲理式的诗的概括。"像这样一些见解精辟独到，富有启发性，警句一般的语段、语句是不少的。此外，在引用广博，取材翔实，举例精当上也很有特色，不一一谈了。

意见前面已谈了一点，再提出几条来商榷：

一、诗的定义中，"最高语言艺术"一条，除了你谈到的"精致"之外，是否还应有"精炼"之义，这是区别于散文语言的要点。诗的语言只是诗的意境、意象等美的信息的储存，其编码方式应具有最佳（即精致、美）与最简（即精炼、少）的特点。

二、对于"弹性"，你的解释是"诗的语言的几种词义的并涵"，是否狭窄了些？你引的闻一多的话就说："诗这东西的长处就在它有无限度的弹性，变得出无穷的花样，装得进无限的内容。"意似广泛得多，是指词义的多变与丰富。它既可一语双关，一个词在一个地方包含多种意义，也可以一个词在不同的地方有不同的含义（如你举的白桦诗《阳光，谁也不能垄断！》

中的词"一点")。可以词义含混,因而多解;也可以词外有意,任人捉摸。如"红杏枝头春意闹","闹"字的词义是明确的,也没有几种词义,但因一字而境界全出,余味无穷,也应说它获得了"弹性"。此外,"弹性"与"张力"是否有联系?"弹性"的获得,不仅有该词本身的作用,也与其所处语言环境有关,与其他词和该词建立某种特定关系有关。这些也值得进一步研究。

三、"诗的构思"一章,节次的划分不够严密。如说构思方式就是想象,似太简单,后两节("构思的过程""构思的新颖")谈的,其实都是构思方式。语言的锤炼是创作过程的最后一步加工,放到构思过程(我以为它与整个创作过程是有区别的)中来谈,也不甚恰当。构思的创新是重要的,但归纳为反笔、侧笔、意外笔、交错笔、对话体等,也好像若即若离,琐碎而不能概全。我的看法是:想象应是构思的前提;新颖是对构思的要求(还应有其他要求);构思从过程谈,应有起止,分出阶段;构思的方式五花八门,应归成几类,类再分种,这是"创作篇"的重点,也是难点。不深入挖掘精细的创作实际,难免有隔靴搔痒之感,这儿也尚有许多工作可做。

四、诗的修辞(包括诗的语法),是应该谈的,但怎么才能避免与语言学上的修辞、语法重复,使之真正富有诗的特色,对诗歌创作有具体帮助?这也是需要研究探讨的。书中有些条目(如比喻、借代、排比等)内容一般,就有缺陷。

想说的话还很多,但笔谈究竟不同于面谈,不能尽言。总之,读后收益甚大,启发不小。我无书可回赠,即以此信代书,毫无保留地直抒己见,万望笑纳,勿嫌少也。我想,大作如有机会修改,一定能更深刻,更精致,更臻完美境地。

忠　岳
1984 年 6 月 6 日于曲阜

‖ 致袁忠岳 ‖

忠岳同志：

六月上旬就收读你的信，拖了如许时日方才回复，实在对不起。你的信写得很中肯，很有理论家风度。

我同意你对"鉴赏篇"的看法。鉴赏是诗歌社会功能的实现，鉴赏理论在诗歌理论中的地位是相当重要的。从接受美学的角度，我也还有许多话可以说和应当说。造成这本书的三"篇"从分量上未能"三足鼎立"的主要原因之一是成书仓促。修订再版时，我一定会充分考虑到你在信中的指教的。

你的信触及诗学的几个重要命题，使我很感兴趣。但是写信是件难事，"畅所欲言"与"篇幅有限"似乎构成一对尖锐的矛盾。所以，在这封信中我只好"言而不尽"，挑出那最感兴趣的命题——诗的定义来说说了。

其实下"定义"之类，是我素所回避的事。诗歌现象如此丰富，诗歌艺术不断发展，我不太相信世界上真能有万无一失的"定义"，因此，"知其不可为而为之"的事儿总是费力不讨好的。近年也有同志想另辟蹊径。四川有一篇题为《什么是诗》的短文，列出诗的五个（照作者看来的）特点，然后说，具有其中几条的诗是"好的和比较好的"，具有更少几条的是"问题多的"，不具备这几条的自然就属于第四类了。像这样借用人们至今记忆犹新的干部分类法来对诗歌分类，似乎也不能尽善尽美，反而给人一种滑稽的感觉。但是在《新诗的创作与鉴赏》中，我终于还是给诗歌下了定义，其动机无非是想在把握诗的本质方面给读者朋友一点点启示而已。有的美学家说"不应发生而又终于发生，本应避免而又未能避免"是社会主义时期悲剧的特征，看来，我也是一个悲剧人物了！

书中的"定义"，我是从三个方面思考的：一是诗反映社会生活的途径的独特性；二是诗反映社会生活的媒介的独特性，三是诗的作者与作品的关系的独特性。

文学都是以形象来反映社会生活的，不同的文学样式的途径又并不相同。我提出"歌唱"是诗反映生活的独特途径，这是指的诗的抒情性，在我看来，这是诗的内容本质。"歌唱"是与"叙述"相对而言，有的读者以为是与"暴露"相对而言，实属误解。非诗的文学样式当然也有抒情性。没有抒情性，散文和戏剧文学就会变得对自己的内容冷漠无情。抒情性一旦渗透进"叙述"之中，就赋予非诗作品以热情与光环。如别林斯基说的，它"有如面颊的红润之于美丽少女的脸庞，有如钻石般的闪耀与光彩之于她的迷人的眼睛"（《诗的分类与分型》）。但是，在非诗作品中抒情性也只能止于"渗透"而已，它不能成为主要因素和主宰因素。诗与非诗在内容本质上的区别正在这里。

所谓"歌唱"，就是化生活为感情，就是生活的心灵化。即是说，感情不仅仅是从生活到诗的中介，而且是诗的直接内容。诗不但以抒情态度去认识现实，而且以歌唱现实去反映现实。中华人民共和国成立以来我们有些诗篇没有能对生活作出诗的（而不是散文式的或其他非诗式的）反映，因此失去了读者，重要原因就在对于诗反映生活的途径的独特性重视不足或把握不足。何其芳认为"诗是一种最集中地反映社会生活的文学样式"，他自己对"最集中"有所说明。他说："集中不集中并不是可以根据作品所描写的生活的短暂或长久来判断的，而主要是要看这种生活在当时社会里有没有典型性，有没有较重要的社会意义。"他还写道："文学艺术上的集中不仅表现在它的题材上，而且表现在它的写作方法上。这就是善于用生活中最有特征的形象来表现全体。"（《关于写诗和读诗》）如果我没有理解错的话，其芳同志谈的是典型化问题，应该说，这是一切文学样式的共同品格，它并不是诗的独特品格。因此，在诗如何反映生活这个命题上，"最集中"说并没有回答清楚，或者说根本没有作出回答。而"最集中"说是时下通行的理论。

问题还有另一方面。既然诗是"歌唱"生活的，是生活的心灵化，那么，诗反映的是生活呢，还是反应的心灵呢？或者二者兼有呢？你建议把诗的定义改为"诗是歌唱生活与心灵的最高语言艺术"。需否这样更改，我总感到还得再斟酌。你说呢？黑格尔在《美学》中讲诗是"最富于心灵性的艺术"，杜勃罗留波夫在《A.B. 柯尔卓夫》一文中讲"诗是立脚在我们内部的感情，立脚在我们的灵魂对于一切美丽、善良并且理智的事物的向往上的"，这些说法相互有区别，又有共同长处：目光落在诗有别于其他文学样式的独特性上。但是，他们的意见至少在表述上有重大缺陷。当我们强调诗反映生活的独特途径时，不能夸大心灵对现实的主观关系，更不能本末倒置。诗的反映对象是生活，诗的立足点也是生活。生活的心灵化无非是心灵对生活的体验与反响而已，诗对美引起的体验与反响的描绘无非是它对美本身的一种独特描绘而已。在心灵与生活的关系上，理论要持审慎态度。作为"表现生活"的对立面而提出的"表现自我"的创作主张，作为"深入生活"的对立面而提出来的"深入自我"的创作口号，其谬误正在于对心灵与现实的关系的颠倒。其实，"歌唱生活"的方式是多样的。移情入景，由景生情，情景交融，哪一种方式不是"歌唱生活"呢？这里似乎没有你所说的"偏向'诗如画'之嫌"。

你在信里对"定义"中"最高语言艺术"的内涵提出，诗的语言除了"精致"之外，还要"精炼"，这一点我和你的意见是相同的，但又有补充。"精致"的提法来源于古希腊的"诗"（"Poetes"）字。其实，对语言的"精致"化处理也就是诗化处理。我在本书第一章第三节中对诗的语言的"精致"作出了两个方面的展开。一是"首先表现在它的音乐美"；二是"还表现在语言的高度精炼性"上。

为什么把"音乐美"作为诗的语言的首要质素呢？我是这样思考的。哪一种文学样式不追求精炼呢？语言艺术里每种文学样式都在追求自己的精炼。臧克家讲："精炼就是使语言表现诗人的思想感情到了恰到好处的程度。"（《精炼·大体整齐·押韵》）我以为不妨把"诗人的"改为"小说家的""散文家的""戏剧家的"。曹禺的《日出》、老舍的《骆驼祥子》字数不少，但未必不精炼。所以，精炼的确是诗反映社会生活的媒介的特点，但似又不是主要特点，后者恐怕是音乐美。诗的语言的独特词序、语法、排列都与音乐美有关。一种文学样式反映生活时艺术上的最大困难在于驾驭媒介，而最大成功也正在于对媒介的征服。音乐美的要求给诗的语言带来最大困难，也带来最大成功，使它成为"最高语言艺术"。其他文学样式在音乐美上是无法与诗争高低的。

最后，"定义"的"它通常是诗人感情的直写"一句，是想阐明诗的作者与作品的关系的独特性。诗歌唱生活。诗不必像其他文学样式那样去塑造人物形象、安排故事情节。诗通过自己的审美方式去把握世界。除了叙事类的诗。诗人在诗中塑造的是抒情主人公形象，而在通常情况下，抒情主人公形象往往就是超越诗人自己的"诗人自己"的形象，至少也较多地融进了诗人的人格、个性、经历、气质等等。德国作家让·保尔·里希特说："在抒情类诗中……创造者变成了自己的创造品。"他大概就是指此。我以为这是诗有别于其他文学样式的一个重要美学本质。

由这一点出发，可以引出一系列诗学命题，诗人与人民，诗人与时代，诗人与世界……既然和其他文学样式不同，诗通常是诗人感情的直写，诗格与诗人的人格就十分密切，"人品不高，用量无法"就成了普遍的诗歌现象。你建议删去这句话，使"定义"更简练，我在考虑是否有更简练的表述语言，但诗的这一特点恐怕不应轻易地从"定义"中除掉，不然总有一点憾然。我想听到你的意见。

总之，"定义"的核心是"歌唱"二字，各个侧面都是由此生发出来的。

你在信中还提出了其他一些有趣的领域。如"弹性"，这实际上也许旁涉到"模糊语言"的研究；又如"诗的构思"，这实际上旁涉到"形象思维"的研究，限于篇幅，这些问题留待以后再讨论吧！

谢谢！

顺颂

夏祺

吕　进

1984 年 8 月 28 日于重庆

选自《当代文坛》1985 年第 3 期

诗，在思索中

《华夏诗报》编者按：在 1984 年 4 月《诗刊》社举办的诗歌评论工作者读书会和 1985 年 12 月中国作协委托《诗刊》社召集的第二届全国新诗（诗集）评奖读书班上，与会的一批诗歌评论工作者就诗歌理论批评问题做了广泛的交流。由于在一些基本问题上，他们看法接近或一致，又两度聚会于北京安外的上园饭店，便以"上园派"自居。现本报编发了他们中五位对当前诗坛现状的笔谈，以求进一步活跃诗坛的争鸣气氛。

‖新诗夫何如？脉脉情未了‖

袁忠岳

景气？不景气？稍不景气？很不景气？……像俄国少女撕着花瓣占卜自己的爱情一般，中国的诗人与诗评家们在占卜着当前诗歌的命运。

说景气有景气的理由，如全国诗歌报刊，由一家、二家、三家，一下子增到十几家，这在中国新诗史上是从未有过的！各地诗社成立之多，也如雨后春笋、钱塘潮涌，而其他文学社团就无此势头。

说不景气也有不景气的道理，如颇有名气的诗人出一本诗集，订数不足百本，可怜得很；而通俗文学以及纯文学中像《男人的一半是女人》等作品，却是几十万、几百万地印，把你活活气死。另外，近几年不见有轰动性的诗作来振聋发聩，有人声称北岛、舒婷的时代过去了，却不见有谁的大名来取代北岛、舒婷，而小说界则佳作、新人层出不穷，以致不少人有"各领风骚一二年"之叹，这又怎不让诗人们眼红也么哥！

新诗经过十年凋敝十年兴盛的大起大落，现在正进入一个相对稳定的发展期，这是正常的，是由当前全国经济、政治、生活等方面的安定因素日益增长所决定的，也符合事物尤其是诗歌的发展规律。当诗人的心与读者的心如湖水般平静的时候，怎么能要求有崩天裂地的诗歌产生呢？当大家的眼睛已适应多元化的服饰以后，不管你穿着如何奇特，也不会像当年"蓝海洋"中出现一条花裙那么令人震惊了。从这样一个角度看，诗坛再没有出现"四五"诗歌那样的热潮是正常的，人们也没有像朦胧诗刚出现时那种新奇感了，这也是正常的，反之，倒不正常了。

事物的发展一般有两种形式，一种是激烈的，一种是平稳的。何时取用何种方式，由内外多种因素决定，随意不得。没有轰动，不等于没有发展，这正是社会走向开放安定，人们审美力普遍提高的结果。如果不怀偏见，应该承认诗歌无论质与量，都超过了新诗以往任何时期。经常读诗的人可以感到诗创作的基础与后继力的雄厚。没有轰动，未尝不是好事，诗可以冷静地在不惹人注目的情况下，进行卓有成效的探索，即使出点格也无妨，我们多年盼望的不就是这样一个局面吗？看来经过较量，"崛起"与反"崛起"双方都成熟了，这也是诗歌走上稳定发展的一个重要原因。恐怕这样的相对稳定，要持续一段相当长的时间。这种情势，恐怕也不是简单地用"景气"或是"不景气"所能说明的吧！

在这样一种稳态下崭露头角，远比动荡时期难。靠弄一些新手法根本不行，偶尔有一两首好诗也打不开局面，生活底子厚，文化底子不厚，或反过来，文化底子厚，生活底子不厚，都难以成大器，惜乎不少青年诗人非此即彼。这些难度为大诗人的飞跃，准备了一根高标准的横竿，也逼着有志者进行超常的自我吸收与自我训练，在拥有最大弹性的起跳板与起跳能力上展开竞赛。因此，平静的地壳下并不平静，各种拉力、张力、应力，或分或合，纵横交错，活跃得很；各个流派各种风格的力量，都在聚集、积蓄，酝酿着新的造山运动。

新诗夫何如？脉脉情未了。谁敢说在当前遍布全国的大大小小的山丘中，不会再起个诗的岱宗——泰山呢？

‖ 我的看法和想法 ‖

朱先树

近年来，人们对诗有着很多的议论，认为新诗不受欢迎，大家不爱看，诗集没人买，诗歌创作面临危机，等等。如果真是这样，我们这些搞诗的人倒是应当深刻反省。

但事情总是当局者迷，我就一直还自我感觉良好。且不说现在每年仍有约五万首诗作在各种报刊上发表，而且正当人们七嘴八舌议论诗歌的时候，诗坛本身也仍然还是热热闹闹的，各种对诗的见解，都是在为诗歌发展找出路。近来诗的报刊如雨后春笋般出现，而且订户都在上升，（小说等刊物订户却在下降），全国的各种诗歌社团已有数千个之多，《诗刊》社和《当代诗歌》的函授学员竟有数万之众。这些虽然是现象，但现象也必然包含着诗歌正在兴旺发达的本质。这一点我们可以由表及里去研究分析一下。这里就不必细说了。

当然乐观是一回事，能否把这种诗歌兴旺发达的好势头保持下去，这就还有待于诗人和广大诗歌工作者的努力。从当前诗歌创作的状况看，我有两点想法：一是要靠近时代，而不是远离时代，表现现实生活而不是回避现实生活。诗应当成为当代人的心声，"奋发，才是当代的主题"。我们不能要求诗一定要去教育人们什么，鼓舞人们什么，但诗人如果怀着对时代的责任感，怀着对生活美好信念的追求，那么他的作品自然也会对广大读者起到教育和鼓舞作用，这恐怕也是无疑的。二是要满足广大读者多种多样的审美需求。诗是艺术、毕竟不是一般意义上的宣传鼓动文字，人们对艺术审美的需要是丰富的、多层次的，而且他们的这种审美选择又是完全自由的。因此我们应当保护诗人的各种健康的艺术个性追求，使他们能创作出具有各种内容、各种艺术风格的诗歌作品来，以满足广大读者这种丰富多样的需求。而以上两个方面，我们的诗歌创作不能说都完全做得很好了。鉴于此，我们的诗人和广大诗歌工作者还需要作出艰巨的努力。

‖我看当前诗歌‖

杨光治

虽然，当前诗集的印数一般都少得可怜，但我对诗的命运并不悲观。

凡有生活的地方就有诗，生活需要诗，人民需要诗，我们没有理由悲观。

但是，也应当正视诗坛的现实。它的确并不怎么使人感到兴奋。

很少出现能够引起众多读者共鸣的诗篇——表现所谓"历史感"者多，歌唱时代者少；表现所谓"人生哲理"者多，直接反映人生者少。诗未能直面人生，回避了生活的现实。

很少出现能够使人信服的、有重大突破的诗论——设想未来者多，剖析现状、解决实际问题者少；浅入深出者多，深入浅出者少。诗论未能直面诗，回避了诗歌创作的现实。

似乎可以这样认为：诗，辜负了生活。诗论，辜负了诗。

也许有同志会说，你的估计是悲观的。不，这不是悲观，而是冷静。笔者坚信，这平庸局面一定会被打破。因为在当今的诗坛上，不乏热爱生活、才华洋溢的诗人，不乏脚踏实地、聪明睿智的诗论家；何况，新的力量正在不断地加入。

再说几句有关诗论方面的话。

当前，诗歌论坛并不寂寞，诗论家们谈兴正豪。或许引经据典地说"纵"道"横"，或驰骋神思阐述诗与教学的统一；从"关关雎鸠"到"一只老鼠轻轻地穿过草地"，从"打油"到"朦胧"，无不论及、更有某些站得高者，忙于给它们划"保"定"革"……这些议论，自有其价值。但依愚见，似乎应当先集中研究、议论一个问题——什么样的诗才算好诗。这个问题"浅"得很，也"原始"得很。有人也许会因此而齿冷，但我倒认为它事关大局，值得一议。

‖"更年期"的沉寂‖

朱子庆

世间万物的新陈代谢运动，是每时每刻都在进行的，诗坛亦然。只是，每一个诗人，每一代诗人，都有其一定的创作喷发期和相对稳定的创作旺盛期。这样一来，在诗坛，其新旧更代，便也就往往突出地发生在某一段特定的时间里。这两年诗坛的沉寂，在我看来，也就是"更年期"内的沉寂。

其为"更年期"，是以如下现象为标志的：其一，招人非议的第二届全国新诗（诗集）评奖。这次评奖的结果，看似出人意料，其实恰在情理之中，可否说，这是对老一辈功勋卓著的诗坛巨子所作的最后一次集群性嘉奖？他们曾饱经时代风霜，在新时期之初，创作上出现过蔚为壮观的二度喷发期（同时也是其旺盛期）。可以想见的是，此后，那种创作上的灿然可现的现象，在他们一代将只是凤毛麟角了。其二，北岛、舒婷等诗人的出国访问。他们是新时期之初成名的一代青年的杰出代表。现在，在他们的身上，已经消退了当年初闯诗坛时的那种"异端"色彩，其作品已经被接纳为新诗传统的一部分。这一代诗人已经进入中年，业已取得了令人尊敬的地位，并且大都拥有步入自身"更年期"的"苦闷"，以期走向旺盛期。其三，新生代诗人的崛起，这是二十多岁的一批年轻人，主要是大学生（在校的和毕业的）。从某种意义上说，他们是作为"朦胧诗"的反拨者而出现的，自有他们的一套有待明朗化的新的美学原则。他们目前的境遇，与当年北岛们初露头角时的情况相似。不同之处也是很鲜明的，无论其时代环境还是其自身素质。他们不是时代的叛逆，却是质地纯正的诗的新生代。

基于上述现象，很难说诗已经进入了繁荣期，而只能说诗业已进入了一个"更年期"，它也许是前者的全面酝酿阶段。现代派诗的最大贡献，是它开创了新诗多样化全面生长的新局面，预示了实现诗歌繁荣与生态平衡的可能性。也正是在这种意义上，我认为现代派诗歌，与其说是一种艺术现象，毋宁说主要地是一种社会现象，根本上是一种社会思潮的凝现。相对而言之，北岛们立足于人性扭曲的"异化"的时代而呼唤人性的复归，其宣言为"我——不——相——信！"这里显示出强烈的社会功利色彩。而新生代诗人则自然地表现其人性存在，并无此等宣言与呐喊。

伴随上述"更替"，有一种现象是值得注意的，这就是众望所归的诗人，在诗坛日渐少了。作为一代诗坛盟主的艾青，其特殊的历史地位，迄今无人可以问津，自不必说，其后的 20 世纪 40 年代成名的一代，原是可以成就一两棵参天大树的，奈何天有不测风云，盛年屡遭砍伐。在这一代与北岛一代之间，还有一代的，这一代尤其不幸，他们的命运颇类似于艾青笔下的《盆景》，大步在自身"定性"之初即遭"异化"。如今，他们心有"不甘"，奈何壮志未酬，"盛年"（诗的盛年）已去。北岛以降，适逢开放年代，各种艺术主张蜂起。各种诗歌流派可望产生，而众望所归的一代宗主，却不会再世了。时势造英雄，时势也可以弃英雄。也许，众望所归，本来就不是一种艺术现象。

应该补充几句的是，新生代包容的是一代新人，其整体性远超过北岛一代（自然其构成也复杂）。在那一代，可以说是"传统派"与现代派青黄杂糅。递至新生代，则可以说焕然一新。这是由于他们的新不在观念，而首先在于他们的存在，在于他们的生命形态。

因此，沉寂，不足以忧心，得其相反，倒可能是一件赏心悦目的事。

‖ 在蹒跚中寻求突破 ‖

孙克恒

如果和异常活跃的 1980 年前后相比，当前新诗的步履似乎有些蹒跚，显得有些令人困惑的平静；没有一个时期的代表性力作，缺乏引起广泛关注的问题论争……当然，我们不应企求创作的发展始终处于一种直线上升的美妙状态，况且，当今文坛，作家或诗人往往以群体的态势涌现，个人的突出，眼下就更显其难了。应该说，这一事实本身就表明文学在进步中，因为这是全民族文化素养与精神文明普遍提高的必然反映；如果假以时日，有谁说不可能出现另一个高涨中的繁荣？

同作家一样，中、青年诗人们也开始在整个民族文化的宏阔背景上，关注哲学的、历史的、民族文化心理的，或者美学的理论把握，从而深化诗与当代生活的联系，开拓诗美的艺术视野和表现手段，以适应文艺的当代理性趋向的要求。这或许也是新诗将有新的起步的先期孕育过程。

从"五四"到 20 世纪 30 年代，我们现代诗歌的两次发展高潮，较清晰地呈示出如下轨迹，即中国的现代社会现实，指导并决定着诗人的思考及其对生活的审美观点，使他们流溢笔端的作品，始终带有经过这一现实浸润之后的明显印记。现代新诗发展中的现实倾向，不仅是从 19 世纪后期开始在文化观念和社会理想、也在文艺运动中普遍产生的历史变迁在诗学反映上的直接继承，而且也是在对世界进步科学、文化的较理智地吸收中，使自身逐渐得以丰厚、充实起来。这不禁使我们想到朱自清早在抗战时期所说的。我们需要"表现现代生活的诗","促进中国现代生活的诗",但"我们也需要中国诗的现代化"(《诗与建国》),新诗"接受到外国的影响……这是欧化,但如不说是现代化";"现代化是新路……要'迎头赶上'人家,非走这条路不可"(《真诗》)这一根本性的嬗变过程,甚至也席卷了一些较典型的浪漫派的或具现代主义色彩的诗人,促使他们的诗风发生着与中国现实同步的演变。

新诗进入疾进中的当代,尤其需要建立在我们民族的文化传统及对现代诗歌艺术的开放性吸收基础上的属于诗人诗学上的主观视角,它不仅为诗人提供对当代生活和精神价值进行独特发现的灵敏探测手段,而且也是使创作保持活力,获得诗情张力的重要来源。

新诗有更大可能传达变革中的现实与现代意识在人们心灵上的清晰投影,及其感情信息。这就需要我们能把对生活的异常接受能力同对语言文字的异常支配能力统一起来,使文字在诗意的流动与意象的创造上,永葆新鲜之感。

近年来,自由诗体日渐流行、兴旺起来,但是诗情、意绪的自由表达,绝不意味着某种形式的采用,或对现实的超脱、空灵,以及晦涩的隐喻的丛生;其精髓仍在于时代的启示的领悟,生活的独特发现,和那种发自诗人社会使命感的可贵的当代诗感、内心激情的浑然一体地融合。

我对当代新诗的发展前景,保持着乐观的展望。

1986 年 4 月 4 日于兰州

选自《华夏诗报》1986 年第 9 期

关于诗的传统与现代追求问题
——代卷前语

朱先树

　　这本书是由吕进同志主持编选的。物以类聚，人以群分。在当今诗坛创作追求五彩缤纷，诗歌观念众说不一的情况下，本书的作者，其思想艺术观点大致有相通处。要总系这些观点，或讲讲编选意图，这本应是吕进同志的事情。但吕进同志谦逊，他只写卷末语，而把卷前的显要位置留给了我。惶惑之余，恭敬不如从命，只好不揣浅陋，借此谈点个人的一孔之见。

‖关于诗的传统与传统的诗‖

　　中国诗歌传统是极为丰富的，有古典诗歌传统和新诗传统。古典诗歌传统，从《诗经》算起，已有数千年的历史，而新诗传统也有六十多年。这是中华民族精神文化的一笔丰厚的财产，直到今天它不能不对我们的创作起着极大的渗透作用。

　　但是，在今天的诗坛，人们对传统的态度却是不一样的。有的同志认为既然我们已经有这么一笔巨大的遗产可以继承，这就足够了，他们表现为固守传统，而否认人类文化的相通，否认向外开放，向西方、向其他民族学习的必要性，否认时代发展而需要吸收别的国家别的民族文化来丰富和发展自己的传统的必要性。但是随着这些年开放政策的实现，随着西方文化，包括诗歌创作的很多优秀东西的吸收和运用，固守传统、抱残守缺的同志则是越来越少了，有的原来持有这种认识的同志，也在不断地变化和改变着自己的认识。尽管在认识的层次上还有不同。

但是，问题的另一面，就是有的同志则有意或无意地轻视传统，甚或否定传统。他们往往是在还未弄清传统是什么内容的情况下，就轻率地下结论。比如对古典诗歌，他们往往不是把它看成一笔精神文化财富，而只看到它的形式已经僵死，认为古典诗歌不过就是一些束缚人的音韵格律，四言八句，对古典诗歌表现人类丰富的智慧和感情，以及艺术表现上的丰富创造不屑一顾，认为只有现代诗、外国诗才够味，才有可借鉴可学习处。这自然是一种偏见。当然我说的这种情况也还只是少数人，主要是一些对古典诗歌了解不多或修养不深的年轻人。对这些同志，我们希望他们能在谈外国诗的同时，也谈一点中国的古典诗歌，这对今天的创作将是受益无穷的。

当然，在一般意义上来谈诗的传统，问题似乎还是比较简单的。现在主要是涉及我们当前创作中的一部分带有传统意味的诗歌作品，其看法就不一样了。这主要是那些注意表现时代和现实生活，以及在表现手法上主要采取素描和直写的一些作品，那么究竟应当如何看待这个问题呢？

就说表现时代吧，这的确是中国诗歌和中国诗人较为注意的，在中国诗歌传统中很少有不关心时代，不表现时代和人民的悲欢而成为大诗人的，如屈原、李白、杜甫、白居易、苏轼、陆游等等。但是，现在要说到这个问题，有的同志可能就会撇嘴，认为那不过是老一套，他们认为诗就是写自我，要表现现实生活、表现时代就必然空泛。这中间有一种误会，就是把诗人的自我与社会割裂。我们知道，一些大诗人他们的诗歌唱了时代和人民，但并不等于说，他们就没有自我。杜甫一生写了不少忧国忧民的不朽诗作，哪一首不是写他自己的感受和认识呢？难道他也是受了某种政策的宣传和影响吗？再说一个诗人，他的感情也是丰富与多样的统一，就是杜甫的诗作中也有不少写风花、写雪月、写儿女情长的精美之作，如果只有后一种自我才是诗人的自我，那就未免太片面了。当然作为诗歌欣赏，也许你只喜欢徐志摩，而不喜欢郭沫若，甚至不喜欢艾青，那是你的自由，但不能以个人的好恶来代替整个诗歌创作的事实，这一点恐怕是要弄明白的。当然也要说明的是，过去那种把表现时代强调到了不适当甚至唯一的程度，把它作为对所有诗作要求的统一标准，从而否定了不同气质、不同创作流派的作品也是不对的，这是一种简单化和形而上学，也是我们所不赞成的。

对所谓"传统诗"的反对，还在于"传统诗"就是反映生活。其实每一个诗人都应当是现实的人，他不能离开现实而存在，他只能生活在今天的现实中，他的思想、感情，他的诗本来都是现实生活的反映。否定这个基本的事实，想要割断自己和现实生活的基本联系，这是根本不可能的。我认为诗要反映和表现自己生活的现实，这本来是没有什么错的。否定客观的现实生活环境与自己诗的关系，只在自我头脑中去寻找诗，能有多少收获呢？生活其实就是诗人自己所在其中的自然环境和社会环境，主要是社会环境，作为诗化了的自然环境实际上也带有了某种社会的投影，因为诗人作为人，是社会化了的，他的思想感情无一不带着他所生活的社会环境的烙印。在这种意义上说，诗是生活的反映有什么不对呢？如果说这种观点是传统的观点，这类诗是传统的诗，那么它不是应该被泯灭，而是应当得到充分的发展。

当然，对生活的理解不能过于狭窄，过去我们可能有一种误解，一谈到生活，就总以为，工人做工，农民种地，战士打仗，这才叫生活，诗要反映生活，就只能反映这些内容的生活，这无疑是把生活的内容限制得太狭隘了。如果认为诗只有反映这方面的生活内容才有价值，而表现其他就没有价值，这将是诗的狭路，是对诗的一种误解和不适当的要求。过去我们在创作上吃过这种形而上学的亏，今天决不能再重复这种错误了。

过去有一个提法，叫作深入生活，今天也还偶然有人在用。如何看待这个问题呢？我认为对具体问题应当具体分析，而不能笼统地表示赞同或反对。深入生活，如果我们理解为加强对社会现实的认识，扩大自己的眼界视野，力求从更高更广阔的范围来了解和把握生活，那么，深入生活的提法仍然是可以用的，因为它实际上也是可以而且应当包括这个内容的。当然，如果把深入生活像过去那样理解为要放弃自己熟悉的东西，而简单地到工人农民战士中间去深入生活，那么对诗的创作则将重复那种简单的肤浅的做法，对诗歌创作是不利的。

有的同志认为，诗是抒写自我感情的，有什么就写什么，没有必要去深入生活。这一点，我认为是诗人的自由，你愿意深入就深入，不愿意深入也就算了，没有什么可说的。但我认为，一个诗人总是不好把自己完全封闭起来，表现自我，但还要充实自我，否则自我本身也会僵缩和枯萎。诗人需要增强自己同社会的联系，需要不断扩大视野和生活面，加强自己对生活的了解和把握，这当然不是指一般意义上的游山玩水（当然游山玩水作为一种情操陶冶仍然是生活的一部分），而且也包括到生产劳动的第一线去认识和感受，与广大的人民群众建立心心相印、息息相通的关系，那么这对把自己锻炼成为真正的人民诗人还是大有益处的。

对于所谓传统诗的非议，在表现方法上那就是认为它是直白的，没有诗味。对于这个问题，也需要具体分析。其实传统的诗并非都是直白的。古典诗词和新诗在表现方法上实际上是多种多样、丰富多彩的。白描或直抒都只是其中的一种表现方法，它们也并不能作为传统诗歌表现手法的代表。我总认为表现方法问题是一个发展与丰富的问题，而本身并不能区分出传统和现代来。我们很难说什么表现方法是传统的，什么表现方法是现代的，更不能说哪一种方法是落后和保守的，而另一种什么方法则是现代的先进的。任何艺术表现方法都是和它所表现的内容有机联系、辩证统一的，游离了内容而抽象谈论方法的优劣也不会得出什么真理的结论来。当然一个时代或某种流派，往往以某种艺术表现方式占有突出地位的情况是存在的，但任何时代任何流派也不可能只有某种艺术表现方法存在。在这个意义上说，白描和直抒的艺术方法，在过去运用，在今天或未来的诗歌艺术中我认为也仍然有它的地位，关键是运用好坏的问题。过去的诗歌创作，运用白描或直抒的手法，有运用得好的，也有运用得不好的，我们不能因为某些不好的诗运用了这种艺术表现方法，因而就否定了这种艺术方法本身。这种艺术上的是非，我们也不能以一种简单化的思维方式去得出什么结论来。

‖ 关于诗的现代追求问题 ‖

粉碎"四人帮"以后，特别是党的十一届三中全会之后，中国的诗坛的确发生了巨大的变化。这种变化的一个重要标志就是所谓的"朦胧诗"的出现。关于这个名称的是非，以及涉及的种种创作问题的讨论，在这里我不再去多说了。我所要说的是，这一诗派的兴起、低落以及进一步的发展，的确是有它的社会的和艺术本身的原因。就其内容来说，它是中国社会新变革所带来的人们思想解放的产物，它所代表的开放和与过去不同的现代意识，同过去诗的歌颂乐观情绪相反，这类诗主要是表现一种时代的忧患意识和叛逆精神，北岛、舒婷的诗就是从不同的角度来表现这种意识和精神的。在艺术表现上，他们主要采取抽象的表现。借用现代派诗歌的艺术手法来进行心态的描写和情绪的抒发，这一方面给人带来新鲜感，另一方面也给人们的欣赏带来某种不适应。如果在这种基础上根据现实欣赏的习惯，逐渐进行一些校正，是可以对诗的发展带来某些新的希望的。但在当时，这类诗由于过分地受到各种不同角度的非议和挑剔，虽然在事实上也在某种范围内被接受，但也在某种场合下受到排斥。正因为对待这类诗缺少了从时代的和艺术的两个方面去进行实事求是的研究和分析，某些人就急忙亮出黄牌，警告此路不通（作为流派的存在也不可能），使很多人又重新回到旧路上来，而使另一些坚持者反而走得更远。特别是后一部分人也主要是一些初出茅庐的青年人，误认为要超越北岛、舒婷，就必须把自己封闭起来，向西方的现代派进行更彻底的学习，"走向世界"就成了时髦。他们在内容上从北岛、舒婷的在自我的基础上走向社会，现在转为从社会的基础上走向更为狭隘的自我，对社会的感知对他们来说是多余的，他们没有使命感，也没有忧伤，他们所追求的是艺术的形式，在意象、语言等方面竭尽全力下功夫，造成了诗脱离社会、脱离广大读者，而这些诗人们也多数只能活动于地下，偶尔有一二冒尖者，在诗坛也处于时隐时现的状况，他们的毅力是顽强的，大量的自办刊物涌现出来，但由于理论的和实践的盲目性，终于没使他们能够有更大的建树，偶有较典型的越轨者往往还遭到责难。孤立地向西方现代派的学习终因没有适宜的气候而难于成活，这部分人的追求就这样虽然野火烧不尽，春风吹又生，但总还是一种自生自灭的境况。这说明中国的这块土地纯现代派（西方现代派）的土壤即使有一点也是瘠薄的。而真正要得到成活生长的气候却还没有。也许此路暂时是走不通的。

在这种情况下，人们称之为诗的新生代出现了，也许这就是粉碎"四人帮"后青年诗人的第三代，也有人说他们是诗的"第三梯队"。这些人中间其实有一些可以说是新生的，也还有一部分人也许就是第一代或第二代蝉变蜕化过来的，这代人的特点是，较为注意和时代生活保持联系，但却又保着一定距离，他们对社会现实不是从表面的功利的角度去描写，而是从历史的角度，透过生活表层去深入发掘。在艺术表现上，他们比较超脱，不重实写，但也不追求过分的虚幻缥缈，不是把诗写成晦涩难懂的没有谜底的谜。他们既注重诗的内容的厚重和质感，也注意表现上的空灵和诗美，他们既不拒绝传统的精华的吸取，也不排斥对现代派的好的东西的借鉴。就其基本的、主导的方面来说，我认为这是有希望的一代。当然，他们的创作现在还处在起步的阶段，他们的艺术追求也还有并不稳定的一面，对待他们也不是需要无原则的吹捧，更不能轻率地打击和排斥他们。既要热情肯定他们基本的追求，也要冷静地看到他们追求中的偏颇和不足。总之，对待他们仍然需要实事求是的态度。

比如，有的同志提出，当前的诗其内容主要应当表现一种忧患意识和叛逆性格。这一点显然是继承了北岛、舒婷他们一代人的追求。应当说，这中间所表现的基本意思是他们对社会、对现实的关注。当下社会经济变革，各种思想力量互相抵牾，在现实生活中，乐观的表面后面也的确还有着很多令人忧虑的东西，对落后存在的忧患，对阻碍新生的叛逆，的确也还是我们诗所表现的一个重要内容。但是也应当指出这种追求的片面与不足。首先对今天的现实我们应当有一个全面的正确把握，今天的现实和北岛、舒婷在粉碎"四人帮"前后的现实已经大大不同了。今天的忧患也应当有完全不同的性质。叛逆的矛头针对性也必须要十分地清楚和明确。应当说，今天的现实给我们带来的是希望与忧患共存，而且希望更应当是主要的，忧患有，但也未必是我们主要的意识。今天的现实需要我们去努力理解的东西更多，而未必都要简单地采取叛逆的行动。这是问题的一个方面。另外就是，忧患意识首先应当是民族的命运的忧患，而不是个人狭隘的闹思想情绪，它的立足点应当是高尚的。叛逆也是站在新生的前进的一边对落后腐朽的叛逆，而不应当是一己私利的顺我者昌，逆我者亡。有了这些基本的界线，我们的诗也才会有真正的价值，否则无论你把这个思想情绪表现得多么动人多么强烈，那也是卑微而渺小的。

另外，也有少数同志，为了追求诗的空灵和超脱，主张表现宗教，回到参禅诗的顿悟。宗教作为人类文化的一部分，它的确是社会现实的一种更为超脱更为曲折的反映，了解研究这一部分精神财产对我们是会有用处的。但是也必须明白，宗教毕竟是科学不发达的产物，它对社会现实是一种扭曲反映，其主要方面是对社会的一种回避，是精神自我麻醉的产物。在今天即使有认识价值，恐怕也已经失去了它的运用价值了。再说，诗是可以讲空灵和顿悟的，但顿悟，是在现实生活内容上的顿悟，悟的是生活的真实道理，是历史的本来面目，而不是一种空虚的精神解脱。离开了生活现实，是难于悟出什么真理来的。关起门来，想入非非，真正的诗的缪斯也不会轻易来敲你的大门。宋代的参禅诗有它产生的社会环境和思想文化条件，这我们不必去细说，但今天的现实，绝不是产生一种参禅顿悟诗的条件。这一点也许是理论知识上的幼稚，或者是艺术追求上的一种盲目所造成的。诗的顿悟不是一种宗教的神秘，它不过是一种创作的心理状态，把它弄得很玄妙，是不可能创作出什么真正有价值的作品来的。

关于传统与现代的"交叉"

在近年来关于传统与现代的争论中，有的同志已经感到了双方的偏颇，而希图找出一条"第三道路"来。于是提出了传统与现代的"交叉"问题。而且认为这种"交叉"是实际存在的，很多当代诗人已在实践这条道路。"他们并不躲避现实的通俗趣味及戏剧性，既造成生活自然属性的变形失真，又能回归自然，还有的把主观和客观、探索和通俗性有机结合起来，既注意诗缘情，又注意诗言志，取诸子百家之长处，自觉或不自觉地吸收传统与现代的合理内核，在传统的地址上生长自己，在现代的化肥催生下壮大自己，很快形成了很有出息的诗歌界'第三梯队'阵势。很多当代诗人似乎已经有意识地站在传统与现代手法之间进行衡量利弊，不断调整着自己的语言结构和审美定势，趋向于一面向着魔幻诡谲的晦涩难懂的文字形式告别，一面向着抒情平面，形象平面，想象空间狭窄，缺乏多层次感受性能的陈旧，贫瘠的艺术观念告别——这很可能是聪明的！"

以上这段话是青年诗人杨春光同志在和我的通信中提出来的。发表在《新星诗报》总第2期。春光同志是在和我商榷，因为关于他的"交叉理论"，我曾说过这样的话："严格说，诗应该是现代的，现代的生活内容，现代人的思想情绪。这种现代是传统的发展，这种现代不是时髦的追求。而在题材、形式、风格上，又是百花齐放多种多样的。因此我认为，传统与现代交叉并进的提法可能不很科学，事实上也难以办到。我们现在有的同志把诗简单地分成传统的和现代的，也不一定恰当。"看来，我的意思还是明确的，只是我的话包容性更广，包括内容与形式两个方面。我不赞成"交叉理论"也只是在这种意义上，认为它概念不准确。作为艺术表现方法上的一种追求，我是赞成的，而并无异议。

诗的发展，每一个阶段都有它的特定形态，特别是在内容上，它总是一定时代的生活和人的情绪的表现。这不可能"交叉"，今天的人不能去表现古人的思想和生活，写历史题材，神话题材，也只能用今人的思想感情去渗透、去表现。江河的《太阳和它的反光》以神话为题材，但表现的却是今人的思想情绪，是为今人写，而不是为古人写，因此它绝不是现代与传统的"交叉"，否则它就不能引起今天的人们的关注。这是一个简单的常识问题。另外，现代也只能是中国的现代，而不是西方的现代，因此我们今天的诗歌就其内容上来说，也不可能是西方的现代和中国的传统的"交叉"。再说"交叉"还有共存的味道，而难于包含借鉴、继承、消化，熔铸新词的意思。所以"交叉"理论用于诗的内容是不合适的。

当然，从"交叉"理论的具体论述中，我理解到它主要是指诗的表现艺术手段。但就表现手段来说，我认为应该是百花齐放的，我们提倡表现方法上的不断创新，但任何一种新的表现手段的产生，它既包含着创造者的心智，同时也必然会包含着对别的(传统的、现代的、流派的)表现手段的借鉴、吸收、改造，而一旦新的表现手段创造出来，它就绝不是某两种或多种现存手段的简单"交叉"，而且任何新手段的产生，它也只能作为一种艺术手段而存在，即使效法的人再多，也并不能排斥别的艺术手法的存在。否则仍然会走向单调，而且本身也难以有新的发展。所以我们的原则只能是百花齐放。而且还要不断地推陈出新。因此在艺术手法上，我们更要鼓励创造。否则艺术本身就将陷入危机。

就当前诗歌创作的艺术表现方法来看，我完全赞同春光同志的意见。我们不能满足于一些传统的、现存的、旧的手法，要力求克服对生活的表象描绘，要更新那些"缺乏生机的僵硬化、单一理念化和缺乏弹力"的艺术表现。但同时也要克服从外国现代派盲目移植来的"不负责任地使用自由联想，意象跳跃不埋定向暗示，以致使有些诗作飘然有余而质感不强，实际形象不足又缺乏整体的弊端"。而那种自如的，意象丰富、定向暗示较多但整体形象并不模糊、质感强、多侧面透视效果好的艺术表现手段，的确不失为一种有益的追求，现在坚持这种追求的诗，可以想见，它是会受到读者欢迎的。但是这种追求中，实际情况也还会是多种多样、丰富多彩的，就其实质也还是百花齐放的。真正有才气的作者，决不会拘于某种固定的模式，简单地说这就是传统与现代的交叉也未必合适。应当说，这是中国当今诗坛，诗歌创作艺术表现的丰富与发展，是诗人们的创造，是在继承传统手法和借鉴外国现代派有益的东西的基础上，根据今天中国读者的审美欣赏的需要，表现中国当代生活和当代人思想感情的需要的一种创造。而这种创造在每一个有成就的诗人那里，表现和运用的情况又都是各不相同的。北岛、舒婷、江河之间存在着一致，更存在着差异。傅天琳从《绿色的音符》《在孩子和世界之间》到《音乐岛》在走着自己独特的道路，刘湛秋、叶延滨、李钢，则可以互相区别，而杨牧、周涛、章德益，彼此之间又各自具有自己的特性。诗歌艺术的表现技巧在创新，而创新的情况又各呈异彩，这可以说就是我们当前诗歌创作在艺术表现上的特点。

概括起来说就是，诗是现代的。它面向中国当代社会现实生活，表现当代中国人的思想情绪，在艺术上创造出适合中国读者审美趣味和接受能力的多种多样的表现方法。宽容一切艺术的追求，实事求是地分析和对待各种艺术存在，促进诗歌创作的繁荣和发展：这就是我们的基本态度。

1986 年 8 月 5—13 日于北京

选自吕进编《上园谈诗》，重庆出版社 1987 年版

变革，为了新诗在当代中国的繁荣
——卷末语

吕　进

‖ 缘起 ‖

　　这本七人合集的缘起和上园饭店不无关系。1984 年春，一个读书会在上园饭店举行。这是一家新建饭店，位于北京的西北角。一年多过去了。1985 年隆冬，又一个读书会的地址凑巧又是这里。

　　从第一个读书会到第二个读书会，上园饭店给一大群诗评家提供了结识机会。他们虽然大多过去不曾谋面，然而早就熟悉彼此的名字，以文会友，上园饭店的相聚使他们一见如故。

　　两个读书会的参加者虽然不尽相同，友谊却是相同的，面对面的切磋，北往南来的鸿雁，深化了讨论，也深化了友谊。于是，一个念头应运而生：合出评论集子；于是，又一个念头不谋而合：书名一定得有"上园"二字，以纪念在这家饭店萌生的学术友谊。这个念头得到重庆出版社的热情支持。他们不但将本书立即补入选题计划，而且想方设法加快出书速度。

　　《上园谈诗》的作者只有七位，唯一原因是篇幅有限。好在七位作者的诗学见解大概是能在一定程度上代表"上园"朋友的。通过这个集子也许还能结识更多朋友呢！入集作品大多曾公开发表过，现在按照一定顺序分辑编集，希望能给读者诸君提供一个学派的整体性印象。少数作品由作者或编者作了些许改动。此外，还收入了穆仁、刘光、黄虹三同志的书简和张志民、周政保同志的论文，它们和本书的内容有关，大多也是公开刊发过的。如果这个集子能收入更多朋友的著述该有多好！但就是现在这样，本书也已超过了二十万字，好在来日方长，且把这个愿望留给明天吧！

现在，请允许我依照入集的七位朋友的居住地区从北到南地对他们作一个简单介绍。

东北的阿红 20 世纪 50 年代初期毕业于南京大学，著有《漫谈诗的技巧》《探索诗的奥秘》《诗歌技巧新探》和《漫谈当代诗歌技巧》。最近又与人合著了《诗歌创作咨询手册》。北京的朱先树长于对诗坛作全景式观照。他毕业于中国人民大学，著有《追寻诗人的脚步》，编有《中国当代优秀短诗赏析》和《假如你要作个诗人》，后者是重庆出版社近年的畅销书之一。山东的袁忠岳和江苏的叶橹都在大学年代就显露出理论才华，而又都曾被 1957 年那股"奇异的风"卷到荒漠的远方。袁忠岳以基础理论研究见长，叶橹以敏锐的诗美感受力著称，他们现在都在大学执教，后者的《艾青作品欣赏》即将出书。杨光治和朱子庆则在南国的花城。杨光治文思迅捷，快人快语，是《野诗谈趣》一书的著者。作为诗歌编辑，他对诗坛状况的把握是敏锐的。朱子庆算是七人中的"小字辈"了。他 1982 年从中山大学毕业，是《诗刊》优秀评论奖的得主。吕进在重庆工作。为了让有兴趣的读者获得更多满足，本书特意附录了四篇文章。

七位作者的诗学见解接近，这当然不是指同一角度、同一层面、同一风格的完全重复与平行。欧洲好几种语言中的"抒情诗"都源于古希腊的"里拉"一词（英语的"Iyric"，俄语的"Лирика"等），即"七弦琴"。七弦琴的七根弦奏出各自的乐音，彼此既不会雷同，也不能相互取代。（就是每一根弦，也在变换自己的声音呢！）然而，它们又和谐于同一旋律里。

至于《上园谈诗》作者们各自的具体见解，自然就用不着我在这里饶舌了，有兴趣的读者完全可以直接阅读他们的诗论。我在下面写的，只是编完本书以后产生的零碎随想。

‖ 第一点随想 ‖

这个集子的求实意识。

本书作者们似乎对趋时缺乏热情，正如同他们对于诗的变革充满热情一样。表现在文风上，他们对朴实的寻求，对"新名词轰炸"的拒绝，都给人突出的印象。

诗学面临的对象是最丰富的非常规世界，最不具备实体性的流动世界，它是现实的幻影，它是良知的馨香。用非诗规范要求诗，用非诗人规范要求诗人，用全民族诗歌的使命衡评每一首具体作品，或者，用对时髦潮流的追赶去代替对诗的认真审视，都会使诗学丧失求实气质。

诗学的基石是理解。马克思在1892年1月16日致约·魏德迈的信中说过："所有的诗人，甚至最优秀的诗人，多多少少都是喜欢奉承的，要给他们说好话，使他们赋诗吟唱……诗人——不管他是一个怎样的人——总是需要赞扬和崇拜的。我想这是他们的天性。"

新时期诗人在作多方面的尝试。诗人的心是敏感的，又往往是脆弱的。在艺术道路上，他们常常会为现实生活中的那位"同貌人"的纠缠所烦恼。心灵艺术家最需要的正是心灵的同情与抚慰，认真的艺术变革最需要认真的关注与探讨。以理解作为基石的诗学才有可能成为诗人的净友，诗的诚实伴侣。

过去一个历史时期，庸俗社会学的诗学与诗处于隔膜状况甚至对立地位。一些评论对有情的诗进行无情的肢解后，最后"抽"出的那几个给予肯定的诗行往往恰是败笔。更不用说以"哨兵"自诩的评论了——诗人遇到它们，简直是百分之百的"秀才遇见兵"，还谈得上什么理解呢？

当然，理解不是诠释性、附庸性、无个性的别称。理解为了超越——对诗的心心相印的推动。

真正的理论超越离不开人类创造的各种思想财富，离不开马克思主义，后者是人类理论思维在近代的一大迈进。诗表现的被再造过的心灵是诗人心灵与社会历史的联结，而且，吟唱主体本身就是一种社会存在。马克思主义正是把文艺（包括诗歌）纳入社会历史框架进行考察的。马克思主义诚然不能代替诗学，却能给诗学以俯视诗歌的历史高度。

当然，马克思主义也需要在实践中（包括从马克思主义以外的人类思想财富中吸取营养）求得发展。我们和马克思主义经典作家们具有寻求真理的同等自由。应当永远结束那种认为人的思维与行动的一切结果都具有最终性质的看法。但是努力把握马克思主义那些经受了历史检验的命题，努力把握马克思主义哲学——辩证唯物主义和历史唯物主义，无疑会有助于诗学沿着求实的道路前行。

‖第二点随想‖

这个集子的创新意识。

珍视既往的诗学遗产绝不是盲目崇拜过去。诗学的生命力在于它不仅仅停留于对已发现的诗歌艺术规律的阐发，而是利用已有轨迹继续向前开拓。

新时期是一个除旧布新、推陈出新的时代。新诗也在刷新：诗美规范的刷新，诗歌接受的刷新，诗坛格局的刷新。

诗的发展加强了诗学改造和加宽自己构架的紧迫性。诗学应当是多角度的：借助心理学、语言学、哲学、美学等等的内部研究；借助政治学、社会学、法学、经济学等等的外部研究。诗学应当是多方法的，除了发展传统研究方法外，还应当求实地吸收其他方法（符号学、现象学、接受美学、系统论、信息论、控制论……）中的普遍性因素以丰富自己。

克服思维惰性，打破思维定式，是我们时代诗学令人振奋的努力。诗学研究重心正在移动：由客体到主体的移动——审美不是欲念的满足，审美判断有着更复杂的心理因素，主体的回归，是诗学极重要的进展；由外到内的移动——诗成为诗学的直接、主要的审视对象，细微深入的研究多起来了；由一到多的移动——多侧面、多层次、多方位的研究，"横看成岭侧成峰，远近高低各不同"，诗的审美结构被更多地发掘出来。"高级广告""分配赞扬"式的评论、"车水马龙"式的评论（胡乱引用一点车别杜、马列、《文心雕龙》再加一点"水"）在新时期将会极少有机会为自己寻觅到一个坚固的立足点。

与诗的发展同步的诗学才会得到时代的尊重、诗的尊重。这种例子中外都很多。18世纪莱辛写出《拉奥孔》，针对温克尔曼《关于在绘画与雕刻中模仿希腊作品的一些意见》的陈旧观点阐述了诗歌从封建宫廷趣味和古典主义影响下解放出来所必须解决的重要理论课题。这样的著作在当时就产生了革命性影响。歌德回忆说："这部著作把我们从一种可怜的静观境界中拉出来""像闪电一样照亮了我们。"

丰富的诗歌现象不是原有的诗学规范所能容纳的。而诗学的创新要求着诗评家素质的变革。诗学研究是一种研究主体与研究客体之间没有明晰分界线的领域。在对于诗的一般感觉终止的地方，创新意识的诗评论才真正开始。当代诗评家的素质首先应当不因循守旧，有变革的锐气与明慧。

当然，创新的内核仍是求实：求实的突破、求实的推动。离开这个内核的华丽辞藻、玄乎术语、哗众取宠与创新是绝缘的。

‖ 第三点随想 ‖

这个集子的多元意识。

新时期诗坛是多元结构的。以年龄、创作方法等作为标准在诗人和诗评家中划分优劣新旧是可笑的。不同心理类型文化结构、思维方式、个性追求的老中青诗人和诗人群在作各种变革、尝试。不同经历、气质、心态、风格的老中青理论家和理论家群也在作各种探索。多流派、多学派的竞赛与共同发展有益于新诗艺术的进步与繁荣。反过来说，诗坛多元格局的初步形成也体现了时代的进步。只有诗人和诗评家的意志、情感、个性、爱好受到尊重的时候，只有创作自由和评论自由成为事实的时候，诗坛才会结束一元格局。

习惯于用"一花""一家"的病态眼光去打量"百花""百家"的健康世界将是可笑的。致力于一种风格、一种流派与学派对创新垄断权的寻求本身就很陈旧。竞赛不是一统天下的霸业，竞赛是友谊。多元格局的诗坛就其为人民、为社会主义服务的方向而言是一元的。因此，像丁国成在谈到理论争鸣时说的那样，"仅仅理论的对峙不应该成为友谊的障碍"。应当推崇好诗，不管它的作者属于什么流派，应当赞成正确的见解，不管它是谁提出的。

中华人民共和国成立以来中国新诗大体经历了三个阶段，"文化大革命"前是蓬勃发展，同时又开始积淀了一些潜在的危机，"文化大革命"是这些危机合乎逻辑的发展。新时期则是新诗的成熟与探索期，流派的出现是这一成熟与探索的主要标志之一。评论应当促进创作流派的形成。比如说，在我看来，当今诗坛上有一个庞大的中青年群体，在和全国的诗人一起做出贡献。这些诗人分布在北起新疆南到广东的辽阔地域，而评论对这个群体的瞩目与支持显然不够。

这个群体注重诗的内视性，他们回避对外在现实进行广泛描绘和分行叙述。他们将诗笔伸进人的内心生活，充分展现精神世界的丰富，寻觅着超脱的纯真的诗美。同时，他们又充分运用诗的抒情主体的无名性去达到高度的艺术概括性，从内视角去积极地对时代给予诗的表现，拒绝离开对时代的观照而躲进封闭的自我。

这个群体在艺术上不守成规，他们似乎总是处在永恒的流动过程中。傅天琳和刘湛秋先后出版的几部诗集，就很有利于这个立论。这些中青年诗人总是在突破——突破别人，也突破自己。他们的艺术胸襟宽广，既注重横的批判借鉴，也刻意于纵的批判继承。他们力求形成风格，但是十分回避落入"定格"。

这个群体看重读者。他们确信：使读者无所适从的诗不能带去审美愉悦，而诗的最后完成总是仰赖读者的参与意识、响应状态与再创造活动。我所说到的这群诗人的形式技巧能力是强的，但是他们不屑玩弄技巧，形式只是他们传达诗情、和读者实现心与心的感应的手段。"形式"是经布丰、温克尔曼等的使用而成为艺术的基本概念。其实从词源学出发，"形式"一词在拉丁语里原指罗马时代记录用的在蜡版上刻字的铁笔，也就是说，形式是工具，而不是价值本身。离开读者，诗人是难以实现自己价值的。

新时期诗歌变革促成了中青年群体的形成，在新时期诗歌变革中也有这个群体的贡献与功勋。为此，本书特意编选了一辑中青年诗人评论。

总之，多元结构的诗坛上各种流派都有自己特色。促进它们的发展与成熟，促进它们之间的竞赛以及在竞赛中的相互借鉴，首先需要评论具有多元意识而不是相反。

‖ 春天在期待 ‖

编完《上园谈诗》，窗外早已响起迎春的爆竹声。春天，繁荣的季节。20世纪80年代的中国春天，变革的季节，为了新诗的繁荣，需要大胆的变革。春天正期待着我们。

把随想匆忙草出，也来不及征询天南海北的朋友们（尤其是几位入集的作者）的意见了。好在这只是个人随想，而不是对本书的任何意义上的概括。是为"卷末语"。

丙寅年正月初四于西南师大
1986 年 8 月 14 日改定于北戴河

选自吕进编《上园谈诗》，重庆出版社 1987 年版

"上园诗派"主张的生动阐明
——读《新诗十年的回顾与展望》

古远清

　　这两年,诗歌"流派""群体"的旗号纷纷出现。但是鲜见诗论家的旗号。这种情况的造成,是由于:一、诗论不同于创作,不能光靠几篇论文就称"派"。他们称"派",需要有一定数量的论文和著作做基础,其成员要有几位在全国有一定知名度的诗论家,这远非写几首短诗和在自办的内刊上发篇宣言就能奏效。二、写作诗论是一种严肃的科学研究工作。凡是认识到这项工作严肃性的人,都不敢轻易结为群体称"派"。三、目前活跃在论坛上的大都是中年诗论家,他们不似初学写诗的青年容易冲动,动辄以流派、群体自居。

　　然而,诗论家就真的不能结成群体、打出旗号吗?我认为,只要条件成熟,是完全可以的。这里讲的条件是:在一定的文学观点和主张的指导和影响下,由一群诗论家在扎实地从事新诗研究,并写出了一批能体现这些观点和主张的论著,在诗人和诗歌爱好者中产生一定影响,这些诗论家就可以结成群体。只要结成群体不是为了"拉山头",而是为了活跃诗歌理论,有利于推动新诗创作,就可以打旗称派。1986年正式亮相的"上园诗派",就是一例。

　　由于上园诗派没正式发过宣言,他们也没有出现别的诗论群体那样善于宣传、鼓动的理论家,加上他们本身不想大吹大擂,所以这个诗派还未引起人们高度的重视。但这个诗派,的确是一个客观的存在。这个派是这样出现的:《诗刊》社于1984、1985年两次请一部分诗论家在北京上园饭店举办读书班、读诗班。这些诗论家,对当前新诗重大问题的看法基本一致。为了改变过去人自为战的情况,他们中的一些人组织了起来,发挥集体的力量,于1986年在《华夏诗报》正式亮出了自己的旗帜。这个诗论群体的主要成员有吕进、朱先树、阿红、杨光治、袁忠岳、叶橹等人。

"上园诗派",处于"崛起派"和"传统派"(姑且言之)的交叉点上,他们的诗论主张和思维方式,既不同于"崛起派",也有别于"传统派"。如果要想了解这个诗派的主要观点,除了阅读他们即将出版的《上园谈诗》(重庆出版社)、《中国当代抒情短诗赏析》(文化艺术出版社)外,还可读读杨光治最近在《当代文坛报》上连载的《新诗十年的回顾与展望》(1987年1—4期)。这组论文,系统地体现了"上园诗派"有关新诗的主张、观点及其研究方法:

一、坚持两条战线的斗争。他们较早地反对诗要成为阶级斗争工具的"左"的诗歌理论,同时又坚决反对诗歌脱离政治、脱离人民、脱离时代的错误倾向。他们既不趋时,以否定传统为新奇,即杨光治所说的"要吸取优秀的传统使诗具有中国气质,但反对食古不化式的继承";也不抱现守缺,以敝帚为珍,即"要以开放的态度去进行'横'的顾盼,吸取'舶来'的精华,但反对恶性西化"(《有希望的出路:诗为当代中国读者而作——新诗十年的回顾和展望之四》)。这里讲的"恶性西化"是杨光治从台湾诗人余光中《现代诗怎么变》一文中借用过的。余氏讲的"恶性西化","是指中国诗人向国际的现代主义投降,对西方现代诗派无条件地接受"。余氏这一观点,与"上园诗派"的主张不谋而合,因而杨光治在他的论文中说:"我们不走这种现代主义的'洋'路,也不能走'古典加民歌'的老路,只能走当代的中国的路——这是最有希望的路"。杨光治的这种观点,绝不是像有些人说的那样是搞什么折中、调和,而是力图用辩证法来看待诗歌创作。

二、在对待"诗"论争问题上,他们既肯定"朦胧诗"(不是晦涩诗)的历史功绩,但又不吹捧"朦胧诗",把它看成所谓"中国新诗的主流和未来"。关于"朦胧诗"的历史贡献,杨光治在《现代主义的再切入:"朦胧诗"的勃兴和关于它的论争》中认为:"朦胧诗"的"强烈自我意识,是对极'左'路线彻底否定人的个性反抗"。"在艺术上,它是对'假大空'诗风的反拨……它抒情形象的多层次,再现生活的力求立体化和大量运用象征、暗示、通感、时空交错、跳跃等手法的特点,丰富了诗歌的艺术技巧,也促使了诗歌的某些艺术观念的发展,给诗坛带来了生气。"它之所以未能体现它的拥护者的祈愿而成为"中国诗坛的主流",是因为它从勃兴之日起就存在严重的病伤:

"自我凌驾一切，与群体的关系解决得不好，甚至有意把两者的距离拉远，造成难以沟通的隔阂；有的由于过度迷恋'伤痕'以至情绪十分灰暗而背离了时代；有的写得'令人气闷'到了晦涩的程度。"杨光治在这里对"朦胧诗"所作的历史评价，没有"意气"和其他非诗因素的介入，其态度是客观、公正的，是符合诗的发展实际的。

三、提倡为当代中国读者而作诗。"上园诗派"的另一理论家袁忠岳在《中国新诗的选择》这篇重要文章中认为：中国新诗的选择是指："第一，它必须是中国的；第二，它必须是当代的；第三，它必须是人民的；第四，它必须是诗的。"杨光治的文章虽然没有分这几方面立论，但他认为为当代中国读者而作诗，是新诗摆脱困境的最好出路，其意思和袁忠岳是一致的。诗为当代读者而作，就是主张诗要面向当代、面向人民，而不是离开现在高唱为下一世纪读者而写、为儿孙而写；就是要争取读者，不要脱离读者的实际搞孤芳自赏，诗要写得让人读懂。要为当代的中国读者而写，就是不管是对"根"的抒写、过去的吟忆，或是对今天的歌唱，也不管是写中国的生活还是外国的事物，"都要求具有当代的中国意识"。杨光治这些观点，与诗坛上流行的一些时髦口号，诸如"诗要表现远离时代的孤独""诗要表现宇宙意识""诗要超越时代"，均是不同的。

四、在研究方法上，"上园诗派"的诗论家们不蔑视传统微观研究方法，他们出版的《中国当代抒情短诗赏析》一书就是证明。但他们决不满足于微观研究，力图用联系的、整体的观点进行系统的宏观综合方法去研究新诗创作。吕进的《新时期十年：新诗，发展与徘徊》以及杨光治这组论文，所使用的就是建立在研究作家作品的基础上，又超越一般的作家作品论的宏观研究方法。拿杨光治的《火的呐喊和"鱼化石"的复活》来说，文章题目虽大，但内容扎实。他对新诗十年的回顾是建立在对《鱼化石》一类作品的精细分析基础之上的。

五、由于"上园诗派"注重微观与宏观研究的结合，所以他们的诗论文风，一般无华而不实的毛病。像杨光治，从不逞"新"标"奇"，搞"新名词爆炸"，以炫耀自己的"高深和思想开放"。他这组论文，均从诗歌创作实际出发，不像某些诗论家写的论文那样好看不管用，用"洪亮和多彩的声音"去掩盖自己理论的贫困。

　　杨光治所写的《新诗十年的回顾和展望》系列论文，虽然阐明了"上园诗派"这个诗论群体的上述主张和观点，但仍有自己的评论个性——主要表现在有自己的研究角度和见解。这四篇文章，所研究的均是新时期诗歌运动和思潮。这种课题，别的诗论家较少涉及过。对"寻根"诗与"生活流"诗的分析，对诗论文风的改进的论述，更是发人之未发。当然，这组文章的某些论点也不是毫无可商榷之处，有些重大新诗理论问题只点到，而未能作出更深入的分析，这是令人遗憾的。但不管怎样，这组文章对以写诗艺随笔著称的杨光治来说，毕竟是一种超越，而且是良好的起点。衷心希望杨光治及其他"上园诗派"的诗论家们，能进一步深入研究新时期的诗歌思潮，写出有系统、有深度的诗论专著来。

选自古远清《海峡两岸诗论新潮》，花城出版 1992 年版

稳健的开放
——读《上园谈诗》

蒋登科

　　诗歌创作流派的出现展示了诗歌创作的繁荣，诗歌理论学派的出现则标志着诗歌研究的昌达。这几年，中国诗坛在创作上宣言纷呈、流派迭起，一定程度上展示了新诗的生命力，为诗歌理论研究提供了肥沃的土壤，也为理论学派的形成奠定了基础。

　　以研究当代诗歌理论家名世的古远清先生时刻关注着诗歌理论界的发展，在对当代诗论家进行深入研究后，写成了《中国当代诗论五十家》一书，不少人肯定了此书在中国当代文学批评史上的拓荒之功。1987 年，他对当代诗歌理论群落进行了打量和总结，并探讨了其中之一的"上园派"的形成和理论主张等问题①。在 1988 年 5 月由《诗刊》社主持召开的"运河笔会"上，古先生又指出，1980 年前后，中国新诗论坛出现了"自觉或不自觉地集结为虽然组织松散但观点比较一致的两大理论群体"，即"传统派"和"崛起派"。而此后，在 20 世纪 80 年代中期，又有介于二者之间的"第三诗论群体"的出现，即"上园派"。诗评家吕进编选的《上园谈诗》（重庆出版社出版）一书所展示的就是这个学派。《上园谈诗》的出现，标志着"上园派"作为理论群落在诗坛上的首次亮相。

　　"上园派"是 1984 年和 1985 年在北京上园饭店的几次学术会议上初步形成并由此而得名的，1986 年在《华夏诗报》上正式亮出了旗帜。"上园派"的诗论家，诸如吕进、阿红、袁忠岳、叶橹、朱先树、杨光治、朱子庆等，都是思想敏锐的中青年人，年龄跨度大，在研究上也各具特色，有的长于提

---

① 古远清：《"上园派"主张的生动阐明》，《当代文坛报》1987 年第 9 期。

出诗坛上带倾向性的新问题，有的长于深入的基础理论研究；有的长于对诗坛进行全景式观照，有的长于对诗人、诗作进行具体评论。他们共同构成了"上园派"和谐的整体面貌，对当今诗坛产生了相当的影响。

应该说，"上园派"的出现和它的影响的迅速扩展是必然的。朱先树在《上园谈诗》的卷首语中说："诗是现代的；它面向中国当代社会现实生活，表现当代中国人的思想情绪，在艺术上创造出适合中国读者审美趣味和接受能力的多种多样的表现方法，宽容一切艺术的追求，实事求是地分析和对待各种艺术存在，促进诗歌创作的繁荣与发展：这就是我们的基本态度。""上园派"不走极端，它把横的移植与纵的继承合而为一，既有"崛起派"的开放意识，又有"传统派"的民族意识；继承是为了新诗的开放，开放是为了更好地继承。因此，"上园派"的基本特色便是——稳健的开放。《上园谈诗》是"上园派"理论的总结，我们可以从两个方面把握它的独特的"开放"。

其一，艺术追求的开放。

"上园派"出现在"传统派"和"崛起派"之后，因此，它总结了它们的得失，摈弃了狭隘的民族意识和单纯的横向移植，把新诗理论的研究置于以现代生活为基础的中国新诗和外国诗歌交叉的原点上，并由此确定当代中国新诗的位置与走向。

"上园派"在艺术追求上的开放主要体现在它的"多元化"主张上。只要立足于当代中国人的生命体验，各种艺术追求都有其存在的权利，但这种"追求"必须遵循诗歌艺术的发展轨迹，"越轨"之作便不是诗。朱子庆说："放眼诗坛，我们欣然感到了多种风格流派的共存共荣"（《全面生长的新诗》），其实，这是上园诗评家共同的心声。袁忠岳在《中国新诗的选择》一文中指出，中国的新诗必须是"中国的""当代的""人民的""诗的"，这是"上园派"艺术主张的基本出发点，在此基础上形成的各种风格和流派都是它所欢迎的。

极端和封闭是艺术的死角，"开放"方能"多元"，"多元"昭示诗的繁荣。在《上园谈诗》一书中，无论是把握新时期中国诗潮的来潮与去向的"上园笔会"，还是对几位在艺术追求上大体与上园诗评家们相似的中青年实力诗人的评析，以寻求他们成功足迹的"上园诗评"；无论是研究诗歌基础理论的"上园诗论"，还是活泼清新、以小见大的"上园诗话"，都体现了"上园派"的开放意识与多元意识，贯穿始终的红线是诗歌艺术的发展规律。

在当代与传统的关系上，"上园派"也持开放态度，它不人为地割断二者的联系，而是善于从传统之中总结经验和教训，并作为研究当代诗歌的基础。阿红的《从象征派诗论想到"引进"象征派》、袁忠岳的《关于诗歌的历史感》、杨光治的《〈人间词话〉"境界"说寻绎》等文在链接传统与现代上都有一定的突破或创新。

在诗与现实的关系上，"上园派"认同诗与时代同步，与民族同心，主张诗应关注现实和人生，但这种"关注"只能以诗的文体可能为基础，反对诗去完成非诗文体的任务。因此，"上园派"特别强调诗人的文体自觉性与时代自觉性之间的特殊关系。吕进的几篇文章就是这种主张的生动阐明。他总结新时期十年诗歌探索的得失、评论傅天琳的创作成就等，都立足于诗歌艺术的独特规律，继承中国的传统艺术主张，借鉴有益的外国艺术经验，更没有忽略"当代中国"这样一个独特的环境，因而，他的诗论体系就是一个开放的体系，这一切为他成为当代中国诗歌论坛的实力干将和"上园派"的主要代表奠定了基础。

开放的艺术追求带来了"上园派"理论视野的开放性与科学性，也形成了它的广泛的指导性。

其二，研究方法的开放。

研究方法的开放是艺术追求的开放的必然要求。上园诗评家善于吸收和采用各种新的科学的方法，系统论、信息论、符号学等现代科研方法常常渗透在他们的文章之中。"求实"和"创新"是他们把握研究方法开放的基本准则。

首先是探寻诗歌艺术发展的特殊轨迹。"上园派"重视诗歌本体，但他们在寻求诗的特殊艺术规律的时候，又不只是就诗论诗，而常常是把诗纳入整个艺术体系，把诗同非诗文学和其他艺术门类进行比较研究，从而在艺术的普遍规律、诗的特殊规律之中把新诗的个别规律提取出来，以便更好地把诗从其他艺术门类之中独立出来进行研究。这种方法以整个艺术系统为参照，有利于确定诗的发展轨迹，并进行更深入的研究，这是"上园"诗论家成功的前提。《上园谈诗》中的许多文章都是对诗的个别规律的深入探寻。

其次是把宏观研究与微观研究结合起来。"上园派"既重视对诗坛进行整体把握，又重视对具体诗人、诗作进行评论，组成了一个大系统和众多的子系统，使整个诗坛的发展状况脉络清晰，便于把握它的发展动向。在"上园谈诗"中，对当代诗坛进行宏观打量和微观评价的文章占了相当大的比重，这足见"上园"诗论家对中国新诗的现状与未来的高度重视与关注。

与艺术追求和创作方法上的开放一样，"上园派"及其同行的诗人群也是一个开放的构成，是一个不断发展的概念，正如吕进在卷首语中所说："这个群体在艺术上不守成规，他们似乎总是处在永恒的流动过程之中"，他们在不断地"突破"，"突破别人，也突破自己"，正因为如此，它才不断地被越来越多的人所接受。

《上园谈诗》虽然远非"上园派"所有重要文章的汇集，入集的作者也远非所有的"上园"诗论家，但是，它标志着一个新的诗论群体在中国诗坛上的正式出现，这便是它给中国诗坛所展示的意义。

1988 年 12 月中旬改定于山城之北

选自《未名诗人》1989 年第 2 期

中国大陆 40 年诗歌理论批评景观

古远清

┃一、"文化大革命"前诗评家的几种类型┃

与战争年代相比，新中国的天空不再战云密布，而呈和平的蔚蓝色。但这时的文学方针，并没有因春暖花开而脱去老式的棉衣，相反，仍然把政治的功利性摆在首位，像过去那样强调文学是"阶级斗争的工具"，并借助于重器在握而将全国诗坛裹得紧密和严峻。在这种情况下，20 世纪 50 年代的诗歌论坛不可能像 20 世纪 20 年代那样沸沸扬扬，势头比起 20 世纪三四十年代亦有减弱。从 1949 年 10 月到 1955 年，虽然也出版了七八本有关新诗的评论集子，但有不少是过去旧作的再版（如艾青的《诗论》、林林的《诗歌杂论》）。即使有劳辛那样的《诗的理论与批评》（1950 年，上海正风出版社），但并不都是新作，而是新旧时代的论文汇编。只有到了沙鸥出版的《谈诗第二集》（1957 年，中国青年出版社），才将当代诗作首次作为自己的全部评论对象。从这点来说，该书的出版在当代新诗批评史上具有重要意义。它的缺点是综合性和体系性不强。对青年诗人的评价虽有不少独到、精辟之处，但它的审美色彩较淡，基本上是政治学和认识论的附庸。

相对诗论集的出版来说，单篇论文的写作活跃。郭沫若、艾青、臧克家、田间、袁水拍、邹荻帆、公木、王亚平、黄药眠等老诗人，都在评论与研究新中国的诗歌创作，探讨新诗如何表现新的世界、新的时代。他们的文章，强调新诗要为政治服务，以"毛泽东思想来教育群众，使他们了解新民主主义精神"①；强调诗是炸弹和旗帜，诗人要有"严峻的阶级意识"②，要歌颂群众意志，从抒写个人身边琐事或悲欢离合中解放出来；强调颂歌的重要性，认为"诗人对于现在，应该是个歌颂者"（冯至：《诗与遗产》）。后来，周扬又提出"抒情是抒人民之情，叙事是叙人民之事"以及"诗人是时代号角"的主张。这皆可看作当时许多诗人和诗论家苦心营建起来的"社会主义诗歌理论堡垒"。这一堡垒的防御和进击的目标是"为帝国主义、封建势力及官僚资产阶级服务的反动诗歌理论"（上海诗歌联谊会1949年7月制订的章程），重点是资产阶级，后来又叫"修正主义"。这种高度政治化的理论，是在中国新民主主义革命胜利之后迈入社会主义阶段的政治文化环境中形成的，其中凝结着不少人格正直、心灵却被扭曲的理论家的心血和奉献，有些主张（如"抒人民之情"）也有一定的合理性，为诗人们破除旧的诗学观，表现新的人民群众的时代起了一定的作用。但从总体方面来说，这些理论程度不同地打上了教条主义的烙印。特别是有的诗论家把为政治服务降低为为党在每一阶段的中心工作呐喊，把抒人民之情与抒个人之情对立起来；只要战歌和颂歌，不要牧歌和哀歌，更不要小夜曲，以至认为火热的斗争和繁忙的建设只能产生急促而高亢的旋律，用轻柔的调子写战士的生活无异是一种亵渎……后来又把早在20世纪30年代介绍到中国、到了1942年被确认而在中华人民共和国成立后普遍推行的社会主义现实主义当作统一的创作方法（在"大跃进"中则发展为"革命现实主义与革命浪漫主义相结合"），这便排斥了创作方法的多元化，使诗歌创作生态愈来愈失去平衡。这样一种诗歌理论格局，为诗人和诗评家规定的生存空间很有限，他们只能在下面几个类型中实现自己的人格：

一是梁宗岱、李广田、任钧型。梁氏是我国象征诗派最重要的理论家之一，著有《诗与真》（1933年，商务印书馆）、《诗与真二集》（1935年，商务印书馆）。李广田出版过颇有影响的《诗的艺术》（1944年，开明书店），任钧出版过《新诗话》（1946年，新中国出版社）。可中华人民共和国成立后，他们感觉到自己的文艺思想无法改造得符合当时形势的需要，为了避免不必

---

① 劳辛：《写什么与怎样写》，《人民诗歌》1950年创刊号。
② 郭沫若：《关于诗歌的一些意见》，《大众诗歌》1950年1卷1期。

要的麻烦，他们干脆躲进书斋，埋头于教学或创作，不再写诗歌论著。

二是朱光潜型。他们既无革命履历又无政治桂冠，便下决心洗心革面，虔诚地自我忏悔，抛弃原先的艺术观。虽不断有诗歌论文问世，但其影响均超不过中华人民共和国成立前的旧作①；虽然不断扬弃旧观点，向"左"的观点靠拢，以至违心地说：爱好山水诗"很类似过去有闲阶级的人提着画眉鸟笼逛街"，它炫耀着有闲阶级的"清福"②。但还过不了关，其观点仍然不断遭到质疑或批评。

三是何其芳型。这类诗论家有良好的艺术修养，但由于身居要职，挂着"无产阶级文艺理论家"的头衔，在政治运动的关键时刻，免不了写些批判胡风、批判右派的应时言语。可他们又不甘心让自己的大脑沦为政治斗争的跑马场，于是仍潜心研究诗歌创作规律，像何其芳便写了不少探讨诗的本质及现代格律诗一类的纯学术文章。何氏这类诗论家，人格是分裂的。他们当年批判竟敢怀疑"诗歌要为阶级斗争服务"这一传家宝的观点，乃是出自义愤，或曰出自一种纯真冲昏理智的青春型激情。何其芳讨伐胡风，冯至批判艾青，张光华（华夫）批判郭小川，不应单纯看作仅仅是奉命的，而应看作有时是自己主动请战的，认为这样做是出自一个革命者的天职。从这个意义上说，他们当是文艺批判运动的积极参与者。但是另一方面，这些如走马灯般的批判，导致了诗歌创作的萎缩和诗人个性的消失，这又是他们始料不及的。为了弥补这些缺陷，他们便写些反左的文章来纠正批判运动所带来的消极后果。如何其芳对新民歌局限性的强调，张光年写的《题材问题》专论，便难免与当时的文艺政策产生某种背离。但这背离并不是政治上离经叛道，而是出于对艺术创作规律的追认。即使这样，他们仍难逃出被批判的命运。对这一"怪圈"：由批判他人，参与悲剧的制造，到自己被批判，成了悲剧的承受者。他们怎么也不理解。1959 年何其芳面对"左倾"评论家的四面围攻，反复解释说自己是热爱民歌的，说他反对新民歌不过是属于"曾参杀人"一类虚构的故事，可这种解释毫无作用，到了"文化大革命"期间，被打成牛鬼蛇神，便发生了如鲁迅所说的"撞死在自己的希望的碑上"的悲剧。

---

① 朱光潜本人在 1949 年后就没写出过《诗论》那样的诗学专著。
② 朱光潜：《山水诗与自然美》，《文学评论》1960 年 6 期。

四是袁水拍型。和前面几类诗人一样，袁水拍也是使"双枪"的：既搞创作又搞评论。所不同的是，比起何其芳的诗论来，袁氏的诗论更带指导性。虽然袁氏还没当上诗坛领袖，但由于他显赫的地位，所以写的文章常常有代表领导意图的味道，是属于所谓"权力支配着评论；评论仰望着权力"的评论。如他批评蔡其矫《雾中的汉水》，批评一首小诗的《五行诗里的思想》（《诗论集》），都使人感到好似有来头。又如他说："诗人只能是一个革命者，一个共产主义战士"（《诗选·序言》），则带有浓厚的注释经典作家著作的色彩，这种理论在当时带有极大的权威性。

五是沙鸥型。这种诗评家屈服于政治压力，在政治风浪来临之前，他们能如实地写出自己对某些诗人诗作的喜爱，可政治风云突变后，马上掉转枪口对准自己原先赞扬过的对象。如沙鸥在 1957 年上半年发表文章，称赞艾青诗作《璀璨如粒粒珍珠》（《文艺月报》1957 年 7 月号）。可不到三个月，便写出截然相反的《艾青近作批判》（《诗刊》1957 年 10 月）。这种急转弯，对作者来说，固然有身不由己的苦衷，但也与其缺乏自主意识的"风派"作风有极大的关系。

六是安旗型。这是一种职业型诗评家。在"文化大革命"前，这类诗评家极少。他们的特点是：不搞创作，也很少从事编辑工作，主要任务就是写诗评，用当时的话来说，所干的是"浇花""锄草"的活儿，即扶助新人，批评不良创作倾向。鉴于当时的文艺方针和批评标准，这类诗评家常常将"香花"当"毒草"铲除。安旗在这方面便有许多失误。

七是丁力、宋垒型。他们的眼光与来自大专院校的诗评家不同，因为他们属编辑型，总想提倡些什么，体现刊物意图乃至领导意图。他们的文章比较敏锐，与创作实践，与文学思潮靠得比较近，扶助过不少新人，但过于近功利，尤其是"大跃进"期间写的讨论新诗发展方向问题的文章，有独尊民歌的倾向，经不起时间的考验。

八是晓雪、沈仁康型。在 20 世纪 50 年代，他们是青年批评家。由于他们来自高等学校中文系。受过专门训练，因而写的论著学术性较高。又由于他们年轻，没担任什么职务，写诗评完全是出于一种内心的自由的需要，不用揣摩任何意图，更重要的是他们有锐气和朝气，敢于和庸俗社会学宣战，因而他们的评论还富有战斗性。如晓雪强调诗的艺术性，相信艾青一定能为社会主义歌唱；沈仁康在 1957 年坚决反对"要求作品充当解释政策条文的工具，配合一段时期的政治任务"的做法。

除上面几种外，还有像谢冕这类自由撰稿人式的评论。这类评论，多半来自诗作阅读过程中的感受，文字比较洒脱，可读性强，但由于他们起步较迟，再加上多是感性的发挥，因而影响不够广泛，但为他们在新时期的起飞、冲刺打下了坚实的基础。

"十七年"的诗歌评论，虽然取得了一定的成绩，出版了像亦门《诗是什么》（1954 年，新文艺出版社）、何其芳的《关于写诗和读诗》（1956 年，作家出版社）、晓雪的《生活的牧歌——论艾青的诗》（1957 年，作家出版社）那样富于探索性和建设性的力作，但总的说来显得沉闷而偏狭。这一方面是由于当时接连不断的文艺批判运动，使诗评家们失去了从事诗学研究的自由；另一方面，也由于具有独立学术意识的诗评家太少。他们太着重政治权威对诗歌问题的片言只语，而没有看到他们的个人见解带有一定的主观随意性。自然，他们的见解作为一家之言是无妨的，有些意见也很有价值（如毛泽东说的诗"应以新诗为主体"的意见），但有些意见作为带方向性的指示则不科学，如把毛泽东在另一次讲话中说的在民歌和古典诗歌基础上发展新诗的意见当作金科玉律，便堵塞了诗歌多样化的道路。又如把周扬的《新民歌开拓了诗歌的新道路》（《红旗》1958 年 1 期）当作经典文件学习，便使诗歌评论失去了自身的独立性和独特价值，成为基本依据一种政治需要、政策的需要来进行的文学批评。这种状况，一直到新时期才得到逐步的改变。

‖二、新时期诗歌理论批评发展态势‖

新时期诗歌理论批评在当代诗歌史上最活跃、最具建设性。它对诗歌创作的促进和自身结构体系的更新，是有目共睹的。纷至沓来的诗论著作，无论在广度和深度上，均大大超过了"文化大革命"前。新诗研究开始引进其他学科范式，西方现代主义理论浸润诗坛，理论研究趋向多元化，和吹糠见米的急功近利的做法开始拉开了距离，这是新时期诗歌理论批评不同于过去的一个重要特点。当然，也有人对新时期的诗歌理论批评的评价有不同意见，认为20世纪80年代尤其是近年来的新诗理论批评发生了"失重"和"混乱",但不管如何"混乱",恐怕谁也难以否认新诗理论批评这些年来所取得的丰硕成果。拿基础理论研究来说,"十七年"时期只有亦门的《诗是什么》(1954年,新文艺出版社),现在则有吕进的《新诗的创作与鉴赏》(1982年,重庆出版社)、吴思敬的《诗歌基本原理》(1987年,工人出版社)等多种专著。这些专著,以诗歌自身掌握世界的方式、创作规律、语言特性作为研究对象。此外,还出现了谢文利等的《诗的技巧》(1984年,中国青年出版社)、流沙河的《写诗十二课》(1985年,四川文艺出版社)这样的应用性研究成果。在"文化大革命"前,虽然也出现过安旗的《论抒人民之情》(1958年,新文艺出版社)、沈仁康等的《抒情诗的构思》(1959年,长江文艺出版社)那样的论文集,为抒情诗的理论研究做了一些开拓性的工作,对于青年诗作者的成长起过一定的作用。但限于当时封闭的历史文化环境,较多地着眼于本民族诗歌传统的继承,或受苏联当代诗论家武尔贡、伊萨柯夫斯基的影响,几乎没触及世界其他流派诗歌理论,相互无参照对比,因而显得视野狭窄,论述拘谨。这种状况,一直维持到20世纪80年代初,才有所扭转。

新时期诗歌本体论研究的加强是诗歌理论批评得到突破性进展的一个重要标志。它改变了诗歌评论附属于作品,始终处于"破译"和评价诗作的单一化状态。它还改变了探讨诗歌创作规律必须从属于诗歌的主题思想的传统规则,使诗歌本体和诗歌形式研究独立起来。

每当冰川纪过去,总会带来文艺的复兴和繁荣。经过大动乱后的诗坛,严肃地反思历史,认真总结以往的经验教训,以更加开放和灵活的姿态来建设诗歌理论。如新诗史研究,过去大都集中在有定评的著名诗人身上,研究范围很小。现在情况有了根本改变:不仅研究大陆诗人,也研究台、港及海外华文诗人;不仅研究著名诗人,也研究像舒婷这类青年诗人;不仅研究郭沫若这类革命诗人,也研究像徐志摩、朱湘这些过去受冷落、对新诗有重大影响的诗人。过去,提倡"三结合",歧视私家治史,现已不再出现这种情况。

从1982年起,陆续出版了钱光培和向远合著的《现代诗人及流派琐谈》(1982年,人民文学出版社)、祝宽的《五四新诗史》(1988年,陕西师范大学出版社)及现代散文诗史、初期象征派、20世纪20年代各流派诗人、新月派等专题研究著作。在诗人评传研究方面,不但艾青研究获得了丰收,而且还出版了研究臧克家、郭小川、贺敬之、李瑛等诗人的专著。愈来愈多的诗评家研究诗歌重视新的角度，发掘新的课题。在"十七年"时期，鲜见讨论当代诗歌流派的文章。20世纪80年代以后，这种状况得到了根本改变。如余开伟的《试谈"新边塞诗派"的形成及其特征》（《当代文艺思潮》1983年第1期），奏响了探讨当代诗歌流派的第一乐章。此后，还出现了像任愫的《现代诗人风格论》（1985年，四川文艺出版社）那样的专题著作。许可的《现代格律诗鼓吹录》（1987年，贵州人民出版社），比何其芳、卞之琳的现代格律诗论更加系统化和严密化。赵毅衡的《远游的诗神》（1985年，四川人民出版社）、丰华瞻的《中西诗歌比较》（1987年，三联书店）、冯国荣的《当代中国诗歌发展走向窥探》（1986年，山东文艺出版社），将评论的触角伸到了鲜为人知的领域，显示了新时期诗歌评论与研究的缤纷色彩。

新时期诗歌理论批评取得突破性进展还表现在对旧有思维方式的冲击和僵化理论格局的批判上。所谓旧有的思维方式，表现在诗歌的价值观上，是过去普遍认为诗歌"对友军是号角，对敌人则是炸弹"[①]。现在，随着"文艺为政治服务"的提法的改变，人们不仅重视诗的教育作用，也十分重视诗的认识价值、审美作用乃至宣泄功能。正如一位诗评家所说："诗是战鼓，也是琴音；是人民愤怒的雷霆，也是染绿新苗的漓江春雨；是年轻妈妈的催眠曲，也是烈士悲壮的歌。"

所谓僵化的理论格局，是指单向的因果观念，和把某一理论定为普遍规范的倾向。如新诗的发展基础问题，过去强调的是民歌和古典诗歌，现在则认为外国诗歌也很重要，不能将其排斥在外。民族化本身不应是凝固的、封闭的，它本身还要向前发展，还要吸收外来营养壮大自己。正如艾青所说："我们时代的特点就是现代化，现代化就要开放，就要思想解放，就要中外交流，丰富我们自己，而我们的诗就要写得符合于开放时代的要求"。又如关于"诗是什么"的讨论，长期以来流行的是何其芳在20世纪50年代提出的"诗是一种最集中反映社会生活的文学样式"的定义。这个定义，无疑有较高的学术价值，但它毕竟没有穷尽真理，因而《诗刊》，1986年第1期"青春诗论"专辑中出现了许多不同观点。这些观点，诚然是具探讨性的，但它

---

① 郭沫若：《关于诗歌的一些意见》，《大众诗歌》1950年1卷1期。

对开拓和变革诗歌观念，无疑大有裨益。和诗歌观念的变革紧密相关的是诗歌评论与研究方法的更新。对于中国的诗歌理论批评来说，1985年，才是真正令人难忘的"批评的早晨"。这一年，诗歌理论批评家的主体意识得到了复活和苏生：他们不谋而合地领悟到，理论批评和创作同样享有天赋的、平等的创造权利。为了更好地使用这种创造权利，诗论家们大面积地吸收和运用心理学、生态学、符号学、自然科学的方法。尹在勤的《诗人心理构架》（1987年，华岳文艺出版社），就是运用普通心理学原理写成的"诗歌心理学"。吴思敬的《诗歌鉴赏心理》（1987年，辽宁人民出版社），也是运用心理学知识，描述读者鉴赏诗歌中微妙心理变化的专著。这些专著，在对过去传统诗歌理论研究进行系统的批评分析的同时，吸收了国外各种新的理论研究方法和成果，使自己的理论研究呈现出簇新的面貌。周政保、王光明、李黎等青年诗论家的思维方式更不是单向的，而是多维的。杨匡汉、孙绍振、晓雪、吴开晋、陈良运、骆寒超、洪子诚、孙光萱、吴欢章、张同吾、丁国成、谢文利、钟文、任愫、古继堂等诗论家在以自己的主观感受去评判诗歌创作和诗歌现象时，十分注意理论的升华和美学的概括。丁力、宋垒、闻山的批评文字，力求与诗人的心灵沟通，同样具有自己独立的批评品格。谢冕的《共和国的星光》（1983年，春风文艺出版社）等著作，则表明他在经过痛苦的精神蜕变后，对原有价值观念和批评尺度进行了大幅度的调整，基本上完成了从传统的依附人格向当代独立人格的转变。

20世纪80年代后期，还出现了理论探索多元化的局面。在拨乱反正时期，人们强调复归现实主义。到了20世纪80年代初期，现实主义受到了现代主义挑战，发生了"朦胧诗"论战，一时间似乎是"传统派"与"崛起派"的二元对立，阵线分明。后来产生了以吕进、朱先树、杨光治、袁忠岳、阿红、叶橹等组成的"上园派"。这派抛弃了狭隘的民族意识和单纯的横向移植，把新诗研究置于以现代生活为基础的中国新诗和外国诗歌交叉点上。他们主张新诗既要民族化，也要现代化；既要立足于传统，但又不能株守传统，抱残守缺，而要横向借鉴于西方，这一主张赢得了众多的知音。1985年以来，诗歌创作流派蜂起，诗歌论坛的声音更是多种多样。其中"崛起派"产生了分化，出现了"后崛起"。这"后崛起"，没有北岛们那样强烈的政治意识，更缺乏第二次浪潮诗人们那种崇高的使命感。他们那些怪诞怪异的理论主张，尽管使人感到极大的困惑，但他们不愿接受与他人雷同的思维模式，不愿在白发苍苍的范畴与概念中呼吸，力求确立自己的批评体系和思路，这总比 10 年前非常稳定的一元结构的理论批评状况要好些。目前，诗歌理论家们日益倾向在宽容的基础上进行对话。他们一方面谨慎地回避着围攻式的批判，另一面又互相展开激烈而友好的竞赛，不断提出各种新的观点和主张，用独特思索的多元结构取代过去单打一的状况，这是新时期诗歌理论批评的曙光。

在多元探索中，人们不难看到诗歌理论批评热点的转移。（1）从"新诗基础理论热"向"新诗美学热"转移。近几年，诗论家们不再满足于以传播基础知识为主的诗论专著写作，而把目光投向诗的美学建设上。目前，这种转移仍有增无减。（2）从纯理论研究向普及新诗知识的转移。唐诗宋词为什么拥有大量的读者？除它本身的艺术魅力外，其中一个重要原因是它有多种选本和解说文字。新诗要深入人心，也必须注意普及。近几年，不少诗评家在从事理论研究的同时，也开始注意面向新诗爱好者的工具书的编写工作。正是在这样的背景下，各种诗歌辞典和新诗鉴赏辞典纷纷问世。这对新诗和旧诗争夺读者，无疑是有好处的。（3）从政论式的旧批评文体向理论个性的批评文体转移。"文化大革命"前，许多诗评文章大都是"代圣贤立言"的产物，有浓厚的政论色彩。现在，这种批评思路和文风已不多见，代之而来的是追求自己的独特的批评观念、批评语言、批评方面及文体，并由此实现了另一种角度的转换：诗评家由阶级斗争号筒的角色转换为独立的思想者的角色。

选自《诗探索》1995 年第 4 期

新时期十年诗论综述

袁忠岳

‖ 一 ‖

　　新时期诗歌的诞生一般都是从 1976 年"四五"诗歌运动算起，因为诗的本质、源泉、力量在那次"火山爆发"中得到了最光辉的显示。其实，它的意义更多是政治上的。要让"四五"精神转化为文学上失而复得的内质，产生出真正属于新时期诗歌的品格，不仅要等到结束文化专制主义统治的金十月之后，而且要等到解除两个"凡是"禁锢的党的十一届三中全会以后，那是在两年以后了。作为诗的内质与品格的理论概括的诗论，也难以超越时代，走在诗的前面。

　　因此，从 1976 年底到 1978 年底这两年的时间内，诗论还只是由毛泽东同志 1957 年给《诗刊》与 1965 年给陈毅同志的两封信的阐释展开的，解决的是诗歌创作中的艺术规律问题，如"形象思维""比兴""诗味"等。讨论有成效，也有局限：大跃进民歌仍被树为诗歌楷模，重印再版，认为"它经受了时间的考验，愈久而弥新"（周扬《〈红旗歌谣〉重版后记》），却缄口不言其浮夸虚假的诗风，诗歌仍被认为必须"在民歌、古典诗歌的基础上发展"，"必须反映现实阶级斗争与生产斗争"，不承认它有多种多样的表现方式与丰富异常的反映内容，甚至对于"意境"这一自古就有的美学命题，也仍用"革命的政治内容和尽可能完美的艺术形式高度统一"去解释概括。

　　"实践是检验真理的唯一标准"的讨论在全国展开，把人们从对神的迷信中唤醒，恢复了人的自信。实事求是重新成为各项方针政策的基石和人们言行的准则。诗论也才开始有了自己的思考，发出了真实的声音。这就是 1979 年 1 月《诗刊》编辑部在北京召开的历时一周有一百多位诗人参加的大型诗歌讨论会上的发言。有人提出"真实是文艺的生命，同样也是诗歌的生命"，诗人应正确地处理歌颂与暴露的关系，消除虚假浮夸之风（《诗刊》1979年3月），有人强调诗要尊重自身规律，"诗总是诗，革命诗歌不是革命口号，不能成为单纯的时代精神的传声筒"（《诗刊》1979年3月）。有人认为诗歌应有个性，"诗是通过诗人的自我来言志的，诗的个性是诗人的自我，没有个性的文艺是不存在的"（《诗刊》1979年3月）。关于诗歌的发展，有人提出应有一条更为广阔的道路，不能以"古典＋民歌"为限，"固然民歌和古典诗歌的基础十分重要，千万不能忽视，但既要发展新诗，外国诗歌中好的东西也是应当注意吸收和借鉴的"（《诗刊》1979年4月）。大家对中华人民共和国成立以来"双百"方针不能始终如一地坚持，深有感触，因而在会上大声疾呼文艺民主，提出在诗歌形式上应"百花齐放，万紫千红"。这些发言阐述的原是极普通的道理，并没有什么新东西，但在多少年万马齐喑之后听来，却有石破天惊之感。诗人们扬眉吐气地感到，诗之春又重临神州大地。正是这年，振聋发聩、脍炙人口的优秀之作大量涌现，新诗翻开了新的一页，诗论在多年停滞之后又开始起步了。

‖ 二 ‖

如果说1979年，诗论随着诗歌的回归而复归，重新回到"真实是诗的生命"这一基点的话，那么1980年，它从这一基点出发，开始了一个新的发展过程。这一发展过程是在开放政策带来的第二次中西文化交汇的背景中进行的。旧天地的扩大，新思潮的涌入，使现代与传统、西方与东方、新与旧等各种观念相互碰撞，发生裂变。热烈、兴奋、不安、惶惑的综合社会心态出现了，它们的外化，就是1980年的全国性的朦胧诗大讨论。引发这场讨论的是1979年流行于地下的北岛、舒婷、顾城等青年的诗。公刘在《星星》复刊号（1979年10月）上以顾城的诗为例，第一次公开提出应正确对待这些诗，这是诗论面临的"新的课题"。《福建文学》1980年1月编发了一组舒婷的诗，并从2月号起设专栏讨论，历时近两年。《诗刊》是从同年8月发表章明的《令人气闷的"朦胧"》为开端的，讨论进行了一年。其他文学刊物也都或先或后地展开过专题讨论。至于发表过讨论文章或报道的报刊则更多。全国性的诗歌理论讨论会 1980 年就举行了两次，即 4 月的南宁会议和 9 月的北京郊区定福庄会议。从 1980 年到 1981 年，全国当代文学研究会、各地作协和地方文艺刊物也都纷纷组织各种形式的诗歌讨论会或座谈会。全国参与讨论人数之广，报刊发表文章之多，前后持续时间之长，均是六十年来文学史上从未有过的。

整个讨论从 1980 年初算起，到 1984 年初，共四年之久。可以分为三个阶段：第一阶段是 1980 年初到 1981 年初，为时一年，以新出现的朦胧诗为讨论对象，争论的焦点是：这些诗懂不懂？美不美？健康不健康？是古已有之还是舶来品？是方向还是逆流？应该肯定还是应该否定？涉及诗的衡量标准、移植与继承关系、抒个人之情与抒人民之情的关系等理论问题。讨论中大家各抒己见，争论激烈而心情舒畅，这种有利于创作繁荣、理论发展的争鸣空气，亦为新中国成立以来所罕见。第二阶段从 1981 年初到 1982 年底。1982 年 3 月《诗刊》发表了孙绍振的《新的美学原则在崛起》一文，加了编者按，让大家进一步展开讨论，"以明辨理论是非"。孙绍振试图把错综纷纭的争论加以澄清，明确为两种不同美学原则的对立：传统的美学原则"强调社会学与美学的一致"，更重视社会价值，新的美学原则认为，"个人在社会中应该有一种更高的地位"，更重视人的"自我表现"。这样就把表层的诗歌标准的争论，引入到深层的美学原则的争论，原来形式风格的分歧背后，是价值观念的分歧。有些人肯定朦胧诗，却不一定赞成其美学原则。由于此文观点与公认的社会观念明显相悖而遭到多数人的反对。第三阶段从 1983 年初到 1984 年初。1983 年 1 月《当代文艺思潮》发表了徐敬亚的文章《崛起的诗群》，此文对北岛、舒婷等一代青年诗人的作品，从形式到内容的特点做了全面系统的概括分析，表述了他们"反传统""反理性"的艺术主张。尽管徐文把他们的主张与西方现代派"纯个人角度"的主张以及中国现代派"脱离现实"的主张相区别，但从他对现实主义创作原则的排斥和对"独特的社会观点，甚至是与统一的社会主调不和谐的观点"的赞赏上，其倾向与偏颇也是显然的。在发表徐文的同时，《当代文艺思潮》编辑部在兰州、北京两地先后召开两次专门座谈会，讨论这篇文章。会上多数同志表示了与徐文不同的意见，也不否定其中含有某些合理成分。此后各报刊陆续发表了一些对徐文的批评性文章。1983 年 10 月上旬在重庆召开的一次诗歌讨论会上，这一批评达到最高潮。这之间，有些诗歌也分别受到专文的公开批评。1984年2月《人民日报》发表了徐敬亚的自我批评文章《时刻牢记社会主义方向》，《诗刊》于4月转载后，整个讨论也就宣告结束，此后诗坛即趋平静。

在这四年时起时伏、时断时续的讨论中，意见是很分歧的，而且呈复杂交错状，但归纳起来大致可分为三派：一派以谢冕、孙绍振、徐敬亚的三篇"崛起"文章为代表，认为新诗要现代化，只有吸收西方现代派的东西，进行横的移植，主张逆传统、反理性、崇个人、尚象征，强调诗要"表现自我"，超越现实。他们对"五四"以来现实主义诗歌评价是不高的。另一派以丁力、宋垒、尹在勤等人的观点为代表，主张"在本国民族各种形式上发展，民歌和古典诗歌的优良传统不能扔"（1980年《国风》创刊号上丁力的《诗的告白》），更强调纵的继承，认为诗应反映现实，要抒人民之情，现实主义才是诗歌发展的方向。对现代派他们取拒斥态度，视为新诗发展中的"一股逆流"。这一派观点与上一派观点全面对立。第三派可以1986年底几乎同时出版的三本诗论集：朱先树的《追寻诗人的脚印》、杨光治的《诗艺·诗美·诗魂》、陈良运的《新诗艺术论集》为代表，他们主张对中西现代派既不一概排斥，也不全盘端来，而是择优而取，为我所用，在表现方法上提倡兼容共荣，各逞其能，既不同意用再现斥表现，也不同意用表现压再现；在个人与社会关系上，认为人的价值的提高要体现在对具体个人的尊重上，泯灭个性是不对的，但个人利益的实现又必须以社会整体利益的实现为前提。

以上三派，无论观点和人员都不是固定不变的，在一个派中各人观点也非完全一致，各派之间更是既牵掣又渗透，我们不能忽视各派观点对诗论发展的作用。事物总是在否定之否定中曲折前进，诗论也不例外，我们看到有两极向中间靠拢的趋向。经验与教训告诉我们：不能因为反对"左"的影响，而把合理的原则反掉，诗论应坚持正确方向，也不能因为否定错误思潮，连正常的探索都否定，诗论要不断发展创新。

三

诗论自身的建设，十年来也在不断深化。诗论家的目光开始主要放在基础理论上，从1979年尹在勤的《新诗漫谈》问世，直到1984年谢文利、曹长青合著的《诗的技巧》出版，可以看到观念在不断更新，质量在不断提高。如果说《新诗漫谈》一书还有历史印迹的话，那么1982年出版的吕进的《新诗的创作与鉴赏》与1984年出版的谢曹合著就给人以全新感觉，他们的思考更深，分析更细了。

随着大讨论的平息，不少诗论家把注意力由破转向立，并从基础理论的建设进到诗歌美学的研究。从1984年出版钟文的《诗美艺术》与胡征的《诗的美学》起，到今天已出的或即将出的这类著作不下十部，质量当然参差不齐，但说明诗论研究重心的转移。诗歌美学的进展与突破，主要表现在意境与意象这两个美学范畴的研究上。意境研究从1979年起就未间断，至1982年形成热潮，据统计，这一年发表的意境专论近六十篇。尽管有人提出"反意境"说，认为"意境这个概念主要是概括'境'这种实体形象的，不是概括'意'这种流动、变化形象的"，因此"用意境作为独一无二的最高楷模创作诗的时代终究过去了，用它来作为唯一审美准绳的时代必定是过去了"（《诗探索》1981年4期钟文的文章）。但许多理论家（包括研究古典诗与外国诗的）仍然乐此不疲，兴致勃勃地研究"意境"这一千古之谜。他们不仅打破了前面提到的"革命意境"说，并业已从五十年代李泽厚的"形神情理"的意境模式中走出来，着眼于从作家到作品、从作品到读者的意境出发的全过程，强调意境是意之境，更重象外之象、意外之象这一特点，把兴趣放在意境的虚实相生、主客相融的审美效应上。如蒲震元在《文艺研究》上1980年与1983年两次撰文阐述这一问题，深得其旨，为大家所趋从。《文学评论》1980年与1984年分别发表的袁行霈与杨光治的谈意境的文章，也有一定影响。还有同志想把这一古代美学范畴现代化，使其能涵盖新诗潮作品，认为"直剖胸臆，以激情抒发为主的新诗，同样有境界"，那是"诗的感情境界"（《诗刊》1985年2月陈民运的文章），用扩大意境的外延来回答"反意境"说对意境的现代审美价值的否定。

与此同时，随着朦胧诗的兴起，从1981年开始诗论研究中掀起了一股意象热，以谈意象为时髦。从发表的文章看，意象研究大体可分中式与西式两条路子。中式研究以《绿洲》1984年5—6期发表的李元洛的长篇文章《诗的意象美》为代表，从中国古代文献中找意象的渊源，把意象看成意境的组成部分，认为意境"是一个关于艺术整体及其美学效果的概念，而意象只是一首诗的基本的构件"，意象从属于意境，似乎没有独立的审美品格。西式研究以李黎的《审美意象初探》等系列文章为代表，强调意象一词虽来自我国古代，却已注入西方 image 的内涵，具有"表现性""象征性""多义性"等特点，成为独立于意境之外的另一审美范畴，是评论现代派诗歌的专用语。袁可嘉、郑敏、裘小龙等同志对于西方意象理论与创作的介绍，为意象研究的深入提供了丰富的资料，作用不可低估。关于意境与意象的比较，虽有人研究（如敏泽、叶公觉、李黎等），却不够深入。中式研究认为二者是从属关系，西式研究认为二者是不相容关系，都难以令人满意。它们应该既互相独立，又互补互融，这方面的研究尚待突破。此外，在这段时间内，谢冕对几十年来诗歌发展的宏观研究，杨匡汉对于现代史诗和骆寒超对于现代诗史的研究，邹绛等继续五十年代的现代格律诗的研究以及其他关于艾青、贺敬之等诗人的专论，也都是引人注目的。

1985 年风起云涌的各种新方法论，对诗歌理论的发展也起到了积极的推动作用。诗论家的思维空间更加宽广了，他们开始选择更适合于自己的角度，分别从心理学、系统论、结构主义，符号学、语言学等方面，向着诗的未开垦的处女地进发，选择合适的领地，构筑自己的理论体系。当然，目前还只见一点端倪，听到一些设想，巨篇宏著尚未出现，而诗论的全面突破是期待着这些自成体系的独特建筑群的出现的。

选自《文史哲》1987 年第 5 期

中国当代三大诗论群体透视

古远清

　　在当代诗坛上，各种创作流派蜂拥而起。对比之下，诗歌论坛显得有些寂寞。截至 20 世纪 80 年代末，仍鲜见有新诗理论学派的建立与崛起。造成这种情况的主要原因是诗歌理论队伍远比创作队伍薄弱，而且理论学派的建立往往在创作流派之后；另一方面，目前有理论个性和理论追求的诗论家是如此之少。常识告诉我们：和创作流派的形式一样，独具的个人理论风格，是形成理论学派的一个重要前提。此外，没有诗论园地（1980 年创刊的《诗探索》至 1985 年停刊），诗论的发表和出版比创作更为艰难，也是一个重要原因。

　　这种严峻而无情的事实，为诗论学派的创立带来极大的困难。但困难并非不可能。如果说，20 世纪 80 年代以前的诗歌论坛是一统天下的话，那么，自"朦胧诗"论争爆发之后，诗歌论场自觉或不自觉地集结为虽组织松散但观点比较一致的下列三大诗论群体：

　　一是"传统派"。"传统"并非是贬词。对传统，要具体分析，不能把它统统看作"陈谷子烂芝麻"。这派以丁力、闻山、尹在勤等为代表。他们恪守自己的理论信仰，坚持现实主义道路。丁力的代表作是发表在《国风》1980 年创刊号上的头条评论《诗的告白》，另见于丁力的诗论集《诗歌创作与欣赏》（1983 年，陕西人民出版社）中的有关文章。丁力认为：当前诗歌现状从粗线条划分大体有三派："一派是'古风派'，写旧体诗词，少数人写。这一派如果还能表现新的内容，就可以存在，但我们提倡新诗为主体。另一派是'洋风派'，包括古怪诗、晦涩诗、朦胧诗，这是照搬外国的，搞全盘西化。"（《新诗的发展和古怪诗》）。"另一派是'国风派'，'是中国作风、中国气派的，中国人民喜闻乐见或乐于接受的民族化、群众化倾向的诗派，是我国社会主义时代的现实主义诗派"（《新诗发展管见》）。丁力坚持现实主义的创作道路，主张新诗应有中国作风、中国气派，反对晦涩诗，曾得到不少中、老年诗人的赞同。但他和闻山等人的价值取向和价值理论，并没有发生应有的移动和变化，像对现代派深恶痛绝，对有些青年诗人用象征法、暗示法、隐喻法、悬想法、串珠法写成的作品持怀疑、反对的态度，则不利于新诗的革新，也无利于新诗朝多元化的方向发展。

二是"崛起派"。其代表人物是谢冕、孙绍振、徐敬亚。其代表作是《在新的崛起面前》（《光明日报》1980年5月7日）、《新的美学原则在崛起》（《诗刊》1981年3月号）、《崛起的诗群》（《当代文艺思潮》1983年1期）。谢冕是这一群体的宣传鼓动家，他曾以巨大的热情支持"朦胧诗"的崛起。他的文章绝大部分收集在《共和国的星光》《谢冕文学评论选》和已结集的《地火依然在运行——论新诗潮》这三本书中。孙绍振是这一群体的理论家，对青年诗人的探索，他不仅大声揄扬，而且还企图用敏锐的哲理和审美判断，去说明复杂的青年诗歌创作现象和新时间诗坛的动向。徐敬亚的文章，在他们文章的基础上更系统、更尖锐阐述了他们这一群体的诗歌主张：中国新诗必须走现代化的道路。这一派诗论家著文不拘泥保守，立论大胆；下笔时偏重于激情的抒发，注意文体的革新。他们在"朦胧诗遭到许多人非议的情况下，大胆支持青年诗人的探索，表现了极大的艺术勇气。但这一派的理论倾斜也是十分明显的：他们中的有些人彻底否定传统，主张新诗的发展从零开始；对"朦胧诗"评价过高，将其说成新诗未来发展的方向；"新的美学原则"把人的价值归结为"个人利益""个人精神""个人幸福"在社会上占有的地位以及个人感情悲欢在艺术上得到怎样的反映，而否认政治标准对人的价值的决定作用，这也走向了另一极端，且超出了诗歌美学研究的范畴。他们这一群体，近年来还出现了"后崛起"派产生的迹象。

"朦胧诗"论争过后，"失去了平静"的诗论家开始恢复了平静，对前两年的论争进行了较为冷静地反思。1985年初，杨光治在《文艺新世纪》上发表了《平静之后的思考》一文，对尹在勤和孙绍振的诗论分别提出了异议。这篇文章，可以看作第三诗论群体产生的信号。再加上1984、1985年，《诗刊》社曾邀请一部分诗论家在北京上园饭店举办读书班、新诗评奖读诗班，给一群观点大体一致、被称作"第三势力"的诗论家提供了结识机会，因而他们中的一部分人，便于 1986 年春在广州出版的《华夏诗报》上打出"上园诗派"的旗号。最近出版的《上园谈诗》，是这一群体诗论家理论主张的集中展现。参加这一群体的不仅有诗论家，还有编辑家、出版家。主要成员有以从事基础理论研究见长的吕进、袁忠岳，以 20 世纪 50 年代研究抒情诗著称的叶橹，善写诗话、评论作品的阿红，长于对诗坛作全景式观照的朱先树，出版家兼诗论家杨光治以及青年诗评家朱子庆等。吕进编的《上园谈诗》（1987 年，重庆出版社）是他们理论主张的大展。该书收入的袁忠岳的《中国新诗的选择》、杨光治的《有希望的出路：诗为中国当代读者而作》以及朱先树的《实事求是地评价青年诗人的创作》，均是他们的代表作。具体说来，他们的理论主张是：新诗既要民族化，又要现代化；既要立足于传统，但又不能株守传统，抱残守缺，而要横向借鉴于西方。他们认为："诗是现代的；它面向中国当代社会现实生活，表现当代中国人的思想情绪，在艺术上创造出适合中国读者审美趣味和接受能力的多种多样的表现方法；宽容一切艺术的追求，实事求是地分析和对待各种艺术存在，促进诗歌创作的繁荣和发展。"这种理论主张很有点像中国古代文论讲的"中和之法"的味道。但他们绝不是搞调和、折中，而是力求全面、辩证地看待诗歌的发展道路问题。由于这一群体是以所谓"中间"观点著称，所以他们的理论主张不如"传统派""崛起派"那样旗帜鲜明，缺乏青年人的锋芒和激情的阐发，在引导创作潮流方面也不及"崛起派"自觉。他们的成员，理论主张常和上两个群体交叉、渗透，其中有个别还在某种程度上表现了靠近"传统派"或"崛起派"的倾向。但这一群体影响大，其中不少未参加过上园饭店集会的诗论家均赞同他们的主张，在广义上亦可看作他们的成员或后备军。如曾被人认为是"传统派"理论家的李元洛，近年来已明显地表现了"上园派"的理论倾向。

这三大诗论群体两头小中间大，"上园派"人数较多，且以中年为主。不管哪一群体，其成员并非固定不变。他们的理论观点也常随着诗歌运动的发展而变化。他们是"你中有我""我中有你"，谁也难于吃掉谁。他们在相互进行激烈而友好的竞赛，共同推动着新时期诗歌理论向前发展。

当然，诗论群体并不等于诗论学派。但这些群体，从文学未来学的观点看，完全有形成诗论学派的可能性。

选自《中外诗歌交流与研究》1989 年第 2、3 期合刊

以吕进为代表的"上园派"诗论家

古远清

一、处于传统与先锋对峙的峡谷中

20世纪80年代以来，诗歌"流派""群体"的旗号纷纷出现，但就是鲜见诗论家的旗号。这种情况的造成，是由于诗论不同于创作，诗论家不能光靠几篇论文就称"派"。他们称"派"，需要有一定数量的论文和著作做基础，其成员中要有几位在全国有一定知名度的诗论家，这远非写几首短诗和在自办的内刊上发篇宣言就能奏效。此外，写作诗论是一种严肃的科学研究工作。凡是认识到这项工作严肃性的人，都不敢轻易结为群体称"派"。何况，活跃在论坛上的大都是中年诗论家，他们不似初学写诗的青年容易冲动，动辄以流派、群体自居。

这不等于说，诗论家就不能结成群体、打出旗号。只要条件成熟，完全可以。这里讲的条件是：在一定的文学观点、主张的指导和影响下，由一群诗论家在扎实地从事新诗研究，并写出一批能体现这些观点和主张的论著，在诗人和诗歌爱好者中产生一定影响，这些诗论家就可以结成群体。只要结成群体不是为了"拉山头"，而是为了活跃诗歌理论，有利于推动新诗创作，就可以打旗称派。1986年正式亮相的"上园派"，就是一例。由于"上园派"没正式发过宣言，他们中也没有出现像别的诗论群体那样善于宣传、鼓动的理论家，加上他们本身不想大吹大擂，所以这个诗派未引起人们高度的重视。但这个诗派，确是一个客观存在。朦胧诗论争过后，失去平静的诗论家开始恢复平静，对前不久的论争进行冷静的反思。1985年初，杨光治在《文艺新世纪》上发表了《平静之后的思考》，对专注中国传统继承的尹在勤和以偏嗜西方现代派移植著称的孙绍振的诗论分别提出异议。这篇文章，可以看作扬弃"传统派"的封闭性与"崛起派"的偏激性的诗论群体产生的信号。再加上 1984、1985 年，《诗刊》社曾邀请一部分诗论家在北京上园饭店举办新诗评奖读诗班，给一群观点大体一致、被称作"第三势力"的诗论家提供了结识机会，因而他们中的一部分人，便于 1986 年春在广州《华夏诗报》上打出"上园诗派"的旗号。参加这一群体的不仅有诗论家，还有编辑家、出版家。成员有以从事基础理论研究见长的吕进、袁忠岳，以 50 年代研究抒情诗著称的叶橹，善写诗话、评论作品高产的阿红，长于对诗坛作全景式观照的朱先树，出版家兼诗评家杨光治，以及青年诗评家朱子庆等。

如果说，朱先树是"上园派"的组织者，那吕进就是这一群体的理论家。吕进认为"上园派""坚定地继承本民族的优秀诗歌传统，但主张传统的现代转换；大胆地借鉴西方的艺术经验，但主张西方艺术经验的本土化转换"。正因为"上园派"的诗学理论内核是主张这两种"转换"，所以吕进认为"'上园派'可以叫转换派"。

阿红主编的《当代诗歌》在刊头有这么一段话："坚持现实主义，兼容现代主义，提倡现实主义和现代主义合流。"可看作这一群体的理论主张。吕进编的《上园谈诗》①，则是他们理论主张的大展。该书收入的袁忠岳的《中国新诗的选择》、杨光治的《有希望的出路：诗为中国当代读者而作》以及朱先树的《实事求是地评价青年诗人的创作》，均是他们的代表作。具体说来，他们的理论主张是：新诗既要民族化，又要现代化；既要立足于传统，但又不能株守传统，抱残守缺，而要横向借鉴于西方。他们认为："诗是现代的：它面向中国当代社会现实生活，表现当代中国人的思想情绪，在艺术上创造出适合中国读者审美趣味和接受能力的多种多样的表现方法；宽容一切艺术的追求，实事求是地分析和对待各种艺术存在，促进诗歌创作的繁荣和发展。"这种理论主张很有点像中国古代文论讲的"中和之法"的味道。但他们不是搞调和、折中，而是力求全面、辩证地看待诗歌的发展道路问题。由于这一群体是以所谓"中间"观点著称，所以他们的理论主张不如"传统派""崛

---

① 吕进：《中国新诗研究：历史与现状》，《理论与创作》1995 年第 4 期。

起派"那样旗帜鲜明,缺乏青年人的锋芒和激情的阐发,在引导创作潮流方面也不及"崛起派"自觉。他们的成员,理论主张常和上两个群体交叉、渗透,其中有个别人还在某种程度上表现了靠近"传统派"或"崛起派"的倾向。不管哪一诗论群体,其成员均并非固定不变,如曾被人认为"传统派"理论家的李元洛,20世纪80年代后期以来已明显地表现了"上园派"的理论倾向。曾参加过上园聚会,但不是"上园派"正式成员的古远清,也心仪理性而稳健的诗学品格,在海峡两岸宣传他的"三大诗论群体"观点①,把处于传统与先锋对峙的峡谷中的"上园派",首次写进当代文学史。这三大诗论群体两头小中间大。"上园派"虽然人数较多,但绝不像台湾某些诗论家说的是因为他们"网罗了意识形态琳琅满目的组成部分","'上园派'的组成是一种文坛政治(权力结构)的产物"。而是因为他们的看法较为客观、公正,其结合是纯民间性的。

　　"上园派"在20世纪90年代已不复存在,但不妨碍我们对这个群体进行价值、经验的阐释,对这群诗评家的诗学贡献及其局限性做出评价,这既是新时期社团、流派蜂拥的一个不可缺的部件,也是20世纪新诗理论批评史的一个组成部分。如果说,"崛起派"的出现打破了思想艺术一体化和"传统派"一统天下的格局,那"上园派"的出现则瓦解了"崛起派"与"传统派"二元对立的局面。"上园派"扬两派之长避两派之短,即舍弃"传统派"狭隘的民族意识、"崛起派"消解和摧毁传统的反叛性,不赶时髦,主张务实,提倡中国诗论必须有鲜明的民族特色;主张纵的继承与横的移植相结合,不认为新诗现代化等同于西方化;主张多元互补,反对现实主义万能论和朦胧诗是新诗发展方向的极端主张。他们对艺术上的保守主义和激进主义分别进行文化上的交锋,但不像某些人借政治权威或文艺政策去封杀不同的声音,而是在学理层面上进行平等的对话和争论,这就没有破坏性而多了建设性。他们尊重艺术辩证法,既不做传统的"孝子",又不做西天取经后忘了回家的"浪子",使得诗评的声音多样化,也表明诗评还有可开拓的空间和余地,因而得到众多诗人和诗评家的认同。

　　20世纪末的大陆文坛,不再是没有"流派"的依附就难以生存和将失却

---

① 吕进:《二十世纪下半叶的中国新诗研究》,《文学评论》2002年第5期。

价值。"上园派"的"七君子"通过各自的努力，翅膀已经丰满，成了不同地区、不同方位诗歌论坛独当一面的中坚力量，不需再借群体之名抬高自己，更重要的是他们已完成了与"传统派"与"崛起派"相抗衡的使命，因而到了 20 世纪 90 年代，"上园派"不再有任何活动，其名词和"崛起派"一样走进了历史。尽管如此，由于"上园派"不像从"崛起派"分化出的"后崛起派"那样具有毁灭一切的后现代性格，着眼于建设，故其诗学主张在今天仍有一定的生命力和影响力。特别是"上园派"成员写的非论辩性的诗学著作，丰富了当代诗学宝库，为新诗艺术与现代诗学的建构做出了应有的贡献。

以上是"上园派"的"功"，下面再说它的"过"，即历史局限。"上园派"尽管组织松散，但比"传统派"不敢公开承认自己的身份，更没有固定的名单要透明得多。"上园派"中的某些成员还掌握了刊物和出版阵地，完全可以利用所占据的各种文学资源由群体形成流派。但惧怕别人说他们在搞山头主义，因而理论自觉性有所削弱，多半各写各的，彼此同声呼应不是很多，更不像开始时雄心勃勃，因而到自动消失时，也还是"群体"而非"流派"。

"上园派"长期在传统与先锋之间游走，在庙堂与广场话语之间徘徊，有时难免引起他人的误解，如有人认为吕进是反朦胧诗的。其实，吕进虽然写过《社会主义诗歌与现代主义》那样拘谨的文章，但毕竟不像尹在勤《回答"崛起"论者的挑战》那样咄咄逼人。他不同意从政治上批倒朦胧诗，后来还影响了对朦胧诗深恶痛绝的"传统派"宗师臧克家。臧克家说吕进"能以他的洞察力，对各种现象分析研究，是其所是，非其所非，态度比较科学而公允……他的求实态度，多少校正了我个人的偏激看法"。

"上园派"成员袁忠岳等人对朦胧诗的肯定远无"崛起派"及时和旗帜鲜明，这导致他们对前沿性的先锋诗歌及其研究几乎是集体失语。吕进后来写的一篇思辨色彩很浓的论文总结了 20 世纪下半叶的新诗理论研究，"冻结"了 20 世纪后二十年的研究，遮蔽了一大批第三代的先锋诗歌研究者，这就难怪遭到前卫诗评家陈仲义的强烈质疑。

"上园派"在诗坛上步伐不那么一致，后来还出现了分化现象，其中早期成员朱子庆倒向以前卫诗学作支撑的"崛起派"，不久又弃文下海。"上园派"不想招兵买马，扩大自己的势力，没有及时补充或壮大自己的队伍。这从另一方面说明"上园派"只不过是某些人对有关社团、流派一时的创意发挥。大陆的"三大诗论群体"毕竟不似台湾的"现代派""创世纪""蓝星"在诗坛上互相争霸。上园人是谦谦君子。也正因为是谦谦君子，他们过分追求和而不同，故少了点锐气和锋芒，思辨性、感悟性及灵性在某些上园诗评家中明显不足。

总之，从大方面来说，"上园派"本来还可以在相对宽松和更具弹性的社会文化环境中更有作为，可他们由于形势的变化，不便再开展活动，也可以说是有自知之明吧。

‖ 二、吕进 ‖

吕进（1939—　），四川成都人。1963 年毕业于西南师范学院外语系，西南大学教授。主要著作有《新诗的创作与鉴赏》《一得诗话》《新诗文体学》《中国现代诗学》《吕进诗论选》《文化转型与中国新诗》，主编《上园谈诗》《新诗三百首》等。

吕进的诗论起步于 20 世纪 70 年代中期，成熟于 20 世纪 90 年代。他是一位有理论雄心建构诗学体系的诗论家。他把诗学原理、诗歌现状批评与新诗史研究结合起来，为中国现代诗学迈向学术之境做出不懈的努力。他的第一部著作《新诗的创作与鉴赏》，重视揭示新诗本身的艺术规律，进行有说服力的论证。比如对诗的本质问题，他就敢于标新立异，提出新的定义：诗是歌唱生活的最高语言艺术，它通常是诗人感情的直写。

用"歌唱"去说明诗的特点，不仅因为诗和音乐同时从劳动中产生，还因为诗后来虽然不再与音乐结合在一起，但它仍具有抒情性和一定的音乐性。作者在后面论述各种诗体的特点时，也紧扣了这一点。最后一句则在一定程度上说明了诗作者与作品关系的特殊性。当然，这种解释还可以进一步商讨。有人就曾认为吕氏的定义不妨改为"诗是歌唱生活与心灵的最高语言艺术"，才较为确切。但不管怎样，在人们仍十分服膺何其芳关于诗的定义的情况下，吕进的看法值得重视。至少它可以作为进一步丰富、完善诗的定义的一个基础。因为何其芳的定义尽管比较科学和完善，但它并不就是人们认识诗的本质的终点。

重视从诗人的创作和读者的审美鉴赏角度对构思、灵感、修辞、品种诸问题进行细致的剖析，力图确立某些创作法则，带有技巧性和实用性，这是《新诗的创作与鉴赏》的另一特点。此外，吕进还较辩证地处理了诗的内容与形式的关系，既强调了诗人要抒人民之情，同时又花了许多笔墨谈灵感的特点和获得、构思的方法和创新，以及叙事诗应如何从抒情、结构、语言等方面去把握特点。此书谈的灵感、通感、小诗等问题，也是以往出版的同类著作中较少提及的。作者在探讨时，分析细腻，重在点的深入。比如谈灵感时讲清了突发性、强烈性、不重复性和抒情性与音乐性之间的关系。谈构思的创新时，比较全面地总结了创新的几种基本艺术经验。在"精炼美"中谈到新诗语言的弹性的主要来源，新诗常见的排列方式，以及谈诗学中的标点与语言学中的标点的同与异，均比亦门的《诗是什么》有所超越。

在体系上，该书把诗歌理论、创作和鉴赏紧密联系起来，在一定程度上显出了内在逻辑的严整性。全书还注意纲和目的关系。这里说的纲，系指第一章中的"诗的本质"。它是全书立论之本，统率了"创作篇""鉴赏篇"的主要观点。但该书体系还未具有更充分的新诗本身艺术规律的依据。即是说，这种分法仍没完全脱出从一般的文艺理论出发去研究新诗的窠臼，使人感到与文艺学概论的教材不无依稀仿佛之处。另外，作为一个完整匀称的体系，"鉴赏篇"分量稍嫌不足，和全书不大协调。

《给新诗爱好者》接触了《新诗的创作与鉴赏》来不及谈到的问题，是在原有基础上的深入。特别是认为"弹性是一种模糊美。它赋予诗歌语言以不确定性"的观点，引进了模糊数学的原理去解释诗人写作心理活动中某些现象。吕进注意到了社会科学与自然科学互相渗透的这种趋势，下决心更新知识，力求突破原有的理论成果。

作为"上园派"理论的发言人，吕进在《上园谈诗·后记》中所概括的求实意识、创新意识、多元意识，给人一个诗论群体的整体印象。吕进诗论的独到之处，主要得力于他的理论准备与美学修养。另一方面，也与他的诗论讲究艺术光彩有一定的关系。

吕进20世纪90年代的著作比以往又前进了一大步。这时他花最大精力研究的是新诗文体学问题。吕进认为："文体理论就是研究文学的精细化和综合化过程的理论。文体学从理论上概括和抽象各种文体的形式特征及其发展轨迹。作为分类理论，文体学是确认文体特征和文体可能的理论，是净化和发展文体的理论。"

正如蒋登科所说："吕进的新诗文体理论吸纳古今中外的诗歌文体理论成果，摒弃过去流行的单一的外部研究，而注重对新诗文体的内部规律的探索，注重理论上的正面建构。他不像西方的理论那样，主要从语言学角度来研究诗歌文体，而是以构成诗歌文体的诸要素为中心，将诗歌置于一个庞大的系统中来考察，涉及诗与散文、诗与时代、诗与表现、诗与诗人等重大课题，探讨它们之间的独特关系。对新诗文体的研究，吕进首先确定的是诗的文体本质与文体位置，他从诗与绘画、音乐等相关艺术门类的比较之中探讨诗的本质，更从诗与非诗文学体裁的比较中探讨诗歌文体的本质。对后者，他主要从两个方面切入，一是视点特征，二是语言方式。正是对这两个方面的深入考察，使他获得了对诗歌文体的全新认识，确立了他的新诗文体学体系的理论基点。"《新诗文体学》，便是他这方面的研究成果的集中展示。但此书不够系统，系单篇论文的结集。他的学生王珂写的《诗歌文体学导论》，从诗本体的角度，以中外诗歌，特别是现代汉语诗歌为对象，将诗的内部研究与外围研究结合、总体研究与个案研究结合，在某些方面比他的老师有所超越。

在吕进主编的书中，最具理论价值的是《文化转型与中国新诗》。此课题从基本具备客观性的新诗的发展历史、新诗的中外关系、新诗的诗体重建和新诗的传播四个角度，阐明文化转型与中国新诗的众多理论问题。比如在文化转型过程中，新诗积累了哪些艺术经验，对这些经验如何给予理论的总结与升华？当下的新诗又该怎样转型，新诗的进一步转型又会给文化转型带来什么？这些问题，都进入了该课题的学术视野。

吕进不仅是诗论家，而且是一位诗歌教育家。他和当地前辈诗人于1986年6月一起创建了中国第一家中国新诗研究所，该所成为我国诗歌研究的重镇，先后承担了多项国家级和省部级项目，出版和主编了不少著作，并主办（编）有《中外诗歌研究》季刊和《中国新诗年鉴（1993—1997）》，还培养了江弱水、王珂、王毅、蒋登科、毛翰等不少新诗研究人才，在从事华文诗学交流和建设方面取得了一定的成绩。

┃ 三、朱先树 ┃

朱先树（1940— ），四川富顺县人。1965 年毕业于中国人民大学语言文学系，曾任商务印书馆编辑、《诗刊》编委等。著有《追寻诗人的脚印》《诗的基础理论与技巧》《诗的流派、创作和发展》《80 年代中国新诗创作年度概评》，另主编《假如你想作个诗人》《诗歌美学辞典》等。自朦胧诗论争的帷幕徐徐拉下的时候，朱先树便以自己既不同于"传统派"，也有别于"崛起派"的观点找到了一条新路。《实事求是地评价青年诗人的创作》《一种特殊的文学观》以及为吕进编的《上园谈诗》写的代卷前语《关于诗的传统与现代追求问题》，就是他的代表作。他既不趋时，以否定传统为新奇，也不抱残守缺，主张新诗一定要在变革中求生存，超越传统中求发展。在他看来，"诗是现代的，它面向中国当代社会现实生活，表现当代中国人的思想情绪，在艺术上创造出适合中国读者审美趣味和接受能力多种多样的表现方法；宽容一切艺术的追求，实事求是地分析和对待各种艺术存在，促进诗歌的创作繁荣发展"。这些区别于论坛上左邻右舍的观点，使他确立了自己的理论位置。

"上园派"的理论家们追求的是一种既不趋时，也不以"深刻的片面"为荣的哗众取宠的文风。朱先树的文章体现了这一特点。像阐述"关于诗的传统与传统的诗""关于诗的现代追求""关于传统与现代的'交叉'"等这些重大理论问题，他不靠新名词、新术语唬人，而完全靠细致的说理和剖析去说服读者，使论文无论是在观点主张上还是在艺术分析上，都给人留下思考的余地。

由于西方各种批评方法的引进和介绍，在我国文坛上长期流行的社会—历史的批评方法受到了挑战。在这种情况下，有人乘机完全否定这种批评方法，并将其和庸俗社会学等同起来，或将其视作"锈迹斑斑的武器"。对此，朱先树不为他人的蔑视而放弃能正确揭示诗歌本质的社会—历史的批评方法。朱先树仍像过去那样强调诗与现实的关系，但没有把诗与现实关系简单化，认为诗只能对现实作直观反应，而不能作能动反应、变形反应。他认为，"诗人的心灵世界也是一个广阔的世界，它还有自己独特的东西，特别是那些几乎是完全属于诗人的内心独白，那些可以看作是个人心曲的唱给自己的歌"，也应该在诗歌创作中占一席地位。因为诗毕竟不是简单的生活反映，而是生活在诗人心壁的回音。另一方面，朱先树反对逃避现实世界，"回到参禅诗的顿悟"，追求完全没有功利目的的"纯诗"。他为传统诗辩护，但没有由此认为白描和直抒是唯一的艺术方法。他使用社会—历史这一批评方法，不认为这种方法可以穷尽新诗的奥妙，可以取代其他批评角度，可以囊括心理学方法、符号学方法、生态学方法、接受美学方法。为了弥补社会—历史批评方法的不足，他在努力将社会学批评改造成审美的社会学批评。他评价部分青年诗人的创作，不仅重视创作思想倾向——"我不相信"的主题辨析，而且分析了青年诗人创作的艺术追求，诸如"意境"和"意象群"问题、"抒情"与"思辨"问题、诗的形象运用和"变形"问题等等。由他主编的《中国当代抒情短诗赏析》及《中国当代哲理诗赏析》，进一步说明他是十分重视艺术阐释和形式美分析的。朱先树虽有理论追求，但比起叶橹来，他的诗美感受力还不够敏锐；比起阿红、杨光治来，略输文采。但他是"上园派"的组织者，其长处在于作宏观透视，他的年度诗评从 1980 年坚持到 1990 年，后再没有出现接棒者。他做的这项工作，相当于断代诗史的撰写，有开拓意义。从 20 世纪 80 年代初朦胧诗问题论争以来，负责《诗刊》评论工作的朱先树，一直处在各种浪潮和漩涡的中心。他参加了许多重要会议，亲历了一些事件，写过不少创作现象的研究和述评文章，在诗论界代表了一种声音。20 世纪 90 年代以来，由于他生了一场大病，再加上诗坛也不像过去那么喧嚣，故他对诗坛热点问题的关注有所减弱。即使这样，他在这时期写的《新时期诗歌主潮》，仍有相当的理论自觉和深度，对他过去的诗评是一种超越。

四、杨光治

杨光治（1938—2018），生于广东。1965 年毕业于广州广播电视大学中文系。1982 年调入花城出版社，先后任诗歌编辑室主任、副社长、编审。著有《野诗谈趣》《诗艺·诗美·诗魂》《引你入诗坛》《从席慕蓉、汪国真到洛湃——论热潮诗及其他》。另有《情趣诗话》《唐宋词今译》《绝妙好词》《温馨的爱——席慕蓉抒情诗赏析》等。

　　杨光治的第一本诗评集《诗艺·诗美·诗魂》中有不少篇章是为热爱诗歌、希望提高诗歌创作水平的青年作者而写，但也有不少文章是他面对诗坛论争时旗帜鲜明、尖锐泼辣的发言。

　　杨光治除了评论诗歌现象、诗人风格外，还对诗的本质、基本创作规律、发展动向及诗的欣赏等问题进行研究，对古典诗词的普及也做了许多努力，其系列文章《新诗的十年回顾与展望》，获得了诗界广泛注意，并在《文学报》引起争鸣。

　　对于诗歌创作，杨光治向来坚持吸收传统而不泥古，学习"舶来"而不照搬的方针，主张以"我心""此时""此地"为立足点，"诗为当代中国人而作"。在《平静之后的思考》中，他认为躺在传统上睡大觉固然没有出息，而把传统放一把火烧光则是败家子。他反对"任何诗歌都属于一定的阶级"的无"我"之论，同时反对"不屑于作时代精神号筒，也不屑于表现自我感情世界以外的丰功伟绩"的唯"我"之论；他反对朦胧到"都是西天玄妙语，凡夫俗子岂能通"的贵族化倾向，但不等于他赞成用大白话写作。他认为鄙弃"再现"（反映生活）而崇尚"表现"（内心世界）是片面的，因为"表现"与"再现"难以区分，古代西方有过提倡"表现"的理论，我国古代也有提倡"再现"的观点。他这些论述并非没有是非感，而是有着鲜明的倾向性的。针对"帮"腔"帮"诗现象，早在 1978 年，他就写过《诗园絮语》等一系列大小篇什进行针砭。后来又写了一篇长文，对 1979 年还在片面强调诗歌创作要从属于一定的阶级和一定政治路线的观点提出尖锐的批评。当出现一些人在花样翻新地鼓吹"纯书面文化""非大众文化"即"食洋不化"的倾向时，他更是没客惜过他的讥弹。无论是从总的倾向看，还是从具体文章看，他总是从诗坛实际情况出发，不曾含含糊糊，朦朦胧胧，而是态度率真，贬褒分明。

　　杨光治虽然也写过《〈人间词话〉"境界"说寻绎》那样有深度的论文，但他毕竟不以从事纯理论研究著称。他的诗论面向现实，面向诗歌创作实际。他始终认为："不管美学原则如何发展，研究方向如何更新，诗论的对象始终是诗。"他这种观点有其针对性。因为在诗歌论坛上，出现了一种脱离诗人创作实际的"宏论"。这种"宏论"，正在把新诗评论变为与诗人诗作、诗歌现象无关的东西。为了和这种"宏论"——尤其是那种根据外国文艺理论著作中的论点而勉强生发出来的观点划清界限，他不爱作纯理论的思辨，而喜欢让理论探讨和创作主体的实践活动紧密结合起来。

在 20 世纪 80 年代后半期，诗坛众声喧哗后走向沉寂。朦胧诗人不再像过去那样风光一时，接着而来的是"第三代诗人"。他们反意象、反英雄，将诗写得艰涩难于卒读。1987 年，台湾女诗人席慕蓉《七里香》的问世，打破了诗坛的沉闷空气。她那甜蜜中带着忧伤的情歌，在大陆引起了轰动效应，其三本诗集的印数创下了发行一百五十万册的奇迹。杨光治写的《流泪记下的微笑和含笑记下的悲伤》，与"席慕蓉热"在大陆掀起有一定的关系。"席慕蓉热"还未成为明日黄花，1990 年又出现了"汪国真热"，这与杨光治的鼓吹也有关。还在汪氏未成名的时候，杨光治就在 1988 年 3 月的《文艺报》上发表了《根植于生活的红蔷薇》，并首先向汪氏组稿，出版了其第一本诗集《年轻的风》，1991 年 3 月又将另一年轻诗人洛湃的诗集定名为《浪子情怀》，并为其作序及推荐出版。杨光治把席慕蓉、汪国真、洛湃的作品称为"热潮诗"。他之所以没有用"流行诗"的提法，是因为他觉得"热潮诗"比某些流行作品的品位高。他也没有用"平民诗"的概念，认为"平民诗"未能体现"热"的特点。他和他的支持者始终认为："热潮诗"既是对晦涩、朦胧的现代派诗歌的反拨，又是对传统诗的超越。这就难免遭到来自传统与先锋两个营垒的责难。"热潮诗"和"上园派"一样，是"处于传统与'先锋'对峙的峡谷之中"。"热潮诗"在表现手段上，意象单纯，结构清晰，语言简洁而晓畅，读之感到既真实又亲切。但杨光治所鼓吹的洛湃诗，不似席慕蓉、汪国真那样有生命力。"热潮诗"流行过后，洛湃的名字连同"热潮诗"的命名早已被读者所遗忘，杨光治对这种思潮的鼓吹也就偃旗息鼓了。

杨光治的第一本集子《野诗谈趣》，体现了他的非学院派的特点。他以后的几本诗评集，在行文风格上仍保留了欣赏"野诗"时所体现的雅俗共赏的特征，显得可读性强。但他有少数篇章过分追求可读性，在一定程度上影响了内容的厚实。

杨光治不仅是一位诗评家，同时也是一位诗歌出版家。他主持的花城出版社诗歌编辑室，引进席慕蓉诗作的同时，组织编写两岸朦胧诗赏析，他参与主持的"袖珍诗丛"和"花城诗歌论丛"，影响很大，拿了多个国家级奖项包括优秀畅销书奖，并收到了良好的经济效益。在诗歌被视为"票房毒药"的情况下，杨光治编的许多诗歌读物能创下高额利润的奇迹，成为全国唯一盈利的诗歌编辑室，这是一个异数。

‖五、袁忠岳‖

袁忠岳（1936—　），浙江定海人。1958年毕业于山东师范学院。1983年调入母校中文系工作，现为该校教授。出版有《缪斯之恋》（花城出版社1989年）、《诗学心程》（山东文艺出版社1999年）。袁忠岳的第一篇论文发表于大学时期的1956年。他这时没有戴上诗人的桂冠，却分到了"右派"帽子一顶。迟了二十多年即1979年，他的第二篇论文才面世。其起点虽然没有叶橹高，但他和叶橹一样，后半生用文学评论尤其是诗论来寄托自己长期遭到压抑的爱。尽管他算不上引领新诗变革的先锋战士，但他是新艺术潮流的支持者。还在朦胧诗论争开始时，他就写了《给朦胧诗以生的权利》，不像某些人那样将朦胧诗的兴起视作洪水猛兽。面对许多人对朦胧诗的围攻，他充分肯定了舒婷、顾城的优秀诗作，认为不能在是否"洋货""难懂"上纠缠不休，而应首先看"它们是不是艺术，是不是美"。正是基于这种看法，他为朦胧诗的生存权利辩护。但这不等于说，他认为朦胧诗完美无缺，更不赞同"崛起派"认为朦胧诗是中国新诗未来主流的极端说法。他这种辩证看问题的方法，在后来写的《中国新诗的选择》中得到了更系统、更充分的体现。他一直认为，今天的中国新诗必须首先是中国的，而不是以模拟西方为能事的"劣质的仿制品"。其次，它必须是当代的、人民的。再次，必须是诗的。他这些看法，正是"上园派"理论主张的体现。

袁忠岳的学生张清华在为老师的《诗学心程》作序时说："他是取中的但不是骑墙的，他是激昂的但不是霸道的，他是为艺术而艺术的但不是虚无主义的，他是建设性的但不是犬儒主义的，他是注重学理的但不是学院八股的，他是讲究思辨的但不是玄虚晦涩的，他是谦和的但不是没有原则的。他的诗学人格和理论著述将被时间证明是站得住脚的。"的确，袁忠岳讨厌学院八股的倾向，力求使自己的理论原则具有灵活性和丰富性。他总是从不断向前发展的现实生活与新的诗歌创作实践中去观察、去研究新问题,去总结新经验,使之上升为理论。他还以客观冷静的态度对过去流行的理论进行审视和反思,重新给予新的诠释和评价。如1980年,他在《诗刊》上发表《意境问题质疑》,对邢煦寰、李元洛、沈仁康、冯中一诸说提出不同意见。他从诗人的主观意念、诗歌的外在表现到读者接受过程中的再创造,系统地论述了意境的生成过程及其特征,认为"意境是作者从客观现实取境摄神,熔裁于意,定型为诗,而提供的能引起读者想象,激发读者情思的一种艺术境界"。他这种探索,有助于人们对意境问题获得更全面、更科学的理解。他这方面的力作还有《论诗歌意象及其运动的两种方式》。此文从意象研究的方式谈起,对意境与意象的区分,以及对朱光潜等人的主张提出不同意见,接着又对意象的本体构成及其审美特性、具体的运动方程和方式作了既不同于中式研究,也有别于西式研究方法的阐述。他那开阔的研究视野,熔东西方于一炉的批评方法,在20世纪80年代兴起的意象研究热中引人注目。《朦胧诗与"无寄托诗"》《关于诗歌的历史感》,同样以一个中年人的成熟眼光,对一些诗歌理论问题作了深入的阐述。这些阐述,有利于读者把握诗的世界,领会诗的种种奥秘。

袁忠岳在钻研基础理论的同时十分关注当代诗歌创作。在他第一本诗论集《缪斯之恋》中,"诗鉴之廊"占了三分之一,其中《孔孚山水诗的悲剧美》等系列论文,就孔孚山水诗的艺术特征、美学价值、悲剧色彩、社会意义逐一作了精到的评析。袁忠岳认为,孔孚山水诗"未沾尘世污浊,又蕴含人间真情,既返璞归真,又有炽热之心,既超脱又执着,既空灵又充实,是自然美与人类爱、狂放的野性与纯真的人性的完美结合。它早已超出了一般的情景交融,而在更高的美学与哲学的层次和意义上,达到了人与自然的统一"。这种评论,揭示了超越作品自身的象外之意、韵外之味,不仅让读者了解到孔孚山水诗的美学意义,而且也使读者学到了一种欣赏和品评作品的方式和途径。对李钢、张烨的评论,则用"以意逆志"的方法,披文以入情,不仅细致地捕捉到他们诗作中的心律脉跳,而且用透视的方法将他们诗作的生命意识和艺术特点一一揭示给读者,难怪被评者读了后有如遇知音之感。

袁忠岳还十分注重诗歌艺术技巧的研究。这些研究,论题广泛,重点突出,论述深入浅出,又无新潮批评家常犯的故弄玄虚的弊病。如《诗人的眼睛》在论述诗人掌握世界的特殊方式时坚持辩证法,且时有金针度人的新鲜见地。《诗的视角变换》《诗的跳跃》，有些虽然别人谈过，但仍有自己的角度和独特的例证。作者凭着对缪斯之恋的执着，把这些诗论当诗一样写，"从诗的也是人生的再体验中，达到一种美的创造性的满足"，这就使他的诗论不仅具有科学性，而且还带有一定的艺术性。袁忠岳的诗论系统性不够，有些地方为了追求客观性显得过于冷静以至失去了锋芒，不似杨光治那样尖锐泼辣。

‖ 六、叶橹 ‖

叶橹（1936—　　），生于南京。1957 年毕业于武汉大学中文系，现为扬州大学教授。著有《艾青作品欣赏》《现代哲理诗》《诗弦断续》《漂木论——洛夫长诗〈漂木〉评论集》等。

原名莫绍裘的叶橹，用了一个富于诗意的笔名，这笔名"使人容易联想起南国明山秀水间一叶轻橹荡起的明快而悠长的音符"。还在珞珈山求学期间，十九岁的他就在中央级的《人民文学》上连续发表了《激情的赞歌》《关于抒情诗》等长篇论文，标志着一个很有希望的开端。然而仅过了一年发表了第三篇关于诗的论文后，他就因为胡风喊冤，认为胡风不是反革命而被错划为"右派"。他的同窗，同样是极富才华的诗人韦其麟、诗评家晓雪也先后受到不同程度的抨击。

从《诗经》到《离骚》，从李杜到宋词元曲，抒情诗的创作在我国均有悠久的历史。1949 年后，抒情诗在贺敬之、郭小川、闻捷等人的带动下，也显得十分活跃。有关抒情诗的理论研究，一直跟不上创作的迅猛发展。在这种情况下，一个大学生写了洋洋洒洒的论文对抒情诗的创作特征进行初步考察，这无疑是空谷足音。正是在这位"青青子衿"的带动下，安旗、沈仁康乃至资深评论家肖殷，也写了一系列文章探讨抒情诗的艺术特点。

叶橹论抒情诗，十分强调它本身创作的特殊规律，即"抒情诗通过描写诗人的主观感受来反映现实生活"，"应当描写诗人自己的感情"。在刚批判过胡风派的理论家舒芜的"主观论"不久，叶橹仍强调"主观感受"的重要性；当时的主流话语是"抒人民之情"，可叶橹强调要表现"诗人自己的感情"，这均显示出这位青年诗评家的理论锋芒。在谈抒情诗的艺术特征时，作者又再次强调"它们的特殊规律",反复申明要"有自己的独特个性",在只要党性、人民性而不要个性的年代,这种论述有很强的针对性。

《关于抒情诗》体现了年轻一代对诗和对生活罗曼蒂克的幻想,同时也表现了作者对领袖片言只语文学论述的崇拜。于是,他尝试着把恩格斯提出的"典型环境中的典型性格"落实到抒情诗的创作中,区别出小说人物典型化与抒情诗"情感典型化"的特点,这在当时也有一定的新意。

叶橹虽来自学院,但没有学院派掉书袋的特点,所举的例子都是当时创作中出现的优秀诗篇,如未央、邵燕祥、闻捷、郭小川等人的作品。他还善于从风格学的角度指出这些中华人民共和国建国初期的歌手的抒情个性及其发展趋势,使这篇论文洋溢着一股贴近现实、贴近当前创作实际的青春气息。

由于时代的局限,这篇论文的理论资料主要来自苏联马雅可夫斯基、伊萨柯夫斯基等人的创作实践及别林斯基的论述,外加中国唐诗和新诗的实例,没有吸收西方文论的精华。文中还有不少批判"资产阶级贵族老爷"的句子,及抨击徐志摩的诗作"反映了资产阶级面临没落的悲哀的典型的心理状态",这均留下了时代的烙印。

叶橹不仅对抒情诗的艺术特征有研究,而且对叙事诗的创作特点也有自己的看法。《激情的赞歌》就着重分析了闻捷《哈萨克牧人夜送"千里驹"》的叙事特征及其戏剧性情节。在强调"政治标准第一"的年代,叶橹花如此大力气分析诗人诗作的艺术魅力所在,这均体现了作者打破教条主义束缚的艺术勇气。

叶橹不像吕进以建构诗学体系见长,而以评论新人新作著称,故他不是严格意义上的诗论家,而是一位浇灌佳花的诗评家。要做一个称职的诗评家也不容易,而叶橹有敏锐的艺术感受力,擅长文本细读和分析,这是造就有真知灼见的诗评家的一个重要条件。《艾青作品欣赏》,便充分显示了他这方面的才能。他赏析艾青《伞》《仙人掌》等文章,娓娓道来,有一股艺术魅力,里面还有不少属于他自己的精湛见解。当读者未能深入艺术堂奥时,经他带领进入艾青的艺术世界后,读者才真正领悟到一代名师诗作的真谛。关于艾青的研究,宏观的多,微观的少,叶橹这本"欣赏",正好填补了这一空白。

叶橹虽然有身陷囹圄的痛苦经历,但他把苦难深藏在心中,下笔时没有怨愤而带有一种亲和力。他的文学教育完成于 20 世纪 50 年代，新时期复出后并没有趋时，像有些新潮诗论家那样卖弄些后现代、后殖民的术语填补作文的空虚。他做学问既严谨又朴素无华，只有含英咀华才能领悟到他的文学功力主要来源于苦难的磨炼。他的挚友费振钟曾举下列例子，说明作为经验型的诗评家，叶橹在文本分析时如何充满着智慧的闪光：

你知道贾平凹的《一个老妇人的故事》吗？

这是一个"故事"，然而叙述方法完全被它的抒情形象所融解，它改变了传统的赋格，创造了一个空间的立体雕塑。

请注意它所使用的意象：鹅卵石、梦、泪，仅仅一种联想，就缀起了一段历史生活；

再请注意"拣起""放下"，它代表了瞬息间的两个动作，这之间却"容涵了一段长长的历史空间"。

你知道艾青的名作《给乌兰诺娃》《东山魁夷》《小泽征尔》吗？

旋律、节奏、形式，诗与舞蹈与绘画与音乐，一切被称之为艺术的东西都是互相沟通的……

由于失去了宝贵的青春年华，失去了在诗坛驰骋的大好机会，甚至一度失去了表达思想感情的语言，叶橹感到解冻后笔头不灵了，与友人通信时甚至找不到适当的措辞。但这位一直用冷峻而蔑视的眼光看待政治运动对诗人所造成的肆虐的学者，他的缪斯之恋一直没有放弃，复出后接连评了他过去熟悉的苦难中走过的老友公刘、邵燕祥、晓雪、青勃、韦其麟的作品，表现了他重返诗坛的决心。他这方面的评论文章，不仅评作品，也表现出他对历史和社会的评价，同时袒露了他的一颗赤子之心。

毕竟放逐沉沦太久，批评方式没有适度更新，这使叶橹接续的诗弦所弹奏出的声音还不够洪亮，其诗路跋涉有时还显得沉重而疲惫，其辐射力远没有他作为抒情诗理论研究的开山之作《关于抒情诗》影响大。好在他以不止一次战胜死神的毅力，显示出他复出后的坚韧和耐力、智慧和悟性，这是令人欣慰的。

‖ 七、阿红 ‖

阿红（1930—2015），原名王占彪，陕西华阴人。1952 年毕业于南京大学中文系。1954 年到中国作家协会辽宁省分会工作。曾任中国作家协会辽宁分会书记处书记、《当代诗歌》主编。出版有《漫谈诗的技巧》《探索诗的奥秘》《探索在诗艺之海》《诗歌技巧新探》《漫谈当代诗歌技巧》《诗探索与诗信息》《当代诗歌大趋势》《当代诗歌百技》《阿红日记》《诗路灵痕》等。在当代诗评家中，编辑出身的不少，但在诗评家中编辑味儿最足的，阿红算得上一个。这里说的"编辑味儿"，是指以编辑角度谈诗、从编辑身份论诗；作者的笔墨，总离不开读者、习作者、青年作者。易征的《一个编辑眼里的艺术是非》，具有这种特点，阿红的诗论集《漫谈诗的技巧》（春风文艺出版社 1982 年版）、《探索诗的奥秘——西窗诗话》（花城出版社 1984 年版），同样具有这一特点。他的文章，哪怕不是以通信形式出现，也要议论到诗歌爱好者与习作者所关心的问题；哪怕是自己猛着胆子向诗艺之海潜游，也不忘教会青年作者舍筏登岸。即使他在西窗里海阔天空地漫语，又何尝不带着从稿山得来的片断思绪和编辑经验的吉光片羽。一个好编辑，除了睁圆眼睛去发现新秀外，还要掏出心肺去为新人进行中肯、深切，令作者心折的辅导——而不是拔苗助长。阿红所写的那些为诗坛新秀喝彩的评论，所做的正是扶持新人成长的工作。他不仅看到新秀的优点，而且还看到了他们的弱点，并想方设法去弥补其不足。这既是一个编辑的责任，也是诗评家应尽的义务。

阿红论诗，十分强调诗的亲切感："让读者读着诗，感到诗人像和自己相向而坐，听诗人亲切地讲述自己在生活中的见闻，倾听着自己的衷曲，表达着自己对生活的看法。"阿红不仅这样说，而且也这样做。他评诗，不拉开评论家的架势，不作穷经谈玄的纯理论探讨，而注意选择具体、典型的例子说明理论问题，如在《用自己的心灵去燃亮生活的烛》中举出各种以神秘果为题材的诗。在评论他人作品时，尤其注意采取和作者谈心的方式，这样就不会使读者产生乏味和沉闷的感觉。

阿红写诗评所引用的例证，有名人佳篇，但他更注意中青年诗人和本省诗人创作中最新的信息。如在与读者怡茵通信时，所引的是艾青、方冰、晓凡访问海南岛时写出的最新作品。

阿红的诗评之所以能保持一定的新鲜感，还因为他不仅注意初学写作者和欣赏者的动向、要求，从像河水一样在眼前汨汨流过的来稿中以及从通信中、交谈中、阅读报刊作品中接受、掌握多方面的信息，而且也从民意测验中了解诗人、诗评家、编辑和广大读者对新诗的态度，对当前诗歌创作的想法，对诗歌评论的期待，对诗歌刊物工作者的希望。他深深了解，当代新诗评论，所做的就是当代诗歌创作信息的反馈工作。要做好这一工作，必须扩大当代诗评所要了解、接受和掌握的信息面。诗人、批评家、青年作者和订户对现实生活、对当代社会思潮和文艺思潮的反应，作为一个在编辑岗位上的诗评家，是要了解、接受和掌握的信息的一个重要方面。如果对这方面的信息知之甚少，怎么能对当前的诗歌创作发言，又怎么能对青年作者的成绩和存在的问题做出美学的评价，使自己的诗评真正做到有指导性和针对性？基于这种认识，他主持搞了一次诗苑民意测验，写作并发表了《关于新诗的一次民意测验》的文章。这篇调查报告，既有真实性、直接性和具体性，又有概括性、典型性、分析性。

阿红希望自己的文章能向习作者的碗里"放点盐，而不是石头碴儿"[1]。他有些文章，如前面提到的《小荷才露尖尖角》及未提及的《读晓凡、刘镇诗记要》、未收入集内的《像鼓点、像狂涛、像号角——读郭小川〈煤都的回声〉等诗随感》等文章，的确"如和挚友促膝小叙，或谈诗的领悟，或谈新人新事的片断，皆娓娓动听，堪可品味"。可他后来写的某些西窗诗话，"盐味"不足，"黏性"减少。还在20世纪50年代，就曾有人批评过他的《谈抒情诗的第一节的几种格式》，把抒情诗的第一节分为"在……有"式，"开门见山"式等七种"标准化"格式，带有形式主义的倾向。他现在谈诗歌形象的构成与想象，至少是流于皮相。还有的诗话，语言拖沓，缺少睿智的光辉。如《既有诗，随着就有诗评论》，不仅题目很一般化，而且内容也不够精炼。

选自吴思敬主编《20世纪中国新诗理论史》，人民文学出版社2015年版

---

[1] 吕进：《新诗的创作与鉴赏》，重庆出版社1982版，第20页。

中国新诗的"上园"道路

吕　进

在中国 20 世纪 70 年代末到 20 世纪 80 年代的诗坛，"朦胧诗"的出现打破了诗坛的平静，也打破了诗论的一元化格局。中国新诗走向了自己的转型期。观念更新，成了中国现代诗学的焦点。20 世纪 70 年代末的中国是思想冲破牢笼的狂欢年代。长期以来人们习以为常的一切，无论它曾经拥有什么样的存在理由，都要在新时期的反思法庭上为自己的存在做辩护，或者失去继续存在的权利。新诗研究迎来异常活跃的时期——从对"文化大革命"诗歌的反思渐渐扩展到对"文化大革命"前诗歌的审视；从对历史意义的反思渐渐走向美学意义的发展。

一元化诗歌格局消解后，中国形成了三大理论群落："传统派""崛起派"和"上园派"。

"传统派"在此前的几十年间曾经是中国诗坛的唯一流派，处于至尊地位。20 世纪 80 年代中期，在朦胧诗的争鸣中，另一个流派——"崛起派"登场。"传统派"更注意纵的继承，"崛起派"力主横的借鉴。在纵横的交错点上出现了"上园派"。当二元对立的时候，"第三"具有十分重要的意义。"第三"的出现总是起到拓展思路、打破旧貌、活跃全局的作用。

"上园派"的命名和北京上园饭店有关。

1984 年和 1985 年，《诗刊》社在这家饭店组织了两次理论家读书会。与会者中的几位中年诗评家发现了彼此理论观点的接近，决定"揭竿而起"，推出共同的诗学主张。"上园派"的正式冠名是在 1986 年。广州《华夏诗报》在一次诗歌问题笔谈的《编者按》里首次使用了"上园派"的名称，这个名称后来就被诗学界所袭用。

黄子建、佘德银、周晓风著的《中国当代新诗发展史》中写道：

新时期诗歌理论批评中的所谓稳健派代表了企图超越崛起派和传统派各自偏颇的"第三条道路"的努力方向。在新时期围绕朦胧诗展开的论争中，这一派稍为后起，但人数更多，实力较强，是前两派均所不及的。其中包括诸多诗人和诗评家，如沙鸥、公刘、牛汉、刘湛秋、杨匡汉、陈良运、吕进、阿红、杨光治、朱先树、袁忠岳、叶橹、朱子庆等。后7人还因合作出版了《上园谈诗》，较明显呈现出"一个学派的整体印象"，被称为"上园诗派"，是稳健派的中坚。该派诗歌理论批评的突出特点是力求平稳，力戒片面。"求实，创新，多元"则大体反映了这一派诗论的基本风貌。

应当说，"上园派"着力处理的是传统与发展的问题、现实与现代的问题、本土与西方的问题。"上园派"可以叫"转换派"。他们像"传统派"一样主张纵的承传，但是，这一承传是对古代的包容与发现，新诗是现代形态的中国诗歌，应当对传统实行现代化的选择与转换。他们像"崛起派"一样主张横的移植，但是，这一移植是中国诗歌对外国诗歌的包容与发现，新诗是中国诗歌的现代形态，应当对外国诗歌艺术经验实行本土化的选择与转换。古远清在《中国大陆 40 年诗歌理论批评景观》一文中也说："这三大诗歌群体两头小中间大，'上园派'人数较多，且以中年为主。"

中国现代文学三十年，第一个十年的中心在北京，第二个十年的中心在上海，第三个十年的中心在重庆，实现了从北到南的转移。对于新时期诗歌来说，"传统派"和"崛起派"的基地都在北京，"上园派"的基地在重庆，在中国新诗研究所。可以说，这是中国文学自古而今的"南北"问题的再现。

1987 年重庆出版社出版吕进主编的《上园谈诗》一书，重庆出版社副总编辑、诗人杨本泉亲任本书责编。该书包括"上园笔会""上园诗评""上园诗论""上园诗话"四个部分。朱先树写了《关于诗的传统与现代追求——代卷首语》，朱先树写道：

概括起来说就是，诗是现代的；它面向中国当代社会现实生活，表现当代中国人的思想情绪，在艺术上创造出适合中国读者审美趣味和接受能力的多种多样的边线方法；宽容一切艺术的追求，实事求是地分析和对待各种艺术存在，促进诗歌创作的繁荣和发展：这就是我们的基本态度。

本书主编吕进也写了《变革，为了新诗在当代的繁荣》的卷末语。

《上园谈诗》全面介绍了上园诗派的学术观点，仅"上园诗论"部分就有下列论文——

阿红：《从象征派诗论想到"引进"象征派》

袁忠岳：《谈诗的两种表现手法》

袁忠岳：《关于诗歌的历史感》

叶 橹：《现实·人生·诗情》

朱先树：《思想·生活·语言》

杨光治：《诗的境界二题》

杨光治：《〈人间词话〉"境界"说寻绎》

吕 进：《论诗的弹性技巧》

袁忠岳、穆仁、刘光、吕进：《关于〈新诗的创作与鉴赏〉的通信》

杨光治、黄虹：《关于诗歌现状的通信》

朱子庆：《抒情方式是多样的》

朱子庆：《意象树——诗歌本体研究札记》

就创作而言，以傅天琳、李钢为代表的新时期的重庆诗群是一个实力雄厚、丰富多彩的诗群，每位诗人的艺术个性和艺术追求都各有特色。但是在总的美学特色上却几乎都富有上园色彩，他们是传统的先锋派，先锋的"传统派"，是一个十分醒目、颇具张力的对当代中国诗歌发展产生方向性影响的创作群落。当然，与理论一样，上园诗派在创作上绝不止于重庆诗群。《上园谈诗》所评论的诗人除了傅天琳、李钢以外，还有刘湛秋、张学梦、叶延滨、杨牧、周涛、章德益等。实际上，走"上园"道路的诗人远远不止于这些诗人。具有"上园"色彩的老中青诗人占了20世纪80年代诗人队伍的绝大多数。

选自吕进主编《20世纪重庆新诗发展史》，重庆出版社2004年版

中国新诗研究：历史与现状

吕　进

　　诗（扩而言之，文学，艺术）在转型期中的价值评判，是一个引人注目的问题。在社会由计划经济向社会主义市场经济的转型中，在与此相应的文化转型中，仍然有一个属于我们时代的主导性的价值观。精神文明与物质文明是社会现代化的两翼，而精神文明并不能与生产力的发展自然地同步。作为情感艺术、情趣艺术、情操艺术的诗，它的价值正在这里。

　　应该承认，在转型期中，在物质文明突飞猛进的同时，我们社会的精神、道德评价处于失范状态，需要在精神生活上救救有钱人（有如鲁迅当年提出的"救救孩子"），更需要提高全民族的素质。诗正是转型期中人们的一种自救与自娱，是在物欲、实用、冷漠日盛的情势下对人性的呼唤，对人间纯情的期盼。

　　因此，挽回诗在转型期中的颓势，加强诗的研究，直接与我们的现代化进程有关。

　　西方从亚里士多德始，划分叙事文学、抒情文学和戏剧文学三种文体，推崇戏剧文学（称之为文学的王冠），尤为推崇悲剧（称之为王冠上的珍珠）。西方的文论，就其本质而言，发端于戏剧理论。在中国，别有一番风景。中国历来将文体分为诗与非诗两类。诗是文学中的文学，抒情诗是诗中之诗。诗论是中国古代文论的渊源与核心。但是，在新文学中，诗论很快就降低了自己原有的"身份"。中国新诗研究虽然出现过艾青的《诗论》、朱光潜的《诗论》这样的论著，但在新时期前的十多年中都较贫弱。新时期称得上是中国新诗研究的丰收期，其宏观走向是由爆破到建设，由外向到内向，由封闭到开放，由单一到多元。观念的刷新、文体理论的显赫、诗论格局的多元，是中国新诗研究近十余年最重要的进展。

‖ 观念刷新的进展 ‖

所谓观念刷新，一是指诗歌观念，一是指诗学观念。

时代不要误读新诗，同样，新诗也不能误读时代。文化转型也包含诗的转型。这种转型不仅表现于诗的外观形态与传播方式（例如，既然有 MTV，LTV，为什么不能有 PTV 呢），更本质的，在于观念的由传统向现代的转型。

多年来占统治地位的诗歌观念片面地、表面地强调诗与政治的联系。

中国新诗的诞生与马克思主义由俄国传入中国几乎是同时发生的，这给新诗的路向带来良好影响。从郭沫若的《女神》始，中国新诗与生俱来地具有强烈的社会参与意识和庄严的使命意识。在长期的战争和动乱环境中，新诗披露着民间疾苦，吟唱着大众心声，成为除夕将近的空中飞翔的凤凰。不过，也要看到"以俄为师"的负面影响。"文艺为政治服务""文艺是阶级斗争的工具"一类提法与"俄"不能说没有关系。马雅可夫斯基、伊萨柯夫斯基、武尔贡等的理论在战争年代对中国新诗很有影响。他们的理论，尤其是马雅可夫斯基的理论，有不少科学之见，但都有一个共同点：将诗从属于政治，从而造成的诗的艺术视野和社会功能狭窄化。"无论是歌，无论是诗，都是炸弹和旗帜"；"思想（在社会意义上）愈重大，它在诗的构思中体现得愈鲜明和愈真实（在艺术上），一首诗也就愈好"，对这类说法长时间内几乎没有人对它们的以偏概全提出过疑问。

强调诗与政治的联系的同时，诗与散文的文体区别则受到忽视。简单地从反映论去把握诗的实质。或者，在将"人民"与诗人人为地相对立的基础上倡导"抒人民之情"，曾是十分流行的观点。这样一来，诗之作为诗的文体特征与文体可能消失了。20 世纪 40 年代在延安围绕何其芳《叹息三章》的争论是明显的例子。何其芳的《叹息三章》加上后来的《诗三首》以诗的方式表现了诗人在新环境中与旧生活告别的真诚的柔柔之情。如果说散文作家在解放区热情地描写现实的巨变，那么，诗人何其芳则着力于描写现实的变化中一个进步青年的内心世界。诗中的淡淡的哀愁，是真实的，来源于诗人走过的"太长太寂寞的道路"。和当时流行的诗歌观念相悖，是争论的起因。其后，不但何其芳搁下了诗笔，抒情诗在延安和解放区从整体上讲都走向式微。代之而起的是叙事诗——对叙事诗的看重，究其实质而言，仅仅是对"叙事"的看重：要求诗从属于政治，丢掉诗的文体美质，发挥和散文一样的"反映社会生活"的功能。

在新时期和后新时期，诗歌观念有了自新诗诞生以来最大程度的调整和刷新。以诗的文体特征与文体可能为核心，对诗与政治、诗与散文的关系的认识有了飞跃。

诗歌观念的刷新带来新诗由历史意义上的复苏向美学意义上的发展。世界上的事情总是这样：最复杂的其实往往是最简单的，最深刻的其实往往是最朴素的。诗歌观念的刷新，集中到一点，就是诗回到自身。再说得白一点，就是诗仅仅应该和可能是诗。

如果说前新时期（1976—1978）的新诗主要是在恢复自己与生活的联系的话，那么，在新时期（1979—1985）和后新时期，新诗就主要在探索诗之为诗的独特性：与生活相联系的途径的独特性，与生活相联系的艺术媒介的独特性，作者与作品相联系的独特性。

20世纪50年代何其芳这样定义诗："诗是一种最集中地反映社会生活的文学样式，它饱和着丰富的想象和感情，常常以直接的方式来表现，而且在精炼与和谐的程度上，特别在节奏的鲜明上，它的语言有别于散文的语言。"到了新时期，这一权威定义被打破。

"理论的发展，常常有赖于理论对象的类型，并受到它的局限。"（姚斯）诗回归自身，很自然地，诗学也回归自身。诗学被重新认定为研究诗的科学。诗学曾经主要是外部研究，或者是从外部去研究。现在，错位的研究对象复位，用与散文相比较的角度去把握诗的本质，得到了广泛应用。诗学领域出现了多维参照、多种方法和诗学语言符号系统的变革的新鲜气象。

长时期的单维参照被普遍放弃。中国新诗本来就是开放的产物，向世界广采博取的产物。多维参照树立了与研究对象本身的开放性相应的研究观念。现在每一种重要诗歌现象都进入了多维视野。

中国新诗的研究方法历来采取的是社会学的方法。将诗放在社会历史框架中去考察，研究诗与社会的内在联系和相互影响，不失为一种基本的研究方法。诗作为最富精神性的艺术，依然是一种社会存在，显然不能因为在中国新诗批评史上出现过庸俗社会学，就否定不"庸俗"的社会学方法。同样明显的是，对于诗这种十分特殊的文体，社会学方法绝对无力担当唯一的研究方法。在新时期，尤其在后新时期，俄国形式主义和英美新批评的形式主义方法得到运用。将"文本"作为诗的最高存在和研究中心，虽然在对诗的全面把握上有失偏颇，但在对诗的文体本质的把握上又是对社会学方法的有力而细致的补充。运用得更为广泛的是心理分析方法和符号学。前者从意识的三个层次和三种人格结构出发研究诗，如果注意清洗弗洛伊德理论的泛性欲论成分，这种研究方法由于关注的是人的内心，因此和诗比较亲近。诗是以形式为基础的文学，对艺术媒介的把握是对诗的把握的中心，对诗而言，怎么传达比传达什么审美体验更为重要，由此看出后结构主义的符号学和诗研究的对应性。

研究观念的刷新带来"禁区"的突破。过去一些未能或不能进入研究视野的诗人与流派受到应有重视，中国新诗发展史厚重了。

新诗研究的语言符号系统的文体变革十分醒目。如果用前新时期的新诗论著作参照系，或者追踪同一位诗评家的足迹，这一变革就会给人深刻印象。究其实质而言，语言符号系统的文体变革绝不只是文字问题，它源于诗学性质的变化——诗学不再是次生文学，它抛弃了对作品的附庸性而获得了开阔与形而上的性质：诗作为文学中的文学，诗作为文化现象，诗作为社会现象，都是诗学所关注的。

‖ 文体理论的凸现 ‖

文体学的强化并成为目下中国新诗研究的学科前沿是十分重要的理论现象。这种现象的出现有两个动因。就外部原因而言，是新时期以来的和平、安定与开放的外在环境；就内部原因而言，是新诗与新诗研究由对历史的反思转向对自身的反思的一种必然。

从中国新诗的诞生开始，文体理论就十分贫弱。早期中国新诗的非诗化倾向，正是这种贫弱的导因和结果。新诗在几十年中有一些难以摆脱的痼疾，也是这种贫弱的结果。

文体理论的完形要求于文体学者的学养条件比较多，除了诗学修养，其他诸如音韵学、语言学都是必备的基本功，所以，难度很大。

在我国古代和近代并不是没有诗歌文体学。曹丕《典论·论文》提出的"文本同而末异",刘勰《文心雕龙》提出的"因情立体,即体成势",严羽《沧浪诗话》提出的"诗体通变",王国维《人间词话》提出的"一切文体,始盛终衰"等等,都是宝贵遗产。然而我国古代和近代的诗歌文体研究留下的是一些吉光片羽,从框架、体系的角度考察,前人留下的东西不多。中国传统文体学的弊病在于不少常用概念与术语模糊不定,理论抽象的力度与高度均不足。

在西方,亚里士多德的《诗学》、雨果的《〈克伦威尔〉序》、黑格尔的《美学》、别林斯基的《诗歌的分类》、韦勒克和沃伦的《文学理论》、波斯伯洛夫的《文学原理》以及日本浜田正秀的《文学概论》等,都是值得一提的诗歌文体学文献。在当代,西方还出现了装饰文体学、自我参照文体学、再现文体学和风格文体学四大学派。西方文体学的弊病是视野狭窄,割裂研究领域,关注于文本的语言形式,正由诗学的分支逐渐向普通语言学分支演变。

中国新诗文体研究近年致力于两个向度的拓展。首先是分类学,即横向研究,共时性研究。诗与非诗,诗作为多种诗体的存在,属于这一范畴。其次是轨迹学,即纵向研究,历时性研究。新诗的文体轨迹,诗与非诗在文体发展中的相互影响与渗透,属于这一范畴。

中国新诗文体学从新诗早期即有成绩。但是由于诗与诗学观念的误导,由于生存环境的艰难,始终比较零散,缺乏构架与深度。新诗文体学者正站在世界文明的水准线上重新测定中国和西方的诗歌文体学,抽象既有的诗歌现象,构筑一个现代的民族的中国新诗文体理论体系。当然,传统型的文体学是规范性、指令性的,而现代型的文体学,则是描述性、阐释性的。可以预期,中国新诗文体学大家极有可能出自有丰富创作经验的诗人群。中国新诗文体学的最后完形主要指望诗人型学者。

‖ 诗论格局的多元 ‖

诗人谈诗,是自古而然的中国诗歌研究的特色之一。很难找到专门的诗评家。也许正由于这个原因,中国诗论一般都是领悟性、经验性的随笔;力求避免公式与概念(最多是类公式、类概念);不发思辨意味很浓的滔滔之论,而只是点到为止。如果说西方诗论是科学,那么中国诗论只是类科学、前科学。

到了新时期,专门的诗评家开始出现。中国新诗研究所在20世纪80年代中期的成立标志着专门的新诗研究机构也出现了。

中国新诗评论家在20世纪80年代中期形成了三大理论群落。三个群落的素质都较高,治学严肃而严谨,所以,尽管他们各有不同的理论主张,学派却并没有变成宗派,一般而言,三大群落的诗评家之间的人际关系是良好的。他们在友情的基础上争论,在争论的氛围中珍惜友情。这似乎十分符合中国这个礼仪之邦的行为风范。

以出现的前后为序,首先是提倡纵的继承的"传统派"。

在中华人民共和国成立以后的一个相当长的时期里,"传统派"的观点在新诗研究领域居于至尊地位。由于没有其他理论群落,所以新时期以前没有"传统派"这一称呼。"传统派"认为新时期诗人可分古风派、洋风派、国风派三类,他们赞成国风派。按照他们的阐释,国风派是中国作风、中国气派的,中国人民喜闻乐见或乐于接受的民族化、群众化倾向的诗派,"是我国社会主义时代的现实主义诗派"(丁力《新诗发展管见》)。

中华民族是有悠久诗歌传统的民族。优秀诗歌传统以支配多数的社会成员的诗歌观念而获得了广泛性,它在一代代承传中又获得了神圣性。谁也不可能将具有广泛性、神圣性的优秀诗歌传统反对掉。如果真能将它全部推掉,那么,我们民族将因失去数千年的诗歌文化蓄库而沦为粗俗的民族。应当说,"传统派"的主张是有科学因素的。

而且,"五四"以来,对诗歌传统的批判胜过对诗歌传统的承传。或者更夸张一点说,中国新诗热衷于摆脱诗歌传统,因而才落入了今天这种生根不牢的困境。对传统批判多于承传,这是诗歌处在社会转型期中的一种必然。但是发展新诗绝不能以与传统隔离为前提。因此,在排除那些成为变革对象的传统东西的同时,呼唤"国风",有利于中国新诗的健康发展。

"传统派"表现出一定程度的传统主义倾向,他们对传统的理解是静止的。(其实,传统的生命力正在于它的与变革的一致。传统是过去的现代,现代是传统的延续。)因而他们有"过去派"的形象,在新诗现代化过程中影响有限,尤其在青年当中同调很少。

20世纪80年代初期,在"朦胧诗"论争中,另一个诗论群落——"崛起派"

登场。"崛起派"的最大功勋也许并不在于它的理论主张，而在于它是第一个打破中国新诗论坛大一统格局的学派，它活跃了新诗理论界的思维与气氛。"崛起派"的命名来自这个理论群落三篇先后产生了重大影响的文章的题目：谢冕《在新的崛起面前》（1980 年 5 月 7 日《光明日报》）、孙绍振《新的美学原则在崛起》（1981 年第 3 期《诗刊》）和徐敬亚《崛起的诗群》（1983 年第 1 期《当代文艺思潮》）。

以倡导横的移植为主要特征的这个理论群落具有强烈的现代意识。他们力求克服思维惰性，打破思维定式，在语言符号系统的"陌生化"上也颇见他们的革新锐气。可以很容易地感到，他们对于诗歌运动的哲理观照并不囿于诗歌范畴，他们对于变革的沉思来自诗歌而不止于诗歌。他们是变革时代的思辨家。

"崛起派"的"崛起"根基并不稳靠，因为在他们那里，中国新诗的现代化往往同西方现代派化同义。在与中国（包括新诗自身的）优秀诗歌传统的断裂中，他们的理论表现出偏激与局限。可以说，"崛起派"长于摧毁与拓荒，但并不长于中国新诗理论的正面构筑。

在纵横交叉点上出现的"上园派"使得中国新诗论坛的格局由二元变为多元。"上园派"的名称来自北京的上园饭店。1984 年和 1985 年冬，一群来自国内各地的诗学见解相同的知名诗评家在上园饭店两次聚会，决定出一本评论合集，以宣传他们共同的诗学主张，这就是后来重庆出版社出版的《上园谈诗》（1987 年）。"上园派"的第一次亮相是 1986 年在广州《华夏诗报》的一次笔谈，该报编者在为笔谈写的《编者按》中第一次使用了"上园派"这个名称。

"上园派"也可以叫转换派。他们有一个系统的理论框架，这个框架的中心是：坚定地继承本民族的优秀诗歌传统，但主张传统的现代化转换；大胆地借鉴西方的艺术经验，但主张西方艺术经验的本土化转换。换句话说，"上园派"的主张集中到一点：诗为当代的开放的中国读者而作。

"上园派"的理论体系既求新又务实，且又立足于本土，所以给人以科学而沉稳的印象。但由于它的宽容主张和力求全面的治学态度，显得缺乏对诗坛的更大的冲击力。"但这一群体影响大，不少未参加过上园饭店聚会的诗评家均赞同他们的主张，在广义上亦可看做是他们的成员或后备军""这三大诗论群体两头小中间大,'上园派'人数较多,且以中年为主"(古远清《中国大陆 40 年诗歌理论批评景观》)。

　　长期的一元格局的"脱序",初步的多元格局的形成,从一个侧面显示了国内学术自由的空气日趋浓厚。在现代中国,诗是一个"分众化"艺术,唯有相对又互补的多元格局与杂语氛围才有利于新诗研究的推进。

1995 年 4 月 17 日

选自《理论与创作》1995 年第 4 期

20 世纪下半叶的中国新诗研究
——在韩国"中国文学国际学术研讨会"上的主题讲演

吕　进

　　中国是一个诗的国度。以抒情诗为中心的中国诗歌历来被看作文学中的文学。由于诗的辐射与渗透，诗美成为中国文学的基本特征。同样，诗论是文论中的文论。对于中国古代文论而言，诗论是它的源头和带头学科。一部中国古代文论史基本上就是诗论史。

　　在 20 世纪，中国文学实现了从抒情到叙事、从传统到现代的转移，新诗在现代文学图谱上的坐标发生变化，现代诗学也面临崭新的理论课题。

　　中国新诗研究几乎与新诗同时起步。1918 年 1 月出版的《新青年》杂志 4 卷 1 期发表的胡适、沈尹默、刘半农的 9 首诗，通常被视为新诗的最早作品。胡适的著名论文《谈新诗——八年来一件大事》，被誉为初期新诗研究的"一根大柱"（茅盾）和"金科玉律"（朱自清）。这篇文献写于 1919 年 10 月，比 9 首作品晚 2 年，却比胡适 1920 年 3 月出版的诗集《尝试集》早了近半年，而《尝试集》是中国新诗的第一部个集。

　　但是，新诗研究在其后的发展并不理想。与古代诗学这座富矿相比，现代诗学一直是一个贫瘠地带。究其原因，大概有三：其一，新诗是中国文学和中国文化由传统向现代转型的急先锋。但是由于对"新诗"的"新"的误读，新诗发展得不尽如人意。而理论的发展从来要仰赖理论对象的发展。其二，新诗是中国诗歌的现代形态，新诗理论是中国诗学的现代形态。但是由于"五四"时期开始的对传统文化情绪化的偏激态度的影响，新诗理论与几千年传统诗学基本隔断，造成自身贫血。其三，现代中国长期的战争与动荡的生存环境，使得新诗缺乏自我观照的外在条件。在 20 世纪上半叶，新诗研究只留下了艾青的《诗论》①和朱光潜的《诗论》②等为数极少的系统性的理论著作。它们，刚好代表了现代诗论的两种范式：诗人谈诗与理论家谈诗。诗人谈诗的基本出发点是将诗保留为诗，往往是化入诗的内部去谈诗。他是感性的、印象的、经验的，同时又是非体系的、准科学的，诗论往往只是对于他自己读诗时的接受状态的描述。理论家谈诗的基本出发点是将诗化为学术研究对象，往往是站在诗的外部谈诗。他是智化的、演绎的、分析的，同时又是推理的、学理的。诗论往往是对诗的非诗化处理。两种范式的相反相成是诗学的最佳结构。对于中国诗学而言，更缺少的是理论家。

20世纪下半叶的中国新诗研究就是从这样的起点出发的。

‖20世纪下半叶新诗研究的三个时段‖

20世纪下半叶的新诗研究，大体说来，可以分为三个发展时段。

第一个时段，政治论诗学时期：1950—1978年。

这个阶段，除了亦门的《诗是什么》（1954年，新文艺出版社），晓雪的《生活的牧歌——论艾青的诗》（1957年，作家出版社）和杨匡汉、杨匡满的《战士与诗人郭小川》（1978年，上海文艺出版社）外，几乎没有专著。论文不少，但学术含量高的不多。论文集比专著多，择其大要，有唐湜的《意度集》（1950年，平原社），劳辛的《诗的理论与批评》（1950年，上海正风出版社），亦门的《诗与现实》（1951年，北京五十年代出版社），何其芳的《关于读诗和写诗》（1956年，作家出版社）与《诗歌欣赏》（1962年，作家出版社），沙鸥的《谈诗》（1956年，作家出版社）等三本书，公木的《谈诗歌创作》（1956年，新文艺出版社），袁水拍的《诗论集》（1958年，作家出版社），安旗的《论抒人民之情》（1958年，新文艺出版社）、《论诗与民歌》（1959年，作家出版社）与《新诗的民族化群众化问题初探》（1963年，四川人民出版社），田间的《海燕颂》（1958年，北京出版社），徐迟的《诗与生活》（1959年，北京出版社），沈仁康和黄佩玉合作的《抒情诗的构思》（1959年，

---

① 艾青的《诗论》，桂林三户图书社1941年初版，后多次再版。
② 朱光潜的《诗论》，重庆图书出版社1943年初版，后多次再版。

长江文艺出版社），臧克家的《学诗断想》（1962年，北京出版社），易征的《诗的艺术》（1978年，广西人民出版社）和郭小川的《谈诗》（1978年，上海文艺出版社）等。

1949年，中华人民共和国成立。面对新的时代，诗人们的共同感受可以用胡风的"时间开始了"这个诗句来概括。创造新时代的新诗学，这是共同愿望。创造之路取得了成果，主要表现在使人耳目一新的社会历史批评方法的引进。但是在寻求美丽梦想中却出现了不美丽的失误：主要是在诗与政治的关系上。这个时期充当主流话语的是政治论诗学。在20世纪50年代后期不正常的政治环境中，政治论诗学恶性膨胀，在"文化大革命"中流行一时、危害一时的"武装"论、"工具"论、"哨兵"论是它的自然延伸。

诗歌不可能完全拒绝政治，诗歌与政治总是处于无法也无须割断的内在联系中。诗歌史证明，并非诗歌只要与政治相联系，就会贬值或毫无价值。在几千年的中国诗歌史上，曾经出现过不少政治性很强的著名诗人和著名诗篇。尤其是在现代中国，政治是社会生活中覆盖面最大的现象，也是介入人的生存环境、心灵世界的最强大元素。但是政治论诗学从阶级论和政党论来定义政治，使"政治"扭曲化和狭窄化；从扭曲化、狭窄化的"政治"来解释人的全部存在和全部感情生活，将抒人的本真之情与抒人民之情人为地对立起来；只从"政治"维度定位诗歌，将诗歌与现实政治定位于从属关系，忽略诗的文体可能，要求诗负担许多诗外承载。政治论诗学与诗歌相隔膜，很难推动新诗的繁荣。从诗的文体特征和发展规律出发的著作成为凤毛麟角。

在这个时期对新诗研究做出重要贡献的是何其芳。何其芳对诗的文体特征有比别的同时代人更多的敏感和注意。作为有成就、有文化教养的诗人，何其芳从20世纪40年代开始就对新诗的形式建设有所思考。1953年，在北京图书馆的一次讲演中，何其芳提出了他的关于诗歌的著名界说。这个界说在后来的几十年当中一直被视作诗歌的经典性定义。在同一年，他又明确地提出了创立中国现代格律诗的主张，并且在次年发表了论文《关于现代格律诗》，具体、系统、全面地阐述了他对于创立现代格律诗的思考。他的现代格律诗设想的影响一直及于现在。何其芳的贡献成为政治论诗学时期新诗研究耀眼的亮点。

第二个时段，观念更新期：1979—1986年。

这是 20 世纪中国新诗的又一个高潮期，也是中国新诗研究的转型期。

观念更新期出现的语境，是随着"四人帮"垮台而兴起的思想解放运动。20 世纪 70 年代末期的中国是回顾的中国，批判的中国，反思的中国，梦醒的中国，是思想冲破牢笼的狂欢年代：长期以来人们习以为常的一切，无论它曾经拥有什么样的存在理由，都要在新时代的反思法庭上为自己的存在作辩护，或者失去继续存在的权利。

新诗大丰收。"归来者"诗人和朦胧诗人大合唱。新诗研究迎来异常活跃的时期——从对"文化大革命"诗歌的反思渐渐扩展到对"文化大革命"前诗歌的反思，从对历史的反思渐渐走向美学意义的发展。这个时期的主要突破是诗学观念的更新，内核是对诗学与政治的关系的重新认识，诗歌观念是诗学观念的中心。

中国新诗是"五四"新文化运动的产物。从新诗的开山作《女神》（郭沫若，1921 年，上海泰东图书局）以降，新诗与生俱来地具有强烈的社会参与意识和庄严的使命意识。在半个世纪的战争和动荡中，新诗披露民间疾苦，吟唱民族心声，成为除夕将近的空中的凤凰。但是，诗终究是诗，它有自己的文体特征。在走过了几十年曲折的道路之后，在思想大解放运动之中，人们的观念发生了重大更新：诗不是要拒绝政治，但是，诗常常是对人的本真存在的歌唱，是对人的生命的终极关怀，诗与政治的联系只能通过诗的渠道、在诗的文体可能之内实现。在新诗初期，一些新诗先行者从当时的政治出发，单纯强调"白话"，却忽略"诗"，结果，大量"白话诗"只有"白话"而没有"诗"；在后来的长时期内，一些诗人单纯强调"新"，却忽略"诗"，结果，大量"新诗"只有"新"而没有"诗"。"文化大革命"是离开诗去写政治的极致，新诗几乎毁灭。在 20 世纪 70 年代末期，《星星》诗刊首先提出了"诗就是诗"的口号，得到广泛认同。中国的权威刊物《诗刊》发动"诗是什么"的讨论，提供了一个发表探索性意见的空间。与传统诗歌同源异貌的朦胧诗的出现，更从创作实践上推动了诗歌观念更新的势头。

诗学的研究对象是什么，这是诗学观念的另一个中心。在诗歌观念更新中，诗回到了自身；同样，在诗学观念更新中，诗学也回归本位——人们认识到：诗学的研究对象应当是、仅仅是诗；而且，必须从符合诗的美学本质的途径去接近、打量诗歌。虽然政治也不失为诗学的一个重要视角，但是诗学不应是政治论文，不应是政策解说，它应当具有科学品质和独立的学术人格。

在这个时期，新诗研究成果很多，探索成为时尚，争鸣席卷诗坛。到了20世纪80年代初期，中国已经形成了一支专业诗评家队列，这些诗评家分布在高等院校、文学研究机构、作家协会与刊物编辑部。在过去年代，除了安旗，中国没有专业诗评家。现在，可以开出一份长长的当时已经知名的诗评家名单：丁力、宋垒、闻山、李元洛、丁国成、陆耀东、龙泉明、尹在勤、谢冕、孙绍振、孙玉石、洪子诚、钟文、杨匡汉、朱先树、袁忠岳、叶橹、杨光治、吕进、陈良运、骆寒超、吴开晋、吴欢章、孙光萱、张同吾、古远清、古继堂、任愫等等。这份名单包括了那些兼写诗评的诗歌编辑，但没有包括为数不少的兼写诗评的诗人。西南师范大学（今西南大学）中国新诗研究所在1986年的成立，标志着中国已经出现了专业的新诗研究机构。诗评家们无一例外地参加到诗学观念的争鸣中。谢冕颇具影响。他对新的时代趋向和新的诗歌现象的感应很敏锐，长于站在潮头，以时代的标尺考量诗学问题，他的诗论给人的联想与启示就不止于诗歌。他写了不少热情洋溢的推动诗学观念更新的论文。1983年，谢冕推出了他的论文集《共和国的星光》（春风文艺出版社）。

诗学观念更新带来诗学研究重心的移动：由外向内的移动；由客体向主体的移动；由批判向建造的移动；由一向多的移动。

研究视野扩大。在政治论诗学时期，新诗发展史十分单薄。一些诗人和流派没有资格进入大众视野；而进入大众视野的，他们的艺术探索往往又不是研究对象，因此，研究对象受到的评价和他们的实际状况之间存在差距；随着国内频繁的政治运动，一批批诗人和诗歌流派受到不公正待遇，陆续从研究视野消失，新诗发展史越编越薄。诗学观念的更新，使得诗学的研究对象恢复了多姿多彩的面貌，诗学的学术水平大大提高。诸如胡风、绿原、阿垄、曾卓、冯雪峰、穆旦、穆木天、李金发、徐志摩、戴望舒、林徽因等诗人和小诗诗群、湖畔诗派、"中国诗歌会"诗群、象征派、现代派、新月派、七月派、九叶派等流派都成为研究对象，得到重新评价。

诗学著述本身的文体革命。诗学著作和学术论文的言说方式和政治论诗学时期拉开距离，不仅学术品质提高，原创性含量增多，而且在语言符号系统的陌生化、新颖化、诗化上实现了自身的文体革命，获得了与研究对象相适应的文体外貌。

创作方法上的独尊现实主义的一元化诗歌格局消解。在此一时期，中国形成了三大理论群落。以出现的时间先后为序，他们是"传统派""崛起派"和"上园派"。在当代中国能够形成学派，在当时应该算是一件惊天动地的事，它准确无误地反映了时代的进步。

在政治论诗学时期，"传统派"的观点在新诗研究领域居于至尊地位。由于没有其他理论群落，所以也没有"传统派"之称。"传统派"认为，诗坛上有古风、洋风、国风三派，他们赞同国风派。按"传统派"的代表人物丁力在《新诗发展管见》一文中的说法，"传统派"是"我国社会主义时代的现实主义诗派"①。中国诗学具有悠久传统。优秀诗学传统在一代代传承中获得神圣性，在影响社会多数成员的审美趣味和语言理想中获得广泛性。任何时代的诗学都不可能跳出历史的上下文。传统缺席，现代诗学将会因为失去几千年的诗歌文化蓄库而沦入浅薄和粗俗。而且，"五四"新文化运动对诗学传统的批判多于传承，这虽然是转型时期的常见现象，但是它也确实是新诗从一开始就在中国大地上立足不稳的重要原因。应当说，"传统派"的主张是有其科学依据的。"传统派"的局限在于：他们对传统的理解是静止的（其实，传统的生命力正在于它的与时俱进），有传统主义倾向，因而多少有点儿"过去派"的形象，在大变革时代影响有限。

20世纪80年代中期，在朦胧诗的争鸣中，另一个诗论群落——"崛起派"登场。"崛起派"的贡献也许并不在于他们的理论主张，而在于它是解构中国诗学大一统格局的理论群落。对于新诗研究中打破思维惰性，克服习惯定势，调整感觉系统，开放知识结构，"崛起派"起到了突出作用。"崛起派"的冠名来自这个理论群落的三篇论文的标题：谢冕"在新的崛起面前"、孙绍振"新的美学原则在崛起"和徐敬亚"崛起的诗群"②。以倡导横的移植

① 丁力：《诗歌创作与欣赏》，陕西人民出版社1983年版，第316页。类似书名在海峡两岸都有。如吕进的《新诗的创作与鉴赏》（1982年，重庆出版社）、薛林的《现代诗创作与欣赏》（1991年，台湾秋水诗刊出版社）、杨昌年的《现代诗的创作与欣赏》（1995年，台湾文史哲出版社）等。
②《在新的崛起面前》刊于1980年5月7日《光明日报》；《新的美学原则在崛起》刊于《诗刊》1981年第3期；《崛起的诗群》刊于《当代文艺思潮》1983年第1期。

为主的"崛起派"，给新诗研究带来某种新的品质。他们对于变革的沉思来自诗而又不止于诗，他们是变革时代的思想家。不过，"崛起派"的根基并不稳靠。因为，在他们的词典里，现代化往往与西化同义，新诗的现代化往往与西方现代派化同义。向西方现代派诗学借鉴是一个复杂的过程。西方现代派产生的文化场横向移到中国的文化场，是一种跨时空的文化转移，这里既有接受，也有本土化的解构和重组。在与中国优秀诗歌传统断裂中，"崛起派"表现出偏激与局限。"崛起派"是一个长于摧毁而不长于中国化的诗学理论的正面建树的理论群落。

在纵横交错点上出现的"上园派"使得20世纪80年代的诗学格局由二元变为多元，从此，"多元化"不再只是纸上的东西。在世界诸多事物的运动中，常常可以看到：当二元对立的时候，"第三"的出现总是起到拓宽思路、活跃全局的作用。"第三"往往带折中性质，持更冷静、更客观、更全面的学术立场。在北京上园饭店1984年和1985年的两次诗学聚会中，一群中年诗评家发现了彼此的相近，决定"揭竿而起"，推出共同的诗学主张。"上园派"的冠名是在1986年。广州《华夏诗报》举行了一次关于诗歌的笔谈，在《编者按》中，该报编者第一次使用了"上园派"的名称，这个称呼后来被学术界所袭用。1997年，重庆出版社出版吕进主编的论文集《上园谈诗》①，比较全面地展示了"上园派"诗学。

"上园派"可以叫转换派。他们像"传统派"一样主张纵的承传。但是，在他们看来，这一承传是现代对古代的包容与发现，新诗是中国诗歌的现代形态，应当对传统施行现代化的选择与转换。他们像"崛起派"一样主张横的移植。但是，在他们看来，这一移植是中国诗歌对外国诗歌的包容与发现，新诗是现代形态的中国诗歌，应当对外国诗歌艺术经验施行本土化的选择与转换。古远清在《中国大陆40年诗歌理论批评景观》一文中评述道："这三

---

① 《上园谈诗》是七位诗评家的论文集，重庆出版社1987年出版，入集的诗评家有：阿红、吕进、叶橹、袁忠岳、杨光治、朱先树、朱子庆。吕进在该书《卷末语》中写道："七位作者的诗学见解接近。这当然完全不是指同一角度、同一层面、同一风格的重复与平行……七弦琴的七根弦奏出各自的乐音，彼此既不会雷同，也不会相互取代。（就是每一根弦，也在变换自己的声音呢！）然而，它们又和谐于同一旋律里。"

大诗论群体两头小中间大，'上园派'人数较多，且以中年为主。"①

第三个时段，文体建设期：1987 年起。

1986年《深圳青年报》和《诗歌报》推出"中国诗坛1986现代诗群体大展"，以"pass 北岛，pass 舒婷"为标榜的"第三代"浮出水面。第三代诗不是一个时间概念，也不是一种年龄划分，而是完全不同于归来者和朦胧诗人的诗歌现象、文化现象与精神现象。像徐敬亚说的那样："贵族和英雄气息渐次消退，代替它的是冷态的生命体验。"②"第三代"标志了新时期诗歌的终结，也成为中国新诗从 20 世纪 70 年代后期开始的高潮走向退潮的标志。

诗歌的沉寂和从社会生活的中心走向边缘，刚好给新诗研究创造了一个平静而宽松的发展天地。理论的进展总是比创作的繁荣滞后。如果说，新诗最初几十年的基本景观是丰富的创作和贫乏的理论的话，那么，现在的景观恰好相反：贫乏的创作和丰富的理论，后者正是前者此前的繁荣的反响与总结。

文体理论成了中国新诗研究的学科前沿。

考察个中缘由，一是和平、安定的外在环境；二是从 20 世纪 70 年代后期兴起的新诗的又一个高潮积累了丰富的研究课题；三是国门开放带进许多国外的参照系；四是新诗与政治的关系已经得到反思和反拨。因此，当新诗从对历史反思转向对自身反思的时候，文体建设必然地就成为中国新诗研究的中心。如果说，观念更新时期致力于解决诗与政治的关系的话，那么，文体建设时期就是主要在致力解决诗与散文的关系。在诗与政治、诗与散文之间竖起界标，这是新诗诞生以来一直需要解决的问题。现在时代赋予了最好的机遇。

中国新诗文体学的建设在本时期注意了两个对话。一个是与中国古代和近代诗歌文体学的对话：中国古代和近代的诗歌文体研究留下的更多的是吉光片羽的精彩之论，如果从科学分析、学科体系的角度来考察，那么传统诗

---

① 《中国大陆 40 年诗歌理论批评景观》系古远清在世界华文诗人协会、香港中文大学联合举办的"中国现代诗学研讨会"上宣读的论文，后收入他的《中国当代文学理论批评史》一书。

② 徐敬亚：《历史将收获一切》，徐敬亚、孟浪、曹长青、吕贵品编《中国现代主义诗群大观 1986-1988》，同济大学出版社 1988 年版，第 2 页。

歌文体学的弊病就显现了———一些常用概念和术语的内涵模糊不定，系统性、理论性不足，在相当程度上具有前科学、准科学的性质。然而，从曹丕在《典论·论文》中提出"文本同而末异"始，中国古代和近代诗歌文体理论就创造了丰富的积淀，感悟性强，定位灵活，空灵超脱，诸如刘勰的《文心雕龙》、严羽的《沧浪诗话》、王国维的《人间词话》等都是传世之作。中国新诗文体学是现代形态的中国诗歌文体学，与古代和近代诗歌文体学同为中国的诗歌文体学，二者的对话无疑是中国新诗文体建设的必修课。另一个是与西方现代诗歌文体学的对话。中国新诗文体学与西方现代诗歌文体学虽然文化语境相异，但是，它们同为现代的诗歌文体学，现代性将二者的距离拉近。中国新诗文体学是中国诗歌文体学的现代形态，需要站在世界现代文明的水准线上测定自身，与重分析、重体系的西方现代诗学的整合无疑是中国新诗文体建设的又一门必修课。

中国新诗文体学在这一时期致力于两个向度的拓展。首先是分类学，即共时性研究。诗与非诗，诗作为多种诗体的存在，诗歌美学，诗体理论，是这一向度的范畴。仅以"现代诗学"命名的著作近年就有吕进的《中国现代诗学》（1991年，重庆出版社）、陈圣生的《现代诗学》（1998年，社会科学文献出版社）和龙泉明、邹建军的《现代诗学》（2000年，湖南人民出版社）。其他如吴思敬的《诗歌基本原理》（1987年，工人出版社）、陶保玺的《新诗大千》（1994年，安徽文艺出版社）、王珂的《诗歌文体学导论》（2001年，北方文艺出版社）都是有特色之作。其次是轨迹学，即历时性研究。新诗的文体轨迹，诗与非诗在发展中的互动，属此范畴。龙泉明的《中国新诗流变论》（1999年，人民文学出版社）、吕进的《文化转型与中国新诗》（2000年，重庆出版社）、林焕标的《中国现代新诗的流变与建构》（2000年，广西师范大学出版社）、周晓风的《新诗的历程——现代新诗文体流变》（2001年，重庆出版社）对这一范畴有所开拓。

‖ 20 世纪下半叶新诗研究的两个基本领域 ‖

在 20 世纪下半叶，主要是近 20 年，中国新诗研究的成就是多方面的。研究对象的丰富，方法论的突破，参照系的多样，是近 20 年形成的基本特点。

有两个成果相对丰硕的领域：诗人个案研究和新诗文体研究。

1. 诗人个案研究

随着观念的更新，几乎所有诗人都在接受再评价。对诗人的评价已经不只是局限于他与时代政治的联系，艺术成就不再被回避。一些在政治论诗学时期被"除名"的诗歌流派和诗人也进入研究视野。诗人个案研究大大丰富、也大大提升了。

50 年来，在诗人个案研究中，对胡适、郭沫若、冰心、殷夫、戴望舒、臧克家、陈梦家、朱湘、冯至、冯雪峰、穆木天、蒲风、徐志摩、何其芳、卞之琳、李瑛、郭小川、贺敬之、胡风、阿垄、牛汉、绿原、曾卓、郑敏、北岛、舒婷等的研究都有进展。尤其是对艾青研究、闻一多研究、穆旦研究最有实绩。

诗人个案研究的推进和诗歌流派与思潮研究的推进密不可分。近 20 年来，可以说，新诗发展史上的所有流派与思潮都进入了研究视野。钱光培和向远合著的《现代诗人及流派琐谈》（1982 年，人民文学出版社）、陆耀东的《二十年代中国各流派诗人论》（1985 年，中国社会科学出版社）、游友基的《九叶诗派研究》（1997 年，福建教育出版社）、王泽龙的《中国现代主义诗潮论》（1995 年，华中师范大学出版社）、孙玉石的《中国现代主义诗潮史论》（1999 年，北京大学出版社）、李怡的《七月派作家评传》（2000 年，重庆出版社）都堪称翘楚。

中国新诗在诞生后的 80 年间，有三个高潮："五四"时期、抗战时期和新时期。第一个高潮的领潮人是郭沫若，而后两个高潮的领潮人都是艾青。艾青是影响了新诗半个多世纪的大诗人。在中国新诗发展史上不乏这样的诗人：他们的成名作就代表了他们的最高成就，他们的诗歌生涯始终在成名作的笼罩之下。而艾青却在一生中出现过两次创作青春——20 世纪 30 年代初的《大堰河》和 20 世纪 80 年代初的《归来的歌》。在新诗史上，他还应该是自由诗的"第一提琴手"。正因为这样，可以说，艾青研究的状况往往是观察新诗研究状况的重要视角，艾青研究的水平也是测量新诗研究总体水平的一个重要尺度。

艾青研究的重要学者是周红兴和骆寒超。周红兴毕业于北京大学。他推出的《艾青的跋涉》（1989 年，文化艺术出版社）是第一部研究艾青的编年史，材料相当丰富和详细。作者花费了七年心血，才写完全书。张志民在为这部书写的序言中说："《艾青的跋涉》写得很细，是一部用事实说话的书。"骆寒超毕业于南京大学。他的艾青研究起步较早，曾因此而获罪。他的《艾青论》（1982 年，浙江人民出版社），除了描述艾青的艺术生涯以外，还在与艾青同时代人的比较中推进了对艾青的研究。骆寒超还与方牧、赵午生合编了《艾青研究论文集》（1983 年，新疆人民出版社），共收入在 1982 年举行的"艾青研究学术报告会"上宣读的 17 篇论文。此外，杨匡汉和杨匡满合著的《艾青传论》（1984 年，上海文艺出版社）是《中国现代文学研究丛书》之一，"传"与"论"的结合是杨氏兄弟的探求。叶橹著的《艾青作品欣赏》（1986 年，广西人民出版社）是《中国现代作家作品欣赏丛书》之一。叶橹素以细致而纯净的诗美感受力受到称道，此书展现了著者的这一特色。晓雪的《生活的牧歌——论艾青的诗》在出版 24 年之后，1981 年由人民文学出版社再版，这本书以注重艾青艺术个性的分析著称。对艾青的研究曾经集中于他的抒情诗，后来，研究视野扩大到艾青的叙事诗、小诗和散文诗，艾青的诗论也成为研究热点。1991 年 8 月，在北京召开的艾青作品国际学术研讨会上，吴奔星、安娜·布依雅蒂等中外学者共宣读论文 58 篇。这次会议对艾青研究的最新成果进行了一次检阅。五卷本的《艾青全集》也在会议开幕前夕由花山文艺出版社出版。艾青研究迄今比较着力的是他的作品。他的思想演变，他的"散文美"理论及其对中国新诗的正面与负面影响，他的中后期作品的半格律化倾向，外国诗歌、美术对他的艺术个性形成的影响，等等，都是有待开发的领地。

闻一多研究起步于 20 世纪 20 年代初，主要是对闻一多诗歌作品的艺术分析。随着研究的深入，也随着闻一多从《红烛》到《死水》的创作道路的拓展，闻一多得到更全面更准确的定位。闻一多罹难后，1948 年开明书店出版《闻一多全集》①，郭沫若和朱自清分别为"全集"写的序言是关于闻一多研究的有分量的文献。在 1978 年以后，闻一多研究出现了高潮。当中国新诗研究进入正面建树的时期，当"新月派"受到重新评价的时候，当诗歌界对诗歌形式问题进行反思之后，闻一多研究的兴起是十分自然的。因为，闻一多是中国新诗从破格到创格的交叉点上出现的人物。中国新诗是"诗体大解放"

---

① 这部《闻一多全集》1982 年由生活·读书·新知三联书店再版。

的产物，但是对于"解放第二天"的去向，却长期感到茫然。闻一多的意义，在于他从理论和创作两个角度将新诗从爆破推向建设，为新诗开辟了第二纪元，他是新诗创格第一人。因此，对于面临文体建设使命的中国新诗，闻一多有着足够的理论吸引力。到目前为止，在中国，诗人个案的研究会和基金会，除了中国闻一多研究会和闻一多基金会以外，再也找不出第二家。

到20世纪末，研究闻一多的论文已经上千篇，内容囊括了闻一多的人生轨迹、思想演变、创作道路、诗学理论、治学成就以及作品解读。比较集中的是对他的新诗理论、现代格律诗理论、唯美主义、爱国主义、文化性格和人生风度的研究。继王康在1979年推出《闻一多传》（湖北人民出版社）以后，1983年，北京大学出版社出版刘烜撰写、闻家驷作序的《闻一多评传》。这是以闻一多为传主的第一部评传，它以丰富的材料、研究的系统获得好评。在此之后，又有时萌的《闻一多朱自清论》（1982年，上海文艺出版社）、唐鸿棣的《诗人闻一多的世界》（1996年，学林出版社）、陈卫的学位论文《闻一多诗学论》（2000年，广西师范大学出版社）等近十本专著问世。1993年，湖北人民出版社出版孙党伯、袁謇正主编了《闻一多全集》。这部全集共12卷，465万余字，包括诗歌、文艺评论、散文杂文、神话编、诗经编、楚辞编、乐府诗编、唐诗编、庄子编、文学史编、周易编、管子编、璞堂杂业编、语言文字编、美术、书信、日记和附录。次年，湖北人民出版社又推出闻黎明和侯菊坤合编、闻立雕审定的《闻一多年谱长编》。全书由谱前、正谱和谱后三个部分组成。

闻一多研究的推进与在观念更新时期对"新月派"的反思与再评价明显有关。陈山、郑择魁、蓝棣之等的论文，尹在勤、朱寿桐等的专著，都给予"新月派"以新的评价。

在20世纪40年代，作为诗坛新人，穆旦就已经引起众人注意。20世纪80年代，出现了穆旦研究的高潮。在这个高潮中，新诗研究者表现出的热情是前所未有的。

高潮的出现有特定的语境。

首先是在观念更新中对现代派的再评价。现代主义在新诗的发展轨迹上已经四起四伏，又四伏四起。李金发领潮的象征派——戴望舒领潮的现代派——九叶诗派——朦胧诗，起起伏伏，是合乎艺术发展规律的诗歌现象。

但是崛起而又难以充当主流话语，这说明：在中国这样的诗的国度，现代主义有其局限。匍匐而又崛起，说明：在现代中国，现代主义有自己的生命空间、自己的审美价值以及自己的读者群。作为一个新的诗歌流派，"朦胧诗"的命名者是广东诗评家章明。饶有趣味的是，章明的《令人气闷的"朦胧"》批评的并不是朦胧诗人，他批评的是九叶诗人杜运燮。这从一个侧面显示了中国现代主义诗歌的前后承传关系。

由此而来的是对九叶诗派的重新思考，作为中国式的现代主义流派的九叶派得到重新评价，于是，九叶派的诗人从新诗发展史中的后座走到了前排。1981 年江苏人民出版社出版《九叶集》时，九叶派的主要理论家袁可嘉在他的长篇序言中写道："这九位作者忠诚于自己对时代的观察和感受，也忠诚于各自心目中的诗艺，通过坚实的努力，为新诗艺术开辟了一条新的途径。"而一生只写了 100 首左右作品的穆旦，显然在开辟新路上成就最显。袁可嘉认为，他是"注意抒写 40 年代人民的苦难、斗争以及渴望光明的心情"的九叶诗人当中典型的一个，"穆旦在反映现实上有深厚凝重而自觉的特点"。同时袁可嘉认为，穆旦在艺术上，重视内心发掘，智性与感性的融合与增强语言表达力上与其他九叶诗人具有共性，"凝重和自我搏斗"是穆旦特有的艺术风格。

再次是"重写文学史"的提出。这是陈思和、王晓明的学术主张。他们的主张可以看作对于黄子平、陈平原、钱理群的"20 世纪中国文学"理念的响应。《上海文论》专门设立"重写文学史"专栏，声言开辟专栏的宗旨是要"冲击那些似乎已经成为定论的文学史结论，并且在这个过程中激发起人们重新思考昨天的兴趣和热情"。尽管学术界对于"重写文学史"存在不同意见，提出了"另写文学史""改写文学史"的主张，但是在"重新思考昨天"上却是达成共识的。"重写文学史"思潮大大促进了对穆旦和九叶派的研究。有人进一步提出重排文学史座次——作家诗人的座次大调整，过去没有座次的穆旦排在了第一把交椅，而茅盾则被完全排除在外。

穆旦研究的兴起，蕴含着对诗的本质的看法的矫正。诗歌总是具有双重关怀：生命关怀和社会关怀。时代对于诗歌总是有严格的选择：在不同的时代，诗就会偏重不同的关怀。现代中国长期处在战争和动荡中，表现社会关怀的诗长期充当主流话语是最自然不过的诗歌现象。但是，不能让抒写生命关怀的诗埋没，而且，就本质来说，诗是最人性的艺术，是人的本真存在的言说，是人的终极价值的产物。因此，即使是抒写社会关怀的诗，也应当通过人性的渠道、生命的渠道、诗的渠道实现与社会的联结。撇开某些研究者的情绪化言论，20 世纪 80 年代兴起的穆旦研究和新诗的文体建设应当是同步的。

1987 年，在穆旦逝世 10 周年的时候，江苏人民出版社出版了论文集《一个民族站起来》。1997 年，为了纪念穆旦逝世 20 周年，北京师范大学出版社出版论文集《丰富和丰富的痛苦》。两本论文集的书名都是穆旦的诗句。前者收入王佐良、袁可嘉、杜运燮、唐祈、郑敏等撰写的论文 11 篇；后者收入李方、张同道、李怡、曹元勇等撰写的论文 14 篇。值得注意的是，和《一个民族站起来》相比，《丰富和丰富的痛苦》的相当部分论文出自中青年学者之手。这个现象说明："穆旦对中国新诗的最大贡献，就是令人信服地向我们证明：中国新诗可以这样写，而且可以写得很好，具有持久的艺术魅力。"（杜运燮《丰富与丰富的痛苦·编后记》）当然，穆旦之路，是新诗开拓的无限多样的道路之一，埋没它不对，将它绝对化、唯一化，也会像埋没它一样愚不可及。

2.新诗文体学研究

文体学的中心是对于新诗本质的体认。1953 年，何其芳在北京图书馆举办的讲座上提出了著名的诗的定义："诗是一种最集中地反映社会生活的文学样式，它包含着丰富的想象和感情，常常以直接抒情的方式来表现，而且在精炼与和谐的程度上，特别是在节奏的鲜明上，它的语言有别于散文的语言。"[①] 这个定义长期被词典和教科书采用，产生了广泛影响。20 世纪 80 年代以后，何其芳定义的完善性受到质疑。吕进、何锐、翟大炳都在首肯定义的科学性部分和它的历史作用的同时发表了不同看法。这些看法主要是："精炼""想象和感情"不是诗歌专利；诗是心灵性很强的艺术，它的审美视点是内视点，而不是外视点，和散文不同，诗与生活的"反映"关系是通过"反应"来实现的；诗与散文在语言上的区别不止于"节奏"，二者在语言上的区别不在语言，而在不同的语言方式；定义对现代派诗歌和后现代诗歌缺乏概括力。对于何其芳定义的讨论表明新诗文体学向着诗的本质这个"哥德巴赫猜想"的逼近。

---

① 何其芳：《关于写诗和读诗》，作家出版社 1956 年版，第 27 页。

1997年在福建武夷山举行的现代汉诗学术研讨会上，针对"新诗"的历史迷雾和当前焦虑，有的学者对这个概念进行反思，对以它作为一种诗歌形态做出理论辨析。王光明在研讨会上宣读的论文《现代汉诗："新诗"的再体认》是阐述这个主张的重要论文。论文对从"白话诗"到"新诗"的历史轨迹进行了追溯，他认为"新诗"只是一个与"旧诗"相对的概念，并不能标示诗的本质与价值。王光明提出了"现代汉诗"可以作为诗歌形态的命名。他写道："作为一种诗歌形态的命名，它意味着正视中国人现代经验与现代汉语的相互吸收、相互纠缠、相互生成的诗歌语境，同时隐含着偏正'新诗'沉淀的愿望。"①一些学者认为，"现代汉诗"是一个值得认同的理想。"现代汉诗"的提出，显示了新诗文体学的新的探索步伐。

方法论的突破是新诗文体建设的重要收获。任何学科的突破总要以方法论突破作为前提。对于长期以来研究方法单一、参照系统单一的新诗文体研究来说，这一突破就更带重要意义。从20世纪80年代以来，新诗文体学吸纳美学、符号学、比较文学、心理学、新批评等的精华，丰富了方法论。赵毅衡的《远游的诗神》（1985年，四川人民出版社）、李元洛的《诗美学》（1987年，江苏文艺出版社）、丰华瞻的《中西诗歌比较》（1987年，三联书店）、尹在勤的《诗人心理构架》（1987年，华岳文艺出版社）和吴思敬的《诗歌鉴赏心理》（1987年，辽宁人民出版社）都在方法论上显出了诗学价值。在方法论的突破中也出现过生硬搬用自然科学的"控制论""信息论""系统论"的现象。经验证明：对于自然科学的研究方法的引进，只有在将这些方法论上升到哲学的高度，赋予它们普遍性质的时候，才使新诗文体研究对于它们的吸纳成为可能。

新诗文体学许多领域都在开发。新诗与汉语、新诗与散文、新诗与古典诗歌、新诗的现代性、女性诗歌，都是热门话题。其中诗体建设是一个成果颇丰、争论颇多的范畴，尤其是关于现代格律诗。现代格律诗的提出基于几个动因：首先，中国古代诗歌的三大高峰——唐诗、宋词、元曲都是格律诗，中国诗歌的格律诗传统造就了中国的诗歌读者；其次，现代人的情感体验不可能只适合用自由诗来表现，它有时更适合用格律诗来表现；再次，外国诗歌证明，自由诗不能完全取代格律诗，如果一个国家没有适合它的现代语言

---

①现代汉诗百年演变课题组：《现代汉诗：反思与求索》，作家出版社1998年版，第36页。

的格律诗，那是一种不正常、不健全的偏枯现象；最后，对于诗歌读者来说，形式就是内容，没有形式也就没有内容。

新诗只有自由体是从新诗初期开始的。胡适在给陈独秀的信中提出了"文当废骈，诗当废律"。自由诗人的主要理论是"内节奏"说。郭沫若在《谈诗三札》中说："诗应该是纯粹的内在律，表示它的工具（语言）用外在律写也可以，即使不用内在律，也还是裸体的美人。"主张"散文美"的艾青在《诗论》中也说："使语言给思想与感情完全的裸体。"其实，外节奏是诗的定位手段。感情的节奏并非诗的专利，对于诗歌而言，感情的内节奏必须化为语言的外节奏，诗才可能出现。陆志韦最早尝试写现代格律诗。他认为，"节奏万不可少，押韵不是可怕的罪恶"。为现代格律诗打下理论基础的是主张建立"新体中国诗"的闻一多。他的"三美理论"尤其是建筑美理论成为中国现代格律诗的基石。在现代格律诗的实践上，闻一多、徐志摩做出了成绩。在半个多世纪以后卞之琳写道："以说话的调子，用口语来写干净利落、圆顺洗练的有规律的诗行，则我们至今谁还没有能赶上闻徐旧作，以至超出一步。"20世纪50年代之后倡导现代格律诗的主将是何其芳。作为自由体诗人，他早在20世纪40年代就开始了对这一问题的思考。在1944年写的《谈新诗》中有这样一段文字："中国新诗我觉得还有一个形式问题尚未解决。从前我是主张自由诗的。因为那可以最自由地表达我自己所要表达的东西。但是现在，我动摇了。因为我感到今日中国的广大群众还不习惯于这种形式，不太容易接受这种形式。而且自由诗的形式本身也有其弱点，最易流于散文化。"20世纪50年代初期和中期，由作家协会和《文艺报》《光明日报》等发起，开展了三次诗歌形式的讨论。在讨论中，何其芳发表《关于现代格律诗》，提出了对现代格律诗的构想："按照现代的口语写得每行的顿数有规律，每顿所占时间大致相等，而且有规律地押韵。"这个构想虽然长期以来还缺乏诗歌创作的支撑，但是它至今仍然拥有广泛影响。闻一多重整齐，何其芳重整齐中的变化。闻一多主要从视觉去建立格律，何其芳主要从听觉去建立格律。何其芳理论既是对闻一多理论的发挥，又是对后者的补救。20世纪80年代以后，现代格律诗的探索再起高潮。越来越多的诗人们参加到诗体实验中。诗评家们相继推出好几本现代格律诗论著，以许可、许霆的成就最为显著。在20世纪90年代初，中国现代格律诗研究会宣告成立。

新诗文体学远远不够成熟。学科的完形还有很长的路要走。文体学要求于研究者的条件比较多，除了古今诗学修养以外，诸如音韵学、语言学、文字学、外语、音乐、美术都是必备的基本功，难度较大。

回顾 20 世纪下半叶的中国新诗研究，可以发现，从 20 世纪 80 年代至今的 20 多年是学科发展最快最好的时期。但是，也有几个领域值得加强。例如治史。现当代文学史已出版 200 余种。自从 "20 世纪中国文学史" 的理念提出后，也有谢冕等编的《百年中国文学总系》等好几种类似文学史以及黄修己、孔范今等主编的好几种《20 世纪中国文学史》问世。作为专题史的新诗发展史，却几乎还是荒野。迄今只有祝宽的《五四新诗史》（1987 年，陕西师范大学出版社）和洪子诚的《中国当代新诗史》（1994 年，人民文学出版社）。《20 世纪中国新诗发展史》更是尚付阙如。而近年问世的流派史、思潮史的数量却大得多。又如台湾新诗研究。几乎是从零开始的这个范畴近十几年来有所进展，尤其是古远清、古继堂做了不少工作。但是这一研究的深度和广度都亟待加强。台湾新诗也是 "五四" 新文化运动的产物。但是由于海峡的隔断，50 多年来，台湾新诗塑造了自己的独特面貌，从而丰富了中国新诗。在新诗的传统道路与现代派道路的发展轨迹上，两岸诗歌还出现了有趣的逆现象：当台湾诗歌 "西风" 劲吹，大陆诗歌在固守传统；当台湾诗歌走过了 "西风凋碧树" 时期重回传统，大陆诗歌的 "西风" 却正盛。台湾诗歌研究不仅具有区域文学意义，对于整个中国新诗也具有珍贵的参照价值。台湾诗歌研究理应得到大大加强。

再如，新诗的自身转型。文化转型是一个相当复杂的学术范畴。文化转型的理论内涵赋予并非易事。简单地说，转型就是告别。对于新诗研究来说，我们需要告别那些在 "转型" 前曾经长期以相当稳定的 "型" 存在于诗歌中的陈旧构架。诗歌精神重建、诗体重建和诗歌传播方式重建等等新诗自身转型的 "三大重建"，都在等待着新诗文体学的理论回答。

一切都会过去，但不是一切都会遗忘。

20 世纪下半叶已成过去，时代正在向中国新诗展开新的史页，请有志者着笔。

选自《文学评论》2002 年第 5 期

《诗刊》与"上园派"的形成及其影响

蒋登科

　　文学期刊在现当代文学的传播、发展中具有重要的地位和作用，一些文学流派、批评流派的形成也与文学期刊有关。在当代中国，政府或政府领导下的群众组织编辑出版的文学刊物已经和以前不一样，不再是同人刊物。但这些刊物仍然有其自身的导向性，在传播文学作品、文学观念等方面居于主流地位，发挥着重要作用，培育、造就了一些文学群体或批评家群体。在当代诗歌发展中，《诗刊》被认为是诗歌界的"国刊"，在坚持多元追求的同时，仍然主要张扬关注现实、关注人生的艺术道路，追求积极进取、乐观向上的艺术格调，追求有中心、有主潮的多元。新时期诗坛上具有重要影响的三个理论群落"传统派""崛起派"和"上园派"的形成和影响基本上都和《诗刊》有关——其中包括《诗刊》张扬的诗歌观念、举行的诗歌活动和具体的编辑人员。

　　"上园派"是 20 世纪 80 年代在中国现代诗学领域具有重要影响的诗歌群落之一，它的形成和发展与《诗刊》有密切的关系，也和"传统派""崛起派"在观念上的对峙有密切关系。"传统派"对诗歌艺术新变的反对（至少是质疑）不利于新诗艺术的发展，但它对传统艺术经验的重视值得关注；"崛起派"对西方艺术经验的重视对于打破封闭、僵化的艺术观念不可或缺，但它对传统艺术经验的忽略、对西方艺术经验的过分倚重，也可能带来新诗脱离中国文化与现实的弊端。关于"朦胧诗"的讨论在很大程度上就是"传统派"和"崛起派"之间的讨论。这场讨论在 1984 年初基本结束之后，迫切需要一些评论家对其进行反思，进一步探讨新诗艺术的基本规律，在两个群体之间架设一道沟通、融合的"桥梁"。"上园派"诗论家就肩负起了这一使命。

这其实也是代表国家文学意志和主流意识的中国作家协会及其主办的《诗刊》所期待的诗学格局。《诗刊》在一定程度上具体实施了这一构想。

"上园派"的出现首先是和《诗刊》举行的两次诗歌活动有关。

根据朱先树的记载,1984 年 4 月 8 日至 28 日,《诗刊》社在北京举办了为期半个多月的评论作者读书写作会。参加会议的有孙克恒、袁忠岳、叶橹、竹亦青、吕进、陈良运、杨光治、余之、朱子庆,一共 9 人,地点在西直门外北方交通大学(今北京交通大学)旁边的上园饭店。应该说,这个小规模的读书写作会的会期是相当长的,与会者之间的交流机会很多。

1985 年 12 月,《诗刊》社受中国作协委托举办了第 2 届全国新诗(诗集)评奖的读书班,地点仍在上园饭店。上一次读书写作会中除孙克恒(已故)、竹亦青(已故)、余之 3 人外,其他人都参加了,此外还有阿红、蒋维扬、古远清、陈绍伟、黄邦君、刘强参加。大家除了读诗评诗外,也交换了对诗坛争论的一些看法。正是在这次会议上,几个诗歌观念相同或相近的评论家认为,应该在诗坛上有另外一种声音,这种声音就是后来被称为"上园派"的诗论群落。

值得注意的是,这两次会议的参与者中几乎没有属于"传统派"和"崛起派"核心人物的诗论家,可以看出,组织者对参与人员是进行过挑选的,参与者的诗学观念基本上一致,属于当时的"中间派",也就是各方面(包括官方、刊物、大多数诗人和诗歌读者)都可以接受的人员[①]。袁忠岳回忆说:

当时诗坛刚刚刮过去一阵批三个"崛起"的政治风暴,大家对这种在学术领域搞大批判的做法是不满的;但对"崛起"论中全盘西化的主张也不以为然。在半个多月相处和相互交谈中,大家对于当前诗歌的看法,渐渐有了共识。这就是后来形成"上园派"的思想基础……吕进、朱先树、阿红、杨光治、叶橹、朱子庆和我 7 人共同商量,认为在诗坛互相对立的"崛起"与反"崛

[①]朱先树是"上园派"核心成员之一,在该群体形成之时是《诗刊》的理论编辑,对"上园派"的形成发挥了重要作用。2009 年 10 月 31 日,朱先树应邀参加重庆市丰都县委、县政府主办的"中国当代著名作家看丰都"采风活动,笔者曾问他:参加这两次活动的诗论家既没有"传统派"的,也没有"崛起派"的,是不是经过了选择?他说,当然是经过选择的,都是观点比较稳妥、可以为多数人接受的诗论家。

起"之外，应该有另外一种声音，这是更能代表多数的第三种声音，即移植要本土化，继承要现代化。

和另外两个群体"传统派"和"崛起派"一样，这个群体也是人才济济。古远清说："参加这一群体的不仅有诗论家，还有编辑家、出版家。主要成员有以从事基础理论见长的吕进、袁忠岳，以20世纪50年代研究抒情诗著称的叶橹，善写诗话、评论作品高产的阿红，长于对诗坛作全景式观照的朱先树，出版家兼诗论家杨光治。"这个名单中漏列了年纪和其他几位相差较大的年轻诗评家朱子庆，他的论文曾获得《诗刊》优秀论文奖，在吕进主编的《上园谈诗》中也有涉及，而且有作品入选。后来朱子庆参加这个群体的活动很少，主要精力也不再专注于诗歌评论，所以后来的有些资料和研究文章基本上不提他。这个群体在人数上没有扩大过，但接受或者赞同其观点的人很多，其中包括许多影响不小的诗论家，如吴开晋、古远清、张同吾、陈良运等。作为诗歌研究的松散群体，在这个群落中，实质性从事研究和诗学观念相近是对每个人最基本的要求，同时，其中几个人的特殊身份也值得关注。朱先树当时是《诗刊》编委、理论室主任，他不但是诗歌评论家，而且掌握着追求"中和"观念的重要阵地《诗刊》的理论版面；阿红是诗人、诗论家，当时是辽宁《当代诗歌》主编，其思想敏锐，善于接受新的观念；杨光治是评论家，也是出版家，时任花城出版社副总编辑，为诗歌作品和诗歌理论的出版付出了巨大努力，尤其是对"上园派"诗歌理论著作的出版提供了大力支持，截至1991年10月，"上园派"的7位诗论家中就有5位在《花城诗歌论丛》中出版了著作，包括阿红《探索诗的奥秘》、杨光治《诗艺·诗美·诗魂》、袁忠岳《缪斯之恋》、吕进《新诗文体学》、朱先树《诗歌的流派、创作和发展》。这些具有特殊身份的学者的加入，为"上园派"提供了更广泛的学术阵地。尤其是《诗刊》，它始终代表着诗坛上最主要的、引领主流的声音，"上园派"的诗论家不仅每个人都在《诗刊》上发表论文，张扬自己的诗学主张，而且吕进、阿红还在1988年应邀为《诗刊》评刊，总结诗歌现象，引导诗坛观念，选择《诗刊》上的优秀作品或体现出来的某些诗歌现象每期进行"背对背"的评论，在下一期刊物上发表出来，最终体现出较为一致的诗学主张。吕进说："被诗界誉为'国刊'的《诗刊》，在1988年出了一个新招：辟《每期漫评》专栏，由我和阿红搞半年的评刊。阿红在东北，我在四川，一北一南，互不通信息，每接到一期《诗刊》，就各自写一篇评论寄往北京，在同期刊出。四川太远，因此，为了不误期，我每次都是用特快专递将文稿邮出的。"①这些文章大有把握诗坛方向、引导诗歌创作的味道。

"上园派"的旗号是 1986 年在《华夏诗报》上正式亮出来的。袁忠岳回忆说："后来，朱子庆到广州参加《华夏诗报》的编辑工作，就在该刊总第 9 期上刊发了其中 5 个人的文章，加了编者按，简介了'上园派'的来历，原来是因为两次聚会都在上园饭店的缘故。这算是一次公开的集体亮相。"

"上园派"诗学主张的集中展示是在吕进编选的《上园谈诗》一书中，该书 1986 年初编出初稿，1986 年 8 月定稿，1987 年 9 月由重庆出版社出版。主体部分包括四个板块："上园笔会"收入杨光治、袁忠岳、叶橹、朱先树、阿红、朱子庆、吕进的论文 9 篇；"上园诗评"收入研究该群体所认同的诗人的评论文章 8 篇，这些诗人包括傅天琳、刘湛秋、李钢、张学梦、叶延滨、杨牧、周涛、章德益，论文作者中的吕进、阿红、叶橹、袁忠岳、朱先树属于"上园派"，而张志民、周政保则可称为该群体的"同路人"；"上园诗论"收入 7 位学者的诗学研究论文、通信等 12 篇；"上园诗话"收录阿红、朱子庆、杨光治的短篇诗论（诗话）20 则；另有"附录"4 篇，介绍阿红、袁忠岳、叶橹、杨光治 4 人在诗歌创作尤其是诗学研究方面的成绩②。

在《上园谈诗》中，如果要考察作为诗歌理论群落的"上园派"的诗学观念，尤其值得注意的是朱先树撰写的"卷前语"《关于诗的传统与现代追求问题》和吕进撰写的"卷末语"《变革，为了新诗在当代中国的繁荣》。两篇文章比较集中地展示了"上园派"的诗学观念。朱先树说："物以类聚，人以群分。在当今诗坛创作追求五彩缤纷、诗歌观念众说纷纭的情况下，本书的作

---

① 吕进在 1988 年共写了六篇关于《诗刊》的"漫评"，刊发在《诗刊》当年的第 3、4、5、6、7、10 期上，后以《漫评〈诗刊〉》为总题收入《吕进文存》。这段文字是他为《漫评〈诗刊〉》写的"著者按"，见《吕进文存》第三卷，西南师范大学出版社 2009 年版，第 36 页。
② 自 1982 年出版《新诗的创作与鉴赏》之后，关于吕进或其著作的评论文章就很多。据吕进先生当时透露，该书没有收入有关的评论文章，是因为还没有人为年纪尚轻的朱子庆写过评论文章，也没有找到合适的关于朱先树及其诗论的评论文章，作为《上园谈诗》编者的吕进就放弃了介绍自己。

者和所收文章，其思想艺术观点大致有相通处。"可以看出，群体的形态已经基本形成。他还简要概括了这一群体对于诗歌、诗学研究的基本态度："概括起来说就是，诗是现代的；它面向中国当代社会现实生活，表现当代中国人的思想情绪，在艺术上创造出适合中国读者审美趣味和接受能力的多种多样的表现方法；宽容一切艺术的追求，实事求是地分析和对待各种艺术存在，促进诗歌创作的繁荣和发展：这就是我们的基本态度。"吕进说："入集作品大多曾公开发表过，现在按照一定顺序分辑编集，希望能给读者诸君提供一个学派的整体性印象。"很明显，编者是希望通过这本文集来最终确定一个诗学流派在中国诗坛的出现，同时强化诗坛对这个群体的了解。对于这本书的缘起，吕进做了简洁而又富有文采的介绍：

　　这本七人合集的缘起和上园饭店不无关系。1984 年春，一个读书会在上园饭店举行。这是一家新建饭店，位于北京的西北角。一年多过去了，1985年隆冬，又一读书会的地址凑巧又是这里。从第一个读书会到第二个读书会，上园饭店给一群诗评家提供了结识机会。他们虽然大多过去不曾谋面，然而早就熟悉彼此的名字，以文会友，上园饭店的相聚使他们一见如故。

　　两个读书会的参加者虽然不尽相同，友谊却是相同的，面对面的切磋，北往南来的鸿雁，深化了讨论，也深化了友谊。于是，一个念头应运而生：合出评论集子；于是，又一个念头不谋而合：书名一定得有"上园"二字，以纪念在这家饭店萌生的学术友谊。

　　这段记述和其他几位当事人的记述没有本质上的差异，只是吕进更注重对其内涵的揭示，而不太注意事实本身的描述。但他所谈的仍然是"上园派"形成的过程。对于这个群体的基本特点，吕进用了三个词组来描述：求实意识、创新意识、多元意识。它们正是"上园派"诗学主张的基本立足点和出发点。后来研究"上园派"及其诗论家的文章也大多认同这几个特点。

　　第一次对"上园派"进行评介的是黄子健、佘德银、周晓风合著的《中国当代新诗发展史》：

　　新时期诗歌理论批评中所谓稳健派代表了企图超越崛起派和传统派各自

偏颇的"第三条道路"的努力方向。在新时期围绕朦胧诗展开的论争中，这一派稍微后起，但人数更多，实力较强，是前两派均所不及的。其中包括诸多诗人和诗论家如沙鸥、公刘、牛汉、刘湛秋、杨匡汉、陈良运、吕进、阿红、杨光治、朱先树、袁忠岳、叶橹、朱子庆等。后七人还因合作出版了《上园谈诗》，明显呈现出"一个学派的整体印象"，被称为"上园诗派"，是稳健派的中坚。该派诗歌理论批评的突出特点是力求平稳，力避片面。"求实、创新、多元"则大体反映了这一派诗论的基本风貌。

这个名单中涉及多位诗人，他们的诗歌探索方向是"上园派"所赞同的，也可以说是这个群体总结诗歌艺术特征和规律的诗学基础。许多没有加入这个群体的诗论家其实也是和"上园"的道路有着相当契合的，如吴开晋、陈良运、李元洛、吴欢章、古远清、张同吾等等，这些诗论家在诗歌批评领域具有不可忽视的影响，为"上园派"主张的推广起到了一定的推动作用。

其后的许多著作和文章都对"上园派"及其主要成员的诗学主张进行了介绍和研究。古远清曾发表《"上园诗派"主张的生动阐明》等文章予以全面分析，在1988年5月由《诗刊》社主持召开的"运河笔会"上，古远清再次谈到了"上园派"及其形成过程。总体而言，"上园派"在诗学研究上的基本特征是"稳健的开放"，主要体现在艺术追求上的开放和研究方法上的开放。在艺术追求方面，"上园派"主张"多元化"，在他们看来："只要立足于当代中国人的生命体验，各种艺术追求都有其存在的权利，但这种'追求'必须遵循诗歌艺术的发展轨迹，'越轨'之作便不是诗。"这种开放还体现在处理现代与传统的关系、诗与现实的关系等方面："开放的艺术追求带来了'上园派'艺术视野的开阔性与科学性，也形成了它的广泛的指导性。""研究方法的开放是艺术追求的开放的必然要求。上园诗评家善于吸收和采取各种新的科学的研究方法，系统论、信息论、符号学等现代科研方法常常渗透在他们的文章之中。'求实'和'创新'是他们把握研究方法开放的基本原则。"这种开放具体体现在注重探索诗歌艺术发展的特殊规律、注重把宏观研究和微观研究结合起来等方面，最终获得了既符合诗歌艺术发展规律又具有新意、适应当下诗歌发展现状的理论主张，因而能够产生比较广泛的影响。

"上园派"诗论家注重诗的基本理论研究，试图从新诗发展的历史和现状中寻找新诗艺术的特征和规律，吕进的《新诗的创作与鉴赏》(1982)、《中国现代诗学》(1990)是这种研究的代表性成果。"上园派"和"传统派""崛起派"的最大差异主要体现在对待开放与传统关系的态度上。传统派过分强调传统，崛起派过分强调开放，"上园派"则是将二者有机结合起来。吕进认为："在历史上，开放往往为诗歌的创新创造良好环境。……新诗的诞生就是遇到了20世纪初叶的文化大开放年代，新潮汹涌，孕育了新诗的胎动。""然而，开放只是提供发展的可能性。要将可能性变为现实性还得有几个要素，最主要的就是如何在开放的环境中保持、扬弃、丰富本民族传统。诗是民族性最强的文学……没有传统根基，开放反而可能使得一个民族的诗歌变得芜杂和怪异，损害诗的成长。"因此，"在开放的环境中开拓诗歌创新之途，看来有两个相互关联的侧面，一是外国艺术经验的本土化，一是民族传统的现代化。这样，才能创造出当代的民族诗歌"。对于传统，"上园派"的看法也值得注意，吕进认为："在某一个民族诗歌的永恒的无穷尽的变化中总是有一些有别于其他民族的恒定的不变的艺术精神和形式特征，这就是传统。遵循这个线索，我们可以更深刻地把握古代诗歌——鉴赏古代作品中的现代艺术因素；我们也可以更准确地把握现代诗——发现现代作品的艺术渊源；我们甚至可以预测未来——从变化与恒定的矛盾统一中去探知诗歌的路向。"这是吕进一贯坚持的艺术主张，也是其诗学体系的基石，同样是"上园派"得以成立的学理基础。可以看出，辩证法观念在吕进诗学体系的建构中发挥着重要的作用。

在展开基础研究的同时，"上园派"诗论家也非常关注对诗歌现象的把握，对于有成就、有特色的诗人，善于总结和研究，而对于不符合诗歌艺术规律的现象则敢于批评。朱先树就撰写过大量论文总结诗坛现象，其《80年代中国新诗创作年度概评》(1993年长江文艺出版社)就对20世纪80年代的诗歌进行了全面的关注，《新时期诗歌主潮》(2002年作家出版社)记载了新时期以来诗歌发展的许多重要现象，是研究当代诗歌的重要文献和史料。阿红的诗话清新活泼，诗意盎然，袁忠岳、杨光治等人的论文具有思辨性，对诗坛上的各种新现象发表了具有说服力的观点。

"上园派"的出现打破了20世纪80年代初期诗坛上二元对立的格局，

使诗坛多元化的渴望得以实现。但到了20世纪80年代中期"上园派"出现时，由于诗歌创作现象越来越丰富，诗歌观念的多元已经成为事实，群体之间的争议已经不像20世纪80年代初那样尖锐、激烈，融合态势已基本形成。因此，"上园派"的出现在一定程度上不是与"传统派""崛起派"的抗争，而是在诗坛引领了一种新的潮流和方向，可以认为是"传统派""崛起派"之外的第三条道路。根据朱先树的记载，参加1984年《诗刊》读书会的几位专家基本上都认为："这些年的诗歌评论工作中，取得了不少成绩，但也出现了一些失误。所谓'崛起'理论的出现和在诗坛形成的影响就是例证。""崛起派"是《诗刊》读书会主要针对的对象，在今天看来，这个活动是具有反"崛起"之嫌的，换句话说，"上园派"在一定程度上是反"崛起派"的。不过，如果对他们的理论文本进行更深入的考察，就会发现，"上园派"和"崛起派"之间存在的差异主要体现在对待传统和外国艺术经验的态度上，一个主张"融合"，一个更关注"拿来"，但在创新意识上二者其实是一致的，其共同的"对手"是缺乏创新意识和探索精神的"传统派"。20世纪80年代初，"传统派"和"崛起派"在人数上都不占多数，但后者因其"新"与"破"而受到关注。20世纪80年代中期及以后相当长的时间里，"上园派"的诗学主张代表了大多数诗人和评论家的意见。古远清曾说："这派抛弃了狭隘的民族意识和单纯的横向移植，把新诗研究置于以现代生活为基础的中国新诗和外国诗歌交叉点上。他们主张新诗既要民族化，也要现代化，既要立足于传统，但又不能株守传统，抱残守缺，而要横向借鉴于西方，赢得了众多的知音。"由于"上园派"在事实上的认同者和参与者很多，除了《上园谈诗》中的几位诗论家外，其普视性似乎超越了具体的指代性，因此，这个称呼在其出现之后并没有很多人采用，尤其是进入20世纪90年代，"上园派"核心成员发生了一些变化：朱子庆很少参与"上园派"活动，专门谈诗的文章不是很多；阿红因为年龄和身体原因，退休以后撰写的文章越来越少；叶橹逐渐转移到对"先锋派"的关注上；袁忠岳、杨光治、朱先树等也先后退休。在发展过程中，"崛起派"也出现了诸多变化，一些诗论家对诗坛上出现的非诗现象给予了尖锐批评，比如孙绍振就在1998年1月号《诗刊》上撰文对"后朦胧诗"进行过深度解剖，对由"新潮诗"演化而来的"后新潮诗"进行了全面打量，他并不反对创新，但不再像20世纪80年代初那样对所谓的新探索都给予肯定，而是客观分析了"后新潮诗"所存在的致命缺陷，体现出诗学观念上的转向。他说："今天，孙绍振在这里却表示，目前大量新诗他看不懂了。不但如此，而且还在本年度《星星》的八月号上发表了文章，要'向艺术的败家子发出警告'。""在我们的诗坛上，虚假现象可以说是铺天盖地而来。或者用一个年轻诗歌评论家的话来说，就是到处都是'塑料诗歌'。用外国文化哲学理论廉价包装起来的假冒伪劣诗歌占领了很大一部分诗坛。""我们希望一切诗人都能把对于诗的使命感，对于自我的使命感，对于时代的使命感统一起来，首先做一个真正意义上的人，然后再谈得上把自己的生命升华为诗。我无法相信，没有真正意义上的使命感，光凭文字游戏和思想上和形式上的极端的放浪，会有什么本钱在我们的诗坛上作出什么骄人的姿态。"这与同一时期吕进的观点非常接近。吕进说：

　　诗，是民族性最强的文学样式。我们主张弘扬传统，因为无论愿意还是不愿意，我们总是生活在传统中。中国诗歌传统有一个中心观念，就是以国家和群体为本位，所谓"话到沧桑句便工"。传统诗美学将此作为评价作品高低优劣的重要标准。这种诗美学与西方的使人与人、人与社会、人与自然相分离、相对立的观念大相径庭。近年一些中国诗却不见"中国"，中国的现状与历史，中国人的生存状态、生活状态、情感体验，中国人身外的文化世界和身内的精神世界，都在诗中消失了。文字游戏、语言狂欢、"解构"崇高、眼光只看得见自己鼻尖的肤浅之作，使人大倒胃口。不要"中国"，又叹息诗在当代中国成了边缘文化，岂非逻辑混乱！将中国的诗歌精神"重铸"为西方诗歌精神，新诗就必然得病，必然被读者所看轻，所疏远，甚至被目为怪诞。

　　进入20世纪90年代，20世纪80年代初那种诗学观念之间的尖锐冲突在诗坛上已逐渐成为历史。接续诗歌探索、创新的是另外一些更年轻的诗人和评论家，世纪之交的"盘峰论战"就是"知识分子写作"和"民间写作"之间的观念碰撞。不过，其语境已经和20世纪80年代前期有很大差异，是多元文化氛围已经形成之后的论争，已经很少有人用"对"与"错"来加以评价了。不过，作为"上园派"基地的西南师范大学（2005年与西南农业大学合并组建为西南大学）中国新诗研究所还在[①]，作为这个研究机构的创始人和学术带头人，吕进一直引导着这个研究机构的学术方向；可以称为"上园派""盟主"且编辑出版过《上园谈诗》的吕进还活跃在诗学研究领域，他的多种著述和针对诗坛现状所撰写的一系列文章仍然受到诗歌界的关注[②]。换句话说，"上园派"的目的不是一定要开创一个诗论流派，而是要通过群体的努力开创一种"稳健的开放"的诗学主张，即使这个群体已经成为历史，但这种追求在相当长的时期内仍然具有自己的学术生命力，《诗刊》所发表的许多文章在很大程度上延续了当年"上园派"提出的主张，毛翰提出的"中锋"之说也是"上园派"主张的延续——"上园派"在本质上就是一个主张"化古化欧"的"中锋派"。

2004 年 9 月，吕进、骆寒超等人在西南师范大学（今西南大学）中国诗学研究中心、中国新诗研究所主办的"首届华文诗学名家国际论坛"上提出"新诗二次革命"主张，这实际上是对"上园派"诗学观念在新的文化语境下的升华和延续。值得注意的是，在正式提出"新诗二次革命"之前，吕进关于"三大重建"之一的"诗体重建"的系列论文《诗体解放以后》《论新诗的诗体重建》《作为诗体探索者的贺敬之》等先后于 1995 年 4 月、1997 年 10 月、1998 年 7 月发表在《诗刊》上，后来才引发了诗的"精神重建""传播方式重建"的深度思考。1998 年 11 月 12 日至 16 日，在由中国作家协会、江苏省委宣传部主办、《诗刊》社承办的"全国诗歌座谈会"（张家港诗会）上，吕进再次谈到了"诗体重建"的主张，受到高度关注和肯定。

总括起来看，"上园派"的出现和延续都与《诗刊》有关。在 1984 年《诗刊》举办的读书会上，多数与会者对诗歌批评中存在的不良现象提出了批评："大

---

① 吕进在《缪斯之恋——我的学术道路》（《重庆教育学院学报》2009 年第 1 期，第 5-12 页）中说："这本书（指《上园谈诗》——引者注）编完于 1986 年 2 月，距新诗研究所的成立只有四个月的时间。新诗研究所后来实际上成了'上园派'的基地。"

② 吕进生于 1939 年 9 月，按照西南大学的规定，国家级有突出贡献的中青年专家可以工作到 70 岁才退休。吕进在 1995 年获得这一称号。2009 年，学校同意他继续工作。吕进是西南大学中国现当代文学学科和中国新诗研究所的学科带头人，也是以中国新诗研究所为核心的重庆市首批人文社会科学重点研究基地"中国诗学研究中心"的主任，一直关注、影响着新诗研究所的学术方向。在其他一些"上园派"同人几乎不再从事新诗研究的情况下，吕进仍然发表了大量论文和专著，参与了大量诗歌和诗学方面的活动。

家认为，诗歌评论，重点应该是浇香花，表扬好的，同时也要批评一些错误的理论和作品。"吕进提出的"新诗二次革命"主张其实也是以批评诗歌创作、诗学研究中的非诗现象作为基本立足点的，而且与此相关的很多成果都发表在《诗刊》上。他说："中国现代诗学需要科学地总结近百年积累的正面和负面的艺术经验，肯定应当肯定的，发扬应当发扬的，批评应当批评的，推掉应当推掉的；向伪诗宣战，向伪诗学宣战，向商业化和'窝里捧'的诗评宣战，摆脱边缘化的尴尬处境；探讨诗歌精神重建、诗体重建和诗歌传播方式重建，推动当下中国新诗的振衰起弊。这是现实提出的问题，时代提供的条件，诗界普遍的希望，历史赋予的使命。"这是"上园派"诗学主张和学风在新的社会文化语境下的提升和延续，只不过比过去谈得更全面，更直接，也更具有冲击力。

选自《西南大学学报（社会科学版）》2011 年第 1 期

论"上园派"的诗学观念

熊　辉

　　诗学是对诗歌现实的理性关怀和抽象。中国现代诗学是中国新文化运动的产物,而新文化是在中国传统文化的主导地位遭到质疑以后,在"打倒孔家店"而"别求新声于异邦"的"进步"思潮的推动下产生的,这使中国现代诗学自诞生之日起便面临着一种既非传统又非西方的全新文化语境,其自身的建构也就显得相对艰难,这也是 20 世纪上半叶的新诗研究显得比较贫乏的重要原因。到了 20 世纪下半叶,由于主流意识对文学制约的减弱,由于诗歌观念的更新和诗歌创作氛围的空前浓厚,新诗的理论建设也出现了新的局面。在繁复的诗歌历史、诗歌流派、诗歌创作、诗歌鉴赏以及诗歌文体等的研究中,以吕进为代表的诗歌理论群体(即通称的"上园派")摒弃了"为新诗的现代化呼吁"和"死守固有观念"的两种偏激的诗学观念,采取务实和兼容的态度,以对新诗的宽容和变革为出发点,在多元并存与互不认同的语境中逐渐形成了一套有学术性和生命力的诗学体系,为中国现代诗学的建构提供了思路和方向。

┃一┃

　　"上园派"缘起于 20 世纪 80 年代。由于"文化大革命"后文化环境和学术氛围相对宽松,文学理论(含诗歌理论)的批评职能从"工具论"转向了文学自身,加上文学传播媒介的发展,诗歌理论与批评经历了漫长的休眠状态后终于在新时期的春天里呈现出无限生机与活力。"传统派""崛起派"

和"上园派"等"素质较高""治学严肃而严谨"①的三大理论群体的出现是诗歌理论繁盛的具体体现。

"传统派"以对民族文化传统的纵的继承为其诗学观念的鲜明特征。朱自清认为《尚书·尧典》中所说的"诗言志"说是中国诗学乃至整个文学理论的"开山纲领"。"志"在不同的时代被赋予了不同的内容,尤其是儒家功利性较强的文艺观被"独尊"以后,"文以载道"的思想几千年来在中国便占据着统治地位。毛泽东从无产阶级的立场出发,曾书写"诗言志"三字赠给文艺工作者,给这一理论注入了新的内容。1940年发表的《毛泽东在延安文艺座谈会上的讲话》在中华人民共和国成立后相当长一段时期内被视为文艺的纲领,它使文学理论脱离了自律性运动轨迹而滑向政治一端,这段时期的主流诗学也通常被称为"政治论诗学"或"我国社会主义时代的现实主义诗派"②。由于特殊的国情,这一派的诗学观念在中华人民共和国成立后至20世纪80年代一直处于一元独尊的地位。新时期以来,由于各理论群落的相继出现和该派坚持的诗学路向的特点,人们才将其称之为"传统派"。自觉承继传统的诗学观念使"传统派"在一定程度上具备了合理的因素。首先,它是对民族文化虚无主义的反驳,是对中国几千年诗歌传统的弘扬。诗歌发展的根本还在于立足本国文化,片面偏激地将传统文化"打倒"而"西学东渐"的做法终究不能拯救新诗,也不可能让中国新诗走向世界而获得其他文化的认同,毕竟越是民族的才会越是世界的。其次,它是对中国新诗源点的一次回溯,能给中国新诗的产生以"正本清源"的言说。在新文学产生的资源问题上,学术界一直争论不休,有的认为源于西学,有的认为源于中国自身的传统文化。事实上,任何新事物的产生都是内外两种因素共同作用的结果,新诗的产生也不例外。新诗的产生主要是源于中国文学内部的发展演变,西方文学作为外因只是对其产生起到了"催化"的作用。因此,"传统派"的主张有助于将新诗从与传统渐行渐远的迷途中拉回,在吸收中国文化传统营养的基础上健康发展。

"崛起派"以对西方现代文化的横向移植为其诗学观念的鲜明特征。20

---

① 吕进:《中国新诗研究:历史与现状》,《理论与创作》1995年第4期。
② 丁力:《诗歌创作与鉴赏》,陕西人民出版社1983年版,第316页。

世纪 80 年代初期，一种新的诗歌创作方式在诗坛悄然兴起，这种后来被称为"朦胧"的创作，以对主体意识和个体心灵完美的追求拓宽了新诗的表现领域，以对意象性和暗示性的追求丰富了新诗的表现技巧和表现手法，同时，强化了新诗的思辨精神。这类具有"现代性"色彩的诗曾使"归来"诗人群的作品在艺术上显得老套而贫瘠，因此，有人对其加以排斥。在对"朦胧诗"的论争中，谢冕、孙绍振和徐敬亚分别写了《在新的崛起面前》（《光明日报》，1980 年 5 月 7 日）、《新的美学原则在崛起》（《诗刊》，1981 年第 3 期）和《崛起的诗群》（《当代文艺思潮》，1983 年第 1 期），由于这三篇文章的题名中都有"崛起"二字，因此，人们将该诗歌理论群体称为"崛起派"。对西方文化的移植也使"崛起派"在某种意义上具备了合理的因素。首先，它具有很强的变革精神和强烈的现代化意识。新诗的发展创新唯有在不断地打破传统的或固有的运思方式和语言组合方式的情况下才可能发生。一味地因循传统和既定的思维范式，创新便难以付诸实践。西方文化由于与中国传统文化有较大的差异，将其作为写作资源引入中国新诗，能够为诗坛带来清新和陌生化的审美效果，这其实也是艺术创新的有效途径。其次，它具有很强的精神性。这一派的诗歌理论家们常常从哲学的高度来观照诗歌，这使他们的诗歌主张带有很强的思辨性和鼓动性，也使该派的诗歌观念总是走在同时代其他诗学观念的前面，不断地活跃并丰富着新诗研究。

从以上简单的分析中可以看出，"传统派"专注于对中国诗歌传统的继承，"崛起派"则专注于对西方现代性文化的移植，二者各执一端而使其理论特色显得泾渭分明，但同时又显露出各自的不足。就"传统派"而言，过于依赖传统而不借鉴别国的优秀文化便会陷入"狭隘的民族意识"和封闭型的诗学建构中而止步不前。同时，诗学的建构和发展是一个流动的过程，传统不是静止的，过去是现在的传统，现在是将来的传统。继承传统与创新变革并非二律悖反的关系，相反地，我们只有在继承传统的基础上借鉴西方的文化精华，不断地丰富和革新既有传统，才能为以后诗学的发展积淀优秀的民族传统。因此，"传统派"在对待"西方"和中国诗歌传统的态度上都显现出较大的思维局限。再就"崛起派"来说，一味地移植西方现代性文化而不继承中国的优秀文化传统就会陷入民族虚无主义且导致自身诗学理论的根基不稳。由于"崛起派"追求的现代主义文学的"基本精神内核是反叛性，既反叛业已确立的理性秩序、价值观念和文化传统，也反叛自古典主义、浪漫主义、现实主义以来的美学精神、文学观念、表现方法和艺术形式"。因此，该派的诗歌理论在活跃中国新诗研究气氛和拓宽新诗研究思维的同时，"反叛性"又使其对中国现代诗学的正面建构逊色于它对既有诗学的摧毁和消解。

在"传统派"和"崛起派"诗学观点的交叉点上形成的"上园派"相对而言更加理性客观，其诗学建构观念得到了诗歌创作界和理论界的广泛呼应和认同。"上园派"的名称来源于北京上园饭店，1984年和1985年一批知名的诗评家在上园饭店两次聚会，并于1987年出版了《上园谈诗》一书来宣传他们的诗学主张。1986年在广州《华夏诗报》的一次笔谈中，诗报编者在为笔谈所写的《编者按》中第一次用了"上园派"的名称。毛翰先生在《话说"中锋"》一文中使用了"中锋派"的名称，但该称谓主要是针对具有"上园派"风格的诗歌创作群体而非诗歌理论群体而言的。在阐述"上园派"的理论核心和诗学精神时，吕进认为"上园派""坚定地继承本民族的优秀诗歌传统，但主张传统的现代转换；大胆地借鉴西方的艺术经验，但主张西方艺术经验的本土化转换"。正是由于"上园派"诗学观念的内核是主张两种"转换"，所以"'上园派'可以叫转换派"。

该派舍弃了"传统派""狭隘的民族意识"、封闭型的诗学构架以及静止的传统观，舍弃了"崛起派"的偏激性、反叛性和诗学根基的不稳定性，从而"主张新诗既要民族化、也要现代化，既要立足于传统，但又不能株守传统，抱残守缺，而要横向借鉴于西方"。也正是这种"转换"和中西兼备的特点，使"上园派"的理论主张"具有开阔而厚实的诗学基础，也使其诗学主张具有广泛的适应性"，在21世纪中国现代诗学探索的道路上显示出较强的生命力和合理性。

‖ 二 ‖

"上园派"是一个富有现实性品格和时代使命感的诗歌理论群体，这是它能够在中国现代诗学版图上愈走愈远的原因，也是它的理论之树常青的关键。

"上园派"注重从诗歌现实出发去建构诗学理论。由于中国新诗较多地吸纳了西学因子，但同时又是生长在中国传统文化土壤中的文学形态，因此，中国现代诗歌研究既不能一味地仿古，也不能一味地"西学东渐"。从文学现实这个角度讲，"传统派"只看到了中国新文学发生过程中纵向的传承而忽略了横向的借鉴；"崛起派"正好相反，他们看到了中国新文学发生过程中横向的移植而忽略了纵向的传承，这两个理论群体都只看到了中国文学现实特点的一面，其诗歌理论也就无可避免地会走向偏颇。只有从诗歌创作和发展的现实情况出发，诗歌研究和理论建设才会科学合理。"上园派"正是基于此提出了富有创新性、包容性和现实的合理性的"转换"理论。该理论具有包容性，因为它综合了各种诗学观念和思路的长处并摒弃了它们的不足，是对诗学建设的多元化路向的肯定和促进；同时该理论具有现实的合理性，是因为它是从中国新诗的现实语境出发提出来的一种符合中国新诗现实状态的诗学建构观念。

除了从文学现实外，"上园派"还注重从社会和时代现实出发来丰富发展自己的诗歌理论。关于诗与现实的关系问题，"上园派"的主要理论家如吕进、袁忠岳和叶橹等人都在自己的理论文章中进行过较多的探讨。作为中国几千年来的文化传统，现实主义美学精神一直是中国各类文学创作的至尊财富，即使到了"解构"和"远离原生态生活"的时期，诗人们的创作没有也不可能抛弃这一美学精神："关注现实，力求自己的价值取向与时代的发展趋向相一致，是中国新诗所有风格流派的优秀诗歌的共同的人文品格。"在"上园派"的理论中，"现实"是一个意义流动且变化着的具有较宽的内涵和外延的词，社会政治事件是一种现实，个人的情感经历亦是一种现实。因此，诗对现实的观照其实也是诗对社会现实的观照和个人情感观照的统一，是"使命意识和生命意识的和谐"。"传统派"专注于对我国"社会主义时代"的观照，"崛起派"专注于对个体生命体验的观照，二者都具有片面性，因为如果"只有使命意识而没有生命意识，诗就会从体验世界蜕化为叙述世界"，同理，如果"只有生命意识而没有使命意识，诗魂就会瘦弱，诗貌就会猥琐"。所以，"传统派"的理论远离了诗的体验本质，而"崛起派"的理论又与丰厚的诗歌精神保持着距离。一直以来，人们对诗应当抒社会之情还是个人之情持有不同的意见，其实二者在本质上是统一的，尤其是在优秀的诗歌作品中结合得更为完备。因为社会之情只有经过诗人自身的情感判断后诗才可能成就一篇优秀之作，也就是说社会现实只有熔铸了个人情感才会使诗魂更加灵动。比如，抒发爱国之情的新诗作品不胜枚举，特别是在政治抒情诗流行的年代，但为什么这些作品都不及舒婷的《祖国啊，我亲爱的祖国》一诗富有生命力和艺术性呢？原因是这类诗歌大多数没有融入创作主体的情感体验，而舒婷的这首诗在每一节中都是以"我"开头，融入了诗人的个体体验和情怀，使整首诗达到了使命意识和生命意识的和谐，达到了社会之情和个人之情的统一，是对现实的复杂反应而非简单反映。"上园派"关于中国现代诗学建构理论的现实性特点及其对"现实"的深层诠释，不仅澄清了诗歌界长期以来争论不休的问题，而且有助于促成更多优秀作品的问世。

正是基于现实性的立场，"上园派"要求诗歌创作应从社会现实出发，要求诗歌内容必须反映社会现实和个体真实的情感体验。叶橹先生说："诗的生命力，取决于它对现实反映的真实和深刻的程度。"由此看来，那些与生活的原生态保持距离的"玄言诗"，即使外在的形式技巧特别精致，也会因为精神内核的"无根性"而自叹"英雄气短"。袁忠岳先生在谈"反理性诗歌"艺术建构的困境时表达了相似的观点，他认为反理性诗歌只有从现实出发才能找到出路："正视中国今天的现实，探寻一条与中国实情更为切近也较切实可行的生命表现形式，使反理性的诗歌成为以张扬理性为主导的文学的一种补充，共同致力于对黄河一般悠久与混浊的民族历史文化的清理，这是摆在每一个严肃的第三代诗人面前的课题，也是从其理论与实践的两难处地的困窘中摆脱出来的唯一道路。"正视中国今天的现实，探寻适合中国新诗自身特点的表现形式，这不仅是对"第三代"诗人提出的忠告，更是对整个中国新诗提出的一条"现实性"的发展道路。"上园派"的理论主将吕进先生一贯主张伟大的作品应与时代同呼吸共患难，臧克家先生在谈吕进的诗论与为人时，对其所主张的诗的"现实性"给予了充分的肯定和认同："我与吕进同志观点相同，趣味投合，建立了深厚的友谊。他尊重我，我也尊重他。对于写作问题，我们都强调：应该从生活出发，注意时代精神。"

"上园派"的"现实性"具有广泛的针对性和适应性，中国现代诗学必须从中国文学现实、社会时代现实、个体生命体验和经历等现实出发，才可能真正建立起具有生命力的诗学理论。"现实性"同样也使"上园派"的理论具备了稳定性和可持续发展性，所以，它是"上园派"理论的生长点。

┃ 三 ┃

"上园派"倡导的"传统的现代转换"为中国现代诗学的建构和发展提供了一条切实可行的路径，在"文论失语"和"创作失范"的当下诗歌语境中，实现传统诗学的现代转换尤为必要和迫切。

近年来，许多具有东方文化情结的学者针对中国现代文论"失语"的尴尬局面提出了重建中国文论话语的伟大构想。因为从新文学开始，我们的文学理论（含诗学）大多是以西方文学理论的知识系统为模本建立起来的，20世纪中国文论的变革从根本上讲是西方文论的知识系统对中国传统诗学的知识系统的整体性切换，横移的西方文论成了中国新文学理论的新传统，而我们悠悠几千年的传统诗歌理论却逐渐成为"异质"文化。我们今天的文学理论的确立是以舍弃传统的文论方式为代价的，其结果必然是西方文论的范式成为今天中国文论建构所效仿的圭臬，中国新文学理论没有了自己民族化的言说方式，"失语"也就在所难免了。针对中国现代诗学"失语"的病症，"上园派"提出了"传统的现代转换"，这种转换是解决中国文论"失语"的良方，也是实现中国现代诗学重建必须努力的方向。曹顺庆先生等人在20世纪90年代从比较文论的角度提出了"重建中国文论语话"和"古代文论的现代性转换"，在学术界引起了强烈的反响。吕进先生等"上园派"的同仁们则早在20世纪80年代就从建构中国现代诗学的角度提出了"传统的现代转换"，同样在诗学界引起了强烈的反响。虽然二者的角度不同，但观点极其相似，最终目的也都是实现中国文学理论的重建。在新诗文体建设和诗学重建成为诗歌理论界的前沿性问题的今天，"上园派"的主张必然会得到学术界更广泛的认同，其富有远见和创见的学术思想必然会推动中国现代诗学的建构和发展。

文化传统是新文化的根基，吕进先生在倡导中国现代诗学重建的过程中特别注重文学的根基（即传统）问题。他认为，中国现代诗学如果像"崛起派"那样一味地横移西方文论，即使做到了本土化的重组和改造，仍然会患上"根基不稳"的疾病。传统是发展着的流动的文学积淀，一个作家或文论家只有顺应自己所属的文化传统，其作品和思想才可能具有历史价值。英美新批评的先导艾略特在《传统与个人才能》中将传统放到了至尊的地位，他甚至认为"一个艺术家的前进是不断地牺牲自己，不断地消灭自己的个性"，从而"归附更有价值的东西"——传统。虽然艾略特对待传统的态度有些偏激，但其强调传统和尊重传统的态度对于与传统文论"异质"的中国现代诗学来说具有极其重要的借鉴意义。吕进、朱先树等"上园派"的理论家们以积极的态度来看待中国优秀的诗歌传统，认为中国现代诗学的创新不是横移西方诗学，而只有在对本国文化传统的清理和批判的基础上才可能实现中国现代诗学的创新："没有对传统的清理与批判，无所谓创新。"同时，他们对那种无视中国文化传统而一味地"别求新声于异邦"的做法持否定的态度，因为"对自己优秀民族传统的鄙薄往往是一种浅薄。""上园派"尊重传统诗学理论和实现传统与现代转换的思路有其久远的诗学背景。中国新诗的所谓"新"的隶属度曾是以其与传统的背离程度为标准的，早期的诗人和诗歌研究者们普遍认为越是反传统的诗就越是新诗。而牺牲传统的代价并没有换来中国新诗的美好前程，在近一个世纪的时间里，中国新诗仍然停留在诗歌观念、诗歌文体等问题的探讨上，一代又一代的诗歌研究者和诗人们踏破了"铁鞋"却仍然难觅成熟的新诗文体的芳踪，这不能不说是舍弃传统惹的祸。回顾新诗发展的艰难历程，吕进先生意味深长地说："中国新诗在其诞生初期对传统的不分青红皂白地全盘否定给后来的创新带来的负面影响，是不能忘记的。"鉴于新诗诞生初期对传统的否定所带来的后患，"上园派"在重建新诗的美好愿望下提出了尊重传统，实现传统的现代转换的理论主张。在找准中国现代诗学根基——传统的基础上，再借鉴西方优秀的文化成果，"上园派"的理论将对中国新诗创作的繁荣和中国现代诗学的重建起到重要作用。

怎样实现传统的现代转换？这是一个关键性的问题，也是"上园派"必须解决的问题，否则，其理论主张将失去现实意义而沦为空谈。关于传统的现代转换问题，同样涉及"上园派"的现实性品格，这种转换并非简单地化今为古或化古为今，而应从中国文化和社会的现实处境出发，以我国的诗学传统和内蕴为根基和生长点，在民族文化而非西方文化的基础上吸纳古今中外人类文明的成果，从而建立起对现代诗歌作品、诗歌流派或诗歌历史的言说方式和学术话语体系。那种认为要实现传统的现代转换就必须将古文论中的话语方式、诗学概念或术语纵移到现代诗学中来的想法是一种机械论，就连那种将古文论翻译成现代汉语而后用于现代文学的做法也是"上园派"所不欢迎的。因为"民族传统首先是一种文化精神"而不是具体的文学形态，机械的"古为今用"只能使现代学人们见树木而不见森林。一种文化精神可以有多种表现形式，古文可以表现的精神，现代白话文一样可以表现，古代诗话可以言说的诗歌现象，现代诗学同样可以言说。在此，有一个关键词值得我们把握，那就是吕进先生关于传统的认识——"文化精神"。"上园派"所说的传统的现代转换也主要是文化精神的转换和传承，而非具体诗学术语的机械转用或翻译，即"以传统诗学的言路言诗"。只要传统的精神在现代诗学的血液中流淌，那便是对传统的转换和应用，并非一定要外现成某种具体的文论话语。尊重传统，并非固守传统或排斥开放，相反，在传统文化精神的统领下，不断吸纳各国的优秀文化才能丰富本国的文化传统，也才能实现传统精神的活的转化而不是机械地搬用。对此，朱先树先生说："有的同志认为既然我们已经有这么一笔巨大的遗产可以继承，这就足够了，他们表现为固守传统，而否认人类文化的相通，否认向外开放，向西方向其他民族学习的必要性，否定时代发展而要求吸收别的国家别的民族文化来丰富和发展自己的传统的必要性。"

在"上园派"看来，实现传统的现代转换不仅仅是尊重传统和继承传统文化的精神内核，而且要不断地向西方优秀文化学习，只有这样，才能在转换的过程中丰富本民族的文化传统，才能使传统适应变化着的现实。因此，"上园派"所谓的转换是开放的转换，是活的转换，是纵横交织的转换。

‖ 四 ‖

"上园派"倡导的"西方艺术经验的本土化转变"为中国现代诗学的丰富和深化发展找到了方向，避免了中国现代诗学的西化，在一定程度上阻止了中国文论"失语"症的恶化。

在对中国新文学发生过程的考察中，我们往往以横向之维的借鉴冲淡了纵向之维的传承，认为西方的艺术经验是中国新文学主要的营养来源。在不否认外在影响的重要性的情况下，新文学的产生主要是中国文学自身发展的结果，是在对中国文化传统的继承和反叛下形成的。"上园派"从哲学的内因外因关系出发，在充分重视内因——中国民族文化传统的前提下，也看到了外因——西方艺术经验不可忽视的作用。他们提倡西方艺术经验的本土化转换是在传统的现代转换的基础之上提出来的，毕竟本国的传统相对于西方而言更为重要。如果说"上园派"的第一个转换（传统的现代转换）是其诗学建构观念的枝干的话，那第二个转换（西方艺术经验的本土化转换）则是叶，第一个转换是第二个转换的基础，第二个转换是对第一个转换的丰富和完善；没有第一个转换，第二个转换就会失去根基并导致民族文化虚无主义，只有第一个转换，那中国现代诗学就会失去新鲜的血液而显得枯瘦，其重建之路也会举步维艰。"上园派"的转换之路是以传统的转换为主，以西方艺术经验的转换为辅，在牢固的民族文化传统基础上吸纳外国优秀文化成果才可能自铸中国现代诗学的伟业，才可能避免西化和"失语"。所以，"上园派"的转换之路是中国现代诗学的重建之路和深化发展的必经之路，对于复兴中国新诗理论和所有的文学理论具有普遍的参考价值。

中国新文学是在吸纳外国艺术经验的基础上成长起来的，我们今天的诗歌理论和叙事学理论仍然在孜孜不倦地走着"借鉴"之路。关于中国传统文学与外国文学之于新文学的诞生孰轻孰重的问题，学术界一直没有统一的看法。倘若林纾等晚清人士所说的"覆孔孟，铲伦常"和"尽反常轨，侈为不经之谈"这番言论是在排斥西学而维护中国文化传统在文论和文学创作中的正统地位的话，那激进的新文化运动先导们则是在竭力反叛传统并"别求新声于异邦"，他们在一片"打倒孔家店"的呼声中不仅从外在的语言形式上否定了传统的文言文，而且从思想内核上驱赶了传统的文化精神和文化品格。冷静地看，二者的观念都比较偏激。用20世纪80年代的诗学流派之争来说，他们的观点和对中西文化的取舍无异于"传统派"和"崛起派"之争。尽管我们后来对新文学运动闯将的评价多持褒扬的态度，但其所导致的中国新文学理论建设的艰难是值得我们今天深思的。在对传统倒戈的洪流中，"学衡派"整理研究并维持传统文化的做法以及"昌明国粹，融化新知"的精神倒成了为新文学建设发展的理性之见，"代表文化重构过程中的另一种趋向稳健的文化抉择，从文化积累与学理建树的角度看，也确有一些独立的见解"。除去文学语言形式和文化运动等外在因素，"学衡派"的主张以及他们对待"国粹"和"新知"的态度值得我们借鉴，在21世纪的今天，在新诗诞生100年以后，我们仍然在讲"新诗革命"和"诗学重建"，如何"革命"，如何"重建"，在新诗的历史中，"学衡派"无疑为我们提供了最早的有价值的建议。一味地固守传统和偏激地创新都不是新诗理论发展成熟的路向，只有在本民族文化传统的根基上吸纳借鉴西方文化，才是可取之路。对待"西学"，我们一方面要敢于"拿来"，但同时也要有"挑选"的能力，正如鲁迅所说："要敢于'拿来'，也就是要'沉着、勇猛、有辨别、不自私'，敢于'占有'，敢于'挑选'"。如果说"学衡派"的主张有文化保守主义色彩的话，那鲁迅的主张则带有"套用"和横移之嫌，不管"挑选"出来的外国文化或文学理论多么适合中国，都不可能直接用于本国文学，因为中西文化是两种不同质态的文化。相比之下，20 世纪 80 年代"上园派"对待西方文化与中国文学的态度更具理性色彩，其"本土化转换"避免了"学衡派"的保守也避免了鲁迅的横移，既"拿来"了西方优秀的文化，又使中国新文学能够"融化新知"。在诗学重建的过程中，"上园派"的诗学观念不仅因为尊重传统而拥有了牢固的根基，而且还因为它能够在横移西学的过程中进行本土化转换而获得生长的资源，既保证了中国现代诗学的创新和发展，又能够避免"失语"和西化，从而在纵的新诗理论建构的历史链条中显得更具学理性和生命力。

　　"上园派"提倡的"西方艺术经验的本土化转换"是在尊重传统的基础上提出来的，忽视传统或只借鉴西学都会导致中国文学的畸形发展。诗坛是一个不断上演新奇的地方，许多自称是前卫的诗歌观念，以为与传统断裂便是"新"，延续传统便是"旧"，但实际的创作结果怎样呢？石天河在《重新探讨"前卫"的真谛》一文中一针见血地指出："我们的'前卫'诗歌的'反传统'与'艺术更新'，虽然对中国传统与中国模式套路有很强的冲击作用，但是，却日益地表现出，并没有摆脱对西方现代的新传统与西方模式套路的因袭，因而，从'世界范围'与'本质'的意义来说，并没有真正的艺术创新。"为什么我们的"前卫"的诗歌观念不会给新诗带来创新呢？因为它是对西方的"因袭"，没有实现"本土化转换"，其观念相对于西方来说是旧的，相对于中国来说也只不过是一种有差异的诗学观，而差异并非就是创新，中国人陌生的东西也并非就是时尚和前卫的东西。西方任何优秀的文化只有经过"上园派"所谓的"本土化转换"之后才可能在中国创造出新的文艺作品或形成新的文学观念。孙绍振先生曾把这些弃传统移西方而不自行消化（即本土化转换）的"前卫"诗人或诗歌工作者称为"艺术的败家子"，他们所说的新艺术"不是从传统的艺术基础上产生的，而是生搬硬套外国的流派的"。这些勇于为新诗艺术进行探讨的人为什么会被称为"艺术的败家子"呢？原因就是他们的艺术观念不以传统为根基，生搬硬套外国的东西而不加本土转化。一个前卫诗人只要深谙"上园派"的主张，他就不会被讥为"艺术的败家子"。

"上园派"在传统的根基上提出的西方艺术经验的本土化转换对中国现代诗学及诗歌创作而言有十分重要的现实指导意义，中国现代诗学要重建，中国新诗创作要创新，必须把握好"上园派"的两个转换，否则，诗学的"失语"和创作的"失范"就无可避免。

除以上分析的诗学观念之外，"上园派"在具体的理论建设中也提出了富有创见的观点。在新世纪的新形势下，面对中国新诗发展的实际情况，他们又提出了"诗体重建""诗歌精神重建"和"诗歌传播方式重建"，以期对中国新诗发展起到积极的促进作用。

选自《重庆文理学院学报（社会科学版）》2009 年第 5 期

关于"上园派"

贺　庆

‖ 一、"上园派"的形成 ‖

（一）"上园派"的产生

20 世纪 70 年代末，长达 10 年的"文化大革命"终于结束，在人们的期望下，诗歌开始"复兴"与"重建"，迎来了又一个高潮。新诗的"复兴"首先表现在新诗大丰收上，这个时期诗坛涌现出大量诗人，他们被分为三类：老诗人、"归来者"与新来者。他们积极创作，为新时期诗坛留下了很多优秀诗篇。与此同时，诗歌理论家们也在行动着。"70 年代末期的中国是回顾的中国，批判的中国，反思的中国，梦想的中国，是思想冲破牢笼的狂欢年代：长期以来人们习以为常的一切，无论它曾经拥有什么样的存在理由，都要在新时期的反思法庭上为自己的存在作辩护，或者失去继续存在的权利。"在这种情况下，中国新诗面临着观念更新与转型。新诗研究开始异常活跃，"从对'文化大革命'诗歌的反思渐渐扩展到对'文化大革命'前诗歌的反思，从对历史的反思渐渐走向美学意义的发展。"诗与政治的关系开始被重新认识，诗学研究也回归本位，"诗不是要拒绝政治，但是，诗常常是对人的本真存在的歌唱，是对人的生命的终极关怀，诗与政治的关系只能通过诗的渠道、在诗的文体可能之内实现……人们认识到：诗学的研究对象应该是、仅仅是诗；而且，只能从符合诗的美学本质的途径去接近、打量诗歌。"新诗创作理论研究也开始向着多元化格局发展，著名的新诗理论研究群体——"上园派"就是在这种情况下产生的。

1984 年春，一群来自全国各地的知名诗评家在北京西北角的上园饭店举行了一场读书会。无独有偶，一年后的冬天，又一场读书会在该饭店举行。这群来自全国各地的诗评家有：吕进、朱先树、杨光治、袁忠岳、叶橹、阿红、朱子庆等人。物以类聚，人以群分，在那个诗歌观念众说不一的年代，他们有着大致相通的诗歌理论观念。于是，借着北京上园饭店之名，"上园派"诗歌理论研究群体诞生了。"'上园派'的第一次亮相是1986年在广州《华夏诗报》的一次笔谈，该报编辑在为笔谈写的《编者按》中第一次使用了'上园派'这个名称。"后来，该名称被诗学界所袭用。

1987年，"上园派"诗评家评论合集——《上园谈诗》在重庆出版社出版了，该书由吕进任主编，杨本泉任责编，共分为四个部分："上园笔会""上园诗评""上园诗论"与"上园诗话"。《上园谈诗》全面介绍了"上园派"的诗学观念，并对一些走"上园"道路的诗人，如：叶延滨、傅天琳、李钢等作出了评论。除此之外，"上园派"主将吕进先生还发表了很多关于新诗发展态势的论文，如《新时期诗歌的逆向展开》《大陆与台湾诗歌的逆现象》《新诗的沉寂时代》《大诗人的特征》等，力主"上园派"的观点，促进了新时期中国新诗的发展。

（二）"传统派""崛起派""上园派"

研究"上园派"，就不能不提到"传统派"与"崛起派"。随着新时期中国新诗创作方法独尊现实主义一元格局的消解，中国诗坛出现了三大理论群体——"传统派""崛起派"与"上园派"三足鼎立的局面。

在这三大理论群体中，"传统派"出现得最早，在中华人民共和国成立后至20世纪80年代其诗学观念一直处于至尊地位。该派提倡对中国传统诗学观念的纵向继承。"传统派"代表人物丁力在谈到该派时，认为其是"我们社会主义时代的现实主义诗派。"新时期以前，由于其独尊地位，诗坛上是没有"传统派"之称的，随着诗歌理论研究多元化格局的出现，人们才称之为"传统派"。"传统派"诗学观念具有一定合理性，吕进先生认为："中国诗学具有悠久传统。优秀诗学传统在一代代传承中获得神圣性，在影响社会多数成员的审美趣味和语言理想中获得广泛性。任何时代的诗学都不可能跳出历史的上下文。"熊辉在其论文《试论上园派诗学建构观念的合理性及其历史意义》中指出"传统派"诗学观念的合理性在于两点："首先，它是对民族文化虚无主义的反驳，是对中国几千年诗歌传统的弘扬。诗歌发展的根本在于立足本国文化，片面偏激地将本国文化'打倒'而'西学东渐'的做法终究不能拯救新诗，也不可能让中国新诗走向世界而获得其他文化的认同，毕竟越是民族的才越会是世界的。其次，他是对中国新诗源点的一次回溯，能对中国新诗的产生给以'正本清源'的言说。在新文学产生的资源问题上，学术界一直争论不休，有的认为源于西学，有的认为源于中国自身的传统文化。事实上，任何新事物的产生都是内外两种因素共同作用的结果，新诗的产生也不例外。新诗的产生主要源于中国文学内部的发展演变，西方文学只是作为外因对其产生'催化'的作用。因此，"传统派"的主张有助于将新诗从与传统渐行渐远的迷途中拉回，在吸收中国传统文化的基础上健康发展。"传统派"也有局限，他们的诗学观念过于狭隘与封闭，艾略特认为"（诗人）不但要理解过去的过去性，而且还要理解过去的现存性……（历史意识）使一个作家成为传统的。同时也就是这个意识使一个作家敏锐地意识到自己在时间中的地位，自己和当代的关系。"历史意识正是传统派所缺失的，他们对传统的理解是静止的，并过分依赖于传统，没有看到其与现代意识、西方文化的关系。

"崛起派"形成于20世纪80年代初期。该派提倡对西方诗学观念的横向移植。在那个时期，中国诗坛出现了"朦胧诗"新诗潮，它呈现出与传统诗歌不同的审美特征：在思想上高扬主体意识，重新确认人的自我价值，呼唤人道主义与人性复归，探索人的自由心灵，在艺术表现上着重于诗歌的意象化、象征化与立体化，使诗的内涵具有多义性。朦胧诗的出现引起了一场诗学论争，谢冕于1980年在《光明日报》上发表《在新的崛起面前》一文，称："他们（朦胧诗人）不拘一格，大胆吸收西方现代诗歌的某些表现方式，写出一些'古怪'的诗篇。越来越多的'背离'诗歌传统的迹象的出现……我们不必为此不安。"随后，孙绍振和徐敬亚也分别发表了论文《新的美学原则在崛起》和《崛起的诗群》支持朦胧诗诗学观念。由于这三篇论文的题目中都有"崛起"一词，故它们被称为"三崛起"，而该诗歌理论群体则被称为"崛起派"。20世纪80年代以前，中国诗歌长期被"传统派"统治，"崛起派"的出现给诗坛带来了变革，他们将西方文化引入中国新诗，不仅丰富了新诗的内涵，还革新了新诗的表现技巧和表现手法，使中国新诗在理论和创作上都呈现出一派新景象。除此之外，"崛起派"的贡献还在于"它是解构中国诗学大一统格局的理论群落。对于新诗研究的打破思维惰性，克服习惯定势，调整感觉系统，开放知识结构，他们起到了突出作用"。但"崛起派"一味否定民族传统使其陷入了民族虚无主义，传统与民族是文艺的根基，"崛起派"割断中国优秀诗歌传统的偏激做法只能使其自身根基不稳，难以取得长足发展，这导致该派的诗学观念存在极大局限。

在这个纵横的交错点上，"上园派"出现了，它的出现使得20世纪80年代诗学格局由二元变为了多元。比起前两个诗学流派，"上园派"具有更冷静、更客观、更全面的学术立场。在"上园派"诗论家们看来，新诗是中国诗歌的现代形态，应该传承古代诗歌的优秀传统，汲取其精华，但应当对其进行现代化的选择与转换。同时，他们认为新诗是现代形态的中国诗歌，对西方诗学观念的移植是中国诗歌对外国诗歌的包容与发现，但应当对其实施本土化的选择与转换。因此，"上园派"也可以叫"转换派"。"上园派"具有以下三个特点：第一，这是一个求实的诗派。"上园派"诗论家们在文风上力求朴实，在诗学研究上力求真实，他们将理解视为诗学的基石，所谓理解不是诊释，也不是附庸，而是对诗的真实分析。吕进先生说："心灵艺术家最需要的正是对心灵的同情与抚慰，认真的艺术变革最需要认真的关注与探讨。以理解作为基石的诗学才有可能称为诗人的净友，诗的诚挚伴侣。"第二，这是一个创新的诗派。诗学的生命力在于它不仅仅停留于对已发现的诗歌艺术规律的阐发，而是利用已有痕迹继续向前开拓。新时期是一个推陈出新的年代，新诗也在不断刷新，面对地位牢固的"传统派"与新起的"崛起派"的诗学观念，"上园派"诗学家们敢于打破思维定式，提出新的更合理的诗学观念，这无疑是一个诗学界的伟大创新。第三，这是一个多元的诗派。"上园派"的诗学家们具有多元性，他们来自全国各地，吕进来自重庆，朱先树来自北京，阿红来自东北，袁忠岳来自山东，叶橹来自江苏，杨光治和朱子庆则来自南国的花城；他们的身份也是多元的，除了诗歌理论家这个身份外，他们之中还具有诗人、大学教授、诗歌编辑等身份。他们的诗学理论研究也具有多元性，在"两个转换"的基础上，他们展开了对新诗的表现手法、抒情方式、弹性技巧、诗美等多方面研究。"上园派"是一个大胆变革的诗学流派，正如吕进先生所说："八十年代的中国春天，变革的季节，为了新诗的繁荣，需要大胆的变革。春天正在期待着我们。"

‖ 二、"上园派"理论 ‖

（一）"上园派"理论起源：现实性

关于诗与现实的关系问题，诗学理论家们一直在进行着探讨。诗应该关注现实，这既是时代的呼唤，也是中国诗歌发展规律的内在要求。中国诗歌的主流传统精神是积极入世的，诗人们往往都有高远的政治抱负和有所作为于社会的进取精神。无论是古代的"风、雅、颂""三吏""三别"还是现代郭沫若脍炙人口的《凤凰涅槃》，都因其与社会生活血肉相连而生动无比。当今，对现实的关注越来越趋向于"以人为本"，注重人的个人感情，看重人的生命权与发展权，尊重人性需求的方方面面。总的来说，诗对现实的观照有两种：一种是对社会现实的观照，另一种是对个人情感的观照。

"传统派"专注于对"我国社会主义时代"的观照而忽略了个人感情；"崛起派"专注于对个体生命体验的观照而抛弃了时代，这两种诗对现实的观照方式都显得很片面。"上园派"诗论家认为诗对现实的观照应该是对社会现实的观照和对个人情感的观照的统一，诗人不能离开自己所处的社会和时代，更不能陷入自我内心的黑洞，作纯粹个人式的探求，他应在与人和社会的相通点上来寻求深刻与伟大。"在'上园派'的理论中，'现实'是一个意义流动且变化着的具有较宽的内涵和外延的词，社会政治事件是一种现实，个人的情感经历亦是一种现实。"诗的"现实性"是"上园派"理论的起点和生命力的源泉。

在中国，诗一出现就背负着使命感。《尚书·舜典》最早写道："诗言志，歌咏言。"诗言志，历来被我国诗人视为指导自己创作的基本原则。一切优秀的诗歌作品，都应该是时代的产物，一切优秀的诗人，都应该用自己的作品深刻地反映丰富的社会内容和当时的时代精神，这是"诗言志"的一个基本要求，也是马克思主义美学的基本原则。艾青曾说过："诗人在社会上有没有价值，就决定于他是否和公众的倾向相一致，是否和公众一起又引导公众前进。"别林斯基也说过："没有一个诗人能够由于自身和依赖自身而伟大，他既不能依赖自己的痛苦，也不能依赖自己的幸福，任何伟大的诗人之所以伟大，是因为他的痛苦和幸福深深植根于社会和历史的土壤里，他从而成为社会、时代以及人类的代表和喉舌。"

优秀的诗人总是与时代同步，与民族同心的。但是，我们应该反对那些把政治功利作为诗直接实现目标的"工具性"使命，诗人的使命意识应该与他的生命意识是一体的。吕进认为"优秀诗歌总是使命意识与生命意识的和谐"。对于这个观点，吕进还做了进一步阐释："只有使命意识而没有生命意识，诗就会从体验世界蜕化为叙述世界。这样的诗缺少诗的素质，只能成为劣等的叙事文学——它在情节性上大大逊色于小说，在内幕性上大大逊色于纪实文学，在逻辑性上大大逊色于政论文学……只有生命意识而没有使命意识，诗魂就会瘦弱，诗貌就会猥琐，诗就会变成只属于诗人个人的'玩物'，除了个人身世感外别无其他。""上园派"诗论家对于诗的"现实性"的认识是符合历史潮流，具有时代意义的，洪子城说："重新认识和调整诗对现实的审美关系……是八十年代诗歌观念变革的重要标志。"

时代的主潮和精神激荡着诗人的生命意识，诗人的生命意识应和着时代主旋律而搏动和流动，这样才能产生不朽的作品。使命意识和生命意识是不可分的，正如美国诗人朗费罗在《人生礼赞》中所写的那样："我们命定的目标和道路／不是享乐也不是受苦；／而是行动，在每个明天／都要比今天前进一步……伟人的生平昭示我们：／我们能够生活得高尚，／而当告别人世的时候，／留下脚印在时间的沙上。"

（二）"上园派"理论核心：两个转换

在新诗"现实性"的基础上，"上园派"主将吕进提出了新诗的"两个转换"，即"坚定地继承本民族的优秀诗歌传统，但主张传统的现代转换；大胆地借鉴西方的现代经验，但主张西方艺术经验的本土化转换"。这是"上园派"理论的核心，它对于新时期以来中国新诗的发展有着重要意义。

第一个转换是传统的现代转换。

传统是我们的宝贵财富，中华民族经历了上下五千年，在这个漫长的发展过程中，中国人形成了自己独特的思维方式，拥有自己阅读世界的能力，在自己的哲学、人生观中不断地认知着周围的一切，并用自我独特的审美观念阐释着生活的理念，这些代代累积的经验、资源就是我们的传统。任何事物都有自己的传统，诗也不例外，诗歌传统是指"传统诗歌中的某些艺术元素，它来源于又外在于传统诗歌，它活跃在当代诗歌，是精神化的"。吕进、朱先树等"上园派"的理论家们以积极的态度来看待中国优秀的诗歌传统，认为"优秀的民族传统是不能摈弃的，否则将受到历史的嘲弄"。但要将传统进行"现代转换"，僵死的传统是没有生命力的，"传统应当不断丰富与发展，而且相信这是势所必然——在完美的'五四'诗歌传统中，就融化了不少舶来的成分。每个有志的诗者都应当下决心去为发展和丰富民族传统做出贡献。"

我们应当继承传统，但不能将其看作一成不变的古董，保守的继承，只继承不创新对新诗的发展是毫无意义的，李怡说："我们单方向地证明古典诗歌'传统'在新诗中的存在无济于事，因为在根本的层面上，中国新诗的价值并不依靠这些古典的因素来确定，它只能依靠它自己，依靠它'前所未有'的艺术创造性。或者换句话说，问题最后的指向并不在中国新诗是否承袭了中国古典诗歌的'传统'，而在于它自己是否能够在'前所未有'的创造活动中开辟一个新的'传统'。"我们对新诗继承传统的正确态度应该是在创新中继承，在继承中创新，要想追求最新的文艺思潮，只能在旧有的基础上有所变化，力求在将传统的东西与现代的东西结合起来，才能达到一个新的艺术高度。恩格斯说过："人们自己创造自己的历史，但他们是在制约着他们的一定环境中，是在既有的现实关系的基础上进行创造的。"

第二个转换是西方艺术经验的本土化转换。

在21世纪初叶的文化大开放年代，中国新诗诞生了。西学东渐，新潮汹涌，新诗在中西文化交汇的大背景下对英国、法国、德国、美国等西方国家众多诗歌艺术经验进行了借鉴。"开放时代往往也是诗歌的繁富时代。有唐三百年，是中国古诗史的极盛一页，而唐代正是文化大开放的朝代。五言诗就是由古代中亚人手提琵琶所奏的五律古曲而来。然而，开放只是提供发展的可能性。要将可能性变为现实性还得有几个要素，最重要的就是如何在开放环境中保持、扬弃、丰富本民族传统。""上园派"诗论家袁忠岳说中国新诗对西方诗歌艺术经验的借鉴有两条路：一条路是恶性的全盘西化，成为西方现代派诗低劣的仿制品，另一条路是合理的有机吸收，无论怎么变化，仍是具有中国味道的中国诗。"前一条路有人走过，在二十年代，李金发没有走通；到五六十年代，台湾一部分现代派诗人走了一阵，也没有再走下去；现在又有人提出要走，走走也不妨，只怕也是走不到底的。后者已有郭沫若、闻一多、徐志摩、戴望舒、艾青、冯至等成功的经验在。他们所受到西方的影响不一，风格也大异，但属中国，却是确凿无疑的。二者穷通判然，冷静客观地考虑，并不难做出抉择。"

鲁迅先生早就告诉我们"拿来主义"并不是全盘西化，而是要去其糟粕，取其精华。事实也证明单纯地对西方诗歌艺术经验进行"纵的移植"是行不通的，开放是为了打破封闭，而不是拔掉自己的民族之根，移植洋种。西方艺术经验的汹涌而至导致当今诗坛面临着"失语"的困境，"中国诗歌只有在借鉴西方艺术经验的同时立足于本国文化传统，才可能走出'失语'的困境，解除异质文化的隔膜，让最富民族性的诗歌走向复兴"，"上园派"所倡导的"西方艺术经验的本土化转换"在一定程度上阻止了中国文论"失语"病的恶化，为中国现代诗学的丰富和发展找到了方向。

熊辉认为"上园派"的这两个转换是相互依存，相互联系的："如果说'上园派'的第一个转换（传统的现代转换）是其诗学建构观念的枝的话，那第二个转换（西方艺术经验的本土化转换）则是叶，第一个转换是第二个转换的基础，第二个转换是对第一个转换的丰富和完善；没有第一个转换，第二个转换就会失去根基并导致民族文化虚无主义，只有第一个转换，那中国现代诗学就会失去新鲜的血液而显得枯瘦，其重建之路也会举步维艰。"

两个"转换"必须加以融合，才能促使新诗更好地发展。"上园派"诗论家杨光治说他追求写给当代中国人读的诗，这样的诗应具有鲜明的民族特色和强烈的当代色彩，要使诗歌具有这两个特征，"必须同时进行'纵的继承'与'横的移植'。当代中国人处于'纵'与'横'的交叉点上，这一位置决定了我们必须这样做。死抱传统不放而拒绝引进或盲目搬来'舶来'而拒绝继承，都是不妥当的。诗不能走'传统'的路，也不能走'现代'的路。它亟须变革，亟须好好探究如何同时吸收'纵'与'横'的精华，化合为一，写我的诗。"

新时期以来，很多诗人已在这条道路上实践着。杨春光在与朱先树的通信中提出："他们并不躲避现实的通俗趣味及戏剧性，既造成生活自然属性的变形失真，又能回归自然，还有的把主观和客观、探索和通俗性有机结合起来，既注意诗缘情，又注意诗言志取'诸子百家'之长处，自觉或不自觉地吸收传统与现代的合理内核，在传统的地址上生长自己，在现代的化肥催生下壮大自己，很快形成了很有出息的诗歌界'第三梯队'阵势。很多当代诗人似乎已经有意识地站在传统与现代手法之间进行衡量利弊，不断调整着自己的语言结构与审美定势，趋向于一面向着魔幻诡异的晦涩难懂的文字形式告别，一面向着抒情平面，形象平面，想象空间狭窄，缺乏多层次感受性能的陈旧，贫清的艺术观念告别——这很可能是聪明的！"新世纪初期，吕进先生提出新诗的二次革命，其逻辑起点是对话与重建，即：新诗需要与古代诗学对话，需要与西方诗学对话，在对话的基础上推进现代化的三大重建。这个逻辑起点其实就是新诗"两个转换"的延伸与发展，"上园派"诗论在新诗的实践和理论上越走越远，越走越好。

节选自贺庆的硕士论文《论叶延滨诗歌的上园道路》，西南大学 2009 年

从中国新诗研究所到新诗二次革命

吕　进

　　1986 年 6 月，西南师范大学（今西南大学）中国新诗研究所成立。中国新诗研究所是西南师范大学（今西南大学）独立建制的系处级单位。

　　这是中国新文学诞生以来的第一家以新诗作为研究对象的实体性研究机构，所以引起海内外的广泛关注。国内外许多报刊予以报道。臧克家致信西南师范大学说（今西南大学）："你校成立中国新诗研究所是一个创新；吕进任所长，可谓得人，我心甚慰。"

　　北京《学位与研究生教育》发表我的专访时谈道："研究所不但有吕进教授、邹绛研究员等知名学者，还聘请了老诗人臧克家、卞之琳为顾问教授，叶维廉（美国）、秋吉久纪夫（日本）、许世旭（韩国）等外国学者为客座教授……研究所的研究和教学力量非常强大，研究方向配备合理，颇具特色，信息沟通也很灵便。"[①]中国新诗研究所成立不到半年，就主办了全国性的"新时期诗歌研讨会"，创刊了诗学季刊《中外诗歌研究》（主编邹绛），为本所优秀研究生设立了臧克家奖学金。在其后的 20 多年里，这家研究所承担重大课题，培养现代诗学博士生和硕士生，主办大型国际和国内的学术会议，开展与国内外诗歌界的交流，设立台湾诗奖，建成四川省省级、重庆市市级重点学科和重庆市首批文科研究重点基地，成为我国文艺界知名的新诗研究机构，西南大学人均科研效益最高的前五个单位之一。

　　中国新诗研究所从 1985 年起就以方敬、邹绛、吕进为导师招收各体文学的硕士生。1996 年，江苏省学位委员会下文，批准我为苏州大学中国现当

---

① 苏青：《心中别有欢喜事，向上应无快活人——西南师范大学吕进教授侧记》，《学位与研究生教育》1993 年第 1 期。

代文学博士生导师，从此，中国新诗研究所又开始培养博士生。从新诗研究所的访问学者、博士生、硕士生中走出了一大批知名诗评家和诗人，走出了一大批学者和专家。他们在中国诗坛上非常活跃，也是各高校文学院或中文系的骨干力量。

诗人王尔碑曾发表文章说：火锅、长江大桥和中国新诗研究所是她眼中的重庆三大宝贝①。

我此生最重要的科研成果不是著作，而是中国新诗研究所。在它出世后的二十几年里，为了它的生存、成长与壮大，我付出了全部的心血。可以说，中国新诗研究所已经成了我生命的一部分。

在 2003 年西南大学成立以我为主任的中国诗学研究中心，并被批准为重庆市首批人文社会科学重点研究基地后，这家研究所仍是中心的旗舰单位。

在思想冲破牢笼的狂欢年代，新诗研究也迎来异常活跃的时期——从对"文化大革命"诗歌的反思渐渐扩展到对"文化大革命"前诗歌的审视，从对历史意义的反思渐渐走向美学意义的发展。中国新诗研究所成立不久，国内一元化诗歌格局消解。除了"传统派"和"崛起派"，第三派出现了。在科学领域，"第三"总是具有巨大的哲学意义。它打破二元对立的僵局，拓展思路，引入新的动力与活力。这个第三派叫"上园派"。

"上园派"的命名和北京上园饭店有关。

1984 年和 1985 年，《诗刊》社在这家饭店组织了两次理论家读书会。与会的几位中年诗评家对"传统派"和"崛起派"都有保留，发现了彼此理论观点的接近，决定"揭竿而起"，推出共同的诗学主张。袁忠岳回忆说："当时诗坛上刚刚刮过去阵批三个"崛起"的政治风暴，大家对这种在学术领域搞大批判的做法是不满的；但是对"崛起"论中全盘西化的主张也不以为然。在半个多月相处和相互交流中，大家对于当前诗歌的看法，渐渐有了共识。这就是后来形成"上园派"的思想基础……吕进、朱先树、阿红、杨光治、叶橹、朱子庆和我 7 人共同商量，认为在诗坛相互对立的"崛起"与反"崛起"之外，应该有另外一种声音，这是更能代表多数的第三种声音，即移植要本

---

① 王尔碑：《重庆人，成都人》，《重庆晨报》1996 年 11 月 21 日。

土化，继承要现代化。"①1986 年，广州一家报纸在一次诗歌问题笔谈的编者按中，首次使用了"上园派"的冠名，这个名称后来就被袭用。古远清在《中国大陆 40 年诗歌理论批评景观》一文中说："这三大诗歌群体两头小中间大，'上园派'人数多，且以中年为主。"黄子健、佘德银、周晓风合著的《中国当代新诗发展史》中写道：

    新时期诗歌理论批评中所谓稳健派代表了企图超越崛起派和传统派各自偏颇的"第三条道路"的努力方向。在新时期围绕朦胧诗展开的论争中，这一派稍为后起，但人数更多，实力较强，是前两派所不及的。其中包括诸多诗人和诗评家，如沙鸥、公刘、牛汉、刘湛秋、杨匡汉、陈良运、吕进、阿红、杨光治、朱先树、袁忠岳、叶橹、朱子庆等。后七人还因合作出版了《上园谈诗》，较明显呈现出"一个学派的整体印象"，被称为"上园诗派"，是稳健派的中坚。该派诗歌理论批评的突出特点是力求平稳，力戒片面。"求实，创新，多元"则大体反映了这一派诗论的基本风貌。

    我发表了一些关于新诗发展态势的论文，力主"上园派"的观点，如《新时期诗歌的逆向展开》《大陆与台湾诗歌的逆现象》《新时期十年：新诗，发展与徘徊》《新诗的沉寂时代》《大诗人的特征》。台湾诗人刘菲说："在'93 华文诗歌国际学术研讨会上，吕进教授发表了《大陆与台湾诗歌的逆现象》之论文，细读之后，深感吕进教授看到了海峡两岸诗歌发展的症候以及病症中的自我医疗过程。"②台湾诗人洛夫不但写来长信，还将这篇论文在他主编的台湾《创世纪》诗刊转载。我认为，新时期以来诗歌丰收，诗人活跃，诗坛兴盛。但是新诗在发展中出现徘徊，一是守旧，一是西化。我说，在研究新诗的发展去向的时候，切记要丢掉过时的东西，不要"抱残守缺"；切记要把现代化和现代派化相区别。现代化是个时间概念，是中国诗歌由传统向现代的过渡。在现代社会里，如果新诗不能有所舍弃，又有所创新，就难

① 袁忠岳：《从上园到北碚》，《中外诗歌研究》2005 年第 4 期。
② 刘菲：《以民族观点宏观中国诗歌发展——吕进教授论文〈大陆与台湾诗歌的逆现象〉读后感》，《中外诗歌研究》1993 年第 4 期。

以保持自己的生存、地位与光荣。现代派则是一个西方艺术的概念，是在西方文化背景下出现的艺术思潮和流派，是一个空间概念。中国新诗的现代化是指时间中的发展，而不是空间中的搬迁。

1987 年重庆出版社出版了我主编的《上园谈诗》一书。该书包括"上园笔会""上园诗评""上园诗论"和"上园诗话"四个部分，作者是阿红、杨光治、朱先树、袁忠岳、叶橹、朱子庆、吕进等七人。这本书编完于 1986 年 2 月，距新诗研究所成立只有四个月的时间。新诗研究所后来实际上成了"上园派"的基地。

从 20 世纪 80 年代末期开始，新诗开始式微，这个情况举世瞩目。除了极个别的人仍在那里闭着眼睛宣传什么"新诗正腾飞于辉煌的空间"以外，新诗的不景气，已是诗坛的共识。广泛的说法，是把一切归咎于诗的外在环境。其实，诗歌的生病原因主要还是在于自身。我在《人民日报》发表《新诗呼唤拯衰起弊》一文以后，十几家报刊转载，足见多数人的共识。

关于新诗的拯衰起弊的讨论为新诗"号脉"，指出了存在的种种弊端。比如中国新诗不见"中国"：中国的现状与历史，中国人的生存状态、生活状态、情感状态，中国人身外的文化世界和身内的精神世界，都在个人化的写作中被消解了。不要"中国"，却又埋怨诗在当代中国走向边缘，岂非逻辑混乱。此外，新诗的诗体问题，新诗的传播问题，都进入了讨论的视野。

对于新诗的去向，我写了一系列文章。主要有《二十世纪下半叶的中国新诗研究》（《文学评论》2002 年 5 期）、《论中国现代诗学的三大重建》（《文艺研究》2003 年 3 期）、《现代诗学的两个前沿问题》（美国《中外论坛》2004 年 5 期）、《臧克家，现实主义与中国风格》（《文史哲》2004 年 5 期）、《中国与日本：中国现代诗学的昨天与今天》（《文艺研究》2007 年 6 期）、《"言小"与"言大"》（《诗刊》2008 年 1 期）。

关于"新诗二次革命"的提法，我曾经在巴黎和浙江大学骆寒超教授有过讨论。我们当时随中国作家代表团访问法国。最后我们认定，提"革命"更醒目，更能调动人们关心新诗趋向的积极性。

中国新诗研究所 2004 年 9 月在西南大学主办了首届华文诗学名家国际论坛，除中国大陆许多知名学者外，美国、澳大利亚、新西兰、日本、新加坡、泰国以及港澳台地区的华文诗学学者都出席了论坛。在这次论坛上，骆寒超和我分别宣读论文，正式提出了"新诗二次革命"的理念。2006 年 9 月，第二届华文诗学名家国际论坛在西南大学举行。来自各省各国的诗学专家再次汇聚一堂，进一步展开了对新诗二次革命的讨论。

《二十世纪下半叶的中国新诗研究》是我在韩国首尔的延世大学举行的国际会议开幕式上的主题讲演，原题为"五十年来的中国新诗研究"，《文学评论》发表时我改为现题。这篇文章将中华人民共和国成立以来的新诗研究做了回顾，总结了经验，提出了问题，为"新诗二次革命"的提出打下基础。

《三大重建：新诗，二次革命与再次复兴》（《西南大学学报》2005 年 1 期，《新华文摘》2005 年 8 期）无疑是我关于"新诗二次革命"最重要的一篇论文。

在此前的长期的思考基础上，我在这篇论文里指出，中国现代诗学需要科学地总结近百年积累的正面和负面的艺术经验，肯定应当肯定的，发扬应当发扬的，批评应当批评的，推掉应当推掉的；向伪诗宣战，向商业化和'窝里捧"与"窝里斗"的诗评宣战，摆脱边缘化的尴尬处境；探讨诗歌精神重建、诗体重建和诗歌传播方式重建，推动新诗的拯衰起弊。这是现实提出的问题，诗界普遍的焦虑，历史赋予的使命。

关于诗歌精神重建，我提出，中心是对于诗歌与社会、时代、个人的科学性把握。诗歌从来都是以它的从个人出发的独特审美对社会心理的精神性影响来对社会进步、时代发展内在地发挥自己的作用，实现自己的社会身份，从而成为社会与时代的精神财富。

关于诗体重建，我提出，新诗是从"诗体大解放"中诞生的。从"诗体大解放"到"诗体重建"是合乎逻辑的发展，没有形式感的诗人绝对不是优秀诗人。提升自由诗、完形格律体新诗、增多诗体，是诗体重建的三大美学使命。

关于诗歌传播方式重建，我提出，现代科技条件的推陈出新，现代人在生产方式、生活方式、交往方式、休闲方式上的大变化，都为诗歌传播方式的革命提出了挑战和机遇。作为公开、公平、公正的大众传媒，网络给新诗带来了革命性变化，歌词、PTV 等等，不仅具有操作意义，也很有诗学的理论价值。

《三大重建：新诗，二次革命与再次复兴》明确地阐明了"二次革命"的必要与内容，将"三大重建"推到了现代诗学界面前。

近几年诗歌界围绕这个理念尤其是诗体重建展开了讨论与争鸣。有人不同意完善格律体新诗，认为诗人想怎么写就怎么写，提出格律问题就是堂·吉诃德在和风车作战。有的年轻人甚至说，"诗体重建"将比胡适的"诗体大解放"的后果更坏。我非常欢迎争论，因为争论从来是通向真理之路。

1993 年 9 月 8 日，总部设在韩国首尔的世界诗歌研究会为我颁授了第七届世界诗歌黄金王冠。这是这个王冠第一次颁授给中国人。在授冠仪式上我致了答谢辞。我说："中国（无论大陆，还是港台地区）有一批优秀的新诗理论家，在座的中国新诗理论大家就不少。我在中国新诗领域的成就十分有限。富兰克林讲过一句话：'世界上有三样东西最坚硬：钢、钻石和自知之明。'凭借自知之明的坚硬，我相信，我将能和中国同行一起在中国新诗理论领域有所拓展。时间将会证明，我不会辜负世界诗歌研究会和金永三教授给予的荣誉。"①

我想，这段话也许也可以作为这篇文章的结束语吧！

2008 年 6 月 19 日脱稿于中国诗学研究中心

选自吕进《缪斯之恋——我的学术道路》，重庆教育学院学报，2009 年 1 期

---

① 吕进：《迟到的也是早到的荣誉——在颁授世界诗歌黄金王冠仪式上的答辞》，《中外诗歌交流与研究》增刊 1 号。

从"上园道路"到"二次革命"
——新诗所 25 年学术思想的建构

熊　辉

中国新诗研究所经过 25 年的发展，逐渐形成了自己稳定的研究思路和成熟的学术思想。以吕进教授为"主将"的"上园派"成为中国现代诗学版图上非常重要的一极，也是中国新诗研究所的治学理路。

中国新诗研究所 25 年来积淀的核心学术思想是中国新诗的"上园派"道路。"上园派"的名称来源于北京上园饭店。1984 年和 1985 年一批知名的诗评家在上园饭店两次聚会，并于 1987 年出版了《上园谈诗》（吕进主编：《上园谈诗》，重庆：重庆出版社，1987 年。该书收录了当时"上园派"主要代表吕进、袁忠岳、朱先树、叶橹等人的诗学理论文章，彰显出了该理论派别的诗学主张。）一书来宣传他们的诗学主张。1986 年在广州《华夏诗报》的一次笔谈中，诗报编者在为笔谈所写的《编者按》中第一次用了"上园派"的名称。在阐述"上园派"的理论核心和诗学精神时，吕进认为"上园派""坚定地继承本民族的优秀诗歌传统，但主张传统的现代转换；大胆地借鉴西方的艺术经验，但主张西方艺术经验的本土化转换"[1]。正是由于"上园派"诗学观念的内核是主张两种"转换"，所以"'上园派'可以叫'转换派'"。该派舍弃了"传统派""狭隘的民族意识"、封闭型的诗学构架以及静止的传统观，舍弃了"崛起派"的偏激性、反叛性和诗学根基的不稳定性，从而"主张新诗既要民族化、也要现代化，既要立足于传统，但又不能株守传统，抱残守缺，而要横向借鉴于西方"[2]。也正是这种"转换"和中西兼备的特点，

---

① 吕进：《中国新诗研究：历史与现状》，《理论与创作》1995 年 4 期。

② 古远清：《中国大陆 40 年诗歌理论批评景观》，《诗探索》1995 年 4 期。

使"上园派"的理论主张具有开阔而厚实的诗学基础，也使其诗学主张具有广泛的适应性"，在21世纪中国现代诗学探索的道路上显示出较强的生命力和合理性。

中国新诗研究所学术思想的形成是一个不断建构和完善的过程。吕进对中国新诗的贡献突出地体现在新诗基本理论的研究方面，他把新诗史研究、诗学批评史研究和对当前诗歌创作的研究结合起来，主要探讨新诗作为一种独特的艺术样式所具有的基本特征。从而构成了完备的诗学体系——新诗文体学，对过去诗学研究的探讨和反思，对诗歌文体规律的学术抽象和提升，对新诗运行轨迹的勾画和指引以及对新诗史上有艺术成就的诗人的评介等是吕进先生诗学体系的具体内容。就吕进的学术思想在新诗史上的地位和影响而论，20世纪80年代后期，以他为代表的"上园派"的诗学主张作为新诗理论重要的"一元"在学术界产生了广泛而深远的影响。新世纪以来，面对新诗发展的诸多"缺失"，吕进和骆寒超等人提出了"新诗的二次革命"，旨在"推动新诗再次复兴"，其中诗体重建、诗歌精神重建和诗歌传播方式重建（惯称"三大重建"）是"新诗二次革命"①的主要内容，从理论的角度为新诗的积极发展起到了推动作用。此外，吕进先生还提出了"新来者"②等涉及新时期诗歌研究和新诗的"变"与"常"等新诗发展的重要理论问题。因此，吕进凭着自己建构的完备的诗学体系、"上园派"理论主张和"新诗二次革命论主张而成为中国乃至世界华文诗学界的著名诗评家。

中国新诗研究所在相同的学术追求和诗学主张的指导下，逐渐形成了稳定的诗学研究团队。吕进教授主持2项国家社科基金项目、1项四川省重大项目和1项重庆市重大项目，出版专著或主编学术著作29部（共71卷）。陈本益教授从比较文学的角度来研究新诗，他的主要诗学成就体现在诗歌理论方面，先后主持了2项国家社科基金项目和1项教育部社科基金项目，出

---

① 关于"新诗二次革命"的提出，最早是由吕进先生倡导的，2004年9月在中国新诗研究所举办的"首届华文诗学名家国际论坛"上，吕进先生的主题演讲《三大重建：新诗，二次革命与再次复兴》和骆寒超先生的主题演讲《新诗二次革命论》等明确阐明了"新诗二次革命"的主张。此诗学主张和观念在诗学界产生了广泛的影响，很多学者都对此阐明了相同或商榷的看法。
② 吕进：《论新时期诗歌与"新来者"》，《文艺研究》2010年3期。

版了 4 部学术专著。对新诗文体的构成因素及其相互关系的研究是蒋登科诗学研究的重要内容。他对诗人现实人格和审美人格的探讨，对散文诗文体理论的建构。对"九叶派"诗人的研究以及对当下诗坛的关注等方面颇有建树，先后主持了多项国家级和省部级课题，出版了 10 多部学术专著。向天渊教授的比较诗学研究侧重外国诗学对中国现代诗学的影响和交融，已出版学术专著 3 部，主持了多项省部级课题。梁笑梅副教授的诗歌传播研究注重诗歌传播方式对诗歌及诗学的影响，主持了多项省部级课题，出版了 1 部学术专著。熊辉副教授的诗学研究注重从译诗的角度去发掘新诗的生成以及建构机制，同时注重对当下诗坛的关注，已主持多项国家级和省部级课题，出版学术专著 2 部。张传敏副教授一直以来注重对民国时期大学语文课程的研究，同时对抗战时期"七月派"诗歌的研究也取得了一定的成果，主持了多项省部级课题，出版学术专著 1 部。张立新副教授对叙事文学的研究有自己的见解，主持了多项省部级课题，出版长篇小说 1 部。此外，童龙超、邱雪松、余祖正等逐渐形成了自己的学术研究兴趣，并都有重要的学术收获，其中童龙超博士还主持了 2 项省部级课题。

　　25 年在中国学术研究的历史上只不过是短暂的一瞬，但中国新诗研究所能够在四分之一个世纪的时间里形成自己的学术研究思路和研究理念，并取得如此辉煌的研究成绩，足以见出"上园"道路的合理性和生命力。中国新诗研究所要在以后的岁月中取得长足的发展和进步，明确并坚持自己的学术思想不可或缺。

选自《中外诗歌研究》2011 年第 2 期

话说中锋

毛　翰

　　今日诗歌界乃至整个文学艺术界，"先锋派"的名称约定俗成，其诗群风貌人们耳熟能详。不过，"先锋"一词并未标识出它所命名的这个诗群的艺术特征。着眼于空间次序的"先锋"（与"后卫"相对）这个名称，可能是从着眼于时间次序的名称"现代主义"（与"古典主义"相对）派生出来的，二者大致是同义语。

　　从世界范围讲，"现代主义"的创作和理论是针对鼎盛于19世纪的现实主义的某些暮气（流派意义上的。作为创作方法，现实主义则永远不会过时，也无所谓暮气）而推出的，因其花样繁多，一时找不到一个名目能概括其形形色色的主张，只好以一个不涉及艺术特征而仅仅着眼于时序的名词"现代主义"笼统称之。其实，如果鉴于其有意反拨、补救传统现实主义的某些暮气的初衷，笼统称之为"非现实主义"，倒是大致切近其艺术追求的。

　　现代主义被引入中国诗坛，是20世纪20年代即已开始了的，李金发为代表的"象征派"、戴望舒为代表的"现代派"以及"九叶诗派"相继出现，现代主义在中国曾经代不乏人。及至20世纪50年代，现实主义（伪现实主义）一统天下，现代主义遂在中国大陆销声匿迹。或许真的应验了"愈禁愈香"那条规律，20世纪70年代末、80年代初，随着思想解放运动的展开，现代主义诗歌在中国迅速崛起，从尚未褪去社会使命意识的传统色彩的"朦胧诗"，到叫嚷"Pass北岛"的更为纯粹的现代主义、后现代主义的"艺术暴动"，先锋派来势凶猛，尽管其宣言的分贝数远大于创作实绩，先锋诗的阐释和鼓吹却很快成为"显学"。

　　随着先锋派的崛起，此前在诗坛居正统地位的一派便成为"传统派"。但"传统派"拒不承认先锋派的合法存在，一直在攻击着先锋派的美学原则，如"表现自我""诗与政治无关"等。面对"传统派"的某些偏狭和僵化，先锋派也往往表现出偏激的情绪，以其叛逆精神自诩，以其探索精神自大，以其"超前性"自得，对"传统派"轻蔑有加。

　　就在"先锋"与"传统"两大诗群唇枪舌剑论战不休之际，诗的阵营实际上在急剧地改组着，在先锋与传统的边缘地带迅速集结起一个中间诗群。他们既与非现实主义的先锋派保持着距离，也与现实主义（包括伪现实主义）的"传统派"拉开了间隔，这便是当今诗坛的第二方阵。这一方阵是由于"一面向着魔幻诡谲的晦涩难懂的文字形式告别，一面向着抒情平面，形象平面，想象空间狭窄，缺乏多层次感受性能的陈旧、贫瘠的艺术观念告别"①而集合的。相对于先锋派的"言过其实"（宣言超过其实绩），他们倒一直是"实过其言"。他们有时也介入论争，那景观便是"左右开弓"（程光炜评杨光治论争姿态用语）。这一方阵实际上已经是今日诗旅之主力所在、重心所在。不过，这一方阵至今尚无公认的名目。

　　20世纪80年代以来，在诗评、诗论及诗史的文字里，"先锋派"开始独占鳌头，成为人们关注的焦点，以致关于"文化大革命"以后的新诗发展可以这样描述：归来者的诗、朦胧诗、现代诗、后现代诗。后三者又总称为"新诗潮"或"先锋诗"。给人的印象是，艾青一代之后就是先锋诗独领风骚，先锋诗就是这二十年来的诗歌主潮。其实，这多半是一种幻象或错觉。只要逐期翻阅一下20世纪70年代末以来出版的《诗刊》，你会发现其中发表的"先锋诗"不会超过总篇目的百分之十，即使是后来作为先锋诗大本营的《诗歌报》，其中发表的"先锋诗"也不会超过其总篇目的三分之一，更多的诗歌创作则主要是属于第二方阵的。第二方阵在诗坛早已是一个巨大存在，一个中坚阵营，却因为多年来没有一个响亮的名称，没有揭起一面大旗，显得"没名堂"而久受忽视。

　　作为这一方阵的理论代表，吕进、朱先树、杨光治、袁忠岳和阿红等几位诗评家，20世纪80年代中期两度聚会北京上园饭店，出版论文合集《上

---

① 吕进：《上园谈诗》，重庆出版社1987年版，第11页。原为杨春光致朱先树信中语。

园谈诗》，有人遂称之为"上园派"。但这一称谓显然是随机的，未经斟酌的，近乎戏称，且并不涵盖创作。

那么，该给这一方阵取一个怎样的名称呢？依据艺术特征，在现实主义（包括伪现实主义）与非现实主义之间为之寻求一个精妙入微的名目是困难的。而回避艺术特征，着眼于时间次序，试图在古典主义（也不准确）与现代主义之间为之寻求一个名目也是不可能的。于是只剩下一种选择，那就是回避艺术特征，着眼于空间次序为之命名。以我浅见，鉴于这一方阵在先锋派与"传统派"之间所处的位置，及其以传统为出发点，在一定程度上具有的前瞻性或前倾姿态，不妨称之为"中锋""中锋派"或"中锋诗群"。

下面，我就试着探讨一下所谓先锋派——中锋派——"传统派"三者的关系模式及中锋诗的艺术特征，以期抛砖引玉，就教于方家。

‖表现自我与教化读者‖

诗人何为？诗歌何为？或者说，我们为什么要写诗？诗具有哪些功能？文学原理教科书上说，文学具有认识功能、教育功能和审美功能。这显然是指文学的社会功能，文学对于读者大众所产生的客观功能。就诗而言，传播知识非其所长，所谓认识功能和教育功能不妨表述为教化功能，审美功能则不妨分解为陶冶功能和娱悦功能。但这还只是诗歌功能的一方面。诗歌的另一方面的功能是，对于作者主观方面来说，它体现为发泄功能，自我表现和自我娱悦的功能。

对于这主、客观两方面的功能，"传统派"强调的是客观方面，主要是教化功能，所谓"诗教"，希望通过诗歌激发社会大众的政治热情，优化其精神境界，使之成为"化内之民"。先锋派强调的是主观方面，是"表现自我"（前人谓之"独抒性灵"），是希望通过诗歌张扬自我的存在。为了实现教化功能，"传统派"强调"文以载道"，抒人民之情（有时也难免假冒人民之名），诗中抒情主人公是所谓"大我"，有英雄主义倾向；为了实现发泄功能和自我表现的功能，先锋派强调的是"文以载欲"（恕笔者杜撰。欲，当包括意识和潜意识中的表现欲、创造欲、性原欲等），诗中抒情主人公是"小我"，有时还特别标榜反英雄，反崇高。

中锋派则兼顾诗的主、客观两种功能，主张文以载欲和文以载道的统一，亦即所谓表现自我与教化读者、抒人民之情的统一。由于诗中所载之道融入了诗人独特的人生体验，其道不再空疏，流于说教；由于诗中所载之欲受到道的规范，其欲得以升华，不再猥琐。自我与读者（人民、人类）的情感的协调一致，则使诗更易于找到知音，更易于激起共鸣。

如果"越是民族的，就越是世界的"这一条艺术规律不错，我们也不妨说，艺术作品中蕴涵的情思体验，越是富于个性的，就越是富于共性的。而这正是"表现自我"与"教化读者"二者统一的逻辑依据。不过，在"教化"二字上，鉴于"传统派"的煽情和思想灌输的教训，中锋派有时宁愿作低调处理，不敢过于夸大诗歌的教化功能，不敢相信诗歌乃经国之大业，有"一言兴邦"的魔力，诗让人读了，尚能予人一些精神陶冶、慰藉和娱悦，至多一些思想上的潜移默化，足矣！

‖社会关怀和生命关怀‖

在"传统派"那里，诗的意义在于社会关怀，包括社会讽喻和社会教化（成为政治斗争的工具，所谓投枪、匕首、号角、鼓点，则是它的狭隘化）。在先锋派那里，诗的意义在于生命关怀，诗是关于生命体验的诗意表达。中国新诗诞生以后，在很长一段时间里，其社会功用被极力强调着，诗被赋予浓重的社会政治色彩，社会抒情诗（政治抒情诗）一直统治诗坛。但八十年代以后，诗的非社会化倾向抬头了，远离社会、远离政治成为一种时尚，为许多自命为先锋的或并不怎么先锋的诗人所信奉。信奉诗的意义在于生命关怀的人们，引证狄尔泰的话说："诗的问题就是生命的问题，就是通过体验生活而获得生命价值超越的问题。"而坚持诗的意义在于社会关怀的人们，则可以引述更多的宏论，其论证之雄辩当绝不亚于对方。

那么，诗的社会化倾向和非社会化倾向究竟孰是孰非？我们必须在二者之间做一个非此即彼的选择吗？中锋派则认为，人有自然本质，也有社会本质。诗在关注人的自然本质时，关怀的是自然的人，哲学的人，是人的生命个体存在，此时，诗与政治无关，诗所抒写的是生命体验；诗在关注人的社会本质时，关怀的是社会的人，社会学的人，是人的群体存在即社会存在，此时，诗的意义在于兴观群怨，在于发挥"美刺"功能，甚至不妨是鼓点、号角、投枪、匕首。所以，一部分诗歌作社会抒情是必要的，一部分诗歌作非社会抒情也是必要的，二者相互排斥，也相互补充，谁也不能否定对方的存在意义。这里可以讨论的问题仅仅在于，在一定的社会历史时期，诗歌应在何种程度上参与社会生活，而不是一概非难诗歌疏离社会政治的倾向。反之亦然。而只须对古今诗歌作一番浏览辨析，便不难发现，诗的世界其实是天然地呈现两极：社会抒情诗和生命体验诗（其两极之间的过渡地带则为许多交织着两种情怀的作品所占据）。社会抒情诗关注人的社会存在，或着重表现社会矛盾、民生疾苦，感时伤世，愤世嫉俗，忧国忧民，抒写对社会现实非理想化的焦虑和不满；或强调诗歌的社会教化功能，传经布道，试图以诗歌激发社会大众的政治热情，优化社会大众的精神境界，使之和谐于抒情主人公所理解的社会理想。这里，前者可谓"忧患诗"，后者可谓"教化诗"。生命体验诗关注的则是人的自然存在，其思绪常萦绕于人生的目的和意义，即所谓"生命意识"，萦绕于生命与宇宙时空的关系，即所谓"宇宙意识"。表现的常是生命个体存在的困惑：我从哪里来？我来干什么？我往哪里去？由于天地悠悠过客匆匆，由于生命个体存在的悲剧结局的阴影笼罩，这类诗的情调大都是悲凉的。在生命体验诗和社会抒情诗（政治抒情诗）之间，中锋派并不偏执于一端，独尊一类，否定另一类诗的存在价值。

如果说传统诗是入世的诗，其基本取向是关切并试图干预世俗社会生活，囿于形而下层面，可能缺少哲学思辨和宗教精神；先锋诗是出世的诗，其基本取向是高谈玄理和终极关怀，囿于形而上层面，远离社会现实，鄙夷时代使命感；中锋诗则希望自己既有着入世的执着，也不乏出世的洒脱，既有"忧患在元元"的悲怀，又有"把酒问青天"的逸兴。出入自如，能上能下。

‖ 言说方式与语言风格 ‖

先锋诗重在表达生命体验，其表达方式通常是诗人的内心独白或呓语。从李金发《有感》"如残叶溅血在我们脚上，生命便是死神唇边的笑"，到西川《在哈尔盖仰望星空》"有一种神秘你无法驾驭 / 你只能充当旁观者的角色 / 听凭那神秘的力量 / 从遥远的地方发出信号 / 射出光束，穿透你的心……"大抵如此。传统诗关注民族兴亡、政治清浊、世风盛衰，一腔激情急于倾泻，其表达方式通常是面对大庭广众发表的慷慨激昂的演说或大声疾呼。从蒋光慈的《哀中国》，到白桦的《阳光，谁也不能垄断》，多是这样。中锋诗既不回避抒写生命体验，又不排斥抒发社会政治情怀，其抒情方式既可以是内心独白，又可以是公开演说。而当诗人关注人的自然本质与人的社会本质叠印的领域时，其诗既不是纯粹的生命体验，又不是纯粹的社会情怀，而应称为人生抒情诗，如爱情诗、友情诗、亲情诗、家国情怀诗和人生感遇诗，其理想的抒情方式便是面对倾听者的娓娓倾诉。

先锋诗惯于内心独白，无视读者，语言多有省略、跳跃、含混、生造的成分，呈现晦涩风格，读者仿佛从旁"偷听"其独白，往往会感到不知所云。传统诗往往低估了读者的审美期待，其语言平易晓畅，便于听众理解，却也往往失之直白，读者在思想情感上受到震撼和感染之余，不免会感到艺术上缺少回味的余地。有时，其居高临下、耳提面命的教化者形象，也会让人反感。中锋诗则试图面对读者，作心灵的交流，注意将其语言风格的摆幅控制在朦胧与明朗之间，追求清新隽永、明丽畅达的语境，避免"大白话"，也避免"黑话"，让读者读一遍即已读懂，读多遍还会若有所悟。

‖ 超前与滞后 ‖

先锋派即艺术上的激进派，标榜其艺术的探索性、超前性，追求诗中意象、语言及表现手法的陌生化，不在意读者是否能接受，先锋派的一句口头禅是："你们看不懂，你们的孙子会看得懂的。"他们以"曲高和寡"为荣，信奉"诗是贵族的"，在"为创新而创新"的迷途上，其形式和技巧的创新与内容表达的需要已基本脱节。有一句调侃的话说，他们整天被"创新"的狗撵得停下来撒泡尿的工夫都没有，这是再形象不过了。（不过，对于时下的模仿者，已无所谓激进和探索，所谓先锋，只是一种业已定型的风格，只是他们追逐的一种时髦做派而已。）

中锋派也反对艺术上的僵化和故步自封，但他们在新诗艺术格局已经形成的当代，不主张激进，而主张渐进；不主张"陌生化"，而主张适度的陌生感（新奇感）；不主张曲高和寡，而希望"曲高和众"；不主张"贵族化"，也不主张"平民化",而希望雅俗共赏,希望"旧时王谢堂前燕,飞入寻常百姓家"。

当然不能说"传统派"在艺术上全然不求创新,但至少可以说其求新求异求变的主观愿望是不很强烈的,其客观效果也是不够明显的。就"绝对值"而言,"传统派"今天的作品较之他们先前的作品,艺术上可能已经有了某些进步,但相对于读者的已经更新了的审美期待,其进步可能让人感到只是原地踏步甚至是退步了。这大概就是某些诗歌刊物有时自以为是高扬"主旋律"的卷首大作,且不论内容,单就其形式而言,就往往显得面貌陈旧而不能吸引读者的原因。

环顾一下相邻的艺术种类,这种印象可能更为明确。譬如服装设计,先锋派着眼其独创性、超前性、表现性,于是尽可以身着油桶、龟甲、球网、藤蔓……及其他许多匪夷所思的东西,或干脆换上"皇帝的新装",直接以七彩油墨文身。"传统派"则固守衣物的遮羞、保暖、护身功能,年年岁岁满足于灰蓝色调的定型设计。先锋派的服饰只能用于舞台表演,下不得台;"传统派"的服装则永远成不了时装,上不得台。中锋派则希望折中先锋与传统两派服装的功用和特征,让艺术生活化,让生活艺术化,让服装的款式、色调、图案、面料既体现出时代的精神风采,又不脱离服装的传统功能和消费者的审美趣味。当然,消费者的审美趣味是可以引导和改变的。中锋派的魅力或梦想就在于,总是适度地领先于消费者的审美需求,引导消费者的审美期待,预测并及时推出新的流行式样,新款既出,总让洛阳纸贵,洛阳布贵。

‖ 纵向继承与横向移植 ‖

新诗在中国作为一种新的诗体,是五四时期由胡适、郭沫若等一批留学生率先从国外引进的。其实,新诗的问世,也是中国诗歌由古典到现代的一个合乎逻辑的发展,在传统的格律诗与散文诗(自《庄周梦蝶》开始,中国就有了散文诗)之间,它早已是呼之欲出了,即使不从国外引进,或早或迟,也会从我们诗国的土壤里自行生长出来。从形式到内容,新诗理所当然地应该是一个开放的体系,既继承本民族诗歌的一切优秀源流,发扬光大,又吸纳境外一切优秀的诗文化,食而化之。譬如,传统诗歌的声韵美、意境美、人格美等，无疑是应该继承的。而西方诗歌的具有视觉冲击力的分行排列方式，其意象的奇异、思想的新锐等，都是我们应该借鉴的。我想，这应该就是中锋派的态度。

而"传统派"崇尚民歌和古典，以欧风美雨为异端，则表现出一种狭隘的保守的倾向。我与"传统派"人士有过一次近距离的遭遇。我有一位朋友，非常反感某些"搞怪"的所谓先锋诗，我们因而很投缘。后来我发现，他欣赏的只是旧体诗和民歌，还有，就是一如狼孩之与狼奶，对20世纪六七十年代哺育成长的几首新诗和样板戏的唱段尚存一缕旧情。"清水水玻璃隔着窗子照，满口口白牙对着哥哥笑。双扇扇的门单扇扇开，叫一声哥哥你快回来。"这首陕北民歌，我第一次听到，就是由他转述的。我当然也欣赏民歌，包括当代诗人的民歌体创作。但我们不能狭隘到仅仅欣赏民歌呀！新诗的魅力不是民歌所能代替的，今日新诗也不是郭小川、贺敬之式的颂歌和战歌所能同日而语的。同样，外国诗的一些佳作，其独特魅力也是中国诗所未必具备的。

反过来，某些先锋派始终钟情于洋腔洋调，拿夹生不熟的翻译体当经典膜拜，有话不好好说。以为诗的月亮也是外国的圆，意象理论也须"出口转内销"。论及诗人姿态，乃不知屈原饮露餐菊，李白举杯邀月，陈抟高卧烟云，林逋梅妻鹤子，开口闭口荷尔德林"人诗意地栖居"。以至"汉儿尽作胡儿语，却向城头骂汉人"。这同样是不足为训的。

先锋派——中锋派——"传统派"，三分诗坛，可能有人不同意这种观点，笔者却笃信不疑，因为这不仅是从理论上归纳出来的，更是从诗坛的实境"写生"出来的。如果传统诗是正题，先锋诗是反题，中锋诗则是合题，是兼容，是矫枉而不过正。

需要声明的是，笔者鼓吹中锋派，却无意诋毁先锋派（以诗玩世的伪先锋除外）和"传统派"（以诗邀宠的伪现实主义除外），而且，我以为先锋诗、传统诗的艺术渊源，都可追溯到中国诗歌第一人——屈原！先锋诗的怀疑精神、探索精神和生命意识可追溯到屈原的《天问》及《九歌》中的一些篇章，传统诗的现实主义精神和忧国忧民的博大胸怀，可追溯到屈原的《离骚》和《九章》！其思想艺术品格也不是什么人想要诋毁就诋毁得了的。

也许真的是没有偏激就没有深刻，没有偏激就没有丰富，先锋派、"传统派"各自固守其美学原则，相互砥砺，在竞争中求发展，对于繁荣新诗，促成诗坛良好的生态平衡和百花齐放的局面形成，自有其内在的逻辑根据。

不过，我们却更为偏爱中锋诗，希望诗坛中锋能取传统与先锋两派之长，避其所短，既不僵化，也不西化，成为中国诗坛的主流风格、主要流派，从而重建新诗的美学原则，重建新诗的信心和信誉，使新世纪的中国新诗更具时代精神和人格魅力，更具中正之气，中和之美，中国之风，中兴之象，造成一代无愧于历史和未来的盛唐之音。

选自《诗探索》1996 年第 4 期，收入本书有删改

魏晋玄言诗与新诗现代派

毛　翰

　　玄言诗对于今天的人们来说已经很陌生了。可是在魏晋时代，作为一种诗歌风格，它曾经独领风骚，作为一个诗歌流派，它在诗坛占主导地位曾经长达一百多年！

　　魏晋时代政治黑暗，官场险恶，以谋权篡位或剪除异己为目标的宫廷斗争往往伴随着血腥的屠杀。一般文人情知国事不可为，不敢奢望修齐治平兼济天下，为全身远祸苟且偷安，只得逃避现实，缄口不谈时政。于是皈依老庄谈玄究理，到玄虚哲学中去寻找精神慰藉，配合以服药酗酒散发扪虱等颓废行为，一时蔚然成风，这便是魏晋风度。"学者以老、庄为宗而黜六经，谈者以虚荡为辨而贱名检，行身者以放浊为通而狭节信，仕进者以苟得为贵而鄙居正，当官者以望空为高而笑勤恪。"

　　玄言入诗，即玄言诗。玄言诗一经兴起，建安风骨即告式微。岂止建安风骨，《诗经》《楚辞》一脉相承的现实主义浪漫主义传统也都成为明日黄花，凋零殆尽。于是，"贵黄老""尚虚谈"，诗成为哲学讲义，成为老庄教旨的韵文诠释，充满形而上的虚无主义玄思以及韬晦遁世的枯燥说教。其艺术表现上，则以放逐形象思维的艰涩晦暗幽微曲折的文字和故弄玄虚的形式主义为主要特征。

　　遗荣荣在，外身身全。卓哉先师，修德就闲。散以玄风，涤以清川。或步崇基，或恬蒙园。道足匈怀，神栖浩然。

　　　　　　　　　　　　　　——［东晋］孙绰《答许询》九首之二

傲兀乘尸素，日往复月旋。弱丧困风波，流浪逐物迁。中路高韵溢，窈窕钦重玄。重玄在何许，采真游间。苟简为我养，逍遥使我闲。寥亮心神莹，含虚映自然。晕晕沈情去，彩彩冲怀鲜。踟蹰观象物，未始见牛全。毛鳞有所贵，所贵在忘筌。

——［东晋］支遁《咏怀诗》五首之一

当是时也，玄理之风，如紫气东来，纵横诗国，大行其道；如皓月当空，笼罩四海，领导新潮。

玄言诗在当时并非没有受到批评。不满玄谈之风的葛洪就曾指出："古诗刺过失，故有益而贵；今诗纯虚誉，故有损而贱也。"然而，批评归批评，风行归风行，当一种诗风甚嚣尘上时，圈中人是听不进任何批评意见的。"间有斥其非者，世反谓之俗吏。"批评的声音客观上还会成为被批评者的推销广告，这一效应想必古今皆然。这也就是批评界往往失语的原因。

当然，一股逆流是不可能永远汹涌下去的。玄言诗兴起于曹魏正始年间，何晏、王弼、夏侯玄和钟会为其代表；至东晋更为盛行，孙绰、许询、桓温、庾亮、支遁是其中坚。但各家作品多已散佚。其中被鲁迅称为空谈和吃药（药名"五石散"的一种毒品）两大祖师的何晏仅存两首与玄理无关的《言志诗》，许询仅存一首并非谈玄论道的咏物小品《竹扇诗》，王弼、夏侯玄、钟会、桓温、庾亮则徒留诗名，囊中空空，并无一字传世。只有孙绰、支遁二人，或领袖文坛，或终老佛山，得存诗较多，像是历史老人有意为玄言诗派留下一份供后人评说成败得失的文本。作为诗史上的一个曾经显赫百年的流派，玄言诗到晋末终告衰落，其诗坛主导地位为山水诗所取代。（尽管那影响并不容易消除，例如，谢灵运的山水诗大多是一半写景，一半谈玄，拖着玄言诗的尾巴。）在后来一千多年的中国诗史上，渐至湮没无闻。这个结局，应该说是符合历史逻辑的。

关于玄言诗，刘勰《文心雕龙》指其"江左篇制，溺乎玄风"，"诗必柱下之旨归，赋乃漆园之义疏。"钟嵘《诗品》斥之"理过其辞，淡乎寡味"，"孙绰、许询、桓、庾诸公诗，皆平典似《道德论》，建安风力尽矣。"皆切中要害之语，可谓盖棺论定。

然而，到了 20 世纪，玄言诗却死灰复燃，得到了一次空前的复兴，尽管人们并未想到祭起何晏、孙绰们的亡灵。这便是新诗的所谓"现代派"（以及"后现代派"）的粉墨登场。

现代派新诗几乎是具备了魏晋玄言诗的一切特征！如放逐情志，独重理念，所谓"主智"；沉湎于形而上的玄想，将诗作为哲学讲义或哲学笔记，以阐释玄理为诗之要义和时尚，只是不局限于中国的老庄，而更热衷于西方哲学，兼及若干宗教教义；如逃避现实，不涉美刺，远离人间烟火，鄙夷时代使命感，否定并嘲弄诗歌的社会功能，无论是教化还是批判；如轻慢意象，倾向于以抽象思维代替形象思维；如语言艰涩隐晦，故作深奥，且更为放纵，恣意对语言施虐施暴；如形式主义和技巧至上，所谓"说什么并不重要，重要的是怎么说"；如蔑视读者，以曲高和寡自得自炫……可以说，玄言诗的幽灵已悄然附体于"现代诗"，新诗现代派就是 20 世纪的玄言诗派。中国的现代派们实在是不必数典忘祖，远道西游去寻求衣钵和牙慧的，"现代派"在咱们地大物博的中国确实是"古已有之"。

现代派以"现代"自诩，其实并没有多少现代性可言，"现代派"（"现代诗""现代主义"）这个名目只是基于时序所取，与其流派特征完全无关。或者，鉴于中国诗史上早已有一个"玄言诗"的现成名目，不妨沿用，所谓现代派，不如称之为"后玄言派"，倒还有利于标明其流派特征和历史源流，避免不必要的混乱。

现代派们总以为别人都是传统的顽固守旧的，只有他们自己是反传统的锐意创新的。他们怎么也不曾想到，他们自己的那一套理论和实践竟也是"传统"的，作为它的原型，玄言诗在一千六七百年前的魏晋时代还曾经是诗坛的主流派，只不过他们的那个"传统"却早已不幸成了"失传之统""不传之统"，在艺术世界的生存竞争中被适者生存的法则给无情地淘汰了，他们坚守那一套才真正是顽固守旧呢！文学艺术的许多观念、理论、风格、流派，在文学艺术史上都是能找到它们的原型的。文学艺术历经几千年发展，到今天，恐怕任何认为自己的一套乃是全新的、从零开始的、史无前例的创造之所谓"首创论""空白论"，都只能是幼稚的妄言，我不大有把握这一判断是否有例外，但我相信，即便有，也不属于新诗现代派。

新诗在当今中国受到读者的空前冷遇，现代派是负有很大责任的，因为其理论的鼓吹和作品的充斥，在参与扫荡了十年浩劫而登峰造极的极左派的假大空话语之后，又从另一个极端搅乱了诗坛的是非，败坏了新诗的声誉。近日，一位报考鄙所诗学研究生的湖北某中学语文教师在给我的信中说："我校一些大学中文系毕业的语文教师，平素是从来不看诗歌的，问之则曰'不知在胡弄些什么，我看它干吗？'诗歌创作无人喝彩。这该是多么尴尬的情形！"这绝不是个别的偶然的现象。现代派的弊端天人共鉴，整个诗国怨声四起，有艺术良知的人们不会视而不见。然而，尽管许多人幡然醒悟，从其阵营中分裂出来，甚至其领袖级人物也频频发言指斥其积弊，现代派的若干新老盟友却仍然痴心不改，苦苦地坚守着阵地。

其中一个"建设性的"举动便是抬出穆旦[①]，将他拥上二十世纪中国新诗的第一把交椅。七鼓八噪，如今，穆旦研究已成为热点了，穆旦的地位已不亚于当年东晋的玄言诗大师孙绰了，穆旦的诗集已是注家蜂起了，穆旦门下如今也差不多是"贤人七十""弟子三千"了。我却总也弄不明白，现代诗为什么要写得比古诗还难懂？为什么现代人写的诗给现代人看，还要借助于冗长的注解导读？穆旦篇幅有限的《诗八首》（八八六十四行，据说是情诗），为什么需要数千字、数万字的长文来作反反复复的"细读"？我怀疑是否真有什么用平易流畅的语言无法表达的深邃的思想和深沉的情感？既然一种语言可以译成另一种语言，同一种语言内的艰涩表达难道就不能译为平易表达？是的，诗人应该是思想者，但思想者是否就是诗人？20世纪中国新诗的水泊梁山，如果缺少晁天王，就让它缺少好了，用不着匆忙拥立谁或改立谁。神化穆旦救不了玄言诗。才从现代迷信的香火中逃出来的我们，不免对一切新的造神运动过敏。

诚然，玄言诗的某些做派，如逃避现实谈玄究理，可能是时势使然，有时也不妨理解为一种消极的抗议；如幽微晦涩的语言风格，有时可能是为藏锋避讳，不得已而采取的一种曲折表达方式的需要；如形式主义，有时也可能是不无积极意义的艺术探索。可是，当少数不失真诚的探索者身后聚起庞

---

①孙玉石《解读穆旦的〈诗八首〉》："穆旦的诗，在思维形式、创作风格和表现方法等方面，深受二三十年代的西方现代派诗人爱尔兰的叶芝，英国的T.S.艾略特和奥登等人的影响，这种影响中的某些方面，如玄学思辨与具象象征的结合，又可上溯至一直为T.S.艾略特所深爱和推崇的十七、十八世纪的英国玄学派诗人们。"此文收入孙玉石著《中国现代主义诗潮史论》，北京大学出版社1999年版。

杂的等而下之的追随者，当一切语病、黑话、结巴、晦涩、怪诞、苍白、猥琐、浅薄、痞气、唯丑、没文化、没教养、下半身……都瘟疫般地集合于探索者的旗下，探索者却不加甄别地引以为党羽，一往情深地予以呵护，喜剧效果便发生了。

有时我甚至想，现代主义最大的敌人也许不是别人，而恰恰是那些皈依到现代派旗下的诗人自己，因为正是他们的作品（《石室之死亡》《0 档案》之类）更加败坏了现代主义的声誉。"没有偏激就没有深刻"这一命题是不能到处滥用的，我们不要忘了另一至理名言："真理再往前跨出一步就是谬误！"说深耕就掘地三尺，说密植就密不透风，20 世纪五六十年代某些人的狂热和瞎指挥对于中国农业的伤害，使我老家的农民至今提起来还痛恨不已。将现代主义的某些不无合理因素的理论主张推向极端即推向谬误。正如马克思主义的最大敌人可能不是别人，而恰恰是那些自称为最激进、最正宗的马克思主义者，如"四人帮"和红色高棉波尔布特之流一样。马克思主义难道就不能不与专制和恐怖搅到一起吗？现代主义难道就不能不与晦涩和怪诞搅到一起吗？君不见，被公认为台湾现代诗始作俑者的纪弦，其晚年也颇有悔意，说"从前在台湾，有人故意逃避情绪，切断联想，把诗写得十分晦涩难懂，而自认为很'前卫'。我大不以为然，决不点头。说现代诗是'难懂的诗'，如果不'难懂'，就不'现代'了，那真是一大笑话！"

还有所谓后现代，其调侃一切、亵渎一切的痞子口吻，与"文革"之初的怀疑一切、打倒一切的红卫兵精神是一脉相传的。作为一个有理性的人，我们应该知道建构什么，解构什么，知道破坏之后还须建设，解构之后还须重新建构。人毕竟要有理想，人类的理想未来不能寄于乌托邦，也不能存于荒漠或废墟。况且，并不是任何既有的建构都是可以亵渎和解构的，譬如爱国情怀，譬如中华民族的母亲河，对着黄河撒泡尿的小痞子做派终究是难以容忍的。

作为一种风格，一种流派，在一个宽容和多元的诗坛上，玄言诗、后现代其实都不妨存在，不妨聊备一格。"不管它多么怪异，多么令人倒胃口，都有它们存在的权利，正如癞蛤蟆和赤练蛇都有存在的权利一样。看不懂癞蛤蟆和赤练蛇并不是生物学家的光荣，看不懂某些后现代诗也不是诗歌评论家的自豪的本钱。"①可是，癞蛤蟆和赤练蛇有存在的权利，却没有主宰生物圈的权利，没有成为生物圈中巨无霸的权利，没有吃天鹅肉，剥夺天鹅和夜莺们生存权的权力。而"癞蛤蟆和赤练蛇"在某些理论家那里一贯被唤作"第三代"（如果把艾青等当年的归来者算作第一代，朦胧诗算作第二代，第三代就只有"癞蛤蟆和赤练蛇"吗？）备受鼓噪，正是试图赋予它这种权利，张扬着它的这种权力欲。而对于非生物学非诗学职业的，不愿意自讨苦吃自找罪受的一般动物观赏者和诗歌爱好者，咱们有什么理由要求人家也像咱们一样忍受着痛苦和恐怖，倒着胃口，去看咱们这丑陋可怖的癞蛤蟆、赤练蛇和第某代的诗呢？而论者立论，是不能不照顾一般观赏者、读者的审美心理，只以一己偏好和怪癖为依据的。

温故而知新。魏晋玄言诗早已被诗史所遗弃，"后玄言诗"在诗史上的命运，也不会比它的上一轮回更为美好。如果不满足于聊备一格，而奢望着主导诗坛的话。

选自《诗探索》1998年第2期，收入本书有删改

---

① 孙绍振：《后新诗潮的反思》，《诗刊》1998年1月号。

阿红与"上园派"

纪有志

　　新时期诗坛上具有重要影响的三个理论群落是"传统派""崛起派"和"上园派"。

　　"上园派"是20世纪80年代具有重要影响的诗歌理论群落之一，是继"传统派""崛起派"之后形成的具有中间道路特征的诗学流派。

　　"传统派"对诗歌艺术新变的反对（至少是质疑）不利于新诗艺术的发展，但它对传统艺术经验的重视值得关注；"崛起派"对西方艺术经验的重视对于打破封闭、僵化的艺术观念不可或缺，但它对传统艺术经验的忽略、对西方艺术经验的过分倚重，也可能带来新诗脱离中国文化与现实的弊端。

　　关于"朦胧诗"的讨论在很大程度上就是"传统派"和"崛起派"之间的讨论。这场讨论在1984年初基本结束之后，迫切需要一些评论家对其进行反思，进一步探讨新诗艺术的基本规律，在两个群体之间建设一道沟通、融合的"桥梁"。"上园派"诗论家就肩负起了这一使命。这其实也是代表国家文学意志和主流意识的中国作家协会及其主办的《诗刊》所期待的诗学格局。

　　"上园派"的出现首先是和《诗刊》举行的两个诗歌活动有关。根据朱先树的记载，1984年4月8日至28日，《诗刊》社在北京举办了为期半个多月的评论作者读书写作会。参加会议的有孙克恒、袁忠岳、叶橹、竹亦青、吕进、陈良运、杨光治、余之、朱子庆，一共9人，地点在西直门外北方交通大学（今北京交通大学）旁边的上园饭店。1985年12月，《诗刊》社受中国作协委托举办了第2届全国新诗（诗集）评奖的读书班，地点仍在上园饭店。上一次读书写作会中除孙克恒（已故）、竹亦青（已故）、余之3人外，其他人都参加了读诗评诗外，也交换了对诗坛争论的一些看法。正是在这次会议上，几个诗歌观念相同或相近的评论家认为，应该在诗坛上有另外一种声音，这种声音就是后来被称为"上园派"的诗歌群落。

在半个多月相处和相互交谈中，大家对当前诗歌的看法，渐渐有了共识。这就是后来形成"上园派"的思想基础。吕进、朱先树、阿红、杨光治、叶橹、朱子庆和袁忠岳7人共同商量，认为在诗坛互相对立的"崛起"与反"崛起"之外，应该有另外一种声音。

1989年6月4日阿红在《胡兴评"上园"》（见《阿红日记》124页）一文中回忆：

"上园"结合也颇偶然。

1985年冬，《诗刊》受中国作协第二届全国新诗评奖委员会委托，邀集一些搞诗论的，于北京上园饭店举行初评。

一晚，朱先树到我房间，说几位朋友觉得诗观切近，抑结成一个诗理论家群体，问我是否愿意参加。我当即表示愿意参加。共七人，如胡文说的"是阿红、朱先树、袁忠岳、叶橹、杨光治、朱子庆，还有本书的编者吕进"。

当时就说，"上园"是诗观的基本认同，不是一个组织。

此后，再也不曾相聚，甚至通信也了了。

1986年，中国新诗研究所成立，召开座谈会。只先树、忠岳和我去了，与吕进相会。当时好些诗论家说他们也是"上园"观点。

几年来，"上园"编出两本书，一本是吕进编的《上园诗谈》，一是朱先树编的《中国当代抒情短诗赏析》。在编的还有一本诗歌美学辞典。

最初在报刊上披露"上园"的是光治。他在广州《当代文学报》发表的文章里提到。此后，评论"上园"诗观的有诗论家古远清，再就是胡兴。我见到这两篇。二位对"上园"都是肯定的。

"上园派"的旗号是1986年在《华夏诗报》上正式亮出来的。袁忠岳回忆说："后来，朱子庆到广州参加《华夏诗报》的编辑工作，就在该刊总第9期上刊发了其中五个人的文章，加了编者按，简介了'上园派'的来历，这算是一次公开的集体亮相了。"

"上园派"诗学主张的集中展示是在吕进编选的《上园谈诗》一书中，

该书 1986 年初编出初稿，1986 年 8 月定稿，1987 年 9 月由重庆出版社出版。主体部分包括四个版块："上园笔会"收入杨光治、袁忠岳、叶橹、朱先树、阿红、朱子庆、吕进的论文 9 篇；"上园诗评"收入研究该群体所认同的诗人的评论文章 8 篇，这些诗人包括傅天琳、刘湛秋、李钢、张学梦、叶延滨、杨牧、周涛、章德益，论文作者中的吕进、阿红、叶橹、袁忠岳、朱先树属于"上园派"，而张志民、周政保则可称为该群体的"同路人"；"上园诗论"收入 7 位学者的诗学研究论文、通信 12 篇；"上园诗话"收录阿红、朱子庆、杨光治的短篇诗论（诗话）20 则；另有"附录"4 篇，介绍阿红、袁忠岳、叶橹、杨光治 4 人在诗歌创作尤其是诗学研究方面的成绩。

《上园谈诗》刚好入选者是 7 位，所以吕进在后记里写道："七弦琴的七根琴弦奏出自己的乐音，彼此既不会雷同，也不能相互取代，然而，它们又和谐于同一旋律里。"

吕进在《上园谈诗》的后记——《变革，为了新诗在当代中国的繁荣——卷末语》中，介绍了这 7 位朋友。吕进写道：

现在，请允许我依照入集的 7 位朋友的居住地区从北到南地对他们作一个简单的介绍：

东北的阿红 20 世纪 50 年代初期毕业于南京大学，著有《漫谈诗技巧》《探索诗歌的奥秘》《诗歌技巧新探》和《漫谈当代诗歌技巧》。最近又与人合著《诗歌创作咨询手册》。北京的朱先树长于对诗坛作长景式观照。他毕业于中国人民大学，著有《追寻诗人的脚步》，编有《中国当代优秀短诗赏析》和《假如你要作个诗人》，后者是重庆出版社近年的畅销书之一。山东的袁忠岳和江苏的叶橹都在大学年代就显露出理论才华，而又都曾被 1967 年那股"奇异的风"卷到荒漠的地方。袁忠岳以基础理论研究见长，叶橹以敏锐的诗学感受力著称，他们现在都在大学执教，后者的《艾青作品欣赏》即将出书。杨光治和朱子庆则在南国的花城。杨光治文思迅捷，快人快语，是《野诗谈趣》一书的著者。作为诗歌编辑，他对诗坛状况的把握是敏锐的。朱子庆算是七人中的"小字辈"了。他 1982 年从中山大学毕业，是《诗刊》优秀评论奖的得主。吕进在重庆工作。

吕进（1939—　　），四川成都人。1963 年毕业于西南师范大外语学院，现为西南大学教授原该校中国新诗研究所所长。主要著有：《新诗的创作与欣赏》（重庆出版社 1982 年版）、《一得诗话》（四川文艺出版社 1985 年版）、《新诗文体学》（花城出版社 1990 年版）、《中国现代诗学》（重庆出版社 1991 年版）、《吕进诗论选》（西南师范大学出版社 1995 年版）、《文化转型与中国新诗》（重庆出版社 2000 年版），主编《上园谈诗》（重庆出版社 1987 年版）、《新诗三百首》（河北人民出版社 1996 年版）等。

吕进在《上园谈诗》的后记——《变革，为了新诗在当代中国的繁荣——卷末语》中，介绍了几位"上园派"诗评家学术特点后，并专门论述了"上园派"的学术品格：求实意识、创新意识、多元意识和开放意识。阿红是"上园派"的主要诗论家之一，他的诗论学术品格与"上园派"的学术品格相一致的。

诗人阿红的求实意识。吕进在《上园谈诗》的后记——《变革，为了新诗在当代中国的繁荣——卷末语》中写道："诗学面临的对象是最丰富的非常规世界，最不具备实体性的流动世界，它是现实世界的幻影，它是良知的馨香。用非诗规范要求诗，用非诗人规范要求诗人，用全民族诗歌的使命衡评每一首具体作品，或者，用对时髦的潮流的追赶去代替对诗的认真审视，都会使诗学丧失求实气质。"新诗研究中的求实意识，就是要用诗的眼光、诗的独特规律去审视诗与诗人、诗歌现象，不是盲目追赶时髦、追赶潮流。阿红也以十分形象的方式说出这样的观点："有七分好就说七分好，那不是捧；强说十分好，那就是捧。有三分差就说三分差，那不是贬；强说成一无是处，就是贬。"阿红说："诗评集，重要的是从诗集本身概括出艺术特点，并加以论析；最好别用别人的诗集做自己观点的注脚。"

诗人阿红的创新意识。"当代诗评家的素质首先不因循守旧，有变革的勇气与智慧"（吕进《上园谈诗》的后记），阿红是一位颇有创造性的诗评家，他十分注重在新诗研究上的创新。他的诗论注重诗的内部规律的探讨，并借助心理学、语言学、哲学、美学等领域的有关观念；但也不忽略对诗的外部规律的研究，他的诗论涉及诗人的修养、诗与时代，诗与民族等范畴，但就是在进行外部研究的时候，他也注重对多学科的参照，比如政治学、经济学、法学、社会学等。这就使他的诗论显得丰满，具有新的理论发现。

阿红的诗论主要是以当代中国新诗为研究对象，因此，在他的诗论中，对新现象的关注特别多，甚至对一些尚未定型，但已露出一定特点的新现象，他也予以热情关注，这自然增加了诗论的新鲜内涵。

诗人阿红的多元意识。吕进认为"多流派，多学派的竞争与共同发展有利于新诗艺术的进步与繁荣。反过来说，诗坛多元格局的初步形成也体现了时代的进步。"（吕进《上园谈诗》的后记）阿红多次谈到对诗的多元化的看法。他认为多元是必然的："在民主开放的氛围里，诗世界不可能不多元。诗人的艺术参照系是多元的，诗人的审美意识是多元的：诗人的艺术追求是多元的；诗不多元，才怪呢！"阿红在新诗研究中也体现多元意识。他有自己的诗学主张，但不唯我独尊，没有霸权意识，对于任何一种诗歌追求，他都进行求实的分析与评价。在阿红的诗论中他所涉及的流派，创作追求是多种多样的，但他不人为贬谁或扬谁，而是实实在在地深入其本质，好处说好，劣处说劣，为其在当代诗坛上的位置定位。他肯定当代的现实主义诗歌，也认为当代现代主义有其合理性。对于阿红，评价诗歌的优劣的标准是诗的艺术规律；评价某些诗潮的优劣标准是看这些诗潮及其作品是否对新诗发展有着正面的拓展或推动。

阿红在新诗研究中的多元意识是在坚持新诗的艺术前提下的多元意识。他认为，每一个"元"的诗，都应该具有中华味和当代味。他主张，中国的当代诗歌，无论是怎样的艺术追求，都应该"举着人生，走进社会；举着当代，走进未来；举着中华，走进世界"。这些主张都是符合新诗的发展规律的，也是阿红在新诗研究中的多元意识赖以坚持的核心。

诗人阿红的开放意识。开放，是现代艺术发展的总体态势，中国新诗发展也是这样。

当国门打开之后，各种艺术思潮不断涌进来，对这些思潮不能视而不见，每一种诗潮的产生与发展，都会有其发展的合理性，以此作为参照并吸收其中的某些合理因素为我所用，是可以推动新诗发展的。因此，阿红认为，"在多元诗世界，最好别采取封闭政策""中国诗歌要发展，必然要不断地从世界诗歌吸收营养。没必要拒绝，没必要排斥"。

在新诗的研究中，阿红十分注意以开放的眼光打量诗坛，以开放的意识关注诗歌的发展。他注意从传统诗学中吸取诗论营养，也善于从当代丰富的诗歌现象中总结和概括新诗发展带有规律性的因素，从而全面地把握了新诗的发展的态势，也使他的诗论具有当代性。

他关注外国诗歌的发展，更注重对外国诗学主张的吸收，使他的诗论中不断有新的诗学主张，新的表达方式，新的研究方法出现。

开放是为了借鉴别人优秀的艺术经验和诗学观点。因此，在开放的过程中有一个"化"的功夫。化古为今，化外为中。"上园派"所坚持的是稳健的开放，是"化古为欧"，是以中国优秀诗歌传统为核心促成外国艺术的本土化，最终使新诗成为现代的中国的新诗，使中国新诗研究建构起现代的中国的诗学体系。阿红在新诗研究中的开放意识正体现了这样的特点，不守旧，也不偏激，而是于多元参照之中，建构具有中华特点的当代新诗理论。可以说，传统与现代的结合正是阿红试论得以形成自己的理论个性的重要原因。

《诗刊》，它始终代表着诗坛上最主要的、引领主流的声音，"上园派"的诗论家不仅每个人都在《诗刊》上发表论文，张扬自己的诗学主张，而且吕进、阿红还在1988年应邀为《诗刊》评刊，总结诗歌现象，引导诗坛观念，每期选择《诗刊》上的优秀作品或体现出来的某些诗歌现象进行"背对背"的评论，在下一期刊物上发表出来，最终体现出较为一致的诗学主张。吕进说："被诗界誉为'国刊'的《诗刊》，在1988年出了一个新招：辟《每期漫评》专栏，由我和阿红搞半年的评刊。阿红在东北，我在四川，一北一南，互不通信息，每接到一期《诗刊》，就各自写一篇评论寄往北京，在同期刊出。四川太远，为了不误期，我每次都是用特快专递将文稿邮出的。"这些文章大有把握诗坛方向、引导诗歌创作的味道。

截至1991年10月，"上园派"的7位诗论家中就有5位在《花城诗歌论丛》中出版了著作，包括阿红的《探索诗的奥秘》、杨光治的《诗艺·诗美·诗魂》、袁忠岳的《缪斯之恋》、吕进的《新诗文体学》、朱先树的《诗歌的流派、创作和发展》。

杨光治是评论家，也是出版家，时任花城出版社副总编辑，为诗歌作品和诗歌理论的出版付出了巨大努力，尤其是对"上园派"诗歌理论著作的出版提供了大力支持。进入20世纪90年代，"上园派"核心成员发生了一些变化：朱子庆很少参与"上园派"活动，专门谈诗的文章不是很多；阿红因为年龄和身体原因，退休以后撰写的文章越来越少；叶橹逐渐转移到对"先锋派"的关注上；袁忠岳、杨光治、朱先树等也先后退休。更重要的是他们已经完成了"传统派"与"崛起派"相抗衡的使命，因而到了20世纪90年代，"上园派"不再有任何活动，其名词和"崛起派"一样走进了历史。

第一次在专著中对"上园派"进行评价的是黄子健、佘德银、周晓风合著的《中国当代新诗发展史》。"新时期诗歌理论批评中所谓稳健派代表了企图超越"崛起派"和"传统派"各自偏颇的'第三条道路'的努力方向。在新时期围绕朦胧诗展开的论争中，这一派稍微后起，但人数更多，实力较强，是前两派均所不及的。其中包括诸多诗人和诗论家如沙鸥、公刘、牛汉、刘湛秋、杨匡汉、陈良运、吕进、阿红、杨光治、朱先树、袁忠岳、叶橹、朱子庆等。后七人还因合作出版了《上园谈诗》，明显呈现出'一个学派的整体印象'，被称为上园诗派'，是稳健派的中坚。该派诗歌理论批评的突出特点是力求平稳，力避片面。求实、创新、多元'则大体反映了这一派诗论的基本风貌。"

不过，作为"上园派"基地的西南师范大学（2005年与西南农业大学合并组建为西南大学）中国新诗研究所还在，作为这个研究机构的创始人和学术带头人，吕进一直引导着这个研究机构的学术方向；可以称为"上园派""盟主"且编辑出版过《上园谈诗》的吕进还活跃在诗学研究领域，他的多种著述和针对诗坛现状所撰写的一系列文章仍然受到诗歌界的关注。

2004年9月，吕进、骆寒超等人在西南师范大学（今西南大学）中国诗学研究中心、中国新诗研究所主办的"首届华文诗学名家国际论坛"上提出"新诗二次革命"的主张，这实际上是对"上园派"诗学观念在新的文化语境下的升华和延续。

"上园派"对推动新诗发展的历史作用是不应忘记的，"上园派"的影响是深远的。

吕进是"上园派"的理论家及"上园派"盟主，朱先树是"上园派"的组织者，诗人阿红年长是"上园派"的老大哥，这个说法是符合事实的。

选自纪有志《生命是花，诗是蜜——当代著名诗人阿红传记》，中国炎黄文化出版社2016年版

1986：诗学摇篮

刘　强

"竹外桃花三两枝，春江水暖鸭先知。蒌蒿满地芦芽短，正是河豚欲上时。"应该说，春江水暖播种人先知，早春时节播种人最先下田试水。那么，播种的耕夫是谁？吕进先生——我这里说的是，吕进是改革开放以后中国新诗诗学的一位播种人，而他的诗学播种所创造和凭借的，就是中国新诗研究所这座诗和诗学的摇篮。

2006 年 6 月 18 日，是中国新诗研究所成立 20 周年的大喜日子。中国新诗研究所这朵中外诗坛的奇葩，是怎样开花结出硕果的？大家都已经有目共睹，耳熟能详；而这棵花树的幼芽，当时是怎样萌发的？或许就鲜有人知了，而笔者却是它的见证人之一。

1985 年 12 月，全国第二届新诗（诗集）评奖审读班，在北京上园饭店举办。在中国作协领导下对全国各地申报的诗集进行专家审读，包括初审和复审，然后将筛选出的优秀诗集送交评委投票决出。这项审读工作由《诗刊》社负责组织，参加审读工作的专家（诗的学人）都是从全国各地抽调来的，有当时诗学著述颇丰的吕进等十余人。上园饭店比较僻静，周围地势也还开阔，有如同乡间的那种林荫小道。小半个月的上园生活，每天晚饭以后，《诗刊》社的朋友回家去了，吕进就领着我们一伙人，在林荫小道上散步聊天，天南海北神聊仙侃。吕进当时是"西南师院"（今西南大学）外语系汉语教研室主任，他成为聊天的主讲者，也是话题中心。比如，我们问他，你的待批副教授批下来没有？他说也许快了。我们聊得最多的是中国新诗发展形势。改革开放以后，老诗人复出，新诗潮（朦胧诗）崛起，第二届新诗（诗集）评奖报上来的作品，优秀者不亚于第一届，新诗发展形势喜人。大家纷纷预料，由于后新诗潮（俗称"第三代"）紧跟于"朦胧诗"崛起之后，再度异军突起，1986 年全国将会出现一次浩浩荡荡、沸沸扬扬的"新诗热"。某一天散步时，吕进神秘地告诉我们：面对新诗蓬勃发展的形势，他有了一个打算，正在琢磨和酝酿成立中国新诗研究所，已经有些设想了。我们听了十分高兴，称赞他是第一个"吃螃蟹的人"，当时在国内还没有这种"劳什子"，因而大家都热切地鼓励他、支持他，认为他是新诗发展的"弄潮儿"，为中国新诗发展推波助澜。

果然，到了 1986 年春夏，《深圳青年报》、安徽《诗歌报》等报刊，接连推出一版又一版的"诗展"。全国各地众多"诗派"和诗歌社团，各自发表宣言，推出主张（他们关于诗的主张很杂乱，目的性很不一致），真所谓山头林立，烽火四起，狼烟滚滚，摇旗呐喊，聒噪一时。据当时的有关统计是"两个 86"：诗的 86 年，86 个诗的流派。尽管现在看来，那还不叫诗的"流派"，只能叫山头。但是，我们对那种"张狂"的诗热，也理应有客观的估价和评定。我个人认为，新诗现代艺术的多元化于此形成热潮。尽管一时间各种山头蜂拥而至，旗帜混乱，却也有益于新诗在比较中发展现代艺术。

这年春节前后，吕进越来越感受到一种强大压力，他和同事们商量，向院领导报告，成立中国新诗研究所迫在眉睫，以应对形势发展并成为推动新诗健康发展的需要。就是说，中国新诗的发展需要一座诗学摇篮，一座对诗的艺术多元化发展予以包容和过滤的网络型摇篮。后来，吕进就立下军令状，从重庆这个"诗热"中心，向四处诗友们传出中国新诗研究所成立的好消息。

中国新诗研究所的成立，于诗的"狂热"中显出一种"渊默的冷"来：或者说，那种全国性的"诗热"活动，给诗坛提供了无限宽朗的天地，给中国新诗研究所造就了一个特立独行的广阔空间。"诗热"不仅引发人们对诗的"癫狂"，更是激起人们聪慧而睿智的"冷"的思索。吕进就是这样一个思索者，他的睿识卓见超越时空。他看到"诗热"光景无限好，但对于诗的健康发展却需要经过"渊默的冷"的过滤。于是，中国新诗研究所摆脱一切外在、人为条律的羁绊，找到诗学的自我应运而生了，它是那么从容、那么镇定地向我们走来，使新诗的天地大为开阔。

作为中国新诗研究所的创始人，吕进在入世的生涯中建功立业，他做到了胸中有丘壑，如著名诗僧寒山诗云："人问寒山道，寒山路不通。夏天冰未释，日出雾朦胧。似我何由届，与君心不同。君心若似我，还得到其中。""似我何由届，与君心不同"，可以说是最好的偈语。意思是，"为什么我能到寒山，而你却觉得寒山路不通呢？原因就是我'与君心不同'啊！"回过头来看，同时期的那许多诗的山头和旗帜，慢慢销声匿迹，"诗热"渐次冷却；而中国新诗研究所却能在海内外赢得普遍青睐，环球名声大振？乃冰封雪冻般的冷澈之"道"也——如前面所说，"诗热"所带来的新诗现代艺术的多元化，需要"渊默的冷"的澄清，诗的现代艺术，也需要在这种"冷"的过滤的多方比较中得到发展，而中国新诗研究所二十年来的所作所为，大约也没有离开诗的现代化发展这件大事。

2004 年 9 月，中国新诗研究所举办"首届华文诗学名家国际论坛"，海内外诗学名家云集，为世人瞩目，它以新诗和诗学建设为主题，对"新诗第二次革命"正式命名和对世界华文诗开展整合，促进新诗的再次振兴和发展，是中国诗学史上划时代的一页。无疑，这是中国新诗研究所为诗的事业发展立下的又一项汗马功劳。

在 20 世纪 80 年代，中国有几个诗歌大省，四川是一个；中国有几个诗城，重庆首屈一指；中国新诗诗学有几个领航人，吕进当仁不让，而且他是卓有成就和功勋的一员。在首届华文诗学名家国际论坛上，我曾经对吕进用过一个赞语："桃李满天下，学誉满天下"，至今想来，此说权存，不以为过。临了，让我再给中国新诗研究所一句颂词："诗坛帝子，誉飞宇中！"

选自《中外诗歌研究》2005 年第 4 期

从"上园"到北碚

袁忠岳

　　1986、1993、2004，我三次到北碚，参加由西南师范大学（今西南大学）中国新诗研究所举办的全国性和国际性的诗歌学术会议，每次与会都给我留下了深刻的印象和美好的回忆。这前后近20年的时间，也让我见证了中国新诗研究所从无到有、从简陋到丰实，从国内到国际的发展壮大过程。到现在我还记得我带着冯中一先生的研究生王邵军，参加1986年10月在北碚召开的"中国新时期诗歌研讨会"时的种种情景。在研究所刚成立不久，一切尚在初创阶段，就举行这样大型的全国性会议，是需要充分的自信和远大的志向的。当时，来自全国各地著名的诗人、诗评家一百余人，精英荟萃，济济一堂，踊跃发言，各抒己见。会开得很热烈，学术气氛很浓，影响也很大。从此，西师有个新诗研究所的消息，不胫而走，广为人知。1993年9月举行"'93华文诗歌国际学术研讨会"，2004年9月举行"首届华文诗学名家国际论坛"，这两次会我也都参加了。与会者范围更广，超越大陆，包括港台，还有海外华人和其他国家的诗人学者。从每一次会议的准备、接待、安排，及整个过程中的每一环节，都可以感觉到中国新诗研究所的不断变化：队伍在扩大，设施在完善，成果在丰富，交流在充实，层次在提高。现在，它已占有几乎一个层楼的面积，除了办公室、教室，还有资料室，微机室、报告厅等一系列设备。在当前好几家高校设立的诗歌研究机构中，有正式编制，有20年历史，人力物力相当齐备，人才培养与学术运转很有效率的，恐怕要算"西师"这一家了。这些成绩的取得，与"西师"领导当年果断决策、已故诗人方敬与邹绛的心血凝聚以及包括首任所长吕进在内的全体研究所成员的智慧努力，是分不开的。

　　我与吕进是在 1984 年 4 月《诗刊》社在北京举办的为期半个多月的诗歌理论作者读书会上认识的，那时还没有中国新诗研究所，他当然也不是所长。参加那次读书会的还有孙克恒、竹叶青、余之、叶橹、陈良运、杨光治、朱子庆，一共 9 人。开会的地点就在西直门外北方交通大学（今北京交通大学）旁边的上园饭店。当时诗坛刚刚刮过去一阵批三个"崛起"的政治风暴，大家对这种在学术领域搞大批判的做法是不满的；但对"崛起"论中全盘西化的主张也不以为然。在半个多月相处和相互交谈中，大家对于当前诗歌的看法，渐渐有了共识。这就是后来形成"上园派"的思想基础。同来不久，就收到吕进托重庆出版社寄来的专著《新诗的创作与鉴赏》。能够摆脱政治说教的束缚，纯粹从诗学角度系统地来阐释诗的本质、诗的创作、诗的鉴赏，在全国这是较早的一部，因此被不少学校当作研究生的教材。当时对我也很有启发，读后给吕进写了一封信，既有赞同与肯定，也有商榷与争鸣。吕进也回了一封信，主要是进一步阐释了他在书中给诗下的定义。这两封信先后在四川的《当代文坛》与北京的《诗刊》通讯上发表，这是活跃学术气氛、开展百家争鸣的范例，一时传为佳话。

　　1985 年 12 月《诗刊》社受中国作协委托召集了第 2 届全国新诗（世纪）评奖的读书班，地点仍在上园饭店，上一次读书会中除孙克恒（已故）、竹叶青（已故）、余之 3 人外其他人都参加了，此外还有阿红、蒋维扬、古远清、陈绍伟、黄邦君、刘强等。大家除了读诗评诗外，也少不了交换对一些诗坛争论问题的看法。正是在这次会上，吕进、朱先树、阿红、杨光治、叶橹、朱子庆和我 7 人共同商量，认为在诗坛互相对立的"崛起"与反"崛起"之外，应该有另外一种声音，这是更能代表多数的第三种声音，即：移植要本土化，继承要现代化。后来，朱子庆到广州参加《华夏诗报》的编辑工作，就在该刊总第 9 期上刊发了其中 5 个人的文章，加了编者按，简介了"上园派"的来历，原来是因为两次聚会都在上园饭店的缘故。这算是一次公开的集体亮相。其实所谓"上园派"，只是一个圈内并不强求一致，圈外又边缘模糊，各自可以自由结合的诗歌理论群体。1986 年出的由朱先树编的《中国当代抒情短诗赏析》和 1987 年出的由吕进编的《上园谈诗》基本上是由上述 7 人合著的，而此后在朱先树编的 1989 年出的《诗歌美学辞典》和 1991 年出的《中咽当代哲理短诗赏析》中作者就不限于上述 7 人了，程光炜、陈绍伟、陈良运、莫文征、古远清、张同吾等也参加了编写。1990 年前后由杨光治主持在花城出版社出了一套具有"上园"观点的诗学丛书，作者不限于 7 人之内。阿红当时主编诗刊《当代诗歌》，其主张当然也是与"上园"相近的，但其作者却非常广泛，并不以 7 人为限。这既说明"上园"观点为多数人所接受认同，也说明"上园派"本身并无门户之见，是松散而开放的。不过，中国新诗研究所对于"上园"同仁却是情有独钟，7 人中除了朱子庆后来淡出诗坛外，其余均被邀请成为《中外诗歌交流与研究》（后更名为《中外诗歌研究》）的编委，并在该刊上为每位编委编发了评介文章。研究所每次举行重要会议也都忘不了给这些评委发信盛情邀请，这也是我不远千里，三赴北碚的原因。

现在，"上园派"已是历史了，但"上园"的人还在，中国新诗研究所对"上园"的那份情意还在。我忘不了 30 多年前第一次到北碚与会报到时，负责接待的新诗研究所的学生们在听到我自报家门后立刻浮上脸面的亲切表情。我是第一次到北碚，从未见过他们，他们却像是遇到熟人似的拥上来非常热情地招呼我，使我一下子体会到了宾至如归的感觉。当时我想，这大概就因为我是从"上园"来的吧！

我是"新来者"

傅天琳

　　吕老师是我的恩师，吕老师的诗歌理论对于我有着直接的非同一般的指导意义。从 1982 年学习《新诗的创作与鉴赏》开始，吕老师不断有新文章和新书问世，我就不断地跟进学习。近水楼台，受益多多。我特别能接受吕老师的观点，因为这些观点与我的写作意图是比较一致的，用现在时髦的话讲处于同一气场中，我自然而然就读进去了就接受了。写作时，我也许出于本能，也许有意或无意，觉得要这样写才好、才对、才顺，但说不出为什么，也不去深想为什么。吕老师的理论帮助我理清了认识，明白了诗歌应该具备的基本品质。

　　吕老师的理论不生硬，不拿腔拿调，不空中楼阁，它用诗和散文一样美丽、朴素并富有旋律和节奏的语言，深入浅出，讲出了精辟、透彻并富有哲学高度的诗歌论点，很值得像我这样的只重感觉而缺乏理论支撑的诗人认真学习。事实上我在阅读一些诗歌和评论时，就是觉得，有的理论太艰深了，那首诗并不朦胧是评论很朦胧，而有的诗写得呆滞死板，反过来我更愿去读鲜活、生动的理论书。泰国诗人曾心选出其中的精华，取名《吕进诗学隽语》，分别在泰国、中国台湾结集出版，此书既贯穿了吕老师对于诗歌建设的整体思想，又让时间有限的读者尤其是海外读者，能更直接有效地获其精髓，这是一件多么有意义的事情。我们该做而没有做的，一个泰国诗人做了，我很感动！很敬佩！

　　几十年下来，吕老师著述丰富，涉猎范围广而深。其中最重要之一，当是 20 世纪 80 年代吕老师和一群年轻的诗歌理论家创立的"上园派"，他们有系统的理论框架，提倡坚定地继承本民族优秀诗歌传统，同时大胆借鉴西方艺术经验，在传统与借鉴之间作好相互接纳、包容和转换。他们注重诗的使命感，注重诗与社会、时代的联系，注重诗的思想含量和承担精神，同时非常注重诗的审美感染力，一首优秀的诗歌总是生命关怀与生存关怀结合得最好的，因而也是最能获得读者广泛共鸣的。

我是 20 世纪 80 年代出来的诗人，是吕老师理论的受益者，同时又是实践者。在当时的三个群落中，我肯定属于吕老师所研究的"新来者"。和我一样同属这个群落的诗人很多，我随口就能数出一大片：雷抒雁、韩作荣、叶延滨、张学梦、李琦、李松涛、张新泉，还有我们重庆的李钢、华万里，等等。我们显然没有被理论家列入灿烂的朦胧诗群，虽然有时候出版的朦胧诗选也选进我们的个别诗篇。我们这个群体的诗歌成就怎么样，我从未去细想过，我只知道这群人是至今一直坚持写作的人，是用血液和泪水写诗的人，诗歌生命最长久的人。且感觉并不迟钝，诗风并不僵硬，在今天充满更多新鲜气息的诗坛依然是一股不可忽视的力量。如果把这个群落的诗歌作品集中起来，那将是一支多么引人注目的集团军！

三十多年来，我获得吕老师的教益和帮助太多，这个像兄长、像亲人一样的老师，我感谢你，永远尊敬你！我感谢和尊敬的唯一方式就是、一直写一直写，争取写得好一些。争取做一个无愧的"新来者"。

选自《中外诗歌研究》2013 年第 2 期

为一个被遗忘的诗歌群落命名
——读吕进的《论"新来者"》

纪　宇

在诗歌作用日益被弱化被漠视的社会环境中，进行诗歌研究是艰难而冷寂的，因而也是崇高和光荣的。坚守阵地的使命，从来都是志士所为。置身于诗歌生存和发展的边缘里，在诗歌理论上能够不断地推出新的研究成果则更不容易。我们欣喜地看到在西南举着诗歌理想旗帜的吕进教授和他主持的新诗研究所，他们的研究为新诗的发展起着积极的、重要的、具有拓荒意义的实实在在的推进作用。

在 2010 年《诗学》第二期上，吕进教授的《论"新来者"》，使我感到振聋发聩，耳目一新。这是盼望已久的，填补新诗研究空白的理论创新。后来听说此文发表在国家重要文艺理论刊物《文艺研究》上，它的影响已经进一步扩大，使我感到非常欣喜。

在这篇文章里，吕进教授第一次敏锐地提出了"三个诗歌群落"的论点，在许多论者阐述过的两个诗歌群落——20 世纪七八十年代"归来者群落"和"朦胧诗群落"之外，提出来一个"新来者群落"，论述了这个被长期忽视、被惯性遗忘，然而又列队整齐，打过许多战役，取得巨大成就的创作群体，他们的成绩和贡献第一次被集体推出，第一次被全面阐述，第一次被正式命名。

吕进教授这样说：

在新时期诗坛上还有一个"第三者"：新来者诗群。在双峰对峙的时候，"第三"具有重要的诗学意义和哲学意义。"第三"可以活跃全局，可以开拓空间，可以探索新路,带来新的生态平衡。现在回过头来看历史,三个领唱群落中"新来者"的实绩其实不小,艺术生命其实非常持久。"新来者"到了新世纪已经属于老诗人,但是他们中间的多数人还在歌唱,他们对中国诗坛仍保持着影响。新来者属于新时期。他们的歌唱既有生存关怀,也有生命关怀。化古为今,化外为中,这是新来者共同的审美向度。新来者的艺术胸怀广、艺术道路宽,读者群不小。

我想,正如吕进教授指出的,这个诗歌创作群落是客观存在的,为什么却长期被整体地忽视,甚至忽略了?尽管他们当中的不少诗人是当代诗歌史上绕不过去的重要标志,也曾被研究、被论述,然而那毕竟都是个体的研究,没有放在一个巨大和清晰的社会环境和时代背景中,因此那种研究就显得单薄和缺少系统性,因而也就缺乏深刻性和普遍的指导意义。

吕进教授还指出:"所谓'新来者'是指两类诗人。一类是新时期不属于朦胧诗群的青年诗人,他们走的诗歌之路和朦胧诗人显然有别。另一类是起步也许较早,却在新时期成名的诗人,有如'新来者'。"

吕进教授列出了一个长长的"新来者"诗人名单之后,充满激情地指出:

新来者是时代的守卫者,躲避崇高、全盘西化、玩弄文字,都不是他们的美学追求。他们也许承认:"'人人心中所有,人人笔下所无'这句古话,可以作为好诗的标准。"他们为同时代人打造诗意的家园,努力为他们所处的时代做出"诗意的裁判"。

吕进又说:新来者有强烈的新气息,他们不同于20世纪50年代那批当时的新来者。他们的"新"就是新时期的"新"。带来的是对冬天的射击,他们带来的是春天的笑容,他们带来的是静悄悄的变革。在长期的流浪之后,诗回归到本位……没有新来者,就没有完整的新时期诗歌。

这种旗帜鲜明、立论确凿、论述充分的文章正是诗坛所需要的,我认为,对新来者诗群的研究和梳理是十分必要的。

新来者是坚守在诗歌阵地几十年的狙击手,他们不犹豫,不彷徨,坚实地踏在生活的土壤上,像一棵棵中国槐树,奉献出五月如雪的槐花,年年岁岁,从不爽约，甜甜的槐花，香透记忆，可酿成蜜。

但是长期以来，新来者诗歌群落是被无视的，被遗忘的，成了诗歌理论的无人区，没有人关注，没有人研究。

为什么呢？整体来说，我认为：相对于"归来者"，他们没有深厚的历史纠葛可探测，没有明显的流派痕迹可寻找，没有复杂的人事关系可梳理。"新来者"是透明的，单纯的，零落的，仿佛是清水一泓，鹏鸟一只，你看得见，我也看得见，只能有一说一，难以扯拉勾连，云山雾罩，凭空想象联系；相对于"朦胧诗"，他们不够新奇时髦，不易找到国外新理论、新流派的借鉴和承袭关系，更难摸准他们各自不同的思想脉络，他们几乎是每人都有一个创作标准，有自己的美学追求，一般的诗评家很难用从外国或从古人那里找来的尺子对他们的作品进行考量。

某些批评家的简单化，庸俗化，尝浅辄止的隔靴搔痒的评论，他们又不肯拿正眼去瞧，不肯低下他们高贵的头颅去迎合什么"现代"或"后现代"，这就使他们更加远离追逐时髦的诗歌评论家的视线。

他们是某种意义上的散兵游勇，他们没有刻意寻找机缘，没有故意制造场合，没有能够站起队列来承受时代和人民的检阅。

而我们感激吕进教授的断言：没有新来者，就没有完整的新时期诗歌。

而后，吕进教授研究了两个新来者的个案，他们是雷抒雁和叶延滨，显然这两个诗人是很有代表性的。尽管在"新来者"的队列中，他们是"显者"，雷抒雁曾处在"鲁院"常务副院长的位置，叶延滨任《诗刊》主编职务，都属于"新来者"中的佼佼者，他们作品的数量和质量也是大多数"新来者"不能比拟的。

在吕进教授提及的新来者名单中，本人忝列其中。看到我的名字，突然想到，我终于找到自己的"队伍"了，我有了一个属于自己的"位置"了！哦，很好，很新鲜，叫"新来者"，尽管我觉得这个"新来者"的命名来得有点晚。

我作为一个在"文化大革命"之前就开始发表作品的作者，在"文化大革命"中发表了大量的作品，应该承认，这些作品是有着这样那样的毛病的，那正是被歪曲的时代的特征。整个一个时代都生病了，整个社会都疯魔了，政治和经济基础都发生变化和震荡了，你怎能苛刻地要求诗歌独善其身？

但这不应该作为原谅自己的理由，白纸黑字既然写下了，那就是用斧头也砍不掉的现实，正视它，解剖它，它应该和全民族的历史一起来反思。

　　然而，我在"文化大革命"中的全部写作经历都是我 18 岁到 28 岁青春的过程，年轻不应该是逃避批判和自我批评的理由，然而年轻却更是继续前进的资本。因为年轻，它还能跟得上时代，还能为紧随着到来的新时期继续歌唱。

　　年轻给了我信心，信心给了我继续前进的勇气。我不但没有放下手中的笔，反而更加勤奋努力地开拓前进。

　　然而，长时间以来，我却不知道我应该站在哪里，我应该属于什么部队。我没有番号，我没有战友，我甚至觉得在诗坛，不论走到哪里都是陌生人。

　　"你还在写吗？你怎么还在写呢？你歌唱的时代不是已经过去了吗？"

　　这个时代不属于我了吗，莫非我生在别人的时代？

　　回忆当初，我像一只雀鸟，绕树三匝，无处可栖。我不是大雁，大雁的营地在湖滩芦丛，我归不了雁群；我不是天鹅，天鹅的故乡在湖泊、沼泽，没有属于我的天鹅湖。

　　可我不能不写诗，因为写诗是我的生活方式，不写诗，何以生？我仍在写，不屈不挠。

　　可没有理论界定的散兵游勇是没有力量的，也是被漠视的。不必讳言，相当一段时间里，我写作的障碍很大，心理障碍和诗坛壁垒门派间的障碍。

　　可我还是幸福的，因为我赶上了诗歌的"八十年代"。在"八十年代"的宏大诗歌交响乐中，我曾吹响过一支小小的竹笛。

　　从这个意义上说，我要谢谢吕进教授，谢谢新诗研究所。

2012 年 3 月于青岛抱一斋

选自《中外诗歌研究》2013 年第 1 期

第二辑

上园学者说诗潮

1976—1986，诗的步履

阿　红

‖ 一 ‖

1976—1986，十年。

现在回首十年之前，恍如见到震后景象。灯灭、楼塌、树折、花碎。中国从那境地过来，诗，也从那境地过来。山穷水尽，柳暗花明。

（一）从虚假走向真实

终于告别假大空，Goodbye！缪斯把长久遗落的灵魂又嵌进心里，诗又重视了对现实生活的真实和对自己心灵的真实。诗又获得生命，有了生命的魅力。

（二）从失我走向真我

长久以来，诗人多是粉墨登场做戏，十年前，终于脱离了这难堪的境遇。以创作主体的姿态，本色本貌，昂然而出。诗人很尊重自我的个性。

（三）从单向思维走向多向思维

过去，百分之九十的诗作都是从政治从经济去思索生活，从"条件"去评价人物和人物的情思与行为。十年里，思维角度越来越多，历史、人生、哲学、伦理道德、真善美、宇宙……无穷。

（四）从封闭走向开放

闭国的锁打开了，诗人的视野也有了向外的窗口，广泛观照海外诗歌，汲取营养，同时，应用到创作里，使诗更有利于走向世界。

（五）从一元走向多元

过去没人敢举旗称派。现在，年老的已没这兴趣，年轻人却愿意凝聚起来发展流派。有早放的迎春，有三月桃花，五月榴花、九月菊花。有公开挑出旗号的，有还在襁褓中的。纵目诗河，百舸争流。

"走向"是在途中，"到达"才是终点。

路的方向是对的，一路上留下无数多品种多色彩多香型的花。不少的花朵，受到人们的赞誉，说这花是他们心中的花，是从他们心上摘下的花。

前行者赶着路，跟着上路的很多。向路上望去，那路像是星河星带。

路，不很平坦，不过，行人很有劲。

走在路上互相间也免不了争议，有时你看我不顺眼，有时我看你不舒心，但，都是为了选择途径。吵吵也就算了，不算了又能怎么样。

走过的路是短的，待走的路是长的。而且，不只是要走出样来，还要拿出我们的人民的社会主义的诗歌极品。

二

前面是扫描十年里诗的步履，假如近些距离观察，似还能分成三个阶段。虽然那阶段的起讫时间是模糊的，恐怕也只能是模糊的。

（一）回归真实

生活的真实和创作主体情思的真实是诗的生命。假大空，政治口号，图解概念，回避自我，粉墨登场，把诗推上绝壁。而诗人是想说、要说真话的，因此宏观条件一变化，诗人和人民一起唱出心底的歌。当时，诗走在众姊妹艺术的前面，许多诗不胫而走，如《一月的哀思》《周总理，您在哪里》《小草在歌唱》《将军，你不能这样做》《阳光，谁也不能垄断》《哀诗魂》……诗史会记下这些诗篇的名字。自然，为诗歌争得真实争得个性，诗人和诗论家是费了一番气力甚至是付了一些代价的。

（二）探索新路

为了方便，我想这样表述：将新诗产生以前的诗词称古典诗。将《毛泽东在延安文艺座谈会上的讲话》发表以前以及发表后"国统区"的诗称现代诗。这也是多元集合体，有的主要受欧洲及俄罗斯现实主义、浪漫主义诗歌影响；有的主要受欧美现代主义诗歌影响；也有主要受我国古典诗歌或民歌影响的。将"讲话"发表后迄今的现实主义诗歌称当代现实主义诗歌，基本受外国特别是俄罗斯现实主义诗歌和苏联社会主义现实主义诗歌，我国古典诗词和各民族传统民歌的影响。于近十年的初期，一些卓具才华的于"文化大革命"浩劫中成长的年轻诗人，没有遵循当代现实主义诗歌的艺术参照系统，而向欧美现代主义诗歌去探索自己诗歌艺术的新路，于是就出现了至今还以绰号命名的"朦胧诗"。对"朦胧诗"以及近期出现的也是以欧美现代主义某些流派为艺术参照系统的诗，我想称为当代现代主义诗歌。"朦胧诗"有自己的代表作品、代表诗人、代表理论家，通过社会密集检验，终于在诗坛在社会确定了自己的地位。虽然"朦胧诗"的某些主张我觉得有失偏激，但我一直认为这个诗派对当代诗歌的发展作出了重大的历史性的贡献。"朦胧派"的诗及理论不只影响着许多同代人及新一代人，也影响着上一代一些诗人。"朦胧派"的出现使当代现实主义诗歌遇到了四十年来的首次艺术冲击。它不可能取代当代现实主义诗歌，但会与之共存。

（三）多元发展

近两年，诗坛明显地呈现多元发展的大趋势。就大量作品说，是当代现实主义诗。老、中年诗人大都在继续走着自己已经开拓的艺术道路，青年里也有许多人走这条路。他们大都没有立派，但，在一些人的心目里，却当成一派，虽然他们谁也不会承认。而由青年诗人形成的流派则不断涌现，除早期出现的"朦胧"派、新边塞派以外，有学院派、现代派、超感觉派、"生活流"、军旅诗派、都市抒情诗派、雪野诗派、关东诗派、人生诗派、岭南诗派，可能还有。有的有代表作、代表诗人和自己的理论家。有的缺这少那。有的已经得到诗坛承认，有的还没有。有的是松散的结合甚至连结合也没有结合；有的是社团实体。情况各殊，不一而足。从我看到的这些流派的作品和文章（有些派的文章我没读过），我觉得有的可以划进当代现实主义诗的范畴，有的可以划进当代现代主义诗的范畴。两个大"元"里各有一些小"元"，各有许多点、许多微粒。但，都是中国的当代诗歌，是国货。多元共处已经是现实，也将是又一个十年的发展态势。在共处中都接受社会检验，兴衰存亡，由人民和历史选择。在各元相互撞击中，免不了相互吸收，说不定由此会产生大诗人。当然，各元也会产生大诗人。

三

从当前诗况看，可说是活跃里夹着沉闷，喜悦里又有不满。我寻思：

（一）当代诗与当代社会、当代人

当代诗是当代社会的精神现象，是当代中国社会的中国诗人写的，又是写给当代人读的。

当代诗人是当代社会的成员，总得承担对当代社会的责任，为我们祖国的现代化为人们心灵的完美做些贡献。也许这会被有些同志嘲笑，但，这是我们的国情、民情所要求所希望的。

前不久，我们在刊物普通投稿者中进行了一次民意测验，我强烈感觉到读者期盼着燃烧着时代的火光、回响着人民的意愿的诗篇。

近几年，这样的诗篇少见了！

诗离人民远了，人民也就离诗远了。

有这样的说法：诗只有取消社会性、政治性、伦理道德性，才能走向世界，好像为了当代诗走向世界，我们的诗需要涤除这"三性"。我就想：当代的人作为血肉之躯，能没有社会性吗？既生在现实社会里，能躲避得了政治的辐射？能不讲究点儿伦理道德？那么为什么弄起诗，就要把诗放在碱水里洗三遍放在清水里洗三遍，洗去诗歌的这"三性"呢？洗得掉这个性，能洗得掉那个性吗？外国现代派哪一派哪一家能说根本上没这"三性"？前年，有位同志从英国回来，带来一本伦敦出版社出版的英国《七十年代诗选》，其中每个流派一辑，每辑选该派代表诗人代表作二三首。我翻着字典看了些，又请那位同志直译了些，我敢说我记得的情况是难得全没这"三性"的。只有程度之差，却没有无之别。我这说法，该不会被误会认为只要这"三性"，不要诗。既然是诗，就应有高艺术，强魅力。取消"三性"的说法，作为某个诗派的主张是这个诗派的事，推而及之我国诗歌总体，就不那么明智。

（二）当代诗的艺术参照系统

当代诗是多元的。各有自己的艺术参照系统。所谓参照，归根儿是说从中汲精取华，确定自己的艺术追求，写出自己理想中的诗。

关于参照欧美现代主义诗歌系统，当代现实主义的诗者也无须拒之千里，其中某些艺术手法上甚至包括理论上的东西，未尝不可汲取消化。当代现代主义的诗者可能宗法之，或者说汲取的东西更多些。对此，我想说在参照时需要全面观察了解对方，了解该流派产生的社会土壤，该流派的主张及诗歌全貌，该流派在该国诗坛所处的地位，该流派在世界的影响，该流派的发展史。了解很多是困难的，却要尽量多了解些。这样，自己在确定某种艺术主张艺术追求时，会更冷静一些。第二次世界大战前，法国诗坛有许多流派：现实主义、浪漫主义、象征主义、综合主义、刺激主义、花卉主义、立体主义、达达主义、超现实主义、未来主义、不羁主义……好几十个。但是，据说当时"大部分的读者不再读诗，因而以谋利为目的的书店，不十分愿意刊行诗集，法国的诗一度衰落"，"最重要的是因为诗的缺乏人性。当时的诗太抽象了，离开人类日常生活太远了"。这些流派中的多数自消自灭了。这话是五十年前一位留法的文学家写在一本书里的。还有我国台湾当代诗歌三十年来走向的变化。20世纪60年代，宗法自波德莱尔以来欧美一切现代派诗歌，倡导"横的移植""诗的纯粹性"的台湾现代派也曾风靡诗坛，但经过文坛诗苑及社会密集检验，于20世纪70年代就开始变化了。回顾这段历史时，著名诗人余光中称之为"恶性西化"。

（三）诗的事业是社会主义事业的一部分

诗的繁荣离不了全社会的关照。目下诗事颇为艰难。书店订书少，出版社不愿印。诗刊诗报近年创刊十来家，不过多数有难处，有的无编制无经费，有的有编制无经费，有的只在内部印发，而诗这种高阶语言艺术又发行量甚少，要维持生存需要费很大力气。因此，我迫切希望诗歌界怀有强力凝聚意识，对有利于繁荣诗歌事业的事互相支持。

我坚信诗的大涌会到来。

我坚信我们的时代是产生杰出诗人的时代。

我坚信我们中国的当代诗会大踏步走向世界！

1986 年 4 月于沈阳

选自吕进编《上园谈诗》，重庆出版社 1987 年版

诗歌近期发展预测

阿 红

将会有一个诗的大涌。

是的,我想将会有一个诗的大涌。

我这样想,是因为——

一、去年第四季度以来,全国各地一下子十几家诗刊、诗报相继创立。

二、去年下半年以来,全国各地由诗的爱者组成的诗社一下子像八月草原的花朵,数也数不清。

三、去年第三季度以来,全国各地一下子兴办了七八家诗歌函授。另外几十家文学函授里也都包括诗歌专业。参加学习的诗的爱者,少说也会有十万人!

四、时代好!我们的时代是出诗的时代!中共中央书记处又在中国作协第四次会员代表大会的"祝词"中再次强调:"创作必须是自由的。这就是说,作家必须用自己的头脑来思维,有选择题材、主题和艺术表现方法的充分自由,有抒发自己的感情、激情和表达自己的思想的充分自由,这样才能写出真正有感染力的能够起教育作用的作品。"

山有山形,水有水态。诗的大涌将临未临,但从酿成着大涌的大海的浪花,我感觉:

诗的生活空间和情思空间将会更加辽阔。当代人五颜六色的生活都将得到展示,当代人丰富多彩的情思都将得到流泻。

表达适志情绪的诗当然是大量的,而接触生活里的丑陋事物,抒发逆志情绪的诗,将会有所增加。

表达单一情思的诗会是大量的,而表达复合情思的和多层次情思的诗将会为数甚多。

对人民之爱，对祖国的拳拳之心，对四化建设的挚诚与向往，对真善美的倾心，对理想人生的赞誉，必然是我们诗歌的主旋律。

但也很可能出现点无聊的，或者颓废的，或者似毛茸茸的一团的篇章。

在诗的艺术呈现上——

无疑许多卓有成就的老、中年诗人将会继续走自己早已开拓的诗路；

无疑不少的诗歌理论家将会继续倡导诗的民族化、群众化，但：

自由体将会以高比例超过其他形式；

将会出现种种标新立异的诗的形式；

将会有更多的诗打破人们久已习惯的意境"模式"，由单纯趋向复合，由单线趋向复线；

将会在一些诗里出现内涵深秘的诗的意象；

将会有更多的诗采用通感、象征、立体交叉、意象组合等等艺术手段；

将会有不少的诗句子长、篇幅长。二十字左右一行、五六十行成篇的诗将不会减少。虽然有不少人提倡短诗，希望诗像蜜蜂。

散文诗在报刊占有的版面将会扩大。

很可能出现些被人们称为欧化的或者形式主义倾向的作品。

将会出现新的诗品种。

已经出现的有摄影与诗结合的"连环诗画"（见《诗人》月刊）；

有小说与散文诗结合的叙事散文诗（见《当代诗歌》四月号）；

还将会出现新的。

当代艺术品种这么多。人们不会满足已有的诗的体裁，要从当代种种艺术里，去探索诗同其他艺术门类结合的途径。

理论研究——

将会有更多的建树诗美学的著作。其中有的将会把我国传统诗歌理论同现代诗歌理论相结合，并以马列主义文艺观为指导，建立具有中国特色的诗美学体系。

将会有人应用现代科学——信息论、系统工程论、控制论、现代心理学……去重新探讨诗的创造过程。

西方现代派诗歌理论将会被更多地"引进"。很可能不是简单地拿过来，而是努力同我们的国情、诗情相结合。

很可能出现新的争论，争论的话题仍将是诗与生活，诗人与人民、借鉴与创新。争论，很可能是"你说你的，我说我的，谁也说服不了谁"，但，在争论中，诗的理论将发展。

大涌的弄潮儿主要是青年,是已经涌现的青年诗人和即将涌现的青年诗人。

他们在生活主流里。他们敏感，他们勇于探索。他们有自己的艺术追求。他们将会举起卓越的诗篇（当然，老、中年诗人也会的）。从他们中将会升起一代新星。他们也将会形成不同的联合体，于是，就很可能出现这样那样的诗歌流派。也许他们的理论不那么完善，他们的创作与他们的理论不那么和谐，也许他们中的某些从理论到创作不会被更多的人接受，也许有的只是昙花一现，但，将会出现在诗苑里。

将会有更多的诗人写起小说、散文、理论。他们在诗歌上的修养将会帮助他们在这些方面取得引人注目的成就。

诗刊、诗报还会增加的。诗人，特别是一些有影响的老、中年诗人，有那么一股子劲，宁可自己少写些东西，也要为诗的振兴拼搏。当然，为诗办事是难的，难在经济。很可能因经济拮据，有的会不能长久。但愿别出现这种情况。

现在的诗报诗刊都是兼收并蓄的。兴许会出现很个性化的诗刊诗报。

希望是美丽的。我衷心希望诗的大涌迅速到来，希望着诗的振兴。从诗的地平线向前看去，我望见无数飘展的诗的旌旗，我望见诗的爱好者组成的千军万马。我很激动，跑去，参加到他们的行列里。

1985 年 4 月 1 日

选自阿红《诗探索和诗信息》，中国文联出版公司 1987 年版

漫评《诗刊》

阿　红　吕　进

　　著者按：被诗界誉为"国刊"的《诗刊》，在1988年出了一个新招：辟《每期漫评》专栏，由阿红、吕进搞半年的评刊。阿红在东北，吕进在四川，一北一南，互不通信息，每接到一期《诗刊》，就各自写一篇评论寄往北京，在同期刊出。

‖一月随笔‖

阿　红

　　《诗刊》一月号到手，雪来凑趣，满天白茫茫；蟹爪兰也来凑趣，满窗红艳艳。

　　我常想，编一期刊物，像厨师安排一席盛宴。出之高手，不只讲究菜的色香味，就是摆桌上菜，也有一套章法。这期《诗刊》即是。此种编辑行道，我心领神会。

　　对这期刊物，我的总体印象是：一、编者了解读者心理，一下子开出两个评议诗坛的专栏，诗人评论家谈，《诗刊》的编者也"赤膊上阵"，开怀畅谈，不乏交叉，公诸社会。这得有点大家风度。我是先读这篇会议记录的，因为它是"本刊内部消息"，读来很有兴趣，但也不太满足，好像"记录"，少些即席发言的兴味。二、编者亟欲展现时代风姿。《广州诗人写广州》屹立于本期，犹如主峰。全国瞩目广州。虽未能去，从诗里一睹广州这个现代化建设前卫的都会风景线，也是够味的。就诗说，我比较喜欢樱子、郭玉山、郭光豹的。总起来看，"外景观"丰富，"内景观"欠丰富。三、兼容并蓄。多年龄层次诗人、多思维射向、多艺术品种、多风格追求；多而不乱，繁而有序。作为《诗刊》，就得这样。就本期看，好像未名诗者的作品少些。四、大信息量。16条，比过去多多了。要我说，除了会议、出版信息，还可以有诗人行踪信息，还可以多搞一句话信息。

本期作品。孙静轩的《黑色》是力作，思维深邃，涵盖广阔，居首篇无愧。刘再复的散文诗，读来如游桂林芦笛岩，进入一步是一番境界。现在，"生命意识说"挺时髦，要说生命意识，也有开放的生命意识、封闭的生命意识，千差万别。孙、刘的诗作，可说是开放型的。青年诗人张烨的《姐妹坡》，难得的是真挚，而且真挚里透视着诗人对创作主体心态的感觉力、想象力，因此，又很美。现在爱情诗多如牛毛，这组诗向这里一站，便叫"六宫粉黛无颜色"。也许忧郁的爱情更是诗的。舒洁的《中国颂》也值得一读。许多人的镜头"向内转"，转到完全排他的自我，转到自我的原欲。一个诗人尽可任自己喷射，但是如果认为这种完全排他的自我意识是现代人的共同心态，是不是也有点武断？我认为现代人的心态是无数样的，能写诗的就各写各的心态。如果五百年后还有国家，那么在第五百年之前，祖国之爱仍会是许多诗人倾心的主题。杜志民的战地诗有生活实感，也精炼；三首里我喜欢《腥红的太阳》。陆萍、谢先云的诗接触了生活的一个陌生区；陆萍的诗好些。李松涛的小叙事诗《一个女性插翅的浪漫》写女飞行员，着重写人物的内心动态。由蛇变龙，谲意挺俏；分节标题，别致新鲜。近些年叙事诗不景气，松涛颇为致力，乐此不疲。《相声专场》，我尚未领略妙处，也许此后能品味出来。

编者的理论视野是广阔的。去年11期转载了香港诗人蓝海文的论文《回归传统，迈向新古典主义》，本期又重发了朱自清发表于五十多年前的文章，让读者从纵横两个方面思索内地诗况，很有意味。望能持续。

读过整本刊物，回头再看卷首语，我就感到很真切。编者可信。

1988年1月24日

选自《诗刊》1988年第3期

‖ 诗笺上的广州 ‖

吕　进

20世纪80年代中国人的目光都朝向南方：广州，深圳，现在还加上海南。樱子的《夜广州》说："白日做梦/是广州风情。"而跟着做梦者做梦大约就是今日的中国风情吧？当然，广州给人的印象是复杂的：许多现代味甚浓的影视常以广州（就像20世纪80年代以前的上海）作背景，而广东话又几乎无一例外地成了影视中标准的"反派语言"。

一月号推出《广州诗人写广州》专辑，正抓住了读者心理。13位诗人，20多首短章，再配上《编者絮语》，先声夺人，不得不读。让诗去拥抱广州这个大变革前沿区，体现了编者的明慧，而"纪实诗"的提出又潜伏着不小的危险——失去诗的危险，失去诗歌读者的危险。广州诗人是前沿诗人，他们在冒险中作出了努力。

努力之一：摆好诗与广州的关系。文体相互渗透，"纪实诗"无可厚非。"纪"广州人内心生活之"实"（如《现代的忧患意识》《"炒更"》等），不必冒险；但"纪"广州外在生活之"实"，就有很大风险——诗的视点从来不在观，而在观感。散文长于纪实，诗短于纪实。诗只能是散文言所未及之处，散文言所未能之处，散文言所未尽之处：在对外在世界关注的时候，诗与散文各有自己的文体可能性。专辑尽量从诗的视点去"纪实"，也就是说，不拘泥于广州在外在上怎样，而落墨于广州在诗看来怎样。莫少云写"打的"："把你寻找的/两点，拉直/把你手中的/时间，拉长。""纪"了广州"的士"之"实"，更"纪"了诗人对"的士"的内心体验，这就找到了诗。郭光豹的《流行色》，既"纪"了"广州，1988年春天的流行色"，又展开了诗人对周而复始的"流行色"的诗的开拓："一个圆圈，又一个圆圈/地球在太阳系持恒运转/时装，博览/海潮般流动/海潮般不老的时尚，/汹涌，我的思想……"诗人们努力通过诗的轨道走向"纪实"。脱轨的热闹不可靠，新诗70来年的历史都在作出证明。

努力之二：摆好诗人与广州的关系。广州在现代化，诗也要现代化，否则难以完美地"纪实"。诗的现代化不能只是外在的——新名词、新事物救不了陈旧的诗。改革大潮向诗人的心态提出严峻挑战——没有现代心态、现代人素质，就没有真正意义上的现代"纪实诗"。至于如何下笔，完全应该悉听尊便。我爱读樱子的《夜广州（外四首）》，我也爱读李士非的《运动》《飞腾》。后者在形式上和《向秀丽》《北大荒之恋》差别不太大，但是《飞腾》的想象、《运动》里的警句，"运动和政治连在一起/——民族的噩梦""运动和体育连在一起/——国家变得年轻"，都叫我过目难忘。当然，我还想啰唆一句：现代心态是中国人的现代心态，可不要去"移植"外国人的现代心态，"为赋新词强说愁"。比如，物质压抑精神的心态在我们这里恐怕很不普遍：我们还处在初级阶段呢，物质还是多多益善吧！

总的说来，《广州诗人写广州》一辑有可读性，虽然多数诗章还是质量平平，但是编者和诗人的努力是可贵的。我希望这种努力能够坚持下去，希望诗苑开出一朵别具风姿的新花。

《诗刊》1988 年第 3 期

‖二月随笔‖

阿　红

直到 2 月 25 日才收到二月号《诗刊》。春节迎龙，到处是龙，龙堵塞了路。

继上期《广州诗人写广州》，本期推出北京诗人《天津行》。编者在努力为诗与改革联姻。作为辽宁人，我盼着编者来沈阳、来大连。七位诗人戎马倥偬，风尘仆仆，长歌短吟。或说，这是天津搅动了的诗人心灵的显影；或说，这是诗人心灵在天津沉淀后渗透的晶粒。尽管诗人们面对的是同一社会实界，在诗里"我还是我"。绿原的《天津漫与》有情韵，重营造；几首比较，我更喜欢一、二。韩作荣的《城市与人》，飞动腾跃的想象，光怪陆离的意象，词变句变的诗句，使诗显示一片现代色彩。写水晶宫饭店的《裂变》与写宴会的《城市停靠在唇边》，更有意味。杨榴红的《又见大海》，也流露着到新境地的喜悦，但也还是杨榴红。

　　本期的《天津行》与上期写广州的诗，都是城市诗。城市诗要写现代城市变革中的风貌，更要写变革中现代城市人的意识与心态。对《天津行》，总括看，我觉得还是浮面些，少点力度，少点深度。有人认为城市诗必须写现代城市居民（诗者）在现代物质环境与人际关系下的挤迫感、无可奈何、寂寞感、绝望感，是一种偏见。有什么心态写什么心态，汇集起来，便是现代城市人心态大展。

　　程小蓓的《自行车风雨七千里》是二十一位女摄影记者长途旅行壮举纪实诗。娓娓而道的语言，有趣的见闻，不同性格的旨趣，爱情的焦灼与伟大，使我一气读完。放下刊物，却又觉得人们好像只顾赶路，对七千里行程上的事物没多看多想。傅天琳的《海》确是她的一篇力作，也是本期艺术冠军。比起她过去的诗作，这篇作品有涵盖更广的、对生命、对人生的思索，许多诗句、诗段具有内张力。魏巍的组诗《漫步亚德里亚海湾》，引我想起他20世纪60年代初访问希腊的组诗。《教堂愈大人愈小》是个精品。力佳的《最初的感觉》、吴晓的《突破自身》、骆晓戈的《盆景、根雕和袖珍外套》、杨绍武的《远山》、郭辉的《鹰骨》、王宏杰的《醒悟》与石成仁的《五十分钟的死亡边缘》等都是佳作。在本期里，也有不少平平之作。

　　关于译诗，我想建议邀请译家翻译某个国家相当于我国《诗刊》或《人民文学》的某期刊物的全部诗作，集中发表，使读者一睹全貌，其好处很多。

　　艾青老的四封书简，再现老诗人诗观、品格。读者很喜欢读这种本不为外人道的"内部言论"。专栏《我观今日诗坛》又发表五篇言论，很热闹。郑敏说现在"是一个令人焦急、兴奋、不解、恼怒的诗歌季节"，我认同。不过我认为大家都各写各的，各说各的，依靠自然规律，就会到来另一个季节。周伦佑说，"现在，几种不同的创作倾向都正在各自的基础上深入展开，现实主义继续深化，现代主义有待突破，融合倾向方兴未艾"，也是公允概括。诗苑"主义""流派"不少（且不说其中许多不成为"主义""流派"的），也是各有各的难处。重要的是首先完善自己，拿出杰出的艺术作品。

选自《诗刊》1988年第4期

‖三点评论‖

吕　进

　　尽管二月号《诗刊》的作品未必多是佳篇，但是却有一股生气。编者在继续努力地强化诗与时代的联系。近年诗坛呈现热闹中的静寂：诗人小圈子热闹，读者大圈子静寂。诗人圈子旗号纷呈，花样翻新；读者圈子对此却没有太多热情的响应。究其原因，一是时代风尚，商品经济的活跃似乎与诗情的活跃难以和谐；二是生活节奏加快，人们的业余时间减少；三是人们业余生活的丰富，尤其是影视文化对诗歌读者的抢夺。除这些原因之外，不可否认，还有一个诗歌近年在处理与时代的关系上的徘徊。继一月号之后，二月号又以突出篇幅推出《天津行》，可以看到编者的打破静寂的努力。当然，由诗美本质所规范，诗与纪实的结合有许多值得警惕的课题，否则，我们会再一次失去诗。但重要的是这种努力。我举双手赞成编者的追求。

　　二月号上程小蓓和傅天琳两位女诗人的作品发人思考。程小蓓的《自行车风雨七千里》更偏于绘画，朴素，自然。七千里的所见，二十一位女记者的风貌，写得亲切生动，颇带女性情思。傅天琳的《海》气度恢宏，富有哲想。这首诗更偏于音乐，诗人以"音乐语言"象征地表现人生、世界与命运。这两首诗作说明：诗的各种写法都可以出现佳制，也都可以产生次品。重要的不在写法，而在真情，以及真情与写法的融合。两首诗章在艺术上都有各自的不足之处，这留待读者诸君评说吧。我想到的是当今诗坛女诗人的命运。近年读者更大的内心自由呼唤新诗作出更细腻的反应。适应着这种呼唤，越来越多的女诗人——不擅长演奏进行曲而擅长用心灵的手指去给人以温情抚慰的天然使者涌现了。更多的女诗人善于写身边事、儿女情。这方面的好作品较多。但是似乎也有一种潜在的危机：对于一些女诗人来讲，诗情逐渐枯竭，出现即是高峰，此后就在自我重复（甚至自我厌倦）中失去原有光彩。对自己以外的人们的关注，对自己的环境以外的世界的关注——当然这一切都是从自己出发的——正是两位女诗人的作品值得注意的艺术经验。1985年我曾写过一篇评论：《傅天琳：从果园到大海》。文章说："傅天琳不愧是大海的女儿，她的价值观念、审美观念、诗歌观念都在变革，在刷新，由此我可以预言，她将走向更广阔的人生大海和艺术大海。"我愿对所有女诗人都作这样的祝福。

《艾青书简》值得一读。《致江志方》使人想到诗歌翻译家的功勋。诗是语言的超常结构，因而几乎是不可译的。我也时或搞点诗翻译，此中甘苦，略有所知。希望诗歌翻译家再作努力，把中国诗歌介绍出去。由此想到，诗人之间常有鸿雁往返，《诗刊》如开设《诗人书简》栏目，谈诗说人，真挚坦率，可能会有很高的可读性。不知编者以为然否？

选自《诗刊》1988 年第 4 期

‖ 三月随笔 ‖

阿　红

"三月"又一次使我感受到一些不同年龄层次诗人的思维，在逼近现实，刺入现实。张学梦《开放之歌》，题目没化装，诗营造了一个宽宏的艺术的思维空间。开放在期待在阵痛中降临，在冲激中拓展，给中国带来"开放的视野，感知的自由，脑系的解放"。但，《开放之歌》非泛泛之歌。诗人在思索，"我们往往善于期望而不善于迎接，我们对新生的实体总是顾虑重重、猜疑观望"。诗人在自律，要把"忧郁""犹豫和踌躇""束之高阁"，带着"新的力度、新的琴"，去写"激流之歌，个性之歌，创新之歌"。诗有针对性，也许由于主要从诗观的角度刺入，显得刺入面小。王浩的《倒儿爷》，看来从"初草"到"再改"弄了一年，终究锻出一把解剖"倒儿爷"行为心理的尖刀。结节"我们这号人 / 难道 / 整天忙忙碌碌 / 就为了捞一把——离不了 / 又使人烦恼，讨人喜欢 / 又招惹麻烦的 / '大团结'？！"提出一个人的价值问题，这问题当然不限于"倒儿爷"。《诗海拾珠》栏中方冰的二首《偶感》也是对当代又一些人物心理的解剖。类似这样的诗，如今难得一见，而社会期待着；我于年初举办的一次"诗歌民意测验"就显示着。诗人要上天，而读者在人间，那就请人间的诗人为人间的读者写人间的诗。有种种创作主体，便有种种心态的诗。各写各的，合起来便是当代人心态总汇。

　　鲁藜的《反思录》是饱经忧患的老诗人智慧的凝珠。25 节，节节耐人品味。梁南的《人生忧患如花发》则是历经坎坷的自我心态的袒露。"我把世界抱到脑子里推不出去 / 唯有开花、织网，了此一生。"三首诗都深沉，甚至有些苍凉，但内核炽热。梁南近年绘写"世风"，诗笔犀利、言所欲言，无所顾忌，但依然是梁南风度。余以建、贺东久、周纲以及另些诗人新作，也都含着对人与人生的思索。如果对生命意识、生存意识不作褊狭理解的话，不局限于外国人怎么说也就怎么说的话，那么，鲁藜、梁南的诗也属于这范畴。生命不是抽象的生命，生存不是抽象的生存，人的价值总是在社会中在历史运动中显现。我是这样想。

　　《爱情诗》栏是当代人爱之百态小展。诗都真挚。葱葱儿、陈锡民、柯原、孙大梅、黄晓华的，给人印象较深。杨牧的访印诗《黑咖啡，紫咖啡》有新探索；叶延滨的访意诗《门外窗外》，写来随意，不乏调侃，很不好写的东西，他居然弄得有趣。

　　香港林真评台湾著名诗人洛夫诗作的文章《苦的、硬的、用血写的诗》，是一篇中肯的文字，是论这位诗人的诗，不是用诗人的诗作论据以验证自己的诗观，此是与内地某些评论不同处。今年总 25 期《华夏诗报》发表了洛夫于新年前后给诗人犁青和丁芒的信，表述了他对"新诗潮"和新诗发展的一些看法，未见者不妨寻得一读。

1988 年 3 月 22 日

选自《诗刊》1988 年第 5 期

‖对话：面对即将逝去的"80 年代"‖

吕　进

　　三月号推出的《诗歌评论家的对话：纵横诗坛》新意不是很多，但它以"对话"引人注目。《诗刊》一月号曾推出编辑的对话，又从一月号起专辟《我观今日诗坛》栏目，造成了指点诗坛现状的声势。

时间是最权威的评论家。时间使现实变为历史。中国新诗史的"80年代"这一页即将掀过去了，在这样的时机来"纵横诗坛"是合适的选择。新诗在20世纪70年代末期起死回生。但是20世纪70年代末期形成的新诗高潮只具有复苏性质而已。20世纪80年代的新诗由历史的反思转向自身的反思，由历史意义的复苏转向美学意义上的发展。于是，新的诗歌现象纷呈迭出，而几乎对任何一个新的诗歌现象都存在着多种理论视角。"有序"换成"脱序"，"一元"变为"多元"，旧规范面临来自多方面的挑战。几代人都在热闹中感到困惑，20世纪80年代在"热闹"中为中国新诗真正留下了一些什么艺术经验和创新启迪，站在20世纪80年代末尾来反顾、反思一下，实有必要。对时间的把握，历来就是人类深入地认识世界的标志。

为了把对话沿着求实轨道推进，可否考虑今年内至少再搞两个对话？一是老诗人对话，一是外国诗歌研究家对话。

"今日"由过去的"今日"发展而来。昌耀唱得很好："我们不断在历史中校准历史。我们在历史中不断变作历史。"新诗70年绝不是空白，它留下不少今天可资创新者借鉴的正面和反面经验。新诗史上也有"周期现象"：发展流程中的周而复始，旧而变新。老诗人们的对话将会有重要价值。而且，站在20世纪80年代回头去看，一些老诗人也许会对诗歌史上的某些定论"另眼相看"，推动今日诗坛的创新局面。

中国诗坛是世界诗坛的一部分。对当代人来说，世界变小了，心灵世界变大了。世界文化（包括诗歌）的整体化倾向是明显的。中国新诗如何更加向外国诗歌的艺术经验开放，中国新诗如何在开放中进行民族性建构，这是诗坛内外关注的"重量级"问题。这里恐怕包括了两个侧面，一是中国诗歌传统的开放化、现代化，一是外国诗歌艺术经验的中国化、民族化。这些问题，最好请几位研究外国诗歌的专家（包括近几年从外国攻读诗歌回来的青年学者）对话，提出一些可比性问题来纵横一下中国诗坛。

这几期的讨论都没有回避"第三代"问题，二月号还刊出周伦佑的文章，我觉得对此亦应肯定。20世纪80年代流行一种思维方式：一种新的诗歌现象出现以后，总是先以惊恐次以暧昧的目光去打量，然后就纠缠于它"该出现还是不该出现"。这种思维方式妨碍理论界对新现象作出快捷反应和科学分析。在我看来，"第三代"在新诗转向自身反思后出现几乎是必然的，我们的工作不是发放"出生证"，而是对这"出现"有所理论发现。近几期《诗刊》在这方面的做法和风度令人赞赏。

选自《诗刊》1988 年第 5 期

‖ 四月随笔 ‖

阿　红

在京参加第三届新诗评奖时，接到本期《诗刊》，接着到亳州参加当代诗歌笔会，接着回故乡探亲，旅途中读、写。

年来《诗刊》给我的印象是：

以触目的版面和策划的专辑，倡导诗歌切入现实，展示向现代化奋进中当代人的风姿与思索，表现五光十色的心态；

力图有层次地展现当代诗歌的多元构架；

有相对稳定的栏目，又不断策划定题专辑，造成兴奋点；

各年龄层次诗人都有用武之地。

四月号有两个专题策划：

一是《新人集》，含 15 家 42 首，是又一次青春诗会。有些作者，也不算陌生。在《诗刊》上发诗或组诗，是诗者的心愿。一个诗人是一个生命体。《新人集》里的诗就呈现出多个生命体在当代时空的运转形态。思索路向，艺术追求，是多元态势。我很喜欢这种多元态势，我国诗歌在这种多元态势也就是竞争态势下，才能得到发展。陶文瑜的组诗《世界为什么美丽》有独特谲意，又以若干象征性具象时空暗示现实思索，耐人品味。诗人很注意收笔。如"所有蹒跚的老人／都是贴在／额角的邮票"，内涵丰富，意象新颖。张令萍的《远村》（三首），都浓郁着对妇女命运的关注，题材不算新，命意也不算新，又直赋其事，然而诗真挚深沉。大卫的《古碑》、袁安的《绝对》、陆新瑾的《一只石头黑猫的几行诗》、赵琼的《秋雨里，那人和我》《真想拥抱那个夏季》、黄一鸾的组诗《死者安慰不了死者》、李玲的《之一，夜之月、夜之我》、赵宇的《很多时候一种失去会换来意想不到的红果》等等，都是不错的。我很赞成青年诗人多路向的艺术探求。街上流行红裙子，于是竞相购买，也就单调了。

一是《台湾诗选》，9 家 27 首。家是名家，各有千秋。近几年来，大陆转发和出版了许多台湾诗作，台湾诗报刊也转发了一些大陆诗作。海峡两岸诗歌的交流与整合，必将促进中国诗歌的发展。27 首诗，有不少此前早已读过。我读两岸诗歌，深感都流动着中华民族的血液，都是中华肥沃文化土层生长的诗花。海峡彼岸的诗歌经历过 20 世纪五六十年代现代主义的洗礼，现在普遍呈现着写实主义与现代主义合流的征象。很重视艺术构思、意象营造、语言张力，特别是真情实感。我希望《诗刊》不断推出这个专栏。

渭水的《大难之后：中国的沉思》具有忧患意识。大兴安岭火灾之后，诗人和国人一起思索着中国，思索着现代化。从某种角度说，现代化是滤色镜。种种陈腐意识和不算太陈腐的意识都在现代化这面滤色镜下，表现出其腐败性、破坏性、危害性。诗人挺身而出，慷慨陈词，表现出高度的公民责任感。就诗说，涵盖广阔，但笔力不足，激情充沛，而思索似浅。罗洛的《写给黄山的十四行诗》，山情人情，融为一体。前两首更是精致。嘉嘉的《曾经同行》，委婉动人。陈云其的《三首情歌》，我最喜其《红靴子》。"诗海拾珠"，参差不一，有几首不错，如张雪杉的《梦想》。"旧体诗"，我总觉得少点杜甫、白居易。

《我观今日诗坛》诸家及栏外一平、陈力川文章，分别对当前诗况做了诊断，开了处方，都很可读。对当前诗歌诗论，谁都有意见，谁也说不出令人人满意的意见。你说你的，我说我的，纷纷纭纭。倘能既读与自己意见相似之论，又读与自己意见相异之论，求同存异，求同思异，则诗之幸。

《诗刊》难办，但，《诗刊》只能是《诗刊》。

1988 年 4 月 26 日于安徽颍上

选自《诗刊》1988 年第 7 期

大海与大火

吕 进

诗的清风往复于海峡两岸。由于多年的音书断绝,两岸诗歌正各以陌生面貌出现于对岸,引动对岸的好奇心和创造欲。这种现象十分有利于中国新诗艺术的繁荣。《诗刊》近年已经陆续向海内读者介绍过一些台湾诗歌,但像四月号这样以大量篇幅集中推出 27 首,尚属首次。周梦蝶(想来他一定很瘦,不然向明何来"瘦成周梦蝶式的苦楝树"之句)的中国风韵,余光中的侧面运笔(《自塑》岂止是诗人自道,而且是诗的哲学,很有味外之味),痖弦的意象营造("钢琴哀丽地旋出一把黑伞"可称神来之笔),洛夫的由艰涩重返明朗,向明、张默的出乎物外的咏物,李魁贤的缜密巧思,文晓村的自然亲切,都各显其长。由于《丑陋的中国人》在海内的风行及触发的喧哗,由于柏杨在绿岛的十年铁窗生涯,读张香华的诗是别有一番滋味在心头的。九位诗人都充满乡愁。"吊兰植物"枯槁的销魂,"没有植根的风云"流浪的断肠,重重地摇撼着我。除蓝星、现代、创世纪诸派诗人外,《诗刊》似可扩展视野,也介绍一些三大派之外的诗人及台湾省的本土诗人。

"新人集"给人带来新的希望。一年一期"无名诗人专号"的好处是震动力大,然而周期终究太长。我更赞成现在这种做法。虽然《诗刊》推出的新人其实一般都先已露面于地方报刊,但跃上《诗刊》终究是第一次。为了让诗坛增加对他们的了解,以后的"新人集"可否由编者对每位诗人都作三两句简短介绍?——我不赞成由作者在作品前面写"宣言"。许多高超"宣言"与"宣言"后面的不高超作品形成的反差,已使这种本来很好的方式变得败人胃口。十五位新人的起点都较高。部分篇什的弱点是有匠人气。我总希望多一些小的大诗人,少一些大的小诗人。

渭水的《大难之后:中国的沉思》由林区之火烧亮了心中的愤慨之火,由焚烧森林呼唤焚烧自身——凤凰涅槃般的自焚,不愧本期压卷之章。诗总是一种干预:或干预现实,或干预心灵。现在第一类作品尚嫌太少。当然,这种干预一定要是诗的干预,三月号的《倒儿爷》就显得在贴近现实中淡化了诗韵,使人不安。

选自《诗刊》1988 年第 7 期

漫评《诗刊》五月号

吕 进

老舍不无幽默地说过："文章不是肥猪儿，不能论块头来定优劣。"文章这样，抒情诗更是如此。像风飘过琴弦一样震动诗人心灵的瞬间感觉构成抒情诗，因此抒情诗通常是短的。一首抒情诗的分量并不一定体现于它的篇幅的长短。时下诗坛有一股长风——随意走笔，以量求胜，有将抒情诗变成"肥猪儿"的危险。《诗刊》五月号以"短诗集锦"开卷，意在提倡多写短诗，用心甚好。"集锦"的几首短诗各有风韵，但总体感觉还是稍弱。看来短诗并不比长诗好写，如同制作一只手表并不比制作一架座钟容易。如果能在卷首推出一大组给人印象更深的短诗，编者的倡导就会更加有力：这里，有一个倡导时机的选择。

从本期刊发的作品看，如果我是编者，我宁愿以徐康的《呈交灵魂的起诉书》作为本期的压卷之作。道德问题、风气问题已如物价问题、为官清廉问题一样引起全社会的关注。徐康的诗展开的道德批判，呼唤了人与人之间的更多的爱，我相信是言出了人之欲言。这首诗第三节较弱，但着眼于全诗，是不乏诗味的。诗是具象的抽象——笔下具象，笔外抽象，诗人将具象与抽象交织，诗味便出来了。诗寻觅情隐景显，诗人将隐显交织，诗味便出来了。诗追求言近旨远，诗人将近远交织，诗味便出来了。"道义在沉没……"开始一行就以这样的诗味给人品尝。

本期以较大篇幅刊发一组现实感、投入感较强的诗。20世纪80年代的中国诗坛上有些作品只在技巧上翻花样，诗人的人生体验、生命体验很浅。这是"玩"诗，不是写诗。而本期的这组诗走的是一条坚实的路，其可贵之处是生活气息、时代气息的浓厚。我特别爱读梁如云的《没有户口的"黑"孩》。这组诗艺术上的粗糙显而易见。我觉得主要是太实太近。诗总是寻求审美静观的，即便贴近现实的作品亦如此。诗走出世界以观照世界，走出人生以观照人生。没有"走出"，就没有审美观照，也就失去诗味了。

献给母亲的诗中，刘犁和陈放的歌特别动听。刘犁的《母亲》写得亲切自然，淡中见浓，平中见巧。他的《引力》则写得聪明奇妙。陈放的《心盾》

精炼而深入地展现了一种复杂心态，真挚沉郁，艺术上是有工力的。老诗人辛笛的《新年，"味道好极了"》在描绘香港的世态与心态中显示出诗人"清洗"的手腕。诗在再现大千世界的"众生相"时，总是敏锐、准确地捕捉特征，以一鳞半爪展现全龙。这种"清洗"本领是诗人的一个基本功。辛笛的诗在这方面值得人们留意。

《诗刊》是有声望的大刊，要尽量不出现编排上的白璧微瑕。比如本期出现的一些错别字就是应当力求避免的。"忘想爬过窗台"（第28页），"但那具大的胃口"（第33页），恐都有误。"卷首语"第一段的"热烈地祝贺"在语法上似不规范，以改"热烈的祝贺"为妥。

选自《诗刊》1988 年第 10 期

┃漫评《诗刊》六月号┃

阿红：

《诗刊》很注意切近现实，每期都有一篇或几篇满怀理想、力搏时弊的作品。本期里，张志民的《我坐在观众席上》所表达的情思，也是当时我坐在电视机前内心的燃烧。诗，读来激越、锐利、沉挚、浑厚、深刻，为诗坛少见的作品。不少诗句，读之再三，如"诗，如果敢于是子弹／我将立刻把它推上枪膛／对准阻碍我们'敢于'的／一切幽灵"，如"做儿女的从没抱怨过／母亲乳房的干瘪／皮肤的粗糙／只诅咒贪官的无道／人间的不平"；如"如果这样嚼下去！／难免有一天使我们只剩下：／一条小小的短裤／两只大大的眼睛。"都是我久久读不到的痛快诗句。熊召政的《1987：官僚主义在中国》，鸟瞰中国官僚主义现象，慷慨淋漓，戟指官僚主义"只想把祖国／锁在秦时明月汉时关／幽禁在／八旗子弟的鸟笼里；剖开硬壳，"科──／处──／厅──／部──""每一顶乌纱帽下／都纠聚了一群／想把它抢到手的人"。你可以说这般诗直露，欠含蓄，欠朦胧，欠"不懂"，但，正是它们显示出当代中国人期待改革的殷切、中华民族的生机、我国民主前进的步伐；正是它们表现出中华知识分子的基本品质。也就是这样的诗，挺起诗歌的脊骨。与上两首诗相近的还有黎焕颐的《思辨的人生》，它从人生的角度切入现实，又由现实抽绎出哲理，尽管艺术冶炼似尚未到火候，但虎虎有生气。我认为这种切近现实，搏击时弊，高扬忧患意识、公民意识、改革意识的作品，同生活在中华大地的人有着强烈的共振，是诗歌的脊骨。我感到高兴的是，《诗刊》每期都有这样的作品。我们《当代诗歌》有"忧患意识"栏，但常常告缺。诗坛是多元的，各元都走自己的路，才能满足当代人多元心态、多元艺术趣味的需求。

本期为中学生诗爱者开了一个专辑，编者写了短文，喜悦之情溢于言表。作者们不过十几岁，起点这么高，好极。其中，周劲松、李连卿、张志彤、肖永瑞、牧童、李作明、石海燕等同学的诗都不错。如果说希望，我希望同学们艺术趣味广泛些，读各种格调的诗，同时在写诗上追求自己的格调。许多人的诗合在一起，就怕一个味。

本期有不少诗不错。光未然《痛心的诀别》，真挚动人；安谧《骏马引》，星状构架，总体象征，多角度表现人对生命自然性、原生美的依恋；野曼《石林怀旧》，有奇想；以及林祁《时光与潮汐》、未凡《寂寞》、刘琦《母亲》、西中扬《海岛之路》、林莽的长题目诗，都很有意味。

最后，我想说，衷心感谢《诗刊》编者邀我为这个专栏撰稿，而我事务杂乱，东走西奔，常常不能按期交稿，以致拖累《诗刊》这个专栏的连续性，深感不安。为此，我吁请另邀撰稿人，深望采纳。

吕进：

就作品而论，在今年上半年的刊物中，六月号似最有分量。本期架构很好：既推出时代气息浓重的佳作，又推出一辑以诗美纯度和人性深度为特色的"抒情诗"，颇具编辑匠心。

《我坐在观众席上》以真诚的公民性打动了我。诗篇质朴、真挚、深沉。七届人大和政协开会期间，我正在北京，也和张志民一样，每天都等在电视机前。在观看电视新闻的我曾突然想到了诗，不知怎的，一股莫名的忧郁从我心中升了起来：我们民族正处在历史转折关头，诗歌如果漠然、超然地背向这个大转折，那将是怎样一个悲剧啊！涅克拉索夫有一首《诗人与公民》，诗人唱道："可以不做诗人，但必须做一个公民。"本期林莽的诗提到捷克诗人塞尔弗特，这位诺贝尔文学奖的得主也曾表白："我不过是恭顺地 / 听从民族安排的一名诗人。"最近出现的一些新作证明我的忧郁也许过分沉重了。诗歌正在从时代中获取勇气，让自己的"大脑细胞都变得活跃"。看来张志民是抓住新鲜体验一挥而就的，因此诗篇的长处是新鲜，短处是比较粗糙——对有些体验尚未来得及从容地进行诗的升华。熊召政的《1987：官僚主义在中国》使人心热。官僚主义"有着一个比马克思 / 还要庄严的白天 / 同时又有一个比唐明皇 / 还要声色犬马的夜景"，我相信这样的（虽然是模仿艾青的）诗行有过目难忘的能量。和《请举起森林一般的手，制止！》相较，熊召政的新作视野更宽，可谓心事浩茫，但在艺术上似无明显进展。赵恺的《铜树》可以看作与熊召政的唱和，从不是铜像的树到不再是树的铜像，这个悲剧值得人们警醒。赵恺写得洗练，象征技巧和意象技巧都较圆熟。安谧的《骏马引》别有诗味，似与孔孚属一路诗风。黎焕颐的《思辨的人生》应视为他的力作，深刻深沉，多有理趣。

"抒情诗"一辑有如无声的春雨。清雅淡远的《秋水》，往事如珠贝的《听涛》，"连每一垄沉默的庄稼 / 都等待一种结局的到来"的雷声，给人愉悦的美感。这一辑中最令我爱读的是《九十九页诗选·污水河和金黄色的月光》。让我们所有的人都用自己月光一样的文字在人们的心中投下明亮吧！

"外国诗"已经久违，希望能坚持一二期一次；《中学生诗页》这个栏目开得好——中学时代是诗的时代，对每个人几乎都是如此；《诗海拾珠》也有好几首颇见功力，限于篇幅，不一一评及。

选自《诗刊》1988 年第 10 期

中国新诗的选择

袁忠岳

　　新时期诗歌经过酝酿期、激变期已进入一个平稳发展的安定时期。无论人们承认不承认，多元并存已成为当前这个时期诗歌发展的总体格局。它发生在开放政策所带来的中国现代史上第二次中西文化交汇的大背景上，有着深刻的政治、经济、文化等多方面的原因。就诗歌自身发展规律来说，客观存在的审美差异性，原就不适宜把诗歌放在一个固定不变的模式里，当造成这种单一性的非文学的强制因素解除以后，人们就如出笼之鸟，各赴所好，纷纭多绪也就成了必然趋势。无可否认，诗，为了自身的发展，付出了代价，承担了比其他文学样式远为巨大的压力。新时期以来，诗受到各方面的干扰最大，时间最长，争论最激烈。诗在新旧交锋、中西碰撞中激变，才形成今天的多元局面。现在，朦胧诗的讨论已被整个文学界公认为文学观念变革的先声。也许正因此，诗就格外珍惜这样一个来之不易的文学春天。它并不想才从旧囹圄飞出，又向新囹圄飞入。即使是金笼子，也不能再使获释之鸟就范。一种集体无意识的逆反心理自动调节着多元之间的平衡，排斥一切者将受到大家排斥；不宽容别人的人，自己也得不到宽容。凡是霸权思想、暴力主义，均将受到抵制，不论哪一派都休想独步诗坛、一统天下。于是有主张变革、兼容多样的诗歌学派兴起，它正是诗界最普遍心理的最集中的反映。

　　不过，流派的生存权利，并不等于每个流派的存在价值。前者是自由的、各派平等的；后者就不那么自由，也不那么平均了。价值虽存在于自身，却是决定于客观，并由社会来评定的。它有比较，从属于整个社会的价值系统。孤立于社会之外，便无价值可言。它又不是自吹自封的，而是由社会根据其对社会的实际作用力与作用面的大小来客观评定，哪一个人也无法主观随意决定。只有那些体现社会需要的评定意见，才有代表性。社会的需要随社会的发展而变化，因此一部作品的价值也不是永恒不变的。作品产生时的价值，我们称之为现实价值；它在今后不同时代的价值，我们称之为历史价值。这两种价值不一致的现象是存在的。但在现实评价不高的大量作品中，而后终于获得较高历史价值的，究竟是少数，而当时评价不高，往往有着政治因素等客观原因。从审美角度当时就不受欢迎，后来身价倍增的，更为少见。大量无法胜数的却是昙花一现式的作品，当初风行一时，最终被历史湮没。这种文学史上的现象说明：取得现实价值的作品，不一定有历史价值；但要获取历史价值，一般则必须取得现实价值。这大致可以看作是个定律。由于不被社会承认，而自诩属于明天，这只能是一种阿Q式的自慰。一个有出息有志气的诗人，决不会置广泛的社会需要于不顾，盲目地追求什么永恒价值；他不折不挠，孜孜以求的首先是社会对他的承认。

多元局面，给予诗人以选择的权利；价值规律，则是社会对诗人的选择。诗人有权利选择诗，诗也有权利选择诗人。什么是中国新诗的选择呢？

第一，它必须是中国的。时至今日，争论的问题已不是要不要借鉴西方，可不可以横的移植。新诗自身就是明证，它诞生于第一次中西文化交汇之中，它的血管里已经流着英国的、法国的、德国的、美国的许多西方国家众多流派的著名诗人的血液。中国现代诗歌史若没有郭沫若、闻一多、徐志摩、戴望舒、艾青、冯至等人，将会怎样的暗淡无光？而他们中又哪一个不是在中西文化哺育下成熟的诗人？在当前开放的时代，中国，更不是一个封闭的概念。借鉴，已成为各个领域、各个方面正在进行的必然趋势。诗，岂能例外！问题是如何借鉴？一种是恶性的全盘西化，成为西方现代派诗的低劣的仿制品；一种是合理的有机吸收，无论怎么变化，仍是具有中国味道的中国诗。前一条路有人走过，在20世纪20年代，李金发没有走通；到20世纪五六十年代，台湾一部分现代派诗人走了一阵，也没有再走下去；现在又有人提出要走，走走也不妨，只怕也是走不到底的。后者已有郭、闻、徐、戴、艾、冯等成功的经验在。他们所受西方的影响不一，风格也大异，但属中国，却是确凿无疑的。二者穷通判然，冷静客观地考虑，并不难做出抉择。

有人把全盘西化提高到走向世界文学一体化的吓人高度。我们不知道，现在讨论一体化是否现实，更无法设想这一体化究竟如何化法。但既然世界由东、西双方组成，既然对东方来说，一体化就是全盘西化；那么对西方来说，一体化就该是全盘东化了，由此两化调节平衡出一个中西文学互补的一体化。可遗憾的是，西方对于东化，远没有我们有些人对西化那么起劲，那么感兴趣。这种单方面西化的结果，实现的究竟是世界文学一体化，还是西方文学一体化？难道有人已经算定，在未来的一体化中，不可能保留东方文学的任何因素？其实，走向世界文学的正确理解，主要是指无论哪一国的优秀作品、民族精华，都能迅速及时地为各国人民理解、欣赏、接受，获得世界性反响，成为全球的共同精神财富。它的实现，自然不仅仅依靠文学自身的努力，还需要政治、经济、文化等许多条件。但就文学而言，到那时，也绝不会以民族性、地域性以及创作个性的丧失为条件，因为这是与文学本身发展规律相悖的。除非文学本身消失，否则绝不可能出现那样的一体化。所以我们只能以中国的文学走向世界，而不是以西化的文学走向世界。拉丁美洲民族文学的爆炸，也说明了这一点。

中国的，自然不是"古典＋民歌"的模式所能概括的，它可以是格律体，也可以是自由体。它不排斥任何一种手法，包括现代派的种种手法。它离不开民族语言，又似乎在语言之外。过去谈民族性，只在语言、手法等形式表层兜圈子；我们说中国的，则更注意思维方式、审美心理、内在精神等深层的蕴含。它们是动态的，并非僵死的凝固不变的，但怎么变，都有着一种难以言传的神在，让人一眼看出是中国的。我们不同意把"中国的"理解狭窄了。但也不认为它漫无边界，似乎只要中国人用中国话写中国事，不论怎么写，都是中国的。下面的诗是用中国话写的：

> 钉子在漆黑的边缘突破
>
> 欲飞的瞳孔及门
>
> 暗示一次方向的冲动
>
> 可以是一个巨大的毛孔
>
> 一束倒立的头发
>
> 一块典雅的皮肤……
>
> 　　柏桦：《或别的东西》

我想绝大部分中国人是不懂这些中国话的，我们很难把它列入中国诗。

第二，它必须是当代的。这是时代的要求，也是新诗发展的要求。所谓当代性主要是从观念上说的，它不是盲目地反传统，而是主张对传统的东西必须具有清醒的批判意识，用当代的眼光进行审视，决定去留或进行改造。这比顺应传统要难得多，也要有意义得多。现代化过程中最主要也是最艰巨的是人的现代化、人的观念的现代化。新诗理应在这一过程中，发挥其除旧布新、点化心灵的独特作用。如李发模的《呼声》、骆耕野的《不满》、张学梦的《现代化和我们自己》、柯平的《市长，我爱上了您的女儿》、流沙河的《太阳》和雷抒雁的《太阳》等诗，读后就有令人振聋发聩、耳目一新之感。可惜的是这方面的力作太少，有待于新诗去垦荒的土地还相当辽阔。请不要忘了，封建文化在中国的土地上的沉积特别坚实丰厚，清除因循的积习，增强人的自觉意识，为改革顺利进行而拆除种种心理上精神上的障碍，任务还相当艰巨。

近两年来，有相当一部分诗人向着华夏的源头进发，涉足于半坡、敦煌、青铜、彩陶、易经、八卦、佛理、神话……在寻根热潮中，诗走得比小说还远。我们并不否定一切寻根之作，无论是寻求人类生存发展的原动力之根，或是挖掘社会停滞后退的劣根性之根，都是立足当代，瞩目未来的。有的诗侧重对人的原始的自然性的探究，也是为了寻求人与自然的契合点，重建以人为主体的和谐的宇宙世界，当代性也是显然的。我们并不认为当代性一定要写当代。但如果寻根是漫无目的的，像有些人宣称的只是"孤独地""逆着社会与人类的发展朝着我们再也不能回去的时代……朝着人类最古老的时代走去"，以此为"归宿"陷入一种历史的迷惘，就不免使人皱眉，不能不为之担心了。有些人在诗中一味地搞古意象雪崩，看得人眼花缭乱、莫名其妙，恰与理论界新名词的狂轰滥炸形成对照。据说这些人的目光从现代的西方转向古老的东方，是从艾略特的《荒原》等世界著名诗歌中得到的启示。但是艾略特的《荒原》所以用凌乱的镶嵌画的手法，是为了更好地表现荒原人处于崩溃边缘的精神状态，而诗中的荒原人正是穿着古老衣服的现代人，诗的当代性是很强的。艾略特善于把古代神话传说与现代生活节奏交错叠合，从深远的历史感中来表达当代意识。正如他在《传统与个人才能》一文中所说："正是历史感使得一个作家能够最敏锐地意识到他在时间中的地位，意识到他自己的时代。"我国的学步者在追溯历史的同时,恰恰忘掉了自己所处的时代,而迷失在古意象中了。西化是忘了自己立足之地,复古是忘了自己所处之时,形异而实一。但在有的评论家看来,西化是对的,复古也是对的,缺乏主见地跟在这些诗人后面,忽而转"西",忽而转"东",忙于为他们鼓吹作注释,不知是看不到他们的偏颇呢,还是看到了不说。

当代性主要不是从题材说的,写历史写自然一样可以有当代性,已如前说。而有些写当代的可以照样没有当代性,如:有些歌颂责任田的诗与歌颂合作社的诗,只是名不同,内容可以通用;有些诗夸富,夸起来没个边,使人想起大跃进民歌。当代意识不强,是这些诗的致命弱点。当代性是较之题材更为深层的东西,它是时代向诗人的渗透,诗人向表现对象的渗透,是烛照全诗的内在之光。

第三,它必须是人民的。这是诗的本性,它原就产自民间。自古诗为民之声,即所谓"饥者歌其食,劳者歌其事"。那时宫廷歌舞娱乐所用之诗章,全由专设的采诗官从民间收集来,古帝王于娱乐之余,也以此了解民情,"观风俗,知得失,自考正",从中获得统治的反馈信息。看样子,他们也并不否认,诗原是下层人民的专利。只是到后来,才有御用文人写的宫廷诗,上层人物自己也开始写诗,并作为进身之阶,诗才渐渐由他们垄断。但流传久远有生命力的还是那些民歌,或在政治上受到打击、排挤,经济上处于困顿,与下层人民境遇相同、心灵相通的文人的诗。

是否是人民的,我们并不从作者的阶级成分来看,而是从诗看,能不能为人民代言,敢不敢讲真话,观其诗,察其心。在阶级消灭以后,每个人都成了人民的一分子了,但并不能保证每个人写出的诗都是人民的。最明显的例子是大跃进民歌了,作者多是工农,但在强制性的政治运动下,发出的却是掩饰缺吃少穿真情、怨声载道民情的一片虚假之声和违心之言,连"饥者歌其食"都不能,哪里还能"我为人民鼓与呼",发出心底的肺腑之音呢?可见,即使是人民的天下,为人民立言也不是没有阻碍,没有困难,也需要诗人有识有胆,有大无畏仗义执言的精神。以"四五"天安门诗歌发其端,有《请举起森林般的手,制止!》《关于人党动机》《将军,你不能这样做》《辣椒歌》等继之后,在党的实事求是精神鼓舞下,诗人敢于说真话了,诗歌的人民性得到了大大的发扬。这是需要坚持下去的,不能受了点挫折就消沉。这几年这类诗不多了，是否天下"太平无事"了呢？人民渴望读到能喊出他们心声的诗。

我们不反对诗人应有自己的个性，诗的感染力也只能来自个性自我的真切表现。同时我们又主张诗人的个性应植根于人民性，成为人民的多种多样的爱好和需要的反映。人民，不是一个狭窄的政治概念，它要丰富得多。不要把写爱情、写友谊、写旅游、写山水……排斥在人民性之外，凡是构成人民生活一部分的都不是多余的；也不要把个人的七情六欲看作与人民无关，正是千万条小溪汇流成人生的大海。不过尽管我们给"人民"划了一个大大的范围，仍然有人甘愿站在这个范围之外。《现代诗内部交流资料》介绍当前中国有这样一种"主义"，"在对诗的追求上，无所谓对现实的超越与否，忽略对世界现象或本质的否定或肯定。轻视甚至反感对'真'的那种冥思苦想的苛刻获得"。他们自称是中华人民共和国成立后第三代诗人。在他们看来，第一代诗人是执着现实、肯定世界的，第二代诗人是超越现实、否定世界的，第三代诗人迥异于二者，自然要"肯定""否定"都排斥，对超越者实行超越了。岂但如此，前两代诗人都是追求真、善、美的，他们则对此也要超越，结果可想而知，只能跌进假恶丑的泥坑里去。他们正是把诗当作最丑恶的思想的疯狂的发泄器的。如在他们的一首诗中，竟充斥了"失身""性冲动""情欲""梦遗""口沫""鼻涕""荡笑""同性恋""臭袜子""停尸房""春宫画""交尾""姘居""强奸""手纸"等污秽不堪的字眼。这哪里是写诗，简直是歇斯底里大发作。除了疯子外，谁需要这样的"垃圾诗"呢？有一点可以断言：中国新诗决不会选择他们作第三代诗人！

在当今泥沙俱下的开放形势下，保持头脑清醒，注意人民的身心健康，对于诗，不能说是陈词滥调，多此一举吧！

第四，它必须是诗的。新时期以来，我们讨论过许多诗的命题，如懂与不懂、移植与继承、自由与格律等等，不能说它们与诗的发展无关，但都不决定诗的生存与否。因为每一个对立的双方都可以是诗的、美的，也可以是非诗的、不美的。是选择懂还是不懂（应该说是难懂），选择纵承还是横植，选择自由体还是格律体，这可以各由所好，不必也不可能统一。但是对于诗与非诗，却无选择的余地。如允许选择非诗，诗本身就异化而无法存在了，一切讨论都还有什么意义呢？恰恰对于这个于诗的生命攸关的问题，我们没有展开广泛的讨论，进行认真而深入的研究。其实，多元局面的存在，有赖于"诗的"这个共同基础。不论什么流派、风格和方法，首先应该是诗的，起码是从一个方面对诗的丰富（若不是说提高的话），而决不能是破坏瓦解诗。没有这一条，诗王国的存在就成问题，哪里还谈得上这个派，那个派？"覆巢之下，复有完卵乎？"

当然，没有一个流派、个人说自己写的不是诗，对诗的审美也确实存在趣味各异、所好不同的较大差异性。我们不能用某一派的标准来否定其他诗的存在。如前几年有人否认朦胧诗是诗，后来又有人否定三十年来的诗、六十年来的诗。据说现在有人宣布：中国诗自今日始。那就把三千多年来的诗一股脑全否定了，可谓彻底之极。其实，把自己的作品划在整个诗的圈外，否定的正是他自己。

我们反对把诗的标准划得那么狭窄，纯以个人好恶定一尊。但也不同意什么"诗属于未知领域"，无一定之规，爱怎么写就怎么写，一切已知要求都是限制束缚诗发展的说法。要给诗下一个完美无缺、一劳永逸的定义是难的，你可以接近它，完善它，但很难穷尽它。但不等于诗就没有任何标准了。嗜有同好，人人心中有杆秤，人们的审美除了差异性外，还有共同性，在诗的多变因素中也存在着不变因素。为什么我们不会把小说、散文、戏剧看成诗呢？哪怕它们的诗味很重。诗之为诗，有着社会的历史的共同标准。它客观地存在于诗中，也存在于人们的感觉中。难以言传，自可神会；不好抽象，但可直觉。如酒，需要品尝家来品尝一样；诗，也需要鉴赏家来鉴赏。大体是可以由此辨真伪、定高下的。在最科学的仪器失灵的地方，人的第六感觉在发挥着独特的效用。

那么什么是诗的呢？为了展开讨论，难言也姑妄言之。我认为，不论哪个流派、个人，也不论用什么手法写，诗，在听觉上应该有音乐美，在视觉上（当然是想象的视觉，即所谓灵视）应该有形象美，在心灵感受上应是动情的有启迪的（不妨称之为情美、思美），而且这些综合的美的因素应在最凝练的形式下，达到最大的包容量。诗化，包括表层形式因的诗化与深层内蕴含的诗化，更重要的是后者，虽然二者也是不可分的。在各方面条件相同的情况下，多层次要优于单层次，多角度要胜于单角度。人们的审美正从单一性走向多样性、综合性、复杂性，由此带来诗的变化：诗人的主观世界在诗中由内转向外，以种种对应的意象外现；诗所描绘的客观世界在诗中由外转向内，成为埋于深层的形象面。内外宇宙交错、拼合、相叠，或再现或表现，形成各种形式的多层次形象构成。这是与传统诗不同的。在传统诗中，"无我"之境也好，"有我"之境也好，主体均藏于客体之后，借景抒情，情景交融，形象构成是单一的。这种变化，不能说不是一个丰富、一个发展，但并没有从根本上改变诗的质。

我们欢迎一切有利于诗的发展和丰富的探索，天地还大得很。不过若有人敢开玩笑，对在诗国受到钟爱的缪斯采取不严肃的戏弄态度，必将引起公愤，而遭到驱逐。难道像下面这样的例子，不应该逐出诗国吗？一是题为《女人》的所谓"诗"中挑出的最干净的一节："你是日记是电话号码是邂逅时太多的语病 / 你是一次检阅一次旅行是我们单独一起你平白 / 无故的头晕我赞成头晕"；一是前面提到的"垃圾诗"中的句子："我姘居着空气电灯月亮和肉体 / 和器官和痛和负重感和什么也不存在"。我们不要说深层的蕴含了，那是既无情也无思，一点意思也没有的；就是表层的形式，也比拗口令还拗，全无节奏、形象可言。我们能把诗的荣誉赠给这样的文字，能承认写出这样文字的人是诗国公民吗？他们竟旁若无人地自称第三代诗人。

我们主张宽容，主张多样，主张兼容并包，都是指诗而言的，并不包括这些非诗的赝品。诗与非诗是无法相容的。我们视为诗的，在他们眼里都不是诗；而他们写出的诗，我们又无法叫诗。怎么办呢？只能客客气气地请他们退出这块有着三千多年光荣历史的诗的土地。既然你们不爱她，何不走开，另成你们的"诗国"，堂而皇之地当你们"诗国"第一代的鼻祖，为什么非要挤到这儿来争什么第三代呢？

为了圣洁的诗的土地，为了缪斯，中国新诗的选择，不能不包括与这些不真不善不美的非诗的斗争。

1986 年 7 月 18 日稿，7 月 31 日修改

选自吕进编《上园谈诗》，重庆出版社 1987 年版

横看成岭侧成峰

袁忠岳

最近听到与读到不少口头的书面的对诗歌现状的议论。总的印象是：不满的多，惬意的少，困惑、焦灼、忧虑之情溢于言表。

大家所以有诗坛沉寂之感，是因为这几年再没有像 1979、1980 年那样出现一批有大的轰动性的诗作。这是事实。但能否以此说明诗的质量下降了呢？纵观历史，造成轰动的文学现象的原因是多方面的，不完全出于审美因素，也不全取决于作者的水平与作品的质量。它是主客双方在特定历史条件下的一种不可更替的契合，有时客观的社会心理因素甚至起着主导作用。历史不会重复，机遇难以再得。曾因社会功利而轰动一时的叶文福、熊召政的作品，如在今天就难以引起如此巨大的反响；曾因审美价值而令诗坛侧目的北岛、舒婷的诗，如在今天也不一定具有那么大的震撼力。仅凭有没有轰动性作品出现，是无法科学地判断当前诗作的总体水平的。社会越是开放，文学越是发达，品种越是多样，人们的心理承受力越大，在大范围内出现轰动作品的可能性就越小。我们必须学会在见多不怪的相对平静的文学环境中生活。

远离现实，这是对当前诗坛的又一指责，实在失之太笼统。现实是多方面的，你能说花前月下，卿卿我我，不是一种现实？如现实是指中心工作，在眼下又特指改革，那么只要我们不想重复过去"写中心"的错误，就不能强求一律地要求所有的诗都与之保持相同的距离。你不能要求陈显荣的讽刺诗、纪宇的朗诵诗超越现实，你也不能要求孔孚的山水诗、林子的爱情诗去写改革。非要求不可，无异于叫他们停笔不写。即使写改革，诗也不能与报告文学、小说、戏剧一个写法。诗在改革文学中自有其他文学样式无法取代的位置，无论是再现还是表现，均以立足于人的经验世界为其根本，显示改革过程中各种人物的心理轨迹，服务于人的主体建设工程。如现在写农村题材的诗，不再浮泛不实地去写承包、一味夸富了，而是把笔插到农民的灵魂深处，揭示与劳苦、坚韧共生的麻木柔顺的历史因袭，以唤醒内在人格与生命意识的崛起，来推动人的现代化。前后相比，哪种写法与改革精神更接近呢？对贴近现实写改革，不能简单化地理解。换副眼光，你会发现，在高度求"隐"的孔孚诗中，也有着强烈的现实气息。有些诗远离现实，绝不是因为它追求文学；正如有些离开文学的图解诗，也不是贴近现实一样。

笼统地批评是容易的，具体地识别则难得多。然而，没有科学的识别，也就没有真正的批评。如对晦涩难懂的诗，就是如此。有些人专对读不懂的诗叫好，好在哪儿？不知道。另一些人则根本没有读的耐心，一见这类诗就大喝倒彩。表现虽异，实质相同。至今，仍很少有人做具体诗的读解工作。殊不知不做这一步工作，诗只有读得懂与读不懂之分；读解以后，才能真正分出高下优劣。难懂的诗中，有些是严肃的探索之作，有些则是糊弄人的时髦货，一律对待，就难免有棒杀或捧杀的危险。如中国诗坛1986现代诗流派大展，不仅是读者，就连被展者也有被愚弄之感。当鱼龙混杂一起展出的时候，龙怎能不抱怨叫屈呢？大批量不置褒贬地推出"流派"背后，是轻浮的哗众取宠的商业目的。推动探索，促进诗歌发展则需要实事求是的科学精神，一点也浮躁不得。意识流的诗，其难解度在诗的外壳，即语言与意象符号的破译上；生活流的诗，其难解度在诗的内核，即一种琐屑荒诞的生活现象所蕴含的意义的把握上，都不是没有规律可循的。对诗作价值判断，应在诗的破译之后，而不是之前。有些诗一旦破译，西洋镜也就戳穿了。卖假药怕的是识货者，倒不怕闲人围观起哄。如是一首好诗呢，读解就是对探索经验的总结，对诗歌创作与理论的提高都是有益的，也能给读者一把寻幽探秘的钥匙，有利于总体审美水平的提高。实在读不懂的诗总是有的，不妨存疑挂起，束之高阁，以待识者。无人可识，寂寞难耐，诗人也许会写得好懂一些了吧？

一个封闭系统打开以后，信息、能量不断输入，系统自身原有的平衡态被打破，一时出现无序的失控状态，这正是僵化系统激活的表现，忧虑是不必要的。各种力与元素在开放条件下重新配置组合后，中国新诗将形成更有生机的系统。我们太习惯于秩序、统一、"堂上一呼，阶下百诺"的生活了，总想用某一种创作方法来统率一切，尽快结束这混乱的局面。其实任何一种创作方法，都是对某些实际创作经验的一种概括与总结，只产生于实践之后，只具有相对的有效性，不是万灵丹。多种创作方法并存，是保持良好文学生态之必需，有利于创作者在面对丰富的创作实践时作最佳选择或进行某种方式的融合。创造新的创作方法的可能性，也是存在的。文学与科学一样有着广阔的未知领域，等待着不畏艰苦的勇敢者去探索。既然我们好不容易获得了这么一种富有生气的系统机制，就不应该用习惯的做法来拘囿它、窒息它，而应通过文学规律的杠杆，促进其自我调节功能的正常进行，保证诗歌在良好环境中健康地成长。

横看成岭侧成峰，这才是诗坛的庐山真面目。

1987 年 11 月 9 日于泉城

选自《诗刊》1988 年第 1 期

诗评杂弹

叶　橹

越来越多的人在关心着诗的命运，这总是一种可喜的现象。众说纷纭也好，莫衷一是也好，这正是思想活跃的表现，是学术兴旺发达的前导。要造成一种宽松和谐的学术讨论的气氛，也不是那么容易的。只有当人们都能自由地表达自己的真正观点时，自由平等的学术讨论才算是得到了实现。任何理论上的权威，都不可能再维护那种"一锤定音"的局面了，这是历史进步的表现，是值得欣慰的。

对于诗，我当然也有自己的一些思考和看法，但绝不希望强求别人与我观点的一致；自然，我也不轻易地苟同某些我所不能接受的观点。我们不必在理论上的"是"和"非"之间争夺拥有权，而应当切切实实地对具体的诗人和诗作进行些研究。

目前，关于诗歌的宏观研究的文章发得比较多，而对具体的诗人和诗作的评论却越来越少了。我觉得，这种倾向对发展我们的诗歌创作未必是有利的。正确的方法应当是，既注意宏观方面的把握，又要对具体的诗人和诗作进行深入的科学分析。严格说来，微观研究是宏观把握的基础，没有精当的微观分析，绝不可能有正确的宏观把握。在浩如烟海的诗作中，信手拈来几个例子，然后发挥一通宏论，这样的宏观研究文章，绝不可能真正反映当今诗坛的复杂状况。我不但不反对，而且极力主张搞评论的人要以自己之所好来进行评论，因为只有这样才能显示出自己对诗的特色的理解与把握。泛泛地引证一些例子，说些言不由衷的话，是根本不能写出有特色的评论文章的。所以，我认为即使是搞宏观研究的人，也不妨集中力量对某一种流派和倾向的诗进行深入一些的分析，不必避"攻其一点，不及其余"之嫌。老实说，力图面面俱到的全面论述，往往不是蜻蜓点水式的浮浅之论，就是言不由衷的虚假文章。写诗需要真诚，搞评论也要真诚。

历史上有很多诗歌流派，都有自己的理论家和评论家，而它们的创作和理论也正是以此而显示其特色的。我们今天的情况自然有所不同。但当前的诗坛的确存在着比较复杂的创作现象。有的诗众口交誉，更多的诗却是评说不一的。我们的评论不妨各说其是，以达到集思广益的目的。在各种不同的诗歌美学追求中，都透示出诗人们有所侧重的角度和方位。有的人着意于"史诗"的追求，有的人沉迷于"古老"神话的当代意识的观照，更有的人执着于人生哲理和生活情趣的探求。评论者不必以此作为评价高低的标准，但却有责任从各自的角度阐述它们的诗的价值之所在。

曾经纠缠一时的所谓"懂"与"不懂"的争执，实质上是反映了诗歌观念处于变革过程中难以避免的现象。这种现象，未必只存在于我们中国。应当说，"懂"与"不懂"并不是评价诗歌艺术价值的一种标准，却是衡量诗歌普及程度的标志。被称为"文学中的文学"的诗歌，本来不可能要求每个人都去深刻地把握它。有一些诗能做到有口皆碑，这是它们的幸运，但要求所有诗的杰作都有这种命运，就未免天真得幼稚了。歌德的《浮士德》，艾略特的《荒原》，至今能读懂的人都不多，但却无法否认其艺术价值。这种情况难道仅仅诗歌才存在吗？自然科学中的类似情况就更多了。相对论，号称不守恒定律，懂的人更少，而科学价值之伟大是不待言的。但是话又说回来，诗毕竟是诗而非科学，诗如果到了像相对论那样的难以索解的地步，其作用就不会像相对论那样大了。即使是艺术蕴涵深邃的杰作，当一般人还不能认识和理解它时，理论批评的任务之一就是要在作品与读者之间架设起沟通的桥梁，让读者能找到通往作品内核的曲径。

我们当然不必否认，每个人都会有自己的局限。搞诗歌评论的人，也不等于所有的诗都能看懂，更不要说作出深刻的阐释了。我坦率地承认，有些诗虽然被一些评论评价甚高，但我的确缺少理解和把握，因此总想从这些评论中找到打开艺术奥秘的钥匙；可是，当我仔细地琢磨那些评论时，始终有种语焉不详的隔靴搔痒之感。我有时也在不断地反省，是不是我的诗歌观念过于陈腐，老是想从诗里面找出什么微言大义的主题之类呢？我觉得我还不是这样僵化的人。对于诗的多种功能，诗无达诂之类的常识，我还是知道一些的。如果的的确确只是表现某种刹那和瞬间情绪感受的诗，只要写得 纯真美妙，也应当在诗苑有其一席地位，人们绝不可以轻易否定以致抹杀它们。这类诗，我们的祖先也老早写过的，也有不少众口交誉的传世之作。问题在于，是什么样的诗就应给以什么样的评价，不要故作艰深，说得玄而又玄。譬如李白的"举头望明月"之类的诗，你说他把一种思乡之情写得纯真，不会产生什么争执，而你一定要把这类诗说成有什么深沉的历史感，甚至什么史诗式，恐怕就要遭到人们的反对了。前几年对顾城的《弧线》《远和近》之类的诗，不少人给以斥责和非议，我总是不以为然；因为这类诗，作为一种小品，在诗苑中聊备一格，未尝不可，何须加以挞伐呢？可是有的人一定要说它们表现了什么共产主义理想之类，岂不是近于荒唐了吗？现在的诗坛上，有时候对某些诗作评价不切实际，我觉得也是出于一种不太健康的心理状态，似乎为了与某种传统观念决裂，就必须把那一类诗说得分文不值，只有某一类诗才是体现了新的诗歌观念的。这种理论倾向，我认为对诗歌创作的发展不会带来什么好处。理论上的偏激，有时候不但难以避免，甚至必要。譬如鲁迅的某些不无偏激的理论，正是他的深刻独到之处。当前我们的某些新提出的文艺理论观点，也被一些人斥为偏激，但也同样闪烁着真理的光辉。这些，我认为属于深刻的偏激，是经过深思熟虑的理论探索基础上的偏激，值得鼓励。可是当前有些诗歌理论的偏激，并不属于这一类，而是一种近于胡言乱语式的偏激，这就不值得提倡了。至少要多研究一点诗歌创作现象，至少要多考察一点历史状况和它发展的过程，才能得出比较慎重的结论。譬如对于审美主体的研究，是否应当多考察一些诗歌现象，然后再分析一下审美主体"介入"的多种方式呢？一个真正有独特个性和风格的诗人，不会只用一种方式来"表现自我"。审美主体这个概念，不能变成诗中有"我"才是审美主体的能动表现，诗中无"我"便是审美主体的被动表现。诗人歌唱自己或者歌唱别人，这只是审美主体"介入"的方式上的不同，而不是判断审美主体是能动还是被动的标准。否则，关于审美主体的研究就太容易也太简单了。

从事诗歌评论的人，一方面要敢于正视和承认自己的局限性；另一方面要不怯于表明自己的偏爱。因为你只是这个世界的极其微小的一部分，你之外还有更广大的诗歌世界。在茫茫诗海里，不要说一般的诗作，就是那些真正负有盛誉的诗作，也不可能让你同等地喜爱和理解。我坦率地说，对于某些过于玄奥的哲理性极强的诗，我实在感到难以接受。也许我这个人太缺乏哲学意识，但我认为，如果把宣讲哲学的任务也摊到诗的名下来，又何需有哲学家和诗人之分呢？诗中应有哲理，这是毫无疑问的。我能够接受并欣赏的，是那种寓哲理于情境和形象之中的诗，而不是从抽象到抽象的玄理诗。像艾青的《礁石》《鱼化石》《盆景》之类的诗，像贾平凹的《一个老女人的故事》、刘湛秋的《最后的谢幕》、昌耀的《慈航》这类叙事诗，我都能从情境和形象的表现中感悟到某种相当深刻的生活哲理，从而引发对社会和生活的进一步思考。这一类诗，真正冲击人们心灵的，仍然是它们那种诗所特具的感情氛围和形象的丰富内涵，它在感动读者之余，会引起人们对社会和生活的思考，使你对人生有新的认识和追求。我认为，这才是诗的比较高的境界。

从理论上说，人们现在都承认了应当允许各种各样的诗的生存权利，这无疑是我们理论认识上的一大进步。可是，也许是由于长期的不正常的政治干预和理论上的一边倒所造成的畸形心理状态，人们对于某些理论问题仍然是过于敏感了。好像你只要批评了一首实在看不懂的诗，那就是反对整个"朦胧诗"；反之，如果你批评了某种陈旧的俗套，就好像是站在"现代派"的立场上攻击"传统派"了。如此的营垒分明的诗歌意识，其实是十分有害的。无论是搞创作或搞评论的人，应当允许搞流派，却不宜拉宗派。搞创作的人可以自由地进行艺术上具有个性特色的追求，搞评论的人也应当完全有权利自由地进行评论，赞扬他所认为好的诗，批评他所认为不好的诗。评论的本身只是一种诗歌观点的表述，而绝不是给那一首诗做历史结论。任何作品的真正价值，都只能由历史来做出公正的结论。作为个人，即使伟大如托尔斯泰，尚且有对莎士比亚的偏见和误解，而伟大批评家的失误也可以说屡见不鲜；作为历史现象，作品遭到误解，更是难以计数。红极一时在后世却默默无闻，备遭冷遇而后却传之永世，这种文学现象也可谓太多了。所以，作为一个诗歌评论者，不要企望自己的观点能为所有的人接受，更不要妄想拥有永远正确的理论特权。说句不太得体的话，我宁愿赞赏那些真诚的理论上的失误者，也不愿看到虚伪的永远正确的人。至于把诗歌评论当作投机的人，那更是等而下之，不值一提了。

人们可以在理论上进行充分的说理和探讨，而不要企图借助外力来压服对方，这是一种起码的"费厄泼赖"精神。什么时候我们能够进行这种充分民主的讨论，什么时候我们的理论研究便会取得真正的进展了。回顾几十年来我们所走过的弯弯曲曲的道路，甚至回顾一下近几年来所出现的某些怪现象，我们当会深切地体会到这一点。我国是一个封建观念相当根深蒂固的国家，趋炎附势者得实利，坚持真理的受折磨，这种历史现象既可以砥砺一些人的意志去坚持真理，也可以变成某些人投机的心理依据。作为一个从事诗歌评论的人，我们身上还是应当多一点正气，少一点媚骨才行。对于自己真正认为是好的诗，不要因一时的风云变幻而改变口径，对于某些自己并不是从内心体验和艺术感受中理解并把握了的诗，即使一时呼声甚高，我们也不必去媚俗。我相信，这样的坚持，也许同样会产生失误，但这只是理论上的失误、认识水平上的失误，而不是人格和诗品的失误；人们对于这种失误，一定会持谅解的态度的。

所以我认为，我们有一些在诗的审美观点上比较一致的人，经常进行一些相互切磋和琢磨，探讨一些诗歌艺术的理论，对于互相促进、共同提高，对于诗歌创作，都会有一些好处。我们当然应当充分阐述我们对诗的观点，但也更应当虚心地吸取其他持不同观点的同志的意见。真理不可能被任何人所垄断，只有共同的平等自由的探讨，才是通往真理的坦途。如果我们的诗歌评论，我们对于诗美的鉴赏和研究，果真有着自己的某些特色，也不妨称之为一种"派"，但绝不是只有门户之见而排斥他人的宗派。因为世界之大，不是任何少数人所能主宰和垄断的。

谈到对于诗美的鉴赏，我想坚持这样几点看法：首先，它必须是抒情的。诗的抒情性是它生命力之所在，也是它区别于其他文学形式的主要特点。诗是激情的产物。它当然可以具有其他的品格，诸如社会性、哲理性、史诗性等等。但是即使没有这些品格，它仍然可以成为一首诗；可是如果没有感情，我只能承认它是别的什么，而不是诗。所谓哲理诗，也只能是在饱含感情色彩和浓度的内蕴时，才是"诗"，否则就只是"哲理"。

其次，诗必须首先是民族的，而后才能是世界的。从本民族出发，走向世界，这才是正确的途径。当出现世界大同之日，也必然会有世界文学的出现；但这毕竟是遥远的未来才能实现的事。处于当今之世的我们，尽管应当放眼世界，但立足的根基还只能是我们的土地。有一个很俗气的比喻，当前世界上的文学结构，就像一桌丰盛的宴席，每个民族走到这张餐桌上去，都应当奉献出自己的一盘佳肴。如果空手而去赴宴，那就形同乞讨，在宴会上是没有什么发言权的。当然，做的是中国菜肴，烹调的方式乃至原材料的选择搭配，和对增加菜的色香味有益的佐料等，是不妨吸取一些外来的更先进的东西的。特别是在诗的王国这块领地里，我们的财富绝非困乏。不能把后来由于精神扭曲所造成的畸形，当作我们天然的姿态。任何民族都有自己的长处与短处、优点和缺点。扬长避短，取优补缺，才是发展诗歌创作的正确出路。开放是为了打破封闭，而不是拔掉自己的民族之根，移植洋种。

再次，诗应当是当代意识烛照的产物，是现实感与历史感交相融合的产物。无论写什么样的生活内容，历史的或现实的；无论抒发何种感情，壮怀激烈也好，缠绵忧伤也罢，总之，要显示出当代意识的渗透和参与。作为诗的艺术表现的对象，应当说没有什么"禁区"；可是作为诗的意识表现，恐怕不能说没有禁区。我们总不能让诗歌去歌颂封建专制，去赞美法西斯主义和一切违背人性的东西。事实上，可以写和允许写是一回事，能否达到艺术胜境的极致又是一回事。文学现象已经一再地证明，只有那些有着深沉的历史感和现实感的作品，只有被时代的智慧光芒所照亮的作品，才会具有永久的艺术魅力。这一点我坚信不疑。我反对任何以题材内容为取舍的非艺术的标准，却主张以深沉的历史感和现实感来观照诗的题材，以当代意识的烛照来使诗的内蕴显示出绚丽的色彩和光芒。

最后，我认为，在诗艺的追求上，我们要一反过去那种"罢黜百家，独尊现实主义"的狭隘观点。诗的艺术方法不妨齐头并举，各显神通。可是，在诗的精神和气质上，我以为应当体现出一种合理的结构和格局。没有一个合理的结构和格局，一个时代的主要精神和人民的气质便无法体现出来。纵观诗的历史，时代的主旋律始终是它坚强的骨架。对于具体的诗作，我们不妨从各自不同的艺术角度给以评价和分析，可是作为诗的全局，如果不体现时代的主旋律，那将是愧对历史和创造历史的人民的。正如我们今天在肯定屈原、杜甫、李白等伟大诗人的同时，没有忘记王维、杜牧、李商隐等人一样，我们的后人也将会以他们的眼光来肯定和否定当代的一些诗人，不过，后者的地位恐怕永远不能超过前者，则是无疑问的吧。

我们需要的是诗的艺术的多元化结构，但不能在诗的精神和气质上主次不分，更不能本末倒置。这恐怕是我们的诗界应予深切关心的事情。

我还是那句话，时代塑造着我们每一个人，我们每一个人又以自己独特的精神形式表现着时代的特征。不管是这样或那样的方式，人总不能完全超越他的环境。制约和局限是无所不在的，我们的缺陷也永远不能避免，所以不必去企望做那种实际上并不存在的理论上的完人，也不要想做脱离历史和时代的"超人"。

选自吕进编《上园谈诗》，重庆出版社 1987 年版

从何其芳的诗看"自我"

叶　櫓

　　人们对于抒情诗中诗人的"自我"问题，已经发表了很多值得重视的意见。不过我总是认为，如果只是抽象地讨论诗究竟应当表现的是"大我"还是"小我"这样的问题，恐怕一时是不容易得出一个公认的标准结论来的。因为每一个诗人都在走着自己不同于别人的生活道路和艺术道路，任何人也无法规范出一种亘古不变的诗歌创作模式。与其进行马拉松式的争论，不如选择一些有代表性的诗人来加以研究，从中探讨诗人的"自我"是怎样体现在他的创作中的？怎样地影响着和决定着他创作的基调的？它是一种凝固不变的存在吗？作这样的研究和分析，就可以把对这些问题的讨论引向深入，使认识渐趋一致。

　　何其芳是"五四"以来现代文学史上比较有影响和有代表性的诗人之一。他由小资产阶级的具有个人主义倾向的知识分子而走上为实现共产主义奋斗的道路，成为一个无产阶级的文艺战士，在同辈人中是颇具典型性和代表性的。在他四十多年的文艺生涯中，他主要是一个诗人。他的诗作中写"自我"是特别突出的。在某种程度上说，他诗中所出现的"自我"，几乎可以说是达到了"赤裸裸的自我表现"。一个想象力比较丰富的人，在读完他的那些写"自我"的诗篇之后，是完全可以给他的生活经历和思想发展过程编出一部自传体小说来的。写"自我"而达到如此"赤裸裸"的程度，在我国的现代和当代诗人并不多见；正因此，我们选择他作为研究的对象，试图从中探讨一些问题。

　　先从他那首著名的《预言》谈起。这首诗，似可说是"令人气闷"的形象模糊，主题不明确，思想难以捉摸和把握。可是如果我们不是忘记了历史的话，不妨回顾一下 20 世纪 30 年代前后涌现出的那一批可称为优秀诗人的作品，这种所谓"令人气闷的朦胧"几乎是一种相当普遍存在的通病。当然，不能因为是"通病"就把弱点和缺陷也加以赞扬。像《预言》这种诗，人们的确无法用三言两语把它的主题说得很清楚明确，但是人们又无法否认它是一首真正属于"诗"的诗。要理解它，首先得多读几遍，细心地体验一下诗人的心境；然后才能从它那些意念和意象中，领悟到一颗年青的心灵对于周围世界所感受到的种种情绪：是孤寂中的期待，还是对于友谊温暖的祈求？是寻求一种相互支持的力量，还是对失去的爱情的怅惘？似乎都是，又不尽然。

事情就是这么奇怪。人们一方面为这样的诗感到惶惑，另一方面又不得不承认，恰恰是这种诗充溢着一种诗的情趣和韵味。原因在于，人们能够从中体验到活蹦乱跳的心灵，感受到一种令人动情的思绪。要想把它的主题思想说清楚，几乎只能把诗重读一遍，否则是很难用其他的几句话说明白的。

产生这种类型的诗，当然有着多方面的原因。我在这里只是想说明，从《预言》这首诗中，人们能够清晰地看出何其芳作为一个诗人的那种独特的艺术品质。他是一个有艺术个性的诗人。因为他有感受，而且是独特的，符合诗的艺术要求。他又有丰富的感情。他的感情世界表现出一种细腻、纤巧而又带有若干凄清哀婉的特色。同时他还很会运用那适合表达自己情致和思绪的语言，给人以清新缠绵的音乐性节奏的美感。这就使人们从一开始便承认了他的诗心和才情。

当然，尽管人们承认年青的何其芳颇具诗才，但是以《预言》《脚步》《梦歌》等一系列诗篇为代表的他这一时期的作品，一方面是赤裸裸地表现了自己真诚的内心感受，而另一方面也不难让人看出：这个青年诗人的内心感受虽然敏锐而丰富，但他对周围社会生活的接触面毕竟狭小，能够激发他诗情的种种事物，大都局限于爱情和自然景色方面。这些诗篇虽然不能称之为无病呻吟，但却难免失诸过于纤巧和哀婉：

说我是害着病，我不回一声否。
说是一种刻骨的相思，恋中的症

候。

……

过了春又到了夏，我在暗暗地憔悴，迷漠地怀想着，不作声，也不流泪！

　　——《秋天（一）》

如今我悼惜我丧失了的年华，悼惜它，如死在青条上的未开的花。

爱情虽在痛苦里结了红色的果实，

我知道最易落掉，最难拣拾。

　　——《慨叹》

　　歌声虽然十分动听，但如果只是一味地这样歌唱下去，即使他很有才华，内心感情丰富，对事物具有强烈而敏锐的感受能力，最终也只能是空耗了自己的艺术才华，麻痹了敏感的艺术神经。在我国现代文学史上，这种以咀嚼个人狭小心灵感受，一味沉溺于身边琐事和迷恋玩弄艺术上的雕虫小技，从而毁灭了自己艺术才能的人，并不乏见。

　　何其芳的可贵之处在于，他并没有就此止步，更没有倒退回去而走得更远。他在寻求着精神上的出路。路总是人自己走出来的。一个最初从关心自己个人命运和哀乐而唱出了动人歌声的人，在一个时期内可能会对别人具有一定的艺术吸引力，但如果老是重复着那一个音域内的调子，最终是难免遭人厌烦和唾弃的。何其芳在稍后一些日子里，终于感到了自己所面临的危机。他的生活天地太狭窄了。他的精神重负也使他难以走向广阔的天地。写于1934年的题名为《墙》的诗，可以说是惟妙惟肖地描绘了这个"自我"的处境：

轧轧的水车的歌唱

展开清晨的长途：

灰色的墙使长巷更长，

我将驻足微叹了。

看藤萝垂在墙半腰

青青的，谁遗下的带子

引我想墙内草场上日午有亭亭的树影升腾……

朦胧间觉我是只蜗牛

爬行在砖隙，迷失了路，

一叶绿荫和着露凉

使我睡去，做长长的朝梦。

醒来轻身一坠，

喳，依然身在墙外。

在研究何其芳这个"自我"时，应当对于像《墙》这样的诗给以足够的重视。诗人有着向往"草场上"的憧憬，但又像"蜗牛爬行在砖隙"那样"迷失了路"，"做长长的梦"而在梦醒时"依然身在墙外"。这就是一个企图挣脱羁绊而仍置身精神囹圄的青年诗人的自白。他总算认识到自身的弱点而不再怀着那么多的欣赏和留恋的心情来歌唱以往的那个"自我"了。像一只蜗牛爬行的"自我"形象，固然没有了那种纤巧哀婉之美，但却与丑恶的现实更接近了几步，多了一点民间的烟火味。这正是他得以进一步扩大视野，接近人民的前提。产生了到更广阔的天地里去的愿望，即使暂时还"仍然身在墙外"，总要比在那种哀婉的歌唱中永远沉醉下去要强得多。

也许是对 20 世纪 30 年代某些"轻飘飘地歌唱着的人们"的不满与憎恶，或者也是从这些人身上看到了自己的某些影子吧，他在《醉吧》一诗中，甚至发出了如此令人震惊的呼喊："如其我是苍蝇，我期待着铁丝的手掌击到我头上的声音。"从这种诗的立意到语言的运用，都可以明显地看出它与初期那些有点"轻飘飘"的诗篇的诗风迥异了。他似乎失掉了些什么，又似乎增加了些什么。作为一个在探索中前进的青年诗人，他的艺术气质中那种纤巧凄婉的因素好像正在减弱和消失；而作为一个追求真理的知识分子，他似乎正在用更为严峻的眼光来审视自己。他虽然不再一味沉醉于春来秋去的对自然景色的咏叹，也不再惋惜于梦境和爱情的易失难拣了。面对着"大腹贾的荒淫，无耻"，他"要叽叽喳喳发议论"了。可是这个如此郑重宣布的"议论"竟然是：

我情愿有一个茅草的屋顶，

> 不爱云，不爱月，
> 也不爱星星。
> ——《云》

原来如此。看来似乎有点可笑，"情愿有一个茅草的屋顶"便能够改变现实的荒淫与无耻了吗？然而对于一个曾经迷恋过自然和爱情的小资产阶级个人主义者来说，能够宣布这一点也是需要一点勇气的。当年曾经从这条道路上走过来的为数不少的老一辈作家们是可以证实这一点的。

我们所重视的倒是，何其芳在诗中所表现的这一切，总是以如此真诚的态度和形式而被人们接受并理解了。诗人在读者面前，首先应当是一个真诚的人。这样，即使他这个"自我"有很多弱点和不那么健康的感情，可是读者能够理解他，甚至给以同情和原谅，因为人们感到他是可以信赖的人，而不是一个令人憎恶的伪善者。我们这里所论及的何其芳这些诗作，从严格的意义上说，似乎都够不上什么思想境界高远的评价，但是由于作者真诚地把自己的心灵感受和情感世界袒露在读者的面前，人们感到他是真实可信的，因而就沟通了他同读者的感情渠道，引起读者的共鸣。这就是诗所应当具备的起码的艺术功能。诗人如果找不到拨动读者心灵的共振弦，他就不能算是一个高明的琴师。对于那种板起面孔以布道者身份出现的牧师式诗人，人们是避之唯恐不及的。

从1938年到延安以后，诗人一度把主要精力放在实际教学工作中，诗歌创作的数量明显减少。可是1940年以后，他的诗情却激越高涨，形成他创作历史上的一个高峰。最主要的还是这些诗的艺术质量大为提高，诗中的"自我"内涵极大地丰富起来。新的环境，新的生活，加上诗人自身接受的马列主义教育，使他眼界大为开阔，观察事物的方法，包括对自己的评价和解剖，都远远地超越于前一时期的认识水平。然而，作为一个有特色有才华的杰出诗人，他仍然没有放弃写"自我"。在题为《夜歌》的不同篇章里，诗人从不同的角度叙述了自己的经历，自己的感受。诗的基调已经完全不同于过去，但对读者敞开自己的心灵这一原则仍然不变。对于自己的过去，他丝毫不加以美化，在与昨天告别时，仍然会"滴几点眼泪到枕头上"。对于未来却充满了信心：

我们活着是为了使人类

和我们自己都得到幸福。

假若人间还没有它，

让我们自己来制造。

——《夜歌（一）》

这样明朗乐观的诗句出自曾经写过一系列缠绵悱恻的诗篇的何其芳之手，不能不令人刮目相看。然而他的真诚的诗句，那一连串的自我表白和解剖使你相信一切都那么自然而符合生活发展的规律。诗人在明朗乐观之余，仍然有着自己的痛苦忧虑：

我是如此快活地爱好我自己，

而又如此痛苦地想突破我自己，

提高我自己！

——《夜歌（二）》

在那个时代的进步知识分子中，从小资产阶级或资产阶级的阵营中挣脱出来而走上革命道路的人，理智倾向于未来而感情仍或多或少地留恋着过去乃至抱着依依惜别的心情，曾经是一种相当普遍的时代病；唯其如此，何其芳的这几行诗句既是自己心境的真实表现，又具有相当普遍的代表性。只有那些通过实际斗争和革命熔炉铸炼的人，才能克服自身存在的思想上和感情上的弱点，达到在新的境界上理智与感情的协调统一。何其芳因为能够沿着这条正确的道路前进，才使得他诗中的这个"自我"能在更大的程度上凝聚着集体精神的结晶。诗人的"自我"在与历史并肩前进，同时代和人民共命运，因而这个"自我"所包含的容量就不是过去那个"自我"所能够比拟的了。正是在这个意义上，所谓的"小我"与"大我"的关系，才得到了正确的体现。为什么"小我"能够成为"大我"呢？这绝不是靠自我标榜式的大言不惭而能做到的。有人以所谓"人民的代言人"自居，在诗中处处有"大我"而没有"小我"，结果使诗变成了政治宣言式的时代传声筒。也有好心的理论家认为，应当用那个能够体现"大我"的"抒人民之情"的口号来取代表现"小我"的"从自我出发"，似乎解决了这个口号问题，就解决了长期争论不休的"小我"与"大我"的问题了。其实，这并不是一个口号问题，也不仅仅是一个理论问题，而是一个是否符合创作实践和艺术规律的问题。很长时期，由于受"左"的理论的影响和干扰，人们几乎产生了一种条件反射式的本能，似乎只要一提到"自我"，就必然与资产阶级个人主义联系在一起；而"从自我出发"也就变成了"从资产阶级个人主义出发"了。这是一种陈腐的偏见。如果实事求是地讨论问题，我们就应当抛弃这种偏见，而给"自我"以正确的阐释。所谓"从自我出发"的提法，不过是指诗人应当根据自己的真实感受来写诗，而不要人云亦云和见风使舵，不要矫饰虚情。出发者，起步也；难道不应当从自己的真实感受起步来从事创作吗？"自我"就是自己所独具的特殊性，既指自己独特的思想风貌，又指自己独特的艺术特色。试问：离开了这样的"自我"，还有什么艺术创作的独创性呢？还有什么艺术个性和风格可言呢？

也许有人要问：提出"抒人民之情"难道不是理所当然和天经地义的吗？有什么可以怀疑和非议的呢？殊不知这里牵涉到一个本末位置和因果关系的问题，牵涉到一个艺术创作究竟是从一般出发还是从特殊出发的问题。所谓"抒人民之情"的要求，表面看来是理直气壮而义正词严的，可是深入地细想一下，这种提法则是似是而非，因为它脱离了创作实践的具体要求。大家知道，歌德有一段十分精辟的论述："诗人究竟为一般而找特殊，还是在特殊中显现一般，这中间有很大的分别。由前一种程序产生出寓言诗，其中特殊只作为一个例证才有价值。后一种程序才适合诗的本质……"为了这个问题，他还同海涅发生过一场争论。一个半世纪过去了，我们还在为这个问题而争论不休。"人民"就是一般，"自我"就是特殊。究竟是为了人民这个"一般"而找自我这个"特殊"呢，还是在"自我"中显现出"人民"来呢？我想回答应当是很明确的。

所谓"抒人民之情"，应当是对创作实践现象进行概括之后得出的关于作品的倾向性的结论，而不应当成为对诗人创作时提出的具体要求。诗人主观上有对人民和社会的责任感，他本身就是人民中的一员，这就保证了他作品的基本倾向是进步的；至于在从事具体作品的创作时，一时一刻也不能脱离自己的独特的感受，不能悖逆自己的真情实感，否则写出的就只能是某种时髦的赝品而绝不是真正的诗。这是已经被我们数十年的文学发展事实所一再证明了的真理。

至于谈到诗人为什么总是热衷于"表现自我"，何其芳在《解释自己》一诗中有这样几句：

> 我谈说着我
> 并不是因为他是我自己，
> 而是因为他是一个中国人，
> 一个可怜的中国人，
> 而且我知道他最多，
> 我能够说得比较动人。

这里除了"一个可怜的中国人"一句是有其特定的历史内容之外，其他诗句完全可以一字不易地作为对诗人为什么要"表现自我"这个问题的回答。

有的同志说，提倡"表现自我"有害，因为容易造成以"我"来作为衡量一切的标准，"我"是完美的，"我"就是一切。这种责难也是站不住脚的。

"我"并不是一个抽象的观念，而是具体历史条件下社会关系的总和，是一个活动着发展着变化着的人。如果有人企图在诗中把"我"写成"完美的"，把自己写成"就是一切"，那么，他首先失去的就将是这个"我"的生命活力，从而使他的诗也沦为没有艺术生命的纸扎花朵。

还应当指出的是，这种责难的逻辑也是一种出于对知识分子的偏见而造成的。过去"左"的偏见总是把作家、诗人划入资产阶级的范畴，既然他们都是资产阶级的代言人，那么"表现自我"就等于表现资产阶级思想。我不同意把作家和诗人打入另册，也绝不认为他们就"完美无缺"了。我认为，应当从具体的历史发展过程中来考察一个人的所作所为。对于一个诗人来说，他的这个"自我"究竟是一个什么样的形象，应当由他一生的行为来决定。这个"自我"是否真诚地表现在他的诗作中，也应当由旁人来判断，而不是根据他自己的宣言。真诚而高尚，必然会受到人民的高度评价，真诚而卑劣，人民是不会允许他窃取诗人的荣誉称号的。至于虚伪，它本身就是一种卑劣。应当相信人民、相信历史会对每一个人作出公正的评价。诗人这个"自我"

应当首先在人民面前是一个真诚的人，不要矫饰虚情，不要装腔作态。同时我们还应当看到，诗人也是人而不是神，不要设想哪一个人一生不犯任何错误。思想上的失误和艺术上的失误都是应当允许的，只要不是出于居心不良的欺骗和投机取巧。

我们之所以选择何其芳诗中的"自我"来进行研究和分析，完全不是因为这个"自我"一贯正确。恰恰相反，是因为他曾经消沉悲观过，"胧胧"过，即使走上革命道路之后，他也绝非"完美无缺"。但是他有一个很好的基本品质，就是真诚地"表现自我"，即使自己有弱点、有失误，也不加掩饰。

我们主张诗人应当"表现自我"，并不是降低了诗的价值，而是提高了诗人自身的价值，使他认识到自己在人民心目中的地位，更加强了自己的政治责任感，更努力于提高自己的思想水平和道德情操。只有这样，他的这个"自我"才会在人民面前具有一个真正诗人所应有的崇高形象。

同时还应当指出，诗人归根到底是时代的产儿，在他们身上总是要或多或少地打上那个时代的烙印的。即使是像何其芳这样才华出众的诗人，也免不了由于特定历史条件而造成的某些缺陷。他在新中国成立后虽然主要精力不能够放在诗歌创作上，但就发表的作品来看，虽不能说没有优秀之作，但随着文艺理论上的"左"的东西越来越多，他在诗歌创作上所受的精神束缚也可以明显地看出来，他的艺术个性和特色也逐渐在消失。这也是值得我们深思的。

在"四人帮"肆虐期间，何其芳虽不能公开发表作品，但仍然写了一些诗篇。其中《我梦见》一诗是耐人寻味的。诗的语言虽然朴素明朗，但意旨却有点"朦胧"。如果不从特定的历史背景上加以阐释，恐怕是难以理解他的这个"梦"的。他还写过一首《自嘲》的旧体诗：

慷慨悲歌对酒初，少年豪气渐消除。

旧朋老去半为鬼，安步归来可当车。

大泽名山空入梦，薄衣疏食为收书。

如何绿耳志千里，翻作白头一蠹鱼。

一个在新中国成立时曾经写过《我们最伟大的节日》，其后又写了《回答》

等诗篇的诗人，二十多年后，怎么会写出这种"格调不高"之作呢？我们的后人在研究这一历史时期的文学现象时，会不会把这个杰出诗人的"白嘲"看成是"跟不上时代步伐"呢？如果我们这一代人不把这种历史真实记载下来，这种历史的误会恐怕还是难免的。

所以指出这一点，目的还在于说明，诗人总是脱离不了时代和社会的影响的。一个人就是一个社会存在，有存在就有联系有制约。要深入地理解诗人的"自我"，也只有深入地研究他所处的那个时代与他的联系及其所受的制约才行。抽象地谈论什么"小我"和"大我"的关系，是不可能得出任何正确结论的。

托尔斯泰在为《莫泊桑文集》所写的序言中曾经说过："无论艺术家描写的是什么人：圣者、强盗、皇帝、仆人，我们寻找的、看见的只是艺术家本人的灵魂。"那么，我们在抒情诗中所看到的"自我"，不是更直接的诗人自身的灵魂吗？明乎此，我们又何须对"表现自我"之说如此惴惴不安呢？

选自《扬州师院学报（社会科学版）》1983 年第 3 期

写出给当代中国人读的诗

杨光治

一

这两年，"俗文学"的旋风席卷神州大地，"纯文学"的花圃颇为狼藉。诗——文学中的文学首当其冲。诗集、诗论集印数剧降，降得令人心寒。但是，它不愧为最悠久、最抒情的文学品种，经受了最严酷的考验，没有被连根拔掉。诗集的印数虽然少得可怜，很多出版社的诗歌编辑却没有转业，一本又一本新的诗集不间断地微笑于书店的柜台；全国诗歌报刊发展到空前未有的十八家；在广州、长沙、上海等地的诗人签名售书、售报刊活动中，读者十分踊跃。中国毕竟是诗之国。

诗歌领域却一片平静：没有爆发什么令人激动的论争，没有出现什么震人心弦的诗作。平静不等于凝滞，"新陈代谢"的活动在不断地进行。当有人还在埋怨"朦胧诗"的名称不科学时，第一部《朦胧诗选》刚刚出版，"北岛、舒婷就是诗的未来"的断言还萦回于耳际的时候，"第六代"诗人已悄悄地崛起，一股新的反"朦胧诗"舆论同时涌现。他们宣称"北岛、舒婷过时"，指责"朦胧诗""是阴森的变态心理的反映"、"矫揉造作的文学"……向"朦胧诗"提出了尖锐的挑战。这一切不但使"朦胧诗"论家感到惊愕，也使圈外的论家觉得惊奇。

其实不必大惊小怪。清人赵翼早就说过："诗文随世运，无日不趋新"。"过时"是客观规律。今天，生活的节奏日益加速，反映生活的诗文的"趋新"速度自然也越来越快。赵老夫子在另一首论诗绝句中所说的"江山代有才人出，各领风骚数百年"已不适应实际了，改为"各领风骚三五年"就恰当得多。

其实，能真正"领风骚三五年"的已是才人，还有什么遗憾？如果有哪个流派、哪个诗人独领数百年"风骚"，对诗坛来说才是最大的不幸——说明长时间没有突破，成为一潭凝滞的死水。

"诗文随世运"，每个时代都有每个时代的诗。不管是《诗经》、汉魏的诗歌、唐诗、宋词、元曲……还是20世纪五六十年代的新诗，都各有特点（包括它所特有的缺点），永远也不能被取代、否定。如果有人硬要以"今天"去否定"过去"，是很不聪明的徒劳。所以，在文学史中，没有哪位宋词高手去否定唐诗，没有哪位元曲大家去否定宋词；在"五四"文学革命的巨潮中，也没有哪位成就卓著的诗人、论家去全面否定古典诗歌。前几年，倒有几位青年论者施展惊人的拳脚，把古典诗歌一概斥为"封建政治、道德和小生产经济"的产物、"强调'小小感情画面'"的货色而予以彻底的否定；把20世纪五六十年代的新诗一概斥为"机械地模拟生活""瞒和骗的口号诗"而一笔抹杀。这种粗暴的、不科学的做法，怎能获得广泛的支持？当时笔者不止一次地通过口头或书面表达过自己的看法，在此不必一一忆述。如今，"重弹"这一句来赠给企图彻底否定"朦胧诗"的年轻同志吧："坐着舒适、快捷的大轮船的时候，不要嘲笑祖辈的独木舟、帆船落后，要不，只能暴露出自己的浅薄和无知。"

"朦胧诗"是特殊时代的产物，凝聚着十年浩劫所造成的冷峻、怀疑和失望，饱含着那一代青年的思索和企求，将永远在我国文学史中占有一席。随着社会生活的巨大变化，它不那么受欢迎了，这是自然的事。要是因此而对它全部抹杀，同样只能给诗坛留下笑柄。在人家"失势"时挥舞"棍子"，虽然较易"取胜"，但绝不是英雄——别以为我是"朦胧诗"的支持者，在它最"红"的时候，我就不相信它是我国诗歌的"未来"；迄今为止，仍不赞成某些"朦胧诗"论，仍不欣赏那些"朦胧"得"令人气闷"的分行文字。

‖ 二 ‖

今天，有两股令人注目的新鲜诗风回荡于诗坛：一是"寻根"，二是"生活流"。对此，不能采取视而不见的态度。

"寻根"热于小说世界，也辐射、传导到电影（如《黄土地》）、诗歌中来。这两年，歌唱古代文化遗址、文物、皮影戏、黄河、黄土地、民族风物的诗不断涌现，从《易经》《庄子》之类古籍生发出来的诗歌时见于报刊。这已经成为一股潮流，《诺日朗》（杨炼）、《太阳和它的反光》（江河）、《编钟乐舞》（岛子）等是代表。刘湛秋同志对这类诗作过简要的评述：

（一）尽量和现实拉开距离，甚至越远越好，个别诗寻求边远，蛮荒和野性的原始力，宗教的神秘感；（二）力图在历史画面或原始画面上表现当代意识；（三）以气势和雄浑见长，富有阳刚之气，追求空灵。

他还率直地指出这一诗潮的缺陷：

有的作者对人生阅历不丰，生活面单薄，知识也欠缺，写出的诗使人觉得浮泛，好像摆出大架势却欠真正的拳路，有捉襟见肘之感。

刘湛秋的意见相当中肯，很有参考价值。当然，这种诗的特点，不是三言两语可以讲清楚，还有待诗论家去做更全面、更深入的研究。

文学上"寻根"热的出现，无疑是对前阶段的"横的移植"热的反拨。它表现出作者对我们民族深厚的文化积累和哲学意识的强烈渴求和创造新时期民族文学的迫切愿望。这一意图值得嘉许。但要注意的是，中华民族文化是悠悠长河，夹带着不少淤泥、垃圾，我们对"根"必须有清醒的认识，应当采取毛泽东提出的"取其精华，弃其糟粕"的科学态度。如果陷入了盲目性，把腐朽发臭的"根"也"寻"到诗里来，不会对读者有益，也难以从中"重铸和镀亮民族的自我"。

这类诗作扩展了诗歌的题材领域，使诗园增加了别具仪态的一枝，这是好事。但我们不要忘记时代赋予诗歌的崇高使命。如何在"根"中熔铸当代意识，使历史感与现实感融为一体？是值得"寻根"者认真思考的重大课题。但愿"寻根"不致沦为对现实的逃避，诗人就是诗人，而不是制造假古玩的工匠！但愿"寻根"不致成为对外国先进文化的排斥，我们的诗不能再陷入那令人叹息的封闭状态了！

"生活流"是一股新鲜的诗潮。它的优秀作品，以浓郁的生活气息、热情和纯真吸引着读者。至今未有评论家对它作较深入、全面的评价，"流中人"却较完整地向我们透露了消息——

我们为什么写诗！因为我们是人，我们固然对太阳、星星、大海、青山、永恒和神圣感兴趣，但我们孜孜以求的，毕竟是吃饭前有一杯啤酒，皮鞋是最新式的，晚上亲亲一个异性的嘴，苍蝇最好全部死光，父亲是好朋友而不是专制暴君……

诗人……不是头上有一圈灵光的圣人，诗人是凡夫俗子……

他们的追求，果然都属于"生活"，而且属于最平凡的"生活"。谁也不会怀疑，在平凡的日常生活中，蕴含着丰富的诗美，等待着诗人去发掘，去升华。一滴水可以折射太阳，日常生活的琐事可以折射出时代的亮光。问题是如何去折射。假若能够做到入乎"啤酒""皮鞋"之内而又出乎"啤酒""皮鞋"之外，会写出无愧于时代的作品；要是眼光只盯着"啤酒""皮鞋"而嗡嗡嘤嘤，那就很难创造把握现实、启示人生的篇章。诗人不必是"头上有一圈灵光的圣人"，但如果甘心于当"凡夫俗子"，毕竟有点卑微。我们欣逢前所未有的黄金时代，作为一个诗人，岂能忘记自己的职责？

师傅用两枚硬币拔着胡子
开始发表演讲
关于男人
……

这样的诗，虽然来自生活，而且颇为"真实"，但"凡夫俗子"味毕竟太浓。不宜把"凡夫俗子"视作"人民群众"的同义语。如果把诗弄成"凡夫俗子"的生活录像带，就没有多大的价值。托尔斯泰说得好："诗是人们心里烧起来的火焰。这种火焰燃烧着，发出热，发出光。"无光无热的东西，很难具有感染和启示的力量。有些"生活流"作品，沦于粘实而缺乏空灵，满足于展览生活的表象而缺乏深刻的思想内涵和高尚的情致，这是令人遗憾的事。

在艺术上——

　　……希望用地道的中国口语写作，朴素、有力，有一点孩子气的口语；强调自发的形象和幽默……

　　这是属于"生活"。难怪有人认为，这种诗风是对"朦胧诗"的反拨。
　　用口语入诗，古已有之，李清照就是一名高手。但不是所有口语都可以入诗，得对它进行认真的选择。诗，是语言艺术，写诗就得注意锤炼语言。要是让大白话充斥于诗中，那么诗就不成其为诗了。"孩子气的口语"和"幽默"如果是发自内心，写得自然，会获得隽永的情味：如果仅是"强调"得来，那不过是一种造作，相反会导致生活本色的丧失。再请读这几行：

　　他屁股后面
　　乡下姑娘跟上一大串
　　都争着嫁他

　　这属于"自发的形象和幽默"吗？我反复看了多次，也未能体味到它的妙处。唐人卢延让有句云："吟安一个字，拈断数茎须"我们不一定要像他那样苦（我们实在也无"须"可"拈断"），但既然是写诗，总得在遣词造句方面下功夫。
　　也许我对"生活流"的缺点看得太多，太重了，但我并不是"生活流"的反对者。仅祝愿"流中人"不断提高，不断前进，以便"流"得更长、更远。不必浪费时间去请求"宽容"，要紧的是写出无愧于生活的好诗。
　　由于"寻根"诗和"生活流"诗缺乏谢冕那样的敏锐、热情一点的宣传家和孙绍振那样的有胆量的理论家，不像"朦胧诗"那样拥有舆论群（尽管舆论群有时会散发出一些走调的杂音而激起遏制力，但这在客观上也起着扩大舆论的作用），所以没有"朦胧诗"那样的逼人声势，诗坛没有出现热闹的局面。这也不是坏事。平静的气氛有助于诗人进行思考和探索，有助于评论家进行客观的分析和评价。在这里，我诚挚地向这两种诗风的发言人（我相信它们将拥有自己的理论家）进一言：你们也可以自豪地宣称自己是"崛起"，但不必也断言自己是"诗坛的未来"。

事物的兴衰，内因是决定因素。我很相信"物极必反"这一古语。摆在我们面前的事实是："为政治服务"的20世纪五六十年代的诗歌，走到了"必然以阶级斗争的观点来立意""写一首诗，就是等于为整个进攻阶级，制造一支枪或一门炮，一粒子弹或一箱炸药"的"极"，"反"出了专主抒写"诗人心灵的历史"的"朦胧诗"，"朦胧诗""朦胧"到"令人气闷"的"极"，"反"出了"用地道的中国口语写作"的"生活流"；搞"横的移植"发展到彻底否定中国文化传统的"极"，"反"出了"寻根"热。希望"寻根"不要"寻"到与世隔绝的蜗牛壳里，"生活流"不要流进自然主义的漩涡中。

三

也许有同志会问，你既曾反对"枪炮论"，又曾反对"令人气闷"的"朦胧诗"，如今又对"寻根""生活流"诗说三道四，你究竟追求什么？

我答：我追求写给当代中国人读的诗。

"中国人读的诗"，应当具有鲜明的中国民族特色。只有这样，才为中国人所乐于接受，才能立足于世界诗歌之林。

"当代中国人读的诗"，应当具有强烈的当代色彩。只有这样，才为当代中国人所乐于接受，才能真实地歌唱今天的生活。

如何使诗歌具有鲜明的民族特色和强烈的当代色彩？必须同时进行"纵的继承"和"横的移植"。当代中国人处于"纵"与"横"的交叉点上，这一位置决定了我们必须这样做。死抱传统不放而拒绝引进或盲目搬用"舶来"而拒绝继承，都是不妥当的。诗不能走"传统"的路，也不能走"现代"的路。它亟须变革，亟须好好探究如何同时吸收"纵"与"横"的精华，化合为一，写我的诗。

诗歌向来是最敏感的文学领域。它爆发论争最多，也最为激烈。但为什么漫漫数十年，争来论去，总未获得比较圆满的结论？我看，是因为有一个最根本的问题未获得比较一致的认识，倒不如先集中精力对它进行深入的讨论为佳。

这个最根本的问题就是：怎样的诗才算好诗。

窃以为，"人人心中所有，人人笔下所无"这句古语，可以作为好诗的标准。

　　"人人心中所有"，在这里是作广义的理解，不但指"人人"都具有的某种思想、经验、感受、要求……同时也指能够引起"人人"共鸣的某种基础①。这样，诗会赢得众多读者的喜爱，其社会功能将得到最充分的发挥。这是诗能够彻底摆脱不景气的前提。曾有论者宣称诗人不必理会大街上的掌声。这是很清高的豪言壮语，但行不得也，哥哥！在不久前举行的全国诗歌报刊协议会第二次年会上，有同志对只办了两期就被迫停刊（因印数太少，亏本太多）的某诗报发出"忍看朋辈成新鬼"的慨叹。如果诗歌读者继续减少，"新鬼"一定将继续增加，到时，诗评家也将更难找到倾吐豪言壮语的场地。再务一点"实"：近两年，就有不少诗集、诗论集由于征订数奇低（据说有一部诗集的征订数是两本）而不能开印。我们如果再对"大街上的掌声"不予理会，将何以堪！

　　诗不仅仅是诗人诗论家的事业，而且是社会的、广大读者的事业。切忌写"人人心中所无"——这种东西是"孤芳"，仅能"独赏"。它有权存在，但广大读者也有权不买它的账。

　　"人人笔下所无"，说明你的诗能够表现独特的感受，具有独特的创作个性。越是诗的，越是创造的。读者永远不会欢迎"人人笔下所有"的雷同货色。

1986年6月末于广州

选自吕进编《上园谈诗》，重庆出版社1987年版

---

① 某首诗所抒写的感受，原是我心中所未有，但读后却"顿悟"——其实这种感受本来已积淀于我的心底，不过是自己没有察觉而被诗激发出来罢了。

平静之后的思考

杨光治

诗，是最古老的文学。从"吭唷，吭唷"到今天，很难说清它有多少年的历史。这些年，不止一次地听说它面临危机，但事实上写诗和读诗的却大有人在。诗集的印数虽然比小说（特别是通俗小说）少，但很多诗集很快销售一空，还有不少读者欲购而不得。所以，我们不必对诗的命运作杞人之忧。

诗，是最敏感的文学。一、它向来是最敏感地反映生活的文学形式；二、它是爆发论争最多（而且论争得最尖锐）的文学领域。

前两年，"朦胧诗"的出现，正如谢冕同志所说那样，"使中国新诗失去了平静"。"失去了平静"的论争，自然难免产生偏颇。如今，平静已经恢复，我们可以作较深入的思考。为了引玉，笔者把思考的零碎片断奉献到读者眼前。

‖ 诗与"我" ‖

诗这一文学艺术应当坚持"双为"。另一方面，既然它是艺术，就应当具有自己的特点。

吕进同志说得好："诗是歌唱生活的艺术。"（见《新诗的创作和鉴赏》）他还解释说："所谓歌唱，就是化生活为感情，就是生活的心灵化。即是说，感情不仅仅是从生活到诗的中介，而且是诗的直接内容。诗不但以抒情态度去认识现实，而且以歌唱现实去反映现实。"在前几年的一次讨论会上，我也曾提出过相同的看法，但未能作令人信服的阐述。吕进同志的论述是周密、精当的，这无疑是对诗论的一项突破。

诗既然是歌唱生活的艺术，就必须有"我"。诗应当以"我"的方式去歌唱"我"对生活的独特感受。这样说，跟吕进的论点并不矛盾。这既突出了诗的抒情本质和独创的艺术特征，也切合"反映生活"的基本美学原则。

这个"我"，对诗的关系至为重大；而诗界对此存有不同的看法，所以很值得我们去研究。

有一位同志主张：写诗时要"从阶级和阶级斗争的深度，去进行诗作的立意"。他还认为："任何诗歌创作，都属于一定的阶级，一定的政治路线的……"（尹在勤：《新诗漫谈》）这是无"我"之论。（为紧扣本文的中心，这里只指出这一点）

"诗，是诗人心灵的历史。"（徐敬亚：《崛起的诗群》）诗人"不屑于作时代精神的号筒，也不屑于表现自我感情世界以外的丰功伟绩"。（孙绍振：《新的美学原则在崛起》）这是"唯我"之论。

无"我"，是产生公式化，假、大、空的原因，使诗丧失抒情的本质和独创性，结果，诗就不成其为艺术，这只能导致诗的灭亡。"唯我"则切断了诗与生活的联系，这样，诗就丧失了唯一的创作源泉，丧失社会功能，诗也就难以存在。

对诗中的"我"，应有正确的理解。

"'我'的方式"中的"我"，是指诗人自己。诗人就应当追求鲜明的创作个性。

"'我'对生活的独特感受"中的"我"，也指诗人自己，否则就很难说"感受"的"独特"；同时这一个"我"是与生活紧紧地联系在一起的，要不，"我"就不会有所"感受"。所以，"我"决不能游离于生活、人民群众之外。

具有良心和责任感的诗人，会对生活抱着正确的态度，在创作时也会注意社会效果。我认为，"人人心中所有，人人笔下所无"这十二个字，可作为好诗的一个标准。能写出"人人心中所有"，说明诗人是广大群众的代言人；"人人笔下所无"，表明诗人具有艺术独创性。

关于"朦胧"

有同志说，"朦胧诗"的出现，是对假大空、公式化诗的反动。两种诗是势同水火吗？

有人曾据《说文解字》对"诗"字的解释（"从言，寺声"）做打油诗二首：

腔调雷同语语空，寺门规诫万千重。
只要讨得菩萨喜，无限功德在其中。
为何古怪又朦胧？它与经偈本同宗，
都是西天玄妙语，凡夫俗子岂能通！

莫说这是嬉哈之辞，它们分别指出新诗的两大弊病，并触及了病根。

"腔调雷同语语空"和"古怪又朦胧"的东西看似不同，但其效果却一致——导致诗失去读者，失去存在的基础。

关于"朦胧"，要说清楚的是，我向来反对的是"古怪又朦胧"的那种朦胧，不是反对真正的朦胧。

朦胧的景色是一种美。例如云雾缭绕的山峦，水波中的月亮，淡月下的花枝："烟笼寒水月笼沙"（杜牧：《泊秦淮》），"梨花院落溶溶月"（晏殊：《寓意》）"只听着树里的风声雨声，/却看不清云里是山是树"（李大钊：《山中落雨》）很美。朦胧的思绪也很有吸引力："你站在桥上看风景，/看风景的人在桥上看你；/明月装饰了你的窗子，你装饰了别人的梦"（卞之琳：《断章》）……教人寻味。

"古怪又朦胧"不是难懂，而是不可懂，只能"令人气闷"。这其实不是朦胧而是隐晦。既然不可懂，我们不能说它不美，也不能说它美。

诗人因为需要表情达意、需要歌唱生活才写诗，如果写得隐晦，将陷入"便纵有千种风情，更与何人说"的境地，"说"了也是白搭。花费脑筋去弄这种东西，是不值得的。

要补充一句：反对隐晦，并不意味赞成大白话。前者味如嚼石子，后者味如嚼软蜡，都不好。我喜欢嚼橄榄。我想，这是正常的爱好。

‖ 传统与舶来 ‖

文化是全人类的共同财富。各民族的文化历来互相交流，互相影响，不受时空的阻隔。

不必浪费时间去探究马王堆古墓中是否存在着喇叭裤,不必花费口舌去争论象征、通感等手法是属于传统还是属于舶来。

我同意这一观点:传统应当不断丰富和发展(僵死的传统是没有生命力的),而且相信这是势所必然——在我们的"五四"诗歌传统中,就融化了不少舶来的成分。每个有志于诗者都应当下决心去为发展和丰富民族传统做出贡献。

我还同意这一观点:不管是进行横的移植或纵的继承,都需要明确一个前提——为我所用,取其精华,弃其糟粕。

"铁木犁"是传统的东西,但在今天的农村还可以大显身手,我们岂能讥笑?汽车原属舶来货,我们又岂能排斥它?!什么修辞技巧、表现手法利于言志抒情,我们就使用什么;为了表示"爱我民族"而拒绝"舶来",为了表示"思想开放"面拒绝传统,同样是可笑的。

我们的诗歌读者主要是当代的中国人。诗必须争取读者。引导读者提高审美能力是必要的,但这只有在吸引了读者的前提下才能顺利进行。

其实,舶来与传统并无质的区别,对我来说,他的传统是"舶来";对他来说,我的传统同样是"舶来"。两者更无高、下之分。

‖ 再现与表现 ‖

某的诗论有鄙弃"再现"(反映生活)而崇尚"表现"(内心世界)的倾向,认为"再现"是西方的,先进的。这是误解。

西方早就有人提倡"再现"(反映,下同)。古希腊哲学家亚里士多德就曾说过:诗人"和画家与其他造型艺术家一样,是一个模仿者。"(《诗学》,罗念生译)古罗马的诗人贺拉斯就曾主张"作家到生活中到风俗习惯中去找寻模型。"(《诗艺》,杨周翰译)这都是提倡"再现"的明证。

而中国的古典诗论,是十分强调"表现"的。如:"诗言志"(《尚书·舜典》);"诗以道志"(《庄子·天下篇》);"诗者,志之所之也,在心为志,发言为诗"(《诗大序》)……

当然,古代西方也有提倡"表现"的理论,我国古代也有提倡"再现"的观点。

"再现"和"表现"很难分割开来。"再现"是"表现"的基础，离开它，"表现"是空的；但如果只有"再现"面没有"表现"，诗就成为对事物的机械模拟。上文提及的"化生活为感情""生活的诗化""歌唱'我'对生活的独特感受"等语，都含着"再现"和"表现"两者紧密结合的含义。事实上，任何真正优秀的诗作，都是两者紧密结合的产物。有的诗，"再现"直接显示于纸上，有的诗则隐藏于字里行间。陆游的《示儿》和普希金的《致恰达也夫》，看似纯是"表现"，实际上它们的字里行间就分别隐藏着"王师未定中原"和"沙皇专制重压"二境。读者是可以组象出来的。（对这类的境，姑且名为"潜境"，可否？）

‖ 关于韵律美 ‖

韵律美是诗区别于其他文学体裁的一个特征，是诗歌所独有的一大优势（语言的精炼、含蓄，抒情性等，都不是诗所独有的）。

一首诗如果节奏鲜明，韵律和谐，读起来就朗朗上口，这是一种美的享受；但若涩舌聱牙，则令读者受罪，阅者头痛，因为"阅"其实是默读，只不过是不发声罢了，同样地能感受到音韵。所以，鲁迅先生主张"新诗先要有节调，押大致相近的韵。"这绝不是陈腐之见。

诗歌应当尽可能发挥这一优势。当然，它比起诗意美来，是居于次要地位；具有韵律美的文字，并不等于是诗（如汤头歌诀和旧社会的某些官府布告之类）；相反，不押韵的文字可能是诗。

押韵、声调的平仄等，是外表的韵律。我们还要讲求内在的韵律，即情绪波动起伏所造成的高低、缓速节奏感。

现在有的新诗，缺乏韵律的美，这是令人遗憾的事。我国的新诗已有六十多年的历史，我们曾不止一次地提倡新诗，但为什么今天竟还有相当数量的人（不少是青年）喜旧（体诗词）厌新（诗）？这与韵律有关。

韵律美不容易获得。它是认真锤炼语言的成果之一。的确，韵律过严，写诗等于"戴着镣铐跳舞"，束缚手脚。但反过来，如果"戴着镣铐跳舞"也跳得精彩的话，不正表明他（她）技艺高超吗？闻一多先生的意见还有可取之处。这样说，并不是主张新诗一定要有严格的韵律。

当然，要是为了追求声韵的谐协、音节的统一而导致减少诗味甚至弄得句子不通，那就得不偿失。

‖ 关于建行 ‖

诗歌分行排列，能突出某些词语（这是抒情的需要），能表现诗的节奏和显示韵脚（这有利于造成韵律的美），还能增强诗的明晰度（这有利于读者理解）。很多诗坛名手都精于建行。请看梁南同志的《毋忘草·思念之歌》的第一节：

垂落大地的，是我的影子，
被太阳的芒刺深深嵌固在泥土上：
修长，呆板；哑默，坚滞。
就这样伫立，十年，
风里，雨里
我在
思念你！

第三行是对影子的描绘，整行出现，给人完整的印象。最后四行的排列，与情绪密切相关：以"就"起行，是强调；"伫立"之后的停顿，是为了突出"十年"，"十年"自成一顿，是为了表现出它的漫长；"我在"独立成行，读起来自然会把"在"字拖长降低，跟着"思念你"成行，自然会予以强调。这种高低扬抑的变化所造成的节奏感，大大地增强了抒情气氛。如果改建为"就这样伫立十年，/风里雨里我在思念你！"就逊色了。

可见，建行不纯是形式问题。某的诗论不顾抒情，韵律的需要，片面提倡"立体化""图案美"，以致有些青年诗作者把句子弄得很古怪，这是形式主义的表现，并不是什么新的创造。有的诗，不顾及情绪，不顾及停顿——

于是我们想得很多想得很远我们想到了儿时画片摇篮课本万花筒彩色弹子妈妈的笑靥

自然还有那本画有太上老儿炼丹炉的小人书
没有人说话我们傻里傻气地看着没有人说话

这些例子都不是笔者的杜撰。这样的诗，很难赢得众多读者的喜爱。

‖ 关于标点 ‖

谈到建行，自然会涉及标点。其实上文已经涉及。

标点是一项有益的引进。鲁迅先生曾回忆道："十多年前，单是提倡新
式标点，就会有一群人'若丧考妣'，恨不得'食肉寝皮'。"（《忆刘半农君》，
1934）可见引进的不易。本来，标点符号已成为文章（包括新诗、旧体诗词）
的一个组成部分。它有利于作者抒情、表意，有利于读者阅读。上文所列举
的诗例（"于是我们……"）如果加上标点，就要好读得多。但这几年，有
些同志在写诗时却摒弃了它。为什么这样？有文章说，这是由于"现代诗注
重诗意的不定指、暗示和抽象性，有时一些标点难明确标出，而要求读者去
体味，随意而安"的缘故（《崛起的诗群》）。"诗意的不定指"再加上无
标点，只能使读者都陷入含混不清的状态。我们不要忘记"路不通行不得在
此小便"之类的笑话。

1984 年 10 月 1 日于广州

附记：本文在《文艺新世纪》1985 年第一期发表时，编者删去了后二节，现补回。
选自吕进编《上园谈诗》，重庆出版社 1987 年版

论新时期诗歌审美观念的嬗变

张同吾

　　新时期诗歌创作最鲜明的特征是审美观念的更新，这是我国当代诗人们经历了艰辛的探求所取得的宝贵成果，又是历史发展的必然。

　　首先，让我们回顾这样一个事实，即从中华人民共和国成立初期到党的十一届三中全会以前的近三十年间，诗歌观念是比较板滞而狭窄的，主要表现为：排挤了抒情主人公的自我形象。审美主体与审美客体相游离，诗人往往放弃了对物象的直觉的描绘，而作为物象的旁观者进行吟唱；或是排斥了对物象的感觉单一地对物象进行摹写。这样，诗中更多的是单一化的时代情绪和类型化的感情流势，因而在一定程度上压抑了诗人的审美个性。这期间，仍然有优秀的诗人和优秀的诗作，以郭小川和贺敬之为代表的豪放诗派，直抒胸臆式的吟唱，激发了人们的热情，引发了人们对生活的热爱，成为一个时代诗艺的高峰；以李季和闻捷为代表的描摹物象的手法，往往也真实而生动地表现了生活的意趣。但是，从总体情况来看，诗坛并未改变板滞狭窄的诗歌观念。一些善于独立思考富有艺术个性的诗人，曾试图改变这个局面，他们都以失败告终。早在1951年卞之琳发表了《天安门四重奏》，不是以直白的方式歌颂人民歌颂党，而是在比较含蓄的诗句里浸润着诗人对生活的思考。这首诗发表后立即遭到公开批评。不久，何其芳发表了《回答》，这是一首热情地歌颂新时代的诗篇。由于这首诗部分地回避了直露的表现手段，又在其中闪动着诗人富有个性的感情波纹，同样遭到严厉的批评，说我们的时代"不需要这样的回答"。

　　社会的急剧变革猛烈地冲击着我们的传统的思维方式，我们民族的文化心理、道德观念、生活习俗，人际关系都在发生着巨大的变化。诗人们重新开掘与认识隐藏于感情深处的诗的美学，去捕捉折映在个人感情光辉中的时代的虹霓。诗人刘湛秋指出："诗是抒情与思辨的美学，它既是吹笛的女神，又有哲学家的风采，不管是侧重社会功能还是侧重艺术功能，当前社会都需要新诗透露新的价值观念和新的感情，这样，诗人不可能不在题材、角度、手法、形式、意象、语言、甚至诗的视觉形象上进行种种探索，追求大胆的创新。老一辈的手法与表现已不能满足变革中的人们的审美需求了。这种在诗歌艺术上的竞争正在使我们的诗歌走向丰富、成熟。"这并非是诗歌所独有的发展趋向，文艺理论家鲍昌从宏观上研究了马克思主义文艺理论体系的发展，指出各种文学样式所共有的一种发展态势："二十世纪（准确说是从十九世纪末叶开始）的文学，之所以与传统文学有了很大的不同，是因为它面临了一个魔方般变幻的世界，导入了纷繁歧义的思想，而且在表现形式上争奇斗胜。没有人能对艾略特的《荒原》作出满意的诠释，没有人能把博尔赫斯的《交叉小径的花园》的主题讲清楚。真实变成了荒诞，荒诞又变成了真实。托尔斯泰如果活到现在，他会对品钦的《万有引力之虹》皱起眉头；萧伯纳如果复活，他会对尤奈斯库的剧本耸耸肩膀。'真正的文学是什么？'我相信，别林斯基、丹纳和勃兰兑斯，在今天都会发出一声感叹。"我国新诗正是这样的时代发展和文艺发展的背景之下，产生了审美观念的嬗变，具体地表现在如下方面：

与叙事文学的叛离——回
复抒情艺术的特征——抒
情主人公自我形象的凸现

什么是诗？尽管人们认识的角度有所差异、理解的层次有所区别，但是那些有着睿智目光并深悟诗歌奥秘的中外先贤们，无不承认诗的抒情特征。雨果说："诗人创造多于叙述，他表现和描绘。任何诗人在他们身上都有一个反映镜，这就是观察，还有一个储存器，这便是热情；由此便从他们的脑海里产生那些巨大的发光的身影，这些身影将永恒地照彻黑暗的人类长城。"由此可见，诗的产生，乃是诗人感应于外物，情发自内心。对于诗的创作过程，郭沫若曾有过生动的比喻："我想诗人的心境譬如一湾清澄的海水，没有风的时候，便静止着如一张明镜，宇宙万类的印象都活动在里面。这风便是所谓直觉、灵感，这起了的波浪便是高涨着的情调。这活动着的印象便是徂徕着的想象。这些东西，我想来便是诗的本体，只要把它写了出来，它就体相兼备。"新时期的诗歌审美观念的嬗变，首先表现在回复了抒情艺术的特征，而且是抒发诗人自我之情，是突现了"个别"，不再是空泛地去概括"一般"。请看舒婷的《雨别》：

> 我真想摔出车门，向何奔去，
> 在你的宽肩上失声痛哭：
> "我忍不住，我真忍不住。"
> 我真想拉起你的手，
> 逃向初晴的天空和田野，
> 不畏缩也不回顾。
> 我真想聚集全部柔情，
> 以一个无法申诉的眼神，
> 使你终于醒悟。
> 我真想，真想……
> 我的痛苦变为忧伤，
> 想也想不够，说也说不出。

这首诗，完全舍弃了对雨中告别的过程与情景的描写，我们不知道这位女诗人同谁告别以及分别的缘由，更不知道这是时空意义上的分别还是感情锁链的断裂。我们无须知道这些，这不是抒情艺术所肩负的职能。诗人紧紧地把握住并且集中地表现了她在特定的情境中感情的具象，我们从中感受到了诗人那种缠绵与热烈相交织、痛苦与忧伤相接衔的复杂的感情。她的感情的波澜，以她独有的方式汇聚奔涌，但我们除却感知了诗人的审美个性，还在这种浸润着忧伤的意绪里，铺展开丰富的联想，从被淡漠的角落重新找回了自己。

抒情诗中审美主体的位置是鲜明的，诗人的"自我"不再是隔置在意象之外的感情的"喷射器"，不再是那种简单而肤浅地表述："我"歌颂什么、

"我"热爱什么的模式，而是让"我"的人生见解、道德观念、审美追求都包容在具体的意象之中。这样，诗从被动的接受成为主动的审美，诗的意象或意象群中，闪烁着强烈的审美意识，在诗人的特殊性里蕴含着崭新的时代精神的指向性和崭新的文化心理的倾向性。江河的《祖国呵，祖国》中有这样的诗句："我把长城庄严地放上北方的山峦/像晃动着几千年沉重的锁链/像高举起刚刚死去的儿子/他的躯体还在我的手中抽搐……/硝烟从我的头上升起/无数破碎的白骨叫喊着随风飘散/惊起白云/惊起一群群纯洁的鸽子"。诗人把长城既视为中华民族伟大力量与智慧的象征加以肯定，又视为束缚自身的历史积因；"儿子"的"躯体"以及"硝烟"象征着一代一代的人民所进行的艰辛惨烈的斗争、反抗以及失败的痛苦。从表面来看，诗人似乎无意表现"自我"。而"自我"却无所不在，上述所表现的历史观。来自诗人"自我"的独特的感知与判断，这是以往那种"通用"的抒情方式所难以表现的，也是别人所不能取代的。

抒情主人公自我形象的凸现，不是指时空意义上的占领，而是以不同的审美个性表现诗人对人的价值的追寻和对自我意识的尊重。在北岛的《宣告》中，有这样一段："宁静的地平线/分开了生者和死者的行列/我只能选择天空/决不跪在地上/以显出刽子手们的高大/好阻挡自由的风。"这首诗的创作是有感于遇罗克被杀害，对于一段黑暗的历史进行控诉与批判，然而，其精神内涵却是丰富的，它强烈地表现着人的尊严不容玷污的题旨。意象之中所包蕴的思想容量大于形式，成为"人性的萃集，又是人性的外烁"。而这种人性的追求是透过诗人独特的感知方式与艺术手段去得到表现的。不仅在特殊的历史背景下，诗人崇尚人的尊严，在当今正常的生活氛围里，诗人又有更高层次的追求。王小妮的《假日·湖畔·随想》中有这样两段：

湖边，这样大的风，
也许，我不该穿裙子来，
风，怎么总把它掀动。
假如，没有那些游人，

听，我会多自由啊，
头发，衣裙都任凭那风。

这是诗人捕捉到的瞬间的感觉，记录了涌动起来的感情形态。这是一种具象化的人的价值观，诗人所热烈向往的是自由状态中的和谐。

三十余年的我国当代诗歌发展史，一直围绕着诗中有无"自我"、要不要"自我"这个十分简单的命题展开了无休止的争论；又在承认有"我"的前提下，进行着是"大我"还是"小我"的辨识。人们把表现"自我"同囿于"自我"混淆起来，因此，也把表现"自我"同表现时代表现人民对立起来。其实，"我"就是"我"——诗的审美主体。假如没有"我"，便没有审美的发生、审美的过程和审美的表现，诗的情韵便成为无根之木、无茎之花。古人尚且知道："作诗必先有诗之基，基即人之胸襟是也，有胸襟然后能载其性情智慧，随遇发生，随生即盛。千古诗人推杜浣花，其诗随所遇之人、之境、之物，无处不发其思君王、忧祸乱、悲时日、念友朋、吊古人、怀远道，凡欢愉、忧愁、离合、今昔之感，一一触类而起，因遇得题，因题达情，因情敷句，皆因浣有其胸襟以为基。如时雨一过，天矫百物。随地而兴，生意各别，无不具足。"（薛雪：《一瓢诗话》）这段文字相当精粹地概括了诗的抒情本质及审美主体在抒情诗中的位置。在中华人民共和国成立后的三十余年中，没有任何时候像新时期这样，诗人能够充分地自由地表现自己的襟怀与情愫，表现自己独特的审美个性，同时又是以自己的眼睛来透视生活本质与时代精神。新时期的许多诗人，特别是青年诗人们，在自己的诗篇里，以鲜明的抒情主人公的个性特征，共同证明着一种历史的趋向："我们要把宗教夺去的内容——人的内容，不是什么神的内容——归还给人，所谓归还就是唤起他的自觉。我们清除一切自命为超自然和超人的事物，从而消除虚伪，因为人和大自然的事物妄想成为超人和超自然的野心就是一切虚伪和谎话的根源。正因为如此，我们才永远向宗教和宗教观念宣战。"这便是促使新时期诗歌观念更新的思想内核。

> 对说教模式的悖弃——意
> 象化的鲜明特征、从具体
> 到抽象的逆反流向——哲
> 理色彩与思辨精神的凝聚

诗同哲学的区别是"哲学抽象地思考着世界；诗则是具体地说明着世界"（艾青：《诗论》）。但是，诗是以具象化的方式来表现诗人的哲学观念——对生活真理的认识，这便是蕴含在诗中的哲理色彩与思辨精神。在中华人民共和国成立后的二十余年间，当代诗歌创作又一个明显缺憾在于：缺乏对于生活真理的独立思考与多重发现，这无疑是历史条件的局限。在郭小川贺敬之等优秀诗人的作品中，也曾闪烁着哲理的光彩。《向困难进军》《致青年公民》《团泊洼的秋天》《放声歌唱》《雷锋之歌》等优秀诗篇中，往往以精彩的警句激动着一代人的心。一般来讲，这些警句是诗人对当时的政治原则的通俗化的解释，或是诗人对那个时代人们所共同恪守的生活原则的阐发，可视为一个时代的真理，因此，曾引起人们心弦的共鸣。

当代人的思维结构和心理素质产生了急剧的变化，他们开始厌弃那种直白的表述方式和说教式的传授关系，而是在悟性的苏醒中，追求包蕴在诗的意象之中的哲学思想。因此，诗的技巧愈加丰富，一种新的趋向是把生活真理溶解在具象化的情感之中，间接地蕴藉地得到表现。而这种生活真理冲破了一元化的定式，是诗人从自己所选择的角度对生活真理的新鲜发现。北岛所写的《古寺》以听觉、视觉和感觉的相互转化，渲染了一幅残破、古旧、陈腐的情境，这使我们悟省到历史的沉寂淹没了历史的繁华，而一切都会在沉寂中僵硬。请看："石碑残缺，上面的文字已经磨损／仿佛只有在一场大火之中／才能辨认，也许／会随着一道生者的目光／乌龟在泥土中复活／驮着沉重的秘密，爬出门槛"这一组意象系列富有象征意味，我们从中所能醒悟到的，不只是历史的僵滞形态，而从"一场大火"对残缺的历史的再认识，从"生者的目光"催动着"乌龟"的复活，理解了历史转机的外在因素同内在因素的关系。诗人没有以简单的方式告诉我们一个简单的道理，而是让一组鲜活的意象系列，包容着生活发展的复杂因素，并揭示其相互潜连的内部规律。这种哲理的启示性是丰富的深邃的，而且是通过意象所含有的象征性来表达的。李其钢的《魔方、积木及其他》选择了一个新颖的视角，透过"我"和"积木""女孩"和"魔方"两组相照应相对比的意象，我们看到了过去的时代虽然美好却有局限，当今时代扑朔迷离却令人神往。诗的哲理内涵又不止于此，诗人准确地把握了新时代的特质，多维的立体的世界，多元的审美观念扩展了宽广的时空，人的主体意识和创造性都获得了驰骋的自由；而这种自由又反转来更富有个性精神地开拓着世界。

新时期的诗歌不孤立地看重题材自身的价值，而是以思辨精神驾驭题材，让意象的张力来表现多姿多彩的生活真理。骆耕野曾以发表《不满》而蜚声诗坛，在这首诗里，他认定"不满"这一意念的萌生，是世界变革与发展的关键。应该说，这并不是诗人新鲜的独异的发现，经历了长期的思想钳制，人们的思维在缄默中钝化，当历史从僵冷中复苏，骆耕野在自己的诗中让平凡的生活真理恢复了本来面目的时候，诗便焕发了思想的震撼力。随着社会的急剧变革和思想视野的拓展，对于真理当代人已不满足甚至厌倦被动式的承受，不满足甚至厌倦经过咀嚼再给予读者的观念，而是希望诗人能创造出丰富多彩的意象群，让读者自己去发现去开掘去体悟其中所蕴含的深邃的人生真理与美学内涵。骆耕野的近作《车过秦岭》便属于这一类型。他紧紧抓住列车穿行在隧道与空谷之间的视觉与感觉，来表现历史的前进过程，依如穿行在黑暗与光明之间，穿行在痛苦与欢乐之间，穿行在现实与理想之间，穿行在死灭与新生之间，穿行在邪恶与正义之间。人们会有复杂的感情的交织，多样的心态的变幻。谁没经历过这样的时刻："仿佛突然跌进／迷乱的岁月／同伴们灵魂的深渊／多臂的风扇／急躁地挥动着／驱不散梦魇似的担忧和预感。"然而，诗人的独特发现，是在"隧道"里也并非都是可怖的黑暗——"不是没有过灿烂的历史／不是所有的光明／都属于飞逝的瞬间／为了联结被阻隔　被遗忘的村落／被阻隔　被遗忘的心／为了地平线一样辽远的目标／为了每个站台都成为史诗的一个句点／铁路旋升着／一层层的桥梁　隧洞／从山麓蜿蜒而上／分出光明的层次／阳光从山顶的树冠筛落／射进昏暗的窗口／烘暖过潮湿的灵魂／点燃过冰结的血液／一次／又一次／激溅起幸福的泪泉"我们不会单一地视为历史形态，也会从中体悟到人生发展的规律，体悟到世间一切美好事物获得成功的规律。这样的诗，不是以历史教科书的功能让我们审视人生，而是哲理的物化与美的具象。我们从中所获得的人生经验与审美经验，会随着日月延伸而愈加丰富愈加深刻。如下诗句便是具象化的警句：

希望和失望
交替地折磨着每一个旅客
每一次期待

都像死亡一样漫长

每一次喜悦

却似幽会一般短暂

在窒闷的缄然与期待中

心和每一声悲壮的汽笛

却呐喊着一个共同的信念

既然没有一条重复的隧洞

就绝没有一次重复的黑暗

这种实与虚相关联相交错相照应相衍化的手法，已经成为新时期诗歌创作中一种明显的趋向。杨炼的《北方的太阳》及外一首《告诉孩子》，是面对着大钟寺的大钟抒发的情思，既有对历史功过的回顾，对生活现实的凝视，也有对未来命运的展望，包蕴着丰富的历史内涵与新鲜的审美意识，这一切都不是通过简单的平面的比喻来表现的，而是让多重寓意流动在诗的意象里。大钟以独立的人格对孩子们说："别用石块敲我／你们，风的伙伴，寂寞的小小叛徒／海，飞鸟和欢乐的崇拜者"。因为"别让这些记忆再次斑斑驳驳／你们对太阳嚷出的天真／不会改写沧桑留在沙上的字迹／而一只手就是一千只手／一块石头就是一片荒原／不是没有这样残忍的热情／盲目泛滥，一刹那毁灭一个历史"我们很难对每一句做出明确的诠释，也不可能像商品的标签那样注明"这是什么"。但是我们可以从诗的意象里体悟各自相同的或不同的人生经验与审美经验。这种创作的趋向使诗的情绪结构更为复杂，这是同当代人思维结构由单纯走向复杂、由平面走向立体相一致的。人们对生活的理解对美的判断，已突破了非此即彼的两极定向值，出现了复合式的多层次的思维建构。从某种意义上说，诗的当代性，即源于这种思维方式的变革。

诗的意象群，在诗中的排列是疏密相间的，在意象与意象的空隙里，常常出现理性的概括，这便是诗的从具体到抽象的逆反流向，是意象中所蕴藏着的生活真理的提炼与升华，因此就更富有理性色彩。

诗人所表现的哲理并非是"放之四海而皆准"的，而是既有特指性又有多义性。所谓特指性，是说这些诗句所包容的是非观、价值观、道德观、审美观是在特定的时代背景下与特定的际遇里所产生的；所谓多义性，是指这些观念是人生经验与审美经验的浓缩，具有相当广泛的概括力，读者会从中寻找到自己的独特的感受。由于这些观念不足以概念或定义的方式出现，而是活跃在诗的意象里，或是跳动在意象之间，因此，更富有联想的弹性。让人觉得意蕴深厚耐人咀嚼余味无穷。

> 题旨的多义性、意象的暗示性
> 语言的跳脱性——对传统表现手法
> 的挑战与补充——审美心理的
> 变异

当历史有了新生的转机，诗歌也以当代意识裂变了传统观念——回复诗的本来的属性——情感的自由的元素又在诗人的心中澎湃升腾。标志着这种裂变的便是诗人由习惯性的对生活被动式的接受，变为对生活主动型的审美。这样，僵化的主题消失了，活跃在诗句中的是创造者的主体意识。因此，意象的象征性（也就是暗示性），就更为明显了——诗的象征意向是透过具有象征性的形象来透露的，由某一形象或为中心，或为线索，排列着或环绕着众多形象，在描绘、比喻、烘托、渲染中使人感受到诗人所暗示的意向，而这些形象就成为象征的凝聚物。

特指性的象征，是以具体的事物作为主观精神的客观对应物，把抽象变为具体，以具体暗指抽象，这样，既不是脱离现实的虚幻的想象，又不是拘泥的对现实的摹写，而是主观在客观中找到了依托，主观同客观得到了融合。梁小斌的《中国，我的钥匙丢了》和《雪白的墙》是近年有影响的佳作。钥匙，是希望的象征，智慧的象征，它丢失了，人世间便充满苦难。寻找钥匙的意象，则暗示着一代人重新点燃了希望的火炬，以睿智的清醒的头脑去思考那些从世界上和心灵中失去的一切。而雪白的墙，象征着崭新的时代和崭新的时代所萌生的一切美好的事物，"去告诉所有的小朋友：/ 以后不要在这墙上乱画"则表现了诗人对纯洁的事物与纯洁的心灵是怎样的珍爱。特指性的象征，虽然有着主观意旨的客观对应物，但绝不像数学等式那样具有严格的确定性。因为梁小斌从系列形象描绘了"寻找钥匙"的心境和爱护"雪白的墙"的心境，才充分地贴切地表现了在特定的历史环境中一代人的典型的意绪。在特指性的象征里，可以是一实一虚，如李瑛的《我骄傲，我是一棵树》，树便是诗人自己的象征；也可以是一实多虚，像李小雨的《红纱巾》中的"红纱巾"由实衍化为虚，它是"一道红色的闪电"，又是"青春的血液的颜色"；是"一面小小的旗帜""一片柔弱的翅膀"，又是"一轮真正的太阳"。

一般性的象征，是表现真理的普遍性，往往富有较为抽象的意义。如舒婷的《船》表现了"船"与"岸"的关系：一只小船搁浅在"荒凉的礁岸上"，"无垠的大海／纵有辽远的疆域／咫尺之内／却丧失了最后的力量"——

隔着永恒的距离
他们怅然相望
爱情穿过生死的界线
世纪的空间
交织着万古长新的目光
难道真挚的爱
将随着船板一起腐烂
难道飞翔的灵魂
将终身监禁在自由的门槛

意象的象征性，像大海一样有着广阔的疆域，任想象的风帆沿着若隐若现的航标驶向辽远，排除了意旨的确定性，出现了思想内涵与审美内涵的丰富性，就更耐人探寻。《船》这首诗表现了理想与现实之间的距离，切近与遥远是相对的，也许咫尺相隔，却永远难以超越；理想是什么是难以明确界说的，可以理解为事业，也可以理解为爱情，读者可以调动自己的人生经验强化自己的感受，去思悟潜藏在生活世界与心灵世界之间的哲理的奥秘。同时，这一组意象系列不是机制的排列，不是被动式地反映，而是活跃着渴求超越的人性的魅力，它强烈地浸染着人的灵魂。

综合性的象征是以一种形式来表现复合式的题旨，审美主体同审美客体都是诗的意象群中的意象，它们以相互关联、相互照应而共同形成一种多意向的象征。以北岛的《结局或开始》为例："悲哀的雾／覆盖着补丁般错落的屋顶／在房子与房子之间／烟囱喷吐着灰烬般的人群／温暖从明亮的树梢吹散

/逗留在贫困的烟头/一只只疲倦的手中/升起低沉的乌云"。诗人让"补丁""屋顶""灰烬""人群"这些意象以并列的形式出现，给读者以直觉和想象。因为这些意象不只有形象的物理的实体性与可感性，而且有意向的虚幻性与空灵性，所以在读者心中造成一种朦胧感。（此处参考了耿占春、耿占坤《新诗的创造性想象》，特此说明并致谢）

由于意象富有象征性，诗的暗示意味就更浓了。观念形态随之更加隐秘，而感觉和知觉就更加突出。诗的内容的难以界说，而情绪的可以意会，更接近于诗的美学本质。

诗的语言的根本特征，在于它的流动性和跳脱性。从外观来看它同实用性的语言并无区别，但由于功能上的差异，实用性的语言侧重于人的外在交往，要求连贯、准确、严密；而诗的语言的灵动跳脱以表现流动的意象，因而往往形成命意的局部清晰总体朦胧。如果说，诗是灵魂的音乐，那么语言的节奏同诗的情绪节奏相和谐。内容与形式是不可分离的，诗的抒情的美学本质决定了诗比别的文学样式更强调内容与形式的内在关联。

我们从上述几个方面概述了新时期诗歌审美特征的嬗变。艺术发展的实践证明，形象思维表现为一个时代的独特的形式，从而也含有独特的内容。如果我们认同这个观点，我们便会认同诗歌审美特征的嬗变，同样是时代的产物。

在这里我们所阐述的诗歌审美特征的嬗变，是从美学意义上来认识艺术现象，并不含有对艺术价值的评判，更没有把一种美定为一尊，从而视为方向。当前，审美观念的趋向性与审美观念的多元化同时并存，这也是新时期艺术发展的显著特征。诗人有权利选择更适于自己个性的艺术风格和表现手法。读者有自由选择自己所喜爱的诗人。我国新时期的诗歌，正是在这种自由选择之中呈现出多彩多姿的生动局面，同时，又是在自由选择中淘汰与发展。

选自《文艺争鸣》1987 年第 4 期

诗的现状与未来

张同吾

新时期诗歌经历了十年的峥嵘岁月。诗歌创作的发展推动了诗歌理论的发展，诗歌理论又推动了创作实践。严格来说，中华人民共和国成立之后的二十余年间，诗歌并无独立的理论体系，有的仅仅是政治学和社会学的附庸。自 1979 年之后，诗歌理论突破了政治学和社会学的框架，以自立的形态出现并在研讨中发展。这十年之中，诗的研讨曾有三次高潮：一是 1980 年《福建文学》以研讨"朦胧诗"而拉开了序幕，相继，谢冕发表了《在新的崛起面前》（《光明日报》1980 年 5 月 7 日），引起了诗歌界和理论界的广泛关注，之后，同年 9 月在北京召开的全国诗歌理论座谈会与 1981 年召开的中国当代文学研究会年会把研讨引向高潮；二是孙绍振发表了《新的美学原则在崛起》（《诗刊》1981 年 3 月号），程代熙、洁泯、敏泽等撰文发表不同见解；三是徐敬亚发表了《崛起的诗群》（《当代文艺思潮》1983 年第 1 期），程代熙等进行公开批评，同年秋天在"重庆诗歌讨论会"上，部分与会者把以谢冕、孙绍振、徐敬亚为代表的或相接近的诗歌观统称"崛起论"进行了批评，其中有代表性的文章是郑伯农的书面发言：《在"崛起"的声浪面前》（《诗刊》1983年 12 月号）。这三次研讨所涉及的理论课题是广泛的，如关于新诗发展的基础、关于继承与借鉴、关于民族化、关于"十七年"诗歌的成就与局限、关于"表现自我"、关于诗的审美特征等等。它们已经超越了对新时期诗歌现象的研讨而涉及新诗六十年发展过程中未及澄清的或未及讨论的理论课题，可视为我国新诗历史上具有空前规模的理论论争。这三次论争不是以一方绝对正确而另一方绝对错误相对垒的，而是在正确与谬误相掺杂、新生与陈旧相接衔、确切与偏颇相掩映之中透露出崭新观念和崭新理论的信息。应该为之欢欣：

时代的机缘给理论的开拓者们以智勇，尽管他们自身理论的准备并不完备，尽管他们不可能掩饰自己的偏颇。新的理论的建树是冲破了板滞已久的诗歌理论的僵土而生长出来的清新的幼芽，其价值不在于是否完整，而在于显现了理论的活力，开拓了人们的思想视野与艺术视野，冲击了诗歌观念的老化，是呼唤文学观念更新的芦笛。应该为之遗憾：这三次理论研讨在不同程度上都缺乏宽松的民主的学术空气，那种积习已久的思维套式总在自觉或不自觉地给学术讨论涂染上或浓或淡的政治色彩，给正常的学术研讨带来某种威慑性与不安全感，影响着理论研讨向纵深开掘。特别是"重庆诗歌讨论会"。是在"左"倾政治思潮局部地骤然膨胀的背景下召开的，是对党的"双百"文艺方针的一次扭曲。如果我们对新诗的繁荣与发展怀有炽热的责任感，那么应当记取这些历史的教训。

新诗理论的主要贡献在于：承认了诗的抒情本质，从而同叙事文学有所区别，承认了抒情主人公在诗中的位置，从而拓展了诗的疆域，承认了诗的多种多样的表现手法，从而丰富了诗的技巧；承认了诗的审美特征的嬗变，从而强化了诗的暗示意味与思辨精神。它的局限是：在强调诗人个性的时候，忽略了个人心声与时代旋律的交融，甚至不屑于表现个人感情世界以外的丰功伟绩，这样就把拓宽了的创作道路引向窄狭。特别是自1984年以后，一种理论上的偏颇就更为显著——认为唯有远离生活的热流，唯有高邈淡远之作，方可能成为不朽之作。这实质上是，"为艺术而艺术"的孵化物。这一观点在青年诗人和青年习作者中间有着较为广泛的影响，以至形成一种反理性思潮。他们认为诗歌纯粹是一种不确定性的感悟，诗人的意识则是非文化意识，因此，诗的创作应是无意向的，无功利的，应还原为"前文化思维"。因此，他们不仅要摒弃传统，而且逃避知识、逃避思想、逃避意义；要超越逻辑、超越理性、超越语法。这样，"灵感"就成了"天启"的同义语，而诗就像符咒一样不可知。

社会的急剧变革带来艺术观念的急剧变革，呈现出审美观念的多元化是正常的，是历史前进的必然。令人忧虑的是，当前诗歌观念的巨大的两极分野，表现为两种不同的偏颇：一方面是观念的僵滞老化，他们认为诗只有直接地反映现实生活，才算富有时代感，只有高昂激越的旋律才是健康向上的格调，只有带着浓郁的乡土气息并显现着语言的外部节奏与音韵的诗才是

"民族化"的。这是感知的钝化，是思维的惰性。这种钝化与惰性，并不是个人气质与禀赋的缺憾，而表现为历史的基因。漫长的自给自足的小农经济和封建的闭关锁国的制度，不但局限着人的视野与思维，而且铸造了一种安于现状的怠惰的心理素质，在变革面前必然表现为保守与抗拒。朱光潜先生讲过这样一段意味深长的话："像罗马人一样，中国人也是一个最讲实际、最从世俗考虑问题的民族，他们不大进行抽象的思辨，也不想去费力解决那些和现实生活好像没有什么明显的直接关系的终极问题。对他们说来，哲学就是伦理学，也仅仅是伦理学……中国人实在不怎么多探究命运，也不觉得这当中有什么违反自然或者值得怀疑的……中国人的国民性有明显的伏尔泰式的特征，他们像伏尔泰那样说：'种咱们的园地要紧'，不用去管什么命运。"在当前，诗歌发展的阻力，主要不是来自政治因素，虽然仍会有"朝来寒雨晚来风"，但不会有翻江倒海的风雨，不会有舟倾楫摧的死生。阻力主要来自这种历史形成的心理惰性。另一方面是前面所指出的观念的偏颇，从而悖逆于马克思主义的美学原则。我们曾在一种狭隘的诗歌理论的钳制之下把诗异化为非诗，这是历史的倒退，从而经历了"中国没有诗歌"的黑暗；我们在开放意识的主宰之下，倡导诗的美学本质的复归，从而"中国又有了诗歌"；现在，诗又面临着一种新的歧路：近两年，缺乏有着强烈的艺术感染力的佳作，而描写小情小景小花小草的作品逐增；描写个人感情天地的流云落霞的作品逐增，"我们不能以题材的大小决定作品的价值，这里所说的小花小草小情小景，是指那些并不含有时代内容，而是单纯追求纤柔之美、冲淡之美、静雅之美的作品。这种追求可以产生精巧之作，但难以有感召力和震撼力。假如诗人都囿于自己的生活和心灵，仅仅在自家狭小的庭院栽种个人的悲欢之树，是难以出现能够展示我们时代风貌的壮阔的生机勃勃的森林"。其次，是随着理论上"寻根"的探讨，创作上出现了"寻根"热。本来，这种探讨是有益的，是对人性的开拓与再认识。以诗的形式去表现人类文化发展的源流，挖掘古拙之美与纯净之美，是对诗的题材的拓展。但是，当它作为一种创作倾向，热衷于表现人生的无常与无解及世界的虚无的时候，则是令人担忧的。再次，当前出现了诗的构思相雷同、意象相雷同、语言相雷同的趋向。像市场上变换着服饰的流行色一样，语言也有"流行式"，什么"男人""女人""共和国""寻找""位置"开始取代前几年的

"绿色""梦幻""希望"等等。诗在技巧中频繁地更换衣衫，却无法掩饰意蕴的轻浅与苍白。

但是，不能说诗走向了"不景气"。

诗，正进行着新的孕育。

在我国历史上，没有任何一个时期像当前这样，诗拥有最广大的读者群和作者群。人们的审美情趣广泛地转向对情韵美、含蓄美、内在美的追寻，而厌弃那种空洞的说教与虚假的编织。在小说与戏剧作品中，已经出现了音乐的可感性、雕塑的可塑性、诗的抒情性。那么，诗自身的美学价值就更为人们所正视。诗的报刊继《诗刊》和《星星》之后，又有《诗探索》《绿风》《诗选刊》《科学诗》《琥珀诗报》《诗歌报》《诗人》《诗林》《当代诗歌》《诗神》《诗潮》《中外诗坛报》《黄河诗报》和《华夏诗报》等诗歌报刊接踵问世，它们的发行量都呈逐年上升的趋势，其编者的热忱，为诗歌所呈奉的献身精神是局外人所难以了解的。当新的生活格局取代了人们业已熟悉的生活秩序之后，创业的成败更多地取决于个体因素，他们之中大多要自筹资金、联系印刷、推销发行，从他们的开拓精神也看到了新时期诗歌发展的希望。目前，粗略的统计，1985 年全国发表诗歌近六万首，出版诗歌作品集一百五十种。数量自然不能表示诗歌创作的成绩，却能说明诗歌有着雄厚的群众基础。

一个不容回避的事实是：诗，必须接受时代的选择。中国诗歌正在严峻的选择与无情的淘汰中发展。

只有将自己的艺术个性同时代精神相融合的诗人，才能写出摇撼人们心旌的力作，这是历史多次证明了的生动的艺术辩证法。当前我国诗人重要的课题，是不断矫正自己艺术个性中与时代潮音不和谐的部分，满怀时代责任感与艺术使命感，以各自不同的风格与色彩共同描绘当代中国人心灵的画图。

现代科学文明不断缩小着国家与国家的距离。诗的缪斯更自然地超越国度，飞翔在心灵与心灵之间。各个民族之间的审美观念心理素质在当代意识的发展中更加接近，共同性趋于增多，差异性将逐步减少。当代中国人的精神与气质，越来越多地带有世界的色彩；同时，今天是昨天的延续，现实是历史的蜕变，中华民族所独有的宝贵的精神传统，在时间的长河中永远闪烁着耀眼的光彩。诗的民族性因此长存，并且随着当代性的强化而发展。

诗歌，只有是属于民族的，才可能是属于世界的；只有是属于当代的，才可能是属于历史的。同时，历史是发展的，民族是前进的，观念是更新的，没有当代性，就无法去理解民族性。

当前，我国青年诗人接踵登上诗坛，大批未名诗人创作活跃，他们在思想上无所羁绊，艺术上勇于创新，以崭新的精神风貌站在东方世界面前开拓未来。

一个五彩缤纷的诗的时代，正如东方地平线上初吐的晨曦，展示了无限的希望。

1986 年 9 月于北京

选自《文艺争鸣》1987 年第 1 期

新时期十年：新诗，发展与徘徊

吕　进

‖三个层次‖

如果作全景式观照，发展，是新时期诗歌的走向。

诗歌丰收。以诗集为例，1982 年出版 121 种，1983 年上升为 170 种，1984 年与 1985 年虽然出现衰颓，估计仍保持在百种以上。十年间推出的《归来的歌》（艾青）、《双桅船》（舒婷）、《音乐岛》（傅天琳）、《温泉》（牛汉）这样的诗集，体现了新诗艺术的新进展。

诗人活跃。新时期活跃着的不只是在新时期崭露头角者，而是四个强劲梯队："五四"到 20 世纪 30 年代、战争年代、"17 年时期"、新时期出现的诗人。天涯海角的归来者和 20 世纪 80 年代的新生代强化了诗人队伍"四世同堂"的阵营。

诗坛兴盛。迄于 1985 年，诗刊诗报已达 17 家。诗歌刊授拥有十万学员。各地青年的诗社星罗棋布。诗会繁多。专业诗论家队伍发展迅速，争鸣热烈。人们多年企盼的多流派、多学派的格局正在形成。

发展中出现徘徊。徘徊中孕育着更大发展。

十年，可以分为三个发展层次：复苏，对历史的反思，对自身的反思。

1. 复苏（1976—1978）

诗是时代的水银柱。诗歌新时期比社会新时期更早开始。天安门诗歌是前者的发端。十月的胜利使新诗全面复苏。被夺走十年光阴的诗人们容光焕发。何其芳在 1977 年唱道：

不是，不是，明明我的心

还像二十岁一样跳动，

别想在我精神上找到

一根白发，一点龙钟。

缪斯的七弦琴重新弹出乐音。《中国的十月》(贺敬之)、《一月的哀思》(李瑛)、《周总理，你在哪里？ 》(柯岩)、《秋歌》(郭小川) 等等传诵一时。

复苏期是早春。像《早春之歌》(徐敬亚) 唱的那样：

春天的日历上并不是篇篇都印满鲜花，

春天疆界并不全都和火热的盛夏接壤。

不要忘记，她的另一端还连着冰雪呢，

依我看呀，

早春的景象，似乎比深秋更为"萧条"，

似乎比残冬更为"荒凉"。

复苏期，是诗人重新练声准备演出气象恢宏的大合唱的年代，是中国新诗准备为新舞台拉开大幕的年代。

2. 对历史的反思 (1979—1980)

历史上的一次大灾难，常常又会促成一次大进步：社会的进步，诗的进步。动乱的十年反而埋下了诗歌大发展的机缘。罗洛写道："当我在 1979 年重新拿起笔来的时候，十年动乱刚刚过去不久，我不能不回顾并且思考：为什么在社会主义的新中国，会出现这样一场不应有的悲剧。"新诗正是从这"回顾"与"思考"中获得了深厚与力量，获得了与时代、与读者在程度上是中华人民共和国成立以来从未有过的心心相印。

诗反思历史，又以从这反思中得到的深邃眼光打量现实。李发模的叙事诗《呼声》和傅天琳的《柠檬》勇敢地宣告对"血统论"的叛逆，叶文福的《将军，你不能那样做》和熊召政的《请举起森林一般的手，制止！ 》披露了诗歌"但知民病痛，不识时忌讳"的魄力；雷抒雁的《小草在歌唱》和韩瀚的《重量》深化了时代对张志新事件的沉思；曲有源的《关于入党动机》、骆耕野的《不满》、梁小斌的《雪白的墙》、杨牧的《我是青年》、叶延滨的《干妈》、刘祖慈的《为高举和不举的手臂歌唱》、张学梦的《现代化和我们自己》、刘章的《北山恋》、梁如云的《湘江夜》、纪鹏的《战火中纪事》都堪称力作。黄永玉的富有民谣风味的作品犀利泼辣，别具一格。

诗在反思中加强了批判职能。专司批判之职的讽刺诗也找到了发展契机。刘征的《春风燕语》以及池北偶、易和元、陈显荣的作品都有新意。

在对历史的反思中新诗取得两个具有根本意义的进展。

首先，是提出了"说真话，抒真情"的命题。艾青在推动这个进展中作出了实践的和理论的贡献。

从 1978 年以短诗《红旗》打破沉默以后，艾青的乐章使人耳不暇接，这些作品后来结集成他的著名诗集《归来的歌》。从流放到归来，艾青弹琴的手居然一点也不僵硬。《烧荒》《鱼化石》《希望》《海水和泪》《盆景》《墙》《古罗马的大斗技场》《光的赞歌》使艾青成为诗歌交响乐队的"第一提琴手"。艾青依然是艾青。而且，更富哲人气质，更深沉。在理论上，他写了关于"诗人必须说真话"的专论。艾青写道："诗人只能以他的由衷之言去摇撼人们的心。""当然，说真话会惹出麻烦，甚至会遇到危险。但是，既然要写诗，就不应该昧着良心说假话。"①这是诗人艾青的创作宣言，又是他对 60 年来尤其是天安门诗歌以来的诗歌运动的理论概括。

"说真话，抒真情"就是恢复、发展新诗的现实主义精神，这就从根本上使新诗起死回生。

另一个具有根本意义的进展是，一大批饱经忧患的诗人陆续归来。

"一股奇怪的风"曾把他们卷到天边，卷到荒漠。在社会最底层，在难以名状的境遇中，他们体验了人生。流放与苦役不但没有掐断、相反地加强了这些诗人与人民、与社会主义祖国的联系。陈敬容在《乡音》中就唱道："多年拉大锯／锯不断你同土地的联系"他们更早地开始了对历史的反思。

归来者深化了"说真话，抒真情"。对历史的反思从十年动乱扩展开去，50 年代后期以来的祖国都纳入诗的思考空间。《阳光，谁也不能垄断》（白桦）、《悬崖边的树》（曾卓）、《故园九咏》（流沙河）、《珍珠》（周良沛）、

---

① 艾青：《诗人必须说真话》，《南方日报》1979 年 3 月 11 日。

《无名河》（林希）、《一九七六年十二月二十六日》（公刘）、《我爱》（赵恺）以及牛汉、邵燕祥、绿原、孙静轩、昌耀、梁南、胡昭的某些篇什都是过去年代不可能问世的佳构。

3. 对自身的反思（1981 年起步）

新诗进入 20 世纪 80 年代后逐渐沉静。多年郁积的火山爆发，历史巨变的兴奋，都成为过去，凝成新诗史上的一章。

历史完成了大转折。人为的急风暴雨的"纲"被断然推倒。生活露出平和、安详、丰富的本来面容。社会心理、社会情绪、社会的审美趣味大转移。

思想解放运动兴起。时代否决了"文学为政治服务"的片面命题，诗努力寻找属于自己的艺术轨道。

每个时代都有自己的歌，新诗由对历史的反思逐渐过渡到对自身的反思，艺术探索的课题变得醒目起来。如同在这个层次中，诗同时继续对历史的反思一样，在上个层次中，诗也在对自身反思——"说真话，抒真情"的命题是成果。但是，20 世纪 70 年代末期诗对自身的反思旨在恢复诗与生活的联系，20 世纪 80 年代诗对自身的反思的着重点在于对诗与生活保持联系的独特途径的探寻。

诗不是封闭性的审美世界。它有三种至关紧要的联系：与社会生活的联系，与诗人内心生活的联系，与民族与人类过去的艺术传统的联系。20 世纪 80 年代起步的诗自身反思包括了对这三种联系的审视，比 20 世纪 70 年代末的反思更宽阔。

诗对自身的反思出现在 20 世纪 80 年代的开放的中国，它不是"闭门思过"，而是一种具备广阔而开放的参照系统的宏观的自我观照。重新检阅"五四"以来的诗之路，重新打量域外诗歌，这种自我观照带来诗美观念的刷新。20 世纪 80 年代是诗走向自觉的年代。

在诗的自身反思中，"朦胧诗"的出现是重要事件之一。最优秀的"朦胧诗人"并不是最朦胧的诗人，这足以说明"朦胧诗"命名本身的朦胧。"朦胧诗"对诗的艺术探索的重要贡献也许在"朦胧"之外："朦胧诗人"较少思想和艺术的拘束，他们的开放与大胆，使不少习以为常的诗美规范被送进艺术检察院，这对改进人们的思维方式，增强人们的探索意识有积极意义。"过正"是偏激，但它含有"矫枉"的合理内核。

诗的自我观照使诗的本质回归。诗应当寻求社会价值，但后者的实现必须遵循诗的艺术轨道。诗首先是一种审美现象，诗在非诗劳役中是不可能找到自己价值的。20世纪80年代的新诗气质日趋纯粹；它摆脱单一化结构，风格、流派、技法日趋繁富。

牛汉在1981年1月发表《悼念一棵枫树》，诗章以纯正的诗美引发读者心灵的地震。李瑛以《我骄傲，我是一棵树》加浓了诗坛的艺术探索气氛。李钢的《蓝水兵》为军旅诗的艺术变革增添了信心。

诗从非诗的紧身衣中的解脱，带来婉约风格复苏，而后者又使80年代的新诗与女性靠得更近。舒婷咏唱着美丽的忧郁，给读者枯渴的心性带去人性的慰安。傅天琳连续推出三部诗集，透露了她诗美观念的不断更新。陈敬容用细腻的诗笔探索人的心灵秘密。王尔碑的散文诗像云朵那样洁白、纯净而柔和。李琦的诗篇像北方冰雕：朴实、清丽、晶莹。

《白色花》和《九叶集》的出版把现实的艺术探索与昨天的艺术探索联结起来，鼓动起形成流派的热情。许多诗集以"丛书"排成系列出现：《诗刊》社推出几套"诗人丛书"，解放军文艺出版社推出"战友诗丛"，花城出版社推出"海韵诗丛"，四川人民出版社推出"四川诗丛"，重庆出版社推出"银河诗丛"……

四个梯队成就斐然。"年景虽云暮，霞光犹灿然"的臧克家捧出了第二十九部诗集《落照红》。邹荻帆连续呈献《布谷鸟与紫丁香》和《邹荻帆抒情诗》两部篇幅不小的集子。方敬的域外诗，林子的情诗，孔孚、沙白的山水诗，许淇、耿林莽、王中才的散文诗取得新进展。刘湛秋《最后的谢幕》是新诗在20世纪80年代取得的重要收获，给叙事诗创新提供了成功经验。诗的新生代起点高，产量高，热情高。这些色彩、芳香、形态各异的花朵将诗苑着意装扮。

诗对自身的反思推进了诗人队伍素质的改造。诗人比中华人民共和国成立以来的任何时期都更有文化人意识。他们改善着自己的知识结构、文化素养和心理气质，力求成为时代的智慧与良知。

从复苏到对历史的反思，再到对自身的反思，三个发展层次，一环紧扣一环。十年新诗前行的节奏是高速度的，但是"后劲"不足。

‖发展中的徘徊‖

新时期诗歌进入 20 世纪 80 年代后几经徘徊。

高速度发展的同时，出现了不可忽略的某些现象：诗歌的产量与质量不和谐；诗人中名家多而大家少；近两年，诗与读者有某种程度的"隔"，呈现出热闹中的寂寞。

我们的国家是一个亟须进一步开放的国家，我们的国家是一个具有深厚民族文化土壤的国家。我们生活于其中的时代是除旧布新的时代，我们生活于其中的时代是新旧掺杂、新旧有时难以分辨的时代。我们的新诗经历过多次坎坷，我们的新诗积累了成功的艺术经验。

在这样的背景下建设新时期诗歌需要大胆而稳重，开放而求实，既有创新意识又有科学意识。

尊重业已发现的艺术规律，是为了利用它们去获得新的发展，新的发展只有遵循业已发现的艺术规律才能实现。

对中国新诗在半个多世纪中获得的经验需要重新估量：批判经不住历史检验的，放弃已经过时的，修正实践证明是片面的，同样，坚持和发展正确的。

轻率地对待新诗的历史，把它看成"空白"，这如同对新诗走过的弯路闭目塞听一样，会引起混乱，使新诗找不到在 20 世纪 80 年代进一步发展的基点。轻率地对待已经发现的艺术规律，把它们看成"旧"理论，这如同因循守旧、抱残守缺一样，同样会引起混乱，使新诗找不到在 20 世纪 80 年代进一步发展的基点。

新诗的徘徊正是在进一步发展基点上的徘徊。终止徘徊，新诗才能保持 20 世纪 70 年代末 80 年代初那种发展势头，将对自身的反思推向前进。

有三个课题似乎尤须注意。

1. 诗的内视性与社会性

内视性，是艺术探索的重要突破，是新诗在新时期获得的重要美学规范。

与外视点文学品种（小说、叙事散文、戏剧文学）相异，诗是内视点文学——从感情视点、心灵视点去对生活进行观照的文学。深入细致地叙述描绘社会生活是诗的窘困，深入细致地叙述描绘内心生活是诗的优越。外视点文学可以生动准确地展现张志新悲剧的全貌，但展示这场正义与邪恶的决斗在张志新心中引起的痛苦的深度，展示张志新遇难在千百万同时代人心中引起的痛苦的深度，就得仰赖诗歌了。诗的本质不在外在模仿，而在内心探测。从这个角度讲，诗是生活的反映，也是生活的反应，或者，它是通过诗人对生活的反应去实现对生活的反映的。

长期以来的一些流行见解，被刷新了。如诗与散文的分野在于前者比后者更集中等等。诗找到了通往生活的最富本质意义的艺术轨道。

内视性，使诗自觉地从生活中升华起来。诗纯粹了。

新的美学规范是从"旧"起点的推进。内视性，只是诗反映社会生活的独特性而已。内视性不应当被理解为对诗与社会生活的联系的排除。诗是与非美学范畴相联系着的美学现象。诗的开放，首先是向社会生活的开放。把诗美当作一个与世隔绝的封闭世界尽量淘洗社会性，从诗与社会生活无关的命题上去觅求诗的"纯粹"，这就丢掉了进一步发展的基点。

一个时代有一个时代的歌唱。翻开十年诗卷可以得到一个规律性认识：优秀作品都不是那些力图淘洗社会性的篇什。新时期的动人歌唱无一例外地都出现在人生探索与时代探索的交叉点上，出现在丰富的人生体验与丰富的时代经验的交叉点上。

牛汉的《悼念一棵枫树》写于 1973 年，在新时期问世后却显示了它的生命力。一棵高大的枫树被伐倒了，它的清香落在诗人心上，"比秋雨还要阴冷"：

> 树边的山丘
> 缩小了许多
> 仿佛低下了头颅
>
> 伐倒了
> 一棵枫树
> 伐倒了
> 一个与大地相连的生命

这首诗，是诗人的人生经验，又是时代的悲剧——"伐倒""生命"的悲剧。

舒婷的《神女峰》在千百年的古老诗题上找到了属于诗人自己的体验，找到了一代青年的心理折光：

> 与其在悬崖上展览千年
> 不如在爱人肩头痛哭一晚

艾青的《古罗马的大斗技场》，落墨于异邦，落墨于古代，却有着时代的诗思：

> 说起来多少有些荒唐——
> 在当今的世界上
> 依然有人保留了奴隶主的思想
> 他们把全人类都看作奴役的对象
> 整个地球是一个最大的斗技场

刚刚从"两只蟋蟀在相斗"的动乱中、从"无论进攻和防御都是盲目的——盲目的死亡，盲目的胜利"的悲剧中走出来的人们，怎能不从诗人的心里发现自己的心呢？

《悼念一棵枫树》抒发了感伤，但不是狭窄的猥琐的感伤，它属于特定时代的人们。《神女峰》歌唱爱情，但有 20 世纪 80 年代青年对传统道德观念的质疑与反叛充实其间。《古罗马的大斗技场》展现古代，但不是时下那些背对时代生活崇拜原始与洪荒的崇古慕远之作。说它们纯粹，预测它们生命力的长久，恐怕不是没有根据吧？

问题不在选择什么诗题（"现实"不是"现时"的同义语）。重要的是内心生活与社会生活的呼应。内心生活的价值在任何时候都取决于它与社会生活的联系。通过内视点去观照社会生活，反映社会生活，这是成功之路，大手笔之路。

时代大变革。价值观念、伦理道德观念、审美观念大变革。心态大变革。20 世纪 80 年代给新诗进一步发展提供了极好机会。

2. 诗的形式艺术与形式主义

新时代将形式艺术和形式主义的等号一笔勾销。

诗美创造过程中有两个相遇：诗人与现实相遇，即诗人内心生活与社会生活相遇；诗与读者相遇，即诗人内心生活与读者内心生活相遇。第一个相遇以诗的形式为终结，第二个相遇以诗的形式为起始。诗情不纳入诗的形式何以为诗？不纳入诗的形式的诗情怎能感人？只有末流诗人才不看重诗的形式艺术。对形式的轻视是一种愚昧。

诗歌的形式艺术在新时期有新发展。技法繁富了。诗体繁富了。诗闪亮着陌生光彩。

形式艺术的探索较多地从西方诗歌借鉴是不足为怪的。中国新诗在诞生、成长和发展中从来就比其他文学品种更广泛地受到西方影响。新诗史（包括新时期）上某些思潮、流派、学派的消长就与西方影响存在着直接或间接的联系。当然，今天的借鉴者中不少人由于外语水平的限制而使自己的借鉴带有间接性，间接性容易造成盲目性。

形式艺术的自身反思出现的徘徊，主要不在轻视形式，而在盲目崇拜形式，或者说，轻视外在形式与内在诗情的和谐，造成"度"的被破坏。这个徘徊就其内在联系而言是第一个徘徊的伴侣。

厨川白村说过："读者和作家的心境帖然无间的地方，有着生命的共鸣共感的时候，于是艺术的鉴赏即成立。"没有"共鸣共感"，就没有诗。形式艺术的旨趣在于艺术地表达诗人对生活的情感发现，促成诗人与读者的"帖然无间"。当然，诗的形式也是读者的一个鉴赏内容，但通常只是第二层次的内容。

新时期的某些作品出现了"过剩"形式。形式从诗中游离出来，变成多余的东西。"过剩"形式常常是诗情苍白的标志。或者，"过剩"形式横在诗情与读者之间，读者无法进入审美活动，只体验到作诗之苦与读诗之苦。

十年的优秀篇章都是摆脱形式而获得形式的。在这些篇章里，新形式是新诗情人工的又是自然的外在形态。它仿佛是从诗情自然生长出来的。最高的"人工"是融于自然的"人工"。

傅天琳的第三部诗集《音乐岛》和业已付梓的第四部诗集《红草莓》，在形式探索上颇见功力。意象或虚或实，虚虚实实；节奏或快或慢，快快慢慢；

诗行或长或短，长长短短，都和谐于不同的诗情。总体讲来，没有"过剩"形式。

李钢的获奖诗集《白玫瑰》以形式探索给人强烈印象。诗人用不断变幻的艺术形式去歌唱生活中各种各样的普通人。诗集中"蓝水兵"一辑尤以意象新奇、浪漫潇洒、用语脱俗为人称道。

请看《台风》：

台风在菲律宾生长
菲律宾种植台风
每一季台风都带着浓烈的烟草味
因此台风一来真够呛人
台风台风

请看《蓝水兵》：

在这令人眼花缭乱的光芒中
天开始一个劲地高
海开始一个劲地阔
蓝水兵
你便一个劲地蓝

诗的节奏是"台风"节奏，最后一行"台风台风"，如闻风声。"台风"——烟草味——盛产烟草的菲律宾，跳跃的想象产生非凡的意象，新奇但不怪诞。至于"一个劲地蓝"，违反散文叙述语言的语法，符合诗歌灵感语言的语法，蓝水兵的最突出的特征，被化为诗美。《白玫瑰》，总的讲来，同样没有"过剩"形式。

刘湛秋的叙事诗《最后的谢幕》运用跳跃、重叠、倒叙、意识流等技法，将芭蕾舞演员萍萍的最后一次演出按照诗的时空展现出来。既有故事闪光，每一章又都像一首抒情诗，在叙事诗艺术上取得了值得肯定的成就。这首叙事诗，也没有"过剩"形式。第二章有这样的诗行：

蔚蓝色的幻想，

洁白的浮游，

旋律从足尖流出。

可以说，《最后的谢幕》的"旋律"是从笔下自然地"流出"的。

只求形式的玲珑精美或古怪惊人，这不是通往繁荣之路，中外诗史都有这方面的经验。

3.诗的一元与多元

十年来，诗歌题材、技法、风格、品种都呈现出多元的发展趋势。这是符合诗歌发展规律的。"定于一尊"将损害诗的发展，所谓"国无法则国乱，诗有法则诗亡"。

一些诗人在尝试运用多种笔墨表达多种诗情。他们无拘束地向新诗、向古典诗歌、外国诗歌汲取营养，形成自己的风格。另一些诗人倾心于西方现代派，他们主要从那里借鉴，写出一些表现青年的某种心态的篇章。还有些诗人注重民族形式和民间形式的利用，走古典诗歌和民歌路子来写当代作品。

在诗歌艺术领域，形式通常不像诗情那样活跃，形式的弹性很大，所以走古典诗歌和民歌路子的诗人并不乏成功作品。张志民的新作《"死不着"的后人们》就是以陕北信天游形式写出的。我们还记得张志民四十年前的名作《死不着》。《"死不着"的后人们》感人地唱出了中华人民共和国成立以后"死不着"的曲折人生和他的后代们在新时期的新生活与新向往。用信天游表现当代情思在《"死不着"的后人们》里是自然的，有力的，并不捉襟见肘。

在诗的情感内容上也美不胜收。一些诗人喜欢从平凡的生活现象里寻觅深刻诗思。另一些诗人爱好抒发一种情绪，一种气氛，一种心灵波动。一些诗人在"寻根"。还有一些诗人关注当代世界，当代中国的重大事件、天上风云。就总体格局讲，20世纪70年代末期和80年代初期的诗显示出"重化"倾向——对重大诗题更加倾心；近几年的诗显示出"轻化"倾向——对轻声慢语更加倾心。但在20世纪70年代末期和80年代初期，同样有刘湛秋、陈敬容、舒婷、林子等的落墨细致的诗篇。在近几年，同样有牛汉、杨牧、张学梦、邵燕祥等的落墨重大诗题的作品。

多元，推动诗的繁荣，满足人们多种多样的审美需要。但是，近年在多元化道路上却出现了徘徊。

唯我独"花"（而不是"百花齐放"）、唯我独"家"（而不是"百家争鸣"）的影子在诗坛漫游：只承认一种路子鄙视其他一切路子，力图让新诗"定于一尊"，用新"一元化"来代替新诗好不容易在新时期才摆脱的旧"一元化"。这显然值得讨论。

新时期诗史以丰富事例告诉后来者：多元是诗的发展之路；一元，是诗的衰落之路。

概而言之，新诗的徘徊，是在影响新诗兴衰的课题上的徘徊。

中国新诗的创新是在中国土地上的创新，是为满足中国读者审美需要的创新。只要富有社会责任感和艺术责任感，大胆地科学地自由探索，新诗一定可以较快终止徘徊，获得更蓬勃的发展，创造更加兴盛的第二个、第三个"十年"。

丙寅年正月初二于西南师范大学

选自《当代文坛》1986 年第 3 期

新时期诗歌的逆向展开

吕　进

　　新时期诗歌在 1979 年形成热潮后，诗美流向逐渐由单向转为双向。这表明：经历复苏、对历史的反思两个阶段之后，新时期诗歌踏上了新阶段。

　　新时期诗歌第三阶段是对新诗自身的反思。它的到来既有历史条件也有鉴赏心态的动因。

　　历史否决了"阶级斗争为纲"。人为的阶级斗争"水落"，温馨的社会生活"石出"。新诗遇到从未遇到过的安定环境。思想解放运动在起伏中始终保持着势头。一切传统的价值观念都得由新时期医生进行"体检"。新诗遇到了从未遇到过的开放环境。

　　从诞生以来几乎一直处在动乱和战争环境中的新诗现在终于获得了运用多种参照系从容地打量自己、默想自己、探索自己的历史契机。

　　安定的社会生活使诗歌鉴赏趋向多样化、精致化、轻化。开放的社会生活为中西诗歌相撞提供了场地。中西诗歌（扩而言之：艺术）是逆向发展的。西方诗歌始于再现的史诗，近代由克罗齐的美学导引，走向以表现为主。与此恰成对照，中国诗歌以表现情思开始（"诗道性情"。即使"诗言志"，"志"也是情，无非是规范化了的"无邪"之情而已），在现代逐渐走向再现。中西相撞，自然也就带来鉴赏趣味的大循环——过去失去光泽的现在重新发亮了。除去社会生活的安定与开放给鉴赏心态以影响，"安居乐业"造成的社会生活的分化也在鉴赏现象中向新诗提醒着它的存在。分化的社会生活出现分化的鉴赏趣味。除非相似的历史状况复现，"轰动一时""爆炸性"诗歌已属于掀过去的那一页诗史。

　　如同诗造就读者一样，一代读者也在造就一代诗歌。

中国古典诗论有"客观之诗人"和"主观之诗人"、"入世"和"出世"之分。在西方，也提出分辨两种类型的诗人：黑格尔称为客观诗人和主观诗人，荣格称为外向者和内向者，尼采表述为阿波罗的精神和狄俄尼索斯的精神。当然，对诗人来说，客观型与主观型是不应当截然划分的。无论如何出世，诗人本身就是一个社会存在。同样，无论诗中画面与外部世界相似到什么程度，只有当它蕴含诗人的主观审美取向与审美理想时，才会被承认为诗国子民。但这并不妨碍我们从主要特征上分辨出新时期诗人的两种类型。正是他们的逆向探索才构成新时期诗歌第三阶段的框架。

一类诗人对外部世界持开放态度，他们感应外部世界，作出感情概括。另一类诗人更关注自身的内心世界，着笔于诗人的自画像。当然，一些诗人在用两种诗笔写作，借用台湾诗评家张默评余光中的话就是，他们是"艺术上的多妻主义者"。即使这样的诗人也有基本的审美归趋。

这种逆向展开在20世纪70年代后期即已开始露出端倪，但只是局部，逆向展开中有同向认同。"朦胧诗"的争论并非环绕诗与外部世界的关系，舒婷、北岛、顾城、杨炼、江河、梁小斌等的作品的魅力恰恰在于他们以独特的方式拥抱世界。

我们可以从四个视点去观察20世纪80年代新诗逆向展开的诗美。

（一）诗与外部世界。两种流向都从内视点进行观照，又在这个基点上逆向展开。

一种流向的创作过程是由内而外：从"内视点"去写世界，给世界以"诗意的裁判"。20世纪80年代的这类诗作有很大进展，它们往往既是创作对象的投影，又是创作主体的投影。以英雄、领袖题材作品为例，审美定式已荡然无存，出现的是诗人自己的英雄，诗人自己的领袖。这种流向敏感地在时代中捕捉诗意：对民主的呼唤，对普通人的礼赞，对"文化大革命"的反思……这类抒情诗的本质特征之一在于抒情主人公的无名性（不像叙事文学中的人物具有具体性），诗人寻觅"普视"能力（朱光潜先生曾说："普视是不朽者所特有的本领"），希望运用无名性去获取诗篇读者共鸣的广泛可能性。

另一种流向对外部世界没有兴趣，创作过程是由内而内，强调表达创作主体的感觉本身。诗人的创造品就是诗人自己，即使写个人经历，也力求排除个人经历的社会性部分。对世界的超越，揭示诗人的内心深层结构，披露诗人的瞬间感觉、直觉、错觉、幻觉等等，构成这类诗歌的特色。

（二）诗与读者。两种流向都有悬想读者。一种流向悬想的是同时代读者，另一种流向悬想的是未来读者。在某些场合，一种流向悬想的是中国读者，另一种流向悬想的是外国读者。因此，两种诗歌在诗与中国当代读者的关系上逆向展开。

一种流向也承认诗的模糊美，弹性美。诗是期待读者发现的开放式存在。但在这种类型的诗人看来，诗首先要有本文内涵，才有弹性；首先要有明确性，才有模糊性；首先要通过意念、意象的安排给读者以感应流向，才有读者的"各以其情而自得"。因此，他们重视诗的"可感性"；他们提倡大众化，希望作品能达到"曲高和众"的境界。在他们眼中，"和寡"有时确实由于"曲高"，但也并不排除"曲低和寡"的诗歌现象。

另一种流向着重诗的高贵气质，对诗失去自身特征的危险十分敏感与警觉。这些诗人认为，在文学诸样式中，诗对读者的选择最苛刻。苛刻选择天然地决定了读者群的狭小，或者暂时没有读者。他们不赞成大众化，担心大众化是通向非诗化的桥梁。有的诗人说，诗应当蔑视流行，像街上的红裙子一样流行的诗必然失去诗的资格。因此，这个流向的诗往往难解。《当代诗歌》曾同时分别约请三位诗评家写出对青年诗人柏桦的《悬崖》的把握，结果十分有趣。柏桦的诗《悬崖》及叶橹、袁忠岳、黄邦君的评论载《当代诗歌》1986 年第 3 期。叶橹说："这首诗好像是在写一种对诗坛状况的感觉。"袁忠岳则认定此诗在写"某君向住着他的心上人的某一城市走去"。《悬崖》有一段：

> 此时你制造一首诗
> 就等于制造一艘沉船
> 一棵黑树
> 或一片雨天的堤岸

叶橹写道："'此时你制造一首诗'是实写，后面三句在于说明写诗（当然是作者心目中的诗）的危险性。"而袁忠岳则写道："他怎么办呢？抱住她亲吻（即'制造一首诗'），是他之所愿，但是不是太鲁莽，会使不成熟的爱情破裂、船沉、未来难测？"第三位诗评家黄邦君则又是另一番理解。

这是典型的例子。

（三）诗与传统。两种流向一般都不简单地抛弃传统。

一种流向珍视中国诗歌和中国新诗的优秀传统，包括对战争年代的新诗。这种类型的诗人主张用历史主义眼光去考察。当年老诗人臧克家曾写下这样的诗行："除了高唱战歌，/你们的诗句将哑然无声。"在山河无处不烽烟的时代，战歌给今天的新诗留下光荣的传统。诗人们并不赞成纵向的全盘继承，而主张批判性认同。这类诗人呼唤中国新诗走向世界，但认为：越是民族的，越是世界的。因此，在向域外诗歌借鉴的同时，尤其注意民族诗歌的艺术经验，包括民间形式的利用，张志民在1984年写的新作《"死不着"的后代们——农村访问记》就是后一种尝试的引人关注之作。

另一流向注意中国新诗传统中的现代诗部分，但对新诗史上的现代诗，做这种努力的诗人们的基本态度不是继承，而是超越。诗人们希望中国新诗能有"世界味"，能表现更高层次的人类普遍感情以走向世界。由此，比起纵向继承来说，他们在横向借鉴上更热情，更宽容。（一些诗人为外语阅读能力所限，这种借鉴是通过阅读翻译作品进行的，因此，其间的误解、错觉在所难免。当然，横向借鉴中的错误有时又通向正确。庞德看到日文"闻"字从耳，就把"闻香"误解为"听香"，悟出诗的通感，即是一个古老例子。）

（四）诗的价值。两种流向都追求很高的诗的价值，但在什么是诗的价值以及如何实现这一价值上各有理解，由此而展开逆向探索。

一种流向反对把诗只当作教育工具，反对诗充当政治和政策的附庸。他们认定诗的功能是多方面的：陶冶性情，净化心灵，歌唱（与叙述相对而言，这里的"歌唱"不是"歌颂"的同义词）生活，等等。诗的价值的实现正在于诗的功能的全面发挥。诗人们对中国新诗走过的坎坷路程记忆犹新，他们对让诗去服非诗劳役的任何可能都颇为警觉，对诗通过自己的（而不是其他的）艺术轨道实现价值颇为热情。他们表现出诗人的文体自觉性，过去长期流行的非诗程式已大体被扫除。语言在诗中的地位显赫起来。在不少诗人笔下，语言的语义性减弱，体验性增强；指称性减弱，表意性增强，"意义"减弱，"意味"增强；意指错位赋予诗歌语言陌生化与风格化。当然，诗人们注意到，语言既是诗的工具甚至内容，又是障碍。作为后者，它制约着诗。诗的艺术多样性取决于诗的艺术可能性，诗人的文体自觉性也体现在不作远离诗的"探索"，因为这是没有意义的。

另一种流向热心于诗的纯粹性与永恒性。他们担心：承认诗的社会功能会妨碍诗的纯粹，强调诗的社会效应会妨碍诗的永恒。诗人们认为，诗的价值是一种内部价值，超功利的自我价值。诗不应当有人间烟火味，诗的价值就在诗的存在本身：

> 我一向有着不同寻常的平静
> 犹如盲者，因此我在白天看见黑夜
> ——翟永明《预感》

回顾诗史，逆向展开在中国新诗发展中通常是艺术危机的信号，艺术转折的前奏，新诗繁荣的先声。中国新诗两次高潮（从"五四"到20世纪20年代中期，战争年代）的前夜都出现过类似的诗歌现象。

对诗坛现状作单向描述是不符合实际情况的。例如说："白话诗（自由体新诗）——广义现代诗——现代诗，当新诗用80年左右（笔者注：原文如此）的周期完成自身这段'三级跳'时，我们有理由欣慰：果子毕竟成熟了。"[1]或者说："由80年现代诗自我意识的再次确立，到今天，中国三代诗人走过摆脱了神意识、社会意识回归人身并内心躁动飞跃的理性——感性——悟性的生命体验过程。"[2]

新时期诗坛丰富而繁杂，活跃而混乱，浓缩而皮相，普遍出现理论饥渴，普遍出现理论刷新的需求。而求实才有真正的突破，求实是科学的理论最本质的特征。理论的趋时与媚俗无助于新诗发展，理论的随意与夸张无助于理论自身经受实践与历史的检验。

对诗坛现状作单向描述就排斥了一大批（或者说大多数）诗人的艺术创新。"目前国家诗坛狼烟四起，西部诗闹得最凶，我们大可不必管它。那些东西，

---

① 陈仲义：《展望》，《诗歌报》1986年10月21日。
② 徐敬亚：《生命：第三次体验》，《诗歌报》1986年10月21日。

还真不如我们随便放一个屁。"西部诗显然没有低劣至此。"一些颇有知名度但思想贫乏的诗人走上了玩弄技巧的窄路，如李钢……与李钢相似的还有傅天琳，她作品中最初的苦涩已经融化，由于得到几个温馨的天气，苹果立即成熟，立即变甜。"对两位年轻诗人作这样的评论显然缺少说服力。

其实，对逆向展开的诗歌现象大可不必匆忙作非此即彼的结论。

可以看到一个有趣现象：逆向展开的诗歌正在相互渗透。逆向探索的诗人们生活在彼此的影子中。关注诗与外部世界的联系的诗人们十分留心"印象整饬"：不愿让读者对自己形成"守旧者"形象。他们的确也不守旧。他们注重在生活中有所"发现"，也讲究对这"发现"的"表现"；还可以看到一个广泛的现象，这类诗人的审美视野和审美取向已经出现转移，诗的重大题材与外部世界重大事件的直线对应因果关系业已消失。这些，和另一流向的渗透不无关系。反过来，他们对另一流向的渗透还不那么明显。但历史启示我们，在未来岁月这种渗透必定日渐强大。即以抗战时代为例，走进艺术、走出人生的诗人而后带着高度艺术素养走进人生成为大诗人的例子不只一两位，何其芳、卞之琳、戴望舒、闻一多、曹葆华等等大约都走过这样的诗之路。

还可以看到一个有趣现象：逆向展开的诗歌正在相互补充。强烈的主观性、内向性的诗，寻觅非功利的审美观照的诗，对于另一类型的诗是必要的丰富与补充，反之亦然。各种各样的花在自己的土地上，在自己的季节，以自己的姿态开放，这对读者变化着的丰富着的分化了的审美需要是一种适应。

新时期逆向展开的诗歌共同构筑着新时期诗歌的第三阶段，从不同角度推动新诗的自身的反思。

和单向描述相反，20世纪80年代中国新诗失去了主潮，说句绕口令就是："没有主潮"成了当前诗坛主潮。这是暂时现象。每个诗的时代都会有一个主潮，而主潮的出现并不以取消其他潮流为必要条件——虽然主潮的出现必然在一定程度上会减弱其他潮流的声势。从哲学角度讲，差异是没有激化的矛盾。逆向展开的新时期诗歌除却相互渗透、相互丰富、相互补充的一面，还有相互竞赛的一面。

和小说等其他文学样式相比，诗歌宣言多、旗号多、喧哗多，而"货色"和读者相对而言不太多，呈现热闹中的寂寞，高涨中的低落，繁荣中的荒芜。但无可否认，两个流向都已出现一批新人，一批名家。缺少的是新涌现的大家。

大诗人或大诗人群的出现，将改变"没有主潮"的现状，掀起现阶段新诗的主潮，使新时期诗坛由"无序"重归"有序"，结束新时期诗歌的第三阶段。

中国新时期推出的大诗人和中国新诗在社会主义精神文明建设中的定位是不可能分开的。

"我们的国家是一个急需进一步开放的国家，我们的国家是一个具有深厚民族文化土壤的国家。我们生活于其中的时代是除旧布新的时代，我们生活于其中的时代是新旧掺杂、新旧有时难以分辨的时代。我们的新诗经历过多次坎坷，我们的新诗积累了成功的艺术经验。"①

大诗人更可能出现在中国诗歌新时期和中国历史新时期的交叉点上，更可能出现在诗人个人经历轨迹和人类前行轨迹的交叉点上。

新时期诗歌正在逆向展开。一代大诗人的气质是善于保持自己又善于走出自己，善于倾听同向足音又善于接受逆向渗透。自我封闭者成为中国新时期诗歌领潮人的可能将是微乎其微的。

选自《诗刊》1987年第9期

① 吕进：《新时期十年：新诗，发展与徘徊》，《当代文坛》1986年第3期。

新诗的沉寂年代

吕　进

　　中国诗坛在外观上似乎太平安康：诗集与诗论不断问世，新诗辞典成批出台，诗刊诗报在继续增多，诗会帷幕此落彼开……

　　严肃的诗人、诗评家、诗编辑、诗读者付出繁荣诗坛的艰辛。虽然这种对人生和艺术的虔诚正是中国新诗必将辉煌的预告，然而，一个严酷的事实是：从大的走向看，中国诗坛毕竟从热闹归于沉寂了。

　　我们经历过权威君临一切的时代。作为一种代价，我们正处在没有权威的时代。但是谁也逃避不开没有权威时代的权威——时间。时间不断将一切凝结为历史，而历史无情地胜于任何独出心裁的巧辩。到了 20 世纪 80 年代中期，诗坛失去对"坛外"的吸引力，日渐缩小为诗坛内部的热闹。1986 年的两报大展标志着"坛内"热闹的极致。随着时间的推移，小圈子热闹也失去势头，自娱、自赏转化为普遍滋生的自我厌倦。即便是全国第三届诗集评奖也不再具有往次评奖的轰动效应——哪怕是"坛内"的轰动。沉寂时代来临。

　　近年冒出的宣言多于作品的这"代"、那"派"，虽然往往设计的是反叛者姿态，实质上无非是 20 世纪 80 年代初期中国诗坛高潮的余波。

　　艺术发展从来就是来潮与退潮的交错。没有永恒的高潮，永恒的只有艺术的不断拓展。但是 20 世纪 80 年代初期的中国新诗高潮退得太快、太彻底了——当高潮还没有充分地形成顶峰，就过早平息下来，变成了波谷。

　　沉寂宣告浮躁年代的结束。沉寂推动中国新诗的自我反思——应当说，从社会反思阶段跃到自我反思阶段构成了 20 世纪 80 年代的新诗道路。沉寂包孕着转机，包孕着新的来潮。沉寂是大诗人出现的前期。

　　中国新诗在 20 世纪 80 年代末期的沉寂与它的生存环境的变迁相关。当代中国人生活节奏的加快，业余生活方式的丰富，无孔不入的影视文化对诗的挑战等，使中国新诗再也没有如同唐诗那样的外在机缘。不少当代人理想主义的消失，实惠化、世俗化的时代风尚等，使中国新诗再也没有自己往昔形成高潮的外在机缘。拜金潮的喧响压低了诗的声音。有"金"的往往心智还没有发育到需要诗歌的程度，爱诗者又没有"金"，而社会上的文化消费正是由前者导引的。于是，最缺乏通俗性、消遣性、装饰性的诗歌在文学诸样式中处境最为难堪。

生存环境的变迁有正常的一面，诗歌需要应变能力。生存环境的变迁也有异常的一面，在这方面诗歌没有更大的变易能力——只有等权威的时间进行最终的权威干预了。

中国新诗在 20 世纪 80 年代末期的沉寂也与诗的文体可能性相关。

诗歌只具备自己的文体可能。

在任何历史大转折的发端年代，诗都可能凭借自己的文体优势轻而易举地充当文坛的主角。呼唤，呐喊，往往会在社会上引起巨大回声。大转折的深入总是将错综复杂的社会矛盾、丰富多样的人物性格推到文学面前：叙事文体的机会到来了。弱于历史反省功能的诗歌，贫于具体细致地客观描绘时代画卷的诗歌，几乎是必然地"让贤"：它由主角退为配角。

任何艺术都是受到文体限制的艺术。艺术家，就是善于把握文体限制、运用文体限制创造出艺术珍品的巧匠。在文体可能上，诗人也没有更多的事情可做。

沉寂，其实是一种机会。

同浮躁年代相比，沉寂年代更有利于艺术发展。十年来的新诗匆忙地走过了欧洲从文艺复兴到现代派诗歌的七百年的路，沉寂，是对这种"过热"的冷静。十年来的新诗宣言、旗帜、口号分外繁多，沉寂，是对这种奇特现象的历史性裁判。

除了生存环境的变迁和诗的文体可能，更需要求实地勇敢地从诗歌自身探寻沉寂的原因。因为对于自身，我们完全可以有所作为。

通过自我观照，也许可以得出结论：诗的失重，是诗坛沉寂的自身原因之一。

新时期诗歌由社会反思转入自身反思以后，有两个重要进展。第一是诗的独特的审美视点的重新发现。内视点，正是诗找到的回归自身的通道。第二是诗坛逆向展开的多元整合。单色彩、单音调的大一统格局已经作为新诗史的怪异一页成为遥远的记忆。

新时期诗歌丰富了。摆脱了外加的沉重负荷，它开始显示出自己特有的美。像陈敬容的《山和海》这类的宁静纯美的篇什，像刘湛秋的《无题抒情诗》这类的轻灵甜蜜的篇什，像张烨的《诗人之恋》这类的细腻典雅的篇什，在过去年代是难以见到的。

在 20 世纪 80 年代初期的"响亮"之后出现"轻声慢语"，在 20 世纪 80 年代初期的"重大"之后出现"轻细"，这种轻化倾向不但是新诗回归自身和形成多元之后的必然，也是"习久生厌"的鉴赏规律的必然——在安定的时代，人们也需要那久违的轻柔之作。

轻化，是新诗的本质化。

以伊蕾的《陌生人之间》来说吧：

陌生人，谁能测出你我之间的距离？
这距离或者像欧洲和太平洋，
这距离或者只是不可再分的一层微薄的空间，
也许只能擦亮一根火柴，
两个陌生的世界就可以互相看见，
也许面对面一分钟，
然后就可以跨进那个并不存在的门槛。
也许当敏感的手指碰到手指，
两颗心就奏响了一曲无声的和弦，
也许当脚印重复了再重复，
寂寞的行程就会消除韧性的防线，
也许一次礼节性的谦让，
却彼此获得了索取一切的特权。
陌生人啊，当一切也许都没有发生，
你我就在交臂之间走过去了。
各走各的经过选择的道路，
直到死，我们没有一句交谈。

那两个辉煌的思想的碰撞是可能的啊！

……

然而，一切都没有发生。

因为陌生，我们不可能恨不相逢，

而这种恨几乎充满了我们每个人的生活。

对陌生人的呼唤，就是对温情、对理解、对人性的呼唤。这是细致入微的人生体验，这是诗心独到的人生发现。而这些，正是作为内视点文学的诗歌的审美视野。尽量地扩大生活"圈子"，尽量地拓荒那陌生世界，尽量地寻求人与人的沟通，这是现代意识，它是一种情思，又是 20 世纪 80 年代的一种觉醒。因此，这种"轻声慢语"应当说也是"重大"的——至少对诗是如此。

但是，轻化也可能造成新诗的失重。

新诗在自身反思阶段出现的混乱和"极端意识"分不开。一方面，新诗勇敢地打碎了外加的"锁链"；另一方面，新诗又泛化了这类"锁链"。当新诗将自己与人间的联系也一锤敲碎，诗的失重、诗坛的沉寂就几乎是必然的了。

创新，是 20 世纪 80 年代的热门话题。创新是个永恒的历史性现象，因此，创新者要有历史感：在现在中感觉到过去，在今日的创新中融合着昨日的成功。变易中总是有不易，如同不易中总是有变易。唯有如此，今日的新诗才能在永无尽头的创新流程中站稳脚跟，找到位置，寻求真正的（不是一时的）成就。

重新发现"内视点"是重新发现诗的文体可能。诗不应该、也不可能具有叙事文体的功能。但是，只有把"内视点"放在诗与外部世界的特殊的审美联系上去理解，诗才会有开花的沃土。

如果把"内视点"理解为诗是与现世绝缘的符号世界，如果把"内视点"理解为诗美是纯美封闭世界，诗的多元格局就会失重。

中华民族苦难深重。悲辛的生存状态世代地困扰着人们。近十年的巨变带给民族以振奋，但是，各种社会政治问题依然以它的尖锐性、紧迫性、严重性摆在面前。中国读者因而多是入世的，中国诗歌的济时传统因而被认定是诗的正格。也许在将来会有裂变，但那只是"将来"。

回顾20世纪80年代初期，"归来者"诗人和"朦胧诗"诗人曾经是掀起新诗高潮的主要力量。二者在艺术上不同的美学追求构成新时期诗歌最初的丰富。在诗的时代性、公民性和投入感、参与感上，二者却完全一致。艾青、牛汉、白桦、流沙河、公刘等的作品，舒婷、北岛、江河、杨炼、顾城等的作品，都力图恢复诗的真诚，恢复诗与世界的真实联系。多元格局有主潮的艺术精神。

在当今中国这块土地上，可以鼓励一部分诗歌"逢人不说人间事"，寻根谈玄，披露个人身世，排弃世务。但是，多元格局的诗坛应当有拥抱时代、关注世事的艺术精神作为主潮——当然，这种"拥抱"和"关注"是诗的"拥抱"、诗的"关注"，因而在切入角度和艺术表现上与叙事文体迥然异趣。郑玲唱得好：

奔跑，奔跑，
去奔向另一个人生。

有没有入世精神作为主潮，正是20世纪80年代初期和末期中国诗坛的多元格局的显著差异。没有这个主潮，诗坛必然琐碎与零乱，诗必然浅薄与轻薄，在当代的忧患的中国人的心灵天平上，诗歌变得无足轻重。从诗人与读者的沟通的消失到诗人与诗人之间沟通的消失——沉寂成为不可抗拒的走向。

诗的失重，与缺乏领潮人有关。大星的稀少，也许是诗坛沉寂的又一个自身原因。

20世纪80年代中国诗坛的新星不少。然而过细地观察就会发现，明星多，甚至流星多，大星很少。在东南西北打出的旗号下站着的几乎都不能说是大诗人。"近来时世轻先辈，好染髭须事后生。"（刘禹锡）客观事实是，"先辈"中有好几位大诗人；"后生"中大诗人的出现还只在人们的热切期待之中。先辈诗人终究已经走过了他们的光辉年代；新的领潮人的缺少，就会形成诗坛匆匆忙忙的"换代"、模仿多于创造的幼稚病和缺少对既往诗史回头打量的高度。

浮躁，是阻碍推出大诗人的时代病。帕斯捷尔纳克这样说诗人："即使在一个飞速发展的时代里，他也应当慢慢地写作。"杜甫也有"水流心不竞"之句。实际上，大诗人的产生需要许多积累。首先是人生积累。人生体验的丰厚，人生苦涩的富有，是大诗人的必备条件。对人生只有肤浅的了解，"为赋新词强说愁"，这种"新词"不会被时间认可。其次是文化积累。郭沫若的学贯中西，艾青的艺术修养，臧克家的博古通今，都是明显的例证。而且，中国新诗的大家无不通晓自己民族的传统文化——就是台湾新诗近几十年的领潮人们也毫不例外。再次是哲学修养。诗歌的深层结构是哲学。人生体验总是仰赖哲学得到诗美的升华，虽然诗歌最回避直接说理。诗人，总是关注民族和人类命运与心灵的哲人。

积累是渐进，是耐心的储积，是最后达到质变的量变。积累是不显眼的，对于诗人而言，有时甚至是无意的。这需要时间，需要"不竞"之"心"。

除了上述的准备，当前有一个必须有意、大力解决的课题：诗人的人格建设。

从 20 世纪 80 年代的中国诗坛的沉寂着眼，我们要走到那大星辉照的年代，就必须呼唤诗人的人格建设。

20 世纪 80 年代流行一种说法：诗人不必显出比读者更崇高的神气，诗人也是平凡的人。但是，去掉"神气"不应与去掉"元气"同义。诗人总不应该比读者更猥琐，他的作品总不应该展览比一般读者更低级、更庸俗、更无聊的心态。

一个民族需要诗人，是这个民族心理健康、心智发育良好的象征。

目前，很有必要把诗人和伪诗人分开。我说的伪诗人，是指"写"诗的人、"玩"诗的人、以写诗当作谋生或谋利手段的人。因为"诗一旦变成诗人的手段，诗人就不成其为诗人了"。

真诚与博爱应该是目前诗人最需要的人格精神。这种人格精神产生的诗篇才会富有摇撼同时代人心灵的人格力量。

大诗人绝不是大工匠的别称。不但在中国，就是在外国诗歌史上也难以找到一个以专靠把玩技巧而成就为大诗人的例子。诗是艺术，不是技术；诗是心灵与心灵、人格与人格的呼应。

袁枚在《答蕺园论诗书》中说："诗者由情生也。有必不可解之情，而后有必不可朽之诗。"艾青也这样提到过戴望舒："我对戴望舒很尊敬，他是真正的诗人。所谓真正，就是不说假话。"

近年诗坛上的矫情作品不少："超前"的"失落"，做作的"孤独"，人工的"荒诞"。进一步说，近年诗坛上的矫情人也不少：以最出世的宣言求得最入世的获取；以最反权威的姿态遮掩最强烈的权威欲望等。

绿原唱得好：

> 在人生的跑道上
> 你上气不接下气
> 要赶着做完
> 一个人应当做的一切
> 你的诗又如何能够
> 转弯抹角，扑朔迷离
> 唠唠叨叨，哼哼唧唧
> 写得渺茫，写得旖旎
> 而不是把最真实的诗意
> 赶快用最简洁的方式
> 表达出来呢
>
> 所以，诗永远是
> 人类最想说
> 而又没有说过
> 而又非说不可
> 而又只好这样说的
> 话
> ——《另一支歌》

诗人不是一种职业，写诗也不是事业。诗只是"不可解之情"而已。没有真诚，何以言诗？

博爱，也是诗人最需要的人格精神。

诗歌没有爱，好像大海没有水。诗人总是人类生存状态的关注者，人类痛苦的同情者，人类忧患的呼喊者。

诗是最个人的艺术。诗的基点在于诗人的人生体验。而大诗人总是善于将自己的生命体验和时代体验水乳交融。他钟爱自己，但是也钟爱人类；他欣赏自己，但是也欣赏别人；他拥抱自己，但是也拥抱时代。

从新诗发展史看，大诗人既是自己灵魂的乳母，又是世界的良心。

博爱给了诗人普视能力：即朱光潜称为"使人不朽"的那种能力。从"自我"跃到"非我"，在"非我"中包含"自我"，是成熟诗人与不成熟诗人、严肃诗人与自娱诗人的区别。没有"非我"化，就难以实现散文向诗、世俗生活向形而上境界的飞升。

20 世纪 80 年代中期以后，诗人群里出现了一些自我迷恋者——他们迷恋自己的一切，包括迷恋自己的迷恋。世界退远了，人群退远了。其结果，自然只能处于尴尬境地：谁有兴趣、有时间去倾听自我迷恋者的表白呢！

诗人的博爱是一道阳光，把整个世界重新照亮。它使诗人显示出读者所倾慕的精神力量。

大星的升起需要时间，但也只是一个时间问题。沉寂年代给诗人队伍的净化和升华带来了契机。

> 不要失望
> 失望会使我们衰老的
> 趁我们还年轻
> 仰起脸来
> 让我们数星星
> 　　——许德民《数星星》

总而言之，中国新诗进入了沉寂时代。新的来潮在什么时候、以什么规模到来，现在难以预料，因为诗歌批评在这里只能依靠弗晰逻辑。但可以肯定地说：我们对沉寂年代理解得越深刻，运用得越巧妙，新诗的又一高潮就会越早地打破沉寂给我们带来一个新的时代。

1988 年 11 月 30 日

选自吕进《新诗文体学》，花城出版社 1990 年版

实事求是地评价青年诗人的创作

朱先树

　　粉碎"四人帮"以来，随着诗歌的发展和繁荣，一批青年诗人也步入了诗坛。一些有才华的青年诗人用他们使人耳目一新的佳作，给诗坛带来了生气。但是，这些青年诗人由于在自己成长过程中特殊的历史和社会的原因，以及他们思想和艺术上的不成熟，他们的创作也必然存在着这样或那样的缺点和问题。我们必须坚持马克思主义的辩证唯物主义观点，对他们的创作做出实事求是的评价，这对促进诗歌更加健康地向前发展，是具有重要意义的。

一

　　对部分青年诗人创作的思想倾向的评价虽然很不一致，但有一点似乎相同，就是都从各自不同的角度认为他们的诗存在着脱离现实、脱离人民的倾向。有的同志认为，部分青年诗人的作品内容空虚、语言晦涩，当然是指的这种倾向。就是那些热情支持青年诗人进行艺术探索的评论者也认为，青年诗人创作的最大特点似乎就是"他们不屑于作时代精神的号筒，也不屑于表现自我感情世界以外的丰功伟绩……"如此等等。我认为这种简单的概括和评价是不完全符合青年诗人的创作实际的。

　　应该说，近几年来，由于社会思潮的纷繁复杂，在诗歌创作中，特别是在年轻的诗人的创作中，也表现了极为复杂的情况。同样的年龄，甚至一个人的不同时期，由于社会经历和个人遭际的不同，表现于诗的个性风格和诗的内容方面，都形成了迥然不同的情况。就公开在报刊上发表的部分作品来看，傅天琳、才树莲、叶延滨、陈所巨、高伐林、梁小斌、徐敬亚、王小妮等人，他们的创作可以说基本上是忠于生活的。舒婷、北岛、江河、顾城，以及上述作者中的部分人的近期作品，在艺术表现方法上，出现了较为大胆的探索，也写过一些能为广大读者理解和接受的好诗。他们的作品在广大读者，特别是青年中有一定的影响。这是问题的基本方面，是应该充分加以肯定的。

另外，我们从部分青年诗人的写作宗旨和创作实践看，他们大都还是自觉地遵循着马克思主义的美学原则，体现或接近现实主义的创作方法。如叶延滨讲："在生活中，我得到的毕竟比失去的多，我得到过许多欢乐，像海接受过最多的阳光；我尝过深深的痛苦，像海的每一滴水都是苦涩的；正是生活之风赋予我海洋多的波涛——爱和恨掀动的感情。"他的组诗《干妈》，以及组诗《冰下的激流》等，都是对我们的时代和人民的深情的赞歌。才树莲讲："农村是我写作的土壤和源泉。我就像田野上的庄稼，要把根子扎到土壤的深处。"她的《乡情三首》等都是直接写农村生活，写党的政策在农村的落实带来的巨大变化。江河也讲："我的诗的主人公是人民……我和人民走在一起，我和人民有着共同的命运，共同的梦想、共同的追求……我最大的愿望是写出史诗。"他的《纪念碑》正是人民革命斗争历史的英雄颂歌。另外如舒婷的《祖国啊，我亲爱的祖国》《致橡树》，顾城的《歌乐山诗组》等也是青年创作中的优秀作品。

当然，青年诗作中也有一部分作品，表面看的确不是直接歌颂和描写社会生活和人民的英勇斗争，而是通过心灵的折光来反映社会生活和人民的感情。如梁小斌的《中国，我的钥匙丢了》《雪白的墙》，就写出了一代青年人由于十年动乱后一朝惊起，产生了暂时的迷茫这种真实的心理状态，同时也表现了他们不甘沉沦而奋勇追求的坚毅决心。这一类诗，虽然也可以说是描写"生活溶解在心灵中的秘密"，但同时也是对一代有志气有理想的青年人的颂歌。

值得注意的是，在少数青年的诗作中的确也出现了一些"不屑于表现……"的作品，这类作品概括起来可以归为：一是追求"复归自然"，一是"表现自我"。

一、关于"复归自然"

对所谓"复归自然"这种美学理想的追求，当然不是指一般的描写和表现自然美的问题，而往往是对现实失去信心，不满而又无力改变现状的一种消极遁世思想的反映。少数青年诗人从十年动乱中走向社会，看到的更多是社会的消极面，这往往使他们产生对尘世的厌恶和对生活取冷眼旁观的态度。在他们眼里"崩坍停止了，江边高垒着巨人的头颅。戴孝的帆船缓缓走过，展开了暗黄的尸布"。有人说，这类诗犹如一个失恋的青年，怅然地走在旷野中，喃喃地诅咒着什么。这种反常情绪使他们感到了身躯被扭曲的痛苦，信仰的金字塔崩坍了，心境空虚，就希图去寻找一种远离尘世的寄托，这就是对所谓"纯净美"的追求。有的青年诗人说："我爱美，酷爱一种纯净的美，新生的美。我总是长久地凝望着露滴，孩子的眼睛，安徒生和韩美林的童话世界，深深感到一种净化的愉快……我生活、我写作、我寻找并表现美，这就是我的目的。"这种虚幻的美学追求体现在创作中，如《远和近》：

  你
  一会看我
  一会看云
  我觉得
  你看我时很远
  你看云时很近

据作者自己解释："《远和近》很像摄影中的推拉镜头，利用'你''我''云'主观距离的变换，来显示人与人之间习惯的戒惧心理和人对自然原始的亲切感。这组对比并不是毫无倾向的，它隐含着"我'对人性复归自然的愿望。"正是这种所谓"复归自然"的愿望，他们才去追寻一种远离尘世的净美，总爱在自己也看不清的虚景中去寄托自己的情怀。于是蓝烟紫雾、流水行云，甚至一个气泡、一道弧线都会引起他们的诗的敏感，但又说不清这种敏感到的内容是什么。这种称之为"纯净美"的境界，实际上只不过是一种精神上无法解脱的矛盾交错的暂时统一。

二、关于"表现自我"

应该说明："表现自我"现在已经是被用得很乱的一个命题。人们在谈到"表现自我"时，似乎都有着自己特定的内容和所指。如果说"表现自我"是指诗人要有自己的声音，自己的艺术个性，自己对生活的特殊发现和表现，反对过去所谓"假、大、空"诗风，以提高诗歌创作的艺术质量，等等，则是有一定积极意义的。

但是，诗歌总是社会生活在诗人头脑中反映的产物。因此，创作只能是从生活出发，但同时又有着诗人对生活的特殊的发现和表现，所谓"诗中有我"就是指的这个意义。而"表现自我"如果作为一种文学主张，则是不科学的。从理论上讲，"表现自我"就意味着把"自我"当作唯一的存在而把它作为创作的对象和出发点。这就颠倒了主客观关系，违背了马克思主义的认识论。从创作实践看，由于这种理论不能真实地反映创作与生活的实际关系，也很容易使人产生片面的理解，而把"自我"和生活隔绝起来，使诗人放弃自觉地为社会主义为人民而创作的社会职责。

就一些青年诗人的本意和充分理解他们的理论家们的"表现自我"，是作为一种文学主张来提出的。它不同于通常说的"诗中有我"。因为，据说这"自我"既是"现代新诗的内容"，并"具有现代青年特点"，而与过去诗中的"我"是不同的。他们认为："过去的文艺、诗，一直在宣传另一种非我的'我'，即自我取消、自我毁灭的'我'。如'我'在什么面前是一粒沙子、一颗铺路石子、一个齿轮、一个螺丝钉。总之，不是一个人，不是一个会思考、怀疑，有七情六欲的人。"但是，从集体主义的要求来看，我们每一个人在集体中的作用恐怕都只能是一粒沙子，一颗铺路石子，一个齿轮，一个螺丝钉。人当然是有七情六欲的，但人的一生如果真正起到这种作用那就将是无愧无悔的。而否定这种作用，岂不就意味着自己希望从"普通人"中脱离出来成为"超人"吗？具有"献身的宗教美"的"机器人"当然是不好的，但夸大自我，搞自我扩大、自我膨胀，则只能堕入资产阶级极端个人主义的泥坑。

从创作上看，少数青年诗人崇尚"表现自我"的主张，抽象地谈论"人"，谈论什么"人的价值""人的尊严"，以及"人性复归"，而又不愿或不能对这些口号本身做具体的实事求是的分析，就希图一下子拿到我们的现实生活中去实行。有一首《流水线》的诗写"我们从工厂的流水线撤下，又以流水线的队伍回家来"，"我"所感到的是"小树在流水线上发呆""小树都病了，烟尘和单调使它们失去了线条和色彩""星星的流水线拉过天穹""星星一定疲倦了"。"一切我都感觉到了，凭着一种共同的节拍，但是奇怪，我唯独不能感觉到我自己的存在。仿佛丛树与星群，或者由于习惯，或者由于悲哀，对本身已成的定局，再没有力量关怀。"这里提出的是劳动异化对人性发展的阻碍问题。在资本主义社会里，这种情况是无可更改地存在着，社会主义的目的应该说是改变这种不合理状况的。但是，在我国生产条件还比较低下的情况下，为了消除这种不合理的状况，我们还要在这种状况下坚持英勇地劳动。如果为了要感到"自己的存在"而厌恶劳动，岂不是连个好公民都不够格了吗？还有什么主人翁精神可言呢？在我们今天的社会里，表现这样的"自我"，歌颂这样的"人"，实际上是不会有什么价值的。当然，在公开发表的作品中，这样的诗作还是极少数，但它的确反映了部分青年诗人思想认识上的无知和混乱。而在那些他们自己编选刻印、内部出版的刊物和小册子中，这类"表现自我"的东西就多了。他们时而是"昂起我高贵的头颅"傲视一切，时而又在生活的碰击面前哀叹人生只是"一个在空中飘来飘去的气球"。甚至最后向往"走向黑暗，拥抱死亡"，如此等等。这种倾向是应该引起我们重视的。

总的说来，这几年步入诗坛的一些青年诗人多数都是很有才华的，都写出过一些好作品。但是，由于思想认识的肤浅幼稚，他们在创作中产生了一些不良倾向。他们只要能够努力学一点马列主义的基本理论，面向广阔的现实生活，在自己已经取得的创作成绩的基础上，扬长避短，步子是可以越走越稳当的。

┃ 二 ┃

诗歌艺术的表现方法应该是百花齐放的。但艺术流派和风格有时会形成强烈的排他性。而某种艺术流派主张占上风，从创作实践上也就会形成具有强烈影响的潮流。多年来，我们对现实主义创作方法的强调和提倡是完全正确的，但在实践中有时推到极点，就形成了排斥其他一切艺术方法的倾向。部分青年诗人正是抱着某种对传统手法绝对化的厌恶情绪，提出了一些新的艺术主张。其实他们的某些所谓新主张，又早已在古今中外的诗歌创作中都已存在了的。如果把诸如诗的内向表现、象征手法等重新提出并把它绝对化，同样也是会有害于百花齐放、有害于诗歌艺术的发展繁荣的。

一、关于诗的"内向表现"方法

部分青年诗人和评论者强调青年诗人创作特点的主观性、自我性，他们主张诗的"内向表现"而不是外部描写。他们极力推崇那些表现强烈的主观情绪，而鄙弃那些对生活作外部描写的作品。比如写河流山川，认为直接从外界的色彩、形态去描写是不足道的，而应该从诗人主观心灵出发去"表现"。如：

……河水揉动着粗大的琴弦，

一群小山在阴险地谋划着什么，

我瘦长的影子被狠狠打倒在地上。

……

淡青色的拂晓

世界停在一个特写镜头里。

避开诗的内容情调不谈，作为一种艺术"表现"方法，这当然是可以的。古往今来在诗歌的表现方法上，所谓"表现"和"描写"其实都是允许的。王国维把诗人分为主观诗人和客观诗人，要是从表现方法上讲，也主要是指"描写"与"表现"的差别。在新诗创作中，李季、闻捷、张志民等的有些优秀诗篇就是重在客观描写的，而贺敬之、郭小川的很多有影响的好作品却又恰好是重在"表现"的，即重于诗人主观情感的抒发。过去我们的诗创作中的一些艺术低劣的作品，则既有对客观描写太实，又有主观表现太空的毛病，不能说过去的诗都是只对客观作无情描写，而没有注意主观感情的表现。

问题首先并不在于艺术方法的描写或表现，因为任何优秀诗作无论采取什么艺术方法，有两条是不能忽略的：一是从生活出发，描写生活当然应当从生活出发；表现主观，也总得有表现的对象，即情感的寄托。没有客观生活形象进入到主观情感领域，则主观也只能是空洞的，最后也是无从表现的。二是无论"描写"或"表现"都要有主观情感的加入，表现主观，强调的就是主观感情自不必说；而描写客观，如果没有主观感情的加入，没有作者的思想感情倾向那就根本不能成为诗，起码不是好诗。这些都是不言而喻的。

所谓"表现"，作为一种艺术方法，当然是应该肯定的。问题在于我们表现的主观究竟包含了什么样的思想感情内容。如果认为表现主观，就是纯粹"表现自我",表现"心灵的秘密",就可以随心所欲不顾客观的生活真实和人民群众的思想情绪,那就将会从思想感情上离开人民大众,从艺术上走上胡编乱造,那才将是诗的艺术的堕落。部分青年诗人的作品中,既有好的,甚至优秀的表现主观的内向感情的作品,也有少数作品在思想感情内容上存在着不可忽视的不健康的倾向,这点我们在前面的论述中已经提到过了。

二、关于写感觉印象、直觉或潜意识问题

部分青年诗人的创作在强调心理表现的同时,主张诗要写感觉、印象、直觉或潜意识。其实,作为文学创作活动,完全没有自觉的意识活动参加,只凭感觉印象、直觉或潜意识,恐怕也是很难进行的。但是有时作者从客观外界得到种强烈的感觉印象,一时又还不能完全从理性认识上说出个所以然来,当然也是可以写诗的,但如果这种感觉印象要真正把握得准了,实际上也还是要有一定的自觉意识参与,起码你已经感到它具有了某种诗意的情绪了。如王小妮的《印象二首》中的一首《我感到了阳光》:

我感到了阳光
我从长长的走廊
走下去……
　　——啊,迎面是刺眼的窗子

两边是反光的墙壁
阳光,我,
我和阳光站在一起
　　——啊,阳光原来是这样强烈,

暖得人凝住了脚步,
亮得憋住了呼吸
全宇宙的光都在这里集聚。
　　——我不知道还有什么存在,

只有我,靠着阳光,

站了十秒钟，

十秒，有时会长于一个世纪的四分之一。

终于，我冲下楼梯，推开门，

奔走在春天的阳光里……

这首诗是写从暗处突然走向阳光时的强烈印象，作者好像不一定要明确表达什么思想，但是我们认为这首诗的确还有点诗意。除了这种印象描写比较真实生动以外，也还多少可以使人产生一些积极的联想，原因就是这阳光和黑暗相对比，它是一种富有积极意义的形象，它可以给人以光明，热爱阳光也就代表着一种美好的追求。

也有另外一种表现直觉潜意识的诗，如《杯子和笑声》：

窗子已经关上

汽车的声音

再也没有了

蟋蟀们在叫

还有桌上的杯子

一只杯子

鞋子留在草地

你钻进瀑布

大声笑着

橘子的衬衫贴在身上

头发遮住脸

那块又大又圆的石头

离草地很远

你背对着太阳

把自己晒干

脸呢，怎么也看不清
现在窗子已经关上
蟋蟀使劲地叫着。

这首诗可能就是写一种潜意识，但是它告诉人们什么呢？这里既得不到多少思想启示，也很难说有什么艺术享受。

总之，凭感觉印象、直觉、潜意识写出的好诗，总会给人以一定的思想启示和艺术享受，而且也一定会加进某种自觉意识的成分。如果只靠所谓纯粹的感觉印象，直觉或潜意识就能写出好诗来，那是不可想象的。

三、关于诗的象征表现问题

诗的象征表现手法，在诗歌中古已有之，并不是什么新鲜的发现。但是象征总是有一定的具体可联系的规定范畴的东西。它不完全是某种具体事物的征象，也可能经常是"类"的象征。如郭沫若的《骆驼》一诗，有人说它象征中国共产党、歌颂中国共产党领导全国人民为追求光明的未来，从一个胜利走向另一个胜利。因此可以和《女神》媲美。但也不必如此机械地认为它只是具有这一种象征意义，如果说它是一种奋进精神的象征，又有什么不可以呢？象征手法在青年诗人的作品中应用较多，像梁小斌的《中国，我的钥匙丢了》，在总体象征上运用得好。但是在部分青年诗人的作品中，有时使象征离开了具体事物而变成一种抽象的东西，这一来，诗也就变成了一种不可索解的谜。如《迷途》这首诗：

沿着鸽子的哨音，
我寻找你
高高的森林挡住了天空，
小路上
一颗迷途的蒲公英
把我引向蓝灰色的湖泊
在微微摇晃的倒影中
我找到了你
那深不可测的眼睛

这"迷途的蒲公英"象征什么？它为什么迷途？它又把我引向蓝色的湖泊，好像唯它是最识途的了，这又是怎么回事？"你那深不可测的眼睛"又是象征什么？是爱情？还是别的什么东西？这首诗具体的象征和总体的象征都是抽象的，使人无法理解。有人说这首诗的立意在于表现对美好事物的追求。但是，这首诗只是描写了一个抽象的追求过程，没有任何意义。顾城的《弧线》，也是如此。因此这类作品受到了一些人的批评。我以为，象征首先要使人能产生具体联想，获得诗意的理解，否则就很难达到预期的效果。

四、关于诗的情节和语言的跳跃性问题

诗的情节和语言表达都是跳跃的，它不像小说散文那样按情节顺序，依次道来。但诗的跳跃又是不连续的连续，它是靠思想和感情的金线把语言的珍珠穿缀起来的。表面看是零散的，而实际上是统一的完整的。因此，诗的情节和语言的跳跃是形散而神不散。

但是有的诗由于情节和语言的跳跃跨度太大，意旨又隐晦，这就容易造成诗意的晦涩难懂。如《履历》这首诗：

低着头。站着。
我曾在暴风雨中疯狂地叫喊，
金色的头盔，碧绿的盾牌。
乌云中
太阳期待着
像妻子一样

低着头，站着。
阳光一头扑进我的怀里
无言的爱抚……静默……
蜜蜂似的颤抖……
柔软的头发流遍全身

低着头。站着。
像一个囚徒

> 道路已经走完
>
> 独自支撑着沉重的头颅。
>
> 秋天明朗地在头上展开
>
> 一大群矿工向我走来
>
> 黑黑的脸孔和我一样
>
> 我仿佛一下子升起
>
> 把乌黑的金子填进太阳
>
> 照耀着人们走回家去
>
> 秋天宁静地在身边浮动
>
> 金色的梦想溶进黄昏
>
> 带着成熟的喜悦和倦意
>
> 慢慢沉入茫茫的群山

谁能猜得出这是要表达什么意思呢？从整首诗看，形象之间究竟有什么内在联系，放在一起表现了什么，总的主旨又是什么，都很难弄明白。诗题标明为"履历"，而诗的形象又是怎样来说明这份履历的呢？实在无法理解。

‖ 三 ‖

近几年来，诗坛上所涌现的这一批青年诗人，从总的情况来看，他们作品的大部分还是好的或比较好的。他们在思想和艺术上所进行的种种探索，基本上也是应该肯定的。特别是他们的诗大抵都有自己的艺术个性。如傅天琳、陈所巨、才树莲，他们由于生活在农村，对农村有着深厚的爱，因而能写出果园、农村生活的清新，恬静的美；而王小妮写农村生活又是从一个城市普通知青的眼光去看待的，既有爱和同情，也有改变农村落后状态的焦急，她的诗俊俏而又深沉。叶延滨也是从知青的眼光去看待农村的，但他的诗又大都从整个社会生活的变化发展着眼，因而显得深厚而磅礴。江河、北岛、舒婷、顾城的诗在社会上争议较多，但他们的诗也还各有特点，如江河的壮美，北岛的诡奇，舒婷的深情，顾城的机智等，这些都是为人们所称道的。

但是也不能不指出，这些青年人由于生长在特殊的年代，在他们的思想感情和性格心理上都打上了动乱时代的烙印。部分青年诗人，特别是他们中间的少数人由于特殊的政治遭遇和经历，心理有了扭曲。在艺术上他们最容易接受西方艺术思潮的影响，有时甚至由借鉴变成了生搬照抄，而对民族、民间的诗歌传统则盲目地怀疑甚至敌视。这就说明，他们的创作本身就是一种复杂的现象，他们的思想和艺术的追求有合理可取的一面，也有需要疏导的一面。

青年是未来，这对诗歌或整个文艺事业来说都是如此。但青年们毕竟有一个由不成熟走向成熟的过程。这一点青年们要有自知之明，而老、中年诗人以及评论家们对他们也应该充分地理解，并担负起引导的责任。评价他们的作品既要满腔热情，又要实事求是：坏处说坏，好处说好。青年是整整一代人，绝不是少数几个人。考虑到这一点，我们在看待和分析问题时才能把眼界放宽，对某些艺术现象才能作出实事求是的分析和评价。

当前，诗坛正进行着热烈的争论。有的同志担心打乱仗，我却认为是正常的，也是必要的。因为分歧是客观存在，争论也是文艺批评的一部分内容。只有开展公开的、实事求是的、充分说理的争论，才有利于问题的解决，有利于诗坛的真正团结。因为问题只有在互相心平气和的讨论中，真理才会越辩越明，我们讨论的本身正是为着追求真理的目的。现在有的同志认为诗的声誉低，是由于被诗坛的问题讨论搞坏了，这是颠倒了事情的本质和现象，因为首先是诗本身引起了争论，而不是争论影响了诗坛。

1981 年 7 月初稿，1982 年 2 月改定

选自《诗刊》1982 年第 10 期

"朦胧诗"问题讨论及前因后果

朱先树

20世纪70年代末，特别是党的十一届三中全会前后，诗歌又有了新的蓬勃发展与繁荣。随着一批老诗人的回归，中年诗人积聚的热情爆发，以及大批青年诗人的涌现，老中青三代诗人共同努力，创作了大量歌颂思想解放、拨乱反正、为实现四个现代化而奋斗的优秀作品，产生了广泛的社会影响。

这里主要说的是在十年内乱中成长起来的一批年轻诗人，他们一进入诗坛，由于经历特殊，各种思想观念、文化积累的不同，在创作上显出了一些不同的特点。由此而引发了诗坛的一场大争论，为当时的人们留下了深刻的记忆。

在我印象中，《诗刊》的办刊方针始终是面向社会、面向现实的。"江山代有才人出"，青年是未来和希望，因此《诗刊》对青年诗人的创作也是极为关注和支持的。许多青年诗人的作品也都是在《诗刊》首先发表的，有的也就成了他们的成名作。1980年4月号，《诗刊》在头条以"新人新作小辑"推出15位青年诗人，主编严辰在"推荐语"中，对这一代青年诗人的创作做了热情的评价，认为他们的创作"摈弃空洞、虚伪的调头、厌恶因袭、陈腐的渣滓，探索着新的题材，新的表现方法，新的风格，给诗坛带来了一股清新的气息"。在1980年8月号又推出"春笋集"，集中发表青年诗人作品，并在当年7—8月在北京召开了"青年诗作者创作学习会"，即第一届"青春诗会"。《诗刊》培养新人、支持青年诗人的创作是一如既往的。

随着青年诗人走向诗坛，读者对他们中的部分人的作品产生了不同的认识，而且分歧越来越大，甚至对立。开始主要集中在艺术表现上的"懂"与"不懂"，继而延及诗歌创作的许多问题。1980年4月在广西南宁召开的诗歌讨论会上，就开始了这种争论。接着谢冕在 1980 年 5 月 7 日的《光明日报》上，以"在新的崛起面前"为题，发表文章，呼吁要允许探索，应当"容忍和宽宥"有的诗让部分人看不懂。1980 年 7 月 21 日《人民日报》则发表蓝翎文章《看不懂的推想》，反对看不懂的诗。其他一些报刊对看不懂的诗也陆续发表了两种意见，由此涉及许多创作问题，逐渐引起诗界、文学界，甚至社会的关注。

在这种情况下，《诗刊》也收到了一些不同意见的文章，在召开"青春诗会"期间，编辑部决定从 8 月号起开辟"问题讨论"专栏，发表了章明 1980 年 2 月份就寄来的文章《令人气闷的朦胧》，同时又约郑敏写了一篇不同意见的文章《诗的深浅与读诗的难易》（发表时用笔名晓鸣），两篇文章同时发表，编辑部决定这个"问题讨论"栏目由我做责任编辑。并在召开"青春诗会"的同时，又提出接着还要开"诗歌理论座谈会"。经编辑部研究决定，由吴家瑾和我具体筹备，于 1980 年 9 月 20—27 日在北京定福庄煤炭干部管理学院的招待所举行，因此也称"定福庄会议"。会议邀请了持各种不同意见的老中青评论家和诗歌报刊代表共 23 人，共同讨论诗歌问题。通过自由讨论展开学术争鸣，对当前诗歌创作和有关理论问题进行具体的研究和分析，目的是促进诗歌创作健康发展。在讨论中涉及了诸如新诗发展道路，诗与现实的关系，坚持传统和学习外国诗，以及诗的抒情性和自我关系，特别是怎样看待青年诗人的艺术探索等等。大家在会上会下争论问题面红耳赤，不分身份地位和影响，平等交换意见，各抒己见，生动活泼，气氛热烈。编辑部领导严辰、邹荻帆、柯岩、邵燕祥都曾到会上参加讨论，会议结束时，冯牧同志代表中国作协到会上讲话，希望诗歌理论工作者能及时发现和研究诗歌创作中出现的新情况、新问题，研究诗歌新人的创作和思想状况，鼓励他们热爱生活、积极创新。会后由我起草了这次会议的综述，力图全面客观真实地反映会议情况。文章由吴家瑾修改，经邵燕祥、柯岩审定，最后由柯岩改定题目为"一次热烈而冷静的交锋"，由我和吴家瑾共同署名，发表于《诗刊》1980 年 12 月号头条专栏。

由于《诗刊》的理论座谈会的召开和 1980 年 8 月号起开辟的"问题讨论"专栏，正式开展了所谓"朦胧诗"的论争。"朦胧诗"的命名由章明的文章《令人气闷的朦胧》而来，其实争论双方都意识到"朦胧诗"并不是一个准确的称谓，反对者章明用"朦胧"一词，也只是一种贬义的感觉认识表达，因此在讨论中，丁力就改用"古怪诗"来代替。而支持者也不愿说什么"朦胧诗"，后来就用了"新潮诗"的命名，以后还编过一部《新潮诗选》正式出版发行。但"朦胧诗"的名称一出现很快就被广大读者认定，这时朦胧诗也就成为中性而不存在褒贬了，后来有人编《朦胧诗选》《朦胧诗赏析》等，还有人编了《台湾朦胧诗选》，也许都是为借"朦胧"诗之名的影响而增大发行量吧！

新时期改革开放之初，社会思想意识的多样与复杂，对诗歌创作也产生了一定影响。读者关注作品，而领导注意的是理论导向。诗坛出现的新问题和理论探索，引起了当时上级领导的极大重视，专门开会研究如何加强正面引导。为了执行上级指示，《诗刊》1981 年 1 月号停发了"问题讨论"的文章。以后则只能发正面批评文章，而不能两种意见并列发出。在这种情况下，孙绍振在参加了理论座谈会后交来的论文《新的美学原则在崛起》，考虑不适宜讨论气候，编辑部权衡再三，决定不发表了，就由我写信委婉地退还了他。后来领导指示，"问题讨论"还要继续，主要是批评，要做到有的放矢，认为孙绍振的文章有代表性，让我把文稿要回来发表。无奈领导意见还要执行，于是我给孙绍振写信，只说编辑部研究决定，文稿仍要用，并表示退稿是我处理不慎，望见谅。孙绍振很快就把文稿寄回，并附长信表示感谢《诗刊》对他的支持与培养。我收到后交编辑部，后来这篇文章加编辑部按语，在 1981 年 3 月号发表。据说冯牧曾表示，孙绍振的文章语言表达有文采，是有才气的，可惜观点是错误的。由于《诗刊》自 1980 年 8 月号开展"问题讨论"以来，以及当年 9 月召开的诗歌理论座谈会后，影响很大，领导认为主要问题是是非观点不鲜明，因此孙绍振文章发表后，主要就是发正面批评文章，到 1981 年 8 月号，"问题讨论"就结束了，这一期，我从自然来稿中选了一篇陈志铭的文章《为自我表现辩护》，表示不能同意一些极端的批评意见，也对孙绍振的两个"不屑"，封闭"自我"不赞成，算是较中性的观点。

这场关于朦胧诗的大讨论，的确影响很大，但也没有人做最后的结论。从 1981 年 7 月后到第二年，我写成了一篇长文章《实事求是地评论青年诗人的创作》，对青年诗人的创作充分肯定，也对一些诗提出了批评，当然只是表达了我个人在当时的认识。文章在《新文学论丛》发表后，邵燕祥看到了，可能是大致赞同我的观点，决定在《诗刊》1982 年 10 月号转发，先考虑文章较长，准备摘发，后来到发稿时又决定还是全文照发。文章在《诗刊》发表后，的确在诗界引起了反响，尽管不是问题讨论，但有人认为这是对"朦胧诗"问题讨论不是总结的总结。《诗刊》在1982年还给这篇文章评了优秀评论奖。这让我认识到，我的这篇文章在诗歌界还是代表了不少人的意见的。

1984年4月，具体由邵燕祥策划主持、由我参与组织和服务工作，在北京的上园饭店召开了一次中青年评论作者读书写作会。这次会议主要是读书、讨论、写作。在读经典著作的同时，也对近年来的一些主要诗评文章和代表性论文研究诗论，取得了一定共识，认为诗歌理论研究要从实际出发，了解新情况，研究新问题，实事求是，不走极端，要有历史感，看到发展进程，不能简单地肯定和否定。这就是后来所称的"上园派"观点。1985年下半年第二届全国优秀新诗（诗集）评奖，初选读书班，仍在上园饭店举行，参加人员与上次有交叉，理论观点却大致相同，其中一些人后来共同做了一些事情，编书、写文章等，于是有了正式的"上园派"命名，应当说这也是"朦胧诗"大讨论之后，诗坛格局的新的变化产物。当然随着社会现实和诗歌本身的发展变化，后来又有了许多新的情况发生，那就是后话了。

2010年2月20日草就

选自《诗刊》2010年第21期

试议格律体新诗发展的前途

陈良运

‖格律体新诗的审美价值‖

格律体（实际上还包括半格律体）新诗是对自由体新诗而言。新格律体在篇无定节、行无定字、不计平仄等方面区别于旧格律诗；在节有定行、行有定拍、换韵有序等方面区别于自由体。用史的眼光看，新格律体的语言排列组合的方式已完全不同于旧格律体的排列组合的方式，从而实现了一场从内容到形式的革命。

格律诗是一种传统的诗体，在自由体新诗崛起兴旺的新时期，又有格律、半格律体新诗的产生和发展，这证明了格律诗的审美属性有可承袭的因素，格律体新诗更有不可低估的审美价值。

首先，从诗歌史方面考察，任何一种新格律体诗的出现，都表现一种新的语言走向成熟并要求规范。语言是文学的第一要素，诗歌语言是文学语言中最精粹、最优美的语言，是一个民族的口头的与书面的语言最好的范本。我已在《论自由体诗》一文中说过："格律诗的出现，是一个民族语言走向成熟的标志，不但是诗歌发展史，也是语言发展史上的一块丰碑。"一个民族语言的成熟，其标志是语汇日益丰富，语言表达思想与描摹事物的方式由简而繁，表达的程度由粗疏而精微，表现的力度由外而内（所谓"入木三分"）。黑格尔说："当一个民族已经掌握了一种发展成熟的表达日常生活的散文语言"，就会对语言有进一步的要求："为要引起兴趣，诗的表现就须背离这种散文语言，对它进行更新和提高，变成富于精神性的。"这种富于精神性的语言、有别于日常生活中因眼前临时或偶然性事物触发的散文语言；它是一种艺术语言，"必须从艺术的宁静气氛中生展出来，在心灵的神态清醒中造成形。"要从丰富而又复杂的日常语言中造就出艺术语言，于是就有对日常语言进行提炼和规范的必要。中国汉民族的语言，在《诗经》产生的时代，古朴而又简单，在楚骚和先秦诸子的散文里，语言文字就变得愈益丰富而复杂；及至两汉，汉赋极尽铺陈排比之能事，繁复、精微的语言相继出现了，也就是说，古汉语已进入成熟阶段了。这时的民间诗歌和文人诗有了五言和七言，可说是语言规范的初步模式，为格律化提供了基础。中国古代格律诗创始人之一的南梁的沈约，谈到两汉的诗赋作品时说："虽清辞丽曲，时发乎篇，而芜音累气，固亦多矣！"到沈约所处的时代，更是"缛旨星稠，繁文绮合"。在此种情况下，沈约首创"声律"说。"声律"说的出现，不管当时沈约的主观意图是什么，但它确实是对汉民族的语言进行了第一次规范；由语言的音调入手，对语言进行提炼、净化，无疑大大提高了汉民族语言的质量。由此可说：格律化的诗歌语言，体现了这一民族语言发展的自然生态与人工创造结合之美，并显示了这个时代的语言可能达到的最高的审美风范。

社会的发展，时代的更替，势必促使语言不断变化，有些已成熟的语言过时了。旧的死了，散发新鲜生活气息的语言又产生了，旧的规范的平衡被打破，新的平衡出现。对新出现的语言组合，必须要有新的格律去规范它，唐宋时代有词，元有散曲、小令，"五四"以后有新诗，都可以看作汉民族语言不断发展，不断变化，又不断要求有新的规范的轨迹与标志。一般地说，古诗中的古体，现代诗中的自由体，都更能表现语言发展变化的自然生态与本来面貌，而格律体则表现为在前者基础上的规范。从整个诗歌历史看，自由体（古诗中古体就是古代的自由体）与格律体是并行发展而不相悖的，且往往是自由或较为自由的诗体先行，新的格律体后继[①]。

其次格律体新诗的产生和发展，还迎合了人们对诗的传统的审美情趣。中国格律诗的概念，包含两方面的内容，一是格式，即诗的形式；二是声律，即音韵。两方面内容赋予格律体诗三大审美特征：一是诗的形式美。格律体诗的形式都有一定的格局，篇有定节，节有定行。古代律体诗词，或为

[①] 当前自由体诗的兴旺和发展还有其他重要原因，请参阅拙作《论自由体诗》，《文学评论》1984年第2期。

四联，寓起承转合之法则，或分上下阕，提供写景抒情之便。于是，整齐之美与整齐中按规则变化之美兼而有之。这种形式美，可以用英国古典美学家哈奇生的"一致与变化的复比率"来阐释："如果诸物体在一致上是相等的，美就随变化而异；如果在变化上是相等的，美就随一致而异。"古代的格律诗是在既定的框子内求整齐与变化，因此对反映今天新生活、容纳新语言，局限较大，"容易束缚思想"。而格律体新诗往往由诗人根据内容的需要自定框子，诗人对整齐与变化有较大的主动权。二是语言的精炼美。固定的诗的格式对入诗的字数有规定，于是它会本能地限制芜杂的语言入诗，使诗人自觉地对语言进行提炼，提高语言的纯净度，可以少负"繁文绮合"的累赘，因此，古人对优秀的'律''绝'有"字字珠玑"之赞叹。格律体新诗因"行有定拍"，组成每拍的字词也必须挑选、斟酌，才能使行与行，拍与拍之间和谐、协调，这里也在自动地要求精炼入诗的语言。三是音乐美。格律诗的创造者，最主要的还是追求语言的音乐美，沈约"音律"的要义是："夫五色相宜，八音协畅，由乎玄黄律吕，各适物宜，欲使宫羽相变，低昂互节，若前有浮声，则后须切响。一简之内，音韵尽殊；两句之中，轻重悉异。妙达此旨，始可言文。"这是把音乐的要旨施之于诗的语言，因此，"妙达此旨"的律体诗词，几乎都可以入乐合乐。对这种音乐美即音律美的价值，黑格尔的评价是："如果对音律这种感性因素进行艺术刻画，就立即置身于诗的要求的另一领域和另一种土壤。要进入这一境界，我们要先抛开日常生活和日常意识中的那种认识性和实践性的散文观念，同时对音律的艺术刻画也迫使诗人跨过日常语言的框框之外去活动，只按照艺术的规律和要求去说他所要说的话。"他还认为："强制性的音律要求，还能激发诗人'因文生情'，获得新的意思和新的独创，如果没有这种冲击，新的东西就不会出来。"应该指出，新诗诞生之后，诗与音乐已经分家，不但自由体诗不能入乐合乐，就是新格律体诗也不太能充当歌词（歌词，有格律体也有自由体的，已成为单独一支，是诗与音乐之间的联络员）。它的音乐美主要是"行有定拍"和用韵造成节奏美和音韵美。

任何一个时代的格律形式，都会随时代、社会、语言的变化而有所变化。新的格律体诗出现，也是这种变化的继续。现代语言的提炼，诗歌格式上的突破，音韵方面的创新，使它与自由体诗双峰并峙于诗坛而呈异彩。

‖ 新格律形式的种种探索 ‖

　　纵览中国新诗，如果谈到自由体诗为代表者可首推艾青的话，那么谈到格律体新诗，我以为按其诗歌形式探索的特点，大致可分为"闻一多型""何其芳型""郭小川型"。20 世纪 80 年代以来，胡乔木同志也发表了三十首左右的格律体新诗，已引起评论界的注意。

　　闻一多是第一批实验新的格律形式的新诗人之一（稍早于他的有陆志韦和刘梦韦，影响不如他），因为他是"最有兴味探讨诗歌理论和艺术的。"1926 年 5 月他就发表了《诗的格律》一文，提出"诗的实力不独包括音乐的美（音节），绘画的美（辞藻），并且还有建筑的美（节的匀称和句的均齐）。"他特别强调"建筑美"，认为是"诗的实力又添了一支生力军，诗的声势更加扩大了。……增加了一种建筑美的可能性是新诗的特点之一。"

　　"建筑美"，就是诗的格式美，即文字组合方式所形成的视觉美。《死水》中多数诗是以"豆腐干"式的方块为主要样式，每行诗的字数绝对"均齐"，只是突破了五言、七言的均齐，有每行九字（《也许》《死水》《罪过》）、每行十一字（《发现》《口供》《一个观念》）、每行十二字（《春光》《静夜》）、每行十三字（《飞毛腿》），这样每首诗的视觉印象都是整齐划一而非参差不齐。除"豆腐干"式之外还有八角式如《你莫怨我》（每节五行，字数是四七七七四）以及其他模式。"音乐美"，主要是指节奏美。闻先生说："诗之所以能激发情感，完全在于它的节奏；节奏便是格律。"造就节奏感，便是把一句现代语言划成若干音节，他把这种音节称为"音尺"。对现代语言作自觉的音节划分，是新格律诗的起步，是突破旧格律关键性的一步。闻先生综合了中国旧格律与英国诗的格律，创造出了基本上符合现代汉语规律的格律样式：以词为最小的构成单元，努力做到多音词与单、双音词的协调，巧妙地安排某些结构助词的归属（如"的"字放在一拍的开头）。这对于多音词日益增多，语法结构日益复杂的现代汉语入诗，有着开创性意义。每行九字的诗，有的纯以三音词构成，每行三拍，如《罪过》（老头儿 / 和担子 / 摔一跤，// 满地是 / 白杏儿 / 红樱桃。// 老头儿 / 爬起来 / 直哆嗦 // 我知道 / 我今日 / 的罪过 //）；九字四拍的则每行安排三个双音词和一个三音词，如《死

水》（这是 / 一沟 / 绝望的 / 死水，// 清风 / 吹不起 / 半点 / 漪沦）；十字四拍
的每行可安排两个三音词，如《黄昏》；每行十一字到十三字的，如果还坚
持每行四拍，就要安排四音词了，如《春光》：

静得像 / 入定了的 / 一般，/ 那天竹，
那天竹上 / 密叶 / 遮不住 / 的珊瑚；
那碧桃；/ 在朝暾里 / 运气的 / 麻雀，
春光 / 从一张张的 / 绿叶上 / 爬过。

第四句里出现了一个"五字尺"。每行十三字的则可划为五拍，如《飞
毛腿》。看来、语言越复杂，行有定拍（尤其又要句的均齐，字数一致）就
愈难掌握，并且四音以上的多音词入格律困难颇多，往往影响节奏的流畅。
用韵是"音乐美"的一部分，《死水》中的诗篇多数是随节换韵，《死水》
一诗五节五韵；不分节的诗采用"随韵法"，两行一韵；《收回》是 ABAB
式的交叉韵。大多数诗篇，每行最后一拍基本上是双音词，如《口供》每行
末拍是：诗人、坚贞；夕阳、翅膀；高山、招展；菊花、苦茶。以双音词结尾、
为后来试验现代格律诗的何其芳同志所注重。

怎样评价"闻一多型"的格律体新诗呢？臧克家同志曾说："当新诗正
在摸索着创造不同形式的时候，闻一多的这种新格律的提倡和实践，是有一
定意义和价值的。这种形式的创造是受到古典诗歌的影响，同时借助于英国
近代诗的。这种'豆腐干'式，对于当时的读者有不小的影响，末流所趋，
形成了一种脱离现实内容单纯追求形式的不良倾向。"闻一多第一个解决了
新格律样式一些基本技巧性问题（如音节的认识与划分），并为丰富新诗的
形式做出了贡献。更值得一提的是，他在理论与实践上强调了新旧格律的三
点区别："律诗永远只有一个格式，但是新诗的格式是层出不穷的""律诗的
格律与内容不发生关系，新诗的格式是根据内容的精神制造成的""律诗的格
式是别人替我们定的，新诗的格式可以由我们自己的意匠来随时构造"。这
三条为后来试验者确定了原则与方向。但是"闻型"的局限也是明显的：过
于追求形式美，尤其是"建筑美"，无异于返回中国诗史上"齐言体"的老路，
而现代汉语的发展既然冲破了旧式"齐言体"，强调以口语入诗的新诗怎能

开辟出一条"齐言体"的新路呢？严密而近于呆板的格律，免不了要束缚诗人澎湃的激情，这一点，闻先生自己也感觉到了："我觉得自己是座没有爆发的火山，火烧得我痛，却始终没有能力（就是技巧）炸开那禁锢我的地壳，放射出光和热来。"这不能不说是他自己创造的那些精美的框架，限制了他诗情的爆发。

何其芳同志曾以《夜歌和白天的歌》中的自由体诗而著称，但他又感到自由体诗的形式"被有些人糟蹋得太厉害了"，有建立现代格律诗的必要。他在1954年写出专论《关于现代格律诗》，系统阐述了他关于新格律样式的几点设想：一是不能采用、照搬古代五、七言体，"应该采取的只是顿数整齐和用韵这样两个特点"；二是不求每行字数一致，不必"强调视觉方面的格律"，"因为用口语来写诗歌，要顾到顿数的整齐，就很难同时顾到字数的整齐"；三是"押大致相近的韵就可以，而且用不着一韵到底，可以少到两行一换韵，四行一换韵。"这三条概括为一句话这是："按照现代口语写得每行顿数有规律，每顿所占的时间大致相等，而且有规律地押韵。"

何其芳同志身体力行，从1952年写的《回答》到1977年6月写的《我想起您，我们的司令员》，十五年间创作的新诗全是现代格律诗（收集在他逝世后出版的《何其芳诗稿》。我推他写于1957年的《听歌》为代表作：

我／听见了／迷人的／歌声，它那样／快活，／那样／年轻，
就像／我们／年轻的／共和国，在歌唱／她的／不朽的／青春，
就像／早晨的／金色的／阳光 因为／快乐／而颤抖在／水面上，
春天／突然／回到了／园子里花朵／都带着／露珠／开放。

仅引两节，以窥一斑。全诗每节四行，每行四拍，逐节换韵。新鲜的内容，富有韵律感的诗句，表现了音画相辉、宁静致远的诗人心境。不求字数一致，读起来更为自然流畅，在视觉上也觉得比那些"豆腐干"式更为轻松活泼。

"何其芳型"比"闻一多型"更为开放，但从总体看来，他们的格律样式都还显得单调。何其芳同志把现代格律诗的实验范围规定得太窄了，只提出从五、七言古体诗"借鉴它们的顿数和押韵的规律化"，忽视了从"杂言体"的民歌、词、曲借鉴它们的顿数、建行和押韵多样化的规律，他甚至说，"词

对于我们建立现代格律诗的参考价值，是不如五、七言诗的。"他这一局限性，后来被郭小川同志突破了。

郭小川同志是一位创造性很强的诗人，他曾说过："我努力尝试各种体裁……民歌体、新格律体、自由体、半自由体、'楼梯式'以及其他各种体，只要能够有助于诗的民族化和群众化。"郭小川所试验的新诗体，有两种已基本成型，一种是长短句体，一种是长句体。

前者类似古代的词曲体，据朱自清先生说，"第一个有意试验种种体制，想创新格律"的陆志韦，"他相信长短句是最能表情的作诗的利器"。小川同志于1959年初便连续写下了《雪兆丰年》《春暖花开》等令人耳目一新的诗，接着写出了《望星空》和长诗《将军三部曲》。这些作品"节无定行"，只能算长短句的半自由体；1962年写的《林区三唱》，便可称为长短句的半格律或格律体。这类诗有格律而没有固定的格律模式，不以每行定额的拍数而以诗节为单位显示节奏的谐和，每行少至一拍，多至三、五拍，活泼自由而又有规律可循，不同于倚声填词的词曲而又有类似的韵味。诗人把《林区三唱》的形式沿用下来了，七八年之后，也就是他受"四人帮"迫害时期写的《江南林区三唱》《新工业区三唱》《丰收歌》等诗，都是篇无定节、每节六行、长短相间、拍数基本对应的长短句体。

长句体，20世纪20年代郭沫若同志的《黄河与扬子江的对话》已开其端，蒋光慈写于1929年的长诗《写给母亲》，其句型特征是以短语连缀成长句，间或出现排比、对仗、表现出来的感情深沉而奔放，有如起伏的波涛。郭小川的长句体明显是在有意识地向格律化方向发展，艺术上的创新有两大特点：一在诗行的句型方面。以上下句排比、对仗、迭唱、节与节之间同类句型的对应、来呈示诗情波澜起伏的旋律性，使读者产生回肠荡气之感。他善于利用语法结构相同或近似的词与短语，嵌入长句再形成隔句对照、发挥排比、对仗的双重作用；在修辞方面，他吸收古代骈文某些修辞方法和律诗中活泼的"流水对"法，使每行诗句语言流畅又有天然的节奏感。这样使一节乃至全篇融成一体，长而不散、长而不繁、长而不乱。小川同志长句体的佳作很多，20世纪60年代的《甘蔗林——青纱帐》《厦门风姿》，20世纪70年代的《团泊洼的秋天》《秋歌》都堪称代表作，我仅引《厦门风姿》中的一节为例：

分明来到了厦门城——却好像看不见战斗的行踪，

但见那——满树繁花，一街灯火，四海长风……

分明来到了厦门城——却好像看不见战场的面容，

但见那——百样仙姿，千般奇景，万种柔情

　　第二个特点是音节的灵活安排。拍数的齐整不以一首诗为单位，而是以诗节为单位：四行节，求一、三行与二、四行拍数分别相等，上所引诗，一、三行可划为七拍，二、四行可划为四拍（四音词因处于排比，对应关系中而显得自然）。两行节的诗，有的类似四行节的交叉拍，上节一、二句与下节一、二句拍数分别一致。有的诗，节与节之间像换韵一样换拍，举1975年作《秋歌》为例：

今年的／秋风／似乎／格外／锐利／，有如刀锋，

今年的／礼花／似乎／格外／明亮／，有如群星。

我／曾有过／迷乱的／时刻／，于今一想，／顿觉／阵阵心痛；

我／曾有过／灰心的／日子／，于今一想，／顿感／愧悔无穷。

　　冲破整篇各节各行的拍数一致而代之以对应节、对应句的拍数一致；以局部的"节的匀称和句的均齐"，取代全诗统一格式的匀称和均齐；以不断变化的音律取代一首诗中划一的音律，这是郭小川同志的创造。"郭小川型"没有"闻一多型"那种拘谨感，闻型还不脱古典美，郭型则呈示现代美，这固然与诗人的思想感情有关，可能与诗的格律样式也有关。

　　在新诗发展史上，还有不少诗人对发展格律、半格律体新诗做出了贡献，李季、贺敬之、张志民、阮章竞等同志把民歌体转化为格律、半格律体新诗，丰富了新诗的样式、形式。李、贺将陕北"信天游"引入新诗，分别创作了《王贵与李香香》《回延安》等脍炙人口的诗篇，完善了两行节的格律、半格律样式。

　　自1981年底以来，有一位著名的业余诗人也在试验新体诗，他就是胡乔木同志。几年来他已发表近三十首新诗，他的试验，把握了形成新格律的三大要素；诗的建行、行的拍数、脚韵变化，他把三者有机地结合起来。行的拍数，他运用四拍较多，每拍两三个字，这是沿用闻一多《死水》的

音拍，控制每行用八至十二字。在音节方面，他的诗变化较少，不如郭小川，他的格律变化主要在建行和用韵。建行方面，有独节诗（《给歌者》《叛徒》）、四行节（《茑萝》《怒吼的风》）、五行节（《感谢》《心跳》等）、六行节（《凤凰》《金予》等）、八行节（《蚕》）、十四行节（《中国女排之歌》）等等①。在用韵方面，如果说郭小川同志是以不变的韵（一韵到底）来贯穿多变的"拍"，乔木同志则是以不变的"拍"来统筹多变的韵，借不同的建行与多变的韵法创造出多种格律样式。同是独节诗：《叛徒》一韵始终；《给歌者》两句一韵，《希望》八句一韵。同是五行节诗：《钟声》一节一韵，逐节换韵；《感谢》每节一、二行一韵、三、四、五行换韵，呈AABBB式；《心跳》又是一种押韵法，呈ABBAB式。

总之，建行、用韵在诗人笔下变化多端，二者相乘，格律样式就多起来，如果再辅之以行拍变化，类似词与曲的格律样式变化之法，那就难以穷尽了。闻一多先生曾预言"新诗的格式是层出不穷的"，何、郭、胡等诗人实验的成果，展示了格律体新诗发展的广阔前景。

‖格律体自身的矛盾及其克服‖

格律体新诗与传统的关系，比自由体更深，因袭的负担较重。时代在不断地向前发展，新生事物层出不穷，表达新事物的语言也不断更新。格律体诗如何表现新的时代内容、时代精神，容纳和规范新的语言，它的进程比自由体诗更为艰巨。它必须不断克服自身的种种矛盾，不断改造自身，以适应新时代的需要。

首先，要克服形式与内容的矛盾。

格律本身仅仅是一种形式，旧律诗，形式是固定的、程式化的，与内容没有密切的关系，先有形式后有内容，内容迁就形式是它最大的弊病。新格律的创始者虽然强调新格律"是根据内容的精神制造成的"，但这种特殊的形式对内容的约束力还是很大的。根据内容选择形式，必须先行考虑这种内

---

① 本文所提到胡乔木诗分别见于《新华文摘》1982 年 4 期、《人民日报》1983 年 4 月 9 日、《诗刊》1983 年 3、5 期

容是否适应格律体来表现，而不是必须用格律体来表现。闻一多先生的创作实践已经证明：当他走向人民，成为民主战士之后，胸中火山爆发式的感情，用那些精美的框架再也表现不了，倒是在即兴式的《最后一次讲演》中表现出来了。因此，什么样的内容适用格律体来表现，诗人构思谋篇之时应有所权衡，当代女诗人陈敬容同志在她的《学诗点滴》中写道："根据自己的新诗创作实践，逐步得出了一点自以为是的体会：即凡属较为广阔的、较为新鲜活泼的内容，格律体往往不易容纳，而凡属较为深沉或细致的思想感情，自由体有时也不易表达。因而我主观地认为，最好以每首诗所要表达的内容，作为选取形式的标准。"这是经验之谈！我们在阅读作品时也时有发现：适用自由体表现的内容运用了格律体，往往会使诗情遭到窒息；适应格律体表现的内容运用了自由体，则易流于空泛。艾青同志有言："是诗产生格律，不是格律产生诗。"爱写格律诗的同志尤应注意。

有了适合格律体表现的内容，内容还不能迁就形式，而是靠内容去开拓形式，完善形式，提高形式。中国古代诗人都强调"诗贵立意"，强调意的统帅作用，把立意与格律密切联系起来，所谓"意是格，声是律，意高则格高，声辩则律清，格律全，然后始有调。"这里讲的"格"，有强调诗人与作品的品格、风格之意，诗人意高意卑，意深意浅，确实会从作品的格律中表现出来。因为诗人之意须用语言才能表达出来，而格律也是凭语言这一物质外壳才能作用于读者的审美意识。意高则出语不同凡响，自是格高律清；意浅则出语必俗，格律便是一副空架子。因此，作格律诗与作他体诗一样，关键处在于诗意，有本质的美然后才有形式的美，才能提高形式的审美价值，才能真正实现内容与形式的完美结合。

通读并加以比较一定数量的古今诗人的作品，我们还能发现一些似非而是的有趣现象，也就是创作律体与非律体，跟诗人的心理气质、创作时的临场情绪，甚至与年龄有关。一般地说来，诗人气质的"可塑性"与"内倾性"占优势，他便长于写律体诗。以唐代诗人为例，杜甫感情深沉，"穷年忧黎元，叹息肠内热"，可见其性格倾向，他以"沉郁"的艺术风格，写下大量的五律、七律，把律诗艺术推向高峰。而李白、李贺，他们的气质是"情绪兴奋性"与"外倾性"占优势："李太白，狂士也，性倜傥，豪放不可羁"；李贺自谓"少年心事当拏云，谁念幽寒坐呜呃"。因此，"李白只有很少几首律诗，李贺

除有很少几首五言律之外，七言律他一首也不写"（毛主席语），他们擅长
形式比较自由的古体、乐府诗。诗人创作的临场情绪也影响到诗人对形式的
选择，当情绪激发性的程度高，感情冲动强烈，急于直抒胸臆欲一吐为快时，
他往往运用形式自由的非律体诗；当他的感情可在内心深处进行酝酿，或咏
物抒情，寓情于物，或托物象征，欲言不露，这时就有可能运用律体。至于
年龄关系，青年时期思想活跃，感情容易冲动，发而为诗不太愿受格律束缚，
进入中年、老年之后，思想趋于稳定，感情日渐深沉，情绪状态容易与格律
的节奏感呼应、合拍。杜甫云："晚节渐于诗律细"，他的律诗到晚年进入了
炉火纯青的境界。黑格尔说过，一个人到了老年时期，"各种生活旨趣固然
也不存在，但是已没有青年时期的那种强烈情欲的驱遣力，老年人的生活旨
趣仿佛像一种镜花水月，比较容易发展成为艺术所要求的那种着眼于认识的
态度"。他还说，"老年时期只要还能保持住观照和感受的活力，正是诗创
作最成熟的炉火纯青的时期"。中、老年时期比较青年时期，审美情趣发生
变化是很自然的事，同时，由于艺术功底渐深，有高度驾驭、驱遣语言的能力，
因此有可能讲究"诗律细"。

格律体还须克服另一种自身矛盾现象，即格与律的扭结。

前面已说过，中国格律诗的概念包含格式与音律两方面内容。在旧体格
律中，只有律诗是格与律一体的，即一种格式含一种音律，或五言三拍，或
七言四拍。而词与曲，一种格式中包含多种音律，即每一行（句）有不同的
拍数（当然这种拍数是依据原乐曲而定的）。所谓格与律扭结，就是把诗的
格式与音律胶为一体，互相牵制，使一种格式只有一种节奏频率而无两种以
上的拍数变化。格律体新诗到底走哪条路呢？按照闻一多与何其芳关于"行
有定拍"，而且一首诗每行拍数都要求同量的规定，那么郭小川同志的诗则
算不上严格的律体诗，因为他只有对应节、对应句的拍数一致，而无整体的
拍数一致。

如果遵循"律随情移"的原则，我认为郭小川的试验更放得开，因为诗
人创作之时，他的感情是流动的，有时奔腾直泻，有时曲折迂回，或扬或抑，
或急或缓，不太可能自始至终处于同步状态。感情的律动变化，可以而且应
该在语言节奏的变化上表现出来，当然，这不是像自由体那样大幅度的变化，
而是在一定的规范之内有前呼后应的变化。这种变化之妙，我以为只要反复

吟咏郭小川的《秋歌》（1975年作），就可以领略得到。再说，一首诗，尤其是长诗，行行同拍，全篇节奏一律，读下去便会有单调、呆板之感。何其芳同志的《西回舍》，长达一百多行，全部是每行四拍，虽然靠两行一换韵来调节，总觉得少了诗情起伏跌宕之美。

遵循"律随情移"的原则，将格与律分别对待，会不会破坏诗的形式美呢？不存在这一问题。因为：诗歌语言以其内涵表现诗的内容与精神，又以其音韵表现诗情的律动与节奏，然后是将这些语言按一定的法则排列组合，才有诗的格式，因此不是先有格后有律，而是先有律后有格。任何格式都是以音律为依归，而音律又只是语言为传达内容精神的听觉符号，说到底还是闻一多先生曾经指出过的："新诗的格式是根据内容的精神制造成的。"如果我们不拘泥于"建筑美"的话，那么，一首诗有了内容精神（意境）的美与音律美，便同时有了格式美。语言艺术的形式美主要作用于读者的审美知觉和审美听觉，而不必像造型艺术的形式美一定要作用于审美视觉。

我提出格与律不要扭结，主要是想强调一下，新诗格律的音步，在一首诗之内，应依据本身行与行之间一定的对应关系而定，像郭小川同志尝试的那样。如果遵循"行有定拍"而不引申为"行行同拍"，定中有变，变中有定，整体有变，局部有定，那么一首诗的音律就不会显得呆板、单调而觉得灵动活泼了。当然，也不能说"行行同拍"就不好，配合变化的建行、变化的韵脚，而且诗的篇幅又不是太长，也可能尽善尽美。我还需进一步强调的是：格律体三要素（建行、行拍、用韵），每一个要素都可以处在变化之中：建行的变化可以适应诗的容量的变化，行拍与用韵的变化则适应"律随情移，韵由义定"的原则，随诗人的思想感情变化而变化。三者按照美的法则在变化中相互结合，格律样式就将会丰富得多，也就更能表现新的时代。

附记：本文为笔者"新诗发展问题系列论文"的第四篇。前三篇是：《今天的诗》（《新文学论丛》1981年4期）、《关于新诗形式问题的思考》（《诗探索》1982年2期）、《论自由体诗》（《文学评论》1984年2期）

选自《江西师范大学学报（哲学社会科学版）》1985年第4期

新诗与现代意识

陈良运

‖为"八十年代"以后的中国社会提供现代意识的"活体"‖

在中国人民终于能够认认真真，踏踏实实进行物质文明现代化建设的时代，人们的现代意识是什么？有不少理论文章对此进行了探讨，有的企图对现代意识加以界定，开列了一系列的科目：变革意识、竞争意识、自主意识，抗争意识、忧患意识、反叛意识乃至全球意识、宇宙意识等等。这些条目的提示也许是对的，必要的，但如果孤立地看，又难得要领。就文学创作而言，传统中不早有这些科目吗？屈原的作品中不乏强烈的抗争意识；杜甫终生都饱含忧患意识；王安石、龚自珍都表现过强烈的变革意识；而曹雪芹正是将他的反叛意识赋予了贾宝玉而使《红楼梦》倍添光彩……我以为种种意识的新名目不能体现时代的变异，变异应该从意识的主体与意识的对象相互关系中表现出来。这个主体就是进入了现代化的物质文明建设序列的当代中国人，这个对象就是当代中国人所面对的不断变革的现实、急剧变动中的物质世界。还是在 1979 年，身处大工业生产环境中的诗人张学梦率先写出了《现代化和我们自己》，就对现代意识的主体与客体的关系有了比较自觉的感悟："望着 / 我们宏伟的目标，/ 我突然感到 / 精神的苍白、肺腑的空虚。/ 仿佛我是腰佩青铜剑的战士，/ 瞅着春笋似的导弹发呆；/ 仿佛我是刚刚脱掉尾巴的 / 森林古猿 / 茫然无知地 / 翻看着四化的图集。"诗人发出了"努力使自己现代化吧"的呼声，现代化的人不只有掌握一定的科学技术的本领，而且应该有这样的自觉意识："过去的 已经刻写在 纪念碑上，/ 辩证法 很自然地淘汰着过去。/ 向前看吧！重要的永远是现实和未来，/ 任何东西都会陈旧的——

知识，经验、生命、荣誉……/ 为了获得永不衰竭的力量，/ 必须不断地把新的营养汲取。"的确，主体与对象任何一方的不适应，便不可能获得真正的现代意识。从理论上说，种种现代意识的内涵，尽可能不与任何传统意识发生重合或混淆，即使是传统中那些具有超越、超前特质的意识，也应该有新的形态。我同意这样的看法：现代意识的主导应该体现现代中国人民乃至全人类的根本利益和愿望的历史流向[①]。我还想从另一个方面略作些补充，那就是：在无产阶级及其政党领导下的社会主义中国，信仰马克思主义的现代中国人，其现代意识应该表现出对腐朽的封建阶级意识和没落的资产阶级意识的否定和批判，对以往一切已经凝定乃至僵化了的传统意识敢于决裂。因为马克思主义的创始人早就教导过我们："共产主义革命就是同传统的所有制关系实行最彻底的决裂；毫不奇怪，它在自己的发展过程中要同传统的观念实行最彻底的决裂。"（《共产党宣言》）后来，恩格斯甚至说："传统是一种巨大的阻力，是历史的惰性力，但是由于它只是消极的，所以一定要被摧毁。"恩格斯这里所说的"传统"，是对宗教而言，当然，对于我们的传统中的优秀部分，"民主性的精华"以及那些具有"超前"特质的东西，我们并不能一律摧毁，但是随着时代的进步，社会的发展，它们也要被超越，则是可能的和必然的；即使是对于革命的传统，我们不是一方面讲"继承"，又一方面强调"发扬"吗？"发扬"也是一种超越！因此，是否可以这样说：批判意识与超越意识，应是当今中国人现代意识的基石，没有力度很大的批判与超越，便不能克服一切传统意识的阻力与惰性力，便不能发扬出与我们这一时代相适应的现代意识。

但是，对于诗歌艺术来说，这些理论都可能是"灰色"的，诗人所观照的是生活长青之树，他们既不像政治家、哲学家那样，去比较人类思想意识发展史各个不同的阶段，逻辑地获得什么是现代意识的理论认识；也不用对大量的社会现象进行归纳、抽象，然后条分缕析地去研究、去把握现代意识。他们不向理论家讨教现代意识的结论，相反，他们的使命是不断向社会（包括向理论家）提供现代意识的"活体"，这种"活体"：或是对现代宏观生活的浓缩，或是对司空见惯的现实生活选取某个部位做一个微观的切片，或

---

① 参见《文艺报》1986 年 8 月 2 日"文学与现代意识"的座谈报道。

是托出一团生活、思想溶解其中的有血有肉的情感……这些"活体"是经过诗人审美处理、蕴含诗人好、恶、爱、憎的主观情绪，凭借诗人创造的意象、意境而呈现一种新的、有机的组织形态。20世纪20年代，郭沫若的《女神》就提供了这样一批现代意识的"活体"，我们从闻一多、朱自清的理论文章中得到了印证；20世纪80年代初的"新诗潮"又提供了这样一批"活体"，所谓"朦胧"，不过是人们对这些"活体"尚无清晰的感受罢了。前面我提到对旧的传统意识的超越与批判，现在，这种意识的"活体"也出现了。我所见到并乐意推荐的，是发表于1986第11期《诗刊·青春诗会》中的一位哲学研究生阿吾的组诗《写写东方》，其中最具特色的一首是：《一只黑色的陶罐容积无限》。

这是一个被赋予象征意义的"活体"，一只黑色陶罐，"诞辰之时注定是纯粹黑色／那黑色真正不可想象／在尚可承受的黑色暴雨中／在尚可感应的黑色烈火中／黑色陶罐继承了先人的黑眼睛。"中国人历来感到自豪、光荣的是，我们有历史悠久的文化传统，有着令那些比较年轻的国家和民族惊羡不止的各种黑色、彩色的、不断出土的"陶罐"，这是"国宝"！但麻烦之处也在这里：

我们怎么也走不出她的视域／有时候我们以为她被抛在山的那边／抬头看时她又出现在山的这边／其实我们早已凝固了／象形方块字凝固了／火药、指南针凝固了／经史子集凝固了／我们只好相信东方黑洞的幽灵！

大概是漫长的历史所形成的惰性力，中国人中的多数人习惯于在传统中生活，在传统的保护下讨生活，这个"黑色的陶罐"，用一个颇有哲理意味的新名词，就是中国人代代生活其中的"生存圆"。在封建社会全盛时期的浪漫主义诗人李白，曾幻想"抽倚天之剑"击破这一"生存圆"，但自此之后，很少人怀疑它存在的合理性，苏东坡把"生存圆"之外的世界想象得那样冷寂，"唯恐琼楼玉宇，高处不胜寒"，结论还是："起舞弄清影，何似在人间"。中国人一代代都执着地热爱生活，这本是我们民族性中值得充分肯定的优点，但是，它往往被某些圣贤、哲人导向一种"存天理，灭人欲"的生活。"天不变，道亦不变"，虽然历史上也爆发过多次革命，但"革命"的本义也早被规定了："汤武革命,顺乎天而应乎人"(《易经·革卦》),最重要、最根本的,当然还是"顺乎天",于是,这个黑色的陶罐——东方的黑洞,"熔解和凝固一样法力无边",诗人继续写道:

> 说世界就装在一只黑色陶罐里
> 真不是什么吹牛皮的话
> 她以不变的姿态满足你常变的要求
> ……

于是,一代代人,"感到异性的呼唤"时,"感到胜利的喜悦"时,"感到离乡背井的孤单"时,"感到人情世事的冷漠"时……都"绕陶罐走上一周":

> 结果在墓穴中人与陶罐同葬

我们这位哲学研究生,宣泄了他蕴含深刻哲理的诗的情绪:"东方之路是逃离黑洞之路!"

要帮助当今的大多数中国人(包括笔者这样的理论工作者)感受现代意识,把握现代意识,又不是概念性的把握,便有赖于诗人提供种种现代意识的"活体"。这样,现代社会就继续坚持向诗人提出一个要求:有使命感的诗人,还需以自己的胸膛贴近现实社会,将自己特别敏锐的情绪触角,探入到现代物质生活和精神生活领域更深的层面,使自己成为现代意识的主体,真实地介入种种合理存在或不合理存在的生活,从而作出肯定的或否定的审美判断。有位刚刚崭露头角的青年理论家,否定诗歌创作"以感受生存为条件",认为"在体验观念下创作的诗人,事实上更注重现实生活,更期待触点,更热爱、更依恋也就更受制于生活"。此说我不敢苟同,我以为,一个主体意识强烈的诗人,他体验和感受某种现实生活,不一定只限于热爱或者依恋这种生活,他完全可以对生活抱一种严格挑剔的态度,他甚至对于生活中那些停滞的僵化的东西特别敏感,而这种感受愈深切,对于生活的反制力就愈大,郭沫若不就是对"静的忍耐的文明"有了深刻的体验与感受之后,才迸发出"动的和反抗的精神"吗?歌德有一句名言:"异端是生活的诗歌,所以有异端思想是无伤于一个诗人的。"这"异端"也正是从生活中"逼"出来的，任何一个人，可以称之为"新"的思想、意识、观念，都不可能在人类的"生存圆"之外产生，诗人必须在"生存圆"上有自己的"触点"，并且尽可能有更多的"触点"，才能产生真实的而非虚构和冥想的"异端"。一位有创作实践的青年诗人说得好："人面对世界只能有一扇窗户，那就是你自己。我们只能居住在自己的肉体中，任何想脱离它的想法都是不切实际的。对世界对历史的感受也只能选择这个真实的角度。"如此说来，"受制"与反制，不在于有无"触点"，而是要分辨仅仅是作为"受体"的触点呢，还是作为主体的触点；是"生存圆"旋转时辗压诗人的触点呢。还是诗人为拨动这个"生存圆"所选择的触点。再用一个物理学术语来作个比喻：这一触点是作"向心运动"还是作"离心运动"，如果属于前者，诗人就可能受制于生活，不能获得新的创造性意识，被"黑色陶罐"熔解或凝固；如果属于后者，那么诗人便有可能"逃离黑洞"，进入超越现在"生存圆"的一个有着新时空的"生存圆"。这对于一位诗人来说，的确是时时都在经历一种"精神的冒险"，用法国当代诗人勒韦迪的话来说："诗人处在困难的、往往是危险的位置，处在梦幻与现实两两相接的交点上。他被表面现象囚禁着，在这个世界的纯粹是想象的、为流俗所满足的狭隘天地中，他越过障碍达到绝对和现实，在那里，他心旷神怡地激动着。必须跟踪这种精神状态，因为这不是随时随地遇到那种昏暗的、忸忸怩怩的、不屑一顾的形体，而是书本形式以外的诗，是澎湃精神打击现实飞溅出的晶体。"现在，我们所看到的一些缺乏鲜明现代意识的作品，不在于"生存圆"上有较多的触点，而是只作为"受体"的触点，由"热爱生活"的表层意识所支配，虔诚地反映生活和触及现实，没有跟踪那种令人心旷神怡的精神状态，更没有以"澎湃的精神打击现实"，因而也就不能产生与传统意识迥然有别的"异端思想"，即我们今天所需要的现代意识。

勒韦迪所说的"晶体"，也就是我前面所说的"活体"。一位诗人不屑于轻而易举地图解概念性的现代意识，而是把蕴含现代意识的、富有生机的"活体"呈现于读者之前，让读者像走进水族馆那样看那些击水的活鱼而非看那些干制的标本，这有助于强化人们对现代社会的感性认识，有助于深化人们已朦胧意识到而未能确切把握到的某些新的契机，让人们以直观审美的方式淡化旧意识，显化新意识，以潜移默化的内在干预变革人们的受体意识，升华出主体意识。从这些意义来说，方可达到"让生活感受诗"，诗在"创造读者"！就诗人投入创造的"精神冒险"全部历程来考察，方可说是"使自己离开生存的世界，为的是以充分的力量归返生存"，获得了整体的实现。也只有这样，诗人及其审美化的创造，才能在今天这样一个大变革的时代里，不断变革中的生存环境里，找到自己的位置，尽管这是一个困难又往往危险的位置，却有可能使他成为时代的先行者，成为现代中国实现人的现代化这一伟大工程的灵魂工程师。

‖在深层意识的冲突和碰撞中获得现代风度‖

现在让我们回到诗的本身，讨论一下中国现代新诗的内在神态与外在形态。因为时至今日，不只是一般读者，往往还有某些诗评家和诗人自己，对于新诗的现代特征、如何表现现代意识，乃至可不可以有东方现代诗派，在各种场合的讨论中总是容易产生歧义，根本原因在哪里？

观察中国新诗发展的全过程，特别是在两个表现现代意识比较突出、显著的时期，我们会发现一个有趣的现象：在20世纪二三十年代、对新诗现代式的审美表达不理解、不满者，于诗中所蕴含的现代意识意并不那么敏感，却是对那突破旧格律规范的新形式（尤其是自由体）、"引车卖浆者流"的诗歌语言（以现代口语入诗），不断地评头品足。在20世纪80年代里，对"新诗潮"更强烈的现代色彩持批评态度者，于诗中内在的，不乏"离经"的现代意识似无发觉，很少论评（当然也有，对舒婷《流水线》不公正的批评就是一例），更多的是对这些诗作在艺术传达方面迥异于传统的手法与技巧进行非议（以"五四"以来的新诗为"传统"的标尺），或指责为"朦胧"，或斥之以"怪诞"。一切牵动面颇广的关于"朦胧诗"的讨论，最引人瞩目的还是"懂"与"不懂"的论辩。前面说过，称誉"新的崛起"的文章，多是标榜"新的美学原则"，而那些批评"新的崛起"的文章则与此针锋相对。有一篇在当时被转载多次的文章，也不过是将"审美原则"上纲到"一种文艺思潮"（当然是资产阶级的）进行剖析，据称："'崛起'者们提出的不是小问题。如何对待六十年来革命新诗的传统，走西方现代主义道路，还是继承'五四'以来的新诗传统,走具有中国特色的社会主义文艺道路?这是关系到……"云云,锋芒所向也只是"摒弃传统"的问题,而批评的重点,又在非传统的审美表现方式与方法。

果真"大胆吸收西方现代诗歌某些表现方式的'古怪'诗篇",就算是摒弃"五四"以来新诗的传统吗?很明显,这是将"传统"降格为"表现方式",这样的论点是经不起推敲的;只要表现方式"古怪"一点,就算是中国的现代主义诗歌吗?这使很多人受到这种错觉的传染。再加上为文赞赏"新诗潮"者也对"吸收西方某些表现手法"宣扬得多了一些,反而淹没了这其中的优秀诗篇蕴含现代意识所辐射的光彩(对北岛《回答》的评价就是一例),以致使人们,尤其是学诗的青年信奉这样一个标准:在形式、表现技巧和手法方面"西方化"了的,就是现代化了的诗;现代诗歌主要特征,似乎就是形式与表现方面的现代化色彩。

新诗要表现现代意识,当然在审美形式方面也需有现代感,因为用旧的形式与技巧难以表现新的内容、新的精神,这一点早就由胡适指出过了。但是,用新的形式与技巧表现旧内容、旧意识的诗也屡见不鲜,也能称之为现代诗歌吗?那显然有形式主义之嫌。涉猎一些西方诗歌便可知道,西方现代主义诗歌并不全是凭"怪诞"的表现方式而获此称号的,欧美现代主义最早流派之一的意象派诗歌,恰恰是学习中国古代诗歌的意象表现手法而形成的,其代表人物庞德称:"正是因为有些中国诗人,满足于把事物表现出来而不加说教和评论,所以人们不辞繁难地加以移译。"他甚至说:"我的灵魂吻到了不朽的中国之魂,我感到我们西方人全是野蛮人,洋鬼子,我们几乎不懂得什么叫诗。"意象派的诗人们就是以意象手法来表现西方人的现代意识而加入现代主义行列的。其他现代主义流派也是如此,以表现现代生活中升华的现代意识而获得生命力,以其独特、不无怪诞的审美方式提供种种现代意识的"活体"而获得或多或少的读者的承认与欣赏。荣获过诺贝尔奖奖金的艾略特,被誉为"革新现代诗,功绩卓著的先驱"(诺贝尔文学奖评委会"得奖理由"),他的名作《荒原》被西方诗歌批评家争相诠释,不就是要开掘其中丰富的现代意识的内涵吗?当代法国诗人桑德林更明白地说过:"文学是生活的一部分……整个生活只是一首诗,一种运动。我只是一个词,一个动词,一个具有最粗野、最神秘、最有生机的意蕴的深度。"可见西方诗人对于形式所包孕的意蕴是很有追求的。当然，我们对于西方诗歌所表现的现代意识无须一一认同，况且，由于时、空的隔膜，我们也不一定全能理解，全能接受。艾略特于 1922 年发表的长诗《荒原》，表现了西方一代人进入现代资本主义社会后所产生的幻灭感，我们不可能像理解郭沫若大致同时期所创作的《凤凰涅槃》那样，对于"二十世纪是死的世界，但这死是预言更生的死"更有切肤之痛，揪心之愤。艾略特自己说过："任何诗人的作品，不能否定，只有在与该诗人住同一地域及说同一国语的人们中间，才能获得充分的了解。"我们之中有些同志，往往用望远镜瞭望西方，对于西方现代主义文学作品，常常对一整套炫目的、令人迷乱的外在表现形式、方法、技巧生发错觉，于是便将纷乱脱节的意象、无序的时空、流向莫测的意识流、神秘的象征……作为西方现代派的象征，殊不知这些都是西方现代主义者用以区别传统的古典主义、现实主义、浪漫主义、自然主义的外在特征，而在表现内在的意识方面，则不同的派别各有不同的特征：或表现"青春、朝气和生命"，或表现"人与现实的斗争"，或表现在一个充满幻觉和虚假的世界里，"人类的处境的荒诞无稽"……健康的或病态的、现实的或幻灭的，昂奋的或颓废的，等等，都有各自的言外之旨，韵外之致。当然也有形式主义派别，宣称"形式就是一切"。但文学作品的任何形式，都是由有意义的字和词构成（不可能像绘画那样仅用点和线构成某些纯粹的美的形式），形式本身必然要成为内容的一部分，在形式主义者的作品里，更体现了"形式本身就是内容"，正如形式美追求的本身，就是作家一种特殊的审美意识、情趣的表现一样。

由此又可推论：无论是从批评"新诗潮"还是赞誉"新诗潮"的立场上看，以表现方式是传统的还是非传统的，来判断新诗是现代化的还是非现代化的，也不妥当。意象化表现在西方，从理论上说是非传统的，但在中国，从理论到实践都是传统中早就有的。西方现代派所惯用的"象征""通感"等，则在东、西方的传统表现手法中更为常见。一切审美表现、美感传达的形式，都会因"文律运周"而"日新其业"，但是诗的形式与结构，总是离不开有限的文字组合，这种组合而形成的可视、可感的空间及其空间的变化（时间），远不如造型艺术用线条与色彩组合创造空间那样来得自由。打个比方说：毕加索的名画《格尔尼卡》，用纯粹的现代手法表现侵略战争之残酷，画家展现德寇飞机轰炸居民区后那惨烈的场景，他的非传统（没有完整的形象描绘，如德拉克洛瓦的《希奥岛的屠杀》那样）手法简直笔随兴至，但即使是运用现代技巧最娴熟的西方诗人，恐怕也难以写出这样一首诗：表现那种艺术化了的"混乱"，又能使读者获得大量错位、动态强烈的、变形的、可视性意象，从而又在视觉的帮助下，由画面返归内心，进行审美映像的重组。诗，完全是在心理的时、空领域内活动，很少能得到外部审美器官的直接帮助，甚至有时排除这种帮助："无听之以耳而听之以心，无听之以心而听之以气。"（庄子语）因此，诗的外部形态表现及其变异，远不如造型艺术自由，对于诗之内在的意蕴依附性更大。当前，倒是某些急于超越"新诗潮"而疾进的青年学诗者，企图彻底摆脱传统表现手法的影响，强行要求诗的现代形式感向现代造型艺术看齐。说是"拿一幅凡·高的画和他们以前的大师相比，绘画历史的进步在那个时代就已令人吃惊，再拿一首诗与 16 世纪的大师们相比，进步与发展的缓慢就更加令人吃惊。"他们把西方现代派诗歌也划为传统、保守之列了。其实，无论西方与东方，诗与绘画一样（西方有些现代主义流派的名称和宗旨，是诗歌与绘画所共有的，如象征主义、表现主义、未来主义等），20 世纪与 16 世纪比较，都表现了长足的进步，是与人类意识的进步和发展同步的，一道进入现代世界，也在力图不断超越发展中的现代物质世界。

如果以上论及的观点可以成立，那么，在现代中国，就无须把新诗现代化的范围界定得过窄。把现代的形式感看得过重，把艺术表达方面传统与非传统的界线划得过显，这样对新诗发展不利。现在，有些青年诗人，以为他们运用了大量的西方现代派的表现手法、技巧，就足以跻身现代派之洪流了，可是这些诗中恰恰缺少现代"最有生机的意蕴的深度"，有的在现代的外形下，还在绕着"黑色陶罐"转来转去，乃至成了假古董。更有的为了追求诗的空灵、超脱，竟鄙弃现代意识的感受与表现，说"艺术家灵魂的返祖是一种特异功能"，认为"现代文明越是发达，文学艺术中的怪诞现象就越是突出"，但是，这种怪诞现象又不是诗人的表现超越了时代所致，恰恰相反："他们是回归了，他们逆着社会与人类发展，朝着我们再也不能回去的时代走去。"这真是天外奇谈！如果真是这样，一切新形式的探索与创造也就丧失了意义，"帝力于我何有哉"就是最好的诗了。如果这也是"寻根"，那么，这种"寻根"诗在现代文学界，正如"返祖"现象在生物界一样，恐怕都不是值得赞扬的正常现象。没有对传统意识的超越，没有"向往无限与未知的内在冲动"逼迫诗人向现有的"生存圆"外迈一迈脚，诗也就很难从内到外的表现都臻至现代的境界。

从当前中国诗歌发展的情况看，诗歌表现方式、手法技巧的更新，对于多数诗人来说，并不是一件十分困难的事，诗的现代形式感对于读者来说也已经渐渐习惯，不少中、老年诗人诗作的审美表现也逐步地向青年诗人靠近，而更重要的是对于现代意识有了更自觉的表现。如中年诗人邵燕祥、公刘等人的作品，还有西部（边塞）诗派的大量作品，在外部形态上并没有着意运用多少令人迷乱的、炫目的表现方式和技巧，去制造某种光怪陆离的现代感，但诗之内在，却确确实实表现了当代中国人的现代意识，为我们提供了大量中国式现代意识的"活体"。邵燕祥的《圆明园这样说》："不要！——再一次焚烧圆明园的/竟是你们自己！"是现代感多么强烈的忧患意识。诗人近几年来的作品直至前不久发表的《天安门广场》，与他20世纪50年代反映新生活的热情诗篇比较，明显地从表层突入到了深层，充满了变革现实的激情，而这种激情是在他深沉的忧患意识中躁动着。公刘的诗则更多地表现现代中国人对环境与自身的反思与自省，《读罗中立油画〈父亲〉》就表现了因深切反思所获得的大彻大悟："再也不能变幻莫测了我的老天，我的天上的云！"由诗人的感悟，升华为一个民族进入现代社会的自省意识，震荡读者的胸怀！西部边塞诗人则表现了现代拓荒者的开拓意识，但又不只是对物质世界、对大自然的开拓，给我们以强烈现代感的是，对人的精神领域英雄式的开拓。杨牧的《我骄傲，我有辽阔的地平线》、章德益的《人生，需要这么一个空间》，周涛的《走出嘉峪关》以及昌耀的《边关：24部灯》等佳作，展现了历代边塞诗人从未发现、进入过的境界。上述这些诗人的作品，不也是中国现代诗歌中闪耀着新时代风采的"晶体"吗？

而更可喜的是，一些能够实现真正的、有效的独立思考，并在现实生活面前有着明智态度的青年诗人，对于自己与诗，能否超越"为流俗所满足的狭隘天地"，能否对现代世界的发展进行不舍的"精神跟踪"，从而获得感受、把握、表现现代意识的自由，有了更为深湛的颖悟，《黑陶罐》的作者阿吾有一段话颇有些哲学深度，他说："诗是现实灵魂的一种存在方式。开放的中国人正处在日益激烈的冲突中。表层是两种文明的冲突：东方文明与

西方文明的碰撞。中国人正体验着东拉西扯的分量。近年'返古''返西'
的作法是在寻求避难所，而非写诗。深层次是肯定的现实同否定的理想的冲
突：现实的人的东西同理想的非人的东西的碰撞。在冲突中人们或多或少流
露出一种无可适从感，无可适从感让随便应运而生。"阿吾很崇尚这种"随
便"，因为"这随便隐含着深厚的文化积淀，随便能显示文化高度的随便，
它让人们随便地感受却不怎么随便"，他还认为"随便是一种现代风度"。
对于"随便"一说，当然还可以从审美机制等方面作出更多的阐释，但这不
妨碍我们确认：中国的新诗，将一定会在现代中国人深层意识的冲突和碰
撞中（敏感的诗人当然会首当其冲），获得一种与现代世界——西方与东
方——相谐调的现代风度，足以显示有着深厚文化积淀的中华民族，在对这
种文化积淀的超越中，所能达到的新的文化高度。

1987 年 4 月 17 日改定

选自《文学评论》1988 年第 1 期

全面生长的新诗

朱子庆

　　两年前，一个热情如火的青年歌者曾指出："诗坛打破了中华人民共和国成立以来单调平稳的一统局面，出现了多种风格、多种流派同时并存的趋势。"如果我们要给当前诗坛一个简单的概括的话，我想，可以说是"全面生长"。我国诗歌已经进入了一个多种风格、流派并存、全面生长的历史时期，新诗在艺术上有了长足的进步。然而，要追寻这一进步的历史动因，却是十分复杂的。新诗潮的崛起，无疑是从诗歌内部以"过正"的方式实现了一次了不起的"矫枉"，使人们一下子便感到了审美的饥渴，非艺术的诗歌赝品，从此没有了市场。诗人邵燕祥指出："社会政治生活从动荡趋向稳定以后，新诗成就的取得将主要依靠扎扎实实地提高艺术质量，而不会取决于一时的所谓爆炸性效果。"这则是一个重要的外部原因。

　　中青年诗人成为诗坛突出的创作力量，这意味着诗歌运动的发展步入了正常的轨道。特别是年轻新秀的层出不穷，使人们对新诗的繁荣深怀信心。现在再提起北岛、舒婷们，仿佛是在讲古。人们已经在兴致勃勃地谈论着新时期的第二代、第三代诗人了。虽然以整体而言，后者所取得的成就还不能说超过了前者。而我们德高望重的中、老年诗人中，艾青、牛汉、绿原、邵燕祥、陈敬容等，无疑葆有艺术创造力。我们也看到，粉碎"四人帮"之初的新诗复兴与新诗潮带来的艺术回归，给中老年诗人提供了再试身手的沙场与关隘。不容否认，一些诗坛宿将艺术感觉已渐退化，一些中年诗人已经落伍。还应该指出的是，七月派老诗人牛汉已在诗坛日渐显得重要。以刘湛秋为代表的部分中年诗人，诗风有了较大的转变，显出较好的艺术素质。

　　放眼诗坛，我们欣然感到了多种风格流派的共存共荣。北岛、杨炼们玄妙的现代派诗，杨牧、章德益们境界雄奇的西部诗，许德民们风格清新的学院派诗，伊甸、柯平们的轻快的赋体生活诗，廖亦武、杨然们的奇诡的新现代派诗，吕贵品、马莉们的尚未名派的格局新异的新赋体，再加上原有九叶派、七月派葆有创作活力的诗人们的作品，刘湛秋们的纯美的抒情小唱，等等，不同的艺术追求与风格，交织成纷繁的抒情交响乐，初步实现了新诗艺术发展的生态平衡。这无疑给了人们以欣赏选择的广阔天地。

诗坛的现实，既有如上可资乐观的一面，亦有不能不使人担忧的一面。这一面，简单说来有两点。其一，形式主义倾向比较严重，在我们的诗刊诗报中，充斥了相当多的漂亮的塑料花。其二，富有当代感的博大深沉之作太少，见出青年诗人中相当普遍地存在人生阅历肤浅的问题。

1985 年 12 月 25 日作于上园

选自吕进编《上园谈诗》，重庆出版社 1987 年版

1980 年代的"诗托邦"

——《诗歌年代——20 世纪 80 年代大学生诗歌运动访谈录（1977 级—1978 级）》序

朱子庆

历时数载，姜红伟一路追踪访谈，最终编就《诗歌年代——20 世纪 80 年代大学生诗歌运动访谈录（1977 级—1978 级）》。此书重新发现了中国的"80 年代"！不仅仅是那个年代的诗歌，更是那个年代昙花一现的浪漫——"诗歌 80 人"！那时候中国大地上有无数的高校诗社，无数的热血青年诗人，不，可以说整个欣欣向荣的社会家国，就是一块令人神往而圣洁的"诗托邦"——恕我冒昧，杜撰了这么一个诗意而古怪的词为它命名！

"80 年代"的诗托邦，这是后"文化大革命"年代（即"新时期"）诞下的宁馨儿。那里面的人的"存在"状态，或许才是彼一时代最堪追怀、艳羡与回味的东西。

"宁馨儿"这个对标致孩子的赞词，已经淡出时代语境很久了。当我写出这个词时，忽然想到一句名言："这孩子是要死的！"——鲁迅先生说过的话。这话大煞风景，照常理，人们一般是不会说的。但似乎由于鲁迅说了，我们便深刻地记住了。事实上，"新时期"已经悄然终结，现在还有谁用这个词指称当下？这似乎可为先生训示之一证。

但我现在想说的不是这个，我最想说的是，鲁迅此言有着某种存在主义味道，它因煞风景（又作"杀风景"）而成就自为的"存在"，这才是我们这一代人记忆深刻的原因。人总是要死的，新生婴儿也不例外。这已经是一个既定常识。但为什么在鲁迅那个故事里，它却变成了"烛"与"针"？这是因为它被投入了"实践"，亦即"献身"于特定现实的某种"情境悖逆"中，而这样做是需要勇气的（我们还可以举出《皇帝的新衣》）。如果不是这样，如果它不曾鲜明地"献身"，"照亮"或"刺破"了那些"遮蔽"（喜庆的赞词），就不过是墙脚的一块灰溜溜的石头。现在我们满脑子堆着各种常识，然而，常识常有，那种生杀予夺的"情境悖逆"不常有；更进一步说，"情境悖逆"常有，而敢于掷出真理之石的，又有几人？

以上这些话，和红伟这部书又有什么关系呢？

我想指出的是，红伟此书正是一部献身于"情境悖逆"的书，一部十分及时的书，或将像一枚激射的石块洞穿某些"遮蔽"，而以其烛照现实不负历史使命。"经济中心"的转轴已不堪重负，"腾飞"的辉煌正暗淡下来，在疲惫人们的"心目"中暗淡下来——年初以来，网上不是已在万众热传、接续这样两句诗吗："我有一壶酒，足以慰风尘。""心目"这个词堪作存在主义哲学的核心词。人的存在是心与目相互传导的结果。存在决定意识，然而心在看，"照亮"一切；即心即目，即目即心，人是用"心"照亮世界的生灵。如果说"合理"系中得心源，"存在"乃基于目下，那么"存在即合理，合理即存在"这主客两端，也只有在这里"心"与"目"才能辩证统一起来。适逢这样一个意欲擦亮心灯的时刻，宏伟此书招引我们围炉夜话：缘溪行，忘路之远近，忽逢桃花林……

所谓"80年代"，是我国结束"文化大革命"动乱后，高层厉行拨乱反正，恢复高考，废止"斗纲"（即"以阶级斗争为纲"），重建生活的年代，那种情形，正像被严冬浩劫过后的一片荒原上，春风春雨，万物复苏。坊间回顾20世纪80年代的图书不少，盛称其为"诗歌黄金时代"的文章尤多，但殊少"手把红旗"的"弄潮儿"之手笔——我指的是民刊主编、社团首领以及旗手型诗人，他们是"诗潮""运动"的兴风作浪者，特定历史事件的幕后推手和动力源。而红伟此书别具只眼，属意和深挖的恰恰是当年担纲大学生诗社的"酋长"们和一地、一群校园"诗人同学"之精英，由此得以探赜索隐，为我们重构出了大泽龙蛇一处处的"诗托邦"——如果说20世纪90年代诗坛是山头林立的诗江湖，那么，20世纪80年代大学生诗歌运动的一个特点，是高校里面大大小小的诗歌社团，它们不是扯旗称派的"山寨"和利益集团，而更像是充满幻想和浪漫追求的诗歌公社，我想，叫它作"诗托邦"是颇为恰当的。盛世是要有许许多多的盛事堆塑的，像《今天》杂志引发的诗坛"裂变",像 13 家高校联合主办《这一代》的"流产",像《诗刊》首届"青春诗会"在虎坊桥"集结"以及诗评家徐敬亚《崛起的新诗群》的来龙去脉,当然还有诗人韩东的西行入陕播火、传道。桩桩件件,都是注定要记入史诗的,是为不可又再的新诗黄金时代"背书"的大事、壮举。显然,当事人、幕后推手以及在场者们的言说,更趋历史真相、更近设计顶层,讲到细节处,有些篇什更使人身历其境,似有谋划者的咳嗽声从历史深处之墙壁里隐隐传来(如孙武军、徐敬亚那两篇)。这为本书平添了不少可读性,使之具有毋庸置疑的(历)史、传(记)的诗歌文献价值。

近年来的一个思想脉动,是人们开始深情追怀激情的"80 年代"。这自然也引起了一定的反弹。不久前文化评论家朱大可和诗人欧阳江河的对话,就被冠以《80 年代,诗歌在极度不正常的状态下被推到高处》之题,传播网上。朱大可坦诚:"我觉得从八十年代初期一直到中期的诗人,中国历史上可能是前无古人后无来者,所以现在大家都会缅怀那个时候。反正我个人是很缅怀的,因为我们确实是那个时代成长起来的,包括了我们大量的青春记忆、我们的挫折、我们的欢乐,同时我们的信念、我们的理想都是在那个时代,诗歌在那个时代伴随着我们,所以它成了我们灵魂深处的一部分。"朱大可这份感言,可以代表我们这一代过来人的心声。他还描述了当年盛况一景:"那个时候校园全民启动,一个诗人穿得破破烂烂,几个月不洗澡,就拿一本破诗集,在校园里每个寝室门敲过去,就有人接待他,饭票一半都给他对吧,睡一张铺,我们那个时候就是这样的;一个诗人可以混吃混喝,在全中国畅行无阻。那个时候真的就是这种状态,在朗诵的时候,底下的女孩子跺着脚涨红着脸,就跟看到港台和韩日歌星一模一样,我们的诗歌是在一种极度不正常的状态下被推到了这样一个高度,实际上是非常奇怪的状态。"这应该是我们 77、78 级学生已经毕业,"朦胧诗"在两派大论战中大获全胜,北岛、顾城们南巡川大,各高校大学生诗潮几近鼎沸的时候吧。徐敬亚推出的《现代诗群体大展》(1986)是"崛起派"完胜后,在诗坛燃放的一束耀眼、瑰丽的烟花,它带来了现代派诗歌的鼎沸和全面展开,动摇和改变了《诗刊》等主流诗刊掌控诗坛的大一统局面,同时也宣告了诗坛"群魔乱舞"的开始——堆凑的诗歌流派可以邀名。此后,开启了后来一应不择手段的诗坛名利角逐。这似乎是不以人的意志为转移的,凡是人类行事,一旦形成规模、啸聚为"群体性事件",最后必然以非理性"疯狂"而告结束。此后,空寂的诗坛,便一纸风行起了汪国真、席慕蓉的"热潮诗"。今年刚好是老徐"大展"推出30周年,而红伟此书呈现的,主要是当代大学生诗潮的"早春气象",彼此参读来阅读是很有意思的。

最后,我想谈谈我对"1980诗歌年代"的几点认识。

首先,为什么热在诗歌?第一,中华人民共和国成立以来普遍的主义信仰、革命激情和浪漫情怀——社会主义本质上是一种乌托邦主义,给整个社会播下了过量的诗性基因,而历次"运动"空前残酷的斗争,却连同人性一道将其镇制、封埋,此时终于火山喷发;第二,"文化大革命"终结,而浩劫后的世界形同废墟、"一无所有","我来到世界上,只带着纸、绳索和身影"(北岛),而传统积习和最能上手的低文化、低成本操作,便是写诗——散文和小说不属于广大学生、青年群众;第三,放逐者归来,"右派诗人""胡风分子"、下放干校的"臭老九"乃至修地球的插队知青,此时先后返城、归位、入校,犹如"天亮了,解放了","翻身的人们"能不歌唱?第四,"文化大革命"地下诗歌特别是《今天》杂志浮出水面,广为流传,《将军,你不能这样做》《小草在歌唱》,伤痕、反思、批判、叛逆的声音,不断突破禁区,启蒙思想,激励更多的年轻人特别是大学生诗人跟进挥笔;第五,社会进入了文化先行的历史"解冻期"(如恢复高考、恢复报纸杂志和中外经典名著出版),虽然看上去是中国大地"春天来了",但整个政治体制特别是经济体制(所有制形式)仍然铁板一块,结构"超稳定",实践有"惯性",一个"亿万群众"习惯于面朝"理想"(我忽然想到海子的"面朝大海"!),"奋斗""运动""斗争"的封闭社会,一时间进入了"调整期"——"以阶级斗争为纲"虽已废止,"经济建设为中心"有待体制改革、政策跟进(所有制形式的突破),时代暂时找不着北,而兴致勃勃、精力过剩、激情过剩、体验过剩、求知欲过剩、发表欲(言说)过剩,加以时间过剩,显然也一时"自由"过剩的人们,根本无处宣泄和寄托因压抑而厚积的精神能量。有什么可干?还能干什么?后来崔健在摇滚中吼出的"我要给你我的追求,还有我的自由,可你却总是笑我一无所有"(《一无所有》),道出了那个时代的苦闷。一无所有而"追求"(即"理想")过剩,这正宜于作诗,因为"诗言志";那时哪里像现在,整个社会像个巨大的创造、致富、游戏与消费的迷宫,随处可以追求、可以寄托、可以沉迷乃至最后，可以迷失自我。第六，诗人成了第一批"存在人"。在那个大陆还没有明星的年代（港台歌曲已到处流行），诗人成了"明星""文化英雄"，诗歌"在一种极度不正常的状态下被推到了这样一个高度"，这看起来畸形又很符合历史逻辑——在每一个畸形的时代后面，必有其畸形的文化生态。为什么那个历史选择了诗人？

除以上所述，此一时期最堪反思的，是人的存在状态。"文化大革命"终结，两个"凡是"终结，"以阶级斗争为纲"终结，这一连串的历史性否决，在根本上是对一个时代、一个社会先定"本质"的终结。当历史翻过了年年运动月月斗、人人宝书天天读这一页，被改造和洗脑过后已成无主的生灵的人们（没有"自我"，甚至连本性也泯灭了，例如"性爱"），像肥沃的处女地渴望种子和春雨一样，期待、追寻着新的灵魂或曰本质的入驻——看看于坚的《四月之城》，最有名的是顾城这句："黑夜给了我黑色的眼睛，我却用它寻找光明。"（《一代人》）诗人是存在的发现者、见证人和守护神，不但敏于言，尤敢践于行，所以总会成为先行者而引领时代（许多党人革命家与之气质潜通，本质上也是诗人）。无忧无虑、意气风发又聚群而居的大学生诗人，自然最是得天独厚——更重要的一点是，77、78级大学生群体结构独特，其主体或曰大部分是经过"红卫兵运动""知识青年上山下乡运动"洗礼、历练的"同学"——生命年轻而非"少年"！是一班有过思想历练与实践的"奋青"（不同于后来的"愤青"，是志在"发奋有为"的青年人）。说来可能很难理解，社会主义者和存在主义者本质上有着潜通的地方，这就是他们都是"自为的人"——"猪圈岂生千里马，花盆难养万年松"（"文化大革命"期间流行诗句），表达的是人要有更高尚的存在的内在要求，所以必须诉诸新的实践。所不同的是，前者追求共同本质，而后者追求各异的本质。

"80年代"大学生诗人写诗、结社、编印诗刊（特别是地下刊物）和串联游走，虽然远不像党人革命者搞"运动"那样旗帜鲜明、有组织、有纪律——当年马克思说："现在是共产党人向全世界公开说明自己的观点、自己的目的、自己的意图的时候了……消灭私有制，全世界无产者联合起来！"（《共产党宣言》），但他们已然开始了自我价值的觉醒及其最初的"革命实践"活动，这是一个人由"自在的"被宰制的存在，向自我意志驱动的"自为的"

存在的飞跃，这是真正意义上的一代"新人"的诞生。看似不是传统典型意义上的"运动"，但是他们"在路上"！（这种介于自发与自觉之间的"实践"，与此前组织领导的和后来商业组织的行为是不一样的，后者已不构成"思想实践"）所以，大学生诗歌运动有别于其他放逐者归来的言说方式，而"诗歌年代"尤以大学生诗歌运动最具代表性。这是别一意义上的"运动"——当我和诗人马莉躲在她的广东人民广播电台狭窄的宿舍里秘密装订地下诗集——马莉自编自印的诗集（还是单位小打字员偷偷帮马莉打印的）时，感觉就像当年革命党人秘密印刷地下《挺进报》，这是当年校园内外多少诗歌志士的共同实践和体验——为什么会是"偷偷的"，有"秘密"之感？因为就像鲁迅文章里那个说出"真理"的人一样，我们同处于高压下的"情境悖逆"之中。当一切变得合法而没有撕裂、没有颠覆，简言之，没有"思想实践"，也就是"自为的人"软化为达利画中的一滩"软钟"，因为不再承担和实现本质而徒有其表了！与诗结伴走过"80年代"的岁月，本质上恰是由于这样的实践和体验，使那个年代变得难忘，因为这是一个"上路"的过程、"本质"附体的过程，是一个自我获得实现的人真正成为人的过程。和今天这个迷失自我的、喧嚣的消费主义时代（"取舍已不再由本心而要由舆论来决定"——茨威格）相比，那个诗歌年代已成"昨日的世界"。

那真是一个诗托邦，那就是一个诗托邦！

在那个诗托邦的诗歌年代，"月亮的柔光，从恶狠狠死沉沉的云层中偶然闪现"！"曾经有过那样的时代，我们的民族幻想着有一种天真烂漫、纯洁本色的美。甚至1914年，都还洋溢着这种天真的信任。"（茨威格：《健忘的悲哀》）但是这一切都已随风而逝了！当我们不再年轻，当我们白发苍苍时，我们一点也不后悔，只是含笑地对我们的子孙们淡淡地说："我们也曾经有过如此的热血和激情啊。"

这就是我们的"1980年代"——我们这一代的诗托邦。

选自《诗探索》2016年第7期

上园派

研究资料选

下

蒋登科／主编

西南师范大学出版社

国家一级出版社 全国百佳图书出版单位

目录

· 第五辑 ·

第三辑

上园学者论诗艺

从象征派诗论想到 "引进" 象征派

阿　红

近二三年，象征派又一次打破了在艺术上"闭关锁国"的禁锢，不少评论文章介绍或提到象征派，有些卓具才华的青年诗人也从创作上表现出来象征派诗歌艺术的某些特色。近来有机会看了象征派的一些诗论，随手记下点滴杂感。

‖象征派的兴起与在艺术上的一种社会心理‖

诗苑一个流派的兴起，并且能够拥有它的读者群，从一般意义上来说，会有社会政治经济的原因，会同某哲学学说有关。还有一个重要原因，就是人们在艺术欣赏上的社会心理：对已经习惯的，看腻了的艺术内容、艺术表现、艺术形式的厌倦；对从未见过的、新颖独创的艺术内容、艺术表现、艺术形式的好奇。

在 19 世纪后期的法兰西，波德莱尔、马拉美举起象征派旗帜之前，先有古典派、浪漫派、巴尔那斯派。

古典派，崇尚理智，抑制情感；重人类的共性，轻个性；动辄训世，不触及社会病态；侧重内心刻画，轻视景物描写；结构上循规蹈矩，不能纵横舒展……因此浪漫派兴起，社会为之倾倒。

随后出来个巴尔那斯派，主张为艺术而艺术。标榜诗歌是客观的，唯美的，"使读厌了浪漫派诗的人读了有新鲜之感"。

随后又出来象征派。对此，象征派大师、理论家马拉美指出巴尔那斯派"仍然按照陈腐哲学家和陈腐修辞学家直接表现对象的方式去处理题材"。还说：

"由过去那种诗达到今天这种诗（指象征派），主要是因为人们厌倦了官方的诗，就是拥护官方的诗的人也不免深感厌倦了。"

而象征派的诗，据马拉美说："不是以官方的诗作为原则和出发点，而是出其不意地使它突然出现的。"如象征派先驱波德莱尔的诗，以它内容的奇特，想象的超拔，感觉的敏锐，音韵的铿锵，既有浪漫主义的主观情调，又有现实主义的客观反映。象征派的诗确实是给法兰西诗坛增添了新的花朵。

我想到我们的诗歌世界。

长时期来，我们在"左"的文艺思潮影响之下，除少数卓有成就的诗人之外，不是也存在千篇一律的公式化、概念化、雷同化的问题吗？翻开报刊上的诗，总觉似曾相识，人们对此能不厌倦？

今天一些青年诗人的诗，不能说是欧美象征派的模拟或翻版，但确实具有象征派诗歌艺术的某些特点。他们的诗在当今诗坛上闪烁着异彩，也确实受到读者特别是一些文学青年的喜爱。

我们要尊重人们在审美上喜新厌旧的心理状态。人云亦云的作品，总是令人厌倦的；独创新颖的诗篇，总是得人喜爱的。坚持为人民服务、为社会主义服务的方向，无论采取怎样的创作方法，都需要在艺术上不断作新的探索。我们有浩如烟海的古典诗词，有千姿百态的各族民歌，有世界各国各民族繁多流派的诗歌艺术，还有六十年来新诗的成就，供我们在艺术上进行不同的新的试验作为借鉴。墨守成规，将会导致诗的衰落；创造出新，才能把艺术引向繁荣和发展。

诗创作有没有目的？

波德莱尔有句名言："诗的目的不是'真理'，而只是它自己。"

马拉美认为："文学的目的所在——不可能是别的——必须再现对象。"

黄莺的歌唱，也许只是生理本能，或为表示心情的怡悦，或为呼唤异性。在黄莺社会，它的歌唱也不一定是无为而为。诗人写诗，是诗人——这个社会的人、活生生的人的意识活动。只要是正常人，这种意识活动就不会是无缘无故产生的。触景始能生情，有志方可托物；誉也罢，刺也罢；褒也罢，贬也罢，必然成为诗人意识活动中活泼的内容。诗人发而为诗，不就是要把他由现实生活激发的情思表现出来吗？既然表现出来，并且公诸人世，怎能回避它的社会作用呢？你可以说："我没有什么目的。"但诗本身就蕴含着你对现实生活的评价和态度，你的政治观、道德观、人生观、审美观。诗是社会的，一旦诗在报刊上发表，它在读者的精神世界就会产生这样那样的潜移默化的影响。这种影响有时可能微不足道，像过眼的飞鸟；有时却可能很大，给一个人对生活的态度立下个路标。

承认也罢，不承认也罢，诗创作不是下意识活动。连马拉美在送别访问他的法国记者于勒·禺来时也随口说出："你看，世界被创造出来，实质上就是为了达到一本美的书的境界。"还不是有个目的？

当然，谈论诗的目的，不可避免地要接触一个问题：什么目的？

世界观、人生观不同的诗人，对人民和人民的事业持不同态度的诗人，对他生活着的现实就有不同的认识和态度。打倒"四人帮"以来的四年间，我国三代诗人从极左文艺思潮的桎梏中解放出来，写出许多深得民心和美趣盎然的诗篇，表现出他们诗歌创作的崇高目的。这就是用自己的诗为人民服务、为社会主义服务。诸凡丰富人民精神，陶冶人民心灵，增益生活经验，炼纯道德情操，升华审美观念，提高革命觉悟，燃烧四化建设的激情，加深对现实的认识，浓化对祖国、对人民、对社会主义的热爱……和对一切与真善美对立的东西的抨击，都在服务的范围以内。然而，对于诗的创作，这个目的绝不是外加的；它就存在于诗人活生生的生活感受中，是那么天成，那么自然。一个对人民有责任感、对时代有使命感的诗人，他创作的目的就是从他的心田里生长出来的花朵。

‖从波德莱尔《恶之花》想到……‖

象征派也是要发掘生活的。只是它发掘的是生活中这样的领域——

波德莱尔说："发掘恶中之美。"

又说："把恶之美发掘出来是有趣的，尤其因为这个任务更加困难，也就更加愉快。"

为什么？他说："没有一个存在的东西使我满意。自然是丑的。"

因此，他把眼睛盯在丑恶的事物上，他把诗用来表现种种丑恶事物所激发的情绪反应。

他的诗究竟是什么状况呢？他一生只写了一百五十七首诗，收集在《恶之花》中。据翻译家介绍：

在第一章"理想和忧郁"里，诗人表述了他的艺术观，发泄了他病态的、愁闷的心情。在第二章"巴黎的场景"里，诗人描绘了资本主义大都市中贫富不均，男盗女娼的畸象。在第三章"酒"里，诗人把酒看作慰藉和引起的快感和痛苦。在第四章"恶之花"里，诗人描写邪恶引起的慰藉和痛苦。在第五章"反抗"里，诗人写对周围世界的厌恶，对上帝的责问。在结章"死"里，诗人认为死亡是对"恶"的彻底解决。

由此，我想：波德莱尔不是游荡在当时法兰西现实上空的幽灵。他是他的社会的产儿。他少失父爱，孤僻忧郁；成年后穷愁潦倒。虽然他曾参加1948年无产阶级武装起义，起义失败后，意志消沉，颓废玩世。他目睹、感受资本主义社会种种丑恶现象，于是诉之笔端，干预之，暴露之。从这方面说，他尽到了他的一份社会责任。

波德莱尔不是马克思主义者，不是当时无产阶级起义时有觉悟的一员，他只是一个生活在社会底层的普通的知识分子。对社会丑恶现象，他厌恶，但有时也欣赏；他谴责，但有时也留恋；他感到窒息似的沉闷，但他又不能奋起抗争，只是忧郁、哀伤、颓废。

波德莱尔就是波德莱尔，我们又能向他要求什么呢！又何必要求什么呢！

但，我们如果为发展我们的诗歌，想向象征派"拿来"或"嫁接"点什么的时候，不能不清醒地想到：

波德莱尔是生活在资产阶级的民主革命性业已丧失的19世纪的法国，我们是生活在社会主义的中国。

波德莱尔毕竟只是波德莱尔。我们的诗人是祖国和人民的儿子，是社会主义中国负有重大时代使命的公民，是以共产主义作为自己崇高理想的战士。从人民的观点歌颂真善美，是为了发展真善美；从人民的观点暴露假丑恶，也是为了发展真善美。两只眼睛看世界，两副笔墨写生活。要将自己美的感情，美的思想，献给社会。

‖ 为什么这样孤独、忧郁…… ‖

为什么象征派诗表达的情绪总是忧郁的、悔恨的，哀伤的、低沉的？

波德莱尔说："我并不主张'欢愉'不能与'美'结合，但我的确认为'欢愉'是'美'的装饰品中最庸俗的一种，而'忧郁'却似乎是'美'的灿烂出色的伴侣；我几乎不能想象……任何一种美会没有'不幸'在其中。"

原来他是把"忧郁"与"不幸"看作"美"不可缺少的内在素质，看作"美"的基本元素。

为什么象征派诗人的胸怀总是充满着孤独感呢？

马拉美说："在这个不允许诗人生存的社会里，我作为诗人的处境，正是一个为自己凿墓穴的孤独者的处境。"

在马拉美身处的社会里，这有什么奇怪！

"引进"象征派诗歌艺术能连这些也一起拿来吗？

我们的社会不同于波德莱尔、马拉美生活着的社会，不是"不允许诗人生存的社会"。"四人帮"当道时，可以这样说；打倒"四人帮"后，情况已发生了根本变化。尽管有时诗人直言不讳，还受到一些人粗暴的、不公正的对待，但是，我们的社会舆论、我们的人民，是欢迎诗人的，欢迎震撼人民心头的诗篇的。诗人看到这种盛况，就不会产生"为自己凿墓穴的孤独者"的自我感觉。

人民诗人，生活在人民中间，就像一滴水在大海里，总会感受到大海的力量，大海的气魄的。

还有关于情绪问题的美学观点。即使把情绪的内容抛开，仅从情绪的状态来说，忧郁、不幸、哀伤……固可出美，欢愉、喜悦、雄壮……同样出美。在这个问题上，不可偏执。

‖ 象征派如何看待"晦涩"？ ‖

1891 年法国记者于勒·禹来访问象征派诗人、理论家马拉美时，就曾直率地提出一个问题：

"说到这里，我们就要接触到所要提出的责难：晦涩。"

晦涩，同象征派的艺术主张有关。

波德莱尔："我找到了'美'的定义……美是这样一种东西：带有热忱，也带有愁思，它有一点模糊不清，能引起人的揣摩猜想……神秘和悔恨也是美的一种特征。"

马拉美说："与直接表现对象相反，我认为必须去暗示……诗写出来原是叫人一点一点去猜想，这就是暗示，即梦幻。这就是这种神秘性的完美的应用。象征就是由这种神秘性构成的，一点一点地把对象暗示出来，用以表现一种心灵状态。"

到 20 世纪初，美国象征派诗人又提出"意象迭加"论，要求用连续的意象表现一种情绪，认为诗是"人类情绪的方程式"。

神秘、暗示、人类情绪方程式，归根结底，都是说诗人对激发自己情绪的事物不要去鲜明地描绘，对自己的情思不要去直接地表达，故意造成一种朦胧感、神秘感，让读者思而得之。我认为这是诗人艺术地抒情状物的一种方式。无须将这种方式与其他方式比较，强分尊卑。但是任何诗人写诗，总还是希望自己的诗能够具有艺术魅力，吸引读者眼睛，摇曳读者情绪，达到心和心相通。象征派也是希望自己的诗被读者接受的。从马拉美对巴尔那斯派诗歌的责备可以看出，他希望自己的诗不使读者"感到厌倦"。

可是，由于象征派在艺术上过分追求"一点一点地把对象暗示出来"，过分地追求"神秘"，过分地去增加"人类情绪方程式"的难度，使得诗人的思维远远离开一般人思维活动的规律，诗的形象、意象远远离开生活实体的自然状态，诗的跃动远远超过读者的接受能力，于是，诗就变成了猜不透的"谜"，解不开的"方程式"，莫测高深的"神秘"，陷进晦涩的泥淖。

而晦涩绝非诗的艺术美。古往今来，没有这种主张。

那么，象征派赞成晦涩吗？

马拉美说："晦涩或者是由于读者方面的力所不及，或者由于诗人的力所不及，事实上两方面同样都是危险的。"

看，他对"晦涩"竟用了"危险"这个词。

当然，读者，如马拉美所说，由于"智力一般，文学修养的准备也不够充分"，对可解的诗也会指为晦涩。这就要提高读者的文化和艺术欣赏水平。倘使连很多有欣赏水平的读者都莫明其妙，那就不能不认为是作者"力所不及"。而应该说是没有很好地"再现对象"。

由此我想，"引进"象征派要注意晦涩。

‖第二次世界大战前，法国诗的市场‖

第二次世界大战前，法兰西诗坛流派如林。现实主义派、浪漫主义派、象征派之外，据说尚有：综合主义、全体主义、刺激主义、贵族主义、诚恳主义、主观主义、齐物主义、特吕以特主义、未来主义、强烈主义、花卉主义、同时并存主义、动力主义、不羁主义、全能主义、立体主义、达达主义、超现实主义、后期古典主义等流派。

那么，当时诗集的出版、销售情况如何？

据说："大部分的读者不再读诗，因而以谋利为目的的书店，不十分愿意刊行诗集，法国的诗一度衰落。"

原因何在？

据说："最重要的因为诗的缺乏人性。当时的诗太抽象化了，离开人类日常生活太远。"

据说："倘使有一位知识分子，拿起一首'超实派'的诗，他决计看不懂。知识分子尚且如此，更何况乎民众？诗既离开民众，民众也不去接近它。"这两个"据说"，有道理，很可能也符合实际。

我想：徐指出的这两个问题，象征派及其他现代派诗歌可能在不同程度上都存在着。

我认为：读者"看不懂"而又离开人民生活"太远"的诗，固不易获得广大群众欢迎；群众"看得懂"而不能表达群众意愿的诗，也不会拥有很大的读者群。

我想：坚持百花齐放、百家争鸣的方针，诗坛应有各种流派。八仙过海，各显神通。无须尊一罢百，崇一贬百，尽可让人民去选择。但在各流派自己，都还有一个艺术和群众的关系问题。它关系到一个流派艺术生命的久暂。当然，即使群众、包括知识分子在内都看不懂的"晦涩"体，也尽可发表一些，让它接受实践的检验。在百花齐放的过程中，新陈代谢是免不了的。对艺术上这个或那个流派做人为的压制，是收不到好的效果的。

‖ 诗可以借鉴一些东西 ‖

从 19 世纪中后期到 20 世纪 80 年代，象征派在许多国家都是有影响的流派。诗人一代接着一代，作品有自己的读者群。象征派在艺术上确实有自己的特色。

当然，象征派艺术同它表现的内容是紧密联系着的，但也有相对的独立性，也可以把它抽象出来，为我们所用。

比如强调诗人的真率。波德莱尔说："艺术家必须具有一种真率的品质。"要表现"自己的情绪"。一切真正的艺术都强调"真"。"真"是诗的生命。

比如强调描写的对象要受诗人感情的陶冶和沉浸。波德莱尔说："一切艺术的本质永远是美的事物通过每一个人的感情、热情和梦想而取得的表现。"够得上艺术品的诗，它所写的一切，都是诗人从生活中选择来，用自己的思想去冶炼，感情去浸泡，想象去给插上翅膀的。

比如强调想象。波德莱尔说："世界之初，想象力创造了比拟和比喻，它分解万物，使用一些除了灵魂深处再无其他来源的规则，积累素材而加以处理，创造出一个新世界，产生出一种清新的感觉。世界是它创造出来的。"通过匠心独运的想象，创造奇特的诗的比喻、诗的意象。现实主义也强调想象，但不像象征派去寻求情绪的"客观对应物"。

比如强调用种种象征手法去暗示情思。如马拉美，厌弃用"直接表现对象的方式去处理题材"，而非常重视"一点一点地把对象暗示出来"。因此在他们的诗里，常常模糊时间与空间，常常采用物的互相代替；常常把某种情绪，某种概念拟人化；常常采用通感形象，使官能感觉互相转化；常常采用和生活实体在某一点上相切的替代情景；常常采用大量的比拟，而这种比拟又不是求与生活实体，而是求情绪在某种特征上相适应；常常表现在一定情绪控制之下视觉、听觉官能所产生的错觉、幻觉而形成的映象……正因为如此，开拓了诗的艺术表现方法的空间。

比如强调诗的音乐性。被马拉美尊为"伟大导师"的爱伦·坡就说："音乐通过它的格律、节奏和韵的种种形式，成为诗中的如此重大的契机"，"正是在音乐中，诗的爱情才被激动"。象征派的诗和理论都是重视诗的音乐性的。

象征派的艺术主张包罗很多，唯心主义、神秘主义，杂七杂八。其中有一些东西含着合理成分，我们也未尝不可取其可取，弃其须弃。这对在我国诗坛形成新的流派，丰富我们的艺术表现手法，推动我们诗的发展，是有意义的。但是，我也认为由此形成的流派只是我国诗坛众多流派之一（如果说已经存在众多流派的话），不能尊一派罢其他，唯此代表诗的方向、诗的未来。

"引进"象征派，或者其他什么派，我认为都需要意识到：

要坚持为人民服务、为社会主义服务的方向；

诗人要生活在人民之中，要通过"我"这面灵敏的镜子折射出人民的意愿，时代的要求。

诗要从生活出发。

要使自己的诗具有民族特点。不能把民族特点仅仅归结为五、七言句式。但要表现出本民族的风习、本民族的气质精神，用汉语写作，要符合汉语的规律，要力求符合我国人民的艺术欣赏习惯。

选自《芙蓉》1981 年第 1 期

象征也是一种思维

阿 红

‖一‖

象征，其实也是思维，
一种形象的思维。
是联想和想象复合作用的心理活动，
是从被象征体到象征体的飞跃。

‖二‖

是象征；
往往是有难言之理，故隐以喻之；
往往是有难述之事，故曲以示之；
往往是有难达之情，故象以征之。
不是象征好玩，去编诗谜；
不是象征时髦，去赶一赶。

‖三‖

象征生长的土壤，
归根儿是生活；
因为作为象征体的
那物、那人、那神、那怪，

那人可感知的一切，
毕竟脱胎于生活。

‖四‖

象征孕育的母体，
归根儿是诗人在特定境遇中的情思。
因为：
假如没有那么一种欲罢不能的爱或憎，
假如没有那么一种非诉不可的思想，
假如没有那么一种对生活的强烈感觉，
哪能有那份多余的热情，
去动用大脑想象区的细胞。

‖五‖

有种种象征：
有以艺术形象象征某种思想者；
有以此一总体生活情景象征彼一总体生活情景者；
有以人物象征某一事件或思想者；
有以某一总体生活情景象征某一行为者；
有以此一事物象征彼一事物者；
有以物象征人或人的局部者；
有以色象征某一思想或人的性格特征者……

‖六‖

象征不等于比喻。
在比喻，那 A 同 B 必有某种相似点；
在象征，那 A 同 B 未必有相似点。很可能在 A 与 B 之间相距迢迢千里，却又互通信息。

‖七‖

优质的象征体是个多情的姑娘，
她向被象征体明里暗里通着消息。
劣等的象征体是个傻姑娘，

哪怕她很美，
却不知道向她的对象表示爱。

‖八‖

诗人是活生生的人。
因此，诗人的象征是可被人理会的，
假如不能，可能是读者力有不及：
　　　他少点思考，
　　　他少点生活，
　　　他少点知识，
　　　他少点艺术细胞。
假如不能，也可能诗人力有不及：
　　　他的象征不切生活，
　　　他的象征不切情理，
　　　他的象征拐弯抹角太多，
　　　他的象征随意性太大。

‖九‖

如果被象征体不能轻易发现，
且慢斥为晦涩，
可能是它隐蔽在幽深的角落；

可能是它藏身在多元的复合象征形象里。

不妨再想，再想。

而诗人得知道：读者的耐性是有限的。

‖ 十 ‖

象征体过分的随意性，

将会增强被象征体的涩度，

将会对被象征体的理解带来过分的随意性，

可不？有的评论对有些诗中象征体的解释，就让人感觉超负荷。

‖ 十一 ‖

是的，那被象征体：

（一）有定指含义，

（二）有无定指含义。

关于（一），读者审美评论中的定指含义与作者创作意图中的定指含义，有时是相等的，有时是不相等的。

按情理，作者应是期望相等的。

关于（二），我就糊涂了，那诗是怎么写出来的呢？又为什么写诗呢？

当然，这在作者是"不屑一顾"的，

当然，这很自由，不过，也像闹着玩。

‖ 十二 ‖

何必那么尊象征而废其他呢！

难道唯象征是最佳手法？

难道唯象征是现代艺术？

偏见哟偏见！

选自吕进编《上园谈诗》，重庆出版社 1987 年版

谈诗的两种表现手法

袁忠岳

诗的表现手法是多种多样的，但从主客观的侧重面不同来分，大体可分为两种：一种是侧重于再现客观存在的，我们姑且称之为"再现"手法；一种是侧重于表现主观精神的，我们也可以称之为"表现"手法。为了论述方便，我们把用"再现"手法写的诗，称为"再现"诗；把用"表现"手法写的诗，称为"表现"诗。

现在有一种人为的贬低"再现"手法、排斥"再现"诗的理论。如有人说："描写客观事物，表现现实生活，或者从旁观者角度刻画，虽然也得流露思想感情，但是这样流露出来的感情比较'类型化'……写这类诗，诗人甚至比较容易把'自己'，隐藏起来，回避'自我'。"认为"再现"手法只是纯客观的描摹，不表现心灵。还有人认为，我国传统的"意境说"只是适用于"再现"，不适用于"表现"的"陈腐的诗教"，是束缚感情自我强烈喷发的"人为的审美桎梏"，是"反映封建主义理性精神中和原则的诗的批评标尺"。否定意境在今天的美学价值。凡此种种，都是意在证明："再现"手法在今天已经过时了、落伍了，"再现"诗正趋于没落、消亡；而"表现"诗却正在"崛起"，方兴未艾。持此论者认为，只有"表现"诗才体现了诗的本质，才适应飞速发展的现代化的需要，故它必将取"再现"诗而代之。他们断言：未来，属于"表现"派。

我认为这种看法，与过去有人把"再现"手法看成无产阶级的，把"表现"手法看成资产阶级的，视"表现"诗为异端，把它看作洪水猛兽，拒之于社会主义诗国门外一样的偏颇、荒谬，也不符合诗歌发展的事实。

‖ 两种手法相互为用 ‖

只要承认诗是主客观的结晶体，不是纯主观的或纯客观的东西，那么所谓"表现"手法或"再现"手法，也就不可能是纯粹的只和结晶体的某一种成分（主观的或客观的）发生关系，而不和另一种成分（客观的或主观的）发生关系。

"再现"手法仅仅是再现自然、社会，不表现心灵吗？当然不是。诗中之自然，已非客观之自然；诗中之社会，也不是外在的社会。它们已经过艺术心灵的改造制作，成为心中之物、心化之物。黑格尔说："在艺术里，感性的东西是经过心灵化了，而心灵的东西也借感性化而显现出来。"诗歌何尝不然？不过其感性化的手段，是经过提炼的诗的语言而已。

> 这个青年工人被捕了，
> 地点是列宁像的下面，
> 时间是清明节前两天——
> 夜晚十二点。

艾青《在浪尖上》的这些诗句，该是再客观也没有的白描式的叙述了，可是蕴含着多少沉痛与激愤！在这种见证式的语言后面，我们看到了历史法官一样公正不阿的心。

"表现"手法是赤裸裸地表现主观精神，不借助任何外物，也不再现形成这种主观精神的环境吗？当然也不是。可以说，意境反对论者举不出一个这样的例子，他们的例子正是否定他们的论点的。他们所提倡的象征也罢，意象也罢，意识流也罢，都离不开表现某种心灵的客观对应物。如果说"再现"手法是在静的客观物象上凝聚主观精神的话，"表现"手法则是在动的主观精神上漂浮客观物象。如舒婷在《祖国啊，我亲爱的祖国》一诗中漂浮的"老水车""矿灯""稻穗""驳船"等。

因此，从表现主观的角度说，"表现"手法是直接的，"再现"手法是间接的。从再现客观的角度说，则"再现"手法是直接的，"表现"手法就是间接的了。

"表现"与"再现"既各有侧重、各有特色、互相区别，又有相通之处，可以互相包容、互相转化。故"表现"中有"再现"，"再现"中有"表现"，侧重的程度不同，组合的成分不一，诗歌手法呈现出纷繁多彩的变化。

‖ 两种手法难分高下 ‖

用"表现"或用"再现"手法写的诗，都各有其优劣之别；但这两种手法并无高下之分。有人却千方百计地论证："表现"手法要比"再现"手法高明。高明在哪儿呢？

一曰："再现"手法是诗歌处于原始的初级阶段时的落后的产物，"表现"手法才是近代的先进手法。也许对于西欧诗歌发展史来说是这样，它们早期的诗歌理论与实践都是重模仿的，重"表现"还是 19 世纪以后的事。但也不尽然，就在描绘性的荷马史诗与戏剧盛行时期，也有萨福、阿那克里翁等的希腊抒情短诗的存在与流传，后者侧重于"表现"，不也是产生于诗歌的初级阶段吗？

在我国更是如此，被朱自清先生称为诗歌"开山的纲领"的"诗言志"，据传是舜帝向掌管音乐的夔提出的，这不就是提倡"表现"手法吗？他弹着五弦琴唱的《南风歌》"南风之熏兮，可以解吾民之愠兮；南风之时兮，可以阜吾民之财兮"，不就是"表现"诗吗？那时中国还处于原始社会呢。中国对"再现"手法的重视要晚得多，形似论是魏晋时提出的，意境说是唐朝时提出的，诗如画是宋朝时提出的，那已到了十一、十二世纪了。如单纯从时间上相比，到底哪种手法更原始呢？

应该说，这两种手法在诗歌诞生时就都有了，只是在不同民族、不同时代、不同的政治经济文化的土壤气候条件下，侧重面不同，而有着不同的发展道路。但不论道路如何不同，都存在一个不断适应时代前进的问题，对"再现"诗如此，对"表现"诗亦然。

二曰：诗歌发展的趋势是音乐化，而音乐是主观性很强的"表现"艺术，适应这一发展趋势，"表现"手法自然理应独霸天下。其实，诗歌诞生之初，就是与音乐结合在一起的，中外皆然。据说古希腊的荷马就是行吟诗人，他行吟的是"再现"诗。中国最早的诗歌总集《诗经》是合乐可唱的，"三百五篇，孔子皆弦歌之"（《史记·孔子世家》）。这也是后来乐府、词、曲的共同特点。新诗虽大多不能唱，平仄也没有律诗严格，但一般还都是可以吟诵的，内在的节奏感与音乐性还是很强的，这原是诗歌不可缺少的因素，怎么说到现在诗歌才开始向音乐化的方向发展呢？如果说音乐化的含义与我们所说的不同，是指把有意义的语言化成无意义的音符的话，那么这样的东西与乐谱何异，怎么还能叫作诗呢？只要诗还是诗，诗的语言就既能表意也能表象，就不可能与音乐一样是纯表意的。

三曰："表现"手法是直接的"情感的自我强烈的喷发"，而"再现"手法却只能间接地表现人的内心世界。这就是说，直接应该优于间接，可是"表现"论者信奉的象征派，却是主张间接、隐蔽的。艾略特说："诗歌不是情绪的发泄，而是情绪的逃避；诗歌不是人格的表现，而是人格的逃避。"这不是自相矛盾吗？难道间接手法（如寄托、含蓄、意境等），在中国就是"陈腐的诗教"，一到国外就成了先进手法吗？这个理怎么讲呢？其实，直接和间接只要运用得当，都不失为种好的手法，如果直接失之浅露，间接失之晦涩，那么它们也都可能成为败笔。

四曰："表现"诗有个性，"再现"诗无个性。这未免太绝对了！如"我"字只是在诗中抽象地大喊大叫，这样的"表现诗"也有个性吗？或者一味地在诗中颦眉捧心、多愁善感，那就是有个性吗？慷慨激昂可以是"类型化"的，浅酌低唱也可以是"类型化"的，个性不以内容分。"再现"诗可以公式化，"表现"诗也可以公式化，个性又不以手法分。反之，只要诗是诗人用赤心热血谱写的，无论"表现""再现"都可以富有个性。

至于举"表现"手法的佳篇，来与"再现"手法的劣作相比，以说明"表现"手法之高明，那就不是科学的实事求是的研究态度了。试拿李白与杜甫比较一下吧，他们是同代人，且是好友，似乎可以说一个是"表现"诗人，一个是"再现"诗人，个性和艺术特点都很鲜明，谁比谁高明呢？自古至今争论不休，不同爱好的人可以得出完全不同的结论，说明了他们的作品从不同的方面满足了人们不同的审美要求，既不能相互替代，也无法机械比较。客观的说法是：用这两种手法创作的诗歌有不少脍炙人口的上品，也有大量不能传世的庸作。过去如此，现在这样，将来也不会例外。决定一首诗的生命的，究竟不是手法。

两种手法并存共荣

从目前诗歌创作的实际情况看，两种手法、两类诗并不是如有的同志所说的那样，那么隔膜，那么势不两立，而是正在互相吸引、互相靠拢、互相借鉴、互相渗透，甚至互相融合。

李瑛的诗《南海》，已有许多人谈过了，这也可以说是"再现"诗人对"表现"手法的尝试。诗的情与诗的思，在诗中就像在广阔无垠的海上汹涌、奔腾，赞美一种摧枯拉朽、荡涤一切污浊、永远向着红日喷薄的明天席卷的永恒的力。从这另一侧面看，李瑛还是李瑛。

另一种情况是"再现"诗中渗透更多的"表现"诗的因素。如也被许多人提到的赵恺的《第五十七个黎明》，就是叙述一个中国海员的妻子、普通的纺织女工推着婴儿车上班的情景，但诗人深沉的意识流与女工宁静的意识流相交织，家庭日常的生活流与时代前进的历史流相汇合，澎湃向前，显示出一种浩茫雄浑的气魄。这一情况在许多优秀的农村题材诗和刻画平凡的普通劳动者的诗中都是存在的，说明了"再现"诗在摆脱公式化概念化的"左"的思想影响后，在反映现实生活的多样化与复杂性上，在刻画人的内心的深刻与细腻上，表现了一种前所未有的力度与焕然一新的面貌。

"表现"诗的情况也是这样，它们的生命并不再把自己紧锁深闭于幻想的窄小的"自我"的牢笼里，而是飞腾在现实的自由生活的晴空。如舒婷的诗多是用"表现"手法写的，她诗中有不少值得吟诵的佳句，但至今没有一句超出我在前面提到的那首诗中写的：

> 我是你祖祖辈辈
> 痛苦的希望呵，
> 是"飞天"袖间
> 千百年未落到地面的花朵，
> ——祖国呵！

它像静谧大厅舞台上发出的石破天惊的一声弦拨，回响于深邃的穹顶，共鸣于千万颗心灵，而在瞬间闪过漫长的历史。欣赏过敦煌壁画的人知道，这是写实的；凡是从苦难的旧社会开始跋涉，或从新中国诞生以后起程，几经曲折，沐浴过光明，又经历过黑暗，终于走到今天的人，也得承认，这是写实的。在象征性的意象（它也是现实的）内包含着丰富的现实内容，这使我们想到昨天与今天、今天与明天。唯一不实的是这朵历史浓缩的花儿，在敦煌石壁上是永远不会落到地上了，而在新中国未来展出的画廊上，它终究是要落到每一个翘首盼望的人合掌捧着的手里的。

更多情况是"表现"手法与"再现"手法很难分开。如孔孚的《骆驼峰》：

放它回风沙中去吧，

看它眼都望穿了。

落日那么大

一定在戈壁上跑呢？

上两句，在表现诗人同情、恳求的内心中，再现了骆驼昂首瞩目的形象；下两句，在描摹"大漠孤烟直，长河落日圆"的景色中，透露了骆驼思乡、渴念的心情。你说它运用了哪种手法，属于哪类诗呢？

水要流，路要走，评论家的任务是疏导和开拓，不是人为地筑堤防、设路障。我们刚为"表现"诗争得生存权，怎么又可以把"再现"诗逐出百花园呢？让它们并存共荣、携手前进、互相取长补短不好吗？我们诗歌的品种不是太多而是太少。既然时代为各种手法的争奇斗妍提供了广阔的天地，我们为什么要作茧自缚、设牢自囚呢？

选自吕进编《上园谈诗》，重庆出版社 1987 年版

关于诗歌的历史感

袁忠岳

历史感，是近年来诗歌创作与评论中出现的新话题之一。诗人们在创作中有意识地追求它，如有人提出"诗人应当具有历史感"，有的谈到诗要"强调历史感"；有些诗评工作者在评诗评人时也好运用这一概念，如说某诗"深刻，有历史感"，或说某人"获得了一个历史的意识"。

我们确实读到不少得力于历史感的美章佳篇，但同时也看到一些以"历史感"为装饰的赶时髦的肤浅平庸之作。有的诗中所谓的"历史感"，常常玄奥莫测，令人茫然。

以上情况说明：弄清历史感的含义，认识它在诗歌创作中的地位、作用，正确处理它与各方面的关系，对于诗歌的发展是很有必要的。

‖ 一 ‖

历史感并非是对诗歌的特殊要求。任何一部文学作品，反映于其中的某一社会生活片断、侧面，都不应是孤立的舍根离本的个体，或失去时空概念的形象存在。它们应是历史长链中的一个环节，是与社会母体血脉相通的艺术胎儿。这就要求作家具有从发展中去观察和反映生活，从总体上去把握和表现局部的历史意识。这种历史意识贯注于形象内，弥漫于作品中，即成为读者意会得到的历史感。

不过近年来在诗歌创作中特别提出历史感的问题，却有其客观的原因和特定的意义。

邓小平同志在党的十二大的开幕词中说："八十年代是我们党和国家历史

发展上的重要年代。"这是因为，从党的十一届三中全会到"八十年代"开启，我们党又一次"实现了历史性的伟大转变。社会主义现代化的壮丽前景，正在我们面前展开"。而在此之前，从1956年召开"八大"以来，我们党"经历了二十多年的曲折发展"（1982年9月1日《人民日报》社论），曲折留下了阴影、伤痕，使人反省、深思、痛惜；前景又带来了光明、希望，鼓舞着人们去改革、创造、斗争。20世纪80年代正是旧与新的交接点，是昨天通向明天的桥梁。生活正以前所未有的速度急剧发展，开拓精神呼啸向前，令人振奋、神往。这种客观的社会要求，在有责任心和使命感的诗人胸怀，就化为一腔热情的自觉追求，从而产生富有历史感的诗。

另外，诗歌本身的特点，也使诗的历史感具有与其他文学样式的历史感不同的特殊意义。

别林斯基这样说抒情诗："这是主观的王国，这是一个内在世界。"据此，他把抒情诗（我们一般概念中的诗）与史诗（包括小说）分开。他引用德国诗人让·保尔·里希特的话说："史诗叙述历史……抒情诗感觉或体验历史。"又说："史诗表现从过去发展起来的事件，抒情诗表现现在的感觉。"从二者的区别可以看出：史诗或小说的任务是"叙述历史""表现事件"，历史感是从历史、事件中自然地流露出来的。抒情诗的任务则是"感觉和体验历史"，是表现现在对历史的感觉，这无异于说，表现历史感原是抒情诗的一个任务。怎样把这种内在的只可意会不可言传的抽象感觉，不借叙述而使它具有可感性呢？这是其他文学样式不易解决的难题。

与小说不同的另一特点，正如有人说的，诗是"点"，不是"线"，也不是"面"。这种表现的极简形式与历史感所包容的纵横繁富内容之间也存在着矛盾。如何做到"点"中有"线"，"点"中见"面"，从一朵浪花看历史长河的奔流，由一草荣枯测社会兴衰的变迁？其难度亦为诗所特有。

对诗的历史感的社会要求与这种历史感的诗的表现难度之间存在的距离，指出了一条艰难而有趣的路，吸引着诗人们去跋涉、去探索。因此，在诗歌创作中提出历史感的问题不是偶然的。它是近年来社会发展与诗歌发展的双重要求，在勇于进取的诗人心中激起的反应。

不过，对历史感的追求是一回事，历史感在具体作品中的表现又是一回事，对前者应该肯定，对后者则要具体分析，二者并非总是一致的。追求不一定成功，有运用好的，有运用不好的，也有失误。原因是多方面的，探究一下，总结出经验教训来，避免盲目性，还是必要的。

┃ 二 ┃

从历史感的形成看，它包含如下几个因素：一是感受观照的对象。这有微观、宏观之分，微观的是眼前的一鳞半爪，宏观的是云后的历史全龙。二是感受观照的出发点。诗人应该立足于当代，"通过当代把过去的世界同未来的世界联结起来"（德国史雷格尔）。诗要"表现现在的感觉"。三是感受观照的指导思想。它不能不受诗人的社会关系、个人经历、思想意识、历史知识等多方面条件的制约，这些左右着诗人对现实、对历史的认识，决定着一首诗的历史感的有无、深浅、真伪、正误。因此，诗的历史感，是诗人从当代社会出发，在一定的历史观、世界观的指导下，通过某一具体表现对象，对整个历史过程或某一历史阶段的一种诗意的概括性的感受和表现。

其中，决定因素是诗人的历史观。不同的历史观产生不同的历史意识，不同的历史意识形成不同的历史感，这是任何一个诗人都无法回避的问题。创作实践证明：只有马克思主义的唯物史观才能提供认识现实、洞察历史的科学观点和方法，才能产生符合历史真实和发展的正确的历史感。

譬如，怎样看待过去的曲折？一种回答是四个字："我不相信！"不分青红皂白，把一切否定，表现了对历史失去信心，原因就在未看到决定历史命运的是人民。另一种回答则是坚信："既然没有一条重复的隧道／就绝没有一次重复的黑暗。"（《车过秦岭》）这不是主观的祈愿，而是从对历史发展规律的认识中得出的必然结论。灾难耻辱的过去，曲折黑暗的历史，应是民族精神奋发向上的砺石，不应是虚无绝望、自毁容颜的锱水。

再说，如何对待眼前的困难？有的耽溺于幻想；有的对现实产生厌倦；其结果是幻想永远是幻想，而把现在白白丢失。多数则是认为"社会主义是科学而不是魔术"（胡乔木），正视困难，积极地去征服它，自信而又自力："火种，不是天上的神恩赐的，／本来就埋在你的他的或她的脚下……"（《燧石》）"不要惋惜我失去太多的阳光——／太阳，正闪耀在我的掌心……"（《燃烧的爱》）"是的／我流着汗滴／但八十年代我的祖国／还需要汗这个原材料

/ 加固理想的坝基。"（《我起吊》）

又如，怎样瞻望未来的前景？有人翘首远古，美化钻木取火、筑巢而居的人类蒙昧混沌状态的生活，歌颂狂放不羁、占有和毁灭一切的野性的力，像神巫一样喃喃着："万物源于水，仍要归于水。"（《陶罐》）鼓吹历史循环，人类复归原始。可是，同样追根溯源，另一种目光却随江水，"从格拉丹冬冰雪茫茫的洪荒远古 / 一直流到大坝前柔波荡漾的今天"（《葛洲坝抒怀》），并坚定地向前看"铺平坎坷的前途 / 一条全天候公路 / 从你手上艰难地延伸……"（《劳动者的雕像》）历史的前进是艰难的曲折的，但它永远不会倒退。无可怀疑，今人一定胜古人，明天必然胜今天。

绝望和坚信，回避和正视，等待和争取，倒退和前进，这种对立的历史感，归根结底，还不是由于世界观的对立吗？因此，不能单纯地根据"对东方哲学、宗教、文学包括易经和楚辞的兴趣"，就判断一个诗人"获得了一个历史意识"；而不问他的历史观是否正确。历史知识对于历史意识的形成是重要的，但更重要的是运用这些知识去把握、洞察现实与历史的能力，这就离不开科学历史观的指导。正是由于忽视了这一点，有的诗人从他获得的历史知识中得出了"万物源于水，仍要归于水"，人类要复归到亚当、夏娃时代的荒谬结论。这与唯心主义的神学历史公式："乐园—失乐园—复乐园"那么相似巧合，大概不是偶然的吧！怎么能满足于在诗中卖弄一大堆杂乱的"巫术体系"，而就自诩有了"历史感"呢？

‖ 三 ‖

追求历史感，绝不是要求复古，去发"思古之幽情"，而是为了现实。不过是要诗人用历史的眼光去观察感受现实，从现实生活中发现历史的因素，从而使黯淡的东西放光，使平凡的变得不平凡。在历史的光照下，现实的东西深化了，有了立体感；表现为心灵的感受，诗也就像多面晶体一样，显得浑厚凝重。如梁小斌诗中的《雪白的墙》，因为有了历史感，而成为动乱年代的见证和美好希望的象征，变得那么高大美丽，"站在地平线上"，"闪烁着迷人的光芒"；李加建诗中的"葛洲坝"，因为有了历史感，才成为新旧交替之际"要黑暗沉淀，光明升华"的"一条粗壮的分界线"，获得了与其巍峨体积相称的历史价值；牛汉诗中的《华南虎》，因为有了历史感，才能在"一声／石破天惊的咆哮"中，挣脱牢笼，"掠过我的头顶／腾空而去"，成为受尽苦难耻辱而又永不屈服的民族魂，惊动我们的心魄。一朵生活的浪花，只有在汹涌的历史长河中，才能显示其向前推进的力度；心灵的宝石，只有放到历史的天平上，才能衡量它的真实价值。在追求历史感时，我们千万不能忘了它的这一现实作用。

从另一方面说，历史感又是靠对现实的深刻开拓、挖掘来达到的。因为诗人不能像登山临海一样直接面对历史，他只能面对现实，面对有着历史沉积的现实。故可以说，历史感是深蕴于当前生活地层的内在的潜流：只有具有历史意识的诗人才能感到它的存在、流动；只有透过生活现象的地表，才能把握它的脉络、走向；只有钻向现实地心的深井，才能使它提升、喷涌。故曰：越是当代的，也就越是历史的。杨牧正是由于抓住了现实中某些"青年"名实不符的矛盾，把握了历史给予当今中年人晚发热、迟放光这一辛酸而又自豪的时代特点，而写出了动人心弦的《我是青年》。赵恺正是由于摸到了当前中国每一个普通公民的生活和精神的脉搏，"温饱而又艰辛／劳累而又坚定"，熟悉每一家庭的琐屑平凡的日常生活——上班、下班、柴米油盐，洞察到这些平凡中孕育着的不平凡：母亲推着婴儿，今天推着明天，民族推着希望，进行着一次历史性的伟大进军，而写出了感人至深的《第五十七个黎明》。这两首富有历史感的好诗，不正是深入现实、执着于现实的结果吗？

在一首诗中，历史感与现实感是一对矛盾，它们是对立的，但又是统一的。它们并不互相排斥，而是互相依存、互相加深的。现实感离不开历史感，历史感也离不开现实感。二者之中，现实感又是这一对矛盾的主要方面，历史感从它出发，又回到它。丧失了现实感，往往也就丧失了历史感。车尔尼雪夫斯基说过："凡是在生活的土壤中不生根的东西，就会是萎靡的，苍白的，不但不能获得历史的意义，而且它的本身，由于对社会没有影响，也将是渺不足道的。"有些作品的失误，原因就在此。

王小妮的《碾子沟里，蹲着一个石匠》被认为是有历史感的，有人说它"写得有一定深度，应归结为诗篇的历史感"。这种说法是不妥的。很难说这首诗有历史感，因为它不是从现实出发，而是从观念出发的。诗写于1980年，正是这一年，作者在一本诗歌理论刊物的笔谈中发表了"两种'自我'"的观点，认为"人可以分两种：一种是意识到了'自我'的存在……这样一些人中的相当成分是青年……另一种是感觉不到自己是作为'人'而存在于这个社会之中的，这中间主要是农民"。诗中的石匠就是作者观念中后一种人的化身。他在原始的艰苦的劳动中，几乎"异化"成了他的劳动对象——石头。从诗中看，"异化"的原因是笨重的劳动，而看不出这种劳动的性质。劳动与人都从现实的社会关系中抽象出来，成为概念的演绎。诗还写到，石匠只有在幻想有仙人"派金马驹来帮忙"时，才稍稍恢复人性，用这种浮于云端、不切实际的幻想来与人的劳动实践对立，似乎摆脱"异化"的出路就在此，而劳动因它艰苦，就该否定。这符合现实，符合历史吗？人类社会不就是从艰苦的劳动实践中发展而来的吗？离开了劳动，不会有人类社会，更谈不上未来。农村的落后艰苦既有历史原因，又有现实原因，这只有面对现实，用现实的手段（包括在现有的基础上进行劳动）去解决，依靠"仙人""金马驹"是解决不了任何问题的。不看到这一点，主观地用谬误的观念与缥缈的幻想来写诗，能有历史感吗？不，"这不是历史，不是世俗的历史——人类的历史，而是神圣的历史——观念的历史"。

我们并不是要求诗人在现实面前闭上眼睛，再举起虚假的提琴，弹奏虚假的声音。用鲜花来掩盖泥泞，与用幻想来抱怨泥泞，在背离现实上，二者并无区别。我们也不是硬要诗人在勤劳而受苦的农民的左耳轮上夹一支圆珠笔，现实感不是靠浅薄的装饰。读一读公刘的诗《读罗中立的油画〈父亲〉》，是可以明白这个道理的。公刘并不回避这样一个严峻的现实：农民早就当了主人，却仍过着与主人身份不相称的艰苦辛酸的生活。但他认识到，这既是长期历史造成的，也是极"左"路线的恶果。他痛感没有早一点在农村采取实事求是的政策，没能早一点改变农民的命运。诗中当然不可能作理论分析，但我们可以从诗人愧对劳而无怨的衣食父母，发自内心的痛惜、自责之情中，从他虔诚地为他们祈祷："再也不能变幻莫测了，／我的老天！我的天上的风云！"中，从他对他们的急切催促："快车转身去吧，快！快！／黄金理当属于你！你是主人！／主人！明白吗？主人！"中，我们可以强烈地体会到这一点。诗中有对过去的检讨，有对现在的肯定，有对未来的希望。诗人认为，在实行了正确政策以后，改变命运、开启未来的钥匙，掌握在当了主人尚未充分行使主人职权的广大农民手中。正是这种对现实的正确深刻的理解和认识，才使诗富有能使"出土文物一般硬化了的心"溶解的凝重的历史感。这是王小妮的诗所没有的，对比一下是可以得到这样一个客观结论的。

由此可见，缺乏现实感，就难以有历史感，而这又与历史观不无关联。历史感有时标志着一首诗所能达到的现实深度，是衡量一个诗人敏锐性和洞察力的内在尺度。

‖ 四 ‖

一首诗要真正富有历史感，并不那么容易，既有感受上的难度（如何由表及里），也有表现上的难度（如何以小见大）。历史感是内在的抽象的东西，需要外显，具体才可以使人意会领悟。而外显又绝不是外加，具体也与图解迥然有异。

现在有些诗人对历史感缺乏正确的理解，他们追求诗的历史感，有的用追溯历史、浮泛对比的老办法，摆脱不了公式化、概念化的旧迹；有的用文物、古色古香的意象作点缀、装饰，就像仿古制品，并无艺术价值；有的在年代上做文章，一粒石子、一片枯叶，甚至从一个烟头中看出五千年的文化，多少万年的历史。常见的构思方法是：纺线纺的是历史长线，走路走的是历史之路，山谷应和的是历史的回声，时间拨动的是历史的长针，等等。常用的语言格式是：过去（或昨天、黑暗……）与未来（或明天、光明……）在桥上（或车上、船上……）交叉（或联结、转换……）。并不是凡用这样的构思与语言格式的诗都不好，我没有贬低和否定这些诗的意思，对具体作品需要作具体分析。但如果老是这样写，落入新的套子，就不见得聪明了。这样写下去，历史感难免流于浅薄庸俗。

那么怎样来表现历史感呢？我认为应该在"感"字上下功夫，这才符合历史感的特点，也才符合诗的特点。从"感"字出发，就离不开诗人的心灵、诗人的情思；从"感"字出发，才能熔三"感"（历史感、现实感、美感）于一炉，达到内容与形式的浑然一体。

情是诗的生命，同样也是诗中历史感的血肉。"叙述历史"需要的是客观冷静，"感觉和体验历史"则更强调主观感情。历史感是内在的东西，只有靠内在的情来传达。如前面提到的公刘的诗就是如此，对农民的历史遭遇之"感"，与对农民命运的关切之"情"，互相加深，互相融合，经纬成文，交织成篇。

个人的经历、民族的意识又往往是情思的基础，通往历史感的媒介。如果杨牧自身不是已入中年的"青年"，没有这代人的特殊经历与体会，他是写不出《我是青年》的。赵恺如没有强烈的民族意识，也绝不会从一个普通女工的上班中，看到我们民族艰难而又伟大的进军。历史感是抽象的，个人经历则是具体的；历史感需要感情的烈火，民族意识就是火种。如能通过个人经历和民族意识去"感觉和体验历史"，情有了，历史感有了，艺术上精益求精，锦上添花，美感也有了。这样的历史感就不是外加的，就不会冲淡以至于破坏美感，而是美感之所由，这也才是我们所需要的诗的历史感。而且这样的历史感必然会带上诗人个性的特点，免于落入俗套，从而给诗的艺术形式和技巧带来丰富的多样性和充沛的生命力。

有了"情"，有了"感"，技巧也还是需要的，我们决不否定诗的技巧，而是反对不从根本入手而单纯地依赖技巧，甚至卖弄技巧。这是舍本逐末，它非但不能获得历史感，对技巧本身的发展亦无好处。何况生拉硬扯一串悠远的年代，七拼八凑一些古老的意象，也并不算什么技巧。

巴尔扎克曾说："活在民族之中的大诗人，就该总括这些民族的思想，一言以蔽之，就该成为他们的时代化身才是。"他在列举莎士比亚、但丁、歌德、弥尔顿等伟大诗人后又说："总而言之，有天才的人们全是历史纪念碑，美丽，因为具有当时的国别。"难道在诗歌领域，我们不应呼唤这样的"历史纪念碑"吗？

1984 年 4 月 15 日—5 月 6 日

选自《诗刊》1984 年第 7 期

现实·人生·诗情

叶 橹

‖ 一 ‖

诗的生命力，取决于它对现实反映的真实和深刻的程度，这是从诗与现实的关系的角度提出的论题，也是从整体上来考察诗歌创作时对它提出的基本要求。至于具体地分析一首诗的成败得失的因素，就需要根据实际情况进行恰如其分地剖析才能得出正确的结论。

近几年来的诗歌创作，从宏观的角度来看，它的那种纷繁杂呈的格局，正是反映着一个动乱时代的结束和新的历史转折开始之后，人们对于自己的命运和责任感的思考。所以，我们在相当一部分诗篇中所体验到的那种心灵的躁动和不安，那种苦苦求索的精神追求，以及对诗的艺术形式的多方面的探求和试验，都应当被看成这种现实的复杂性在诗歌领域直接或间接的反映。

诗歌创作毕竟是一种比较复杂的精神现象，所以它在反映现实时呈现出种种不同的表现形式。能够正确地反映现实并表现出艺术形式的多样化和丰富性的诗固然是大量的，但真正的艺术精品毕竟比较少；而另一方面，由于种种的主客观因素的影响，也出现了相当数量的背离现实和不符合生活发展要求的诗。作为一种创作现象，这都是十分自然和正常的。只要能发扬长处，力纠偏颇，我们的诗歌在与现实相结合的道路上必然会开拓出一个广阔的前景的。

在当前的诗坛上，特别是近两年来，我们的诗歌创作出现了一种比较能够面向生活实际和给人以立体感的诗。这种诗，以其对生活现状比较真实和完整的把握而受到人们的欢迎。前几年的一些获奖诗作便是。诗人面对我国现实生活的实际状况，把巨大的变革和前景的辉煌体现在普通人的脚踏实地的艰苦奋斗之中，平凡中揭示出心灵世界的广阔、精神境界的崇高。应当说，在艰难困苦中奋起，在沉重的历史因袭下飞腾，这正是我们现实生活普遍而典型的写照。这些诗，从不同的角度和侧面写出了诗人独特的观察和感受，因而引起了人们的普遍共鸣。诗情的表现既与现实吻合，又与人们的愿望和要求相一致，它才有可能深深地扎根于人们的心灵之中。与现实和生活保持活的联系，我们的诗歌将永远保持强大的生命力。脱离现实和生活，与社会的要求和人们的愿望相悖，诗歌就会变得萎靡和苍白。

历史的事实也是这样昭示我们的。自"五四"以来，以《女神》为代表的狂飙精神，正是当时那种冲破封建主义的精神束缚要求的反映。到了20世纪三四十年代，我国人民同仇敌忾的抗日要求，他们在生活上的备尝苦难与艰辛，在艾青、臧克家、田间以及其他一大批优秀诗人的诗作中得到充分体现。从20世纪50年代直到"文化大革命"前，我们群星辉映的诗坛也相当真实地反映了这一段历史的面貌。这些历史事实都是大家有目共睹，毋庸置疑的。

历史发展到了今天，人们对于诗歌的审美要求日益提高，衡量诗的标准也更加严格。诗歌如果不能适应这种变化了的现实，跟随时代的步伐一同前进，它就不可能满足这个向着丰富、多样化和高级发展着的社会的需要。

我们也不能把诗与现实保持活的联系作简单化的理解。要看到诗歌的艺术常青树虽然深深扎根于现实的大地，但在这棵常青树下那盘根错节的根须，却是以不同的形态和方式在吸取着土壤中的营养；而生长于长青树上的每一片绿叶，共同造就了葳蕤多姿的大树的气势，但是它们各自却独具风姿。

我们这个时代的诗歌，应当有自己的主旋律，突出我们时代的最强音。但在主旋律之外，也应当有各种和谐的配乐。主旋律不能向单一化发展，不能有了主旋律就不要配乐；当然，也不能让配乐掩盖了主旋律。我们在对诗歌提出各种各样的要求时，必须把宏观要求的从整体上反映现实，与微观要求的在不同的具体形式中反映现实，分清主次。而在对反映现实的方式上，更不能只看到它比较明显和直接的一面，而不深入细致地剖析其隐蔽和间接的一面。诗歌反映现实的深度和广度，不取决于表面的题材内容，也不取决于形式上的"反映"或"表现"。深度和广度是一种经过诗的凝练后的生活内核。我们所提倡的，就是要在这生活内核中能爆发出强烈的艺术火花，既能观照现实，又能揭示人的内心世界的秘密。当诗歌真正实现了这一目的时，它的社会价值和美学价值就会显示出来。

二

诗歌反映现实的特殊途径，主要是通过诗人自己的独特艺术感受来达到的。人是社会的人，现实的人，人的精神世界的丰富性和复杂性决定了诗歌的艺术内涵。所以，人的精神追求，人的自我意识，人的审美要求，就必然会通过不同的方式表现出来。但是，这一切在体现了诗的形式时，首先应当是具体可感和能够把握的。如果诗人一旦脱离这种具体可感和能够把握的特点，追求某种观念的抽象化倾向，他就会背离诗的要求而成为抽象观念的俘虏。从一般的抽象观念中演绎出的诗情和哲理，往往导致"理胜于情"或"有理无情"的后果。这种诗是无法感动读者的。

当前，不少的诗篇都在表现一种人生的追求，对人的存在价值肯定和赞扬。诗歌创作中大量出现这种探讨人生意义的哲理化倾向较浓的诗，是因为我们曾经出现过历史的曲折，使人"非人化"。所以作为一种对恶孽的惩罚和反驳，这个"人"的主题的诗篇，便大量地相继涌现于我们诗坛了。

人生的意义这种主题当然是值得表现的，这可以说是个抒写不完、开掘不尽的永恒的主题。问题在于要写出点新意来却不容易。有不少诗思想苍白，艺术平庸。有一首题为《我是太阳，我要照亮地球》的诗，主题无可非议。诗一开头写道：

我是太阳
我要照亮地球
呵，我的血在熊熊燃烧
烧沸了冷漠的宇宙……

接着通过一系列意象的排列，诸如："我拥抱冰山""我牵引云朵""我呼唤大海""我扶起高山"等,表现出"太阳"的无所不在、无所不能的存在价值。一般地说,这首诗并不缺乏想象,作者把"我"比喻为"太阳",也不能看成一种非分的"自我表现"。它的弱点在于感情的爆发力不足,使人感到只是想象加上某方面的科学常识的拼凑和组合,以此作为歌颂"太阳"的手段。"太阳"当然是"我"的存在价值的象征,但这种象征只有理性上的推理,而缺乏感性上的铸炼。这就使这首诗虽然主题有一定意义,但在艺术上却是失败的。

与此相反,我们也看到与上述主题虽然相近,但在诗的表现上却颇具特色的诗。不妨举秦岭的《我挖掘太阳》为例:

> 我是夸父,为追逐太阳,
> 我宁愿一刻不停地大步飞奔。
> 只是,我没有一柄神奇的拄杖,
> 为后人化一片芬芳的桃林……

作者巧妙地把挖煤工人的形象与"夸父逐日"的神话联系起来进行隐喻,显示出挖煤工人的社会价值。同时,他也不回避当前某些现实中的实际状况;既有"轻视的眼神",也有"劳动的艰辛"。然而,"为融化残冰,为驱散愁云,为烘烤不该淡薄的人情,我把失落的太阳苦苦找寻"。这种充溢着现实感的诗情,与对人生意义和真挚追求结合在一起,使人从中感到了一种激情的潜流和对自身社会价值的尊严感。因此,当我们读到诗的结尾:

> 不要惋惜我失去了太多的阳光——
> 太阳,正闪耀在我的掌心……

这时候,我们的思想境界也好像得到了一次开拓,对人生的社会价值,对掌握了自己命运的新的一代的精神风貌,都有了新的认识和理解。

这两首诗都是写人生的意义和社会价值的,但给人的感受却大不相同。前一首是"非诗"的理念演绎,而后一首则是诗意的感情升华。艺术与非艺术的区别也就在这里。

对于一个诗人来说，一般地从抽象意义上来理解人生的意义是远远不够的。我们必须把握人生意义的历史的和时代的不同内涵。在每一个历史阶段上，人们都会按照自己的社会理想来表达对诸如人生意义之类的观点。诗不是哲学和社会学的演绎，当然无须在这方面进行说教。但是要求从现实的具体环境中提炼出真正的诗情，则不能算是一种苛求。我们曾经看到过一些写"雁阵"的诗，它除了仅仅从这种飞禽的队伍排列中看到一个"大写的人"之外，几乎没有告诉读者任何新鲜的东西；而另一些写"人字瀑"的诗，也似乎没有开掘出什么深刻的人生意义，只有对"时隐时现"的人性的感喟。当然不是说这一类题材不能写。关键只是要把握住时代的不同特色，不要使人陷入对"人"的社会价值的抽象理解。一个诗人，如果陷入对某种抽象观念的追求——它在少数人那里几乎成为一种时髦，而不能赋予这种追求以具体的生活的和社会实际而具体的内涵，那么，即使他的追求看来好像是在接近一种诗的艺术美，也往往会因为缺乏丰厚的生活实感和历史内容而显得空虚贫乏，软弱无力。人们也许都记得韩瀚的《重量》、杨牧的《站起来，大伯！》这样的诗。它们从社会现实出发，或高度凝练地抒发出极富哲理的诗情，或具体表现了一个时代转折中的精神悲剧，但读了之后，都能使人深感人生的价值何在，人的尊严应当如何维护。这种对人生意义和价值的艺术表现和追求，才是真正具有历史感和现实感的，才是饱含丰厚的社会内容的，因而也是有极大艺术力量的。

艾青曾说过："我生活，故我歌唱。"这个"生活"，当然绝不是蝇营狗苟者的追名逐利，也不是市侩主义者的实惠哲学。但我们也不能把生活的实际内涵从具体性和丰富性纯化净化为不食人间烟火的精神追求。把人生的意义和价值抽象化，把人的尊严写成神灵式的无所不在，不受任何客观条件的限制和约束，这并不能提高人的价值和尊严，反而实际上降低了它的存在价值的具体内容，是于社会于个人都没有什么实际意义的。

写这一类人生意义主题的诗，作者往往从各种不同的角度和侧面去接近和探究它。尽管如此，诗人自己的世界观具有何种性质的内容，在写诗时仍是无法回避的。有一些诗，在回顾历史总结教训时，一味从个人得失和恩怨出发而陷入偏激；在呼唤人生价值和人性尊严复归时，又堕入对蒙昧期的人类社会顶礼膜拜；而当他们试图从各种哲学中寻找解释历史的理论根据时，又往往把历史和现实都搅成了一团理不清的乱麻。表面看来，这些诗似乎颇具哲理的深度，实际上不但经不起推敲，而且给读者带来了很大的阅读和理解上的困难。这种倾向是不顾我国现实状况的孤芳自赏，也是背离诗歌的艺术规律的。但从根本上说，则表现出作者世界观尚未定型和成熟，被比较混乱的社会观和历史观所困扰，因而才出现创作上的游移不定和盲目追求。主张艺术上的执着和多方面的追求，不能被理解成世界观上的"大杂烩"。历史上因世界观的崩溃而被毁灭的诗人，因世界观的局限而使诗才不能得到充分发展的，为数不能算少，值得我们引以为戒和深长思之。

三

一个时代有一个时代的文学，不同时代的诗人当然也会有不同的诗情表现。理解了这个常识，我们才能够正确地对待历史和现实。我们的基本出发点应当是既要有历史观点，又要有发展观点。只有从客观的具体条件的制约和局限中来衡量和评价诗人的创作，才能比较公正地看待他们诗情表现的内容和特色，而不至于苛求古人，也不会任意褒贬今人。

20世纪50年代曾有一些青年诗人，如公刘、邵燕祥、流沙河、梁南、林希、王辽生等。他们这一批人是那个时代的产物，对社会主义的优越性的肯定和对党的坚定信念，构成了他们当时创作中的主旋律。从客观条件来说，是因为他们在初谙世事时领略了旧社会的腐败堕落，因而对新社会产生了天然合理的热爱。再加上目睹了中华人民共和国成立后新中国的巨大变化，接受了良好的马列主义基本理论的教育，他们比较能够深切地体验到社会主义的优越性、党的领导的英明正确。当然，由于对社会主义条件下生活和斗争的复杂性认识不足，他们也难免有天真和幼稚之处。这在今天是看得很清楚的。可是当经历了坎坷的道路之后，他们仍然坚定地对党和社会主义祖国保持着炽烈深沉的感情，对信念的追求可谓"虽九死其犹未悔"。在回顾历史时，公刘有"既然历史在这里沉思，我怎能不沉思这段历史"的名句。在展望未来时，邵燕祥坚定地歌唱："时间不会倒流，生活却能够重新开头。莫说失去了很多很多，我的旅伴，我的朋友——明天比昨天更长久。"其他人都各自从自己的生活经历中提炼出了凝练厚重的诗情。读他们的诗，可以深深感受到：信念的执着与追求的艰辛水乳交融，互为映衬；社会现实的丰富与复杂同生活的诗意与温馨交织在一起，如丝如缕。这些来自生活底层和心灵深处的诗情，不是那些矫饰虚情者可望其项背的。

这些诗人在新的历史阶段上的发展充分说明了人是随着社会的进步而进步，人的思想认识和诗情的产生，是脱离不了历史条件的制约和局限的。不要把人神化，也不要把人的诗情抽象化。苛求受历史条件制约和局限的人，无异于把人置于真空环境中来考察和研究，得到的只能是标本而不是活人。

以同样的历史眼光来看待当今的大批青年诗人，首先应当看到他们的"多层次结构"，而不能以偏概全地进行笼统的评价。他们曾因受到生活的不公正待遇而造成思想信念上的先天不足。但是，他们觉醒之后，由于对既往的那一段历史有比较深切的具体感受，因而对生活本身的复杂性有相当深刻的认识和把握。感性的知识积累得多，对于写诗无疑是一种优势。而由于党的十一届三中全会后正确路线和方针政策的保护，加上他们在艺术表现形式的多样化和丰富性的大胆追求与探索，使他们有一个比较优越的环境和较高的起步。这正是新的历史条件所赋予的优越性，不是任何个人或少数人所创造的条件。像杨牧、章德益、傅天琳、舒婷、雷抒雁、张学梦这样一大批青年人，他们各自以不同的声音唱出了这个历史时期的组曲。应当相信他们必将在新的历史的铸造和冶炼中，成为大有出息的一代。

我们的时代，老中青诗人共同并肩战斗并进行诗艺上的切磋琢磨，必将使他们的诗情表现更加丰富多彩，更加斑斓杂呈。"鬼斧神工""炉火纯青"的艺术境界将由他们的共同努力而实现。

诗人的诗情表现既有着时代所赋予的特色，又因人而异地带有很强烈的主观色彩。诗人的心灵世界是丰富而广阔的，可以"思接千载，视通万里"，可以"登山则情满于山，观海则意溢于海"；而且，因不同的生活经历而形成的各种个性，在艺术感受上的千种风情，可以使他们的诗艺变化无穷，互不重复。雷同化永远是艺术才能平庸的表现，与真正的诗情表现毫无共同之处。一个有艺术理想和追求的诗人是不甘入此迷津的。

选自吕进编《上园谈诗》，重庆出版社 1987 年版

《人间词话》"境界"说寻绎

杨光治

一

"词以境界为最上。"这是王国维《人间词话》（以下简称《词话》）的开篇语。

"境界"一词出于佛家语，见《无量寿经》"比丘白佛，斯义宏深，非我境界"，指佛学的修养、造诣深浅的地步。唐人王昌龄已在《诗格》中把它借用到文学理论中来。《词话》大大丰富了它的内容，但并未给它下一个明确的定义，只透露了"镌诸不朽文字，使读者自得之"的信息，以至今天还聚讼纷纭。从《词话》通篇看来，所谓"境界"实际上是指意境。

在评论界中，对意境存在着多种不同的理解。

一说"意境，是作者对外观事物（社会现象和自然现象）感受达成的一种情怀"①。其实，这仅是诗人在"镌诸不朽文字"前的感受阶段。

一说"所谓'境界'，实在乃是专以感觉经验之特质为主的"，"境界之产生全赖吾人感受之作用，境界之存在全在吾人感受之所及……"②其实，这不过是对"读者自得之"的发挥。

有些论家把"境"等同于"景"，把意境理解为"情加景"。其代表论点是认为意境"也即是人们通常所说的'情景交融'"。持此论者，大概是受明人谢榛的影响。谢说"景乃诗之媒，情乃诗之胚，合而为诗"，把景看作构成诗的必要因素。其实，写景只是诗人抒情的一种手段而已，并非缺之

① 邰向轩：《诗话》，北方文艺出版社1963年版，第2页。
② 叶嘉莹：《王国维及其文学批评》，广东人民出版社1982年版，第220页。

不可的。不少有意境的诗词,本身就没有一个景句(如陈子昂的《登幽州台歌》、陆游的《示儿》等)。"意境"中的"境",并不仅仅指"景",如果把它理解为生活画面就比较妥帖:有景的诗(如杜甫的《绝句》),有生活画面;无景的诗(如《登幽州台歌》),也有生活画面。

更普遍的看法是:意境是"意与境的交融"[①]"意与境的有机结合"[②]。这一论点,是以司空图的"思与境偕",《词话》的"意与境浑"和"文学之事,其内足以摅己而外足以感人者,意与境而已"等论述为依据的。不管"意"和"境"是"偕""浑",还是"交融""结合",实际上都是把意境理解为"意"加"境"。

以上关于意境的理解,看来都不尽完善。

怎样理解它才比较恰当? 让我们从体味韩愈的两个有意境的名句入手:

云横秦岭家何在?
雪拥蓝关马不前。
——《左迁至蓝关示侄孙湘》

我们脑海里浮现出一个广阔的空间,云沉重地压着莽苍苍的秦岭,皑皑的白雪阻塞了通向蓝关的道路,诗人骑着马,彷徨于冰天雪地之中。这是一幅悲凉的生活画面——这就是诗的境。这个画面感人肺腑,惹人寻味,使我们进而联想到诗人被贬去远方的不幸遭遇和由此而产生的绝望情绪。画面上的寒风似乎也吹到了我们的心上,使我们对诗人的遭遇十分同情。诗人用这个画面(诗境)来表达自己的"意"(思想感情)。这个画面(诗境)就是他的"意"的形象表现。这一来,与其说这是意和境的交融或结合,倒不如说这是"意的境"更为确切。

辛弃疾的《贺新郎·别茂嘉十二弟》,是《词话》肯定的"语语有境界"的佳作。请看其中的一"语":

---

① 袁行霈:《论意境》,《文学评论》1980 年第 4 期。
② 冯中一:《浅谈中学诗歌讲读教学》,《山东教育》1978 年第 2 期。

易水萧萧西风冷，

满座衣冠似雪。

　　浮现在我们脑海中的是荆轲与太子丹等人在易水诀别的生活画面。这悲凉的画面（也是诗的境）辛氏并没有亲历。我们知道，辛茂嘉被贬去桂林，不同于荆轲的一去不复还；辛的"意"与境中人太子丹等的"意"也有别。辛把这个"境"借来，目的是表现自己的"意"（与茂嘉分别的痛苦），这个"境"就是他的"意"的"境"。这时，如果我们把这称为"意与境浑"，是指哪家的"意"并不明确；理解为"意的境"则能较清楚地反映"意"的归属。

　　不管"意"有何不同，也不管"境"是想象还是亲历，诗的意境始终是以带"意"的"境"（生活画面）呈现于我们脑中的，所以，似乎可认为，意境（境界）就是读者感受到的、凝聚着作者思想感情的生活画面（可简称为"意的境"）。

　　这样来解释意境（境界），比较接近于"境界"一词的字面的意义（空间、范围），同时也更能突出诗人的主观创造精神。

二

　　《词话》从两个不同角度出发来给境界分类。

　　一是从创作方法来分的：

　　有造境，有写境，此理想与写实二派之所由分，然二者颇难分别，因大诗人所造之境，必合乎自然，所写之境，亦必邻于理想故也。

　　这一观点是令人信服的。"造境"，指浪漫主义创作方法；"写境"，指现实主义创作方法。

　　文学是生活的反映。浪漫主义不能完全脱离现实生活而凭空想象，因而"大诗人所造之境，必合乎自然"，否则就等同于呓语。

　　现实主义创作方法从来不排斥理想的因素。这一点，早在《诗经》中就有所体现。王国维能总结出"所写之境，亦必邻于理想"这一条，不简单！

这则词话表现出王氏的睿智，至今还具有生命力。

《词话》下文还提到："自然中之物，互相关系，互相限制。然其写之于文学及美术中也，必遗其关系、限制之处，故虽写实家，亦理想家也。又虽如何虚构之境，其材料必求之于自然，而其构造亦必从自然之法则，故虽理想家亦写实家也。"把这两种创作方法的关系说得更清楚了。但"……必遗其关系限制"一语，似流于偏颇。因为按照自然界事物的"关系""限制"来写，也无可厚非。

二是从艺术风格方面来分的：

有有我之境，有无我之境，"泪眼问花花不语，乱红飞过秋千去"……有我之境也。"采菊东篱下，悠然见南山""寒波澹澹起，白鸟悠悠下"，无我之境也。有我之境，以我观物，故物皆着我之色彩。无我之境，以物观物，故不知何者为我，何者为物……

"作诗不可以无我"（袁枚）。真正的"无我之境"是不存在的。《词话》提出"无我之境"说，也并非认为某些诗可以无我。这个概念，被不少人误解了。

首先，《词话》所列举的"无我之境"的诗例，都是有"我"的。在"采菊"两句（陶潜《饮酒》之五）中，是"我""采菊"；是"我""见南山"；"悠然"是"我"的心情。"寒波"两句（元好问《颍亭留别》）的下文是"怀归人自急，物态本闲暇"。诗人用澹澹泛起的水波和悠悠飞下的白鸟等"闲暇"的物态来反衬出"我""怀归"的"急"，"我"始终在诗中。

其次，《词话》在下文还明确地指出："能写真景物、真感情者，谓之有境界。""真感情"正是有"我"的具体表现。

所以，我们不能对"无我之境"一语作望文生义的解释。

从《词话》所列举的诗例可看到，它实际上是指触景生情所创造的境界。作者因接触到客观景物而激发出感情（更确切地说，这一感情原已存在于心灵深处，此刻被触发出来）。《颍亭留别》就是诗人被"寒波""白鸟"等景物激发"怀归"的情怀而成诗的。

这有别于"有我之境"——缘情写景所创造的境界。"我"怀着某种强烈的感情，驱使"物"去抒发，使"物皆着我之色彩"，"泪眼问花花不语……"

（欧阳修《蝶恋花》）是典型的例子。下面这一则词话有助于我们对这两种境界的理解：

> 无我之境，人唯于静中得之。有我之境，于由动之静时得之。故一优美，一宏壮也。

"优美""宏壮"论源于叔本华。据王氏解释："今有一物，令人忘利害之关系，而玩之而不厌者，谓之曰优美之感情。若其物不利于吾人之意志，而意志为之破裂，唯由知识冥想其理念者，谓之壮美之感情。"（《叔本华之哲学及其教育学说》，据《海宁王静安先生遗书·静安文集》）据此，我们可把"无我之境"理解为悠闲、隽永，令人陶醉的境界，把"有我之境"理解为感情比较强烈的、令人激动的境界。

无可讳言，《词话》中尚有一些不确之论，如说"不知何者为我，何者为物"是"无我之境"的特征。其实这只是"我"物交融的艺术效果。如用象征拟人来写，更易臻此（例如于谦的《石灰吟》）。

《词话》还说："有我之境，于由动之静时得之。"这也不确。无数诗人的创作经验表明，及时"捕捉"诗情，诗歌会具有更强烈的感染力量；事过情迁则难以为继。宋人潘大临吟了"满城风雨近重阳"一句，被催税人的到来而败了诗兴，以致后来续不下去，原因正在此。

三

怎样才算得有境界？《词话》提出了明确的标准：

> ……能写真景物、真感情者，谓之有境界；否则谓之无境界。

与此相应的还有：

> 尼采谓："一切文学，余爱以血书者"……
> 词人之忠实，不独对人、事宜言，即对一草一木，亦须有忠实之意，否

则所谓游词也。

总的说来，就是一个字：真。

这个"真"不但要求真实地再现客观世界，还要求诗人对客观世界具有真切的感受。如果停留在人云亦云的描述上，就算再现得毫厘不差，也是无境界的。

"能写"二字值得注意。就是说，在有了真切的感受之后，还必须能够把它艺术地表现出来，"镌诸不朽文字"，只有这样，才能"使读者自得之"，获得同样的感受。否则，也是无境界的。

王氏强调"真"，是对宫廷文学、应酬文学和唯美主义等的批判，是进步的主张。但也要清醒地看到，他的"真"与我们今天所说的"真"是有距离的。他说：

> 词人者，不失其赤子之心者也。故生于深宫之中，长于妇人之手，是后主为人君所短处，亦即为词人所长处。

从这段话，我们可看出，王国维说的"真"是指"赤子之心"的"纯真"，指未被炎凉、肮脏世态沾染的"纯真"。（把李后主视为"真"的模范，站不住脚。"深宫"并非世外桃源，"妇女"也并非全部是善类！）"纯"的"真"是不存在的，只能相对而言。

而且，真、善、美是不可分割的。真是善、美的基础，舍真，则善、美不存。

可是，真并不等于善、美。守财奴掉了一文钱时，声声啼血，但善、美何在？！社会生活是文学创作的源泉，但不是所有的"真"的生活现象（包括景物、感情）都可入诗。这些是常识。

‖ 四 ‖

怎样才能写出境界？这是《词话》着重阐述的问题。大体可归纳为以下几点：

一、关于写作与生活的关系。

诗人对宇宙人生，须入乎其内，又须出乎其外，入乎其内，故能写之；出乎其外，故能观之。入乎其内，故有生气；出乎其外，故有高致……

"入乎其内"就是深入到生活中去。只有这样，才能掌握丰富而生动的素材，才能获得真切的感受，才能进行创作（"故能写之"）；作品才富有生活气息，具有生命力（"故有生气"）。这是正确的观点。

"出乎其外"就是指不要被生活的表面现象迷惑，不要当材料的奴隶；"跳"出来作分析、研究，以便掌握"庐山真面目"，把握生活的本质、事物的主流（"故能观之"）。这样，诗作才能更集中、更强烈地反映生活，闪射思想的辉芒（"故有高致"）。这也是正确的观点。

"入"是"出"的基础。只有"出"才能正确地运用"入"的成果。

《词话》还说：

诗人必有轻视外物之意，故能以奴仆命风月，又必有重视外物之意，故能与花草共忧乐。

"轻视外物"即要驾驭材料，根据主题表现的需要，对材料进行选择取舍，去粗取精，去伪存真，把生活的真实提炼为艺术的真实。这是对"出乎其外"论的补充。

"重视外物"是指在整个创作过程中，始终不脱离生活；言志、抒情始终不离开"外物"（具体事物的具体、可感的形象），注意表现特征，不作凭空的杜撰。这样，作品才有血有肉。这是对"入乎其内"论的补充。

从艺术表现角度来看，还可这样理解：如果做不到"轻视外物""以奴仆命风月"，诗就可能写得太实，成为干巴巴的纪录；如果不坚持"重视外物"，诗就可能写得太空，甚至沦为假话。

"出"与"入"，"轻视"与"重视"是辩证的。《词话》能如此正确地指出文艺与生活的关系，真是难能可贵！这是我国古典文艺理论研究的一个重大成就。

但在这个问题上，《词话》却也存在着矛盾。它说：

> 客观之诗人不可不多阅世；阅世愈深，则材料愈丰富，愈变化，《水浒传》《红楼梦》之作者是也，主观之诗人，不必多阅世，阅世愈浅，则性情愈真；李后主是也。

反对"阅世"，还要"入乎其内"干什么？把诗词作者命名为"主观之诗人"。是强调诗词的"表现"（内心世界）特征；把小说作者命名为"客观之诗人"，是强调小说的"再现"（客观世界）特征。这样分是不恰当的。因为任何优秀的文学作品（不管是小说、散文、诗词），都是"表现"与"再现"的结合。

诗词是抒情文学，更重"表现"。要"有我"但不能"唯我"。诗人要以"我"的独特方式去抒发"我"的真切而独特的感受，但决不能将时代、社会、广大人民群众撇于一旁。"我"的感情与越多的人共通，越富有时代气息，诗作就得到越多读者的欢迎。诗人"阅世"越深，则掌握材料越丰富，感受也就越深刻。当然，在"阅世"过程中，可能受到某些不良世风的玷染而失其"赤子之心"（这正是《词话》所担心的），但我们要相信大多数诗人的"抵抗力"，"阅世"正是一个锻炼的机会。杜甫的诗，是"表现"与"再现"的结合；他的成就，是"阅世"的结果。李后主的词后期比前期的更好，就因为他脱离"妇人之手"，"阅"了一点"世"——经历了"最是仓皇辞庙日"（《破阵子》）的哀痛和"秋风庭院藓侵阶……终日谁来"（《浪淘沙》）的凄凉。

这则词话显然与上述两则相左，反映出王氏世界观的局限性。

二、以"诗人之言"来写诗，以"诗人之眼"来观物。

《词话》说：

> "君王枉（忍）把平陈业，只换雷塘数亩田"，政治家之言也，"长陵亦是闲丘垅，异日谁知与仲多"，诗人之言也。政治家之眼，域于一人一事；诗人之眼，则通古今而观之，词人观物，须用诗人之眼，不可用政治家之眼。故感事、怀古等作，当与寿词同为词家所禁也。

《词话》主张，在"观物"（观察生活）时要用"诗人之眼"而反对用"政治家之眼"，就是反对"域于一人一事"的观察方法；认为必须要看到"物"与"物"之间的联系、发展、变化，触类旁通、掌握本质（要做到这一点，必须对生活"入乎其内"和"出乎其外"）。与此相应的是，所谓"诗人之言"就是指运用形象思维，创造典型而生动的艺术形象，写出耐人寻味、内涵丰富的佳作之"言"；它是可以引起读者联想、举一反三的，而不是一览无余、言一尽意即止的浅薄货色。这一主张，符合文艺的根本规律，本来是很好的，可是其中却夹杂着错误的成分，必须剔除。

第一，《词话》对例诗的评价并不正确。"君王"两句（罗隐《炀帝陵》）概括了隋炀帝的功业（618年隋出兵灭陈，当时炀帝是先锋，立了功）和衰败，寄寓很深，隐隐地写出了兴亡的教训，笔锋已不仅仅是针对炀帝了，它并非"域于一人一事"之作。人们读此，不禁联想到其他，这首诗也是"诗人之言"，与唐彦谦的《仲山》异曲同工。

第二，《词话》贬"政治家之眼"，反映出王氏对政治的偏仄之见和"纯文学"的错误观点。

诗歌与政治同属上层建筑。诗是社会生活通过诗人头脑反映的产物，诗人总持有一定的立场、观点。诗人的立场越是正确，思想境界越高，对客观事物的感受也就越敏锐、越深刻，诗作也就越能反映生活的本质。有抱负、有高度责任感的诗人，在"观物"时固然用"诗人之眼"，但也不能与所谓"政治家之眼"对立起来。杜甫、白居易、陆游、辛弃疾、龚自珍诸大家的名作，正是两眼兼用的产物。

把"政治家之眼"贬为"域于一人一毒"的短浅，是错误的。优秀的政治家（例如汉皇、唐宗、宋祖、管仲、诸葛亮、魏征……），绝不是"近视眼"患者。相反，思想境界低下、热衷于"闭门造句"、以无病呻吟为乐、以"我"为至上的诗人，"观物"时绝不可能做到"通古今而观之"。

当然，处理政治问题的思维方法与写诗不同，前者用逻辑思维，后者用形象思维。但这两种思维方式并不是水火不相容的，形象思维在一定程度上受到逻辑思维的制约。这种制约贯穿着文艺创作的全过程；对生活现象的分析、比较、概括，提炼题材，酝酿主题，创造典型，运用语言等都需要逻辑思维的制约。所以清人叶燮说，写诗要"当乎理，确乎事，酌乎情"（《原诗·内篇上》）；李笠翁说，在遣词造句时"虽贵新奇，亦须新而妥，奇而确，总不越一理字。欲望句之惊人，先求理之服众"，否则就会闹出"广州雪花大如席""挑着地球迈步走"之类的笑话。

"政治家之言"自然不能替代"诗人之言"。分行、押韵的政论或布告始终不是诗，诗要"用形象和图画说话"（别林斯基语）。对这，我们是不会怀疑的。

第三，《词话》反对感事、怀古的内容入词，更明显地暴露出王氏"为文学而文学"的落后的文艺观点。

在我国，感事、怀古很早就进入诗的领域。苏东坡还把它们写进词里，"一洗绮罗香泽之态，摆脱绸缪宛转之度，使人登高望远，举首高歌，而逸怀浩气，超乎尘垢之外"，使词的境界空前广阔，社会功能大大提高，这是词的革命。王氏反对感事、怀古，是要使诗词与政治分家，以保持"纯"，继续把这一抒情文学形式禁囿于个人的小天地里，这是一种倒退观点。

三、主张写情写景必须做到"不隔"。

《词话》说：

问"隔"与"不隔"之别……"池塘生春草""空梁落燕泥"等二句，妙处唯在不隔……语语都在目前便是不隔。至云"谢家池上，江淹浦畔"则隔矣。白石《翠楼吟》"此地宜有词仙，拥素云黄鹤，与君游戏。玉梯凝望久，叹芳草萋萋千里"便是不隔，至"酒祓清愁，花消英气"则隔矣……

大家之作，其言情必沁人心脾，其写景必豁人耳目其辞脱口而出，无矫揉妆束之态，以其所见者真，所知者深也，诗词皆然。持此以衡古今之作者，可无大误矣。

看来，王氏是欣赏明朗的风格的。诗情、画意是诗词的美，是艺术魅力的所在。写情不隔，诗情就能够比较直接、强烈地感染读者，容易引起共鸣；隔靴搔痒毕竟是遗憾的事。写景不隔，使读者如亲临其境，容易接受画意的陶熏，雾里观花，隔市闻歌，毕竟也是遗憾的事。"不隔"的标准是"语语都在目前"；"其言情必沁人心脾，其写景必豁人耳目"是"不隔"的效果。

从他所举的诗词例子和《词话》其他有关观点可看出，王氏提倡"不隔"，还是可取的。"不隔"是真切而不是浅露。他反对"酒祓清愁"式的"矫揉妆束"，反对"谢家池上"式的用典，反对使用"替代字"，主张朴素、自然地抒写，让景物的特征、心中的感情明澈地呈现于读者眼前。这是对诡谲、晦涩诗风的批判。

这里，有一个问题需要探讨：王氏主张"忌用替代字"，反对用典，为什么却又称赞句句用典的《贺新郎·别茂嘉十二弟》一词"语语有境界"？以下两则词话，可以解答这个问题：

人能于诗词中不为美刺投赠之篇，不使隶事之句，不用粉饰之字，则此道已过半矣！

"秋风吹渭永，落叶满长安"，美成以之入词，白仁甫以之入曲，此借古人之境界为我之境界也。然非自有境界，古人亦不为我用。

上一则把"隶事"（用典）与"美刺投赠""用粉饰字"并列而议，显然是为了强调真切。王氏反对借用典故来填充诗作者的空虚情感，反对使用典故来涂饰诗作。从下一则词话可以看到，他是认为如果作者"自有境界"，也不妨用典（用典来表达自己真切之情）。所以，他肯定辛氏的《贺新郎》。

众多的诗词作品证明，为了使诗词切合格律，为了使语言更精炼，选用一些"替代字"和典故入诗词，是可以的，前提是感情真切（其实这是能写出好词好诗的最根本前提）。读李清照的"武陵人远，烟锁秦楼"（《凤凰台上忆吹箫》）和毛泽东同志的"红雨随心翻作浪"（《送瘟神》之二）都不感到隔，正是因此。

四、主张炼字。

《词话》说：

"红杏枝头春意闹"，着一"闹"字而境界全出；"云破月来花弄影"，着一"弄"字而境界全出矣。

炼字是我国诗歌创作的良好传统之一。有了诗眼、词眼，能更准确地表情达意，增加诗美，这是诗人才华的闪光。但是不宜将炼字的作用过分夸大。"红杏"（宋祁《玉楼春》）"云破"（张先《天仙子》）两句，是有境界的好句，但说用"闹""弄"后"境界全出"，就片面了。

境界是整个句子、整首诗词所创造的，"闹""弄"仅起了"点睛"的作用。点了睛，龙就活；但如果画龙不成而类草绳，点睛是没有意义的。一座不堪入目的山峦，不会由于建了一个精美的亭子而顿时变成游览胜地。用上一两个好字的诗，未必就是好诗。贾岛写《题李凝幽居》时，虽在韩愈的帮助下精当地选用了"敲"字（"僧敲月下门"），但全诗并不见得高妙。所以，如果《词话》改为"着一'闹'（'弄'）字而境界突出"，就恰切一些。

放弃炼意而争一字之奇，可能会陷入形式主义的歧途。初学诗词者不应把主要精力放在炼字上。杜牧说过："凡文以气为辅，以辞采、章句为兵卫……"曹雪芹借林黛玉的口说得更彻底："……词句究竟是末事，第一是立意要紧；若意趣真了，连词句也不用修饰，自是好的。"这并不是反对锤炼语言，而是摆正炼意与炼字的位置。李白的《静夜思》没有一个"诗眼"，但脍炙人口千百年，就是明证。贺裳曾批评"红杏枝头春意闹"一句"费许大气力"，认为宋祁过于着意雕琢。这个意见值得参考。

虽然王氏把炼字的作用提到了不适当的地位，但他绝不是一个置"意"于不顾的人。他说：

> "纷吾既有此内美兮，又重之以修能"，文字之事，于二者不可缺一；然词乃抒情之作，故尤重内美。

他引了《离骚》的句子来论词。"内美"（思想内容好）与"修能"（艺术水平高）确是"不可缺一"的；把"内美"放在首位，这是灼见，尽管他的"内美"的标准与我们的不一致，但今天仍有积极意义。境界是"意的境"，意是境界的灵魂。灵魂不美，躯壳再漂亮又有什么价值？

此外，《词话》还有不少关于怎样才能写出境界的阐述。诸如：

> 东坡之词旷，稼轩之词豪，元二人之胸襟而学其词，犹东施之效捧心也。

——反对生硬的模仿。

昔人论诗词，有景语、情语之别，不知一切景语，皆情语也。

——反对为写景而写景，认为写景是抒情的手段。

古诗云"谁能思不歌？谁能饥不食？"诗词者，物之不得其平而鸣者也，故欢愉之辞难工，愁苦之言易巧。

——坚持"感于哀乐，缘事而发"的现实主义传统，与反对"游词"的观点相一致。虽然这则词话有一定片面性（只要感情充沛，"欢愉之辞"也不难工，杜甫的《闻官军收河南河北》就是例证），但瑕不掩瑜。

王氏的"境界"说瑕瑜互见，我们应当弃瑕取瑜，以为我用。

1983 年 5 月，三稿于"左右开弓"室

选自《文学评论》1984 年第 6 期

诗的境界二题

杨光治

　　我在《〈人间词话〉"境界"说寻绎》（载于《文学评论》1984年第6期）一文中，阐述了对诗词境界问题的几点粗浅看法，引起了相当强烈的反应，获得了一些相识的和未相识的朋友的热情鼓励和诚挚批评。其中有一位青年朋友率直地指出，我在文中所举的例子尽是古典诗词，没有将境界说"寻绎"到新诗上来，忽视了"古为今用"的原则。这个意见是很有益的。"境界"这一概念，在我国诗艺论坛上引起了长时间的议论，它还有待我们作进一步的探讨。我在发表了上文以后，静而思之，觉得还有不少话未说或说得未够清楚。前几天，读了友人陈良运的《关于新诗的感情境界》（《诗刊》1985年2月号）一文，获得很大启发，于是草成此文，目的还是抛砖引玉。

┃ 关于境界的分类 ┃

　　境界即意境。所谓"意境"，简单说来，就是意的境。对此，我在《〈人间词话〉"境界"说寻绎》中已作论述，不再在这里重复。需要进一步阐明的，是"意"的内涵。

　　我国历来有"诗言志""诗缘情"两说。"志"是指思想、志向。"志"与"情"看似不同，实际上它们在诗中是统一的。别林斯基说过："思想消融在情感里，而情感也消融在思想里。"可以举出无数的诗例来验证这句话。例如，唐末农民大起义领袖黄巢的《不第后赋菊》（"待到秋来九月八，我花开后百花杀……"）既表达了"我花开"的壮志，同时也抒发出对"百花"的憎恨和鄙视。艾青的《假如》，既倾泻了对两面派伪君子的憎恶之情，同时也表达了诗人的思想——希望人们做老实人。在诗论中，为了述说的方便，人们习惯用"情"来代替"思想感情"。"情"包括"情"和"志"，也就是意境中的"意"。

有境界（即"意境"，下同），是诗的最本质特征。良运同志说："有境界与无境界，是诗与非诗的区别。"说得很中肯。境界的问题，是亟须重视的大问题。曾有论家主张，以是否具有丰富的想象和真情至感来作为判别诗与非诗的第一标准。不妥。神话、民间故事的想象极为丰富，祭文的感情极为充沛，但它们不是诗，因为它们没有境界。我们也不能从语言运用方面去鉴别诗与非诗。旧社会的一些官府文告及中医的汤头歌诀，具有音韵美，语言颇为精炼，但它们也不是诗，因为它们没有境界。诗歌，要创造境界；诗论，要研究境界。

良运同志对新诗的感情境界进行探讨，是很有意义的。他把诗的境界分为两类："直剖胸臆""直接展示诗人激动的精神状态"的，是"情境"；"融情于景或托物寓情"的是"物境"。这一论述，无疑使境界的研究推进了一步，但仔细想来，似还有研究之余地。

虽然"融情于景"和"托物寓情"的"境"有相同之点——不是直抒胸臆，都具有"胸臆"之外的构成因素，但二者也有相当明显的区别。我认为，如果将二者分开为"画境"（"融情于景"）和"物境"（"托物寓情"），似乎更恰当一些。

我对"画境"和"物境"是这样认识的：

（一）画境。其特征是有景的描绘。不管是触景生情还是借景抒情，都属这一类。情与景的关系是"情为主""景为宾"，追求情景交融。写景达到"语语如在目前"的明晰是好的，但有时也不妨稍为朦胧（不是隐晦），雾里的山，不也颇有美感吗？

景是境中的画。画面可以是阔大、宏壮的，如《人间词话》所举引的"落日照大旗，马鸣风萧萧"和"雾失楼台，月迷津渡"等古典诗词，公刘的《五月一日的晚上》、郭小川的《团泊洼的秋天》等新诗；它也可以是窄小、精致的，如《人间词话》所举引的"细雨鱼儿出，微风燕子斜"和"宝帘闲挂小银钩"等古典诗词，冯雪峰的《杨柳》、胡适的《湖上》等新诗。虽然"境界有大小"，但"不以是而分优劣"，而所谓"大"与"小"，也不过是相对而言。在我国诗歌传统中，"大"的境多与悲壮、慷慨的感情连在一起，"小"的境则往往与幽清、哀怨的感情有关。但也有例外，例如上述的"雾失楼台，月迷津渡"这个"大"境，就是抒发凄怨之情的。我们在创作时，不必从"大"与"小"方面去作过多的考虑。

诗，必然是"有我"的。画境的诗，有时"我"直接出现于诗中，有时"我"隐于行里（这些，用不着举例说明）。画境的诗，使人们享受到诗情画意，符合我国人民的欣赏习惯，它不应被鄙弃。

（二）物境。其特征是通过物来抒情言志。咏物诗是它的代表。

这种诗，咏物时追求"不离不即"，达到"不知何者为我，何者为物"，浑然一体的地步。

古往今来，诗坛出现过不少"物境"的佳构。苏东坡的《水龙吟·次韵章质夫杨花词》和于谦的《石灰吟》《咏煤炭》、艾青的《"神秘果"》、臧克家的《老马》、黄永玉的《力求严肃认真思考的札记》、刘湛秋的《成熟》……都使人过目难忘。

物境的诗，"我"往往不直接出现，诗人将"我"的思想感情融化在对"物"的描述里，赋予"物"的性格，如臧克家的《老马》、刘祖慈的《仙人掌》；甚至让"物"来说话，如"粉身碎骨浑不怕，要留清白在人间"（于谦：《石灰吟》）和"据说道路是曲折的，所以我有一副柔软的身体"（黄永玉：《蛇》）。

有时，诗人抑制不住强烈的感情，"我"干脆直接出现于诗中，其形式是多种多样的：直接的"我"为"物"。例如高伐林的《燧石》："我是燧石，/我棱角分明"（这本来是一种很好的抒情形式，可惜近来被用滥了，"我是电流""我是水库"……"我"几乎什么都"是"，成了公式。）

有的是以"我"来衬托物，使"物"的"性格"突出。如忆明珠的《题水仙花》："你只接受我的——/几枚石子，/一掬泪泉，/别的都不再需要了。""别的都不再需要了，/任管我这里还有——/金的心房，/赤的心细……"省去了对"物"的正面、具体描绘，但还是咏物。

有的是以"我"来议论"物"，或因"物"而发议论，以拓深诗意。艾青的《"神秘果"》，是为人们所熟知的例子。诗人写了几句关于神秘果的"天下奇谈"之后，就进行议论。邹荻帆的《花鸟诗·如果没有花朵》也是其例："如果世界上/没有花朵，/不会有甜蜜的果实，/不会有酸喷喷的水果。/蜜蜂会从哪儿来？／孩子们哪知道甜蜜的生活？"……"我"从"物"中脱颖而出，笔调更加自由了。

上述几种诗，是咏物诗的发展，尽管"我"在诗中出现的方式不同，但"我"与"物"始终是紧紧扣在一起的。

写到这些，我们可将"画境"与"物境"作较概括的比较。"画境"中对"景"的描绘，一般只重其外观（不管是"如在目前"的真切还是朦胧）；而"物境"中对"物"的描述，有时是写其形，有时是写其质，不管形还是质，内核是"我"。"似花还似非花"，是刘熙载对苏东坡《水龙吟·次韵章质夫杨花词》的评语，它也是所有"物境"的诗对"物"的描述要求。上举的邹获帆的诗，没有描绘花的形貌，只涉及花的"功能"（结果，引来蜜蜂、让孩子们知道"甜蜜"的生活），但也合乎"似花还似非花"的标准。

其次，"画境"中的"景"，是用来触发"我"的情，或烘托、寄寓"我"的情的，而"物境"中的"物"，则带着浓厚的象征性，"物"是"我"的志向的象征（如于谦的《石灰吟》、陆游的《卜算子·咏梅》）或就是"我"所要赞颂（如忆明珠的《题水仙花》）或谴责（如黄永玉的《蛇》）的品格的象征，所要议论的凭借（如艾青的《"神秘果"》及邹获帆的《花鸟诗·如果没有花朵》）。

"画境"要求情与景交融，"物境"要求情与物的化合。后者往往带着更浓厚的哲理色彩。

所以，"画境"与"物境"应当分立"门庭"。这样，诗境就分三种，即"画境""物境""情境"。不知良运同志以为然否？

‖ "境" 的来源 ‖

这个问题在《〈人间词话〉"境界"说寻绎》一文中有所涉及，但没有说清楚。

生活是文学艺术唯一的泉源，诗歌中的"境"，自然也来源于生活。但不同的诗歌，其"境"与生活的关系是不相同的，有的关系比较直接，有的比较间接。具体一点说，"境"的来源可分三种。

一是诗人亲历、耳闻、目睹（当然还经过选择、取舍、提炼、加工）。《〈人间词话〉"境界"说寻绎》一文所举的"云横秦岭家何在，雪拥蓝关马不前"（韩愈：《左迁至蓝关示侄孙湘》）是其例，周恩来的《雨后岚山》、艾青的《"神秘果"》也是其例。王国维在《人间词话》中说过："诗人对宇宙人生，须入乎其内，又须出乎其外"，是创造这种诗境的经验总结。只有"入乎其内"，亲历、耳闻、目睹，才能掌握丰富生动的材料、具体的景或物，孕育、激发真切的感情，这样，境界才有"生气"，要不就失真、干瘪、空虚；只有"出乎其外"，不被生活的表面现象所迷惑，高瞻远瞩地进行选择、取舍、提炼、加工，才能将材料、景物、感情诗化，这样，境界才有"高致"，要不就流于呆滞、粘实，成了对生活的模拟。"入"是"出"的基础，"出"是"入"的提高。

这种来源的"境"与生活的关系比较直接，易于给读者以亲切感。这种"境"就是王国维所说的"写境"，这是现实主义创作方法。

二是借用。在写诗时使用典故、借用别人的句子，就属这一种。

这一来源的"境"，在古典诗词中甚多，《〈人间词话〉"境界"说寻绎》中所举的《贺新郎·别茂嘉十二弟》（辛弃疾）就是典型。词人为了抒发痛苦的离情，一连借用了四个"境"："马上琵琶关塞黑，更长门、翠辇辞金阙"（汉代王昭君去塞外和亲的典故）、"看燕燕，送归妾"（春秋时卫庄公夫人庄姜送别戴妫的典故）、"将军百战身名裂，向河梁，回头万里，故人长绝"（汉代投降了匈奴的李陵送苏武返国的典故）、"易水萧萧西风冷，满座衣冠如雪"（战国时燕太子丹送别荆轲的典故）。这四个"境"，虽然都是写离别的，但人物内容、性质各不相同，也都有异于辛氏兄弟的离别；但有一点相同，就是饱含着悲伤感情。辛弃疾把这四个"境"借到词中，淋漓尽致地倾诉自己悲痛的别情，是成功的，所以，王国维认为这首词是"语语有境界"的好作品。（词开头"绿树听鹈鴂……声切"，另是一个"境"，它是第一种来源的"境"。这首词，"借"与"写"同时运用。）

对于借境问题，《人间词话》亦有论述："'秋风吹渭水，落叶满长安'，美成以之入词，白仁甫以之入曲。此借古人之境界为我之境界也。然非自有境界，古人亦不为我用。"他指出，诗人必须"自有境界"（这里是指自有思想感情），否则就不能借。这段话是告诫人们切勿滥借。

新诗也有借境。郭沫若的《女神之再生》，借用了共工与颛顼争帝、女娲补天的典故；绿原的《恺撒小传》，借用了古罗马执政官恺撒的故事，邵燕祥在《沉默的芭蕉》中写了"李清照的中庭""曹雪芹的院落"；"舒卷有余情"一句，是从李清照的《减字木兰花》（"窗前谁种芭蕉树"）直接借来。诗人是"自有境界"才去借的，所以取得了艺术效果。

对于借境，也不妨提倡"入乎其内"和"出乎其外"，即既要弄通别人的"境"的内涵，又不要生硬地照搬——要赋予自己的"意"。上举的几个新旧诗例，其作者都把"入"与"出"的关系处理得很好。就说《女神之再生》吧，诗人岂仅是在褒贬那几个神话中之神？

三是想象。诗中的"境"是凭作者想象得来。《人间词话》所提出的"造境"，正是这种。浪漫主义诗人常通过这来创造境界。

屈原、李白、李商隐等古人，是这方面的高手。在新诗创作中，郭沫若是很有成绩的一位。《天上的街市》的"境"多么美！艾青的《古罗马的大斗技场》、未央的《假如我重活一次》、邵燕祥的《地球对着火星说》等诗的"境"，都属这一种来源。

通过想象来创造"境"，诗人的笔可以超越时空，有时还可以不受事物的特点及其互相之间的关系的制约，放开来写，自由挥笔，所以它最适宜倾泻奔放的感情。

"境"的这三种来源，不是水火不相容的。王国维早就说了："有造境，有写境，此理想与写实派之所由分。然二者颇难分别，因大诗人所造之境，必合乎自然，所写之境，亦必邻于理想故也。"这段话，科学地阐述了第一种与第三种来源的关系。现实主义手法，绝不排斥理想的因素，现实主义作品，也有想象的镜头。这也用不着举例证明。反过来，浪漫主义的诗作，不会完全脱离现实生活。例如李白的代表作《梦游天姥吟留别》，诗人写梦游的情景，正是他受到现实压抑的表露，"安能摧眉折腰事权贵，使我不得开心颜"的呐喊，正是全诗的"意"之所在。

借境也不能离开现实。就说绿原的《恺撒小传》吧，"斯芬克斯在梦中微笑着，燕子飞着又唱着"，而"恺撒的独白被尼罗河的咆哮卷走了"，大独裁者已无踪无迹。这首诗写于1948年——中华人民共和国成立前夕，诗人在构思时，能离开当时的社会现实吗？

"借"和"想象"这两种来源也关系很密切。诗人在"借"别人之"境"

时，总会神游于其中，这就是一种想象活动。另一方面，诗人在通过想象来创造境界时，常常求借于神话、典故。

从古今中外的大量成功诗作看来，它们的"境"的来源很少是单一的，经常是二者或三者的结合，因为诗人的思维活动是活跃的。

1985 年春末

选自《艺谭》1986 年第 3 期

论新诗语言的精炼美

吕　进

　　文学语言有两种：散文的和诗的。虽然二者都来源于生活语言，它们又有很大的区别。我国古典诗论把诗歌语言称为"诗家语"，指出它与散文有别，这颇有见地。一般地讲，散文语言是叙述语言，理智语言；诗歌语言是抒情语言，灵感语言。前者因此更接近生活语言，而后者则是生活语言的更高程度的升华，是散文语言的加强形式。

　　语言并不是诗的第一要素，诗的内核是诗意。无论用怎样精彩的语言给缺乏诗意的篇什增添虚假的诗歌光彩，也不可能给不是诗的躯体灌注诗的生命。"貌之不足，敷粉施朱"，其收效可能对"貌"更为不利。但是，生活中的诗意又只有靠诗的语言才能得到抒发，所谓诗"始于意格，成于句字"。否则，呈现在读者面前的就不会是诗，而只是优美诗意的蹩足表现。这就是为什么当有人请美国诗人罗伯特·弗罗斯特解释一下他的一首作品时，诗人要作这样的回答："你们要做什么——用蹩足的语言重述一遍吗？""诗"这个词来源于古希腊语"Poetes"，它的词义是"精致的讲话"。用生活语言或者散文语言代替精致语言去重述诗意，这不但难以做到，而且会损害诗歌。别林斯基对此说得很好："除非让人去读诗人笔下所产生的那篇东西，如果是换一种转述或用散文翻译的话，它就会变成丑剧和僵死的幼虫"。弗罗斯特和别林斯基强调的都是：诗意只有通过诗歌语言才能成为诗。鲁迅在《门外文谈》中就举了一个例子：如果把"关关雎鸠，在河之洲，窈窕淑女，君子好逑"写成"漂亮的好小姐呀，是少爷的好一对儿"，"什么话呢？""到无论什么副刊去投稿试试罢，我看十分之九是要被编辑者塞进字纸篓去的。"

　　新诗对旧诗的突破之一，是用鲜活的白话取代了僵死的文言。但是，与这一历史功勋携手而来的是，在语言上，新诗有时与散文界限不清，这就带来了诗歌的降低。在正确提倡诗歌大众化、批评过饰倾向中，有时诗歌语言的独特性没有受到应有尊重。现在，新诗要发展，要繁荣，除了正在引起注意的课题以外，如何让新诗中的语言真正变成诗歌语言，我以为，也是需要解决的紧迫课题。

新诗语言作为散文语言的加强形式，具有音乐美、排列美和精炼美。我们在这里想讨论新诗语言的精炼美。

精炼，首先决定于诗的构思：诗的艺术焦点的是否集中，但它也是诗进行语言处理的重要目标。

散文也追求精炼语言。诗歌语言的精炼程度却高得多。只有诗才是以字作为计算单位的文学样式。对格律诗来讲，甚至多一字或少一字就会失去格律诗的资格。"为说心中无限事，随意下笔走千里"的，不是把握了诗的精妙的诗人。诗，总是两种对立倾向的和谐：一与万，简与丰，有限与无限；诗人，总是两种相反品格的统一：内心倾吐的慷慨与语言表达的吝啬。

从诗歌史看，中国诗歌的四言、五言、七言、长短句、散曲、近体诗和新诗，一个比一个获得了倾吐复杂情感的更大自由，这样的发展趋势与社会由简单到复杂、由低级向高级的发展趋势是遥相呼应的。可是，从语言着眼，与诗歌内容的由简到繁正相反，诗歌语言却始终坚守着、提高着它的精炼性，它按照与内容相对而言的由繁而简的方向发展。五言是两句四言的省约，七言是两句五言的省约。新诗，就其内容的复杂性来说，其语言应当相对地远比旧诗精炼。随着社会的发展，新诗容量虽然大大扩展了，而诗歌语言却要清醒地保持精炼美，没有后者，诗歌就会下落到散文领域中去。

新诗语言通向精炼美的途径是多样的，现试举三种。

1. 选词的独特性

福楼拜有段名言："我们不论描写什么事物，要再现它，唯有一个名词；要赋予它运动，唯有一个动词；要得到它的性质，唯有一个形容词。我们须继续不断地苦心思索，非发现这唯一的名词、动词与形容词不可，仅仅发现与这些名词、动词、形容词类似的词是不行的，也不能因思索困难，用类似的词句敷衍了事。"福楼拜的"一语说"道破了文学创作的一个普遍规律。

诗与散文各自有"唯一"的词。这里的主要区别，在于诗歌语言的弹性。诗不但要再现客观事物的外貌，更要表现诗人的所感所思。主要考虑"再现"，而忽略"表现"，这是散文意识。诗的旨趣不在叙述生活，而在歌唱生活。它的语言是形象、情感、哲理的结晶。

诗的目标是抒情，落墨点却常常是具体事物。它喜欢直抒胸臆，但厌恶直白。它往往直接倾吐心灵的波浪，但是落墨点却是引起这一波浪的具体事物。诗不说"富的真富，穷的真穷，天下太不公平了"，而是说"朱门酒肉臭，路有冻死骨"（杜甫）；诗不说"世上的一切都按照客观规律发展，再貌似强大的丑类也有垮台的一日，人类的明天是光明的"，而是说"既然冬天来了，春天还会远吗？"（雪莱）这就造成诗歌语言的弹性。

散文语言通常力求单解，避免"一名数义"；通常留恋语言的明确性。诗歌语言与此相反，它常常把语言从单解中解放出来，赋予语言以暗示性。就是说，在诗中最重要的地方，往往有弹性的词才是诗歌"唯一"的词：它构成明确的形象，又暗含诗人某种所感所思。它自助于以一当十地充分表现作为"社会关系的总和"的人的丰富感情与思想，做到"一花一世界，一叶一如来"。

> 日头坠到鸟巢里，
> 黄昏还没溶尽归鸦的翅膀……
> 　　　——臧克家《难民》

据臧克家说，"溶尽"一词是几经推敲才提炼出来的。原有几个方案："黄昏里扇着归鸦的翅膀""黄昏里还辨得出归翅的翅膀"，都比不上定稿的方案。"溶尽"，不但勾勒出古镇由暮入夜的过程，又暗示了、道出了无家可归的难民的心情越来越黯淡的过程。

> 人们告诉我
> 因罢工而停电
> 已经第三天
> 劳资双方停止谈判
> 胶着在黑暗里面
> 　　　——艾青《巴黎》

"黑暗"一词,既描绘出停电后的巴黎,更暗示资本主义巴黎的社会状况。弹性使得"黑暗"一词高度精炼、容量宽厚。

诗歌语言的弹性,使得它的计算单位不是普通的数字,在诗里,弹性的"1"往往相等于"2""3"或更多。因此,中外诗人或理论家都有人注意到这个现象。闻一多说:"诗这东西的长处就在它有无限度的弹性,变得出无穷的花样,装得进无限的内容。"(《文学的历史动向》)黑格尔在他的《美学》第三卷中论述诗的掌握方式和散言的掌握方式时则说:"适合于诗的对象是精神的无限领域。它所用的语言这种弹性最火的材料(媒介)也是直接属于精神的,是最有能力掌握精神的旨趣和活动,并且显现出它们在内心中那种生动鲜明模样的。"

2.词的组合的独特性

由诗的本质所决定,诗中词的组合也常常有别于散文,由此而达到精炼美。

忧郁的宽帽檐,

使我所有的日子都是阴天。

　　　——方敬《阴天》

《阴天》是方敬 1942 年出版的《雨景》(诗与散文的合集)中的作品。诗人抒发的是在黑暗的令人心情黯淡的旧中国的忧郁之情。照散文的观点看,"宽帽檐"无论如何是不能与"忧郁"连用的。诗歌却打破散文常规,让二者结合起来。"忧郁"当然是属于戴着宽帽檐的人的,这样写更节省笔墨,回避了直白,令人如嚼橄榄。"阴天"一词的弹性也由这个诗行成功地暗示给读者。

词的组合的独特性尤其大量表现在动词与名词的组合上。在新诗里,动词名词的组合中,动词常常是实,名词常常是虚。虚实照应,大大扩大了诗的容量。对于散文来说是不正确的组合,在诗歌语言中恰恰构成传神之笔。

他们身上

裸露着

伤疤,

他们永远

呼吸着

仇恨……

——田间《给战斗者》

贫血的长街，

行路人是一管药针，

在注射着温暖。

——方敬《雪街》

在第一例中，"呼吸"是实，"仇恨"是虚，凭借这种组合，诗才得以以最少的文字最充分地表达这样的意思；被敌人关进强暴的栅栏的"无罪的伙伴"，受尽敌人侮辱、践踏的"无罪的伙伴"，他们的整个生命都充满对敌人的深仇大恨，他们以打击侵略者作为生活的第一要义。第二例是一个新颖比譬。"贫血"与"长街"的组合是诗的组合。动词"注射"是实，名词"温暖"是虚，极省简又极丰富地抒发了诗人对旧中国的市街、行人的印象与情感。

3.句法的独特性

别林斯基在评论当时的一位俄国青年诗人时说过："朴素的语言不是诗歌的独一无二的确实标志；但是精制的句法却永远是缺乏诗意的可靠标志。"

诗是感情的艺术。它不像散文那样，按照逻辑顺序，依次地精确地叙述生活、描绘生活。散文如果是畅通连贯的铁道，诗就是由一个一个既相连又有距离的车站组成。两个车站之间的联结，这是诗歌读者的事。诗力求依照感情逻辑而跳跃着（而不是一步一步地）前进。它往往随着诗人感情由一个事物迅速跳跃到另一个事物。而这些事物之间的内在联系，即串起这些事物的"珠子"的感情之线，要由读者自己驰骋想象去把握它。

跳跃带来省略。诗歌语言的句法总是尽量省去一切可以略去的成分，因此它常常有别于"精制的句法"。从"精制的句法"着眼，诗歌的句子往往时有残缺。但正是这一残缺，带来高度的纯净与精炼。

无论是红色的、黄色的、黑色的土壤，

我都将顽强地、热情地生活。

——李瑛《我骄傲，我是一棵树》

显而易见，第一诗行如果还原为散文，应当是："无论是在红色的、黄色的、黑色的土壤上"，介词"在……上"省略了。这个诗行颇有点代表性，因为虚词往往首先是诗歌句法省略的目标。

> 欢乐是怎样来的？从什么地方？
> 萤火虫一样飞在朦胧的树荫？
> 香气一样散自蔷薇的花瓣上？
> 它来时脚上响不响着铃声？
> ——何其芳《欢乐》

惠特曼认为，纸上的诗还不能算诗，只有在读者心中引起的感受才是诗。在何其芳的这个诗节里，第二、三行与第一行的联系是通过跳跃实现的，连结诗行的虚词"如""像"省略了。读者在诗提供的感情坐标上勾画出自己的线，得到自己的诗。

诗歌句法的这种特点，有时表现得更加明显。例如贺敬之的《放声歌唱》中的诗行：

> 五月——
> 　　麦浪。
> 八月——
> 　　海浪。
> 桃花——
> 　　南方。
> 雪花——
> 　　北方。

这里通过大幅度的省略，实现了诗情大幅度的跳跃，为读者造成广阔、雄浑的诗歌境界。

诗歌句法的独特性还表现在它有时出现不同寻常的词序。可以说，词序，成了诗歌语言加强自己的精炼美的特殊手段。

> 轻轻的我走了，
> 　正如我轻轻的来；
> 我轻轻的招手，
> 　作别西天的云彩。
> 　　　——徐志摩《再别康桥》

第一个诗行中"轻轻的"一词被置于句首，形成倒装词序。倒装是为了侧重。它强化了诗人抒发的告别康桥的"轻轻的"感受。

> 是不是可握住的，如温情的手？
> 可看见的，如亮者爱怜的眼光？
> 会不会使心灵微微地颤抖，
> 或者静静地流泪，如同悲伤？
> 　　　——何其芳《欢乐》

这是《欢乐》的第二个诗节，这里除第三诗行，词序都是倒装。它使诗行增添了停顿，减缓了节奏，加强了音韵的铿锵，一唱三叹地表达了"对于欢乐我的心是盲人的目"这一诗人的哀愁。假如将这个诗节作这样的更改："是不是如温情的手一样是可握住的？是不是如亮着爱怜的眼光一样是可看见的？会不会如同悲伤一样，使心灵微微颤抖或者静静地流泪。"语言就冗繁了，并且，使诗失去韵味大半。

我们举出了诗歌语言通向精炼美的三种常见途径，当然没有穷尽所有的途径，诗歌语言获得精炼的方式是多种多样的。

诗贵自然。"清水出芙蓉，天然去雕饰"是一种很高的美。然而，情感的自然流露不等于说诗的语言可以照搬生活语言或散文语言而不加以诗的处理。

诗歌对语言的处理，又并不是使诗歌语言挤眉弄眼，矫揉造作。它的最终目标是加强对诗意的表达。这里用得着黑格尔的一段话："用心雕琢的作品不应丧失自然流露的面貌，应该给人以它仿佛是从主题内核中自己生长出来的印象。"对新诗语言的精炼美亦当作如是观。

新诗语言以它的精炼作为与生活语言的主要区别之一，而要做到这一点，诗人又离不开生活。诗人应当到生活的语言矿藏中去开掘，在生活中保持语言的敏感，从而从生活语言中把"精"华提"炼"出来，"用语言把人们的心灵照亮"（普希金）。

1982 年 5 月于重庆

选自吕进《新诗文体学》，花城出版社 1990 年版

论诗的弹性技巧

吕 进

　　弹性，是诗对其他文学样式的明显优势，是诗的能量与生命的显示。

　　诗的鉴赏活动具有相应性的特征，即它要受到诗的审美结构的某种规范。同样，这种活动又具有相异性的特征，它是鉴赏者对诗的感应、发现、创造与丰富。

　　诗篇大于诗人。诗篇在读者的鉴赏活动中获得比诗人的抒情初衷更大的内涵。换个角度说，不同鉴赏者的不同审美规范的交替给诗带来丰富。

　　对诗的弹性还可以作历史的理解。对诗的审美把握总是带阶段性的。当对一首诗的鉴赏似乎已经到达某种极限时，优秀的诗仍在期待。历史有时会用"时间"这张抹布把它擦拭得闪闪发光，使其成为具有新的审美眼光的读者群的鉴赏对象。当鉴赏者的审美认识能力有所更新，"好诗不厌百回读"的现象便自然显现。

　　诗的弹性的实现要仰赖读者。有时候，诗人无意于弹性技巧，诗篇因为遇到读者饱满的想象力而饱满起来。有时候，诗人却是自觉地运用弹性技巧，赋予诗篇以丰厚与深邃。试读艾青在抗战时期留下的短篇《桥》：

　　　　当土地与土地被水分割了的时候，
　　　　当道路与道路被水截断了的时候，
　　　　智慧的人类伫立在水边：
　　　　于是产生了桥。

　　　　苦于跋涉的人类，

应该感谢桥啊。

桥是土地与土地的联系；

桥是河流与道路的爱情；

桥是船只与车辆点头致敬的驿站；

桥是乘船者与步行者挥手告别的地方。

直接给读者的，是现实世界的桥：它的产生，它的作用。然而，这里有暗示，有象征，具体的、物质的桥与抽象的情感的"桥"相联系与重叠了。于是，诗取得了弹性。读者会想到联系种种"分割""截断"的心灵之桥——友谊，爱情，同行者的相互抚慰，"跋涉"者的心心相印。这首诗有多大弹性，它就有多浓的诗味，多强大的生命力。

使同一诗歌形象、同一诗行或词语并含几种能够复合的内涵的语言技巧，即弹性技巧，是写诗的基本技巧。《随园诗话》说："诗含双层意，不求其佳必自佳。"朱光潜也写道："就文学说，诗词比散文的弹性更大。"他还说："美在有弹性"，"有弹性所以不呆板"，"有弹性所以不陈腐"。闻一多发表过类似的意见："诗这东西的长处就在它有无限度的弹性，变得出无穷的花样，装得进无限的内容。"德国美学家黑格尔、俄国文学理论家别林斯基都论及过诗的弹性技巧。古今中外的这些言论，说明弹性技巧是被长期、普遍看重的写诗技巧。

弹性技巧的旨趣在于诗人只把自己的诗篇看作诗美创造的阶段性成果。他同样看重下一个阶段性使命——让诗篇把读者变为合作者，变为半个诗人。诗篇给读者足够的鉴赏暗示，怂恿、鼓励读者到"象外""景外""诗外""笔墨之外"去漫游。弹性技巧使诗成为读者的第一但不是唯一鉴赏对象。读者在弹性天地寻觅到诗的第二鉴赏对象——他既在鉴赏诗人的才能，也在鉴赏自己的创造。"文章千古事，得失寸心知"，不但是诗人的审美经验，也是读者的审美经验。

简单讲来，弹性技巧致力于事物之间、情感之间、物我之间在语言上的联系与重叠，致力于语言的"亦一亦万""似此似彼"的"模糊"美。这种诗篇的炉锤之妙，全在"模糊"。

最常见的有四种：

1. 这一形象与那一形象的联系与重叠

落墨于诗笺上的是一个完整的诗歌形象。借助弹性语言作桥梁，它又暗示着、朝向着另一个深邃的世界，那里，有另一个或纷呈迭出一群形象在等候。

艾青的《在智利的纸烟盒上》，巧妙地让智利的纸烟盒子上的自由女神画像与美国的纽约港入口处的自由女神雕像联系起来，重叠起来：

为了做商标，还是广告，

让给自由神一个地盘，

只要几毛钱就可买到，

抽完了也就烟消云散。

诗人想告诉读者的，是西方世界的"自由"的真相与价值。弹性技巧给诗篇带来成功。象外有象，所以诗中的"自由神"形象单纯而又不单薄，透明而又不能一览无余，确定而又不确定。"商标""广告""可买到""烟消云散"，都是神来之笔，弦外有音。全诗不离文字，不在文字，似此似彼，诗味浓郁。

刘畅园和十几位诗人到遥远北疆的大兴安岭林区作了一次采风式的访问，她有一首写林区一个揭招贤榜的勇士的诗，诗题就叫作"勇士"。诗中唱道：

东北虎

我没看见

你却从自己的密林里

走出来

"你"，是人耶？虎耶？人与虎的联系与重叠，"你"，就成了意似之间的形象，然而不然的形象，人中的"虎"——敢跳敢吼的森林之王；虎一般的人——有虎的姿容与气魄的好汉。

诗歌形象的重叠性带来鉴赏活动的多解性，于是，诗在弹性中获得丰富。

2. 具体与抽象的联系与重叠

诗的使命在于使心理结构模型化，在于使情感成为可见的东西。但是，许多情感活动和情绪状态难以为语言所表达。而这些"不可言之理，不可述之事"、这些"只可意会，难以言传"的内心生活又恰恰是诗所倾心的处所。于是，诗人求助于形象。形象是活生生的个性，它虽然在表达的明确性上也许逊色于语言，却能给读者以某种非语言所能传达的领悟。

感性观照的形式是艺术的特征。黑格尔说得好："概念与个别现象的统一，才是美的本质和通过艺术所进行的美的创造的本质。"诗人正是谋求这种"统一"。具体与抽象在语言上的联系与重叠，寄抽象于具体，寄思维经验于鲜活形象，寄万于一，寄远于近，就构成弹性。

艾青 1979 年出访德国写下的《墙》的开头一节：

一堵墙，像一把刀
把一个城市切成两片
一半在东方
一半在西方

墙"像一把刀"，是具体的形象，准确生动地再现出把柏林市一分两半的柏林墙的外观形态；墙"像一把刀"，是抽象的感受，暗示了德国人的心态——分裂德国的柏林墙在他们心上留下了创伤；墙"像一把刀"，蕴含了诗人"欲说还休"的种种心绪：他对柏林墙的反感，他对德国人民的同情，他对历史的沉思，他对未来的期待，等等。

"东方"和"西方"，具体指出东西柏林的地理位置；"东方"和"西方"，又蕴含了一个抽象概念——苏联主宰的"东方"和美国主宰的"西方"。柏林墙不但把柏林从地理上分成两半，也让它分别隶属于两个不同的势力范围，这是多大的民族悲剧啊！用弹性技巧使诗句淡中见浓，朴中见巧，这是艾青作品的重要特色。

雁翼的《中国当代的一个家庭》开头一节：

像中国当代许多家庭那样，

这个家庭是健全的——
好强的严肃的爸爸，
好客的温顺的妈妈，
好思索的儿子，好唱歌的女儿；
还有一个活泼泼的三岁娃娃
——站在两代人中间说话。

雁翼这首诗的主题是当代中国人的"代沟"，这原本是较为抽象的。诗人却让一个活泼泼的三岁娃娃站在两代人中间，然后唱道："在心的深处暗暗祝福：/ 新的细胞快快成长壮大！"于是，"代沟"具象化了；于是，具体的家庭抽象化了；于是诗人之情在具体与抽象的冲突与和谐中获得弹性。

在具体与抽象的联系与重叠上，弹性技巧不但运用于局部构思，也常常运用于整体构思。在后一种情况下，整个诗篇像是一部和谐的双重奏、多重奏。请读李琦的《冰雕》：

温暖的心
在北方的奇寒里
雕塑了它们
它们才如此美丽

我仿佛突然知道
由于严冬的爱抚和鼓励
柔弱的水
也会坚强地站立
并且，用它的千姿百态
呈现生命的神奇

当春天来了
它们会融化的
融化也不会叹息

毕竟有过骄傲的站立呵
能快乐地走来
便情愿快乐地走去

呵，让北方
也把我雕塑了吧——
雕成天真的小鹿
雕成活泼的游鱼
雕成孔雀和燕子
即使有一天消失了
也消失在
春天的笑容里

诗是质朴的，有如北方的雪；诗是晶莹的，有如北方的冰。但诗又是深邃的，字字不离冰雕，字字远离冰雕。"北方的奇寒"所锤炼出来的英雄，"春天的笑容"的献身者，以及他们的坚强，他们的神奇，他们美丽的人生，这就是《冰雕》所带给读者的。真是"柳枝向西叶向东，此非画柳实画风。风无本质不上笔，巧借柳枝相形容"。

3. 不同语法现象的联系与重叠

任何门类的艺术都受到自己的艺术表达的媒介的限制，所以，任何门类的艺术都是被捆绑的艺术。黑格尔在表现方式上，把艺术排成由贫乏到富有的序列：建筑、雕刻、绘画、音乐、诗。诗受媒介的捆绑程度最小。诗凭借语言媒介成了最自由的艺术，但是语言却由于成为诗的媒介而成了最不自由的语言。

诗歌语言是从日常语言"借"来的。日常语言一经借到缪斯手里，它的主要功能——"交际功能"就被降低到不能再低的程度。它虽然基本保持原有的外观，却已经从口头语言、字典语言质变为另一种语言。它要隶属于三种系统：意义系统、韵律系统与形态系统，行动的自由很少。

弹性技巧正是给诗歌语言以较多自由的技巧。汉语语法不十分严密，这正为弹性技巧提供了用武之地。诗人们在词类跳跃、词序反常、造句奇特等等上付出了巨大劳动，为读者提供了弹性技巧的大量范例。

《诗刊》1984 年的《无名诗人作品专号》刊出的刘舰平的《北京时间》中有这么几行：

清晨
拥挤的公共汽车
挤干了北京时间的水分

形容词"拥挤的"和动词"挤干了"在"挤"字上巧妙地联系与重叠起来。原因与结果重叠了，现象与本质重叠了，北京风情与作者对它的评价重叠了，诗的弹性是由词类的变换而产生的。

作为类似的例子，还可以举出白桦的名篇《阳光，谁也不能垄断》。请鉴赏其中之一节：

我们伟大的祖国，
前进路上还有那么一点儿阻拦；
那是怎么样的一点呢？
看！窗外正是明媚的春天，
快捅破与世隔绝的窗纸吧！
就需要那么一点。

体现现状的数量词"一点"，表达行动意志的动词"一点"，"一点"带来弹性。在"一点"上，不满与希冀、困难与勇气、现状与未来、叙述与召唤联系起来，重叠起来。同时，也把读者的期待视野大大拓宽了。

再读傅天琳的《放暑假》中的一节：

让我们把暑假放得远远的
放到九寨沟去
放到草地去
去管那些云去套那些马

让我们把暑假放得远远的

造句奇特。放暑假、放学、放假、放工的"放"与把某人某物放到某处去的"放"居然重叠起来了。"暑假"被"放",而且"放得远远的",这本是稚嫩的小孩子的语病,在诗人笔下却转化为诗歌语言,赋予诗篇以弹性:孩子的天真、暑假生活的欢快、母亲的爱抚在一起鸣奏。

4.这个词语与那个语词在语音上的联系与重叠

意大利语"干杯"一词的语音类似汉语的"青青"或"清清"等。艾青想通过意大利友人的敬酒表现中意友谊,他当然宁愿把"干杯"音译为"亲亲"和"轻轻",这样就构成诗的弹性,使"干杯"之声容纳了许许多多内涵:

杯子和杯子,
轻轻地相碰,

发出轻轻的声音,
"亲亲""亲亲""亲亲"。

从意大利友人说的"亲亲",到杯子相碰发出的"亲亲";从声音的"亲亲",到动作的"轻轻"。真是亲近的意境,亲近的音韵,把中意人民亲近的友谊表现得有形有声。

梁上泉在20世纪60年代初期写的《北京的钟声》也运用了这种弹性技巧。从北京的大钟声声鸣奏"东方红,太阳升"起笔,诗人展意驰情:

按你的钟声醒来,
按你的钟声出发,
按你的钟声前进。

前进,前进!

乘上远途列车,

沿着真理的轨道，

闪电般地飞奔。

飞奔，飞奔！

　　"东方红，太阳升"的乐曲，和"前进""飞奔"在声音上联系和叠合，诗歌形象厚实了，诗歌语言精炼了，造成诗的弹性。

　　弹性技巧的领域是宽广的，举出常见的四种只是为了探讨这一基本技巧的美学特征而已。

　　诗的弹性技巧是创造"模糊"的技巧。这种"模糊"，其实正是诗特有的精确、精炼与精致。弹性技巧不是"口齿不清"，这是需要加以区别的。

1985 年 12 月 11 日于西南师大

选自吕进编《上园谈诗》，重庆出版社 1987 年版

关于新诗形式问题的思考

陈良运

自从新诗诞生以来，新诗的形式就一直被诗人和诗歌评论家以及读诗人议论着。中华人民共和国成立后，对新诗的形式问题又有过两次大的讨论。

1958 年，在全国范围内掀起了轰轰烈烈的新民歌运动。《诗刊》从 1958 年下半年开始，开展了"关于新诗发展基础"的讨论，讨论的重点，是新诗的形式问题。当时，何其芳同志提出建立"新格律诗"的主张，但是，主张新诗取民歌体形式而不应当去建立"新格律诗"者，占压倒性的优势（有的同志也可能说的不是真心话），再加上铺天盖地的"新民歌"的影响，诗人们也似乎以写民歌体诗为荣，有的一向以写无韵自由体诗著称，急忙"丢了洋腔唱土腔"；《诗刊》上刊出欢迎某某"改变诗风"的评论。民歌体成为一时的风尚。

1978 年 1 月，毛泽东同志致陈毅的一封信公开发表（信写于 1965 年 7 月 21 日），诗的形式问题的讨论又热闹起来。这一次讨论，不再像 1958 年那样基本上是一边倒，一些写民歌体诗的诗人和民间诗人发表了意见，《诗刊》也设立了诗"擂台"，意在提倡民歌体诗，但响应甚微。民歌体诗声望不如以前，有影响的诗坛新秀，没有一个是用民歌体的（不同于1958年出现的刘章、李根宝等新诗人）。1979 年，辽宁的《鸭绿江》搞了一次诗歌民意调查，被调查的读者中，喜欢民歌体的仅占总人数的 14.8%。在此稍前，诗人臧克家同志在《光明日报》上发表《新诗形式管见》，提出一个新诗形式的试验模式："一首诗，八行或十六行。再多，扩展到三十二行。每节四句。每行四顿。

间行或连行押大致相同的韵。节与节之间大致相称。这样可以做到大体整齐。与七言民歌和古典诗歌相近而又不同。"这个模式提出后，也没有什么反响。

简略地回顾一下，我觉得两次讨论都不免做了一些"削足适履"的工作，离开新诗创作和发展的实际情况去探讨形式问题，只能是各行其是，或建造"空中楼阁"。列宁说"形式是本质的，本质是有形式的。不论怎样的形式，都还是以本质为转移的。"新诗有六十多年的发展历史了，当然有它的"本质"，也有了"以本质为转移"的形式，我们探讨新诗的形式问题，应当从实际出发，不是从定义出发。我想，回顾一下，中国诗歌发展的漫长历史，认真分析一下新诗六十年来发展的情况，从中窥测一下新诗形式发展变化的轨迹，大略地预测一下新诗形式向未来发展的方向，是否更切实一些？

‖民歌体不能成为新诗的主流‖

民歌、民谣体能不能成为新诗的主要形式？成为今后新诗发展的主流？这个问题折磨了诗人和评论家好多年，本来根据新诗实际的发展情况，这个问题并不难回答，但出于传统的和政治方面的原因，诗人和评论家们总还是把希望寄托在民歌、民谣体上，或者是不敢作出否决性的回答。现在，应当从理论上，从新诗创作实践上，果断地回答了：民歌、民谣体不能成为新诗的主流。

在中国古代诗歌发展史上，诗的形式和体裁，很早就出现了"齐言"与"杂言"的分野。最早的诗，是从民歌脱胎出来的，都带着"齐言"的"胎记"，但"杂言"也伴随而生，《诗经》三百，大体是四言，而杂言也夹在其中者不少，如《郑风·溱洧》三言、四言交替；《齐风·卢令》，三、五言组成；《鄘风·桑中》，四、五、七言次序排列（"爰采唐矣？沫之乡矣。云谁之思？美孟姜矣。期我乎桑中，要我乎上宫，送我乎淇之上矣"）《楚辞》，以六言、七言（六言加"兮"字）为主，但变化更大，八言、九言也时有所见，有点像今天的自由体诗了，如《涉江》中："吾不能变心以从俗兮，固将愁苦而终穷！"汉魏文人诗与乐府诗，以五言为主。六朝至隋，七言地位巩固。从初唐到盛唐，五、七言走向成熟阶段。终唐一代，以五、七言为主体的律、绝和古体诗、乐府诗光辉灿烂，标志着齐言体发展到了高峰。中国诗歌进入了第一个黄金时代，

"齐言"光荣地完成了它的历史任务。

"齐言"体艺术上的成熟、完善，李白、杜甫等盛唐诗人成了不可逾越的大家，这让诗人们产生了苦恼。陆游说："唐自大中后，诗家日趋浅薄，其间杰出者亦不复有前辈宏妙浑厚之作，久而自厌，然梏于俗尚，不能拔出。"怎么办呢？"会有倚声作词者，本欲酒间易晓，颇摆落故态，"诗人们发展了"杂言"体的民间词。有创见的诗人悟到必须另辟蹊径，走"杂言"体的道路才能达到另一个诗歌的高峰。于是从唐，历五代，发展到宋朝，词果然成为诗国另一座高峰，从文学史角度看，宋代词的成就超过了诗的成就，成为一代文学的标志。

但是，词这种"杂言"体，还是有相当严密的格律，尤其是到了南宋之后，词风日趋典雅，故对于词体，又有了解放的要求。正好此时契丹、女真、蒙古等少数民族，相继进入我国北方，他们在马上弹奏的民间谣曲与燕赵之野的慷慨悲歌相结合，一种新的诗体——曲，便逐渐形成，它先是和词分道扬镳，发展到元代，从民间到文人书房，又成为一代文学之正宗。曲的"杂言"比词更进了一步，格律较为自由，曲句通过加衬字伸缩性较大。散曲的影响及明代，但它在文人眼中，太自由了，没有诗与词的典雅性，不肯着意为之。再加上元代的高压政治，使散曲不可能像唐、宋诗词那样广泛反映社会现实生活，而是以表现逃避现实和男女之情为多，因此，散曲的生命力没有像诗词那样旺盛过，明、清之后，它的末流反而不能与源头更远的诗词的末流抗衡（明、清都出现了著名诗人、词人，产生过新的诗派、词派）。可是，不管怎样，散曲作为一种更自由的诗体出现，是中国诗歌发展的一个新阶梯，是顺应历史潮流的。

散曲之后，诗、词也终究是强弩之末。晚清诗人黄遵宪提倡诗界革命，企图从理论上、实践上挽狂澜于既倒，但除了他个人有些成就外，不可能也没有产生时代性的影响。"五四"前后，"白话"诗出现了，一次现代的诗界革命，真正开始了。这次革命，从诗体来说，是对"齐言"体，对古典诗词严密格律的一次彻底的革命，从思想到形式都是对旧传统的一次决裂。如宋词之于唐诗，如散曲之于宋词，是中国诗歌又登上了一个新的阶梯，向另一个诗的高峰开始了新的进军！

诗体的变革，是有规律可寻的。

首先，诗体也如世界上的万事万物一样，有新生、旺盛、衰老的新陈代谢过程，它渐渐地走向高峰，又缓缓地从高峰降落，刘勰说："文律运周，日新其业"，他已发现了文章变化的规律。至清末民初的王国维，他已明确地认识这一规律性的一个侧面，他说："四言敝而有楚辞，楚辞敝而有五言，五言敝而有七言，古诗敝而有律绝，律绝敝而有词。盖文体通行既久，染指遂多，自成习套。豪杰之士，亦难于其中自出新意，故遁而作他体，以自解脱。一切文体所以始盛终衰者，皆由于此。故谓文学后不如前，余未敢信。但就一体论，则此说固无以易也。"这是从诗人主观方面而言的。

这一规律另一个重要侧面，便是社会的发展变化，影响语言的发展变化。语言发展变化使以语言为元素的诗不得不变。俞平伯先生谈到诗向词变时说："即以诗的正格'齐言'而论，从上列的式子看，由四而五而七，已逐渐地延长；这显明地为了适应语言（包括词汇）的变化，而不得不如此。诗的长度，似乎七言便到了一个极限。如八言便容易分为四言两句，九言则分为'四、五'或'五、四'，'四、五'逗句更普通一些。但这样的长度，在一般用文言的情况下，虽差不多了，如多用近代口语当然不够，即参杂用之，恐怕也还是不够的。长短句的特点，不仅参差；以长度而论，也冲破了七言的限制，有了很自然的八、九、十言及以上的句子。"散曲的出现也一样是受语言变化支配的，北宋以后，北方的女真、蒙古等民族的语言渐渐融入汉族语言之中，这样就造成中国南北语言语音、声调的差异，俗语方言的不同，"金亡元起，北京在三个多世纪里，成为北方政治文化的中心。北京地区流行的语言，随着政治形势的发展，逐渐与两河、山东地区的语言相融合，形成新的语言体系，与沈约的四声、陆法言的韵部相去规远，这就为金元歌曲的创作提供了新的语言材料。"新诗的出现又是遵循这一规律。自 1840 年鸦片战争之后，中国海禁大开，西方文化流入中国，中国语言中外来词大量掺入，语言构成的成分发生很大的变化，双音词、多音词日渐增多，诗固定的格律受到冲击，胡适首倡"我手写我口"，笔下所写要适应口语的变化。待到郭沫若"感情火山式的爆发"，"温柔敦厚"的诗教被扫地出门，古老的格律再也约束不住要走、要飞、要呐喊、要诅咒的新诗人了，新诗冲破一切传统的桎梏，应运而生，磅礴发展到今天。

纵览中国数千年诗歌发展的过程，可见从"齐言"向"杂言"发展是大势所趋，社会向前发展，语言发展变化，诗歌跟上这种形势，才能不断获得新的生命力。到了 20 世纪 60 年代，历 20 世纪 70 年代，进入 20 世纪 80 年代，这种规律性本来应该看得更清楚了，奇怪的是，有的同志还大力主张新诗要返回到民歌、民谣体，从"杂言"返回到"齐言"。有的同志甚至还说"新诗不如古曲诗词。"新诗发展才有六十年的历史（从五、七言诗确定地位到成熟前后历一百多年），在历史的长河中还是很短的一段。的确，一个小孩不如一个老人成熟，但要求一个小孩一切如老人，岂不荒谬吗？

至于民歌、民谣的形式，也不会是一成不变的。1959 年郭沫若同志就说过，"大跃进"中所出现的歌谣，比较接近于旧形式，基本上以七言为多，这是"和农民多少年来的习惯有关。今天农民在住家、穿衣等方面的习惯都没有改，他们表现出来的文艺形式也没有多大改变，但不能因此断定将来就不改。相反的，根据以往几千年来诗歌发展的历史，根据当前社会跃进的情况，可以断定今后诗歌的形式会改变。"第一次新诗形式问题的讨论中，郭沫若同志这个意见是通达的。今天，有的同志还在说："民歌民谣体是新诗主流中的主流"，完全是违背诗歌发展规律的臆断之言。

‖ 关于民歌的命运 ‖

诚然，民歌的形式也会随着社会发展而变化，那么，民歌是否会长期存在下去呢？

马克思说过这样的话："任何神话都是人们在用想象和借助想象以征服自然力，支配自然力，把自然力加以形象化；因而，随着这些自然力实际上被支配，神话也就消失了。"为什么呢？一方面，社会发展，"排斥神话地对待自然的态度和一切把自然神话的态度；并因此要求艺术家具备一种与神话无关的幻想"。"从另一方面看：阿基里斯能够同火药和弹丸并存吗？……或者，《伊利亚特》能够同活字盘甚至印刷机并存吗？随着印刷机的出现，歌谣、传说和诗神缪斯岂不是必然要绝迹吗？史诗的必要条件岂不是要消失吗？"由此，马克思提出了一个著名的论断：

在艺术本身的领域内，某些有重大意义的艺术形式只有在艺术发展的不发达阶段上才是可能的。如果说在艺术本身的领域内部的不同艺术种类的关系中有这种情形，那么，在整个艺术领域同社会一般发展的关系上有这种情形，就不足为奇了。

　　马克思的论述启发了我的思考，民歌是否也和神话一样，只是社会一定发展阶段上的产物呢？随着社会不断向前发展，科学文明程度的不断提高，真正意义上的民歌，即口头辗转流传的民间歌谣也必将消失。到将来的某个时期，民歌将像神话一样，作为历史上的一种艺术魅力而留存下来，但在现实生活中，在人民的口头上，再也找不到它的实体。现在，民歌正步入它逐渐消失的过程。

　　促使民歌逐渐消失的原因，主要是社会发展所造成的一种新局面，民歌将不得不自我淘汰：

　　一、随着书面文字高度、广泛的普及，文盲从社会上彻底消失，人人都有了一定的阅读水平和写作能力，人们欲表达自己的心事就不会再用口唱耳授的办法，而是用文字把自己要表达的东西记录下来，这样，一开始就成了用文字固定下来的个人创作。他有一定的文学修养，也能对作品进行修改，不需要流传开去让众人加工了。这种个人自觉创作的意识，取代了以前个人自发创作的意识，真正意义的民歌就失去了发源之地。自中华人民共和国成立以后，不少民歌手识字写字了，他们都把自己的作品送到报社发表，署上个人的名字。这些作品虽然大多数排在"民歌"一栏里，但完全不是原来意义上的民歌了，只能说是民歌体的个人诗作，与文人创作没有多大的区别了。王老九、霍满生、习久兰等人称他们是民歌手，只是就他们诗体的特点而言，从他们掌握的民间词汇比较丰富、表现手法更近于民间传统而言，以此区别于写新诗的工人、农民业余诗人。有的诗作者把自己写的五、七言白话诗作为民歌拿去发表，实在是一种冒充。1958年的新民歌运动，实际上是发动农民写诗的运动，把农民个人写的诗以及工人、战士和基层知识分子写的民歌体诗，统称为新民歌，真正在民间口头流传而后记录下的民歌很少。以后出版的民歌选本如《红旗歌谣》，绝大多数作品是原作者有姓名可查而选录时有意不标作者姓名的，知识青年（如刘章）、教师（如谢清泉，"社员堆稻上了天"的作者）、工人（如李根宝等）的作品也不少。德国美学家菲希尔说：

"天真烂漫的人一接触到文明，就不再是天真烂漫的人了；民歌一旦为人们所注意和收集，就不再是民歌了。"这几句话我以为是有道理的，民歌是天籁，一旦正式进入诗坛（不是指采录出版），民间风味就将消失，"民"字也丧失了原义。

二、过去流传下来的民歌，绝大部分的内容是反抗统治者的压迫、剥削，个体生产者对自己辛苦劳动的咏叹，对好日子的想望；更多的内容是表现男女之间的爱情，生离死别、恋情思念，情歌是民歌中最瑰丽的花朵。这只要翻翻乐府诗集和古今的民间歌谣集就知道。随着社会的不断进步，物质文明和精神文明的程度愈来愈高，不但反映政治、经济状况的内容不复在民歌中出现，随着不合理的婚姻制度的消失，男女婚后分居情况的减少，恋人们难于接近而产生的思念失去普遍性；由于共产主义道德水平的提高，男女之间因离弃产生的怨苦之辞也失去了共鸣性。在旧社会那样触人心弦，易于流传的情歌再也难于出现了。我浏览了一下中华人民共和国成立前后著名的兴国山歌的手抄本和印刷品，中华人民共和国成立前的手抄本，艺术上最精彩的还是情歌，苏区时期的"送郎当红军"之类的歌，也是情歌的演化。中华人民共和国成立后的兴国山歌中这类情歌不断减少乃至逐渐消失。兴国山歌在今天已经没有什么新的发展，虽然还有老民歌手唱一唱，但随唱随失，不像过去那样经久、广泛地流传了。现在，社会风俗也在变化，汉民族地区男女用对唱山歌的形式谈恋爱已少见少闻，城市男女谈恋爱的喁喁私语，也传染到了乡村。恩格斯说过，性爱，曾经是"一切诗歌都环绕旋转的轴心"，民歌更是如此。民歌失去了情歌部分（爱情从书信中、诗笺上进入诗坛），失去了主体，生命力就要凋谢。

三、民歌主要是农民的歌和市民的歌。随着四个现代化的实现，农民（作为一种职业而不是一个阶级）与市民都将改变自己的生产方式和生活习惯，现代的都市文明，紧张的生活节奏将代替过去那种恬静的田园风光、闲适的诗情画意，人们也将失去即兴口头创作的环境和兴致。他们对于诗歌有爱好的话，将有充分的业余时间进行创作，进入个人创作的天地，这种苗头，我们在今天的农村和城市知识青年中已经看到了。

民歌的自我淘汰、逐渐消失，最主要的是第一个原因，即群众普遍知识化。民歌消失的过程不是可预期的，视社会发展的快慢而定，如果社会发展缓慢甚至出现停滞或倒退，那么，它消失的过程是极其缓慢甚至会有一段时间的中兴。一个国家内，文化发达区域民歌消失快；文化不发达区域，民歌消失慢。但总的趋势是要消失的。

但是，我们决不能因此否定民歌的价值，民歌也如神话一样，类似一种"儿童的天真"，马克思说："一个人不能再变成儿童，否则就变得稚气了。但是，儿童的天真不使他感到愉快吗？他自己不该努力在一个更高的阶梯上把自己的真实再现出来吗？在每一个时代，它的固有的性格不是在儿童的天性中纯真地复活着吗？为什么历史上的人类童年时代，在它发展得最完美的地方，不该作为永不复返的阶段而显示出永久的魅力呢？"从这个意义上来说，新诗应该向真正的、优秀的民歌学习，学习民歌感情上的纯真和艺术上的朴实，学习它的人民性和民族性的表现，学习它对于时代精神敏锐的感受……在更高的阶梯上把自己的真实再现出来。

‖ 对新诗形式发展的预测 ‖

新诗形式今后到底会向什么方向发展？要预测一下的话，必须在新诗发展的历史和现状的基础上进行。

六十余年来，新诗的形式在不断发展，不断变化，这种发展和变化，是以几位有巨大影响的诗人和他们的作品为特征的。

一、以郭沫若为代表的"解放体"（"解放体"是对新诗从旧诗词解放出来而言的）。"五四"时期的"解放体"，主要是受外国诗歌的影响而形成的，但不可否认，中国诗歌的传统影响并未完全消失，还在起着潜移默化的作用。以郭老来说，他早期的诗作中，已经出现了多种形式，有无韵自由体诗如《夜步十里松原》；有有韵的自由体诗如《凤凰涅槃》；也有古风味很浓的新诗如《别离》和译雪莱等的译诗；更多的是半格律体新诗。半格律体形式变化较多，有两行一节的（如《太阳礼赞》《春之胎动》等），有三行一节的（如《晨兴》及《瓶》集的三、六、七等）；有四行一节的（以《地球，我的母亲》为代表的大量的诗）；有五行一节的（如《炉中煤》）；有六行一节的（如《匪徒颂》）、有八行一节的（如《新阳关三叠》《密桑索罗普之夜歌》等）。郭老笔下新诗形式的多样化，奠定了新诗形式发展的基础，从中也看出一个迹象：四行一节的诗在《女神》中少一点，在《瓶》《前矛》中大量出现，《恢复》中二十四首诗全部是四行一节的半格律体。这一方面是郭老后来"火山式爆发"的感情没有了，写不出气势磅礴的自由体；另一方面，可以说是旧诗中的律绝在暗地里发生影响。四行一节的诗大量出现，客观上有一个好的效果，就是使新诗与旧体诗维系着一脉内在的联系。

二、以闻一多为代表的新诗格律化试验。郭沫若似乎是以感情定形式，他的半格律体像是无意识间形成的。那么到了闻一多，则是有意识地按照一定的形式容纳自己的感情，他强调诗的"音乐美""建筑美"，提出"戴着镣铐跳舞"之说。他最著名的试验品是《死水》，该诗每节四行，每行九字，划为四顿。

任抽一节看：

那么／一沟／绝望的／死水，
也就／夸得上／几分／鲜明。
如果／青蛙／耐不住／寂寞，
又算／死水／叫出了／歌声。

诗集《死水》中，四行一节的居多，也有节无定行或整首不分节的，但每行的字数和顿数都差不多是相等的。《洗衣歌》每行十字，《口供》《发现》每行十一字，《静夜》每行十二字，《飞毛腿》每行十三字，随字数增多，四、五顿或五、六顿交替进行，丝毫不乱。一首诗中，感情节奏的缓急，他用长句和短句来调节，如《洗衣歌》每节之后的两个四字迭句，传达出搓板上洗衣的节（奏），人物的对话，也以短句嵌在整齐的句式里（如《飞毛腿》）。与闻一多同时代的徐志摩也有类似情况，他的名诗《再别康桥》《云游》的顿数也是大体整齐的，但没有闻一多的严格。他们主要是从西方格律诗吸取有益的经验，并企图创造适应现代汉语规律的新格律体。他们的努力是值得重视的，因为的确产生了好诗。中华人民共和国成立后，何其芳同志接着试验，并在理论上进行了初步的探讨。

三、以艾青为代表的无韵自由体诗。艾青同志以《大堰河——我的保姆》震动了中国诗坛，接着，他以一系列无韵体自由诗，吸引住了广大知识分子读者。经过他不到十年的努力，奠定了自由体诗在中国诗坛的地位。自由体诗在郭沫若的《女神》中就已出现，但还是以有韵的为主，郭兼写半格律体。艾青则全力以赴，佳作迭出，产生压倒性的影响。后来，臧克家同志说：（艾青）"他所以运用'自由诗'体，他自己说是为了'不受拘束'地'表现'他的感受、这种形式的确很自由也精炼地表达了他所要表达的。他不但用创作实践来扩大'自由诗'的影响，他还用'诗论'来倡导'诗的散文美'，这在热情冲涌的抗战初期受到热烈欢迎是势所必然的。""散文美"，就是口语美。掇取人民富有诗意的口头语言入诗，使艾青诗的语言比"五四"时期新诗的语言在艺术成就上高得多了。新诗发展到了艾青，可以说是登上了一个新的阶梯。艾青先是在国统区，后是在延安，影响了一大批新诗人，郭小川、贺敬之也是以写自由诗开步的，蔡其矫同志一直坚持创作无韵体的自由诗，也产生了一定的影响。

四、以李季同志为代表的民歌体诗。民歌体诗在新诗诞生之初就出现了，那就是刘大白的《卖布谣》等篇章，刘半农也出版过"用江阴方言，依江阴最普通的一种民歌——'四句头山歌'——的声调，所做成的诗歌十多首"，集名《瓦釜集》，那完全是一种试验，诗人也只是偶尔为之。1942年5月《在延安文艺座谈会上的讲话》发表之后，李季同志开始有意识、有目的地向民歌学习，创作出了中国新诗史上第一首优秀的民歌体诗《王贵与李香香》。民歌体诗作为一种新诗体在新诗领域内出现，其意义不可低估，对于丰富新诗的形式是一大贡献。继李季之后，阮章竞、张志民等同志也创作了不少民歌体诗，在当时的工农群众中产生了很大的影响。中华人民共和国成立前后直到20世纪60年代初，李季同志始终是民歌体的旗帜。20世纪50年代从工人、农民中涌现出来的诗人，大多数是写民歌体诗的。

五、以郭小川同志为代表的对新诗形式的探索和创造。郭小川早期写自由体诗，20世纪50年代初写阶梯诗，20世纪50年代末到20世纪60年代初，他开始探索创造新的诗体，虽然容许他探索的时间并不长，但是有两种新的诗体在他的笔下成型了：一种是"长短句"体，以《林区三唱》和《将军三部曲》为代表，这种新诗体是从词和散曲变化而来，节奏自由又有规律。另一种是"长句"体，以《甘蔗林——青纱帐》《厦门风姿》为代表。长句体一般四行一节，也有两行一节的如《茫茫大海中的一个小岛》《团泊洼的秋天》；三行一节的如《乡村大道》，他的长句以赋为主而辅之比兴，诗情如波澜起伏又呈现节律性，句与句之间有对仗（不是严格意义的对仗），节与节之间有对应，每句的顿数也大致整齐，也可说是格律化的新试验。郭小川的试验比闻一多的试验更放得开手脚，读他的诗没有读闻一多诗的那种拘谨之感。闻的格律诗是一种古曲美，郭的则呈示现代美。这当然也与诗人的思想感情有关。"长短句"体在20世纪60年代出现较多，"长句"体也有人模仿，但才力不济，难得成功。

1976年后，新诗进入了新的发展时期。思想的解放，禁区的冲破，感情的奔涌，使新诗形式再度呈现多样化的局面。不过，多样化中也有消有长，民歌体诗渐渐少了，自由体诗出现一个热潮，大致有韵的自由体诗又是自由体诗中的主体。

到目前为止，新诗形式基本上可分为三大类：

（1）节有定句、句有定字的民歌体和新格律体。民歌体指的是以五、七言为主的"齐言"，有的民歌体如《信天游》体，字数有出入（如贺敬之《回延安》）应归为半格律体。新诗则是指曾被称为豆腐块的诗作，《死水》是名作，朱湘、林庚都写了不少字数齐整的诗，近年来，诗坛新秀徐晓鹤也写过，如《南方，躺着哺育我们的河流》。

（2）节有定句、句无定字的半格律体。这类诗虽句无定字，但是大体整齐、押韵。每节为两行至十行以上，以四行为一节最为常见。有的多行节诗，少数诗节行数略有出入，如贺敬之的《三门峡——梳妆台》，每节六行，最后两节略有出入（一为七行，一为八行），这类诗，也应归为半格律体。另外还有独节多行的诗。

（3）节无定句、句无定字的自由体诗。分有韵和无韵两种。赵恺的《我爱》属前者；艾青的《光的赞歌》属后者。

通过考察新诗形式的历史和现状，可以说，新诗体不是没有成型，有的诗体已相当成熟。以艾青诗作为代表的自由体诗和四行节的半格律体诗最为完善，每节二、三、五、六行的半格律体也各有一批名作（两行节郭小川《秋歌》、贺敬之《桂林山水歌》等；三行节闻一多《太阳吟》、郭小川《乡村大道》等；五行节郭沫若《炉中煤》等；六行节戴望舒《雨巷》等）近年来哪几种诗体发展的势头最大呢？我抽查了三期《诗刊》：

1980 年第 10 期，"青春诗会"，共发表 52 首诗，其中四行节 14 首，占 27%；自由体 23 首，占 44%。

1981 年第 2 期，共发表新诗 81 首（散文诗、译诗除外）其中四行节 32 首，占 40%；自由体 23 首，占 28%。二至八行节各有少量。

1982 年第 2 期，共发表新诗 62 首（民歌体诗算在内，《淮河新民谣》八首除外），四行节 22 首，占 35%；自由体 30 首，占 48%。

总的趋势是以自由体与四行节半格律体占优势，青年诗人中又以自由体为多。

鉴于新诗形式的上述现状，今后，它将向什么方向、如何发展呢？为了使我的预测更有根据，我还要引用《鸭绿江》1981 年 "诗苑民意测验" 的一个资料：199 位诗人和评论家对新诗形式如何发展的一个回答：

选择项	人数	占总人数
百花齐放	50	25.1%
百花齐放自由体为主	129	64.8%
百花齐放新格律体为主	12	6%
新格律体	1	0.5%
旧诗词民歌体	1	0.5%
很难预测	5	2.5%
未表态者	1	0.5%
共　计	199	100%

现在，我对新诗形式的发展作如下预测：

凡是 "齐言" 体，不管是民歌体和新格律诗，鉴于现代语言发展，不可能有大的起色了，虽然它在相当长的时期内还会存在，但还是一个最没有前途的诗体。

杂言的半格律体，将还有大的发展，二、三、四、五、六行节诗体将会成为主体，字数将有长短句体，长句体，不长不短、大致整齐句体。很可能从中产生 "杂言" 体的新格律诗。未来的新格律诗决不会以一二种格律为归（据清康熙《钦定词谱》统计的词律，为调826，体2306，就是说有两千余种格律），可能出现多种格律。（但我还要补充一句：诗与音乐不合作，产生新格律的可能性极小。）

自由体诗，近两年来发展的势头越来越大，它必将有更大的发展，向高峰发展。"江山代有才人出"，若能越过艾青已达到的高度，中国诗坛上的自由体诗将更为可观，它将成为一代诗坛的标志和旗帜。

以自由体为主流，半格律体竞相发展，是中国新诗形式发展的方向，这是顺应数千年来中国诗歌发展规律的，是新诗自己开拓出来的道路，是社会发展反映在诗歌领域的必然。

选自《诗探索》1982 年第 2 期

论自由体诗

陈良运

‖ 自由体诗是带有世界性的倾向 ‖

20世纪80年代以来,在中国新诗界,自由体诗进入了第三次兴旺时期。

自由体诗,是指诗无定节、节无定句、句无定字,有韵或无韵的新诗,除此以外的新诗,我把它们归入格律、半格律体。

自由体诗的第一次兴旺是五四运动前后,即新诗的初创时期。

如果说,1840年中英鸦片战争之后,中国物质形态的闭关局面被打破了,那么,第一次世界大战之后,西方各种新思潮则冲破了中国思想意识的锁国状态,尤其是十月革命一声炮响,给中国送来了马克思列宁主义,1919年爆发了五四运动,中国的新文学革命也就在此时发端,而诗体解放又成了这场文学革命的先锋。作为向旧诗反叛的新诗,与传统的有严密格律的旧体诗词实行了彻底的决裂。初期的新诗叫"白话诗",一般都是自由体,在《新青年》《学灯》等报刊上,胡适、沈尹默、刘半农、俞平伯、周作人、康白情等人都发表过初具雏形的自由体诗。当时并不在文学界的李大钊、周恩来同志,他们试作的新诗也是自由体。鲁迅先生当时也写过新诗,现在所见的六首有五首是自由体,自郭沫若的《女神》出版之后,具有强烈的20世纪时代精神,彻底冲破旧格律羁绊的真正的自由体诗,更为迅速地传播。20世纪20年代出现的新诗人,绝大多数都写过自由体诗,朱自清在1929年为《中国新文学大系·诗集》写的《导言》中说:"若要强立名目,这十年来的诗坛就不妨分为三派:自由诗派,格律诗派,象征诗派。"他把"自由诗派"列在首位,是以20世纪20年代的诗坛现状为依据的。

自由体诗的第二次兴旺，发生在抗日战争时期。

中国的抗日战争爆发，继而全世界范围内的第二次世界大战爆发，中国成了国际反法西斯阵线的东方战场。新诗为动员全民抗战，从诗人的书桌，走到民众之中，走向炮火连天的战场。艾青、臧克家、田间、柯仲平等的自由体诗，出现在朗诵会上，出现在街头和乡村的墙壁上，袁水拍、魏巍、鲁藜、陈辉、光未然、肖三、高兰等一大批诗人，都带着他们的自由体诗进入抗战诗坛。朱自清先生在《抗战与诗》中写道："抗战以来的新诗的一个趋势，似乎是散文化。抗战以前新诗的发展可以说是从散文化逐渐走向纯诗化的道路……从格律诗以后，诗以抒情为主，回到了它的老家。从象征诗以后，诗只是抒情、纯粹的抒情，可说钻进了它的老家。可是这个时代是个散文的时代，中国如此，世界也如此。诗钻进了老家，访问的就少了。抗战以来的诗又走到散文化的路上，也是自然的。"

自由体诗的第三次兴旺，出现在中国共产党十一届三中全会之后。党中央号召全国人民解放思想，对外实行开放政策，打破了"文化大革命"十年中所形成的又一次锁国闭关局面。人们从曾经被禁锢的思想飞向了广阔的天地，被长久压抑的感情如春潮奔涌。诗人们诗情勃发，大批中青年诗人尤为引人注目，他们有较为广泛的生活阅历，思想活跃，激情充沛，发而为诗，不愿受任何格律形式的束缚，自由体便成为他们最乐于运用的形式。这次兴旺还刚刚开始，我们还不能为它作历史性的结论，仅仅可以从它的发表数量和质量上来考察。我顺手抽查了从1979至1983年二月号《诗刊》（未加选择），在数量上的表现是：

年·期	共发表新诗	自由体诗	占总发表量
1979·2	39 首	8 首	20%
1980·2	59 首	14 首	23.7%
1981·2	81 首	23 首	28%
1982·2	62 首	30 首	48%
1983·2	56 首（注）	31 首	55%

（注）曹葆华同志写于抗战时的 6 首未计。

　　在质量上的表现是：1979—1980 年新诗评选，获奖的 35 篇中，自由体 19 篇，为 54.3％。1981—1982 年《诗刊》优秀作品评奖 20 篇获奖作品中，自由体 15 篇，占 75％。还应该指出，1977 年以来在全国产生了广泛影响的新诗，如《一月的哀思》《周总理，你在哪里？》《不满》《现代化和我们自己》《小草在歌唱》等诗篇，几乎全是自由体。艾青"归来"之后，使他重新获得崇高声望的，以《光的赞歌》为代表的众多诗篇，均是自由体佳作。他在 1980 年与首都诗歌爱好者的一次谈话时说："自由体的诗带有世界性的倾向。"

　　自由体诗首先在世界范围（主要是欧美），而后在中国的发展和兴旺，不是偶然的，正如马克思所指出的：在艺术领域内某些有重大意义的艺术形式，是与社会的一般发展阶段相联系的。作为艺术创作者的个人，对新形式的创造和运用，必然是新的社会内容推动的结果。

　　社会内容变了，它不得不变；表现社会内容的物质外壳——语言——变了，它不得不变；新的社会里人们的审美心理、审美趣味变了，它不得不变。诗体从格律化向自由化之变，在国外，发生在资产阶级上升和资本主义大发展的时期，在中国，每一次都发生在中国与世界联系最密切的时期。历史与现实都在证明：自由体诗是新世界、新时代发展中的产物。

　　对于已经无所作为的腐朽的封建主义来说，资本主义时代是一个充满生气、富有进取精神的时代。在这个时代里，科学技术的迅速发展，产业革命的突飞猛进，把旧的生产秩序和社会秩序全打破了，机械的迅转，车轮的飞旋，加快了一切生活的节奏；资产者与资产者之间的生存竞争，无产者与资产者之间的阶级斗争，掠夺者与反掠夺者之间的国际性战争，使这个世界时时、处处都在上演轰轰烈烈的活剧……这一切急剧变化的物质形态，也必然引起人们精神状态的变化，追求个性解放是这个时代里精神变化的特征，而个性解放的主要内容就是自由：自由地思想，自由地生活，人与人之间自由地相处，自由地发表言论，等等。当然，这种种自由在以金钱为命脉的资本主义社会里是难以如愿以偿的，但是，当自由的钟声把人们从中世纪的沉睡状态中唤醒，自由神的火炬照亮了新大陆人民的眼睛，自由的思想、自由的精神便使人们的灵魂骚动不息。追求个性解放，追求自由，势必藐视一切陈规故习，破坏一切旧的典章制度，冲破一切束缚思想和精神的旧习惯势力的网罗。这种精神状态形成了人们新的审美观念：崇尚动态的、不断变幻的美；欣赏感情强烈的、具有刺激性的美；热爱真实的、本色的美。于是，在艺术领域内：古典主义的绘画原则被打破了，出现了现代派的绘画，色彩的鲜明与色块的对比，对描绘对象的夸张与变形，使生活中的一切变得特别醒目；古典戏剧的"三一律"被打破了，出现了现代戏剧——电影，蒙太奇的表现手法使空间与时间的变换在顷刻之间；出现了意识流小说；出现了自由体诗。自由体诗的第一个伟大旗手惠特曼说："诗人比其他的人更追随和更欢迎自由。他们是自由的声音，自由的解释。"这种对于社会潮流的追随，也必然在诗的形式上表现出来，他说："伟大的诗人的优点不在于引人注目的文体，而在于不增不减地表达思想与事物，自由地表达诗人自己。他对自己的艺术宣誓：我决不多费唇舌，我决不在我写作中使典雅、效果或新奇成了隔开我和别人的帘幕。我决不容许任何障碍，哪怕是最华丽的帘幕。我想说什么，就照它的本来面目说出来。"（《草叶集·序言》）的确，科学需要赤裸裸的真实，真理的表述不需要繁文缛节；诗要表现思想和事物的本来面目，那些串珠式的旧格律的帘幕并不是必需品，于是，新大陆的惠特曼，便以彻底摆脱、突破旧的格律和形式而荣膺了"自由"的桂冠。时势造就了新的诗人，时势造成了新的诗歌形式！

新的自由体形式，也是诗歌形式自身规律发展的结果。诗歌是语言艺术中一种特殊的、高级的样式，任何时代里的语言的精华，总是集中地表现在诗中。单就形式而言，每种诗歌形式，都可以说就是语言排列组合的方式。人们正是凭诗节的行数、诗行的字数、字音的变化，来确定它或是律绝，或是词、曲，或是十四行体，等等，由此可见，语言是构成诗歌形式的基因，诗歌形式的变化发展，首先取决于语言的变化发展，从简单语言到复杂语言，从民间口头语言到文人书面语言，从一个民族单一语言到吸收了外国语词的复合语言，每一次发展变化都会在诗歌形式上表现出来。以中国为例：当人们使用的语言比较简单时，便有"四言"诗，《诗经》的口语特色很明显；当简单的口语随社会发展不断丰富并经文人加工改造后，诗歌的形式也就多变起来："屈、宋变而为骚，马、班变而为赋。盖有才者以《三百篇》旧格不足以尽其才……自《古诗十九首》以五言传，《柏梁》以七言传，于是才士专以五、七言为诗。然汉魏以来，尚多散行，不尚对偶。自谢灵运辈始以对属为工，已为律诗开端；沈约辈又分别四声，创为蜂腰、鹤膝诸说，而律体始备。"格律诗的出现，是一个民族语言走向成熟的标志，它不但是诗歌发展史，也是语言发展史上的一块丰碑！但是，固定的格律虽足以显示民族语言发展已取得的成就，对于语言继续向前发展又可能成为桎梏，诗歌的发展只有跟上语言的发展才有强大的生命力，因此，自唐以后，又出现了词、曲等数以千计的格律形式，格律的繁多化，显示了语言发展的复杂化。自1840年鸦片战争之后，中国海禁大开，西方文化急涌而入，外来语言不可避免地侵入中国民族语言，新的词汇大量增加，多音词（三音以上）大量增加，使原有语言构成的成分、结构的方式发生了很大的变化，这样一来，中国诗歌已有的固定格律都受到了强烈的冲击，难以容纳新的语言了，此时，胡适首倡"我手写我口"，书面语言要适应口头语言的变化，于是，中国自由体诗的雏形——白话诗出现了。白话诗的出现，是中国语言发展变化中的一个必然现象。有些人总是说，"自由体诗是舶来品"，这话并没有多少正确性。事实早已证明，中国诗歌原有的种种排列组合方式，总的说来是过时了，尤不适宜表现新思想和新事物，诗人们不得不去寻求可以容纳新的语言的种种新的排列组合方式，自由体诗和新型的格律、半格律体白话诗的创作和传播，不过是水到渠成而已，外国诗歌形式的影响，只是起了一种启迪的作用。

任何一种艺术形式的变化，总是与人们审美心理的变化有着密切关联，甚至可以说，社会审美心理变化是艺术形式变化的催化剂，诗歌形式的变化更是如此。每当读者，继而诗人的审美心理发生变化时，新的诗歌形式便得以诞生并广为传播。据说，汉武帝在元封三年筑柏梁台，"诏群臣二千石有能为七言诗者，乃得上座"。这说明，到汉武帝时代，朝野上下的审美趣味已开始从四言、五言、骚体转向七言诗了，加上皇帝的提倡，于是七言诗得以风行。从诗人方面说，作诗总追求有新的创造，他们的审美心理也在不断地变化之中，正如赵翼所说："盖事之出于人为者，大概日趋于新，精益求精，密益加密，本风会使然。"以后律、绝、词、曲出现，除语言发展使然之外，这"风会"是一个不可忽视的因素。自由体的出现也是如此。印度伟大诗人泰戈尔在《现代诗歌》一文中就说过："韵律、格律和语言的精心推敲、反复斟酌的日趋消失，这一切不是自然而然地发生的，而是因为决心不再沉湎于过去时代的爱恋，对它采取拒绝态度的习惯所致。"虽然说得太过一点，但大致如此。资本主义的发展，破坏了一切地方的、封建的、宗法的和田园诗般的关系，从而使文学艺术结束了真正的田园诗般的时代，进入了一个充满散文的时代。诗摆脱格律的束缚倾向散文化，追求一种散文美，如此方能使诗人和读者的审美心理趋向一致，如此方能无拘束地表现这个时代里千变万化的事物，表现出新时代开拓者的气派，引起新时代的人们思想感情的强烈共鸣。于是，在惠特曼笔下出现了"带电的肉体"；在凡尔哈仑笔下出现了"伸出触角的城市"；在中国诗人郭沫若笔下出现了"立在地球边上放号"！

‖自由体诗的本质特征‖

自由体诗在诗歌王国里异军突起，立内容之新，标形式之异，但是中、外评论者对它毁、誉不一，褒、贬不定，贬之者往往以格律诗的概念来衡量它、要求它，说它太自由化，无形式，语言散文化，等等，这样的批评，都没有顾及自由体诗的本质特征。

艾青说过："新诗是对旧诗而言；白话诗是对文言诗而言，自由诗是对格律诗而言。"突破格律的束缚，强调诗的形式的自由，以适应表现新的内容，是自由体诗之自由的本质意义。因此：内容自由地表达，自由是格，感情是律；形式的"无定型""随物赋形"；语言追求散文美，口语入诗，可以说是自由体诗区别于格律诗的三大本质特征。

世界上的事物，任何一种形式，都要受到内容的规定，即是说，"形式是具有内容的形式，是活生生的实在的内容的形式，是和内容不可分离的联系着的形式。"自由体诗之自由，是对形式而言；而形式又是对内容而言，这就是内容欲自由地表达，必须有与此相适应的自由的形式。著名诗人戴望舒，他写格律体，也写自由体，他的格律诗甚至有《烦忧》这样的现代回文诗。但是他从写规整的格律诗中得出了这样的体会："韵和整齐的字句会妨碍诗情，或使诗情成为畸形的。倘把诗的情绪去适应呆滞的、表面的旧规律，就和自己的足去穿别人的鞋子一样。愚劣的人们削足适履，比较聪明一点的人选择比较合脚的鞋子，但是智者却为自己制最合自己的脚的鞋子。"在戴望舒诗集中我们可以看到，凡是表现他新的情绪的诗，如抗日战争时期在香港写的《狱中题壁》《我用残损的手掌》《等待》等作品，差不多都是自由体或半格律体。也有的诗篇证明了，表现新的思想新的情绪而没有运用新的形式，适用自由体却运用了严格的格律体，使诗的内容遭到了破坏。茅盾在1938年写的一篇诗评中，曾批评过一首题为《土地和种子》的长诗："这是二十四章、每章五句、每句长短相应整齐的诗篇，用这一形式来抒写磅礴的情绪，似乎就不大相宜。"由于采用形式不当，其结果是显出"思想空洞，冗杂无力"。而在同一期刊物上发表的自由体诗，如力扬的《同志，再见》，"情绪于哀婉中见激昂，内容与形式都很谐和，不拘泥于落脚韵，而字句的自然旋律颇为美妙"。

批评自由体诗自由化者，责怪自由体诗不讲究声律，不注重诗的音乐美。这个问题要作具体分析：一是突破固有的声律限制，正是自由体诗的长处，如果再入固有的声律之框，自由体诗也就不存在了。二是诗固然有音乐美的优点，但它不能依附于音乐，朱自清先生考察了中国历史上诗体变迁的历史，发现"过去每一诗体都依附音乐而起，然后脱离音乐而存"，并得出一个结论，"过去的诗体都是在脱离音乐之后才有长足的进展"。（《朗读与诗》）在今天，诗与音乐分家（它们之间只留下一个联络员——歌词），已成了公认的事实，而新诗，即使是新型的格律体，也不是依附音乐而起的。那么，现代诗的音乐美是怎样体现的呢？它体现于诗情内在的律动，从诗情的变化中体现抑扬顿挫，轻重缓急，而不需要靠句读的平仄来帮衬，靠固有的格律和脚韵来规范。这种音乐美有别于中国的古典音乐美，接近于西方近代和现代的音乐美。像艾青《光的赞歌》这样气势磅礴、博大精深的诗篇，它的诗情时而急流直泻，时而回环往复，如滔滔大河九曲百转，这样的音乐美，"铜琵琶、铁绰板"也不足比拟，交响乐或可喻之。

自由体诗要论格律的话，一言以蔽之：自由是格，感情是律。它的可贵之处就在于给诗的内容、给诗情解除了一切束缚（如果你要戴镣铐跳舞，请跳个大劈叉试试看），给予了内容充分表达的权利。要求有这种权利是时代发展的必然。在人类社会的早期没有格律诗，后来依附于民间音乐的乐府诗也是比较自由的，严格的格律诗是封建社会走向高峰时的产物，语言发展的成熟固然给格律诗的产生提供了物质条件，从精神上考察，是否可以说是封建社会时代严密的思想统制、严厉的典章制度在诗歌中的反映呢（宫体诗和试帖诗是典型的表现）？告别了封建时代之后，诗又要打破格律，因此，自由体诗之自由，具有划时代变革的意义。

下面，我们再看表现在自由体诗形式本身的特征。

自由体诗没有一个固定的形式，也就是说，诗歌语言的排列组合没有一种或几种常规方式。因为它要表现"激烈动荡、瞬息万变"的时代而要求形式的自由，所以它的存在形式没有固定的形态，是不定型的。郭沫若说过："'不定型'正是自由体的意义和价值所在。"（《诗歌漫谈》）只有不定型，表达一种新的思想感情才比较方便，诗人的感情才能得以自由地流露。不定型，实即"随物赋形"或"移步换形"，具体表现为：一则诗无定节，即诗可长可短，长到洋洋千百言，短到二三句，视要表达的内容而定，既不必勉强凑足四行、八行或十四行，也不必把丰富的内容、不可抑制的激情强行挤压在四行、八行或十四行里。它的容量可大可小，思想感情一瞬间的闪光，后浪推前浪的滔滔激情长河，都可以恰当地表现。二则节无定行，抒情与叙事均可依照生活本身的节奏，随诗人内心情绪的流动或行或止，当诗人激情急流直泻时，可以不分诗节而一贯到底（像郭沫若《立在地球边上放号》，艾青的《芦笛》《巴黎》等）：当诗人的感情呈转换、递进状态时，诗节的长短则凭诗人感情的幅度而定，绝不会因限定的容量而去裁割诗情。三则句无定字，适于口语入诗，尤适于现代语言入诗。现代语言的各种词类和语法结构比古代语言更为复杂，多音词的大量出现，"句有定字"的诗句会在多音词面前一筹莫展，如："我的一枝枝神经纤维在身中战栗""你去！去寻那与我的振动数相同的人，你去！去寻那与我的燃烧点相等的人。"（均引自《女神》）这些三音词和四音词，在句有定字的诗句中是很难做到整齐划一的。

"随物赋形"和"移步换形"，赋予自由体诗一种特定的自然美，本色美，这就是意象鲜明的美，诗情流畅的美，音律错落的美和语言的口语美。惠特曼说："我想说什么，就照它的本来面目说出来。让人家去高兴、吃惊、着迷或者宽心吧，我却有我的目的，正像健康、热度或白雪各有它的目的一样。"有的同志没有注意到"本来面目"的制约，以为自由体就是"信口而发"，实在是一种误解。郭沫若既写新诗，开一代诗风；又写旧体诗词，造诣很深，他尝尽了创作新诗、旧诗的甘苦后说："旧诗靠打扮，新诗靠本色"，这绝非任意褒贬。新诗，尤其是自由体诗，可用一句杜诗作喻："却嫌脂粉污颜色，淡扫蛾眉朝至尊"！

散文美，是自由体诗在诗歌语言方面的特征。但是批评者往往把散文美降格为散文化。在自由体诗的创作中有没有散文化现象？有，爱好自由体诗的人，有的也会如反对自由体诗的人一样，对"自由"有误解，或是在创作中疏忽了，"只图形式的自由而忘却艺术的艰苦的磨炼，因而发生了一些流弊：认为新诗是容易写的，结果许多'散文分行'的东西也以诗的名义出现，遭到了一般读者的误解，给予平素一部分对新诗有成见的人以攻击和诟病的借口"。平心而论，散文化并不是自由体诗一家的缺点，格律诗不也会沾染散文化的毛病吗？严羽批评"近代诸公乃作奇特解会，遂以文字为诗，以才学为诗，以议论为诗"，指的正是宋诗散文化的倾向。

"散文化"与"散文美"的根本区别在哪里呢？艾青曾作过比较性的说明："散文化的诗的最大特征，是创作过程中排除了形象思维。"而"散文美"，实指口语美，"为了把诗从矫揉造作、华而不实的风气中摆脱出来，主张以现代的日常所用的鲜活的口语，表达自己所生活的时代——赋予诗以新的生机"。

人们日常生活中的口头语言，直接来自生活，有感而发，并且不作什么修饰，因而这种语言形象、朴实、生动，有的口语含意丰富，蕴藏着群众的智慧。这样的语言就是很好的散文语言（日常讲话，谁会讲究合辙押韵呢）。所谓口语美，就是指这种语言的本色美，与自由体诗追求的本色美是一致的。但也要看到，在生活中，人们并不是开口即吐珠玉，真正的有审美价值的口语，蕴藏在大量的生活语言之中，美的口语与日常用语的不同之处在于：前者纯净，后者芜杂。要获得能够入诗的口语，需要诗人对大量的生活语言进行加工提炼，除掉凌乱、芜杂、含糊的部分，甚至重新排列、组合，把精干的词语集中起来，把富有表现力的词语凸出来，达到准确、生动、明白、含意丰富的目的。我们来看一看被艾青誉为"能比上最好的诗篇中的最好的句子"：

"安明！

你记着那车子！"

这个句子美在何处呢？八个字，警耳醒目，"你记着那车子！"意在言外，安明本人一看，自然会明白其中的含意，旁人一看也会不自觉地去想象一下其中的含意。可贵的是这短短的一句话，把写条子的工友的神气也透露出来了，我们似乎看到他那生气勃勃而又行事匆匆、动作干净利落的形象。因为这句话简洁，别具一格，所以给人一种新鲜、纯净感，是诗的语格，如果后面再添一句"你小心"什么之类的话，诗味顿失，那就是散文语言了。

指责自由体诗散文化的论者，说来说去，根本的还是指责诗的语言没有韵律。英国著名诗人华兹华斯早在自由体诗兴旺以前就对"好散文的语言"没有韵律作过辩解，他说："如果在一首诗里，有一串句子，或者甚至单独一个句子，其中文字安排得很自然，但据严格的韵律法则看来，与散文没有什么区别，于是许多批评家一看到这种所谓散文化的东西，便以为有了很大的发现，极力奚落这个诗人，以为他对自己的职业简直一窍不通。这些批评家会创立一种标准。读者却会从中得出这样的结论：如果喜欢这些诗，就必须否认这一标准。我以为很容易向读者证明，不仅每首好诗的很大部分，甚至那种最高贵的诗的很大部分，除了韵律之外，它们与好散文的语言是没有什么区别的，而且最好的诗中最有趣味的部分的语言也完全是那些写得很好的散文的语言。"（《抒情歌谣集·序言》）今天，我们的批评家在批评某些自由体诗语言散漫、不精炼时，最好不要把散文美也否定掉了，须知，"散文化"在优秀的自由体诗中是不容许存在的。"散文化"是那些"忘却艺术的艰苦磨炼"的人带给自由体诗的缺点，而不是自由体诗先天的缺点。

‖创造具有中国民族气派的自由体诗‖

自由体诗具有一种世界性的倾向，中国自由体新诗的出现又后于欧美的自由体诗，受外来影响是比较深的，那么，在世界范围内，我们能否创造出具有中国民族气派的自由体诗呢？

闻一多先生曾说过："我总以为新诗径直是'新'的，不但新于中国固有的诗，而且新于西方固有的诗；换言之，它不要作纯粹的本地诗，但还要保持本地的色彩，它不要做纯粹的外洋诗，但又尽量地吸收外洋诗的长处；他要做中西艺术结婚后产生的宁馨儿。我以为诗同一切艺术应是时代的经线，同地方的纬线所编织成的一匹锦：因为艺术不管它是生活的批评也好，是生命的表现也好，总是从生命产生出来的，而生命又不过是时间与空间两个东西的势力所遗下的脚印罢了。"（《〈女神〉之地方色彩》）他提出的中国新诗应该把时代精神与中国的民族作风和民族气派结合起来的意见，是非常正确的。

民族作风和民族气派，并不是某些艺术形式才能表现，某些艺术形式则不宜表现的；民族作风和民族气派不是游离的，它蕴含在这个民族的生活、思想和感情之中，以此为内容的任何形式的文学艺术作品，都必然会透露出这个民族作风和气派的信息。一个诗人，如果他是从民族的坚实的生活土壤里滋生出来的，那么不管他写哪种形式的作品，他都会自觉或不自觉地作这个民族的"自我表现"。郭沫若热情奔放的自由体与惠特曼的诗味道不同，一表现受压迫民族的反抗精神，一表现新大陆开拓者的气概；艾青写中国乡村的诗与叶赛宁写俄国乡村的诗，是两种不同的风俗画；郭小川、贺敬之的梯级诗与马雅可夫斯基的作品，思想与艺术上各呈异彩。总之，只要创作自由体的诗人深深扎根在中华民族坚实的土壤里，就一定会创作出具有中国民族作风和民族气派的自由体诗。从新诗六十年来的发展状况也可看出，自由体诗在不断变化，外来影响在不断稀释，中国古代诗词和民歌的影响在加深，当然它绝不会向格律体转化，它的长处将继续保持和发扬。这种民族化表现在艺术表达的方式、手法和诗歌语言的提炼等方面，当前，这种发展趋势正越来越明显。

首先是有韵自由体诗的发展。

中国是一个历史上充满韵文的国家，诗之有韵，是大多数诗人与诗歌欣赏者积久的审美习惯，尤其是在民间，靠口头流传的东西，要凭脚韵来帮助记忆。自由体诗一般来说是无韵的，无韵自由体诗的诗句错落变化，使人感到庄重、浑厚的美；因为没有脚韵的照应，促使人全神贯注于意象与感情的变化，深入领会诗的内涵美；无韵诗句，保持了口语的本色、朴质、素雅，没有人工雕琢的痕迹，更能体现自由体诗的散文美……但是无韵的自由体诗要求它的欣赏者有较高的文化和艺术素养，今天的新诗要深入到民间，深入到群众中去，要对现实生活发生影响，还须在一定程度上投合群众的审美趣味，这样，创作自由体诗的用韵与否诗人们要加以考虑了。中国有韵自由体诗的发展也有它独特的条件，因为中国文字不同于外国文字，它以单字而不是以单词为单位，同音字丰富，调动方便，可以使诗句有韵而大致不失口语美。近年来，有韵自由体诗有更大的发展，艾青原以写无韵自由体著称，现在他也写有韵的半格律体和自由体，在《浪尖上》那样的长诗，绝大多数诗节都押韵，节与节之间换韵。《古罗马斗技场》用韵和不用韵的诗句交错出现，而以"江洋"韵为主旋律贯穿全诗。其他诗人发表的自由体，用韵更为普遍。第一次新诗评奖中的十九篇自由体诗，没有一首是无韵的，并且绝大部分是一韵到底。《小草在歌唱》虽划分为几章，始终以"唱"的同韵字纵贯全篇。写到这里，我应该提一下：自由体用韵是无可非议的，但是拘于一韵到底，无疑是自寻一种束缚，老诗人卞之琳已注意到这个现象，他说："今天写诗的人几乎一律采取一韵到底，忘记了按照我国古典诗歌以至民歌（大鼓词除外）创作的习例，换韵是正当的办法。"这个意见是值得重视的，循诗情的转换而更换不同的韵脚，会使一首诗的音韵不显单调而如繁音协奏，无韵美和有韵美兼而有之。

依中国口语美建行，是自由体诗民族化的又一表现。

外国的自由体诗有两种特殊的建行方式：一是惠特曼式，将一连串的词组成短语或意义相近的诗句，排成一个长句，这样的诗句气势磅礴，表现诗情如波浪起伏。但是用汉字来写，容易出现弊病。英语是以词为最小单位的语言，汉语的最小单位是字，英语的一个单词在汉语中就变成了多音（字）词，因此，一个长句势必字数繁多（惠特曼诗中译，有的一行长达四十余字），并且有些字在一句中要多次出现（如"的""地""着"等），远容易使诗句的语法结构复杂化，丧失了中国诗歌语言的特征。中国诗人和读者对于诗歌语言要求精炼，达到"言简意赅"，精炼主要表现在用字上，因此有"炼字"之说，所谓"吟安一个字，拈断数茎须"，字数繁多的长句容易给读者造成语言芜杂的视觉印象而减少阅读的兴趣。外国自由体特殊建行方式之二是把一个诗句分成上、下两个半句，以下半句的一两个词语跨行或跨节。有位诗人说："这种跨行或跨节的方法可以表现思想的连续，有时还可以用特别提行来突出某个形象、某种思想；从读者方面看，转行可以在视觉和听觉上形成短暂的停留，却正巧使你做好思想准备，集中更多的精力去欣赏作者有意不在这一行安排而转到下行的诗句。"实际上，这种转行方式很不符合中国语言的习惯，中国人说话，一句就是一句，听起来有抑扬顿挫的节奏感。把一句话拆成短语或单词甚至单字，有损语气贯穿，使严密的语言结构流于松散，如下面的诗句：

> 凝固了你的笑，你的青
> 春。生命曲步履从这里
> 再现，领你来会见自己

这样排列，容易使读者在视觉上造成零碎、听觉上造成中断。考虑了民族习惯，我国现代和当代大多数诗人写作时，基本上采取一句一行或按语气分行，不搞生硬的拆句法和拼句法，这样就保持了本民族口语纯净、朴实、连贯的特色。现代语言发展得复杂一些，一句诗可能拉得长一些。但是，诗歌语言讲求"精炼"，是任何时候都不可忘却的。

最后谈一谈从古典诗词和民歌中吸取养料，可以使自由体诗具有更浓郁的民族特色。

在抗日战争时期，我国的自由体诗就出现了向民间歌谣学习的趋势。古今民间歌谣有别于文人格律诗，表现形式上比较自由、活泼，有着各种传统的艺术表现手法。当时，为了宣传抗战、鼓动民众，适应于朗诵和传播，诗人们便努力使自由体诗民间化。据朱自清先生说，诗的民间化有两个现象："一是复沓多，二是铺叙多。复沓是歌谣的生命，歌谣的组织整个儿靠复沓，韵并不是必然的。歌谣的单纯就建立在复沓上，现在的诗多用复沓，却只取接近歌谣，取其是民间熟悉的表现法，因而可以教诗和大众接近些。还有，散文化的诗用了重叠，便散中有整，也是一种调剂的技巧。"（《抗战与诗》）复沓不只是诗句的重复，它使诗意回环往复，螺旋上升，造成诗情的回肠荡气之感。这种手法发展到今天更为成熟了：随着一声声"周总理，你在哪里？"展现出一个个感人至深的场面；"车队像一条河，缓缓地流在深冬的风里"（李瑛：《一月的哀思》）的反复咏叹，使诗情往人们的心灵深处流。至于"铺叙"，也是向中国诗歌传统手法"赋"学来的。"赋者，铺也，铺采摛文，体物写志也。"（《文心雕龙·诠赋》）自由体诗有"随物赋形"的特点，容易接受"赋"的手法，因为"赋"，"化工妙处，全在随物赋形，故自屈宋以来，体物作文，名之曰赋，即随物赋形之义也。"（李重华：《贞一斋诗话》）详尽的铺叙是民间文艺里常见的手法，上溯古乐府、古体诗（可说是古代的自由体诗）皆是如此。自由体诗中的铺叙不仅是叙事，也是为了抒情。当年轰动朗诵诗坛的高兰的《哭亡女苏菲》，诗中对女儿的回忆的描写，字字血，声声泪！"赋"的手法进入自由体诗，使传统的"再现"手法与现代的"表现"手法交融契合，大大加强了自由体诗的表现力，使它能够"包括万有，空诸依傍，纵横博大，千变万化"。20世纪80年代艾青的《光的赞歌》，流沙河的《太阳》等自由体长诗，都因运用了层层递进的"铺叙"与深沉的"感兴"而博得了赞誉。

自由体诗在诗歌语言的锤炼上，注重向古典诗词学习古代诗人高超的炼字、炼句的本领，在这方面用功最多，成绩最显著的要推臧克家，他自己说过："我很喜爱中国古典诗歌（包据旧诗和民歌），它们以极经济的字句，表现出很多东西，朴素铿锵，使人百读不厌。我在初学写诗的时候，就有意地学习这种表现手法。我力求谨严，苦心推敲、追求，希望把每一个字安放在最恰当的地方，螺丝钉似的把它扭得紧紧的。"（《臧克家诗选·序》）臧克家写的自由体诗，经过炼字、炼句的功夫，诗句既有口语化的朴实美，又突出了画龙点睛的意象美，如："日头坠在鸟巢里，黄昏还没熔尽归鸦的翅膀"（《难民》），他从"煽动着""辨得出"，最后炼出了一个"熔"字，准确地捕捉住了变化中的意象。"蝙蝠翅膀下闪出了黄昏，蛛网上斜挂着一眼闷热"（《场园上的夏晚》）；"雨，从他鼻尖上大起来"（《洋车夫》）等诗句，都是他运用极简炼的字准确地表现了自己在生活中的艺术感受。他特别注意炼动词（这是古代诗人炼字的诀窍之一），如在《自己的写照》中："一纸八行书寄走了家庭""八叔手中的剪刀绞断了我的小辫，大清的江山也叫我那条辫子摔开""一条思想的线，牵来了天下的青年男女"等等。按西方意象派诗人庞德的观点，这是地地道道的"表现"而不是"描绘"（犹如他所列举的莎士比亚诗句："赤褐色的帷幔裹着的拂晓"），而按中国古代诗歌的审美观点，则是"着一字而境界全出"。本来自由体诗是不太可以句摘的，臧克家的自由体诗像古典诗词一样，可以摘出警句和秀句，这应该说是向传统学习的一大成绩。

自由体在诗歌形式上，即在诗歌语言的排列组合上，在"保障自由"的前提下，也在向古典诗词、散曲和民歌学习。20世纪50年代末至60年代初，出现了一种长短句，类似词曲体的自由体新格式。首先引人注目的是郭小川在1959年连续发表的抒情诗《雪兆丰年》《望星空》和叙事长诗《将军三部曲》，这些诗篇，节无定行，行无定字，逐段换韵或逐节换韵，保留了自由体诗的主要特征：注重排比、对仗，诗句节奏鲜明，在创造境界和炼句、炼字等方面，明显地靠近了古典诗词和民歌。这些诗发表之后，立刻在诗歌界和读者中引起了热烈的反响，被誉为"创造性的探索"。不约而同，其他诗人也在这方面迈开了步子，戈壁舟的《宝石宫殿》，李冰的《三峡放歌》《黄河梦》，张志民的《擂台》等，都是长短句的自由体。这种形式很受工人欢迎，当时很多工人诗作者的诗作都运用此体。在1976年天安门诗歌运动中，长短句的自由体也出现了。

这类民族色彩较浓的自由体诗，或可称为"长短句自由体"，是中国民族化的自由体新诗的一支。但此类诗已有脱离散文美的倾向，如果爱写此体的诗人对韵律作过于精细的追求，它就有可能由自由体异化成另一种新体诗歌。

具有世界性倾向的自由体诗，在中国开始了第三次兴旺，说明这一诗体在中国获得了更强大的生命力。今天的中国进入了一个新的大发展时期，处在上升时期的中国人民，需要自由地表达心中激越、昂扬的思想和感情，需要一种新型的艺术形式来满足自己的审美需求。纵览中国诗歌发展史可知，任何一种有生命力的艺术形式，都有一个从新生、旺盛，走向艺术高峰的过程。自由体诗经过六十多年的长途跋涉，其发展的势头越来越大，今后必将有更大的发展。

1983年8月24日三稿于萍乡闹市居

选自《文学评论》1984年第2期

思想·生活·语言
——《假如你想作个诗人》代序

朱先树

　　写诗并不是一件容易的事情。要作一个诗人，我认为起码在思想、生活、语言等方面都应该具备一定的修养。一些初学写诗的同志，诗写不好，往往是因为在这些基本问题上没有弄清楚。

┃ 一 ┃

　　现在有的初学写诗的青年同志，对学习马列主义、对政治有一种厌烦情绪，有的同志甚至公开声明："我讨厌政治色彩的诗。"

　　这样的思想情绪是十分错误的。当然这种错误的思想情绪的产生有一定的社会历史根源。这要追溯到"十年浩劫"时期，那时"四人帮"打着马列主义的旗号，鼓吹"突出政治"，实际上是要用他们反马列主义的一套反动思想纲领来束缚人民群众、镇压人民群众。他们这种所谓政治贯穿到了社会生活的一切领域，在诗歌创作中也是如此。那时除了"东风万里红旗飘"之类作品外，实际上中国是"没有诗歌"的。人们对这种所谓的"政治色彩"很浓的"假大空"诗歌，十分厌恶和反感，是理所当然的，也是完全可以理解的。

　　但是现在的情况就不同了。从粉碎"四人帮"，特别是从党的十一届三中全会以来，我们国家的社会历史就已经出现了新的伟大转折，今天的现实是全国人民在党中央的领导下，团结奋斗，为振兴中华，向着建设高度物质文明和精神文明的现代化社会主义祖国的目标前进。这几年的诗歌创作，在反映这种历史转折，歌唱物质文明和精神文明建设过程中人民群众艰苦奋斗的精神和高尚的思想情操时，起到了积极的鼓舞作用，出现了不少好诗。如流沙河的《一个知识分子赞美你》歌唱党，在正确看待我们的社会历史和现实发展，正确看待自己等方面都表现得较好。又如赵恺的《第五十七个黎明》、汪芳的《我拉起板车》、许德民的《一个修理钟表的青年》等把现实生活的艰辛和我们思想信念的坚定等表现得也很准确。这些诗之所以写得好，主要原因就是作者对我们的社会历史和现实有着较深刻的理解和认识，如果没有正确的思想政治观点，就不可能准确地描写和把握这样复杂的社会历史和现实内容。

诗歌发展的历史告诉我们，一些大诗人能写出他们的时代乐章，表现人民的心声，首先就是由于他们站在时代的制高点上反映了时代发展的方向。在这个意义上来说，他们不仅是一个大诗人，而且是一个思想家。贺敬之如果不是对雷锋这个先进人物和他代表的时代意义有着深刻的认识，那么他的《雷锋之歌》就不可能写得那么气吞山河，大气磅礴，激动了整整一代人。郭小川如果不是对"四人帮"的罪恶有着深刻的认识，也不可能写出如《秋歌》那么满怀时代的愤怒情绪的壮烈诗篇。应该说，贺敬之、郭小川他们都由于掌握了马列主义毛泽东思想的武器，这才更深刻更准确地认识了时代，认识了社会的历史和现实，否则他们的这些诗篇也是写不出来的。

有人认为政治思想水平高不高对写诗没什么关系，这是错误的。我们看到有一些青年作者往往就是由于思想认识水平不高，在看待和表现现实生活的时候发生了歪曲现实生活的错误。如有一首诗《盆花》："我家长长的窗台上，放着几个普通的花盆/花儿，伸长脖子/够着，够着地往上奔/其实，哪里够着了天？/只是拼命争春/争取金色的阳光，争取维生的水分……"这写生物的自然生长现象，当然是正确的，但是作者从这里发现了什么诗意呢？原来"他这样拼命/不就是因为根基太贫——那么一抔土/那么一个小瓦盆……"这一点就已经未必符合花生长的实际了，作为植物，争取阳光这并不因为"根基太贫"如果不是种在小瓦盆的花，而是种在深厚泥土里的花，它不也一样要向上争取阳光嘛，而且"根基越深"，这种争取应该说才能更有力量，"根基太贫"，这种争取也许还会是徒劳的呢！但是作者写这首诗的要旨是为了表现自己的一种思想认识："低的往高处奔，贫的往富路奔，——啊，明白了，只有这样才能生存！"这里作者"明白了"，即是说认识了的道理，原来对植物生长来说也是片面的。而如果是用此道理来比附今天党的农村富民政策，这就更是错误的了，党的农村政策，让农民富裕，是为了搞活农村经济，为了建设社会主义，为了整个提高人民的物质文化水平，如果用生物生长的理论，去硬套人类社会发展的历史，岂不是用社会达尔文主义来解释历史发展的现象了？这不就离开了马克思主义的认识轨道了吗？由此可见，如果我们连马克思主义的基本道理都不懂得，怎么能写出好诗来呢？而像这样的例子，在我们已经发表的作品中还是时有出现的，至于在那些没有发表过作品的初学写诗的青年朋友笔下，这类有着思想认识上的错误的作品可能就更多了。

由于缺乏马列主义的基本理论的修养，我们对社会生活现象产生了歪曲的认识。而由于我们的思想感情境界不高，我们在描写和表现某些题材时，也会使感情倾向发生错误。如有首诗叫《在荒凉的山地上》，写两个"年龄和体态""不能在任何天平上平衡"的男女，为了所谓"镣去世俗的恶语"跑到"荒凉的山地上"，重新制定"属于我们自己的法律"，于是"新的世界，将诞生一个新的亚当和夏娃的故事"。这种赤裸裸地鼓吹西方"性解放"的诗，当然是极端错误的，作者写出这样的诗篇，其思想认识的错误也是明显的，这种思想认识是应该给予严厉批评的。

有的同志说自己不喜欢带政治色彩的诗，当然，诗不一定都是要带政治色彩的，但既然是诗就总不能排斥掉感情色彩，感情色彩的高尚与低俗，正确与错误，同样是有是非界限的，而感情色彩往往是离不开政治思想支配的，只有政治思想认识水平提高了，写出来的诗其感情色彩才可能是高尚的，而不是相反。另外，有的同志不愿写带政治色彩的诗，写山，就是松树、柏树、玉兰树、栗树；写海，就是海鸥、浪花、贝壳；写田野，就是蟋蟀、蚂蚱、食心虫、青蛙；写家庭，就是父子情、夫妻情、盆花等，这些当然都是可以写的，也是诗的百花园所需要的。但是就是写这些题材，也离不开作者的思想认识和感情倾向，把握不好，也同样写不好。再说，作为一个人民的诗人，如果我们只把兴趣集中在些狭小的天地里，而看不到广阔的社会人生，发现不了更具有时代意义和美学价值的东西，那么也未必是一种佳作。小草闲花，可以入诗，但如果只满足于写小草闲花那就值得考虑了。我们的一些大诗人，他们除了表现具有广泛意义的社会现实以外，也写小草闲花，他们的整个创作也是丰富多样的，但他们也总是有自己的主调，那就是为时代为人民而歌唱。我们还看到有的大诗人，他们写小花小草，往往也是包含着社会深意的，如艾青的《鱼化石》等。这就是说，题材不是具有决定意义的，但思想认识水平的高或低，感情倾向的高尚或低俗对作品的格调则起着决定作用。写小花小草当然是可以的，但如果把写小花小草作为一种厌恶"带政治色彩"的创作目的来追求，那就是极端错误的了。因此，我们初学写诗，就不应带着某种思想偏见，认为只有政治性强的诗才是好诗，或唯有"不带政治色彩"的诗才是好诗，这都是片面的。思想的偏狭就会带来创作上的偏颇。我们要时刻牢记，我们是为人民、为社会主义写诗的，有了这个明确的目标，才可能写出真正思想上和艺术上都好的作品来。

‖ 二 ‖

诗与生活也是个老题目了，但它也是一个可以常说常新的题目，而现在很多初学写诗的同志在这个基本问题上还并没弄得很清楚呢！

关于生活的概念，我认为现在还存在着较为混乱的理解。我们经常遇到的一种情况是把生活的概念狭隘化。如有的同志把诗分为政治诗或生活诗，说某某诗是写生活的，某某诗不是写生活的，等等。于是他们往往把描写和表现工人农民劳动的诗当作反映了生活，其余的就不是反映生活；另外有人还有更为狭窄的理解，认为生活就是我的生活，甚至吃喝拉撒等日常琐事描写才是写生活，有生活气息，我认为这种对生活定义的理解都是片面的、偏颇的。

生活，作为艺术描写和反映的对象，我认为它应该是一个广义的概念。生活主要是指社会生活，而不是专指社会中某一部分人或某些个人的生活。因此，生活既然是社会性的，它就必然有其时代特有的内容，有这一个时代不能混同于别的时代的特定的质的东西。如果不抓住这个特有的质的东西，你就反映不出这个时代的社会生活，起码是表现不出这个时代的社会生活的特质，或在这个特质规定和影响下的社会生活的各个侧面，包括各个细微末节的生活的真谛。对生活这一概念的这种理解，我认为对诗的创作来说，是十分重要的。

当然，诗与其他文学形式比较起来，它对生活自然的反映更有自己特殊的情况。小说、报告文学、电影、戏剧等叙事性较强的文学形式，主要是通过塑造人物，通过选取一定的典型情节编织动人的故事，来表达作者对社会生活的某种认识和看法，从而使作品具有某种思想的和美学的意义。诗却不同，在反映社会生活上，它并不如小说等样式那样，有着直接的情节、人物和故事，而往往只是一种主观的感情形态，有的诗甚至除了诗人的思想感情和情绪流露之外，我们可能根本找不到什么直接的社会生活的某种原型的东西。因此有的同志就从这里产生了错觉，认为小说等叙事文学反映生活，离不开生活，而诗是可以不反映生活，只要"表现自我"就可以了，于是有的人认为"诗离生活越远越好"。要指出这些认识的错误来，我们不能用一般文艺概论所讲的文艺与生活的关系去硬套，那样是不能具体说明问题的，也是不可能真正说服人的。我认为诗反映生活不同于小说等叙事文学之处正在于，它重点不是再现生活的某种画面，而是主要在表现作者对生活的某种感受；它主要不是表现生活的具有某种内涵的画面，而重在传达生活的某种信息；诗人的职责，就是将这个社会生活的信息准确生动地通过诗人主观感受的形式传达给读者。我认为只有这样来理解诗与生活的关系，才能说明问题。

诗反映生活，重在写出诗人对生活的某种感受。诗人生活在一定的时代和处在一定的社会关系中，他对社会生活的某种真实的感受，如果表现得好，就可能写出好诗来。诗人生活在某种特定的环境中，周围的一切随时都可能刺激着他的感情，"风乍起，吹皱一池春水"，水对风的感受是敏锐的，而诗人的思想感情的池水，如果受到生活之风的吹拂也会波涛起伏的，诗人对社会生活所引起的刺激，产生出某种感觉、某种情绪、某种想象、某种思考，这就可能成为诗的种子或胚芽。在诗的表现中，这种生活感受大致可以有两个方面的表现：一是由生活的某种具体现象唤起诗人的某种情绪；一是诗人长期的生活感受的积累，忽然找到了某一具体事物作为对应物而表现出来。这两种情况在诗歌创作中都是经常发生的。

先说第一种情况。在日常的生活中经常会有一些细小的事物刺激我们的感官，引起我们的一阵激动，如果能及时、敏锐地抓住和把握这种感觉，就有可能写出一首好诗来。如有首诗叫《花，悄悄开放在街头》：

> 沉睡了许久许久
> 朦胧中
> 花，悄悄开上了街头
>
> 就那么一点不多的颜色
> 已经强烈得使人目眩
> 什么时候
> 风也变得有些温柔
>
> 烈焰一样灼人的油漆
> 融化了，消失了
>
> 花，悄悄开上了街头
> 穿小喇叭裤的孩子
> 追捕蝴蝶
> 扬着小手
>
> 初来北京留影的人
> 背景不光选在古老的城楼
> 首都的变甜了的风
> 会吹遍人生的每一个港口
> 一阵香气袭来
> 淡淡地使人想起
> 那禁花的"火红的年头"
>
> 花，悄悄开上了街头
> 生活的脚步向前行走

这首诗在艺术上可能还有不够完美之处，但它可贵的是写出了诗人对生活的真实感受，而且较为准确地传达出了"生活的脚步向前行走"的生活信息。这首诗写于 1980 年，作者在说明这首诗的写作情况时说："那年九月，我去中央人民广播电台送一件稿子，在传达室门口等待引领的间隙，偶然被大门外临街的花坛吸引住了。""返回的路上，我专心寻找，在另外单位的门口又发现一个"，正是这两处花坛，生活中的具体事物触动了诗人的感情，使他联想到"十年浩劫"的"红海洋"，联想到那时养花被当作资产阶级情趣来批判的情景，今天又出现种花的花坛了，"花的命运在对比中道出了时代的变迁"，这种由花引起的外在刺激使诗人传达出了这"时代变迁"的生活信息来，这就是诗，这就是来自对社会生活真实感受的诗啊！

第二种情况是有的诗所选择的形象在生活中可能是极平凡的、甚至是极为不重要的，与社会生活变化完全无关的，但由于诗人对社会生活的感受通过它传达出了生活的某种信息，它仍然是好诗。如公刘有一首诗题为《扭柏》的诗，写洛阳关林的一棵古柏，自根至梢作螺旋状，生态极为奇特。这本是旅游中碰到的极为普通的自然现象，它与人类的社会生活可以说是根本没有什么关系的，但作者却写出了它的诗意来了：

> 我想到了被扭曲的苦痛
> 我经历了挣扎着的上升运动
>
> 离心力和向心力保持危险的平衡
> 历史，行进得突兀而又从容
>
> 能扫荡世间一切积垢的
> 唯有人民自己兴起的龙卷风

这里是写扭柏吗？是，但又不是。原来诗人主要是通过这自然界的扭柏，来表现他对社会历史发展的一种看法，它为我们传递出了一个被扭曲时代的生活信息，它是诗人对社会历史感受和人生经验的综合表现，因而写的虽是自然界的生长了多少年代的并无特殊变化的扭柏，实际上是诗人对社会生活的一种深沉而真实的表现。扭柏不过是诗人找到的表现主观感情，传达社会生活信息的一种对应物而已。

在初学写作者中，在处理诗与生活的关系方面，有两个问题是值得注意的，一个是往往把对生活的认识赤裸裸地写出，这表现的是一种概念，因而显得空泛。而且这些概念本身可能还并不是作者在社会生活中真正感受和理解了的，它或者是接受的一种空洞的生硬教条，而自己又用诗的形式去向读者说教，由于它不是诗人对社会生活信息的传达，而是简单的"传声"，因而是没有感情没有血肉的，也是不可能动人的。还有一种情况是，有的初学写诗的同志发现不了生活中的诗意的东西，一说要反映生活他就只顾去描写一些生活的现象，或者写得太实，甚至像写小说似的，从头至尾分行排列叙说下来（其实小说也是需要剪裁的，不过那是属于另外的议题了），以为这就是诗了，这是对诗的一种误解。古人说文是饭，诗是酒，写诗比写文章在某种意义上更困难，它对生活的酿造工艺要更复杂。可是有的初学写诗的青年同志却不明白这一点，他们往往认为写诗是最容易的，随便一件什么事情，随意地排列叙述出来，以为这就是诗了，这种对诗的认识与真正的诗还有太远的距离，抱着这种认识去写诗，也是不可能写出好诗来的。

‖ 三 ‖

诗的语言必须是诗化的。

这似乎是一个不成问题的问题。但实际情况是，按诗的形式分行排列的语言不一定都是诗的语言。这不单纯是指初学者的习作，包括一部分经常写诗的同志的作品和报刊上发表的不少诗作，在语言运用上都还不一定是诗化的。

那么诗的语言运用应有什么要求呢？我们对一般文章的语言要求是准确、鲜明、生动，但作为诗的语言，虽说也首先应是准确、鲜明、生动，但它还有自己的特殊的要求，诗不光是通过语言表达某种事理让你明白什么，更注意表达的是一种情理让人们从中要理解什么。因此，它不是一般的平板叙述，而是需要立体的形象表述。如有一首诗写两个青年犯罪了，法院判决后在墙上贴出了一张布告，它的开头就是这样写的：

一切都惊诧了：
正在上升的太阳猛然停下
高楼蜂拥着跑来突然站定
心，重重地被推向雪白的墙上
新贴的一张法院布告

就这么一件事情，如果只是为了告诉读者墙上贴出了一张布告，是大可不必这么写的，但作为诗，它不但要告诉读者有这么一件事情，而且还要让你感受到在对待这件事情上作者主观的强烈的感情色彩。作为一个事件的叙述，拉扯上太阳、高楼等那是多余的，但作为一种感情色彩的表现，就非有这些东西不可，而且这些形象还并不是静止的而是动态的，太阳本来正在上升，由于惊诧，它忽然停止了，高楼本来是静止的，却也蜂拥着跑来突然站定了，原来都是为了这张突然新贴出的法院布告。在这里只笼统使用"简洁"这样的词来说明诗的语言的特点就不够了，因为在表达情理上它是准确的，简洁的，但作为事理的表达，那就可能是不准确的，啰唆的了。这是诗的叙述，与一般文章的叙述在语言使用上的区别。

诗除了叙述外，有时也需要说明道理，但这种诗的说明和理论文章的说明又是很不相同的。如李钢的《舰长的传说》一诗中写舰长的爱国主义情怀，写他对中国近百年海上斗争的历史激励着的爱国情绪，但诗却并不正面去讲明这些道理，只是说"他一人踱步海湾，在沙滩上坐着或者躺下，点燃那根海柳木的黑烟斗，这时我看见一八四〇远远地燃烧"，还说"我曾在夜里溜进舰长舱，结果我看见他胸脯像海浪一样起伏，我听见了甲午年隆隆的回声。"如果作为爱国主义的理论说明文字，人们会认为是莫名其妙的，但作为诗的语言，读者不但可以接受，而且还觉得非常新鲜生动，仔细一想也觉得是贴切的、合理的呢。再如作者直接写舰长的爱国主义情怀，决心为保卫祖国海疆，警惕地坚守战斗岗位时是这样的：

有一次在舷边，他喃喃自语
他说：脚下是——液体的——祖国

这是我亲耳听到的
绝不是传说

　　这里舰长只说："脚下是——液体的——祖国"，真是新鲜，入情而又入理，这就是诗的语言。
　　诗的语言来自普通的生活用语，但它又不是普通用语的某种一般意义上的简缩，只有懂得了诗表达感情的特长，才能掌握和运用好诗的语言，才能使普通的日常用语诗化。这一点是首先必须弄明白的基本道理。
　　诗化的语言，来自日常用语，有时看起来又似乎与口语没有多大区别，却是很好的诗的语言，不光是新诗，就是古诗中也常常会找到这样的例证。如李白的"床前明月光，疑是地上霜。举头望明月，低头思故乡。"几乎全是口语，读来却感情意味深长，它仍然是诗化的语言，新诗中这种例证就更多了。在新诗中语言的音韵节奏等限制较少，在口语入诗或日常生活用语入诗时，是应该特别注意加强语言的诗化的，否则就很容易散文化。如有一首诗《年轻的布尔什维克》，就全诗来看，应该说所表达的思想感情是不错的，有一定诗意，但有的诗句诗化不够，过于散文化，也影响了诗意美的效果：

在机关里接那没完没了的电话
为一个数据拨电话却嘟嘟老占线
在收发室的桌上放一大沓急着寄的文件
然后骑着单车，他们总要去很远很远
——去看望一位失去双腿却写完一部
长篇小说的待业青年

去文工团请老师给称为阿西的
吉他爱好者辅导
第十五次去找那位死活不依女儿爱上
集体所有制小厂工人的倔老头
第二十次去和那位长发的吹口哨闲
逛的青年谈心

……

这完全是散文式的叙述语言，按诗行排列起来，总感到它缺少诗化，最长的诗句长达二十九个字，一口气读下来，就是散文也是够费力气的，作为诗的语言不是显得太拖泥带水了吗？

但是对初学者来说，诗的语言运用有两点恐怕更是要特别注意的：一是空泛的、概念的、千篇一律的、缺少新鲜感的语言要忌用，一是矫揉造作、装腔作势、生拼硬凑的语言也要忌用。有的诗的语言概念化，千篇一律，当然有诗的语言技巧运用的掌握问题，但主要的原因恐怕还是对生活缺少诗的发现，因而缺少真情实感，才在写作时找不到具有恰当的感情色彩的语言词汇，因此这种情况除在诗的语言技巧上还要努力提高外，更主要的应在诗的发现、在诗的真情实感上多下功夫。这个问题就不在此论及了。而现在少数青年人在写诗时，语言运用上的矫揉造作、生拼硬凑、盲目猎奇的情况却是颇为流行的。这种情况的产生，主要当然还是缺少真情实感，但也有一些诗，虽然有那么一点真实感受或者某种诗的感受，但由于语言运用上的朦胧晦涩，生硬拼凑词汇，乱用意象，弄得读者不知所云。如写《春雨》"滴答，滴答，母亲流泪了，正在分娩一个饱满的婴儿"，这种诗句不是胡言乱语又是什么呢？

还有这样的诗句：

高原如猛虎，焚烧于激流暴跳的万物
的海滨

哦，只有光，落日浑圆地向你们泛滥，
大地悬挂在空中
强盗的帆向手臂张开，岩石向胸脯，
苍鹰向心……
牧羊人的孤独被无边起伏的灌木所吞噬
经幡飞扬，那凄厉的信仰，悠悠凌驾
于蔚蓝之上

这首诗语言拼凑，使人不知所云。另外如"古代女巫的天空再次裸露七朵莲花之谜""洗涤呻吟的温柔，赋予苍穹一个破碎陶罐的宁静"，这样的诗怎么能让人卒读，让人理解呢？这种艺术追求，只能是脱离群众的邪路，是应该给予严肃批评的。

1984 年 10 月

选自吕进编《上园谈诗》，重庆出版社 1987 年版

意象树
——诗歌本体研究札记

朱子庆

概念泛化现象之所以在中国特别突出，推究起来，应与中国几千年封建专制历史所造成的崇尚一元，独尊，舍异求同的民族心理定式有关。当代文坛突出的概念泛化现象，就有"意境"的泛化、"典型"的泛化。现在，创作现实的日新月异的演变、更新、突破，急切呼唤着与之相应的崭新的理论概括。遗憾的是，前述那种心理定式总在作祟，它像凶猛的沙漠热风，在吞噬绿色的生命。意象树，已经在这种热风中痛苦地颤抖、呻吟了。

在诗歌评论中，"意境"这一概念曾被泛化为唯一的诗美准绳：好诗都有意境，有意境的才是好诗。这无疑取消了这古典诗学范畴的特殊制限。而今，"意象"的泛化恰也与之类似：凡语象都是意象。任何一个概念都有其质的独特规定性，不可能包罗万象。泛化，则试图使一个概念具有超负荷的包容性。表面看来，这似是一种开放理论，骨子里却是十足的封闭。因为泛化泯却特殊与个别，把一切归于普遍与一般，否定多元、多样，而鼓吹单一与一律，结果导致虚无。其实，批评家的工作之一，便是在芸芸众生的普遍与一般中，析出特殊与个别，并在理论上阐扬之，或否弃之。批评家应力避"泛化"这个轻便滑梯，而努力于"专化"每一概念的特指对象，拉开此一概念与彼一概念的质的距离，建立起概念的层次架构体系。比如，意象与一般物象有什么区别？意象与意境是怎样一种关系？就是亟待从理论上予以明辨的两个问题。关于意象的指域泛化情况，下面两例可以说明。

例1.骆寒超援引严阵的《山坞》一节诗所作的解说。诗如下：

花的墙，花的院。

花的山径。

整个山坞都睡了，

月色。梨花。是它的梦。

骆的解说："六个意象渗透着又发散着多么动人的幸福感情。"（《诗探索》1981 年第 4 期）

例 2. 李黎援引舒婷的《初春》一节诗所作的解说。诗如下：

虽然还没有花的洪流

冲毁冬的镣铐，

奔泻着酩酊的芬芳，

泛滥在平原、山坳；

虽然还没有鸟的歌瀑，

飞溅起万千银珠，

四散在雾蒙蒙的拂晓，滚动在黄昏的林荫道……

李的解说：这段诗中，"花的洪流""冬的镣铐""奔泻着"的"酩酊的芬芳""歌瀑"等等意象……

他们有意无意地把意象泛化为一般物象了。骆把"梦"排除在他的意象范畴之外了（其实，"梦"是这里意象构成的一个重要元素）。他认为"花的墙"是一个意象，"梨花"是一个意象，循此类推。李也认为"花的洪流""歌瀑"等各是一个意象。而类似的所谓"意象"，在各类诗（旧诗、新诗、叙事诗、抒情诗、咏物诗、哲理诗）中，在艺术精品、真品与赝品中，在"文化大革命"十年的假、大、空与艾青的真、善、美中，比比皆是，无处存在。只不过从前叫它"形象"而今改称"意象"，换了个标签罢了。这样一来，论家究竟向我们指出了诗坛哪些新现象呢？茫然。

不过，如果我们请论家向后退去几步，抬头再看那审度对象，情况将会怎样呢？"梨花"不再障目，"歌瀑"不再塞听，而是分别复归到原来所处的物象集群之中，情形将大为改观。严阵的《山坞》撇开不谈。舒婷的《初春》绝对地只属于今天，属于谢冕所谓"新诗潮"的作品，而那初春的意象，则是一个崭新的意象。"花的洪流""冬的镣铐""酽酽的芬芳"并不新鲜，新鲜的，是它们集合成的新形象："花的洪流""冬的镣铐""酽酽的芬芳"并无象外之味，别有意味的，是它们集合成的新形象。"意象"这一概念所特指的存在，显然应该是这种想象所创构且为感觉与观念的集合的美妙的新形象。可见，意象是由各个不同的物象要素集合从而获得的超越的新质，因而是比之于物象更完整、更丰富、更开放、更高级的一种语象。

上面的论述，涉及如下问题：首先，意象是一种想象创构，还是现实复现？其次，怎样区分与分析意象与其他语象？这是相互关联的两个问题，而前者无疑是后者的理论前提。下面分别加以讨论。

意象当然是一种想象创构，它兼有表现与再现两种功能。梁宗岱先生指出：

> 诗人是两重观察者。他的视线一方面要内倾，一方面又要外向，对内的省察愈深微，对外的认识也愈透彻……两者不独相成，并且相生：洞观心体后，万象自然都展示一副充满意义的面孔；对外界的认识愈准确，愈真切，心灵也愈开朗，愈丰富，愈自由。
>
> ——《谈诗》

这里所谓"洞观心体"后的"展示一副充满意义的面孔"的"万象"，具体落实到诗中，便是"意象"。由于意象的这种外观之"象"与内省之"意"的"不独相成，而且相生"的浑然化一，它在谈者的想象经验中，必然诱发两极性激活运动，一极激活读者的表象记忆，发生联想、想象；一极激活读者的情感记忆，发生重温、强化。因此，这里的艺术表象既是再观又是表现。意象由于这种感觉与理念合一，再现与表现兼擅，而显得格外优美、别致，具有特殊的魅力。

意象由想象创构，它是形象思维的必然而优良的成果之一。艾青的下述关于形象思维的论述，对于认识意象的创构及其功能，是极有帮助的。艾青指出：

　　形象思维是从感觉发生了联想、想象、幻想，在主观和客观之间取得联系，从而在它们的某一特征上产生比拟的一种手段。

　　形象思维是为了把你所看见的，或所想到的，使之成为可感触性的东西的基本活动，目的在于把生活的感受以具象化形式介绍给你的读者。

——《艾青谈诗》

　　艾青所谓"具象化形式"，我想主要是指的意象，这可以从他同期的另一文章中得到印证。该文阐发诗人对诗的四方面要求，其二就是："单纯，以一个意象来表明一个感觉和观念。"（同上书）既然意象是形象思维的直接结晶，我认为，完全可以说：意象是对诗人素质是否纯正的检验。诗人裴多菲以"生命诚可贵"一诗著名我国，我们因此感佩他志士仁人的方刚血气、殉道精神。但是，从艺术天分而言，据此证明他素质优秀，还是远远不够的。

　　指出意象的创构性特征是至关重要的，据此便可以排除掉那些与此貌合神异的其他语象。一个与特殊的对象相对应的理论范畴，必然表现为对其他一般对象的排除，否则，便令人奇怪了。那么，诗歌中究竟存在哪几类语象呢？这里情况十分复杂，大体说来，似可分如下三类：

　　A. 赋象。也就是一般物象。它是外在事物的直接写取。在诗歌语象中，赋象是最原始的、最基本的语象。赋象有元素与集合两型。前者，上文提及的"梨花""酩酊的芬芳"便是。后者，也就是一般所谓描述性语象。杜甫的《石壕吏》在这一点上很典型，艾青说它像一篇押韵的散文，"全是铺陈"。新诗中，也不乏这种成分。特别是近两年，诗坛出现了伊甸、柯平、张建华一派赋格抒情诗（或曰生活的宣叙调），其特点，便是有着一种赋象陈事的"纪实"结构。

　　B. 意象。它是由想象创构且为感觉与观念集合的一类语象。"单纯，以一个意象来表明一个感觉和观念。"用艾青自己的诗来印证，则他的《礁石》最为典型。浪与礁石天然地是海洋中相互关联的两个实体。艾青取来作他构造意象的两个要素。他以浪无休止地扑向礁石，礁石备受蹂躏而威武不屈、傲然微笑的意象，表现了"作为一个民族，作为一个要求生存权利的人，遇到连续的迫害"时所应采取的态度。此诗所以典范，主要有两点：其一，它只有两个物象元素。从结构角度而言，这是最低限度了。其二，这一单纯意象独据全诗达成的却纯然是一种意象效果，而与意境有别。艾青近年来的抒情短诗，大多恪守"一个意象"这一单纯原则。而在其他诗人那里，特别是新诗潮作品中，意象的构成则异彩纷呈，气象万千。

　　C.意境。往往表现为一个扩大了的单纯意象。这种扩大，具体体现在：a.物象元素加多，一般在三个以上。b.以其中某一、二元素的动势，造成"景深"（"境"）。c.更注重情调的浓抹与氛围的渲染。从这几点来看，"山雨欲来风满楼"七个字，那气氛，那声势，更胜于艾青的《礁石》一诗呢。这里便包括山雨、风、楼三个物象；"欲来""满"造成动势；"风满楼"是"山雨欲来"的先兆，因而二者达成一种内在的逻辑联系。这使得自然景观别具深意（它表现的，是"富于包孕性的片刻"），从而使之可以从全篇中独立出来，卓然自成一个境界。与这句诗相对的上句是："溪云初起日沉阁。"这里，"日沉阁"并不与"溪云初起"必然相关，它们是并列而非因果的联系，所以这句诗无"包孕"，有类赋象，比对句逊色许多。典型的意境，当然还要观照全篇。不过，"山南"一句，麻雀虽小，五脏已生得齐全了。

　　上面扼要介绍了诗歌中的三大类语象。以前，人们谈诗，意境之外，眼空一切。宁可泛化"意境"，使之兼容它所不能容，而不肯为例外语象另具名称。现在"意象"以对一般物象的否弃，随新诗潮的洪波涌起，而终于冲破了"意境"的专制而虚脱的统治，带来了意象的民主新时代。

　　据上述，我们可以把赋象、意象、意境三者的层次关系图示如下：

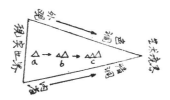

a.赋象　b.意象　C.意境

　　这是一份诗歌语象分类示意图。怎样来看这个示意图呢？先横向从左往右地看。图中的近乎斑点的小圆圈，表示物象元素，围住小圈圈的实线圈，表示局部意义域（兼示氛围）。虚线圈表示整体意义域。虚线圈在"意境"

一图中的消失，应看作是虚、实二线的重合。

图中表示：a. 一般不重表现的诗作，物象是不自觉地随语流出现的，是散兵游勇式的存在，各元素间偶或联系，大多互不相关。从诗作整体而言，我们可以一概视为无结构语象。这就是赋象。b. 然而，在重表现的诗人那里，散置的物象被集合起来。在这种集合中，灌注了诗人的感觉与观念，因而每一集合都获得了新质，形成局部意义域。氛围这种很微妙的东西，也悄悄地由此萌生并弥散开来。意义域的形成，是物象因集合而"意化"（吸收因而包孕了感觉与观念）的结果。因此，可以说，集合造成了物象质的飞跃。c. 当诗人刻意以一个意象对应或呈现他的全部感觉与观念，并且抹浓情感色彩，加厚氛围，特别注重巧借"关系"酿成"态势"（后面将论及这个概念），一个活脱脱的艺术境界便出现在人们眼前。图中，我以物象的整一——有序结构，表示了这一点。而虚线圈的消失，则意味着无画外音（解释、直白成分）的纯意境诗的产生。如柳宗元的《江雪》。古典绝句诗的意境，大多如此。d. 物象的集合及这一集合的扩张，加大了对应更丰富的情感与观念的可能性。这种"载体"的完善、整一化，往往造成"画面""景象"的出现，并以此为外在标志。而这类"画面""景象"又常常是只属于想象体验的（绘画、电影均不能表现）。这就形成了诗特有的语象美。当然，与此同时，意象（意境是一种特殊意象）的趋于完整——有序，势必也使复杂激越的情感因迁就载体而趋于单纯与平和，这就有可能导致单一与单调。而情感是最具革命性的生产力，是不甘约束与屈就的。盛唐时代，诗歌意境完善、成熟达到鼎盛时期。到北宋，议论加多，风格一变，其中，就不无情感"革"意境的"命"这一原因。结果，自然是题材走向开阔，风格趋向更多样化。总之，横看的大致认识，应是物象的趋于集合，有序，整一，应是感觉与观念的含藏、淡化。

如将此图向左扭转90°角，我们便看到一个金字塔。它示意于人们的，是这样几点：a. 从赋象到意象到意境，这是一个升华的历程，是从现实世界跃上艺术境界的历程，而这历程的走通，却是以诗人外观的透彻与内省的深微为前提的。b. 图中的三级超越，是诗人创造才能的一次比一次良好的发挥，因而对下级的每一次超越，都在进一步证实诗人的观察、感觉、想象和领悟能力，一句话，在检验诗人的素质。c. 金字塔的愈趋顶端塔身愈见细小，则表明：这个历程只有为数不多的人才能走通。一个素质不错的诗人，也不是能够经常攀到金字塔顶上去的。所以这样讲，是因为我们总把一个意象与整首诗的成功与否联系起来看的。比如，后面将提到的刘畅园的《勇士》一诗，诗中那个漂亮的意象绝对是漂亮的，然而诗却不成功。

综观上述议论，人们应会看出我的这样一种企图：把静态概念变成动态概念。不错，我认为，意象实体本身就是诗人创造力在某一水平上的体现与发挥，因而完全应该把它视为一种水平标志。泛化之不足取，就在它"化"掉了赋象与意境之间的那块跳板。而且，我还觉得，过去只谈意境，不谈意象，是诗学研究中的一大疏漏。因为它忽视了过渡形态，结果把意境孤立为不可索解的仙山琼阁。此外，图中我把"意境"置于金字塔顶端，是因为，从物象的集合化一趋势来看，无疑它是目前我们看到的顶点。这个示意图应该叫作"诗歌语象金字塔"。而三级语象，在具体的艺术创作中，每一级都可能配合主题臻于相对完美的极境。但诗的语象美与隽永美显然是从第二级起飞的。

话又说回来，"意象"并不是新时期诗歌中的特殊现象，也不是新浪潮诗的全新创造。"古诗之妙，专求意象"，距今三百多年前的诗评家胡应麟早就这样讲过。说意象是"出口转内销"也罢，是"出土文物"也罢，意象树在新时期抒情诗中的普遍密植，至少以中华人民共和国成立三十年来而言，还是这几年新诗潮带来的新现象。人们从来没有像今天这样自觉地创造并运用意象，追求把情感具象化呈现在读者面前。新诗意象的具体构成，也就因此发生了巨大变化，可以说迥别于古典意象。这只要探索一下"让思想冲破牢笼"的今天的年轻人的自由个性、开放的精神世界，便可以理解。

下面谈第二个问题：怎样区别和分析意象与其他语象？

无疑，前引严阵与舒婷的两节诗已使我们一睹意象的绰约风姿。骆与李敏锐地发现了意象所在，但在小刀切取时，由于没能顾及意象的自然——有机构成，因而伤及血脉，切取下来，已经"不成片段"了。元素形态的"月色""梨花""花的洪流""歌瀑"等，除了指称它们的外在实体（"再现"）外，已不能"表现"任何东西。我们很难把它们与一般物象相区别。在元素层次上不能区别的，只有上升到集合层次来区别。事实上，非集合，不能产生意象（虽然，集合并不一定形成意象）。道理很简单，意义是从事物的关系中产生的。一个物象，只有当它与另外一个物象发生联系时，才有可能产生（或曰"寄生")非此非彼的第三种意义。意象之"意",指的就是物象本体外的意味。一株树,这是一个物象。不妨这样认为:如果此树不与邻树或其他外物发生联系而又要转化成意象,除非它的本体发生裂变,从自身飘落一瓣枯花,或者一片黄叶。

集合物象的方式是多样的。艾青的《礁石》用的是一种单纯集合,物象原本特定地关联共存于同一时空中。这里,我再介绍一种叠加集合(非自然联系)。请看:

东北虎
我没看见
你却从自己的密林里
走出来
　　　——刘畅园《勇士》

人与虎达成一种隐喻关系。从意象观点看,虎与人的叠加,产生了非此非彼的第三种意义。这就是"你(人)就是东北虎"这种构象法颇类似于电影的蒙太奇。叠加集合中的两物象,其物理距离,自然是越远越好。这样才可能出奇制胜,撞出灿烂的火花来。"近亲"结合,不能产生优势。庞德的大作——小诗《地铁车站》,是叠加法的著名范例。

此外,还有一种意象,它的总体构成是单纯的,然而物象的具体集合方式,却不像意境那样做齿轮的咬合。它散成星星点点的小集群(子集合)。我们姑且名之为"散点集合"。这方面的出色例子,我想可以举刘湛秋的《夏天》和李小雨的《小雨》。这类意象,体积大,成分复杂,屋下架屋,往往达成某种象征的意味。为分析的便当,常常要析出子集合体。

至于如何鉴定一个物象集合的意象性质,我想,下面的"剥离法"不妨一试。这种方法的可行性根据,建立在这样的认识上,即"意"的寄入与呈示,是依托于物象集合造成的"态势"上的,"因势利导"而已。因此,将检审诗段的直接表意成分(字句)剥离出去,"态势"犹存,虽"淡"而仍有意味。试作一例。

我说，我是担忧着怕老去，

怕这些记忆凋残了，

一片一片地，像花一样，

只留着垂枯的枝条，孤独地。

剥离结果

……凋残了

一片一片地，花

只留着垂枯的枝条

孤独地

　　看得出来，启"忧"态势，在这花与枝条集合的意象中是造就了，而且具有鲜明的感情节奏。这是一个相当可观的意象呢？

　　这里就产生了一个问题：态势，是怎样产生的？很复杂。像上例就可以看出诗句的音乐节奏的作用，主语（"花"）后置的语法上的灵活变化，用词的准确、精当。不过，我以为，特别值得探讨的，倒是此之外的"素材"问题：为什么诗歌的意象基本上是取材于大自然？为什么人造的都市建筑，在诗歌中往往以被歌颂或否弃的对象出现，而罕有转化为审美、审情、审意的意象？退一步说，为什么一堵颓残的墙比一面崭新的粉壁有意味，启人思考？古人造境崇尚"平淡"（所谓"欲造平淡难"）、"平淡"，至于如出"不食人间烟火者"之手，至淡，然而极隽永，妙谛何在？我想，应该承认，所谓"态势"，有相当的"无意"成分，它是诗人拾来的，而不尽由诗人创构。袁枚说："鸟啼花落，皆与神通。人不能悟，付之飘风。唯我诗人，众妙扶智，但见性情，不着文字。"（《续诗品·神悟》）刘熙载更不含糊："以鸟鸣春，以虫名秋，此造物之借端托寓也"。（《艺概·诗概》）法国诗人雨果的诗句："一切都是话语，一切都是芬芳；一切在无限里向谁倾诉什么。原生的混沌其实充满思想，没有音响中不放进一丝道心……人啊，你知道为什么一切述说？听吧：风、浪、火、树、草、石，一切都活，一切都孕怀着灵魂！"（转引自《外国文学研究》1980年第2期）这种"泛神论"在古今中外诗人的言论及作品中，有着广泛的市场。王夫之有个不同的说法："烟云泉石，花鸟苔林，金铺锦帐，寓意则灵。"（《夕堂永日绪论·内编》第二条）他更强调诗人的那份创造。但无论如何，前贤们的妙论是有其合理成分的。我想：从主体来看，几百万年来人类文化的心理积淀酿成的那种集体无意识，有着重要的作用；从客体而言，人本来就是大自然的一部分，与大自然有着血缘的亲密关系，大自然也因此被人化了。无形之中，大自然的兴衰已成为人类自身兴衰的精神对应物。庞德曾经指出："'意象'是在刹那间所表现出来的理性与感性的情结……正是这种'情结'的瞬间出现，才给人以突然解放的感觉；才给人以摆脱时间局限与空间局限的感觉；才给人以成长壮大的感觉……"（《回顾·几条戒律》）如果联系我们曾经在大自然的涵纳风雨晦明、雷鸣电闪、紫燕苍鹰、高山浩海的博大胸怀中偶或获得过的"解放感""摆脱感"和"成长感"来印证庞德的上述论断，"意象"的神秘面纱，便可以揭开一角了。的确，"一切都活，一切都孕怀着灵魂！"并不唯心，这是因为有人类站立在天地之间。人便是大自然的灵魂。然而，人为的都市呢？

　　此外，还应该谈及的一点是：成功的意象大约无一不是邈远的记忆表象的突然被激活达成的集合。有如陈年老酒、出土文物，对于意象来说，记忆是老旧的好。关于这一点，可以引述艾略特的一段话："一个著者的意象，只有一部分是来自他的阅读。意象来自他从童年就开始的整个感情生活。我们所有人，在一生所见、所闻、所感之中，某些意象（而不是另外一些）屡屡出现，充满着感情，情况不就是这样吗？……这样的记忆会有象征的价值，但它究竟象征着什么，我们无从知晓；因为它们代表了我们的目光不能潜入的感情深处。"明了这一点，我们便易理解为什么许多诗人的意象是偶尔获得的。一味地想象与拼是不行的，意象发乎体验，而且有其潜在的酝酿过程。

　　这些看法是极粗疏的，不乏臆测成分。其中有些问题恐怕要借助人类学、文化学、心理学等"外科"的学术果，才能加以解释。

　　基于上述分析，我想，意象的奥秘已经隐约在望，我对意象的概念泛化的危害性，也可以有相当的认识了。不再为那大量的极平庸、琐屑的一般赋象（物象）加冕顶礼，真的去发现些真正有价值的意象并予以阐扬。如果人们都这样努力了，我想，平畴交远风，意象之树将会蓬蓬勃勃地生起来，抒情诗创作将会实现普遍而有效的绿化。眼中原野,已是嘉木繁荫,葱翠照眼了。
用诗人的话说:

　　这已不是什么奇怪的事
　　自然是忠诚可靠的
　　季节来到了,连木桩也会发芽
　　连篱笆也会开花

1985 年 11 月 16 日夜于广州

选自吕进编《上园谈诗》,重庆出版社 1987 年版

关于诗与现实

朱子庆

××先生：

您好！接您来信，如闻"归去来兮"之呼唤，亲切，却怎么觉得那么遥远？广州这个现实呀，地球的吸引力过强，雅人韵士不大超然得起来。诗这东西，脆弱如水，在这里立不住脚似的。南来之后，我有一种失根的飘移，写了些应需之作，都是关于小说的。几年来究竟还有三个小说家在全国获奖，诗人则一无登榜。不是碰上写诗的，诗便不存在。也许实惠的广州就是一副个体户面孔？总之，您的呼唤真是太遥远了些。

因此，我的第一感觉便是担心力不胜任。离诗的现实太远了。彷徨过两天。又觉是复归的鞭策，正宜借此好好学习一下，接近一下诗的现实。那么，写什么题目呢？感触最直接的，是诗与现实的问题。小说中出了硬汉文学，诗中便也有不少宣称"我是一个男子汉"的逐时之作，看了真觉酸溜溜的，又夹杂几分滑稽之感。虽读诗不多，我却痛感目前诗之苍白、轻飘，诗人的桂冠，小说家从不敢问津的，怎么一个二流小说家倒比一个一流诗人博闻多识、作品中更能展示丰富的时代现实而使后者黯然失色呢？我总觉得王蒙的《春之声》是一首诗，原该出自诗人的笔端，如何却为小说家掠美了？

小说家在做真实地反映生活的努力，写复杂的现实与性格；诗人呢？过去那种净化（简单化？）生活的现象没有多大改观：或则歌颂，或则讽刺。歌颂不必说了，表面得很；讽刺也不痛不痒；而其实，现实却并不使人产生这种兵分两路的感觉与要求。更多的是一种道不清，一种无可奈何。《第五十七个黎明》写了点生活的艰辛，然而太不够了，太"提炼"了。

如实地写生活是困难的，因为这势必要求一种批判现实的态度。……责难诗人，诗人会觉得委屈。一个立交桥就让诗人惊叹了，有点可怜。看那种将现实切碎来挑挑拣拣地作出来的诗，真让人乏味极了。

话说得多了，我想到的题目是"在时代的现实面前"，想呼吁诗人少纠缠在那些抽象的时代精神上受罪，不如回到时代的现实面前。城市文明是最有现代特点的，古典地去写风花雪月，是一种逃避生活与创造力贫乏的表现。应该总体地去写生活。艾青是最有现代感的诗人，他曾写欧洲的大城巴黎、维也纳等，然而于中国，却缩手缩脚了，他曾有写第二次世界大战的宏图，虽未成功，我却佩服得很。

什么是时代精神？如何认识今天的现实？诗的特殊性与局限性究竟是什么？诗的本质是什么？都要涉及，却都不明白，这都希望得到您的点拨。

1985 年 9 月 16 日

第四辑

上园学者谈诗人

论新时期诗歌与"新来者"

吕 进

在 20 世纪的新时期，有引人瞩目的三个诗歌合唱群落：归来者，朦胧诗人，新来者。此外，还有资深诗人。把新时期诗歌仅仅局限于"朦胧诗"是不科学的，新来者不应被矮化或忽略，他们是新时期重要的诗歌群落。本文以雷抒雁与叶延滨两位诗人为新来者的两个个案，加以探讨，略抒己见，以期抛砖引玉。加强研究新来者对当下新诗的拯衰起弊，无疑具有重要的意义。

‖一、三个诗歌群落‖

诗人何其芳在 1949 年 10 月初写过一首《我们最伟大的节日》，热情欢呼"中华人民共和国／在隆隆的雷声里诞生"。新诗也在这"隆隆的雷声里"展开了新时代的图卷。站在 21 世纪的制高点，回望中华人民共和国成立初期新诗的足迹，可以看到，那是新诗在新中国的试唱期。社会生活发生了翻天覆地的变化。"我们爱五星红旗／像爱自己的心／没有了心／就没有了生命"（艾青《国旗》）。然而在与新时代协调步伐的过程当中，许多从旧时代走来的老诗人最后还是喑哑了。

20 世纪 50 年代掀起了新中国新诗的第一个高潮，尽管带着历史的局限，但终究还是唱出了新的声音。一大批新人出现了，他们是新中国的儿子、新时代的歌手，在艺术上没有因袭的重负，吟咏新生活对于他们来说可谓如鱼得水，他们的颂歌和战歌给诗坛带来青春、朝气和繁荣。其后，由于诗内诗外的种种原因，尤其是错误地处理诗与政治的关系，新诗违背了自己的文体可能，路越走越狭窄，到了"文化大革命"时，几乎面临崩溃。

改革开放复活了中国，也复活了新诗。改革开放给新诗创造的自由活泼的环境，是中华人民共和国成立后从来没有过的。20世纪70年代末到80年代中期的新时期，是新诗复苏、探索、发展的重要时期。它同"五四"诗歌、抗战诗歌一起构成了中国新诗发展史上的三大高峰，推出了不少必将长久流传的名篇，也造就了一批诗歌新人。在这个高潮中，有三个合唱群落：归来者，朦胧诗人，新来者。他们的不同歌唱构成了新时期诗歌的繁荣。

在绮丽的春天里，一大批饱经风霜的诗人从社会底层、从被"奇异的风"卷去的地方归来。1978年，当人们在《文汇报》上发现了久已消失的艾青的时候，一股强烈的春天气息扑面而来。胡风和其他"胡风案"的诗人绿原、曾卓、牛汉、鲁藜、罗洛、冀汸、彭燕郊、鲁煤、卢甸归来了。穆旦、唐湜、唐祁及其他噤声的九叶诗人归来了。军歌作者公木、资深诗人吕剑、苏金伞、黎焕颐、胡昭归来了。当年富有才华的年轻人公刘、白桦、沙鸥、晓雪、邵燕祥、孔孚、高平、昌耀、梁南、林希、周良沛、孙静轩重新在读者面前露面。《星星》全体编辑流沙河、白航、白峡、石天河也重拾诗笔。归来者是一批相当成熟的诗人。他们本来就是家国命运的关注者。正如台湾诗人评价绿原的《童话》时所说，这是"溅了血的'童话'"[1]。过去那个扭曲的时代曾经给他们带来许多超出人们想象的苦难和创伤。"国家不幸诗家幸，赋到沧桑句便工。"[2]苦难使他们深化了对现实的认知，加强了和底层民众的血肉联系，"诗穷而后工"，他们迎来了创作生涯的第二个春天。一般来讲，他们第二春的成就都超过了第一春。在历尽折磨之后，他们加强了自己诗篇的批判精神。在20世纪50年代曾经写出过《五月一日的夜晚》颂歌的公刘，现在以一首《哎，大森林》令人震撼。诗人是时代的思想者。从张志新烈士开始，诗人对"大森林"展开广阔的沉思和表达痛苦的警醒："我

---

① 痖弦：《中国新诗研究》，台湾洪范书店有限公司1981年版，第91页。
② 胡忆尚选注：《赵翼诗选》，中州古籍出版社1985年版，第162页。

痛苦，因为我渴望了解，/我痛苦，因为我终于明白——/海底有声音说：这儿明天肯定要化作尘埃，/假如今天啄木鸟还拒绝飞来。"归来者仍然坚守着自己的理想主义色彩和信念。他们支持改革开放。1980年，艾青在与青年作者谈话时说："假如能够写出这个开放精神，就是反映了时代精神。"他们相信"啄木鸟"，他们相信祖国不会"化作尘埃"，这是归来者在新时期诗坛几个诗歌群落中的一个重要审美走向。像归来者高平唱的那样："冬天对不起我，/我要对得起春天。"

朦胧诗派和20世纪40年代出现的九叶派以及西方现代派在艺术上存在着呼应关系。当新诗由对历史的反思转向对自身的反思的时候，朦胧诗人以过去人们不熟悉的一些新奇表达方式赢得了年轻一代的喝彩。其实，"朦胧诗"的称谓只是一场诗坛大争论的产物，并不准确。可以说，"朦胧"并不是这个诗群的基本特征。他们的许多代表性诗人及其代表作并不"朦胧"。所谓"朦胧诗人"基本上是一个"知青诗人群"，这是一个特殊时代造就的诗群。比起归来者，他们很少受过归来者在受难前经历过的中华人民共和国成立以后知识分子的那种思想改造和再造，他们的内在视野更自由和开阔，知青生涯使他们对于"正统"舆论持怀疑和解构的态度。他们年轻的心经历了从相信、狂热到"不相信"的过程。这是一个深刻的过程。就像食指在《这是四点零八分的北京》中所唱的那样"北京在我的脚下／已经缓缓地移动"。

好像是在写火车，其实这是一种深刻的"移动"：昨天在"移动"，中心在"移动"，信仰在"移动"，"崇高"在"移动"。移向何处，动向何方？年轻诗人们并不清楚，这就出现了迷茫。他们在寻找，在追求，在争论。但是，有一个共同点，就是他们在执着地用"黑色的眼睛"去"寻找光明"。舒婷在1977年写的《这也是一切——答一位青年朋友的〈一切〉》说："一切的现在都孕育着未来，/未来的一切都生长于它的昨天。/希望，而且为它斗争，/请把这一切放在你的肩上。"虽然这"光明"、这"未来"、这"希望"是否属于正统的解说，并不十分确定，可是追求是确定的。家国为上，忧患意识，这正是朦胧诗人和归来者相通的地方，也是和中国传统诗学相通的地方。在艺术上，如果说，归来者多数都是现实主义诗人，朦胧诗人却更具现代色彩。在长期封闭之后的中国，朦胧诗人使年轻读者颇感新鲜，效仿者众。

在新时期诗坛上其实还有一个"第三者"：新来者诗群。在双峰对峙的时候，"第三"往往具有重要的诗学意义和哲学意义。"第三"可以活跃全局，可以开拓空间，可以探寻新路，带来新的生态平衡。现在回过头来看历史，三个合唱群落中新来者的实绩其实不小，艺术生命其实非常持久。新来者到了新世纪已经属于老诗人，但是他们中间的多数人还在歌唱，他们对中国诗坛仍然保持着影响。新来者属于新时期。他们的歌唱既有生存关怀，也有生命关怀。化古为今，化外为中，这是新来者共同的审美向度。新来者的艺术胸怀广，艺术道路宽，读者群不小。这里所谓的新来者，是指两类诗人。一类是新时期不属于朦胧诗群的年轻诗人，他们走的诗歌之路和朦胧诗人显然有别。另一类是起步也许较早，却是在新时期成名的诗人，有如新来者杨牧的《我是青年》所揭示的，他们是"迟到"的新来者。新来者诗群留下了为数不少的优秀篇章。

新来者是时代的守望者，因循守旧，拒绝探索，或者躲避崇高，全盘西化，都不是他们的美学追求。他们也许承认，"'人人心中所有，人人笔下所无'这句古话，可以作为好诗的标准"①。他们为同时代人打造诗意的家园，努力对时代做出"诗意的裁判"②。

当全国许多读者为雷抒雁的《小草在歌唱》流泪的时候，当傅天琳的"果园诗"和"儿童诗"令人赞叹的时候，当叶文福的尖锐诗行激起广泛回应的时候，当张学梦对未来的憧憬给人们带来遐想的时候，人们认识到了新来者的人格魅力和艺术魅力。请看："但愿，一支羽箭，/ 射落一个冬天。"（桑恒昌《羽箭》）"即使有一天消失了 / 也消失在 / 春天的笑容里"（李琦《冰雕》）。"于是，一个青椰子掉进海里 / 静悄悄地，溅起 / 一片绿色的月光 / 十片绿色的月光 / 一百片绿色的月光"（李小雨《夜》）。读者会感到新来者有股强烈的新气息，他们不同于 20 世纪 50 年代那批新来者。如果说，20 世纪 50 年代那批新人的"新"是新中国的"新"，那么他们的"新"就是新时期的"新"，他们带来的是春天的笑容，他们带来的是静悄悄的变革。在经历了长期的流浪以后，诗回归本位。就像铃木大拙和弗洛姆在《禅与心理分析》

---

① 吕进：《上园谈诗》，重庆出版社 1987 年版，第 164 页。
② 恩格斯：《致劳尔·拉法格》，中共中央马克思恩格斯列宁斯大林著作编译局译，《马克思恩格斯全集》第 36 卷，人民出版社 1975 年版，第 67 页。

一书所说："把生命保存为生命，不用外科手术刀去触及它。"① 没有新来者，就没有完整的新时期诗歌。

其实在三个群落以外，还有不少资深诗人在歌唱。他们当中有些诗人唱得非常美，他们的艺术贡献非常有价值。我们不可能忘记艾青、臧克家、冯至、卞之琳、蔡其矫、严辰、邹荻帆、徐迟；我们也不可能忘记贺敬之、李瑛、梁上泉、刘征、刘章、严阵、顾工、雁翼、高缨、韦其麟等等。贺敬之的《中国的十月》，李瑛的《一月的哀思》，蔡其矫的《祈求》，都是影响颇大的作品。新时期诗歌之所以叫新时期诗歌，就因它是新时期的产儿。而新时期是文学"大一统"的粉碎者，它是多元的、多风格的、多向度的。正是诗坛的共同付出，才有了新诗史上的这个高潮。

‖ 二、两个个案 ‖

如果选出几位新来者作为个案研究的对象，雷抒雁显然是合适人选，拥有广泛影响的雷抒雁是论说新来者时绕不过的话题。雷抒雁出版过《小草在歌唱》《掌上的心》等十五部诗集。他的散文的数量远比诗集少，但是也不乏"粉丝"。当然，他的主要成就在诗，他是一位诗人。雷抒雁当过兵，所以最早的作品《沙海军歌》是军旅诗集。1979年8月号的《诗刊》同时推出了两首在全国读者那里引起心灵震颤的诗篇，一首是叶文福的《将军，你不能这样做》，另一首就是雷抒雁的《小草在歌唱》。那年雷抒雁三十八岁。

其实，张志新遇害的悲剧披露以后，几乎引起了全国所有民众，也包括诗人的强烈愤慨。归来者艾青写了《听，有一个声音》，归来者公刘写了《哎，大森林》，朦胧诗人舒婷写了《遗产》。雷抒雁的《小草在歌唱》影响最大，一经问世，就在全国卷起了汹涌澎湃的诗潮，真是"潮似连山喷雪来"，到处在传阅，到处在朗诵，到处在转载，一时洛阳纸贵。这首诗是人们熟悉的政治抒情诗，但又是人们陌生的政治抒情诗，很典型地见出了新来者和归来者、朦胧诗人的联系与区别。《小草在歌唱》是祭奠于张志新烈士墓前的诗的花环。作为时代的歌者，雷抒雁对张志新，对"四人帮"，对新时期，唱

---

① 铃木大拙、弗洛姆：《禅与心理分析》，孟祥森译，中国民间文艺出版社1986年版，第33页。

出了自己的感受和思考。读这首诗时，可以明显感受到诗人长久的精神压抑的畅快爆发，可以明显地感受到诗人对云卷云舒的时代风云的关注和使命感。《小草在歌唱》写的是大题材，落墨处却是"我"与"我们"。诗人处处把英雄和"我"与"我们"、昏睡和清醒、"柔嫩的肩膀"和"七尺汉子"进行对比，在对比中咏叹人性的忏悔与觉醒，"虽在我而非我"①："我们有八亿人民，/ 我们有三千万党员 / 七尺汉子，/ 伟岸得像松树一样，/ 可是，当风暴袭来的时候，/ 却是她，冲在前边，/ 挺起柔嫩的肩膀，/ 肩起民族大厦的栋梁！"20 世纪 70 年代是反思与反省的时代，也是思想狂欢的时代。我们的民族好不容易从灾难里走出来，从现代迷信里走出来，展开了至今还令历史激动的伟大的思想解放运动。久被践踏、久被摧毁的人性、人道、人情温柔地重现在人们面前。过去的一切都要站在人性的法庭上为自己的存在辩护，或者失去存在的权利。所以，生命感就成了那个时代人们对于诗歌的期待。朦胧诗人的成功就在于他们的生命感，无论是舒婷的浪漫情怀，还是北岛的冷峻思考。《小草在歌唱》的艺术魅力在于归来者的使命感和朦胧诗人的生命感的融合，这正是新来者的显著特征：

> 如丝如缕的小草哟，
>
> 你在骄傲地歌唱，
>
> 感谢你用鞭子
>
> 抽在我的心上，
>
> 让我清醒！
>
> 让我清醒！
>
> 昏睡的生活，
>
> 比死更可悲，
>
> 愚昧的日子，
>
> 比猪更肮脏！

此诗既有抒写时代风云的大手笔，又能深入人的内心世界，着笔于反省、

---

① 钱锺书：《谈艺录》，中华书局 1984 年版，第 311 页。

忏悔和思索与呼唤，这就形成了一股强大的感人的力量，赋予政治抒情诗以新的品格和新的空间。一首富有艺术生命力与感染力的诗篇诞生了。

在其后的创作道路上，随着年龄的增长，随着阅历的丰富，随着人的精神空间的开拓，雷抒雁的诗歌显示了新的进展。用他的话来说，就是一位诗人应当和自己的局限性做斗争。他说："我们写诗的过程，是不断和自己的狭隘性做斗争的过程。一个好的诗人能够接受各种风格的诗。要善于宽容和接受，我认为这是诗人必备的一种精神。"他的诗，"呐喊"的成分减少，观照内心世界的作品增多；时代放歌减少，精神滋养的作用加强。但是雷抒雁始终是雷抒雁，小草依然在歌唱，他依然关注时代。他的视野扩展了。《小草在歌唱》以后，他基本写抒情短章，写山，写江，写太阳，写蝴蝶。在他的歌唱里却始终有时代的投影。他不认同"诗到语言为止"之类的"理论"，因为，对诗人雷抒雁来说，诗绝不仅仅是语言。1993 年他有一首《铸钟》："我们一开始就把灵魂 / 交给了青铜"铸钟就是铸造灵魂，金属与灵魂的融合，金属与生命的融合，金属与声音的融合："钟声不用翻译 / 一百个心灵里 / 有一百种含义 / 每一种含义都是惊醒"。在此，我们仍然会感受到那个和小草对话的雷抒雁，倾听小草、解剖自己的雷抒雁，只不过他似乎比之过去平和一些，他的歌声比之过去内敛一些。但是他瞩目的还是时代，还是人民，钟的后面站着的还是时代和人民："斑驳于钟身的图案和文字 / 只是钟的发肤 / 钟的名字叫声音"雷抒雁看重诗与读者的血肉联系，他不喜欢玩外在的技巧。在雷抒雁看来，诗一定要寻求和读者的沟通。中国诗人就得尊重和发扬中国诗歌的技法，不要走洋化的路。有的诗虽然很"现代"，但很难进入，很难感知，这是他不愿意走的路。他依然注重承传中国诗歌的优秀传统，不赞成完全仿效西方，珍视具有几千年历史的中国诗歌传统，他的诗总是有中国风度。

再说叶延滨。1980 年 10 月号的《诗刊》发表了叶延滨的组诗《干妈》，这位正在北京广播学院文艺系文艺编辑专业就读的大学生立即引起广泛关注。《干妈》写出了知青时代的诗情。自传色彩很浓的诗，记录了"狗崽子"的"我"和勤劳、善良、贫穷的陕北"干妈"在那个特殊年代结成的母子般的情谊："从此，我有了一个家，/我叫她：干妈。/因为，像这里任何一个老大娘，/她没有自己的名字"。那个岁月，那个"血统论"像瘟疫一样发散的岁月，连知青也像躲避瘟疫一样讨厌的"我"，却在这里得到了

"干妈那双树皮一样的手"的爱抚，在"暖暖的热炕上"。《干妈》的意义还不止于知青生活。这首诗的动人之处还在于诗人对于历史的深沉反思和勇敢追问："'共产党人好比种子，人民好比土地。'/啊，请百倍爱护我们的土地吧——/如果大地贫瘠得像沙漠，像戈壁，/任何种子，都将失去发芽的生命力！/——干妈，我愧对你满头的白发……"这是1980年，这是全民族觉醒的年代。朱先树当年写过一篇评论叶延滨的文章《写自己和人民相通的那一点》。他说："青年一代是思考的一代，这话在某种意义上是有道理的。他们敢于思考，而且非常敏锐和深刻。叶延滨的诗也具有这样的特点。"①《干妈》点燃了众多读者（尤其是知青读者）的心是必然的。《干妈》是叶延滨的成名作和代表作，是艾青《大堰河，我的保姆》的现代版，是知青下乡的情感记录，也进入了新时期的新诗经典。

发表《干妈》时，作者是"北广"78级的学生，叶延滨这个大学生当年三十二岁。那时，刚恢复高考，77、78两个年级的入学时间只差半年，这可是令我们这一代教师最难忘的年级。他们吃了不少苦，更懂得人生，也更珍惜人生，更成熟多能，人才济济。可以数出好多好多现在为人熟知的姓名，叶延滨就是中间的一个。他是哈尔滨人，但他很早就随父母南下四川，所以和四川更有渊源。他在四川成都读的小学，四川西昌读的中学，西昌现在还为他们那里出了叶延滨、王小丫、沙玛阿果而自豪呢。他在成都的《星星》伏案了十二年。

叶延滨的坐标无可争议地属于新来者，他是这个群落的翘楚，这是打开他的诗歌世界大门的钥匙。不懂此，就会从根本上不懂叶延滨。我记得叶延滨曾说他的诗是放在三个点组成的平面上的：在时代里找到坐标点，在感情世界里找到和人民的相通点，在艺术长河里找到自己的创新点。这三点成的平面其实可以视为新来者共同的发展平台。在新来者中，叶延滨的人文底蕴深厚，内在视野开阔，所以他是一个有自己的感觉系统的诗人：洞明世事，心胸宽广，情感丰富，眼光高远。而且他的随笔、杂文、散文也很出色。他的散文作品同样显示出他的这一文化底蕴带来的感觉系统。在散文作品里，他谈的"自己看得起自己"，是可以作为人生座右铭的。关于人的"九不可为"，

---

① 吕进编：《上园谈诗》，重庆出版社1987年版，第164页。

关于"小人之八小",这些言说真是精辟之极。

在新来者中,叶延滨的生活积累很丰富,如果军马场也算"兵"的话,那么,工农商学兵,除了"商",他几乎都干过。没有在陕西曹坪村的生活,哪有《干妈》呢?一位诗人没有代表作是最大的悲哀。写了一辈子,在诗人群里、在诗歌的发展流程中你究竟是谁呢?诗人有了代表作,就有了诗学面貌,有了艺术生命,有了人文密码,有了诗史座位。人文底蕴和生活积累为他提供了成为一位优秀诗人的独特元素。叶延滨的诗的精神向度是现代的,他站在今天去审视世界与历史,这样,他给予读者的就是以现代的太阳重新照亮的世界,使读者享受到属于自己时代的美感。1999年我受重庆市委宣传部委托,和毛翰编选三卷本的《新中国50年诗选》时,确定的原则是:入选诗人基本上一人一首。但是叶延滨的作品我选了两首,除了《干妈》,我还选了《环形公路的圆和古城的直线》。我觉得,后者代表了诗人歌唱新时代的新趋向:古城就是历史,就是记忆;环形公路就是今天,就是向往。其实这一种审美取向一直贯穿了新时期以后他的创作。请读《中国》:

> 一位金发碧眼的外国女郎,
> 双手拳在胸前,
> "How great China……"
> 她赞美着老态龙钟的长城。
>
> 不,可尊敬的小姐,
> 对于我的祖国,长城——
> 只不过是民族肌肤上的一道青筋,
> 只不过是历史额头上的一条皱纹……
>
> 请看看我吧,年轻的我——
> 高昂的头,明亮的眼,刚毅的体魄
> 你会寻找不到恰当的赞美词,
> 但你会真正地找到:"中国"!!

叶延滨的诗就是这样年轻、阳光、明亮,给人带来新世纪的新情思。用诗学用语来说，这就叫"独出机杼"，这就叫"诗之厚，在意不在词"。他的《年轮诗选》在中国改革开放三十年的时候出版。这三十年，祖国发生了深刻的巨变，祖国正在和平崛起。诗人所说的"年轮"，岂止是诗人"一圈又一圈的包围，一次又一次的突围"，也是祖国在三十年里"一圈又一圈的包围，一次又一次的突围"。通过诗人的年轮，折射出的是国家、社会、时代、同时代人的年轮。

从《不悔》开始，叶延滨已经差不多奉献出了二十来部诗集。三十年间的他是有变化的，比如理性成分略有增加，这很自然。年岁的增长、阅历的丰富必然带来理性的成熟，他的近期作品尤其显露出这个走向。2006年写的《位置是个现代命题》，2007年写的《握在手中》，这类近作的哲学意味是20世纪的诗歌中少见的。再比如，对生命的关怀比较显眼。诗有两种基本关怀：生存关怀和生命关怀。一位诗人也许更善于写作某种关怀，但是诗人一般会把两种关怀都纳入笔下。而且，两种关怀的轻重其实和时代有关。战争年代、动乱年代，生存关怀的诗会多一些；和平年代、安定年代，生命关怀的诗会多一些。所以延滨的这一变化和时代是紧密相连的。再如题材范围的扩大。出访诗落墨不俗。有些忆旧诗写得相当出色。一组"少年纪事"，还有《不丹》，还有《裤腿上的清晨》，诗章让人过目难忘：童心让人温馨，童趣让人温暖。站在成年回望少年，诸多留恋，诸多感慨，使人想起曾卓的诗行："经历了狂风暴雨，惊涛骇浪／而今我到达了，有时回头／遥望我年轻的时候，像遥望／迷失在烟雾中的故乡。"但是，在我看来，正可谓万变不离其宗，叶延滨还是那个叶延滨。他没有"商"过，但是他的智"商"却够高了。他的诗有如他的人，始终聪慧和机敏。他的精神向度始终是关注现实、关注人生的。他的诗始终明快而又节制。关于节制，我们来读他的《阵亡者》吧："追悼会是活人的礼节／烈士墓是青山的伴侣／此刻对于你／都是些往事／你刚完成一种选择哟／选择轰轰烈烈的开始／／一张泪水浸透的手帕是你／一封没有发出的家信是你／我想为你写一首诗／哪知道诗也随你去／──好久好久／一只燕子又在檐下唧啾／也许它是从你那儿来的／我却听不懂它的歌声……"诗在"听不懂的歌声"里，趣在言外，味在笔外，韵在墨外，诗在诗外，留给读者广阔的想象空间和回味空间。叶延滨的诗从来这样，不糟蹋汉语，明快、朴素，但又节制、含蓄，延滨的诗给我的印象是遵从"隐"的民族诗歌美学的诗，他给读者的始终是"更咸的盐"。

叶延滨在中国资历最长、最有影响的两家诗刊《诗刊》和《星星》都担任过主编,这是前无古人的。站在这个纵览全国诗坛的位置上,他有一些诗论。编辑写诗论都很少空论,很少"高头讲章",而是在诗里说诗,在动态里说诗歌发展。他说的许多意见,其实就是新来者的见解。

三、结论

研究 20 世纪新时期的诗坛,除了朦胧诗,绝对不能忘记归来者,绝对不能忘记新来者,绝对不能忘记三个诗歌群落之外的一批资深诗人。新时期诗坛是相当丰富的,留给历史的经验是相当有价值的。一说到新时期就只有朦胧诗,是一种狭隘,也是一种梦呓,不符合新诗发展史事实,因而必将被历史所修正。

在诗歌精神上,新来者在使命感上和归来者亲近,在生命感上和朦胧诗人相通。在艺术技法上,他们追求"至苦而无迹"。"诗人'至苦',诗篇里却'无迹',这才是优秀的诗篇。"[①] 在艺术技法上,新来者可以简称为转换派:他们珍爱中国几千年的优秀民族传统,但是主张对民族传统要进行现代化的转换;他们重视借鉴域外艺术经验,但是主张对域外经验要进行本土化转换。在诗歌路向上,他们主张多样、多元,主张不同艺术追求的诗歌相互包容和尊重。他们知道,在同一时代里,不同诗歌其实都生存在彼此的影子之下。就是在新来者之间,他们的美学寻求和语言理想也有差异。在新时期以后,他们各自走的诗歌之路和塑造的艺术个性也有区别。

仅仅把新时期诗歌归结为"朦胧诗"是一种偏执,这样的文学史不能称作信史,归来者、新来者以及资深诗人们在新时期那么多的名篇抹得去吗?历史证明,新来者不应该被矮化或忽略。历史已经接纳了他们,他们留下的佳作在三个诗歌群落里是最丰富的。

且回顾新时期的四次全国性诗歌大奖。

1979—1980 年的全国中、青年诗人优秀诗歌评奖,共有 36 篇作品获奖。获奖者中有归来者公刘、白桦、边国政、林希和流沙河;有朦胧诗人舒婷、梁小斌,有资深诗人刘征、纪鹏、刘章、未央、雁翼、王辽生;余皆为新来者。

---

① 吕作:《现代诗的"有"与"无"》,《人民日报》2009 年 8 月 28 日。

他们是：张万舒、李发模、骆耕野、张学梦、陈显荣、曲有源、雷抒雁、梁如云、韩瀚、熊召政、林子、毛锜、叶文福、高伐林、徐刚、傅天琳、朱红、肖振荣、杨牧、叶延滨、赵恺和刘祖慈。

第一届全国优秀新诗（诗集）评奖（1979—1982）获奖作品中，傅天琳的《绿色的音符》获得二等奖。

第二届全国优秀新诗（诗集）评奖（1983—1984）有16部诗集获奖。其中，新来者占了5部：杨牧的《复活的海》、周涛的《神山》、张学梦的《现代化和我们自己》、李钢的《白玫瑰》、雷抒雁的《父母之河》。

第三届全国优秀新诗（诗集）评奖（1985—1986）有10部诗集获奖。其中，新来者占了7部：叶延滨的《二重奏》、吉狄马加的《初恋的歌》、李小雨的《红纱巾》、刘湛秋的《无题抒情诗》、梅绍静的《她就是那个梅》、叶文福的《雄性的太阳》和晓桦的《白鸽子，蓝星星》。

可以看出，随着归来者和资深诗人的逐渐老去，随着部分朦胧诗人的出国和搁笔，新来者在中国诗坛的分量日大，影响日深。离开他们，不仅难以说清历史，也难以说清今日诗坛。

在诗努力回归本位的时候，许多问题该怎样处理？新来者留下了宝贵的艺术经验。例如，诗的个人性与个性化、内视性与社会性应该如何处理？新来者的经验是：摒弃个人化，追求个性化，内心生活的价值在任何时候都取决于它与社会生活的联系。又如，诗的小众与大众、形式艺术与形式主义应该如何处理？新来者的经验是：诗是以形式为基础的文学，诗的形式本身就是诗的重要内容，诗情不纳入诗的形式何以为诗？但是外在形式，"过剩"形式，是在玩弄形式，和读者形成"隔"，使诗越来越小众，此乃诗之大忌。只求形式的古怪惊人，并不是通往繁荣之路。再如，诗的一元与多元应如何理解。唯我独"花"，唯我独"家"，是违背诗的创作与发展规律的。在新时期，在新世纪，"定于一尊"是不可能的。历史不会开倒车，坚定地坚持多元，就是坚定地走向繁荣。新来者是新时期诗歌研究的重要而复杂的课题，对新来者的研究，对于当下新诗的振衰起弊尤其具有学术价值和现实意义。

选自《文艺研究》2010年第3期

"新来者"诗人群落简论

王　淼

┃引言┃

"文变染乎世情，兴废系乎时序。"

新诗百年来，曾出现过三次高潮。第一次高潮是"五四"前后，第二次高潮是中华人民共和国成立后的十七年时间，第三次高潮是"文化大革命"后到20世纪80年代中期。第三次高潮，相去不远，但是有许多问题尚不清晰。本文的侧重点在于这一时期诗坛的一部分诗人，试图从一个新的角度打量新时期的诗坛。

洪子诚、刘登翰在其著作《中国当代新诗史》中提到：1976年"文化大革命"结束后，新诗进入一个新的阶段，和三十年文学既有联系但又有重大的区别。艾青复出后的第一本诗集是《归来的歌》，以艾青为代表的老诗人被后来的研究者称为"归来者"，包括曾经的"七月派"诗人、"九叶"诗人，以及在历次政治运动中被整下去的诗人。其实，这里遗漏了一些诗人，比如李瑛、梁上泉等，他们不属于任何一个圈子，也无法归类，我们暂且称之为"非群落老诗人"。

1978年邵燕祥发表《中国又有了诗歌》，1979年郑敏发表《诗呵，我又找到了你》，"真实""诚实"成了诗歌美学原则，或者说是区分诗歌和非诗的标准。

与这些老诗人不同的是年轻的一代，他们秉持的是不同的美学原则，虽然关注点仍然是当代政治与现实的关系，但是特殊的体验、特殊的环境，表现在语言层面则是完全不同的。

新时期的年轻诗人中，以北岛、舒婷、杨炼、芒克、梁小斌、顾城、王小妮为代表的团体，称之为"朦胧派"。叶文福、傅天琳、雷抒雁、张学梦、杨牧、周涛、叶延滨、骆耕野、曲有源、熊召政、李钢、林子、李松涛、李琦、桑恒昌、李小雨①等等，则被称为"新来者"②，他们秉持的是诗歌的现实主义传统，与朦胧诗人的美学追求相异，也与归来者大相径庭。无论是语言、思想，还是思维方式、描写对象，都有着显著的差异。

翻阅大量的诗歌史著作、诗歌理论著作，这一群落很少引起研究者的关注，研究者对于同时期的朦胧诗、归来者兴趣更大。

今天，我们有必要重新打量这段历史。今天，"归来者"大都作古，"朦胧诗"人或出国（如北岛），或者转向（如舒婷），"新来者"却一直坚持创作，支撑着诗坛。

如果说"归来者"更多的是对于历史与自身的反思，"朦胧诗"是在艺术上对传统的反叛，寻求新的诗歌视野；那么，"新来者"就是在一定程度上融合了二者的某些特点，成为一种诗歌新潮。

┃ 一、"新来者"在新时期诗坛的定位 ┃

（一）新时期迄始

"文化大革命"结束后，文坛出现了很多词语来概括当时的文坛，比如"新纪元""大转折""新时期"，但是被大众认可的还是"新时期"一词。"新时期"原本是属于政治层面的词语，文学界是借用，不过却得到了广泛的运用。

"新时期"一词在文学界使用非常多，但是对于新时期的具体时间划分却不一致。比如，陈坪的《"新时期文学"与"后新时期文学"分期之我见》中认为新时期应该是 1978 年到 1989 年这一段；董健、丁帆、王彬彬的《中国当代文学史新稿绪论》中将中华人民共和国成立后的文学划分为四个阶段，第三个阶段就是"1978–1989"；洪子诚的《中国当代文学史》中将"八十

---

① 关于新来者的年龄及现状。新来者大都七十岁左右，他们大都出生在中华人民共和国成立前后，早不过 1940 年，晚不过 1960 年。傅天琳、李钢现居重庆，年过六旬，还在创作。李琦现任黑龙江文学院院长，李小雨任《诗刊》副主编，已逝；骆耕野早年下海经商；雷抒雁常年笔耕不辍，已逝；叶延滨曾任《星星》《诗刊》主编，仍在创作。
② 吕进：《论新时期诗歌与"新来者"》，《文艺研究》2010 年第 3 期。

年代文学"划为一章，但是洪先生也承认"80 年代中期文学的变化，因 1985
年这一年发生的许多事情，使得这一年份成为一些批评家所认定的文学'转
折'的标志"；李怡在《大西南文化与新时期诗歌的消长》一书中提到"如
果我们把 90 年代的到来视作中国文学'新时期'基本结束，那么经由天安门
诗歌运动洗礼而出现的中国新时期诗歌显然经过了一个萌发、演进、壮大又
消歇、转换的运动过程"，显然李怡的划分是"1978—1990"；陈思和在《中
国当代文学史教程》中没有具体的年份划分，甚至没有出现"新时期"的提法；
随后一系列关于"重返新时期文学"的提法却等同于"八十年代文学"。所以，
将 20 世纪 80 年代笼统概括为"新时期"是不恰当的。

我们再看"新时期"一词的源头。华国锋在《在中国共产党第十一次全
国代表大会上的政治报告》中说："第一次无产阶级'文化大革命'的胜利结束，
使我国社会主义革命和社会主义建设进入新的发展时期。在进入这个新时期
的关键时刻……"，我们可以看到这里使用的是"新的发展时期"，由于文
献不断修改，进而形成了"新时期"的叫法。

周扬在《关于社会主义新时期的文学艺术问题》对"社会主义新时期文
学艺术"这一专用词汇进行了理论上的阐释；刘白羽在第四次文代会中国作
协第三次代表大会上的《开幕词》中提到："……明确社会主义新时期文学
工作的新任务，动员鼓舞全国各族新老作家"；张炯的《新时期文学的又一
可喜收获——简评中篇小说的崛起》是第一篇在题目中使用"新时期文学"
的文章。

从此以后，"新时期文学"或"新时期文艺"，逐渐为文学理论、评论
界所认同和采用，成为中国当代文学发展中的一个重要阶段的名称。

1978 年，艾青复出，随后，沉寂多年的诗坛重现生机，而这一年也被誉
为新诗的新纪元，将这一年作为新时期的起点再合适不过。

1986 年秋天，《诗歌报》和《深圳青年报》联合举办了"中国现代诗群
体大展"，一时间各种主义和流派粉墨登场，浙江的"他们"，四川的"莽
汉主义""整体主义""非非主义"，还有"新感觉派""太极派""内心
独白"等等。之后，《诗选刊》又进行了转载，一时名声大振。当然这也意
味着，之前朦胧诗、归来者、新来者、非群落老诗人的四个格局被打破，曾
经甚嚣尘上的朦胧诗人只有退居幕后，一时的繁华成了落寞。新时期诗坛的

繁荣景象也画上了一个句号。之后的先锋诗歌、第三代逐渐离开主流视野，就像王蒙说的"文学失去轰动效应"，百年新诗史的第三次高潮也谢幕了。因此，1986 年，毫无疑问地成为新时期诗歌的终点。

（二）新时期诗坛简述

新诗出生的那一刻就带有两面性，既是传统诗歌的反叛者，也是传统诗歌的继承者；既是西方诗歌的使者，同样也是背叛者。在近百年的中国文学史上，备受争议却一直是"急先锋"的恐怕只有新诗了。在近百年的新诗史上，曾经多次对新诗的身份合法性、新诗存在的必要性质疑。

改革开放复活了中国，也救活了新诗。"冬天对不起我，我要对得起春天。"改革开放带来的是思想的解放，随之而来的是创作环境的改变——自由、宽松而又活泼。

在新时期，有四个诗人群落：归来者、朦胧诗人、新来者，还有非群落诗人，共同构成了新时期壮观的诗坛，四世同堂、甚至五世同堂，这在新诗史上是前所未有的，呈现出一派繁荣的景象。

1978 年 4 月 30 日，艾青在《文汇报》副刊发表题为《红旗》的诗歌；1978 年 9 月，香港月刊《七十年代》发表对艾青的采访，首次披露了艾青的命运的细节。这时，人们才知道艾青还活着，被流放边疆达 20 年后，重新归来了。

接着，胡风和"胡风案"的诗人绿原、曾卓、牛汉、鲁藜、罗洛等人归来了；九叶诗人郑敏、唐湜、唐祈等人归来了；再如老诗人公木、吕剑、胡昭、苏金伞回来了；曾经年轻的诗人公刘、昌耀、邵燕祥、孔孚、梁南、林希、周良沛、孙静轩也出现在读者面前；受《星星》诗刊事件牵连的诗人流沙河、白帆、石天河等，随着《星星》的复刊也迎来了个人创作的新时期。"归来者"诗人群无论在技艺上还是生命体验上，都是非常成熟的。

"朦胧诗"是新时期诗坛上最引人注目的文学现象。"朦胧诗"的崛起，经历了从地下到地上的艰难曲折而又漫长的过程，是中国社会变动的必然结果，也是中国新诗发展的必然要求。"朦胧诗"人群的青年诗人，都经历过"文化大革命"，他们少年的天真，单纯的信仰，都在这次浩劫中失落了；他们在精神上，经历了从幻灭、彷徨、迷惘到觉醒的激烈动荡；他们在童年、少年时期培养出来的价值观、世界观，都被这场大火烧得一干二净，他们精神上的痛苦和灵魂上的不安，通过诗歌得到了宣泄。朦胧诗人的主将——北岛、舒婷、芒克、江河、顾城——在 20 世纪 70 年代初就开始了自己的诗歌创作，当然，当时的诗作，只能是手抄的形式，私下的传播，这被后来的研究者称为"抽屉文学"。到 1979 年的时候，他们创办了自己的油印小报和刊物杂志，比如《今天》（1978—1981），在这份刊物周围，聚集了一大批的年轻诗人，如江河、杨炼、舒婷、北岛、顾城等。1980 年《诗刊》组织的第一届青春笔会，便是朦胧诗人的集中亮相。自此，朦胧诗人的作品，在广大青年读者中广泛流传开来。

朦胧诗一出现，就表现出一种反传统的姿态。不论在内容上还是形式上，都表现出一种新的发展趋势，一种新的审美趋向。朦胧诗以其内在的精神世界为主要表现对象，多采用象征、暗示的艺术手法，从而使其在诗意上，不再像"十七年诗歌"那样清晰、确定，而是出现一种模糊和朦胧，甚至在主题上也呈现出多义性。

朦胧诗这种和中华人民共和国成立以来新诗迥然不同的格调，引起了诗坛上的广泛关注，也引起了激烈的讨论。这一争论，前后持续了近五年的时间。

从另一方面讲，朦胧诗所体现的诗歌新潮的走向，也是中华人民共和国成立以来新诗发展的一个必然结果。中华人民共和国成立以来，新诗在极"左"思潮的束缚下，路越走越窄，在形式上更加僵化。"文化大革命"更使它在僵化板结的基础上，达到了"登峰造极"的地步。朦胧诗人比较清醒地认识到只有新的内容、新的形式、新的手法，才能使新诗走出困境。他们的创新意识，是应当肯定的。

对比"朦胧诗"和"五四"诗歌，我可以发现，"五四"新文学的传统机制在起着非常明显的作用。在形式上和西方现代主义很相近，但是在经验和内容上，朦胧诗仍然体现的是"五四"的意识。我们不能简单地将朦胧诗理解为一种低级的模仿，虽然这种情况在"五四"前后比较普遍。朦胧诗派一开始并不是一个有明确的艺术纲领的文学团体或者诗人组织。1980 年《诗刊》从第 8 期开始开辟专栏，展开了新诗的"问题讨论"。章明把那些"叫人读了几遍也得不到一个明确的印象，似懂非懂，半懂不懂，甚至完全不懂，百思不得一解"的诗称为"朦胧体"，这就是《令人气闷的"朦胧"》，还举出了杜运燮的《秋》、李小雨的《夜》，他认为比这更朦胧的还大有诗在。

朦胧诗人由于目睹了"文化大革命"十年的非人道暴行，亲身感受到人与人之间的仇视和冷漠。所以他们的作品几乎都是把人道主义的呼唤作为最响亮的主题，"痛苦上升为同情别人的泪"。

（三）新来者的诗歌道路

"好像有一种规律，每一变革时期，诗总是起先锋作用的。"

在新时期的诗坛中，最有生命力的现实主义诗人正是那些才加入到诗歌队伍的新生力量，而新来者则是这一批年轻人的中坚力量。在新时期的诗坛中，新来者是中间力量，也是中坚力量。

新来者在手法上主要继承了我国诗歌的现实主义，也借鉴了一些外国的诗歌手法。在诗美上，积极探索，进行了一定的革新；在美学上，少了狂飙突进；在质感上，却多了几分厚实和朴素。所以说，没有新来者的新诗坛必将是单薄的，像雷抒雁、傅天琳、叶延滨、张学梦、叶文福等都是新来者的代表诗人。

雷抒雁的《小草在歌唱》一经发表便引起轰动，仿佛晴天一声雷，震惊了所有人。

> 如丝如缕的小草呦，
> 你在骄傲的歌唱，
> 感谢你用鞭子
> 抽在我的心上，
> 让我清醒！
> 昏睡的生活，
> 比死更可悲，
> 愚昧的日子，
> 比猪更肮脏！

诗人不仅仅是悼念烈士，更重要的是置身其中，袒露自己的迷惘，软弱，深深自责。在当时的"假大空"模式刚刚散去的时候，这首诗显得愈发清新而亲切。它的美学价值引起人们的瞩目：审美趋向现实化，诗思趋向个性化。也正是艾青的《听，有一个声音……》和雷抒雁的《小草在歌唱》的差异，体现了二者的美学差异。

叶延滨的《干妈》、李琦的爱情诗、傅天琳的果园诗和儿童诗都是较好的作品，此外还有林希的《无名河》、叶延滨的《二重奏》、叶文福《雄性的太阳》、雷抒雁《父母之河》、晓雪的《晓雪诗选》、熊召政的《请举起森林般的手，制止》、刘祖慈的《为高举的和不举的手臂歌唱》、曲有源的《关于入党动机》、陈显荣的讽刺诗《辣椒歌》、李发模的小叙事诗《呼声》，都在为新时期的诗歌创作添砖加瓦。

‖ 二、新来者的诗歌史意义 ‖

（一）新来者和归来者——雷抒雁与艾青

1. 艾青

艾青，1978 年 4 月重返诗坛，作为归来诗人的领袖人物，他归来后的第一首诗是发表于《文汇报》上的《红旗》。之后，他的创作激情便一发而不可收，1978 年大半年时间，便发表了二十首，其中还包括《在浪尖上》那样笔锋犀利而有力度的长诗。1979 年发表了五十余首，其中包括《光的赞歌》和《古罗马的大斗技场》那样的名篇。1980 年又发表了五十余首。在此基础上，他在新时期的第一部诗集《归来的歌》于 1980 年 5 月由四川人民出版社出版，第二部诗集《彩色的诗》于 1980 年 11 月由人民出版社作为"诗人丛书"第一辑的首本出版，第三本诗集《雪莲》于 1983 年 11 月由黑龙江人民出版社编入"诗人丛书"第二辑出版。

诗歌界、评论界认为，艾青这一阶段的诗作，正是他一生中第二个创作高潮结成的硕果，为新时期的新诗坛做出了杰出贡献。自然，在这三个集子和一些散诗中，也有一些叙述事件过程、过于直白的应景诗，多是急就章，降低了诗的艺术感受力，但从总体上看，确实达到了一个新的艺术高度。

诗人重获艺术青春后的第一句名言便是："诗人必须说真话，人人喜欢听真话，诗人只能以他的由衷之言去摇撼人们的心。"艾青之所以发出这样的感慨和呼吁，正是有感于十年动乱中假话、假诗的盛行。当时许多人出于各种各样的动机：或粉饰现实，或歌功颂德，更有甚者，还以谎言去诬陷别人，落井下石。这自然是诗人的堕落和诗的堕落，使现实主义已丧失殆尽。

艾青对此是深有感触的，因而在新时期出版的诗集中以及第一次正式发表的文章中便提出了"诗人必须说真话"的严肃命题①。

而雷抒雁在现实主义道路上比艾青走得更远，在诗美上也有所革新。融入了西方的一些技巧，但又不失中国风格，带来的是新的风格，新的写法。

两代新诗人，雷抒雁对于艾青的手法是继承，是革新。继承之后的革新生命更为持久，艺术性更强。没有继承的改革是空中楼阁，没有继承的改革是闭门造车。在新诗的传承中，我们缺少的正是对于前辈的继承，过多的革新带来的是完全的断裂，这样的教训是惨痛的。无论是新诗的出生之时与旧体诗的决裂还是中华人民共和国成立后诗歌和之前诗坛的决裂，都告诉我们，继承是前提，革新总是第二位的。

2. 雷抒雁

在新时期的诗坛上，雷抒雁的名字是响亮的，他于1978年发表的著名诗篇《小草在歌唱》获中国作协举办的中青年诗人优秀作品奖。此后，1984年出版的诗选集《父母之河》，又获全国1983—1984年优秀诗集奖。除上述诗选集外，他还先后出版了《小草在歌唱》《云雀》《绿色的交响乐》《跨世纪的桥》等诗集。可以说，他是勤奋的，也是收成颇丰的诗人之一。

雷抒雁认为："旧现实主义还有匍匐现实主义的意思，即匍匐在现实之下。新现实主义是一种站立着的、清醒地审视现实的现实主义，有一种猛烈地对现实中错误现象的抨击。"②

他在《父母之河·自序》中曾说："我的诗，是写给我们读者的，不管采用了什么形式，不管运用了什么方法，每首诗都是一条道路，读者从任何一条路上都能找到那一颗为他们而激烈跳动的心。"

他说："诗的奇丽与变幻莫测，是生活和心灵所决定的，任何一个流派，都只是巧妙地选择了一个认识生活和心灵的角度，他们的伟大之处在于此，渺小之处也在于此，因为那其中总难免于偏见，而哪怕最微小的一点偏见都会伤害艺术。"这段话可看作他的诗学观的反映。好的诗确实是从生活和诗人的心灵感受出发而写成的，诗人并非为某某诗派而作。但是，作为一种客

① 艾青：《归来的歌·代序》，四川人民出版社1986年版。
② 雷抒雁、牛宏宝：《叩问变革年代的诗境——雷抒雁访谈》，《西北大学学报（哲学社会科学版）》2009年第5期。

观存在，读者和评论家却总可以根据其总体特征将其划入某一流派，这并无损于诗人及其诗作的价值。

属于新现实主义诗派的雷抒雁及同伴，正是以其对现实生活的深刻观察和抒发真情使现实主义这一创作方法重新获得读者的信任。

他的获奖诗《小草在歌唱》，能在众多悼念张志新烈士的诗中受到赞扬，也在于它以真实犀利的笔锋，鞭挞了时代的罪人"四人帮"一伙对革命烈士的戕害。"正是需要光明的暗夜，/阴风却吹灭了星光，/正是需要呐喊的荒野，/真理却被把嘴堵上！/黎明。一声枪响，/在祖国遥远的东方，/溅起一片血红的霞光，/……法律啊，/怎么变得这样苍白，/苍白得像废纸一样；/正义啊，/怎么变得这样软弱，/软弱得无处伸张！"诗句形象而富有极强的概括力，诗人的愤怒也激起了亿万读者的愤怒之情。然而，本诗所以成功，还因为它的独特价值：在那人妖混淆，是非颠倒的时代，有多少人受到蒙蔽和欺骗，诗人并没有把责任推给客观，而是真诚地解剖自己，将自己的迷惘同张志新自觉地为真理而斗争相对比："我恨我自己，/竟睡的那样死，/像喝过魔鬼的迷魂汤，/让辚辚囚车，/碾过我僵死的心脏！/我是军人，/却不能挺身而出，/像黄继光，/用胸脯筑起一道铜墙！/而让这罪恶的子弹，/射穿祖国的希望，/打进人民的胸膛！/我惭愧我自己，/我是共产党员/却不如小草，/让她的血流进脉管/日里夜里，不停歌唱……"诗人这种真诚率直的自责，代表了千百万青年共同的心声，也标志着青年一代的新的觉醒。从艺术上看，它虽然采用的仍是传统的直抒胸臆的方式，但因其感情强烈而真挚，并运用了许多生动的形象的比喻，所以，其感人力量是很强的，并同样具有较高的审美价值。

然而，诗人这种浓重的忧患意识和社会使命感，并不仅仅采用《小草在歌唱》式的表达方法，他稍后不久发表的《种子啊，醒醒》，便又借助于更加具体的象征物加以表现。诗人心目中的种子，自然是指年青的一代，甚至是经历过大劫大难的人民，尽管砂石、碱土包围着它、挤压着它，缺乏阳光和雨露，但它们却用顽强的身躯把大地顶开一条裂缝，诗人称赞它是"从黑牢里冲出来的勇士""那小小的两片叶子/挣脱了种子的坚壳/那片叶子上有不卷刃的刀锋""也只是因为有它们，/地球才不会像月球，/或别的星斗那样荒凉和冰冷！"这是生命之歌，也是奋进之歌，全诗的调子也是积极向上的。

诗人是在十年动乱之后根据自己的体验写成的此诗，其背景是不言而喻的。

雷抒雁这一代诗人，是介于公刘、流沙河、李瑛等中年诗人同叶延滨、傅天琳、北岛等青年诗人中间的一部分。他们承袭了传统的现实主义诗歌的一些长处，但又不似更新的诗人那样以全新的角度和方法进行创作。然而，他们也不满足于新时期伊始所取得的震动诗坛的成就，所谓"轰动效应"，而仍然在竭力进行新的艺术探索。雷抒雁此后的创作，由于思想的更加开阔和深邃，艺术上的孜孜以求，又达到了一个新的高度。这些诗作中的代表篇章可数《火》《阳光的弦》《太阳》《谜》《悲哀》《诗人的心》等，其共同的特点，是对真理和光明的执着追求与献身精神及人的自身价值的充分肯定，艺术上多借助于广阔的时空和历史文化背景展开大胆的想象，并使自我形象同所咏客体融合无间，达到物我交融的地步。别林斯基说过："诗歌不能容忍无形体的、光秃秃的抽象概念，抽象概念必须体现在生动而美妙的形象中，思想渗透形象，如同亮光渗透多面体的水晶一样。"这里讲的是形象对于诗的重要性，也是讲的诗歌的表现艺术。可以这样说，没有形象，诗歌就无法表现，更不必说诗的艺术。

诗的语言朴实无华，但构思精巧，诗情融入深刻的哲理中，从而能发人深思。为了追求形式和表现手法的多样化，他又写了像《父母之河》《海的向往》那样的鸿篇巨制，形式上采用了完全的自由体，具有强烈的抒情性。不足处是：由于在内容上和形式上都缺乏节制，有些段落锤炼不够；难免有拖沓冗长之嫌。此外，他还写了一些类似绝句式的短章，颇见功力，如被艾青称赏过的《雷雨》"夏天是强盛的，/ 刚一进入它的疆界，/ 就听见隆隆的车马，/ 奔驰在夜的长街。"艾青说它无一字涉及雷雨，却充分写出了雷雨中的感觉，其成功处在于新奇的比喻。

雷抒雁是一个比较传统的诗人，这和他的阅历有关。虽然没有很多新奇的东西，但是作为诗人，他是厚实的；他的诗歌，是厚重的。

（二）新来者和朦胧诗人——傅天琳和舒婷

1. 傅天琳

那么，即使交臂而过
我们也能一同驶入烨烨之境

以深刻的风度
以理解和勇气
　　——傅天琳《致远方》

　　舒婷和傅天琳，是新时期两位优秀的诗人。她们都是女性诗人，都是因为家庭的缘故被下放，舒婷因为父亲的缘故被下放农村，后来回城当工人；傅天琳因为父亲的缘故中专毕业后就到北碚缙云山果园劳动，这一劳动就劳动了19年，从青年到中年。她们都是在新时期登上新诗坛的。

　　傅天琳是由果园走向世界的。《绿色的音符》收了她早期的诗作，多是反映果园生活的，清新、质朴。《在孩子和世界之间》仍以个人经历为诗的基本素材，艺术视野扩大了，主要表现童心和母爱。《音乐岛》和《红草莓》则展开了一个更加丰富的世界，它不局限在果园生活里，也不局限于家庭范围中，它朝向大海、朝向森林、朝向城市、朝向沸腾的新生活、新时代。它也不再是对生活的再现、也不再是直接的抒情，它转向人的内在心灵世界，将再现与表现结合了起来，傅天琳的诗在艺术上越来越成熟了。《柠檬叶子》是傅天琳复出之后的第一部诗集，也可以看作是傅天琳诗歌生涯的第二个高潮，经过数十年的淘洗，她的诗作更加老练，炉火纯青，宛如"清水出芙蓉，天然去雕饰"。

　　傅天琳的诗曾被编入最早的朦胧诗选，但在于傅天琳而言，从不承认自己属于朦胧诗派，当然她的风格也不应被划入朦胧诗中。傅天琳是山城重庆的诗人，独特的地理环境，形成了傅天琳特有的诗人气质，可以说，她是一位天生的诗人。无论是生活还是创作，都具有诗人的气质。傅天琳的诗歌语言经历了由浅唱低吟的有韵诗到泛着阵痛独语的无韵诗，从对音乐性的追求向散文化的延伸；在傅天琳后期的诗作中并没有将二者截然对立起来，而是做了融合并获得成功。傅天琳在新时期的创作是惊人的，也是非常成功的。

　　读傅天琳的《在孩子和世界之间》，不禁会想起泰戈尔的《新月集》，二者有不少相似之处。傅天琳同泰戈尔一样以满腔爱心注视着孩子的一举一动，体会着孩子那天真烂漫的感情。他们的诗都建立在深厚的爱之上，都建立在深情的观察体验之中。孩子从诞生那天起便用"放肆吮吸的方式""接纳了妈妈不可抑制的爱的流泉""尽情享受妈妈的给予，/让妈妈享受作的享

受；/然后把妈妈的享受写进你生命的扉页"（《我的孩子》）孩子与母亲的
亲密关系从他诞生之时起便产生了，这是双向交流的爱之血脉。母亲给了孩
子生命，孩子给了母亲欢乐。童心和母爱是傅天琳这本诗集的两大主题。

《大口罩》以儿童的口吻写出儿童的特有的思维逻辑，表现出一颗天真
烂漫的童心："如果要选最不喜欢的人 / 我一定要选那个 / 戴大口罩阿姨 // 戴
大口罩的阿姨不乖 / 别人头发痛 / 她还用针扎别人屁股 / 叫别人头发痛屁股
还痛 / 不乖不乖戴大口罩的阿姨"，这完全是孩子的心理。《我是男子汉》
也写得好，突出了孩子想象的奇特，诗中的"我"要"把不听话的风 / 赶到 /
没有灯光的角落 / 让它罚站"并且"要摘来一颗星星 / 照你写字到很晚很晚"。
这些孩子气的想象中也有一颗天真的爱心在闪光。在表现儿童之爱的诗中《夏
夏》是最成功的一首，这首诗有个小序："那时家里没有花瓶，我把这些花插
在妈妈吃过药的瓶子里。——摘自夏夏的作文"。全诗如下："这郁郁的潺潺
的芳香 / 是从这些有淡淡药味的小瓶里飘出来的 / 是从你的眼睛里流出来的，
夏夏 // 这么多的药都没把妈妈的病治好 / 倒是这个药瓶给治好了 / 妈妈该起
床了，夏夏 // 你的小小的无限的四岁的爱 / 让我们的竹棚子变成宫殿 / 让妈
妈插一朵花在我的公主头上，夏夏 // 山野的金樱子花枕头草花紫绒球花 / 你
们不懂得你们自己多好看 / 只有夏夏知道，只有夏夏，我的夏夏"。这首诗
是从母亲的角度写的，从母亲的眼中写出四岁女儿的可爱，写母女间自然深
挚的爱。

《大地》是献给童心和母爱的颂歌，以悠扬的韵调和舒缓的节奏，歌唱
着纯真而深沉的爱："在阵痛后的酣睡中 / 大地醒来 / 生命之钟和风扬起 / 线条
/ 柔曼地向四野散开 // 母亲和孩子 / 在同一时辰 / 找到生存和奉献的依据 / 人
类和自然的耳语 / 使一块朴素的白石头 / 变得神圣而庄严 // 这是花朵和雀鸟最
喜爱的地方 / 星星们跳起碎步舞 / 时间和水 / 让崇高的慈爱融为潺潺乳汁 / 人
类将长大 / 从形体到灵魂 / 纯真而深沉"这首诗已从自身的母爱中超脱出来，
变成对整个人类之爱的歌唱。诗集后半部的不少诗歌都体现着诗人爱之升华，
《母爱》中的妈妈已不再是具体个体了，具有抽象的、世界性的含义："我是
你的黑皮肤的妈妈 / 白皮肤的妈妈 / 黄皮肤的妈妈 / 我的爱黑得像炭 / 白得像
雪 / 黄得像泥土 / 我的爱没有边界 / 没有边界没有边界我对你的爱"这是一支
深沉博大的人道主义之歌。也表现着诗人开始突破个人经历的局限，将诗的

触角，向更广阔的世界伸展。傅天琳的诗质朴，自然，有天然的风韵，这种朴实无华的美展现着诗人纯洁无邪的诗心。

傅天琳的第一部诗集是四川人民出版社 1981 年出版的《绿色的音符》，这部诗集曾获中国作家协会第一届"1979—1982"全国新诗二等奖，这也是傅天琳的成名作。她是傅天琳在果园里 19 年的喜怒哀乐凝成的，也是漫长的岁月的写照。它记录了傅天琳在果园里的点点滴滴。果园成就了傅天琳，当 30 年后，她再次走进果园，这个熟悉的地方时，她拾起了诗笔，为这果园的树木、曾经的姐妹画一幅像，留下一点纪念，于是有了《柠檬叶子》，这或许不是她的最后一本诗集，但是可以看作她的第二次复出，复出后给读者的一张答卷。《柠檬叶子》是傅天琳第二春的代表作，它之于傅天琳犹如《归来的歌》之于艾青，老树红花，分外耀眼。

2. 舒婷

> 它是少女怀中的金枝玉叶，
> 也和少女的心一样多情，
> 残忍的岁月
> 终不能叫它花瓣枯萎。
> ——《珠贝——大海的眼泪》

舒婷，这位新时期以来最受青年欢迎的诗人，在《拉萨日报》和《星星》的两次青年投票推选青年最喜爱的诗人时，她都名列榜首，而傅天琳也分别名列第五和第三。她的诗，朦胧而不神秘，忧伤但不消沉，流溢着女性的温柔与细腻。浪漫主义与理想色彩是她的诗歌的鲜明特色。她的浪漫主义与古典韵味和现代主义的手法相渗透，显示出女性感觉世界的敏锐，具有独特的魅力。

揭示理想追求过程中的内心矛盾，表现青年一代从迷惘到觉醒的痛苦和追求，是她诗歌的一个重要主题。她从关心个人命运，追求自我价值的实现出发，上升为"同情别人的泪"，上升为对民族命运和祖国前途的关切，表现出了强烈的责任感和自信心。这从《流水线》《惠安女子》《祖国啊，我亲爱的祖国》等诗中，都可以看出。

在《流水线》中，诗人所否定的是将人异化为物的单调机械的力量，感叹的是"我唯独不能感觉到 / 我自己的存在"的悲哀。这表现了舒婷自我意识的觉醒，表现了人的主体精神的发现。

舒婷诗歌的另一主要内容，是对爱的咏赞和歌唱。她用诗歌去唤醒人们心中最美好的爱心。她说："我通过我自己深深意识到：今天，人们迫切需要尊重、信任和温暖。我愿意尽可能地用诗来表现我对'人'的一种关切。"又说："我相信：人和人是能够互相理解的，通往心灵的道路总可以找到。"因此，她要通过她的诗，"进入所有的心灵"（《馈赠》），"为开拓心灵的处女地 / 走入禁区。"（《献给我的同代人》）。她歌唱的爱，既有对祖国和人民的爱，又有对母亲、爱人、朋友的爱。她的诗篇，真正深入到了个人感情的领域，扩大了当代诗歌的表现范围，提高了人们感情生活的价值。她诗歌中的爱，更深沉，更真切。

舒婷的诗中，有很多是涉及男女情爱的。在这些表现爱情的歌中，我们可以看到舒婷具有现代意识的爱情观，最具代表性的就是《致橡树》。在这首诗中，诗人用"木棉"与"橡树"相对应的方式，来咏赞她的爱情理想。"木棉"与"橡树"站在一起，他们不仅心灵相通："根，紧握在地下，/ 叶，相触在云里。"而且人格相映："你有你的铜枝铁干，/ 像刀，像剑，/ 也像戟；/ 我有我红硕的花朵，/ 像沉重的叹息，/ 又像英勇的火炬"。

舒婷在"文化大革命"末期就闯入个人情感的"禁区"，用诗歌来倾吐自己的爱和恨，抒发个人的欢乐、幸福、悲哀、忧伤，这显然带有探险的性质；她的诗体现了由再现向表现的转向。她的诗把传统浪漫主义与现代主义艺术手法相融合，对新诗艺术的发展做出了自己的贡献。

傅天琳和舒婷的诗作数量在同龄人里不能算多，但绝对是优秀的。

从内容和形式来看，舒婷的诗歌更注重追求正统，一登上诗坛就以一种时代代言人的姿态。比如她表达女性独立和解放的诗歌——《致橡树》《惠安女子》《神女峰》，这三首诗可以看作她的"女性三部曲"。舒婷有着非常鲜明的女性独立意识，也有自己的爱情观，这在 20 世纪 80 年代具有特殊的意义。从这三首诗我们可以看出，舒婷运用的是借物说理，橡树、封面上的惠安女子、神女峰都只是诗人的切入点，诗人并没有将自己融入进去，我们看不到诗人自己，这也就是古人所说的"无我之境"。从这三首诗我们可以看出，体现的是文以载道的传统。舒婷的诗歌大都具有道德或者哲学的意义，这是朦胧诗的通性：崇尚的是一种宏大的抒情和叙事。

和舒婷不同，傅天琳则更多是具象的人和事，比如自己和孩子（自己的女儿，自己的外孙女）、自己和果园的姐妹、果园里的树木（更多的是柠檬），这些人和事没有更多的承载，就是自己的孩子，作为一名母亲对孩子的单纯的情感。比起舒婷，傅天琳更擅长从细小的地方显示自己的长处，从她的诗里，我们几乎找不到宏大叙事成分。虽然同是女性诗人，但是傅天琳没有明显的性别意识，她在生活中也不喜欢别人称自己为"女性主义诗人"，她没有舒婷的那种追求女性独立和解放的意识。她只是一名诗人，和其他所有诗人一样。这也是她和舒婷不同的地方。舒婷的诗有着浓郁的古典意味，也有着意象派的特征，还有浪漫主义成分。而傅天琳的诗歌则以现实主义手法为主，朴实无华。

舒婷在 1985 年之后转向散文创作，并出版了不少散文集，比如《心烟》《秋天的情绪》《预约私奔》等 8 本，诗集单行本只有 4 本。

傅天琳则一直从事新诗创作，2000 年前后退休，之后在北京看外孙，淡出诗坛。2009 年又出版了代表自己第二春的第一本诗集《柠檬叶子》，在艺术上取得更大的成就，并荣获第五届鲁迅文学奖。

作为新时期同时出现的两位诗人，二者被关注的程度或者说知名度有天壤之别，提起舒婷恐怕无人不知，而傅天琳的名字仅限于圈子里的人。这也从侧面反映出朦胧诗人和新来者在社会关注程度上的差异，反映出整个诗坛对新来者的挖掘以及重视程度欠缺。

（三）新来者和非群落老诗人

1. 叶延滨

说到叶延滨，诗坛恐怕无人不知。这并不是说叶延滨的诗歌在全国是第一位，而是因为他曾在《星星》《诗刊》担任主编长达数十年。他在《星星》待了整整 12 年。之后，进了大学当了几年教师。1995 年 9 月—2001 年 10 月，任《诗刊》社副主编，2001 年 11 月—2005 年 6 月任常务副主编，2005 年 7 月至今任《诗刊》社主编。在《诗刊》已经待了 17 年。叶延滨出生在一个红色家庭，父亲是老红军，母亲是教育家。叶延滨 4 岁的时候，母亲被开除党籍，叶延滨随着母亲下放西昌，之后父亲被点名批判，在那个"英雄"的年代，叶延滨满脑子都是英雄的思想，曾经和几个没有"革命"资格的同学步行 4 个月到北京，高中毕业之后，叶延滨插队到了延安一对贫户家里。老两口无儿无女，"干妈"在中华人民共和国成立前还演过秧歌剧《夫妻识字》，可是她自己并不识字。老夫妇把叶延滨当儿子看待，就是这样的机缘改变了叶延滨的人生轨迹。如果没有碰到这老夫妇俩，也许叶延滨将终生待在延安当农民。

在延安的插队生涯成就了叶延滨，没有这段经历，也就没有之后的《干妈》。叶延滨的父母都是高干，相继受迫害后，叶延滨逐渐成了人人避而远之的"瘟疫"。

> 带色的风清扫这狼藉的战场，
> 我是卷进黄土高原的一粒砂。
> 连知青也像躲避瘟疫一样讨厌我，
> 丧家狗——实际，也不算难听的话。

可以说在延安，民众和知青都把他孤立起来了，或许人生就这样结束，但是

> "孩子，住到我们家吧。"
> "不！我不需要听怜悯的话。"
> "孩子，我们老两口也要个帮手，
> 我为你做饭，你替咱担水……"
> 也许，这只是一个借口，
> 但我的自尊的天平需要这块砝码！
> 从此，我有了一个家，
> 我叫她：干妈。

诗评人朱先树《写自己和人民相通的那一点》说道："青年一代是思考的一代，这话在某种意义上是有道理的。他们敢于思考，而且非常敏锐和深刻。叶延滨的诗也具有这样的特点。"[1]读着《干妈》我们可以看到艾青的《大堰河，

---

① 朱先树：《写自己和人民相通的那一点》，《诗探索》1982 年第 2 期。

我的保姆》的影子，艾青曾说："呈给大地上一切的／我的大堰河般的保姆"，那么《干妈》也可以看作是对陕北甚至中国最辛劳的农村妇女的赞歌，是献给一切农村妇女的歌曲。

叶延滨曾这样说："在我们今天的时代和社会中找到自己的坐标点，在纷繁复杂的感情世界里找到与人民的相通点，在源远流长的艺术长河中找到自己的探索点。三点决定一个平面，我的诗就放在这个平面上。"

（1）叶延滨的坐标点 ——《环形公路的圆和古城的直线——献给北京第一条立交公路》

在这首诗中，诗人表达了对新旧事物的看法，是适应当时改革发展潮流的一首诗。更体现了一种思想，我们要保守还是开放？要历史还是现代？

在诗中最主要的两个图形是方和圆，古代人很早就有天圆地方的思想，在这里，方代表了历史、代表了保守，圆代表了现代、代表了发展。

> 昨天，死去的昨天的城
> 无数的正方形——

这些正方形有麻将桌，茶桌，故宫的方砖，老百姓的四合院，妃子们的禁苑，这些东西都是老北京城特有的。但是在改革大潮中，却不合时宜。麻将桌和茶桌消耗了太多中国人的生命，人们在麻将和茶水中死去。方砖、禁苑代表的是封建皇帝的奢靡生活，在这紫禁城里的生活，四合院是老百姓的，仍然是封闭的。这些在诗人看来都是"房屋的方块学"，是"僵死、呆滞和缓慢"，这些僵死的"条条框框"，"为活着的城市树立着无形而威严的栅栏"。几千年的条条框框，阻碍了城市的发展，这是需要打破的。这里的条条框框，就不再是简单的方形了，而是形而上的思想束缚。

圆是宇宙中最完美的图形。圆润、圆滑、圆通，从这些词语中我们可以看出，圆在国人的思想中是变通和发展。这也是诗人用它的缘由。北京在20世纪80年代初期修建了第一条立交公路，虽然这在今天的北京随处可见，但是在当时却是不同寻常的。在本没有必要修桥的地方修桥，缓解交通压力，这就是变通的思维，也为城市的发展带来了生机。"立体交叉路口，车轮飞旋的风，／环城公路带来新的语言。"诗人欢呼这第一条立交公路，欢呼这方格城市中的一个圆。诗人还在结尾提到"像原子在回旋加速器中奔驰，/轰击着在僵死的格局中 / 在古城盘踞了数百年 / 尚未僵死的保守和自满！！"诗人回顾着历史，关注着现在，放眼未来。一个个意象的铺陈，具象的外物的摹写，像电影镜头一样，跳跃着，却是有规律的组合。这样的排列产生了特殊的力量和诗意。

这个圆和方形正是叶延滨在新时期的坐标点，圆的思维就是他诗歌的思维，不断地变通，不断地创新，不断地改革。

（2）和人民的相通点——《干妈》

《干妈》一诗写于叶延滨上大学的时候，不过当时他已经到了而立之年，在诗坛，这个年龄并不能算早。"少不读三国，老不读红楼"，这句话用在诗坛也是合适的，可以改作，"少不做散文，老不做诗歌"。

《干妈》的成功得益于叶延滨的 19 年知青生涯，没有干妈，也就没有今天的叶延滨。诗人在当知青之前是一名高干子弟，拿今天的话来讲（不含感情色彩）算得上是"官二代"或者"红二代"，他的父母都是老革命，中华人民共和国成立后又在政府及高校任职。知青生活使得叶延滨从生命感上更接近老百姓，英雄主义没有了，看到的是延安的贫瘠、荒凉，老区人民生活的艰辛，农民的朴实和勤劳。《干妈》既可以看作对干妈的赞歌，也可以看作是对所有农村妇女的赞歌。

在这首长诗中，有三个故事值得我们去注意。第一个是干妈给"我"买灯；第二件事是"我"嫌弃干爸用"我"的白毛巾；第三件事是干妈给"我"吃的好饭，自己吃的苦苦菜、清米汤。

农村晚上睡得很早，没有事情做只能看书，"我"只有在昏黄的油灯下看书；

> 穷山村最富裕的东西是长长的夜，
> 穷乡亲最美好的享受是早早地睡。
> 但对我，太长的夜有太多的噩梦，
> 我在墨水瓶做的油灯下读书，
> 贪婪地吮吸豆粒一样大的光明！

干妈为了能让我用上灯，晚上走几十里的山路给我去买。这个罩子灯花了她三天的工分一块二，一个裹着小脚的农妇，在大雪纷飞的夜晚如何走了几十里的山路？难以想象。她回来后腿疼的哼哼，干爸说道："疯婆子，风雪天跑三十里买盏灯，/有本事腿痛你别哼哼！"干妈声音很低地说："悄些，别把人家娃吵醒，/年轻人爱光，怕黑洞洞的坟！"干妈和我没有血缘关系，却为了"我"不顾自己性命。

第二件事是干爸弄脏了"我"的白毛巾，"我"从箱子里取了一条新的挂在旁边，干妈看到后"娃娃别嫌弃你大叔，/他这个一辈子粪土里滚的受苦人，/心，还净……"一脏一净，从侧面反映出干净和肮脏的真正的含义，干净不是表面的，在任何一个年代，心灵的干净才是最重要的。"我"在这里得到的是最朴素的教育——做一个心还净的人。

> 留给我的，
>
> 一碗米饭金黄，
>
> 洋芋酸菜喷香。
>
> 留给你的，
>
> 一碟苦苦菜，
>
> 一碗清米汤，
>
> 一个窝头半把糠……

第三件事就是关于吃饭的，在那个年代，在陕北贫瘠的土地上，吃饭是最大的问题。陕北黄土高原历来贫瘠荒凉，不打粮食，百姓生活非常艰辛。干妈给我吃的小米饭、洋芋和酸菜，自己却吃的苦苦菜、清米汤、窝窝头，在今天看来，这些都不算什么，然而在那个物质极度缺乏的年代，在那个大家都吃不饱的年代，这些就显得尤为珍贵。这是怎样的情谊？不是母子，而胜似母子的情谊。

19年的生活，重塑了叶延滨，从一个毛头小子长成了成熟的男人，朴实无华，心干净的人。

（3）探索点——《现代九歌》

屈原的楚辞开诗歌浪漫主义先河，他曾作《九歌》，有学者认为是祭祀用，有论者认为是借祭祀以抒己怀。多数篇章描写神灵间的眷恋，表现出深切的思念或所求未遂的哀伤。是楚辞中的力作。

叶延滨能以"九歌"为题，提笔气度不凡。起点很高。《现代九歌》是12首长诗，也是诗人的第20本诗集。这本诗集可以看作是诗人的一种探索。诗中奇思妙想，新奇的比喻随处可见。在现代的工业化社会中，如何看待历史和现代的关系，这已经和写环形公路的那个叶延滨不一样了，诗人的观念在发生改变。

这三个点共同构成了叶延滨的诗意人生。

‖ 三、李瑛 ‖

> 当那把瘦骨
> 溅起的水花平息之后
> 所有的江河都迷失了走向
> 使两千年的鱼
> 失眠至今
> ——《端阳》

李瑛在新时期的创作是丰富的，十年左右的时间先后创作和出版了十五本诗集和诗集选本。单行本诗集计有：《难忘的一九七六》《早晨》《在燃烧的战场上》《我骄傲，我是一棵树》《南海》《春的笑容》《美国之旅》《江和大地》《红豆》等，其中《我骄傲，我是一棵树》获得了第一届全国新诗（集）优秀创作奖。其他的选本还有《李瑛诗选》《李瑛抒情诗选》《战士们万岁》《望星》《李瑛国际题材诗歌选》《青春祝福》。其出版速度达到了一年一本书的标准。可谓量足质优。

李瑛在新时期的创作有以下几个特点：第一，题材的扩大，视野的展开，把诗的触角伸向了某些新的领域。"十七"年间，他的作品主要是在军事题材和政治题材方面。当然，也有一些国际题材的（如《血在燃烧》等）和边疆少数民族生活的诗（如《花的原野》《红柳集》中的作品），但相对说来还是显得单薄一些。

20 世纪 60 年代，张光年曾这样评价李瑛："我们的革命军队是一个伟大的熔炉，单从文学上说，这些年来，从中锻炼出了多少优秀的作家和诗人！李瑛同志是从这个熔炉里炼出的一批文学新人中的一个。"

新时期以来，他除了着力于军事题材和政治题材方面的创作外，还专门写了一些出国访问的诗作和描绘风物名胜及吟咏山水的诗，这在他过去的集子中是不多见的。国际题材的诗，变化也是显著的。尽管"文化大革命"前也写了一些声援第三世界人民反帝、反殖斗争的诗篇，像《茶》《血在燃烧》《鼓声》等，但还是站在中国这块土地上呐喊呼吁（写朝鲜战场和东欧的诗除外），但现在却直接站在异国陌生的土地观察，思考和抒情，他以东方诗人的目光去审视这奇异的西方世界，既看到了它蓬勃的生命活力，独特的异国风光，又触摸到它身上的疤痕，看到了它的阴影。看《谒托马斯·曼墓》中的诗句："细雨刚停，细雨刚停，/雨水打湿了基地的钟声；/最后一片云掠过教堂的尖顶，/头上，露出皎洁的月明。//踏—着小径，拨开草丛，/夜风伴我们来拜谒他的坟茔。/谁说他总算躺下了飘零的身子，/不，他仍在沉思，仍在倾听。"作者怀着深深的敬意，对这位葬身异国的德国著名作家寄予无限同情，无论是作者内心感情的表达，还是周围环境的渲染，都能把读者带入一个幽静、深远的境界。

第二，在反映现实生活的同时，开始向心灵深处拓展。在 20 世纪五六十年代，李瑛以反映部队生活的诗作闻名诗坛，他对部队生活观察得细腻，对战士思想感情描绘得形象具体，赢得诗界的一致好评。然而，由于当时诗坛的主潮是革命现实主义诗歌，并不要求诗人展示自己内心的隐蔽世界。1977年春，李瑛以他的《一月的哀思》震动了诗坛。在这首长诗中，诗人已开始向广大读者展示他内心的痛苦和悲愤。不过，对自己内心刹那间的感受，甚至忧伤痛苦，诗人还未能充分展现。

诗中的自我，不纯粹是个人，但他应该首先是个人。20 世纪 80 年代始，李瑛开始注意到，在某些诗篇中大胆地表现内心世界的思虑，怀念，喜悦甚至忧伤。虽然还不那么突出、强烈，但已是良好的开端。如《美国之旅》中的《登芝加哥塞尔斯塔》，在描绘了乘电梯登上高空的感受后，诗人写道："这里没有花，我不能采一朵带回去，/只能俯身拾一片云，夹在书页中；/带回去，让我带回去献给你，/让你从梦和启示中苏醒……"诗中的"你"，自然是远方的妻子，诗中表达了诗人对妻子的思念之情。再如《偶遇》一诗，作者标的副标题是《给 S.Y》，是在候机室遇到了一位老友，于是勾起了诗人无限的感慨和对往事的回忆。这种纯生活化的诗，作者过去写得不多。而对这种分别后的突然相逢，又仓促分手，内心感喟良多："沙发上，坐着十分钟，／坐着你和我。／／已忘记乱世里是怎样的离别，／天涯海角四十年，／该如何诉说，／时间和空间压缩在十分钟里，／四十年可不是宁静的湖泊。"人世沧桑，离别相逢，相逢又离别的情景，正是人生这座大舞台演出的一幕幕戏剧，从中可看出诗人的感叹与伤感，这种感情是真实的，诗人心境的表达也是具体可感的。

第三，在诗艺方面的多种探索。李瑛是在诗艺探索上不倦的诗人；早在20世纪50年代末、60年代初就在借鉴外同诗歌的一些表现手法上作了某些尝试，但在当时的环境下自难相容，因而有的调子稍低沉、手法较新颖却不甚好懂的诗还受到一些不公正的批评。新时期的到来，才为他的诗打开了广阔的探索天地。首先，在表现手法上把过去常用的直抒情怀转化为借助客体物象这个"对应物"来折射诗人的情感。20世纪80年代初写的《我骄傲，我是一棵树》，虽说是借助树的口吻来抒情，但已多了若干象征色彩。

李瑛新时期的创作可说是丰收的，并且在诗艺方面进行了艰苦的探索，有所突破。

当我们今天回过头去看的时候，就不能不深刻地感悟到，在艺术曲折的发展中李瑛能够跟随郭小川、贺敬之、闻捷这些卓越的诗人们，在诗的道路上艰辛跋涉，以最大的可能性发挥自己的艺术才华，进而表现自己的审美个性，并同他们一道努力填补着新诗的空白，铸造了一个时代的诗美的巅峰，这是新诗史学家不能忘记的。

他信奉德国文学批评家弗朗茨·梅林的那句名言："以战斗者姿态出现的诗人和艺术家姿态出现的诗人的统一。"

李瑛和叶延滨都是军队出身，涉足过军事题材。李瑛更多的是家国为上的题材，较少涉及个人情感题材，而叶延滨更多的是写自己，从个人的经历看出大众，以小见大。李瑛、叶延滨都写过一些访问诗，但通过比较我们可以看出，他们的着眼点是不同的。显示的是两代人的诗美观，审美观，世界观。

李瑛属于十七年文学，而叶延滨属于新时期，他们都用自己的诗歌找到了自己的坐标，找到了属于自己的读者，并适应了自己的时代。

‖ 四、新来者的诗美 ‖

长达十年的"文化大革命"结束了，接连不断的运动结束了，文学回归了本体。无疑，新时期十年是社会生活发生重大变革的十年，也是文学艺术发生深刻变化的十年，诗歌自不例外，而且在某些方面超出了其他文体。也正是由于社会生活的变化，才带来了诗歌内容和形式的变化，而形式的变化，又同诗人的审美心理结构的变化分不开。

"五四"以来的新诗发展史告诉我们：只有处在变革时期的诗歌，才会诗星竞出，使诗坛呈现繁荣，也只有在诗人的艺术观念发生变异的时刻，才会出现崭新的诗歌。新时期的诗歌发展，正体现了这一艺术规律。尽管诗歌是重抒情、重表现的一种文学样式，但它仍然是现实生活在诗人头脑中反映的产物。因而真实性及健康正确的思想内容，其存在的首要前提。20 世纪 60 年代和 20 世纪 70 年代的某些诗歌，由于极"左"路线的影响，成为"假大空"的口号式的虚假作品，背离了文学艺术真实性的原则，因而遭到了广大读者的唾弃。

（一）新来者的诗美追求

何谓诗美？简言之，即通过语言这一表达感情的符号创造出美的形象、美的意境，给人以美的愉悦。当然，这种美又是和真、善紧密联系在一起的。不过，也有其相对的独立性。艾青曾说："真、善、美，是统一在先进人类共同意志里的三种表现，诗必须是它们之间最好的联系""我们的诗神是驾着纯金的三轮马车，在生活的旷野上驰骋的""那三个轮子，闪射着同等的光芒，以同样庄严的隆隆声震响着的，就是真、善、美。"所以说，真善美的标准是亘古不变，历久弥新的。

值得注意的是，诗人们不论是对客体物象的具体描绘，还是自我形象的塑造，都同样闪着个性的光彩，诗人的抒情个性都是突出而鲜明的，这对诗美的创造是有推进作用的。诗，是抒情的艺术，本来就具有更多的表现色彩，但纵观新时期以前的诗歌，除了某些直抒情怀、表现内心激情的诗外，多数还是对外部世界的再现，因而场景诗、情节诗、带有叙事成分的短诗比比皆是。

诗人隐秘的内心世界，那以复杂的感觉对现实世界的艺术把握并不多见。也即是说，以前的一些直抒胸怀的诗，还多是外部倾泻型的，而不是心灵深处的体验性的。诗，从某种意义来说，是心灵的歌，即便是对外部世界的反映，也应通过诗人心灵的折射，不仅要注入诗人的喜怒哀乐，而且要记录下那细微的颤动之音。新时期的诗人们，利用他们敏锐的触觉，用心灵去感受时代的变革，再把内心的感受抒写下来，向着人类这个无边的内宇宙——内心世界开拓，创作出新颖的诗篇。

诗人雷抒雁，他的名篇《小草在歌唱》，是歌颂张志新烈士的，但诗人对自己内心的解剖，诗中体现出来的那种自审反省也使人感动，也是以前的歌颂英雄的诗篇中从未有过的，这种明显的变化，应该看到并给予肯定的评价。我们可以回忆一下那些歌颂雷锋、王杰及其他英雄人物的诗篇，作者都是怀着热烈的情怀由衷地赞美英雄，但由于特定的时代环境所限，作者们都未对自己内心世界作解剖，从而形成了那一时代英雄赞歌的特点。而在新时期的雷抒雁，经过对英雄人物的理解和对自己的反省，作者真诚地发出了自责之声："我恨我自己，/竟睡得那样死，/像喝过魔鬼的迷魂汤，/让磷磷囚车，/碾过我僵死的心脏/我是军人，却不能挺身而出，/像黄继光，/用胸脯筑起一道铜墙"正因如此，才更增添了诗歌的感人力量。一批青年诗人的出现，使诗歌作为表现艺术去展示丰富的内心世界跨步更大。

叶延滨、骆耕野、张学梦、李琦、傅天琳等人，他们对内心世界的展露又具有了不同的层次。有的诗是抒写心灵里对一个事物的认识过程或诗人在一个较长时间和较宽阔的空间的深刻感受，有的诗则是表现在一个短暂的时空中的瞬间感觉，有的又把主观的心灵感受加以物态化，但又绝对不同于以前的场景诗和情节诗。表现诗人心灵感受过程的诗是很多的，比如傅天琳的《梦话》：

你睡着了你不知道
妈妈坐在身旁守候你的梦话
妈妈小时候也讲梦话
但妈妈讲梦话时身旁没有妈妈

你在梦中呼唤我
孩子你是要我和你一起到公园去
我守候你从滑梯一次次摔下
一次次摔下你一次次长高

如果有一天你梦中不再呼唤妈妈

而呼唤一个陌生的年轻的名字

那是妈妈的期待

妈妈的期待是惊喜和忧伤。

诗中是一位年轻的母亲听到孩子梦中呼唤自己时的心灵感受。她欣喜，为孩子的呼唤；她忧伤，为自己儿时的没有母爱，她期待，为孩子的将要长大。诗篇完全是心灵独白，一气呵成。作者并未对孩子睡觉时的姿态及屋内环境作铺叙，然而，众所周知，这在以前的同类题材的诗作中却是少不了的。而本诗却着重表现了诗人自己的心灵感应，这同以前的某些诗作相比，可看出侧重点的不同。在诗歌的内向化过程中，许多作品是瞬间的感觉，甚至是幻觉，为诗的存在又打开了一个新天地。

（二）新来者的诗歌精神

中国古典诗歌最注重诗歌精神。比如《诗经》的"风"反映的是下层劳动人民、普通老百姓的生活，他们的疾苦；"雅"则是庙堂之乐。再比如《离骚》以香草美人为喻，表达的是忠君爱国的品德。几千年的历史长河中，诗歌精神以家国关怀为上，其次是儿女情长，也就是个人情感。新诗出现后，立即以反叛者的姿态出现，意图彻底抛开家国为上的主流，但是在中国这样一个家族血亲制的社会，这是不可能的。在潜意识里，国大于家，舍小家顾大家是每个中国人骨子里的观念。

在经历了数十年的动乱之后，新诗人仍然无法丢弃家国情怀。归来者以极大的使命感写出了不少关心国家政治的诗篇，在这一点上，以雷抒雁等人为代表的新来者和归来者是相通的。作为文学家，诗人当然不能例外，创作是带有使命感的，也就是一定的功利性，纯文学是不存在的。所以我们说，在使命感上新来者和归来者是相通的。

但是，新来者又是一批年轻的诗人，他们年轻，有着独特的经历，对诗的理解随着时代的改变已经和上一辈人完全不同，他们朝气蓬勃，意气风发，有着很强的生命力。在生命感上，新来者和朦胧诗人是相近的。新来者有着一种生命感，给人以春天的感觉。

（三）新来者的艺术经验

在艺术技法上，新来者算得上是转换派。他们并没有轻易放弃中国几千年优秀的诗歌传统，因为他们明白，没有继承就没有发展，但是他们主张要对传统的技法进行现代化转换，适合现代新诗的要求，适应新时期读者的审美。他们也没有闭门造车，而是积极地借鉴西方的艺术经验，他们积极地对西方经验进行本土化转化，因为他们明白新诗是中国人写的，是写给中国人看的。不能写变成西方诗歌的翻译体。

在诗歌道路上，新来者主张多元、包容，不同的艺术路向要相互尊重，相互包容，相互学习。所以，在新来者内部，并没有统一的理论思想体系，也没有统一的语言风格。他们有着大致相同的艺术追求，但是都有自己的个性。

当下，诗回归本位，同时，也产生了许多问题，这些问题该如何处理。新来者给了我们许多启示，也留下了许多宝贵的艺术经验。

新诗的个人性与个性化、内视性与社会性应该如何平衡？新来者告诉我们：应该摒弃个人化，追求个性化，内心生活的价值在任何时候都取决于它与社会生活的联系。诗歌不是个人的行为，它一开始就带有社会性。任何诗人都无法离开社会进行创作。但又不能缺乏个性，千篇一律，要在百花园中开出自己独特的一朵。

诗的小众与大众、形式艺术与形式主义应该如何平衡？新来者告诉我们：诗是以形式为基础的文学，形式即内容。诗的形式本身就是诗的重要的一部分，诗情、诗意不纳入诗的形式就不能成为诗。然而过剩的外在形式，却是在玩弄形式，抛弃内容专门追求形式，使诗越来越小众，离开广大读者，这是当下新诗创作的一个弊端。形式的新奇古怪，并不能代表诗歌的质量。

诗的一元与多元应如何理解？任何艺术在任何时代都是多元化的，试图追求新诗的"一花独艳"是不可能的。我们需要自由诗，也需要押大致韵的格律诗，我们需要爱情诗，也需要风景诗。唯我独"花"，是违背诗歌的创作与发展规律的。

新来者是新时期诗歌研究的重要而复杂的课题，对新来者的研究，对于当下新诗的拯衰去弊尤其具有学术价值和现实意义。

选自《诗学·第 7 辑》巴蜀书社 2015 年版

雷抒雁诗歌管窥

杨聚臣

　　近年来,雷抒雁以新秀的锐气接连出版了《小草在歌唱》《云雀》和《春神》三个诗集,加上 1979 年以前出版的《沙海军歌》《漫长的边境线》以及即将出版的《绿色的交响乐》等诗集,其创作的数量已经相当可观了。从这些诗可以看出,雷抒雁的诗歌取材宽广,所反映的生活内容比较丰富。但毫无疑义,那些赞颂英雄人物的诗篇在他的全部诗歌创作中占有突出的位置。这些诗裹带着十年动乱的风烟,闪耀着新时期的曙光,充分地体现了时代精神。披阅雷抒雁的这部分诗作,对于探讨他的诗歌创作的个性特点不无裨益。

‖　一　‖

　　雷抒雁的这部分诗作大都塑造了饱含时代精神的人物形象。这些形象虽在艺术上各有短长,但都扎根于现实生活的土壤,有着共同的思想基调,形成了一个无产阶级英雄的形象序列。

　　在这一序列中,老一辈革命家的形象是其中的一个重要组成部分。这些曾经参与创建我们的共和国、为人民立下了汗马功劳的革命元勋和功臣,戎马一生,是我们民族的精华、阶级的英雄。然而,在林彪、"四人帮"肆虐的年代里,他们都不同程度地遭到诬陷和迫害,有的甚至身陷囹圄、含冤而逝。雷抒雁献给革命前辈的诗没有停留在同类作品所着力描写的"痛苦的怀念"或"平反昭雪"上,而是把人物置于当代生活的潮流里,注重从更积极的意义上去发掘和赞颂他们的不朽精神,对革命、政治和人生进行深沉的思考。在《信仰》中,诗人着力颂扬的是张闻天同志崇高的共产主义理想境界:

"权力，可以不要，/享受，可以不要，但是不能丢弃的，/是共产党人的信仰！"他把解冻的公债、补发的工资交给党，他让女儿做工、儿子到边疆落户，都为的是这高贵的信仰。在诗人的笔下，主人公是一枚飘落地上、历尽磨难而依然渴望春天的种子，信仰"是种子的灵魂"，是他"刚直的脊梁"。诗篇把赞颂革命前辈与鞭笞政治骗子结合起来，痛斥他们疯狂追逐权力、大搞偶像崇拜的反革命行径，弄得真理"贬值"，信仰"变质"。两相对照，更显出人物的高风亮节。缅怀革命前辈，诗人情不自禁地呼吁一切真正的共产党员把"为共产主义奋斗终生的信仰""用血把它写在心上"。情真词切，字字金玉，具有强烈的现实感，极富教益。《早春的祭奠》写于1980年二、三月间，正当刘少奇同志的冤案被洗雪之际。这首诗的主旨在于从人物的悲剧命运中寻找历史的训示，强调健全民主、法制的重要性。诗人在对生活的反思中，从侧面勾勒出刘少奇同志爱人民甚于自己的父母、为革命浴血奋斗的身影，唤起人们对他的崇敬和爱戴之情。《献给三月的花束》是为纪念周恩来总理八十大寿而写的抒情短章。诗人把总理一生的光辉业绩凝聚在创业者的拓荒精神和辛勤的园丁精神上，并且用构图单纯的画面给以展现，在有限的篇幅内塑造出了总理风尘仆仆、为人民操劳一世的动人形象。诗的最后由总理在严冬去世引出他老人家的告诫："春天里，也会袭来风寒，/但严寒，绝对挡不住春色！"热情地赞扬总理对人民无限忠诚、对共产主义事业至死不渝的高尚情操。其中包含了多少教人聪明、激人奋进的生活和革命的哲理！应该说，这三首诗所悼念的人物本身都含有历史带给他们的某些悲剧成分，但诗篇并未使读者陷于难解的伤悲之中。其原因，在于诗人把对昨天的回顾和对今天的赞美，以及对明天的展望结合在一起，看到了"发芽的真理""再生的信仰"，看到了我们的党"昂然挺立，/医治创伤"，坚信"潮流，谁也别想阻拦！/悲剧，永远不许重演！"从而，能唤起人们继承前辈遗志、将革命推向前进的勇气和信心。

坚持真理、与"四人帮"作殊死斗争的革命战士形象，是雷抒雁塑造的英雄序列中的又一重要内容。《小草在歌唱》中的张志新，是一个当风暴袭来的时候，一马当先"挺起柔嫩的肩膀，/捐起民族大厦的栋梁"的顶天立地的女英雄。诗人没有用过多的笔墨描绘人物的言行，而是以深情的笔触着力赞美她捍卫真理的不灭的精神光辉："她是太阳，/离开了地平线，/却闪耀在天上！"这火种"播出去，/能够燃起四野火光！"在赞美烈士不朽精神的同时，诗篇还揭示了她精神世界的另一面：她的爱情，她对于母亲和女儿的爱："我敢说：她不想死！/她有母亲：风烛残年，/受不了这多悲伤！/她有孩子：花蕾刚绽，/怎能落上寒霜！"但"她是战士，/敌人如此猖狂，/怎能把眼合上！"在这里，作为女儿和作为母亲的天生的道义与作为战士的神圣职责融为一体，让人看到了一个热爱生活、勇于为生活献身的美丽灵魂，因而使英雄的形象刚柔相济、可敬可亲。诗人所塑造的这一光辉形象启迪人们去重新认识革命和人生的价值，并唤起人们思考生活、改造生活的强烈愿望。一首《小草在歌唱》，一时间不胫而走，产生了惊人的社会效果。如果说，张志新的形象塑造侧重于思想灵魂的剖析，那么，在《他，歌唱在暴风雨的前边》一诗中，对韩爱民形象的塑造则偏重在行动的描写上。在诗人的心中，韩爱民是敏锐而又勇敢的海燕：当大海平静的时候，他已听到了惊雷，当人们还暂时沉默的时候，他已奋不顾身地去呼唤暴风雨："难道真理听任谬误迫害？/难道正义听任邪恶出卖？/难道容忍骗子装扮登上台？/难道容忍忠诚被害落尘埃？"他把匕首般的书信、传单撒向城镇村寨，撒进"四人帮"的虎狼窝。这是一个何等不畏强暴的时代先锋，一个叱咤风云的无产阶级英雄！然而诗中的韩爱民并不是一个包打天下的孤胆英雄。在他的身上闪耀着前辈的战斗光辉，凝聚着人民群众的力量。他是从母亲那里接过了"传统的革命手段"；这如同浪花般的传单"是大海的力量，/把它摔上礁崖。"把英雄作为群众的一员，把赞美英雄与赞美人民结合起来，这就正确地揭示出英雄与人民的关系，增强了诗的思想性。

1979年初，雷抒雁来到广西边境，采写了反映对越自卫反击战的组诗《战地诗抄》，其中《他，唱着歌冲锋》一诗塑造了战斗英雄王息坤的形象。这首诗在艺术上并没有太多的讲究，但人物形象自有特色：王息坤有幸福、有理想，也有爱，他把这一切都化作歌声，化作为祖国而战斗的实际行动，在一次战斗中英勇歼敌十一名："一颗子弹一个跳荡的音符""他歌唱着向敌人冲锋。"这一形象反映了新一代的人民战士赤诚的爱国热情和蔑视敌人、敢于胜利的革命英雄主义气概，颇令人鼓舞。

雷抒雁坚持从时代生活里汲取营养，时代浪潮的每一次冲击都能从他的诗中找到回声。近两年，他先后创作了长篇抒情诗《煤啊，你万木之魂》和

《第五根弦上的强音》，塑造了赵春娥、张海迪的形象，更加丰富了他笔下的形象序列。雷抒雁认为，诗"要体现时代精神""应该坚定地和现实生活站在一起，应该为生活中的变革者助一臂之力。"（《诗歌答问》）这两首诗伴随着向四个现代化进军的热潮而出现，应看作是诗人追踪时代、深入生活的新成果。从年龄上看，赵春娥和张海迪属于两代人，但都有着为"四化"献身的可贵精神，堪称一代社会主义新人和无产阶级英雄。赵春娥，这个农民的女儿、在冷霜寒风中长大的煤场女工，她没有多少文化，也没做出惊天动地的壮举：运煤、粉煤、打煤、拣煤，她和煤结下了不解之缘。诗人把煤这一极平凡的形象赋予她，描摹出她朴素无饰、埋头苦干的身姿，赞扬了她的理想、品质和精神："只要需要，/只要有火，/就欢叫着去燃烧，/就勇敢地去献身！"如果不燃烧、不烧尽，"应该愧对掘煤人""枉在太阳底下走一阵"。这是一个怀着对党的感激之情、认准了自己的历史使命、无私地把全部心血献给人民、献给崇高的共产主义事业的无产阶级先锋战士的形象，是新一代雷锋的形象。和赵春娥不同，张海迪是一个三分之二躯体失去知觉的残疾人。诗人抓住她身残志不残的特征，在精神的强者上立意，描绘出了一个拼搏者的感人形象。你看她，以超凡的毅力不倦地读书、翻译、写作，把热情和友爱倾注给别人，把知识和本领献给"四化"。"纵然是一支残烛/我也不淌一滴烛泪/为人民，燃尽每一分烛芯"一个多么美丽、崇高的灵魂：坚毅、执着、热诚、忠贞。然而，"生命的泥沼"，使张海迪的琴弦上并不尽是明快的进行曲。诗人从生活出发，真实地描写了在严酷的现实面前，她也曾有过哀愁、寂寞和迷惘。但可贵的是，当时代的召唤、革命的号音从长空掠过，当大海的欢跃，人世的友情展现在眼前，祖国的重托、母亲的期望，这一切如同风暴一样摇撼着她的心，使她终于找到了生命的价值、人生的要义，得到了生活、战斗的勇气、信念和力量。"人生之路，曲折如藤/人生之诗，壮丽如虹/道路靠双手开拓/坎坷靠双脚踩平"，诗人以壮烈的笔调描画出张海迪在艰难的人生道路上驱风破雾、顽强搏击的风姿，使人们从她不间断的灵魂决战中看到她心底的黄金。

纵观雷抒雁塑造的这些英雄形象，尽管他们的出身经历和文化教养不同、性格气质各异，但可以清楚地看到，他们的思想品格、道德风尚都贯穿着一条鲜明的思想红线：他们都胸怀共产主义的远大理想，把为人民谋利益作为自己一切行为的出发点；都有一种压倒敌人、战胜困难的无畏气概和不屈不挠的强者精神。诗人通过这些英雄人物的诗意形象，寄托了我们的民族复苏后的理想、愿望和追求，传送出了时代的最强音。这些诗的社会效果使我们不禁联想到诗与人民的关系这一创作的重要问题。邓小平同志指出："一切进步文艺工作者的艺术生命，就在于他们同人民之间的血肉联系。忘记、忽略或是割断这种联系，艺术生命就会枯竭。人民需要艺术，艺术更需要人民。"文艺和人民的关系，也是文艺和生活、和时代的关系。在我们的社会里，要正确地表现时代，满足人民对艺术的需要，就不可避免地会涉及无产阶级和人民群众的伟大斗争，涉及时代创业者的不朽业绩。以"表现自我"排斥表现英雄、表现人民，必将使创作脱离生活，远离时代，其结果是不堪设想的。

‖ 二 ‖

读雷抒雁描写英雄人物的诗作，给人又一个较深的印象是这些诗中充溢着饱满的感情，有一股感情的冲击波。他诗中的人物形象之所以大都能站得起来，正在于这些人物身上灌注了诗人的真情实感，能给人以感染。这些诗中的感情因素和表现形态是多种多样的：有的如大海潮汐，有的似碧湖秋波，有明水，有伏流，有直下的飞湍，也有九曲回溪。可以说，透过这些诗行，能让人看到诗人整个活生生的内心世界。品味这些作品，其感情表现主要有以下两种：

首先，他的诗中奔涌着憎爱分明的革命激情。雷抒雁生性敏锐、率直、富于正义感。他对任何事物都有一个明确而又真实的感情态度，爱和恨，拥护和反对，肯定和否定，毫不含糊。他说过："诗应当激情饱满，也就是说气血旺盛。爱所爱，憎所憎，疾恶如仇，壁垒分明。"（《黄金在你手里》）他的《小草在歌唱》可谓激情的产物。当真理被玷污、正义被戕杀，党心民心被激怒之际，诗人怎能不火上心头、挥戈上阵！"火，便是激情，是我们对正义与非正义毫不掩饰的爱与憎。"（《小草里的诗情》）诗人把这火一般的激情赋予小草，小草有愤怒，有喜悦，敢笑敢骂；他笔下的烈士，灵魂闪光、形体复现，被比作不落的太阳。正是怀着这火一般的激情，诗人痛斥"四人帮"的法西斯暴行，为烈士鸣冤，为真理和正义呐喊："我敢说：/ 如果正义得不到伸张，／红日，／就不会再升起在东方！／我敢说：／如果罪行得不到清算，／地球，／也会失去分量！／残暴，注定了灭亡，／注定了'四人帮'的下场！"理直气壮，义正词严！字里行间燃烧着仇恨的烈火，翻腾着爱的波涛。这种憎爱分明的革命激情，在《信仰》中表现为对有着高贵信仰的种子的热情颂赞，对那些为私利奔波者、对枯叶的深恶痛绝；在《早春的祭奠》中表现为对刘少奇同志的义无反顾的辩护，对狂热运动的强烈谴责。无憎便无爱，憎得越深，爱得越挚。热烈的爱和强烈的憎在雷抒雁的诗中有机地统一在一起，滔滔奔流，成为他的诗歌感情的基调和主流。

其次，他的诗中饱含着痛悔奋发的情思。雷抒雁是在新中国的怀抱里成长起来的。党的多年教育使他有着一颗献身革命事业的明亮的心。然而，和他的同代许多革命青年一样，"雾，曾使我迷惘，／云，曾把我纠缠。"（《泰岱之诗·斩云剑》）他的这颗心也曾遭受过欺骗、亵渎，经过了一个痛苦、曲折的历程。在诗中，他并不回避自己心灵的伤痛，也不隐晦生命中那些"不光彩"的部分，而总是一有机会就沉痛地解剖自己、鞭策自己跟上时代前进的步伐。在《小草在歌唱》中，他把"我"昔日的"苦恼""惆怅""吓破过胆子"，以及灵魂受害、思想"僵死"的真实状况写进诗篇，几乎是用谴责自己的笔调大胆地否定旧我，那种羞愧、愤激、痛苦等复杂的情愫一齐涌流出来，给人以极大的震撼。在《早春的祭奠》中，诗人甚至不惜把"我们"在"文化大革命"中"幼稚的疯狂""粗野的呼喊"写入诗中，从中不难看出"我"那愧疚、自责以及对革命前辈的一颗赤心。在这些诗中，"我"的形象是一个诚恳、率直、严于解剖自己、虚心地向英雄靠拢的革命者的形象。说他是"革命者"，不仅在于他敢于正视自己的过去，而且敢于让英雄的灵魂照亮自己，坚定地面向未来。他呼唤信仰，认定"赖有他们，／世界才不会死去"（《信仰》），他悔恨轻信，坚信"人民的意志，／党的意志，／任谁也不能逆转！"（《早春的祭奠》）；他思考革命和人生，诅咒"昏睡的生活/比死更可悲，／愚昧的日子，／比猪更肮脏"（《小草在歌唱》）；他礼赞煤的精神，认定"我们的世界，／并不缺氧"，决心"做一块煤"，投身时代的炉门。雷抒雁主张诗应写"人，以及人的解放"（《春神》）。可以说，他的这些诗正是抒发了"我"从思想的泥污中拔出来，朝着理想迈进的奋发向上的革命情怀，袒露出了一个被解放了的"我"的灵魂。

诗格就是人格。富于使命感的诗人又总是尽力表现典型环境中的典型情绪。雷抒雁诗中沉凝、昂奋的情韵是两个时代交替阶段这一特定时代的生活在诗人心灵上的映现。生活中有欢声笑语，也有泪和血，有大刀阔斧的奋进，也有困难、矛盾和斗争。雷抒雁以革命者和诗人的热情、敏锐去拥抱、洞察生活，他不仅能看到生活中光明、合理和平静的部分，而且能从光明中看到阴暗，从合理中看到不合理，从平静中看到变化。也许他对生活爱得太深，在他歌颂光明、赞美英雄和新生事物的时候，他常常同时把诗的锋芒指向生活中的阴暗面，向一切流弊、不正之风愤怒呐喊；也许他对理想追求得过于执着，他在为生活的变革欢呼的时候，往往以深沉的笔调抒写斗争的曲折和悲壮。雷抒雁在一篇文章中说："变革是使人振奋的，但也包含着斗争和痛苦。""只是虚妄的、苍白的颂歌，不是这个时代的声音；只是絮叨的哀叹和无休止的牢骚，同样不是这个时代的声音。"（《诗歌答问》）可见，雷抒雁诗歌的独特情韵的形成乃是基于对时代生活的清醒的理解，基于诗人强烈的革命责任感。

三

别林斯基说过："诗歌不能容忍无形体的、光秃秃的抽象概念，抽象概念必须体现在生动而美妙的形象中，思想渗透形象，如同亮光渗透多面体的水晶一样。"这里讲的是形象对于诗的重要性，也是讲的诗歌的表现艺术。可以这样说，没有形象，诗就无以表现，就谈不上诗的艺术。雷抒雁非常讲究诗的表现艺术，善于从"宇宙万有"中感受和摄取那种"生动而美妙"的形象。看到纪念碑，他说那是"英雄们砍翻了旧社会"，给后代留下的"宝剑"（《剑》）；仰望启明星，他说那是"给早行者的一朵玉兰花，/懒汉得不到她"（《启明星》）；他这样写雷雨："夏天是强盛的，/刚一进入它的疆界，/就听见隆隆的车马，/奔驰在夜的长街"（《雷雨》）；他这样写雁阵："世上最善良的一群，/鸟中的吉普赛人。/追求光明，追求温暖，/一双翅膀，扫尽云程的艰辛"（《雁阵》）。海阔天空，奇思遐想！或以物拟人，或以人拟物，形象新颖洒脱，其中包含着多少诗意诗境！在雷抒雁献给英雄的诗篇中，除了人物形象以外，几乎每首诗中都有以各自独特的形式出现的抒情形象。这些形象多半统领全篇，如水晶体，如隐身草，如羽毛，姿态各异，色彩缤纷，使得诗意飞动，诗味隽永。

《信仰》中种子的形象是鲜明生动的。诗人把种子和枯叶放到"风暴到来的时候"的特殊环境中去揭示它们的两种截然不同的生活态度，这种感受具体而真切，能引起人深长的思索。作为一种类比，主人公和种子有着许多内在的相似处：成熟而过早地被暴风吹落，被人疏远，默默无闻，然而却有着不死的信仰。"泥土给了它温暖，/ 它在地下孕育思想，/ 满怀信心，/ 期待春光！"通过这一类比，把人物置于某种带有悲剧色调的气氛之中，并进一步通过种子和枯叶的对比，衬托出他的崇高的思想品格，从而引起人们无比的同情和崇敬。《煤啊，你万木之魂》中的煤也是一种类比物。多少年来，煤一直是诗人们争相吟咏的对象：它的燃烧，它与饥寒交迫的奴隶们的密切关系，使它含有一种传统的诗情。雷抒雁不仅充分地展示了这种诗情，而且开掘得更深："海的波涛，/ 泥的洪流，/ 黑暗和压迫，/ 埋没了多少茂密的森林；/ 万千年的沉默，/ 万千重的封锁，/ 煤啊，你不就是树木不屈的灵魂！"这是一个在苦难中锻造的灵魂！它不仅是对赵春娥的苦难出身、坚强性格和高尚品质的概括，而且也是无产阶级及其先锋队的光辉形象的写照。诗篇正是从"万木之魂"四个字立意，试图揭示无产阶级解放全人类的历史使命和共产党人一心一意为人民谋福利的神圣的宗旨。这一开掘就使煤的形象具有了崭新的时代风采。但略感缺憾的是：由于全篇的总体构思是以"我"的行踪为线索通过对主人公的病床、遗物、遗像等的描写来抒发感情，而没能就煤本身展开更丰富、具体的联想，所以就使煤的形象不能很好地统领全篇。和上面两首诗不同，《小草在歌唱》中的小草是以与人物形象保持独立的诗化了的人格出现在诗中的。诗人在感情不羁的痛苦思索中找到灵感，它凝成小草上的露珠，浸透了诗人的真情。因此，这小草的形象显得格外清新鲜活，格外富于诗情：那是诗人朦胧中看到的刑场上浸满了烈士鲜血的小草吗？是千百年来被人踩在脚下的小草吗？是烧不尽、春又生，"在地下就看见了太阳"的小草吗？诗人情涌似潮，赋予小草以丰富的象征意义：惨案的见证者，苦难的承受者，不屈的抗争者，它是历史主人的化身，是公正、正义、真理的代表。而且，小草的柔韧、质朴、健美，生机勃勃、富于朝气，又与女英雄特有的精神、气质和风采相照应，造成了和谐的抒情氛围。这一切，才使贯穿全诗的小草的歌唱显得那样坚强有力、真诚动人。《第五根弦上的强音》中的形象更为独特：古代阿拉伯哲学家、音乐家赋予琴的四根弦以四种心理气质，而第五根弦属于"灵魂"，诗人由此生发开去，在精神的琴弦上抒情写意，这一构想本身就颇富浪漫情调，能给人物带来诗意。而琴弦的优美形象又同人物的内、外部特征相吻合，由此可看出诗人高妙的想象力和丰富的知识库存。但妙中也有失：这琴弦毕竟是一种半抽象的概念，能给予诗人和读者可感的东西是有限的，加之诗的篇幅又长，故难免导致抒情与形象脱节的弊端。虽然诗中并不乏丰富的形象，但与琴弦这一主体形象缺乏有机的联系。诗的末尾，诗人精心地写了"琴之诗"的主题歌，希图使壮美的琴声回荡全篇，给人以实感，但在一般诵读时并不能完全弥补上述缺陷。《早春的祭奠》和《献给三月的花束》两首诗属于感时咏怀之作，诗中的形象是另外一种类型：时令本身是抽象的，但所蕴含的内容却是丰富可感的。这给诗人提供了广阔的抒情天地，致使此类佳作历代不绝如缕。雷抒雁的这两首诗，后一首的议论显得直白一些，但春天给予诗人的感受和联想太多了：冷雨、雪霰、绿水，那是祭祀前辈的薄酒；柳丝串起迎春花，那是献给前辈的花圈；含笑的玫瑰、牡丹、花草，那该是告慰英灵的最好祭品。还有：南昌城头惊蛰的春雷，前辈们犁出的一派春色……这丰富多彩、纷沓而至的形象，挟带着感情和哲理，使诗神如同长上了彩羽升腾起来，能让人在美感享受中受到教育。

中国古典诗论主张"思与境偕"（司空图）、"情景交融"（王夫之）的诗歌境界。按照这一见解，在创作时具体的抒情方式自然可以千差万别，但主观感受、感情和客观景物的统一、融洽，则是一个不可忽视的规律。品评雷抒雁上述诗作的成败得失，我们感到，凡是诗人从生活中真切感受到的形象，大都写得生动饱满，寓意丰富而深刻，并能在一定程度上达到"情与境偕""情景交融"的效果；凡是缺乏生活实感的形象则往往显得干枯、气血不继，减弱了诗的感染力。当然，虽有感受却开掘不够，也是造成他个别诗作缺少感染力的原因。"生活是砥石，诗人是铁锤，诗，是撞击之后的火花"（《中原，一片沃土》），这确是经验之谈。

从雷抒雁献给英雄的诗作中还可以发现：诗人非常重视采撷那些平凡的形象入诗。尽管他的诗中并不乏明丽多姿的形象，但质朴无华的形象却占有最显眼的位置。当然，这决不仅仅是为了与所比喻、象征、衬托的人物形象的色调相谐调，不，这不是偶尔为之的权宜之计，如有人已经指出的，而应看作诗人美学追求的反映。他追求的是平凡美。打开雷抒雁的诗页即可看到，泥土（土地）、煤、野草、树木、种子、大雁、云雀、骆驼等是他抒写的主要对象。这些形象都没有华美的外表，平凡甚而渺小，但诗人所着力掘取的正是遮掩在这粗朴外表下的美的灵魂。形成他的这一美学追求的原因是复杂的，有个人生活的，有社会的，甚至还有自然、地理的，但值得重视的是，社会的、时代的因素在诸因素中所占的比重。近年来，社会生活发生了重大变动。十年动乱后人民群众的新觉醒，政治、经济地位的改变，以及在新的条件下人们相互关系的变化等，这一切使人们的心理意识和美学趣味也随之发生了巨大变化。那些"假大空""高大全"式的诗再也没有市场了。新时期的文学潮流使诗在向现实靠拢，向人民靠拢，向平凡的事物靠拢，开始在更深刻的意义上追求真实。雷抒雁，作为一位具有革命使命感的诗人，敏锐地感受和把握了人们的这一心理动向，自觉地适应时代潮流，他的诗歌出现这样的新面貌，实属必然。别林斯基说得好："一个诗人越是崇高，他就越是属于他所出生的社会，他的才能的发展、倾向，甚至特点，也就越是和社会的历史发展密切地联系在一起。"也许，雷抒雁还没有达到这样的至境，但可以断言：他正朝着这一目标挺进。

选自《北京师范大学学报（哲学社会科学版）》1984 第 1 期

真实·纯朴·隽永

——读雷抒雁近年来的诗

张孝评

抒雁是诗界的一位新人。虽然他从事创作已近十年，但真正引起广泛的社会注意，却还是近年来的事情。写于 1979 年的《小草在歌唱》，以及此后陆续发表的《信仰》《种子呵，醒醒》等篇，代表着他诗歌创作的一个新的高度。

抒雁近年来的诗，真实，纯朴，隽永，从中我们可以窥见他的发展着的抒情个性的一个雏形。下面，我想从内心抒写、画面构成、哲学意蕴等方面，谈谈抒雁近年来的诗在个性表现上的一些特点，与抒雁本人和广大读者共勉。

‖ 一 ‖

注重于内心抒写，注重于真情，这是抒雁近年来的诗的一个显著特点。

他具有一种心理学者的素质，很善于发掘和展示自己的灵魂。古人云："写形不难，写心惟难。"抒雁的诗，往往于难处见工，在白描式的内心抒写中，流动着鲜活的人情和人性，给人以一种内在的真实感。这种真实感，表现在：

第一，他无论对于什么，都有一个出自真心的、不掩饰的、鲜明的情感态度。

了解抒雁的人都知道，他为人坦率，有什么说什么，从不隐瞒自己的看法。诗如其人，以由衷之言，写由衷之情，不是吞吞吐吐，而是痛痛快快，不是话到嘴边留三分，而是开口全抛一片心地直抒着自己的胸臆，到了感情的"喷火口"上，更是恨不得把自己的心，连同埋藏得很深的隐私，统统掏出来捧献读者。抒雁的诗，是诚实的人写的诚实的诗。在他那里，灵魂无秘密可言。对于一切美的事物，他的赞美是无保留的；对于一切丑的事物，他的谴责也是无保留的；而当发现了自己内心的一丝暗影，进行灵魂的剖析时，他的痛悔更是无保留的。在《小草在歌唱》中，抒雁拿"我"与张志新烈士对比，与富于同情心的"小草"对比，这样袒露着襟怀诉说道："我恨我自己，／竟睡得那样死，像喝过魔鬼的迷魂汤，／让辚辚囚车，／碾过我僵死的心脏！我是军人，／却不能挺身而出，／像黄继光，用胸脯筑起一道铜墙！／……我惭愧我自己，／我是共产党员，／却不如小草，／让她的血流进脉管，／日里夜里，不停歌唱……"这种推心置腹的倾谈，直言刚声的表白，看来似乎是缺少一点含蓄，但却是真正心灵的诗。因为它是从诗人灵魂的战栗中产生的，所以，也就必然能使读者的灵魂，情不自禁地处于战栗之中。

抒雁说过："我不喜欢那些感情虚假的诗，没有感动诗人自己而想去感动读者，这是幻想。"[①]基于这样的认识，他很少写那种就重大问题表态的应景诗，也难得写那种纯粹为四时八节而用的所谓纪念诗一类。他倒不是认为这样的诗一定不好，而是怕自己在匆忙之中，把真情实感忽略了，最终写成为一拥而上的，赶浪头的东西。（前几年，他有过这方面的教训。）近年来，抒雁显得执着持重得多了。他的诗，一般地讲，是真有感而发，真有情而作。这种真感情，尽管在个别地方还表现得不够深沉，不够细腻，然而，由于它来自内心体验的深处，不是听命于某种需要的产物，所以，就显得自然而少做作。孤立地看，抒雁的每首诗，所写的只是"我"在一瞬间的情感态度，但因为来得自然真实，若把它们联系起来，在某种意义上，就可以被当作"我"的历史的一个片断来读。透过诗行，我们不仅能看到诗人的心在生活的各个瞬间的真实搏动，而且能看到他作为真理的探求者，如何在思想的阶梯上攀登的真实历程。

第二，他力求按内心世界的本来面貌，来抒写自己的内心世界，在一定程度上，再现了为一个活人所应有的思想感情的那种丰富性和复杂性。

不同于那种"神"化或《鬼》化了的内心抒写，抒雁在诗中，没有用神话的笔调，把自己置于超人地位；也没有用漫画的手法，向自己倾倒大量污水。他深知，一个活人的心，绝非某种善或者恶的抽象符号所能概括，它交

---

① 摘自雷抒雁给笔者的信。

织着各种感情色彩，回响着各种内在呼声的复杂世界。为了把这样的一颗心活灵活现地抒写出来，抒雁往往不是只写一个侧面，只用一种调子，而是同时从好几个侧面加以塑造，用好几种调子进行变奏。这样，就使他的内心抒写，显得充实、丰满，具有了一种近于雕塑的立体感和类似和声的交响效果。

作为一个战士，抒雁是激情的，昂扬的，粗犷的，是充满着革命责任感的。他为新长征路上某些角落令人窒息的空气而感到万分焦急："窒息的空气，对健康有害，/快把窗户打开，/快把门打开！"（《空气》）他向科学与民主的"种子"大声呼喊："好呵，/种子，/我欢呼你从沉睡中猛醒！"（《种子呵，醒醒》）他对共产党员的良心发出呼吁："每一个共产党员，/请想一想：/当你用激动得发抖的手，/在入党志愿书上把自己姓名填上，/为共产主义奋斗终生的信仰呵，/可曾用血把它写在心上！"（《信仰》）这是抒雁内心世界的一个侧面，一种调子。作为一个诗人，抒雁又是多情的，沉思的，纤柔的，又是洋溢着诗的浪漫气息的。他对着星空万里，发出的是梦也似的慨叹："星空啊，/我羡慕你，/在你沉静的脑海里，/有多少思想在闪光！"（《星群·题记》）他看着雨后初晴，产生的是母爱和家庭生活的联想："暂别归来，/太阳欢笑着，把他的子女们抚摸；"（《雨后》）他望着芦苇丛生，勾起的是对失去了的童心的感伤的追忆："我多想摘一片苇叶，/卷支绿号，/再吹吹童心。/可是，/绿号卷起了，/却怎么也吹不出声音。"（《绿号》）这是抒雁内心世界的又一个侧面，又一种调子。如果说，前一个侧面，前一种调子，如雷动风飞，充溢着慷慨激昂的阳刚之气；那么，后一个侧面，后一种调子，则又如曲径幽谷，包蕴着亲切低回的阴柔之气。除此而外，还可以举出别的侧面，别的调子来。例如，作为农民的儿子，抒雁的诗经常散发着泥土气息；作为受过完备教育的知识分子，他的诗则又往往显示出多方面的知识素养。所有这一切，彼此交错，互相渗透，构成了为他个人所特有的精神图像和感情节奏，造就了"这一个"有血有肉、可信可亲的抒情主人公的自我形象。

第三，他的内心抒写，有着鲜明的时代感和较深广的社会生活内容。这样，就使一己之情和大众之情、主观真实和客观真实，在某种程度上获得了统一。

抒雁在一首小诗中这样写道："我强健的胸廓，/是一道回音壁；时代的浪潮撞击着它，/像海浪拍打着长堤。/那一阵一阵喧腾的回声，便是我献给你的诗句。"（《回声》）作为一个历史新时期的歌手，他追求的目标就是这样：一方面，要表现自我，要有自己的诗的声音；另一方面，又要表现整个沸腾的时代，让自己的诗的声音，流动并激荡着时代的"回声"。

抒雁不是那种关在小房子里，闭门觅句，向壁虚构的"苦吟派"，而是一个精力充沛的实践者，一个勤于观察，勇于思考，不倦地开拓自己的内心世界的人。早在西北大学上学的时候，他就表现出一种很好的诗的感觉，一种机警、灵动而敏锐的天性。近年来，由于长期在政治生活的浪尖上颠簸，以及渐入中年所引起的心理变化，他又越来越多地沉湎于哲学思考之中。一个诗的感觉，一个哲学的思考，这两个方面的结合，使他往往比一般的人要多发现、早发现一点什么，能把人们尚处于混沌状态的感受和情绪一下抓住，并提前一步表达出来；使他与人民大众"心有灵犀一点通"，能从他们平凡的外表下，琐屑的生活里，发掘出真正的人情美、人性美来。

还以《小草在歌唱》为例。抒雁高人一着的地方在于，他不仅看到了女英雄作为一个革命者的当行本色："当风暴袭来的时候，却是她，冲在前边，挺起柔嫩的肩膀，肩起民族大厦的栋梁！"而且看到了女英雄作为一个"大写的人"的优美情操："她的琴呢？/那把她奏出过欢乐，/奏出过爱情的琴呢？/莫非就此成了绝响？/她的笔呢？/那支写过檄文/写过诗歌的笔呢？/战士，不能没有刀枪！"不止于此，抒雁还进一步看到了女英雄作为一个女儿，作为一个母亲的天伦人情："我敢说：她不想死！/她有母亲：风烛残年，/受不了这多悲伤！/她有孩子：花蕾刚绽，/怎能落上寒霜！"这里，抒雁既写了张志新烈士，也写了自己，他是通过女英雄寄托了自己对于合理的人情和人性的全部向往。而这种向往，又不仅为抒雁一人所有，它在很大程度上，是集中了劫后余生的整整一代人的愿望和要求。正因为如此，诗才具有了这样夺人心魄的力量。抒雁说："我是在唤起人们的情绪，是唤起人性、党性的同情，也只有在这一点上……诗才站住了脚。"①在关于新诗的民意测验中，读者之所以不约而同，把《小草在歌唱》举为他们最喜爱的诗篇之一，原因大概就在这里。

文学是人学，而诗在一定程度上，则是人学中的心学。对于一首诗，最

---

① 摘自雷抒雁给笔者的信。

可宝贵的就是诗人那颗"赤子之心"。这,也就是所谓"诗心"。抒雁通过真实的内心抒写,为我们展示的,就是这样的一颗诗心。这颗诗心,敢笑敢骂,能爱能憎,带着全部真情实感,跳跃并燃烧在字里行间。整个诗的意境,因为贯注了生命而活跃起来,在诗人内在的人情美、人性美的光照下,显得分外亲切温暖。

‖ 二 ‖

注重于画面构成,注重于美感,这是抒雁近年来的诗的又一个特点。

他在回答《诗刊》社的问题时说过:"美术,我也不甚懂,但在学校时,由于种种原因结有一些缘分,至今还未淡漠。"① 因为和美术的这种"缘分",抒雁的诗,在画面构成上一般都比较讲究,尤其是那些成功之作,更有造型朴素、构图单纯的好处。

首先,是造型朴素。这里有两层意思:一是选择的形象素材是朴素的。二是使用的表现手法是朴素的。抒雁在诗里,不习惯用浓墨重彩去描绘富丽堂皇的景致,而情愿以洗净铅华的淡墨,不显光泽的素色,去勾勒那些为人们熟视无睹的事物。我们看,他在《小草在歌唱》中,写的是小草;在《祝福》中,写的是蒲公英;在《泥土之歌》中,写的是泥土;而在《信仰》《种子啊,醒醒》中,写的则是种子。这类形象,虽然各具个性色彩,但作为共同点,它们却都有一个质朴而平凡的外观。不错,抒雁除此而外,还写过太阳(《太阳啊,太阳》),写过海燕(《海燕》),写过玫瑰(《紫玫瑰》),在歌唱中越边界自卫反击战的胜利时,甚至还写过生长于南国的红棉花(《英雄花开》)。然而,要说是写得最富于生命力的,要说是真正的"情之所钟",却似乎不是这些,而是小草、泥土和种子之类质朴到近于枯索、平凡到近于卑微的东西。

这种"顾此而失彼"的现象,不独抒雁为然,在艺术界有其普遍性。拿画家来说,德国的鲁斯以画羊著称;而中国的黄胄则以画驴闻名。拿诗人来说,古代的李白最喜欢咏月,而现代的艾青却特别热爱光和太阳。一个再伟

---

① 雷抒雁:《诗歌答问五题》,《诗刊》1980 年第 5 期。

大的艺术家，在摹写自然方面，也不会是全能。他的拿手好戏，只不过是那么几本。这里，有一个选材问题，即歌德所说的"才能的驾驭范围"问题，而更深刻的，则是一个美学问题。鲁斯的羊也好，黄胄的驴也好，李白的月亮也好，艾青的太阳也好，都是作为美的对象，存在于他们各自的心目中，而又表现于他们各自的作品里的。同样，我们透过小草之类，不是也可以约略看出抒雁在美学追求上的一个倾向来吗？

但是，困难不在于指出抒雁的这个美学倾向（对于这一点，每一个细心的读者都不难发现），困难在于如何从他的天性、阅历以及全部教养出发，去解释这个倾向所由产生的内在根源。他自己在谈到为什么要选择小草作为美的对象时说过："信手拈来，但并非不加思索。"我想到过惠特曼的《草叶集》，想到过鲁迅的野草……"这里，多少透露了一点信息，但要全部说明问题，还必须追溯得更远。抒雁从小生活在泾河之畔。他在《江南，我的梦境》中这样自述道："我是北方的儿子，/ 在黄褐色的土屋里，/ 诞生了我的生命。/ 伴我度过童年的，/ 是黄土高原上干燥的风。"这里，既无名山大川以为观瞻，又无国色天香以为点缀，整个环境是质朴无华的。野草的清香，泥土的芬芳，构成了质朴无华的大自然；与野草、泥土一样平凡的关中农民，又构成了质朴无华的社会生活。正是这样的环境，装点着抒雁关于童年和故乡的全部回忆；也正是这样的环境，从根本上铸造了他的质朴无华的精神个性。以后，抒雁离开了故乡，但如他自己所说："无论走到哪里，/ 我都不能忘怀故乡。/ 不能忘怀故乡野菜的清香，/ 不能忘怀故乡蝈蝈热情的歌唱……"（《乡思》）这种对故乡热土由衷的依恋之情，使他在童年时代千百遍地体验过，以后又作为潜意识储存在记忆深处的小草之类的形象，不时地跳出来，跃入他的诗情画面，化作其中最有生气的一部分。这一点，在抒雁自己，也许是不自觉的，然而，它确实在以某种必然性起着作用。我这样说，并不是给他今后的创作划一个圈子，说他只能写小草一类。不，随着抒雁生活实践的扩大，他才能的驾驭范围也将有所扩大，但可以预言，他追求造型朴素这个美学的总倾向，将会相对地稳定下来。

与造型朴素相联系，抒雁画面构成的另一个好处，是构图单纯。这种单纯，不是单调，而是一种"已克服了的复杂"，一种在参错之中取得的和谐，在多样之中显示的统一。

　　抒雁很注意集中地使用力量,他在一个画面的众多形象中,抓住不放的往往只是一两个形象;而在一个形象的众多特征中,抓住不放的也往往只是一两个特征。绝无旁枝,很少闲笔散墨。有时,为了给读者留下深刻印象,他运用电影的特写镜头,把他所要强调的那一两个形象,一两个特征,推近放大,变换角度,反复闪现,极尽渲染之能事。如《小草在歌唱》写"小草"对烈士一往情深的怀念,《信仰》写"种子"被风暴吹落,"枯叶"在枝头喧嚷,就是按这种格局处理的。这样,就使整个构图,集中在一个明确的总体观念之下,显得干净利落。

　　为了实现构图的单纯化,抒雁在诗中,除了用特写加以强调之外,还多方地使用了对比手法(其实,对比本身也是强调。)。在《江南,我的梦境》中,他拿"绿溶溶"的江南与"黄褐色"北国进行对比;在《小草在歌唱》中,他又拿富于人情美的"小草"与沉睡的"我"进行对比,其中包括造型、用色、着笔诸方面的对比。通过这样的对比,使同一画面的各种形象,由纷然杂沓而归于单纯统一。

　　然而,更重要的对比,还不在于此。抒雁所创造的形象,在朴素的外观下,大多有深刻的内涵。他像一个善做翻案文章的老手,总是独具慧眼,别出心裁,赋予寻常的事物以某种不寻常的感情,不寻常的思想,不寻常的性格。我们说,泥土是卑贱的,可是在抒雁笔下,卑贱的泥土却成了高贵的"万物之母":"风里不灭,/雨里长留,/是泥土的建筑!/千秋不衰,/万代繁衍,/是泥土的种族!"(《泥土之歌》)我们说,种子是平凡的,可是在抒雁笔下,平凡的种子却成了为信仰所武装的伟大战士:"只有种子不死,/泥土给了它温暖,/它在地下孕育思想,/满怀信心,/期待春光。"(《信仰》)这方面的翻案文字,做得最彻底的,自然还数《小草在歌唱》。草木无情,是人们的普遍印象。然而,一经抒雁之手,小草却充满了人情味。在黎明"一声枪响"之后,谁还能想到烈士呢?"只有小草不会忘记"。在暗夜人们沉睡之中,谁还会提起烈士呢?"只有小草在歌唱"。"道是无晴(情)却有晴(情)",这不就是抒雁所写的小草吗?这种出奇制胜的笔墨,往往造成同一形象表与里的强烈对比。写的是眼前景,尽在人意料之中;留的是画外音,大出人意料之外。看来普通至极,读后回味无穷。虽然在文学史上,类似这样的形象很多,但我们却丝毫没有重复感,其中的奥妙就在于，抒雁通过这类形象自身不同属性的矛盾对比，在单纯化的构图中，给了它们以不得不使人另眼相看的全新的艺术生命。

美有两种：一种是繁丽的美，一种是纯朴的美。后一种，是更高程度的美。王安石所谓，"看似寻常最奇崛，成如容易却艰辛"。讲的就是这个意思。抒雁从他质朴的天性出发，在艺术上倾心以求的，显然属于后一种美。他的画面，不以繁丽取胜，而以纯朴见长，恰如写意的水墨画，在平淡无奇的背后，有一种耐人咀嚼的美。

三

注重于哲学意蕴，注重于思考，这是抒雁近年来的诗的第三个特点。

思考，是今天文学的共性，而抒雁作为有个性的诗人，他的思考，是不同于他人的独立思考。十年盲从，一场迷梦，睁开眼来，他首先喊出的是："让脑袋回到人们自己的颈项！"（《信仰》）抒雁知道，要写诗，就必须独立地思考整个生活，不能靠咀嚼现成的政治结论，临摹现有的艺术范本过日子。不错，从他近年来的诗中，还能多少看到某些前辈诗人诸如艾青等的影子，但可贵的是，他学习，借鉴，却没有因此而放弃自己思考的独立性。

我们说，抒雁的思考是燃烧着信念的。他在一首小诗里这样写道："党啊，既然祖国站起来，是你给了她脊梁；那么，要飞起来，也定然能给她翅膀！"（《信念》）这个调子，可以说是抒雁思考的主调。作为一个与共和国一起长大的青年，抒雁对党对社会主义，有一种由衷的信赖和热爱之情。正因为如此，他早年的诗（包括学生时代的习作），几乎无一例外，都是以赞美新生活为主题的，洋溢着一片童稚的天真和欢乐。经过十年动乱，他从专制和迷信的反面学校里，学会了思考，诗的主题开始由单一的歌颂转向更广阔的方面，往往"忧愤之词多于欢乐之情"①。但是，即使这样，他也并未丝毫改变对党和社会主义的初衷，相反，通过思考，倒是使这种感情更加内向、更加深化了。这一点，可以从《沉思》一诗得到印证："黎明的沉思，/是憧憬光明的日出，/不是忏悔暗夜的羞耻"。抒雁的全部信念，就建

---

① 摘自雷抒雁给笔者的信。

立在这个基础之上。对于从来没有过信念的人，他是鄙弃的；对于一时失去了信念的人，他又是同情的。他懂得："照明人类心灵的深处，乃是艺术家的使命。"他希望以自己的思考，为徘徊于十字路口的人们，点燃起信念之火。请看《骆驼》这首寓言式的小诗："一片焦灼，一片干渴。一片荒凉的沙漠。只有你，骆驼！骆驼！唱着生命的歌。眼睛里有一片绿洲，就不会在风暴面前退却！"在遭受"史无前例"的破坏以后，我们的生活不是多少有点像"荒凉的沙漠"吗？在"焦灼"和"干渴"面前，有人迷惘，有人颓唐，有人落荒。而党和人民，却背着重负，望着"绿洲"，迎着风暴前进！这里，抒雁谱写的，是骆驼的生命之歌，也是自身的信念之歌。看着诗人火一般燃烧的信念，谁又能不从心底里感到光明呢？

我们说，抒雁的思考是面向着现实的。不错，他有信念，有理想，但这种信念和理想，是他认定完全可以做到的东西，而不是虚无缥缈的"仙山琼阁"。他的想象，很少作不着边际的高空遨游，经常是紧贴着地面的低空飞行。这对于抒雁，是一个短处，也是一个长处，说是短处，是因为这种想象还不够飞腾，不够辽阔，缺乏纵横万里的浪漫气派；说是长处，是因为它处于理性即思考的严格控制下，充满着节制感和现实主义精神。抒雁的诗，从不作非分之想，难得有夸夸之谈，总是深切地注视着现实生活，思考着人民群众普遍关心的问题。他是从农民中走来的，他有一种农民的务实精神。且看他的《哲学》："有人对农民说：/给你一粒良种，/它能长出一片黄金。/农民笑着回答：/谢谢，/能不能发芽，/先请泥土去辨认。"这不是对真理标准的讨论的一个充满着农民式的机智和幽默感的回答吗？别林斯基说："每一族人民都拥有两种哲学：一种学术上的，书本上的，洋洋得意、兴高采烈的哲学，另一种则是每天碰见的，家常日用的哲学。"抒雁出于务实的本性，更多地倾向于后一种哲学。这样，思考的哲学深度似乎是差了一点，但因为它的内容是从实际出发的，是"家常日用的"，所以往往能在更广大的人群中引起共鸣。顺便提一下，抒雁的语言明白晓畅，没有故弄玄虚的笔墨，很少欧化句式，不怕以大白话入诗，虽然尚须进一步锤炼，但用以表现他所思考的家常哲学，却是完全贴切的，而且也为人民群众所乐于接受。

我们说，抒雁的思考是饱和着感情的。几年来，他一直在追求把诗与哲学融合起来这样一个目标。我不认为他已经做得很好，但这方面的努力是值得称许的。就其天性而言，在抒情和议论两端，抒雁似乎更偏重于抒情。他说："我不喜欢那种很尖锐，但缺乏艺术感染力的诗。那种诗只有一个美好的意图，也最多只能起到一个大字报的作用。"①他主张："把冗繁的实录，留给散文；把枯燥的议论，留给评论。"而让诗真正成为"生活的印象，情绪的记录，思想的启示"，成为"闪光的东西"②。正因为这样，他的思考，不以议论的尖锐性著称，一般是结合着抒情，是作为抒情的一个环节进行的。在抒雁的一些佳作里，我们可以看到，他的思考，完全消融在诗情之中，如同盐消融在水中一样。只有到了饱和状态，这种思考才作为结晶沉淀下来，闪耀出睿智的哲学之光，成为一篇警策之所在。在《种子啊，醒醒》中，抒雁这样写"种子"："如此勇敢地顶起僵硬的板层，/啊，/那是压不死的生命！也只是因为有它们，/地球才不会像月球，/或别的星斗那样荒凉而冰冷！"《信仰》中，他又这样写信仰："在敌人而前，/它，/是枪！/在饥饿面前，/它，/是粮！/在严寒面前，/它，/是火！/在黑暗而前，/它，/是光！"这样的语言，是诗，也是真正的格言。他不人为地制造格言，而格言却像熟透了的果子，自动地从枝头落下，给人以启迪和遐想。

抒雁近年来的思考，使他的整个创作，以打倒"四人帮"为界，前后划出了两个阶段。如果说，在这以前，因为哲学式的思考较少，诗的意境比较单纯，多少给人以一种清浅透明之感，那么，在这以后，由于思考和因思考而产生的忧愤之情，使本来清浅透明的意境，一变而为深沉隽永。这一点，在探讨抒雁的诗的发展时，是必须予以指出的。

抒雁是一个正在成长和成熟中的诗人。他的格调，他的美感，他的整个艺术个性，尚未完全定型。在这种情况下，要对其人其诗作全面评价，还为时尚早。我在这里，只着重谈了他的一些特点和长处。需要指出的是，抒雁有少数作品，如歌颂"四五"斗士和对越反击战的英雄的作品，对歌颂对象本身所具有的那种心灵美、情操美、道德美，还发掘和表现得不够充分，在内心抒写、画面构成、哲学意蕴等方面，创新的东西较少，而落套的东西居多，或明或暗地留下了应制和趋时的痕迹。就是那些为人传诵的好诗，也还有一

---

① 摘自雷抒雁给笔者的信。
② 雷抒雁：《黄金在你手里》，《海韵》1980 年创刊号。

些需要锤炼的地方。我希望抒雁在今后的创作中，能发挥特长，集中诗情，更注意内容的开拓和形式的创新，以真正的"自己的诗的声音"，为新诗的发展做出贡献。

选自《西北大学学报（哲学社会科学版）》1981 年第 1 期

读刘湛秋的诗

阿 红

湛秋同志的诗是很有味的。这不，案头的灯悄不声地又迎来了一个黎明，而我的眼睛没有感到艰涩。人——诗，诗——人，思绪纷繁，捡起一根丢不下，丢不下又捡起一根。

看湛秋近两年来写了多少诗哟！一组又一组的《抒情与思考》，一组又一组的《生命的欢乐》，一组又一组的《带露的玫瑰》……像亚热带浓丽的花朵，开放在全国各地的诗苑。莫要说花开花落谁知，人们注意到了他的诗。且不说与诗有粘连的人，去年，小说家王蒙同志应邀到沈阳讲学，就曾在会上读他的诗，并向读者推荐。我相信，王蒙同志是不会轻易送人赞词的。我为他取得的成就由衷地兴奋。

我和湛秋于 20 世纪 50 年代末相识。那时他也在沈阳，在一个万人大厂搞宣传。我们又都是安徽人，老乡加诗友，就常常聚首。那时他风华正茂，瘦瘦的不高的个儿，一双精明的灵动的眼，热情、健谈。他写散文诗，去年上海出版的《写在早春的信笺上》就是他散文诗的结集；写报告文学，那《写在烈日下的报告》是辽宁当时引人注目的佳作；他还能俄译，他译的《叶赛宁诗选》不久将和读者见面。当然他更多的还是写诗。可以说作为诗坛的一颗新星，他是很早就升起了。然而在当时的氛围里，他同我们许多人一样，难得用自己的眼睛去观察生活，难得用自己的头脑去思考现实。经过十年浩劫，经过党的十一届三中全会方针的学习，整个诗坛解放思想，思考着诗的艺术规律，诗歌与人民、与社会主义的关系。他也在思考，他将他的思考写在诗里，他说，他唱歌——

是为了自己和别人更好的生活，
唱自己想唱的歌，
把自己的心事倾诉，
不管外面是春光明媚或大雨滂沱。

　　这是他关于诗的凝思，也是他的创作开始一个新阶段的基点。的确如此，我从眼前摆着的他的这厚厚一本诗的剪报里，感到他是在实践着自己的话。他的诗里充溢着他在时代的长流中生发的真情实感和他从人民心灵里采集的美的情思。他的诗是一支觉醒的心之歌，是真善美之歌，是热爱人民、拥抱生活之歌，是精神文明的建设之歌。而且，这歌儿是长着翅膀的，能够飞进读者的心窝。

　　我觉得湛秋的诗有着丰富的情怀和深沉的思考。普希金在谈到巴拉廷斯基的诗时，赞扬作者"勤于思考"，"按照自己的方式进行正确的独立不倚的思考"。我们当然也要思考生活，而且应是从实际出发去思考，用马克思主义和党的原则去指导思考。诗，就是诗人情怀的展现，就是诗人对生活的凝思。读湛秋的诗，我觉得他不是腾身云端思考，也不是藏身家门思考。他那沉思的眼睛凝视着刚刚过去的十年浩劫的岁月，凝视着历史新时期的现实。他生活着、思考着。不是只从哪一个角度，而是从政治的、经济的、历史的、道德的、情操的、美学的……多种角度去观察、去感受，揭露"四人帮"极"左"路线造成的巨大损失和人民心灵的创伤，表现人民心目中的真善美，体察人民的情绪、思想、意志、愿望，歌颂十一届三中全会以来社会生活的闪光。纵是写十年浩劫的诗，他也努力发掘人民心灵的光辉。像《心，永远不会受伤》写一位被投入监牢的共产党员，尽管"鞭子，能把皮肤抽裂心却永远不会受伤"。为什么？

因为它是真理浇铸的，
因为它永远属于亲爱的党！

　　他写今天朝阳下的生活，也常常联系着十年浩劫来思考，表现群众的意愿。如在《窗口》里，就说："那窗口站着谁？是今天的爱和昨天的恨，再不要有冰冷棍棒了，人们，生活在世界上，是因为要过好日子，绝不是日夜愁眉苦脸，战战兢兢……"作者用两只眼睛看生活，美的就歌颂，丑的就批评。他的笔常常不停留在事物的表象，而是着意去寻求隐藏在表象后面的内涵，去揭示人民的心灵美，祖国的自然美，建设"四化"的生活美。就是批评丑的，也显示着对美的向往。激情所至，禁不住发表议论，那议论也多是颇为深刻的。《带着羞愧，我走向你》《我没有悲哀》《等待》《眼泪》《她留下了……》《我喜欢绿茵茵的草地》《泼水节》《活跃起来吧，我的思想》等，都是给人启示、耐人寻味的作品，特别是献给彭德怀同志的长篇叙事诗《高山之歌》，感情浓重，议论精辟，而且命笔较早，确是力作。现在有些人还在争论抒情诗中的"我"，其实湛秋的诗里篇篇都有"我"。说来只要这"我"是革命的"我"，热爱真善美的"我"，坚持党的路线，热心中兴大业的"我"，尽可让他去畅舒情怀，思考生活，没有什么不可。倘使硬要把"我"关在个人的狭小躯壳里，表现琐碎的衣食住行以及抒发个人的游思散绪、苦闷惆怅，那只会使诗变成很少数人的玩物，为人民所厌弃。

　　我感觉湛秋的诗有着真挚的感情，而且能够采取多种方法把这感情艺术地表露出来。不管他是从已经过去的生活之流里汲取诗的素材，也不管是用自己的心灵之火去点燃现实生活之烛，他都是特别注意那打动了他的感情的事物。因此，在他的许多诗里，我感到那内含的感情像母亲凝视着婴儿那样真挚。这不仅因为他有真情实感，而且因为他有那诗人不可缺少的能力，把这种真情实感放进诗里去。有时这种感情从诗的细节里滴出来，如《就这样默默地……》中，"我看见你的嘴角微微一笑，/ 又马上把一口冷气下咽，你低下头看着石头路，/ 从此我们再也未相见"，压抑之情尽在不言中。有时这种感情从诗的意象里淌出来，像《窗口》里，"那窗口站着谁？/ 是美丽的春天，/ 摇着细雾般的葡萄花，/ 对着大地祝福，/ 并把一朵微笑，/ 像蒲公英吹向行人的脸。"愉悦之情跃然纸上。有时又把这种感情含在景物描写里，像《苹果花开了》里，说花儿"那样白，/ 那样密，/ 那样美，/ 像雪花留恋人间，/ 像夜风把月色搅碎，/ 一朵又一朵，/ 朝着春雨扬起了酒杯"，令人神往。有时又把这种感情渗透在像泥土那样质朴的语言里，像《眼泪》里那"男人的泪，／女人的泪，／辛酸的泪，／快乐的泪，／只要是自然的流淌，／都使人动情，／都是一种美……"亲切如闻。我认为，除了上面所谈的思想之外，如果作者有真挚的感情，又能通过诗的形象把它表露出来，并且能让读者感觉到它的存在，使读者的心受到它的颤动或浸润，那才配称作诗，配称作艺术。

意象的清新和意象构成方法的多样。为了表达对生活的凝思和体现对生活的感情态度，为了生动地但又不是录像似的描摹宏观世界的物态，湛秋竭力创造恰切而又独特的诗的意象。在他的诗里，有的意象是对生活形态和神韵的幻觉描绘，有的意象是对生活的思考的立体化，有的意象是各种官能感觉的转位，有的意象是为情绪寻求到的对立物，琳琅满目。其中有不少是清新的而不混沌的，是饱含着感情的而不是枯燥的，是首见的而不是因袭的。像他为悼念张志新烈士而写的《她留下了……》："她留下了听不见的声音，／飘荡着的思维，／对真理执着的爱情：／血红的天空是面滚烫的镜子，／照见了大千世界肮脏和纯真的灵魂。／她留下了美丽的倩影：／在那些没有星星的夜晚，／琴音仿佛从天那边，／送来温柔、甜蜜，／和对人生的无尽的思念……"他把他要说的一切都寄托在他创造的诗的意象里，这意象是那么鲜明、蕴藉、浑厚。像这样的意象，在他的诗里是很多的。去研究一下，将会发现他在孕育诗的意象时采用了多种方法。虚实、上下、内外、远近、大小、彼此……都能够颇为自如地互相转化。驾驭这种转化的是想象，离开想象，是很难写诗的。

假如说湛秋"文化大革命"前的诗在风格上还比较模糊的话，那么我认为他今天的诗已经形成了自己的风格。这风格是否可用清新、深沉、隽永这六个字来概括呢？一个诗人风格的形成，要依自己的生活底蕴、艺术素养和自己的诗的审美观，扣紧时代的脉搏，发现自己在创作实践中形成的特点，有意识地扬长避短，总结经验，不断进取。如此出手的诗，尽管艺术水平会有差异，但诗风将是一致的，个性将是鲜明的。我读湛秋的诗，就觉得有的诗，如《每当我走过多层楼房》，便同他的诗风似相游离。

去岁八月，同湛秋相会北戴河海滨。我发现他人到中年，依然像当年那样活跃，而且经过这么多年生活磨砺，思想更深沉了。他现在创作正处于昂奋的竞技状态。以他的勤奋，以他的严肃的创作态度，以他的敏于探索，他将能带给我们更多的新诗，湛秋在一首诗里说：

> 活跃起来吧，我的思想，
> 我的思想，生命的翅膀！

我相信他的诗的翅膀将与他的思想的翅膀比翼双飞！

1981 年于沈阳

选自刘湛秋《抒情与思考》，春风文艺出版社 1983 年版

开放型的诗艺探求

——论刘湛秋的诗

叶　橹

当今的诗坛的确存在着"五代同堂"的年龄结构，然而如果单纯从年龄的不同来划分所谓"传统派"和"现代派"，显然是不准确也不科学的判断。在茫茫诗海里，诗人所点燃的那盏灵感与智慧的明灯，能否闪烁其独特的光彩与亮度，关键在于他诗的内蕴是否能引起人们的某种异于别人的诗美感受。一个诗人，如果不愿意成为四平八稳的平庸之辈，就必须具备那么一点与众不同的个性和气质。写诗固然在一定程度上受年龄的制约和影响，但个性和气质却是在各种年龄层次上都有其独特表现的。因此，诗的平庸和俗套，并不决定于年龄，而是取决于个性和气质。这一点，只要瞩目当今诗坛那浩瀚的诗作和人们熟悉或生疏的作者名字，便会了然于心的。

以诗集《抒情与思考》和《生命的欢乐》而引人注目的刘湛秋，属于中年一代诗人。他不同于20世纪50年代就已经扬名诗坛的那些中年诗人，他的艺术生命之花是开放在祖国复苏后的大地之上的。没有春回大地的新的历史时期，他心灵中诗情的种子也许将被窒息而无从萌发生长。并不是说在此之前他没有写过诗，而是说那样的环境和气候使得他诗的个性和气质无法得到真诚的表现。只有在进入新的历史时期之后，他的诗情才能得到坦率的披露。虽然，从写诗的年龄来说，他也许已经错过了最佳期，这固是其不幸，但从另一方面说，由于年龄的增长而孕育的迟来的"抒情与思考"，却显示出另种情韵和蕴涵。

近几年来，刘湛秋给人们的印象是相当的活跃。新的历史契机在他的身上激发起源源不断的诗情，他的"抒情与思考"带有明显的时代特色和标志。在中年以上的诗人中，他的抒情和思考的方式，具有相当明显突出的"开放型"

倾向。在如此众多的诗人中，以他这样的年龄才开始跻身诗坛，竟然很快地就能够引人瞩目，必定是因为他在艺术上有着某种特异的魅力的。

新的历史转变在每个人身上都产生一种能动和促进，表现于人的思想和精神，便是所谓的痛苦的蜕变和沉痛的反思。在刘湛秋的身上，这种蜕变和反思显得比较敏锐而和谐，他对生活中出现的新的转机，感受和把握得比较及时，因而能够从主体的表现中显示出一种自觉的深入和突进。他写过一首《活跃起来吧，我的思想》，以如此三节结尾：

> 活跃起来吧，我的思想
> 我的思想，生命的翅膀
>
> 我和你，是肉体和灵魂
> 是波动的海水和骑浪的船帆
> 是忠贞纯洁至死不渝的爱情
>
> 呵！假如思想停止了
> 活着，还有什么意义
> 世界，会变得冷冰冰……

这是他写得比较早的一首具有宣言性质的诗。既是自勉，也是誓言。人毕竟是历史地具体地生活着的社会存在，脱离制约的"智者"是不存在的。因为思想曾经闭塞和僵化，所以才需要"活跃起来"。刘湛秋的诗呈现出一种"开放型"的倾向，并不意味着在他身上没有由于历史因袭所赋予的陈迹，而是说他能够比较及时地意识到这种陈迹必须迅速予以清除。由于他的个性和气质因素的影响，他的诗具有开朗的心境，因而对于陈迹的扬弃，他是持轻松态度的。能够比较典型地体现他的这种心境和艺术感受的，是那首《是从那边吹来的春风》：

> 习惯了静止无风的日子
> 见一片抖落的树叶也吃惊

　　　　箱子里衣服早该拿出吹晒了
　　　　蛛丝已在无声中拉满窗棂

　　　　是从那边吹来的春风
　　　　扰乱了我们不变的生活
　　　　有些人会感冒，咳嗽
　　　　我们却从希望的桥上走过

　　对于"从那边吹来的春风"，有的人感到"甜蜜而又芳馨"，有的人却"会感冒，咳嗽"，也还会有人视若狂飙飓风，洪水猛兽。这是生活本身所昭示的现象，无须大惊小怪。可是，从现实通向未来的"希望的桥"毕竟已经架起，这也不是某些人的意志所能改变得了的。这首诗发表至今已经整整七个春秋，历史的车轮仍在滚滚前进，而诗人所揭示的这种真理，已经在生活的各个领域都得到证实。可是，不仅是"感冒，咳嗽"的还大有人在，从内心里希望历史车轮停滞以至逆转的人也不能说已经绝迹。不过，历史终将以不可逆转的趋势向前发展则是无疑问的，始终用陈旧的眼光来看待新事物的人将会被历史远远地抛在后面。处在我们这个时代，"开放型"是适应历史潮流的需要应运而生的，"封闭式"永远不会有开阔的前景。诗歌创作的现状已经一再证明，诗人的思想境界是否开放，始终决定着诗坛的兴衰成败。作为一个中年诗人，刘湛秋真正的创作生命可以说是进入新的历史时期才正式开始的，而他竟能以如此开放的思想境界来抒发其情思，不能不说是他几年来一直比较引人注目的根本原因。

　　一个诗人对于人生所持的态度，往往决定着他的诗情发展的方向。诗人的内心世界具有怎样的情致，他的诗便表现出怎样的意蕴。对于刘湛秋的诗，"生命的欢乐"是一个经久不衰的主题。他无论是写每天骑车穿过的城市，还是写自己新居的窗口，或者当他注目凝望，把五彩缤纷的世界摄入自己的记忆，无处不流露出一种对生活的热爱。他所竭力讴歌的，正是那"生命的欢乐"。他的诗与苦行僧式的禁欲主义无缘，但绝不是鼓吹一己私欲的满足。他要表现的是那种充满普通人欢乐的热热闹闹的生活，是由于新的生活希望灌注到人的内心世界里而激起的对理想的追求。他的个性和气质，使得他比较容易寄意于自然风物。他特别善于从意象的捕捉与联想中表现出独特的见识。譬如《桃花鱼》，写的是香溪河中的一种鱼，桃花开时出现，桃花谢时即死亡。他从这种生物的生命史发掘出一种对生活的理解：

在春天里诞生，／在春天里死亡，／把春天的爱情灌满长江，／为的在记忆里——／只有春光的明媚，／没有冬雪的残暴，／也没有夏阳的骄奢，／和秋风的悲凉……

这里不是对生活的哲理发现，而是表现了诗人对生活的种种浪漫主义的理解。因为，生活本身不会只有春光的明媚而没有残暴、骄奢和悲凉。问题在于，这种诗情的表现是可以被接受被理解的，因为"把春天的爱情灌满长江"才是他对生命价值的理解。作为一种理想和寄托，它的内涵正在于对生命的讴歌，对美满生活的追求。诗人有时候是纯真得近于稚气的人，然而，如果没有了这种童心的稚气，也许就同时丧失了一种非常宝贵的诗人气质。

童心和稚气固然是诗人气质的一个方面，然而如果没有对于生活的哲理认识和把握，则永远不会成为具有深刻思想的诗人。我们读刘湛秋的诗，的确时时感觉到他鲜活灵动的对生活现象的捕捉，正是透过这种捕捉，我们看到了他诗心的敏锐和感情的细腻。也许他目前还不是一个具有非常深刻的哲理观念的诗人，也许他永远也达不到这种哲理的高度，但是作为一个诗人，他的气质却总是在引导着他，使他不时地从生活的现象中发现和发掘出某种闪光的哲理。且看《河底的鹅卵石》一诗开头一节：

我拣起一粒小鹅卵石
像拣起童年悲惨的梦
像拣起船工的一滴泪

这三句诗中的三个意象：鹅卵石、梦和泪，看来本是风马牛不相及的事物。然而，这里需要由读者的联想来加以串缀。鹅卵石之像"童年悲惨的梦"和"船工的一滴泪"，这是由凝结了的一段历史生活容量所构成的。昔日的悲惨正在变成今天的欢乐，因此当诗人写到"它干涸在这里／并不悲伤／

大坝已装饰了它的希望"时，人们已经能够从这历史的跨越中把握它的生活底蕴。在这种对历史回顾的跳跃中，诗人迅即又写下：

　　我随手又把它放下
　　等明年江水浩荡
　　它要听轮机和鱼的歌唱

　　由"拣起"到"放下"，诗人的动作产生于瞬息之间，可是诗的跨越却容涵了一段长长的历史空间。由一粒毫不显眼的鹅卵石而产生的联想，竟包容和涵纳了对历史进程的认识与把握，毫无疑问表现了诗人哲理观念的闪光。不过总的来说，刘湛秋只是"开放型"而不是"哲理型"的诗人。他还写过一首叙事诗《最后的谢幕》，其中也不乏对生活和历史进程的哲理把握，但真正激动人心的还是他那种对于抒情氛围的表现。我已有专文《声情并茂的叙事乐章》（载《名作欣赏》1986年第6期）论及，此处不赘述了。

　　既然作为一个"开放型"的诗人，他在感受方式和抒情手段上，自然会有着一些异于传统的表现方式的追求。

　　对于刘湛秋来说，生活永远充满着一种奇异的美感，他的这种感情色彩构成了诗美的基本色调。在攫取生活中的意象时，正是因为他的感受具有新颖独特的方式，所以他的诗便闪烁出一种晶莹和光芒。请看这样一些诗句："都市迷蒙着眼睛/散落一串串灯的葡萄""梦是一坛未启封的酒/生活是香甜的面包""只有星空探进车窗/玻璃上缀满光的玛瑙"（《夜，最后一班电车》）。而在《听七岁小女奏〈星光圆舞曲〉》中，他描写少女弹奏钢琴是："稚嫩的手指/像自由自在的鸥鸟/翻飞在琴键的波浪之间"，奇妙的比喻所引起的联想不仅产生一种幻美的感受，而且充溢着鲜活的动感。这首诗还把《星光圆舞曲》的音乐意境传达得十分真切而动人：

　　她指挥着小星星
　　手拉手排成圆
　　欢快的舞步
　　像风中初红的苹果
　　摇醒了困倦的夏天

从这节诗的感受方式中，我们不仅看到了诗人对于音乐的感受和表现能力，而且也可以窥见他对儿童心理的深入体验和把握。"指挥着小星星手拉手排成圆圈"，是童心对音乐意境的理解，与他们的生活经验有密切的关联，而且产生十分和谐的美感。后面三句诗，则是超出了儿童所能理解的通感意象了。"舞步"怎么会变成风中的苹果，苹果又如何"摇醒了困倦的夏天"，这当然不是儿童心理的表现，而是诗人的艺术感受。通过这种联想和通感意象的运用，我们不是更可以看到刘湛秋在抒情手段运用上的一些特点了吗？他的这种感受方式和抒情手段，不仅呈现出丰富细腻的特色，而且充溢着新颖生动的活力。在这样的艺术表现方式面前，谁又能说变革陈旧的诗的表现方法的权利仅仅属于青年一代呢？在这方面，我十分赞赏刘湛秋在《秋天的我……》一诗中所表明的态度：

……

我喜欢你灿烂的春天
因为秋天对春天从不嫉妒
我的叶子在一片片凋零
但它会肥沃祖国的泥土

你的蓓蕾流出微笑
轻快中你迈开坚实的脚步

秋天的我
在向春天的你招手
等我们在一起欢乐和创造
我们会感到同样的富有

任何一个对我们的时代负有责任感的诗人，无论是老年、中年或青年，我想都会同意诗人的这种宣言式的表白。而刘湛秋的诗，正是以他的这种清醒意识为指导进行艺术创造的产物，所以他的诗在美学趣味上比较能够适应多层次的读者欣赏。在中年一代诗人中，他是一个既不过于沾滞于传统而又不在背离传统的道路上走得过远的人，认识这一点，对于我们把握他的诗的特色是有相当重要的意义的。

近两年来，刘湛秋的诗更加明显地表现于一种对纯美的追求。这也许是他更清醒地意识到自己的个性和气质而产生的自觉的艺术追求。他写了相当多的以《无题抒情诗》为总题目的短诗，还有以《夏天》为题的组诗。这些诗，可以说是发展了《抒情与思考》和《生命的欢乐》两本诗集中的优点和特长而达到了新的高度。

对于诗的纯美的追求，反映了诗人在创作实践中不断总结经验和反思教训后的一种觉醒。诗人绝不是万能的。他对生活的感受尽管可以十分丰富和细腻，但不能驾驭那些与他内心感受缺少契合和黏着力的题材。在前两本诗集中，他虽然写了不少好诗，但也存在着一部分背离他的艺术素质的赝品。如今转而更多地写这种《无题抒情诗》，他似乎更能得心应手。这种"无题抒情诗"其实也是"有题"的，不过这种"题"往往产生于瞬间的情绪感受，捕捉不及时就会稍纵即逝。这种稍纵即逝的情绪感受，正是诗人内心世界感情的丰富性标志。面对冬天的雪挂，或者是静夜灿烂的星空；无论是见到幻影般的虹，抑或目睹微不足道的每一粒小石子，当细雨打湿了青石板路，当碰见了陌生人都想问声早安；如此，等等。正是在这些情绪感受之中，表现着诗人对生活的挚爱和深情，他迅速地捕捉了这种情绪感受而加以艺术的表现，也许不是每一首诗都那么深刻动人，也许并不符合古老的"诗教"。但是，他的新鲜的艺术观察和感受能够充实和丰富人的心灵世界，能够给人以美的情操的陶冶。读他的组诗《夏天》，好像在盛夏季节啜饮了冰镇汽水，身心为之一爽。那"绿色的丰满的奔放啊"，那"像急速行走的白云"，还有：

> 白昼被大大延长了
> 黑暗像溃退的潮水
> 炎热的梦，不再冰冷的星星
> 不断煽起那些迟钝的感情

读这些诗句，你不能不被诗人行云流水般的感情波动所牵引，进入他所创造的那个艺术世界里去。这类诗，间或也许能从中发现一些微言大义式的句子，但绝没有对于"言外之旨"的刻意追求。为数不能算少的诗作已经证明，过于强烈的对诗的"言外之旨"的苦心经营，往往因为主观意念的强行侵入反而戕杀了诗美。刘湛秋对诗的纯美的追求，绝不意味着他打算使诗摆脱政治观念的影响，他只是在寻求着一条更符合自己个性和气质的艺术道路。我以为，这是完全符合诗的创作要求的。

如今人们对于传统的诗歌观念已经有种种的批评和议论，其中不乏真知灼见。"传统"这个概念似乎有必要给以较为明确的界定。他像其他事物一样，有好与坏的区分，不要一谈继承传统，便认为是保存糟粕。在刘湛秋这样开放型诗人的身上，诗歌传统的影响也是历历可见的。问题在于，应当看到是那些传统的因素被他吸收到诗歌创作中去，形成了他诗的艺术内涵的有机结构。"诗言志"是一种传统，"诗缘情"也是一种传统。如果不能正确地看待和运用其中的合理因素，则"言志"可能变成假大空的说教，而"缘情"也可以导致玩弄卑微猥琐的感情。如果是在符合自己创作个性和艺术气质的融洽和谐的内心要求之下，则主体性的表现永远具有真正的诗的情韵和意蕴。诗应当表现那种情中之志，情中之理，因为是情中之"志"和"理"，所以它不必与政治宣言式的"志"如出一辙，也可以在"悖理"的表现中使情的色彩显得更鲜明更强烈。把握住这一点，对于理解刘湛秋的那些《无题抒情诗》和另外一些精致的诗篇，具有相当重要的意义。不妨信手举些例子。在前面所引的《桃花鱼》一诗中，诗人把春天写成了唯一值得"记忆"的"明媚"的季节，而冬的"残暴"，夏的"骄奢"，秋的"悲凉"，几乎都成了美好事物的对立面。可是，在《我喜欢冬天的雪挂……》中，他却明确地宣告："没有讨厌的季节／只有讨厌的感情"，至于《夏天》所讴歌的那有"绚烂的色彩"的夏季，更是充满热烈和茂盛的生命力。并非诗人朝秦暮楚，变幻无常，而是诗情的表现中透露着诗人对生活的深挚热爱所使然。

也许还可以指出，刘湛秋这种对诗的纯美追求，与他受到俄国诗人普希金和叶赛宁的影响是分不开的。他翻译的叶赛宁和普希金的抒情诗集，对于这两位诗人在诗美追求上的特色有着十分准确的把握，从而使他在写诗时不能不受到影响。这种影响，只能是气质的相通和领悟，而不可能是简单的模仿。一个时代有一个时代的特点，刘湛秋的诗对纯美的追求，在体现时代精神的渗透上，有着更为自觉的清醒意识。

在当今的中国诗坛上，存在着多层次的诗人结构。这种层次不是简单地以年龄为分界线的，也不是用地域区分能划清楚的。我觉得，只要是在对诗艺作认真的探索和追求，都应当受到鼓励和支持。每一个诗人都应当找到自己的位置。刘湛秋的诗，在众多的诗作中显露出自己的特色，作为一个诗人，这是他对自己的个性和气质有清醒认识的结果。对于中年以上的人来说，要保持思想的活跃和敏锐，不断地以开放性的艺术胸怀来接受新鲜事物，这是不容易做到的。每个人在力图超越自我时，同时也要受到自我的限制。超越与限制的矛盾是永恒的，在这种矛盾中如何实现自己的诗歌创作的真正价值，是刘湛秋，也是一切诗人，应当以艰苦的艺术探求来作出回答的。

选自叶橹《诗弦断续》，南京出版社 1991 年版

傅天琳：从果园到大海

吕　进

‖ 从自发到自觉 ‖

1979年春天，傅天琳第一次看到了大海：

仿佛，我变成了一尾鱼，
从小河游到了新的世界！

"鱼"是从远方去的——从重庆远郊的一个果园出发，从十四五岁出发，跨过了几千里空间，也走过了近二十年时间。作为《诗刊》组织的诗人访问团的一员，她作了难忘的大海之行；作为大海的远客，她一下子就结识了诗人访问团这么多老师——艾青、孙静轩、韦丘……

四年以后傅天琳写道："到大海去！那是多么令人神往和震动的日子！我以为那是一个关键，也是一次转折……"

在果园，仿佛是诗自己来靠近她的。诗到了劳动汗水里，变得有如苹果一般的酸酸甜甜。

果园的路曲曲弯弯。严峻的人生带来年轻的幻想的破灭。诗，心灵避难的港湾；苦难，诗的财富。

诗的慢慢成熟，如同果园的橘子、广柑、柠檬在慢慢成熟，如同一颗纯真的心在慢慢成熟。

这是在被忽略中的成熟，在不经意中的成熟。

大海！大海带来一望无垠的世界——人生的世界，诗的世界：

橘子的梦醒了，橘子的眼宽了，

原来有这么大的家，这么多的姐妹！

原来世界上有一种写诗的带格的纸，叫稿笺；原来世界上有一种时代和人民都关注的事业，叫诗歌；原来世界上还有这么多"苦吟鬼神愁"的多情人，叫诗人。

大海之行的确是"关键"，它给傅天琳带来诗的觉醒。大海之行的确是"转折"，傅天琳由此走上自觉的创作之路。

走向大海以后的傅天琳是一个丰富的存在。

她连续出版了三本诗集。对她的诗，你可以喜欢，也可以不喜欢，但是，她的诗，她的读者群，却是客观现实。

尽管傅天琳最不情愿变成议论的目标，她却摆脱不了命运，如同任何一位诗的王国的不安分的公民一样。从《绿色的音符》到《在孩子和世界之间》再到《音乐岛》，这里有许多待认识的变化。有人说她在进步，有人说她背弃了果园诗的清新；有人说她是"生活派"，有人说她是"朦胧派"。

走向大海不到十年，傅天琳已经给诗歌评论带来了难题。

流沙河曾用浓重的成都口音对我说："傅天琳是一个老实人。"一句顺口说的话。一个准确的评价！

她是人生世界的老实人。和在艺术世界里恰成对照，在人生世界里的傅天琳不喜欢，准确地说，鄙视"技巧"。大海的波涛没有冲掉她身上的果园气息。

她是诗歌世界的老实人。她的诗是真挚的心灵对世界的拥抱。她看重技巧，然而她的诗却不是炫人眼目的技巧，对虚空心灵的掩藏与装饰。也许，正是"老实"给她带来诗的最初的成功。她在生活中写诗，她在诗中生活。衡评她的作品，意味着衡评她的全部生活之路。

她是诗艺探索的老实人。对她的探索，人们可以打满分，也可以打零分。但是，在探索中闪亮的忠诚于艺术的心却是任何人也不准备否认的。

由冬天跃到春天，人容易感冒。由不自觉到自觉，创作之路不会那么平顺。但是，对于这样一位老实的诗人，诗歌评论需要的是慎重，甚至是小心翼翼。

讨论，但不要冲淡"丰富"；品评，但不要伤害"老实"。

‖ 从单一到丰富 ‖

诗的天地在扩大，这是傅天琳作品的走向。

果园诗，孩子诗，情绪诗。诗在逐步丰富。

果园诗清新、质朴，但是视野窄一些。也许，喜爱傅天琳的读者还记得她的歌唱：

天上的太阳太高太远，

我不要；

我只要这个，

在绿叶上滚动的太阳。

　　——《太阳》

孩子诗的天地开阔一些。《在孩子与世界之间》的前半部像是二重奏。妈妈的呼唤与孩子的呼唤互相应答。诗篇和《绿色的音符》相仿，更多地融入了诗人个人的经历。《在孩子和世界之间》后半部（我是说的后十四首），情况有所变化。果园诗和大部分孩子诗给人的印象，是诗人有些像银幕上的"本色演员"。《在孩子和世界之间》的后半部显示出诗人由"本色演员"向"性格演员"过渡。

我是你的黑皮肤的妈妈

　　白皮肤的妈妈

　　黄皮肤的妈妈

我的爱黑得像炭

　　白得像雪

　　黄得像泥土

　　我的爱没有边界

　　没有边界没有边界我对你的爱

你是白雪覆盖的种子

你是黄土长出的树

你是煤炭燃亮的火

你是生命你是力量你是希望你是我

孩子啊我的孩子你是我的孩子

——《母亲》

以诗人真切生活经验为基础的母爱升华了，扩大了，充实了。诗集中的《梦话》《小萝卜头和小亚莉》《在孩子和世界之间》《六月》等精彩篇章都是这样。真切，但不局促；超脱，但不空泛。

诗集《音乐岛》就展开一个更加丰富的世界。城市的剪影，离别的钟声。多愁善感的川西，少女内心的躁动，以及大森林之爱。

我们欣喜地听到诗人音域更加广阔的歌唱。

《暖暖的西南风》这类诗篇，是傅天琳诗笔下从来没有的：

有西南风的指引

每一个人都乐于走入广阔的生活

开会时不再梦周公或者画不经意的花草了

对于选厂长选经理不再是无所谓了

因为西南风绝对尊重民意

西南风骑在摩托车上

让雅玛哈与嘉陵本田在一个赛场竞争

让农工商联合企业如异军突起

（那些带兵的首领们

有当年领我偷西瓜的小男孩）

沾满新鲜油墨味的西南风

常常告诉我头版头条新闻

暖暖的西南风

钻进电子计算机

进入信息时代

大西南的改革，改革的大西南。这一切又都得到形象的显示。括号里的两行，是典型的傅天琳气质的诗句——细腻而纯真，赋予庄严题材以生活化、可感化。

诗人对自己的环境，对家乡以外的山水，对自己以外的平凡人们给予了关注和爱。《琴声》，是唱给一位失去右胳膊的军人的。读来像是对别人的礼赞，又像是对诗人自己的激励。客观与主观融合，世界与心灵相会：

太阳和月亮轮换着将你陪伴
而你终于让键盘的高低音颠倒
用左臂重新举起生命的里程碑
谁也无法相信
你是怎样

将一个春天的风灌进风箱
燕子和掌声和雷
一齐祝贺曾经消失的世界
又长出叶子和花朵
我愿将你的音符拴在我的
苹果树上，让它发出成熟的声响

诗的天地从单一走向丰富，是因为诗人的视野大大开阔了，她的思维空间大大开放了。

诗的丰富来源于诗人的丰富。当艺术的横竿升到新高度的时候，傅天琳苦恼过。苦恼总是一个成功者的好教练。她到古今中外的成功者和诗人那里去赢得抚慰与温暖。从沉醉于一些奋斗者的自传作品，到涉猎诗学、史学、哲学著作。诗歌前辈们期望于她的读书就这样自然而然地开始了。读书也自然而然地带来丰富。

于是，大海更大了。美，原来是到处存在的。她有了一双对美更敏感的眼睛。回顾身后的道路，它是可贵的，又是狭窄的。

‖ 从素描到写意 ‖

傅天琳的诗走向远方：去掉单一而获得丰富。傅天琳的诗也走向深处：去掉单纯的素描而让情绪入诗。

诗学的精髓，如果要用一个字概括，我以为就是"情"字；诗人的职业如果要用一个词概括，我以为就是"情人"——生活的情人，时代的情人，历史的情人，世界上一切有情人的情人。

情绪入诗，她的作品就有了更浓的诗韵。

抒情诗的主体性是铁的规律。化客观的东西为主体的东西，化现实生活为创作主体（诗人）的内心生活，化事件为感情，这就是抒情诗人的全部工作。"化"得越好，诗就越纯，越美；诗和非诗的界线就越分明。

走向大海之后的傅天琳的诗是站在世界之上（不是世界之中，更不是世界之外），深入心灵之中的诗。她的作品有写大情绪的，如上一节谈到的《暖暖的西南风》，又如《川西》《在绍兴》等等。也有写小情绪的，这类作品占了更大比重。读一下《所有复杂的事情》吧：

　　所有复杂的事情
　　原本如小草一样简单
　　　　（嗬，早晨真亮！）

　　我真傻
　　为什么整整一夜
　　借来月的银篦
　　也梳理不清枕下的惆怅
　　一张一张上行与下行的车票
　　压出一群上上下下的灯影
　　　　（嗬，早晨真亮！）

不再觉得心如一块冰凌

晶晶亮而又刺疼人

所有复杂的事情

原本简单如一棵小草

即使天涯渺渺

即使得失种种

即使诗人，即使香樟

诗人最好多活几遍

诗人的香樟最好多描出些哲学

　　（嗬，早晨真美！）

所有怒放的胡须

都为着一串坚实的麦穗而颤动

这土地永远开朗

这魅力永远新鲜

那议论文有什么了不起呢

高等函数有什么了不起呢

　　（嗬，早晨真亮！）

　　除了朗读，难以转述。因为它的内容是情绪，它十分丰富又十分简单，它十分具体又十分抽象。但是，这里从独特的角度反映了人们的共同经验，又以诗的语言表达了一个生活哲理。在烦恼面前，退后一步自然宽。何必付出整整一夜呢？爱开朗，爱新鲜，爱早晨，爱光亮吧！

　　应该说，傅天琳写小情绪更得心应手。在这类诗里，她那女性的细腻的诗笔更有灵气。

　　从1976年10月到现在，中国新诗似乎经历了三个时期。"伤痕诗歌"和"反思诗歌"遇到了时代的机缘。国家不幸诗家幸，新诗出现了不少拳头作品。进入改革与开放时期的新诗，普遍出现了"静化"现象：轻声慢语的诗多起来了。

　　"静化"有时表现为浅薄化与平庸化，但其主要走向则是新诗的深入化与独特化。时代变化了，这不再是一个大风大雨的时代，而是平静的时代，和解的时代，寻求相互了解的时代。读者的审美意识变化了，他们更多地希望诗人用柔美的灵感来满足自己苏醒了的人性的心灵。

读者更大的内心自由呼唤新诗作出更细腻的反应。适应着时代，越来越多的女诗人——不擅长演奏进行曲而擅长用心灵的手指去给人以温情的天然使者涌现了。

不要阻塞读者审美的多种渠道。要给抒情诗人，包括像傅天琳、舒婷、王尔碑这样的女诗人以位置。

不是时代顺应诗学讲义，而是诗歌顺应时代。有后一个顺应才有诗的繁荣与发展。

大情绪也好，小情绪也好，傅天琳似乎逐渐在采用一些新的艺术传达方式。诗人创造风格，不是风格创造诗人。风格就是诗人对生活与艺术的真诚态度。傅天琳在这方面特别警觉，她特别回避技法的凝固。

表现情绪，但是程度不同，视角不同，层次不同。她把诗的内容像山羊一样放出去，让它们各自去寻觅自己需要的传达方式。

有时候，诗篇朴实得像一块石头，好像没有人为的加工；有时候，诗篇虚实交错。诗人变换距离，变换时间，如同摄影师变换灯光与焦距。于是，似实似虚、似真似幻的意象出现于读者面前。意象，由于对生活的倾心而丰富。打动读者的正是意象背后的这一"倾心"。

傅天琳到大兴安岭林区参观访问。诗人邵燕祥、程光锐、曾卓、沙白、梁南、刘畅园、周纲、张学梦、宗鄂、王燕生、许德民、王家新一起前往。这是《诗刊》又一次组织的诗人访问团，但这次是林海之行。当访问活动临近结束时，她写了《森林之梦》。请读结尾两节：

不多情不是诗人
不深深眷恋森林不是好诗人
三百年后
我们仍在此相会
仍在此等候着风
杜鹃的红嘴咬破一个一个黑夜

> 一群三百多岁的孩子
> 仍旧忙碌着，多情着
>
> 而我们偶一抬足
> 便会踩进今天的梦境

从明天回头来看今天，今天似梦。诗人对大兴安岭林区的深情，对诗人访问团的眷恋，尽在不言中了。顺便说说，诗歌塑造形象的媒介——语言是很难驾驭和征服的。最大困难也带来最大成功的可能性；如果诗人能从最大的局限中开拓最大的无限的话。傅天琳在这方面有才华，尤其是她善于活用词类的本领给人印象较深。但她的近作《音乐岛》仍显示了诗人在这方面的功力还需加强。一些自造的叠声词使人读来别扭，一些习用句型的多次重复（如这里的"不深深眷恋森林不是好诗人"，又如"灰灰地一只鸽子飞来／不认识我的名字它偶然飞来"等等）也减弱了诗的新鲜感。

有时候，诗篇从现实大地上起飞，飞得很高很高。诗人歌唱现实，故她"不满"现实，不满足于现实固有的形态。当这种"不满"到达极致的时候，她就放弃一切，只选取现实的一二特征，让诗尽可能地虚起来。

《音乐岛》是这类作品中很有代表性的：

> 没有柳笛儿照样吹春天的调
> 没有贝壳儿照样赴大海的潮
> 即使鹅岭不能展翅
> 即使这岛子雾重，重得滴露
> 那露珠仍被撞响
> 卧着和站着的音符仍被撞响
> 一种气韵流动

《音乐岛》写了对重庆的印象。傅天琳几次登上重庆的高处，登高远望：山城山上的上半城和山下的下半城像两条带子的交会，流动的街灯，有节奏的汽锤一般的声音……于是，她被一种流动的韵律所感动，现实消隐了：

抒情曲便也流动

　　音乐流动

浮起一座音乐岛

不管哪一种艺术传达方式，诗人都致力于意绪的捕捉、表现与完善，她作品的诗味因此常常是浓郁的。

‖ 从拘泥到舒放 ‖

傅天琳的诗中原先的那种拘泥也许被海水冲掉了吧？

她的诗似乎越写越随意：诗行任意流淌，诗句时短时长，现代口语形成的类似散文的节奏，若有若无的脚韵……

读她的近年作品，得到一个感觉：她的诗好似随手摘来的苹果，随风飘来的树叶。

从故意到随意，从拘泥到舒放，抛掉了诗的紧身衣，抹去了诗人作诗的苦心的痕迹。

这对读者来说，也是一种解放——读者心上没有压迫感，有的只是自由与自在。

诗，最忌有"过剩的"技巧。读者到诗中寻觅的是心的感应，是感情的慰藉与帮助。如果读者第一眼看见的只是技巧，他在读一首诗的时候总是"进不了角色"，总是感到诗人在作诗，那么，我可以断言，这首诗是不成功的。它是技术品，而不是艺术品。

诗人不是匠人。

诗是生活的儿子，不是生活的孙子。可惜我们最近遇到的"孙子"却不少。原因之一在于技巧与内容的脱离。一人成功，众人模仿。相互模仿中出现"小"生常谈。

技巧的意义与位置，这对傅天琳来说是一个需要继续注意的课题。从近年的作品观察，她在这方面的把握是比较成功的。标志之一就是从拘泥到舒放的变化。

她追求情绪的新鲜，同时又追求让新鲜情绪在一种不经意的方式中得到表达。换句话说，傅天琳追求的，常常是一种感人的情绪和氛围，而不是脱离这情绪和氛围的一二奇词怪句。试看《毛衣》：

你将要长大
你将要走出去
许多年许多年后
妈妈织的毛衣你再也穿不下了

你的手臂会像道路一样伸长
你的胸膛会像草原一样宽广
你长大你出走你再也穿不下妈妈织的毛衣
你随意把它扔在哪个角落好了
忘了吧你把毛衣忘了吧

妈妈的柔情。期待孩子长大，期待孩子长成男子汉，期待孩子面向宽广的世界与人生。但是，妈妈的期待又是幸福又是忧伤。"忘了吧"——夹杂着"不要忘"的情丝；"扔在哪个角落"——夹杂着"细心保存起来"的情丝。读这首诗，被打动的也许正是这属于妈妈的温柔的忧伤。

这首诗难以句摘。好像随便说出的口头语，没有人工斧痕。但读者被打动了，尤其是年轻的妈妈们。

再读《森林之爱》：

快去迎接这一群孩子
这些赤脚穿过沼泽地的孩子
这些眷恋故乡却要忘却故乡的孩子
这些冲破蔑视与屈辱的孩子
这些天生没有飞翔权利的孩子
这些太阳的弃儿

……

没有被爱过有什么关系

没有被举杯祝福过有什么关系

这儿有的是红豆

自己去酿酒

有的是土地

自己去长成樟子松

按照森林的法则

抓住岩石

抓住水和空气

去作当之无愧的栋梁吧

这些敢于闯荡生死的孩子

是大有出息的孩子

这是又一种母爱。森林母亲"用零下 40 度的严寒去爱他们";森林母亲的爱,"冷峻得炽烈得让人喘不过气来"。宽阔、粗壮的爱！于是,当年来到大兴安岭的落魄者、受难者们得到了茫茫森林的精气与秉性,在这里搏斗人生,创造人生。

前一首是女性的爱,后一首是男性的爱。《森林之爱》给人一种雄壮、刚强之美。但它好像是诗人在森林里的漫想,似乎诗的"得来全不费工夫",诗中也同样没有暮鼓晨钟。

这正是傅天琳的诗歌事业的一个进展。她在努力摆脱技巧以获得技巧。

随意与舒放的后面,有诗人的苦心在。列车顺着铁轨开,河水沿着河床流。诗人以清醒的意识精心建造这铁轨、这河床。而后,又从读者眼中把它们隐去,于是,列车北奔南跑,河流东弯西曲。自自然然,浓后之淡,巧中之朴。

‖ 结语 ‖

从果园到大海,从自发到自觉。傅天琳的诗从单一到丰富,从素描到写意,从拘泥到舒放,从而逐步获得广度、深度和精度。我以为,她的创作道路是健康的，虽然存在一些有讨论价值的课题，她的创作园地是丰收的，虽然并不是每串禾穗都那么饱满。

　　傅天琳不愧是大海的女儿，她的价值观念、审美观念、诗歌观念都在变革，在刷新，由此我可以预言，她将走向更广阔的人生大海和艺术大海。

1985 年暮春于重庆之北

选自《当代文坛》1985 年第 8 期

从大地之子到大海之子
——评李钢的诗之路

袁忠岳

　　整个地球表面，百分之二十九是陆地，百分之七十一是海洋。海洋不仅所占面积大，而且与人类有着血缘关系。寻根，寻根，只在陆地上寻，那还不是人的根。人是从海里走出来的，从海洋走向各个大陆。谁没有见过海洋，到过海洋，没有被海水浸浴过，负载过，没有接受过浪花的洗礼，谁就不是一个完全的地球人。无边无际的动荡、变幻、寥廓、深邃和无限的神秘，以极大的诱惑力召唤着冒险家和诗人。没有经过海上风浪考验的冒险家，不能算冒险家；没有到过海、写过海的诗人，不能算是诗人。

　　从陆地走向海洋，这是李钢从少年到青年走过的道路，也是他搞诗歌创作七年来走的路，后者是前者的复演。我们不仅是从题材转换的意义上这么说的，而且指的是气质、观念的一种演变，风格、方法的一次飞跃。

　　他开始发诗是在1979年，正是那一年，新时期诗歌才彻底破除"两个凡是"的束缚，展开说真话、抒真情的双翼勇敢地飞翔，出现了像《在浪尖上》《对一座大山的询问》《小草在歌唱》《重量》等为"四五运动"中的英雄、受迫害的干部、张志新烈士鸣不平、唱赞歌的优秀诗篇。李钢一开始写诗就无须违心，无须言不由衷，可以放开率真的歌喉，以赤诚的心为真理而歌唱。他的《白玫瑰》就是献给"四五"战士的慷慨激烈而又情意缠绵的抒情长诗：

　　　　我的白玫瑰
　　　　将是那冲破禁锢的火山中

一团炽热的岩浆

我的白玫瑰
将是那荡涤污秽的激流中
一簇跳跃的浪花

这种与人民站在一起的精神，贯穿在他前期（1983年发表海的组诗以前）的诗歌中，不仅表现为对违拗人民意志的荒谬时代的严厉审视与批判，如《勇气》《笑》《红色》也表现在对经过考验的人民信念的维护与坚持，如《共产党人》《祖国》《我是祖国的儿子》。在无人敢直言的时候，直言是一种勇敢；当怀疑成为时髦的时候，不怀疑也是一种勇敢。诗人没有从反思进入迷惘，而是信念如炬，像丹柯一样：

为了照亮我站立的大地
我从胸膛里捧出一颗闪光的心脏
向着夜空高高举起
　　《新月》

无论揭露恶还是歌颂善，都要立足于一个"真"。诗之"真"也正是由疾恶如仇与从善如流两方面合成，少了哪一方面，这个"直"就是残缺的。真理、人民和党三者的统一，这就是李钢的大地。从劳动者的裸露的胸膛，想到那是大自然的又"一块黝黑的土地"，不是偶然的联想，而是关注下层人民心理的自然流露。他深刻地认识到，是这些"土地"渗出的汗珠蒸发空中，才为太阳增添了热量。当人们还习惯于"万物生长靠太阳"的思维方式时，李钢宣布：

呵，千千万万的人
就用这样的方式
温暖着太阳
　　《胸膛》

这是人民认识自己力量的一种觉醒。当他说"共产党人是无神论者"时，否定的也正是不论天上人间的一切救世主。唯此，人民才不是某种个人意志的化身，而是真正代表自己的历史的主人。李钢说："我的土地诞生了我。"说的就是这一片由无数祖先们的躯体"还原成肥沃的泥土"的土地，也是成为人民化身的土地。他以一个儿子对大地母亲的深切感情喃喃着：

> 我不愿离开这一片土地
> 我不能离开这一片土地
> 离开了，就会像乞丐一无所有
> 　　《我是祖国的儿子》

李钢诗中沉稳而机智、浑实而飘逸的风格，也是生他养他的这片多灾多难、古老而又充满希望的土地赋予的。

我们说他是大地之子，还有另一种意义，那就是从他与现实的关系以及他反映现实所用的方法说的。

他用的基本是现实主义的方法，是以忠于现实的外在描绘为主的方法。他前期的诗相当一部分写普通人（包括"是普通的人"的共产党人）；有的是写群体，如《创世者》《窗户》等；有的是写个体，如《勇气》《采石者》《一个青年》《失去眼睛的战士》《没有手的军人》等。群体一般采用远距离镜头，结尾升华，从具体描绘一下子进到抽象概括。如《创世者》从对下班人群的画面、音响的再现中，抽象出这样的句子：

> 是的，这是真实而平凡的人
> 　　他们在世界的路上走着
> 把明天托起在手中

《窗户》则通过工人大楼的窗，窥视各家各户平凡的日常生活，得出新世纪就"是从这些普通的窗户里飞出来的"结论。

对个体好用近距离特写，对比手法多一些。如《勇气》是双重对比，一是衣衫褴褛的乞丐与报纸上宣传的"形势大好"对比；一是乞丐撕报纸的满不在乎的行动与"我"的想撕又不敢的顾虑重重的心情对比。在揭穿"文化大革命"新闻虚假性的同时，也对容忍这种虚假宣传、屈服强权政治的卑弱心理进行了针砭。《在没有手的人面前》，则一方面是无手者默默无闻地奉献，一方面是有手的"我们"的喋喋不休地索取，两相对照，心地高下立见。类似的对比在《采石者》中则更为形象、深刻。"我"今天哀叹，明天抱怨，在个人看来，每一件事都是一座山，加起来，"能堆成好几座山"。可是当采石者

扛着一块石头
默默地站起
这些山一下子变成了沙粒

采石者山一般踏实、沉默、雄伟的性格，犹似浮雕突现在我们面前。我们感到了那一块石头的分量，也感到了诗的分量。

李钢善于从现实中发现矛盾，并能巧妙地用之于诗，往往结尾一个反拨，主题立时深化，诗也更有味道了，较之空泛地升华，效果要好得多。尽管如此，也尽管诗中时有奇句闪烁，在手法上他基本仍在雷池内踱方步。无论取材还是表现手法，还都是现实主义诗歌习用的那一套路数。李钢的个性特征还包裹在传统的褓褓里，没有显示出自己的独特性，还不能从更高的审美层次上与以前的诗歌相区别。从这方面说，大地之子是有局限性的，他需要走向一个更广阔的天地。

在前期诗歌中引人注目的是那么几首更能体现他个性的诗，如：《笑》《红色》《人间戏剧》《圈蚂蚁》《新月》《一部小说的完成》等。它们取景，既不是远距离，也不是近距离，而是超距离的。现实在诗人的脑中经过蒸发，已非原型。它们有的是诗人某种独特感受体验的直接放大，如《笑》把"文化大革命"中人与人的虚伪关系，人的外在表现与内心真实想法的不一致，通过浮现于每个人脸上的"煞有介事的、勉强的笑"，淋漓尽致地表达了出来，如同照哈哈镜一般。有的借题发挥，说的是故事，指的是现实，好像寓言，如《人间戏剧》：

耶稣是女人玛利亚生的
玛利亚是跟上帝睡过觉的
上帝说玛利亚是"清净受胎"
玛利亚就赢得了"圣母"的荣誉

挪揄的语气把神圣的故事变得很滑稽，使人忍俊不禁，联想起自欺欺人的种种"文化大革命"喜剧、闹剧。有的言在此而意在彼，用与现实无关的意象来写现实，类似象征。如：借残缺的新月，写迷茫青年的挣扎与追求，"痛苦地寻找那失去的一半"（《新月》）；用"火车抽着烟斗／不断地修改一部繁杂的小说"的双重意象，来概括一种弃旧图新不断追求的事业和人生。在这些诗中，作者的机敏和想象力得到较好的发挥而且写得轻松、诙谐、有幽默感，哪怕是含泪的幽默。构思是严谨的，却又显得洒脱。这都是后来李钢诗歌特色中重要的构成因素，在此已见端倪。

李钢是以写海、写蓝水兵的几组诗引起全国侧目的。他 1968 年参军，在南海舰队的一个舰艇上当轮机兵，那时才十六岁。五年的水手生活对其创作有着决定意义，使他从此有了片蕴藏丰富、引以自傲的诗的领域。大海开拓了他豁达胸怀、塑造了他坚韧性格、给了他陆地所无法给予的富于幻想的浪漫素质。而这一切，都要在他离开南海十年以后，才在他的文学生涯中持久地发挥效用。他没有早早地急不可耐地硬去写海，是对的。缺少一定的温度与压力，同样的成分只能产生普通的石墨，而成不了价值连城的金刚宝石。1980 年全国性的朦胧诗讨论所带来的诗歌审美观念的突破、个人在开放形势下广采博收、从 1979 年开始的日趋成熟的创作实践……多种内外因素的契合，完成了主体新的审美心理的建构。于是，"忽然有一天，我感到脑子特别清新，有一种成熟的创作冲动（关于海的）。我知道，我的海已经形成了，于是我写"。当年种下的诗情，十年之后收获了，那是海的珍珠、诗的蓝宝石。

说来也巧，正是 1983 年 5 月，小说与诗歌各自得到了自己的"刚"（钢）的海：小说得到的是发在《上海文学》上的邓刚的海碰子的海；诗歌得到的是发在《星星》《诗刊》上的李钢的蓝水兵的海。这是两个相同而又不相同的海。相同的是他们都是迷人的海，都写了人和自然，这人和自然又都反射着时代的光彩。我们读到的，再不是骚人墨客带着孤寂破碎的心，行吟"泽"

边，望洋兴叹所写出来的忧郁的海、不安的海、迷茫的海；而是出没波涛中的海之精灵所生活的充满生气与奋进力的世界。但二者又是那样的不同，北海与南海是不同的，生在北方的邓刚与长在南方的李钢是不同的，海碰子眼中的海与水兵眼中的海也是不同的。如同是蛟龙入海吧，前者是斗海，是展现人生的追求与搏斗，海所显露的更多是严酷与冷峻；后者是戏海，是抒发战士爱国的豪迈情怀，海给人一种亲切、温和、不很严厉的印象。可以说，邓刚的海是父亲的海，李钢的海是母亲的海（他后来写过组诗《母亲海》）。或者更确切地说，邓刚通过严酷与冷峻来表现海的给予——深埋的爱；李钢通过亲切与温和来表现海的粗犷——隐藏的严。一个以刚写柔，一个以柔显刚。

看李钢的海，不要说那秋天"温顺的"风"抚摸海洋柔软的鬃毛"的牧歌似的海了；不要说那星光灿烂，"浑然如／一首深情的《梅娘曲》"的酣睡宁静的海了；就是当大海发脾气、耍性子的时候，诗人也都予以柔化、美化。明明是与鱼相遇的一场恶斗，被浪漫地说成是与"鲨鱼王子"决斗，从肩头渗出溶入海水的血，被轻松地喻为"美丽的小珊瑚虫"（《假日到舰桥去》）。台风，那是海上最惊险的故事片了，"连最温和的台风也毫不抒情"，但诗人也不过是把它当作一次精彩的有声有色的"海上斗牛"，是抽一种味道很浓很呛人的"台风烟草。"（《台风》）老舰长饱经风霜、出生入死的冒险经历，在诗笔下也化作传奇式的天方夜谭："他喜欢骑在鲸鱼背上做游戏／在动物喷泉的沐浴下堆垒礁石积木……／直到培养出潇洒的海洋骑士风度／他便去结识海的女儿"（《舰长的传说》）。不能说这些诗只有优美，没有壮美了，它们并不失海的豪放、粗犷。不过壮而不悲，没有慷慨之气，而这在邓刚的海中是有的。同样属于崇高的壮美，二者也呈现不同的色彩。也许因为李钢写的是水兵群体，是祖国海疆的卫士，又有着最现代化的武器装备，人与自然（狂暴的海）差距不那么悬殊，海在他们面前也比在孤身独人的海碰子面前要驯服、乖巧得多；也许李钢的水兵还没有经历过需要付出巨大牺牲的人与自然或人与人的斗争，他们不是哀兵，他自然写不出邓刚那种几辈亡于海的悲壮情怀。但李钢的写法，他的浪漫情调与诙谐口吻，恰如其分地表现了履险如夷、即使在恶魔面前也不忘调侃的水兵那乐观开朗的性格。这才是李钢经过十年酝酿捉摸，从珍藏的生活之海中所探得的精髓，并已修炼成自己的内功，这种举重若轻、小觑困难的精神与幽默风趣的个性特征，恰好同建功立业、振兴中华的时代要求不谋而合，使诗在远为广泛的范围内引起共鸣、博得反响。有人只眩目于李钢想象的新颖不凡，而忽略了这种想象所蓄涵的情味、所传递的精神。应该看到，他的成功不单单是审美意义上的。我们再深入一步探究水兵与大海的关系，固然其中包含着对"液体的祖国"的挚爱、灌注着对人民的深情。在这一点上，大海之子与大地之子是一脉相承的。这也是过去许多写水兵与海的诗所达到的。对李钢诗的诠释自然不能停留在这个水平上，事实上，很多地方仅仅用爱国主义讲不通。如下面的诗句：

> 我便站在舰尾
> 猜测月亮是哪一条船的舷窗
> 天宇中，星辰编成古怪的队形
> 和我们等速度前进
> ……
> 现在该轮到月亮来猜测
> 军舰的第几只眼睛里是我的住舱了
> 　　《夜航》

海是有疆界的，月亮、星星则没有国籍。如不是把水兵与海的关系提升到人和自然的关系上来审视，这样描写的意义就无法理解了。原来人之视自然，如自然之视人。在这种相对论中，包含着人的本源是自然这一绝对真理。人与自然的亲和力来自人与自然的同一性。诗呈现于我们眼前的是一个人与自然平衡发展的宇宙世界。这种开阔的视野与思维空间，正是人海之子超越大地之子的地方。

有些想象虽然诗人主观上还是要表现水兵对自己捍卫的海的爱的，但是具有现代意义的思维方式，却使他越出了这个范围。如："热爱海/长出鳃来/长出鳞甲来/像一条鱼那样热爱海吧/否则不是好水兵"，长鳃、长鳞，这岂非是比毛孩的渊源还要遥远的返祖现象吗？"传说舰长诞生在海底一条大峡谷/所以至今腮边还生长松针状的水草"，胡子当然不是水草，但人生于海，不是没有一点人类学的科学根据。"我想我是一条龙/有最纯正的海洋血统"，这完全可由我们血液中的盐分来验证。你不能把这些话都当真，但也不能简单地归结为一种比喻、一种荒诞的想象。人，忽而化为鱼，"挥动""双鳍鼓一排巨浪"；忽而化为树，成为"是海底长出来的男人"；忽又化为岛——"月光岛""珊瑚岛"，一唯地向自然转化。为什么非这样比喻不可呢？不是有一种潜意识在冥冥中操纵着诗人想象的思路吗？好像要用这种科幻与神话杂交的真真假假的想象，把人身上被忘却泯灭的自然性显示出来，启示人们恍悟本源，以求与自然统一。这就是我们找到的打开李钢各种神奇想象之门的钥匙。

人与自然有矛盾对立的一面，但李钢侧重表现的是二者的亲和力。他反复地为我们描绘了一个以人为中心的和谐的宇宙世界。现代社会要求人类不仅要有强烈的主体意识，还要有强烈的自然意识、宇宙意识。维护生态平衡已成为现代人生存发展的重要课题，其意义与日俱增。原始人与动物差别不大，处于生态平衡中被动适应的一环；文明人在自身的高度发展中把平衡打破而又危及自身；现代人则要主动地重建这一平衡。所以，看起来复归自然是一种向原始的倒退，实际是瞩目于人类的未来，而对人的自然本性的探求，也就不能不具有在社会性的范围内寻找不到的社会意义。我们不能说李钢写海时已经有这样明确的思想，但是，来自生活的直觉体验、来自现代的科学知识，有意无意地已在他的心理结构中渗透进人与自然的现代意识，开拓了他的思维空间。否则，他是写不出这样恢宏奇丽的诗篇的。

从写海开始，李钢在表现方法上，也由现实主义转向浪漫主义，并吸收了某些现代派的表现方式。如前面提到的，人忽而为鱼，忽而为树，忽而为岛，既不是比喻，又不是象征，既非真，又非假，归到现实主义、象征主义都不合适，只有归到浪漫主义的从情出发的变形。有人对《夜航》中："午夜，十二点敲过／船钟上的罗马数字／就会蹦到舱板上／教我跳各种水兵舞"，表示不明其意。其实这只是罗马数字与水兵舞蹈两种意象的迭合，构成的一种颠簸的波涛中才有的梦境罢了，也是一种现代化的浪漫手法。此外，他还运用了通感、错觉、意识流等手法，均与他所要表现的宇宙意识相得益彰。

读李钢的诗有奇想联珠、神蕴形内，奔放淋漓、情溢诗外之感。这样一种瑰丽、怪诞的浪漫气质是狂放不羁的大海赋予的。

因此，大海之子是对大地之子的超越，而不是背叛。李钢从大海获得了开阔的空间意识、宇宙意识，从大地获得了纵深的时间意识、历史意识。学大海，要飞起来；学大地，要沉下去。李钢的诗在《蓝水兵》以后没有停滞，而是继续发展。

想象还是那么奇特，但更富东方色彩了。像前面提到的"王子""斗牛士""骑士""海的女儿"等词汇消失，而出现这样的意象集合：

> 只要他们（水手）打开坛子上的黄泥封口
> 同时吹响一根多眼的竹子
> 我（酒神）就会从坛子内探身而出
> 像印度蛇一样不停地摆动
>
> 奇迹会立刻出现
> 他们将突然看到一棵银杏
> 甚至远远地嗅到一株兰
> 或一朵芙蓉
> 或一枝中国岸上的桃花
> 　　《酒神》

语言还是那么潇洒，但更有民族韵味了，如：

> 渔歌天呀轻吹的云
> 吹皱一颗一颗航海的心
> 渔歌水呀摆尾的鳗
> 抚平一张一张多浪的脸
> ……
> 宁肯搁浅搁在渔歌水
> 情愿翻船翻在渔歌天
> 　　《渔歌》

当奇特的想象与民族的韵味结合，当宇宙的扫描与历史的示踪相交，当现代意识与东方文化碰撞，就从诗人心底爆裂出颗光彩熠熠的明珠——《东方之月》：

> 东方之月，升起在东方
> 荡荡的银须飘下
> 落地生根
>   以江为乳
>   以山为土
> 一时间东方的神话全都开花

大海之子仍是大地之子。

李钢也并不是只写海洋不写陆地了，但是再写陆地，也已不是那种再现式的外在摹写，而是把握更为内在的心态，编织更为传神的意象，提炼更有魅力的韵味。如组诗《童年回忆》，能把现实生活写得那么空灵缥缈，似有若无，似近若远，诗情像水一样透明、波一样动荡，真是融进了海之魂了。大地之子早已是大海之子。

这就是昨天和今天的李钢，他正在走向明天。

1986 年 7 月 29 日完稿于千佛山下

选自吕进编《上园谈诗》，重庆出版社 1987 年版

论张学梦的诗

叶　橹

　　时代造就诗人，历史塑造诗人。每一个诗人都是以独特的风姿从时代和历史的背景中走向生活舞台的。

　　在1976年的唐山大地震中幸免于难的张学梦，在1981年元旦写下的《地震》一诗中，曾作过如下的表白：

　　　当人们把我挖掘出来
　　　我没有变成骷髅，变成木偶
　　　我擦掉身上的泥土和血迹
　　　又微笑着面对每个黄昏和黎明，
　　　我从田埂采一束野花
　　　带进我简易的帐篷……

　　也许，在某些人心目中，这样的诗既难避"高调"之嫌，又未免过于"直露"，是不能称之为好诗的。我也不想为这样的诗唱离谱的赞歌，但是我欣赏这种对生活所持的乐观态度。

　　其实，何止这首诗呢？你要是再看一看他另外一些诗的题目，恐怕是要使一些人避之唯恐不及的：《现代化和我们自己》《休息吧，形而上学》《致经济学家》《呵，经济规律》，如此等等。就凭这些题目，便不难看出这位诗人是何等的缺乏"诗意"了。然而且慢，题目的枯燥也许只是问题的一个方面，或许在这样一些诗的题目中，也显示着诗人对社会问题的关注。而关注我们的社会发展，未必不是一种十分可贵的品质。

当然，进行这样的抽象议论没有什么意义，作为诗人，关键全在于他的诗。我之所以这样来开始评论张学梦的诗只是想说明，作为诗人，每一个人都在走着不同的道路，而他对时代和历史的认识与理解，他对社会生活的关注与思考总是富有自己独特的个性特色的。张学梦不是一个吟风弄月的诗人，他的气质，他的思维方式，以至他的诗情，都显示着一种强烈的面对社会现实问题的倾向。他是一个"社会型"的诗人。不能要求所有的诗人都像他这样写诗，但诗坛如果缺少这种类型的诗人，就好像人的身体缺少钙质，会得软骨病的。

当他的处女作《现代化和我们自己》发表之初，出于当时社会气氛的强烈倾向，这首诗产生了比较深广的影响。人们在拨乱反正和一派向现代化进军的呼声中，开始了对自身的反省。的确，"望着／我们宏伟的目标，／我突然感到／精神的苍白／肺腑的空虚。"这并不是少数人的感受，而是代表了两代人的心声。正像诗人邵燕祥在这同时写过的诗句："空话不能起动汽车，豪言壮语也不能铺路。"人们在觉悟到"空话"和"豪言壮语"在现实问题面前的无能为力的同时，又不能不感到一种难以名状的空虚之感。正是基于此，《现代化和我们自己》以一种独特的敏锐感写出了具有普遍意义的社会心态，使得它迎来了相当广泛的赞誉。

《现代化和我们自己》在读者中所获得的成功，清楚地表明文学与社会心态之间所存在的互相依存而又互相制约的微妙关系。时代和历史的背景，始终是作为社会的人活动的舞台，它所推出的各式各样形形色色的人，尽管只是在很小的舞台的一角表现自己，但却无法完全摆脱时代和历史的或直接或间接的影响。诗人也是如此。与当代很多诗人相比较，张学梦的诗似乎是更直接地楔入了社会现实的横截面。他不惜冒某种程度的危险，把诗写得不像诗，或者说使诗面对那些"非诗"的棘手的社会问题。认识经济规律，批判形而上学，这些本来应该由经济学家和哲学家来进行科学探讨的问题，难道应当由诗人来插手其间吗？可是张学梦竟然这样大胆而泼辣地写下了他的诗句：

呵，经济规律
既不像勋章

可以制作

也不像君主

可以废弃；

它不献媚于蛮干的权势

有时还结几枚酸果

慰问那些低能的

厂长、经理……

促使诗人这样义无反顾地直接面对现实中的棘手的问题，难道不正是一种弥足珍贵的对社会的关心和激情吗？他根本没有想到，他所嘲弄的"那些低能的厂长、经理"所品尝到的"酸果"，完全有可能使他在诗坛上遭到同样的嘲弄。我甚至敢于断言，这样的"嘲弄"绝不会没有的。可是我也相信，即使有这样的嘲弄，张学梦也不会因此而改变了他关注和思考的方向与目标。除非他根本不写诗。

这就是我所认定的张学梦的个性和气质，是我从他的诗中所感觉到的一种顽强的倾向。

对于一个诗人来说，忠于自己的个性和气质，尊重自己的艺术感受，是再重要不过的品格了。尽管在有的人看来，张学梦的这一路诗风现在是不合时宜和已经陈旧了的表现方法，但我却认为，还是应当尊重诗人自己的选择。如果他是一个有出息的诗人，他会在自己的道路上披荆斩棘，开辟出一条诗的通途，如果他不能实现自身的艺术追求，反而用"趋时局"和"赶时髦"来打扮自己的诗的话，那是无异于艺术上的自戕，不会有真正出路的。所以，尽管张学梦的诗，目前距离真正的深刻和艺术的完美还很远，但人们应当尊重他的这种出自内心的真诚追求，而不是给以冷漠的轻蔑。

纵观张学梦的诗，积极向上、明朗乐观、强烈的主人翁责任感，构成了他的诗的基本风貌。《因为我向往那个定然实现的梦》《前进，二万万》《我是中国公民》等诗，便是他这种精神风貌的具体表现。也许，仅仅是由于在历史的失误面前人们的反思还没有得到明晰的答案；也许，沉重的精神枷锁仍然没有得到及时解脱，而人们对于正当的忧患意识与莫名其妙的消沉悲观还一时难以分清；也许，是出于一种难以解释的逆反心理。总之，在种种复杂的社会思想和艺术偏见错综交织的环境和气氛之中，张学梦的这一类诗并没有引起足够的反响，也缺少对他公正的评价。

诚然，诗总是离不开读者的配合，离不开社会的承认的。20 世纪 50 年代郭小川的《致青年公民》一系列诗篇之所以产生那么巨大的影响，与整个社会风气和人们精神风貌的契合是分不开的。而张学梦的这些诗以及另外一些诗人所写的某些属于这一路诗风的诗，却无法望当年郭小川、贺敬之的诗作所产生的影响之项背。何以故呢？一是由于社会环境和风气的不同，人们对这种诗似乎产生了某种程度的戒备和厌倦心理；二是因为诗坛上出现的异彩纷呈的局面，使人们能够有对艺术作品抉择的余地，因而不再像 20 世纪 50 年代那样只对单一的诗歌格局作出简单的反应。这两种因素，我认为既是历史进步的表现，也是诗歌艺术发展的必然趋势。表面看来，前一种因素似乎是消极的成分，实则不然。人们不能一味地沉溺在天真的乐观主义和浅薄的现实主义之中，在沉痛的历史教训面前如果没有深刻的反省，只能说明精神上的麻木不仁。人们的审美趣味出现大幅度的逆向反差，不能单纯地看成是坏事一桩，它有可能成为促使我们变革诗歌观念的一种动力。问题在于因势利导，使诗歌创作能适应和跟上时代的发展，满足人们提高了的审美要求。唯其如此，我才认为像张学梦这样一路诗风的诗人，尤其要注意着力于艺术表现力的提高。事情往往是这样的，在假大空的豪言壮语被视为诗的风范那种历史刚刚结束之际，人们对于即使是真正发自内心的激情呐喊，也不免投以怀疑的审视。在这样的情况下，尤其需要诗人坚持的勇气和信心。历史将证明，什么是诗中的真金，而什么是镀金的废铁。张学梦的诗，虽然同样需要经过历史的检验，但我相信，他的这种艺术追求将是我们诗歌达到真正繁荣所不可缺少的组成部分。一个伟大的时代，以及这种时代的人们的精神风貌，如果在诗歌表现中只见其深邃沉郁、纤细婉约的一面，而没有昂首高歌、豪放犷厉的一面，那么，这种诗歌的格局至少是残缺而不完整的。历史这样昭示我们，现实也将这样启迪我们。盛唐诗歌之所以令人神往，正在于它的丰富性和多元化；而被李白所诟病的"自从建安来，绮丽不足珍"的文风，说明诗歌发展在任何时候都不宜只提倡单一化的倾向。这就是我在评论张学梦的诗歌时，发这样一通议论的原因。

现在，我们似乎可以回到张学梦的诗的一些具体评价的问题上来了。首先应当看到，张学梦的关注现实和对生活所持的乐观与信念，并不是基于掩盖生活的真实矛盾而悬浮于虚幻的产物。对历史，对现实，他是进行过一番思考和审视的。他反对"那流感一样的灰色情绪"，为"听到了松弛的琴弦的震颤和泄气轮胎的呻吟"而不安，对于"有人从燃点一下子降到冰点"是颇不以为然的。（《未来可信》）他自己则坚定地表示："但我现在拆掉那根阴郁的琴弦／为了演奏青春的永恒的主旋律"。（《青春的主旋律》）这是诗人的一种基本态度和创作倾向，是他对于生活的认识和理解。如果一个人在人民的生活疾苦面前闭上眼睛，在现实的复杂矛盾的错综交织中视而不见，那是不可原谅的精神上的盲人。生活的复杂性在于，有人在历经磨难之后可能变得消沉颓丧，而有人则是在炼狱的烈火中铸就了真正的钢铁筋骨。生活的复杂层次和多侧面的视角，可以让不同的人们从中汲取各种的经验教训。"我不相信"是特定历史时期中一种富有历史感的感受，但不能转化成对生活持否定的虚无主义态度。张学梦的"未来可信"的宣言，从历史发展的角度加以审视，是一种更加符合生活逻辑的真理。如果我们不能坚持这个起码的信念，则一切现实的努力和奋斗都只能是徒耗精力，又何必致力于诗歌创作呢？

诚然，历史和现实都在提醒和教训我们："噩梦／还在颅壳上／粘连；／新潮冲出峡谷／又在碛石间回旋；／虽然推土机的鲸式大口／吞噬着／废墟，／新的施工蓝图／还在设计院的烟雾中搁浅；／虽然汽笛长鸣，那锈蚀的铁锚／好像钩住了／一只古老的沉船……"（《前进，二万万》）但唯其如此，才更需要千百万人民的共同努力，来建设我们新的生活蓝图，推动历史和社会的前进。的确，正像不少人已经多次提醒的那样，诗只是诗，不能把它的影响和作用估计过高。人们读诗，只是为了茶余饭后的消闲，有多少人会认真地把诗奉为生活行动的指南呢？我相信这种观点某种程度和范围内的真理性，但不认为它能囊括一切诗的现象。有产生于各种不同历史背景和社会环境下的诗，因此也存在着这些诗对人们的不同程度的影响。脱离具体环境和社会氛围来抽象地议论诗的作用，不会得出什么正确的结论。有一点大概是人们都能接受的，诗的经常而持久的作用在于它对人的精神上的潜移默化的陶冶和铸造。既然如此，何不让我们的精神营养更丰富更多元化呢？在"我不相信"和"未来可信"之间，也让我们作辩证的理解和合理的消化吧。

张学梦诗的产量不能算多，从他发表诗作的年龄来说，也好像迟了一些。是否能够"大器晚成"，当然取决于诗人自身的努力。从他目前发表的诗作来看，质量并不很稳定，但仍然可以看出他是在保持自己的基本倾向的同时，力图在艺术上作出新的突破。由于他给自己选择了一条颇为困难的崎岖之路，所以说他的诗只能被认为是处在探索期的一种努力和尝试。他写《化铁炉》，写《小铸造厂》，写《炉台上》和《齿轮》，这些诗的题目已经说明了他诗情的源泉来自何处。这一类被人们称为"工业诗"的题材，要想在艺术上有所突破，有所建树，的确不是那么容易的。他笔下的"化铁炉"：

> 给它智慧的要素，它就有了性格，
> 热带雄狮的性格，火山的性格，
> 像一尊诗人的石头雕像
> 炽烈的腔肠，冷峻的躯壳。
> 风和火，赋予它男性的激情
> 那创造的冲动，带着原始的本色。
> 桀骜不驯，我勒紧思维的缰绳
> 驾驭它，尽享驰骋的欢乐。
> 每当铁水闪着光焰奔流出来
> 我就领悟到一个无形的默契：
> 世界有两部分——化铁炉和我
> 我们共同铸造着生活……

我们的时代毕竟已经不是陶渊明的时代，"采菊东篱下，悠然见南山"，作为诗，固然是进入"化境"的好诗句，可是那情致却是在经历了大的人生波折之后才获得的。而张学梦这种身处"化铁炉"前的情思，却不会再有那样的悠然了。"我勒紧思维的缰绳/驾驭它，尽享驰骋的欢乐"，这也是一种"化境"，一种身入其境的献身的欢乐心境。"化铁炉和我/我们共同铸造着生活"，则是"入"后之"出"，是"领悟"之余的"默契"。对于这样的诗，如果不是出于偏见，我想是不应目之为"拔高"和"俗套"的。他还写过一首《火焰》，那"像旋舞的裙子，像舞动的红绸""像狂风怒吼，江河咆哮"的跳动着的热情，使人读着不禁为之热血沸腾。诗人对于炉中煤炭燃烧过程的描写，充满感情，对于诗的意象的联想与捕捉也可以说是极其生动而新鲜的：

> 山冈上，秋天的枫树林，橡树林
> 在骄阳下闪烁，突然，袭来龙卷风
> 英华纷乱。像被压抑的豪情，
> 无处驰骋的奔放。你燃烧着，
> 颠簸着，像被捆绑着的赤热的雷电。
> 呵，你疲倦了？火焰，
> 怎么像凝固的晚霞？忧郁的晚霞，
> 像开满野玫瑰的草原？失恋的少女
> 挥动红纱巾奔跑，她跑呀，跑呀。
> 那纱巾，仿佛幻海的红帆……

以如此众多的意象和联想来写火焰的将燃未燃的状态，以后又写出了它"窜动起来""腾越起来"和"像突然爆破的熔岩"那种"疯狂"和"呼啸"，真可谓极尽铺陈，淋漓尽致。这样一首充满激情的好诗，无须去搜寻其中的蕴意，也可以体验到诗人为之付出的心血。

可是，不知从什么时候起，我们的诗坛似乎对这种热情的诗失去了热情，甚至有点不分青红皂白地一律斥之为浅露。果真如此，恐怕连杜甫的"漫卷诗书喜欲狂"也要难免被讥为轻薄了。

可以看出，张学梦在诗的道路上跋涉得相当艰苦。他既不愿把诗变成"神秘的虚无"，又不能让诗停留在旧有的轨道上踯躅不前。特别是由于他所涉足的题材领域，向来为写诗的人和读诗的人所忌避。他写过一组组"工业抒情诗"，但并没有产生什么反响。事实也的确在严峻地昭示，囿于就事论事地写工业建设，写一场一景的感受，往往容易陷入俗套。工业诗和城市诗的开拓与创新，不是哪一个人所能包揽的。这是一片新垦地，需要众多的诗人来辛勤耕耘。张学梦只是其中的一个，他的坚持精神应当受到重视和赞扬。尽管由于历史的原因，我国诗的传统向来与田园和大自然结下了深厚的血缘关系，而对城市和工业则一直近于"绝缘"。这也是写这类诗产生一定困难的因素之一。人们的审美观念往往存在一种习惯的惰性，对于诗的语言和词汇，几乎形成某种不成文的模式和规范。譬如张学梦的诗中出现的相当多的科学名词，对于人们的欣赏习惯无疑是一种冲击，甚至极易产生抗拒心理。可是既要写这类题材的诗，总难免要涉及科学名词。读者的知识结构如果不能适应和接受，那就毫无疑问会产生艺术欣赏的隔膜。因此，不能单纯地反对科学名词入诗，问题在于运用恰当和有分寸感。他有的诗，如《写给袖珍电子计算机》，我看就只是起了一种"说明"或以另一种具象来比喻此一种具象的作用，是不能算是好诗的。有的诗，如《蓝图》：

> 像刚从牧场牵回的奶牛
> 思想的乳囊鼓胀胀的，
> 那叫作灵感的少女
> 突然跑来，蓝莹莹的乳汁
> 像落在五月草原上，
> 急于创造的骤雨。

这种诗，由于意象新鲜，取喻奇突，往往能给人以很深刻的印象。这也说明，写某些看似枯燥的题材的诗，只要真正是做了诗意的观照和对意象的创造苦心经营，也能做到妙趣横生。至于诗中引入科学名词，看来是写这一类诗难以避免的一种趋势；回避不行，滥用也会受诗的律的惩罚。如何探索出一条比较恰当的创作途径，看来是摆在诗人们面前的一个课题了。"城市诗"和"工业诗"的提法，只能是一种题材范围意义上的划分，不能改变诗的本质内涵。因此，有志于在这一领域开拓和探索的诗人，不能舍本逐末，更不能用五光十色的斑斓眩读者耳目。张学梦是这支诗人队伍中颇具实力的一员，他的诗所呈现的优点和缺点，也许正体现着这种开拓和探索的过渡性和艰巨性。作为一个有追求的诗人，应当敢于正视自己的不足之处。我不禁想起了他在《观念是植物》一诗中的不无苦闷的表白：

> 又在想什么？好幽默的朋友及时挖苦：

像只公羊，沉思着踽踽独步，
望着装满春雷，神游万仞的城市，
又有什么顶着高音符号产出？
据说你一直生产口号型诗篇，
据说你一直攀缘时代的轮辐。

我要说，永恒是死后的事情。
我要说，我依赖现实的流瀑。
我要说，难免违反写诗的曲颈瓶法则，
把心里话，水桶那样痛快泼出。
碾不碎的粗拙，难弯曲的直白：
我讴歌，街道像灌过返青水的麦垄。
我高兴，在我的城市，观念变为茂盛的植物。

　　一个诗人在创作实践中所形成的风格，他的性格和气质所决定的那种创作定势，的确是不可改变的；因为失去了这一切，也就等于失去了诗人本身。要张学梦写那些纤细含蓄的诗，无异于把他从诗坛上放逐出去。所以我并不认为他应当去寻求那种"诗的曲颈瓶法则"。这样的法则可以由另外一些诗人来实现和把握。但是，张学梦应当在自己的道路上有所开拓，有所创新。我从他近年来发表的一些诗作中隐约看出了他的努力，像《祖国，一场风暴来临》《狂欢的向日葵》等，呈现出他对诗的意象的表现更为注意的倾向。情感依然是那样奔放热烈，而意绪的表现则力求更多样化了。这应当说是可喜的变化中的发展，我们拭目以待，期望他唱出更为奔放热烈、更为激动人心的歌，期望他在诗艺的表现上有更加丰富多彩的创造！

选自吕进编《上园谈诗》，重庆出版社 1987 年版

象征的意蕴
——骆耕野的《沉船》赏析

叶 橹

　　他曾以《不满》为诗坛瞩目，后来又写了备受称誉的《车过秦巅》；如今，《沉船》刊载于《诗刊》1987 年第 3 期，被编者认为是"深厚凝重"之作。我反复地吟诵了此诗之后，感受到一种难以名状的复杂思绪。诗以其对社会和历史的深切体察，把人类的艰辛跋涉和英雄气概凝聚于"沉船"的象征意象，充满着悲壮的历史感和沉雄劲健的感情积蓄。与时下某些一味追求空灵玄奥的诗不同，《沉船》是富有历史感和现实感的。也与那种故作艰深的任意掇拾象征物象以"贴标签"的方式图解哲理观念的倾向不同，《沉船》有象征也有哲理，但它不是浅薄的贴标签和图解观念。

　　关心当今诗坛的人大概都会看到，近些年来，象征手法的运用几乎也成了一种时髦。人们信手拈来一个物象，随意地赋予它某种观念性的暗示，于是便以为是完成了一种象征的艺术意念。这种对于象征的误解和滥用，于读者，于作者，不仅无益，而且起着戕害艺术审美功能的作用。任何一种行之有效的艺术表现方法，都只能以主体与客体的融洽和谐的统一为前提。象征，作为一种别具一格的表现方法，它的优越性也只能是在特定的艺术范畴中才得以发挥的。如果不问青红皂白，不顾主体条件与客体需要，一律以象征手法出之，诗坛岂不又要成为清一色的象征时装展览。

　　《沉船》虽然也是以象征手法写出的诗，但它绝非那种被滥用了的"象征诗"可望其项背的。

　　有一种可以称之为象征赝品的诗，诗中的象征物实际上只起着标签的作用，一旦完成了它的说明任务，人们便可以弃之不顾而只摘取其所要说明的观念。这种所谓的象征，充其量只不过是浅薄的比喻，是借物喻理的形象标志而已。

诚然，任何象征形象和意象，都是一种"对应物"。但是，作为"对应物"的这一形象和意象，本身是否具有独立的审美价值，是区别真象征与假象征的重要标志。一个象征物，如果只是作为观念或哲理的附属物而存在，本身没有独立的审美价值，它便是假象征，是没有艺术生命的傀偶。反之，如果一个象征形象和意象，它虽然也在表现某种观念和哲理，但它的丰富意蕴和内涵却使你永远只能在审视其形象和意象的同时，产生广泛而复杂的联想，绝不会因获得了某种观念和哲理的启迪便可以弃之而去，这便是真正的象征。

《沉船》一开头便是："英雄生前／为什么总是寂寞／船　沉没了／泡沫、叹息和追怀／才从海面泛起　化成雾气／在风中微微颤动"读这节诗，你毫无疑问会产生极其丰富的联想，会以很多具体的社会现象作为参照系来审视这一象征性的场景。但是，你绝不会因为从中获得了某种启迪便感到可以把这些诗句置诸脑后，只在那获取的观念和哲理中得到满足。说句老实话，这节诗所表现的那类社会现象，乃至其中所隐含的道理，也许是在很多人的头脑中早已明确地意识到了的。可是由于诗人的笔触这么一点化，人们不仅更感受到它的鲜明的具象化表现，而且也似乎从这种象征性的场景中获得了一种诗意的审视。作为社会现象，这是人类生活中的悲剧，但是诗人所创造的这种象征性场景，却具有很高的艺术审美价值，令人寻味，促人深思。

作为一种总体象征，"沉船"既有所指归，又难以确认；它似乎飘忽不定，却又无所不在。这正是一个成功的象征所蕴含的那无穷无尽的意味之所在。唯其如此，人们便无须去追索诗中的"他"究竟何所指。"他"是具象的，又是抽象的，面对"风暴"和"海洋"，他不怯于"浪峰挤压成深渊／他唯一惧怕的／是盘踞在缆柱上那条／缠死过无数希望的蛇"古往今来一切先行者的气概与悲剧，集中地体现在这一个"他"的身上。人类为寻求自身的解放而生生不息地奋斗搏击，创造了惊天动地的伟大业绩；但也是人类自身在制造着一幕又一幕的悲剧。"他走向深渊／像走进每一个平凡的日子／因为他的帆升起在／另一只船下沉的时刻"注定的悲剧没有使他犹豫和踯躅，"他渴求的是海""他粗豪的性格是海"：

为了既渡和未渡
为了灯的遥望、岛的等待
船起伏在
血起伏在，海
起伏在悲壮的历史

在这里，诗人充分地运用并发挥了诗句结构与意象的连环套用而构成的"可逆性"。"他"与"海"之间互相渗透和溶化，而"船起伏在 / 血起伏在，海"；同时，又是"船""血"和"海"一同"起伏在悲壮的历史"。于是，这"为了既渡和未渡 / 为了灯的遥望、岛的等待"，更是出其复杂交错、波澜起伏的辉煌景观。人类为了达到彼岸而付出的代价实在是太大太高了，但人类又舍此而别无选择，只能如此。这正是充满悲壮的人类历史所昭示于人们的真理。

《沉船》虽然采用的是象征手法，但它所创造的形象和意象，无论是在总体象征或局部象征上，都能使人产生一种包孕着丰富的生活底蕴的感受。生活的纵向发展和横向联结，在表象上显示出凌乱纷繁的态势，诗的提炼既要去芜存菁，又不能造成纯而又纯的虚假和粉饰。诗的象征却往往由于受诗人主观意念的支配而呈现出单向性的指归，这就容易造成直奔主题的贴标签和图解观念。因此，在去芜存菁和纯而又纯之间，有时是很难把握其界限的。《沉船》全诗虽然充满悲壮的历史感与现实感，但它在表现这种悲壮气氛的同时，并非一味地着眼于单向性的认同和鼓吹。它充分地认识并体察到"没有升起颂歌或留下遗嘱"是众多"沉船"的现实命运，而不必期望一切都轰轰烈烈：

这就是
所有船只的归宿
大海就这样安排它的未来
安排
清淡的后事

对于历史和现实有着深切了解的人，会把这种坦然与豁达看成理所当然的。人类的一切努力与奋斗，并非所有付出的代价都能引起反响。有一种寂寞的悲哀往往会叩击人们善良的心灵，甚至消磨和扼制人类的奋斗精神；可是人类的理性和智慧正在于能穿透这种寂寞而获得精神上的超越，使寂寞也变成一种警策与激励。面对"惊散的鱼群，像是对失败者的嘲笑"，诗人却满怀深情地以诗笔描绘出一幅令人慰藉的画面：

> 然而，海带草摇荡墨绿的哀思
>
> 浪花开成白玫瑰的墓园
>
> 海洋的旗帜
>
> 蔚蓝地覆盖在英雄身上
>
> 没有一个帝王的葬礼
>
> 这样肃穆，隆重
>
> 没有一面旗帜
>
> 这样巨大，这样起伏无边
>
> 这永恒的睡眠
>
> 覆盖不了世界的希望和病痛

也许这正是"沉船"留给后继者的启示与激励。人类之所以历经磨难而仍然前赴后继，不为权势所逼而卑躬屈膝，不因寂寞所苦而寻求超越，是因为在这些磨难中逐步地认识了生命的意义和价值，体验到作为整个人类生命流程中的一环所不容抹杀的作用。所以尽管无数的"沉船"被海所吞噬，而海却仍然起伏在悲壮的历史之流里，而那些"沉船"：

> 他们长眠于液态的晶棺之中
>
> 断裂的龙骨
>
> 在海洋柔软而宽阔的性格里
>
> 将生长成
>
> 珊瑚粗大的骨骼

读完此诗，人们也许将从其象征形象和意象的蕴涵中产生多方面的联想。不管这种联想具有何等层次上的意义，但它的首要的意义却在于，这是一首能够激发起人们诗美感受的好诗。诗的象征性固然不可忽视，但你无论用什么样的观念和哲理来加以阐释解说，最多只能剖析其意蕴的隐含方式，而绝不能代替这首诗的独立存在价值。

诗的独立存在价值，建立在它自身的艺术意蕴之中。一首真正成功的诗，永远能够使人从中发掘出难以穷尽的底蕴。诗的象征也是如此。人们之所以在某种程度上对象征诗还有偏爱，往往是由于作为"对应物"的象征形象和意象是一种弹性内涵比较广阔的艺术实体，人们的审美触角可以在这一领域作比较自由的伸缩和探寻。不同的人具有不同的生活经历，不同的艺术修养决定并局限着人们的趣味和抉择；而在象征形象和意象中，人们却往往能够寻求到那与自己生活经验与艺术观照能力相适应相吻合的"共振点"，在无限的可变性中感受到一种艺术审美的愉悦。这大概就是近些年来象征手法之所以受到比较广泛运用的缘故。

然而，并不是所有发光的东西都是黄金和钻石。象征手法的运用并不能保证每一个诗人都取得成功。被滥用了的象征手法，也许反而使人产生厌烦和抵拒。当人们看到那些充斥着"礁石""陶罐""飞天"之类的物象的诗篇，而作者却自我陶醉地认为这是在"象征"着什么深玄古奥的哲理时，其实读者早已对这种陈词滥调感到腻味了。问题倒不在于这一类物象不能作为象征的"对应物"，而在于诗人是否认真地把它们作为一种审美对象来观照和表现。"太阳底下没有新鲜的事物"，这句话从客观上说出了一个相当严酷的事实，对从事艺术创作的人来说，无疑是无情的考验。一个真正杰出的诗人却往往能于平凡中发掘出深邃的艺术意蕴来。"沉船"这一意象也并非骆耕野的首次发明，但他却从中找到了能够体现丰富意蕴的象征形象和意象。究其原因，恐怕还是得力于他对历史和现实发展的种种社会现象作过反复深入的观察和思考，这使他能够从中提炼出表现其独特艺术构思的形象和意象。《沉船》的创作，也许可以给那些任意滥用象征手法的人一次提醒：当你试图从事某种象征形象和意象的创造时，是否把握并理解了那生活积蓄所包孕的意蕴呢？

选自《名作欣赏》1987年第4期

写自己和人民相通的那一点
——诗坛新秀叶延滨和他的诗

朱先树

青年诗人叶延滨是近几年来涌现出来的诗坛新秀之一，他的诗歌创作坚持以反映现实生活、歌颂祖国、赞美人民为主要内容，同时在艺术上不断努力探索和创新，因而引起了广大读者的关心和注目。

叶延滨现在北京广播学院文艺编辑系学习，但他已经是有三十二岁年纪的"大"学生了。可以说，生活对他既是厚爱的，也是苛刻的。叶延滨于1949年出生于哈尔滨，后随父母南下到了四川。他的童年和少年是在欢乐和幸福的憧憬中度过的。他曾经幻想过要当一名将军，一名学者，或是一名船长。但生活击碎了他的梦。正当他满怀希望探索人生之路的时候，"文化大革命"的风暴袭来了，父母遭到炮轰审查，自己也受到了不应有的待遇。但他稚幼的心灵不甘沉沦，他决心要迈开大步走向生活。知识青年上山下乡的时候，他来到了延安插队。延安是革命的圣地，叶延滨的父母以及哥哥姐姐都曾喝过延河的水，住过延安的窑洞，延安对父兄们是有过养育之恩的。现在叶延滨虽然是在另外一种情况，另外一种心境下来到延安，但延安人民对他同样负起了养育的重任，同样给他以温暖和爱，这在叶延滨的心灵深处留下了深深的记忆。他说："我不埋怨生活。在生活中我得到的毕竟比失去的多。我得到过许多的欢乐，像海接受过最多的阳光；我尝过深深的痛苦，像海的每一滴水都是苦涩的。正是生活之风赋予我海一样的波涛——爱和憎掀动的感情。"于是"我想到了写诗，要用心中的歌亲吻生息的大地，歌颂祖国，赞美人民"。叶延滨就是这样走上了诗歌创作的道路。

叶延滨开始在文艺刊物上发表诗作是在1975年初。那时邓小平同志主持中央和国务院工作，实行全面调整的方针，工农业生产在由于"四人帮"

的破坏已濒临瘫痪的情况下，开始出现了新的复苏，火车开始正点运行了！这种大好形势，使全国人心振奋，党和祖国又有了新的希望。叶延滨抑制不住内心的喜悦，他借一个铁路巡道工的口唱道：

> 雪花打着旋往身上挂，
> 巡道工披一身冰铠霜甲，
> 冷吗？这是三九天，
> 不，我看到春天来啦！
> ……
> 来了！我听见她亲切的呐喊，
> 一声汽笛传遍万户千家……
> 来了！她呼出的蒙蒙雾气中，
> 柳梢抖落了雪花吐新芽……
> 　　《春，从北京出发》

19世纪英国伟大的浪漫主义诗人雪莱一生反抗暴力，追求自由，用诗歌鼓舞人民的斗争，对未来怀着坚定的信念。他曾在《西风颂》中唱道："冬天来了，春天还会远吗？"预示了革命春天的来临。马克思和恩格斯曾经赞誉过"他是一个真正的革命家""天才的预言家"。在这里我无意要把一个初学写诗的青年和伟大的诗人相比拟，主要是想说明，叶延滨一踏上诗的领地，就是怀着对祖国人民的命运的极大关心和热情，并具有诗人强烈的敏感气质的。这一时期，他的作品，如《钢厂抒情》《矿山英雄谱》《山中雾》《女队长的画》《山村喜事》等等，尽管在内容上还较单薄，有的诗还不能不打上那个时代的一些历史印迹，而且在艺术上也还显得幼稚些，但就总的创作路子来看则是正确的，说明叶延滨同志在诗歌创作中一开始迈步就在正道上。

叶延滨同志尽管自己的生活道路经历过不少曲折，但他对我们的党却有着极为深切的感情，特别是对那些有着光荣革命经历，一生为党和人民的事业奋斗的老干部更是怀着无限的敬重和同情。毛主席和周总理逝世，他都写出过深沉而痛切的悼歌。对"文化大革命"中身遭不幸的老干部，他歌颂他们，歌颂革命的光荣传统，对毁灭党的光荣传统、摧残党的宝贵财富——革命老干部的"四人帮"，则怀着无比的憎恨。还在 1975 年下半年，那时"四人帮"在文艺界正掀起所谓写反映同走资派作斗争的作品，恶毒攻击老一辈无产阶级革命家的歪风的时候，叶延滨同志却写了长达一百多行的抒情诗《一份马兰纸的油印文件》，热情歌颂一个不忘党的艰苦奋斗的光荣传统的老战士，唯愿"毛主席培育的延安精神啊，熔进代代战士的心坎"。这样内容的诗作，在当时当然是不合时宜的，而作者却怀着最大的激愤感情，在正直编辑的热情帮助下，终于九易其稿发表出来了，表达了作者对革命前辈的爱和对"四人帮"的恨。粉碎"四人帮"后，作者在 1979 年，又以"冰下的激流"为题发表两组诗，第一组诗中，《夜里，妈妈哭了》是写作为"铸造孩子灵魂"的人民教师的妈妈，在遭到红卫兵的批斗后，身心受到残酷伤害，使她哭了，但她并不记恨于无知的孩子，甚至对自己委屈的哭泣，也自我劝慰"别这样，你是一个老兵"。《大雪，纷纷扬扬落地》这首诗，则是写刚被批斗夺权的厂长回到家，却又平静地安详地读《共产党宣言》，想到的是工厂的生产、祖国的前途。作者写道：

> 但我看到了，你手中的书在抖，
>
> 我知道，你胸中翻卷着狂涛万丈，
>
> 你起伏的胸膛，分明是堵大堤啊，
>
> 包容着，一个共产党员的力量！

被批斗回家还看《共产党宣言》，这并不是虚假的做作，这正是那特定时代，赤心的共产党员的行动，目的是寻找祖国、党和人民的前途命运的答案，诗中写这种特定条件下，他的胸中翻卷着狂涛万丈的复杂感情是真实的，动人的。《冰下的激流》的第二组诗则是写革命老干部和人民群众的血肉联系。如《为了他们……》就是写一个老区出来，而今又"下放还乡"的干部，在身处逆境的情况下，遇到一个讨饭的孩子所引起的强烈的感情波澜，他由此想到了党、人民、历史、未来：

> ——支前的小车吱吱咽咽地响……
>
> ——支前的鸡蛋筐送上战场……

——大生产的秧歌中兄妹开荒……
不，眼前的故乡孩子乌黑的手掌！

感谢你，孩子，你的小手，
把一个老兵的眼睛擦亮——
个人的荣辱算得了什么？
敌人在损害党，人民正在遭殃！

这里写出了我们党的革命老前辈是如何把个人荣辱置之度外，心中时刻惦念着人民的。"四人帮"对老干部的摧残，也是对祖国人民的摧残啊！叶延滨的另一组诗《那时，我也是个孩子》则又从另外的角度，歌颂了党的光荣传统，写出了革命的后继有人，揭露和批判了"四人帮"的罪行，也十分真挚动人。这些诗，虽然写的都是我们那不幸的年代，党和祖国、人民的不幸遭遇和经历，但格调却是高昂的，激起人民的爱与憎的感情也是鲜明的，强烈的。这样的诗，给人的绝不是消沉退缩，而是深沉的思索，促使人们奋起。

如果说《冰下的激流》等是对革命前辈的敬仰和歌颂，那么《干妈》《儿子》等组诗则是对人民群众最赤诚的赞美。《干妈》既是叙事体诗，也是具有浓烈抒情色彩的短诗的组合。最可贵的是作者用诗的形式为我们塑造了一个普通的中国农村劳动妇女的形象。干妈，这是一个经历了一生劳动和艰苦磨炼的老大娘，她没有名字，她只具有普通农村老年妇女的一般形象：满头白发，佝偻的腰，有一双树皮一样粗糙的劳动的手，干瘪而豁牙的嘴……但就在这朴实的形象后面却有着一颗充满纯洁的爱的善良的心。一个背负"狗崽子"档案袋的知识青年——一个革命的后代，在别人都不敢接近的时候她主动把他留在自己家里，"孩子，咱们老两口也要个帮手，我为你做饭，你替咱担水……"极为普通的话语，包含着多么亲切的怜爱的感情啊！山村没有电灯，为了让"我"晚上能读书写字，干妈竟然在风雪天跑了三十里路，买了个罩子灯，花了一块二角钱，"要三天的劳动，值三十个工分！"这又是何等真挚而动人的感情！干妈在静悄悄的深夜，在灯下为"我"搜着衣衫缝里的虱子，而当"我"没敢惊动干妈，内心却因激动而涌出了两行热泪的时候，干妈却深情地轻轻抹去了"我"脸上的泪花："哎，准又梦见妈了，可怜！"这些生动的描写，把干妈那深情质朴、纯洁透明的慈母之心淋漓尽致地表现出来了。读着这些诗句，谁能不为干妈这种真挚深厚的情谊激动泪下呢？可以说，《干妈》这组诗是近年来描写劳动人民形象较成功的作品之一，它虽然没有表现什么惊天动地的事迹，却真实地揭示了一个高尚美好的心灵。因此，这组诗可以真正称得上是赞美人民的动人乐章了。

诗歌艺术，贵在不断创新。叶延滨同志在自己的创作道路上并不满足于已经取得的成绩。近一二年来，他在艺术的探索和创新上下了很大功夫。不但在题材的开拓上更加广泛多样，在艺术的表现手法上也不断有所变化。诗的内容和艺术色调更加丰富多彩了。发表的数量大有增加，而且艺术质量也在逐渐趋于稳定。

叶延滨近年来的诗作，比较注意思考和抒情，他能自觉地在诗中把深沉的思考和浓烈的抒情结合在一起。如《江河》一诗，把"江"比作"从雪山下来的少女，清澈、纯洁，又有些调皮"。她拒绝了多情的青山的爱情，因为"青山配绿水那是书呆子的诗句，生活的意义在于运动不息"。同时又把"河"比作从高原奔来的小伙，混浊、粗犷，一路唱着歌。他拒绝了湖姑娘的爱情，因为"待在荷花菱叶间，怎知天高地阔"。而江水与河水在山峡汇合，他们却一见钟情，用浪花涛声奏一曲爱情的歌。因为他们有共同的奋斗目标，"到大海去！到大海！"这就是江河的心声、感情和命运！这首诗构思巧，形象生动，优美动人，而且寓意深刻，耐人寻味。《失落的星星》则运用丰富的联想，写夜晚海浪碰击在礁石上发出的星星一样的磷光，歌颂海中的小生命："生，跃在风暴不息的礁面，死，燃在夜色沉沉的海滨。"于是作者由此得到启示，抒发出了自己的誓愿："啊，假如有一天我告别生活之海，愿我的诗句能像这活在浪里的星……"咏物抒情，自然贴切。

有人说，青年一代是思考的一代，这话在某种意义上是有道理的。的确很多问题他们敢于思考，而且观点非常敏锐和深刻。叶延滨的诗也具有这样的特点。如他写十三陵、长城等的组诗，基本出发点和格调是好的。《我的交响诗》则直接从自己的经历和感受，对生命的价值、生活的意义进行了深刻的揭示，这是给诗人智慧，这是智慧的诗。而《都市抒情组诗》《绿色的歌》《煤都抒情》《北京交响诗》等虽然是描写城市生活，却能通过生活中的一些花絮点滴，表现作者对我们的社会生活变化的敏锐观察和深沉的思考。如《崩塌》

这首诗，写在城市建设中，一座三代同室的屋被推土机推倒了，老奶奶和儿孙们各自都有着微妙的感情表现，这首诗题目小，意义却深邃。而《煤都抒情》等在捕捉人们的社会心理的微妙变化方面也是很有特色的。这些诗，在艺术色调上是含蓄深邃的，但也是清晰的，可理解的。另外《岁月》等几组写大学生生活的诗，也涉及了青年人对岁月、人生的思考，对知识的探求等内容，把抒情和思考结合得也比较好。而《色彩狂想曲》则又是在艺术表现上运用了象征，重于情感的内向表现，这种探索和追求，也具有一定的尝试意义。

但是，也要指出：叶延滨同志努力在诗艺的探求上下功夫，这是好的，不过从他近期发表的东西来看，题材内容是开拓了，但也显露出诗人的生活根基浅了，特别是自己最熟悉，理解最深，表现起来最得心应手的东西，显得不突出了；诗的艺术表现虽然更精微了，但有的诗却又显得过于纤巧，因而浑厚扎实又不足了；诗的数量增多了，分量却因此而显得不足，影响反而不远了。叶延滨创作上的这些变化有好的值得肯定的一面，但也存在着一些需要认真思考和注意的问题。这个问题的解决，我想还是要从大处着眼，深入生活，而不应只流于身边琐事，满足于小情小景的描写，因为我觉得叶延滨的思想气质是不长于写这类诗的。在诗艺的探索上，也要把借鉴西方和学习传统结合起来，坚持现实主义的创作方法，在此基础上进行创新就更有坚实的基础了。

当然，艺术的道路是无限宽阔的，叶延滨同志即将从学校毕业走向新的社会生活，将来的生活环境和生活道路，无论对创作的题材内容还是艺术表现方法上的创新都会给予他极大的影响。但是，我们相信，他只要记住自己的信念："要用自己的歌，永远歌颂祖国，赞美人民"在艺术上专注于"写自己的真实的情感，写自己的情感和人民的情感相互沟通的那一点"，那么，他的创作就一定会得到人民的热爱和欢迎，愿叶延滨同志在自己所选择的这条创作道路上坚定不移地走下去。

1981 年 11 月

选自《诗探索》1982 年第 2 期

缠绵的爱

张志民

延滨同志：

收到你的信。久未回信是因为心里没谱。先云、水舟同志带来你的诗稿，说很快即将发排，要我写几句话。本来不敢应承，因来《诗刊》后，终日忙于各种各样的杂事，难以坐下来，但你的诗，我还是想谈谈，这样，把诗留了下来，并把"读对延滨的诗"这几个字，写在我案头的小磁牌子上，以便每天都能提醒我。

两个星期过去了，今天，又见到这几个字，不是在"提醒"，而是在催促，只好把手边的事情放下，开始读你的诗稿。

在与你年龄差不多的一代诗人中，对你，我可说是最熟悉了！你在京读书期间，我们多次相见，你早期的创作《干妈》，给我留下了深切的印象，这首诗的格调、感情，在我心目中所勾出的形象，如果安一个代名词，我愿把它叫作"叶延滨"。此信，你的诗歌创作，又有许多新的探索、新的追求，写了不少好诗，但那个先入为主的印象，却像第一道漆一样，仍是着色最深的，这大约便是所说的"成见"吧！

像当年读《干妈》一样，今天又读到你的《乳泉》。这一些诗，可以说是《干妈》的续篇，因此，我读起来，尤感亲切，仿佛你带了我，重游了一趟黄土高原，我们住在那有"榆木门扇"的窑洞里，住在那贴满窗花的热炕头上，看心灵手巧的陕北婆姨在青石板上，擀着又薄又软的面皮儿，听扎着羊肚手巾的老伯伯，卷着兰花烟，给我们讲着又古老又现实的故事……

你的诗，能给我留下这样一些诗的形象、诗的情绪、诗的感染，这一点就是值得称赞的。

信中说："这本集子，收了这几年写的东西，我自己比较喜欢。"我想，你是有理由喜欢它的。因为它所记下来的，是你自己的一段极不平常的经历，从 1969 年到 1972 年，一个还未成人的孩子，便为命运所驱赶，来到那块既丰厚又贫瘠、既光荣又多难、既可敬又可畏的革命老区延安，和那里的人民群众一起生活了四年之久，你的每一行诗，都是一串有声的音符，高昂也罢，低沉也罢，悲酸也罢，苦涩也罢，都是任何别的声音所不可代替的，这是你的声音。

你信中还说："也许有人认为太正统了一点，但为人为诗，对祖国，对人民，对我们的事业，还是要正统一点好。"你的这一番话，我完全有理由表示赞同。

首先，文学作品，应是最民主的东西，老祖先的文章都可以讨论，今人今作，自然更可以有不同的看法，可以这样看，也可以那样看，而且，同一个批评家，昨天有昨天的看法，今天有今天的看法，甚至，明天还会有明天的看法，这都是正常的现象。至于对"正"这个词的理解，大约也会是因人而异的。我觉得所谓"正统"，无非是指革命传统和文学传统，这两个传统，既应该继承，更应该发展，你的诗，能够体现这一点，恰恰是应该肯定的。也许正因为尊重生活现实，尊重自己真实的感情，你朴实的笔，没有故意去"拔高"，这些诗，像高原的黄土，化作黄河的激浪、涓流，都不失自身的本色。

这本集子里，有不少诗，我读了两遍，不是因为费解，而是要多品一品你诗中的滋味，我喜欢给予我丰富的生活形象的诗，这类的诗，与你所反映的生活比较和谐，《老榆树，不会说话的老榆树》《大娘撩起她的围裙儿》《嫂子》《又薄又软的杂面条儿》《山沟里凿子叮当》《掩不住的果味儿》《黄河的记忆》等，都是很有味道的短诗。它的味道，就在于你写得很真实，甚至是很实在，很扎实。这里要说明的是，我所说的"实"，丝毫也不排斥诗的浪漫主义，不排斥诗的含蓄，意象，虚幻，朦胧，那样写是诗，这样写，也是诗，只要感人，都是好诗。要感人，就必须真实，不说谎。俄国大小说家契诃夫，说过一段很实在的话，他说："艺术之所以特别好，就因为在艺术里不能说谎，在恋爱里，在政治里，在医疗里，都能说谎，能够骗人，甚至可以欺骗上帝……然而在艺术里却没法欺骗……"

你的诗是诚实的，你的信，也是诚实的。正因为这一片诚实，你没有以今天的一个成人的认识，去修改你昔时的记忆：

> 每天我都盼着这
> 漫长的劳作后的聚会
> 给那些揉成油糕似的小本子
> 盖上我的小图章
> 然后后生女子们的打闹
> 老嫂子粗野的取笑
> 一阵心碰心的美好
> ——《脑畔畔响起脚步声》

这种带着孩子稚气的天真感情，在那样的年月里，也是真实的。

> 那树荫后是咱的家
> 装满幻想装满牢骚话
> 只是装不饱肚皮的知青窑呀
> ——《知青窑前的树》

这样的感情，也是真实的，它真实得毫不夸张。

十几年过去了；青年诗人没有忘记"炊烟漂泊"满头白发的老妈妈，"知青走了，妈妈没走"。你怀着对这块土地深深的恋情，几年前，又再次重访，记下你今天的感怀，这些感怀，概括为你的诗句，那便是：

> 高原啊，你爱得真狠
> 你爱得狠啊！我恋得缠绵……

我愿你，永远永远，怀着这种缠绵的爱，来源于永远不尽的《乳泉》……

1986 年 6 月于北京

此文是为叶延滨的诗集《乳泉》（群众出版社 1986 年版）写的序言

新边塞诗的审美特色与当代性
——杨牧、周涛、章德益诗歌创作评断

周政保

　　新疆，是大西北的西北。但这片被称为"边塞"的土地，却占了中国版图的六分之一。它有着举世闻名的辽阔、奇异与神秘：大漠与草原，戈壁与绿洲，奔突的河与剽悍的山，炎热的盆地与积雪的冰川，清真寺的冷月与千佛洞的热土，古丝道上的驼队与驰向东方的列车，汉唐的遗址与只有当代史的城市，绿茵茵的河谷与旷无人烟的边境线，富饶与贫瘠，流放者的过去与开发者的现在，不同的地貌，不同的气候，不同的民族，不同的语言，不同的习俗……这是一块严峻而又充满魅力的土地。它连接着古老的岁月，瞻望着遥远的未来，它以苦涩的乳汁，慷慨地养育了坚韧不拔的人生——同时，也养育了诗与诗人，养育了诗的自尊与诗人的雄风。丹纳说："作品的产生取决于时代精神和周围的风俗。"而杨牧、周涛、章德益的成长，以及他们所写下的大量新边塞诗，恰好印证了丹纳的这一卓越观点。

　　杨牧、周涛、章德益是"新边塞诗派"的主要诗人。他们是属于边塞这块土地的——是瀚海、天山、篝火、镢头、青春、理想……是准噶尔的流亡者生涯与辽远的地平线……是伊犁马的神韵、塔里木的驼铃、昆仑山的铁色与马蹄耕耘的历史……才使他们与诗结下了终生之缘。严酷、旷达、充满了幻想与抱负的边塞生活，不仅冶炼了他们的灵魂，也铸造了他们的诗的品格与气质——那种强悍者的风骚，那种开拓者纵横捭阖的男子气。在这里，他们已分别度过了二十年到三十年的时光。他们不是古代戍边的岑参，也不是近代流放的林则徐，更不是行踪匆匆的当代诗人闻捷、郭小川、贺敬之、张志民……他们是"新疆人"，他们凭借着自己深厚的生活体验，是代表这里

的天空与大地发言的。他们像沉稳冷峻的博格达峰，把自己的头颅伸进苍穹：
"在严寒统治的领域思索／身躯牢牢焊接在大地／以金字塔宽大的底座／保证思想的高度。"（周涛《一座名叫博格达的峰峦所塑的雕像》）

诗人公刘在谈及"新边塞诗派"时说："他们的诗发展了唐代的边塞诗风，不仅仅是苍凉、慷慨、淳厚，而且明朗、刚健、朴实。在他们身上，继承了《诗经》《楚辞》以来的遗传基因，同时活跃着与外来品种嫁接、杂交的勃发的新鲜激素；他们有革命者的昂首，而绝无崇洋者的低眉；他们有开拓者的呐喊，而极少颓废者的呻吟；总之，他们有一种前所未见的强大的优势，前途未可限量。"杨牧、周涛、章德益的诗正是如此。他们吃过苦，受过委屈，各个具有自己的坎坷、不幸与悲哀，但他们不怨恨，不懊丧，不自弃，不沉沦，不因自身的苦涩而叹息，不因边塞的遥远与偏僻而顾影自怜。杨牧在一首诗中写道："如果把诗／写在自己的纽扣上／然后，钉牢，盖棺似的／合上衣襟／如果，举着一面旗帜／旗上是一只／幽蓝的／蝇／如果只热爱属于自己的一隅／只承认世界对自己的承认／那就意味着诗的悲剧的诞生"（《那是一个悲剧的诞生》）于是，诗人在《我是青年》中写下了这样的诗句："我是青年——／我的血管永远不会被泥沙堵塞；／我是青年——／我的瞳仁永远不会拉上雾幔。／我的秃额，正是一片初春的原野，／我的皱纹，正是一条大江的开端"这是诗人的骄傲，也是诗人应该具备的胸怀。共同的地域熏染与时代陶冶，使这三位诗人举起了共同的诗歌旗帜：他们所追寻的，是崇高的魂魄，信念的血素，进取的肌体，豪放的情操，是大漠般的风度，天山似的气质，是那种从边塞的广袤土地上升腾起来的粗犷、沉雄、强悍、浑厚，但又潇洒自如的品格。他们不是满足于抒写"自我"，而是经由"自我"——以"自我"的高亢肃穆之情，开掘与表现一个令人惊异的独特世界。

他们探索着"生活的美，精神的美，心灵的美"（章德益）；他们倾情于"力量之美，速度之美，动态之美"，渴望从这块曾是"丝绸之路"横卧与伸延的神奇土地上，打捞起顽强坚韧的人生，以及那种昂扬而凝重的"志士情"与"将军气"（周涛）；他们不喜欢"人比黄花瘦"的凄切，不喜欢小庭院里的清淡婉丽与病态的缠绵悱恻，他们崇尚气势磅礴的"惊涛裂岸"，崇尚阔大的含蓄与恢宏的悲壮（杨牧）……他们虽然已步入中年或将入中年（假如中、青年的界限是四十岁的话），但作品恰如西部的新生山系，充满了青春的朝气与生命的活力——

"我是廊——云中有志！／我是马——背上有鞍！／我有骨——骨中有钙！／我有汗——汗中有盐！"（杨牧《我是青年》）

"我是一粒草籽／绿洲把我托付给漂泊的风／虽然我渺小／但我也有翡翠色的梦／我梦想着，这颗星球都被绿色覆盖／而不再有绝育的土地，拒绝春的温存"（章德益《一粒草籽的梦》）

"我的爱情属于这边远的角落／全世界最崇高的山峰就属于我／全中国最浩瀚的大漠就属于我／我的位置在这个边远的角落／鲜花照样在我身边开放／星光照样在我头顶闪烁"（周涛《我的位置在这个边远的角落》）

他们像"野马群"，"兀立荒原／任漠风吹散长鬃／引颈怅望远方天地之交／那永远不可企及的地平线／三五成群／以空旷天地间的鼎足之势／组成一幅相依为命的画面"（周涛《野马群》）他们虽是诗界之一族，但与众是那样不同（"同是马的一族／却与众马不同"）。从阿尔泰山到天山到昆仑山到万山之王的喜马拉雅山，那辽远、苍凉、严酷、凝恒的领域，那真正称得上"中国西部"的广阔土地，构成了他们独特的审美视野。那山、那河、那大漠、那草原、那垦区、那绿洲、那闪光的雪岭，那潜动的冰川，那兀鹰、骏马，那驼队、羊群，那亘古如斯的日月与苍穹，以及那世世代代生息在这片天空下的人……似乎都在他们的诗中获得了新的生命与新的精神——他们捕捉到了自己的思情，领悟到了自己心灵深处所涌动的意志与力量。于是，整个边塞仿佛都受到了他们的感应，都在他们笃诚信守的、充满了主观色彩的艺术王国里复活了、再生了、升腾了，而且是全新的姿态与全新的蕴含……从这里，我们看到了一种诗歌创造的奇迹：他们的诗，虽以荒僻的自然界与边远的塞外生活为抒写对象，却神差鬼使地留下了深沉而又浓郁的当代性色彩。如周涛的诗集《牧人集》《神山》、组诗《驼队，瀚海的精灵》《多彩的崇山峻岭》《马蹄耕耘的历史》《猛士和山》《冷月下的热土》；又如杨牧的诗集《复活的海》《夕阳和我》《野玫瑰》、叙事长诗《塔格莱丽赛》，组诗《呵，大西北……》《呵，夏草原》；再如章德益的诗集《我和大漠》，组诗《天山的千泉万瀑》《寻找新大陆》《我应该是一角大西北的土地》，都给人留下了一种与整个时代息息相通的印象——对象是古朴的、偏僻的，但思情却是现代的、体现社会生活主潮的。诚然，这种当代性色彩的展呈，既不是情景的直接勾勒，也不是现实画面的简单描摹，而是一种曲折复杂的、反照性的精神飞扬，一种渗透与融化在抒写内涵中的思情显现，一种只有在鉴赏瞬间才能感应到的心绪与哲理的突然顿悟。如周涛的《河岸上的暮色》："不知是炊烟搅浑了暮色/还是河水染浓了暮色/生活的幕宣布一场终结/落日想用句号终止月亮却用逗号表示间歇/暮色收去了的/晨曦会重新还给我"诗中既没有写时代，也没有写沸沸扬扬的社会矛盾与生活冲突，而只是写了"暮色"，但人们不难感觉到其中的激情涌动，那是一种沉重而轻松的新旧交替感，一种从今天走向明天的喜悦与沉思。

不言而喻，这种诗的当代性色彩，不仅不与奇异的边塞风情相矛盾，而且恰好与苍茫浩荡的西部格调相统一与吻合。实际上，杨牧、周涛、章德益诗的当代性色泽，正是通过多姿多彩的地域性特点而获得显现的。在这里，地域性只是一种诗情诗意的外壳，而在这层外壳所包笼的内核中，却奔突着岩浆般的、属于我们这个时代的地热力量。因此，我们也就从一个亘古而神秘的天地中，窥见了另一个播放着 20 世纪 80 年代进行曲的思情世界。

当我们剖析新边塞诗的这种艺术传达现象时，就必然地会注意到诗人（作为审美主体）的审美眼光的质的构成，而这种质的构成，是导致诗的思情意蕴的深度与力度的最直接的因素。我们知道，无论是杨牧，还是章德益、周涛，他们像现阶段的中、青年诗人一样，经历了整整一个时代的大动乱、大荡涤、大变迁。他们见到过那个疯狂的岁月，见到过恐怖，见到过劫难，也曾为大漠的晨昏、为天地间血腥的牢狱而感到迷茫与惊愕，但他们像杨牧在《我骄傲，我有辽远的地平线》中所写的："准噶尔人呵，失去的恐怕比别人更多，/因为他偏僻，但也失去了华贵的缱绻。/准噶尔人呵，得到的恐怕比别人更少，/因为他边远，但却得到了难得的辽远。/于是我赞美粗犷和爽快，/于是我敬重豪放和乐观；/于是我不信看不到辽远能'看透'一切，/——因为我愿将阻隔明天的一切看穿！"严峻的边塞生活，极为自然地使他们获得了一种豁达而粗放的世界观（包括诗歌艺术观），那就是深邃悠长的历史意识，昂扬进取的人生态度，排斥了孤立性的整体眼光，以及那种能把一切抒写对象纳入自己的情绪轨道的思辨能力……于是，自然不再是自然，边塞不再是边塞，马背上的精神不再是仅仅属于牧民，驼峰上的品格不再是仅仅属于旅人，高山上的魂魄不再是仅仅属于士兵，垦区的土地上所高扬的情操也不再是仅仅属于拓荒者……犹如注入了新的血液，使诗的肌体呈现出只有我们这个时代才可能产生的潮红。这种诗的当代性的表现形态，使他们的作品焕发出一种谁也无法替代的光彩与魅力。

不难发现，审美过程中的历史感，是造成这三位诗人的新边塞诗当代性的最重要的驱力。就是说，当他们洞察生活、审度现实与捕捉思想寓意的时候，异常理智地占据了一个具有重大美学意义的位置：即昨天与明天的交接点。这就是他们最基本的当代性观念——"它是长长的铜管乐器上／正在按奏的那排乐孔，／它是高高的理想之峰前／正接纳足印的那级石梯，／它是现实与未来之间／办理接交的那段走廊，／它是前人的遐想与后人的回顾／之间的天地"（杨牧《当代》）。对于人世的这种理解，使他们具备了一种足以俯瞰整个世界的开阔视野。他们面对着今天，而今天并不是突然产生的，它是昨天的继续、明天的开始。他们自觉地充当历史的儿子，"如果不能成为整个历史的儿子，就算不得真诗人"（周涛）。他们不仅赋抒写对象以严峻的态势、强悍的生命与热腾腾的内在感情，而且始终把它们看作永远不会死亡的历史大树的一圈年轮，看作是永远不会止息的社会长河中的一朵浪花……如周涛的《纵马》《转场》《野马群》《荒原祭》《猛士》《古战场吟》《蒙古人唱起古歌》等作品，正是在一派边塞风光的抒写中，敏捷地领悟到了那种只有在当代天空下才可能旋起的历史回声，以至人们读这些诗的时候，可以感应到一种继往开来的沉重与欣慰，一种今天的自尊与明天的豪迈，一种从回顾与展望中升起的严峻的责任感与奋进气质。又如杨牧的《夕阳和我》《我在绿洲沙海间》《处女地》，章德益的《大西北，金色的史话》《他向荒野走去，他的投影》《他站在绿洲与荒野之间》《他撒种了，手臂划出个大大的圆圈》《他抓起一把种子，掂了掂》《他播完了，听了听大地的回声》，作品所抒写的那些活跃在荒漠与绿洲、夕阳与黎明之间的拓荒者形象，全然是历史与时代的象征，过去与未来的象征，或者说，那是一种"前不辱于古人，后无愧于来者"的当代精神的象征。"旭日，把他长长的身影，／投在人间，／像一个伟大的破折号，／横在荒野与绿洲之间，"这"破折号"，不就是一条驶向理想彼岸的金色航道吗？富有整体感的历史意识的贯穿，使新边塞诗的上空升腾起一片当代人的精神折光与情感彩晕。而这种当代光彩的哲学内涵，也许可以这样概括："我们这一代／不能让我们的时代／成为历史的一声长叹"；或者说："即使我们在荒原上建成一座宫殿/也希望自己的后人说：/他们没留下什么/留给我们的/仍然是一片待垦的荒原"（周涛《荒原祭》）

他们是亚洲中部荒原的跋涉者。那种难以想象的艰辛生活，冷酷无情地磨砺着他们的意志与耐力——他们付出了，但也收获了，那就是顽强的人生观念，以及这种观念中的搏击精神。这里只养育强者与长跑者，而拒绝一切仅仅是为了求生的弱者与投机取巧者。这是杨牧的《长跑者》："……艰辛与漫长跟着你/诚实与善良跟着你/荣誉与赞美跟着你失败与胜利跟着你/然而那条地平线/爱人的/眉弓/却在盼着你的前胸/撞出一片欢狂的海浪"诗人们的确从犷悍的土地上，开掘出了犷悍的人生，那是大西北开发者的人生，那是为了一个伟大的目标向永不停息地奔跑的人生，那是当代中华儿女为了改变民族命运而不挠地奋斗的人生！这种人生就像盘翔于周涛的想象世界中的鹰，那是"思想的大鸟"："背负太空，浩渺的天宇没有止境/腹垫雄风，温暖的人间生气熏熏/翅膀总要在起落升沉中变得强劲/雷电疾风造就一副冒险的灵魂！"（《放鹰》）他们唱着开拓者的歌，躺下，是一块新的绿洲；站起，是一片新的山系："大西北，雄伟辽远的大西北/奔驰着：风、云、烟沙、马蹄/列祖列宗开发的地方/悍野的自然，强者的领地/红柳丛点亮风沙中的辉煌/地平线展开梦幻般的神秘/遥远的沙柱摇摆着地球的旗语"。（章德益《我应该是一角大西北的土地》）在这里，伟大的人生种植着民族命运的天光、露珠与雨滴，但引领这种豪情的，却是人生的一个又一个的信念。信念，在诗人的全部抒写中，宛如一团团明朗而又凝重的星云，集聚着历史的理想与无穷无尽的热力。不过，信念的金字塔是坐落在坚硬结实的土地上的，而正是自然环境的严酷与历史生活的苦痛，才使信念的火花在人生的驰骋中爆发出动人的光彩。在新边塞诗的艺术世界里，无论是铁色的大坂、幽蓝的冰山、静穆的瀚海、骇人的荒野，还是悠长的驼铃、流沙掩埋的废墟、马蹄叩击边境线的回声、通向天空的喀喇昆仑之路，都以苦涩沉稳的姿态与人生化的格调，浮动起一种永恒的力感，一种百折不挠的信念感。他们推崇土地（如杨牧的《我从土地来》《我捧起一捧北方的泥土》《我在处女地上说》），是因为土地滋养了艰辛执着的进取心；他们讴歌高山（如周涛的《一座名叫博格达的峰峦所塑的雕像》《角力的群山》《神山》）是因为高山凝聚了坚韧不拔的自信感；他们钟情大漠与绿洲（如章德益的《大漠之静》《我与大漠的形象》《龙影》），是因为豪情的瀑布，在这儿可以找到倾泻的高度，而人生的地平线，则可以在这儿找到开拓的炊烟……他们所写的一切，都呈现出一种伟大人生的整体意识，以及这种整体意识中信念的支撑点。

从诗行之间涌流出来的历史感与人生感是十分自然的，不仅给新边塞诗涂上了一层当代性的沉思釉彩，而且从中蒸腾起一种崇高性的美学气息。在这里，当代性获得了一种崇高范畴的表现形态，而两者的交织、混合与相辅相成，则最集中地体现了我们这个变革时期的社会素质及与之相适应的精神时尚。不过，新边塞诗的这种特质，并不是依靠"点明"的方式直接获得的，而且经由情感的流淌，自然而然地飞扬起来的——它仅仅是一种暗示与启发，或者说，仅仅是一种审美眼光的对象化。它的特点在于：不是以外在的方式向读者说明与宣告，而是以内在的意蕴让读者自己感应与彻悟，甚至是更进一步的联想与发挥。这种文学当代性的美学价值，是任何直奔主题的浅露性作品所不能比拟的。因此，那种认为新边塞诗缺乏当代性的观点，恰恰是非文学意识的表现。

就总体的创作追求及作品气质而言，这三位诗人的审美特色的确不乏相通之处。但杨牧毕竟是杨牧，周涛毕竟是周涛，章德益毕竟是章德益，个体的位置是整体所无法替代的。窥见了这三位诗人的不同个性以及不同个性中所凸现的、包括当代性色彩在内的审美近似性。

周涛是一位军人诗人。他的主要抒写对象是新疆的民俗风情与边地的军旅生涯，冷峻、沉雄、深邃、潇洒而又充满悲壮感，构成了他作品的主要美学特色。他在边塞这块土地上整整生活了三十年。他曾怀着深情，朝拜过纵横西部的阿尔泰山、天山与昆仑山，以及被这三座大山切割而成的三大盆地：吐鲁番、准噶尔与塔里木。他不像那些初来乍到的诗人，容易被那奇异的自然风光与生活格调所俘获。虽然，他也迷恋这里的山、鹰、马……但他绝不是为了写山而写山、写鹰而写鹰、写马而写马……因而，与其说他是诗人，还不如说他更像沉思的哲人。在他那些交融着"冷月"与"热土"的想象中，到处奔涌着苍凉而又浩荡的历史风云，驰骋着人生的热情与进击的雄心。

而杨牧，则倾向于那种充满了社会思潮力度的、豪迈而又奔放的抒写方式。他从土地来，又回到土地去，荡漾着底层劳动者的热忱与思索。他是准噶尔的"纤夫",拉着"辽远的地平线"。希望,是他的出发点与归宿点。他的诗,像是他自身的热血在沸腾,旷达中包孕着永恒的自信与扑向明天的毅力。如果用"深沉"来描述周涛创作的当代性,那杨牧就可以运用"热烈"这个词,而且,杨牧的这种"热烈",是从苦难与艰辛中凝聚起来的,所以显得格外执着与富有分量。而章德益的当代性,则是在恢宏奇诡的幻想中实现的。他是当代诗坛的幻想家,他在他的作品中,不断塑造着一个巨人的形象,一个拓荒者的高大身影。他调动着宇宙舞台上的斗转星移、沧桑更替,并以其博大、狂放、神异、浪漫的思情,展现着当代中国的民族之魂。

这是塞外土地上的三条诗的河流。他们以不同的思情方式,表达着这片土地与这个时代的意愿与凝力。他们的当代性,既不是题材内容的简单同步,也不是社会口号的直接标示,而是一种整体思绪与现实生活的并驾齐驱,一种新的诗歌意识与新的社会心理的微妙吻合,一种抒情格调与崇高感的精神默契。他们抹去了斧凿的痕迹与所谓"时代精神"的"露头",而人们感到的,恰恰是一种真正的、充满了个性化色彩的当代性旋律。这种旋律可以是"无标题"的,但它时时呈现着自己的既定方向——这方向就是自我心绪中的历史使命感,就是诗人主观世界中的时代责任感。倘若要说得具体一点,那就是杨牧的那句话:"我们的作品,总不能使悲哀者听了更悲哀,想自杀的听了提前自杀。""这是一个作家的品德!"

一般地说,诗的当代性,也应该体现在创作方法与传达形态的更新上,特别是现实主义在自身实践中所呈现的那种吸收能力与主观创造性,不能不认为是一种高水准的当代性标志。就杨牧、周涛、章德益的新边塞诗而论,我们很难获得这样的评断:是传统的,还是非传统的?但有一点却异常强烈,他们的作品是"新"的:新的格调,新的思情,新的装扮,新的表情达意方式。其中有承接与发扬,但更多的是创造。他们寻觅着这样一条路:"一条铺在现实主义的土地上,既能连着民族传统又有某些现代手法,真正属于现代中国读者的路!"杨牧的这番话,几乎道出了他们的全部艺术主张。而他们正是在这条道路上,创造了一种 20 世纪 80 年代的诗歌新艺术。

他们的诗,摆脱了那种表层性描写的束缚,摈弃了那种仅仅满足于拍摄镜头、临摹风情,或以民族特点饰缀其间的表现方式,而以一种隐含的、意象化的传达手段,使诗的思情寓意活跃在写实与象征之间,做到了意与象的交融、心绪与画面的叠合。他们写山、写鹰、写马，是为了寄托一种时代的精神；他们写大漠、写草原、写绿洲，是为了传达一种开拓者的气魄；他们写夕阳、写暮色、写黎明，是为了表现一种除旧布新的社会心绪；他们写维吾尔人、哈萨克人、蒙古人、锡伯人，是为了揭示一种天风般的历史意志与人生向往……因而他们的思情，一旦进入他们的抒写王国，就具备了某种强大的审美超越性——超越了边塞的时空，超越了题材本身的意义。这样，诗的特质不仅在哲学上囊括了时代的基本精神，而且以其深刻的思辨力量，托起了一种具有相对永恒色泽的艺术品格。哪怕是一颗沙子、一片绿叶、一捧泥土、一座雪峰、一匹马、一面鼓、一缕云彩、一个渡口，诗人们都可以寻找到某种相对应的历史意识与人生信息，从而展示出当代社会与未来世界的光辉图景，假如把写实性的具象展现当作诗歌艺术的基础，那他们所大量运用的象征手段，就是一种支撑在这一基础之上的杠杆。他们正是依仗这一杠杆的审美力量，撬起了一个神采飞扬的境界，一个充满了"抽象美"气息的、超越了实体世界的精神天地！

可以说，新边塞诗的产生，是 20 世纪 80 年代变革现实的产物，是一个正在崛起的民族的精神风貌的情感结晶。从这一意义上说，新边塞诗不仅是属于边塞的，也是属于整个民族的。我们透过杨牧、周涛、章德益的诗，看到了一个进取民族的伟大形象，看到了一个正处在开发现状中的古老国度的腾跃姿态，看到了一条历史的河，以及这条河流经当代土壤时所唤起的人生气质与奋斗决心……一切都是悠久的、沉着的、含蓄的，但一切又都是新鲜的、明朗的、严峻的。于此，我们看到了当代诗坛的一片曙光——这片曙光正在大西北的角升起！

1985 年元月完稿于天山北麓

选自《文学评论》1985 年第 5 期

青春，思考与发现的年华

张同吾

1979 年，我国的诗歌创作进入了一个崭新的阶段。它的最鲜明的标志，是恢复了诗歌真诚的品格。诗人能够在新的天地里说真话，抒真情，以他的由衷之言去摇撼人们的心，诗歌的触角也向时代和人生的更宽广更纵深的领域延伸。接踵出现的有血有肉的诗篇的代表作，是部队青年诗人叶文福写的《将军，你不能这样做》和部队诗人雷抒雁写的《小草在歌唱》。叶文福和雷抒雁并不是这两年在诗坛上出现的新人，但在新的历史时期，他们的诗以崭新的面貌出现在诗坛上。他们最早地，也是成功地开创了诗歌干预生活和诗歌剖析自我的先河，因而在文艺界和社会上引起了强烈的反响，受到了普遍的赞扬。

《将军，你不能这样做》有这样简短的题记："据说，一位遭'四人帮'残酷迫害的高级将领，重新走上领导岗位后，竟下令拆掉幼儿园，为自己盖楼房，全部现代化设备，耗用了几十万元外汇。"诗人出于对党和人民的高度责任感，对于侵害人民利益的不正之风，进行了尖锐严肃的批评。诗人的感情是十分真挚诚恳的，他没有忘记将军的历史功绩，正因为这样，才为他今天的思想行为痛心！诗人向将军发出赤诚而又强烈的呼喊，"穿上当年的红缨草鞋，去吻吻你曾经为之流血的土地吧！""但愿我的诗句也化作万钧雷霆，挟带着雄风冲进你的耳朵，冲进你的心窝，在这新长征的路上，且听前进的后人和前进的法律一道大喝一声：'将军，不能这样做！'"全诗义正词严，情真意切，充分表达了人民的心声。遒劲的诗句点燃的烈火，使每个正直人的心，都会因之灼热。

雷抒雁的《小草在歌唱》是一篇构思新颖、感情深挚、气势磅礴、感人肺腑的佳作。它不是孤立地、客观地歌颂张志新烈士，而是通过抒情主人公的自我形象，反映了人民的愤怒和时代的悲哀。张志新"虽然不是，面对勾子军的大胡子连长，她却像刘胡兰一样坚强；虽然不是，在渣滓洞的魔窟，她却像江竹筠一样悲壮！"我们"不是有宪法吗"？我们"不是有党章吗"？"可是，她却被枪杀了，倒在生她养她的母亲身旁……"面对着淋漓的鲜血和残酷的现实，诗人能够在严肃而又痛苦的思考中自省：

> 我是军人，
> 却不能挺身而出，
> 像黄继光，
> 用胸脯筑起一道铜墙！
> 而让这颗罪恶的子弹，
> 射穿祖国的希望，
> 打进人民的胸膛！
> 我惭愧我自己，
> 我是共产党员，
> 却不如小草，
> 让她的血流进脉管，
> 日里夜里，不停歌唱……

　　每一个时代，都会产生它独有的心理特征。《小草在歌唱》这首诗，难能可贵之处正在于：诗人通过自我灵魂的剖析，引起千百万人的共鸣，反映了一代人共同的心声。

　　诗人，在生活的激流中思考，在思考的长河中不断发现生活的真理，不断地深化诗歌的主题，同时，又不断地发现和重新认识诗歌艺术的特殊规律。新的时代，为诗歌艺术的探索者开辟了更为自由更为广阔的天地。在这样的背景下，一大批青年诗人以令人耳目一新的面貌，出现在中国诗坛上。他们丰富多彩的创作实践表明：诗歌，可以是锣鼓和号角，也可以是洞箫和提琴；可以是炸弹和旗帜，也可以是小夜曲和咏叹调。但有一点是十分明确的，诗，必须言志抒情。这些新人新作的共同特点是：摒弃了传统的对生活场景的描摹方式和抒发感情的表现手法，通过对具体形象的描绘，寻觅和发现生活真理映在诗人心底的折光。灵敏地捕捉更真实、更细微的心音的颤动。

在新近涌现的大批青年诗人中间，较为突出的是福建厦门灯泡厂的女工舒婷。

舒婷的爱情诗《致橡树》在《诗刊》（1979 年 4 月号）发表之后，受到了广大诗歌爱好者的赞扬，引起了文艺界的重视。这首诗既带有时代的深深的印记，又有鲜明的诗人自我形象的主观色彩。它猛烈地鞭笞了传统的封建意识的潜流，热烈讴歌了女性应有的自尊和独立的人格。"我如果爱你——绝不像攀缘的凌霄花，借你的高枝炫耀自己；我如果爱你——绝不学痴情的鸟儿，为绿荫重复单调的歌曲。"她坚持这样崇高的爱情信念：不能你是橡树，我是凌霄花，"我必须是你近旁的一株木棉，作为树的形象和你站在一起"：

你有你的钢枝铁干，
像刀，像剑，
也像戟；
我有我的红硕花朵，
像沉重的叹息，
又像英勇的火炬。
我们分担寒潮、风雷、霹雳，
我们共享雾霭、云霞、虹霓。

因为她忠于自己的感受，从独立而深刻的思考中，发现了生活的真理，因而才能拨动心灵的琴弦。她用连续性的细节描绘，层层深入地展现诗歌的主体形象，又是在议论中表现形象的内在统一和完整，因而就更富有浓厚的抒情意味。

舒婷的诗，有着密度较高的形象，并赋予这些形象以诗意。她可以从"河边破旧的老水车""额上熏黑的矿灯""干瘪的稻穗"里看到祖国贫穷落后的现状；同时，又从"新刷出的雪白的起跑线"和喷薄欲出的"绯红的黎明"，看到祖国的希望（《祖国啊，我亲爱的祖国》）。她是在无限广阔的生活和思想的领域里，张开想象的翅膀，在丰富多彩的形象里，去发现诗意。因而，一粒小小的珠贝，在诗人看来，就成了"大海滴下的鹅黄色的眼泪"。"当波涛含恨而去""它是英雄眼里的颗颗眼泪，也和英雄一样忠实""当海浪欢呼而来""它是少女怀中的鲜花玉叶，也和少女的心一样多情"（《珠贝——大海的眼泪》）。这样，珠贝就成了人民感情的凝聚物，就成了时代悲喜的见证人。我们可以看出，她捕捉形象的过程，正是她发现或印证生活真理的过程。

舒婷和她的同代人，是在一个黑暗取代光明、兽性排斥人性的特殊的历史条件下，走进了人生的门槛。他们是"目睹了血腥的光荣"和"记载了伟大的罪孽"的时代，他们自身也倍受生活的磨难，因而形成特有的精神气质和心理特征。所以，舒婷诗中的抒情主人公的形象，也是一代人的侧影，他们有悲哀，有隐痛；既迷惘又清醒；既软弱又坚强。她以女性特有的温婉与静谧，细微地体察和忠实地表现了青年一代矛盾复杂的心境，揭示了青年一代从沉迷到觉醒的艰难曲折的过程。正是由于这样，舒婷诗作中的抒情主人公往往给人一种沉静的甚至是孤寂的感觉。但她并没有颓唐、没有沉沦，就连叹息声中，也有一种坚实的生活的勇气和信念。在《这也是一切》这首诗中，她这样写：

> 不是一切呼吁都没有回响；
> 不是一切损失都无法补偿。
> 不是一切灭亡都覆盖在弱者头上；
> 不是一切心灵
> 都可以踩在脚下，烂在泥里，
> 不是一切后果
> 都是眼泪血印，而不展现欢容……

她反对人生虚无的沦调，她认为不能说"一切都是命运，一切都是烟云"，而是"一切的现在的都孕育着未来，未来的一切都生长于它的昨天，希望。而且为它斗争，请把这一切放在你的肩上"。可以说，她诚实的声音，发自她的心灵，是她对于人生的发现。

舒婷的诗善于把抽象的感情凝聚为形象，用精心描绘的生活细节去概括生活的面貌，揭示事物的本质。她大量使用隐喻和象征的修辞方法，来表现自己的意象。这样利于表现当代人复杂的内心世界。很明显，她接受了一些欧美现代派诗歌艺术的美学原则和表现手法，构成了她特异的艺术风格。她虽然显露出可贵的诗的才华，还需要吸取更丰富的艺术营养，使之日臻成熟。

舒婷以及同她风格相近的一些青年诗人的出现，给我国诗坛带来新的生气，他们的创作扩大了诗歌的领域。条条大路通罗马。只要剔除神秘的色彩，力避晦涩的倾向；只要讴歌真善美的力量，各种风格、各种创作方法，都有生存和发展的权利。

另一位有才华的青年诗人是四川的傅天琳。她的诗，带着果园的清香和恬淡的气息走入诗坛。在反动的血统论肆虐的年代里，她作为被侮辱与被损害者，饱尝了生活的苦果。她的诗里，有对光明的翘盼，有对黑暗的愤懑，有对美的执着追求，有对时代的深沉思考。《早落的果子》可看作她的代表作，在这首诗里，她以"早落的果子"为喻体，反映了被人为的偏见而抛弃在社会角落里的青年们的心弦的震颤："我还没有成熟哩，我应该长在树枝上；是风把我吹掉的吗？还是缺乏光和水的营养？"她的诗，能够在广大读者中间引起强烈的共鸣，并非仅仅因为她真实地反映了心灵上的伤痛，更多是因为，她的诗里有一种跃动的向上的力量。"不要再唱秋风落叶悲凉的歌。此刻，它又听见春的召唤，要紧的，是赶快与泥土汇合……"（《落叶》）她善于在生活中捕捉形象，在对形象的描摹中开掘美的东西，阐发美的力量。在《你考上了音乐学院》这首诗里，她把送别的礼物："一串葡萄"看作是"亮晶晶的、淡墨色的音符"，视觉形象又随着思路的延展而变幻，这些美妙的音符，又汇成"爱情和艺术的交响"，使诗的意境蕴藉清馨、开阔辽远。她的《夜露晶莹》《太阳河》，则写得活脱圆彻，意象新朗。在《港口情诗》的画面上，让港口与果园交替出现，使现实和理想相互辉映，充分表现了抒情主人公对生活赤诚热爱的形象。在《高高的橘子树上的刺》这首诗里，她这样写道：

> 你是要划破我金红而甜美的记忆吗
> ——高高的橘子树上的刺？
> 不，不会的！
> 你没有划破赤子的心，
> 只是损伤了手上可以愈合的皮。

也许，事实并非这样轻松，生活的不平还在心里留有深深的隐痛，但她却有着对祖国、对未来苦恋的衷肠，并且表现得淋漓酣畅！有时，她也有着冷峭的语句，蕴含着深刻的哲理：

> 我说茧子是一枚小钱，
> 买得回牛奶、面包，
> 却买不回二十一世纪。
>
> 《茧子》

这是年轻一代对于劳动观念认识上合理的突破，也许让人感到唐突，但静心思索，其中确实包含着人们对于科学发展和人类进步的要求与渴念。傅天琳的诗风已经形成，技巧也比较圆熟，但生活的视野还不够广阔、诗的题材还不够宽广。

张学梦，是以发表了《现代化和我们自己》《休息吧，形而上学》引起了诗坛的注意的。他的诗尖锐泼辣，往往直抒胸臆，有一种奋进精神和昂然正气。他能够从时代的变迁中，看到历史演进的规律。"过去的已经刻在纪念碑上，辩证法很自然地淘汰过去，向前看吧！重要的永远是现实和未来，任何东西都会陈旧的——知识、经验、生命、荣誉……为了获得永不衰竭的力量，必须不断地把新的营养吸取。"昂扬，是他诗歌的基调；前进，是他诗歌的主题。在《休息吧，形而上学》这首诗里，他以比较形象的语言，对于形而上学的种种表现形式，进行了深刻的揭露。"凝固在铅板上的思想就成了真理的终结""理论成了法官，实践反而站在被告席上""一个庞大的乐队演奏着一个音符的乐章"……他对思想的僵化和偏执，进行了准确生动的概括："赞美太阳，就抹杀其他恒星的光芒。钢铁重要，就任金银在地底沉睡。为了粮食，又砍伐林木，垦耕草场。人是最宝贵的，打倒'人口规律'。工农的老茧好，就毁灭文化，讴歌文盲。"诗人，有着强烈的时代责任感，他向我们每一个人呼喊"从自己的心室里开始清扫吧，翻箱倒柜，打开所有的门窗……"张学梦的诗以尖锐明朗的见解和大开大阖的气势著称，但缺乏深沉、含蓄和流动的诗情。

杨牧，在《我是青年》这首诗的小序里，这样介绍自己，"生于1944年，

36 岁，属猢狲。因久居沙漠，前额已刻有三道长纹并两道短纹；因脑血热，额顶已秃去 25％左右的头发。"但他确是"青年"。这是真的，因为"这个特殊的时代酿成了青年特殊的概念"。这首诗，既富有历史感又富有时代感，诗的字字句句都充满了浓厚的爱国主义的深情。"我爱，我想，但不嫉妒。我哭，我笑，但不抱怨。我羞，我愧，但不悲叹。我怒，我恨，但不自弃。"——这是经历了生活的磨难，和觉醒成熟的一代青年人共同的心声！这是一代人思想的主潮，从中我们都会得到巨大的鼓舞力量。诗人，向着蓝天和大地、坦诚相告：

　　我是青年——
　　我的血管永远不会被泥沙堵塞；
　　我是青年——
　　我的瞳仁永远不会拉上雾幔。
　　我的颏额，正是一片初春的原野，
　　我的皱纹，正是一条大江的开端。
　　我不是醉汉，我不愿在白日说梦；
　　我不是老妇，絮絮叨叨地叹息华年；
　　我不是猢狲，我不会再被敲锣者戏耍；
　　我不是海龟，昏昏沉睡而益寿延年。
　　我是鹰——云中有志！
　　我是马——背上有鞍！
　　我有骨——骨中有钙！
　　我有汗——汗中有盐！
　　祖国啊！
　　既然您因残缺太多，
　　把我们划入青年的梯队。
　　我们就有青年和中年——双重的肩！

这首诗刚刚同广大读者见面（原载《新疆文学》1980 年 10 月号，《诗刊》1980 年 12 月号转载），现在却不胫而走，在青年和中年的各种集会上被热情朗诵。这说明，诗人以自己的心弦的震颤引起了人民心灵上的共鸣！这首诗的可贵之处在于，他发现并且表现了时代精神！"没有哪一次巨大的历史灾难不是以历史的进步为补偿的。"这是科学的箴言，诗人所表现的，正是催进历史进步的精神力量，因而，不仅是真实的，也是深刻的。他写的另一些诗《站起来，大伯》（《星星》1980年1月号），《天安门，我该怎样爱你！》（《诗刊》1980年10月号），都写得感情浑厚，思想深刻，气势磅礴。

近两年涌现的，颇有才华别具风格的青年诗人，绝不止上述几位。他们以新军突起的姿态，以前所未有的风貌，出现在中国诗坛上。他们正在成长，尚有待成熟和完美。倘能谦虚，倘能奋进，倘能博采艺术营养，他们会有成就的，人民，在瞩望着。

选自张同吾《诗的审美与技巧》，中国文联出版公司1988年版

人格价值与心理补偿
——桑恒昌诗作散论

张同吾

　　《黄河诗报》主编桑恒昌是活跃在当代诗坛上的中年诗人，他无疑是以个体的价值与方式"生活在整体之中"的，同时又是"整体生活在"他的"个体之中"，因此，他的诗必然呈现出鲜明的个性特征，同时又不可能具有同"整体"精神的一致性。在诗的土地上辛勤耕耘奋发跋涉二十余年，他在欢欣与痛苦相交错的日日夜夜里，寻找与营造一个"诗的家园"，同时又是高标着他的性格气质和品格风貌的精神世界。他在新出版的《光，是五颜六色的》这本诗集里，第一页便写下了这样掷地有声的诗句："方格上点种的何止是文字？/诗库房的大门后面，/是诗品和人品的化合。""我说我在写诗，/诗说诗在写我"（《我与诗》）这样，我们就不难理解他对诗的信仰了。

　　不管是直抒胸臆还是寓情于景，不管是托物言志还是营造意象，桑恒昌都以明朗的态度表现自己的人生态度、道德操守和美学理想。他至为忧虑的是心与心之间的阻隔，而愿"铺一条坦途，/把另一颗心领回来，/让友谊不再翘翘，/让生活不再跌倒"（《让心去跋涉吧》）。他的思绪常常在时间的长河里游弋，不断地对历史的是非功过进行辨识，又对自己的心灵进行审视，从而提炼出富有警策精神的诗句："记忆是痛苦，/忘却尤其痛苦""莫让又一个昨天，/捶打着今天的脊梁/痛一哭！"（《莫让》）诗句很短，剥离了一切实指性的非诗化的陈述，凸现着辩证思维的精英，不管是个人还是一个民族，都应该以这种严肃的态度牢记昨天的教训，正视今天的现实。

　　大千世界万种风情，诗人仅仅选择自己，或是说，他只是按着自己的审美追求在自然世界里寻找感情的载体，寻找自我的对应物。他甚至可以从常态情况下在最不含有诗意的物象中发现美感。在一片荒凉的原野，首先引起桑恒昌兴奋并激发灵感的是枯树，它的"生命早已随风而去，/躯干还挺挺地站着"。"它在为后来者，/树一路标"（《枯树》）。很显然，他所选择的意象表现着他的价值观念和人生信仰：即使生命终结也要昂然站立，不辱过去，有益来者。《鹰》的构思与之相似，一只雄鹰死了，它"翼刀劈斩过雨的荆棘，/尾舵揽翻了云的浪丛"，这颗飞禽的明星陨落了，它还希望制成标本——

> 当然翅膀最好要张开，
> 张开所有的羽翎。
> 这是不能选择的选择了，
> 它永远属于飞翔的天空。

这是一个洋溢着阳刚之气的审美造型，在它的生命终结之后精神不死，还留存鹰的心志、鹰的威仪和永在高天奋飞的神采。古往今来，写鹰的诗不胜枚举，桑恒昌的笔下具象因融入了他的血肉和灵魂，而具有不同于别人的个性，那就是对人生有限、浩气长存的追求与赞颂。这是他的道德观，价值观和审美理想的艺术凝聚。基于同样的观念和信仰，他还写了《煤种》，讴歌了煤"像古莲子，/揣一块生命的火石。/没有霞编的花冠，/失却翠织的裙裾，/索性把枝干根须，/全部凝缩成种子"。他心中泰山上的迎客松的形象是奇特的："泰山是一轴泼墨山水，/她是一方压角章，"有着在错落中求均衡的神妙之力。由此我们可以感到，恒昌的诗的意象是在追求和表现一种气贯长虹的气韵和慷慨献身的精神，有一种光明磊落的襟怀和刚正不阿的风骨。而诗的明快简洁、铿锵有力之风，又同诗的精神气韵相和谐，正是恒昌本人性格的外化。

桑恒昌的诗表现了他确信生命的真实性，强调了人对生命价值进行开掘的重要性和在道德上不断完善的自觉性。有一些篇什是描写他怎样向自我开掘、向自我索取的。"脸上渐渐爬满了岁月，/生命在头上织着白旗，/我不能牵回时光的耕牛，/去开垦半躯血肉的戈壁。"于是，"台灯便成了第二颗太阳"，"我只能以白昼的名义，/向夜讨一方租借地"（《我的第二颗太阳》）。

他以诗化的感觉，发现了光是五颜六色的，他又以诗人的真诚透露出一句真理：感情也是五颜六色的。除了亲子之情表现得那么深挚，夫妻之情表现得那么温馨。在迷离扑朔之中似有美丽的倩影在心中叠印，这本是人类情感王国中的正常现象。但恒昌眼前有一条"马其诺防线"，他要求自己"快斩断柔情的缆绳吧，/ 驶出不属于自己的港湾"（《诀别》）。这是同恒昌的性格完全一致的——有着强烈的理性色彩和传统的道德规范。

作为一位有着坚实人生信仰、鲜明的美学追求和娴熟的艺术技巧的诗人，桑恒昌已经形成了自己稳定的艺术风格和艺术个性。他崇尚高风亮节，崇尚坦荡真诚，弘扬奋发精神，讴歌无私奉献的价值，表现阳刚之气磊落之风。他的诗不辱使命，比较完整地完成了他的心灵的牧歌。这使我想起诗人的职责，施勒格尔的话也许有代表性，他认为诗人往往让"日常生活中的平凡事件发出光辉，赋予它们以一个较高譬价值、一个较深的含义……假如幻想受到不必要的或不适当的制约，它将以语言和描写方面的较大自由来取得补偿"。然而，什么是生命的较高的价值呢？这个古老的课题。哲人和诗人们都曾站在他们那个时代的思想峰峦之上，或是从他们独特的角度做出过回答。这一命题委实是难以穷尽的，今日比以往人们似乎更窥见它的深邃与宏奥。桑桓昌像许许多多中年诗人一样，在中国文化的滋润下雕铸了思维空间与思维方式，把自我品格的完善、完成与实现，作为一种人生价值与道德规范，看得至为重要。他们并非不懂世界的美丽而污濯，人类的善良而又残酷，升华了个人道德的是非感，而没有进入哲学批判层次，缺乏浪漫情绪和悲剧感。作为"个体"无疑是受到"整体"制约的，我们在走向世界之前缺乏产生浪漫情绪与悲剧感的文化氛围，因而也缺乏那种心理机制。恒昌的诗写得真切诚朴，严肃执着，每一首都是他的自我道德与品格的塑像，但我们太久地习惯于把生存世界与诗的世界相统一了，我们还没有发现人的世界与诗的世界又是相离异的。我喜欢恒昌的《羽箭》：

往年有倒春寒，
往年有倒春寒。

三月的脸，

横竖剥不下一丝笑颜。
今春会怎样?

派只燕子打探。

但愿,一枝羽箭,
射落一个冬天。

应该说这首短章是完美而精粹的,不仅在艺术上几乎无可挑剔,在精神层次上也是富有超越性的。雪莱的名句"如果冬天已经来临,春天还会远吗?"(《西风歌》)。穿越时间的铅幕跨过国度的门槛,振摇了多少人的心弦!而恒昌却要用美丽的生命的羽箭,"射落一个冬天",这表明了人的自主意识与参与意识的强化,是至为可贵的了。然而,自然属性的冬天可以过去,象征政治属性的冬天可以过去,也可以"射落",而生命的"冬天"却永远不会终结,正如生命的"春天"也会永驻一样。人是永远不会摆脱生命的苦难的,生命意识的觉醒寻求超越的自觉与不可超越的局限,构筑了人类的绵长无穷的生命史。这是政治意义道德力量都无能为力的。我不是说,恒昌在《羽箭》这首诗中还应填充什么精神内涵,那是一种不近情理的寻求。我是希望我们几代诗人,特别是青年诗人,能够进入一个相对自由的境界,像拜伦所希望的那样:

你不得不逃避人生的煎逼
遁入你心中的静寂的圣所
只有在梦之园里才有自由
只有在诗中才有美的花朵
  《新世纪的开始》

我知道,以上的话是模糊性多于明晰性的,有时候模糊比明晰更充分更完整。
假如,我试图把话说得明朗,是否可以这样表述:

　　其一，恒昌已形成的审美追求和他诗化的美学见解，有着不可抹杀的价值，且有着广泛的代表性，这是不容无视的。

　　其二，从一般意义上说，应该确立人品与诗品的统一说，但过于纯净的自我道德的完善与自我人格塑造过程中的心理补偿，又在一定程度上限制了诗人的精神天地。

　　其三，我不赞同对理性的贬斥，但定型化的理性与观念却限制诗思的拓展与诗情的冲荡。

　　其四，诗人有充分的自由选择自己的艺术形式与艺术风格，审美的多元化是一种正常的创作态势。但就诗的内涵来讲，从政治走向哲学，从社会批判走向生命王国的纵深，为诗的创作展示了更为广阔的疆域。

　　恒昌的诗不该也不会割舍刚健之美、明丽之美，但他一定会从五颜六色走向五彩缤纷。

1988 年 9 月 4 日

选自《党校学报》1989 年第 3 期

第五辑

上园诗论家研究

蚯蚓、蜜蜂和芦管
——阿红印象

胡世宗

一

1951 年一个春天的傍晚，在南京大学中文系的学生宿舍里，一个叫王占彪的学生，刚刚写好第一篇小说，题目也想好了——《张从荣和他的分队》，寄给哪家报刊也确定了——《文汇报》的《文学界》副刊；只是还没有想出令人满意的漂亮的笔名，几个要好的同学凑一堆儿，正帮他动脑筋……这时，门口儿有人唱着《东方红》的歌儿走过，一个同学兴奋地喊："你就叫阿红吧！"……就这样，阿红，连同他那篇一万多字的处女作，便在《文学界》问世了，时年二十岁。

我最初以为阿红是女的，不仅名字像，而且诗的细腻和亲切劲儿也像。我第一次见到他，是在 1959 年沈阳的一次赛诗会上。我把自己写的学校农场编秫秸、抹泥墙、盖草房和割青草、喂小羊等生活短篇，用毛笔写到四开的大纸上，挂在赛诗会事先拉好的绳子上。阿红穿着风衣，在悬满了风帆般的诗篇前面细心地巡看，边看边与人交谈。我怀着敬慕之心，远远地望了他一眼，只一眼。后来，诗友乔魁斗神秘地告诉我："知道吗？阿红在你的诗上连批了几个'好'字呢！"当时我心里充满了欣喜和感激。

相隔了将近二十年，直到 1978 年春天，阿红重返《鸭绿江》，在编辑部召开诗歌创作座谈会，我和阿红才正式相识，但好像已经结交多年了。那是粉碎"四人帮"之后，辽宁诗歌界首次聚会。人多屋小，有的坐在办公桌上，有的坐在窗台上，阿红则是靠在桌沿儿，站了一个多小时，主持开完了这个座谈会，人们都为他繁荣辽宁诗苑的热忱和雄心所鼓舞。

‖ 二 ‖

阿红对我说过："世上劳动有两种，机械性的和创造性的。前者易使人厌倦；后者却令人着迷。"对文学，阿红不仅是着迷而且是始终满怀热恋，锲而不舍地探索，追求、开拓和创造。

阿红，1930年2月2日生于陕西省华阴县（今华阴市）王家桥村。两岁时随父母迁居安徽省颍上县城关。七岁念私塾，九岁上小学。读高中时朦胧地爱上了文学。1948年夏，他考取南京中央大学（现"南京大学"）哲学系，整天啃康德、洛克，做着留学的梦。直到南京解放，他才有机会读到一本草版的《解放区短篇小说选》，康濯的《我的两个房东》，孙犁的《荷花淀》……还有艾青、田间等人的诗，真是比蜜、比乳白胶还粘呀，一下子就把他从哲学系粘到了中文系。在中文系读书期间，他到安徽亳县（今安徽省亳州市）参加了两期土改，同年开始了文学创作，在《文汇报》《新华日报》、香港《文汇报》《皖北文学》等许多报刊发表诗歌、小说。他立志献身于新中国的文学事业，并暗暗下决心中：在毕业前出一本书！果然，1952年9月，上海新文艺出版社出版的书和贴有半身免冠照的大学中文系毕业文凭，同时落到他年轻的手上。接着，他响应党的号召，揣着一颗火热的心，奔赴祖国的工业基地——辽宁。

阿红先在本溪市的中学任教，1954年9月调沈阳《文学丛刊》（《鸭绿江》前身）当编辑，1956年加入中国作家协会辽宁分会，同年冬到北京中国作家协会文学讲习所学习近一年，1963年1月，春风文艺出版社出版了他的《绿叶》。他在这本诗集的"后记"中写道："你啊，你只是从茁壮、苍郁的生活的大树上摘下来一捧绿叶，分量太轻了……"正待他满怀信心去采撷更多生活绿叶的时候，十年动乱开始了，风暴把他这片绿叶吹出了城。他落户到铁岭地区务农，居住在离县城90里的穷乡僻壤，但他生命的绿色却没有灰褪。在农村，他竟利用那几分小田搞各种杂交试验，改良苞米、高粱的品种，他一心钻研农业技术，向往到公社农业技术推广站，为人民多做贡献。阿红说过："一个人赤条条来到这个世界上，不能最后化做一缕青烟就走了，总要给人间留下一点东西，精神的，或物质的。"在不准许他生产精神产品时，他就把全部精力和智慧投给了物质的生产。

三

阿红重返文坛，先后任《鸭绿江》诗歌组组长、编委、副主任和作协辽宁分会常务理事、书记处书记等职，1980 年加入中国作协，1982 年他开始主持《鸭绿江》函授创作中心工作。在这繁重的工作之余，他争分夺秒地写出了一组组新诗和篇篇评论，字数达 40 万之多。1981 年，春风文艺出版社出版了他的诗评论集《漫谈诗的技巧》，1983 年，花城出版社出版了他的诗话及诗评论集《探索诗的奥秘》，他的第三本评论集《诗歌技巧新探》正在编辑之中。这里面大多数篇章，都是在他的"西窗之居"写出来的。我曾多次叩访他这间陋室，仅仅 14 平方米，东门西窗，狭长的小屋里打了二层隔板，住一家五口三代人，儿媳和大孙子的小床不得不拉着幔子。每天晚上，阿红都要踩梯子爬到二层板上去睡。沙发、茶几、木箱罗垒成山，西窗临街，又是公共汽车站，从早到晚市声不息。阴暗窄小的走廊是各家的通道兼厨房……"有个蜂箱，我就有酿蜜的地方……"（《我是蜜蜂》），这区区小屋就是阿红的"蜂箱"，他在这儿"酿"出那么多、那么甜的"蜜"呵！

阿红是精明的。扫"四旧"时，他保存了一本《艾青诗选》，把封面和内封全都撕掉，一般人看不出是"大右派"的书。这使他能随时带在身边，拿出来翻看。当然，阿红首先是勤奋的。由于他学习和写作都讲求科学方法，尊重客观规律，因此他的勤奋就能加倍地出成果。他在写小说之前，精读过几十篇小说，一篇篇剖析研究，写详细笔记，各类主题、人物情节的小说怎么写？两个人物的怎么写？三个人物的怎么写？他都给理出个头绪来。阿红有几千张资料卡，分门别类，有条不紊，那是他不知花费了多少个晨昏苦读的结晶。他尽力采用一些学习的新方法。他读一本理论书，只留下一张三十二开的"坐标图"，就把主要观点和主要内容记取了。我在他家看到一摞儿《评论坐标》，像一本散装的稿纸，谁弄得清那记载了古今中外多少部著作呵！这简直是储存量很大的土造的"电脑"呀！

阿红主张人与人相处要以诚相见，写文章亦如此，要把读者当知心朋友，而不该居高临下把自己当成先生。读过阿红诗文、特别是文的同志，都称道那"亲切、自然、真挚灵动"劲儿，这八个字，正是他执着追求的。起初，他的文章写得像社论，有一次评论家思基同志跟他淡："你的文章怎么这样板呢？能不能变一变？"阿红觉得这话一针见血，当时很苦恼。可是正如他在一篇文章里写的"苦恼、探索、提高，这是一脉相连的"。他找来刘白羽的小说、散文十几本，反复看，反复想，训练自己的语言感觉和语言习惯，几个月后拿出篇诗论《独上高楼，望断天涯路》，行文活泼，语言丰富，充满感情，颇受称赞。而今阿红的文风已又几经变化。一个偶然的机会，阿红辅导 20 岁的农村女社员才树莲改诗，小才的诗乡土味浓，有个性，为了把她的组诗《我说真话》推向社会，阿红写了篇《小荷才露尖尖角》，这文章念起来非常顺，品起来很有味，有的业余作者竟把它背下来了！

阿红文章很少从纯理论出发，而是坚持从创作实践出发，他很少摘引名家语录，一般都说自己的话。有一次，诗歌评论家谢冕问阿红："老王，你写文章好像非常快，非常容易。"阿红回答："不是的，我写起来好像很容易，可是酝酿的时间长，初稿出来反复改，其实很慢，很艰难。"他有一篇谈象征手法的断想，写之前，读了好几本朦胧诗和翻译诗，记了许多笔记，凝思了多日，才落笔。阿红还有个习惯，打草稿必须用红水笔：毛笔、钢笔、圆珠笔、塑料笔，都必须是写红字的，一用别的颜色，连一个字也写不出来，怪事！有人开玩笑说："你真阿红啊！"

┃四┃

作家单复在一篇文章里写道："敏感、事业心强、有创业精神（点子多、敢干）、有组织能力！这就是作为一个老编辑的阿红的形象。"三十年来，阿红在编辑的岗位上，像蚯蚓一样，默默无闻地做着翻松土壤的工作，使许多埋在地下的种子得到萌发生长的机遇。"文化大革命"前，他对辽宁几位工农诗人刘镇、霍满生、金玉廷等人的成长出了力；"文化大革命"后，对才树莲、董宇峰、柳沄、李金河等人的成长花了心血。他用稿唯贤不唯亲，无论知名未名一视同仁。一次，有一位赫赫有名的老诗人寄来了四十余首新作，他及时认真地审理，觉得水平不高，发表出去有损刊物和老诗人的声誉，他断然一首没留，全退了。然而，对无名小卒的真正好诗，他却异常慷慨，舍得整页整页的篇幅。战士柳沄有一组诗基础不错，但需要修改，稿件在他和柳沄之间往返了八次，他不厌其烦地指导柳沄修改，直到改得比较满意为止。这就是发表在《鸭绿江》上的组诗《花蕊似的哨所香了》。本溪一位青年习作者请了事假，带了近二百首诗稿，慕名自费到沈阳找到阿红门下。阿红热情接待了他，读他的稿子从下午三点到七点，从中选出一首在刊物上发了，真可谓"沙里淘金"呵！

阿红对文学新人总有一种特殊的情意。他乐于和善于做培育幼芽的工作，他谦虚地对我说："咱们不可能成大气候，写不出大东西，理论上也不系统，就干我能干的吧！在文学创作的最基础的层次多做一点工作，播种、育苗……"他平均每天收到一二十封信，对于年轻习作者，几乎是每信必回，尽管写得很简单，但都是亲笔。他在家里接待年轻诗作者，谈话时，事先要把录音机搬出来，录下他和习作者的谈话，备日后整理修改成为文章，足见他十分看重这种谈话，绝不是敷衍了事。他也从年轻人身上获得许多有益的养料，与年轻人交谈，也触发他深刻地探讨一些新的问题。凡是很认真地向他约稿的，无论大小报刊，他都一律认真去写，决不推脱搪塞。沈阳市铁西区文化馆内部编印一本《五月诗抄》，请他写序，他欣然从命，三千字写得很有感情。"桃花潭水深千尺，不及汪伦送我情"，阿红与诗歌作者们之间的感情深过了桃花潭水。在十年困厄岁月里，阿红的一个孩子患上了过敏性紫癜病，许多药物别人用了见效，唯对他不灵。一位大医院的大夫说可以切脾治疗，又说："切脾也不一定好。"阿红急得到处求医，终于讨到一偏方，吃大红枣。那年月上哪求得大红枣呢？骤然，阿红想起了遍布全国的诗友，发出了上百封信。不到半月，信，来了；枣，也来了。各种布包装的枣，每天都收到三两件。有一个同志也是全家下放农村，没有红枣，从树上打落青枣，在炕头上"腾"干以后给他寄来了。古人曰："君子之交淡若水，小人之交甘水酸，君子淡以亲，小人甘以绝。"阿红与业余作者之间的友情，是拿心换来的。那种混迹文坛、唯个人名利是图、热衷于营私的市侩，怎么会理解和得到这种纯真、美好的情谊呢？

‖五‖

我要看我眼中的海，
我要感受海眼中的我。
　　　阿红《海的恋歌》

　　这是诗人写自己与自然、人生、社会的海的亲密联系，也可看作他追求艺术个性的宣言。阿红是淮河边长大的、执芦管的乐手，他那乡野的歌淳朴而清新。《春的旗帜》组诗荣获《星星》诗歌创作奖。他的诗创作，尽力实践着他自己关于诗的主张，但始终有距离。对这一点，他自己很清醒。一位陌生的业余作者直率地对他说："我喜欢你的诗评论，不大喜欢你的诗"，阿红当即诚挚地说："我喜欢你这性格！""我要把我生命最宝贵的蜜，滴到人们的怀里。"这是他在《我的蜜蜂》里倾吐的心愿。他的诗常常不经意儿地溶进平凡而深邃的哲理，如写漓江，对清流能"挽手"，对浊流能"迎受"，"让百川和自己汇流""既不对谁斜眼瞅，也不把谁举过头"（《漓江胸怀》）。那胸襟之广大，气度之宽阔，分寸之得当，足叫人深长思之。他善于在看似很小的题材里，凝满浓重的情思：从一只彩蝶飞进窗口，从月下蝈蝈的叫声……一瞬间的感触，延伸到对时代、对历史的思忖。

　　阿红的许多诗都写得"俏"。有不少诗句确是妙笔传神，如写漓江的山，"随便敲下一块，放到盆里，都是绝妙的盆景"，如写对春天的向往："我想挽鹅黄的柳条，我想抱扑冰的春鸭，我想吻迎春花"，一"挽"，一"抱"，一"吻"，鲜明而准确地渲染了思春之情。

　　阿红极重人间情义。他十五岁初中毕业时结婚，老伴目不识丁，一直是家庭妇女，几十年朝夕相伴，恩爱如初。阿红对他的大孙子阳阳爱抚倍至，或许是"隔辈亲"吧！有一次我去他家，书桌上摆满了资料、圆珠笔和没写完的草稿，我一问才知道，三岁的大孙子非要跟爷爷出去玩，阿红竟搁下手里的活儿，抱着阳阳在外头逛了大半天！阿红对故乡有无尽的思念，他曾写道："多少回一家人围上饭桌，挟着菜儿就想起你淮河，我想闻闻喷香的麦仁糟，我想尝尝黄亮的鳖子馍……"情真意切，动人心魂。甚至到了美丽的西双版纳，也勾想自己的家乡。在那长满奇花异树的密林里，"绿叶滤过的阳光是绿的，绿叶荫蔽的溪流是绿的"，连视线也绿了，连听觉也绿了。诗人写到这儿，笔锋陡地一转。"愿借绿海三分绿以染家乡的山，因为那儿的山，尚枯瘦而贫瘠……"何等细腻的乡情乡思呵！

阿红宣誓过："我是一只蚯蚓，一只蜜蜂，一只芦管。"他的生命，他的歌，像他笔下的漓江水："总那么深情地流，总那么脉脉地流""曲曲弯弯地流，百折不挠地流……"

为什么呢？我说："我爱海，海向我招手！"

1983 年

选自吕进编《上园谈诗》，重庆出版社 1987 年版

可喜年年压金线
——访阿红

单　复

　　阿红在一篇谈自己的文章中说："我写诗，但一听到'诗人'就心惊；我也写点评论，但一听到'评论家'，就赶忙摇头，我，我只是个编辑。"

　　一位编刊物的朋友在给他的信里说：

　　"作为你的半个同行（由于你多方面的才能，跨了好几个'行业'：既是诗人，又是评论家，又是编辑，又是诗歌活动家……因此，我最多只能算半个同行），对于你善于开创新局面，善于发现新事物，把工作搞得虎虎有生气的才干智能，我一向非常钦佩……"

　　是本人的谦虚？还是朋友的过奖？

> 淮河啊！
> 你两岸有山南海北人的足迹，
> 山南海北也有你的儿女奔波；
> 珠江——长江——黄河——辽河，
> 谁不期待儿女心胸广阔！
> 啊！家乡的河！
> 　　　　——阿红《淮河啊》

　　阿红，这个心胸广阔的淮河岸边长大的儿子，五星红旗，带给他一个火红的时代，也带给他艾青、田间和解放区的诗。这些诗比蜜、比乳白胶还粘，一下子粘住了这个刚有十九个年轮的淮河青年。中华人民共和国成立后的第三个秋天，他带着南京大学中文系的毕业文凭，来到山海关外太子河边的一所中学教书。两年后，他又凭着一部短篇小说集《长命和清明》，走进了东北作家协会主编的《文学丛刊》编辑部的大门，开始了诗歌编辑的生涯。

‖ "我爱编辑这职业" ‖

阿红深情地说："我爱编辑这职业。"

怎能不爱呢？怎能不深深地爱呢？

你听听他内心的感受吧：

"每天每天，向桌边一坐，从祖国四面八方的来稿，像河流一样从眼前汩汩流过。那是彩色的河流，芬芳的河流，流水浴着我的心，生发着一种愉悦感。"

"我从来稿里观赏着我们伟大祖国从贫穷向富裕，从落后向现代化迈步的英姿。"

"我从来稿里听到人民——我们母亲的心声。诗，是人民的脉搏。"

"我看到我尊敬的许多老诗人的手迹，我看到同辈人在艺术上的奋飞。"

"我感受到诗歌青年作者对生活的那种闯劲，对诗的那种热劲，对我们那赤诚、真挚、鼓励、期待的感情。"

编辑部虽小，却是个大世界。四尺书案，容纳着宇宙万物；山南海北，千万颗作者、读者的心，和它紧紧相连。

哪一个真正的编辑（我说的是"真正的"）没有这样深切的感受呢？我和阿红在一个编辑部里，几十年来喝着同一个热水瓶里的开水。我们往往心领神会，微笑相对，含情脉脉地沉浸在这种感受的暖流里。

在十年动乱期间，作家协会被以"裴多菲俱乐部"的罪名砸烂了。刊物夭亡，编辑部"臭老九"们也在劫难逃，纷纷流放。直到那四只横行十年之久的"螃蟹"被人民捉住之后，1978年秋，他们才先后回到《鸭绿江》编辑部。去时一头青丝，归来两鬓星霜，重逢握手时，相顾啼笑皆非。

"逝者如斯夫，不舍昼夜！"要夺回那逝去的年华，不也得"不舍昼夜"！

阿红白天忙于编务，夜里读书写文。上班时看到他那散乱的头发和熬红的眼睛，我知道他又开了半宿夜车，照他的话说，是"拼命了"！

他读了大量的书，但他不是蠹鱼，而是蜜蜂。他采集群书之精英，为的是提高鉴赏水平、认识能力、创作技巧。一句话，为当好编辑、写好诗文而苦读。他记了几十本笔记，做了一摞摞卡片，分门别类，刻苦钻研，几十年如一日。

他做了大量的工作：编辑、诗歌活动、函授创作中心。而每年都要发表十多万字在业余时间写作的诗文。

他不是一个编辑匠，而是一个难得的编辑家。

他认为，编辑工作，既可创造性地去做，也可事务性地去做。

他认为，要善于不断地研究来稿动态，研究创作问题，提出自己的看法和主张。他的许多诗歌评论，就是这样产生的。

他认为，要善于不断地研究读者的欣赏动向，调整刊物栏目。"作家答问""诗苗评点""未名集"等读者喜爱的栏目，就是这样开辟的。

1980年，他建议举办了一次"《鸭绿江》读者民意测验"，广泛征求读者对刊物的意见。在发表测验的结果时，他响亮地提出："把刊物办到读者心上去！"

他认为一个好编辑要四能：能活动、能创作、能评论、能编排。他就是这样的好编辑。

1980年、1981年，他主持两次"诗歌民意测验"。这是一项创举。其结果引起海内外诗歌界的注意。在总结时，他对诗歌创作的一些问题，提出自己的看法和主张。艾青等许多同志在谈论诗歌创作问题时，均引用过测验的统计材料。几年来，他南行北走，写了《三月三，壮家歌墟》《剪不断的故乡情》等百十首诗，其中《春的旗帜》获得《星星》佳作奖。而诗歌评论更是硕果累累。

最近出版的《漫谈诗的技巧》和即将出版的《探索诗的奥秘》《西窗诗话》，就是这些硕果的结集。前段，他编的诗页，都要亲自动手编排版面，标题，字号，插图，小刊头，一一安排设计。

他认为一个好编辑，要坚持马克思主义美学原则，要有自己的艺术主张，不随波逐流，不做墙头草。作风要严肃、认真、正派，不要让市侩习气污染精神文明的殿堂。

敏感、事业心强、有创业精神（点子多、敢干）、有组织能力！这就是作为一个老编辑的阿红的形象。

‖既当园丁，又当伯乐‖

从车间走向诗坛的工人诗人刘镇，在答读者问时说："我得到过方冰、阿红、解明诸老师的指导。他们的指导在于对我诗长处的首肯和对短处的不客气的否定，往往也字斟句酌，前者尤为重要。他们指导我，首先知我；我听从他们，尊重他们，基于信任，我感到幸运。"

大约是1959年春天，沈阳市文化宫举行诗歌朗诵会。一群群爱好诗歌的年轻人，带着自己的诗作和一颗稚气的心，来参加朗诵。阿红被约去看稿，当他读到一首诗——"那像从心窝里掏出来，热腾腾的；那铿铿锵锵的语言，那溶化诗词特点而又运用自如的形式"把他迷住了。他立刻请大会广播，约见作者。这就是20世纪60年代被老诗人臧克家关注过的、在诗坛上卓有影响的工人诗人刘镇。

小荷才露尖尖角，就被慧眼所赏识。

还有这样一段诗坛佳话。《鸭绿江》编辑部诗歌组的陈秀庭同志，在一大堆来稿中，发现了一份写在方格纸的背后，字歪歪扭扭、密密麻麻的诗稿。诗，开宗明义，第一首就旗帜鲜明地宣称：

我是农民的女儿，
和爹妈一起种庄稼。
写诗，我不能全部歌颂，
我要说真话。

诗里，充满了农民的感情，洋溢着泥土的气息，满篇是纯朴的庄稼话，一下子把编辑部的同志吸引住了。阿红让秀庭赶到乡下把作者请来，和她一首首研究、分析、推敲。他不揠苗助长，只用心启发她把自己的"毛坯"改好。这就是后来发表在1979年10月号《鸭绿江》上的年轻女社员才树莲的组诗《我说真话》。阿红在同期刊物上，发表了《小荷才露尖尖角》的评介文章，给予热情而又实事求是的估价。

又有这么一个小青年董宇峰和才树莲差不多，也是第一次把诗稿寄给编辑部，也是编辑同志在诗海里淘金的收获，也是阿红让诗歌组的同志到遥远的一个山区小县城里去看望他，并把他请来，让他把诗改好。小董的组诗《我的诗有点苦》和阿红的评介《不拘一格降人才》同时在《鸭绿江》上刊出，又引起了大家热情的关注。

阿红的目光追随着诗坛新秀的脚印，他的心为他们的成就充满了欣喜之情。由于他和刊物编辑部的积极扶植，本省不少初学写作的青年作者迅速成长。他们像拱出土的苗苗，给诗坛添一丝新绿。

‖ 积极开创编辑工作的新局面 ‖

他脑子里总在捉摸着办点什么事，他的心里总萦绕着怎样办好刊物，怎样使诗歌青年更好地成长。他不仅每天同稿件接触，也同作者特别是习作者接触，深感他们求进心切，却为求师无门而苦恼。他想，大学能办函授，我们文艺刊物为什么不可以办个函授创作中心，为千千万万文学爱好者、习作者做点事，尽点心？于是，《鸭绿江》函授创作中心，像一首创作的诗篇，随之诞生了。

"中心"这个宁馨儿的诞生，赢来了一片"支持""同意""赞同""欢迎"。一路春风，一路绿灯。

这是个创举。没向国家要一个编制和一分钱经费，完全依靠社会集资，依靠社会力量。大家出钱，办大家的事。学员近三万，辅导老师百余，一年里编印十一本各有十来万字的辅导材料。学员遍布各地，通过复信、阅稿、提意见、回答问题、评点诗文来进行辅导。事属首创，又无专门机构，其难可想而知。选聘导师，组织、编辑材料，经费开支，人员安排、里里外外，上下左右，千头万绪，纷至沓来。而这一切，都压在主事人阿红身上。但他却运筹帷幄，游刃有余。同时，他仍然照常处理《鸭绿江》的编务。但是业余写作被耽误了。他告诉我说："办'中心'一年，我少写了十万字文章。"

但函授创作中心这一新兴事业赢得了广大学员的心。万千封感谢信堆积案头。他们感谢"中心"为他们解除了求教无门的苦恼，感谢"中心"为他们指明了自学成才的路。学员们深深体会"中心"的困难，不少学员增寄学杂费，有位荣军战士一下子就寄来一千元（均退回），有的学员接到了"中心"

寄去的稿费又退了回来，支持中心。阿红说："'中心'能得到学员拥护，靠的是我们以心换心，说实话，办实事。"

现在函授第一期行将结束，近三万学员纷纷写来学习体会。我看了一些，获得这样的印象：他们丰富了文学知识，提高了欣赏水平，端正了创作态度，懂得在观察生活上下功夫。许许多多过去不敢动笔的，动笔了；写不好的，水平提高了；没有发表过作品的，开始发表了；发表过一点儿的，现在发表训练场提高了。

阿红深情地说："在二万八千名学员里，有朝一日，会升起一颗又一颗文学新星。"

我也这样想。

寄语万水千山，当你们在金色的秋天，从枝头上摘下果实的时候，记住，有一个辛勤的园丁，在默默地耕耘。

1982 年冬于沈阳北陵

选自《诗刊》1983 年第 3 期

情通理达觅诗美
——略谈袁忠岳的诗歌评论

宋遂良

　　他在浙江定海上中学时就幻想成为一个诗人。后来到济南上大学，终于见到了自己写的诗印成了铅字，还被谱成了歌曲，并参加了当时山东省诗歌界同仁组织的"黄河诗社"。如果不是 1957 年那场突如其来的政治风暴把他卷入"另册"，他的梦几乎快要做成了。后来他被发配到沂蒙山区一所中学，经历了同类人物都经受过的种种曲折与磨难。即使在那样的日子里，年轻的袁忠岳也没有放弃作诗人的努力，他的日子是暗淡的，但写的诗却是明亮的。他把诗寄给高兰教授，立刻得到热情的鼓励。在那样的处境下，他后来居然也发表了几首诗和一篇报告文学。是"文化大革命"使他彻底地断绝了一切美好念头。当令人鼓舞的形势重新燃起他心中理想的火花时，他已到了不惑之年，他没有再写诗，而是写起了诗论。据说这也是偶然的，他从退还给他的"黑材料"中发现一篇过去写的诗论，略加修改寄给了编辑部，很快就用了。从此便一发而不可收拾，就这么写了起来。正是"有意栽花花不发，无心插柳柳成行"，今天他已经成为全国一位颇有影响的诗歌评论家了。

　　袁忠岳写诗论的时间不长，写的文章也不算多，但每篇都结结实实，能给人留下较深的印象。他的诗论大多是有感而作，随意而出，包含着他对社会、对人生、对诗歌审美的思考。他并没有在诗歌理论界建立某种理论体系的宏愿，但是他的文学观、诗的审美观是明确的前后一贯的。

　　他开始写诗论时，正值全国性的关于朦胧诗的讨论兴起。这是突破陈旧的诗美观的一次讨论。他感到它的重要性，以很大的兴趣参加了，先后写了《给朦胧诗以生的权利》《"朦胧诗"与"无寄托诗"》《懂不懂与美不美》《谈"表现自我"》等一系列文章，对朦胧诗作了公正的评价，肯定了它们的审美价值，探索了朦胧诗与古代无寄托诗的渊源关系，总结出从赋到比到兴的由外入内、由再现到表现的诗歌发展的一般规律。他认为较之懂与不懂，更为重要的是美与不美，要划清不懂，但"美"与"不懂又不美"的界限，前者是诗，后者不是诗；只要美，懂与不懂应该并纳兼容。他赞扬朦胧诗，"使新诗一扫陈腐观念、僵化公式，向着远为广阔的艺术天地飞翔……朦胧诗绝不是某些人认为的是新诗的灾难、罪人，而是新诗新生命的一部分"。他对舒婷、顾城的优秀诗篇作了细致的分析与肯定，甚至感情激动地为之辩护：

> 爱美的人就爱朦胧诗。有些人对朦胧诗疾首蹙额是没有道理的，是它背离了民族传统吗？它违反了文艺创作的规律吗？它不符马克思主义的审美观？为什么那么疾之如仇，畏之若虎呢？这些人就喜欢在枝节上纠缠不休，又是洋货啦，又是难懂啦，而不首先看看它们是不是艺术，是不是美。只要确定是美的艺术，从外国移植又有什么不可呢？西红柿就是从外国移植来的，不见有人发表文章反对吃西红柿。因为它有营养嘛！为什么对精神产品的来路要求那么严，非国产不可呢？……

急切之情，溢于言表。考虑到写这篇文章正是他从"另册"转入"正册"，二十多年惊魂甫定之时，这种一往无前的勇气和对新诗发展的敏锐感受力就更使人觉得可贵了。

但激动并没有使袁忠岳走向偏激。就在上述这篇文章里，他明确地批评了当时一些朦胧诗中存在着的"一味求深，以为越深越好，甚至连自己都莫名其妙不知所云""忽视了政治修养……感情不那么健康，立脚点不那么高"以及表现手法上的"七拼八凑""颠三倒四""空虚加杂乱"等问题。在后来写的《谈"表现自我"》中，袁忠岳更进一步地从历史和哲学的角度阐明"自我"和社会的关系，批评某些把个人价值强调到高于社会价值的偏颇；指出再现与表现是诗歌创作中应该并重的两种创作手法，论述了二者之间的辩证关系。这种激动中的冷静和周到，使他避免了片面性。这也许就是袁忠岳同当时那些倡"崛起"说的诗论家的区别，这正是他的特点和长处。

1980 年前后，沉寂了二十多年的诗人孔孚开始发表了一些使人感到陌生的抒情短诗，其精致有如绝句，优美若似画图，开始引起诗坛注目，但人们还没有充分认识这种诗的审美价值和社会意义。为此，袁忠岳在《新文学论丛》上撰长文予以充分的估价，肯定孔孚的"探索是有价值的，为山水诗的生存发展开拓出一个与时代脚步合拍的饶有风趣的新而美的境界，填补了三十年来我国社会主义山水诗的空白"。这篇文章不仅是为孔孚诗剔幽抉微，也为新山水诗正名开路，对拓展新诗领域是起着促进作用的。

几年来，袁忠岳陆续就孔孚山水诗的艺术特征、美学价值、社会意义和悲剧色彩等写了四万多字的评论（有人统计说，他写的评论字数已超过孔孚的原作）。他从解剖"这一个""麻雀"入手，笔酣墨饱、意兴盎然地纵论诗的艺术规律美学特征，其中有许多精辟之论。袁忠岳之所以下大力气在孔孚的山水诗上做文章，就是希望真正把诗当作艺术来鉴赏，来分析，来探讨，以求摒弃任何违反艺术规律的外在干扰。他在分析孔孚的《母与子》（见到海，眼泪就流出来了／我怕是海的儿子／泪水也是咸咸的呀）时说："我宁肯不加任何政治比附地把这首诗看作诗人出于本能的对人类本源的探求以及与自然之母痛悔恨晚的骨肉相认。它与现代科学结论不谋而合。"很显然，袁忠岳是希望把这首诗放在更广阔的宇宙意识和作为人的生命意识、良知的觉醒来理解它的。这就扩展了诗的内涵，也丰富了诗歌美学。他在关于《新诗的创作与鉴赏》致吕进的信中也提出："我们不能从鉴赏的角度，在诗歌领域别开一洞天，用新的内容来充实诗歌理论吗？"他是主张建立一门诗歌鉴赏学的。

袁忠岳论孔孚的诗，强调它的悲剧美；评纪宇的诗，赞扬它的开阔豪放；为《黄河诗报》评述它一年来的诗作，就发掘它"那北国风光、男子气概，那原始韧劲、蛮性粗犷……"所体现的黄河风格，阳刚气势。"不是情人不泪流"，这些评论，也同时表现了评论者本人的主体意识。几十年风雨人生间关顿挫，铸就了评论家敏于思索、百折不挠、知难奋进的个性气质。他对诗的选择、喜爱、领悟，常常凭着一种艺术直觉，这里既有他的审美理想，也体现着他的人生理想。例如他主张随着时代的发展，改变我们原来对"悲剧"所持有的"必然毁灭"等消极看法。他认为："在今天，悲剧的含义主要指为着某一崇高目的而受尽来自各方面的干扰、磨难的人的艰苦历程，表现在此或长或短历程中人的伟大痛苦，而不注意它的结局。"这种理论显然打上了他个人生活经历和性格感情的烙印。因此，从歌颂人的能动的主体意识到欢呼诗的日新月异的自我解放，就成为袁忠岳诗论的一个主要内容。当然，他对于诗艺也有独到的研究，除了写一些专门文章外，这些见解都分散在对所评所论诗篇的精细赏析中，它们像通幽的曲径，引领你漫游诗国，饱览其中的美景。而且这些赏析文字优美耐读，本身又可成为赏析的对象，使读者得到双重享受，很受诗歌爱好者和初学者的欢迎。

袁忠岳的文章总是从诗歌创作的实际出发，明白而不浅露，丰富而不庞杂。借王国维的一句话来说就是"不隔"。他的评论和所评的作品"不隔"，和生活"不隔"，和读者"不隔"，和他自己的情感"不隔"。他从不利用缪斯王国的神秘性去搞些玄虚奥妙的学究式阐发，也不去搭花架子赶新潮流说些浮泛应景的话。相反，他能把诸如意象、意境、山水诗、历史感、当代性等一些比较抽象的、聚讼纷纭的问题讲得相当明白，这并不容易。这得益于他具有的理论素养、艺术鉴赏力和诗人的激情。

袁忠岳读书刻苦，具有较高的理论素养，他对我国古代诗歌理论和西方美学思潮都有过比较深入的钻研，正在为研究生讲美学专题课。对于理论问题，他也具有一种穷究精髓的探索精神。他喜欢在荒地上开垦，在风浪里行船，他也喜欢同人辩论，他的不少诗论都是辩论的产物。这些都使他的诗论充满着一种奔腾不已的激情。有时候我们也会觉得这种激情未能贯穿到底，那也许就是他有了犹疑或顾虑了。这也会使我们感到惋惜，但即使是这种时候，袁忠岳的表达也还是清楚的。

1986 年 7 月 18 日

选自吕进编《上园谈诗》，重庆出版社 1987 年版

对情感世界的不懈追求
——读袁忠岳近著《诗学心程》

章亚昕

    犹如一部诗集可以映照一个心灵，一本诗学专著同样会构成作者性情的象征。袁忠岳的《诗学心程》，便具有这样的精神含义（因为它充满诗意的感悟与探索）。

    袁忠岳对情感世界的不懈追求，表现为书中处处充满建构诗美天地的理论匠心，唯其如此，他的心血才会转化为《诗学心程》这部个人的心灵史。由此可见袁忠岳诗学研究的方向，是在于由情及理，亦即通过审美主体与客体感情的交流，来唤醒真善美的价值信念，并且把它升华为自觉的理性精神。

    唯其人们经历过无情的时代，乃会有对情感世界的加倍珍惜。是的，袁忠岳的经历曾经是坎坷的，他有过一段"只因诗文下笔端，罚上沂蒙二十年"的艰辛岁月。那实在是个无情的时代，粗野的时尚伴随着无知，蛮干的信条代表了权威。然而，唯有沂蒙山人待人敦厚的质朴情意，成了袁忠岳精神上的安慰和寄托。在真诚的情感世界中，社会美和艺术美本来就是相通的，所以袁忠岳对于社会的忧患意识，便有可能转换为一种对于诗学理论的苦心研求。于是，当这个无情的时代结束后，袁忠岳便不再写诗，而是转向了潜心诗学之路，开始了自己的"诗学心程"。

    他悟了，大约是由于诗学研究的理性精神，能够沟通社会美和艺术美。这一点非常重要，它非但有助于改变昔日诗人们悲剧性的文化环境，而且可以创造出真诚优美的情感世界。以刻骨铭心的时代体验为背景，袁忠岳的诗学研究遂成为精神活力的表现形式，而且诗学写作中有关情感体验的表现性因素，也使诗歌研究成为一种智者同诗人的心灵对话。正是在与诗人的对话中，他开始了情感世界的理性建构过程。

建构真善美的精神世界，这无疑是非常艰巨的诗歌美学工程。自20世纪80年代以来，他一发而不可收，一连20年之久，迷恋着对诗美天地的重建工作。因为建设诗美天地，便意味着孕育培养真善美的人间情怀。于是，以有情取代无情，以文明取代粗野，以学术取代无知，以审美取代蛮干，遂成为袁忠岳的自觉的艺术使命感。不言而喻，他的艺术使命感与社会责任感是密切相关的，而且袁忠岳的《诗学心程》最动人之处，便是其社会责任感。从中读者确能感受到他的"缪斯之恋"（这是他另一部诗学著作的书名），那是多么的坚贞不渝，又是何等的铭心刻骨！人生的真情，人间的真相，人世的真理，遂在《诗学心程》中浑然合一，与其宏观视野、严谨学风、理论营构、整合追求等个性要素丝丝入扣。

透过现实感和历史感来表达自己的人文关怀，成就了袁忠岳的宏观视野。在诗歌评论中，他擅长看大局，说大势，并且始终强调理性精神在诗坛的影响与价值。如《反理性诗歌的出路》所说："归来者的歌是接着1956年的调子唱的，虽然期间中断了20年，增添了不少新内容，但其美学追求是前后一致的，即可以归结为两个字：求真……正是面对这一历史现实，过去受到批判的自我价值、人性力量重又焕发出理性光彩。这就是朦胧诗的出现。在他们叛离众好的反传统美学观后面的是肯定自我的社会价值观。朦胧诗从审美上说，只是一个流派的名称；但作为一种张扬理性的社会精神，它又可作为时代的一个标志。"此语入木三分——在20世纪80年代初，人们对新兴的诗体颇多猜疑，正需要中肯的解说。由于当时处在拨乱反正的时代，从事艺术争鸣的双方难以做到平心静气，经常出现"过犹不及"的两极摇摆现象。袁忠岳在重新界定作为"表现艺术"的诗歌美学特质时，又针对有些论者为纠正"文化大革命"期间流行的错误观念，即反对对方将"现实主义"绝对化为只能运用再现手法的艺术观的同时，同样地将"表现"手法绝对化，犯了形而上学的毛病，正确地指出："造成公式化概念化的根本原因不在手法，而在思想、感情、生活。"从而化解了偏激的观念。这种辩证思维方式，乃是大评论家应有的风度。其实理性思维的得失，不在能否意气凌人，而在是否客观公正。沉稳而厚重的批评风格，使袁忠岳自然地与"上园诗派"同仁们声气应和。力戒简单化的偏激之论，立足诗歌批评的真情实相，恰是袁忠岳所在的"上园诗派"之所长；而在"上园派"诗歌的批评家中，他又能以基础理论研究的功力深厚取胜。像《中西之争之我见》针对非难现代诗的艺术思潮，论证得有理有利有节，就是一篇很值得称道的诗论文章。

这种诗歌批评的分寸感，还表现为袁忠岳的严谨学风。例如"朦胧诗"和"第三代"两种诗潮，就是他所面临的不同批评难题。袁忠岳为此在《诗歌流派研究刍议》一文中提出："我们有些批评个人意气太浓，实事求是分析太少。对一个流派，不是爱之捧上天，就是恶之按入地。有的仅凭一两首诗或一两句话，即可做出对一个流派全面肯定或全面否定的论断，生杀予夺。"此外，他还在《走出迷信创作方法的误区》一文中指出："争论双方似乎都存在着迷信创作方法的积习，有着把某一种创作方法绝对化、万能化的倾向，仿佛拥有它，就拥有了真理，就能写出好诗，就能拯救与振兴诗坛；而把另一种创作方法看成祸害或毁灭诗坛的恶魔，非逐出诗国、打入地狱不可。尽管双方所信奉的创作方法不同抑或相反，各自的表现形式也不一样，但其对创作方法的迷信程度，可以说没有什么区别。"是的，由于多年来不同的文学观念的长期对峙，把学派和流派立场加以绝对化，已经变成一种诗坛积习，结果大家立论的基点，往往不是学理的是非，而是派别的得失。袁忠岳把派别立场绝对化作为理论误区来加以反对，以理性精神和科学态度来面对一切，有利于在新时期推动诗学研究走向成熟。在这里，坚持"严谨"的文化意义具有重大学术价值，因为它意味着一个认真探索的新阶段开始了，从此我们有可能以学理来取代种种派别的意气，进而让诗学成为一种自足而本真的存在。

袁忠岳的理论营构，也恰恰由此而展开。他力图克服派别偏见，反对非此即彼的艺术心态，曾经在《新诗视角纵横谈》中说道："新时期诗歌的发展，经历了一个从单视角向多视角发展的过程。长期以来，我们的诗人只习惯于一种视角，那就是政治视角。在诗歌园地里长得格外肥硕的是政治抒情诗。爱情诗、山水诗、抒发性灵和歌咏人格的诗，是萎缩的、枯黄的。"事实上，新时期诗坛对于文化视角和生命视角的发现，确实为艺术探索带来了新的可能性。这一点，对于批评家也不例外。缘于袁忠岳个人的坎坷经历，他相当擅长体味品评悲剧性诗人的艺术境界。如其专著《缪斯之恋》里面的评论文章《一曲紫色的生命旋律——评张烨的诗》，便极其精彩。这篇诗评透过张烨悲剧性的生命体验，道出了她特定诗意表现的心理内涵以及诗人风格发展的意象渊源。又如他对孔孚充满沧桑感的山水诗，也有深切的会心。这种会心，固然是基于双方身世感的悲凉对话。然而，袁忠岳不仅因此把握了孔孚艺术个性的演进线索，还由此而开始了他对山水诗研究的历史追寻和理论探索。以论著《中国山水诗论稿》为代表，山东师范大学的山水诗研究成为一大特色，与山东大学的朗诵诗研究遥遥相对相映生辉。在这方面袁忠岳颇多建树，如在《意境生成的演化轨迹》一文中阐发"从意境在山水诗中的生成说，大致经历了由物到景，由形到神的发展阶段"，并将其归结为意境生成的整体化与本质化；而在探索《意境创造中的双向转化》时又从审美主体与客体的相互转换出发，提出意境创造的主客体关系是如何影响了创作规律："'一曰物境''二曰情境''三曰意境'，这是意境创作过程的三个阶段，由形及神，融情入景，最后达到的才是意境。这意境也就包括'物境'（'直观感相的渲染'），'情境'（'活跃生命的传达'），'意境'（'最高灵境的启示'）三个层次，一层高于一层，一层深于一层。把'情＋景'横向的平面结构与这种纵向的层深立体结构复合起来，才是对意境完整、本质而且富有生机的理解。"在山水诗研究中，《中国山水诗论稿》无疑是极有价值的一部著作。袁忠岳把自己对于现代诗的会心体悟渗透这一研究领域，笔下便多创意。像他对意境类型的分析，就是从"有我之境"与"无我之境"切入，探索主体与客体在山水诗中不同的表现形式，从而大大加深了读者对于山水诗中表现与再现等美学因素的理解。

这种古今合一、中外对照的研究方式，还体现了袁忠岳治学理念中的整合追求。大体上是从 20 世纪 80 年代后期开始，袁忠岳便对诗歌美学开始了系统性、整合性的理论研究，其特点是企图打通意象、意境、语境、情境等创作要素，建构一个贯通性的诗歌美学体系。在《论诗歌意象及其运动的两种方式》中，袁忠岳首先强调："西式研究把意象与意境互相对立，视为不相容关系，着眼于二者之异；中式研究把意象看成意境零件，列为从属关系，立足于二者之同。实际上意象与意境既非从属，也非对立；既非全异，也非全同；而是互相区别、独立，又互相依存、渗透的一种互补关系。要科学地阐释意象理论及其与意境的辩证关系，就必须克服上述两种在审美趣味趋从上的片面性，不能让个人偏爱的诗类，障了自己理论的耳目。"他这是致力于贯通中西。而在《语境的构成与功能》中，袁忠岳又主张："我们不仅要把诗放到具体的时空氛围中，还要放到特定的心理状态中，所谓心理——意识层，其实包括潜意识、无意识。"贯通中西，兼及内外，这几乎是袁忠岳惯用的思路，犹如《诗的张力》就归结为："张力理论主要用于解决表层结构与深层结构之间的对立平衡的关系。"这种理论兴趣，袁忠岳一直保持到20世纪90年代。如他在《抒情诗中叙事功能及其形式转换》一文中，努力区分抒情与叙事的异同之处："抒情诗中的叙事又是以凌空蹈虚为特征，与叙事的实在性相悖谬。当我们把叙述材料经过简化处理，舍弃掉大部分以后，剩余部分还要经过虚化处理，才能入诗。"还有他在《心理场、形式场、语言场》一文中，认真讨论引导诗歌言语的审美心态，"如果把言语的生成环境称之为心理场，那么没有一种言语没有与其生成方式相应的心理场的。诗的言语即产生于诗的心理场，这也就是诗的言语所处的第一个特定情境。"在这种精细而深入的辨析中，袁忠岳为诗学研究树立了一个良好的范例：精当的探索，翔实的批评，细腻的文理，真诚的姿态，大方的气度……这一切，与其说表现了"上园诗派"的美学风范，不如说他将学派意识作为动力，而在长期认真的脑力劳作中奠定了求真务实的治学风格。

唯其如此，《诗学心程》标志着一位诗歌批评家的完成。它把历时性的批评之旅，凝结为共时性的诗美天地。一部40万字以上的厚重之作，从《争鸣篇》《意境篇》《谈艺篇》《论史篇》《品评篇》《诗外篇》六个不同侧面，揭示出一种客观公正、严谨认真的批评人格。这同样意味着"本质力量的对象化"，因为袁忠岳在批评客体的同时，也在丰富着自己的心灵世界，开拓视野，增长才干，强化了主体自身的修养……就此而论，《诗学心程》对于袁忠岳本人，也就具有了一种"本体论"的意味。

这，当然是可喜可贺的！

选自《诗探索》2000年第3-4辑

时光沉淀后到来的
——袁忠岳诗论集《诗的言说》序

敬文东

1992年秋，我负笈北上，从四川省剑阁县前往山东省济南市，拜在袁忠岳先生门下，学习中国现代诗学。那时，先生正值春秋鼎盛之年，灵感处于勃发状态，犹如趵突泉水，屡有大作面世，引得我们无不争睹为快。先生生长于江南，慷慨豪迈却不输于北人，与一干弟子纵酒论诗，更兼师母一手好厨艺，让我们醉于诗，也醉于酒。光阴飞逝，风流难再。如今想来，真有换了人间之叹。

先生二十出头，尚未大学毕业，即被打成学生"右派"，划入另册，流放偏僻、贫困的鲁南长达二十余年。但先生生性顽强、乐观，政治高压之下，不仅奇迹般结识了与他相守终生的好妻子，还颇识时务地学会了"阳奉阴违"（先生自语），在改造之余暗中读书、思考、写作，不坠青云之志，"欺骗"了明察秋毫的"上级组织"和意识形态，"麻翻"了号称"眼睛雪亮"的人民群众，为那个极端的年头，平添了几分喜剧性。每与先生谈及前尘往事，先生总是笑声不断，甚为得意，但我们这些知他甚深的弟子，大都能分辨出笑声中包含的沧桑和沉重。十余年前先生有自述：他发表的第一篇论文，是在1956年7月的《民间文学》上；发表的第二篇论文（它来自"文化大革命"中被没收、"文化大革命"后被退还的"黑材料"），却在1979年8月的《山东文学》上。二十三年被糟蹋的光阴（从二十岁到四十三岁），岂是一阵笑声能够打发的！我常自忖，如果我遭逢这等华盖之运，能有先生的豁达与顽强吗？能有先生十分之一的成就吗？

自1979年复出后，先生文思泉涌，不多几年，便在诗歌批评界和理论界建立起良好的声望，很快便从下面的中学岗位，被拔擢到省会济南的高等学府。就此，开始了他福星高照的后半生，也为他的众弟子列拜于门墙奠定了基础——我们的贵人就是这样炼成的。

先生于现代汉诗研究的各个方面均有贡献，举凡诗歌史、诗人论、诗歌的基本理论、诗歌的基本技术构成，莫不打上先生的私人烙印。也许拜天性所赐，先生对各种诗歌现象尤为敏感（他是当时备受争议的"朦胧诗"最早的支持者之一，写有一系列支持文章），擅长在与他人的争鸣中，表达自己的观点，但又从不失其风度与气度。先生的文字表述平稳、沉潜，暗藏着压抑不住的绵长内力，从不走极端，对所谓"片面的深刻"持不信任的态度，对平地起高楼、石头中蹦出孙悟空的"二杆子"理论，抱有异常谨慎的心理。不明内里的人以为先生保守，而不是守中；以为先生自断棱角，而不是圆融左右、包纳上下；以为先生没有创新能力，而不是遵循"新从旧处来"的传统主张。这一切，既源于先生对诗歌的热爱，更源于先生对诗歌文本的敏感与娴熟。在他的所有诗人论和作品论中，对已故诗人孔孚及其山水诗的品评，是最有分量，最下功夫，也最有见地的，至今仍值得分析、借鉴，甚至从中仍能有所启示——尤其是在今天这个以为仰仗西方诗学概念就可以包打天下的浮躁时代、夸张年月。先生之所以要从宏观微观多角度的方式发文，解剖孔孚的山水诗（孔诗往往极短，类似于绝句），就是想从鉴赏的角度，建立起更灵活、机动、善于游击和富有"打击"力度的新诗理论。事过境迁，今天看得更清楚：在先生那一代新诗理论家中，能如先生那样既对理论精熟，又对文本保持异常敏感的人如果不说凤毛麟角，起码也说得上为数不多。

我至今记得初入师门阅读先生的第一部著作《缪斯之恋》（花城出版社1989年版）时的情景。当我读到《诗人的眼睛》《诗的想象》《情节·情景·情绪》《诗影·诗形·诗魂》《诗的嫁接术》《诗的意象组合》《诗的视觉转换》等篇章时，立即明白：它们体现的，是先生从鉴赏角度组建新诗理论的努力。这种努力如果不能说成艰苦卓绝，至少也可以说是见微知著，或者是"以管窥天，以锥指地"。从表面上看，它细小、琐碎、不闪光，酷似边角废料，实则布局精密、思虑周到、运思谨严，能解决许多"摩登学者"用玄虚难缠的理论无法解答的诗学问题。先生曾在某篇文章中暗示过：关于诗歌的真理是质朴的，有如生活；用于解剖诗歌的理论是朴素的，也有如生活。对这一信念的执着与信任，成为先生构架新诗理论的出发点，无论是心理上的，还是方法论上的。

　　我以为先生在现代汉诗研究的各个方面中，最有成就的，当数诗人论（或称作品论）和基础理论，两者中，又当以基础理论最为突出。这显著体现在先生对意象的研究上，代表作品有先生于 20 世纪 80 年代后期写就的《论诗歌意象及其运动的两种方式》。意象是诗歌的核心、A 角或头面人物，也应该成为诗歌理论的中心概念。很难说先生对"新批评"有多么精熟的理解和把握，但他对"新批评"奉为圭臬的信条无疑了然于胸。秉承这些基本信条，先生对"意象"的构成机制、运行原理，以及机制和原理如何造就诗歌、诗歌的优劣，展开了重重围剿，甚至是重装推进，令人耳目全新，开启了理解诗歌的新视野。先生对意象的如此理解完全称得上是革命性的。但令人遗憾的是，它像先生的其他许多重要作品一样，因为阅读的粗疏、简陋以及时代的短视和势利，也被忽略了。这不是先生的损失，而是诗歌研究的损失，是读者们的损失。

　　自受教、请益于先生以来，二十多年眨眼即过。近日，因受命为先生的论集撰写序言，又重新学习了先生的不少著述，真令人感慨万千。我自命笨鸟先飞，在刻苦读书方面也勉强说得过去，但对比先生的文字，我为自己的文字备感惭愧，它们色厉内荏、狐假虎威。我追随先生二十多年，自以为在先生的众多及门弟子中学习先生最勤，但至今仍然不能说已得先生之真传。好在已经觉悟，且先生离八十整寿尚需两年，更不用说长命百岁还在前边等他，我因此还有的是时间和机会继续请益于先生。我必须在先生有生之年，得先生真传于万一，方可合乎我们情若父子的师徒缘分，而这篇短文，与其说是为先生的论集写下的序言，毋宁说是跟随先生继续"革命"的决心书。

选自《名作欣赏》2015 年 6 月

诗心的发现
——漫论叶橹和他的诗评

费振钟　王　千

　　中年一代诗评家的声音，现在似乎显得越来越低弱了。这种感觉来自于几年前一场关于新潮诗歌论争以后的沉默。诗歌批评的进程事实上迄今还处在被阻遏的状态。20 世纪 50 年代中期、60 年代初期出现的这批诗歌批评者和研究者，按理说应该攒足了力量的，应该形成一个强大的诗歌批评阵容的。然而，他们却多少有些疲惫，有些信心不足，有些难以超越障碍的苦衷，有些思想和才情未能充分发挥的不堪……对于诗，他们怎样说才好呢？在这样的困惑面前，可以想象，他们难免不因为势单力薄而感到诗歌批评过于沉重……

　　还是避开这个话题吧，其实本不需要如此悲观的估价的，而悲观的雾障很可能使我们看不到中年诗评家个人对于诗歌批评富有成效的努力，他们中间是不乏出类拔萃者的。以一种中年人特有的成熟目光，对诗的艺术的解释，也许更便于引导人们去把握诗的世界，领会诗的种种奥秘。虽然有可能缺少青年人的锋芒和激情的阐发，但审美经验的长期积淀，往往对诗开掘得更为深邃、更为精到，更加细致入微而能启人觉悟。艺术批评即是经验的发现和解释，诗歌批评当然也不例外。

　　我们就是这样来看待作为中年诗评家的叶橹和他的诗歌评论的。

　　叶橹，一个很富诗意的名字，使人容易联想起南国明山秀水间一叶轻橹荡起的明快而悠长的音符。他确乎就用这样的节奏旋律从广西小山城进入了武汉大学。青春的诗心萌动，奇怪地没有让他成为诗人，而让他成为评诗、论诗的人。其实，诗人也罢，诗评家也罢，何尝有多少区别。心中都有诗，便有了同一境界，写诗论诗是一样的归宿。

在《人民文学》上发表《关于抒情诗》，这一年，他十九岁。

人回忆历史时会感到格外沉重，他总觉得得到的太少，而失去的太多。当叶橹经过二十多年的放逐沉沦后，他失去了时间，失去了宝贵青春，失去了那些足以使今天的年轻人艳羡的机会，更使他感到痛苦的是：甚至失去了表达思想和情感的语言，他连写信都很吃力而不知用怎样的言辞才好。但也有最值得庆幸的，他始终没有失去一颗诗心，在生存都那样艰巨的岁月，热血却依然充注着诗心的跃动。

一批诗人复出了，而叶橹的诗评也跟着复出了。他评了公刘，评了邵燕祥，评了青勃，评了晓雪，评了韦其麟，几乎对那一代诗人的重新歌唱都有他的"和声"。因为，他太理解他们了，当初他论郭小川，论未央，论闻捷，就根源于诗心的共鸣。而今天，苦难中走过来的诗人，与苦难中走过来的叶橹（以及像他一样的许多诗评家），在诗的缪斯面前正交汇着对于生活和时代共同的情愫和希冀。在叶橹的诗评中，他袒露了自己赤诚的心。评诗，同时也是评历史，评社会，评人生，用心灵呼唤生活。

他评公刘，因为公刘仍然是那个纯情地歌唱生活的公刘，"只不过在他把生活现象凝聚成诗篇时，画面上的色彩更添了点浓重的气氛，思想的内涵更显示着深沉的审视了"。他欣赏的是诗人透明的精神境界，是"诗人那颗与祖国和人民共命运的跳跃着的火热的诗心，始终保持着一种艺术的光华，呈现出久经磨难而矢志愈坚的斗志"。（《公刘诗作新探》）而对诗人青勃，则强烈地感觉到这位20世纪40年代就开始写诗的老作者的新作，"传达出生活中那种朴素和自然的美"，在他的那些小诗里，"生活的内容"通过诗人"返璞归真"的发现和表现，而"被蒸腾升华为颗颗透明的晶体"，这一切无疑激动了论者的心："你虽不必奢望从中感受到巨澜狂涛的强大冲击，但却必定可以获得某一方面感情上的满足。"（《在返璞归真中攫取生活的诗意》）他从晓雪的叙事诗《大黑天神》看到了"一个严肃的人生课题"，他以为"对于深受封建主义的愚民政策残害的我国各族人民来说，大黑的形象无疑具有深远的启迪意义"。（《苍山云霞，洱海风帆》）韦其麟的《寻找太阳的母亲》，则使他沉思历史，在沉思中体味到人类社会行进向前的艰难步履，体味到由诗的象征意蕴昭示的现实生活悲壮场景和理想前途。（《形象生动　哲理深邃》）

是的，做一个诗评家，绝不意味着仅仅发现诗，并对诗表示自己的态度，如果他不是那样的热爱生活，执着地追求生活，探寻生活的真理，那么他又能在诗中发现什么呢？又怎么能在对诗的评价中确立自己存在的位置呢？

永远爱恋着生活，也许便是历尽苦难、矢志不渝的叶橹诗心永驻的本源吧！

诗与现实是一个微妙难解的谜。

诗离不开现实，但不能要求它成为现实的镜子；诗谱写人的心象，但不可否认它带有客观世界的浓重投影；诗追求纯净明澈的境界，但无法拒绝社会生活的陆离斑斓。

诗歌批评将首先面临着对现实的抉择，那种试图回避诗歌的现实内容和思想内涵的批评的"空灵"之风，很可能造成对诗美发现的损害。

从批评方法的角度看，诗始终需要社会学的批评，当然是真正的社会学批评而非庸俗社会学批评。

叶橹的诗歌评论，属于社会学批评范畴。在批评趋向多元化，各种批评方法争奇斗胜的今天，也未见得他所使用的方法已经落后或不合时宜，他在自己的领域似乎常常因为有独到的发现和创造性的阐释，而显示出擅其所长、得心应手的批评个性。

20世纪50年代他对诗歌天真的态度，使他的诗评更多地涂上年轻人梦幻般的美好色彩，他以为诗的优美歌唱也就等同于现实本身，他对诗的判断就如他评价公刘20世纪50年代的诗一样："显得过于纯净和圣洁。"毕竟二十多年风风雨雨、坎坎坷坷走过来了，思想经过现实的锤打一如年龄那样成熟起来，天真已经蜕去，而深沉的人生体验更赋与他深邃的洞察力和深刻的内省力。

他曾经不止一次把同一作者或不同作者的几篇诗作放在一起加以品评，这缘起于这些诗作中有一种共同的东西唤起了他沉积多年的思考。他以自己对于现实的深切感悟，出色地把诗中蕴藏的思想内涵传达给了读者。

出自三位老诗人的三首《眼睛》诗，也许粗疏的读者只是一眼带过，然而叶橹却透过"眼睛"这一基本意象，挖掘到了丰富复杂的社会内容。陈敬容的《眼睛》"充分表现了人生"绚丽多彩和追求过程，"使人产生了'辽阔、缄默、庄严'的对于人生意义的思索"；孙犁的《眼睛》却以哲人的睿智，冷峻地揭示了人的"自身价值的存在",以及人生无法回避的"辛酸苦涩"的生活内容;公木的《眼睛》,在"丰富激情基础上'理性'的思辨和阐扬,回答了人生意义和价值的追索与惶惑"。在这里,对诗的所有发现,无疑表明叶橹的真正理解和把握。他没有脱离诗所表现的社会主题,去寻找捕捉所谓的诗意、诗情;同时,更没有仅仅为了这样的社会主题而把诗的表现与现实生活作简单类比,从机械的对应中作出庸俗的解释。他是以在对人类的自身观照中获得的启悟,施之于诗的艺术创造过程的剖析和形象符号的破译,从而通过自己的批评重新创造了"眼睛"的诗美,向读者提供了崭新的审美经验和方式。

叶橹的诗歌批评具有鲜明的现实倾向,贯穿了他过去一切批评活动,有理由相信,这仍然是他批评未来发展的主导方向。

因为,在我面前的这位诗评家始终踏踏实实地、一步个脚印地走着自己的路。

然而,诗歌批评究竟离不开对诗艺的鉴赏以及对诗的美感特点的发掘和点化。

一首诗,它的艺术魅力来源于何处?往往感受它容易,而道出其所以然却很困难。"只可意会,不可言传",虽然不免有些玄虚,但的确道出了诗达到高超的艺术境界所产生的那种扑朔迷离、捉摸不定的情景。

如果就此以为诗只能读,只能心悟,而不能评,不能付诸笔端,那么还要诗评家干什么呢?

优秀的诗评家,不仅能够对诗的艺术表现心领神会,而且他还善于把他所感觉到的用清晰的理性的语言说出来,说得头头是道,说得读者口服心服。

叶橹具有这样的本领。

读他的诗歌评论,这种印象很强烈。他对诗歌作品中许多看上去很隐蔽的审美因素,大到诗作者的艺术构想,小到诗句中一个具体意象的运用,一脉情绪的流动,一抹色彩的涂抹,都有非常敏锐而细腻的感受。唯其如此,他才能迅速进入诗的艺术世界之堂奥中,知人所未知,发人所难发。因此,他对诗歌艺术的阐发,绝不作那种大而空洞的解说,遇到某些关键之处便虚晃一枪;也不搬用美学书籍上的现成概念,生硬地套到作品的分析中以显示见解的深刻。他常常是选择一个极小的角度,切进诗的肌肤,层层剥离,剔出其最精彩的内核来。于是，关于诗的构思，关于诗情的铺陈，关于诗意的提炼，关于诗的语言……诗作中一切艺术的成功之处，失误之处；精彩之处，平庸之处；出神入化之处，无足称道之处；都很自然地在他的品评过程中呈现在我们面前。

我们可以从叶橹评艾青的三首短诗（《伞》《仙人掌》《盼望》）中，略见他的艺术发挥之一斑。（他论艾青的诗已有本专著，下面将要专门谈。）

艾青晚近的诗风已经由绚烂转为淡泊，由热烈转为朴素，其实这正是诗艺炉火纯青以后的高层境界。评论他的诗，如果没有细微的内心体察将会很困难，或难免失之浮泛。

叶橹从诗人的"灵魂风貌"的视角，剖示了这三首小诗的艺术魅力的真正所在。《伞》，无疑表现了一种隽永的情致和哲理，也许把它理解为"针砭时尚"触人觉悟的精警之作，也能说明它在艺术上的含蓄，然而他的分析却没有停留在这步。《伞》之所以引起人们艺术欣赏的愉悦，还在于诗人表现了"情"与"趣"，"从伞的自然属性中发现了某种与人的社会属性相通的联结点，再从感性的角度加以表现和升华，才使具体可感的心理情绪活动转化升腾为蕴藉的生活哲理"，达到了"思想与情致"和谐的统一。而《仙人掌》，也不简单地属于古已有之的比附之作，他觉得诗人艺术上的匠心所在，是"诗情的转折和反拨"，"一种出人意料之外的'诗情跳跃'，造成了艺术境界的升华与开拓"，"诗人就是这样以圆熟老练的笔触，把读者的联想和想象力触发起来，使你进而思索那些更为深广的生活哲理"，诗的艺术由此而发挥到了极致。《盼望》是在平凡中发现诗意，那么这种诗意的创造又是怎样完成的呢？论者显然洞察到了诗人的匠心独运：诗人有意地把海员这一生活中的完整形象一分为二了，诗人抓住了"人的感情活动中那一瞬间的表现"，"把它用诗的形式固定下来"，从而"表现得如此的深邃蕴藉、耐人咀嚼"。

我以为诗评写到这样的程度，才会对读者的审美鉴赏能力的提高发挥积极的影响，才能有效地引导读者进入诗的艺术王国。这样的诗评，读者才会真正地喜爱！

诗歌批评的对象不仅是诗歌作品，更重要的是诗人。

诗评家不仅要对具体的诗歌作品作出自己的审美判断，而且要对诗人的创造活动中的个性特征作出自己的审美评判。而在这一点上，仿佛尤能体现一个诗评家艺术发现的眼力如何。

从 20 世纪 50 年代开始，对诗人个人风格的批评，一直就是叶橹诗歌评论的重点。在他看来，如果不能从整体上准确把提诗人个性特征，那么试图对他的作品进行深入的阐释，就可能是一句空话，至少这种阐释会带有很大的随意性。他的那篇成名作《关于抒情诗》，虽然讨论的是"当时抒情诗创作抒什么样的情"的问题，但在论述到抒情诗人闻捷时，却侧重指出了闻捷的抒情个性及其发展方向，在风格学的意义上对闻捷的个性创造作了肯定。青年时代所形成的批评视野的宏阔，使他在今天的诗歌批评活动中一直站在较高的层次上，表现出一种俯瞰式的批评风度。

他在考察老诗人青勃的创作时指出，与同时代的其他许多诗人不同，青勃"只宜于萌发《小花之歌》，宜于鸣奏《绿叶的声音》""青春是她的音符，欢乐是她的旋律"，即使青涩的诗也记载过时代的风云，但歌唱出来的音调也会是那样的清婉幽雅、宁静明朗。而他对公刘的评论则是，"把自己全部的爱和恨融化在广大人民群众的感情洪流之中"，在时代雄壮的合唱队里，"发出特殊声音的嗓音"，对现实严肃的思考，发自内心血泪的歌唱，使公刘的诗表现出沉重浓郁的风格特点。

对诗人们能够保持自己的风格、发展自己的风格，叶橹认为这是能否成为优秀诗人或杰出诗人的先决条件，在他的诗评中都毫不含糊地给予热烈的肯定。而对诗人们因为某种原因丢失了自己的风格，他则有一种深深的惋惜，他在评论何其芳的诗歌创作中，就指出过何其芳在中华人民共和国成立以后个人风格特征的湮灭，他觉得诗人的所有不幸恐怕没有再比丧失了自己更不幸了。

在叶橹的诗评中，恐怕要算论白族诗人晓雪的诗歌创作对于风格的批评最为详尽了。作为诗人的大学同学和朋友，他深知晓雪的个人气质来自于苍山洱海自然之气的熏陶，来自他的那个民族的培育，晓雪的诗有一个"飘逸"的精灵，"这个艺术的精灵"就成为晓雪诗歌风格决定性的内在因素，从而促使晓雪艺术个性走向成熟和丰满。但同时作为一个诗评家，叶橹并没碍于朋友的面子而"扬善隐恶"，他更愿意成为诗人的净友。因为，他感觉到在晓雪的诗歌创作中，曾经有过"背离自己的才华"，脱离了自己的"艺术禀赋和素质的规定性"，写出了一些苍白平庸、没有个性的作品，所以他有责任提醒诗人："不大适宜写那些气势奔腾的政治性强烈的诗篇……如何正确地衡量和发挥自己的艺术优势"，扬长避短，对诗人艺术个性的发展"是十分重要的"。这一提醒，其意义当不仅仅在于晓雪，也许要比论者所希望的大得多。

与诗人的个性、风格有密切联系是抒情诗表现"自我"的问题，叶橹也曾以自己的思考加入过那场为时不长的讨论。

准确地说，他的思考在青年时代的诗论中提出"抒人民之情"与"抒诗人个人之情"应该是统一的见解，就初步确立了，今天只不过是一种强化。但是，我觉得叶橹的思考在今天更能显示出他的思维特点。他的思维方式属于诗人的思维方式，而不属于诗歌理论家的思维方式；或者说他总是站在诗人的角度和诗歌创作的角度，来谈论"小我"和"大我"的关系，而不像理论家们那样反复论证"小我"对还是"大我"，进行抽象的肯定或否定。他是靠他对实践的细密观察和分析来表达他的"理论"发现的。

《略论诗人"自我"的发展方向》以及《从何其芳的诗看诗人的"自我"》就是这种"理论"发现的记录。

他以为，"所谓'表现自我'，不过是指诗人应当在创作中表现出自己独特的生活感受，表现出自己迥异于别人的艺术个性和风格，而所谓'表现时代精神'（'大我'），则指的是诗人应当时刻紧密地与社会相联系，倾听人民群众的呼声，从而在诗篇中体现出他所生活的那个时代脉搏的跳动"。在他看来，古往今来杰出的、优秀的诗人如屈原、李白、杜甫、辛弃疾、陆游、郭沫若、闻一多、艾青、郭小川、闻捷、公刘的诗歌创作都是那样既有鲜明的"小我"，又都洋溢着他们所在的那个时代的精神、情绪，即便像新时期以来，舒婷、北岛、顾城、梁小斌、徐敬亚等人的诗歌创作，"自我"意识非常强烈，但在总体上也没有失去对那个特定的时代生活的联系。一方面，"小我"在抒情诗里是独特的，无法取代的，诗人与诗人的不同正在于此；另一方面，"小我"中又要能体现"大我"的思想情感和时代社会的具体内容，这样才能引起人们的共鸣，具有普遍价值。"小"中见"大"，"大"中有"小"，是抒情诗创作的艺术规律，"诗人对社会生活的认识和理解愈广泛深刻，他就愈能够充分地表现'大我'的社会内涵；而他的'小我'的形象愈独特鲜明，人们便能更深刻地认识和感受到他的艺术力量"。

如果把"小我"与"大我"硬要割裂开来，对立起来，那么几乎所有的优秀抒情诗的创作实际就无法得到解释；而如果为了表现"大我"，就排斥"小我"，那么这样理论要么是空想，要么就是对诗人的创造个性的一种扼杀，何其芳在中华人民共和国成立后的诗歌创作就有过这样的教训。

惜乎叶橹这类批评文章少了一些，否则他可能在这一问题上会展开得更加充分，他的"发现"也会更多、更精彩。

在对叶橹诗歌批评活动的上述评价中，也许会造成这样一种印象：他批评的注意力仅仅放在抒情诗方面。其实，对于叙事诗，他的关注也是很明显的，甚至可以这样说，他对叙事诗的评论兴趣要超过今天的其他一些诗评家们。

似乎是公认的事实，中华人民共和国成立以后叙事诗的发展步伐一直相当迟缓，创作上缺少大的突破，优秀之作太少，平庸之作太多，时至今日，叙事诗的不景气的局面一直未能改观，不少人对叙事诗的前途失去了信心，甚至有人已经断言叙事诗到了穷途末路，已经出现了即将消亡的不祥之兆。

那么，诗评家将要取什么样的态度呢？附和众口一词的推断？或者并不正视当前叙事诗所面临的困境，盲目地表示乐观？叶橹在他的关于叙事诗的论说中表达得很清楚："一种艺术形式是否终将消亡，当然不会决定于某些人的判决。叙事诗这种形式能否存在以至发展下去，最终将取决于它是否能适应广大读者日益发展的审美需要，取决于诗人们是否有志于在这个领域从事艰苦的艺术探求。因此，用创作实践来回答这个问题，将是最有说服力的。"

恰恰由于他有如此清醒的认识，因而他始终注意叙事诗的创作成果，有意识地通过对一些创作上有特色的叙事诗的评论，表示他对振兴叙事诗创作的支持。

除了前面已经提及的他对韦其麟的叙事诗《寻找太阳的母亲》的评论，肯定了这位曾经写过长篇叙事诗《百鸟衣》的诗人在叙事诗艺术上的新探索、新发展外，他对诗人岑琦的两篇颇具新意的叙事诗作《闻一多之歌》《朱自清之歌》的批评，更以自己独到的美学眼光，发现了诗人在创作中对叙事诗陈旧的表现手法、叙述模式的大胆突破。尤其是《朱自清之歌》，他不仅在诗人创作发表之后对其艺术创新作了批评，而且在诗人的创作过程中，他就曾提出过自己的修改意见。这很难说是诗评家的叶橹对某一个诗人的热情，从这里可以看到他对叙事诗创作所表达的殷殷之望。

若果不信，他还有评价刘湛秋《最后的谢幕》和贾平凹《一个老女人的故事》两篇文章，他是以发现了这两首叙事佳作而自慰的。他在评论贾平凹的叙事诗时这样说：

"仅仅为了这首诗，我们就应当感谢贾平凹给诗坛的奉献；也因为有了这类优秀叙事诗的出现，使我们对于叙事诗的发展前景更具有了信心。"

我们在评论这位诗评家的时候，他的第一部诗评专著《艾青作品欣赏》即将由广西人民出版社出版了。

人到中年，鬓发先斑。以他的禀赋和才华，几十年来才有本著作，究竟是幸呢，还是不幸？然而，倘若知道叶橹在那苦难的岁月曾侥幸地躲过采石场的塌坡，那么这些又何须评说！

作为对艾青的研究，叶橹的这本书并不属长篇大论之列。艾青的诗歌创作在现当代文学史上矗起了一座峰峦，研究者们更多地在描画这座峰峦的高大峻伟，而叶橹则深潜其中，开掘它的丰富宝藏。这是一种微观的研究，它似乎更有助于我们对这位一代大诗人诗歌艺术的深刻理解，使我们看到这位大诗人在诗歌创作中那些最细枝末节的妙处。叶橹的研究，其贡献当在于此。

尽管《艾青作品欣赏》是以单篇形式出现的，但它较为清楚地勾画了诗人思想发展变化的历程，以及诗人艺术风格发展变化的历程，这就使得对诗人不同时期代表作品的评析提供了明确的背景，也为对这些作品艺术上的探微觅胜作了充分的提挈。因此，论者往往能对诗人的艺术创造最为隐蔽曲折之处作出精到的化解，而使之昭现于读者眼前。

他评析了艾青诗作中的一粒"怪味豆"——《蛇》。这首短诗前后两部分情绪和风格颇不一致，对于这种逆转，读者可能会产生欣赏上的迷惘。如何解释它，"领悟其别具风味的妙处"？这就要看评论者的手段了。艾青的诗歌艺术有多种多样的品格。既"有热情的呐喊，也有深沉的呼唤；有严肃的思考，也有无情的鞭笞"，有时候，"他却像一个冷峻而精细的解剖学家，把他解剖的对象纤毫毕露地暴露在光天化日之下"。《蛇》即属"冷峻"的风格，而"冷峻"中又更添以"热讽"，借以淋漓尽致地传达出诗人的内心情绪。"他用冷峻而蔑视的眼光看待'蛇'的出洞和肆虐，以轻松而谐谑的嘲弄来描绘'蛇'的败亡和被制服，因而才产生了这种情绪上前后的不一致。在艺术上，这实际上还是不统一中的统一，不和谐中的和谐。"

仅此一例，似可看到叶橹对艾青诗歌艺术微观把握的深切细微。

关于这本书的其余长处，我们还是不要多唠叨为好。有书在，将是最详尽的说明。

漫论过叶橹和他的诗评，是否可以留下一个颇有信心的结语呢？

我们以为，中年诗评家再次显示他们自己的力量的时机已经到了……

1986 年 6 月 18 日晚稿

选自吕进编《上园谈诗》，重庆出版社 1987 年版

论叶橹的诗歌批评

孙德喜

　　叶橹原名莫绍裘，扬州大学文学院教授。他的诗歌批评起步于 1955 年，那时他还只是武汉大学中文系的一名大二的学生，就已经开始在《人民文学》上发表论文《激情的赞歌——读闻捷的诗》《关于抒情诗》等，讨论"抒情诗"的问题，并且对闻捷等人的诗作进行评论，显示出过人的诗歌研究才华。然而他非常不幸地遇到了惨烈的政治运动与一场"阳谋"，从而改变了他本来可以到北京《人民文学》或者《文艺报》工作的命运。就在 1957 年的春天，还是大学生的叶橹在"双百"方针的感召下，根据报刊公布的所谓胡风"反革命集团案"的罪证，凭着一腔热血与富于雄辩的口才为"胡风集团"公开辩护，认为官方仅凭公布的那些信件不能给"胡风集团"成员定罪。于是，他在接下来的"反右"运动中被打成"极右分子"，随后被判刑入狱，后来又被放逐到矿山、农场和农村接受劳动改造，被迫离开诗歌，不能从事诗歌研究和批评。直到 20 世纪 80 年代，他才恢复了自由之身，重新踏上诗歌研究之路。因此，从某种意义上说，叶橹的诗歌批评是从 20 世纪 80 年代初重新起步的。而今他已是满头白发年近八旬的老人，但是仍然在诗歌理论探讨与批评方面不断发表文章。在这将近一个甲子的漫长岁月里，叶橹的诗歌理论和批评文章数量可观，并且最近结集出版了《叶橹文集》。通读他的文集，我觉得他已形成了具有自己特色的诗歌理论和批评实践，对于当代诗歌理论建设与文学史建构具有不可替代的意义。

‖ 一 ‖

就当前的学术论文论著而言，我们见到的常常是从理论到理论，给人以凌空蹈虚之感，除了概念还是概念，非常花哨却让人如坠云雾之中。当然也有的则是借用非常时尚的理论来解释文学史现象或者剖析文本，虽然可以提出某些比较新颖的观点，但是时时流露出削足适履的弊端，因为在给文本贴上某某主义、某某派等标签时，很可能将文本中的某些要素有意无意地忽视或者过滤掉了。最近，我在读到新出版的《叶橹文集》中诗歌研究文章时，所得到的则是完全不同的感受。叶橹根本无意于像学院派的学者那样建立某种理论体系，他自己曾在《读书的自由》中明确讲过："我天生不是一个具备建构理论体系的人，因而只能享有一份读书的'自由人'的权力，绝对不去做那种自己力所不逮的事情，当然更不具备反对别人从事那种努力的权力。"[1]同时，他也不屑于借用当下各种流行的词语来装点自己的门面，而是从诗歌具体文本、诗坛现状与诗歌现象出发，通过敏锐的观察，深入的思考与细致的解剖和分析，从而有所发现。

叶橹的发现主要有两点：一是发现问题，并且提出来，引起人们的重视和关注，进而一起对问题进行研究；一是发现诗歌文本中所蕴涵着的某些新的质素，通过进一步的阐发和论述，突出其现实意义和文学史的意义。20 世纪 80 年代初，面对刚刚浮出地表的朦胧诗，许多老诗人、教授和评论家显得有些茫然而不知所措，一方面为读不懂这些诗作而感到"气闷"[2]，于是热衷于讨论诗歌作品的"懂"与"不懂"的问题；另一方面由于朦胧诗所抒发的情感明显有别于1949年以来主流诗歌的颂歌式的抒情，表现出对个人情感世界的抒发，令一些诗歌权威和理论家感到不安，从而引发了关于诗歌情感抒发的"大我"与"小我"的争论。针对当时诗歌界这种状况，叶橹通过自己的观察，看到了当时有些诗歌作品确实让一些人感到难以读懂，甚至就连那些诗歌界的大腕、资深理论家和批评家都不能抓住这些诗歌的思想内涵，但是这不是问题的根本之所在。他觉得所谓"懂"与"不懂"的争执"从本质

[1] 叶橹：《叶橹文集：随笔卷》，凤凰出版社 2014 年版，第 6-7 页。
[2] 章明：《令人气闷的"朦胧"》，《诗刊》1980 年第 8 期。

上说是反映了诗歌观念处于变革中难以避免的现象"，最关键的问题是"'懂'与'不懂'并不是评论诗歌艺术价值的一种标准"。当时的诗坛上为什么会出现这样的情况呢？叶橹发现主要问题是许多"从事诗歌评论的人"或者不敢"正视和承认自己的局限性"，或者"怯于表明自己的偏爱"。在《阅读：期待与阻隔》一文中，叶橹进一步从心理学的角度探讨了"懂"与"不懂"问题的实质。而"大我"与"小我"之分则存在着将本来是两位一体，然而却被生生地割裂成对立的两个"自我"，同时又存在着"陷入抽象地议论究竟应当'表现自我'还是'抒人民之情'"的怪圈的问题。提出问题应该说是学术研究的开端，或者说为即将开始的研究提供一个思路与研究方法。问题提出以后，就需要对问题进行理性的科学的分析和研究，从而提出解决问题的方式和方法或者即使不能解决问题至少也为解决问题寻找新的途径。就20世纪80年代初，关于诗歌"大我"与"小我"争论中存在的肯定与弘扬"大我"和贬低与否定"小我"的问题，叶橹首先从方法论上指出这样的肯定与否定"存在着一种各执一端，以偏概全的倾向"，进而指出其根本问题是"把文学作品的典型形象分裂成个性与共性两个部分"，接着，叶橹不仅以文学史上不同的诗人创作作为例证进行分析，而且从理论上阐述了"大我"与"小我"之间的关系："就是一种'小'中见'大'关系，而绝不是那种空中楼阁式的企图无所不包因而丧失了个性内容的'大我'。"为了避免"抽象"地讨论这一问题，叶橹还撰写了《从何其芳的诗看"自我"》，通过对著名诗人何其芳诗歌创作的个案分析进一步阐述"小我"与"大我"不可分割的关系，并且明确指出："由于受'左'的理论的影响和干扰，人们几乎产生了一种条件反射式的本能，似乎只要一提到'自我'就必然与资产阶级个人主义联系在一起；而'从自我出发'也就变成了'从资产阶级出发'了。"这样，造成割裂"小我"与"大我"关系的根本源头被找到了，原来是主流意识形态出现了问题，从而使原来不成问题的问题变成了问题。

随着时间的推移，我们的诗歌界许多问题日渐暴露了出来，有人可能觉得这些问题比较琐碎而不屑一顾，有人可能只关注容易引起轰动的问题，还有人可能将目光紧紧盯住外国诗坛或者理论界正在讨论的问题……因此，我们的诗歌创作与研究中许多问题被长期忽视。作为诗歌研究者，叶橹觉得有责任关注诗歌运行中产生的各种问题。他根据自己的观察，发现一些人在讨论具体的诗歌作品时竟然"以此一标准来衡量彼一类诗";20世纪80年代中期诗坛上不少人热衷于提出以"反"字当头的"激进的口号和宣言"。对于这些口号,叶橹并不赞成和认可,但是他发现有些人却将其视为异端试图展开批判,他从这里看到的是,"宣传那些诗歌主张的人"的"自由权力"没有得到应有的尊重。这种不尊重他人发表自己意见和主张权力的现象,看似有利于净化诗坛,实际上却扼杀了诗歌的探索与创新。自从20世纪80年代中期开始,西方的后现代主义思潮被引进国门,很快成为诗歌界的热点问题。对于这一思潮,许多人的理解和判断趋于简单化,不是将其当作时髦来赶,就是将其视为怪物而予以排斥,其根本问题是缺乏科学态度和理性精神。对于这个问题,叶橹公正客观地看待,既认为它并非完全"消极",而具有一定的积极意义,也看到其理论不具有"终极意义上的价值",如果将其推向极端就可能"不但否定了别人,也否定了自身"。就在20世纪80年代,中国诗界还存在着"第二诗坛"现象。所谓"第二诗坛"就是指虽然进入了改革开放年代,但是仍然有一些诗歌并不是因为质量问题而不能在公开出版的期刊上发表,而是出现在民间刊物上。这就导致某些优秀的诗歌有被埋没的可能。针对这种现象,叶橹撰写了《三维之思——读诗之思索》,将这个问题提了出来,希望引起人们的关注。

叶橹在长期的诗歌研究中不仅善于发现诗歌运行中存在的各种问题,提出许多引人思索的问题,而且他还善于从芜杂的诗歌文本中发现非凡的意义和价值。对于这一点,著名诗人庄晓明曾经撰写的《诗歌生命的解读者——叶橹》有所论述。庄晓明在文章中指出,叶橹先后发现了闻捷、公刘、洛夫、昌耀以及于坚等人诗歌作品中蕴涵着的意义和价值,并且建立起自己的"生命诗学"。不仅如此,我们还可以从叶橹的诗歌批评文章中看到,他还发现了晓雪和韦其麟诗歌的民族文化意义,发现了"理性介入"在绿原诗歌创作中的意义,发现了作为"独行者"林莽在当代诗坛上的意义,韩作荣的"三无"(取自韩作荣的《无言三章》《无题三章》和《无为三章》)之诗存在的价值和意义……叶橹的这些发现,不仅代表着一个时代认识到这些诗人及其诗作的价值和意义,而且为文学史的叙述提供了丰富而可靠的依据。正因为如此,闻捷、洛夫与昌耀等人才得到了充分的挖掘,进而得到了文学史家的肯定,其在文学史上的地位得到了确立。

┃二┃

叶橹之所以能够在对众多诗人诗作的阅读和研究中有所发现，最根本的在于他具有现代思想意识。一个学者的学术研究所取得的成就固然与其执着的精神、坚韧的毅力和科学有效的方法密切相关，更是与他的思想观念联系密切。叶橹在反胡风运动中由于为"胡风反革命集团"公开辩护，给自己招来了牢狱之灾，出狱后又被下放到偏远落后的农村从事繁重的体力劳动。虽然出了狱，但是并没有获得真正的自由。这种状况一直持续到1980年获得平反。因此，这段二十多年的人生经历使他不仅热爱自由，深切地感受到自由的可贵，而且促使他在长期的思索中对自由有了深刻的理解和认识。因而，当他面对着改革开放时代的诗歌，他深切地呼唤着自由。他在读了丁帆教授的《江南悲歌》之后觉得这本书给予他最大的启示就是："中国的知识分子最迫切需要的，仍然是一个精神上的独立与思想上的自由。没有独立人格和自由思想，即使学富五车才华出众，最终仍然不会造就精神巨人。"在《诗追求什么》中，叶橹指出："事实上，诗是应该不断变化的精灵。它的存在和充满生命的活力，是以一种自由发展的生命形式为前提。在人类社会发展的进程中，如果出现了中世纪式的精神禁锢，诗的生命便会遭到窒息。人们至今仍然怀着喜悦的心情阅读并欣赏那些处于人类的'童年时期'所创造的诗，在很大程度上可以说是出于一种自由的体验，而并不是由于它们提供了多么深刻的思想。"与此同时，叶橹在这篇文章中还进一步指出："对于诗来说，最大的灾难莫过于僵化的格局所带来的窒息。因为诗所追求的正是表现出生命状态的多姿多彩，表现出人的自由心态可以达到的极致。"在这里，叶橹所突出的是诗和诗人应该具备的自由精神。这应该说是叶橹对于诗歌本质的深刻理解和把握，从而构成了他诗歌美学的核心内涵。

正是从诗歌的自由精神出发，叶橹教授在论述具体的诗歌问题时同样体现了这样的精神。面对当下诗歌的不景气，有人提出建立新诗的形式规范的设想，试图通过具体的诗歌形式规范来约束诗歌，从而让诗歌在形式上像诗歌的样子。在这个问题上，叶橹并不赞同这样的主张，他认为诗歌的本质不在具体的形式，而在其中蕴涵的诗质，而规范不仅不能解决诗歌的不景气的问题，而且还可能因其"限制"而形成对诗歌创作的"约束"，进而"会成为对创造性和可能性的扼制"。当然，这不是说，叶橹否定诗歌的形式，他提出了诗歌的形式感问题，这就是说诗歌不应该有统一的形式规范，而是根据各自抒发情感和表达思想的需要，进而建立起相应的诗歌形式，因而诗歌的形式感所体现的就是形式上的自由。根据诗的"自由灵魂的本质"精神，叶橹将诗歌的"流变""看成是永恒的诗性"，进而认为："对诗的可能性的认定，只是说它可以有从事创造的自由……"这是叶橹讨论诗歌基本特性时对自由的把握。

在讨论具体的诗人诗作时，他特别敏锐地发现并抓住诗作中的自由精神和诗人身上所体现的自由。在对韩作荣"三无"诗歌的阅读中，叶橹读出了诗人"在对醉与醒的体验中"，"寻求的是一种精神飞翔和张扬的自由状态"。在讨论洛夫的诗歌时，他写道："生活在现代社会中的诗人，一方面是感受到诸多政治势力的束缚和压迫，另一方面又因为意识到作为追求精神自由的人面对这一切的无奈……"揭示了现代诗人所面对的自由与束缚的冲突以及由此而产生的巨大苦闷。通过对牛汉诗歌的解读，叶橹复原了诗人的反对压制渴求自由的灵魂。在牛汉这里，他一方面在诗歌形式上"拒绝定型和规范"，另一方面在诗歌精神上"以对生命的自由追求和个性张扬为自己人生信仰"，反抗"精神困囿和身体的囚禁"，"对专制统治的精神扼窒的憎恶和反抗"，展现出自由的"飞翔的姿态"。在谈论李瑛诗歌的时候，叶橹首先肯定的是诗人"以'我'为核心的突破"，而这意味着"是一种对个人内心所受到的束缚和桎梏的解放"。而且他的这种"解放"很大程度是来自"自身的心灵世界敢于向外界的敞开"。

诗歌的精神特质在自由，而诗歌的运行则需要有自由的外部环境。自由的外部环境即表现在政治的宽松，更需要人们以宽容的态度和包容之心对待自己不能理解和认识的诗歌。因此，诗歌的自由必须反抗文化专制主义，必须呼唤宽容的态度和包容之心。进入20世纪80年代，诗歌运行的环境确实越来越宽松了，文化专制主义基本上受到了否定并且被抛弃，但是由于长期以来文化专制的影响，不少人头脑中的思想观念还没有得到应有的更新，显得比较僵化，常常在自觉与不自觉之间利用话语霸权否定和指责自己看不惯的诗歌作品和现象。这就造成了一些诗人受到严重压制，一些诗作受到批评而被否定，一些诗歌探索遭到阻挠。鉴于这样的状况，叶橹首先阐明自己的诗歌批评原则——宽容精神，倡导多元，他指出："宽容是一种民主精神，不能够宽容对待艺术创作的自由，不管以任何理由和方式出现，都是站不住脚的。特别是那种以学术为幌子迎合专制主义的人，更是应该受到一切有良知的人的鄙视。"同时，叶橹大声疾呼，"打破'鸟笼文化'"，以"宽容"之心对待"新诗的探索者和创造者"。在《诗追求什么》中，叶橹对于"某些在探索和实践的过程中因寻求突破而导致的失误"不能得到理解和"宽容"提出了批评。在《触摸人生的温柔与忧伤》中，叶橹发出呼声和警告："应当允许和提倡多层次多视角的艺术追求，如果只是要求人们欣赏某一类型的诗，其结果必将是艺术机能的萎缩，造成惰性的蔓延。"在《宽容的原则》中，叶橹表示："我毫无保留地支持宽容原则，拥护宽容原则，在对待科学和学术思想上，它应该是高于一切的原则。"呼唤宽容精神，实际上是为了营造宽松的社会环境，从而推动文学特别是诗歌走向"多元化"，实现"无限性的可能性"。宽容并不是所谓的大度，而是对他人权利的尊重，是现代社会的文明准则，更是自由的前提。

‖ 三 ‖

叶橹诗歌批评的最大贡献就在于有所发现，不仅在众多的诗人诗作中发现了诗人的独特意义与堪称经典的诗歌作品，而且善于从驰名诗人的作品中发现那些很少为人注意和关注的文本，因而人们可以由此称赞叶橹教授拥有一双慧眼。那么，叶橹究竟是怎样拥有一双慧眼的呢？我们可以通过考察他的诗歌研究方式来认识。

通过对叶橹诗歌批评文章的阅读，我们感到他不是将自己评论的诗人和诗歌作品视为客观的研究对象，而是他要面对着的一个个鲜活的生命。叶橹在评论昌耀的诗歌时一开始就说，"诗人以自己的诗作为他生命形式的呈现"，"当人们把诗看成是诗人生命形式的呈现时，诗的价值便是诗人生命的价值……"在叶橹看来，诗人创作并不是单纯地码字，也不是简单地诉说什么或者表现什么，而是其生命形态的一种表现，这就是说诗人将他的生命投入到写作之中，那么读者阅读这些诗也就不是了解和认识一种人生，不是简单地接受思想教育和进行艺术审美，而是灵魂的触摸与碰撞，是心灵的对话。既然如此，叶橹以生命主体走进他所面对的诗歌世界。在昌耀诗歌面前，他首先感受到的是诗人的那种独特的气质："对大自然与内心和谐的独特的感应。"这就是说，昌耀面对着苍凉的大自然既不是浪漫的欣赏，也不是简单的抗拒或者无奈的悲叹，而是"感应"，与大自然形成一种独特的关系，而这又与诗人当时的命运与强大的生命力密切相关。

《慈航》堪称昌耀诗歌的代表作。对于这首诗，叶橹认为："《慈航》作为诗的艺术魅力，首先不在于它所叙述的故事，也不在于它所反复出现的那几行宣示了主题的诗句，作为诗，它具有一种本体意义上的审美价值。"显然，这不是将昌耀的代表作提升到哲学高度上认识的问题，而是显示出昌耀的诗歌在叶橹这里的本体特性，从而使之不同于一般的审美对象。在论及卞之琳的诗歌时，叶橹指出："对于一个诗人来说，形成和造就他的基本艺术品质的先天性因素，我以为是一种可以称之为艺术触觉本能的基因。"叶橹在这里所强调的"艺术触觉本能"实际上应该是诗人灵魂感觉世界的方式，换句话说大概是诗歌中活跃着诗人感触世界的灵魂。因而，叶橹在讨论诗人诗作时所关注的显然不是"忧郁、彷徨、孤独、惆怅"等知识分子的心态，而是"他的心灵感受世界的方式的特异"，其实这也是叶橹感受诗人诗作的"方式的特异"。从曾卓书写海洋的诗作中，叶橹看到了诗人的"生命融入大海"，从林莽的诗歌文本中，叶橹感觉到作为"独行者"所特有的"孤寂与守望"之魂，对于韩作荣的诗歌，叶橹不再是一般的探讨和研究，而是要做一次"灵魂的冒险"——通过"冒险"，他发现韩作荣所"寻求的是一种精神的飞翔和张扬的自由状态，而在'对一罐清水的向往'中，应该就是由于灵魂的饥渴而引发的期待得到润泽的心态"。洛夫的长诗《漂木》堪称华文诗歌的奇迹，叶橹面对这样的诗篇采取的是"灵视"的方式抵近它，进而"窥见大千世界中形形色色的奇异景观"，因为洛夫所呈现的这块"漂木""也是有灵魂的"。阅读牛汉的诗歌，叶橹产生了"心灵的契合"，因为"他的诗常写出了我内心时常产生的隐秘思绪却是自身无力用语言表达出来的"。叶橹这种介入诗歌的方式不仅形成了自己的特色，而且令他在灵魂的触摸与碰撞中形成了特有的敏锐的艺术感觉，从而让他在心灵的交融与精神的对话中有所发现，而这些又常常是被人忽视的发现，更突现出其他研究方式难以抵达的诗人的灵魂深处和诗歌精神境界。

在具体的进入文本的方式上，叶橹特别推崇"智慧个性化"的批评，他非常赞赏钱锺书的这种研究方法。"我可以肯定，他（指钱锺书——引者）绝对是符合我所认定的'智慧个性化'的批评家。他的'点评'，除了建立在博学基础上的悟性之外，更有许多一般人难以企及的独特的进入文学的方式。"与此同时，叶橹以李健吾批评卞之琳的诗歌为例阐述了他的"智慧个性化"的批评。这不仅是叶橹对钱锺书和李健吾文学批评的充分肯定，而且表明了他的文学批评所追求的境界。他对许多诗人诗作的批评，所采用的基本上就是"点评"的方式，通过文本细读，仔细挖掘文本所蕴含的丰富复杂的内涵，并且努力揭示其新的质素所隐含的价值和意义。在讨论洛夫的禅诗时，叶橹首先"点评"了洛夫的《谈诗》，突出了洛夫"对诗性的一种灵动把握以及它的某些不可逾越的规则的执着态度"，从而揭示出诗人对于诗歌的宗教性的态度。随后他又"点评"了《禅味》《根》《回响》《雁塔》《背向大海》《自伤》等作品，极力挖掘出其中所蕴含的禅性和禅味，进而概括出洛夫禅诗的重要品格。

叶橹的诗歌批评给我印象深刻的是，他常常将关注的目光投向那些受到冷落的诗人或者诗作，换句话说，他的诗歌批评可以说是行走在诗歌的边缘地带。这大概是由于他在"胡风事件"之后，自己长期受到政治迫害而沦落为社会边缘人的缘故，即使后来他进入高邮师范学校和扬州大学任教，他的边缘人的状况并没有得到根本改变。他在《吹号者远逝的身影》中叙述了他不主动与著名诗人艾青联系的情况，其中隐含着他处于边缘状况的"自卑自贱"的因素。既然如此，叶橹当然可以从同样处于边缘地位的诗人诗作那里获得"同是天涯沦落人，相逢何必曾相识"的感受。而且更重要的是，诗坛上这些受到冷落的诗人诗作更容易激起他的共鸣，更容易让他感到心灵的震颤和灵魂的交融。闻捷、公刘、晓雪、韦其麟等人在20世纪50年代中期虽然发表了不少优秀作品，但是并没有引起评论界和学术界的关注。蔡其矫、昌耀等人即使到了20世纪80年代还是一度受到冷遇，诗人曾卓在众人的印象中是与《悬崖边的树》联系在一起的，然而他的那些写"海"的诗却被"掩盖了"，基本上无人问津。艾青的《会合》《当黎明穿上了白衣》《阳光在远处》《那边》《透明的夜》等诗作同样也存在着受《大堰河——我的保姆》

等名篇"掩盖"的问题。作为"白洋淀诗群"重要诗人的林莽虽然声名远扬，但是他的诗作很少为人所理解和认识，而这也决定了他的"孤独和寂寞"。韩作荣的"三无"诗"往往因为评论者无法找到符合主流意识的语言符号和系统，不得不放弃诉说的欲望"。洛夫的《漂木》虽然已经面世，但是由于在内地出版很晚，因而对其研究的探讨也才刚刚起步，因而从某种意义上说也是诗歌研究的冷门。叶橹对于这些诗人诗作的研究和批评让文学史的叙述减少了许多缺憾和局限，避免了许多极具才华的诗人与堪称经典之作的诗歌可能被埋没的悲哀，充分体现了作为一个知识分子的所拥有的历史责任感。对这些边缘诗人与诗作的研究。对于叶橹来说具有极大的挑战性，因为这些边缘诗人诗作，往往缺乏可供参考的资料，而且它们在文学史上的评价和地位具有很大的不确定性，因而研究它们就意味着极大的冒险。然而，一个具有巨大勇气的学者是非常乐于在学术研究和文学批评中冒险的，正是这种冒险可以让他得到意外的惊喜和巨大的收获。叶橹也因此在许多重要的发现中确立了自己在当代诗歌理论史和批评史上的不可替代的重要地位。

选自《海南师范大学学报（社会科学版）》2015年第3期

"径路绝而风云通"
——读杨光治的诗评印象

白 帆

> 辽阔的世界，宏伟的人生，
> 长年累月，真诚勤奋，
> 不断探索，不断创新，
> 常常周而复始，从不停顿；
> 忠于守旧，
> 而又乐于迎新，
> 心情舒畅，目标纯正，
> 啊，这样又会前进一程！
> ——歌德

早在20世纪80年代初，我便知道广东有位写诗评的杨光治了。那时，他正在与一位远方的诗评家打"笔仗"，对诗评界的某些极"左"观点提出了尖锐的批评，给人留下了狷介质直、快人快语的印象。近几年，我又陆陆续续地读到了杨光治的许多诗评文章，虽然对其中的观点未敢全部同意，但无论如何，他那扎实的学识与独树一帜、力求变革的思考都令我佩服。近日，有人问及我对作为一个诗评家的杨光治的印象时，我忽然想起了引在篇首的那段歌德的诗。

"守旧"和"迎新"，在不少人看来，是对抗着的矛盾的两个方面，如水火那般各不相容，但在深谙辩证法的歌德那里，这二者却处于极其和谐的境地，并以为这二者共处一体，既斗争又同一，便能推动人的认识前进。杨光治作为一个诗评者，如歌德那样，身上也存在着"守旧"与"迎新"这两种经过数千年时间建构在中华民族土壤上的诗歌传统，他认为应该有所扬弃地继承；对 20 世纪 80 年代初崛起的诗群及其美学原则，他认为应该有所保留地加以支持和鼓励。更重要的是杨光治作为一个诗评者，像歌德那样，也善于运用辩证法去分析认识对象，特别是能够在别人只看到对抗性的矛盾当中看到同一性，较为科学地提出了一些有关诗歌基本理论问题方面的见解。古人在谈论山水的奇妙时有"径路绝而风云通"的评语（转引自清代李重华的《贞一斋诗说》），我觉得用这句话来说明杨光治的诗评特色颇为妥帖。在这里，"径路绝"是指在一些诗歌的基本问题上，矛盾着的两方面呈现出严重对立、似不可沟通的外部形态，"风云通"则是指凭借了辩证法去分析这些诗歌的基本问题，便能像风云那样在看似无路的地方畅通无阻，找出深藏着的矛盾诸方面的内在联系，并在这关系的网络中见出诗歌艺术的特殊性与规律性。

在我国当代的诗歌理论中，争论得最持久、最激烈的要算是诗中之"我"的问题了。在以往较长的一段历史时期里，不少诗评者认为诗创作"应以阶级和阶级斗争的观点为统帅"（摘自尹在勤的《新诗漫谈》），把诗歌看作某一社会集团意识的传达工具。这是"无我"的观点。近年来活跃在诗坛上的些青年诗人，则主张诗是自我心灵的产物，"不屑于表现自我感情世界以外的丰功伟绩"，这是"唯我"的观点。这两种观点看似截然相反，其实同是犯了形而上学的错误，把本来属于同一辩证逻辑范畴的个别性与一般性割裂了开来，把诗歌本来应具有的多方面的本能、功用与价值单一化。其实，诗创作既不能无"我"也不能只写"我"，"我"与人民，个别与一般绝非水火不相容，其间无路通，掌握了辩证法便能看到这两方面的内在联系。杨光治 20 世纪 70 年代末就对"无我"之论进行了严厉的批判，以后发表的诗评中也不断地批评那些缺乏个性、热衷于宣传某种政治概念的诗歌。他反复强调诗不能"无我"，"只有以'我'的方式去歌唱'我对生活的独特感受才能成为艺术精品'"。这是对艺术个性化的呼唤，是对把诗单纯地归附于政治的反拨。值得注意的是，杨光治的这一观点并不同于那种仅仅把个性看作艺术形式方面的特点的观点。那种把处于不同逻辑范畴的个别与一般，形式与内容混淆起来的人其实是冒充掌握了辩证法的"假行家"，他们的骨子里依然把诗看作阶级斗争的工具。正如应该强调任何人的群体的一般性都具有人的社会性和自然性两个方面一样，应该强调诗创作的个性要从作品的形式与内容这两个方面显示出来。杨光治就做到了这点，上面引的那段话里就蕴含着这种强调。如果说"以'我'的方式去歌唱"是指诗人必须赋予作品的形式以鲜明的个性特征的话，那么，"我对生活的独特感受"则是指诗人必须在诗的内容上——包括主题、情绪、意象等方面具有区别于他人的地方。如此创作出来的诗，就不会再是某一社会集团意识的传达工具，而成了通向时代和人民的心灵的歌唱；就不会再只有单一的政治宣传意义，而成了由多种价值、多重意识复合起来的有生命的美感载体。

杨光治也不赞同那种摈弃与祖国与人民的血肉联系、醉心于咀嚼一己悲欢的新诗观。他说："诗要有'我'，但作为社会主义社会的一员，诗人应当具有良心和责任感，诗作应做到使读者'开卷有益'。"有一种观点认为，既然个别能反映一般，那么，"只要抒发了自我，便是抒发了人民的感情了"。这种观点似是而非。不错，辩证逻辑认为"个别一定与一般相联系而存在。一般只能在个别中存在，只能通过个别而存在"。所以个别是能反映一般的。问题的关键是，你所说的那个"自我"与"人民"是否构成了同一范畴的个别与一般呢？换言之，诗人的情感与人民的情感是否就一定息息相通呢？倘若诗人的情感与人民的情感有隔膜，他的悲欢与人民的悲欢殊异，便遑论"抒发了自我便是抒发了人民的感情"之类的话了。据此，杨光治的诗评十分注意强调既要有"我"，又"不游离于生活、人民群众之外"的观点，强调"诗人通过自己心灵的颤动来表现时代的脉搏"的主张，这便是杨光治对诗中之"我"这一问题的基本看法，既不死抱"传统"不放，又不盲目附和"时髦"，其中自有辩证法的光芒熠熠闪烁。他在走自己的路——变革的路。

在新诗的诸基本问题中，我觉得杨光治论述得最精彩的要算是有关诗的主客观因素的关系这一问题了。前两年，某一诗歌刊物上曾发生过一次争论，争论的双方一者强调诗是"再现"（客观）的，一者强调诗是"表现"（主观）的，各执一端互不相让。其实，任何诗作品都是主客观的统一，从一方面看它是客观世界的心灵化，从另一方面看则是诗人主观世界的物态化，诗创作是诗人的经验世界和情感世界互相推移而进行的双向建构活动。杨光治就看出了诗中主客观因素间的这种辩证关系，他认为诗中的"'再现'和'表现'

是很难分割开来的。'再现'是'表现'"的基础，离开它，'表现'是空白；但如果只有'再现'而没有'表现'，诗就成为对事物的机械模拟"。当然，这还是很一般的分析，略知辩证法的人都能言出这样的道理。杨光治深刻的地方，就在于他阐释有关诗的主客观因素之关系的重要范畴—意境时，能抓住主要矛盾去进行擘肌分理的分析，道出了诗歌艺术的某一重要特征和规律性。在《〈人间词话〉"境界"说寻绎》一文中，他表示了自己既不同意某些诗评者把意境理解为"情加景"的观点，也不同意那种流行的看法——仅仅把意境理解为"意与境的有机结合"。他认为结构意境应"突出诗人的主观创造精神"，在透彻分析了一些诗例以后，他提出了意境可诠释为"意的境"的见解，以变革的精神去对这一古典理论问题进行研究，获得了成果。

这一见解使人耳目为之一新！它不仅准确地道出了"以境界为最上"的诗歌区别于其他文学体裁的特质——重于抒情，而且是对长期存在于诗歌理论中的机械反映论的观点的纠正。过去不少诗评者正如马克思批评的旧唯物主义者那样，对对象往往只从"客体的或者直观的形式"而不从"主观方面"去理解，强迫诗人在某种政治观念或权力的驱使下作物理性的机械运动，把诗创作变成对经过一体化要求过滤的表层形态的临摹，严重妨碍了诗歌艺术的健康发展。而杨光治关于意境即"意的境"的观点，从根本上说是强调诗人的主观能动性的，强调诗创作应该是"以心观物"，而不是"以物观物"的。这其中的超学术意义显而易见。遗憾的是，杨光治未能把这一观点上升到更高的层次去进行历史的分析，不然的话，未始不是我们中国诗歌理论的一次大突破呢。

辩证法还在杨光治对其他的一些诗歌理论问题的分析中闪光。新诗创作应该进行横向的移植，还是应该进行纵向的继承呢？诗创作应该写得明白如话、老妪能解，还是应该力主朦胧，并把其推至令人不懂的极端呢？……这一系列的问题，在某些诗评者的笔下，总是非此即彼，没有沟通的渠道，但杨光治总是能用辩证法去进行分析，找出矛盾着的双方的同一性来。例如对诗的传统与舶来的问题，他是用一分为二的观点去进行分析的。他认为横的移植和纵的继承都是需要的，但"都需要明确一个前提——为我所用，取其精华，弃其糟粕"。又如对诗能否写得"朦胧"的问题，他用的则是辩证逻辑范畴中的"质、量、度"的观点去进行分析。他认为朦胧也是"一种美"，但朦胧过"度",成了古怪又晦涩,就会质变为丑,令人生厌(以上引文均摘自《平静之后的思考》)。可见,以"径路绝而风云通"来说明杨光治的诗评特色,并非过誉之辞。

历史是波浪式地前进的。唯其如此,"无平不陂,无往不复"(《周易》),才具有合理性。因此,没有必要对为向陈旧诗教冲击而带着时代的激情走向极致的诗论多加指责。但是,若要对诗的本体进行科学的认识,并在这基础上建立一个经得起时间考验的诗歌理论体系,还需要努力摈弃各种情感元素的驱使,形成一种适合于学术研究的冷静平和的心态,还需要凭借唯物辩证法这一有力的武器,对诗现象进行既高屋建瓴又探微发幽的分析。我觉得作为一个诗评者,杨光治是冷静的,他的分析基本上是辩证的,所以他能在"径路绝"之处如"风云"那样畅通无阻,能在诗的本体研究方面取得一定的成绩。但这并不意味着杨光治的诗评完美无缺。事实上,杨光治的诗评里还存在着一些偏颇之处:如常常对诗作的语言挑剔过分,对诗作的内容缺乏历史的宏观的分析等。不过,杨光治既然能自觉地运用辩证法去分析诗的诸基本理论问题,也必然会以辩证法去分析他作为一个诗评家的自身。愿杨光治在诗歌评论工作上继续努力,继续探索,继续"前进一程"!

选自吕进编《上园谈诗》,重庆出版社 1987 年版

诗，应当为当代中国人而作
——论杨光治的诗论

熊国华

在中国新时期诗坛上，杨光治是一位极富个性的著名诗评家。他利用编辑工作的业余时间在诗歌理论的领域辛勤耕耘，十余年来取得了丰硕成果，已出版诗歌论著《野诗谈趣》《诗艺·诗美·诗魂》《情趣诗话》《温馨的爱——席慕蓉抒情诗文赏析》《花城袖珍诗丛·宋词》《唐宋词今译》《古典诗歌解说》《绝妙好词》等九种；新著《从席慕蓉、汪国真到洛湃》《带你入诗坛》也即将出版。与人合著的有《上园谈诗》《中国当代抒情短诗赏析》《诗歌美学辞典》等五种，并参与有影响的书籍——《中国新诗名篇鉴赏辞典》《毛泽东诗词鉴赏》的撰写及《中国新诗鉴赏大辞典》等的定稿工作；还编有《席慕蓉抒情诗120首》《情思妙语》等。他集诗评家、诗选家、出版家于一身，由他担任责编推出的深受读者喜爱的诗集和诗论集举不胜举，迄今已有十多本获得国家级奖项，而且每年赢得了可观的利润。探讨这样一位被海内外诗歌界人士赞许并被广大读者尊重的、对新时期诗坛做出重要贡献的诗评家的思想轨迹及评估其评论实践，对中国新诗的发展无疑具有理论和实践上的双重意义。

‖ "左右开弓" 的诗评家 ‖

如果说诗作是诗人的人格的具体表现，那么，诗歌评论也同样体现着诗评家人格的高下与优劣。而且作为理论上的引导，后者的人格与修养，似乎比前者更为重要。杨光治认为："搞诗歌评论就应当具有事业的责任感和艺术的良心，应当坚持真理，讲真心话……文艺评论园地从来不应当成为投机家的市场。"①联系到诗坛上那种种"见风使舵"及无原则的"捧杀"或"棒杀"的不良现象，我们更觉杨光治这番话的可贵。他的这种正直而率真的人格贯穿到理论上，就形成了鲜明的实事求是、直抒己见、坚持真理的诗评风格。

粉碎"四人帮"的头几年，新时期诗坛随着思想解放运动的兴起出现了新的转机，诗歌创作在一定程度上挣脱了极"左"路线的桎梏，但在诗歌理论上仍存在着极"左"文艺观的阴影。1978年，杨光治出于义愤，写了题为《诗园絮语》的九篇诗话进行批驳和痛斥②，笔调尖锐而幽默。

杨氏一方面反对"任何诗歌创作，都属于一定的阶级，一定的政治路线"的无"我"之论，同时也反对"诗，是诗人心灵的历史""不屑于作时代精神的号筒，也不屑于表现自我感情世界以外的丰功伟绩"的"唯我"之论。他认为过分强调"唯我"，将会切断诗与生活的联系，丧失诗的社会功能，"诗如果'不屑于'表现时代精神和劳动者所创造的丰功伟绩，就容易陷入脱离时代的'自我'孤芳自赏，最终会被人民所鄙弃"③。因此他又被人指责为"观点保守"。杨光治承受着来自左和右两方面的压力，实行"左右开弓"，在"传统派"和"崛起派"之间的夹缝中，走着一条"既不否定传统又力求在传统基础上发展、变革，既反对庸俗社会学，反对假、大、空，又反对全盘西化"④的道路，表现出一个正直的诗评家敢于坚持真理的勇气和艺术良心。

杨光治的诗歌观点，并不是有些人所认的"折中理论"，而是以对古今中外诗歌现象进行认真总结和对诗歌创作规律进行深入探索为基础而建构的切合实际的理论。他少年时代尝从某著名词学专家学习古典诗词，打下了深厚的学术功底。《野诗谈趣》《情趣诗话》中所收录和引用的"野诗"，都是历代未被收入全集、别集或其他选本而散存于野史、笔记文和流传于民间的诗歌，若不是博览群书，悉心研究，何能至此？索隐钩沉之功，海内外学者无不交口称誉。他的《唐宋词今译》《花城袖珍诗丝·宋词》和《绝妙好词》，选注精当，治学严谨，亦为从事古典文学研究的学者和专家们所赞赏。新诗

① 杨光治：《诗艺·诗美·诗魂》，花城出版社1990年版，第302页。
② 发表于《随笔》1978年第2期，其部分收入《诗艺·诗美·诗魂》。
③ 杨光治：《诗艺·诗美·诗魂》，花城出版社1990年版，第1页。
④ 古远清：《杨光治的诗歌评论——读〈诗艺·诗美·诗魂〉》，《当代诗歌》1987年第8期。

评论集《诗艺·诗美·诗魂》中的许多篇什，短小精粹，生动活泼，善于从古代诗话、词话和历代诗词名句中拈出一些带规律性的东西，联系当前创作中存在的许多实际问题来发言，举凡诗中的立意、情感、意象、哲理、结构、语言、技巧、体式，以及诗与生活、诗与"我"、直白与"朦胧"、传统与舶来、再现与表现等热门话题都有所涉及。他才思敏捷，见解独特，往往三言两语就能触及问题的要害和实质，闪现了"真情与卓见的火花"①。

杨光治的可贵之处，还在于他能够批判性地继承传统，分清其精华与糟粕，而且常常能够发前人之所未见。《诗艺·诗美·诗魂》中"诗学论辩"一辑，分别对元好问、黄庭坚、袁枚、谢榛、苏轼、刘熙载、王士稹、欧阳修、王安石等历代名家的观点和看法质疑，指出其得失与错漏，并联系当前创作实际来阐述，都是言之有理、持之有据，具有较强的说服力和论辩性的篇章。尤其是《〈人间词话〉"境界"说寻绎》和《诗的境界二题》两篇论文②，对王国维的"境界"说作了深入细致的研究，并在前人成果的基础上有所发展。他认为："意境（境界）就是读者感受到的、凝寄着作者思想感情的生活画面（可简称为'意的境'）"，对历来众说纷纭的"意境"作出简明而中肯的判断并把诗境分为"画境""物境""情境"三大类，而且对"境"的来源作了很有价值的探讨，把同西方美学中的"典型学"并峙的中国"意境说"的研究，向前推进了一步，被专家认为是对境界说研究的新突破③。

‖新诗十年的回顾与展望‖

新时期十年（1976—1986）的中国新诗，是继"五四"新诗崛起最初十年后的又一次发展高峰和繁荣期。其间涌现的大量的诗歌现象和创作经验，都有待从现代诗学的理论高度来进行总结。凡是有抱负有出息的诗评家，都不会对新时期十年诗歌置之于不顾。杨光治于1987年初在《当代文坛报》上

---

① 张同吾：《真情与卓见的火花——杨光治诗论琐谈》，《黄河诗报》1988年第5期。
② 前者发表于《文学评论》1984年第4期，后者发表于《艺谭》1986年第3期，均收入《诗艺·诗美·诗魂》。
③ 见袁忠岳《历史留下的脚印》（《黄河诗报》1988年4月号）及《文化周报》1987年3月5日"美学首次文摘"栏。

连续发表的一组题为《新诗十年的回顾与展望》的论文，即是对这一时期诗歌现象研究和思考的结晶。

他在"之一"《火的呐喊和"鱼化石"的复活》中指出：新时期诗歌伴随着"四五运动"的火光，"挣脱了极'左'的桎梏，从'假大空'向现实主义复归，向抒情本质复归……它们突破了黑格尔所鄙夷的'描绘诗'的樊篱，灌注着极为鲜明的主体意识，以强烈的感染力来显示现实主义创作方法的旺盛生命，向世界传递中国新诗复归的信息"。并举出艾青在 1978 年写的《鱼化石》一诗作为复归的重要标志，认为这首以象征手法来抒写"自我"真实的现实主义诗歌，"骚动了生活的海洋，鼓动了'鱼化石'群的复活"，对新时期诗歌艺术技法的繁复化和对题材禁区的突破，都起了良好的启示作用。这些论述展现出杨氏的睿智与敏感。

在"之二"《现代主义的再切入："朦胧诗"的勃兴和关于它的论争》中，他指出："'朦胧诗'中的优秀作品，凝寄着十年浩劫在青年心中所铸造的冷峻……隐含着对人道主义的追求，可归之于'伤痕文学'"，还肯定其贡献主要在于"它抒情形象的多层次，再现生活的力求立体化和大量运用象征、暗示、通感、时空交错、跳跃等手法的特点，丰富了诗歌的艺术技巧，也促进了诗歌的某些艺术观念的发展"。对于朦胧诗未能成为"中国诗坛的主流"而迅速"退潮"的原因，杨氏认为"它从物兴之日起存在着严重的病伤：'自我'凌驾一切，与群体的关系解决得不好，甚至有意把两者的距离拉远，造成难以沟通的隔阂；有的由于过度迷恋'伤痕'以致情绪十分灰暗而背离了时代；有的写得'令人气闷'到了晦涩的程度……因此，它始终未能进入读者的心扉"。文章还对三个"崛起"论观点的得失，进行了评判，态度客观、公正，是令人信服的。

在"之三"《诗的另一次"复归"："生活流""寻根"诗及其他》中，杨氏运用"物极必反"的辩证观点，对新时期诗歌的发展轨迹作了鸟瞰式的概括，指出："政治诗"否定"我"的创作个性存在的"极"，反出了专主抒写"诗人个人心灵的历史"的"朦胧诗"；"朦胧诗"发展到"唯我""令人气闷"（晦涩）的"极"，"反"出了"生活流"诗。提倡"古典＋民歌"发展到被定为唯一的创作路子的"极"，"反"出了"横向移植"热；"横向移植"热发展到彻底否定和蔑视传统的"极"，"反"出了"寻根"热。这一观点，很有见地。文章对现代主义"寻根"诗，首次作了颇为中肯和全面的评介，对"中国诗坛 1986 现代诗群体大展"的诗歌流派及其作品，也真诚地发表了自己的看法，表现了对青年诗人和新诗歌流派的极大关注、爱护和期望。

在"之四"《有希望的出路：诗为当代中国读者而作》中，杨氏针对近几年诗集、诗论集印数和征订数急剧下降而造成的出书难的事实，指出"后崛起"诗歌脱离社会生活、脱离读者是造成不景气的主要原因之一。如何摆脱困境呢？他认为："提倡诗为当代中国读者而作，是赢得读者，摆脱不景气的有效的一招。"并提出"人人心中所有，人人笔下所无"的古语作为好诗的标准。与此相适应，他对那些脱离诗歌创作实际和读者阅读水平、滥用新名词以故作艰深而侈谈"超越"的诗论，提出了十分尖锐的批评，呼吁"为了挽回诗论的声誉，为了争取读者，'名词大轰炸'必须停止"，主张对诗论的文风进行改革。

如果说杨光治以前是以写诗话随笔著称于诗坛的话，那么，在这一组立论高远、颇有分量和学术价值的系列论文中，我们看到他实现了对自己的超越——已由对具体作品的微观研究进入对诗坛作鸟瞰式的宏观研究阶段。它引起强烈的反映，并引起了争论，为此，权威杂志《作品与争鸣》发表了这组论文的详细摘要。他的诗论自然流畅，活泼犀利，朴素之中见文采，平实之中见真情，具有很强的可读性、实用性和论辩性。他注意诗的抒情本质、诗的时代性和社会功能，尤其是在诗与读者的关系上找到了自己的理论支点，由此建构起自己的诗歌理论体系。他的诗论，是"上园诗派"（主要包括吕进、朱先树、杨光治、阿红、袁忠岳、叶橹、朱子庆等人）的诗歌理论体系的重要组成部分。

‖ "热潮诗" 的倡导者 ‖

杨光治的诗观，在 1988 年第 6 期《诗刊》上发表的《诗，应当为当代中国人而作》一文中，作了进一步的阐述和发挥。他说："我们诗歌的读者主要是当代的中国人，诗，应当为当代中国人而作。要不，很难赢得众多的读者。写出来的，应当是诗，应当具有鲜明的当代性、中国性。这就要求以当代的、中国的眼睛和心灵去发现、去感受，以当代的、中国的手法去歌唱。"他奉劝诗人们"不妨暂且放下高雅，'引进'一点商品意识。诗集、诗歌报刊都是商品，它们要畅销，就必须质量上乘。只有这样才能打动读者去打开他们那并不怎么丰盈的腰包……我内心信奉这点：众多读者喜爱的诗，是好诗，或者是一种好诗"。观点务实而鲜明。

　　杨光治属于那种言行一致、敢作敢为的人。他把他的诗歌理论落实和贯彻到他的诗歌活动中。1986 年 12 月，他率先在《流泪记下的微笑和含笑记下的悲伤》一文中向大陆读者评介台湾女诗人席慕蓉的诗作，接着编发了她的《七里香》等三本诗集，并亲自撰写《温馨的爱——席慕蓉抒情诗文赏析》来推波助澜，使席氏三本诗集的总销量突破 150 万册，在国内引发了一场规模巨大的"席慕蓉热"。接着，1988 年 3 月，他又首先在《文艺报》上发表《根植生活的红蔷薇——汪国真诗作印象》，随后又不带任何附加条件向当时尚未知名的汪国真组稿，出版他的处女诗集《年轻的风》。不久，"汪国真热"席卷了古老的中国大地，使无数少男少女如醉如痴。目前汪的诗集正式出版的已突破 100 万册，加上五花八门非正式出版的和盗用作者名义出版的"汪国真诗集"，据说已突破 200 万册。再接着，1991 年 3 月，杨氏又第一个撰文评介广东一位扔掉国家医生的"不锈钢饭碗"而闯荡商海的浪子——洛湃的诗集《浪子情怀》。该诗集第一版三万余册上市一个多星期，就被批销一空，上架几个月就被买完，现又准备重印。针对有些人将席、汪、洛三人的诗称为"流行诗""平民诗""通俗诗"等不无贬义的说法，杨光治首次提出了"热潮诗"的概念。他说："我认为，将席慕蓉、汪国真等人的诗称之为'热潮诗'更为恰当。'热潮诗'的标志是：拥有众多的读者，造成了一定程度的轰动。特点是：语言易懂，顺畅，具有艺术美感，内容紧扣当代中国人的心，抒情真切、自然，哲理隽永"[①]，为诗歌归纳出一个新"品类"，这也是他对诗坛的一个新贡献。

　　目前，人们对于"热潮诗"现象众说纷纭，褒贬不一。尤其是对汪国真的诗争议极大，已超出了诗坛的范围，有的报刊甚至发展到对汪诗进行围攻

---

① 雄风：《峡谷中的"热潮诗"及其鼓吹者——访著名诗歌评论家杨光治》，《广州青年报》1991 年 9 月 4 日第 4 版。

和诋毁的程度。"骂"尽管"骂",但仍改变不了汪国真诗集被广大读者喜爱这一事实。诗歌创作是一种文学现象,同时也是一种社会现象。诗写出来是要给人看的,读者不仅仅是诗歌作品的接受者,同时也是作品价值实现的积极参与者。作品的社会意义和美学价值,只有在阅读过程中才能表现出来,只有在被读者接受的过程中才得以最后实现和完成。因此,在某种意义上来说,读者是诗人的上帝。杨光治提倡"诗,应当为当代中国人而作",把读者的喜爱作为评价好诗的一种标准,无疑是有道理和独具慧眼的。我们可以从接受美学、文化传播学和消费心理中找到许多理论上的依据。

尽管受当代读者喜爱的诗,并不一定都是具有永久美学价值的好诗(因为取得现实价值的作品,不一定就绝对有历史价值);尽管笔者对杨光治先生的诗论不敢全部苟同(譬如他对"宇宙意识"的理解等等),但我们不得不承认他确实具有搅动诗坛的"魔力"。在中国新时期文学史上,杨光治的诗论将会占有一席地位,正如当代诗歌史不会忘记"热潮诗"现象一样。

选自《中外诗歌交流与研究》1992 年第 1 期

话说"左右开弓"
——评杨光治新著《从席慕蓉、汪国真到洛湃》

程光炜

　　这个题目是个错觉。正如这十年的文学批评，正剧喜剧交相迭出，真面目和面具接踵上场，使你最终也丢掉了标准。杨光治深谙自己的生存环境，知道批评的分寸及其艺术，虽被人斥之为"折中理论"，步履不失其艰厄，可毕竟有自己游刃的余地。从中，我们很难说窥见的是近十年诗歌的曲折面貌，还是中国知识分子的一种文化心态。

　　套眼下流行的说法，这本诗论是既反"左"又反"右"，作者戏之曰"左右开弓"。怆然中藏着过人的机智，笑谈之中又有一种失落的东西，但我觉得，与其说得明明白白，还不如这么不清不楚的好。对 1979 年之后出现的现实主义诗潮，杨光治的评价是明朗和稳定的，但对稍后的"朦胧诗""新生代"，他则采取了双重批评标准。一方面，对近年来的现代主义诗歌现象，作者在观念上表现出了相当宽容的态度："在艺术上，它是对'假大空'诗风的反拨。而它之所以'朦胧'，与'四人帮'的文化专制有关——作者不能坦开胸襟，只好使用'以象征主义为中心'的'曲笔'。"联想当时乍暖还寒的背景，这种"宽容"犹如深冬里的一缕柔风，令你怦然心动，为之一热。另一方面，他对"朦胧诗"和"新生代"艺术细部表现上的"过火"，又直率批评："诗是写给人看的，读不懂的作品，必然缺乏众多的知音。宣称'孤芳自赏'不过是阿 Q 式的自我解嘲。"这种方法上的悖论现象，折射着杨光治和他同代批评家的精神人格。不断受折腾的人生经历，使他们对"左"的东西有一种固有的反感，但是正经八百的人生教育，又培养起他们近乎正剧的美学观念和择取标准。这种标准左右甚至制约着他们对青年诗歌的基本态度，当后者以突如其来之势出现时，他们是"遗憾"和"恐慌"的，但当其发展并成熟为一种审美范式时，他们又成为其最理智和清醒的"接受者"与"批评者"，以诚恳、艺术的分析使其深入人心。所以我说，杨光治和他的批评是诚挚的、善意的、朋友式的。宽厚善解的传统精神在他既是一种人生态度，更是一种踏实的批评态度。揭开"左右开弓"这层令人迷惑的人格面纱，四目相互交流的是相知的含泪的微笑，是超越语言的默契。

这本书的题目又不是一个错觉。按杨光治的人格修养，他大概不会给予席慕蓉、汪国真和洛湃等热潮诗人过多热情（他的朋友们几乎都未作出反应，即为一例证），但他的开放城市背景及以敏感著称的编辑职业，又使他特别关注诗集出版的"社会效应"。与纯正诗歌在读者中颇受冷落的情势形成对照，席慕蓉、汪国真和洛湃的诗集在广大青年读者中刮起了一阵又一阵旋风，其声势之大，传播之广，为前者几十年来所罕有，以至构成了"热潮诗现象"。杨光治以他热情激扬的批评文字，推动了这一事态的发展。他的《神奇的"席慕蓉现象"及其启示》《在"传统"与"先锋"，对峙的峡谷中》等文，将对热潮诗歌的阅读，提升到一个更高的美学的层次，其中既有读者心理的社会时评，又有文化心态的扫描剖析，多层次、多侧面地阐述了前者与现时代大众欣赏口味的对应关系。他发表在《诗刊》上的长文《从席慕蓉、汪国真到洛湃——初谈热潮诗》，是对席慕蓉等人创作的一次全面深入的理论把握。该文从热潮诗的"存在""定名""特点归纳""境地"和"命运"入手，系统剖示了它产生的历史、社会和文化机缘，其艺术表现上的都市特征，以及在当前诗坛的地位等问题，令人信服地揭示了商品经济对社会心理的冲击及其影响的大主题。在经济和文化的转型期，汪国真们及其读者群的出现是一个不可避免的文化现象，这一方面意味着读者欣赏心理的调整，同时又潜在地预示了诗歌在这一背景下的分化趋势。及时捕捉上述变化并做出理论上的反应，显示了杨光治艺术批评的勇气。正如他在长文中所说："有热必有冷，有潮涨必有潮退，这是自然界的规律。每一股热潮诗热到了顶点，必然会消退，这是热潮诗的命运。"杨光治正是循着这一进化论观点展开他理论的两翼的。他鼓吹诗歌的进步，不断从传统中变出新质，以适应急遽演变中的读者的社会心理；但同时他又要求诗做到"让人读懂"，既不断尝试新法，又不偏离文学传统。"诗为当代中国人而作"即是杨光治这本论著的思想基点，扩而大之，这也是他十年诗歌批评的基本尺度。

话说"左右开弓"，如此看来，就不仅仅是做人的技巧，是妥协性的"折中"了。它既来自于作者全部的文学修养，又何尝不是传统与现代在我们时代这个大文本上的某种折射呢？十年诗潮风风雨雨，波潮迭起，可谓少见的人文景观。身处这一诗歌时代，有责任的批评家难免不跃身其中，评判自己，同时又评判时代，批评家正是在这里获得了价值。从文学史的角度看，已成历史的文学现象只有在形成合力的条件下才能构成"历史"。文学（包括诗歌）也只有在自我的冲突中才可能变得成熟，以至发展到自己时代的最高范型。我正是基于这一观点看待杨光治和他这代人的诗歌批评的（甚至包括了更年轻的批评家们），因为我相信，没有任何人能为别人提供创作和理论的范式，只有时代在不知不觉中塑造自己，为未来留下一笔遗产。

这大概不再是我的错觉。

1992 年 7 月 13 日于湖北师院

选自《诗刊》1993 年第 3 期

张同吾的诗歌美学思想

邹建军

　　张同吾的诗论在诗坛乃至文坛产生了很大影响，作为当代诗论实体，他的诗歌美学思想的核心内容是什么？他对于当代诗歌现象是如何在总体上进行评价的？其诗论的个性和风采是什么？我想，对这些问题的回答是不无意义的。

　　张同吾在中国作家协会创研部工作，这给他带来能够纵观天下诗坛状况的方便，同时也带来许多麻烦。如果他没有个性，很可能就被淹没在诗集和书信的潮水之中。如果那样，就根本谈不上有诗歌美学思想，有自己独具的评论风格。在疲于奔命之中，哪里还可能有自己的追求？张同吾不是这样的俗人。

　　张同吾诗歌美学思想的核心，是对于诗的抒情本质的深层次把握和理解，也就是对于诗本质的哲学思考。诗是什么？历代的诗人和学者都做出过界说，但每一种界说虽有合理成分，同时也有不足，所以，直到今天，几乎还没有一个公认的诗歌定义。无疑，张同吾对诗的理解也还不是一个公认的定义，但我认为它有合理的内核。这主要表现在：

　　一、诗歌是情绪的艺术凝聚，但它以意象化的序列来加以表现。诗歌是情绪的艺术凝聚，它让语言表现情绪，让情绪熔铸语言。诗是抒情的艺术，离开了情绪，就没有诗美可言。这是强调情绪对于诗的重要。历来的诗家也是这么说，没有什么特别的地方。但张同吾认为，诗人的情绪必须化为意象化的符号表现出来，才是诗的形态，否则就还只是情绪本身而已。他在谈到诗的诞生过程时说："就在一瞬间，你能灵巧地捕捉到自己的感觉和感悟，不是直陈胸臆，不是直观地描绘，而是以意象符号序列来表现，这便是诗的诞生。"这就是说，诗诞生于诗人在一瞬间的感觉和感悟，但表现于意象。在诗的产生过程中，他把握到了"意象"这一关键环节。诗人发现了诗，如果只是停留于感觉和感悟阶段，而不将其转化为意象的形态，那读者们和诗是无机会相见的。所以他说："诗歌创作，就其本质而言是以营造意象的方式传达感情，诗美是以意象来表现的，语言本身无色彩，只有意象通过语言方式来表现世界的时候，诗的世界才五彩缤纷。"在他看来，诗虽然最终以语言的形式表现出来，但语言本身并不是诗，诗的语言和其他语言的不同就在于是意象化的，诗人的本领就在于如何营造出美的意象，因为诗美是由意象美表现出来的。

意象，在我国有着丰富的历史实践。但在一个相当长的阶段内，诗人和诗歌评论家认识和发挥得不够，意象艺术没有得到充分的发展。同时，中国也有着言志的诗歌传统，有直抒胸臆的模式。特别是宋以后的诗，对于意象艺术是一个冲击。有不少诗还讲究理性。有的诗人就认为诗歌可以不讲意象，意象不是诗的一个本质的特征，抒情才是诗的本质特征。于是，写出来的诗就是空洞无味的标语口号式。抒情并不是诗歌所特有的特征，其他的文学作品也是要抒情的，一切文学形式和情感都不是没有关系的。其实，抒情和意象有机结合，才是对诗本质特征的完整理解。多数直抒胸臆的诗，归根结底是没有力量的，也不是真正的诗。诗表现感情也好，表现哲学和文化内蕴也好，总是要通过意象来进行。这是诗的本质，也是诗的运作方式。所以，张同吾说："归根到底，诗的抒情方式是意象符号的组合，包括直抒胸臆的诗，都不是命意的直陈，诗人是通过意象符号序列来表现他独特的审美个性的，也是以意象的模糊性来包容深广的文化内涵、历史内涵和哲学意蕴的。"我认为张同吾的这个意见具有真理性，诗歌艺术的确就是一种意象艺术。中外诗歌的历史都说明了这点，现在已经得到诗界的公认。

二、真正的诗歌是真实又虚幻的，是具体化的抽象和抽象化的具体。而这是诗美的本质和意象化所带来的。张同吾总结了优秀诗歌的共同特征，得出了诗歌意象化的结论之后，他认识到什么是真正的诗人和真正的诗。诗人必须要有自己独立的人格，要有对于理想境界的追求精神，同时要和自己的国家和民族有斩不断的联系。他认为：只有在心灵的圣殿里供奉神仙一样供奉着理想和爱的精魂的人，才是真正的诗人。但诗人决不能只是一个个人主义者。只关心个人利益的人，决成不了真正的诗人。优秀的诗歌都是诗人人格精神和他所处时代的精神的折光，都包含着丰富的精神内涵和文化内涵。如果诗只是语言所提供的表皮，那诗的力量就有限得很。意象化，能够带来诗美的核变般的力量，裂变出无限的能量。真正优秀的诗歌，力量正来源于此。

意象化带来诗歌审美主体难解的两大特征：一是具体化的抽象和抽象化的具体。读者读到好诗时，总是不好把握它的内涵，很难穷尽它的主题，很难说透它的底蕴。它是具体的，同时又是抽象的；它是抽象的，但它又是具体的。他非常赞同鲁迅先生的一句话："诗是血的蒸气。"它不仅说明了诗的精英文化的属性，诗与人格精神的内在联系，也揭示了诗的本质是观念情绪化的艺术凝聚，是审美发现过程中的具体化的抽象和抽象化的具体。"诗是血的蒸气"，是血又不是血，是气又不是气，正是在具体和抽象之间，诗的意蕴和味道才出来了。客观的描绘过于具体，而空洞的说教过于抽象，只有意象才能带来具体化的抽象和抽象化的具体的审美效果。这可以说是比较精辟的见解，触及到了诗的本质。

二是真实与虚幻之间。也是意象化所带来的审美效果。真正好的诗是真实的而又是虚幻的，这来源于现实和梦。张同吾说："唯其真实，每行字才可能是人生进取中胼手胝足留下的血痕，诗才是悲壮的生命之歌与时代之歌；唯其虚幻，才能让美妙的梦境美妙的遐思美妙的情韵，种成相思树，结成温馨的神秘果，让诗有着永恒的魅力。"所强调的并不只是诗的真实和空灵的问题，而是诗在总体上给人造成的审美时空：它让人感到神秘，感到惊异，给人以无穷的魅力。在读者审美的时候，如果诗过于质实，虽然是真实的，但它不具有艺术的本质；如果诗过于虚幻，没有一点人间烟火味，没有一点真实的内容，那也不可能是美的。你让人根本无从进入，不是一种艺术的态度。在意象所带来的真实和虚幻之间，诗歌的美妙让人生美好。

在新时期诗歌意象化趋向中，张同吾是有所付出的。他对于诗歌本质的理解以及根据它对当代诗人诗歌创作所作出的中肯评论，推动了诗歌意象化的进程，推动了诗歌艺术的现代化。

张同吾是有自己独特追求的诗歌评论家。在长期的评论实践中，他努力寻找自己的学术品格和评论个性，也就是阿红所说的"不执不随"与"不媚不俗"。在当今诗坛上，活跃着一批有成就的诗歌评论家，但像张同吾这样形成批评个性的，其实并不太多。诗坛的成就是有目共睹的，但同时也存在不少不良倾向，说明真正有良知、说真话、守公道的人不够多。随波逐流是容易的，抬轿子当吹鼓手也是容易的，但做一个不执不随、不媚不俗的诗歌评论家却不太容易。张同吾虽然不是文学史家，但他每写诗人评论都相当认真，要求自己的结论要经得起历史的检验，虽然每年他都收到相当多诗集，要他写评论。他也总是在书信中给以鼓励，而不随便在报刊上发表。达到相当的诗艺水平，确实对诗歌艺术发展有创新意义的诗集和诗人，他就热情地加以评论。我们从他《诗的审美与技巧》《诗潮思考录》《诗的本体与诗人素质》《诗的灿烂与忧伤》等诗论集中，可以看出这种追求。吉狄马加、叶延滨、李瑛等诗人的诗，在诗坛产生广泛的影响，和张同吾的评论是不可分割的，而这些诗人确实有相当高的成就。王蒙，这个小说家，也是有追求的诗人。他的诗究竟如何，张同吾的评论《在灵魂深处与世界对话》，就比较准确地揭示了王蒙诗作的思想和艺术特色。人间是让人喜爱的，同时也有苦恼的事。人世的纷争和烦躁，与张同吾的诗人气质和理想主义的生活方式是格格不入的。他希望能有机会多写一点散文、小说。正由于他还有那么一点正义和良知，所以，他才有这么一种"奢望"。个人的写作是自由的，而评论却有不少的限制。

张同吾对于我国诗坛走向的把握是准确的。在诗论集《诗潮思考录》中有一篇重要文章《论新时期诗歌审美观念的嬗变》。他认为，20世纪80年代的诗美观念有三个方面的演变轨迹：与叙事文学的背离——回复抒情艺术的特征——抒情主人公自我形象的凸现；对说教模式的悖弃——意象化的鲜明特征、从具体到抽象的逆反流向——哲理色彩与思辨精神的凝聚；题旨的多义性、意象的暗示性、语言的跳脱性，对传统表现手法的挑战与补充——审美心理的变异。这种概括比较准确，同时也具有理论建设的意义。大家知道，新时期的诗歌创作在中国文学史上是一个崭新的时期，在许多方面具有开路先锋的意义。张同吾的这种总结是对于诗歌新的倾向的肯定，当然就具有指明路向的作用。

批评家要形成自己的风格，就像作家和诗人要形成风格一样，都是不易的，需要多年坚持不懈地追求和广泛的艺术实践。《真情与卓见的火花》在谈到杨光治的诗歌评论"平朴自然"的风格时，也谈到另一些当代诗评家的风格：谢冕情采激越，刘湛秋自由坦荡，吕进明彻细密，朱先树稳健方正，等等。张同吾的批评风格是什么呢？是"聪颖迷人"。"聪颖"，是说有敏锐的眼光和触角，对诗美的感受相当灵敏。对诗人在诗作中新的创造，他往往一看就能捕捉到。对诗坛上的新变化新倾向，他有一个晴雨表。批评家如果没有对于作家和作品以及新的艺术倾向的敏感，那是成不了大家的。学者也许与此有别，学者主要从事理论研究和诗史的研究，和目前诗坛的联系并不一定很密切。在我国诗坛上，一个是朱先树，一个是张同吾，是诗坛情形的观察者，他们所写的大量对于当前诗坛形势的报告，对于诗史的研究是有价值的。

所谓"迷人"，是说诗歌评论本身是一种文学创作，是具有独立品格的作品。将评论当作作品的尾巴，是不正确的。这和一些诗论工作者的不负责任有关。评论本身是创作，它要有自己独立的品格和独立的文体意识。它要有自己的读者群，它就必须要有可读性。张同吾的诗论是一片迷人的大海。在这里，有时风平浪静，有时风云变幻，有时和风日丽，有时日月齐辉。这是一种才气的显露，是评论家个性的流露。张同吾说他自己的气质适合于做一个作家，的确，他的小说和散文都是迷人的。所以，他的诗歌评论，总是有那么多美妙的联想、那么多新奇的比喻、那么多美妙的诗一般的语言。"情绪和情感，都是抽象的具体和具体的抽象，犹如流星一闪、昙花一现、露珠一滴、醉月一弯；犹如苍山飞雪、江涛拍岸、春风化雨、夏夜惊雷。"读到这样的句子，犹如读到一节美的散文，还以为是哪一个作家在那里发思古之幽情呢。阿红在读了张同吾的诗歌评论后说："有感情，有色彩，有形象，通篇像散文，许多段落又像诗，但终究是评论，寻脉究络，又有严密的思辨逻辑。"的确，这样的诗歌评论给人的不仅是知识和理论，同时也是一种美好的享受。对于诗人、读者和诗歌评论本身都是快事一桩。

虽然张同吾说过他的兴趣在于写诗歌、小说等文学作品，但人生中又有多少想法能如愿以偿呢？诗歌评论毕竟是他的正业，他毕竟是以诗歌评论而闻名的。这当然和他所从事的职业有关。我想，他终究还是重要的评论家，而不是一个小说家和诗人。与其说这是他的不幸，倒不如说是他的幸运，是中国文学评论的幸运。

选自《中外诗歌研究》1996 年第 1、2 期合刊

张同吾：潇洒的诗化人生

李文艳

如果说张同吾的人生是潇洒浪漫容易引起误解，那么可以毫不夸张地说，他的人生是岁月峥嵘溢彩流光。二十年前，他作为著名诗歌评论家，以那些五彩缤纷的文章而享誉中国诗坛，一部部诗歌理论著作相继问世，都以飘逸而丰盈的文采，阐释诗的本质和审美特征，描述全国诗歌的创作走向，评论老中青三代有成就的诗人的艺术特色。

拥有文学家的才华和社会活动家的风采。他的确是才华横溢的，不但理论文章好，而且也写诗、写散文、写随笔、写小说。

同吾先生的语言非常漂亮，许多人都有兴致背诵那些精彩的段落。在社会上鲜为人知的是，夏衍在第五次全国文代会的开幕词，被许多人誉为中华人民共和国成立后历届文代会的开幕词中最好的一篇，因为具体地阐明了什么是艺术规律，为什么要尊重艺术规律，是充分体现时代精神的开幕词，而这篇开幕词便是张同吾为之起草的。后来，文学大师、中国作协原主席巴金，在第五次全国作家代表大会和第六次全国作家代表大会的开幕词，也都是张同吾代笔，完全体现了巴老的文艺观和巴老的语言风格，既平实又谦逊，娓娓道来，亲切感人。特别是第一篇，那是 1996 年，巴老神智很清醒，读了初稿，充分肯定写得好，只改了一个词，把"圆融"改为"圆润"。第六次全国作代会是 2001 年，巴老已不能亲阅，也不能用语言表达他的意见，这篇开幕词便多有改动，这绝非巴老的心意，也是同吾个人不能左右的事了。1990 年在北京举行了艾青作品国际研讨会，当时的中国作协党组副书记玛拉沁夫的开幕词，也是同吾起草的，多年之后艾青夫人高瑛还多次赞美这篇开幕词写得好，是对艾青成就最准确的概括和最好的阐发。这些仅仅是同吾文学生涯中的一个小小的侧面，然而却可窥见他的语言才华和思想深度。他曾经兴奋地对我说："我本人的文章大约近 20 万字，都微不足道，只有这四篇开幕词，因大师的光辉映照而永载青史。"

在我和我的同龄人当中，同吾是我们尊敬的老师，仿佛非仰视而不得见，其实他是非常平易随和的，又是非常风趣的，有时妙语连珠让人开怀大笑，有时语出惊人让人心弦震颤。他有许多故事在相熟的朋友们中间流传，从不同侧面反映出他外柔内刚的性格本质。他调中国作协之前1979年至1983年在首都师大（那时是北京师院分院）中文系主讲中国现代文学，认为许多原有的文学史版本，都受到"左倾"政治思潮的影响，他几乎重新读了巴金、老舍、曹禺、夏衍、艾青等文学大师的全部作品，自己撰写讲义，以别开生面的艺术见解，一扫陈腐之气，让学生们耳目一新。那时历史新时期的春光刚刚降临，正是春寒料峭，一些人尚未从沉睡和愚钝中醒来，于是一位领导找他谈话，责问："听说，你在课堂上讲三十年代是中国现代文学的黄金时代？"回答："是的，我是这样认为。""请问1942年毛主席在延安文艺座谈会上的讲话以后是什么时代？"他回答："那是金刚钻时代。"他笑得不可捉摸，又意味深长，对方一时无言以对。什么叫"金刚钻时代"？这种非学术化的独撰，只有他那么顽皮的人才能脱口而出！

1982年在中文系赶上评定职称，这可是知识分子们心中的头等大事，领导要求给每人30分钟述职，主要讲政治表现和业务成就，而几乎每位教师都嚷嚷，说30分钟不够，因为每个人都不乏丰硕成果，只有张同吾说："我两分钟足够，剩下的28分钟均给大家。"这才真叫狂哩！在会上他讲的原话是："我热爱党热爱社会主义，但我不如青年时代那么真纯，我也学会了说假话，因此感到惭愧；但我的假话比许多人都少，因而感到骄傲。关于业务，我不懂外语，不懂古文，只读过几篇小说几首诗，所以开现代文学课，至于讲课如何，请问学生们。"他补充一句："我这种水平怎能评不上？"真的没用两分钟，他让所有的人瞠目结舌。的确，他讲真话，在轻松中含着犀利，在"文化大革命"中他竟敢给军代表贴大字报，提出在教师中不应效仿部队评什么"五好教师"，这不符合党的知识分子政策，在部队评"五好战士"，有益于激发战士们的积极性，却没有普遍性，否则为什么不评"五好将军""五好元帅"，让他们哥几个也评一评嘛！他在群众中人缘好有威信，领导对他也无可奈何。

同吾先生是非常随和的人，在作协工作二十年没有同任何人红过脸，他心胸开阔，善良宽厚，但同时他又是一个外柔内刚的人，是个有一身正气的人。1998年朋友向他介绍广东某市有一家漂亮的宾馆，老板有意在那里建立诗人之家，张同吾欣然前往，其经历却带荒诞意味。那位老板是个只读过四年小学的农民，现有两个亿的资产，因而处处流露出傲慢之气。他连李白、杜甫都不晓得，自然不知诗为何物，他有些不耐烦，直言问："诗能给我带来什么直接利益？"同吾老师感受到一种人格的污辱，也是对诗的玷辱，他说："没有直接利益，但诗能提高你的档次和品位。"同吾以教训的口吻问老板："你说做生意凭什么发展？"答："凭机遇，凭智慧。""不，是凭文化，没有文化就没有智慧，一个有文化的企业家懂得文化投资，否则，不是企业而是作坊。"老板问："您还懂得经营？"答："我是亿万富翁嘛，一身傲骨，两袖清风，满腹经纶，还不够亿万富翁吗？"他从来没有这样傲慢！最后签约时，老总派副手出席，比原来口头约定的赞助费少了4万元，同吾严肃地对副手说："请你转告你们的老板，中国诗人还没有沦落到任人施舍的地步，建立诗人之家是双赢，我讲诚信，君子一言，驷马难追，少一钱我也不干。"于是他没有签字，拂袖而去！我所见到的同吾，从没有这样桀骜锋利，他的老朋友阿红谈到对同吾的最初印象时说："凭我的第六感觉，我一下子就觉得这位温文尔雅、颇具学者风度的同道，是挚诚坦率而非城府深邃的人，是晴天雨日都可以信赖而非在困难的日子里便抛开朋友的人。"是的，我认为这是对同吾最准确的评价。

选自《文学报》2007 年 5 月 17 日

吕进与中国现代诗学的体系建构

蒋登科

‖一、绪论：吕进与中国现代诗学‖

作为中国当代知名的诗歌理论家，吕进的诗学贡献是丰富的。他从 20 世纪 70 年代后期开始专注于新诗研究，与新时期诗歌和诗学发展相伴随，取得了巨大成就。

"优秀的诗学论著有一种共同效应：它们使人回过头去用崭新的眼光重新打量过去。"获得这种效应是吕进诗学研究的基本目标。他的研究工作不仅对于重新认识新诗历史、新诗的艺术特征和规律，而且对于推动未来诗歌的发展都具有相当重要的诗学意义。吕进的学术成就主要体现在新诗基本理论的研究方面，从 1982 年出版成名作《新诗的创作与鉴赏》，到 1991 年出版代表作《中国现代诗学》，其间经历了差不多十年时间（当然还不包括他在成名以前的长期积累）。这期间，他还出版了《给新诗爱好者》（1984）、《一得诗话》（1985）、《上园谈诗》（1987）、《新诗文体学》（1990）等诗学著作。

诗歌研究的基点在于理解，包括对诗歌历史、诗人、诗歌作品等的理解，一个对诗歌没有多少美学体验的人是很难真正走进诗歌和诗学研究的核心的。为此，吕进非常注意对好诗的遴选与鉴赏，他先后主编了《外国名诗鉴赏辞典》（1989）、《诗歌美学辞典》（主编之一，1989）、《心中的旗》（1991）、《爱我中华诗歌鉴赏》（五册，1993）、《新诗三百首》（1996）、《新中国 50 年诗选》（三卷，1999）等产生广泛影响的中外诗歌选本和诗学工具书，并从 1993 年起与毛翰主编由西南师范大学（今西南大学）中国新诗研究所主持的《中国诗歌年鉴》，收录每一年的重要诗歌现象和优秀诗歌作品。这种将诗歌研究和好诗选择联系在一起的学术道路为他取得扎实、科学的研究成果奠定了重要的基础。

著名诗人、诗评家阿红给《吕进诗论选》所写的序言题为《一个新体系的建构》，他称吕进是"卓越的强创造性的学者""杰出的诗歌事业家""热心的社会活动家"，并且认为："吕进，以他对中国古典与现、当代诗歌诗论的广识，以他对世界诗史与著名诗歌诗论的博知，以他对哲学、心理学、创造思维学的理会，以他敏锐的领悟、独立的思考，以他虽不算多却深有体味的创作经验，呕心沥血，运筹帷幄，终于为中国现代诗学创造了一个新的颇是完整的理论体系。"阿红特别强调吕进诗学研究的体系特征，这是颇有眼光的。

自新诗诞生以来，从事新诗评论、现代诗学研究的诗人、学者很多，有不少诗学主张对新诗和现代诗学的发展产生了重要影响。但是，除了少数诗学家如朱光潜等人以外，大多数诗人、学者的理论都显得比较零散，或者只有内在的、不明显的体系特征。新诗是一种不同于旧体诗、外国诗，更不同于其他文体的艺术样式，它自身就是一个完整的、独特的艺术存在。要揭示新诗的艺术特征及其发展规律，就必须对新诗进行全方位的学术打量，从而建构独特而完整的现代诗学体系。虽然现代诗学的体系性并不就代表现代诗学研究成就的高低，但相比于零散的诗歌理论、评论文章，具有体系的诗学理论可以更全面地展示现代新诗的文体特征和艺术规律。

‖二、吕进诗学研究的学术取向‖

中国现代诗学的研究对象是中国新诗，大致包括这样一些角度：一是诗歌史研究，以丰富的诗歌发展资料为基础，以某一诗人、诗歌流派、诗歌样式或诗歌时段等观念和创作作为研究对象，总结诗歌发展的基本历程；二是诗歌基本理论研究，以诗歌文本为对象，探讨诗之为诗的基本文体规定性，也就是诗歌的文体可能性。相比于诗歌史研究，诗歌基本理论的研究对象与之相近，但在学术目标上存在一定差异，它一般不拘泥于某一诗人、流派、样式或诗歌时段，而是同时将多种诗歌现象作为对象，其学术目标是概括、抽象诗歌艺术的特征和规律。因此，在很多时候，诗歌基本理论研究似乎看不出多少历史痕迹，但它实际上是把对历史的思考融入到了对诗歌本质的打量之中；三是诗歌批评史研究，以诗论家和诗歌理论作为研究对象，探讨现代诗学的发展轨迹。在 20 世纪 80 年代以前，新诗史研究取得了一定成绩，虽然专门的新诗史著作不多，但几乎所有的新文学史著作都涉及新诗发展史。新诗基本理论研究取得的成绩更加突出，但主要是诗人谈诗，显得比较零散，在系统性方面存在一定局限，但它们为新诗史和系统的诗学研究提供了资料和观点上的准备。现代诗学批评史研究的成果较少，从 20 世纪 80 年代初开始，随着一批专门的诗歌理论家的出现，在新诗史研究的基础上，新诗基本理论研究得到进一步拓展，成为现代诗学研究的核心话题。这主要得力于新诗已经拥有了较长的发展历史，积累了比较丰富的艺术经验和教训。

吕进的诗学研究主要属于基本理论研究，他把新诗史研究、诗学批评史研究和对当前诗歌创作的研究结合起来，主要探讨新诗作为独特的艺术样式的基本特征，形成了自己独特的诗学体系，即新诗文体学。

从另一个层面看，新诗研究又包括外部研究与内部研究。外部研究主要探讨诗歌的外在生存环境，包括历史环境和社会、文化环境等，一般不回答诗歌的存在形式问题。内部研究主要以诗歌文本为对象，研究新诗成为诗歌的各种可能性、新诗与其他文体的差异性以及新诗内部各种样式之间的异同，其目的是揭示诗歌自身的存在方式。相比于诗歌的外部研究，内部研究更能够揭示诗歌艺术的本质。一般来说，诗歌的外部研究与外在世界存在较多关联，其研究对象往往随外在生存环境的变化而变化，甚至可能出现质变，从而出现研究对象的不确定性。而内部研究以诗歌的存在方式为对象，受外在生存环境变化的影响相对较小，一般不会出现飞跃式发展，而是随着诗歌自身的艺术因素的变化而以渐变方式体现出来——与诗歌艺术自身的发展相一致。因此，要在诗歌的内部研究上取得学术突破，研究者所付出的心血往往是比较多的，要重新建立一个独特而科学的诗学体系，其难度更大。可以说，吕进从一开始就选择了现代诗学研究中难度最大的研究角度。

吕进的新诗文体学体系主要属于诗歌的内部研究，它又包括两个主要向度：其一是纵向研究，从文体发展的角度打通新诗（当然不只是新诗）发展历史，主要探讨新诗文体的演变轨迹及其规律，即轨迹学；其二是横向研究，主要探讨新诗各样式之间的区别与联系，即分类学。前者与新诗发展史结合得比较紧密，是新诗史研究的文体抽象与学术升华；后者主要总结抒情诗之外的其他诗歌样式的文体特征和规律，揭示诗歌现象与诗歌发展的丰富性。在具体研究中，这两个方面是不可分离的，共同构成现代诗学的学术风貌。恰如吕进自己所概括的："文体理论就是研究文体的精细化和综合化过程的理论，换个角度，文体学就是文学的分体理论。文体学从理论上概括和抽象各种文体的形式特征及其发展轨迹，换个角度，作为分类理论，文体学是确认文体特征和文体可能的理论，是净化和发展文体的理论。"

吕进的诗学研究是在诗歌史研究和诗歌批评史研究基础上对新诗文体可能及其发展规律的研究，最终确立了对诗歌与其他文学样式的区别、诗歌自身的艺术特征等问题的规律性认识。在文体、学科发展越来越精细的时代，这种研究对于准确理解诗歌艺术具有重要的诗学意义。同时，现代文体、现代学术也出现了越来越综合、交叉的趋向，吕进在研究中通过比较等方法，大量吸取其他文体、其他艺术样式和其他学科发展的经验与成果，将诗歌与诗学置于一个宏大的文学、学术框架中加以考察，从而获得了对中国现代诗学的求实的、科学的推进。

‖ 三、吕进诗学体系的超越性 ‖

就具体的内容来看，吕进的诗学体系主要包括四个方面的内容：

其一是学术反思，主要清理和分析过去的诗学研究中关于诗歌本质与艺术规律的一些基本观点，是其是，非其非，为吕进诗学体系的形成奠定了坚实的学术基础，也使他的诗学体系获得了广泛的学术来源和较高的学术基点。没有对既有诗学成果的分析和其中合理因素的接受，诗学发展就没有根基，而没有对既有诗学成果的质疑和突破，往往也就没有诗学研究的发展和进步。吕进诗学体系的立足点也是出发点是令人信服的。

其二是体系建构，主要从诗歌史和诗歌现象的打量以及诗与其他文学样式的比较中对诗歌文体规律进行学术抽象和提升，涉及诗的生成、诗的文体可能（其中包括诗的视点特征、语言方式等）、诗的借鉴与继承、新诗的使命意识与生命意识等课题，它们揭示了新诗不同于旧体诗、外国诗的独特面貌，也是吕进的新诗文体学体系的主要内容。

其三是诗运研究，主要是多侧面地探讨新时期以来新诗发展的轨迹。对诗运研究的重视，体现出吕进诗学视野的开阔和艺术感受的敏锐。他对于丰富的诗歌现象不偏废，而是尊重诗歌艺术发展的事实，将各个流派、各种风格的创作都纳入自己的理论视野中。对丰富的诗歌现象（尤其是当下的诗歌现象）的审察，是吕进诗学体系得以形成、发展和完善的物质基础，换一个侧面看，他以自己的诗学主张对新时期以来中国诗运的准确把握证明了他所建构的诗学体系的合理性与科学性。

其四是诗人研究，主要评介新诗史上有成就的诗人，比如郭沫若、艾青、臧克家、何其芳、郭小川、方敬、阿红、梁上泉、刘章、彭邦桢等等。吕进也注意对诗坛新人的发现和评介。对于诗学研究，发现新人不但是为诗坛培养后续力量，而且有时就意味着发现了新的诗歌现象，可以丰富诗学研究对象。在对诗人的研究中，他以自己的诗学主张对这些诗人给予评价和定位，同时，对这些诗人在艺术探索上的总结又不断丰富了他所建构的诗学体系。

在吕进的诗学研究中，这几个方面相对独立又相互关联，共同构成了他的现代诗学体系的整体风貌。其中第二个方面是吕进诗学体系的核心，也是他在诗学研究中不同于其他诗学家的地方。

吕进的诗学研究首先是从对诗歌本质的探讨开始的，并且他的整个诗学体系都围绕这个话题展开。

在中外诗歌史上，对诗歌本质的探讨很多，这是诗学研究的基本出发点和立足点。在刚刚进入诗学研究的时候，吕进就从宏观角度对其中的一些主张进行了学术打量，比如对诗与画、诗与音乐等质以及何其芳等的诗歌定义进行了分析，并提出了自己的诗歌定义："诗是歌唱生活的最高语言艺术，它通常是诗人感情的直写。"较之于何其芳等人的诗歌定义，吕进的定义更简洁、准确。它至少包含三个方面的内涵：第一，诗是"歌唱生活"的艺术，这里的"歌唱"不是"歌颂"，并非与"暴露"相对应，而是与"叙述"相对应，揭示了诗歌不同于散文和其他叙事文体的特性；第二，诗是"最高语言艺术"，揭示了诗歌在媒介方面的独特性；第三，诗往往是"诗人感情的直写"，强调情感是诗歌的直接内容，实际上也是强调了诗歌的抒情性。吕进早期的诗学研究主要是对这几个方面进行分析和探讨，虽然揭示了诗歌的基本特征，并且，相比于当时的诗学研究来说，已经是处于领先地位，但他对这些问题的分析还显得比较笼统，学术抽象和理论深度尚嫌不够。在其后的研究中，吕进结合中国新诗的创作实际，从不同层面对这几个方面进行了深化和细致化，提出并建构了他的新诗文体学体系。这个体系比较完整地体现在以《中国现代诗学》为代表的著作中。

在《中国现代诗学》中，吕进主要从以下几个方面展开了对新诗文体的研究并提出了相关的新说："突破了习见的'抒情'说，在诗和现实的审美关系上，提出诗的内容本质在于它的审美视点（即观照方式）的新说""突破了习见的'精炼'说，在艺术媒介上，提出诗的形式本质在于它的语言方式的新说""在抒情诗的生成上，提出灵感分为体验性灵感与创造性灵感以及中国新诗常见的修辞方式的美学本质都是虚实相生的新说""在抒情诗的最新轨迹上，提出了正题—反题—合题的三段式的新说""突破了习见的烦琐的分类标准，提出以审美视点和语言方式作为诗的分类标准的新说""填补了中国现代诗学在风格研究上的空白。"这几个方面是吕进的现代诗学体系的基本构成，其核心又在于对诗的审美视点和语言方式的研究上。

过去的一些诗论在探讨诗歌的本质时不太注意区分诗与非诗的差异，或者说他们的探讨不足以区分其中的差异，致使有些主张不能准确揭示诗的特征，而只是在诗与非诗的某些共同因素上兜圈子。比如，单纯强调诗歌的抒情性，就可能将其与抒情散文的相似特征混杂一起；单纯强调诗歌语言的精炼，就可能难以区别它与其他文体的相似追求；等等。吕进正是在全面考察过去的诗学成果的基础上，在尊重诗歌的抒情性、精炼性等特征的同时，主要通过诗与非诗文体的比较，从视点特征、语言方式等方面获得了对于诗的本质的全新认识，清晰地凸现出诗歌的文体特征。

吕进认为："所谓审美视点，就是诗人和现实的美学关系，更进一步说，就是诗人和现实的反映关系，或者说，诗人审美地感受现实的心理方式。"他由此将文学分为内视点文学（即抒情文学）和外视点文学，并认为前者体验世界，披露心灵世界的精微，后者叙述世界，显示客观世界的丰富。诗歌属于内视点文学，其审美视点有三种存在方式：以心观物（现实的心灵化）、化心为物（心灵的现实化）、以心观心（心灵的心灵化），揭示了诗歌的创造主体（诗人）与现实的多种可能的关系。

　　吕进认为诗的视点具有"主观性"和"意象性"，它们是与诗歌所具有的独特的超出机制相关的。诗歌具有双重超出机制，其一是诗人对审美客体的超出，由此获得诗歌的意象性；其二是诗人对审美主体即诗人自己的超出，由此获得诗歌的主观性。主观性带给诗歌梦幻性和非逻辑性，而意象性则构成诗歌具象与抽象的融合。主观的"意"与客观的"象"的融合，构成了诗歌独特的艺术方式。这种界定还将诗的内视点与抒情散文的内视点特征区别开来，从而廓清了诗与散文的本质差异。

　　诗的媒介是吕进在建构其诗学体系时尤为关注的艺术要素。他认为，各种艺术的媒介是不同的，而诗歌没有现成的艺术媒介，必须向散文媒介"借用"。"借用"不是"搬用"，而是个"符号转换的质变过程"。这种"质变"就是"语言方式"的变化，"在'借用'过程中，一般语言的语言方式发生了变化。同样的语言，一经纳入诗的方式，审美功能就发生了变化"。

　　在吕进的诗学体系中，语言方式是非常重要的诗学概念，它最终确定诗歌与非诗的分野。语言方式是诗歌形式的基础，而"诗是以形式为基础的文体。离开形式，诗便会立即消失。外视点文学将审美体验化为内容，内视点文学将审美体验化为形式。对艺术媒介的把握是对诗的把握的中心"。具体而言，诗的语言方式，"就是诗独特的用词方式、语法规范和修辞法则"。相比于散文语言来说，诗歌将一般语言提升为内视语言，从而实现诗歌语言的非语言化、陌生化和风格化。所谓非语言化，就是诗歌语言强化语言的意味功能而淡化它的意义功能，强化它的体验性而最大限度地淡化它的交际功能，从而将语言由说明性、推理性符号转化为表现性符号；所谓陌生化，就是诗歌语言抛弃散文语言的文法与修辞规范，实现对散文语言的创造性破坏，形成独特的超常结构；所谓风格化，就是诗歌语言独立价值的实现，使语言不仅是一种外在的交际工具，而且让读者不断注意语言自身。语言的风格化程度往往体现诗人艺术创造成就的高低，将诗人与诗人区别开来。

　　语言研究是现代文学尤其是现代诗学研究的重要内容，但是，过去的许多诗人与学者对这一课题关注较少，或者论述得较为笼统，难以将诗歌语言与一般文学语言区别开来，也就难以将诗与非诗区别开来。吕进在诗歌媒介研究方面的敏锐以及他所发现的诗歌媒介的特征，主要来源于中国新诗（当然也包括中国传统诗歌和某些西方诗歌）的创作实践，切入了诗歌语言的实质，是具有创造性、开拓性的贡献。在论述诗歌媒介的特征时，吕进将其概括为音乐性、弹性和随意性。

吕进认为，诗歌语言的音乐性是由诗的内视点特征决定的，"内视点是心灵解除了它的物质重负的视点，是富有音乐精神的视点；与此相应，音乐性也成为诗的首要的媒介特征"。"音乐性，是诗歌语言与非诗语言的主要分界。"他将诗歌的音乐性分为内在音乐性与外在音乐性，前者是诗人体验的音乐状态，是难以量化的艺术要素，后者体现在诗歌语言、体式上，可以通过量化方式加以考察。

关于诗歌的弹性，中西诗学史上都曾经有人提到，闻一多说："诗这东西的长处就在它有无限度的弹性。"但对于弹性在诗歌中的具体表现缺乏深入、细致的分析。吕进在总结前人主张的基础上，认为诗歌的弹性主要体现在诗歌媒介上，是诗歌在语言上的多义性，是诗歌语言的一种模糊性，"是诗的独特的精确、精炼与精致，它是亦此亦彼：诗的多义要在诗人的'一致之思'中相和谐；它是似此似彼：诗的多解相互之间并没有十分明确的边缘"。提出诗歌语言的弹性这一规定性，就将过去的诗歌语言的精炼说提高了一个学术层次，这主要是立足于汉语语言的象形性、多义性和语法建构的宽松等特征，由此可以看出吕进研究现代诗歌的角度是丰富的。他对现代诗歌的文化、语言等民族因素十分了解且有深入思考。

随意性也是诗歌媒介的重要特征，是诗歌"对散文的语言秩序的主动性摆脱"。就是在选词、词的组合和句法、词序等方面主动摆脱散文语言的既成秩序，获得散文语言所无法实现的创造性。吕进认为："对中国新诗（也包括古诗）来说，诗歌媒介的随意性特征，尤其大量表现在虚实结合上。由实生虚，由虚生实，相互交错，相互照应。"将诗歌的媒介特征与诗歌的表现手段结合起来进行打量，是一种独特的学术发现。随意性不是没有规范，它必须接受诗的语言秩序的裁判。"随意的背后，有诗人的苦心在……如果连诗的语言秩序也加以摆脱，就不会有诗——只有挤眉弄眼和卖弄才华了。"

吕进通过对丰富的诗歌现象和诗学主张的研究，将诗歌研究中复杂的表现技巧等问题，简化为对诗歌艺术媒介的打量，是对现代诗学研究的有益推进。这种简化不是简单化，而是科学化、深入化。

在深入研究诗的视点特征、语言方式的基础上，吕进对抒情诗的生成过程进行了学术考察。诗歌的生成是一个非常复杂的过程，过去不少诗人通过自己的创作经历进行过各种各样的描述，但大多是经验性的，甚至过分随意，很难揭示诗歌生成的内在规律。吕进将这个过程概括为灵感—寻思—寻言三个相互影响与渗透的阶段，并对它们的各自特征进行了具体分析。他所提出的诗歌生成理论既尊重诗人从创作中获得的具体体验，又将其升华为具有普遍意义的学术思想，不但将这个过程简洁化，抽象出了诗歌生成的基本规律，而且将传统诗学中的"言""意"理论、现代诗学中的意象理论，甚至语言学理论等融合在一起，对灵感、诗思、语言等诗歌要素的作用及特征进行了深入探讨，形成了关于诗歌创作的新的理论学说。诗歌生成与诗歌创作主体（诗人）的关系非常密切，中国传统诗学中有"诗如其人""知人论诗"等主张，吕进将诗歌创作与诗人的修养结合起来探讨，提出了"抒情诗人的修养"这样一个既具有学术价值又具有现实意义的诗学命题。他把诗人的修养分为"人格精神"与"艺术功力"两个方面，在人格精神方面，诗人应该体现出"非个人化"和具有"使命意识"；在艺术功力方面，要"博观"，就是广泛涉猎古今中外文学、文化著作，包括诗歌以外的著作。

　　诗歌是中国文学的正体，而抒情诗是中国诗歌的主体。吕进对诗的视点特征、语言方式、诗歌生成等的研究主要是以抒情诗作为对象的，这符合中国诗歌的历史和现实，也为他的诗学主张的科学性提供了保障。但是，中国诗歌不只有抒情诗。吕进通过诗歌分类学对其他诗歌样式进行了学术打量，丰富了他的诗学体系。在诗歌内部，不同样式之间的差异是很大的，历来的研究者都看重诗歌的分类研究。20 世纪 80 年代末期，古远清还出版了一部总结传统诗歌分类方式的《诗歌分类学》。传统分类学的最大缺陷是缺乏分类的标准，或者说分类的标准太烦琐，难以揭示诗歌样式之间的异同。吕进说："分类，是把握、清理庞杂的诗歌现象的途径，因此，分类必须具有丰富前提下的简便性……过分烦琐的分类的结果，其实是取消了分类本身。"吕进的诗歌分类学首先在分类标准上实现了突破，提出以诗的视点特征和语言方式作为分类标准的新说，这不但使诗歌分类与他提出的新诗文体学体系结合起来，而且符合诗歌的文体特性，又具有实际可行的学术操作性，在研究诗歌样式的丰富性方面取得了突出成就。具体地说，他从审美视点的角度将诗歌分为内视点诗歌与双重视点诗歌两大类，前者包括小诗、山水诗、咏物诗和爱情诗，后者包括叙事诗、剧诗、寓言诗、讽刺诗和散文诗。尤其是后者，提出了双重视点诗歌的概念，不但揭示了这几种诗歌样式的独特特征，而且对以内视点为特征的诗歌的一些例外情形进行了概括，是对诗歌分类的重要贡献。以语言方式作为标准，吕进把诗歌分为漂泊诗与固定诗、自由诗与格律诗、素体诗与有韵诗、无标点诗与有标点诗、默读诗与朗诵诗、打油诗与艺术诗、游戏诗与严肃诗，以文体对应的方式将诗歌的多种情形进行比较，对于更深入地研究提供了有效的角度。吕进还对上述诗歌样式进行了个别研究，揭示了它们的特征和与抒情诗的文体差异。

诗歌风格理论是吕进对现代诗学的另一个重要贡献。他不是对某一个具体诗人的艺术风格进行总结，而是通过对丰富的诗歌现象的考察，提出了诗歌的风格学理论。他说："诗的风格，就其作为艺术表现的相对稳定的体系而言，包括了审美体验和语言特色两个侧面。"他从视点特征角度把诗人分为外倾型和内倾型两种类型。过去人们谈论诗歌的风格，主要是谈论诗人的个人风格，这种观念具有合理性也具有局限性。吕进认为风格具有多义性，既包括个人风格，也包括时代风格和民族风格，并对这几种风格的特点及相互关系进行了研究。他说："个人风格构成民族风格和时代风格，民族风格和时代风格在个人风格那里得到确认和体现。"民族风格具有流动性，时代风格具有多样性，而在诗歌风格中，个人风格是最主要的诗歌风格，它使民族风格和时代风格的特征得到具体的实现。"个人风格的孕育与形成，往往要经过一个比较长期的创作实践的历程。个人风格是诗人的价值观和人生经历、艺术气质与修养、语言理想等等因素合力作用的结晶。"个人风格具有相对稳定性、多元性和不可模仿性。个人风格的多元性，主要是指个人主导风格和非主导风格的并存，以及诗人在艺术探索历程中主导风格的转换。吕进从学理上对诗歌风格的形成、类型及其相互关系等进行了学术抽象，这对于研究具体诗人的具体风格具有理论上的指引与导向作用。

从以上分析可以看出，吕进的诗学体系主要由这样几个板块构成：诗歌视点理论、诗歌媒介理论、诗歌生成理论、诗歌分类理论以及诗歌风格理论，涉及诗歌之所以为诗的各个方面，形成了独特而完整的学术体系。每一个部分是相对独立的，但作为一个整体，它们又相互联系，环环紧扣。

吕进的诗学体系并不是对过去和他人的诗学理论的否定，而是对其中一些并不完善或缺乏科学性的因素、观点进行修正、补充,将零散的观点学术化、系统化,从而形成了对过去的诗学研究的创造性超越。他最终建构的诗学体系也不是对自己早期的诗学主张的否定,而是不断完善、深化。从其诗学体系的草创到这个体系的成熟,吕进的诗学主张发生了一些变化,但不是对诗歌认识的变化,而是对诗歌艺术特征在学术表述上的清晰化、科学化。在 20世纪 80 年代初期,袁忠岳曾在《文艺报》撰文指出:"关于诗的本质的探讨,从建国初亦门到 50 年代何其芳,再到 80 年代吕进,所经历的简—繁—简的辩证发展过程,是诗评家们向这一哥德巴赫猜想极地靠近的一个个营地。""在中国新诗文体的研究上,从何其芳到吕进反映了从一个堡垒向另一个堡垒的飞跃。"在整个 20 世纪 80 年代,人们对诗歌文体的研究取得了更加瞩目的成就,吕进的诗歌理论没有因为这种整体上的进步而失去光彩,而是在这个过程中得到了丰富和发展,使他所建构的以新诗文体学为核心的现代诗学体系一直处于现代诗学研究的前沿。因此,在今天,我们仍然可以借用上面的评价描述吕进对于现代诗学的贡献。

四、吕进诗学体系与新时期中国诗学

20 世纪 70 年代末期开始的新时期,是中国新诗最为辉煌的时期之一,也是中国现代诗学长足发展的时期。

新时期诗学发展拥有丰富的学术基础和良好的外部环境。诗学研究是描述性的科学,它一般不凭借主观推论,而是从丰富的诗歌现象、诗学现象中进行总结、概括和抽象对诗歌的认识。诗歌、诗学现象越丰富,诗学研究就会越发达。在新时期,中国新诗、诗学的发展历史和当下的诗歌艺术探索为现代诗学的发展提供了正反两方面的丰富的诗歌、诗学现象,也呼唤着诗歌研究的新变,使人们更加开阔、深入地总结新诗发展的历史和规律成为可能。同时,思想解放运动的开展,为现代诗学的发展提供了良好的外在保障,人们可以比较自由地阐述自己的主张而较少受到非诗因素的制约。而对外开放的深入使诗学研究者可以较多地接受外来的艺术、学术营养,为现代诗学研究找到更多的参照,从中获得对诗歌的更加全面的认识。

吕进和他同时代的诗学研究者正好出现于 20 世纪 70 年代末、80 年代初。

他们的诗学研究回应了诗歌发展对现代诗学发展的呼唤，取得了巨大的成就。

新时期诗学研究的繁荣，主要体现为一批专门的诗学家的出现和诗学研究多元格局的形成。

过去的诗学研究虽然也出现了朱自清、朱光潜等可以称为专门诗学家的学者，但大多数诗学主张出自诗人。郭沫若、闻一多、艾青、何其芳、废名、李广田等首先是诗人，而后才是诗论家。诗人论诗具有许多优势，他们的主张主要来自自己的诗歌艺术实践，比较接近诗歌创作的实际。但也存在一些局限，诗人论诗一般具有较大的随意性，比较零散，学术性不强，有时候甚至前后矛盾。专门的诗论家一般具有较深厚的学养，在诗学研究上既注重丰富的诗歌现象，也比较注意从学理上清理这些现象，视野比较开阔，因而能够获得对于诗歌的更加科学、系统的认识。建构一个或多个具有创新性的诗学体系，不但对于总结过去的诗歌创作、诗学研究具有意义，而且可以推动未来诗歌、诗学的发展。

新时期的诗学研究在 20 世纪 80 年代初期出现了学术争鸣，而在 20 世纪 80 年代中期逐渐形成了几个相对独立的理论群落，主要有"传统派""崛起派"和"上园派"。他们各自的诗学主张存在一定差异，但都为现代诗学的繁荣做出了贡献。

对诗歌传统的重视是中国现代诗学的重要特点之一。在当代，自 20 世纪 50 年代以后，传统诗学在相当长时间内占据着主导地位，形成了现代诗学的"传统派"。诗歌是最具有民族特色的文学样式，因此，对民族诗歌传统的重视自然应该是现代诗学研究的重要部分。离开传统，诗歌和诗学的发展就缺乏根基和目标。但是，由于在相当长时间内传统诗学一主天下，它自身存在的局限没有被人们所充分认识。随着诗学发展多元格局的出现，人们意识到"传统派"的诗学主张存在一定程度上的传统主义特点——只承认传统，而对传统以外的诗歌、诗学成果（尤其是外国诗歌、诗学成果）则加以拒斥，其结果就在相当程度上封闭了中国诗歌、诗学的发展。

在 20 世纪 80 年代初期，随着思想文化观念的转变和新诗艺术探索的深入，在"传统派"基础上出现了"崛起派"。"崛起派"是对"传统派"的反动，他们主张向西方诗歌艺术经验借鉴，主张反叛与突破既有的诗歌秩序。在诗歌观念的变革时期，这种主张具有很大的鼓动性，因而产生了很大影响，也的确在推动诗歌观念的新变方面产生了正面效应。在文化开放的时代，"崛起派"的主张具有它自身的合理性。没有借鉴，就没有交流和参照，对现代诗歌的发展是不利的。但是，"崛起派"也存在一定局限。它不提诗歌传统或对诗歌传统持反叛态度，这就可能割裂诗歌的纵向发展线索，使诗歌失去根基与方向。"崛起派"的出现，打破了"传统派"一统天下的格局，诗学界由此而出现了学术争鸣，人们可以通过比较对各种诗学主张进行学术评价和选择了。

20世纪80年代中期，在"传统派""崛起派"之间出现了"上园派"。"上园派"出现在"传统派"和"崛起派"之后，对它们的长处和不足均有比较全面的认识。他们的诗学主张兼及二者之长，认为中国诗歌应该同时处理好继承与借鉴两方面的关系，即实现诗歌传统的现代化和西方艺术经验的本土化，简而言之，就是化古化欧。在他们看来，传统必须被现代化，才能使诗歌既不失去自己的民族特色又能够适应诗歌艺术发展、变革的需要；而在文化开放的时代，西方艺术经验对于推动中国新诗的发展同样重要，但必须将它转化成符合中国文化、诗歌和社会发展的艺术因素，才具有丰富的诗学意义。吕进多次谈到这一命题，他认为："中国新诗的现代化绝不是西方化。而西方文学影响的本土化转换则是中国新诗走向现代化的突进之一。伟大的中国新诗作品一定是诗人在非常广泛的艺术视野中的艺术创造。同时，伟大的中国新诗作品一定带着中国土壤的泥土味，一定是中国诗歌古老积累的现代化呈现。"这种主张体现了吕进在诗学研究中一贯坚持的辩证思想，不偏于一面，而是尊重诗歌发展的客观规律和诗歌自身的文体规律。化古化欧的诗学思想是吕进诗学体系的核心。他在诗学观念、形态等方面都继承、发展了中国传统诗学的某些特点。

"上园派"的出现，打破了"传统派""崛起派"的二元对立局面，使诗学研究出现了真正的多元格局。"上园派"的主要诗论家包括吕进、阿红、袁忠岳、叶橹、朱先树、杨光治等，同时还有一大批同路人和追随者，阵容非常庞大。吕进可以称为"上园派"的"盟主"，他不但在诗学主张上代表了"上园派"诗论家的基本观点，而且他创办和主持的中国新诗研究所成为诗学研究、交流和培养诗坛后续力量的重要基地，是中国新诗研究的中心之一。

随着诗歌艺术的进一步发展，"传统派""崛起派"的诗学主张不断显现出它们所存在的局限。"崛起派"的代表诗论家之一孙绍振在 20 世纪 90 年代末期对由"新潮诗"演化而来的"后新潮诗"进行了全面的打量。他并不反对创新，但不再像 20 世纪 80 年代初期那样对所谓的新探索都给予肯定，而是客观分析了"后新潮诗"所存在的致命的缺陷，体现出诗学观念上的转向，更加接近"上园派"的诗学主张。"上园派"的诗学主张没有像"崛起派"的主张那样在一定时段成为"热潮"，但是他们坚持对诗歌艺术发展规律的客观、科学的总结，积淀了丰富的诗学成果，从始至终都得到许多诗人、诗论家的认同。在 20 世纪 90 年代，"传统派""崛起派"和"上园派"等诗学群体都已经成为历史概念，但"上园派"对诗歌基本理论的研究体现出了巨大的学术涵盖面，使他们的诗学主张仍然具有鲜活的学术生命，越来越体现出与中国诗歌发展的合拍。这是求实、创新的诗学理论的基本特征。

‖五、吕进诗论的学术品格‖

吕进的现代诗学体系是现代的、崭新的，也是时代的、民族的，对过去的诗学研究的总结和未来诗学研究的启示是多方面的。他的诗学体系的形成和对具体诗学问题的解决都体现出对艺术辩证法的尊重，辩证法思想是吕进诗学研究的哲学基础（尤其是方法论基础）。他既注重诗学研究的原创性，也注重诗学发展的继承性，既倾心宏观审视，也注重微观分析。在开放的文化环境下，他的诗学体系以中国现代诗歌作为主要研究对象，同时也不忽略对外国（尤其是西方）诗学主张、诗歌艺术经验的借鉴，从而形成了独特的学术品格。恰如诗人风格的形成往往代表艺术探索的成熟一样，对于诗论家，独特的学术品格的形成，也往往体现出诗学研究、诗学体系的成熟。

吕进的诗学体系至少具有三个值得注意的学术品格：求实、创新、兼容。

新诗研究中的求实意识，就是要对新诗发展的规律进行实实在在的探索，而不是盲目地追赶时髦。吕进的诗论追求朴实的风格，在表述上注意深入浅出，不搞新名词爆炸，不以惊世骇俗的"新"观点吓人。他不人云亦云，不追光，不趋时，不东摇西摆，而是坚持探讨诗歌的文体规律。他说："诗学面临的对象是丰富的非常规世界，最不具备实体性的流动世界，它是现实的幻影，它是良知的馨香。用非诗规范要求诗，用非诗人规范要求诗人，用全民诗歌的使命衡评每一首具体作品，或者，用对时髦潮流的追赶去代替对诗的认真审视，都会使诗学丧失求实气质。"这是他从具体研究中获得的对诗学研究的真知灼见。

吕进认为："当代诗评家的素质首先应当不因循守旧，有变革的勇气与明慧。"诗歌艺术的发展必然带动诗学研究的发展——既有对过去的诗学成果的重新审视，也有对新的诗歌现象的热切关注。创新意识就是对这种发展在诗学观念上的不断适应。吕进诗学体系的创新，主要体现在诗学研究的切入角、诗学研究方法、诗学体系的整体框架和表述方式、诗论的具体内容等方面的突破。创新绝不是"唯新"，他的创新是在求实基础上的创新，"是利用已有轨迹继续向前开拓"。他认为："创新的内核仍然是求实：求实的突破、求实的推动，离开这个内核的华丽辞藻、玄乎术语、哗众取宠与创新是绝缘的。"正因为这样，吕进的诗学体系才体现出有中心、有主轴的延展，体现出发展中的一致性，为中国现代诗学与中国新诗的发展提供了丰富的启示。

兼容性就是对诗歌创作与研究的多元构架的理解与尊重。多元格局的形成是诗歌与诗学发展与繁荣的标志。吕进极力主张也十分珍惜诗坛的多元格局。在诗学上，吕进有自己的学术主张，但他不唯我独尊，没有霸权主义作风，他尊重诗歌艺术的发展规律，尊重他人的创造性劳动。在诗学体系的建构中，吕进批评地吸收了多种学派的诗学主张，评介了多个流派的诗人的创作。他只坚持一个标准，那就是诗歌艺术发展的独特规律，符合这个规律的任何探索，他都给予支持。吕进的多元意识和他的诗学的兼容性，使他的诗论能够涵括广泛的诗歌创作现象。当然，宽容也是有"度"的，对那些违背诗歌艺术规律、哗众取宠的所谓"创新"，他是厌恶的，因为在他那里，多元意识的基点仍然是求实意识，他必须求实地对待一切诗歌现象与诗学主张。他认为，多元必须归"一"，这个"一"，不是自我封闭的枷锁，而是诗歌艺术的发展规律。

有人在对吕进诗论及其学术品格尤其是它的宽容性并没有多少了解的情况下，就认为吕进是反"朦胧诗"的，这是对吕进诗学体系的根本误解。吕进没有发表过反对"朦胧诗"的主张，而且在总结新时期诗歌创作时，不但强调了"归来者"诗人在恢复诗歌"说真话，抒真情"方面的成就，对舒婷等诗人在诗歌艺术自身反思方面的成就也给予了很高的评价，并由此指出："多元是诗的发展之路；一元，是诗的衰落之路。"在后来的文章中，吕进也多次正面论及"朦胧诗"。老诗人臧克家曾对朦胧诗等新的艺术探索持有异议，但他后来说："吕进同志，能以他的洞察力，对各种现象分析研究，是其所是，非其所非，态度比较科学而公允……他的求实态度，多少校正了我个人的偏激看法。"这些难道是吕进反对"朦胧诗"的证据吗？

吕进的诗学体系是一个开放的、崭新的诗学体系，主要体现在它的求实性、创新性和兼容性等多方面。在诗歌发展上，吕进主张将继承与借鉴融合起来，认为新诗发展必须注重两个相互联系的侧面："一个是外国艺术经验的本土化，一个是民族传统的现代化。"他的诗学体系也是在继承与借鉴的基础上建构起来的。一方面是中国传统诗学的求"通"，一方面是西方诗学的求"变"，他将二者融合，实现了"本土化"与"现代化"的结合，形成了"通"中求"变"、"实"中求"新"的现代诗学特征。

有人对吕进的诗学成就进行过这样的评价："如果说郭沫若、亦门、闻一多、艾青是中国新诗的理论家，那吕进可以毫不逊色地和他们排在一起。"也对他的学术品格进行过评价："求实、创新与多元化，可以说是吕进诗论的总体倾向。吕进作为当代诗论的一个实体，其意义将远远超过其诗论本身——诗论本身很难超越时代，它总有这样那样的局限——作为学派主体的吕进之精神更具价值，它很可能超越时空，波及后代。"这样的评价很高，但也客观、公正。在世纪之交，吕进在20世纪90年代初期建构的现代诗学体系业已经过了较长时间的检验，在那些"时髦"理论不断更迭换代的情况下，吕进的诗学主张仍然体现出强大的生命力，为诗歌界、诗学界的多数人所认同。同时，吕进还在不断更新和深化他的诗学体系，他在20世纪90年代后期提出的"诗体重建"的诗学主张就是新诗文体学理论与新诗创作实践的结合，这使他的诗学体系更完善，更适合新诗发展的实际，更有助于新诗艺术的进步。

选自《西南师范大学学报（人文社会科学版）》，2000 年第 5 期

诗化人生：吕进 1980 年代以来的诗学活动

陈　卫

　　吕进与 20 世纪 80 年代出现的多数诗评家一样，先为少年诗人，在本地区、本省乃至全国颇有名气。20 世纪 80 年代因社会变化，诗坛倾斜，出于对理论本身的兴趣与普及诗歌的责任意识，自然而然地转向了诗歌理论工作。吕进与这一代诗评家多为中文系出身不一样，他是外文系毕业生，所以他在诗学研究中更方便地使用中外参照，具有比较的世界性视域。

　　从 1981 年到 2010 年，如果把主编、合著的著作加在一起，吕进出版了诗学专著 27 部, 64 卷。主要有:《新诗的创作与鉴赏》(1982,重庆出版社)、《给新诗爱好者》(1984, 重庆出版社)、《一得诗话》(1985, 四川文艺出版社)、《新诗文体学》(1990, 花城出版社)、《中国现代诗学》(1991, 重庆出版社)、《吕进诗论选》(1995, 西南师范大学出版社)、《画梦与释梦——何其芳创作的心路历程》(1995, 贵州人民出版社)、《文化转型与中国新诗》(2000, 重庆出版社)、《对话与重建——中国现代诗学札记》(2002, 西南师范大学出版社)、《现代诗歌文体论》(2003, 广西师范大学出版社)、《20 世纪重庆新诗发展史》(2004, 重庆出版社)、《中国现代诗体论》(2007, 重庆出版社)、《吕进文存》(四卷本, 2009, 西南师范大学出版社)等。在这些专著中，从诗歌的基础理论概念的解释到诗歌文体的广泛研究，似乎让我们看到一个新诗研究的狂飙突进时代的到来。

　　20 世纪 80 年代诗学研究是蓬勃的，来源于诗歌创作与接受的热情高涨。不可回避的是，对中国多数教育程度不高的读者来说，接受诗歌远比接受小说、散文难得多，他们不习惯诗歌语言与日常语言的距离，也不适应跳跃性的诗歌思维。正因为长期的新诗理论空白，使一批曾经年少的诗人自觉投入诗歌理论建设当中。谢冕对新诗的发展规律进行反思；孙玉石执着现代诗歌的系统研究，发掘现代诗歌的关键因素；陈良运由新诗评论转入古代诗论，挖掘古诗论精华；吴思敬从心理学角度阐释诗歌创作与接受的过程；吕进从诗歌基础理论跟进到文体建设，成立中国新诗研究所，创办刊物，主持诗歌前沿讨论专栏，继 20 世纪发起新诗理论界的"上园派"，近年又提出"新诗二次革命"等口号，全身心地构建当代诗学体系。

‖ 一、启蒙与深入：诗学观撷英、评点 ‖

《新诗的创作与鉴赏》是当代诗学著作中较早出版的一部诗歌理论著作。该书对诗歌的来源、定义、内容、形式、修辞、写作、鉴赏等多方面进行了论述，提出诗的本质特征是抒情美，诗是文学中的文学。在著作中，经吕进辨析过的概念有诗如画、诗与音乐等。他得出的结论是：诗是画的降低，更是画的提高；诗是音乐的降低，更是音乐的提高；诗不但是普遍的艺术，也是最高的艺术。如诗歌叙事与抒情的问题，吕进从自我的阅读经验中得出体会："凡是叙事的地方，诗里就出现快镜头；凡是抒情的地方，诗里就出现慢镜头。"凡是涉及事，诗就像一个专抄捷径的伶俐者；凡是涉及"情"，诗就会变成一个专走弯路的慢行者。同时吕进还认为："不能在诗之外谈诗，也不能在诗之上谈诗。"在解释诗歌观念时，吕进一般都从大量的古今中外诗歌作品解读中提炼诗学观点。比较有独创性的是那个让古往今来的理论家头痛的诗的定义。吕进的观点是，诗是歌唱生活的最高语言艺术，它通常是诗人感情的直写。给诗下定义是可行的，但要提出四海皆通的诗歌定义有高难度，所以，无论是亚里士多德给诗下定义，还是吕进给诗下定义，或是吴思敬采用排除的方法给诗下定义，都只能针对某一时期的诗歌特色而言。他的这一概念应是对 20 世纪 80 年代之前诗歌的提炼。

《给新诗爱好者》侧重于指导诗歌写作，实际上是吕进给新诗制作的一件燕尾服样品，里面涉及很多具体的诗歌写作标准，如独特的搭配、弹性等写作技巧的举例，诗家语如何炼造，以区分生活中的语言，诗歌艺术表现的实与虚等，这些理论与实践结合的讲解，对新诗爱好者与写作者应有不少帮助。《诗评断想》是吕进对诗评工作的一些思考——从如何写诗的理论探讨，转向如何作诗评人的思考。这是当代诗学的一个分支，很少有人专门思考这个问题。这个断想对端正诗评人的态度与拓展诗评人的学术视野有一定的帮助。也许是针对学院派诗评家的某些弊病，吕进指出："诗评家固然应当是博学家，但他首先需要的是：对美的感受力、辨别力、鉴赏力。"

《中国现代诗学》出现在新诗潮争议过去而中国诗坛处在发展迷途当中，诗歌创作者各路狂突演绎，批评家失语的时候。吕进结合中国当代诗歌发展实际，试图建立具有特色的中国诗学。这也是吕进积多年底蕴进行的一次诗学突破。"《中国现代诗学》是我十余年的新诗研究的学术生涯的第一个句号。它是一个阶段的终了。一个比较完整而又尽量求实的理论体系提出来了。"他自信"一部优秀的科学论著必然会改变、调整以往的有关论著的传统价值和传统位置"。这部著作在几组关系上论述得十分清楚：一是中国现代诗学与西方诗学的对比；二是日常性生活语言与诗家语的对比；三是散文语言与诗歌语言的对比。

吕进对中、西方诗学的反思从诗学概念比较开始，他说："中国现代诗学应当保持以抒情诗为本，推崇体验性的诗学观念，同时又在诗对客观世界的历史反省能力和形象性上向西方诗学有所借鉴；中国现代诗学应当保持领悟性、整体性、简洁性的形态特征，同时又在系统性、理论性上向西方诗学有所借鉴；在诗学发展上，中国现代诗学应当保持通中求变，同时又不拒绝在艺术的探险精神上向西方诗学有所借鉴。"

吕进关注诗歌的形式，特别强调诗家语，他说："陌生化，就是诗歌语言对散文语法与修辞规范的抛弃，或者说，就是诗歌语言遵循自己独特的语法与修辞规范。诗是语言的超常结构，它是对一般语言的语法和修辞法则的创造性破坏""要求读者不断注意到语言本身，运用诗歌语言有如跳舞，跳舞不是要走到哪里去，它本身就是目的""诗凭借语言媒介成了最自由的艺术，但是语言却由于成为诗的媒介而成了最不自由的语言……它同时受制于表情系统、表音系统和表形系统，必须满足这三个系统的要求。这种极端的自由与极端的不自由的统一，就是诗歌语言。从王安石开始，叫诗家语。"阅读这部著作，对写作者和评论者来说，有所收获的不仅是通过对中国现当代和外国诗的解读来理解某些诗学概念，吕进还会通过诸如一家刊授学院老师用散文方式来评判一位青年诗人的诗歌而造成的啼笑皆非的情形，让读者具体了解诗歌语言与散文语言的表达差异。

"抒情诗"是著作中的关键词。吕进指出抒情诗的媒介特征有音乐性、弹性、随意性，抒情诗的寻言是通过五种修辞方式达到的，即虚实相生、时空转换、象征、转品和跳跃。他认为一切好诗都是有诗意无语言、有功夫无痕迹的。

从总体上讲，《中国现代诗学》明显加深加大了研究的深度与力度。这部著作不是诗歌观念的普及，而是深入到诗歌内部进行问题的探讨。吕进自己认为与《新诗的创作与鉴赏》相比有两大突破，突破了抒情说和音乐性。很明显，吕进进入 20 世纪 90 年代以后的突破是因为他关注到诗歌写作自 20 世纪 80 年代中后期发生了转型，传统的诗歌要素面临丧失或转化的可能。因此，他把论述视角直接针对诗歌的一类形态——抒情诗，避免了诗歌概念的泛指。

正如孙绍振在《西方文论和中国经典的痛苦搏斗》中所说"中国的特殊性，并不包含在西方理论的现成体系中，而是要中国人自己去分析，自己去衍生，自己去颠覆，自己去发现"，的确，不仅是西方文论，就是中国早期的理论著作，随着时间的推移，社会思潮及意识形态变化，都会显现出时代性的局限。吕进较早意识到了这个问题，在《中国现代诗学》中，他说："新诗研究空前活跃：对历史和当代的每一种诗歌现象几乎都存在着多种理论视角。《新诗的创作与鉴赏》虽然是这类著述中较早出现的一种，但是艺术的辩证法就是这样——'较早'出现也可能'较早'过时。"吕进试图在寻找诗中稳定的东西，他转向了诗歌文体的研究。这是他研究领域的又一次大力开拓，也是他研究形成特色的开始。

拓展新诗研究的版图，是吕进一进再进的工作。如果说《中国现代诗学》是吕进有意识地奠定中国现代诗学的基石，那么《新诗文体学》是吕进在寻找诗歌最显著的特征，以求抓住诗歌的本质。他从诗歌写作入手，指出诗的想象来自现实现象与超现实想象，通感是诗歌的表现方式之一，有主观性通感和客观性通感。通过比较散文与诗歌的视点，对诗歌内视点进行六种剖析，即：主观体验、梦幻色彩、非逻辑结构、心灵的直接表现、无名性、往复回旋等。在语言上，诗寻求超常结构，"破坏"词义，"破坏"语法，音乐性与弹性是诗歌的媒介特征。他还认为"和时代保持联系是诗的生命""和读者保持联系是诗的青春""诗只能有属于自己的读者群，对诗的行为只有在智力和心灵上都达到相应深度和广度时才能产生"。与早期的诗歌定义相比，这些观点，更逼近了诗歌的本质。正因为对诗歌本体的了解，而且意识到"文学样式总在相互渗透"，吕进坚信"诗人没有文体自觉，就很少可能在诗歌史上长久地站稳脚跟"——他提出诗体重建的核心观念就在于此。为了强化诗体特征，他写过《诗体十题》，对闻一多的"豆腐干"、徐志摩的对称体、冯至的十四行、香港诗人晓帆的汉俳、郭小川的新格律体、袁水拍的仿民歌体、冰心的小诗体以及艾青、余光中、舒婷的自由诗等进行阐说。在《现代诗歌文体论》一书中，吕进提出新诗诗体重建的出路是：完善自由诗，倡导格律体新诗，增多诗体。吕进将这一话题推广到新诗研究界，《西南大学学报（社会科学版）》一度开设专栏讨论，引起诗歌研究者的广泛重视，成为诗歌研究的前沿课题。

‖二、呼唤与行动：建设中国现代诗学‖

吕进在诗学研究中逐渐形成了自己的学术特色。据笔者观察，吕进的学术研究特色与他后来提出的三个"重建"有密切关系。

1997年7月22日，吕进在《人民日报》发表短文《新诗呼唤拯衰起弊》，指出诗歌不景气的原因，一是失语，二是失重；接着他提出三大课题来拯衰起弊：诗歌精神的现代化重铸、新诗诗体的重建以及诗人在文化转型期的重新定位。在他看来，在文化转型期，不能把"对外开放"误读为"作西方诗歌的旁支"，而是要重视诗歌的民族性，要意识到"在建立现代格律诗、完善自由诗中，新诗有一个增多诗体的使命"，新诗要在传媒和传播方式上实现现代化改造。诗人在转型期要重新定位，要建设诗人人格，去"神气"而"洗心"。吕进提出的这三个策略，是针对中西诗歌、诗歌本体特征以及诗人自律而言的，希望能够对开拓有中国特色的新诗发展道路有所促进——这成为吕进提出二次革命的雏形观念。

2005年，吕进在不同场合提出"二次革命"这一口号，"三大重建就是二次革命的逻辑起点"。三大重建即诗歌精神重建、诗体重建、诗歌传播方式重建，"提升自由诗，成形现代格律诗，增多诗体，是诗体重建的三个美学使命"。

从三大策略和三大重建的内容以及吕进的多年呼吁，可以看到吕进的研究特色和研究宗旨。

研究伊始，吕进就有强烈的建立中国特色诗学的意识。他的研究始终与中国现实社会紧密联系，力图寻找适合中国读者的语言去阐述费解的理论术语，实现诗学理论的大众化，他一直强调诗歌文体的中国性。在他的《新诗的创作与鉴赏》中有两个内容与当时同仁的诗歌论著不大一样。新时期谈诗的多数学者，都非常不愿意涉及社会体制，只突出研究时代特色，这可能跟长时期的政治约束有关，研究者们出世的时候，吕进入世。他要谈社会主义新诗，而且他还要借鉴古人的诗话写作来完成他的新诗话。

诗歌本身与政治体制无关。在特定时期的特殊阶段，特别是意识形态对诗歌有一定要求的时候，诗歌就会与政治发生密切关系。诗歌该以何种方式存在，往往成为一个令文人烦恼的问题。吕进在诗歌美学与社会发展之间寻找平衡点。《社会主义新诗》中指出社会主义新诗"是我国诗歌在社会主义时代的继续、革新与发展，是诗歌史崭新的一页"。从社会发展的角度来看，此言并不是没有道理的。吕进认为民族化、大众化是诗歌形式上的最主要的个性特征，此意沿袭毛泽东的文艺思想而来。在一个民众文化素质较低、政治觉悟期待提高的国度，统治者采用武力征服是不够的，若要从精神上确立统治地位，借助文学的巨大作用可以达到。这本是历代公开的策略，无须后人褒贬。文学民族化、大众化观念的提出，显然立足于国家的角度。

吕进提出的社会主义新诗应是对当时诗歌争议的一种回应。也许自 20 世纪 90 年代以来，有中国特色的社会主义改革开放改变了人们原先的刻板印象，人们反过来会认为吕进的提法过时，但不可否认，这正是吕进研究的立足点，他的特色所在是他始终站在国家、民族、时代立场。如果不是这样，就不会有他在 21 世纪提出的"新诗二次革命"。

中国传统文人强调治国平天下，强调责任感，吕进提出诗的使命，与中国传统文化的精髓息息相关。1989 年，他在《诗，生命意识与使命意识的和谐》中说："优秀诗歌总是生命意识与使命意识的和谐。它是出世态度与入世态度的统一，是日神精神和酒神精神的统一，是心理世界与物理世界的统一，是摆脱功利与社会指向的统一，是超脱因素、游戏因素与参与因素、严肃因素的统一。"他认为诗人的职责在于"提高同时代人的人生质量，以人格力量和道德力量帮助读者""诗要具有真诚的品格"。

　　1986年,西南师范大学(今西南大学)中国新诗研究所成立,在新时期诗歌研究界,这是一件破天荒的大事。虽然很多高校都有研究所,然而有的研究所只是一块打制漂亮的牌匾,或是出现在名片上方的一行字。吕进领导的新诗所是一个独立的实体学术机构,有专门的研究人员和研究生。吕进试图利用群体的优势,集体攻关中国新诗的某些难题,使新诗研究形成一种风尚,扩展诗歌的影响。20多年过去了,他的努力和尝试都有了不用言说的成绩。首都师范大学、北京大学等高校也相继有了新诗研究所,出版诗歌研究刊物,定期举办学术研讨会。中国当代诗歌研究相对于其他文类研究来说,有稳定的队伍,有持续的发展。这种把诗歌研究当作一群学者的终身事业,以群体研究的方式开展工作,也只有在中国才能行得通。可见吕进有一种谋略家的远见。

　　理解诗歌本身有一定难度,艰涩的诗歌术语更是让普通读者望而生畏。在20世纪80年代中期,现代西方文论成批译介到中国,对西方理论并不陌生的吕进没有成为理论术语的炒作者。他常常在中国文论中寻觅适合中国读者胃口的话语,追求通俗而幽默的学术表达是吕进实现诗学理论大众化的诗学策略。

　　政治性、社会性话语通过日常生活的过滤而通俗化后,被吕进再度借用到诗歌研究中,成为他独创的诗学术语。这类例子较多,如近年来他提出的"二次革命"和"再次复兴"借鉴了辛亥革命时期的政治术语,但他不是社会改革者,他把词语的作用缩小到诗歌领域,仅仅想通过触动人们眼球的词语发动诗的改革。给诗人定义,就像给诗定义,同样都是高难度的,吕进的定义中满是风趣:诗人是文明的"原始人"。原始,即是用"惊喜的目光打量自己的四周。他似乎不懂得人们习以为常的基本常识与逻辑,而是对生活作出不同凡响的新奇领会与感应"。在《论诗的文体可能》中,吕进说,诗是清醒的读者所认可的"梦呓",诗人是社会所尊敬的"白日梦者"。针对散文诗要把握的分寸,吕进又说:"散文诗每一个特征都是一对矛盾的统一体,失去其中任何一方,我们都会失去散文的语言,使'豆花'或者变成'黄豆',或者凝为'豆腐'。"

　　吕进是一位很有文体感的研究者,无论是在诗歌还是诗学研究上。诗话是古代诗人流传下来的一种论诗文体,多为诗人在创作中总结出来的理论,感悟性强,不一定系统,适合表达瞬间的体认,蕴藏着思想精华。在现代诗人那里,戴望舒的《诗论零札》和艾青的《诗论》都属此类。吕进的诗话集中在《新诗的创作与鉴赏》的附录、《给新诗爱好者》的"诗评断想""诗话 44 则"和《一得诗话》中。

从吕进的《新诗的创作与鉴赏》附录中简单摘录,我们就可以管窥其诗学观念的全貌:诗要面向生活,诗要有"人间烟火味",诗中应有惊人语,诗的力量在于说真话;诗贵创新、诗贵多样、诗贵出格,闯禁区有胆、闯闹区有识;诗的朴素美、诗的平淡美;诗人应是博识家,鉴赏趣味的多样性,鉴赏的能动性,不以人废诗、以诗废人等等。可以看到吕进并非把诗歌看成阳春白雪,而是面向大众,面向生活,要求诗人有识见和审美意识,读者要培养一定的素养,达到诗人与诗、诗与读者的和谐。

吕进的诗话重感性领悟与理性分析,并重在领悟和分析中揭示创作、接受状况。他注意到古代文论的现代性转化,有的诗话从古代诗论中直接借来,如《一得诗话》借用古代诗论的一些重要概念:"披文以入情""知人论世""以意逆志""文质彬彬""无理而妙""诗出侧面""用事""回文"等,经吕进结合现代诗歌文本的细读,对它们进行现代性的阐释。

‖三、开放与入世:敞开的诗学活动‖

在笔者看来,从五四时期到 20 世纪 20 年代中期,胡适、郭沫若、闻一多、戴望舒等人的诗歌创作尝试与体验开启了中国现代诗学之门,理论探讨和技艺切磋都限于同行之间。作为一门独立的学科,中国现代诗学于 20 世纪 20 年代末到 20 世纪 30 年代在大学课堂开设之后,才真正有了一定的基础。1929 年,朱自清在清华大学开设新文学研究课程讲授新诗,20 世纪 30 年代在课堂传播新诗的有武大的沈从文、苏雪林和北大的废名、朱英诞等,这批学者后来成为文学史上的著名诗人或古典文学学者。他们在大学的课堂上评论新诗,有的也尝试新诗创作,以后各自都有诗学讲稿或专著出版,成为现代诗学研究的重要成果。在现代诗歌研究史上,有关诗歌理论的研究专著与当代诗学著作的数量相比,非常少,如朱光潜的《诗论》、朱自清的《新诗杂话》、梁宗岱的《诗与真》《诗与真二集》、袁可嘉的《新诗的现代化》等。在现代文学学科未正式确立之前，学术上以古典文学研究为正宗，无论新诗创作还是新诗研究，在崇古环境中都是"古之余"或聊以谋生的手段。多数学者在结束新文学课程后，基本上与新诗告别（朱自清过早去世，另当别论）。20世纪八九十年代以后培养的新一代诗歌研究者（研究生），有一部分嗜诗如命，为诗消瘦到今天；也有一部分不排除为文凭和前途需要，当文学走向边缘，诗歌也不再成为文学青年议论的中心时，他们选择了改行，把诗歌当作青春时期的回忆。其间就是吕进这一代，他们应时代而生。年轻时有着对诗歌的崇拜，用激情写诗；中年时期，沉默过；20世纪70年代末的朦胧诗讨论引发他们走上诗学研究之路，为诗歌基本理念、诗歌审美传播开辟沃土，即使遇上诗歌冰川，仍然坚持着把诗歌当作终身事业，在高校一直从事诗歌教育工作。从时间上来看，如果允许把朱光潜、朱自清、苏雪林、废名等命名为第一代中国新诗学院批评与研究者的话，那么20世纪80年代起步的这批研究者可以命名为第二代中国新诗学院批评与研究者。

　　在这一代学者中，吕进和大多数学者一样，具有学科前沿意识和诗歌教育意识。关于前沿意识，陈仲义曾针对吕进的《20世纪下半叶的中国新诗研究》发表过不同看法，他认为吕文忽略了另一支在后20年从事先锋诗歌研究的中青年队伍，对诗歌前沿也表示了不同意见，认为诗歌研究前沿是新诗的转型研究而不是文体理论。不过，在笔者看来，前沿不是排座次的简单事情，前沿问题应是学者集中精力关注较多的问题。笔者非常赞同诗歌转型对于研究当代诗歌是一个重要问题，但笔者也意识到这是从现代诗歌史与接受史的梳理过程中发现的一个关键性问题，目前国内有不少学者在为之努力。吕进关注的文体问题，是他多年来在与其他文类的比较当中发现的诗歌的另一个关键性问题。他一直在思考新诗的艺术创造中"变"与"常"的问题，希望能够在对诗歌文体、诗歌形式的分析中，把握住诗歌的特殊性。因此，他的前沿与陈仲义的前沿构成了两种不同的研究风景。新诗的文体研究在当前有不少学者投入，年轻学者陆正兰写出了国内第一本《歌词学》；王珂的诗体研究兴致正浓，有《新诗诗体生成史论》《诗体学散论》等著作问世。这些成果不能不说是来自吕进诗学思路的影响。吕进从对诗歌基础理论的梳理，加深到诗歌理论的研究，逐步完善中国现代诗学观念，在这一过程中也培养了不少和他一样具有探索精神的诗学研究生和诗歌学者。

吕进在《大诗人的特征》中谈到开放性问题。他认为对外部世界、对读者、对民族传统都要持开放态度，他自己也正是以开放态度进行诗学研究。带着学术热情不断寻找问题，制造研究热点，以期引起研究者以及大众的反响，使问题在探讨中能够更深入。

再次回到吕进提出的"新诗的二次革命""再次复兴"命题。这类名词在我们这个提倡和谐的时代有点耸人听闻，容易使人联想到百年前晚清和民国时期的政治、流血、暗杀等历史。通过对吕进学术思路的了解，笔者认为，这种做法来自他个人生命力的感召，他试图在诗歌疲软之时发出振聋发聩的一声，唤醒大众对诗歌边缘化的重视。但是我们不得不面对的是，当下诗歌已经步入个人化写作进程，集体意识与个人想法在诗歌写作中已经割裂，不少诗人对创新所做出的是片面理解，不少诗歌写作者在关注求新求异的同时，忽视了诗歌灵魂的夭折，造成了诗歌难以勃兴的现状。没有稳定的接受群体，没有相对成熟的诗歌写作群，诗歌存在危如覆巢之卵。从 20 世纪 90 年代观念酝酿到 2005 年在绍兴文理学院讲演，在华文诗学名家国际论坛大声呼吁，在学术刊物上组织多期探讨，吕进自己播下第一颗诗歌"革命"的种子，通过多种渠道燎原，力图扭转危在旦夕的诗歌命运。直到 2011 年的今天，吕进还在《西南大学学报（社会科学版）》上组织讨论，吸引四面八方的学者。这一主张能否最后成功，有待来日。不可否认的是，它已经在当代诗坛和诗学研究界产生了一定影响。

经过多年耕耘，吕进和他的同事把西南大学新诗研究所建设成了研究中国新诗的一个重要而特殊的学术领地。从中国新诗的基本原理开始，对中国诗歌文体进行系统性研究，涉及诗歌教育、中外诗歌比较、歌词学，不少轰动性的诗学话题从那里开始。再次，与新诗所一同诞生的，有新诗所的连续性内部交流资料《中外诗歌研究》，还有 2009 年创办的学术丛刊《诗学》，以及《西南大学学报（社会科学版）》的"中国现代诗学"专栏，更多的诗歌话题得以展开讨论，在国内外学术界保持着影响力。在吕进的办刊风格中，还可以看到他的另一种开放性：刊物的作者队伍，不光是新诗所的教师，还有中国社科院的张炯、北京大学的孙玉石、武汉大学的陆耀东等诗学名家，不少的诗学博士都在他主编的栏目发表过重要的学术论文，由此可以看到吕进对现代诗学学科实实在在的奉献。

　　与完全沉迷于诗歌世界中的学者不同的是，敞开书斋大门，积极入世，是吕进的人生态度；学以致用，是吕进的学术信条。只要与诗歌有关的事，吕进都亲力亲为：组织社团，创办刊物，召开大型的国际学术研讨会，以扩大中国新诗研究的影响；参加鲁迅文学奖的评奖，组织编写重庆新诗发展史，倡议培育重庆地区的人文精神，为自己培养的学生和他欣赏的诗人写序等。他渴望用个人与群体的更大力量（不排除运用社会和政府的力量），引起更多人对诗歌的重视，从而达到用诗和诗歌活动影响他人的效果。这一切都跟吕进后来的重建理念密切相关，可以看到，吕进与众不同的是，他还是一位讲求实效的诗歌研究者，不仅把诗歌看成生命，而且是正在成长和需要延续的生命，生命中的生命。因此，由诗歌激发出与时代、国家、民族、大众、个人相结合的举动，成为吕进诗学研究的显著特质。

选自《西南大学学报（社会科学版）》2011 年第 1 期

吕进前后期诗学思想对比研究

钱志富　邹林芳

┃一、吕进诗学思想建构的前后分期┃

　　吕进是中国当代著名诗歌理论家和批评家，20 世纪 80 年代主要理论流派"上园派"的杰出代表。吕进出版了《新诗的创作与鉴赏》《中国现代诗学》和《吕进文存》等主要代表著作。他的诗学思想早在 20 世纪 80 年代初就发生广泛影响，许多诗人都是在受到他的《新诗的创作与鉴赏》一书的引领和启发下走上创作道路的。诗人傅天琳曾在《我是"新来者"——吕进对我创作的影响》一文中写道："吕老师是我的恩师，吕老师的诗歌理论对于我有着直接的非同一般的指导意义。从 1982 年学习《新诗的创作与鉴赏》开始，吕老师不断有新文章和新书问世，我就不断地跟进学习。近水楼台，受益多多。我特别能接受吕老师的观点，因为这些观点与我的写作意图是比较一致的，用现在时髦的话讲处于同一气场中，我自然而然就读进去了就接受了。写作时，我也许出于本能，也许有意或无意，觉得要这样写才好、才对、才顺，但说不出为什么，也不去深想为什么。吕老师的理论帮助我理清了认识，明白了诗歌应该具备的基本品质。"诗人傅天琳特别指出了吕进诗歌理论的优点，说："吕老师的理论不生硬，不拿腔拿调，不空中楼阁，他用诗和散文一样美丽、朴素并富于旋律和节奏的语言，深入浅出，讲出了精辟、透彻并富有哲学高度的诗歌论点，很值得像我这样的只重感觉而缺乏理论支撑的诗人认真学习。"①

---

① 傅天琳：《我是"新来者"——吕进对我创作的影响》，曾心、熊辉主编：《诗学体系与话语方式的建构:〈吕进诗学隽语〉评论集》，泰国留中大学出版社 2014 年版，第 133 页。

近年来学界逐渐兴起了研究吕进诗学思想的热潮。早在 2000 年，蒋登科就在《西南师范大学学报（人文社会科学版）》第 5 期上发表了《吕进与中国现代诗学的体系建构》，比较全面深入地探讨了吕进建构的中国现代诗学理论体系，深受吕进本人的赞赏。青年学人熊辉的《西方美学观念的转换与中国现代诗学体系的建构——论黑格尔对吕讲诗学思想的影响》发表在 2011 年《重庆工商大学学报（社会科学版）》28 卷 3 期上，是一篇比较有分量的吕进诗学思想研究文献。同年《西南大学学报（社会科学版）》第 1 期发表了陈卫博士的《诗化人生：吕进 1980 年代以来的诗学活动》，从诗学活动入手对吕进诗学思想研究提供了新的视角，文章肯定了吕进作为一个诗学活动家的广泛作用。其实，吕进还是一位优秀的诗歌教育家，经他培养的诗人和诗评家分布全世界，号称"吕家军"。

纵观诸多学者对吕进诗学思想的研究，笔者发现，这些学者的关注视野似乎都集中在吕进后期中国现代诗学体系建构方面，而对吕进前期诗学思想的研究较多忽略，这就是笔者要写这篇文章的缘由。笔者认为，吕进前期诗学思想不可忽视，《新诗的创作与鉴赏》不仅是吕进的诗学成名作，也是代表作，不仅是拥有近百年历史的中国现代诗学的代表作品，也是拥有上千年历史的中国诗学的代表作。《新诗的创作与鉴赏》于 1982 年首次出版，到今年已经历了 30 余年时间和读者的检验、考验，重印、再版了许多次，它的影响不仅是广泛的，而且是普及的。据统计，1982 至 1991 年十年间，该书三次印刷，发行量达到 42000 余册。遗憾的是，目前学术界对《新诗的创作与鉴赏》的重要性认识不足。

2004 年颜同林在《重庆教育学院学报》发表的文章中认为《新诗的创作与鉴赏》是吕进诗学体系的雏形，这大约源于对吕进早期诗学思想的误读，因为《新诗的创作与鉴赏》一书本身就是体大虑周的、成熟的，它的完整性和体系性显而易见。2011 年董莎莎的硕士论文《论吕进诗学的学术来源》也犯了类似的错误，说："从 1982 年的《新诗的创作与鉴赏》到 1991 年《中国现代诗学》，他的诗学体系经历了从萌芽到成熟的过程。"① 说《新诗的创作与鉴赏》是吕进诗学体系的萌芽，这比"雏形"说更不得要领。须要一再

---

① 董莎莎：《论吕进诗学的学术来源》，西南大学硕士论文 2011 年。

强调的是,《新诗的创作与鉴赏》本身是有体系的,跟亚里士多德的《诗学》和刘勰的《文心雕龙》一样,都建构了完整而有效的理论体系。确切地说,吕进《新诗的创作与鉴赏》建构的理论体系也属中国现代诗学范畴。诚恳地说,吕进的现代诗学体系建构在《新诗的创作与鉴赏》时期已经完成了,《新诗的创作与鉴赏》中有比较成熟而丰富的诗学思想,但《中国现代诗学》较之《新诗的创作与鉴赏》的确有新变和理论范式的转换。说《中国现代诗学》是吕进诗学体系的成形和成熟,不十分妥帖。值得注意的是,《中国现代诗学》体现了吕进新体系建构的某种匆忙,不完善、不成熟的地方同样存在,当然新的创获也不少。就其理论体系本身来说,当然如吕进自己所说,是崭新的,现代的,的确看上去比《新诗的创作与鉴赏》更胜一筹。可以想见,《新诗的创作与鉴赏》成书于 1982 年,时逢改革开放不久,的确打上了相对浓厚的时代烙印,一些观念显得陈旧,需要更新。

吕进前期诗学思想以《新诗的创作与鉴赏》为代表,《一得诗话》和《给新诗爱好者》等也在当时发生了相当程度的影响。吕进后期诗学思想以 1991 年出版的《中国现代诗学》为代表,《新诗文体学》的出版只早一年,诚恳地说,《新诗文体学》才是《中国现代诗学》的雏形和基础。吕进后期诗学思想还包括在诗歌界和学术界发生广泛影响的诗歌精神、诗歌体式以及诗歌传播媒介三大重建和新诗"二次革命"等以华文诗学名家国际论坛为形式的影响广泛的诗学活动,但体系性的理论建构却只体现在《新诗的创作与鉴赏》和《中国现代诗学》两本代表作之中。

‖ 二、吕进诗学思想的内视点转向 ‖

吕进诗学思想从前期到后期有一个由"抒情"说到"内视点"理论转向的过程。吕进前期诗学思想以"抒情"说为核心,他在《新诗的创作与鉴赏》中提出诗歌的本质是"情感的直写"的诗学命题,说:"诗是歌唱生活的最高语言艺术,它通常是诗人情感的直写。"而后期吕进从国外文艺理论借来了视点理论,提出"诗歌是内视点文学"的命题,将"抒情"说扬弃掉了。关于这次转向,吕进自己在他的《二十世纪下半叶的中国新诗研究》一文中给出了这样的说法:"文体学的中心是对于新诗本质的体认。1953 年,何其芳在北京图书馆举办的讲座上提出了著名的诗的定义：'诗是一种最集中地反映社会生活的文学样式，它包含着丰富的想象和感情，常常以直接抒情的方式来表现，而且在精炼与和谐的程度上，特别是在节奏的鲜明上，它的语言有别于散文的语言。'这个定义长期被词典和教科书采用，产生了广泛影响。20 世纪 80 年代以后，何其芳定义的完善性受到质疑。吕进、何锐、翟大炳都在首肯定义的科学性部分和它的历史作用的同时发表了不同看法。这些看法主要是：'精炼''想象和感情'不是诗歌的专利；诗是心灵性很强的艺术，它的审美视点是内视点，而不是外视点，和散文不同，诗与生活的'反映'关系是通过'反应'来实现的；诗与散文在语言上的区别不止于'节奏'，二者在语言上的区别不在语言，而在不同的语言方式；定义对现代派诗歌和后现代诗歌缺乏概括力。对于何其芳定义的讨论表明新诗文体学向着诗的本质这个'哥德巴赫猜想'的逼近。"[1] 如前所述，吕进后期诗学思想的代表作是《中国现代诗学》。吕进认为他在《中国现代诗学》中提出的新思想"突破了习见的'抒情'说"，在诗和现实的审美关系上，提出了"诗的内容本质在于它的审美视点（即观照方式）的新说"[2]。吕进抛弃《新诗的创作与鉴赏》时期的"抒情"说，而转向到《中国现代诗学》时期的"内视点"说，的确具有相当的诗学价值和理论意义。这种价值不仅为他自己津津乐道，也得到学术界的较多认同。可惜的是，学术界同时忽略了吕进前期诗学思想的巨大理论价值和实践意义，这正应了那个比喻，倒掉污水的时候将婴儿也倒掉了。蒋登科的《吕进与中国现代诗学体系的建构》一文完全忽略了吕进前期诗学思想的内核，所认可的是吕进转向后的诗学思想，他说："吕进是中国当代著名的诗歌理论家。他从理解诗歌作品和诗学精髓出发，通过对优秀作品和其他诗学主张的全面打量，以诗歌的视点特征、语言方式为核心，提出并建构了独特的现代诗学体系，即新诗文体学体系。吕进的诗学体系以新诗的内部研究为中心，将古今融合、中外交织，切近新诗的本质及其发展规律，是对中国诗学所进行的既求实又创新的推进。"又说："吕进的诗学研究主要属于基本理论研究，他把新诗史研究、诗学批评史研究和对当前诗歌创作的研究

① 吕进：《二十世纪下半叶的中国新诗研究》，《文学评论》2002 年第 5 期。
② 吕进：《中国现代诗学》，重庆出版社 1991 年版，第 20—44 页。

结合起来，主要探讨新诗作为独特的艺术样式的基本特征，形成了自己独特的诗学体系，即新诗文体学。"①熊辉的《西方美学观念的转换与中国现代诗学体系的建构——论黑格尔对吕讲诗学思想的影响》一文中所认可的也是吕进转向后的诗学思想，认为吕进完备的中国现代诗学体系有深厚的美学基础，其中黑格尔美学对他的诗学思想产生了深刻影响。文章就是从诗歌的视点特征、诗歌的媒介特征以及诗歌的分类标准等方面就黑格尔对吕进的影响进行探讨的。

吕进自己对他诗学思想的转向提出了几点理由。一是"视点"理论是对"抒情"说的一种突破。吕进的诗学思想比较能够与时俱进，他总在超越，既超越前人，也超越自己。"视点"理论顶替"抒情"说在吕进那里似乎是一种必然。二是20世纪80年代后期的吕进开始怀疑情感对于诗歌的本质作用。本来，《新诗的创作与鉴赏》出版的时候，有的学者针对他的诗歌定义即"诗是歌唱生活的最高语言艺术"提出疑问，觉得定义的后半句即"它通常是诗人感情的直写"可以删去。经过苦心经营，吕进发现了诗歌的"视点"理论，并且找到了抛弃"抒情"说的理由。吕进在《守住梦想——我的学术道路》一文中讲："抒情并不是诗歌的专属，而且有的诗歌并不抒情。"②吕进后期诗学思想有一宏愿，就是他提出的对于诗歌的新命题要能涵盖尽可能多的诗歌现象。他认为"抒情"说之所以过时，是因为它包含不了"现代主义"和"后现代主义"等先锋诗歌。三是，吕进认为建立在"抒情"说基础上的《新诗的创作与鉴赏》过时了，他义无反顾地抛弃了"过时了"的诗学思想，他要建立一种被称为"现代的，崭新的"诗学理论。

三、吕进前期诗学思想的合理内核

"内视点"理论转向后的吕进诗学思想的确在体系性和专业性上加强了，但"内视点"理论在体系性和专业性上的优势似乎弥补不了抛弃"抒情"说

① 蒋登科:《吕进与中国现代诗学体系的建构》，《西南师范大学学报（人文社会科学版）》2000年第5期。
② 吕进:《守住梦想——我的学术道路》，《东方论坛》2008年第6期。

本身所带来的缺憾。在笔者看来，直到今天，"抒情"说仍然包含着巨大理论价值和实践意义。吕进《新诗的创作与鉴赏》中对诗歌的著名定义特别强调情感本身的审美价值，认为诗歌常常是"诗人情感的直写"。笔者认为，"抒情"说作为吕进前期诗学思想的合理内核不能丢。"抒情"说并不是吕进独创的诗歌理论，翻开世界诗学史，可以发现，"抒情"说在西方曾经是浪漫主义诗学的核心思想，历时百年之久。中国新诗诞生之后，也袭用"抒情"说。郭沫若认为"诗歌的本职专在抒情"，后起的闻一多、徐志摩、艾青、胡风、亦门、何其芳等都承认情感对于诗歌创作的巨大美学价值。西方现代主义兴起之后，"抒情"说遭到颠覆，艾略特等主张"非个人化"，主张回避情感和个性。现代主义传入中国之后，中国一些现代诗人也学着"放逐情感"，提倡诗歌创作的智性策略。20世纪80年代中国的先锋诗歌兴起之后，尤其是在第三代诗人那里，"抒情"甚至成为禁忌。侯马提出"抒情导致一首诗的失败"的诗学命题，反对抒情，认为"抒情产生一大批千篇一律、面目不清的诗作。如果一个人想抒情，他决定写一首诗，我无法相信他能写出一首'诗'，洋溢的感情通常掩盖的是心灵的枯燥。"随着情感成为诗歌的禁忌，诗意也成为一些诗人战斗的对象。先锋诗歌的一些主张者否认诗意的美学价值，沈浩波在他的"下半身写作宣言"中叫嚣"要让诗意死得很难看"。吕进前期诗学思想当然不能涵盖先锋诗歌，笔者认为，这正是它的优点。事实证明，一些先锋诗歌走向了诗的反面、文学的反面和艺术的反面，应该受到诗歌"理想国"的放逐。回顾中国新时期诗歌的演变历史，可以发现，像谢冕、孙绍振这样早年支持朦胧诗崛起的诗评家，面对后来一些所谓诗人借用先锋旗号的胡作非为，也发出怒吼，叱责他们是"艺术的败家子"。的确，抒情并不是诗歌的专属，一些散文作品，甚至叙事文学也抒情，电影也抒情，但不可否认的是，情感对诗歌仍然有巨大美学作用。德国学者胡戈·弗里德里希在《现代诗歌的结构》一书中甚至将先锋诗歌的类型也命名为抒情诗，仍然不否认情感对现代诗歌发生的酵母作用。胡风认为，情感是一切艺术的酵母，谁扼杀了情感，谁就扼杀了艺术得以产生的生机。诗歌是艺术，诗歌离不开情感。吕进前期诗学思想的核心是"抒情"说，主张情感是诗歌的主要内容和直接内容，这些诗学命题在今天看来仍然包含合理内核，不可以全然抛开。说有些诗歌并不抒情，也许是对的，但抛弃"抒情"说，可能会像倒洗婴儿水时将婴儿倒掉一样得不偿失。

诚恳地说，"抒情"说的确不是关于诗的新颖的界说，记得抗日战争时期诗人艾青写出《诗论》在新星出版社出版的时候，文学评论家李健吾就说过"艾青先生的理论不会新颖"的话，但艾青《诗论》中言说出来的真理却受到肯定，"因为说实话，真理往往只有一个，不受时间地域限制"①。笔者写到这里，读者也许会问，既然"抒情"说不能丢，是不是吕进早期诗学思想就一点问题也没有了呢？当然不是，问题还是出在"抒情"说上。吕进前期认定的诗歌常常是"诗人情感的直写"有问题，问题出在"直写"上。因为诗歌作为艺术有自己的审美规范，诗是忌讳"直写"的，诗歌不能直抒胸臆。含蓄蕴藉要求诗人将他的情感客观化、外化、符号化，因此意象审美的问题就提出来了。中国古人提出情景交融的成诗模式，实在是太有道理了。其实除了情景交融的成诗模式，还有情事交融和情理交融的成诗模式，总而言之，诗歌的情感得找到自己的凝结对象。

侯马等人叫嚣的"抒情导致一首诗的失败"的谬论在诗歌界产生的恶劣影响应该消除，"一大批千篇一律、面目不清的诗作"不是抒情造成的，正是抛弃情感的抒发造成的。一个普通人的个性的体现正是他的情感，而诗人的情感应该更丰富，更强烈才对。

‖四、吕进前后期诗学思想的关联性和一致性‖

其实，应该在"内视点"理论和"抒情"说之间找到某种契合点，坚守和突破应该是一个硬币的两个方面，而不是彻底断裂。"内视点"理论当然反映了诗人和现实的美学关系，吕进说："所谓审美视点，就是诗人和现实的美学关系，更进一步说，就是诗人和现实的反映关系，或者说，诗人审美地感受现实的心理方式。"其实"抒情"说本身反映的何尝不是诗人和现实的美学关系，笔者认为抒发情感和内视点是同一回事，抒发情感应该就是内视点的合理内核，离开情感抒发谈内视点，只能是诗学上的形而上学。刘勰《文心雕龙》中说："人禀七情，应物斯感，感物吟志，莫非自然。"真正

---

① 李健吾：《李健吾创作评论选集》，人民文学出版社 1984 年版，第 555 页。

的情感的生发一定是人心跟外物即现实发生了某种关系，刘勰的"应物斯感"说从理论上解决了情感抒发和内视点理论之间的矛盾。其实，"审美地感受现实的心理方式"就是诗歌情感的生发方式。吕进提出审美视点的三种存在方式，即"以心观物（现实的心灵化）""化心为物（心灵的现实化）"和"以心观心（心灵的心灵化）"①，这三种方式应该都是诗歌的审美情感得以存在的方式。自然，《新诗的创作与鉴赏》时期的吕进面对诗歌情感未能从主体跟客体的审美关系入手来解决问题，在理论体系的构成上的确是一种缺憾，但理论认知上的缺陷并不妨碍创作中主客体审美关系自然而然地形成和生长。《新诗的创作与鉴赏》寓含的诗歌真理得到了成千上万的读者的拥护和尊重，它的经典性随着岁月的流逝会愈加明显地显示出来。笔者以为如果能够将"抒情说"和"视点理论"进行沟通，找到他们之间的关联性和一致性应该可以回避掉理论构建上的短板。

如果说"抒情说"有自己的局限的话，同样"内视点理论"也存在某种局限。吕进用视点理论对诗歌分类进行了某种可贵的尝试，遗憾的是视点理论析出的"漂泊诗"和"固定诗"两种似乎是奇怪的诗歌类型。吕进总结诗歌的视点特征时，提出一条"随意性"特征，这在笔者看来就未免随意。另外，在使用视点理论对散文诗和叙事诗进行阐释时，说服力上还不如《新诗的创作与鉴赏》中对诸多诗歌品种的阐释。吕进后期诗学思想过于在意理论体系的建构及其对一些新起诗歌现象的涵盖，对诗学真理和诗歌真相的言说相对减轻。诚恳地说，笔者更觉得"抒情说"亲切，"视点理论"暗含玄妙，有点远离读者的接受水平。此外，笔者认为，理论应该用于实践，《新诗的创作与鉴赏》的实用和通俗，从今天看来，反而是难能可贵的。而且《新诗的创作与鉴赏》本身的理论价值应该得到承认，笔者认为《中国现代诗学》的理论价值未必就超过了《新诗的创作与鉴赏》，因为理论价值本身要靠实践检验。2008年吕进在回顾他的学术道路时说："从现在来看近20年前的《中国现代诗学》，当然会感到它的缺陷，也会感到它对当下一些新的诗歌现象缺乏概括力。但是在我的学术生涯中，从《新诗的创作与鉴赏》到《中国现代诗学》，我感觉是有前进的。后者是在批判前者的基础上出现

---

① 吕进：《中国现代诗学》，重庆出版社1991年版，第20—44页。

的，似乎比前者更成熟，也更深入。"①从《新诗的创作与鉴赏》到《中国现代诗学》，的确有前进以及更加成熟和更加深入的地方，但《中国现代诗学》也有不及《新诗的创作与鉴赏》的地方。

值得一提的是，泰国诗人曾心花大量时间和精力从吕进大量的诗学著作中选编了一本《吕进诗学隽语》。这本《吕进诗学隽语》没有回避吕进早期诗学思想，选了大量《新诗的创作与鉴赏》中的诗学论断，笔者以为这很好地兼顾了吕进前后期诗学思想的关联性和一致性，值得肯定。

此外，笔者注意到，吕进近年来在一些文章或者演讲中似乎有一种从"视点理论"向"抒情说"回归的动向。2013 年 12 月 7 日，吕进在第七届南亚华文诗人大会提交的大会主题发言《东南亚华文诗歌的中国参照系》中讨论了诗的公共性等问题。笔者注意到了这一转变，吕进重提了诗歌的情感内容和意蕴，以及"诗歌的旨趣不是叙述生活，而在歌唱生活"②等早期诗学思想中的重要命题，令人倍感欣慰和亲切。

选自《当代文坛》2015 年第 2 期

---

① 吕进：《守住梦想——我的学术道路》，《东方论坛》2008 年第 6 期。
② 吕进：《东南亚华文诗歌的中国参照系》，《泰华文学》2014 年第 1 期。

陈良运与 1980 年代以来的当代诗歌

陈 卫 陈 茜

中国新时期以来的当代诗歌研究界，谢冕、孙绍振等先生在潮流之先，给朦胧诗推波助澜，吴思敬先生执着于朦胧诗之后的研究和推进，吕进先生在诗歌文体学上用功颇深，陈良运也是这个队伍中辛勤耕耘的劳作者，他的特色在于：由诗歌写作转为当代诗歌评论、诗歌基础理论研究，进而融入中国古代诗歌理论和中国艺术美学海洋。自 20 世纪 80 年代到 2008 年，他睁着为诗歌而生的眼，始终关注当代诗歌创作，参与当代诗歌理论与诗歌活动。

‖ 一、时代的前瞻 ‖

从热衷新诗的写作者到新诗的研究者，陈良运的这一转型发生在 20 世纪 80 年代，始自写作《试论艾青的艺术风格》①。

中国 20 世纪 80 年代初的诗歌研究界有着意想不到的寂寞。作为一个在读者视线中出走很久的诗人，重新回到诗坛，艾青在新时期有着独享的殊荣。但是 20 世纪 80 年代初期，对这一政治刚刚解放的诗人，评论并不热烈，人们对政治气候的转换显然没有适应过来。正如 1981 年，张光年对中宣部负责人所说"指导精神偏左，使文艺界伤了感情"②。一批从 20 世纪三四十年代走过来的诗歌研究者，有的不知下落，有的已改行离途，有的步入花甲。经历太多运动之后，老一辈的研究者们多已身心疲惫，再加上时代带来的美学趣味变迁，他们中不少人未能及时恢复创作和研究的机能。在《试论艾青的艺

---

① 陈良运：《试论艾青的艺术风格》，《文艺报》1981 年第 14 期。
② 郑纳新：《张光年与新时期的〈人民文学〉》，《文学报》2009 年 4 月 30 日第 12 版。

术风格》中，陈良运对"归来的诗人"艾青诗歌进行了热情而高度的评价："内容更深刻，诗意更隽永，艺术更成熟，诗人独特的艺术风格更鲜明了。"他还认为"对于真、善、美的青睐，对于假、恶、丑的白眼"，是艾青艺术风格的个性基础，"以冷峻之笔，出朴实之语，传激越之情"是艾青诗歌的表达方式。虽然现在反观此论，会觉得文字间透露着时代话语，还有一些政治型文人的评论掺杂其间，但是，文学批评正处在从意识形态中努力挣扎的年代里，陈良运的评论在当时比较醒目。因为他的评论中，显示出另一特色，使我们对他后来发生的研究转向并不讶异，那就是他在评论现代诗人现代诗歌时，总会自觉地将其与古代诗人和古代诗歌风格相比较。比如，他在艾青的诗歌中读出了杜甫式的"沉郁"，是陈廷焯在《白雨斋词话》中所说的"意在笔先，神余言外"，进而解释了艾青的沉郁之风是"内涵丰富、情深意厚""意境广阔、诗味浓郁"。较好的古典文学基础和个人领悟，得力于陈良运在中学、大学读书期间熟读古诗，积累了相当多的古代文论卡片资料和创作的经验。这也是陈良运这一代与 20 世纪三四十年代成名的诗人、学者卞之琳、冯至、钱锺书们不大相同之处。后者的成长得益于家学、师承和留洋，他们有深厚的中西方文化底蕴。陈良运是 20 世纪 60 年代的大学生，知识的政治化、立场的阶级化，使他们成为学者的步伐相对艰难。

20 世纪 80 年代空气中飘荡着的自由、生气、渴望，让郁积许久的年轻人都焕发生机。陈良运虽到中年，和当时的很多年轻人一样，带着一种初生牛犊的冲劲，在诗歌研究领域中大声歌咏。尽管声音没有经过特别修饰，就像一个山歌手，将情感尽量释放。随着日后他对中国诗坛发展的了解加深，对诗歌创作态势的观察和对诗歌发展的基本问题的把握，他的一些看法，经历了近三十年的时间考验，仍然显示出前瞻性价值。

贯穿诗歌研究始终的是，陈良运一直关注诗歌的时代意识，善于发现诗歌中反映的社会现象，并敢于大声表达自己的见解。

20 世纪 80 年代初期的文学冲破爱情禁区，当张弦的《被爱情遗忘的角落》等表现爱情的小说在争议中脱颖而出时，陈良运发表了《说爱情诗》①系列论文，他从舒婷的《致橡树》、林子的《给他》等诗中看到了新的时代精神

---

① 陈良运：《说爱情诗（一）》，《诗探索》1981 年第 2 期。陈良运：《说爱情诗（二）》，《延河》1982 年第 4 期。

和社会功能，并指出爱情诗不是色情诗。在刚刚开放的年代里，他较早把外域爱情诗引入大陆，借用香港诗人何达的爱情诗来强调当代爱情诗在修辞上也需出新，"新的爱情诗作需要寻找崭新的形象，开拓新的意境，写出前人未道及也不能道及的东西"。

20世纪80年代中期发表的《中国新诗与现代意识》[①]中，陈良运指出中国新诗发展的历史及现状，阐述新诗与现代意识的关系。对时代精神的看法，他提出不能因为经历了左的时代，就简单化对待，"时代精神有着异常丰富的内涵，它表现为一个时代里全体人们思想意识的总体流向，汇合并升华人们在一个特定的历史环境里，在有所界定的时、空领域中，所产生的喜、怒、哀、乐、惧、爱、恶、欲的情绪与情思"。

现代社会中的民歌存亡问题是陈良运第一次引发诗歌界争议的观点，出现在1982年的《关于新诗问题的思考》[②]论文中。他从社会发展的角度论证并预言"随着社会不断向前发展，科学文明程度的不断提高，真正意义的民歌，即口头辗转流传的民间歌谣也必将消失。到将来的某个时期，民歌将像神话一样，作为历史上的一种艺术魅力而存留下来"，"民歌将不得不自我淘汰"。中国当代诗歌史上曾有过大型的民歌运动，全民写民歌看上去是盛景，20世纪50年代以来的民歌情结还在当代人心中活跃，不少读者一时不能接受民歌衰亡的观点。在《"民歌为什么会衰落和消亡"——致友人书》[③]中，陈良运借用车尔尼雪夫斯基《不同民族的歌谣》一文继续谈到民歌消亡的理由，"知识阶层出现了，文人诗产生了，民歌就失去了它作为全民性诗歌独一无二的地位"。"纵观民歌发展和传播的历史可以看出：民歌是从全民性诗歌降而为农民和小市民的歌的，可以预料，当农民和市民作为一个阶级或阶层也消失了，民歌产生的最后一块土壤也消失了。"他继而反问："当一个民族的知识水平普遍提高、物质文明和精神文明高度发展的时候，不会又出现另一种为全民族所能接受的新民歌吗？"他的回答是否定的："人人都有了一定的写作能力，人们欲表达自己的心事就不会再用口唱耳授的办法，而是将用文字把自己要表达的记录下来，这样，一开始就成了用文字固定下来

---

① 陈良运：《中国新诗与现代意识》，《文学评论》1988年第1期。

② 陈良运：《关于新诗问题的思考》，《诗探索》1982年第2期。

③ 陈良运：《"民歌为什么会衰落和消亡"——致友人书》，《江西文艺界》1984年第3期。

的个人创作。他有一定的文学修养，也能对作品进行修改，不需要流传开去让众人加工了。这种个人自觉创作的意识，取代了以前自发创作的意识，真正意义的民歌就失去了发源之地。"时隔二十六年，文化生活的日益丰富，流行音乐的普及，民歌的命运不幸被陈良运言中。这些看法力图促使人们要站在时代的角度，冷静思考诗歌来源和诗歌体式的演进。

民歌既然会消失，那么民族诗歌如何发展？陈良运对此也做出了预测。1987 年他在《民族诗歌艺术的精魂——乡土诗歌漫议》①中说道：在部分新诗现代化乃至"洋化"色彩日趋浓重的形势下，乡土诗歌以其具有泥土气息的本色呈现于中国诗坛，形成一种艺术的反差，正是诗歌领域不可缺少的一种"互补"现象。他提出现代的乡土诗人需要用现代审美意识去观照一切具有传统意义的审美对象，发现其现实的美学意义，并可以用现代的形式与技巧将它表现出来。将我们民族深厚的文化积淀中具有审美价值的东西通过诗化处理呈现于现代世界，以期在没有泯灭民族本性的中国与世界范围内的读者群中，产生审美互补或参照的"共时效应"。

陈良运不主张过分强调诗歌的流派意识。在研究者论证朦胧诗派别是否存在的时候，他着力探讨这种诗歌现象的特征和源流，先后写下《当代新诗艺术的意象化趋势》②《说意象"朦胧"之源流》③等文对朦胧诗现象进行美学本质探讨。在诗坛纷纷为"第三代诗"兴奋高呼或大声责贬之时，他于《应该有公正的评价和取舍——〈现代诗群体大展〉诗论漫评》中发表了个人之见：反对把最近几年出现在报刊上的新诗作者，一律称为第三代诗人。反对一概肯定或一律否定，反对一律称为诗人。他认为泛称"第三代"，也可能就淹没了真正有希望成为新一代诗人的那些不喜欢挂牌呐喊，而且在默默地探索和耕耘的青年。现在来看我们的当代文学史，谈到"第三代"诗人时，定义语焉不详，只是大致说是在艾青第一代、朦胧诗第二代之后的诗群，也有称"后朦胧""先锋诗""前卫诗"，20世纪90年代末又分化出"民间立场诗"和"知识分子诗"，另又派生出"六十年代出生诗人""第三条道

---

① 陈良运：《民族诗歌艺术的精魂》，《乡土诗人》1987 年第 9 期。

② 陈良运：《当代新诗艺术的意象化趋势》，《文艺理论家》1986 年第 2 期。

③ 陈良运：《说意象"朦胧"之源流》，《诗歌报》1992 年第 6 期。

路"等诗歌、流派性名词，并无诗歌本身的共同特点，而是概念的绞缠。陈良运在1987年发表的这段文字表现出其站在公正立场的诗歌评论者态度。

的确，所谓的"第三代"以多元态势发展。其中不乏诗人热衷话语优势，以"乱世出英雄"的姿态在诗坛行动。他们反对既成的一切，片面理解传统，认为诗一定要背离"言志"与抒情，也不需要道德和精神，诗歌不过是大众狂欢的方式而已。面对诗歌向低俗化滑落，陈良运于1988年底完成的《论诗与诗人的精神现实——兼谈昌耀的诗》中表示：中国诗歌有着表现忧患意识的传统，面对当代中国的现实情况，要在诗中净扫忧患意识，恐怕也同"跑步进入共产主义"一样荒谬和可笑……既无是非感，也无耻辱感，义愤、悲壮、崇高、伟大等感情变得罕见，这些表现，并不是诗的素质增强的表现，恰恰是诗的素质日益降低、日益贫乏的表现。陈良运从诗歌狂欢论者中看到了矫枉过正的严峻。直至进入20世纪90年代，这种现象在文艺界愈演愈烈，学者们不得不在全国范围内自觉提出展开"人文精神大讨论"。

新世纪之后，应《中华诗词》编辑的邀请，沉迷于中国古代诗论中的陈良运，为了推进作为国粹诗歌的中华诗词在当代发展，立足时代立场，2002至2005年期间，他发表了多篇文章。他认为：当代诗词虽然有很多人在写，但没有受到重视。"中国诗词"至今没有进入任何一部现当代文学史，可能是因为它长期戴着一顶"旧体"帽子的缘故。大学课堂只评述论析新体文学作品而置同时代人创作的"旧体"文学作品于不顾。他主张中华诗词与现代汉诗竞争、发展、共同繁荣。同时也尖锐地指出当代诗词写作现状"量与质的比例悬殊，滥、俗、滑、浅比较普遍地存在"，外部评论几乎没有，而内部的评论鲜见透彻骨髓的针砭，唱和抬高多，由是提出"中华诗词"迫切需要建立纯正的美学批评，当作传世之业对待。时代感，是陈良运观察事物的一个角度，同样，对于中华诗词所表现的内容，他主张写"见古人未见、感古人未感、写古人未写"的诗词①，还提出"中华诗词要突围""从古人的圈子里走出来"②。在《话说"活色生香"》③一文中反对复古、拟古、仿古之

---

① 陈良运：《见古人未见、感古人未感、写古人未写》，《中华诗词》2003年第4期。
② 陈良运：《从古人的圈子里走出来》，《中华诗词》2004年第6期。
③ 陈良运：《话说"活色生香"》，《中华诗词》2004年第6期。

道，特别指出活色生香是"当代诗词美学一个很重要的课题"。活色生香，是谓诗的语言、意象、意蕴鲜活清新，诗词要有诗人生命的搏动，有浓郁的生活气息，有清晰的时代感，有新鲜的韵味。这一系列文章发表，引起很大的反响。有人对陈良运言及当代诗词没有进入"当代"文学史表示异议。毛泽东诗词虽然被某部《当代文学史》①谈到过，但该篇是以其领袖身份进入，对毛泽东和其他领袖的诗词分析，基本上专谈政治性内容。而事实上的确是，自新时期以来，中国当代词人创作的旧体诗词，为当代诗歌研究者忽视。当代诗歌的研究者大多在关注探索性作品，或追踪著名诗人，强调当代中华诗词需引起专业研究者的注意，应是陈良运的初衷。当代诗词选择"活色生香"还是选择"古色古香"，也发生过较大争议。显而易见，陈良运重视文艺的时代性。他并不反对诗词旧的创作体式，而是强调随着时间的变化，人们的生活方式和表达话语也在发生变化，文艺作品只有表现当代人们的所思所想，才有其存在价值，才能保证文艺创作的继续性和可能性；只有保持独立个性的创作者意识到"活色生香"，才能使诗歌在当下焕发生机。由此可见，陈良运所提出的诗词当代化，应该是一个值得肯定的命题。当意识当代化和形式的传统化结合在一起，具有中华民族精粹的诗词才有可能产生新的生命价值。

为探讨与时代意识相关的诗学问题，陈良运从诗歌的写作群体、阶级属性、性别属性、语言特性、轰动性等角度，对 20 世纪 80 年代的诗歌进行了多方位考察，试图解决 20 世纪 80 年代诗歌作者与读者在创作和接受中存在的困惑。他先后写下了《诗，期待着新的崛起》②提出诗歌应建立一种"新的效应结构"，即以建立实验诗群和常规诗群，保持当代诗坛的生态平衡。作为前卫的实验诗，以种种前所未有的姿态充分展现出来，而常规诗群，顾及当前读者的接受需要和接受能力，取得较大范围内的持续效应乃至轰动效应。在《"贵族诗"说异议》③中，他继续强调前卫实验与常规诗歌存在的必要性，

---

① 刘文田等：《当代中国文学史》，河北大学出版社1991年版。其中的第一章第八节谈及"旧体诗词"，论领袖诗词为主。陈良运对毛泽东诗学观和诗词有过研究，可参看《毛泽东诗词的意象化世界》和《毛泽东的诗学观》，分别见《江西社会科学》1989年第6期和《创作评谭》1992年第2期。

② 陈良运：《诗，期待着新的崛起》，《诗刊》1989 年第 12 期。

③ 陈良运：《"贵族诗"说异议》，《星星》1994 年第 6 期。

而强烈反对诗歌的阶级划分。《生命意识、主旋律、使命感》①中，他认为诗是诗人生命意识的表现，然而在某些场合下被不同程度地歪曲了，他不满于将诗人当作上帝的使者，诗是发挥神性创作的观点，他主张诗人对社会的承担。《漫谈女性诗歌》②中谈到虽然当今女性诗人不喜欢女性诗歌这一概念，但是，女性诗歌却表明了作为一个文学现象引人注目，表现了女性独特的意识。《艺术创造的应时性与永恒性》③中反思"文学失去轰动效应"的问题，他考察了文学史产生轰动效应的几类作品，指出轰动效应与艺术作品的生命力不能画等号，启发作者处理好应时与永恒创作的关系。

‖二、立一家之说‖

　　当代诗歌的文本与文体特征的变化，是陈良运在当代诗歌评论中意识到需要阐明的重要内容。为此，在评论之余，他投入了更多的精力，对当代诗歌本体进行了多方面的研究。1981 到 1985 年间，他完成了有关新诗发展问题的系列论文，有《关于新诗形式问题的思考》《论自由体诗》《试议格律体新诗发展的前途》《关于新诗的感情境界》《当代新诗艺术的意象化趋势》等。由于研究论题在 20 世纪 80 年代都属前沿性课题，成果发表在权威研究刊物《文学评论》《诗探索》《新文学论丛》上，这些文章对当代新诗发展方向产生了较大的影响。

　　在《论自由体诗》④中，陈良运指出自由体诗带有世界性的倾向，在中国有过三次发展。第一次是在经历了五四新文化运动后，自由体被朱自清排在了首位；第二次自由体的兴旺发生在抗日战争时期；第三次是新时期。陈良运还调查了《诗刊》连续五年的发表情况，证明自由体诗成为中国当代诗歌倾向。在该文中，他概括了自由体诗的特征，"自由是格，感情是律"，强调自由体的民族化风格，并建议从古典诗词和民歌中吸取养分。

----

① 陈良运：《生命意识、主旋律、使命感》，《诗刊》1991 年 8 月。
② 陈良运：《漫谈女性诗歌》，《百花洲》1990 年第 4 期。
③ 陈良运：《艺术创造的应时性与永恒性》，《文艺理论家》1991 年第 12 期。
④ 陈良运：《论自由体诗》，《文学评论》1984 年第 2 期。

《试议格律体新诗的发展前途》①中对格律体在文学史上的意义进行了肯定："格律化的诗歌语言，体现了这一民族语言发展的自然生态与人工创造结合之美，并显示了这个时代的语言可能达到的最高的审美风范。"在这篇论文中，总结了格律新诗具有传统的审美情趣：诗的形式美、语言的精炼美和音乐美。还指出新格律体的探索得失，对闻一多、何其芳、郭小川、胡乔木等人的新格律尝试进行评说。他认为新格律体在内容与形式上有矛盾，发现"格律体与非格律体，跟诗人的心理气质、创作时的临场情绪，甚至年龄有关"。他借鉴心理学知识，将诗人气质分成可塑性与内倾性一类与情绪兴奋性与外倾性一类。前者长于写律体，后者擅长自由体。青年人感情容易冲动，不太愿受格律束缚，中老年后，思想趋于稳定，感情日渐深沉，情绪状态容易与格律的节奏感呼应、合拍。从这些观点中可看出，陈良运在文学研究的方式上，有了更为系统、深入的探讨，借用其他学科的知识，于文学史中和文本内外，探寻自己的答案，成为一家之言。

从诗歌评论、诗歌体式，进一步到诗歌内涵上的探讨，从意象到意境、情境、从主题思想到诗歌多义的论述，他有过与教科书不尽相同的论述。1986年发表在《文学遗产》第四期的《意象、形象比较说》，从中国古代典籍中寻找到最早关于形、象的原始资料，由此对意象与形象的概念演变进行中西方比较，指出二者之间的外观之相与内观之性不同，以意象构成境界的诗，更为含蓄蕴藉，余味无穷，具有多义性特点。"真实于客观的形象化显现，有着明晰的确定性，虽然内蕴甚丰，意向却有定指；虽不失于含蓄，也往往是有定向的'余味'。"这一阐释对理解当代诗歌的复杂性提供了理论上的依据。在《意境新探》②中，他认为"意境"即"意中之境"，有情境和物境之分。通过引用林琴南、郑板桥、苏东坡等人的意境、绘画之说，辨析了王国维的造境与写境之意，并联系西方文论，从别林斯基和歌德那里找到了相对应的学说，从而指出：意境之境，是艺术家个性风格与时代、社会精神的结晶体，它完全脱离了客观物境而独立存在于艺术王国里。在20世纪80年代中后期，接受美学开始在中国流行，而在20世纪80年代初，陈良运自觉

---

① 陈良运：《试议格律体新诗的发展前途》，《江西师范大学学报》1985年第4期。
② 陈良运：《意境新探》，《江西师范大学学报》1984年第2期。

地意识到读者与作品接受的问题，他认为"意中之境是否成功，还要看它能否转化为读者的意中之境"，由此探讨了读者与文学欣赏的关系，完整地阐释了艺术家如何创造富有个性特色的意境，读者如何感受等由创作到接受的整个过程。

1988年发表的《中西意象流变探》①中，陈良运采用材料证实与比较分析的方法，针对20世纪80年代朦胧诗出现的意象写作的特征，辨析意象之说的来由，阐释西方意象与中国意象之说的差异。指出在意象的美学结构、美感效应和呈现技巧上中西有共同之处，在意象的作用、意象态势和"境"与"象"的表现力度上，存有一定差异。

在丰富资料的支持下，陈良运试图对教材中陈旧的文学理论术语进行清理。1986年发表在《当代文艺探索》第五期的《"主题思想"异议》②指出，"文艺学概论"之类的论著解释"主题思想"，基本上还沿用20世纪30年代以来的苏联的文艺理论教程，其概念内涵是狭义的，不能涵盖古今中外已有的文艺现象，难以使丰富而多义的作品就范。他认为强调领会"主题思想"，不符合读者审美欣赏的规律，而是主张以倾向取代主题思想。1987年发表在《上海文论》第四期的《"现实主义"文学观念之重整与更新》③也是对教科书发出质疑。陈良运以古代创作和文论为例，指出"中国古代的文人不太重视客体真实的再现，而是注重情绪的抒发与表现"。在新时期，抒情文学应重视主体的真实，表现诗人自我感觉的真实，审美理想的真实，与传统现实主义创作方法是分道扬镳的。他强调传统的中国现实主义文学理论需要重整与更新，才能解释中国自己真正的传统文学现象。

陈良运强调术语的辨别，也强调文学观念的承接。在《新诗理论建设对古代诗学的承接》④中他提出新诗理论应是"一个篱笆三个桩"：总结新诗发展教训，提升具有高层次美学意义的文体理论、创作理论和鉴赏接受理论；大力开掘古代诗学遗产，熔铸出富有中国民族特色的新诗理论；全方位参照

---

① 陈良运：《中西意象流变探》，《文学研究》丛刊1988年第5期。
② 陈良运：《"主题思想"异议》，《当代文艺探索》1986年第5期，《新华文摘》1987年第1期转载第三节《以"倾向"取代"主题思想"刍议》。
③ 陈良运：《"现实主义"文学观念之重整与更新》，《上海文论》1987年第4期。
④ 陈良运：《新诗理论建设对古代诗学的承接》，《文艺理论研究》1992年第4期。

和有所鉴别地吸取西方现代诗论中对中国诗学有所超越的部分。他指出"本于心""无外之境""无迹可求"是古代诗学留给当代诗学的经验。

相对而言，探讨诗歌美学的文章也不少。有借鉴气质和身体理论探讨的如《谈诗的阳刚美与阴柔美》《新诗的健美》《诗的平庸与挺拔》，有对诗歌形式美学进行阐述的，如《自由体诗审美谈》《话说短诗》《"无技巧"漫语》《自由体诗无韵美》等。针对诗歌创作者素养的论文有《谈诗人的才、识、胆、力》《忠实自我与超越自我》《诗与童心》①等。

20 世纪 80 年代大陆文学的发展，被文学史家认为数年走完了西方数百年的历程。中国读者其时还未从传统诗歌的阅读习惯中走出来，陈良运这些关于当代诗歌本体方面的论文，较好地为转型期的中国诗歌接受者提供了理论依据，起到了引导作用。

‖三、融融相生的诗和学‖

还是回到《试论艾青的艺术风格》这篇评论上来。

时隔二十余年，陈良运在研读了艾青的全部著作之后，再次对艾青诗歌进行评论。2002 和 2004 年间，他在《诗探索》先后发表了《诗的使命与诗的美学》②和《诗是自由的声音自由的笑》③。在这两篇论文中，陈良运把艾青放在中国诗学的范畴中，对他的诗学继承与诗学创造进行评价，探讨了自由诗与艾青性格的关系，揭示了艾青由灵感—形态—意境形成的不同于理论家思辨的创作逻辑，并用理论性语言对艾青提出的"散文美"进行高度概括："散文美"是"自由诗"由"意境"到"形态"，即由内而外的整体审美观，美不只是形式等等的自由，本质在于"诗的精神的自由"。文章还提出艾青的诗学思想灵魂是"真"。在写作中，他充分发挥了思辨能力与比较能力。比如探讨"真"，陈良运提出：生活之"真"如何判断？感情之"真"如何把握？艺术之"真"如何表现？接着由艾青的论述中提炼观点：生活之"真"是生活酿造的酒，感情之真是"纯真"，有"高尚的意志和纯洁的灵魂"，

---

① 以上论文见陈良运：《新诗的哲学与美学》，花城出版社 1989 年版。
② 陈良运：《诗的使命与诗的美学》，《诗探索》2002 年第 3、4 合期。
③ 陈良运、陈茜：《诗是自由的声音自由的笑》，《诗探索》2004 年秋冬卷。

反"庸俗"和"虚伪",艺术之真就是"说真话"。通过与古代诗论中的"真"相互印证,陈良运指出"中国传统诗学已言之凿凿的'真',在艾青诗论中被承接,有了全面的发扬,这是艾青诗学思想的灵魂,因此也可以说是 20 世纪中国诗学的重要遗产"。这两篇论文在学理性上比《试论艾青的艺术风格》一文增强,但是时过境迁,它们远远没有《试论艾青的艺术风格》所生发出的强烈的人生戏剧效果。

人的一生,偶然与必然云起风生,一次机遇常常改变人的一生。就在这篇《试论艾青的艺术风格》的评论在《文艺报》发表以后,中国的诗歌权威刊物《诗刊》理论组的同仁看到了。于是,陈良运在 1981 年底被邀请到北京参加《诗刊》社的一个读诗评诗会。这个会只有四个人参加,来自全国各地,在当时都不是名人的四个诗歌爱好者。这一切陈良运在一篇纪念《诗刊》出版三百期之约而写的《小关之忆》①中谈到。一种选拔人才的自由机制给了陈良运这个意想不到的机会。由此他得到阅读 1981 年全国优秀新诗的机会,还结识了一些有学识的诗人和学者。在一次座谈会上,老诗人邵燕祥的讲话改变了他以后的方向。"不但要研究中国古代诗歌理论,也要系统地研究外国诗歌理论,比较中外诗歌理论的同与异,探讨中外诗歌艺术共同的东西。同时还注意研究历代和当代诗人的创作理论著作,总结他们的创作经验,从中找出新诗发展中有规律的东西","建立科学的、有实践意义的中国诗学"。

在此之后,陈良运渐渐将诗歌创作上的兴趣转移到学术上来,由一个诗学问题拓展到另一个诗学问题,在解决问题的过程中,他先后出版了关于新诗诗论集《新诗艺术论集》《新诗的哲学与美学》《论诗与品诗》等。20 世纪 80 年代中后期,中国当代诗歌界评论与创作有了脱轨迹象,评论家的"缺席"和"失语症"成为大众调侃之词。寻找本民族的诗歌语言,整理中国诗歌学说,成为陈良运决心潜入中国古代文论的初衷。他试图勾勒中国古代文论的理论系统,建构了后来引起学界注意的《中国诗学体系论》《中国诗学批评史》,写作了诗学概念史专著《文与质·艺与道》,阐释了《周易》与《焦氏易林》中所蕴含的诗性本质,诞生了《〈周易〉与中国文学》和《焦氏易林诗学阐释》,

---

① 陈良运:《小关之忆》,《诗刊》1994 年第 7 期。另注:陈良运保留了《诗刊》社创刊以来的所有期刊,晚年还打算研究这一对中国新诗发展走向产生重大影响的诗歌刊物。笔者认为此举应该怀有建设中国新诗的责任感和个人深厚的感情。

《文质彬彬》《美的考索》《中国艺术美学》等著作使他得以跨越古代文论山峰，通向广阔的艺术世界，更显示他"老骥伏枥"的勤奋和钻研。在研究的同时，陈良运还编辑整理了《中国历代诗学论著选》《中国历代词学论著选》《中国历代赋学、曲学论著选》《中国历代文章学论著选》等资料。因陈良运的著作在古代文论界影响日盛，他的学说，曾被钱中文概括为"五""四"说。

创作或许靠天分，而当兴趣从创作转移到学术研究的时候，这时天分不够用，而是需要更多的知识积累，更需要勤奋加悟性的综合。从评论艾青的诗歌到对诗歌意境进行中外古今的诠释，陈良运迈出了从写诗者、诗评者到学者的一步。他从未因为是一个远离文化中心城市的诗学研究者而却步。凭着他的用功，与钱锺书、钱中文、王运熙、王水照、杨明照、陈谦豫、罗宗强、徐中玉、陈伯海、蔡锺翔、董乃斌、丁国成、朱先树、谢冕、吴思敬、郑敏、叶舒宪、曹顺庆、吕进、袁忠岳、骆寒超、胡晓明、曹旭、蒋述卓、蒋寅、宋垒、王能宪、卢盛江等中国学术界不同年龄的学者建立了师友联系，与艾青、臧克家、流沙河、公刘、公木、张志民、牛汉、郑敏、韩笑、舒婷、周伦佑、许德明、阿吾、熊述隆、胡辛、张品成等诗人文人书信来往或见面切磋，与弟子交谈，不知名读者的来信，都使他挺进诗学领地的信心增强。他的世界从此广大。

在研究和整理中国诗学理论的同时，陈良运还参与了中国新诗界的一些活动。如在当代诗学著作中，有研究者提到 20 世纪 80 年代诗派中，除"传统派""崛起派"，还有一个"上园派"[①]。陈良运虽然从不在文章中强调他与这一诗派关系，实际上，他也是当年在上园饭店开会的成员之一。那时的陈良运正因为对新诗问题进行研究引起诗歌界注意，被《诗刊》社再次邀请到北京，住在北京的上园饭店，与当时一批新锐评论家吕进、袁忠岳、阿红、杨光治、叶橹等一起读诗评诗。他不想强调自己的流派背景，是因为他不想被派别的思想给局限住。1988 年 1 月，他参加了中国作协举办的全国第三届（1985—1986）新诗（诗集）评奖的初选工作，在他的举荐下，《昌耀诗集》获得提名，昌耀诗歌的独特风格更引起了诗歌读者的广泛注意，吉狄马加的诗集在最后的增补名单中由他推荐，最终获奖[②]。他多次参加过国际性或全

---

① 古远清：《谈"上园派"》，《中外诗歌研究》2007 年第 2 期。
② 以上情况来源于陈良运与笔者的交谈。

国性诗歌研讨会，提交新诗研究论文，发表自己对当代诗歌的意见。1988 年 4 月，在《诗刊》社组织的运河笔会中，陈良运对"非非"诗歌出现的思维结构和思维方式变化表示极其关注 ①。1996 年在武汉大学举行的华文诗歌国际学术研讨会上提交《试论当代华文诗歌的语言问题》② 论文，对当代华文诗歌语言中出现的缺乏高层次的语言锤炼、语言紊乱、平庸和失语症提出批评，认为"运用本民族语言把诗作到'不可译'或难译的程度，这诗才获得译介成他种语言的价值，才充分显示本民族语言的光彩"。为普及当代诗歌，他还撰写过一些新诗鉴赏的文字。如一次参与吴奔星教授主编的《中国新诗鉴赏大辞典》的审稿、定稿工作，在一堆诗稿中，他为夏宇的《甜蜜的复仇》所吸引，将其较早传播给当时诗歌营养单一的大陆诗歌读者。

2000 年由赣入闽之前，在江西师大语言文学研究所担任所长的陈良运，一直兼任江西省诗歌创作委员会的主任。在他的参与下，每年江西省文艺界在谷雨节气的那一天，召开谷雨诗会。来自江西各地怀有诗歌想象的诗人们聚集一团，交流诗作，陈良运的《红土地上绿意弥漫》中曾书写过江西诗歌的特点。新时期后江西诗坛涌现的老中青年诗人如李耕、郭蔚球、李春林、帅珠扬、徐万明、熊光炯、唐恒、程维、朱光甫等，都曾得到他的极力肯定和鼓励。赣南和粤北，留下过他讲授诗歌的声音。五月诗社的诗友们，一定还记得他曾经说过"如果说，珠江三角洲创造了新时期的经济奇迹，那么粤北山区则创造了新时期的文化奇迹！"③

20 世纪 80 年代是中国新时期以来一个自由的时代，时代转机给了陈良运事业的转机，也让他和时代一起，与中国当代诗歌有了同步前行的机会。

2009 年 5 月

选自《诗探索（理论卷）》2009 年第 3 期

---

① 陈良运：《两种诗歌观念与两种价值取向》，《文学评论》1989 年第 4 期。
② 陈良运：《试论当代华文诗歌的语言问题》，《南昌大学学报》1996 年第 4 期。
③ 唐德亮：《山海相约诗文生辉——珠江文化论坛暨第二届红三角诗歌节侧记》，《清远日报》2006 年 7 月 13 日 B4 版。

我距离老师多远

高立宪

朱先树老师为我的第二本诗集写序时，我尚未认识他。杨光治老师多次向我夸赞他人品、文品好。但我寄稿过去时还是怕他不理睬，他毕竟是个名人啊。然而，一个月不到，便收到他的序文，信短但热情，解释信迟复原因，有电话号码，欢迎我来京。

鸿雁传书，礼尚往来。我不断地寄稿过去，他总是每信必复，既鼓励又中肯地批评。

"你的几首诗，可读都在于立意，而在艺术表达上，除了目的性外，灵动性似还弱些，把新锐的东西表现得较为平实了。"

"诗思还要广阔些更好，精巧的工艺品是美，宏伟的建筑设计也是美，二美同在，但功利的选择是在后者。这不是要你改变什么，而是要你理解美的相对存在性及其价值不同。"

"潜心于自己的写作，广涉博取，但不要太在乎别人的眼色，否则太累，也难于成就自己。神经纤细会对周围事物敏感，酿成艺术的香醇，但过于纤弱则是会受伤的。"

他的谆谆教导给我极大的鼓舞，使我相信他便是上帝派来做我老师的人。1998年9月，我等来了上京的机会。火车清晨5点到京，我打的到他家楼下时，天刚刚亮，不敢太早上去打扰，便把行李箱放在石凳上，在花园赏花。玫瑰开在清晨，更加娇艳美丽。我扶花闻香，独自享受浪漫。而当我转身，发现行李箱不见了。

行李箱里装有我去开会的资料，一般人得到是垃圾，但对我很重要。所以，初见老师，来不及打量他，我便开始哭诉遭遇。他马上陪我下楼寻找，转来转去，问了好几个人，又往附近的巷子里窜。东西当然找不回，但我渐渐地平静了，老师有让人宁静的魅力。他清瘦、清高，声音清亮，额上的皱纹像溪流。他亲切、谦逊、温和，使我觉得他像亲人，而不是什么名人。他买来早餐，让我先吃。我的鞋坏了，领我去补。啰唆地介绍附近的旅馆，让我选择。夜晚我从他家出来，定要送我。我只顾说话不看路，常被他提醒前面有柱子，有积水，有石阶。

可能因我尚存几分稚气，也可能出于对我的同情，不仅老师，连他的夫人李宝云阿姨也对我很好。不管三七二十一，他们宽容关爱，我便更无拘无束。我们很快便熟悉起来。我喊老师不带姓，好像我是他唯一的学生，他是我唯一的老师。同样地，姨也像是我一人的，若别人也简称她为"姨"，我会嫉妒。我喜欢这甜蜜的错觉。姨与我母亲同龄，性格也颇相似，有几分阳刚之气，而我与母亲不能沟通却能与她沟通，她能传达给我人生的经验，我对她更多一分敬意。在姨面前，我更容易忘记老师是名人。

我第二次上京，买一把青菜便登门。而姨说："你还是客气了，朱江（朱江：老师之子）回来，从不买东西，只说妈——，我想吃什么什么。"第三次，索性住在他家，霸占书房。我回到珠海仍常打电话"骚扰"。熟悉后，老师也不客气，常常责备我性格大大咧咧的，处世无经验，不敢交际，见识面窄，批评我过于情绪化，以及我的理想主义。而我总顶嘴辩白，一反击便滔滔不绝。最后，总是他以沉默的方式挂出免战牌，一副大人不记小人过的姿态。待我冷静，哪怕暗地里承认他对，表面我也不认错。我有点"欺负"老师脾气太好。姨最爱看我与老师"吵架"，她好做公正的法官，时而替他说话，时而又庇护我。姨熟透了老师的思维方式，能对他的长篇大论做简单明了的概括。

热情能干的姨是家长，好像太阳，把家里照得温暖光亮。可爱的小孙女像月亮，给家人以温柔的心情。在家中，老师没地位，但最幸福，不用操心，想写作就进书房去。他不懂逗小孙女，只会握住她的手说："来，让爷爷亲亲。"厅中对着电视机的柔软的长沙发是姨的专座，她身体不好，躺在上面还是不太舒服，但是安稳。假若老师先坐在沙发上，姨一出来，他便马上让座。一起散步时，当姨增生的骨质又引起疼痛时，他会停下来替她捶背。宽敞的书房是老师的，六七个书柜摆满了整整齐齐的书籍，大部分是诗集，像一排排列队站岗的士兵，等候首长来检阅。而同样是编审的姨，常年在卧室里的写字台上看稿，光线不足，靠近厅中电视机，常常是刚放下家务拿起书稿，未看几页，门铃或电话又响。据我观察，他们一点也不懂浪漫，但长期以来相濡以沫、共甘同苦、互敬互爱所建立的深厚感情，却令人不能不为之动容。

老师从人民大学毕业后，分配在文化部艺术局工作。那段时间他最大的收获应该是与姨结婚，他内向温和，稳重沉静，姨开朗豁达，果断干练，一个学中文，一个学戏剧，互补又同道，简直是天仙配。

1971 年，"文化大革命"后重新分配工作，他去商务印书馆哲学编辑室研究西方哲学。这段经历把他的世界观修炼得更加笔直，他总是辩证地看问题，冷静又客观，这为他后来长于对诗坛作全景式关照打下扎实的基础。1978 年起，他在《诗刊》社搞理论编辑，二十多年来，写了大量评论文章，对新时期中国新诗的现状和发展趋势进行探索。他是"上园派"诗评家的代表之一，其他有阿红、吕进、杨光治、叶橹、袁忠岳等。他们主张稳健的开放，尊重诗歌创作的艺术事实和新诗自身的文体规律，对新诗文体规律的总结和新时期诗歌创作与研究产生了重大影响。当年，左右不讨好地结束了有关朦胧诗之争的持久战。老师还长期负责《诗刊》刊授工作，扶持了不少新人。翻开他的著作目录，便可见到诗坛上熟悉的名字：叶延滨、林希、李钢、傅天琳、李松涛、李自国，赵恺、韩作荣、胡鸿、华舒……好一片美丽的花。

老师身在诗坛重要位置，研究诗歌的流派、著作和发展，对中国新诗创作进行年度概评，而我以为，他对诗歌普及工作所做的贡献更为可敬。《假如你想作个诗人》《诗的基础理论与技巧》《诗歌创作技巧百例》等著作都是为广大诗歌爱好者和诗的初学者而编著的，前者曾是 20 世纪 80 年代重庆出版社的畅销书之一。

我由于工作关系，接触不少年轻的爱好诗歌的朋友。他们爱读诗，也喜欢写诗，但其中许多人对诗的了解和对诗歌创作的知识并不多。因而往往处于一种盲目状态，他们读诗一般只凭直感，判断是非的标准也很简单："好"或"不好"，或者说对某首诗自己喜欢还是不喜欢，而对诗歌作品本身却说不出个所以然来。他们自己写的诗，自我感觉都很良好，而给别人看却又不能得到认可，他们投寄稿件到编辑部又难于发表，甚至石沉大海，没有回音，于是他们苦恼，或者怨天尤人，或者怀疑自己是否是这块料子。因而对诗失

去信心，甚至逐渐失去了对诗的兴趣，这不能不说是诗的损失。（《诗歌创作技巧百例》后记）

从这段话，就可以看出老师满怀振兴诗坛的愿望，以及对广大诗歌爱好者的热爱。

说老实话，作为编辑，天天读作者的来稿来信，眼睛都起茧子了，一般也难于动情，而经常又要接待来访，送往迎来，也变得无动于衷，遇与未遇也不大当回事。（摘自《给天才以生长的泥土》一文）

编辑工作，确实辛苦忙碌，十分烦琐，然而老师责任感很强，又善解人意，处处替作者着想，总是轻易被作者的真诚所感动，力所能及地帮助别人。"人家从那么远来，能不……"这已成为他的口头禅。

老师平易近人，对工作兢兢业业，向来是有口皆碑的。1992年，他患胃癌，手术割去胃的五分之四。那时，他以为生命接近终点，在病床上还替作者写序，不想人生留下遗憾。那时，熟悉或不熟悉的诗友，从刊物得知他患病的消息，从全国各地寄来慰问信或钱物，像雪片一样多，惹得他一次次热泪盈眶。一个失业的湖南女工，也寄来20元钱……后来他回赠了一批书籍。

他是胡鸿的诗歌老师，曾替她的一本诗集写赏析，评价"她的诗把忧伤写得这样美丽，又把美丽写得如此忧伤"。胡鸿在世纪末给一位肝癌患者献上一份爱心，对方用垂死的生命拯救了她的诗心，胡鸿热泪再次涌起。我流着热泪阅读有关文字，以为这是诗的力量，更是爱的火炬的传递！

老师的著作，没有咄咄逼人的气焰，不像某些名家的文章卖弄多于传授。他只是纯粹地传授知识，给人豁然开朗的清澈感。翻开他的著作，我便为他文笔的亲切所感动，为他的理性之光所迷醉。他出版的书早已销完，有两三部书稿因如今出版业与经济挂钩而暂时"难产"，我很为今天一些诗歌朋友没机缘读到他的著作而可惜。我想拥有他的全部著作，而他的样书不多，不能每本送我，有些我只能借读。我摘录他的诗论精华，打印成册，寄赠一些诗友。给诗友的复信中也常引用老师的话，"寻找自我与现实的交叉点""应坚持自我，不能盲从，每个人都有自己的山头，哪怕这个山头很小""切忌踩着别人的脚印走。艺术上一个作品重复了，就是废品。""一首诗的好坏主要看思想与艺术的统一，题材对诗来说并不是重要的，而重要的是如何去表现……"老师知道后很感动，把我借还的样书奖给我。我记得那时我气得流泪，直蹬脚，因为昨晚为抄完那本书我三更未睡。老师有点不知所措地说："你看，这个高立宪，赠书给她还不高兴！"

老师以诗评家成名。其实他也写过现代诗和古体诗，中学时就发表过诗作，一首诗能赚两元钱稿费。我看过他大学时的照片，那时的他看起来很纯洁。俊秀文静，目光温顺，头发乌黑浓密，很有文人气质。但有几分清苦的童年带来的忧郁。我相信，老师的清高、善良、温和将贯穿他的一生。他患胃癌时曾经头发全部秃光，康复后又奇迹般长出满头黑发。我对姨说，若我开始习诗时就认识老师，可能我早就成名了。其实我想说的是，假若能早日相识，在老师与疾病作斗争，在姨忧心如焚地奔波之时，或许我能分担一份痛苦，至少也会成为那些关心他的诗友们中的一员。而我认识老师时，他那自然美丽的卷发已经花白，每次相见，他最大的变化是头发又少了，这令我在背后伤感。与老师相聚的日子，点点滴滴都烙印在我的心中，我温暖地思念他们，同时也思念姨所述说的那人，在9平方米的小房间里，借着烛光，他伏在书桌上奋笔疾书至三更……他领回一群学生，挤满屋角和床铺，包饺子，嘻嘻哈哈……

老师生活俭朴，穿衣不太讲究，如今仍保持每天喝粥的习惯。长期以来，他埋头工作便废寝忘食，无论多迟下班也要赶公交车回家自己煮食，他从不下馆子，经常下午两三点才吃中餐，他从未丢掉艰苦奋斗、勤俭节约的优良作风，这源于他出生在一个贫苦家庭，做过苦力，挨过贫困，而且经历过亲人尽失的悲痛。唯一的哥哥被国民党抓去当兵，一去不回。家在河畔，父亲以拉纤为生，屋无一间，地无一垄，住的是茅房。他小小年纪便去帮拉小纤。如果不是解放，共产党动员贫农孩子上学校，他不可能成为今天著名的诗评家，而是极有可能是另一名纤夫。当时，因课本缺乏，没有一二年级的课本，他便从三年级读起。双亲四五十岁才生他的，在他读高中时，他们已年老体弱，无法多挣口粮，更是常常挨饿。1960年，父亲病饿而死。他以优异的成绩考上中国人民大学时，母亲正患重病在床。母亲是他唯一活着的亲人，她在病中他怎能离开？他想放弃上京求学的机会，在家陪伴和照顾母亲，而母亲非要他去不可。一个搪瓷茶缸盛着的半碗饭，便是他从四川到北京两日两夜的全部粮食；他所带的包裹，仅一条没有外罩的旧棉絮。进了大学，学校发助学金、粮票，常年挨饿的他俨然是进入了天堂，十分感激党的恩情。可是不久，传来母亲挨饿病死的消息……我看过老师去年回乡的照片，其中好几张是他站在父母的坟墓前照的。芳草萋萋，绵绵情怀，只化一声呜咽。在失去最后一个亲人之后，在漫长的岁月里，共产党就是他的亲人，姨就是他的亲人，广大爱好诗歌的朋友都是他的亲人，他的心始终满怀感激。

据我了解，老师有大爱，做父亲却不太称职。1969 年，姨去湖北"五七"干校，一去两年，她走时朱峰才一岁，托人照看，老师一有空闲便亲自照顾。父子两人单独相处所建立的感情想来是很美妙的，只是那时朱峰太小，尚未有记忆，而老师向来感情不外露，自然也不会提起。我们就权当那时的老师是位好父亲吧，只是姨回京后，他便很少理会孩子，家事全交给姨，一心扑在事业上。由于长期缺乏感情交流，父子间几乎无话可说。他时而也训斥孩子，但宛若几声干咳，毫无作用。姨说，假若他对自己的孩子也像对待学生一样，也不至于如此。侥幸两个儿子有位好母亲，自己也算争气。或许，越严肃的父亲越有可能成为儿子的偶像。朱江 10 岁左右也曾迷恋过写诗，得到母亲的赞扬，便把几首诗稿投《北京晚报》，每天一放学就翻报纸，盼着找到自己的名字。老师出差回来，姨把此事说了，老师只是淡淡地说："过段时间他就会冷下来。"姨提起往事时哈哈大笑，她说那时她以为他们家要出一个大诗人呢。而我却有点不敢面对朱江。因为正是许许多多热爱诗歌的"我"，夺走了他该享受的父爱。

经济大潮对诗坛的冲击，也曾使他一度无奈、困惑。由于他寻找诗的出路时始终离不开对现实的思考，所以他最终能拨开云雾见月明。他明白，"有一个残酷的现实，就是缪斯女神已从神坛上走下来，自谋生路；诗要面对时代现实，关注现实生存状态。许多流派由于提不出自己的文本，所以消失了。我主张'情到真境诗自真'"。（摘自唐德亮文《五月诗城》朱先树语）他主张多元发展，在艺术上采取宽容的态度，给予探索性的作品以一席之地，不过认为仍应当有主潮。他始终认为，每一个诗人都应当努力寻找自我与现实生活的交叉点，从这里出发去进行创作，无论用何种表现方法，客观描写或自我表现都会写出好作品来。

　　一个人才华卓越并不意味着能获得别人的敬重。才华通常招来嫉妒、羡慕或佩服，而高尚的人哪怕是小人物也令人尊敬。在物欲横流的今天，人格堕落的现象如此普遍，高尚的存在本身就是给追求真善美者最大的鼓励和安慰。我敬爱我的老师，不单只为了学诗，更想学习他如何做人。老师是名人，而在他工作的文联大楼，以及他所住的作协宿舍楼，名家多如繁星，名人在名人堆里很平凡。因为老师从不张扬，不露锋芒，多一分冷静和宽容，使他更显得平凡。他在60岁生日之际，我拙写了《秋天的献词》献给他，他在回信中写道："赞颂的词句，美丽动人。但人生乃'耳顺'之年，应当清醒，有自知之明乃为高境界也！"我知道，任何想讨好老师的行为都是白费心机，不过老师也知道，我有真诚抒情的权利。

　　可以说，从认识开始，老师和姨便成为我的精神支柱，他们宽容地接受了十分麻烦的我。那时，我正在拙写长篇传记小说《红消香断》，追忆故友骆樱之死，情绪不能抑制，便经常往老师家打电话。那时，我的情绪是那样反复无常，常有要自我撕裂的感觉，灵魂仿佛不是我的，理智总想屈服于情感。姨安慰我，叫我别怕。她说："你有时比骆樱还脆弱，但你能走出来，你有你开朗的一面做保护。"这句话令我发现自身坚强的一面，成为我脆弱时的护身符。

　　1999年3月，听过一位友人的批评意见，我打算把小说稿全部否定，重新构思创作。老师生气了，对我过于在乎别人意见大作批评，责备我思想混乱，要我尊重创作的初念，尊重自己所付出的心血。这是他第一次对我不温和，第一次在我面前表现出批评家咄咄逼人的气势，我便感到十分委屈哭了一小时后，我又拨通了电话，反过来"骂"了他一小时，直至他道歉。下一次，我冷静了，明白老师希望我早日完成改稿，以摆脱痛苦的回忆。

　　今年，我报读《诗刊》社刊授，指定老师做我的指导老师。由于我们相熟了，我得到的特别待遇是：别的同学都能准时收到他的作业评改信，对我的作业却只在电话里提几句。他整天说忙，去哪里哪里开会，给某某某写序，几十封信等着回……我对姨发牢骚，"从前不认识他倒每信必复，现在他总是最后才看我的作业，还懒得给我写信"。姨说："你来时就骂他一顿！"姨不知道这是我在撒娇，其实我很喜劝老师快乐地忙活。因为我认为，以他的才能，多付出一滴汗水，诗坛就可能多一颗珍珠。不过，看见老师如此忙碌，做着许多烦琐的事，我就盼望自己永远默默无闻，自由宁静地读书写作，想写什么就写什么，想去哪里就去哪里，假若非得成名才体现文人的价值，那就期待我死后能够成名吧。

冬天里，我在温暖的珠海思念在京的老师，更多一分牵挂。姨上班要骑车 10 公里，老师上班的路程短些，也有五六公里。想象他们在雪地骑车，寒风呼呼地刮，寒冻、路滑、人潮、红绿灯，实在令我担惊受怕。去年底，听说姨骑车差点撞伤，我的神经更变得纤弱，恨不能有能力让他们不用上班。其实我也知道，在北京，像他们这样骑车走长途去上班的人数不胜数，他们几十年就这样走过来了，我的担心纯属杞人忧天，但我的心还是不安。今年 7 月我再上京时，便一定要骑自行车陪老师去上班。结果，刚骑上去便发现老师灵活得像年轻小伙子，而我则被他责备不会骑车，东摇西摆，不靠边走，让他好担心。上二环，过使馆，我不知转了多少个弯，但心情很愉快。不料回来时，因与周所同老师同行，他们边聊边飞快地蹬车，老师把我忘了，他们像单车赛跑，抢过马路，我拼死命也赶不上。看着他们一次次抢过马路，像勇敢的战士，而我得慢慢等绿灯亮，便恨得咬牙切齿。回到家，向姨投诉，姨哈哈大笑，说："他就那德性，不把你丢了就算可以了。"我知道，从此我不用担心老师上班路上不安全了。气温又高达四十度，空调开着，电风扇吹着，而姨的衣衫又湿了，老师不断地摇葵扇，我们只好跑去隔壁商场躲避，那里的空调制冷功能特别好。逛来逛去，什么也没买，看见有免费测健康仪，便走了过去。结果，姨身上的毛病全被说中：高血压，高血脂，骨质增生等；我也被测出问题；而老师呢，小姐说他的血管是长寿型的，非常清晰。我和姨"嫉妒"地看着老师，笑得合不拢嘴。长寿，在我们听来，即是能活 99 岁吧。啊，就以此祝福高尚善良的老师吧，好人一生平安，高尚的人应该长寿。

老师写过一篇文章，说他最喜欢的事就是与人聊天。我还发现他善于聆听，他可以坐在一旁听我与姨聊一小时也不插一句话。与他交谈自然随意，没完没了，好像小溪静静地流淌，没有澎湃的激情，却不希望到达终点。多与他争吵一次，便更亲密一分。他好像河水，而你是在河上漂游的小舟。他态度温和，像光滑的石头，事后你可能会发现石头有棱角，恰好对着你的要害。他指出你的缺点，可能是你自以为最大的优点。他的观点似乎没甚新意，但极有可能就是不变的真理。他的魅力在于：若你是一滴水，他便以海洋中的一滴水来面对你，你不会自卑，但你极有可能犯错，忽视他代表着偌大的海洋；若以为他就是海洋，那就更错了，他仅仅是一滴水；你与他的差别是，他是大海很小很小的一部分，而你还不是。他对待最高贵的诗人也像对待普通人，正如他待我也像对待高贵的诗人，我每次上京他都请我去一次太白楼吃烤鸭。我不知道老师这位优秀的共产党员是否研究过庄子和老子，但我认为他研究过，他知道世上最好的称誉是没有称誉；他知道有德的人，谦虚卑下，好像深谷一样；他知道任乎自然，返璞归真，他知道任何事物都有规律。我也怀疑他是否像我所写的这样，但这段话好像一只小鸟，一次又一次从我脑子中飞翔而出……

老师有规矩，在家不谈诗。而 7 月 9 日晚，我运用激将法，加上有姨支持，终于让他肯开金口，激情昂扬，为使我开窍而侃侃而谈，使我目睹了他作为一个著名诗评家的风采。

有些人写了很多诗，但还是不会写，写出来的东西没诗意。你会写诗。你的诗分开看都还可读，但整体看起来还没有特色。

北京二锅头，喝的人很多，是好酒，但不是名酒。而茅台是名酒，无论包装，还是酒的品质，都是一流的，得到社会的承认，有特点，别的酒不能代替，看见包装知道是茅台，尝到酒不看包装也知是茅台。艾青的诗，不看名字，读到他的诗就知是他写的，因为只有他才能写出那样清丽自然的诗……孔孚的山水诗，就代表了孔孚……李钢的《蓝水兵》组诗，一举成名，并不是说他以前写的诗就不好。"我看见一八四〇。远远地燃烧，" "我听见了甲午年隆隆的回声"， "脚下是——液体的——祖国！"谁这样写过？没有，只有李钢。（姨插话说：这句话我至少听他说了十遍。）

你要沉静一些，学会放弃。学会鉴赏，自我判断作品的好坏。学会欣赏，别人的作品得以发表，总有值得借鉴的一面。学会聆听，跟着别人的思维走，用你的观点去衡量。一定要听完后才辩论，抓住关键的几点，去反驳。绝对不能一开始就站在敌对的立场。要先接受，再排斥！

把才气淋漓尽致地发挥出来，才能写好作品。要把小聪明变成大智慧。

一般的作者，思维不到位，谈不出什么东西来。我不是怕问题，对方提的问题与自己的观点不同，这是好事，因为这可能正是自己应该思考的……

　　大作家的作品总是思想与形象同一，由思想去塑造形象，用形象来表达思想……

　　这是我第一次在他面前张口结舌。我知道了，只有真正的好诗能让老师兴奋，热血沸腾。夜阑人静，我独自坐在书房，思想着我距离老师到底有多远？我们同样热爱诗歌，但他像远方的一块草坪，孤独地守候冬天，等待着百花竞放的春天来临，而我还是一粒在风中飞扬的种子。我不知道时代的风会从哪一个方向吹，不知道我对老师的这份敬爱之情，能否左右一缕微风，送我至我向往的地方。

　　第二天清晨，他递给我的面包很香。

选自《世纪风》2001 年第 8 期

朱先树：看重诗的真纯

赵德水

‖关于诗风‖

朱先树、阿红、吕进、叶橹等著名诗评家，对新诗文体规律的总结和新时期诗歌创作与研究卓有成效。在我的印象里，朱先树先生主张诗应当为大众接受。作为《诗刊》编委、《诗刊》社原理论室主任的朱先树先生，曾在1997年第10期《诗刊》扉页的《编委论坛》中鲜明地亮出观点，即"提倡明朗健康的诗风"。他说："新诗发展到今天，在内容上更需要有现实生活的实感和生活韵味、生活情趣，才能为多数读者所喜闻乐见。而现在的许多诗，或者文人气重、书斋味浓，但又未真正达到文人学者的见识深度和艺术功力的深厚，而有的诗只在追求一种隐秘、深奥、抽象、玄虚，实际是故作高深，使许多读者难于接受。"

2001年11月中旬，我赴江苏连云港市参加花果山金秋诗会，有幸第二次和朱先树先生相见。朱先生应邀为我题写的留言是："诗是心灵的感应，也是心灵的创造，让诗成为连接人们心灵的桥梁。"这次留言话虽不多，却表述了朱先生作为一名诗评家的诗观念，其核心是"让诗成为连接人们心灵的桥梁"，而产生这种效果的基础，当然是叫人们接受诗，接受诗的前提自然是看懂诗。这使我得出这样一点认识，朱先树作为一名有威望的诗歌理论家，他不是站在诗坛某个小圈里表态，说些让某些人高兴的话，而是从诗的本质和诗应该具有的作用阐述见解。

‖ 关于诗意 ‖

　　1978 年起，朱先树先生开始到《诗刊》社担任理论编辑，至今已二十四年，编发大量的诗歌评论，理论探索的稿件，这是他的业务；研究撰写了大量诗歌现状和发展范畴的理论文章；还为一些诗作者出版诗集作序或写评。这期间也出版了《诗歌的流派创作与发展》《诗的基础理论与技巧》《诗歌创作技巧百例》《追寻诗人的脚印》《80 年代中国新诗创作年度概评》等专著。我们从刊物上读到朱先生很少一部分文章，不过重要的观点也许一两篇文章就说明白了。1997 年第 5 期《诗刊》上有一篇朱先树读《中华正气歌》一书的评论，他就诗的语言作了如下精辟阐述："诗无论是旧体或新诗，如果离开了内容的诗意发掘，而只在语言形式上盲目求新，即使在所谓语言的解构或建构方面进行多深的探索，我以为也是没有意义的。诗的创作，只要有了诗意的新鲜和深刻的发现，在民族语言的运用上遵从语言规律，能为更多读者所接受，那么诗的艺术创造才是有前途的。"在这里，朱先生讲了诗的语言与诗意的关系，很明白，语言辅佐诗意。一些只抓住在语言上下功夫的诗作者应该思索一下，捕捉和开掘令读者兴奋的诗意才是获得成功的关键。怎样开掘诗意呢？我读过朱先生为黄河清同志的《秋歌集》写的评论，有几句话可拿到这里，基本可以作为对这个问题的回答。他说："作品已不再是生活的具体事象的描摹和实写，而注意了对生活中的诗意提纯，但又不是离开生活实际的空泛的抒情。每首诗都选取富有诗意的形象加以开掘，于单纯中见丰富。"

　　诗评家对诗作者的告诫和启迪是善意的。当然朱先生并不是说语言在诗创作中无足轻重。在 2001 年 11 月中旬花果山诗会上，朱先生发言中，以较多的篇幅又一次阐述了诗意和诗歌语言的关系，他指出：有人太会写诗了，从诗的表达方式、技巧、语句上挑不出什么毛病，但读后没有什么真情和味道，这样的诗说他好吧，也说不出来，最多也是个一般吧。朱先生还举古人陈子昂的诗、现代人舒婷的诗，说明也是靠独特纯真的诗意取悦于人的。在语言运用上他并不是说诗的语言不重要，而希望诗作者从生活中汲取鲜活的语言，勿造作和肢解语言，好的语言增加诗的灵动性、可读性。

‖关于新人‖

年轻的诗人或新诗人首次出版自己的诗集，总希望请名家作序，既有提高自己诗集身价的意图，也出于获得名家高手的指点，对优点和不足能说到点子上。朱先树先生作为著名诗评家，自然少不了承接为新、老诗人作序或写评这种本职业务外的任务。他在花果山诗会上发言中说了一大段话，留给我的印象比较深，而且仔细琢磨，诗评家为新、老诗人的作品作序或写评，也是衡量诗评家文品、人品好与否，或者说在诗坛上影响力的大与小的一个方面。因此，越是有名望的诗评家，不可能放弃或轻视这种工作。朱先生在国内诗坛受人尊敬，新、老诗人都愿请他作序写评。他自己说："只要可能，我基本上答应，人家喜欢请我写序，我不就很高兴吗。我这些年搜集了一下给诗作者出版诗集写了一百多篇序文，够出版一本书了。"那次诗会上朱先生说到这里时与会者很兴奋。他又说了几句与此相关的话："大家都爱诗是好事。包括不太熟悉的朋友，真正爱诗，互相尊重，是一种友情的交往。那么在共同为诗这个前提下作个朋友，那有什么不好呢！"1984年开始创办《诗刊》社全国青年诗歌刊授学院，朱先生集中精力主持编辑《未名诗人》，为发现和培养青年诗歌作者做了不少工作，受到大家的好评和尊敬。

我和朱先树先生有过两次诗会相见的机会，算是熟悉的朋友了。当我提出要求，请朱先生为我提供点儿个人诗论生涯资料时，他选了一位南方某市青年女诗人高立宪写他的一文复印寄给我。那篇文章比较长，但我不能大段借助她的文字。我在这里分别引两小段话，一段话是高立宪从恩师朱先生那里得到的"潜心于自己的写作，广涉博取，但不要太在乎别人的眼色，否则太累，也难于成就自己"的教诲。一位成熟的理论家，对新人的关怀、爱护不是单单地讲几句好听的话，要严在关键处，说出方向来。朱先生在花果山诗会发言中没有回避当编辑为友人关照性推荐发诗，但他随后对诗作者提出希望，还是要下功夫写出更好的诗，才能被别人承认。我以为朱先生的做法可取，为新人能推荐发表一点作品是鼓励的一种方式，也是必要的，而提出要求和希望，使新人有努力方向也是一种必要的鼓励。

高立宪的另一段话，是说朱先生的著作"没有咄咄逼人的气焰，不像某些名家的文章卖弄多于传授。他只是纯粹地传授知识，给人豁然开朗的清澈感"。

朱先树先生亦花甲之年了，他仍在岗位上工作。他给我的一封复信中透露，他正在做两部书稿后期编排工作，一部是《新时期诗歌主潮》，另一部是《踏上诗的征途》。这两部鸿篇大著，乃是朱先生作为诗歌理论家多年辛劳的结晶之作，我从内心渴望获得他的签名赠书。

选自《岁月》2002 年第 8 期

以诗学和史学的眼光观照中国当代诗歌发展
——访著名诗歌评论家朱先树先生

段庆林

　　2013 年 8 月，借中国新文学学会第十九届年会在银川市召开的机会，我有幸结识了慕名已久的我国著名诗歌评论家朱先树先生。朱先生 20 世纪 60 年代中期毕业于中国人民大学中国语言文学系，分配在文化部工作，1978 年到复刊后的《诗刊》从事诗歌编辑和评论工作，曾任《诗刊》社理论评论部主任，并主持过《诗刊》刊授学院工作，现在仍然担任着《诗刊》编委和编审工作。出版过《诗歌的流派创作与发展》《诗歌美学辞典》多部有影响的诗歌类著作，特别是在我国新诗潮最为活跃的 20 世纪 80 年代和 90 年代初，他坚持十余年参与了《诗刊》年度新诗的评选，并撰写了新诗年度概评，对新诗的发展产生了积极和深远的影响。

　　在新文学年会上，朱先树先生应邀作了"以诗学和史学的眼光观照中国当代诗歌发展"的大会发言。朱先生认为 20 世纪 80 年代以来是我国文学艺术发展和变化最为迅速的时期，社会转型，引起艺术转型，艺术形式的兴衰，艺术风格的嬗变，无不是社会意识形态的反应和需要。我们过去把政治标准看得太重，忽视了艺术本身的发展规律，通过改革开放和解放思想，政治对文学艺术的干扰已经大大降低。值得注意的是进入 20 世纪 90 年代以后诗歌发展呈现出多元化局面，"第三代"主义流派林立，但许多仅仅是宣言而已，缺乏值得一提的文本，许多争论并非艺术层次上的辩论。他们中的许多人很有才华，但缺乏思想的深度。诗歌艺术是一个继承、创新和发展的过程，艺术必须创新，从社会到内心都应该是现实生活的反映，私生活不是不可写，但必须首先考虑如何艺术化。强调个人化写作只能使诗歌和诗人边缘化。我们必须历史地看待当代诗歌的发展，把艺术与时尚区分开来。

朱先生的发言得到了与会代表的热烈欢迎。在会议间隙，8 月 17 日，在朱先生下榻的银川新化饭店，我又采访了朱先树先生。

段：我曾经以"谁料赎身神庙后，如何沦落地摊前"两句诗，来描写文学艺术地位的变迁。摆脱了政治附属和奴仆地位的文学，在市场经济的大潮中生存更为尴尬。为政治服务是社会需要，为市场服务也是社会需要，诗人社会地位的边缘化，是否说明了社会对诗歌社会功能的需求降低？您如何看待艺术与政治、艺术与市场的关系？

朱：艺术是一种意识形态，艺术在一定程度上离不开政治，不可能不受当时政治的影响。艺术本身是时代的产物，什么时代产生什么艺术。延安时期之所以提出文艺为什么人服务问题，为什么不提倡写风花雪月，这是社会的需要。当时代发生变化，艺术也会相应发生变化。如果说"十七年文艺"有什么问题的话，就是当时我们的文艺政策还局限于战争年代的思维习惯，到"文化大革命"时期文艺工作就更加路子越走越窄了。改革开放思想观念转变，如果文艺政策把握得好，既把政治强加于艺术的东西抛弃掉，又能够充分发挥艺术的多元化功能，可能更好。但这只能是一种想象，艺术发展不以个人意志为转移，艺术发展的不均衡现象可能是事物发展的常态。我们还是主张一个时代应该有自己的主流艺术，能够综合反映时代精神。

文学艺术在传统社会中被看得过于神圣化，神圣化的副作用就是思想不自由。当前我国主要任务是发展生产力，以经济建设为中心，主要解决经济发展问题，文艺的发展相应降低到了次要位置，这是艺术又回到了其原先应该的位置。走下神坛的文学正在接受市场经济的检验，比如散文等具有休闲特征的艺术形式就得到了长足发展，而纯粹的诗歌受到较大的冲击。应该看到大作家并不是为了生存而写作，艺术性作品可能永远没有市场，市场经济发达地区比如港台、欧美等地写作往往只是业余爱好，很少有人能够靠其谋生。像曹雪芹那样执着对于人生状态价值的思考、命运的关注和体验的升华的作家，并不为了某种社会需要而创作。

段：从"五四"新文化运动把旧体诗作为封建文化而抛弃，到进入新时期以后中华诗词的复兴，旧体诗与新体诗的发展似乎形成了此起彼伏的现象。您认为一些新文化运动主将回归旧体诗创作是因为其创造力降低的原因吗？

您如何看待新时期现代主义文学风格兴起后许多中年作家将现实主义风格带入旧体诗领域？您如何看待中华诗词创作主体老龄化问题？

朱：传统诗词是中国文学史最为精粹的部分。从诗经、楚辞、乐府，到唐诗、宋词、元曲，中国诗歌逐步走上了一条格律化道路。由于农耕文化生活节奏缓慢，生活内容单调，旧体诗更多偏重于形式的发展，诗歌题材变化相对缓慢，"五四"新文化受西方文学影响，找到了一种更适合现代人情感表达的方式。青年人应该以新诗创作为主。中华诗词的复兴适应了反映现实生活的需要，人为遏制旧体诗的发展是不可能的。

创作力衰退是每个作家客观存在的生理和心理规律。格律诗有固定的形式，便于敷衍成篇。新体诗比旧体诗更难写，写好更难。但艺术是相通的，新文艺工作者对旧体诗的染指，一般都能保持在一定的艺术水准之上。不要一辈子当作家，想写则写，不要为了维持自己在文学史上的地位而硬写。

中华诗词的创作具有一定自娱自乐的性质。旧体诗爱好者很多，大多数人是老干部，队伍大就难免水平参差不齐。旧体诗最大的问题是许多作品不是诗，主要存在两个问题：一是政治化，过分紧跟政治，又缺乏驾驭政治题材的较高艺术能力；二是一般化，缺乏语言的张力和感情的蕴涵，精品少。

朱先树先生还就笔者提出的诗人如何深入生活的问题作了解答，先生认为诗歌既是抽象的也是具象的，诗歌具有自己的独特的文体和视角，不能简单地说诗人该不该深入生活，当然诗人不必像报告文学作家那样去记叙生活。诗人应该充分发挥诗歌艺术的特长，扩展诗歌的想象空间。朱先生精神矍铄，思维敏捷，谈笑风生，他深邃的思想、朴素的语言、平易近人的态度给我们留下了深刻的印象。从著名诗歌评论家朱先生和诗词学会那些热爱诗词的老人们身上，我感到了诗歌的魅力和影响。市场经济虽然对诗歌造成了一些冲击，但诗歌不会死，诗歌具有顽强的生命力。网络文学的发展为文学的传播开辟了一条更为宽广的途径，网络上那些同样热爱诗歌的青年人预示着诗歌发展的未来。网络诗词已经成为中华诗词系统之外另一支生力军。应该推动中华诗词传播的网络化，推动老人们上网。以历史的和发展的眼光来看待文学的地位变迁，正确处理政治与艺术、艺术与经济的关系，是当前十分重要的文学理论问题。

朱子庆这个家伙!

马　莉

　　大约 20 多年前,我们的广州诗友司杰先生正在《广州文艺》做主编,有一天,他在电话中嘱我写一篇关于朱子庆的文章,他连题目都想好了,就叫"朱子庆这个家伙!"他说没有哪个人比你对朱子庆更了解了,因为他是你的老公呀!我当时在《南方周末》报社做文学编辑,平时写诗画画,那时我们的孩子还小,我想写想做的事情太多,思来想去,感觉朱子庆除了像人们看见的那样爱做家务事之外,他有一个很大的特点:爱对文坛发难。仅就这一点而言,他真的无愧于"家伙"二字,用今天的话来说,是个"腕儿"。

　　是的,朱子庆爱对文坛发难。他 1984 年 10 月从北京调来广州,在广东省文联文艺理论研究室工作,不久就在广东文坛掀起了几场文坛风波:

　　第一次是 1985 年在《当代文坛报》上率先发表了《广东文坛为何静悄悄?》一文,责问当时的广东文坛为何有负开放改革前沿,产生不了深刻有力的文学作品。该刊为此特辟专栏"广东文坛静悄悄吗?"展开为期一年的讨论,这个讨论影响不小,以致后来广东文坛但有"力作"出现(如长篇小说《商界》),即被视为是对"静悄悄"论的有力回击。值得一提的还有两点:一是,此文原系子庆在广东社科院的一次"青年文学沙龙"上的发言,除了《当代文坛报》主编黄树森先生当场索去文稿发表,时为《学术研究》主编的张硕成先生也看好该文,拿去发表,杂志出来我们一看,标题却变成了《打出我们的"拳头"》,这个标题今天看来可能有点费解,按照当时的语境,"拳头"意指"拳头产品",这就从质疑变作正面号召了;二是子庆文章的署名"辛吉力夫",一望而知是个笔名,什么意思呢?子庆说:文艺新世纪马莉丈夫!

　　第二次是 1989 年,他又在《沿海大文化报》创刊号头条发表系列采访长文《文化：广州正在沙漠化吗？》（上、下），把人们私底下的腹诽赤裸裸端上台面，采访了秦牧、黄秋耘、饶芃子、谢望新、蒋树卓、刘斯奋等一干广东名家，当时包括香港《大公报》和《星岛日报》在内的海内外多家媒体竞相转载和关注。

第三次是 1996 年，子庆敏感地发现一种有别于当下主流意识形态的女性散文出现在南方，他收集并编选出版了散文集《夕阳下的小女人》，大胆提出"小女人散文"这一概念，一时文坛"哗然"，受到来自各方的诸多非议。围绕这本书所展开的一场讨论由广州文坛波及全国，形成了新时期南北对立的不同的文学观念，有人甚至撰文呼唤"大女人"文学："消灭小女人，文学更文学！"但朱子庆并不认为小女人散文是"消解人生意义、逃避时代崇高"的尤物和妖孽，他为小女人文学摇旗呐喊："绵延了近一个世纪的社会动乱，使我们除了记住几个空洞的口号和大而无当的概念之外，对太平盛世意义上的生活怕是早就陌生和麻木得很了。"现在"社会开放了，经济繁荣了，黔首草民们有心过日子了，女人们才津津乐道于穿着打扮，滋滋有味地生活，因而才有了五色斑斓的小女人散文的出现""什么叫小女人？小女人就是可爱的女人""小女人既是女儿的长大，又是女人的返回""这自然不免令那些使板斧一样抡惯了大概念的雅人韵士们友邦惊诧了！"当时，文坛宿将程文超、艾晓明等都抡笔呵护小女人们的写作，呵护改革开放之初一股南方女性在繁荣的物质现实中书写的自由精神。记得当时上海人民出版社出版了我、黄茵等所谓小女人的散文集《都市女性文丛》。我清楚地记得，1996 年岁末，著名小说家周昌义在电话中对我说："1996 年的十大文学事件之一，是小女人文学！"

第四次是 2002 年 5 月，他写的那篇炮轰诗坛的经典檄文，记得当时那长篇檄文被我们的副主编徐列看中，他对我说："这篇文章写得好，只要你马莉、子庆你们俩不怕得罪《诗刊》，我就给你发！我们是不怕得罪《诗刊》的。"不久，《南方周末》副刊以一个整版篇幅发表了该文，这篇批评当下诗歌的文章标题是《与诗歌的庸俗和平庸作斗争》。此文一发，在诗坛引起广泛而强烈的反响，并在网络引起长达一年的争鸣，我收到很多朋友的来信或电话表示赞同与支持，如林贤治和邵燕祥先生在电话中均让我转达"向朱子庆致敬"的话，谢冕、徐敬亚、王小妮等也在来信或邮件中表示支持。网上则围剿甚烈。总之，赞同之辱骂之皆有，成为当年轰动中国诗坛的重要事件。当时，著名《作家》杂志的主编宗仁发先生在他为所编选的《2002年最佳诗歌》所作的序言中，把该文推为年度重要批评文献。然而中国的诗人们大都能接受赞美而不敢也没有勇气和能力接受批评，一些民刊因子庆的这篇诗评批评了他们刊中之庸诗俗作而回避之，《诗刊》的前主编更是大为光火，殃及池鱼，作为子庆的太太，我的诗歌从此被《诗刊》杂志拒之门外，美其名曰"停赛一年"，然而一停就将近八年。直到2009年，这位主编大人下台，李小雨当上主编，向我约诗稿，我才得以重新在《诗刊》发表诗作。我不得不感叹：诗坛也绝不是什么世外桃源！我的好友诗人潞潞曾对我说过："诗人应当亲近诗歌而远离诗坛。"此话极为正确。

第五次是2003年在《华夏诗报》发表《无效的新诗传统》，以诗人郑敏、诗评家吴思敬的一个陈年对话挑起讨论，对《诗刊》热捧阿毛的《当哥哥有了外遇》予以批评。他选边坚决，旗帜鲜明，结果引发了关于"新诗有无传统"和如何评价《外遇》两路大讨论，再次将自己置身风口。如今看来，关于"新诗有无传统"的讨论，应该说是百年新诗纪念中来得既早且又有学术价值和现实意义的一场诗歌争鸣。

纵观朱子庆的文学批评活动，可以说主要以思维敏锐和敢为人先著称，不少在广东乃至全国引起文坛热议的话题，都源自他的率先发难和首倡，或掷地有声，吹皱一池春水，或轰然激起反批评，有关讨论大都持续经年。而朱子庆就像一个顽皮的孩子，在搅局或曰挑起江湖风波之后，他随即袖手收声作壁上观，不再现身。有意思的是，也许是因为他是实施打击者的缘故吧，文章引发风波后四面楚歌，却从没有报纸或杂志回头找他作文回应，所以多少显得有点落单和孤独。

这就是我的夫君，我的先生，这就是朱子庆这个家伙！

朱子庆这个家伙嘛，高大而不威猛，思想极敏锐，反应极灵敏，感情极细腻，性格极开朗，兴趣极辽阔，不过对于我来说，他最大的优点还是：做家务尤其耐心，由于好吃，喜欢亲自去市场买菜，亲自下厨操刀烹饪；由于爱家，对太太对儿子永远爱护有加，呵护有余。此人除写诗评，还写新诗，还写旧诗，还画画，画油画，还朗诵，还演讲，还上电视主持节目，还策展，还演电影，现在又在网上开了个人电台当起了主播……够了够了！此人与我南来北往须臾不可分离，与我一同居住宋庄画家村。

　　关于这个家伙的其他文字嘛，一时也说不完，暂且打住，容我以后分解。

2017 年 11 月 24 日

后记

□ 蒋登科

本书所涉及的很多人、事都是我比较熟悉甚至亲身经历过的。

1996 年，方敬先生去世的时候，我在一篇纪念文章中，谈到了经常听他谈论过去的一些事情。我的感觉是，他所说的经历，对我来说就是历史。转眼之间，我也到了经历成为历史的年纪。

1983 年秋天，我从偏远闭塞的大巴山考到西南师范大学（今西南大学）外语系读书。当时的外语系还开设了一些中国语言文学方面的课程，而且都是开设一年。一年级学的是中国传统语言和文学，由黄德蓉老师讲授。从 1984 年秋天到 1985 年夏天，吕进先生担任我们的"中国现代文学选读"课程的教学工作。他尊重教材的内容，但一般不讲授教材上已有的东西，而是辐散得很开，古今中外都尽可能涉及，将文学理论、历史文化和作品解读融合在一起，视野非常开阔。当时的很多同学来自农村，读的书不是很多，知识积累的局限性非常明显。吕先生的课为大家提供了很多新的线索、信息和思路，同学们都非常喜欢。在课堂上，他经常谈到很多他在外参加学术活动的信息，包括《诗刊》社举行的读书班以及和他的诗学观点相近的一些朋友，还有当时广受关注的中国新诗（诗集）奖，等等。从大学三年级开始，吕老师不再给我们上课，但是，他的课点燃了许多同学对诗歌、对文学的爱好，其中也包括我。只要有他在校内举办的各种讲座，我们继续抢着去听；只要他出的新书，我们都去图书馆借来阅读；只要有机会，我们就争取到他家里去拜访，聆听他关于诗歌的新鲜观点。因此，我们照样知道了诗坛上的许多事情。1986年6月，中国新诗研究所成立，10月召开了中国新时期诗歌研讨会。我当时还是大四学生，作为服务人员参加了那次研讨会，接待了很多诗人、评论家。那是我第一次参与大型的学术活动，见到了很多过去只知其名的诗人、评论家，印象很深刻。1987年大学毕业之后，我从当年秋天开始在中国新诗研究所跟随方敬、吕进、邹绛三位先生攻读硕士学位，毕业之后，除了在广西待过两年多，从1992年秋天开始，我就一直在新诗研究所从事教学、科研工作，后来又随范培松、吕进二位先生攻读博士学位。所以，本书中涉及的很多资料都是我在以前的不同时期读到过的。

"上园派"这个概念是1986年提出来的，至今已经32年，应该说是一个历史概念了，了解和关注它的人越来越少。"上园派"的前辈阿红、杨光治先生先后辞世，当年和"上园派"观点相近，但没有选入《上园谈诗》的张同吾、陈良运先生也已经辞世，因此，当中国新诗研究所安排我编选这本资料的时候，我没有推辞。并且，经过和吕进、袁忠岳先生沟通，他们同意将张同吾、陈良运二位也作为此次收集的学者。这样，与吕进先生1986年编选、1987年出版的《上园谈诗》相比，涉及的人物、内容都发生了很大的变化，这是对历史的进一步丰富。

本书包括五个部分。第一部分是"上园派"的历史和研究信息汇编，第二部分收录了"上园"学者对新时期十年诗歌思潮的学术描述，第三部分是"上园"学者对诗歌艺术技巧的概括和总结，第四部分是对一些"新来者"诗人的研究——新来者是"上园派"学术研究的主要对象，第五部分是一些学者、读者对"上园派"评论家的研究、回忆、采访等资料。

要编选这样一本书，并不容易。当年的很多资料在脑子里有印象，甚至记得大致是什么时候的什么报刊上发表的，而要找到原文却并非易事。当年的报刊没有电子版，有些报刊甚至在不久之后就停刊了。"上园派"这个称呼最早是《华夏诗报》在1986年的一个笔谈的编者按中提出的，但由于时间久远，一些参与笔谈的人自己手头都找不到这份报纸了，报纸的主编野曼先生又去世了。我通过多位和《华夏诗报》有关的人寻找这份报纸，一直没有结果，最后抱着试一试的心态和袁忠岳教授取得联系，他居然在家里找到了，并且马上就拍了照片发给我，解决了我的一个大麻烦。在本书的编选过程中，吕进、袁忠岳、叶橹、朱子庆等上园学者给予了很大的帮助，古远清、熊国华、邹建军、陈卫等专家也提供了很多有价值的资料或者信息，西南师范大学出版社的钟小族为我提供了一些文章的电子文本，我的研究生冯一哲等帮我查找和复印了一些资料，我指导过的硕士生李春艳恰好在山东师范大学攻读博士学位，我和她谈到了有些资料，她也利用在图书馆查阅资料的机会，给我提供了一些信息。

本书的编选得到了西南大学中国诗学研究中心、中国新诗研究所的支持。中国诗学研究中心是重庆市人文社会科学重点研究基地，将本书选题列为重点研究项目，在一定程度上解决了资料收集、整理、编选过程中所需要的基本经费。西南师范大学出版社对本书的出版给予了很大的支持，责任编辑为此付出了辛勤的劳动。

感谢所有为本书付出辛勤劳动和给予帮助的长辈和朋友们！

为了尊重历史，我们对于入选本书的文章，除了文字、信息错漏之处，基本上保留了原貌，并在文章之后注明具体出处。由于时间仓促和篇幅限制，所收录的资料不一定全面、完整，遗漏的信息和资料肯定很多，希望读到本书的朋友批评指正。

特别需要说明的是，尊重作者的创造性劳动和著作权是我们一贯坚持的原则，但是，由于有些资料是通过数据库、图书和其他渠道收集到的，我们和其中的一些作者实在无法取得联系，也就无法在出版前得到他们的授权，希望见到此书的专家、作者联系我们，我们将寄去样书。不过，学术出版实在不容易，本书是自筹经费出版，无法给入选作者支付稿酬，希望大家谅解。

2018 年 6 月 25 日于重庆之北